大 围 涂

（下）

俞梁波　著

中国出版集团

东方出版中心

下

第二十章

天亮后，雨停了。南沙泄洪之后，钱王江的水位迅速下降。一切都像是回到最初。坐在地上的汪阿兴慢腾腾地站了起来。他的心好像滴着血。他呆滞地看着人群渐渐离开江堤，那好像是一个梦。他拧了一下自己的脸，然后朝着临时指挥所走去。江风将临时指挥部的屋顶掀翻了，半张地图被铁丝缠住了，在风中猎猎作响，好像一面残破的旗帜。人去楼空。他站在门前，回忆着发生的一切，所有喘息声和喊叫声都消失了。他无法原谅自己。他双手抱头，蹲了下来。

吱哑，吱哑。抬着担架的两个人，神情悲伤。跟随的丁玉洁流着泪，不时地扶一下担架上的方医生。她双目紧闭，脸苍白如纸，嘴角还有血丝。一只药箱放在她的身边，随着担架的晃动微微晃动。她的手还紧紧地拉着药箱的带子。到了临时指挥部前，丁玉洁哭了："汪叔，方医生昏迷了。"汪阿兴看着昏迷中的方医生，大声道："快走。"他接过担架，跑了起来。他一边跑着，一边听着丁玉洁断断续续地说着。方医生连续三天三夜都在江堤上奔波，经她包扎、简单治疗的伤员达100多人，他们有的是被石头硌伤的，有的是摔伤的，也有的累得吐血了。这是一场生命保卫战。他害怕方医生从此不再醒来。他很想跟她说："你好好休息。"只需要这么一句话，她就会笑得灿烂。但是他却又害怕跟她说这么一句简单的话，令她误解。因为他说过，他们是革命同志关系。他无法也不敢面对爱人同志关系。

到了卫生院,汪阿兴的全身都湿透了。胡慧丽和县医疗支援队的赵医生看了方医生的情况,决定马上送县医院。在匆忙准备时,方医生醒了,坐了起来道:"我们胜利了?"汪阿兴点点头。"方姐,你躺着休息。"胡慧丽轻声说道,她手里拿着一杯水。方医生喝了水,又道:"玉洁呢?"胡慧丽便转头叫道:"玉洁,玉洁。"丁玉洁噙着泪进来。方医生看着她道:"玉洁,我们胜利了。"丁玉洁再也忍不住,哭了。

对于去县医院治疗,方医生当场就拒绝了。她的理由很简单,她想在卫生院休养,她在这儿心里踏实。她说话的时候特别平静,好像心里什么都明白了。胡慧丽再三劝她,可是她十分固执。胡慧丽拿她没办法,只得答应她。两人说了一会儿话,胡佳丽便来找胡慧丽了。胡慧丽只得硬着头皮去应付姐姐。她们已经吵过一架了,就在卫生院。当时,胡佳丽的态度很坚决,要拉着胡慧丽马上回城。胡慧丽表示眼前一大摊子工作,她根本就脱不了身。现在,她又多了一个理由,那就是方医生需要照顾。她知道姐姐是刀子嘴豆腐心。她一定有办法让姐姐答应自己的。

进了房间,胡佳丽就开始收拾胡慧丽的东西。她手里拿着一只帆布包,什么笔记本、衣服、毛巾一股脑儿往包里放。"姐,你这是干什么?""你不是工作忙吗? 我替你收拾好,然后我们就一道走了,"胡佳丽头也不抬道,"你姐夫也说了,一块儿回去。"胡慧丽上前夺下胡佳丽手里的包,大声道:"姐,方医生病了。""那把她也带上。我跟章院长也说过了,想办法调其他医生来,你放心,卫生院不会关门的,"胡佳丽坐了下来,指着包道,"拿来。"胡慧丽将手中的帆布包往床底下一塞,低头不语。

仿佛回到了多年前,胡佳丽的眼睛湿润了。梳着两条辫子的胡慧丽从学校门口出来,也是这个样子。她低着头,手里拿着书包。她要去北京。县一中的教学秩序开始乱了,学生们将书包扔了,然后成群结队要去北京。火车站人山人海。她害怕胡慧丽从她的眼前消失,她几乎每天都守在学校门口。她感到欣慰的是胡慧丽不想扔掉书包。在晚上,她也会半夜惊醒,然后去房间看着她。外面,偶尔的枪声传来,她几乎就要崩溃了。然而胡慧丽好像并不害怕枪声,从梦中醒来的她只是站在窗前发呆,用手指在窗玻璃上画着圈……胡佳丽擦了擦眼睛,站了起来道:"慧丽,不是姐不讲道理,而是姐认为,你在县医院会更好一些,章院长也几次三番跟我说你必须回去。"她走上前,轻轻地抚摸着胡慧丽的头发。胡慧丽抬头道:"姐,我不能现在就离开方医生,她、她的日子不多了。"胡佳丽愣了一下,然后道:"确诊了?"胡慧丽点点头:"县医院的赵医生就是方医生的主治医生,她把情况都跟我说了。""是个苦命人,"胡佳丽流着泪道,"慧丽,我知道你的性格,方医生如果……你,你肯定不会回来了。现在你觉得是感情上不能离开,到时候你又会觉得是责任上不能离开。"胡佳丽看着窗外,天空正在变得明朗。她站了起来,走到门口道:"我给你一个月时间的考虑,到时不管你怎么想,我就是绑,也会绑着你回去的。"她走了。

胡慧丽看着桌上的一些饼干和糖果,落泪了。她走到院门口时,发现卡车走了。丁玉洁惊恐地跑了过来:"胡医生,方医生吐血了。"两人急匆匆到了床前,方医生刚好擦了嘴角,她装着若无其事地道:"不要紧,喝点水就行。"看着白铁皮桶里的带血纸团,胡慧丽上前握着她的手道:"方姐,我必须跟你认认真真地谈一谈。""你还是想让我去县医院? 我说过了,我不去了,"方医生看了一眼门口的丁玉洁道,"玉洁,你过来。"丁玉洁走到了床前,默默地流泪。"玉洁,你是个好姑娘,感谢你当我的助手,好好读书,将来如果有机会,就跟慧丽一样当个好医生,"方医生咳嗽了一声,又道,"玉洁,你回家去吧。""我不走,我陪着你。"丁玉洁哭着道。"玉洁,听话,你是个好孩子,"方医生说道,"我要跟慧丽说个事。"丁玉洁一步三回头地走了。

胡慧丽将窗户打开,然后又倒了一杯水,递给方医生。方医生微笑着看着她："慧丽，你知道吗？从我第一次看到你时，我就觉得我们会成为好姐妹。这是直觉。我相信直觉。"胡慧丽笑了。"我还记得你刚来的时候，皱着眉，像个挑剔的老师傅，这不对，那不对的，我当时心里又气又急。可是后来我明白了，你说的都是对的。只是我们卫生院的条件差，去年冬天，我看你冷得直哆嗦，我心里就内疚，恨不得变一个火炉出来。"胡慧丽笑着道："方姐，宁和的冬天可真冷。我记得有一次，汪书记来我们卫生院，他也是这么说的，他还给我们带来了一个煤饼炉。我们围着煤饼炉烘手。你还差点一氧化碳中毒。要不是我来得及时，马上开窗通风，你准迷迷糊糊睡过去了。"方医生神色黯然。胡慧丽意识到自己在此时竟然不合时宜地提到了汪阿兴，她无比后悔。"是啊，他还说方医生，欢迎你们以后去我们楼山走一走。慧丽，我一直有个想法，想去楼山走一走，你、你能陪我去吗？"胡慧丽愣住了，好一会儿道："好。""我听说楼山公社有一座山，有过美丽的传说。传说有一位仙人曾经在那儿居住，他看到民间百姓生活疾苦，瘟疫遍地，他将他的药葫芦撒在了山上，从此，此山成了百药山。百姓得病后，就去山上采草药，也真灵，吃一口就好了。"胡慧丽想了想道："方姐，你想什么时候去？""三天以后，"方医生道，"刚刚泄洪，这两天还会有伤员来卫生院的。"

　　咣当一声，高成天用力地推开门，一脸痛苦道："我都听见了，你要去楼山。都到这时候了，你心里还记着他。我、我跟他没完。"他跑了。他心里的怒火累积着，因为泄洪的事，已经积了一肚子的火气。大家拼死拼活，不就是为了保住江堤吗？最后却还是在宁和南沙泄了洪，这岂不是笑话？虽然，他也听说泄洪不是汪阿兴下的命令，可是他是宁和公社书记，他怎么就不想想办法呢？他心里根本就没有宁和。他为了保住他的公社书记，就把大家给出卖了。他回忆着赵刚强带人走之前的话："他娘的，早知道是这么一个结果，老子就不来了。走！"是啊，不仅仅是宁和人，就连赵刚强都跟汪阿兴反目了,看来,他在宁和真的是混不下去了。

汪阿兴独自站在公社楼前。他心里清楚,当他一跨进这幢楼里,迎接他的将是鄙视的目光,因为从南沙回来的张文化见了他都没给好脸色。他仿佛看到许多目光从窗玻璃里射出来,在他身上叮着咬着。他咬了咬牙,走了进去。在走廊上,他遇到了刘振涛。他从三平大队回来了,他看了汪阿兴一眼,顾自走了。汪阿兴拿出钥匙,准备开门,却发现门上用粉笔画着一个"×"。他无语地开了门,地上有一张纸,上面写着:叛徒。他将纸捡了起来,放在桌子上。窗玻璃上破了一个洞,一块小石子在窗台边,跟碎玻璃混在一起。他将小石子拿起的时候,手指不小心被碎玻璃割了一下,流血了。他吮着手指,转身,发现脸无表情的老铁头站在门口。

老铁头走了进来,将一份材料放到了桌子上,然后转身走了。汪阿兴拿起材料一看:我们坚决要求处理汪阿兴。他粗略地看了一下内容,在第二页上发现有许多人的签名,老铁头和张文化也都签了名。他痛苦地闭上眼睛。从这一天开始,他汪阿兴就是宁和的罪人了。在这份材料里,就有这么一句话。他心里明白,老铁头给了他一份,另一份一模一样的材料将被寄送到县里。老铁头之所以将材料给他一份,无非是让他主动离开,这样至少还留有一些尊严。他将材料放进抽屉,然后去提水瓶,发现是空的。他这时候才想起,以前,管仓库的老陈总会在他办公室门外放着灌满水的水瓶。他想着老陈那有些衰老的脸上,现在肯定跟别人一样,冷冷的,像是结霜了。他拿着空水瓶去了食堂。食堂的门关着,而且上了锁。没有人,一个人都没有。

他提着空水瓶回来的时候,经过了老铁头的办公室,门虚掩着,他正在打电话。他犹豫了一下,走了。他看着空杯子,心想要不要去老铁头办公室倒一杯水。但是,他也有自己的尊严。当他将碎玻璃清理干净的时候,高成天进来了。他拖过办公桌对面的一张凳子，一屁股坐下，双腿搁在了办公桌上。这是挑衅。汪阿兴看着高成天的鞋底，他只要往前凑一凑，脸就会与鞋底触碰在一起。而他身子往后仰，则会碰到墙。他被逼到了墙角。高成天掏出烟，点着后，顾自抽着烟。他将烟灰掸到了桌子上。汪阿兴只要一站起来，说一个字，他就会扑过来。此时，门外传来窃窃私语声。他们都想看热闹，仿佛等待着传来惊天动地的巨响。汪阿兴感到一阵悲凉。他之前所有的努力都被泄洪这件事给瓦解了。甚至，现在的境况比他刚来宁和公社报到时还不如。

高成天好像被门外的窃窃私语声激发了斗志，他脱掉鞋子，将臭烘烘的双脚搁在了桌子上。他的脚底有老茧，黄黄的一层，气味令人作呕，好像这一双脚刚从茅厕里提上来似的。汪阿兴突然拉开抽屉，取出了一个笔记本，取出其中一张折叠着的报纸，摊了开来。他用杯子压在报纸中央。然后，他站在了窗前，开了窗。风吹起了报纸的边缘，它们一次一次地拍打着高成天的脚底。高成天一把扯过报纸，撕成两半，他想扔向汪阿兴的时候，愣住了。上面有一张大人物的照片，被他撕成了两半。他吓得赶紧站好，恭恭敬敬地将报纸展平。他害怕了。他听说过有个公社的一个社员因为将一张旧报纸在茅坑里擦屁股，被人举报，后来被押走了。

这时，张文化走了进来。他对门外的这些人有些厌恶，他想进来把门关上，却发现高成天站在桌子前，对着撕成两半的报纸手足无措，脸上的汗水流淌着。他看了一眼道："高队长，你撕报纸干吗？"这好像是一个暗号，立刻，门外的几个人都进来了。他们看着报纸，然后都不吭声了。高成天结巴道："我，我不知道报纸上有……"他额头上的汗珠掉了下来。张文化看了一眼站在窗边背对着门看风景的汪阿兴，心里暗笑，高成天本想来羞辱汪阿兴，结果却被汪阿兴摆了一道，要解围也只有汪阿兴了。"高队长，这件事……"有人道。高成天全身都汗湿了，他不停地擦着额头的汗水。张文化走到他身边，用肘部轻轻地撞了他一下。高成天看着他，一脸慌张。张文化使了一下眼色，然后走了。高成天明白了，他走到汪阿兴身边道："汪大麻子，不，汪书记。"汪阿兴转过身来，看着他的一双脚。高成天慌忙地穿上鞋，站得笔直。汪阿兴走到了桌前，拉开抽屉，取出了一个糨糊瓶，蘸着点糨糊，将撕成两半的报纸粘上，然后压平，然后看着高成天。高成天傻眼了，懊恼地拍了一下自己的脑门，垂头丧气地走了。另外几人也走了。

汪阿兴静静地坐着。高成天的这一次败下阵来，足以说明他汪阿兴不是泥捏的菩萨。他推开老铁头的办公室，一脸平静地坐了下来。两人隔着一张办公桌，一声不吭。好久，老铁头终于开口说话了："一场灾难结束了，另一场灾难开始了。"他将一张电话记录递给了汪阿兴。纸上写着：因为县里经过物资点验后，发现有两车粮食和一车其他物资发往宁和，均没有正常手续，县里将成立调查组来宁和调查，查证属实，将从重处理。汪阿兴站了起来，走向门外。"我已经让小张去叫胡医生了，"老铁头说道，"前有黄有财之事，王宝年这一次肯定会一竿子到底。"老铁头站了起来，说道："另外，还有一件事。你知道胡慧丽的另一个身份吗？""什么身份？"汪阿兴略有些沙哑地道。他发现老铁头说这话时，脸上呈现一种喜色，好像一个猎人捕捉了好猎物一样。"我调查了她的背景。她是张建设的小姨子。""什么？"汪阿兴大吃一惊，他突然发现自己犯了一个错误。其实，从胡慧丽要来一车粮食开始，他就应该有所警觉，整整一车粮食，不是一般人办得到的。但他却认为这是她姐姐的好心之举。她的姐姐是张建设的爱人，所以她才有如此之大的能量。

老铁头走到窗前，抚摸着窗玻璃道："你的窗玻璃是谁打破的？""我不关心这个问题。"汪阿兴道。"是我，"老铁头道，"如果我不当着众人的面，打破你的窗玻璃，那么，我跟你一样，将无话可说。我这是为了自保。""你为什么要告诉我这些？你可以一直隐瞒下去的,"汪阿兴道,"老铁头,有时候我真不明白你,你总是在变化,而且变化得太快。"老铁头笑了一声道:"那是因为我尝受过那种滋味,我知道在危险来临之前,如何为自己找到一条出路。"他眼前仿佛出现了几年前的自己,心情郁闷,一声不吭,走路都避着人。汪阿兴看了一眼被碎玻璃割破的食指,走了。

胡慧丽骑着车到了公社前,感觉气氛有些不一样,静悄悄的,像是一个人都没有。她皱了一下眉,走了进去。她在老铁头办公室里坐了下来。老铁头微笑着,脸上有一种稳操胜券的神情。"什么事,这么急叫我来?"胡慧丽有些埋怨地说道,"方姐需要有人照顾。""给。"老铁头将电话记录纸递给胡慧丽。"怎么了? 没什么大不了,"胡慧丽说道,"就这事?""胡医生,我想跟你谈的是另外一件事,"老铁头将门关上,然后又道,"我查了你的情况,你不仅是县医院的骨干医生,你姐姐还是张建设同志的爱人。"胡慧丽霍地站了起来。"胡医生,我想请你帮个忙,请你跟张书记打个招呼,我想调离宁和。现在的宁和真成了一地鸡毛,"老铁头说道,"我可以去别的公社,也可以去县城。"胡慧丽摇摇头:"我没有这个本事。我姐夫有三大纪律,在家从不说工作上的事。"老铁头有一会儿的沉默。胡慧丽站了起来道:"但是,我会跟我姐说说,只能是说说。""谢谢,谢谢。"老铁头激动了。他送胡慧丽下楼时,遇到了刘振涛。刘振涛像个没头苍蝇一样走来走去,嘴里喃喃自语。

胡慧丽骑车走了。老铁头转身欲走,发现刘振涛站在他身后。他吓了一跳道:"老刘,你干吗?"刘振涛双手抱头道:"我脑子里有个人想打我。""谁?"老铁头道,刘振涛的病复发了。刘振涛双手抱头走了。老铁头突然想到,他忘了一件事。他急匆匆上楼,走进汪阿兴办公室。汪阿兴站在窗前,抽着烟。"我忘了告诉你,胡医生来过了,"他辩解道,"我将情况跟她说了。她好像并不在乎。"汪阿兴是看着胡慧丽来的,也是看着胡慧丽走的。但是,老铁头居然没有将胡慧丽带到他这儿,而是自作主张地谈话。这意味着,如果调查组下来,责任由老铁头承担?这显然是不可能的。那么,他为什么要越俎代庖?汪阿兴心里倒是很平静的,委屈与误解都不是什么事儿。他扛得住。

老铁头心里无比后悔,他为自己的这一疏漏感到极为不满。从南沙泄洪一开始,他就知道接下来事情将会朝着哪个方向发展,每一步似乎都对他有利,汪阿兴的威信将因此而一落千丈。人们总是这样,他们不会埋怨难以见着的人,比如在县里的张建设,总是愿意埋怨身边的人,就是汪阿兴。汪阿兴将承担因张建设作出决定后的所有不满与愤恨,乃至咒骂。依他的判断,汪阿兴会调离宁和公社,他极有可能顶上去。但他一定不能顶上去,因为他一旦顶上去,他将面临一种困境。人们将会把他与汪阿兴对比,会发现汪阿兴其实更适合当这个书记。他要求调离。宁和公社书记不好当,只会越来越不好当。他调离了,与汪阿兴就不会成为仇敌。他太知道人的沉浮了,人自己是掌控不了的,就像漂在河上的一片树叶,它不知道自己的归宿在哪儿。说不定哪一天汪阿兴又会东山再起。他很聪明地运用了胡慧丽这步棋。胡慧丽的能量之大超出了他的想象,当她对这些事表示不在乎的时候,他心里产生了一种极大的依赖感。如果说之前他心里的把握只有六成的话,那么现在至少有八成了。他太了解王宝年了,当这件事最后涉及张建设时,他在掂量之后,马上会改变原来的坚持。"要不要我去一趟,再请胡医生过来。"他说道。这是唯一补救的方法了。"不用了,"汪阿兴道,"两车粮食和一车物资都已经发下去了。这样,你打个报告,跟县里说清楚,在下一批供应给我们宁和的物资总量上减一些。"老铁头愣住了,说道:"这不是不打自招吗?全县都知道我们要物资那是出了名的,主动要求减量,这会闹成笑话。""闹成笑话,总比违反规定好,笑话笑一笑就过去,可违反规定却使我们以后的工作非常被动,"汪阿兴道,"要走大道,不要走小路。我有责任,我以前只知道讨,什么都讨,其实要分清大讨和小讨。"

老铁头走后,汪阿兴陷入沉思。他心里是十分着急的。物资供应这件事涉及了胡慧丽、胡佳丽,他很明白,张建设肯定不知道。如果最后将真相摆到了张建设面前,他怎么办?他寄希望于通过这种物资供应总量减一些的方式,实现迂回地置换,从而减轻胡慧丽和胡佳丽的责任。他不能毁了一名年轻医生的大好前程。他从老铁头的言语里感到老铁头并没有这样的认识高度,这是很要命的。现在的老铁头俨然又变成了以前跟他较量时的老铁头,他的自作聪明极有可能会把事情办砸。

刘振涛被张文化打了。当汪阿兴赶到值班室时,发现电话机也被砸了。刘振涛坐在地上,擦着嘴角的血道:"我要打电话。我要离开宁和。"张文化铁青着脸,一声不吭。他的胳膊上被刘振涛咬了一口。汪阿兴将门关上,然后对刘振涛道:"老刘,打什么电话?""我要离开宁和,"刘振涛道,"我再待在宁和会被淹死的,我脑子里的这个人跟我说的。"他指了指他的脑门。汪阿兴将他扶了起来,然后道:"不要害怕。""不,我害怕。"刘振涛抱住汪阿兴,他的身体缩了起来。汪阿兴轻轻地拍着他的肩,令他平静下来。刘振涛走后,张文化进来了。"为什么动手?"汪阿兴道。"我在接电话,他跑进来抢电话,我不让,他就砸了电话机。还咬了我,"张文化想了想又道,"老铁头说,他的病复发了。"汪阿兴走到张文化身边:"小张,你也回去吧。""我问你,为什么要泄洪?我在南沙哭了。王班长他们要爆破时,我苦苦哀求。当爆破声响起的那一刻,我的心都碎了。"张文化流泪了。"任何事都要付出代价,只是,代价各不相同。小张,有些事你不会明白的,"汪阿兴道,"你将来就会明白了。""我明白,你最后顶不了张书记的压力,你屈服了,你背叛了,"张文化怒声道,"在我心里,你以前永远是顶天立地的汉子,可是,你最后还是变成了软蛋。你对得起我们宁和人民吗?你是在我们的伤口上撒了一把盐。"张文化蹲下身子,哭了。汪阿兴将他拉了起来,替他擦去泪水,然后道:"小张,回去吧。"他看着张文化关上门。他蹲了下来,站在窗前大把大把地流泪。他擦了擦眼睛,竭力使自己仿佛什么事也没有发生过。他知道,现在的公社干部们需要激励,他们仿佛坠进了一个深不见底的土坑,他们的内心跟他一样在挣扎。他要带着他们重新站起来,昂着头,挺直腰。他这么想着,开了门,大步地走向会议室。

在这次特别的会议上,大家都说着自己的心情,议论纷纷。汪阿兴一声不吭地听着。老铁头发言的时候,大家安静了。他跟大家一样,先是说了自己的心情,沉重与悲伤,尤其是看到信号弹在空中闪亮的那会儿,他差点晕了过去。他抹着眼泪。后来他说道:"这件事过去了,我想我们要的结果有时候并不一定要得到。"他说话时,瞟了一眼身边的汪阿兴,想了想又说道:"我也听到了一些话,我们不能因为这件事怪罪某个人,毕竟,我们每个人都有上级,我们有时候必须按照指示办。我的话说完了。"汪阿兴站了起来,深深地一鞠躬,然后说道:"同志们,我汪阿兴对不起大家了。但是有一句话我必须说,南沙泄洪,是在综合方方面面情况与困难之后,才作出的决定。这个决定的确对我们宁和损害很大,但是我想说的是,当生命与地方利益这两件事同时摆在你面前时,你会选择什么? 我选择了生命。因为生命最宝贵。海平县人民的生命跟我们的生命一样,他们也长年遭受钱王江的欺凌。更何况,我们还欠着宁和41条人命。同志们,我汪阿兴是个什么样的人,你们心中很清楚,我身上有许多毛病,有一些毛病是来宁和公社之后滋生出来的,我们宁和穷,我们宁和苦,我们宁和让人瞧不起,唉,我心急啊,我恨不得一夜之间,让我们宁和变得人人天天有肉吃,钱王江变得老老实实,我们宁和人走到哪,哪儿的人都朝我们竖大拇指。可是有些事是急不得的,一急就容易出错……"身边的老铁头坐不住了,他觉得好像一瞬间汪阿兴就变成了另一个人。他怀疑地看着说话的汪阿兴,摸了一下自己的额头,发现居然出汗了。他站了起来,离开了会议室。他在走廊上发了一会儿呆。他想这是怎么了？他不得不为汪阿兴强大的适应力而征服。这个人，真的不是普通人，他身上天生有着一股不同寻常的力量。张文化跑过来，紧紧地抱着汪阿兴，痛哭着。所有人的脸上都挂着泪水。他们全部像是突然复活了。他站了起来，发现自己居然一句话也说不出来。他坐下，他很后悔自己刚才讲完话之后为什么不离开一下。"老铁头，汪书记的话说到了我们每个人的心里，我们理解他。"张文化抹着泪水道。"好，好，好。"老铁头机械地点头道。"老铁头，我提议，我们所有的公社干部去一趟南沙。"汪阿兴道。"好，好，好。"老铁头道，他觉得自己掉进了一个漩涡。

汪阿兴去卫生院是因为张文化跟他说了一件事。张文化只说了一半，他说方医生有点事。坐在椅子里，膝盖上盖着一条毯子的方医生见了他显得有些意外，她说道："汪书记，你怎么来了？"汪阿兴心想难道是张文化骗他的。他支吾了一下道："我，我来看看你。"方医生闭上了眼睛，像是在思考接下去说点什么，当她睁开眼时，发现胡慧丽站在门口。"汪书记，你来了，某人就开心多了。"胡慧丽笑了一下，走到方医生跟前，然后道："汪书记，我听说我们萧金县有一个非常特别的地方，那个地方有一座山，山上有着神奇的草药，而且……""百药山，"汪阿兴脱口而出道，"我们楼山有一座百药山。""汪书记，我跟方姐想去看一看这座山。"汪阿兴看了一眼方医生，发现她一脸通红，心里便也明白了几分，便说道："我打电话跟赵刚强说，他会带你们去。""你不去？"胡慧丽道，"你不能休息一天？""我要带大家去南沙。我们要对南沙作一个全面性的损失评估。"汪阿兴道。"汪书记工作忙，慧丽，我们就不要打扰他了，"方医生道，"麻烦汪书记跟赵刚强同志联系一下。"汪阿兴走出卫生院，胡慧丽追了上来。她告诉汪阿兴，其实让他来卫生院是她的主意，而去楼山走一趟则是方医生的心愿。汪阿兴有些为难。胡慧丽见他这个样子，便有些失望。汪阿兴低头走了。胡慧丽心里十分矛盾，她本来想把老铁头跟她谈的事说出来，可是，她又担心因此而伤害老铁头。她在院门口站了一会儿，然后想起该去红旗大队看老倪了。

方医生并没有多问什么，而是突然跟胡慧丽说了一句话："慧丽，待我从楼山回来，我想去县医院治疗。"胡慧丽欢喜道："好啊。方姐，我现在去红旗大队了。"她推着车走了。方医生将膝盖上的毯子放在一边，站了起来。她在院子里来回走着。她要活下去。她不能再这么消沉下去。只有活下去，才有希望。她固执地认为，这一次汪阿兴来卫生院看她是因为心中有她，他的害羞他的脸红他的支吾都在传递这个信息。人都是会变的。或许，他会突然爱上她。她全身都在发烫。她用手指轻轻地梳理了前额的刘海，然后俯下身子看着院子里的大缸，水面就是镜子。虽然有些模糊，但她看到了自己的憔悴。她直起身子的时候，咳嗽了一声，吐出了一口血。她黯然神伤。她用随身口袋里的手帕擦了擦嘴角。不，她不会这么快就死掉的。老天不会这么无情地对待她。她从来没有做过任何对不起别人的事。她小心翼翼、安安静静地生活在这个孤独的卫生院。她热爱这份工作。对，只有工作，只有工作才能让她精神起来。她快步走向治疗室，拿起了那只陪伴她多年的药箱。药箱里放着一把木梳子。这把木梳子曾经为无数个病人梳过头发，无论老人，还是年轻人，或者孩子。她给病人梳着头发的时候，她觉得他们就像自己的亲人一样。她轻轻地抚摸着木梳子，然后自己梳了头。

她的自行车依旧光滑锃亮。她知道是胡慧丽擦拭的。她推着车，离开了卫生院。她骑上车的时候，感觉身体像是失去了平衡，有那么一会儿，她有点儿头晕目眩。她轻咬了一下舌尖，朝着光明大队的方向骑去。然而，她没想到在半路上遇到了高成天。高成天跳下车，着急道："方医生，你是个病人。"方医生告诉他自己要去巡诊。高成天表示他一路护送。他的热情令方医生无法拒绝。到了光明大队村口，方医生道："高队长，谢谢你，你回去吧。"高成天笑着道:"我等你。"方医生摇摇头,顾自走了。当方医生从病人家离开时,已是傍晚。在村口,她刚想上车,却传来了高成天的声音:"你回来了。"高成天狠狠地吸了一口嘴里的香烟,然后急忙上前道:"累不累?""你怎么还在这儿?"方医生吃惊道。"我一直在等你,"高成天道,"天就黑了,怕你摔沟里去。"方医生听了,不语。一直到了卫生院门口,方医生终于说道:"谢谢。"高成天显得特别高兴,飞快地骑车走了。

晚上,胡慧丽告诉她,去楼山走一趟的事说定了。赵刚强明天就会来接她们。方医生显得心事重重地应了一声,就躺下睡了。她有些疲倦。这令她感到不安,但她认为这是由于抢险的那几天太累的缘故,身体还没有完全恢复过来。她坐了起来,吃了点药,重新躺着。她没想到高成天会在村口一直等着自己。其实,现在的她变成了一个有争议的女人。如果不是汪阿兴,她冰封的心早就结上厚厚的冰了,是他融化了她。现在,高成天仿佛就像是冰面上的一把火。她有一点儿犹豫,就像谈恋爱的姑娘拥有自己的心事一样。有那么一会儿,她想起了多年前死去的未婚夫,他躺在地上,血流淌着。她痛哭。她觉得世界就在眼前成了一片黑暗。她病了半年才慢慢恢复过来。这些年来,不是没有热心人给她作过介绍,那些她没有见过的对象职业各不相同,有县医院的医生、县农业局的干部、周边公社的公社干部,等等。她一概没有见面。从她的未婚夫死去的那一天开始,她的心就死了。她闭上了眼睛,听着自己的呼吸,略微有一些杂声。她的病根就在肺里。她用手摸自己的胸部,手指停了下来。她的身体很丰满。她还是一个处女。她抚摸着自己的身体,一遍又一遍,仿佛置身于澡堂。她感到心跳加速。她拉亮了灯,坐了起来,大口大口地喘气。她为自己刚才的行为而感到羞耻。

胡慧丽推开门,轻轻地走到床前。阳光透过窗玻璃落在了写字桌上,上面摆着一面小镜子。镜子的旁边是几根牛皮筋。墙上挂着一件粉红色的外套。床上躺着的人发出轻微的呼吸声。她转身离去，刚想关门，床上的人醒了："慧丽。"方医生从床上坐了起来，将床上的被子和毯子轻轻地揭开，然后下床，从床底下拖出一双新皮鞋。她像是换了一个人。胡慧丽看得愣住了，好久才说道："方姐，你真好看。"方医生微微红了一下脸，然后指着红色外套道："这件衣服压在箱底好多年了。这双皮鞋也是。"她指了指墙角的那只红色木箱子。胡慧丽以前看到过这只箱子，上了锁。"是当年做的，准备当嫁妆，可惜后来没有派上用场，"方医生道，"拖拉机来了吗？"胡慧丽点点头。

她们到达楼山公社时，发现赵刚强和阿扁在楼前等她们。赵刚强大步上前，笑着道："两位医生来了，太高兴了。"她们在赵刚强的办公室里喝水，稍作休息。方医生突然道："这个办公室以前是汪书记的吗？""是啊，是汪大哥的办公室，我基本没有动，桌子和椅子都是他用过的。"赵刚强道。方医生站了起来，在办公室里轻轻地走着。她用手轻轻地抚摸着墙壁。白色的墙壁已经失去了本色，略微带着黄色。几道可见的细小裂缝在墙上扭曲着，仿佛手臂上的神经。窗台上，木质窗棂油漆掉了许多，裸露部分黑乎乎的。赵刚强吃惊地看着方医生。胡慧丽朝他使了个眼色，他才将嘴巴闭上。方医生走到窗前，看着窗外，发现远山如同在空中的图画，若隐若现。而窗外的几棵水杉树却长得很高大。她盯着水杉树，发现它们笔直笔直。"哦，方医生，这几棵水杉还是汪大哥种的，"赵刚强道，"这树长得特别快，汪大哥说，待这些树长到我跟他两人合抱的时候，他就可以退休了。"方医生点点头，然后道："我们去百药山。"

在山脚下，望着这座山。胡慧丽有些担忧，怕方医生的体力不支，便犹豫道："赵书记，这山高吗？""海拔608米，"赵刚强道，"山道比较难走。"胡慧丽走到方医生跟前道："方姐，要不，我们就在山下看一看？""我一定要爬上山去，"方医生道，"我们走吧。"为了预防不测,赵刚强叫阿扁马上去准备一副担架,再叫四个民兵来。方医生一步一步地向上走着。这山道崎岖,路边的灌木丛里,不时可见腐烂的树叶。胡慧丽紧紧地跟在她的身后。前面带路的赵刚强则拔下腰间的柴刀,不时地砍掉一些拦路的藤条。到了半山腰,方医生明显体力不支,她的呼吸一阵重似一阵,像抽风箱似的。赵刚强建议休息一下。

三人在一块大石头上坐下休息,胡慧丽将随身的军用水壶递给方医生,方医生喝了几口水。胡慧丽接过水壶刚想喝,方医生道:"慧丽,你喝赵书记的水壶。"胡慧丽明白她这么做,为的是避免将病菌传染给自己。她们都是医生,对这些特别敏感。赵刚强利索地递上水壶道:"胡医生,给。我们山里人上山不喝水。"方医生苍白的脸渐渐恢复到本色,她指着山下道:"赵书记,汪书记的家在哪个方向?"赵刚强站了起来,辨了辨方向道:"这儿看不到,在山顶上才可以看到。"方医生站了起来道:"走,继续往上。"她一阵头晕目眩,身体摇晃起来。胡慧丽猛一下子抱住她道:"方姐,方姐。"方医生吐出一口血后就昏迷了。流着泪的胡慧丽抱着她,叫道:"方姐,方姐……"

阿扁带着一副担架和四名民兵上来了。这时候的方医生也醒来了,她声音微弱地道:"慧丽,我要去山顶。"她的目光里流露着渴望。胡慧丽点点头。赵刚强叫道:"上担架。"几人合力将方医生放在担架上。他们继续向上。一路上,山路更加崎岖。他们艰难地攀爬着,方医生看着天空与树木,偶尔的飞鸟。她时而清醒,时而昏迷。胡慧丽心急如焚。

终于到达平坦的山顶。四周都是灌木丛,一只野兔惊惶地窜逃了。担架上的方医生轻声道:"放我下来。"胡慧丽扶着她。"赵书记,他的家在哪个方向?"赵刚强指着南方道:"那。"远远地望去,在一座山的山脚下,有一个小小的村庄。方医生久久地看着这个小村庄,脸上有了微笑。她仿佛看到了汪阿兴就站在村口,静静地看着她。"我看到了，"方医生道，"我看到了。"胡慧丽的泪水涌了出来。赵刚强则有些悲伤，他全然猜测到了。阿扁蹲着，一声不吭。"我要带一把泥土和一株草药回去。"方医生道。赵刚强听了，马上道："阿扁，马上找。"阿扁利索地找了一株草药，然后挖了一抔泥。赵刚强砍了一棵毛竹，做了一个竹筒，将泥土装了进去。

下山时，担架上的方医生左边放着一株草药，右边放着一竹筒土。她紧紧地护着它们，好像这是世界上最珍贵的东西。到了山脚下，方医生再次昏迷过去。胡慧丽见了，便同赵刚强商量，直接送县医院。阿扁则抹着泪水。赵刚强感慨地说道："难道这真的是命吗？"胡慧丽一言不发。不一会儿，拖拉机直奔县城而去。一路上，胡慧丽紧紧地抱着方医生，好像一松手，就会永远失去她。

第二十一章

一个水世界,仿佛一个大湖。一条小船在水里划动着,船上的汪阿兴手里拿着一根竹竿,不时地测一下水深,报数。张文化负责在本子上作记录。这时,另一条船划了过来。船上坐着老铁头、阿炳等人。阿炳划着船,一副小心翼翼的样子。虽然远处的江堤上的那个泄洪口已经堵上了。但是,他依旧心有余悸。毕竟这儿是南沙,上次泄洪将这儿变成了水世界。"水世界"是老铁头说的。到了南沙之后,他一下子沉默无语了。两条船靠在一起的时候,汪阿兴指着水面道:"阿炳,最深的地方有多深?""三米多,"阿炳道,"估计原先就是河。我说汪大麻子,南沙这地方这么大,我估计还有更深的地方。""这水一下子退不了。"汪阿兴看了一眼埋头记数字的张文化。他想到了老倪,本来记数字的工作他想安排老倪的,但老倪的腿摔伤了。至今,老倪还不敢公开露面。一早,他去了红旗大队,见了老倪。老倪告诉他,钱王江的潮水有它的习性,他研究了近几十年钱王江水文记录,发现从钱王江上游带来的泥沙经潮水的冲击,呈波浪形沉淀。尤其是萧金县宁和段,泥沙抬高了江床啊,所以大潮加台风一起作用,上次终于决堤。而南沙,则是大面积滩涂,此次泄洪之后,虽然成了汪洋大海一样,但水道刷深,反而有利于围涂。

现在,他心里的念头又开始蠢蠢欲动了,好像它被关了一阵子禁闭,饱尝黑暗之后,渴望见到一丝光明。老铁头显然是深谙他心事的,所以一言不发,以免落下口实。他也不想打扰老铁头,让他做一个看客,倒也无妨。现在这个时候,做看客是最明智的,这也是符合老铁头性格的。只是张文化一直担忧调查组,三天后,他们就要来了。他屡次提醒汪阿兴,做好各种准备。

离开南沙时,他们坐拖拉机回来,而两条小船本来就是从光明大队借的,由阿炳和另一人划着,经钱王江划回光明大队。在拖拉机上,张文化不合时宜地提起了方医生和胡慧丽去楼山公社一事。汪阿兴不吭声。老铁头却说话了:"听说高成天在卫生院守着,"他瞟了一眼汪阿兴又道,"高成天可真是忠心耿耿啊,比看门狗还忠心。"这话里明显透着嘲讽,他是在嘲讽汪阿兴。汪阿兴依旧不发一言。张文化看了汪阿兴一眼,发现自己多嘴了。他将头扭向一边。

到了公社前,众人下了拖拉机。汪阿兴在走廊上遇到了高成天。他似乎忘记了上次撕报纸的事,一声不吭跟着汪阿兴进了门,反身将门关了,然后一下子将汪阿兴逼到墙角道:"你想搞什么名堂?方医生为什么会去楼山?"他双手握拳。"真要打?"汪阿兴道,"靠动武能解决问题吗?"他上前一步,高成天退了一步。他又上前一步,高成天又退了一步。两人进进退退。这让站在门口的张文化不知如何是好。他大声道:"方医生去县医院了。"高成天愣住了,不相信似的看着张文化。

这时,桌上的电话响了。赵刚强在电话里焦急地说了方医生的情况,高成天听了,拔腿就跑。汪阿兴挂了电话之后,想了想,拿起了电话,接通了县医院章院长。章院长告诉他,方医生的确住院了,情况不是太好。他看了一眼办公室,收拾了一下,下楼。张文化拦住他道:"汪书记,县里已经来通知了。"他跟张文化简单交代了一下,便骑车走了。

一路上,汪阿兴都显得无精打采。赵刚强在电话里没有多说什么,他之所以不陪方医生她们去楼山,不仅仅是因为他要去南沙,还有另外一个原因,那就是他有所顾虑。如果他陪着方医生去楼山,这必然会带来更多的议论。这算什么?别人会怎么看?如果他真的陪着她们去了,传言就坐实了。他现在自己处于风口浪尖,换句话说,他尚没有能力自保,又如何去保护方医生?他不想因此而连累方医生,坏了她一生的名声。事实上,他已经是一个争议人物了,任何一个跟他有关系的人都将成为候选的争议人物。他已经听到一些说法,说他人虽然离开楼山公社了,楼山公社却还是他的地盘,也有人说赵刚强就是他的跟班。甚至有传言说,楼山与宁和两个公社开始搞政治结盟了。他痛恨这些无中生有的谣言,但他又不得不提防这些谣言带来的后果。他不去,对方医生是一种保护,对赵刚强也是一种保护。

走进病房的那一刻,他发现高成天正在擦汗,他先自己一步到达了医院。方医生半躺在病床上,吃着一个苹果。高成天愣了一下,马上便瞪起了双眼,那是满满的敌意。"汪书记,你怎么来了?"方医生道,她将咬了一半的苹果放在床头柜上,脸上呈现红晕。"你住院了,我代表公社来看看你。"汪阿兴道。"汪大麻子,你骗谁呢?哼,"高成天一脸不满地说道,"你不是工作很忙吗?""县里是要开会,我顺便就先过来一下。"汪阿兴补充说道,他的话前后明显有矛盾。方医生脸上闪过一丝失望,但马上不吭声了。"你好好养病,我去开会了。"汪阿兴转身欲走。"高队长,你出去一下,我跟汪书记有话说,"方医生道,"就几句话。"高成天瞪了汪阿兴一眼,走了。

看着门被关上了。方医生拉开床头柜的抽屉,拿出一株草药和一个竹筒道:"这是百药山上的。"汪阿兴愣住了。"草药就要枯萎了,可这些泥土永远不会枯萎,"方医生闭上眼睛,又说道,"这个世界上,只有泥土一辈子都不会变。"他知道方医生这话里的意思,但是他无法应答。他犹豫地说道:"方医生,山上的风景好吗?""好。我看到了你的家,一个小山村,"方医生道,"要不是我突然,我……我会去你家门口站一会儿。想见见你的儿子小路,赵书记说他叫汪小路,我还想去见见你爱人的墓,我想在她的墓前点上一炷香。可惜,计划被打乱了。是啊,人生总是有一些遗憾。"悲伤像潮水一样涌了上来,就快要奔涌出来了。汪阿兴站了起来道:"我开会去了。"他夺门而去。方医生流泪了。她第一次去百药山,也是这辈子最后一次去百药山了。

　　站在县医院的大门口,汪阿兴有一种何去何从的茫然。他有些痛恨自己的懦弱,当方医生说着那些话时,就好像在将她的心一片一片地剖给他看,而他却残忍地不发一言。他其实可以大声地表达对方医生的爱,而不是这般躲躲闪闪,时时回避。他不如高成天那般勇往直前,直率真诚。他是个胆小鬼,一个感情上的侏儒。他回头望了一眼病房大楼,然后走了。

　　这个会议是临时决定的。在会上,李贵生传达了省里对钱王江泄洪的相关指示精神,说谭书记表扬萧金县顾全大局。钱王江管理局和海平县都来电表示感谢。张建设一声不吭,他看着有些落寞的汪阿兴,发现他一直低着头。

　　会议结束之后,汪阿兴在张建设的办公室里发呆。张建设和李贵生一道进来了。"汪大麻子,感谢你,"李贵生道,"你肯定受委屈了吧? 有人打电话给我说,说你是个叛徒。这顶帽子分量很重,要是没有一点承受力,怕是要被压垮啊。"汪阿兴一言不发。"汪大麻子,我跟老李商量了,你的压力太大,让你去钱王江管理局学习一段时间,怎么样?""学习?"汪阿兴愣住了。"公社的具体工作暂时由老铁头负责,你就放心去学习吧,"李贵生道,"老张说了,你很久没有回家了,你可以先回家一趟,然后去学习。"汪阿兴摇摇头。"汪大麻子,你这是怎么了? 我看你无精打采的,说,"张建设皱着眉道,"给我打起精神来。"汪阿兴依旧没有吭声。李贵生看着他的样子,走过来用力地拍了一下他的肩道:"男人有时候也要学会流泪。"他走了。

调查组是提前一天到达宁和的,组长是金健康,组员是马加荣和另一位小王同志。这颇令汪阿兴感到意外。金健康他们就睡在公社会议室,打地铺。他们是晚上到的,马上就开始工作了。他们第一个找的谈话对象是光明大队的阿炳。阿炳刚刚跟海平县老盐公社的人打了一架,鼻青脸肿的。他去谈话之前,喝了一点酒。他好像喝多了,走路有些歪歪扭扭,还在会议室门口摔了一跤。他从地上爬起来,拍拍屁股。在会议室里,金健康问,他答。他出来的时候,在会议室门口大叫大喊,好像突然发酒疯了。汪阿兴拉住他,发现金健康一副公事公办的样子。汪阿兴送阿炳下楼。他后来发现阿炳走路不歪歪扭扭了,好像酒全醒了。他明白了,心想阿炳根本就没有喝醉,全是装的。事实上也是如此,阿炳回头看着汪阿兴走了,马上掏出香烟,坐在地上抽了一根。他没有喝醉,他之所以装出酒醉的样子,就是怕说错话。他不知道调查组找他谈话,是出于什么目的。他干脆就装醉,这样他说的话一旦有错,以后就可以说因为醉了说的酒话,酒话是不作数的。他很为自己的安排而得意。

第二个谈话的对象是鲁家湾大队的徐阿福。第三个是红旗大队的高成天。由于高成天去了县城,就临时换成了老铁头。徐阿福的谈话很安静,他垂着头,像接受审判一样。因为鲁小妹不经意说出了他的秘密,那个大雨天,他要带着全家逃跑的事。这令他抬不起头来。不仅是他抬不起头来,就连家里其他人都是这样的,在鲁家湾,他们低着头走着。他心想这辈子算是完蛋了。他的胆怯居然造成了这么严重的后果。他现在有些担心徐大军以后找不到对象。姚婶倒显得平静,她安慰他道,那只是他的一个错误想法,事实上他并没有逃跑。当危险来临之际,每个人都会有这样的念头……自然,因为这件事,丁玉洁与姚婶的关系也越来越僵,两家人几乎都不走动了。他是喜欢看到这样的。鲁阿牛的病看样子越来越重了,已经没有了医治的可能。他对鲁阿牛的怨恨好像也淡了一些。他倒有些同情鲁阿牛起来了。

老铁头与金健康面对面坐着。他说得很有技巧。他之前有过分析,从选择的几个谈话对象来看,好像是王宝年拟定的。他知道无论是阿炳,还是高成天,或者徐阿福,都对汪阿兴有意见。他问过阿炳,可阿炳含糊其辞,说那天晚上自己喝醉了,不知道说了什么。至于徐阿福,他不想询问。在他看来,徐阿福有点像牛皮糖,一旦黏上了,就很麻烦。更何况,徐阿福对他也很不满。他本来寄希望于高成天能说一些什么,但是高成天却在县医院陪伴方医生。他从金健康的提问中,发现这次谈话是经过精心设计的,表面上是了解宁和公社的各项情况,实际上却是针对汪阿兴而来的。尤其是在物资分配上,金健康一连问了几个问题,包括为什么给鲁家湾人双份的事。在最后,谈到物资供应时,老铁头有些犹豫不决,但他没有说出胡慧丽运用关系为宁和供应物资的事。他就是要让金健康感觉到他的犹豫,但又不点破。他知道金健康是个聪明人,任何一点犹豫都逃不过他的眼睛。他起身走的时候,金健康也站了起来,说道:"有些话,我个人建议还是说清楚些好。""我基本都说清楚了。"老铁头走后,知道金健康开始怀疑了。

根据安排,汪阿兴是最后一个谈。但是,金健康突然要求去各个大队走一走。他直接去了红旗大队,跟老倪作了一次谈话。这次谈话,汪阿兴没有参与。据张文化回来汇报,金健康与老倪是单独谈话。他们谈了很久,老倪出来的时候眼睛红红的,好像哭过了,但他的脸上却是微笑,好像还有一些兴奋。张文化说他很难形容老倪的表情,总之就是怪怪的。汪阿兴觉得,金健康这次来宁和,肩负的任务恐怕不仅仅是调查物资情况,还有其他情况。他心里梗着的一件事就是胡慧丽的事。他估计金健康已经掌握相关证据,找他谈,恐怕就证实一下罢了。

他们的谈话是在调查组到达后的第三天上午。汪阿兴走进会议室,发现金健康脸色沉重,好像遭遇了什么事。他坐了下来。

"汪阿兴同志,我们开始,第一个问题,据你们宁和公社的同志反映,在物资的分配上,你搞双重标准。有无这事?"金健康道,"请如实说。""有。主要是考虑到鲁家湾人灾后,一无所有。"汪阿兴道。"第二个问题,你对有的同志打击报复?""请具体地说,哪位同志?"汪阿兴道,"既然是组织上的谈话,我相信这也是保密的谈话。直说无妨。"金健康点点头,跟身旁的马加荣道:"小马,做好记录,这份记录不许外传。"马加荣点点头。"比如刘振涛同志。""我没有,"汪阿兴摇摇头道,"刘振涛同志的身体状况不是很好,他向我要求去三平大队,我同意了。我想,这不叫打击报复吧。"金健康道:"那么,高成天同志呢? 听说你跟他是仇人,两人见面,一言不合就动手。""有过这样的事,但我们不是仇人,而是同志。因为工作上的一些矛盾,吵个架也是正常的,而且我们的脾气都有些急。""但是,你们恐怕不仅仅因为工作上的矛盾吧? 还有别的原因。"金健康想了想道。"老金,不,金组长,你到底需要了解什么? 请说,"汪阿兴道,"你知道我的性格,直来直去,说话不要拐弯子。"他的情绪有些激动。他没想到金健康会问到这个问题,这明摆着是要把方医生给带出来了。金健康站了起来道:"我建议先休息,到时接着谈。"

高成天是中午来公社会议室参加谈话的。这也是金健康特意安排的,他风尘仆仆进了会议室。不一会儿,就听到了他的骂声。汪阿兴远远就听到了。高成天谈话结束的时候,走进了汪阿兴办公室,指着他道:"汪大麻子,你也别怪我,谁让你跟我抢女人呢? 我这辈子就爱方医生一个,谁都不许跟我抢。"汪阿兴感到愤怒,但是他隐忍不发。下午,继续谈话。金健康道:"高成天的骂声估计五里路外的人都听到了。当然,我们不能听一面之词,你说说吧。""我不想提这件事,"汪阿兴道,"他怎么说,由他说去。我有保持沉默的权利。""但是汪阿兴同志,这件事你如果不说清楚,将会一直纠缠着你,对你未必是好事,"金健康想了想道,"我认为,倒不如表明自己的态度,不让公社书记跟生产队大队长抢女人这样的话流

传出去。""我不同意这样的说法。清白的人何须证明自己是清白
的?""你的意思是说,你跟方茹儿同志只是革命同志感情?"金健康
道。汪阿兴沉默不语。"汪阿兴同志,你必须回答这个问题。这是
组织上赋予我们调查组的权力。"

　　会议室安静得仿佛能听到一根针掉在地上的声响。马加荣有
些焦急,来宁和之前,王宝年把他叫到办公室,要求将情况如实汇
报给他,不许漏掉一个字。而金健康显然是不会同意这么做的,他
如果私下汇报,带来的后果是很麻烦的。他一直在想什么办法解
决这个麻烦的问题,但苦于无策。他本来想跟汪阿兴商量一下的,
他心里有八成的把握,汪阿兴能帮他想出点子来,而且会替他保
密。现在,汪阿兴的情绪好像陷入了一个深潭,这必定会影响他的
心情,以及对调查组的不满。他站了起来,轻声道:"汪阿兴同志,
我觉得个人问题可以简单一些说。"

　　"小马的建议不错,你考虑考虑,"金健康道,"如果你跟方茹儿
同志情投意合,经组织同意,你们完全可以结成一对。如果你跟她
之间是革命同志关系,那也请表明一个态度。"汪阿兴看了一眼金
健康,发现他的目光里有着一种平静,似乎对这件事并不是太重
视,难道是自己把事情想复杂化了? 但是,任何事情都是瞒不住
的。他如果说革命同志关系,那么方医生将因此而被重重打击,她
的生命之花将马上凋谢。他心想,他现在说的每一句话,在不久的
将来都将传开去,尽管组织上说是保密,但保密也是有限度的。如
果说他爱她,那么他将面对如何爱的问题。男人的一句话,不是一
个屁,而是承诺。他至今都没有想好怎么爱她,怎么能说他爱她
呢? 他从来没有这般仔细地剖析他与方医生的真正关系。他依旧
沉默不语。直到金健康说了这么一句话:"你不想说也可以,可以
用书面的方式递交。但是,我认为既然这个问题提了出来,那就永
远是一个问题了。"显然,金健康是在善意地提示他,可以绕过这个
问题,但是,他觉得用书面方式提交,这是对方医生的一种侮辱。

他站了起来道："我爱她。"一下子，众人都愣住了。"你不要冲动，考虑清楚之后再说。"金健康心里很着急，他担心汪阿兴因此而坏了张建设的布局，毕竟，当事人亲口承认和别人传说是不一样的。谣言与传说有时候是很脆弱的，经不起真相的公布，但当事人自己承认，那就是铁板钉钉了，就是铁证了。汪阿兴亲口承认，那就证实了抢女人一说，这于他的名声而言，就是抹了黑，就是给别人多了一个攻击他的理由。马加荣也是大吃一惊，他手中的笔没有记录，而是小声说道："汪阿兴同志，要不要休息一下后再接着谈。""不用了，我爱她，"汪阿兴道，"但是我不知道怎么爱她，我也没有精力去爱她。"马加荣只得如实记录下来，他的眉头皱了起来。

"我们再谈一个问题，据我们的核对，宁和公社有两车粮食和一车物资没有正常的手续，我说得再明白一些，没有王宝年同志的签字。我们问了物资局，他们的意思是计划外调拨，"金健康道，"虽然计划外调拨是允许的，物资局有这个权力，但因为数量过大，所以我们必须了解真实情况。"汪阿兴喝了一口水道："情况属实，但我们已打报告，要求在之后的调拨总量中减去这些。""关键问题是这些物资为什么没有经过王宝年同志的签字，而直接运送到你们宁和了？请说明白，"金健康道，"这是根本性的问题。""我们自己与物资局进行了对接。""跟谁对接的？""相关负责部门。"汪阿兴道。"有具体的手续吗？请提供相关手续。""没有手续，"汪阿兴道，"有责任我承担。"金健康不吭声了，他隐约猜到了一些什么。他站了起来道："好，调查暂时到此结束，等我们的调查报告出来，会请你们看一下，确认无误后，再上报。"

晚上，金健康来到汪阿兴的宿舍。两人抽着烟。"汪大麻子，你跟方医生的这件事，我个人认为不必在调查报告中体现，我理解你的心情，但是你也要考虑到自己的影响。至于不按手续调拨粮食一事，我必须如实汇报。"汪阿兴沉默不语。"其实，这件事涉及张建设的爱人胡佳丽同志，我知道你们要来的物资去向是正常的，也是合理的，但是的确违反了规定。更何况，据我所知，你是通过胡慧丽同志向胡佳丽同志要的物资，也牵涉到了胡慧丽同志。""老金，我恳请你不要将她们姐妹俩放进去，任何事由我来承担，"汪阿兴着急道，"她们都是出于同情心，出于一种革命同志的人道主义精神。"金健康长久不语，后来说道："你是不知道，有人死死盯着这件事，我必须如实汇报。"

金健康走后不多久，马加荣来了。他站在门口轻声道："汪书记，你得帮帮我。"马加荣一溜烟进来，关上门，然后从口袋里掏出两包烟，往汪阿兴手里塞。"小马，你这是干什么?"汪阿兴道。"我不抽烟，给你抽，"马加荣看了一眼宿舍，然后道，"我遇到了一件麻烦事，你帮帮我。"接着，他说了王宝年跟他说的话。汪阿兴沉默不语，王宝年为什么不当这个调查组组长的答案也清楚了。他如果担任调查组组长，如果逮到一些不利于汪阿兴的事，别人会抱着怀疑态度，而金健康当组长，别人无话可说。王宝年就是要借着金健康的嘴，说出他想说的话。他想了想道："小马，这件事我帮不了你。你们调查组必须如实汇报。""这次调查组回去之后，我们写好调查报告，是直接送张书记的。也就是说，这份调查报告只有张书记一人知道。我担心王副主任在会上突然发难，那就表示这份报告泄露了。我就是罪魁祸首。汪书记，我到时候两头不是人，你得帮我想想办法，"马加荣一脸着急道，"我知道你点子多，一定有办法的。"汪阿兴想了想道："你只有一个办法。你回去后，第一时间向李贵生同志汇报，要如实汇报，包括王宝年要求你私自汇报的事。不要有任何隐瞒。然后再向王宝年汇报。""李主任?"马加荣不安地说道，"我心里没底。""李贵生同志是正直的人。"马加荣点点头，快步走了。

调查组回去后第三天，汪阿兴接到了去县里开会的通知。前一天，他看到了加急送来的调查报告，在报告里，没有说到方医生。关于物资部分内容，也没有提到胡慧丽和胡佳丽，他心里轻松了许多。他是坐着拖拉机去的，因为接到胡慧丽的电话，方医生要回来，要回宁和。在电话里，汪阿兴问了方医生的病情，胡慧丽说还可以。他一时判断不出"还可以"是什么意思。他洗了一个澡，换了一身衣服。在拖拉机上，他望着快速掠过的草舍与房子。在县城郊外，全是平房和楼房，它们错落有致。他心想着以后宁和也是这样的房子。他做梦都想让宁和遍地是平房和楼房。这样的房子才叫房子。到了县里，他让拖拉机手直接去县医院接方医生。看着拖拉机手离去，他朝楼内走去。门口，他看到了马加荣。马加荣朝他点了点头，就走了。

进了会议室，汪阿兴才发现情况有些特殊。张建设、李贵生和王宝年，还有金健康都坐着。虽然都抽着烟，谈笑风生，但汪阿兴还是看出了一些紧张。尤其是王宝年，他抽烟的时候，手指在微微地颤抖。风暴即将来临。汪阿兴坐了下来。张建设将手中的烟摁灭，然后道："人到齐了，我们开会。"金健康站了起来道："按照县里的安排，我担任调查组组长，完成了调查报告，也送达宁和公社进行了签字确定，现将有关情况汇报如下……"李贵生一直不吭声，他的目光在汪阿兴身上来来回回地浏览，好像这是一个陌生人。张建设安静地听着。王宝年显得有些心神不定，他居然被手里的烟烫了一下，甩了一下手。

金健康将报告读完之后，坐了下来。众人都沉默不语。李贵生打破了僵局，他说道："汪阿兴同志，你签了字，就说明金健康同志说的都是真实的，你有什么想法？""我一切听从组织的安排。"王宝年有些阴郁地说道："这个回答最标准，也最没有问题。""宝年同志，你有话就说，"张建设皱了一下眉道，"从报告来看，汪阿兴还是有一些毛病的，这些毛病必须改。""金健康同志，我想看一下你们的原始记录，"王宝年道，"这个报告太书面化了。"金健康愣住了，他想了想说道："王宝年同志，原始记录我们已经保存了。这个报告就是根据我们的原始记录整理的。"张建设意识到王宝年话里有话，便说道："今天这个会议，就是要让大家畅所欲言，直面问题，有毛病指出来，有错误马上改正，不要躲躲闪闪。老金，你把原始记录本拿来，让王宝年同志看看。"金健康竭力装着平静的样子走出了会议室。他在门口回头看了一眼汪阿兴。会议室里出奇地安静。李贵生皱着眉头，他的目光依旧在汪阿兴身上来来回回地扫视。王宝年则显得有些激动，手上的烟再次烫了他一下，他赶紧甩了一下手指。张建设看着门，他心里有了一些不祥的预感。王宝年之所以提出看原始记录本，这说明他对这个报告不信任，他似乎了解一些其他的情况。但是金健康将报告完成后，他是第一个阅读者，金健康并没有说其他的情况，难道金健康隐瞒了一些什么？他看了一眼王宝年，发现他用手摸着笔记本，一下又一下地，好像能摸出什么东西来似的。

金健康拿着笔记本进来，刚放下。王宝年就取了过来，他翻开看了看，大声道："怎么少了两页？"金健康转头叫道："小马，小马。"马加荣快步进来。"王副主任说，记录本怎么少了两页？"金健康皱着眉头道，"你跟王副主任解释一下。""我，我擦屁股了，那天我突然内急，没有纸，就掏出口袋里的记录本，随便撕下了两页。"马加荣低头道。"说实话，"王宝年一拍桌子道，"你前天跟我说的，可不是这么回事。"众人都愣住了。

"王宝年同志，这个记录本你事先看过？"李贵生道，"在报告没有公布之前，我都没有看过这个材料，你提前看过了？"他说着，走到了张建设身边，又道："老张，我记得我们当初约定，这份报告要高度保密，第一时间报给你，然后在小范围的会议上公开。现在看来，我们一些同志的组织纪律性都丢了。那还开什么会啊？"众人都看着王宝年。王宝年支支吾吾，脸涨得通红，恨不得找条地缝钻下去。"汪大麻子，我问你一句话，报告与实际情况有无出入？"张建设突然道。汪阿兴慢慢抬头，发现众人的目光都盯着自己。他从金健康的目光里读出了焦虑，从马加荣的目光里读出了害怕，李贵生的目光平静,王宝年的目光里却有一股狠劲,好像要杀人似的。他走到金健康身边,拍了一下他的肩道:"对不起。"然后转向张建设道:"报告与实际情况有出入。""好啊,你终于承认了,"王宝年大声道,"这份报告有水分。"李贵生站了起来道:"我建议,暂时休会。"他快步走了。

在休会期间,李贵生跟张建设作了交流,他如实地讲了真实情况,这令张建设心中一震,他完全没有想到胡佳丽和胡慧丽居然卷入了其中。他抽着烟,长久无语。李贵生的意思是这件事到此为止,毕竟没有造成大的损失,批评教育一下就可以了,这个会没有必要开下去了。张建设却不这么认为,他坚持要把这个会开完。在会议上,汪阿兴心里不是个滋味,金健康的目光变得很复杂,而马加荣则有些怨恨地看着他。他依旧如实地陈述了真实情况。张建设在会上作了自我检讨,他的声音很沉重,沉重得令人想哭。他坚决要求给自己一个处分,责任在于对家属管教无方。金健康因为弄虚作假,给予警告。胡佳丽处分并调离物资局,胡慧丽因为人事关系在县医院,让医院给予批评教育,至于汪阿兴,除了处分,还被免去了宁和公社书记一职。李贵生后来站了起来,说这件事其实还是内部的事,适当从轻处理。王宝年表情复杂,他本想以此敲打一下汪阿兴,他料想张建设是不会拿自己开刀的。但是他失算了,这把火最后烧到了张建设的头上。这是他始料未及的。从今天起,他也将失去多人的信任。这个会议,几乎没有一个赢家。好像只有李贵生什么事也没有沾着,但是,汪阿兴知道,从李贵生在会上公开表示内部处理之后,他的原则性也受到了众人的质疑。而这一切都是因为他。如果在张建设问的时候,他哪怕就是一声不吭,也不会导致这样的局面出现。

会议结束后,张建设站在窗前抽烟。汪阿兴走了进来,一声不吭地道:"我走了。""你就没有其他的想法? 不提任何条件?"张建设道。"从我说话的那一刻开始,我就预料到了这个结果,我宁可

被人怨恨,被人辱骂,我必须向组织上说真话。"汪阿兴道。"虽然
免了你的宁和公社书记一职,但仍由你主持工作,另外,你兼任鲁
家湾大队的支部书记。从明天开始,先去钱王江管理局学习半个
月,回来后,你的免职文件下达,"张建设道,"如果你想提要求,这
是最后一个机会了。""我以后就去鲁家湾办公了,想装一台电话
机。"汪阿兴道。他走了。张建设将手中的烟狠狠地摁灭在烟缸
里,长长地叹了一口气。

　　下班前,李贵生走进了办公室,笑道:"老张,你这是挥泪斩马
谡? 宁和这么一个烂摊子,他咬着牙,拼命干,刚有些起色,你就把
他给免了,我可是为他叫屈来了。我听说,鲁家湾人快断粮了,他
也是没有办法。是我们欠他的。"张建设叹了口气道:"脱缰的马,
日子久了,就野了。""我知道你是想历练他,适当的时候再打压他
一下,挫挫他的锐气,可是现在我们正需要用人之际,我看过阵子
就让他官复原职吧,"李贵生想了想又道,"你说我们当干部的,不
就是谋事吗,这个事,不是人事,而是干实事、干大事。就凭他敢于
说真话,不怕得罪人这一点,他是干大事的料,而且是好料。"张建
设指了指墙上的地图道:"好料也需要时间打磨,现在压压他,总比
到时候顶不上好。"两人笑了。

　　夜色中,拖拉机哒哒地响着。胡慧丽抱着方医生。高成天和
汪阿兴面对面坐着。之前,胡慧丽带着方医生去照相馆拍了照片。
她的身体已经十分虚弱,当她坐在椅子上,面对着照相馆的师傅
时,她脸上的微笑好像僵硬了。胡慧丽不断地提示她:"笑一笑,笑
一笑。"她像是失去了听觉,一脸茫然。胡慧丽走到她的身边,低下
身子在耳边道:"方姐,笑一笑,把最美的表情留给照片。"她笑了。
当她们离开照相馆时,发现高成天推着车就站在外面。他推着她
走着,好像是这县城里任何一对普通的夫妻。在过一座石拱桥时,
高成天使了劲地推着车。他脸上有一种幸福,好像是晚霞染成的。
汪阿兴到达县医院的那会儿,方医生已经躺在了拖拉机里,她睡着

了。高成天忠实地守在拖拉机旁，不时地看一眼躺着的方医生。胡慧丽办好出院手续，出来的时候正好遇见汪阿兴，她迎了上去道："汪书记，我们走吧。"汪阿兴点点头。他不忍心吵醒睡着的方医生，便说道："我们让她多睡一会儿。"胡慧丽表示同意。他们站在拖拉机旁轻声地说着话。胡慧丽没有过多地问起关于会议的内容，她从汪阿兴疲惫的脸上可以读出一些信息。他受了重挫。高成天一直不太友好，他的眼神每一次在汪阿兴身上停留时，都会让汪阿兴觉得那是在叮咬。他不想跟高成天吵。他有些累了。方医生醒来，看到汪阿兴时，脸上闪过一道红晕。

开出城郊一段后，汪阿兴心里有一种冲动，开到楼山去，他不干了，他带着方医生回到楼山去。他全身都沸腾起来了。但是高成天的一句话惊醒了他，他说道："看你的样子，肯定是挨批评了，你在宁和就要混不下去了。"他有一种幸灾乐祸的得意劲儿。"你在宁和就要混不下去了"这句话就像一把刺刀一样捅了自己。如果他离开宁和，那他就是个软蛋，一辈子让人瞧不起。他就是死，也要死在宁和这个地方。他咬着牙，转头望着远处。夜色中，点点灯火就是希望之光。

到了卫生院，汪阿兴和高成天抬着担架，将方医生送到了房间。因为一路上的颠簸，方医生一直没有睡意。她睁着眼，看着眼前的一切，好像有些茫然。高成天表示他想留下来，被胡慧丽拒绝了，她说她还有事跟汪阿兴谈。高成天走得很不开心。汪阿兴与胡慧丽站在院子里，四周黑漆漆的，这是一个漆黑的夜晚。胡慧丽简要地说了方医生的病情，时间越来越珍贵了。她说道："方姐说了，她最后的心愿是能在你怀里睡去，"她擦了一下泪，又说道，"她还说，如果她死了，请把竹筒里的泥土埋在她的身边。"汪阿兴道："胡医生，我爱她。"胡慧丽愣了一下道："你说什么？""我爱她。""真的，太好了，太好了。方姐一直等着这句话。走，你现在就跟她去说。"胡慧丽拉着汪阿兴要走。这时，院门砰的一声被推开了，高成天冲了进来，一下子抱住汪阿兴道："我爱她，我爱她……"两人扭打起来。

　　"住手！"胡慧丽愤怒地吼道。她打亮了院子里的灯。灯光下，高成天蹲在地上低声哭泣，汪阿兴垂头无语。"你们俩，为什么非得这样？方姐现在还躺在病床上，奄奄一息，你们……你们……"她哭了。汪阿兴转身走了，他发现当他说出"我爱她"之后，他全身的力量就消退了，一下子消退得干干净净。高成天抹着眼泪道："我爱她，在这个世界上我就爱她一个人……"胡慧丽道："高队长，你也回去吧，冷静冷静。"

第二十二章

　　方医生的病情好像稳定了一些,她的胃口也好了一些。胡慧丽并没有将汪阿兴说的"我爱她"告诉她,生怕她受不了刺激。老铁头通报了县里的处理决定,并告诉胡慧丽,关于她的处理由县医院执行,公社没有这个权力。第二天,胡慧丽就接到了县医院的通知,让她回去参加会议。她走之前,去学校找了莫校长,让丁玉洁照顾一下方医生。她带着丁玉洁进了病房里,说了一些注意事项。丁玉洁看着床上睡着的方医生,不停地点头。丁玉洁紧张地坐在病房里,眼睛一眨不眨地看着床上的方医生。方医生醒来后,看到了丁玉洁。她的声音有些沙哑:"玉洁,你怎么来了?""方医生,胡医生去县里开会了。"丁玉洁说道,走到床前,小心翼翼地将方医生扶了起来,在她腰下垫了枕头。半坐半躺着的方医生微笑地看着她,咳出了一口血。丁玉洁含泪将她的嘴角清理干净,然后倒了一杯水,递给了方医生。方医生喝了水,轻声道:"玉洁,你去上课吧,我不要紧的。"丁玉洁拼命地摇头。"唉,你这孩子,"方医生从床边的抽屉里取出一个本子,又道,"玉洁,这个送给你。"丁玉洁接过本子一看,是各种诊治记录。"这么多年了,一些小毛病的治疗记录都在这上面。这是最初的一本,其他的几本我给慧丽了,"她轻轻地咳嗽了一声,又道,"玉洁,当年我当卫生院的医生时,比你大不了几岁,那时也不叫卫生院,而叫卫生所,房子也只有一间。我就是一个赤脚医生,只知道一点点,我都记在这个本子上。"丁玉洁哭了:"方医生,你会好起来的,你一定会好起来的。""玉洁,生命是短暂的,可是事业是永远的。我记得保尔·柯察金说过,人最宝贵的就是生命,生命对于每个人来说只有一次。人的一生应该这样度过:回首往事,他不会因为虚度年华而悔恨,也不会因为碌碌无为而羞愧;临终之际,他能够说:我的整个生命和全部精力,都献给了世界上最壮丽的事业——为解放全人类而斗争。"方医生咳嗽了一声,又道:"我们不能虚度一生,哪怕我们是最微弱的一点儿烛光,也要照亮一间小房子。"丁玉洁重重地点头。"我们宁和是沙地,是钱王江滩涂堆积起来的,也正是因为这样,钱王江随时会收走我们的一切,"方医生道,"虽然我们活得很艰难,但是玉洁,我们一定要活下去。""方医生,我听爹说,等有一天我们全部围涂好了,建成了坚固的江堤,钱王江就再也夺不走我们的生命、土地和希望了,"丁玉洁道,"我爹还说了,汪书记一定会带着大家干成这件大事的。我爹、汪书记就是这样的干大事的人。"方医生陷入沉默,她想起了汪阿兴,如果现在他在身边该有多好。"方医生,我说错了吗?"丁玉洁不安道。"你说得很对,他一定会带着大家成功的,"方医生擦了一下泪水,又道,"玉洁,你扶我下床,我们去院子里走走。"

姚婶来卫生院,是因为她听徐定强说,丁玉洁去卫生院了。她心里有些不踏实,一个孩子能照顾一个重病人? 她走进卫生院的院子,发现阳光下,丁玉洁坐在方医生的身边,安静地看着书。对姚婶的到来,丁玉洁显得有些意外,她站了起来道:"姚婶。""玉洁,方医生她……""睡着了。"丁玉洁看了一眼睡着的方医生。姚婶轻轻地走到方医生身边,看着这张曾经熟悉的脸变得苍白与消瘦,不禁落下了泪。"玉洁,你吃得消吗? 她是个病人,"姚婶道,"你去上学,我来照顾她。"丁玉洁摇摇头。姚婶无奈地看了她一眼,说道:"我收拾一下房间。""用不着,我收拾过了,"丁玉洁道,"你请回去吧。"姚婶无语地看了一下院子,发现床单被晾了起来,衣服也晾了起来。院子里干干净净,像水洗过似的。她转身走了。中午,鲁伟潮和丁二南来到了卫生院,他们是趁中午休息时偷偷跑来的。方医生已经醒了,她看着说话的鲁伟潮他们,心潮起伏。她心想,将来就是他们的世界了。

胡慧丽回到卫生院是在傍晚,她情绪十分低落。章院长找她谈话,传达了县里的相关决定。章院长的意思是让她回来,县医院需要她,如果她担心宁和卫生院没有医生,县里可以指派别的医生去。她拒绝了。她不能在这个时候离开方医生。她从章院长那儿知道了姐姐胡佳丽被调离了物资局,现在档案局档案室工作。按照章院长的说法,姐姐是一下子从忙碌的工作变成了空闲的工作,这种转岗太意外了。她不敢去档案局,生怕姐姐拉着她。她心里的愧疚一言难尽,因为她的缘故,连累了姐姐。她知道姐姐也是一个事业心很强的人,岗位的突然变化会使得她的情绪一下子跌入低谷,更何况还有一个处分放进了档案。

方医生的状况还不错。胡慧丽让丁玉洁回家去,丁玉洁要求自己留下来陪着方医生。胡慧丽抚摸着丁玉洁的头,点头同意了。丁玉洁将一封信交给胡慧丽,是倪文明来的,在信里他一直在埋怨胡慧丽,为什么不给他回信。胡慧丽心情沉重,她独自在院子里沉思。晚上,丁玉洁坚持要守在病房,说她可以趴在床头柜上睡。半夜,胡慧丽悄悄去了病房,发现丁玉洁眼一眨不眨地看着床上睡着的方医生。胡慧丽说换一下班,让丁玉洁去自己床上睡。丁玉洁揉着眼睛去睡了。胡慧丽坐在床前,想着心事。她居然没有倦意。床上的方医生时而醒来,时而睡着。她仿佛一直处于半醒半睡之中。好几次,胡慧丽都想叫醒她,让她清醒过来。快天亮的时候,方医生沉沉地睡去了。

一早,有人送来一个病人。胡慧丽仔细看了之后,就让丁玉洁去拿药。丁玉洁准确无误地拿了药来,这让胡慧丽很是吃惊。病人走后,胡慧丽把丁玉洁叫到了治疗室,问她愿不愿学医。丁玉洁重重地点头。胡慧丽道:"你以后就跟我学习吧,我可以教你一些最基本的知识,当然,是在业余时间。""可是方医生说,你以后要回县城去的。"丁玉洁道。胡慧丽沉默不语。是啊,如果方医生离开人世了,自己会留下来吗? 哪怕自己愿意,可姐姐和姐夫会同意吗? 方医生心里的担忧是对的。"胡医生,你会走吗?"丁玉洁问道。胡慧丽心里乱成一团麻。她支吾道:"我,我……""我知道了,你会走的,"丁玉洁道,"既然你会走的,我就不学了。"她说着转身走了。看着丁玉洁的背影,胡慧丽无言以对,就像倪文明在信里说的,你终归是要走的。

汪阿兴在钱王江管理局学习的这段时间里,像变了一个人似的。这儿一点都不轻松,他要学习的东西太多了,尤其是钱王江的各种知识,以及天文地理。他一边学习、听课、做笔记,一边挂念着公社的事。张文化打电话来告诉他,公社一切正常,老铁头的情绪有些变化,时常把自己关在办公室里,当他走出办公室后,脸上带着微笑。他专门说了方医生的病情,说他去过卫生院了,病情稳定,但是高成天还是会天天去卫生院。

那天,赵刚强带着小路来看他,这实在太意外了。由于钱王江管理局就在省城边上,不远处就是钱王江,所以,他们去看了钱王江,宽阔的江面上,有船在航行。赵刚强感慨道:"汪大哥,你的情况我都听说了,方医生不错,可惜她病了,要是有个神仙下凡,把她的病治好了,那就好了。"汪阿兴不吭声。"汪大哥,县里对你的处理,我认为太重了,给个处分是正常的,免去你的公社书记一职是不妥当的,我会替你去讨个说法的。"汪阿兴道:"小六子,你不要再惹事了。现在这样,我很心满意足了。"赵刚强不再说话了,但他的脸上依旧有一种忿忿不平。汪小路打着手语,指着奔腾而来的潮水。"这是一线潮,"汪阿兴道,"在宁和一年多了,每次看潮水都心情沉重。因为我不知道,这潮水会不会突然击溃江堤,也没有人能预测到这种危险。"他抱起汪小路。汪小路将脸紧紧地贴在他的脸上。看着父子俩这般亲密,赵刚强道:"汪大哥,我多想回到以前的光阴,我们在一起,说话、喝酒,日子过得多么逍遥。"他的样子有些伤感。"小六子,会有那么一天的,等把钱王江的事情办好了,我就回楼山,就陪着你们。"赵刚强听了,摇摇头道:"我最了解你,你啊,干完了大事,还会接着干大事。永远都不会停下来。"

很快,半个月的学习就结束了。汪阿兴带着几本书和几个笔记本回到了宁和。下午,县里的免职文件就下达了。汪阿兴简单地收拾了一下办公室,发现除了一只黄书包、几本书、一顶草帽和一把雨伞,其他也没有什么东西了。他不禁哑然失笑。他想起了在楼山时,他的办公室里东西倒是不少,有酒,有香烟,还有别的杂七杂八的东西,那时候,赵刚强有时会突然溜进来,翻箱倒柜,搜到什么就消灭什么。到了宁和,东西倒是越来越少了。他把上次胡慧丽带来的地图卷了起来。张文化进来,低头不语。当他抬头时,满眼是泪。"哭什么? 我人在鲁家湾,还是在宁和的地界上。"张文化抹了一下泪道:"汪书记,鲁家湾腾出了一间草舍,给你安了电话,另外,我要求跟你一块儿去,你有什么事可以吩咐我,我愿意跑腿。""你有你的工作,你安心留在公社,"汪阿兴拍了一下他的肩道,"日子长着呢。我跟你说啊,有事要多动脑,想一想再决定,不能毛毛糙糙就把事办了。还有,有什么不明白的,多问问老铁头,他经验丰富,考虑问题周到。"张文化点点头。

公社干部在老铁头的带领下,都集中在公社前空地上,说是举行一个简单的告别仪式。汪阿兴笑着道:"同志们,我没有离开宁和,以后,请大家都来鲁家湾大队指导工作。""汪书记,你还是主持公社工作,文件上都明确了,"老铁头道,"我建议你半个月在公社,半个月去鲁家湾,这样好一点。""不行,要去,就得真去,否则人家会说汪大麻子又在搞什么名堂了,"汪阿兴笑道,"我走了,你们也别送了。"他骑着车,走了。看着他远去的背影,老铁头喃喃自语:"你倒好,一走了之,我怎么办?"他心里有一种失去依赖的感觉。

以前，凡事有汪阿兴撑着，他只需敲敲边鼓就可以了。现在，汪阿兴去了鲁家湾大队，但依旧是主持公社工作。主持工作？难道就用电话遥控指挥吗？那么他呢，还是跟以前一样吗？李贵生专门来了一个电话，告诉他，在汪阿兴去鲁家湾大队期间，重要的事情必须向汪阿兴汇报，一般的事情由他代为处理。这个电话的意思不言而喻，宁和还是汪阿兴的宁和，不是他老铁头的宁和。而且，从这个电话里，明显透露一种信息，汪阿兴去鲁家湾大队日子是不会长的，他会回来的。

他回到办公室，发呆。临下班前，王宝年来了一个电话。他在电话里作了一番指示后，说要让他抓住机会，争取翻盘。虽然汪阿兴仍然主持公社工作，但毕竟是被免了公社书记，也就是说，他不是公社书记了。老铁头知道王宝年的意思是，现在不用过多考虑仍然主持工作这件事，而是要让自己像个公社书记一样把各项工作全面抓起来。既然能免掉汪阿兴，那么意味着他或许就永远不能当这个公社书记了。但是，宁和公社终归是宁和公社，离开了汪阿兴，宁和公社就好像掉了下去，就像一棵刚刚露头的小苗，马上就要枯萎了。他内心无比矛盾。他知道很多公社干部的心都向着汪阿兴，在他们的眼里，汪阿兴是他们的希望。他不得不承认，如果他没有这么多心思和想法，他也会向着汪阿兴的。

张文化进来后，一直郁郁不乐，好像全身上下都挂满了悲伤。老铁头看了他一眼，然后说道："你的魂灵丢了？""我请求公社批准，去鲁家湾大队工作。"张文化道。"你就那么想跟着他？"老铁头心里升起一股怒火，"难道我就这么差了？""跟你无关。我就是想去鲁家湾大队。""你知道现在谁是公社实际负责人，是我，我不同意。"老铁头怒声道。张文化吃惊地看着他，好一会儿后，才说道："你现在开心了？我知道你一直在等，等这一天来临，现在你终于如愿了吧？"他走了。老铁头无力地坐了下来，他刚才为什么会发这么大的火。其实他可以和风细雨地跟张文化解释，劝慰他。看来,他内心深处的那个蠢蠢欲动的他又复活了。

汪阿兴被鲁家湾人包围了,他的草舍里,站满了鲁家湾人。鲁阿牛欢喜地道:"汪书记,你来了,我们这儿就热闹了。"徐阿宝笑着道:"汪书记,明天我给你弄条鱼来。我们喝点儿酒。"众人都嘻嘻哈哈。有人摸着电话机道:"汪书记,这个东西真的能跟很远的人说上话?""能,"汪阿兴笑着道,"这个是公家的电话,不能随便打,但是,你们要是有急事要办,告诉我一声,可以打。"有人笑道:"楼上楼下,电灯电话,看来,我们的共产主义理想不久就要实现了。"在热闹之中,唯有丁玉洁有些闷闷不乐。汪阿兴想了想道:"玉洁,我跟你们家搭伙,怎么样?"丁玉洁点点头。汪阿兴发现她依旧闷闷不乐。后来,他问了丁玉洁。丁玉洁说她有点想念方医生,她是一个好人。汪阿兴不吭声了。他本来计划是去卫生院跟方医生作个简要告别的,但后来想想还是放弃了这个念头。她会担心他的,这种担心说不定会影响她的身体。

很晚了,汪阿兴将地图刚刚挂好,鲁阿牛一家人就进来了。他的草舍就在他们家附近,距离约五十米。鲁小妹对他的所有东西都感到好奇,这个摸摸,那个碰碰。鲁伟潮则仔细地看着地图,好像沉醉其中似的。丁玉洁低头坐着。鲁阿牛与汪阿兴作了一番交谈,内容是关于鲁家湾人现在的生活状况。他提到了公社以前的晒盐场,前阵子又停工了,能否重新办起来,好安排大队里的人工作。汪阿兴表示可以商量一下。因为接连咳嗽,鲁阿牛走了。丁玉洁一直犹豫着,后来突然说道:"汪叔,方医生的病好不了了。""谁说的?"汪阿兴道。"姚婶,她说好不了了。"丁玉洁的泪水流淌下来。汪阿兴这才想起来,只有徐阿福一家人没有来过他的草舍。他皱着眉,心想明天还是去卫生院探望一下方医生。"汪叔,你喜欢她吗?"丁玉洁突然问道。草舍里只有他们两人。看来,丁玉洁也是考虑再三才问的。"我爱她。玉洁,你还是个孩子,有的事情你还不懂,等你以后长大了,就知道一个人总有许多矛盾的地方。"

"那你为什么不娶她?"丁玉洁道,"我听胡医生说,如果爱一个人,就会娶她。""玉洁,我想娶她,又怕伤害她。她现在是个病人,不能经受刺激,无论是喜悦,还是悲伤,"汪阿兴一脸惆怅地说道,"平平静静对她的身体有好处,这也是胡医生跟我说的。"丁玉洁点点头:"我明白了,你爱她,可是又不敢当面跟她说我爱你。你只是默默地爱着她。"她跑了。

无法入眠的汪阿兴坐了起来。他推开草舍的门,望着四周的这一片草舍。因为是草舍,所以间距都比较远,为的是防火。一间草舍着火,风一吹,所有的草舍都会着火。这也是鲁阿牛跟他说的。如果是平房或者楼房,那就可以你挨着我,我挨着你。他信步走着,不知不觉竟然走到了徐阿福家门前。草舍内传来了徐阿福的声音:"他来了,我们的日子就不好过了。本来,我还想当个大队长,他一来,我就没有机会了。""阿福,汪书记可是有本事的人,他来我们鲁家湾,那是我们的幸运。"姚婶道。汪阿兴犹豫了一下,走了。他刚走几步,徐阿福家的门就开了,姚婶拿着一个脸盆站在门口,她叫道:"汪书记。"徐阿福奔了出来,一脸吃惊。"汪书记,家里坐。""太晚了。"汪阿兴转身走了。姚婶绷着脸走了进去,她看着徐阿福。徐阿福坐着,恨声道:"他肯定听到我的话了。他会记仇的。""他不是那种人,"姚婶道,"阿福,以后你说话注意点。""怕他干吗?他现在被免职了,没有地方去了,才来我们鲁家湾的,"徐阿福站了起来道,"睡觉。"

徐定强一直没有睡着,身边的徐大军的鼾声响了起来。他坐了起来,看到母亲仍在煤油灯下缝补衣服。姚婶一抬头,看到徐定强坐着发呆,便轻声说道:"定强,有心事?"徐定强摇摇头。自从全家的地位在鲁家湾一落千丈之后,徐定强的心情就一直没有好过。在学校里,丁二南总会讥讽他是胆小鬼,跟他爹徐阿福一样都是胆小鬼。丁玉洁也不愿意跟他说话,总是避开他。他有些孤独,好像没有一个朋友。以前,他,还有鲁伟潮、丁玉洁、鲁小妹、丁二南和妹妹徐曼丽是一块儿放学回家的,可是现在只剩下他跟曼丽了,鲁伟潮他们不愿意跟他们兄妹俩一起走。有一次,丁二南还在路上朝他扔泥块。他觉得丁二南这么做,肯定是鲁伟潮在背后唆使,因为丁二南就听鲁伟潮的,什么话都听。他恨得牙痒痒,好像在鲁伟潮身上狠狠地咬一口才解气。

"睡吧。"姚婶说道。她吹灭了煤油灯。她也睡不着,主要是因为丁玉洁。丁玉洁现在看到她,总会犹豫一下后才叫一声"姚婶",好像这一声"姚婶"是硬憋出来的。以前,她叫得多么顺口啊。她多多少少知道一些原因,就是因为徐阿福。丁玉洁无法忍受徐阿福的这张嘴,也无法忍受鲁阿牛的一次次退让。姚婶看了一眼身边熟睡的徐阿福,这个男人虽然嘴是快了一点,有时候说话总是那么尖刻,而且还贪小便宜,可他心里有这个家。人无完人。她想到鲁阿牛每况愈下的身体,心里就一阵酸楚。谁都知道,鲁阿牛的日子需要数着过了。她闭上了眼睛。

卫生院里显得忙碌,因为一辆拖拉机翻到沟里去了,而拖拉机上坐满了人。幸好没有人死亡。胡慧丽显得手忙脚乱。她满头大汗地忙碌着,嗓子都哑了。她抬头的一刹那,愣住了。汪阿兴就站在她的眼前。"你回来了?"胡慧丽道,"方姐睡着了。""发生什么事了?"汪阿兴看着这些伤员道。"拖拉机翻沟里了,"有人说道,"我们搭拖拉机去县城,唉。""去县城干什么?"汪阿兴问道。"去,去参加批斗大会,"那人说道,"我们都是红旗大队的,那个老同志被押到县里去了,公社让我们组织人员去观看,接受教育。"汪阿兴的心猛地震了一下,大声道:"批斗的是谁?""姓倪的,他是个……"那人还没说完,汪阿兴就狂奔了。胡慧丽也是吃惊地问道:"同志,你说批斗的人是谁? 姓倪的?"那人点点头。"老倪同志?"胡慧丽手里的棉球也掉了下来。

老铁头不在办公室。公社只留下张文化一人值班,他在值班室发呆。汪阿兴进来,大声道:"人呢?""都去县里了。""发生什么事了?"汪阿兴走到电话机旁,拿起电话道:"给我接县革委会张建设同志……""汪书记,你不用打了,押老倪去县城,是张书记通知老铁头的,"张文化道,"我也想不通。这是怎么了? 好好的,为什么要批斗老倪?"汪阿兴无力地放下话筒,他全身都像是受到了重击似的。老倪这一次去县城,恐怕凶多吉少。

张文化断断续续地说了一些事。昨天傍晚,老铁头突然接到张建设的电话,说要押送老倪去县城批斗,批斗大会定在三天后,并要组织红旗大队社员去接受教育。老铁头当时就愣住了。他犹豫了好一会儿,派人去红旗大队叫高成天,可是高成天在卫生院,不在红旗大队。老铁头去了卫生院,发现高成天走了。他一直找不着高成天,便直接带人去了红旗大队,押走了老倪。他看守老倪一晚上。天还没亮,就押着老倪去县城了,公社干部们也都跟着去了。高成天已经来过公社了,骂了一阵娘,就回去了,他发誓说他要去劫法场。汪阿兴焦急地走来走去。他不明白为什么要突然批斗老倪,而且是张建设亲自通知的。这里面一定有事情。他便跑了出去,骑车走了。

到达县城已是傍晚。全身汗湿的汪阿兴去了县里,发现张建设和李贵生都不在,只有王宝年的办公室门虚掩着。他冲了进去,大声道:"为什么要批斗老倪?"王宝年放下手中笔,将桌上的材料往抽屉里一塞,然后道:"跟你有什么关系吗?""你必须回答我,"汪阿兴道,"否则我是不会走的。"王宝年拉开抽屉,取出一份文件,往桌上一扔。原来这是省里的文件,要求各地开展"批邓、反击右倾翻案风"运动。"你不知道,老倪居然偷偷地把申诉信写到了省里,他自以为聪明,结果自己撞在枪口上了,"王宝年道,"批斗他,是挽救他,改造他,帮助他。我说汪大麻子,你急什么?""老倪现在哪儿?"汪阿兴问道。"他啊,心里慌就晕倒了,现在县医院,"王宝年说道,"组织上照顾他的,也是考虑到他的实际情况的,但是上级的决定必须执行。张建设同志和李贵生同志都去了医院,你还有其他事吗?"

汪阿兴急匆匆去了县医院,问到了老倪的病房是在顶楼。他跑上了楼,发现这是一个单人病房,门口还站着两名保卫人员。他们拦着他。他自报家门,可是他们还是不同意,说没有张建设和李贵生的命令,任何人不得进去。透过门上的小玻璃窗,看到老倪戴着老花眼镜,正在写着什么。他的情绪还是稳定的,看起来,之前张建设肯定是跟他谈过话的。汪阿兴用手指敲敲玻璃窗,老倪猛地抬头,他看到了汪阿兴,不禁老泪纵横。在走廊尽头,汪阿兴看见了坐着的老铁头,他无精打采,好像刚刚挨了批评。老铁头对他的突然出现感到十分意外,说道:"你来干什么?""我都知道了,"汪阿兴道,"我担心老倪过不了这一关。"老铁头沉默不语。就在半个小时前,张建设批评了他,说让他悄悄地安排,结果拖拉机翻沟里去了,差点酿成大事故。这明显是在指责他办事不力。而且,更令他难堪的是,张建设是当着其他公社干部的面批评他的,一点都不给他留面子。"老铁头,其他人呢?"汪阿兴左顾右盼之后问道。"都去县招待所了。"老铁头道。"这个事,我必须得跟张书记谈一谈,"汪阿兴道,"看看有没有其他办法。"老铁头心里的怨气直溜溜地上来了:"这件事是我在负责。""我知道,但老倪的情况你也知道,要是突然倒下了,以后我们就少了一员大将。"汪阿兴说完,就急匆匆跑了。老铁头恨恨地在墙上踢了一脚,然后也走了。

李贵生听了汪阿兴的话之后,有一些犹豫。他告诉汪阿兴,张建设去了体育场,那儿就是后天批斗大会的现场。汪阿兴又赶到了体育场,果然发现张建设站在墙边在跟工作人员说话。他气喘吁吁地跑了过去。张建设见了他,愣了一下,然后跟工作人员说道:"必须保证安全。你们去忙吧。"工作人员走了。"你来干什么?"张建设皱着眉道,"鲁家湾的情况摸过了?""摸过了,头一件事是想恢复生产,把公社的晒盐场利用起来,增加就业;第二件事,是螃蟹地开荒,"汪阿兴道,"张书记,我是为老倪而来的。无论是身体,还是精神,老倪上台被批斗,会很危险。我的建议是把这个批斗会放到我们宁和去。"张建设沉默不语。"张书记,在宁和批斗和在县城批斗,都是批斗,但又不一样,在宁和批斗,我们照样可以组织人员,照样可以搞得很热闹,而且可以保证老倪的安全。"张建设背着手走了几步,然后道:"这个事,是上级定的,要求我们抓典型,开展声势浩大的批斗大会,王宝年同志提议召开万人批斗大会,所以把地址选在了体育场。我们研究通过了,没有办法再改了。"汪阿兴着急道:"张书记,批斗大会重要,可是钱王江更重要,我在钱王江管理局学习期间,好多人提起老倪,说他是学术权威,最了解钱王江的人,他当年犯了错误不假,但我们也不能一棍子打死啊。我知道,他的情况很特殊,也很敏感,但他要是出了意外,我们相当于少了一支大军啊。他一个人可以抵得上一支队伍啊。""让我再想想。你先回去吧。"张建设道。

汪阿兴离开体育场,想了想,又去了县革委会。如果说服王宝年,那么老倪的事就有转机。他必须硬着头皮试一试。他在王宝年办公室前站了一小会儿,刚想敲门,手拿会议记录本的马加荣过来了:"王副主任走了。""去哪了?"马加荣道:"他家里有点事,急匆匆走了。"马加荣转身欲走,汪阿兴上前拉住他道:"小马,他家住哪儿?""你……"马加荣态度有些冷淡地说道,"你不会又害人吧。""小马,你觉得上次的事是我害人?不,我没有害你。我相信你因为这件事,不仅获得了李贵生同志的信任,而且也获得了张建设同志的好评。"马加荣想了想,也有道理,心想怪不得这阵子李贵生总是让他办这事办那事的,原来是信任。而且张建设见了他,也开始微笑了。他说道:"好吧,我告诉你。"他从手中的会议记录本上撕下一小缕纸片,写上了地址:车马弄 18 号。他将纸片递给汪阿兴,然后说道:"车马弄就在县招待所后面,对了,我以后再也不撕笔记本了。"两人轻笑。

　　汪阿兴买了两个糖水橘子罐头,手提着网兜,去车马弄18号。这是一个小院子,两间平房。他站在院门前,犹豫不决。他从来没有干过这种事。他看着网兜里的橘子罐头,心想是不是太显眼了。他将一个橘子罐头拿了出来,塞进了口袋里,然后敲门。开门的是王宝年的爱人,也就是黄有财的姐姐。她看了一眼汪阿兴,然后道:"同志,你这是……""我找王副主任。"汪阿兴发现她眼睛红红的,好像刚刚哭过。"他不在!"她大声道。汪阿兴踮踮脚,往里看了一眼,灯亮着,好像地上还烧着纸钱。他要往里闯。她双手拦住道:"你,你干什么?""王副主任,王副主任。"汪阿兴叫道。"汪大麻子?你来干什么?"王宝年捂着脸走了过来。"有重要事向你汇报。""汇报?进来吧。"

　　汪阿兴走进院子。王宝年手捂着脸,对女人道:"把院门关上。"女人看了一眼汪阿兴网兜里的糖水橘子罐头,板着脸道:"这谁啊?""宁和公社前任书记,"王宝年说道,"汪大麻子,你有事就说吧。"他的手依旧捂着脸。汪阿兴说了自己的想法,要求带老倪回宁和开批斗大会。王宝年先是不吭声,后来就说这件事都定了,改不了了。他有些好奇地看着汪阿兴鼓鼓的口袋。汪阿兴故意用手捂着口袋,然后道:"王副主任,这件事必须你同意,你同意了,张建设和李贵生同志才会同意。"王宝年听了很受用,便说道:"你是无事不登三宝殿啊。我的意见还是两个字,不行。"汪阿兴来了气,但也不便发作,他看到地上刚刚熄灭的纸钱,便说道:"家里有事?""黄有财一周年了,"王宝年皱着眉道,"我一心扑在工作上,忘了今天这个日子,家属就发火了。"他捂着脸的手放了下来。脸上的几道手指的抓痕清晰可见。看来他爱人是只母老虎。汪阿兴看了一眼瞪着大眼的她,便说道:"嫂子,我听说王副主任在我们县可是出了名的妻管严。嫂子,你的名气比他还大,在县机关,只要一说王副主任,他们就会说王副主任的家属厉害着呢。"女人听了,心里受用,脸上就缓和了一些,便对王宝年道:"我刚才听着,觉得这位同志说得也不错，做人要积点德，一个上了年纪的老头，经不起折腾。"汪阿兴连连点头道："嫂子说得好，说得好啊。"他故意拍了一下鼓胀的口袋。"好吧，我同意，但是有一条，我必须参加这个批斗会，否则我的面子没地方搁。"王宝年道。"行。你是县领导，当然要代表我们县作重要讲话，"汪阿兴应声道，"我马上去安排和布置。"他掏出口袋里的糖水橘子罐头，一溜烟跑了。他仿佛听到身后传来女人的声音："你又怪我了，我还以为他口袋里是什么宝贝。"

老倪回到宁和卫生院已是半夜。他受了这番惊吓，整个人有些精神恍惚。他跟汪阿兴说，他只要一闭上眼，就仿佛看到了上万人举着拳头向他冲来，那声音就像钱王江的怒潮，排山倒海。他晚上只喝了一点稀粥。胡慧丽仔细给他检查了一番之后，认为无大碍。老铁头让人守着老倪的房门，他生怕弄出事来，虽然，批斗会的地点变了，但批斗会还得开。这件事，他心里已经十分不悦。汪阿兴抢了他的风头不说，居然还能让王宝年妥协。他百思不得其解：他们两人怎么可能尿到一个壶里？但是，他表面上还不能显现出这种不满，这很容易让人想到他的无能。他送老倪去县里批斗，汪阿兴却把老倪带回了宁和。聪明人都知道，这中间需要多大的力量才能扭转啊。他站在院门外抽烟。本来，他想跟老倪谈一谈的，但是胡慧丽阻止了他，说都半夜了，有事明天再说。他在等汪阿兴回来，他要问他：接下来怎么办？他不知道汪阿兴这葫芦里究竟卖的是什么药。

汪阿兴在胡慧丽陪同下去了方医生的房间。方医生看着显得消瘦的汪阿兴，心疼不已。她也消瘦得厉害，手臂上的皮肤好像都失去光泽了。她可以想象自己的脸一定也是如此的。汪阿兴坐着，像个木头人。胡慧丽着急地说道："汪书记，你有话说啊。"方医生摆摆手，示意胡慧丽不要着急。她幽幽地说道："听说你去学习了?"汪阿兴点点头。"我以为再也见不到你了,"方医生说道,"但是,你还是来了。听说你被免职了,去鲁家湾大队,心里有很多委屈吧? 但是我相信,有一天你还会站起来的,像大山一样坚定。"汪阿兴抬头看着方医生,他伸出手,握住了方医生的手。方医生的脸红了。胡慧丽见了,便说道:"方姐,我在门外,有什么事叫我。"她转身走了。"你握着我的手,感觉真好,"方医生流着泪水道,"我梦想你一辈子都这样握着我的手。"她摇摇头又道:"一辈子到底有多长呢? 一百年? 我们宁和公社人的平均寿命是 55 岁,比全县其他地方人的寿命要少 5 岁,在我们宁和,没有多少人能活到一百岁。我今年才 29 岁,再过 4 个月就到 30 岁了。"她泪流满面。"你要与病魔作斗争,创造生命的奇迹。"汪阿兴道。方医生凄惨一笑道:"我也是这么想的,我现在才感到生命是如此的美好。我不想这么早就离开这个世界,离开这块土地,离开你。我要活下去。我要努力地活下去。"汪阿兴点点头。"但是如果有一天我走了,你也不要悲伤,我在另一个世界里,静静地看着你。"方医生道。汪阿兴泪流满面。

这时,门外的胡慧丽再也忍不住了,推门进来,奔到床前,紧紧地抱着方医生,两人泪如雨下。汪阿兴站了起来,跌跌撞撞地走出了房间。安静的院子里,只有清白的月光流淌。他站在院子里,看着天上的明月,整个人像是失去了重量。只要一阵风,他就会被吹走。天就要亮了,是啊,天就要亮了。当务之急,他得安排和组织好接下来的批斗会。老铁头一直蹲着抽烟。他听到了汪阿兴的脚步声,跟往常有些不一样。他站了起来,就着月光看着汪阿兴跨出了院门。"回公社,还是在这儿谈?"老铁头说道。"回公社。"两人快步离去。一路上,两人一声不吭,仿佛就是两个赶路的夜行人。

到了公社,开了门。老铁头递给他一支笔和一张纸,然后说道:"怎么搞?"汪阿兴坐了下来,利索地画了一张草图,然后又标注了位置,最后才说道:"放在我们鲁家湾大队。""鲁家湾? 为什么?"

老铁头吃惊道,"不是在公社开吗? 鲁家湾哪有地方开会?""我们搭一个简易的台子,"汪阿兴想了想道,"参加批斗会人员控制在200人之内。""你这是开玩笑吧,体育场是上万人,一到我们宁和就变成了200人,你怎么向王宝年交代?"汪阿兴沉默不语,他来回走了几步,说道:"还有,告诉高成天,让他带人来。他一来,就热闹了。"老铁头拍了一下桌子道:"他来了,不就成闹剧了吗? 就不是批斗会了。你,你这到底想干什么? 想借这个批斗会,把我踩下去吗?"汪阿兴脸上呈现一种痛苦,他没有想到现在的老铁头居然比王宝年还狭隘。眼前的这个人,短短几日,就变成了一个陌生人。他竭力控制住自己的情绪,然后道:"你以为真的是批斗会吗? 我们要干的,就是要让一场看上去正式的批斗会,变成一场隐形的表扬会,只有这样,老倪才有勇气活下去,他才有信心面对未来的生活。"老铁头将头转了过去。"一切按照我说的办,任何责任由我承担,"汪阿兴说道,"当然,你是不会相信的,因为我已经不是公社书记了,但是我告诉你,我还有一个不是职务的职务,那就是未来带着大家围涂的一个指挥者。我愿意用这个不是职务的职务来担保。"他转身走了。老铁头双手抱头,脑子里很乱。汪阿兴终于明白了他的使命。他将是未来的围涂指挥者。的确如此,张建设把他放到宁和来,就是来干这件大事的。他别无选择。他抽着烟,看着天一点一点地亮了起来。

王宝年是坐着吉普车来的,随身还带着两个持枪的军人。他们在宁和公社会议室里坐了下来,先是开了一个碰头会。在会上,王宝年讲了这次批斗会的重要性和必要性,传达了上级有关文件精神。他说完这些之后,发现汪阿兴不在会场,便皱着眉头道:"汪阿兴他人呢?""他在现场等你。"张文化道。王宝年站了起来,然后手一挥道:"去现场。"

鲁家湾批斗大会现场布置得有些喜庆,一块空地上搭了一个简易台子,挂着横幅。主席台上摆着三张椅子。台下站满了人。

一个高音喇叭里传来汪阿兴的声音:"同志们,我跟你们说,昨晚上我们进行了简单的排练,大家不要紧张,到时候按计划行事。"鲁阿牛道:"汪书记,你放心。"过了半个小时左右,王宝年他们来了。汪阿兴迎了上去,陪着笑脸道:"王副主任,请上主席台。"王宝年上了主席台,老铁头在他身边坐下了。汪阿兴坐下后,对着话筒道:"同志们,先请王副主任给我们作指示。"众人鼓掌,掌声很热烈。王宝年一脸满意,他清了清嗓子道:"同志们,我是县革委会副主任王宝年,我这次来你们宁和,是来参加倪国全的批斗大会,按照上级的要求和布置,这个批斗大会要开得有声势。现在,我宣布,批斗大会正式开始,把倪国全带上来。"两名军人押着老倪走上了台。王宝年看了倪国全一眼,刚想说话,汪阿兴道:"王副主任,你是上级领导,具体工作我们来干。"他也学着王宝年的样子,清了清嗓子,然后大声道:"倪国全,你知罪吗? 你要老实交代你的问题,求得人民群众的理解。"老倪的身体在微微地颤抖。台下的众人大声吼道:"老实交代,老实交代!"这声音如同排山倒海,一阵接一阵的。汪阿兴转头轻声道:"王副主任,这气势不错吧。"王宝年满意地点点头。汪阿兴转头过去,又大声道:"倪国全,虽然你年纪大了,身体又有病,但是你必须老实交代。我听说 66 年你在围涂时,不认真负责,导致发生事故,包括你的儿子和儿媳妇都被钱王江潮水冲走了。这么多年了,你是不是清醒地认识到了自己的错误,你……"王宝年摆摆手,然后小声道:"汪大麻子,不能你一个人说话,让他交代,让他自己说,主要是思想认识上的错误。"汪阿兴道:"好。"他走到老倪身边,大声道:"倪国全,你抬起头。"老倪抬头,他的眼睛里满是泪水。他张嘴刚想说话,却看到台下一阵骚动。高成天带着红旗大队的人来了。他跑了过来,抱住老倪,然后转头大声道:"王副主任,我们是红旗大队的,是我们监管他的。我要控诉他。"王宝年点点头。"同志们,这个倪国全,他天天晚上研究钱王江,他说钱王江的事是我们的头等大事,只有钱王江老实了,我们才能过上好日子。哼,他说的这些都是谎话,都是骗人的。你们相信吗?"他说着从口袋里掏出一张纸,看了看,又说道:"我不相信,今天,我们一定要让他老实交代,低头认罪。"台下突然变得鸦雀无声。王宝年站了起来,看了看众人,刚坐下。台下就传来众人的吼声:"低头认罪!"老倪低了头,突然,他喷出一口血。高成天急得大叫:"出人命了,出人命了。"台下众人一哄而散。王宝年也是着急地道:"他、他到底怎么了?""王副主任,上级要求我们开批斗会,也不想出人命,我看,还是送卫生院吧。"王宝年点点头。高成天抱着老倪就跑。王宝年喝了一口水,然后道:"汪大麻子,接下来怎么办?""王副主任,他既然吐血了,台下也没人了,这会就结束了吧。关于这场批斗会的盛况,我们会专门写一个材料上报县里,人山人海,四里八乡的各个公社的同志们都赶来参加批斗会,王宝年同志作了重要指示,老奸巨猾的倪国全在大会上低头认罪,批斗会圆满成功。"王宝年听了,便笑了:"就这么写。"他看了一眼郁郁不欢的老铁头,又道:"你学着点。那我就回去了,我还要参加一个重要会议。"

看着车子开走了。汪阿兴长长地舒了一口气,他知道老倪总算是逃过一劫了。他转头四望,发现不见老铁头的人影。他低头沉思时,高成天突然出现在他的眼前。高成天看着他,手里握着的拳头终于松开了。老倪之所以吐血,那是因为他咬破了舌尖。这也是汪阿兴之前跟他说的,必须要有一口血。有时候,一口血就是最好的证明。高成天好久才说道:"这场戏演得不错,你算是救了老倪一命,但是,我不会感谢你。你休想我感谢你。"汪阿兴沉默不语。高成天走后,张文化跑过来,附在汪阿兴耳边说了一件事。汪阿兴去了江边,发现老铁头凝视着钱王江,一动不动。"怎么一个人跑到江边来了?"汪阿兴道。老铁头转过身来,他有些憔悴,好像刚刚经历了一场事故。"有想法?"汪阿兴走到他身边道。"你难道就不害怕吗?"老铁头道,"王宝年回去后,要是清醒过来,他必定会狠狠地揪着此事不放的。这样,老倪恐怕更不安全。""我想过后果。这件事从头至尾是王宝年发起的,他需要的其实也是一种尊重,我们对他的尊重。他既然参加了批斗会,他肯定不会有其他说法的,"汪阿兴想了想道,"你想的或许是另外一种情况吧。""另外什么情况?""老铁头,在位置上,要重视位置,但不能将所有的精力都倾注在位置上,组织上可以给我们一个位置,组织上也可以将这个位置让给别人。所有的位置都是临时,绝非终生的。"汪阿兴道。"你的意思是说我贪恋位置?""不,你被位置弄花了眼,乱了心。"老铁头听了,久久无语。

第二十三章

　　得知消息的李贵生走进张建设的办公室,笑得肚子都疼了:"这个汪大麻子,真是个天才啊。"张建设也笑道:"这个任务总算完成了,但愿这是最后一场批斗会了。来,老李,你看看。"他递给李贵生一份材料。李贵生一看,跳了起来:"好啊,省里同意我们的方案了。""是啊,大仗就要打了。"两人紧紧握手。"对了,老李,费老打电话来说,想见见你,"张建设道,"他老人家今年85岁了,他跟我说,大仗不打,他死不瞑目。""好啊,我明天就去见他,聆听他老人家的教诲。我早就听说萧金县有一位老干部,当年是战场上的英雄,后来带人围涂,立下了汗马功劳。"李贵生的话令张建设瞬间进入了往事。费老就是原任县委书记,他的身上至今还留着弹片,张建设就是他一手提拔的,而且每当张建设遇到大事,总是第一个想到他。他是一位长者,更是一位智者。此次,费老打电话来,恐怕不仅仅是见一见李贵生这么简单,而是要给他们上一课。

　　两间平房,一个小院子。院子里种着一棵石榴树。李贵生在张建设的陪同下,走进了这个小院子。张建设手里拎着一网兜苹果,这是海平县的赵刚托人带来的。费老见了李贵生,点点头道:"我看你们俩啊,般配。"三人都笑了。"费老,这是赵刚同志托人带来的苹果,他说您老牙口好,咬得动。"费老笑道:"我吃不了这么多,既然是赵刚同志带来的,我就拿两个,还有的你带回去,给机关的同志们吧。"收音机里播放戏曲。费老关了收音机,然后道:"李贵生同志,你来了有一阵子,还适应吧?""费老,张建设同志很支持我的工作,我没有水土不服,"李贵生道,"我早就听说您老的大名了,但不敢贸然上门,怕惹您老人家不高兴。我可是听说,您老眼里可揉不得一粒沙子。"三人笑了笑,气氛变得无比融洽。

后来,费老说他虽然整日里在小院子里听收音机,可是多多少少还是听到了一些事。他提到了汪阿兴,说这个公社书记是个争议人物,各种意见不少,但用人,不能只听一面,应有定力。张建设简要地跟他说了汪阿兴的情况。费老听了,点点头。李贵生也为汪阿兴说了几句公道话。费老听了,说你们两位当家人意见一致,那么这个叫汪大麻子的公社书记就是可造之材,但也要注意,把他放在最合适的位置上去,建功立业。张建设向费老说了自己的考虑,他说钱王江大规模围涂造地势在必行,虽然目前的各种条件尚没有完全具备,但相关基础准备工作已经开始。费老仔细分析了钱王江流域的复杂情况,认为对倪国全这个人,要想办法用起来,不能让他抱憾终生。离开费老家,李贵生有一会儿的沉默。推着自行车的张建设说道:"老李,有什么感想?""我们县里的情况,全在费老心中。我说,县有一老,实为一宝啊。"两人笑了。

秋风起。从钱王江上刮来的风,一阵猛过一阵。老铁头心急火燎地去卫生院,这高成天不知道又犯了什么傻,他要求搬到卫生院住,说保护方医生。但他又害怕像上次那样,趁他人不在,老倪被带走。所以,他要老倪陪着他一同住在卫生院里,理由是治病。老铁头没有同意。结果高成天不管不顾,带着老倪住进了卫生院。到了卫生院门口,发现有两个红旗大队的人在站岗,他们拦住老铁头,说没有高成天的批准,不能进去。老铁头火了,怒声骂道:"高成天,你给我出来!"不一会儿,高成天出来了,他双手叉腰,瞪着老铁头。"你想干什么?想占领卫生院吗?"老铁头怒声道,"你眼里还有没有公社了?"高成天手指着老铁头道:"你他娘的,上次的账还没有跟你算,老倪差点死在你手里。要不是汪大麻子,世界上就没有老倪了。"他转身走了。老铁头恨得牙痒痒，但无计可施。他在院门口转了一会儿，心想这事也只有汪阿兴能处理了。

汪阿兴带着鲁家湾人在螃蟹地开荒，上次大家种萝卜，但产量不高。分析来分析去，还是土质问题。这一回，汪阿兴打算改善土质，他心里想种水稻。要是这地能种水稻，那就算大功告成了。俗话说"三个臭皮匠，抵个诸葛亮"，他召集了鲁家湾的几位老者，听听他们的意见。有人提议，挖沟或修渠道，引淡水入地；也有人提议，积农家肥……汪阿兴记了下来。螃蟹地还只是一个试验品，以后，将会有大片的土地需要改良，需要种植农作物。他专门去了一趟县农科所，问了一位老专家。老专家听了，说会带技术员上门来实地察看。而公社的晒盐场，经他与老铁头的再三协商，终于也重新开办起来了。

老铁头跟他说了高成天的事，这件事他是知道的，高成天这是声东击西，老倪只是挡箭牌，他意在方医生，他的根本目的是想把自己拦在院门外。张文化曾打来电话，告诉了公社的一些事，还说被借调三年的公社妇女主任吕秀儿也回来了，一回来就跟老铁头吵了一架。他笑着说，在公社也只有她敢跟老铁头赛着响大嗓门了。老铁头的意思是高成天不服公社管理，这么做等于开了一个坏头，光明大队的阿炳历来见风使舵，他会向高成天学习的，以后公社就没法管理了。汪阿兴沉默片刻道："解铃还须系铃人。这件事，还得要高成天自己回去。"老铁头瞪大眼道："他进了卫生院，就像上了花果山似的，他肯回去？""把刘振涛下派到红旗大队去，担任支部书记。"汪阿兴道。老铁头愣了一下，然后一拍脑门，一溜烟地跑了。

高成天听到刘振涛要去红旗大队的消息时，心急如焚。他不担心刘振涛夺了他的权，刘振涛没有这个本事。但他担心刘振涛会把红旗大队弄得一团糟，从而坏了他的名声。他带人直奔红旗大队。在大队部，他看到老铁头和刘振涛坐着说话，刘振涛脸上洋溢着喜悦。他怒声道:"这是要干什么?要是没人给我来报信,我还蒙在鼓里呢。""我们公社研究决定,刘振涛同志兼任红旗大队支部书记,"老铁头道,"反正你把家都搬到卫生院去了。""我坚决不同意,"高成天坐了下来,然后一拍胸脯道,"红旗大队是公社的一块牌子,响当当的牌子,我不能让这块牌子在别人手里砸了。"刘振涛站了起来道:"我会把这块牌子擦得更亮。""你少吹了,你以为我不知道,你去了三平大队,弄得鸡飞狗跳的,"高成天双手叉腰道,"老子又回来了。"老铁头见了,便道:"你不同意也没用,公社决定的事,哪个大队都得按决定办。再过三天就下文件。"高成天一拍桌子道:"老铁头,你别拿公社来压我,汪大麻子那儿我都敢拼,别说你了。哼,我不同意。""我有条件。"老铁头道。经过简单的谈判,高成天同意不再住卫生院了,老铁头也同意暂时不再派刘振涛进来。

离开红旗大队,老铁头心里像塞了一团草。如果没有汪阿兴,这件事自己又将束手无策。刘振涛倒显得开心,因为之前老铁头跟他打过招呼,演一场戏。他告诉老铁头,他倒是很愿意一直这样演戏。他从小的愿望就是去县剧团当一名演员。老铁头有点害怕他的旧病再次发作,安慰了他一会儿,就急匆匆跑了。他去了卫生院,想单独跟老倪谈谈。然而老倪推说自己没有力气说话,闭口不言。老铁头无功而返,在半道上,他遇到汪阿兴。汪阿兴手里拎着一条鱼来卫生院,这是鲁伟潮给的。方医生的状态还可以,但是说话的声音越来越轻了,好像嗓子里堵着什么似的。老铁头剖了鱼,然后去灶房烧鱼。胡慧丽在老倪和方医生的房间之间来回穿梭。

老倪听说汪阿兴来了,显得兴奋,他要跟汪阿兴说话。汪阿兴握着老倪的手,老倪泪流满面地道:"汪书记,多亏了你,你救了我一命。""老倪,你不仅仅是我们宁和一宝,更是县里一宝,乃至省里一宝。我上次去钱王江管理局学习半个月,好多人提到了你,你可得保重身体,将来要帮助我们干大事。"老倪重重地点头。老铁头进来了,见了此情,犹豫着不知道是进还是退。老倪见了他,低下了头。老铁头只得退了出去。"汪书记,我不想跟他说话。他这个人,心思太重。我怕有一天他会去告密,"老倪轻声道,"我吃过了这么多苦头,知道人与人之间,要做到完全信任是很难的。但是,我信任你。"汪阿兴紧紧握着他的手道:"老倪,我下一步想接着干,螃蟹地围涂成功,给了我们信心。""汪书记,要想好了才能干,"老倪道,"我是有过教训的。出师未捷身先死,长使英雄泪满襟啊。"他流泪了。汪阿兴动情道:"老倪,现在我无法把你推向前台,无法给你任何荣誉,但我知道你是个宝,是个宝,我就得保护好。我相信张书记也是这个想法。""唉,岁月无情,我跟张建设同志当初认识的时候,他还是小伙子,后来我们一起工作,后来,后来我出事了……"他边说边摇头,"我从来都没怪过别人,四条人命啊,怎么处理我都不过分。汪书记,人的一生总有很多遗憾,我现在最大的担心是,那一天来临的时候,我见不着我的孙子。"汪阿兴吃惊道:"你的孙子?""我出事之后,不知道他去哪了,我就他这么一个亲人了。"他老泪纵横。汪阿兴沉默无语。

老铁头推门进来,他脸色沉郁。老倪躺了下来,然后一言不发了。汪阿兴站了起来道:"老铁头,老倪累了。"两人走出房间,老铁头冷冷地说道:"高成天走了,他也该走了。否则,监管失职了。"汪阿兴并没有回应他,而是去方医生房间。胡慧丽正给方医生擦嘴角的血丝。方医生见汪阿兴进来,忙用手护了一下脸,然后道:"太丑了,别进来。"汪阿兴只得退出,他感到方医生的脸都变形了。胡慧丽马上出来了,什么话也不说地拉着他去了灶房。两人沉默了一会儿,胡慧丽告诉他,就在这几天了。她说着就流泪了。汪阿兴一言不发。他知道纵然是神仙下凡也无法挽救方医生的生命了。胡慧丽看着他满脸悲怆,但却坚毅的样子,心里似乎动了一下。她不知道自己这是怎么了。或许因为这几天的脾气越来越坏的缘故,方医生总是说这不好,那不好,无端地发脾气,有时候还摔碗扔杯子,尽管她连扔杯子的力气都快没有了。这是死亡的前兆。临床经验告诉她,一个重症病人到了晚期,死亡前一段时间,就会这个样子的。因为在病人的眼里,一切都变了,仿佛死神就在某个时候附在了身上,他们怎么都甩不掉。他们没有办法,只有等着这一天的到来。在这个方姐的生死门前,眼前的这个男人却好像一块磁铁,突然吸引了自己。她很为这个荒唐而大胆的,一闪而过的念头吃惊。汪阿兴沉浸在悲伤的世界里,他就要眼睁睁看着喜欢的女人离他而去,而他却无能为力。他坐了下来,一根一根地抽烟。胡慧丽似乎听到了方医生的叫声,便急匆匆走了。老铁头走了进来,他似乎也知道了这件事。好久他才说:"好人不长命。"

　　汪阿兴在卫生院的灶房里坐了一夜。天亮时,胡慧丽通知汪阿兴,方医生想见他一面。他轻轻地推开房门,发现方医生半躺在床上,她的脸被一块纱布遮了起来。"我不想让你看到我现在的样子。我要在你的记忆里留着以前的样子,"方医生轻声说道,"现在的我,已经在镜子里找不到以前的我了。""脸不重要,心才重要。"汪阿兴道。方医生轻轻地哭泣,她的声音沙哑,仿佛宁和的沙土一样。汪阿兴走上前去,轻轻地揭去她脸上的纱布,轻声道:"你依旧是那么美。"方医生闭上了眼睛,之后,她的手按在了脸上:"我第一次见到你的时候,我的心就像一根琴弦,轻轻被拨动了。我远远地看着你,听着你跟公社干部说话,我的心跟我说,这是一个不一样的男人。但是,你很遥远,仿佛我们之间隔了一条江。我想找一条船,可是我没有这个勇气,"方医生喘了一口气,接着说道,"我只能远远地看着你。每一次我走近你,我就听见自己的心跳声,像拖拉机一样哒哒哒地响着。我愿意向你敞开,而你却后退了,一直在后退。我绝望了。我甚至想过永远不再想你,不再跟你说一句话,可是,我的心却一次次地背叛我,它拉着我走向你,靠近你。"汪阿兴流泪了。"我要把我的话都说完,一句都不带走。你说我们是革命同志关系。那一刻,我的心碎了。我像个没了魂灵的人,活着失去了意义。我时常做梦,梦见自己被丢在了一片荒漠之地,听不到任何人的声音,看不到任何希望。但是,慧丽跟我说,你并非铁石心肠。你只是一个感情的懦夫。你逃避感情,把自己封闭起来。我好像有了斗志,对,斗志。我对自己说,我的柔情一定可以让你融化,世界上没有一块冰是不能融化的。我做到了吗?"汪阿兴重重地点头。"是啊,我做到了,我让一个感情的懦夫坐在了我的身边,他的手握着我的手。我仿佛听到了他的心跳声,听到他想说的话,只是,来得太晚了。太晚了。"方医生泪流满面,咳嗽了一声,又咳出一口血来。汪阿兴赶紧替她擦拭,但她却拒绝了。她摇摇头道:"我的男人不应该做这些事。这么多年来,我从来没有求过人,"她自己擦了一下嘴角,然后又道,"现在我想求你一件事,我死后,请你将我安葬在钱王江边,这样我就能一直看着你,看着你的拼搏,看着你的荣耀,看着你的泪水和汗水。"这时,门外站着的胡慧丽忍不住哭了起来。"让慧丽进来。"方医生道。

胡慧丽进来后,坐在了床边。方医生看着他们,点点头道:"慧丽,感谢你陪伴着我,因为有了你,我才有了勇气。我们一生一世都是好姐妹。""方姐,你不要再说了。"胡慧丽哭着说道。"让我说。慧丽,我知道你跟他时常怄气,你骂过他,痛恨过他,但是,他是一个好人。我走了之后,他就又成了一个孤零零的人了。如果你以后还在我们宁和,就请你多关心他、照顾他。他是一个男人,不拘小节,他的心思都在钱王江上。"胡慧丽点点头。"慧丽,我是不是太自私了。按理说应该是他照顾你,你跟他一样,在宁和都是单枪匹马。我希望在这个世界上,有一个人能照顾他,一直到老。"她咳嗽几声,突然昏迷了。胡慧丽赶紧将她的身体抬了起来,在背后轻拍了几下,她吐出了一口血痰。她才醒了过来。汪阿兴将水杯递给胡慧丽。胡慧丽喂着她喝了点水。她喘着气道:"慧丽,天就快亮了,我想看一眼天空。"汪阿兴将她抱到了院子里。她被裹得严严实实,只露出两只眼睛。天空很静寂,有一种淡淡的蓝色。她一眨不眨地看着天空，直至东方微微露出霞光。她轻轻地转了一下头。汪阿兴将她抱回了床上。她轻声道："我想洗个澡，跟天空一样干干净净的。"

半个小时之后，胡慧丽将热水倒进了一个大澡盆里。她守在门口，心中无尽悲伤。而在院门口，汪阿兴守着。这好像是一个特别神圣的时刻，一个生命在告别人间之前，用清水洗尘。方医生坐进了大澡盆里，她的身体再也不是以前的身体了。现在的身体好像被抽光了所有的灵性，变得僵硬与麻木。她看到水在身体上不再停留。她再也无法抚摸那个令人颤抖的肉体了。她有些失望地看了一眼墙上挂着的《红色娘子军》招贴画，然后躺了下来。好像是心灵感应，胡慧丽推门进去的那会，正好看到方医生的身体慢慢地沉了下去。她一个箭步将她接住，然后轻声道："方姐，你累了。"方医生点点头，昏迷过去了。

张文化来卫生院的时候，身后还跟着一群人。不知道这个消息是谁泄露的，但汪阿兴后来认为是老铁头。老铁头用这种方式来证明他是有人性的，他也懂得人间的感情。鲁家湾的人也都来了，姚婶和鲁阿牛，还有丁玉洁和鲁伟潮，还有徐定强，还有许多附近的男人女人。人越来越多，他们都安静地站在卫生院外。流泪，无穷无尽地流泪。直到高成天急匆匆赶来，他扑通一声跪倒在卫生院前。他像个疯子一样哭着喊着要见方医生。院门口两个持枪的基干民兵拦住了他。

汪阿兴静静地坐着，等着床上的女人醒来。他感到空气里弥漫着一股特别的味道。老倪在胡慧丽的搀扶下，也走了进来。他老泪纵横地看着床上昏迷的方医生，默默流泪。在方医生弥留之际，众人鱼贯而入，与方医生告别，他们的泪水流淌着。丁玉洁早就哭成了一个泪人儿。她抱着胡慧丽，痛不欲生。高成天进来的时候，仿佛像个醉鬼。他摇摇晃晃，头撞在门框上，他到了床前，直盯盯地看着床上闭着眼睛的方医生，看到她的手紧紧地握着汪阿

兴的手。他凶狠地转向汪阿兴,然后突然狠狠地咬住了汪阿兴的
手臂。胡慧丽急忙去拉他,他却死死地咬住。汪阿兴钻心地疼,但
他死命地忍着。这时,床上的方医生好像动了一下,她睁开了眼。
高成天见了,松了口道:"你活过来了,活过来了。"方医生的嘴轻轻
地动了动。胡慧丽赶紧将耳朵附在了她嘴边,然后道:"方姐,你说
什么?""告诉高队长,不许欺侮阿兴。"方医生道,她闭上了眼睛。
胡慧丽点点头,泪水流淌,她紧紧地抿着嘴。"她说什么?她说什
么?"高成天逼问道。"告诉高队长,不许欺侮阿兴。"胡慧丽一字一
句地说道。高成天愣了,双手抱头,状若疯子地跑了。不一会儿,
便传来了他歇斯底里的声音:"老天不公啊!"汪阿兴喃喃自语:"对
不起,对不起。"胡慧丽道:"方姐在等你的最后一句话。"汪阿兴在
方医生的耳边轻声道:"我爱你。"这时,握着他的手好像微微地动
了一下,慢慢地松缓下来了。"方姐走了。"胡慧丽道。

　　这是一个悲伤的上午。张文化后来告诉汪阿兴,在卫生院的
外面,至少聚集了上千人,他们都痛哭流涕。方医生是宁和人民心
目中的女菩萨,她救死扶伤,影响了宁和这块土地。鲁阿牛在靠近
钱王江的一块高地上,向阳的地方,给方医生找了一块墓地。安葬
方医生的那天,春江县新登大队的牛老三也带人来了。县里也专
门派了金健康来,表示哀悼。高成天好像疯了。傍晚时分,他独自
站在墓前,一动不动。他站了整整一夜。

　　金健康在走之前,跟胡慧丽有过一次谈话。他传达了张建设
的意见,让她回去。但是胡慧丽没有同意。沉浸在悲伤之中的她
好像有些魂不守舍。金健康心想她或许与方医生感情至深,一时
也难以开导,便也走了。院子里静悄悄的,一切都显得静悄悄。胡
慧丽只要一闭上眼睛,好像就看到了方医生的身影,她依旧在,在
这儿的每一个地方。她呆呆地坐着。从此以后,她仿佛变成了另
一个方医生。这儿终将归于平静。她记得方医生说过。

　　赵刚强听说了方医生去世的事,专门打来电话。在电话里,他

告诉汪阿兴，他与方医生的事传遍了全县。尤其是他立的那块墓碑，上面写着"汪阿兴之爱人方茹儿之墓"，这有些不妥。汪阿兴并没有多说，到了这个时候，他不在乎别人怎么说，怎么看了。老铁头也将王宝年来电话的事告诉了汪阿兴，王宝年认为立这么一块墓碑也是不妥当的，毕竟，两人没有经过组织批准，也没有结婚证，更没有办婚礼，怎么可以这么写呢？汪阿兴一声不吭。他时常想，方医生在生命的最后那一刻听到了"我爱你"，他终究没有辜负她。那么，他也要在这个世界上为她立一块碑，宣告她是他的女人。

因为高成天时常去墓地，而且遇到人便大叫大喊，老铁头的初步判断是他得了失心疯。他跟汪阿兴商量，如何安置老倪。汪阿兴知道机会来了。他让公社向县里打报告，将老倪的监管权从红旗大队转到鲁家湾大队。县里马上批复同意。为了防止高成天非理性的举动，公社安排了人手，与鲁家湾人组队去红旗大队接人。到了村口，发现红旗大队组织了人员在巡逻，显然，他们有所防备。为了尽量息事宁人，汪阿兴只身前往。他在大队部门口看到了胡子拉碴的高成天。他狠狠地瞪着他，恨不得吃了他的样子。汪阿兴说明来意，出示了文件。高成天并不理会，而是指着自己的头道："除非你拿枪崩了我。"汪阿兴走到他身边，伸出手道："高队长，我希望你理解，老倪不是你的一件东西，接下来，我们要组织进行丰农地块围涂，他要出谋划策，这也是他的心愿。"高成天将他的手甩开，然后道："我什么都不要听，我娘死了，方医生死了，现在就剩下一个老倪了。我不会同意的。""这是命令，"汪阿兴道，"我理解你的心情，你随时都可以来鲁家湾看望老倪，我们也会把老倪照顾得很好。我向你保证。"高成天捂住了双耳，大声吼道："我不要听，不要听！"汪阿兴道："既然如此，那我就必须动用我的权力了。"他之前与众人约好，如果半个小时之后，他还没有出来，那就冲进来。高成天看着众人，愣住了。"汪书记，我跟他们说了，这是县里的命令，谁要是违抗，直接送县革委会处理，"张文化道，"他们就放我们进来了。"汪阿兴点点头,然后道:"把高队长押到公社去,关禁闭室,等待处理。"众人上前,七手八脚将高成天绑了。高成天破口大骂:"汪大麻子,我跟你不共戴天。""高队长,我这是让你清醒一下。禁闭室里可以静静地思考。押走。"几个人把高成天押走了。

汪阿兴推开门,发现老倪哭得像个泪人似的。汪阿兴知道他与高成天感情深,便说道:"老倪,你放心,我把高成天关在禁闭室里,是想让他安静下来,毕竟,以后的日子还长。"老倪点点头。他已经收拾好了,就一只人造革小皮包,还有铺盖。张文化背起铺盖,去接他手里的人造革小皮包,他退了一步。汪阿兴见了便道:"小张,你们先走。"张文化等人走后,汪阿兴环视了一下房间,然后道:"老倪,你是不是还有什么顾虑?""我怕我的孙子以后找不到我,"老倪流泪道,"我在这儿住了十多年,现在要换地方了。你说,他以后找得到我吗?"他从小皮包里拿出照片,看了一眼,又放了进去。"如果他来找你,一定找得到。"汪阿兴也是动了情。"我相信你,我们走吧。"

老倪与汪阿兴同住一个草舍,这也是汪阿兴的意见。从县里批复同意来看,关于老倪的事好像有些松动了。汪阿兴或多或少也听到了一些消息,社会上的一些事正在发生变化。老倪的精神状况不错,他晚上睡不着,一直在跟汪阿兴说话。尤其是说到丰农围涂时,他一副跃跃欲试的样子。汪阿兴知道,1966 年,丰农围涂,老倪就栽在了这上面。他们要一起打个翻身仗。鲁阿牛也跟老倪作了交流,他们相谈甚欢。汪阿兴觉得,他的信心更足了。

徐阿宝与徐阿福结伴去钱王江边捉潮头鱼。徐阿福心里想当大队长,但一直苦于没有表现机会。这一次老倪来了,他就借口说给客人弄条鱼,约了徐阿宝去江边。江水平静。徐阿福叉着腰,皱着眉,对手拿网兜的徐阿宝道:"你下水,我替你看着衣服。"只穿一条短裤的徐阿宝利索下了水,做好准备。潮水从远处奔腾而来。

徐阿宝顺着潮水跑着，跑着，突然消失了。岸上的徐阿福吓了一跳。这时，他看到徐阿宝从水里站了起来，网兜里一条鱼活蹦乱跳。徐阿宝跑向岸边。突然一个回头潮，一下子将他打了开去，那条鱼在空中翻腾了一下，与徐阿宝一起消失在水里。徐阿福全身被水花溅湿，他大叫："阿宝，阿宝。"一切都归于平静。

一个小时后，江堤上满是鲁家湾人，大家寻找着徐阿宝。呼喊声不绝于耳。坐在地上的徐阿福脸色苍白，全身哆嗦着。汪阿兴狠狠地瞪着他。鲁阿牛摇摇头道："阿宝没有生还的希望了。"他泪流满面。

姚婶望了一眼钱王江，拉起了徐阿福，然后道："走吧，回家。"徐阿福结结巴巴道："阿……阿英，他，他……"姚婶流着泪道："回家。"徐阿福垂头走着。走在前面的姚婶走着，走着，突然身体一软，栽倒在地。徐阿福上前抱住她，急得大叫："阿英，阿英。"姚婶道："回家。"她努力起身。他们搀扶走着……身后，众多的鲁家湾人一脸愤怒。

傍晚时分，一些人聚集在徐阿福家门外，表情悲伤且情绪激动。姚婶守在门口，望着众人。"让徐阿福出来，把事情说说清楚。"有人大声道。众人道："对，把事情说清楚。"姚婶道："他病了。""骗人。他一定是心里有鬼，所以不敢出来。把他揪出来！"众人朝门走来。姚婶站了起来道："他真的病了。"她用身体守住了门。虚弱的鲁阿牛走了过来，道："大家都散了，这件事会弄清楚的。""阿牛，你就别帮他说话了。阿宝这条命就是丢在他手上了，所以他现在躲起来了。"有人大声道。姚婶道："阿福真的病了。"众人步步进逼。鲁阿牛拼命做着解释工作。而在草舍内，躺在床上的徐阿福目光呆滞，哆嗦着。额头上全是汗。

丁玉洁、鲁伟潮、徐定强等人放学归来。丁玉洁赶紧跑了过来："爹，怎么了？"眼中含泪的鲁阿牛不吭声。丁玉洁望了一眼守着门的姚婶，再次问道："爹，快说啊。"徐定强和徐曼丽跑到姚婶身边,两人齐声道:"娘。"姚婶低声道:"快进去。"徐曼丽道:"娘……"
"进去。"徐曼丽从姚婶的胳肢窝下钻进去了。徐定强却站在了姚
婶身边道:"娘,他们想干吗?""进去。""娘,你说啊。"姚婶突然给了
他一巴掌,道:"进去。"徐定强捂着脸,看了姚婶一眼,进去了。丁
玉洁扯了扯鲁阿牛的手臂道:"爹,你快说呀。""你干爹他,他被潮
水冲走了。"丁玉洁全身一震,她将目光投向姚婶,然后道:"是不是
她害的?""你阿福叔不肯出来把事情说清楚。所以大家……"鲁阿
牛咳嗽了一声又道,"事情终归要弄清楚的。"流着泪的丁玉洁恨恨
地望着姚婶,突然,她冲了过去。姚婶用手挡她:"玉洁,玉洁……"
丁玉洁像发了疯一样往门里冲,但一直被姚婶死死拉着。丁玉洁
突然在姚婶臂上咬了一口。姚婶疼得松了手,丁玉洁便冲进了草
舍。脸色苍白的姚婶身子一软,坐在了地上。众人都冲了过去。

　　丁玉洁站在床前一声不吭。徐曼丽摇着徐阿福的身体,哭着
道:"爹,你怎么了?"一脸恐惧的徐阿福一直在哆嗦着,嘴里喃喃自
语:"死了,死了。"冲进来的众人都愣了。鲁阿牛道:"阿福真的病
了,大家走吧。这件事总会弄清楚的。"众人慢慢散了。丁玉洁死
死地瞪着哆嗦着的徐阿福。徐定强道:"玉洁……"丁玉洁转身,一
步一步地走了。门口,坐在地上的姚婶流着泪。丁玉洁走到她的
跟前,咬牙切齿道:"一条命。一条命。""玉洁,你听我说。"丁玉洁
恨声道:"我不要听,一句都不要听。"她跑了。姚婶慢慢地站了起
来,在门前,她的身子摇晃着。她扶着门,长叹一声。

　　汪阿兴从公社回来之后,得知发生了这些事,他叫了鲁阿牛和
姚婶共同商量。丁玉洁看到姚婶就转身离去。胡慧丽到达鲁家湾
后,汪阿兴陪着她一块儿去了徐阿福家。胡慧丽给徐阿福量了血
压,简单检查之后说道:"主要是惊吓过度。"她给徐阿福扎了一针,
徐阿福方才镇静下来。关于这件事的处理,汪阿兴拿不定主意。
因为鲁阿牛为徐阿福说情了,说这是意外。鲁伟潮陪同胡慧丽去
看了丁玉洁。她一个人站在徐阿宝的草舍内,一动不动。胡慧丽

轻轻地拍了一下她的肩道："玉洁,这是意外。"丁玉洁不吭声。"玉洁,胡医生说得对,是意外。""干爹是被徐阿福害死的,"丁玉洁道,"他是凶手,他是凶手。"她全身颤抖起来,突然,脸色苍白地倒了下去。鲁伟潮赶紧扶住丁玉洁。胡慧丽在她的人中处按了一下,丁玉洁方才醒来。这时,姚婶和徐定强进来了。徐定强见此情景,也急忙上前去扶丁玉洁。丁玉洁见是他,用力一推,将徐定强推开。徐定强一脸失落。姚婶道："玉洁,你听我说。""我不要听,我不要听。"丁玉洁放下双手,道："胡医生,哥,我们走。"走到门口时,姚婶道："玉洁,你怎么样怨恨我都可以,但是我要说,阿宝是死于意外。"丁玉洁头也不回地走了。徐定强小声道："娘,玉洁她……"姚婶长叹一声道："玉洁这心里算是种下仇恨的种子了。"

汪阿兴看到丁玉洁气冲冲进来,便说道："玉洁,过来,我要跟你说几句话。"丁玉洁走到汪阿兴跟前。"玉洁,你干爹的死的确是意外,人死不能复生,你……""我干爹是徐阿福害死的。我干爹去抢潮头鱼,是谁的主意?我知道是徐阿福的主意,汪叔,不就是他害死我干爹的吗?他就是凶手。"她的泪水涌了出来。汪阿兴道:"玉洁,主意是徐阿福出的,但他不是故意的啊。抢潮头鱼是一件危险的事,鲁家湾的同志们都知道。如果要追究责任,我也有责任。玉洁,这件事就这么过去了,从此以后,我们宁和公社定个死规矩,未经公社许可,一律不得去抢潮头鱼。"丁玉洁伤心地哭着。汪阿兴道:"玉洁,如果你不嫌弃我,那从现在开始,我就是你干爹。"丁玉洁哭得更伤心了。鲁阿牛道:"汪书记,这……"汪阿兴摆摆手,止住他道:"玉洁,我们总有一天能把钱王江这条苍龙缚住的,造福人民。"胡慧丽匆匆进来,见了哭着的丁玉洁,便拥抱了她:"玉洁,我知道你伤心,我也伤心,可是,这是没有办法的事,人死不能复生。"丁玉洁止住了哭声,目光里却呈现仇恨。

床前,徐阿福一声不吭地喝着水。姚婶道:"这件事过去了,但你必须在阿宝头七的那天去江边喊他的魂,让他回家。"徐阿福摇摇头。姚婶道："阿牛跟我商量了，你必须得去。这样，玉洁的心里也好受些。""反正我不去。"姚婶不悦道："你不去，你以后怎么见人？抬头不见低头见，都是乡里乡亲的，没什么不好意思的。"徐阿福无语了。徐定强插话道："娘，我觉得我爹不应该去。"姚婶怒声道："你懂什么？""我爹要是去了，就会被人说上一辈子。我，我们都会被人说上一辈子，"他想了想又道，"我爹不是凶手。"姚婶道："那你说怎么办？""把这件事的责任推到老倪身上，他反正是个落后分子，再多一点儿事，也不要紧的。"姚婶一把拎着他的耳朵，怒声道："你小小年纪，就懂得怎么害人了，以后长大了可不得了，谁教你这些害人的主意，说，快说。"徐定强哎哟、哎哟地叫着，边叫边道："娘，疼死我了，疼死我了。"徐阿福大声道："定强说得对。我要是去了，就一辈子背上这个骂名，怎么都洗不清了。我不能去。"姚婶松了手，怒声道："你们爹俩，一个德行。阿宝人都死了，一条命啊，唉。你们都不去，我去。"徐阿福不吭声了。徐定强揉了揉耳朵道："娘，你也不能去。你要是去了，我们一家人就被全大队的人瞧不起。""定强，跟一条命相比，我们一家人的面子算什么？娘告诉你，做人要有情有义。"徐定强不吭声了。徐阿福往床上一躺："我是个病人，我不能去。"

　　趴在门边偷听的丁二南，跺了一脚，跑了。他利索地跑到鲁阿牛家，附在鲁伟潮耳边说了。鲁伟潮正在将一个灯泡接出来，挂在门上。他将手里的草绳紧了紧道："真的？""我亲耳听到的。"丁玉洁出来了："哥，绑得紧一点。咦，二南，你们说什么呢？"丁二南支支吾吾道："没，没什么。""你这个样子，肯定有事，快说吧。"丁二南看了鲁伟潮一眼，然后道："玉洁姐，真没事。"鲁伟潮将草舍的一个栅栏绑了绑，然后道："二南，还是说了，你瞒不了玉洁的。"丁二南便小声说道："玉洁姐，我娘让我去姚婶家借一把锄头，我听到了他们在说阿宝叔。"丁玉洁吃惊道："干爹？说什么？""他们反正都不肯承认自己的错误。"丁玉洁道："我知道。"她的目光有些冰冷，令鲁伟潮倒吸一口冷气,他小声道:"玉洁,爹说了,冤冤相报何时了,这件事汪叔也说了,不是阿福叔的错,就算了。"丁玉洁摇摇头道:"哥,这件事虽然过去了,但我心里不会原谅他们。"她望了望不远处姚婶家的草舍,又道:"哥,你还记得他们家的草舍吗?本来是我们家的。""玉洁,这是爹的决定。"丁玉洁道:"爹太忠厚老实了。他们家呢,除了大军哥是个老实人,别的都……"丁二南点头道:"尤其是徐定强,最狡猾了。玉洁姐,我永远支持你。"鲁伟潮道:"玉洁,姚婶她……她还是关心你的。""哥,不要说了。"她顾自进去了。

老倪早早就睡了。汪阿兴埋头写着。丰农围涂县里还没有表态,但是各项计划都得做起来。门被轻轻地推开了。鲁阿牛一脸苦恼地进来:"汪书记,阿宝被潮水冲走了,玉洁心里一直堵着一股气。现在还跟阿英斗上了。你知道,我毕竟不是她的亲爹,骂又不好骂,打又不能打。我想来想去,心想也只有你能帮我想想办法了。"汪阿兴想了想道:"玉洁这孩子脾气倔。她的身世也令人同情,但是也不能什么事都依她呀。我觉得该批评还得批评。"鲁阿牛点点头道:"有你这句话,我心里也踏实多了。以后玉洁要是犯了错,我就得责罚她。唉,玉洁这孩子,她心里担着的东西太多了。眼看着阿宝的头七到了,她还要去江边叫魂。""玉洁是个有情有义的孩子。你来了,我也有一件事想跟你商量,"他指了指桌子上的计划表道,"上次螃蟹地围涂,我们鲁家湾男女老少几乎全上了,但丰农围涂,老倪说了,那是螃蟹地围涂的五倍压力,这意味着至少要有五倍的人员。老倪也说了,还有一个方法是分段围涂,你说我们是借人,还是分段围涂?""丰农围涂,的确不像螃蟹地围涂。汪书记,这件事依我们鲁家湾的力量,我担心远远不够,"鲁阿牛一脸担忧地说道,"我们必须保证一次性围涂成功。"汪阿兴点点头道:"我明白了,你的意思是借人。可是这人,跟谁借呢?"本来,他可以在全公社抽人,组成一支队伍,但因为丰农围涂过于敏感,一旦出事,那影响的不仅仅是他个人,也影响了老铁头。更何况县里至今没有表态。看来他得去县里走一趟。同时，他必须去县档案局跟胡佳丽道个歉。这件事一直搁在他的心上。

黑漆漆的天空。这天是徐阿宝的头七之日。丁玉洁对着钱王江哭喊着："干爹，我们回家了。"她的声音被风声淹没了。一旁的鲁阿牛道："玉洁，我们回去吧。"鲁伟潮和鲁小妹都走上前来，劝说丁玉洁。丁玉洁依旧喊着。身后站着的一些人有些躁动。丁二南突然大声道："下雨了。"众人都议论纷纷。鲁阿牛道："玉洁，下雨了，回去吧。"丁玉洁道："爹，我要喊，我要喊。"鲁阿牛抹了一下脸上的雨水道："下大雨了，快回去吧，玉洁，你喊了这么久，阿宝的魂回来了。"丁玉洁道："徐阿福没有来，干爹的魂就回不来。"鲁阿牛愣住了，好久才说道："玉洁，你一直不走，原来是在等他们啊，你……""爹，他们难道就不该来吗？"鲁阿牛道："玉洁，听爹的话，回去吧。冤冤相报何时了，我们都是鲁家湾人，我们没有深仇大恨。"雨越下越大。人群开始热闹起来了。鲁伟潮道："爹，玉洁，快走吧。"丁玉洁道："爹，你们走吧，我要再喊一会儿。"鲁阿牛左右为难。"玉洁姐，走吧，"鲁小妹望了一眼天空，又道，"爹，我害怕。"鲁阿牛将鲁小妹搂在怀里道："玉洁，爹求你了，回去吧。"

丁玉洁不为所动，依旧固执地喊着："干爹，回家了。"

雨越下越大，钱王江江面上潮水涌动。丁玉洁索性跪了下来，依旧喊叫着。鲁阿牛回头看了丁玉洁一眼道："二南，走。"丁二南不解道："阿牛伯，玉洁姐……"鲁阿牛高声道："走。"众人慢慢走了。丁玉洁望着钱王江，哭喊着……江堤下，潮水涌动不时发出哗啦、哗啦的声响。姚婶走上江堤，手电筒光打在钱王江上，那些浪花不断消失与产生，显现模糊的白。全身湿淋淋的丁玉洁站了起来，一声不吭。"玉洁，我来了，你该回去了吧。"姚婶道。丁玉洁道："你总算来了。那么，就请跪下吧。"姚婶道："玉洁，你转过身来，我要仔细看看你，你是不是原来的丁玉洁？"丁玉洁转过身来。姚婶将手电筒光打在丁玉洁脸上，披头散发的丁玉洁，雨水顺着头发流下来,遮住了她的半张脸。姚婶平静地说道:"你变了。丁玉洁,你不再是以前的丁玉洁了,现在站在我面前的是一个我根本不认识的丁玉洁。"丁玉洁用手理了理前额的头发,道:"我看见我干爹了。他跟我说,那天他就是在这儿,"她的声音突然歇斯底里,"在这儿。"姚婶终于忍不住了,大声道:"丁玉洁,你到底想干什么?你说啊。"丁玉洁咬着牙道:"我干爹说,让那个罪人跪下。"她上前一步道:"跪下,你跪下。"姚婶退了一步。丁玉洁逼近一步道:"跪下!"姚婶全身颤抖:"天啊,这都是怎么了? 丁老三,徐阿宝,你们都活过来吧,看看她成什么样子?"丁玉洁全身一震,又进一步逼道:"跪下!"姚婶双腿一软,跪了下来。手里的手电筒掉了下来,滚动了一下,便淹没在江水里。丁玉洁一阵狂笑……钱王江的潮水击打着江堤,水花溅在了姚婶身上。她缓缓地起身。她走上前去,扬起手,犹豫了一下,无力地放下了。丁玉洁突然大喊一声:"干爹,我们回家了。"她顾自走了。姚婶傻傻地站着。

一直伏在地上观察情况的鲁伟潮站了起来,他一会儿望一眼远去的丁玉洁的方向,一会儿望望江堤上的姚婶。他不知道如何是好。他犹豫着走上江堤道:"姚婶,回去吧。""伟潮,你都看见了吧,"姚婶道,"伟潮,我不怪她。她胜利了,以后她就平静了。"姚婶双手掩面地痛哭。她全身的力气好像全部没有了,她整个人软软地靠在鲁伟潮身上。快到家时,她终于撑不住了,摔倒在地。鲁伟潮将她背了起来,推开门的那会,他发现徐阿福瞪着眼坐着。姚婶虚弱地道:"阿福,扶我进去。"鲁伟潮看着徐阿福一声不吭地将姚婶扶进了草舍。徐定强马上关了门,好像根本就没有看到他似的。鲁伟潮悻悻地走了。姚婶睁大着眼睛,好像她之前经历的就是一个梦,一个根本不存在的梦。这个晚上,她一夜无眠。她知道,丁玉洁再也不会叫她"姚婶"了。

第二十四章

　　自从县粮库着火之后，张建设无比恼火。这些储存粮他们是有安排的，一点点从牙缝里省下来，攒起来的。他暴跳如雷，差点要枪毙粮库主任。幸好李贵生拦住了他。经过调查，这起火灾纯属意外。当天晚上停电，一个值班工作人员点了一根蜡烛，不料后来却睡着了，结果引发了一场火灾，将储存粮烧了个精光。两人站在粮库的废墟上，看着有一处仍在冒着烟。张建设痛心疾首地说道："老李，这可是我们的全部家当啊。"李贵生沉默无语，他心里如同刀割般痛。接下来的冬天，日子将会很难过。手中有粮，心中不慌。他曾多次来粮库，再三叮嘱粮库主任要管好这些粮食。现在，全完了。他们将遭受种种压力，这个消息一旦泄露出来，将带来连锁反应。"老张，我们的计划得推后了，"李贵生道，"好事多磨。另外，老张，要不要暂时封锁消息？""老李，这个消息瞒是瞒不住的，我看就不要封锁了。"两人经过商量，一方面向省里打紧急报告，要求快速调拨粮食；另一方面发动全县人民节约用粮，减少每天的口粮。张建设沉重地说道："节粮先从县机关开始。"

　　汪阿兴到达县里，听到的第一个消息就是县粮库被烧一事，他心中暗叫不好，接下来，宁和的粮食供应将遇到大问题了，而冬天就要来了。他看到张建设依旧沉浸在悲痛之中。这突如其来的打击令他身心疲惫，他知道萧金县的命脉就是粮食。上次钱王江决堤之后，就引发了粮食危机，县粮食局差点被砸了。这一次粮库被烧，真是糟糕透顶。县里已经连续开了三个紧急会议，讨论粮食问题,但目前没有良策。省里也没有态度。他睡不好觉,眼袋也出来了。汪阿兴向他汇报了鲁家湾的基本情况,以及老倪的情况。他发现听汇报的张建设始终皱着眉,便说道:"张书记,粮库被烧,乍一看是坏事,可仔细一想却是好事。"张建设愣住了,大声道:"你这是什么话?""张书记,我们县的粮库太少了,就这么一个粮库,你说要是出点儿事,肯定是大事,从这件事里,我们意识到我们的粮库要分散地建,这样即使毁了一个,我们还有别的可以保全。"张建设点点头:"有道理。""我建议,马上在我们宁和公社建一个粮库。这样,以后也省得运输,少浪费好多汽油、柴油,"他看了一眼张建设,又说道,"在我们宁和公社建的这个粮库,由县里直接管理,这样别人也不会说闲话。"张建设仔细地看着他道:"你来,不是来跟我说粮库的事吧?我跟你说,我现在没有资本可以支持你了。"汪阿兴点点头,他走到地图前,指着丰农地块道:"我想在这儿动手。""丰农围涂?你想好了?"张建设吃惊道,"这一块有将近万亩呢。汪大麻子,一口吃成胖子这种事在我们县里行不通。""张书记,我不要县里的任何支持,"汪阿兴说道,"但是你要给我一个特别的权力,谈判权。"张建设听了,笑道:"你越说越玄乎了,我叫老李来,一起来听听你这个谈判权到底是个什么东西?"

李贵生进来的时候,大声道:"汪大麻子,你要是向我要粮,我一句话,一粒粮都没有。"他苦着脸道:"各个公社都打报告上来了,都是来要粮的,他娘的,一听到县粮库被烧,我的电话就没有断过。我统一口径说,自己想办法去。""李主任,你放心,我不是来要粮的,"汪阿兴笑着道,"我是来要谈判权的。""哦,这倒新鲜,你说说,"李贵生道,"老张,看来他又有点子了。"按照汪阿兴的设想,丰农围涂关键在于船。从地形上看,丰农地块的北边就是大片水面。老倪的说法是必须建设丁字坝。丁字坝的建成是丰农围涂的关键。而围涂需要的大量抛石,需要船运。宁和公社光明大队有三条船,春江县新登大队有五条船,而对岸的海平县老盐公社有九条船。如果把这些船统一征用起来,那么抛石问题就得到了解决……李贵生沉思片刻道:"老盐公社的苗得水可不简单,他跟你一样,认准了的事,那就是一根筋啊。另外,你是怎么知道他们有九条船的,他们会借给你使用?"他摇摇头又道,"借了苗得水的东西,那是要付出大代价的,他的算计比你还厉害。""我给他要的东西,他就肯借给我了。"张建设皱着眉道:"你有什么东西?""我有两样好东西,钱王江水面和船厂。""船厂,哪来的船厂?"张建设道,"我早就想建一个船厂了。你倒是说说。你在哪建船厂?""光明大队,"汪阿兴道,"在钱王江管理局学习期间,我认识了一位东海船厂的工程师。""水面,你指的是捕鱼水面?"李贵生道,"这个问题很复杂,我也不瞒你说,当年我跟老张还为这事打得头破血流。你现在拱手就将萧金县的水面送给海平县? 老张他也不答应。"汪阿兴道:"是租赁水面,等我们围涂成功,这个水面就收回。"李贵生摇摇头,背着手踱了几步,然后站在地图前,久久地凝视。"汪大麻子,你还没有说这个谈判权,我的理解,是不是你代表县里去跟他们谈,然后这个债务呢,由县里替你背?"汪阿兴抓抓头皮道:"我也没办法,我们宁和没有东西可以抵债,如果县里非得让我们抵债,我倒有个办法,那就是围涂成功之后的土地。"李贵生突然一拍墙上的地图道:"老张,我看这个办法可以试一试。但是要修正一下,汪大麻子,你计算过人数吗? 要多少人?""三千人。但是我们鲁家湾大队全部劳动力约三百人,"汪阿兴道,"我不想动用公社的力量,因为我怕万一失败,会给公社带来很大的压力。""你是怕给老铁头带来压力吧?"张建设道,"这件事,我们还得再细细商量一下,你这次来县城,还有其他事吗?""没,没了。"

县档案局在西山脚下,一幢两层小楼。汪阿兴在档案室门口犹豫了一会儿,轻轻地敲了门。"请进。"传来胡佳丽的声音。他推开门,愣住了。两排深长的档案柜子中间,有一张桌子,胡佳丽正在桌子前仔细粘贴卷宗。她戴上了老花眼镜。她抬头看到汪阿兴，也是愣住了。"胡主任，我来，是，是……"汪阿兴有些紧张地搓了搓手，又道，"我来道个歉。""原来是汪书记啊，大名人呢，"胡佳丽冷冷道，"你看我手里正忙着呢，如果没有别的事，请回去吧。"汪阿兴无语地看了看这高高的档案柜子，转身走了。到了门口，他转过身来道："真的对不起。""慢，你除了一句对不起，还有什么话吗？"胡佳丽道，"我听说你要是说起工作，那可是滔滔不绝、口若悬河啊。"汪阿兴沉默片刻道："胡主任，真心对不起。"胡佳丽并不吭声，但她却将老花眼镜取了下来，放在了桌子上。她好像苍老了许多似的。

"这件事发生以后，我心里一直很内疚，因为我的自私，给你带来了这么大的影响，"汪阿兴道，"那些粮食和物资，我们全部发下去了。"胡佳丽走了过来道："汪书记，如果你答应我一件事，我就接受你的道歉。""胡主任，你请说。""把慧丽给我送回城来，"胡佳丽说道，"否则，我不接受你的道歉。"汪阿兴沉默良久，才说道："我尽力。""我希望你能理解我的心情，她在宁和公社卫生院一年多了。如今方医生也去世了，她可以回来了，"胡佳丽流着泪，带着哽咽道，"我请求你。"汪阿兴走出档案局，回头发现胡佳丽站在二楼的窗前看着他。他朝她挥挥手，走了。他心里有点儿闷闷不乐。但是，他又说不清这是因为什么。他知道这个晚上他要失眠了。

老铁头信息很灵通。他在晚上来到鲁家湾，说是有要事跟汪阿兴商量。他还带来了铺盖，好像晚上不打算回去了。汪阿兴听他说着粮食的事。他作了一个摸底统计，全公社各个大队的粮食只够一个月了。如果下个月还没有来粮食，那么就变成大事件了。汪阿兴表示自己无能为力。老铁头将铺盖打开，在地上铺好，躺了下来道："你要是不想出办法来，我就天天睡在这儿了。"老倪对他的举动有些不高兴，又不便说，便顾自躺下了。汪阿兴看着躺着的老倪将身体转了过去，便站起来道："我们还是去外面说吧。"寒风冷飕飕的。汪阿兴裹了裹衣服，将衣领竖了起来。汪阿兴将去县里的情况跟他说了说,老铁头不赞成丰农围涂,他说现在是非常时期,条件不成熟。汪阿兴知道他就会这么说,便说无需公社出力。老铁头说,就凭你们鲁家湾大队这点力量,是绝对干不成的。待到来年,粮食充足了,再考虑围涂。汪阿兴说,钱王江的枯水期就要来了,下一个枯水期要在明年年底了。一拖就是一年,拖不起了。两人争论起来了。后来,老铁头说了一句狠话:"你非要干,必须签一份责任自负的约定,免得到时候板子打到我的身上。"汪阿兴也生气了,道:"没问题,但是我要告诉你,如果围涂成功,这土地是我们鲁家湾的,不是宁和公社的。"半夜,睡在地上的老铁头翻来覆去。而床上的汪阿兴也是如此,他也睡不着。

一早,老倪就出去了。汪阿兴知道他是去钱王江边了。从鲁家湾到丰农地块约有十里路。他拉着老铁头去丰农地块,老铁头有些不情愿,眼睛里满是血丝。到了那儿,他们发现老倪拿着一根棍子在测水深。汪阿兴喊了一声老倪,然后指着远处的钱王江道:"就从我这个地方开始,一直往北。"他又指了指中间狭长地带的水域道:"那儿就是丁字坝,一直通往钱王江。"老铁头不语。两人又走了一阵,汪阿兴指着附近一条河道:"这河里的水是淡水,事实上,省城杭为市的自来水的取水口也在钱王江,都在上游,从海里来的水到了这儿就停了。而且老倪说,丰农地块正对钱王江的地方,就是海水与淡水的分界线,有了淡水意味着什么,意味着我们以后只要建一个排灌站,就可以将上游的水引入,可以种水稻。""水泥、钢筋、抛石,哪一样好办?"老铁头忍不住说道,"光是水泥,就得好几车吧,建丁字坝总得扎钢筋笼子吧。更别说抛石了,你的运输队跟得上吗?"他想了想又说道,"还有最重要的粮食,这工地干的都是体力活,要是没吃饱,哪来的力气?"汪阿兴哈哈大笑道:"螃蟹地围涂,你当时也不看好,我们不是也完成了? 我想只要我们有信念,有一股子精神,没有什么困难能吓倒我们。""话是这么说,但是不能饿着肚子搞围涂啊,"老铁头道,"到时候病倒一堆,就又成大事了。"汪阿兴想了想道:"每天的干粮自己带,也只有这个办法了。"

老倪走了过来。他的神色有些忧郁。"老倪,你回去吧,风太大了。""汪书记,我想知道,你到底有几分决心?"老倪看了一眼钱王江,又说道,"眼看着枯水期就要来了,我们如果还没有准备,那就得等明年这个时候了。我怕我等不起了。"老铁头像是明白了,他大声道:"这到底是谁的想法,是你的,还是他的。"他指着汪阿兴道:"如果是他的,这动机就不纯啊,他是想借此机会给自己翻案吗?"老倪低下了头。"是我们共同的想法,也是宁和公社人民的想法。老铁头,你扪心自问,你难道不想围涂成功吗?你难道愿意以后还是当一个提心吊胆的公社书记吗?""我,我……"汪阿兴气愤地走了。老倪低着头慢腾腾地走着。汪阿兴等了他一会儿,然后搀扶着他一块儿走了。

老铁头呆呆地站着,反复地回味汪阿兴说的话。他胸中好像有了一股豪气。但是,当他听到钱王江潮水哗啦啦响起的那一刻,他的心就凉了一半。他觉得汪阿兴的想法不切实际,完全站不住脚。没有粮食,什么事都干不了,除非天上掉下粮食来。

老盐公社书记苗得水是个黑脸,他的身材虽然矮小,可两只眼睛却滴溜溜地转着。他喝水的时候,两只眼睛都警惕地看着四周。汪阿兴在阿炳的陪伴下来到老盐公社,见到了苗得水。会议室很小,窗户上都钉着木条,而桌子却是新的,好像刚刚上了油漆一样。阿炳与苗得水是老相识了,但是苗得水好像对他并不热情,不拿正眼瞧他。当阿炳介绍汪阿兴时,苗得水说道:"我知道,被免职但却主持工作的公社书记,人称汪大麻子。"他说着,喝了一口水,两只眼睛转来转去。汪阿兴坐了下来,也喝了一口水。阿炳赔着笑脸道:"苗书记,我们这次来……""阿炳,你不要说了,朋友归朋友,交情归交情,公事公办。更何况,我们也打过架,其实也不算是什么朋友，"他说着，对门口站着的工作人员道，"县里要我几点去开会？"那人道："再过一个小时。"苗得水站了起来道："两位，不好意思，我得去县里开个会，有什么事，以后再谈。"这明显就是送客了。"来一趟老盐公社不容易，我倒是想四处走走，"汪阿兴道，"我们等你开会回来。""那好，你们愿意等，那就等。"苗得水犹豫了一下，便匆匆走了。

阿炳有些不满，他跟苗得水联系的时候，他并没有说县里要开会。汪阿兴拍拍他的肩，安慰他既来之，则安之。他心里清楚，阿炳根本不是苗得水的对手。他们走出会议室，四处走走。老盐公社有一条老街，但并不显得热闹。在一家粮店门口，汪阿兴犹豫了一下，走了进去。他简单地询问了粮食情况。粮店的经理抱怨道："我们县的粮食供应太紧张了，我好久没吃到新米了。"汪阿兴从各个米袋里掏出米，仔细地看了，果真都是陈米。阿炳一直闷闷不乐，认为自己丢了面子。他们又去一家面馆吃了一碗面，知道了附近有一个造船厂。走进造船厂的那会，汪阿兴有些激动。在钱王江边生活，有船就有力量，有船就有希望。造船厂的师傅告诉他，由于县里钢材供应得少，每年也就造一条铁驳船。汪阿兴点点头。阿炳后来说，他走不动了。他的情绪还没有全部恢复，虽然刚才的这碗面钱是汪阿兴付的，这让他心里有一种占便宜的小乐趣。

回到老盐公社会议室，他们两人坐着喝茶。汪阿兴发现，门口依旧站着那个人，便说道："同志，你们苗书记是坐拖拉机去县城的吗？"那人道："对。"汪阿兴点点头，又说道："听说你们的柴油供应很紧张。"那人点点头："什么都紧张，尤其是柴油，我们苗书记说了，一滴油都不能浪费。"汪阿兴走到海平县地图前，发现县革委会距老盐公社才不到三十里。他抽着烟，闭目养神。"汪大麻子，我看你一点都不着急。你说，他几时回来，要是开会，开上几天，白白浪费我们的时间，"阿炳道，"我们还是走吧。""不急。"汪阿兴依旧闭着眼睛道，"阿炳，我跟你打个赌。""打赌？"阿炳吃惊道。"我赌只要我喊一声,苗得水就会出现,"汪阿兴道,"他会腾云驾雾回来。"阿炳摇摇头道:"我不信。"汪阿兴站了起来,走到窗前,看了一下院子,然后走到会议室门口,大声喊道:"钢材柴油我都有!"阿炳愣住了:"汪大麻子你干什么?"

不一会儿,苗得水进来了,他满脸是笑。他双手抱拳道:"汪书记,我是拼了命地赶回来,就差腾云驾雾了,来来来,喝茶。"眨眼间,他就像换了一个人似的。阿炳看得目瞪口呆。苗得水转身对门口的人道:"还愣着干什么,汪书记来了,马上弄点水果,准备酒菜。"说着,他走到汪阿兴身边,从口袋里掏出烟,取出一根,亲自给汪阿兴点上,然后道:"汪书记,这烟味道可以吧?"阿炳将嘴里的烟取了下来,又看了看汪阿兴嘴里的烟,然后道:"苗书记,我的烟跟他的烟为什么不一样?""这个嘛,有所同有所不同,对吧,汪书记。"汪阿兴哈哈大笑:"说得好。"

在酒席上,苗得水更是频频劝酒,好像存心要灌醉汪阿兴似的。阿炳却喝着闷酒。汪阿兴放下酒杯道:"苗书记,我看酒过三巡了,也该说说要紧的话了。""好好好,我洗耳恭听。"苗得水竖起耳朵,两只眼睛滴溜溜地转着。"我们来,你心里明白,就是想借船。但是我们也不能白借,你说对吧?"汪阿兴道,"我不爱欠人情。""汪书记,你这话说得不对,我们两个公社隔江相望,那是兄弟啊,你大哥有要求,我当然竭尽全力。说,要几条船?""全部都要。"苗得水愣了一下道:"这个嘛,有难度,"他看了一眼阿炳,又道,"阿炳,你的那三条船借给汪书记了吗?什么条件啊?""没有条件,"阿炳道,"他说这是征用。"苗得水喝了一杯酒,皱着眉道:"光明大队是宁和公社管辖的,征用也是应该的,但是……""苗书记,钢材柴油我都有。"苗得水听了,一拍桌子道:"好。有你这句话,这船我全借了。"

离开老盐公社已是第二天上午。汪阿兴知道昨晚上阿炳翻来覆去睡不着,好像全身上下长满了痱子似的。阿炳始终不明白,精明透顶的苗得水怎么就答应了汪阿兴。汪阿兴笑而不语。坐上了小船,到了钱王江的江心,阿炳再也忍不住了:"汪大麻子,你要是再不说,我都快憋疯了。""好吧,我说给你听。第一,当时苗得水并没有去县里开会,他坐在办公室里,故意冷落我们。""你怎么知道?""苗得水这么精明会算计的一个人,他舍得坐拖拉机去三十里外的县里开会? 骑车去就可以了,但他的车在院子里没有动。这是我刚踏进院子的时候看到的,上面挂着牌子——书记专用。"阿炳道:"那后来呢? 他就因为你喊的一句话而一下子变了脸? 你又是怎么知道的?""我们去了造船厂,也问了人,当前他们老盐公社最缺的是钢材和柴油,海平县没有钢铁厂,可我们县有钢铁厂,而且在扩建,产量上升很快,另外,我们县现在的柴油供应充足,这还得感谢上次的南沙泄洪,不是要抽水吗? 省里给我们调拨了许多柴油。"阿炳听了,沉默片刻道:"那也都是县里的,不是你的。""县里的,就是我们的。"阿炳好久没吭声,直到船靠了岸,他才说道:"汪大麻子,我服了,你是这个。"他竖了一下大拇指。汪阿兴哈哈大笑:"阿炳,你这顶帽子我可吃不消。"他想了想又道:"你跟苗得水演的这一出戏也该收场了吧。"阿炳愣了一下,说道:"演戏,我干吗跟他演戏? 你胡说八道什么呀。""你啊,露了马脚,你不应该在喝酒时,故意装出闷闷不乐的样子,而你起身去厕所的时候,你却笑了。"阿炳愣住了,好久才说道:"就凭这?""人在不经意之中显露的神色,就是心里的真实想法。阿炳,虽然你们配合演戏,但是这个戏还是值得演的,我也就跟着一起演了。"阿炳哈哈大笑。

牛老三倒是很爽快,他答应了汪阿兴,而且不附加任何条件。阿炳听到这个消息的时候,来了一趟鲁家湾。他手上拎着一瓶酒,说是要庆祝一下。汪阿兴表示这瓶酒先留着。阿炳也想跟老倪说说话,但老倪不太说话,这令他感到无趣。他悻悻地走了。老倪表达了他对阿炳的看法,他说阿炳这个人,他身上的每一个毛孔里都流淌着精明。他不喜欢阿炳。他说有一年,阿炳曾经跟高成天谈判,说要租用监管权。汪阿兴听了,觉得好奇,便说道:"租用监管权,你是说,把你租给光明大队?"老倪点点头道:"高队长差点就上当了。我记得那天阿炳来光明大队,也是提着一瓶酒来的,高队长先拿出自己的酒,两人喝酒,说话,显得特别的友好。后来,阿炳将自己带来的酒也打开了,高队长喝多了。阿炳就拿出了一张协议,让高队长签字,他说签了字,对象的事包在他身上。高队长已经喝多了,他刚想签字时,幸好公社妇女主任吕主任进来了。""吕秀儿?""对,吕秀儿,她是个大嗓门,她大声道,高队长,你的对象包在我身上。""搅了局?"汪阿兴笑道,"吕秀儿已经回来了。阿炳想把你搞到光明大队去,目的是什么?""不瞒你说,县里每年都会派人来看我,是悄悄地来,悄悄地走,有时候还带一些东西。我知道八成是张建设同志安排的。我偶尔也会提一点儿小要求,县里都能帮我办妥,"老倪道,"阿炳肯定是知道这个事了,所以就动了歪脑筋。"汪阿兴点点头道:"老倪,阿炳这个人的确精明,我想,这也是这块土地的缘故,他们从小就无依无靠的,只有想办法求得生存。"老倪点点头,然后说道:"高队长现在变成这个样子,我也很痛心。"他抹了一下眼泪。

张文化带着吕秀儿来鲁家湾的时候,很是吓了汪阿兴一跳。吕秀儿长得五大三粗,像个男人似的。她的声音洪亮,走路也是迈大步。她一见到汪阿兴,就热情地伸出手道:"汪书记,我是妇女主任吕秀儿,咱们头一次见面。"两人握了手后,吕秀儿突然抱住了汪阿兴。汪阿兴有些紧张,倒是张文化笑着说道:"吕主任就是这样,见了人就抱。"汪阿兴觉得怪怪的,一个彪悍的女人,却取了这样一个诗情画意的名字——吕秀儿。她全身上下一点都没有"秀"的样子。吕秀儿张嘴就表扬汪阿兴,说她听说换了公社书记,就想回来了,老铁头说要让她在家休息一阵,她就在家住了一阵。住在家里,总没有工作来劲,她就来上班了。汪阿兴倒是很欣赏她的直爽。后来,张文化告诉他,吕秀儿嫁了两个男人了,头一个得病死了,第二个逃荒跑了,听说后来也是死了。她最喜爱孩子,可是偏偏没有自己的孩子。张文化最后还透露了一个秘密:老铁头最怕吕秀儿,她一说话,那是滔滔不绝,老铁头连插嘴的份都没有。老铁头这阵子心烦,所以就让她回家休息去了。

　　吕秀儿顺便在鲁家湾走访了一下,她说她是妇女主任,必须了解妇女的情况。远远地,汪阿兴就听到她的大嗓门,她跟任何人说话都是大嗓门,好像身上装着自动喇叭似的。张文化跟老倪倒谈得来,他左一个右一个老倪地叫着,显得亲切。汪阿兴道:"按年龄,你得叫他爷爷。"老倪听了此话,眼中含泪。这话说到他的心坎上了,他的确想念不知身在何方的孙子。汪阿兴想起老倪的孙子至今下落不明,便劝慰老倪,说我会托人去了解一下。他后来打电话给金健康,但金健康支支吾吾,不肯多说一个字。但这却让汪阿兴明白,金健康知道老倪孙子的情况,他还活着,只是不方便说罢了。汪阿兴便将此消息转告给了老倪,这令老倪一下子老泪纵横,但整个人却是精神振奋了。他跟汪阿兴说,只要他活着,我们总会见面的。他托汪阿兴问问清楚,孙子到底在哪儿,他想给孙子写信。汪阿兴知道金健康是个极其慎重的人,他既然不肯说,他也无需再问了。他劝老倪说,来日方长,凡事不能急。

　　日子过得很快。那天汪阿兴去卫生院给老倪配点儿药,发现胡慧丽独自一人在给一个病人包扎。他想起了胡佳丽的话,便说道:"胡医生,我想跟你谈谈。"胡慧丽显得有些意外。他们好久没有遇到了,因为他好久没有来卫生院了。她心想或许因为卫生院是他的伤心之地的缘故。汪阿兴有些犹豫,但他想到胡佳丽流泪的样子,终于还是说了。只是,他没有想到,这一次谈话却是不欢而散。胡慧丽很生气。她完全没想到汪阿兴劝她离开宁和,而且是马上。她有些愤怒,是不是因为上次物资的事,自己的利用价值没有了,他就想让她离开? 而且在她的眼里,他好像变了一个人,说话有些支支吾吾,不像以前一样干脆利落。他自己心里都这般矛盾,如何坚定要求她离开宁和呢?她变得相当情绪化了。这种情绪好像不是突然爆发的,而是积累了一段时间。这些天里,她孤独而寂寞地守着这个卫生院,仿佛是想要完成方医生未完成的使命似的,她觉得肩上沉甸甸的。她心里有些渴望,有一个人可以跟她聊聊天,说说事情,哪怕东拉西扯也好。她不是没有想过向县医院打报告,要求派一名护士来。但是她不愿意就这样屈服。她很明白,很多人都在暗中观察着她,包括县医院的同事们。如果章院长一接到报告,他马上就会想到她待不住了,他会立刻派一名医生来,然后顶了她的位置。虽然在很多人看来,这是一个毫无价值的位置,是来遭罪的。她心里很是矛盾。汪阿兴有些吃惊,他没想到自己的这个想法居然遇到了胡慧丽情绪激烈的抵触,他有些不知所措。她并没有说出她的真实想法,而是用一种情绪化的方式中止了这场谈话。在他看来,她终归是要走的,迟走不如早走,他也早就听说知青都开始回城了。他最后无语地离开了卫生院。

没想到的是,他居然在方医生的墓前看到了高成天,他搭了一个棚子,说是守墓。尽管之前张文化跟他说起过高成天的情况,依旧是疯疯癫癫的样子,依旧是一团混乱。高成天对他并不友好,握着拳头好像随时都会扑过来似的。他站在墓前,久久无语。他离开的时候,高成天朝他嚷着:"我比你更爱她。"他不得不承认,高成天说得是对的。他有些怀疑自己对方医生的感情,到底是一种什么感情?是一种怜悯,还是一种同情?尽管他有一些姿态,也有一些话语,但是他的内心却是有些矛盾的。他甚至觉得他与方医生其实好像仅仅只是一个开始,他们根本还没有到达那种感情的沸点。在方医生得了重病之后,他更多的是一种同情,用自己的方式去满足方医生的心愿。

老倪发烧了,晚上躺在床上,嘴里哼哼哈哈的。汪阿兴起来后,发现他脸色通红,额头烫得吓人。他用湿毛巾给他擦脸,但是老倪像是昏迷了,嘴里叽哩呱啦,不知道在说些什么。折腾到了天亮，汪阿兴让姚婶去卫生院叫胡慧丽。汪阿兴着急地看着老倪，他害怕老倪一眨眼就死去了。他现在越来越明白，人活着根本就是一种幸运，死神不知道什么时候就突然降临了。他想到了小狗子，那么年轻富有活力的生命，从坠入深沟的那一刻开始，生命就画上了句号。他也想到了死去的妻子娟子，她以前也是那么健康，好像总有使不完的劲似的，她把一个家料理得那么井井有条。他们是经人介绍认识的，她的父亲母亲在她很小的时候就去世了，他也是，他的父亲在他八岁那年就去世了，母亲在他刚参加工作那年去世了。两个苦命人在一起，并没有多少浪漫，就是实实在在的日常生活。她病了，她一直瞒着他，直到后来他发现了，但一切都晚了……正当他手忙脚乱之时，丁玉洁来了。她摸了老倪的额头，又察看了老倪的眼睛，然后道："汪叔，给他打一针，吊瓶盐水就好了。现在必须马上降温。"她马上动手，绞毛巾，给老倪擦脸，擦胸脯，然后又给老倪喝水。看着她娴熟的样子，汪阿兴道："你姚婶去叫胡医生了。""汪叔，方医生说过，发高烧的病人，物理降温是一种最简单的办法。"当胡慧丽急匆匆赶到的时候，老倪的状况好了很多。胡慧丽给他扎了一针，又挂了盐水。老倪终于慢慢平静下来，脸上的红色好像也褪去了。胡慧丽说，还得观察。丁玉洁在小本子上将这次诊断记了下来。胡慧丽见了，便摸摸她的头道："玉洁，病人发高烧，除了物理降温，多喝水之外，也要针对具体情况，像老倪同志这种老年人，还需要药物的配合。"丁玉洁点点头。姚婶见了，便道："想不到玉洁都快成医生了。"丁玉洁一声不吭地走了。姚婶想了想，也走了。

胡慧丽在鲁家湾住了一个晚上，汪阿兴将床让给她，自己打了地铺。她时不时地起身给老倪测量体温。躺在地上的汪阿兴一夜没有睡着，他不敢发出任何声响，生怕惊醒刚刚睡着的胡慧丽。胡慧丽睡得很香。半夜，汪阿兴看着她沉睡中的脸，心里有了一种异样的感觉。他从来没有这样的经历。他守在门口，像个哨兵一样巡逻。天亮了,姚婶拿着几块米饼过来道:"汪书记……"汪阿兴作了个嘘声的动作,然后轻声道:"胡医生还睡着呢。"姚婶点点头,将米饼交给他,便走了。汪阿兴将米饼用一块毛巾包了起来,然后放进了贴身口袋里。胡慧丽醒来的时候,下床探了探老倪的额头,退烧了。她发现地上收拾得很干净,一尘不染的样子。她刚拉开门,便发现汪阿兴缩着脖子在寒风中哆嗦。"外面这么冷,快进来,"胡慧丽说道,"老倪的烧退了。"汪阿兴大喜,忙从贴身口袋里取出毛巾裹着的米饼道:"给,姚婶给的,还热乎着呢。"胡慧丽愣了一下,然后道:"你吃了吗?""还没,"汪阿兴道,"我给你和老倪两人留着的。"胡慧丽吃了一口米饼,称赞道:"味道不错。"

老倪醒来后,喝了一口稀粥,又吃了一块米饼。他像是一下子活过来了。胡慧丽欢喜地看着他,然后又配了一些药。老倪说,他做了一个梦,梦见自己见到了他的孙子。他感谢胡慧丽救了他一命,死活要将一支钢笔送给胡慧丽。胡慧丽不收,她说如果要感谢,也得感谢丁玉洁,是她做了前期工作。而自己,只是尽了一名医生的应尽责任,救死扶伤是医生的职责。老倪听了很感动,他说丁玉洁这个小姑娘以后肯定会是一名好医生的。他看着胡慧丽,便跟汪阿兴说,想跟胡慧丽谈谈。"你们两个读书人,有许多共同语言,不像我这个大老粗,说来说去,也就那么几句话,有时候还说不到点子上。"汪阿兴笑道。"汪书记,你不是大老粗,以前我以为你是大老粗,只知道下命令,不晓得尊重人,可是后来我发现,你是一个有勇有谋,而且很有思路的人,"老倪叹了一口气说道,"但是,你却被免职了。""免了就免了,老倪,不要太在乎什么职务,关键是干好工作。""话是这么说,可要是没了职务,你干活的难度就更大了,"老倪道,"不在其位,不谋其政。""老倪,你的意思是让我什么事都别想,安安耽耽地待在鲁家湾?我告诉你,我这人天生就是劳碌命,必须得干事,"汪阿兴笑道,"丰农围涂,那是非干不可的。"老倪感动地落了泪。胡慧丽听着,一言不发。眼前的这个男人,眼睛里只有干事,甚至有些不顾一切。她想到了老铁头曾经托自己去跟姐夫说,要调离宁和公社,他与眼前的这个男人比起来,唯一的区别或许就是自私。老铁头显得太自私了。

　　汪阿兴去了一趟徐阿福家,姚婶跟他说起,大军在公社办的晒盐厂里上班了,但听大军说,效益不好,他回家休息了。徐大军正在搓草绳。他说姚婶和徐阿福去螃蟹地了。汪阿兴问了晒盐厂的情况。徐大军说,晒盐厂一到了冬天,太阳的温度不够,而且钱王江也要进入枯水期了,所以,厂里放假了。汪阿兴去了螃蟹地,发现姚婶正在翻地,不见徐阿福的人影。他皱起眉头,心想徐阿福这般游手好闲,终将吃苦头。

第二十五章

傍晚,鲁小妹抱着流浪小狗走着,她没想到她的运气这么好,居然在草丛里发现了小狗。路过徐家草舍前时,站在门口的徐曼丽看见了鲁小妹:"小妹姐,咦,小狗,哪来的?"鲁小妹欢喜道:"捡的。"徐曼丽上前,抚摸了一下小狗的头,道:"可爱的小狗,小妹姐,让我抱抱。"鲁小妹将小狗给了徐曼丽。徐曼丽抱着小狗,欢天喜地的样子。这时,传来鲁伟潮的叫声:"小妹,小妹……""曼丽,我哥叫我了,把小狗还给我,我回家了。"徐曼丽央求道:"小妹姐,让我再玩一会吧。要不,我明天还你好不好?""那好吧,记得一早上还给我。"她摸了一下小狗的头,走了。徐曼丽抱着小狗,欢天喜地地进家了。

徐阿福看着徐曼丽一副兴奋的样子,抱着小狗,他咽了口水。他这阵子四处闲逛,人也懒了下来。一旁的姚婶问道:"曼丽,哪来的小狗?""小妹姐捡的。"徐阿福道:"人都养不活,还养什么狗啊。不如宰了吃了。"他上前一步又道:"给我。今天晚上我们吃一顿狗肉,我可是好久没吃肉了。"姚婶道:"你疯了?"徐曼丽将小狗紧紧抱住道:"爹,我不许你伤害它。"徐阿福讪笑道:"我也是说说罢了。"可是他的目光一直盯在小狗上。他自言自语道:"既然有小狗,那就有大狗啊?对了,曼丽,鲁小妹在哪儿捡的小狗?"徐曼丽摇摇头。徐阿福拿了门栓,走了。

晚上,徐阿福拿着门栓晃荡着。他嘴里不时地装几声狗叫,然后倾听。但鲁家湾显得特别安静。他逛来逛去,逛到了汪阿兴的草舍前,灯光亮着。他听到胡慧丽在说话:"老倪同志,日子会好起来的。你安心养病,但也要注意,不要在早晚两个时间段去江边了,风太大,容易着凉。"徐阿福想到了胡慧丽既然在,可以讨点药,便推门进去了。"哦,是徐阿福同志,有事吗?"胡慧丽道。"胡医生,我想讨点药。""你病了?"胡慧丽问道,"我看看。""我没病,就是想讨点药,在家里备着。"胡慧丽皱着眉道:"我们卫生院的药品供应一直很紧张,我这次没带常用药,下次我带一点来。"徐阿福一脸失望地走了。刚走出门外,便听到老倪说道:"胡医生,我听说鲁阿牛同志的身体也不好,汪书记为这件事担心。""我知道,汪书记跟我说了,他说鲁阿牛的身体不好,并要求辞去大队长的职务……"徐阿福听了,心花怒放。他一直想当大队长,现在机会终于来了。他快步走了。

天蒙蒙亮,鲁小妹就站在门口叫着徐曼丽,但徐曼丽却不肯归还小狗了。鲁小妹进去后,为了争夺小狗,与徐曼丽吵架了。徐大军走了过来道:"咦,怎么吵架了? 曼丽,你把小狗还给小妹,是人家的就是人家的。"徐曼丽突然道:"不是你的,是大队的,我爹说了,我爹就要当大队长了,就是我的。"鲁小妹哭了。徐曼丽也跟着哭了。徐大军左右为难,一会儿劝这个,一会儿劝那个。他俯在鲁小妹耳边小声道:"小妹,你先回去,大军哥想办法偷出来还给你。"鲁小妹点点头,走了。徐曼丽见鲁小妹走了,马上停止哭声,对着小狗道:"小黑黑,你是我的了。"她亲了小狗一口。"曼丽,你去看看娘回来了没有。""大哥,你去,我不去,我要陪着小黑黑。"徐大军想了想又道:"上学时间快到了,你要上学去了。"徐曼丽不情愿地起来,想了想道:"大哥,你给我做个拴狗绳。""你要带小狗去学校?"徐大军吃惊道。徐曼丽点点头:"嗯。你要是不给我做拴狗绳,我就告诉爹,就说你欺侮我,爹就会狠狠骂你的。"徐大军无可奈何道:"好吧,好吧。"他摇摇头走了。徐曼丽得意洋洋地梳着辫子。

在学校的操场上,得意洋洋的徐曼丽牵着小狗,心花怒放的样子。很多学生围着她,叽叽喳喳。鲁小妹跑了过来,大声道:"小狗是我的。"她上前来夺,徐曼丽推开她道:"是我的。你看,它现在就跟我亲。""徐曼丽,你是个骗子!""鲁小妹,你才是骗子。""你是个无赖。""你才是无赖。"两人你来我往地吵架。一位女老师走来,大声道:"别吵了。徐曼丽,鲁小妹,跟我去办公室。"鲁伟潮、徐定强、丁玉洁也跑来了。女老师道:"要上课了。你们都回教室去!""当……当……"站在不远处走廊下的莫校长敲了挂在屋檐下的一块铁片……

在校长办公室内,莫校长和鲁小妹、徐曼丽都站着,沉默。小狗突然叫了一声。莫校长道:"徐曼丽,谁允许你带小狗来学校的?违反校规了。"徐曼丽不吭声。莫校长又道:"鲁小妹,你说小狗是你捡的,谁能给你作证?"鲁小妹也不吭声。莫校长道:"捡的东西要归公。"徐曼丽道:"不行! 它是流浪狗,没爹没娘的,没人照顾它会饿死的。"鲁小妹道:"是我捡的。我会照顾它。"徐曼丽道:"我会照顾它。"两人又吵了起来。莫校长皱着眉道:"都别吵了。从明天开始,不允许把小狗带到学校来,小狗由大队处理安置。你们上课去,小狗就放在我办公室,放学的时候牵走。"徐曼丽不放心地看了一眼小狗,道:"要是丢了怎么办?""丢了我负责找回来。你们俩都上课去吧。"两人走了。莫校长将小狗拴在椅子旁,苦笑着摇摇头。

放学回家的路上,徐曼丽紧紧地抱着小狗,快步走着。她不时地回头道:"二哥,你快点。"她担心半路上被鲁小妹给拦截了。徐定强在等丁玉洁,他想跟她说说话。他心想只要丁玉洁说要小狗,他马上从曼丽那儿抢来,送给她。但是丁玉洁一直没有出现。他闷闷不乐。鲁小妹一路流着泪。丁二南忿忿不平地说道:"伟潮哥,我们把小狗抢来。"鲁伟潮摇摇头。丁二南看了一眼绷着脸的丁玉洁,不敢吭声了。丁玉洁的样子有些令他感到害怕。徐曼丽小跑到了家,此时,家中尚无人。不一会儿,姚婶从地里回来了。

一家人围着一张小方桌吃饭。徐曼丽吃了几口,端着碗离开了桌子。"曼丽,去哪?"姚婶问道。徐曼丽有点慌张道:"没,没去哪。"她走了。在灶肚边,她轻声唤道:"小黑黑,小黑黑……"小狗从柴草堆里爬了出来。徐曼丽将碗里的一点儿剩饭喂给小狗吃。徐阿福进来了,大声道:"你这不是糟蹋粮食吗? 败家子!"他上前来夺碗,徐曼丽不让,她哭了。姚婶闻声而来:"阿福,有话好好说。""我们家养不起狗。"徐阿福道。姚婶沉着脸道:"曼丽,你爹说得对,粮食这么紧张,我们家确实养不起狗。"徐曼丽边哭边道:"我喜欢小黑黑。""娘知道你喜欢它,可是……"她想了想道,"送到公社食堂去吧,好歹还有口饭吃。"徐曼丽拼命摇头。徐阿福道:"我今天晚上就把它杀了。"他气呼呼地走了。姚婶道:"曼丽,听话。""娘,让我养着吧。"姚婶心一软道:"好吧,先养几天再说,"她轻轻地抚摸了小狗,又道,"也是一条命啊。"

丁玉洁心里一直憋着一股气,鲁小妹哭哭啼啼的样子让她这股气沸腾起来。她拉着鲁小妹,要去讨个说法。三兄妹到了徐家草舍前,发现姚婶和徐大军说着话。徐大军道:"娘,小狗是小妹捡的。"鲁小妹哭着道:"姚婶,还给我。"姚婶道:"好,好,好,小妹别哭了,我去牵来。"她进去了。徐大军看了一眼丁玉洁道:"玉洁,你怎么不跟我娘说话呢?"丁玉洁不吭声。不一会儿,传来徐曼丽惊天动地的哭喊声以及小狗慌乱的叫声。姚婶牵着小狗出来了。徐曼丽发疯一样跑了出来,抱着姚婶的大腿道:"娘,不给,不给。"徐阿福闻声而来,大声道:"怎么了?"姚婶把拴狗绳递给鲁小妹道:"小妹,快牵走。"徐阿福一把拉住了拴狗绳道:"凭什么?"鲁小妹道:"小狗是我捡的。"徐阿福道:"捡的,那好,一切要充公,归大队了。"他把拴狗绳还给徐曼丽道:"牵走!"姚婶道:"曼丽,还给小妹。""不给。"姚婶忍无可忍,打了徐曼丽一巴掌。徐曼丽坐在地上,哭得惊天动地。徐阿福怒火中烧道:"你们……弄得鸡飞狗跳的。你们……"姚婶看了一眼一直冷着脸的丁玉洁,道:"小妹,你们先回去,明天我把小狗送来,好不好?"鲁小妹摇摇头。姚婶便去抢徐曼丽手里的拴狗绳,没想到徐曼丽死也不放。姚婶厉声道:"放手!"徐曼丽哭喊着:"爹……"徐阿福一脸怒恼:"阿英,你这是干什么?松手。"鲁伟潮小声劝慰鲁小妹道:"小妹,我们先走吧,明天姚婶会把小狗送来的。""那好吧。玉洁姐,我们走吧。"丁玉洁看了小狗一眼,道:"走!"三人走了。姚婶望着三人的背影,无语。

　　夜深人静。全家人都睡着了。徐阿福悄悄地走动着,他去了灶房,不一会儿,便传来小狗短促的叫声,之后归于平静。他走到门边,走了出去。他消失在夜幕里。一早,徐曼丽发现小狗不见了,徐曼丽坐在鲁家门前的地上,哭着叫着:"还给我,还给我。"此时,丁玉洁和鲁小妹拉着手出来。"你们偷了我的小黑黑。"丁玉洁和鲁小妹愣住了。徐定强匆匆跑来,上前去拉徐曼丽,徐曼丽道:"二哥,你不要拉我,你让他们把小黑黑还给我。""玉洁,还给她吧。"丁玉洁怒不可遏:"还给她?小狗本来就是小妹捡的。我们还等着你们把小狗还回来呢,没想到你们恶人先告状。"徐定强道:"可是小狗不见了。"鲁小妹听了,也哭了起来:"去哪了?还给我!"丁玉洁愤恨地道:"一定是你娘……哼。""我娘怎么了?""你问你娘去,她心里明白。"说话间,姚婶到了,她道:"玉洁,你问吧,我怎么了?""你自己心里明白。"姚婶道:"我就是不明白。"丁玉洁道:"小妹,我们走。"她们转身欲走时,鲁伟潮扶着鲁阿牛出来了:"都怎么了?曼丽,起来。"徐曼丽在地上撒泼道:"把小黑黑还给我。"鲁阿牛道:"小狗去哪了?"姚婶解释道:"阿牛,一早起来,小狗就不见了。"鲁阿牛看了一眼擦眼泪的鲁小妹道:"小妹,算了,小狗找妈妈去了。"丁玉洁摇摇头道:"爹,事情没有这么简单。"姚婶道:"玉洁,你话不要说半句。""小狗是在你们家不见的。你们怎么说都行。"姚婶道:"你的意思,我在说谎?""谁保管,谁丢失,谁负责。"姚婶沉默片刻道:"怎么赔?你说吧。"丁玉洁道:"不要你们赔,你们把小狗还给小妹。"鲁阿牛听了,说道:"玉洁,小狗不见了,怎么还啊?"

"爹,怎么还是他们的事!他们既然会耍赖,那就会想办法还债。"姚婶一脸不悦道:"玉洁,你说这话是不是太过分了。小狗不见了,我们也很着急,曼丽这样子你也看到了,跟发了疯似的。我没有办法还给你们小狗。""你们有办法让小狗不见了,那就一定有办法让小狗还回来!"鲁阿牛皱着眉道:"玉洁,别说了。"丁玉洁一脸激动道:"爹,我要说。明明是小妹捡的小狗,昨天说今天早上还,结果又说不见了,这是为什么?"姚婶也激动道:"玉洁,难道我有阴谋?还是我有诡计?"鲁阿牛见她们两人的声音越来越响,便说道:"玉洁,不要说了。回家去。""爹,我心里不平。"鲁阿牛厉声道:"玉洁,你不听话了?"丁玉洁道:"爹,这件事必须要有个说法。"鲁阿牛怒声道:"什么说法?难道一条小狗比两家人的感情还重要吗?玉洁,回家!"丁玉洁站着依旧不动。鲁阿牛突然给了丁玉洁一巴掌。众人都愣了。丁玉洁捂着脸,愕然、悲伤、痛苦。她哭着跑了。鲁阿牛叹了一口气道:"阿英,把曼丽带回去吧。""阿牛,你不该打她。"鲁阿牛一脸无奈。姚婶拉着徐曼丽走了。徐定强望着丁玉洁跑去的方向,犹豫不决。鲁伟潮朝着丁玉洁的方向追了上去。鲁小妹擦着眼泪,一声不吭。姚婶回头道:"定强,上学去!"徐定强低头走了。

跑到江边的丁玉洁呆呆地站着,江风吹乱了她的头发。身后的鲁伟潮道:"玉洁,回去吧。姚婶也不是外人。"丁玉洁不吭声。鲁伟潮又道:"玉洁你不知道,我娘去世以后,这些年姚婶就像我娘一样照顾我跟小妹,所以……所以我们要知恩图报。"丁玉洁头也不回道:"难道我说的都是错的?爹,他……""玉洁,爹是不想伤了两家人的感情。唉,你不在家,爹就惦记你,爹还说了,去给你买双鞋。你的旧鞋太破了。"丁玉洁哽咽起来。这时,鲁小妹也跑来了,气喘吁吁道:"玉洁姐,爹让我跟你说声对不起。"丁玉洁听了,号啕大哭。鲁小妹也哭了。

　　丁二南将丁玉洁带到了一个地方,一脸神秘地说道:"玉洁姐,你看。"地上有一个新挖的土包。丁二南双手挖了一会儿,看到了一堆骨头。丁玉洁明白了。小狗被人吃了。"玉洁姐,八成是他们干的,他们吃了肉,就说小狗不见了。"丁玉洁咬着牙,一脸愤恨。傍晚时分,丁玉洁独自站在徐家草舍前,一动不动。远远地,挎着篮子的姚婶走来了:"玉洁,出什么事了?"丁玉洁不吭声。姚婶看了站着的徐定强一眼,说道:"定强,是不是你跟玉洁吵架了?"徐定强摇摇头。姚婶不解道:"那是怎么了? 玉洁,你说吧。""还我们小狗。"姚婶愣了一下道:"一直没找着。我在想,可能被狗妈妈带走了。"丁玉洁道:"你骗人! 你睁眼说瞎话。明明是你们把小狗吃了。"姚婶愣住了。这时,走出草舍的徐曼丽哇的一声哭了:"娘,你骗我,你骗我。"徐定强垂下了头。姚婶怒声道:"玉洁,你说话要负责任,你可以问定强、曼丽,他们有没有吃狗肉。"丁玉洁道:"我没有证据是不会乱说的。你们在外面偷偷吃的。哼,你敢跟我去看一看吗?"

　　土上插着一支芦苇。丁玉洁拔掉芦苇,用手挖着沙土,不一会儿,出现了一些骨头。徐曼丽见了,哭着趴在地上:"我的小黑黑……""玉洁,我娘没吃。"徐定强着急道。姚婶厉声道:"定强,你吃了?"徐定强结结巴巴道:"我,我就吃了一块。"姚婶甩了徐定强一巴掌,怒声道:"你说,怎么回事?"徐定强捂着脸,不安道:"爹给我的。就,就一小块。"徐曼丽哭着道:"二哥,你好狠的心啊。"她趴在地上,哭喊着:"小黑黑,我苦命的小黑黑……"姚婶铁青着脸道:"曼丽,你爹去哪了?"徐定强小声道:"爹去江边找大狗了。"姚婶咬着牙道:"玉洁,现在还需要阿福当面对质。你如果相信我,你回去吧。我一定给你个说法。""我不相信你。"姚婶道:"那好吧。你在这里等着,我把阿福叫来。"她快步走了。

　　隐约传来狗叫声。坐着的徐阿福利索地爬了起来,顺手拿起了地上的门栓,东张西望,一副随时准备出手的样子。他发现什么都没有。便放下门栓，重新躺了下来。这时，传来姚婶的叫声："阿福，阿福……"徐阿福愣了一下，然后迎了上去："阿英，你叫我？"

姚婶看着他手里的门栓道："你拿着门栓干吗？"徐阿福支吾道："没，没干吗。"姚婶一脸平静道："跟我走吧，有点事。"两人走了一段，徐阿福感觉不对，便说道："阿英，什么事非得到江边去说？"他不走了。"你干了什么？"姚婶道，"老实说吧。"徐阿福双腿发抖道："阿英，你饶了我这一回吧。我也是一时鬼迷心窍，好久没吃肉了，我想吃肉，做梦都想。""吃了肉，就得担责任。走！"姚婶拉着他，走了。眼看着姚婶揪着徐阿福走来，丁玉洁双手握紧了拳头。姚婶大声道："玉洁，我把他带来了。你说吧，怎么办？"徐阿福道："阿英，这算什么呀，审问吗？她，她一个孩子，我，我将来是大队长。"姚婶道："你闭嘴。"丁玉洁瞪了一眼徐阿福，一声不吭地走了。姚婶愣住了。徐阿福挣脱后，道："这点小事算什么呀？别说一条小狗，一头牛我也照吃不误。你叫我来，不就是让我承认我吃了狗肉，是我吃的，怎么了？"他朝丁玉洁的背影，大声道："你回去告诉鲁阿牛，自己不敢出头，让一个姓丁的为鲁家出头，丢不丢脸？"丁玉洁停下脚步，转过身来道："我爹说过，做人要学会让，让一步海阔天空。我问我爹，让到什么时候才不让？我爹说，一而再，再而三，忍无可忍时。从今天开始，我们忍无可忍了。"她走了。姚婶脸色铁青。徐阿福道："谁叫他让了？他有本事自己来跟我说啊。"姚婶无语地坐了下来，她的手紧紧地抓着沙子，攥得紧紧的。徐阿福道："阿英，我们回去吧。"他见姚婶的样子有些不对劲。姚婶蹦出一句："你伤了我的心。"徐阿福愣住了。姚婶跟跟跄跄地走了。徐阿福大声喊道："阿英，我错了，我错了还不行吗？我回家跪搓衣板还不行吗？"姚婶并不回头，走了。

这个晚上，鲁家湾人听到了徐阿福的哭泣声。姚婶把他关在了门外，说是反省反省。他实在冻得不得了，再三央求，姚婶也没有开门。姚婶心里明白，小狗这件事，徐阿福丢尽了全家人的脸。

尤其是丁玉洁,对他们家恨之入骨了。她没想到徐阿福竟然会干出这种事来,还四处嚷嚷说自己要当大队长了。汪阿兴也过问了这件事。他跟姚婶说,大队长的人选,徐阿福的确算一个,但还没有完全定下来。姚婶恨铁不成钢,但也无计可施。毕竟,徐阿福是她的男人。她听到了徐阿福的哭声,她咬牙忍住。她一直守在门口,隔着薄薄的门板,她好像听到了风声,一阵紧似一阵。如果徐阿福一脚踢开门,说明他还有男子汉气概,但他偏偏用哭泣这种方式来服弱,这令她心里更加悲凉。她担心自己哪一天要是倒下了,徐阿福恐怕撑不起这个家。她也流泪了。

鲁阿牛搀扶着徐阿福进来的时候,姚婶板着脸。鲁阿牛道:"阿福,你向阿英认个错。"徐阿福哆嗦着,不停地打着喷嚏。他一边擦着鼻涕,一边说道:"阿英,我以后再也不敢了。我向你保证。"他就差下跪了。姚婶看着有些苍老的鲁阿牛,心想他的病越来越重了,或许用不了多久,他将离开人世。从此以后,再也没有一个人为徐阿福说好话了。她含着泪点点头。鲁阿牛转身走了,他步子缓慢,佝偻着腰。

汪阿兴跟鲁阿牛又谈了一次,征求大队长的人选。他觉得徐阿福不合适,群众意见也大。鲁阿牛无言以对。当汪阿兴提到姚婶时,鲁阿牛眼前一亮,表示认同。他又找了几个人谈话,大家还是认可姚婶的,认为她当大队长,大家没有意见。于是,汪阿兴找姚婶谈话。姚婶心里有些不安。汪阿兴当着老倪的面说了大队长一事。姚婶当场就拒绝了。老倪说道:"姚英英同志,我看你行的。做事泼辣,为人直爽,又讲道理。关键是有一颗公心。"姚婶再三推辞,但汪阿兴主意已定,后来说,边学边做。姚婶只得答应了。她回到家,坐着发呆。徐阿福赔着笑脸凑了上来:"阿英,他找你谈什么了?"姚婶不吭声,心想要是把这件事说出来,徐阿福会不会急得跳起来。他一直以为这个大队长就是他当了,再也没有人可以跟他抢了。他甚至想好了,他一旦当上大队长,就要家里的门重新油漆做一下,然后在上面挂一块牌子:大队长之家。他还跟徐定强说,你爹当了大队长,你以后就是大队长的儿子,以后就等着接班吧。他认为徐大军光有一身力气,头脑却不够灵活。只有徐定强才可以接他的班。姚婶还发现,有一天晚上他在睡梦中乐得笑出声来。徐阿福突然在她的身上嗅了嗅,然后道:"他不会欺侮你吧?"姚婶站了起来道:"你什么意思?"徐阿福讪笑一下道:"我嘴贱,我嘴贱。"全家人坐在一起吃饭的时候,姚婶终于把当大队长的事说了。徐阿福愣住了,筷子掉在了地上。他顾不上捡筷子,便道:"你当大队长,那我当什么?"徐大军乐呵呵地笑了:"爹,你还是你。"徐阿福一拍桌子道:"那我岂不是一辈子抬不起头了? 不行,这个大队长我当,你不能当。"姚婶道:"这不是我的意思,是……""是汪阿兴的意思对吧? 他想干什么呀? 一个光棍,你就不怕别人说闲话?"姚婶怒了,指着徐阿福骂道:"你有本事,就给我挺起腰来。"徐阿福顾自走了。

老倪在姚婶走后说了一句话,说徐阿福这个人心胸狭隘,恐怕会来闹事。汪阿兴心里也隐约感觉到了,但没想到徐阿福这么快就来了。他看着徐阿福双手叉腰、瞪着眼的样子,就知道吵架是免不了了。"大队长不能给阿英当,我怕被人说闲话,"徐阿福道,"必须我来当。"汪阿兴微笑道:"你用什么当?""我,我……"徐阿福支吾着。老倪插嘴道:"徐阿福同志,当大队长关键是要有一颗公心。""在这儿轮不到你说话!"徐阿福指着老倪怒声道,"你以为你是谁啊,你不就是个落后分子吗? 我听说了,你以前在红旗大队天天编草绳,哼,我们鲁家湾大队对你够客气的了。断了种的老东西。"老倪不吭声了,脸色却显得异常难看。汪阿兴道:"徐阿福,这件事已经定了,你要是不服气,回去好好想想。"徐阿福走后,老倪暗自垂泪。汪阿兴好言相劝,说徐阿福的嘴历来是出了名的,不分青红皂白,不要太在意。老倪流着泪道:"汪书记,我想念我的孙子啊,要是这辈子见不到我孙子,我死不瞑目。"汪阿兴点点头,然后道:"你放心,我会找到你孙子的。"老倪悲伤地睡去了。

汪阿兴睡不着,他四处走走。没想到半道上遇到了吕秀儿。她打着手电筒,一副急匆匆的样子。"啊呀汪书记,出事了,"吕秀儿说道,"老铁头被高成天打了,人也被他扣住了。""不要急,吕秀儿同志,你慢慢说。"吕秀儿说高成天突然来公社,要求老铁头把老倪的监管权重新还给红旗大队,老铁头不同意。他就按住老铁头一顿痛打。他像个疯子一样,没人敢上前帮忙。他拖着老铁头去了红旗大队,并扬言道,限公社三天之内把老倪送去,否则,他跟老铁头同归于尽。汪阿兴听了,马上与吕秀儿赶往红旗大队。半夜时分,发现红旗大队村口十分热闹。张文化带着人,破口大骂。可红旗大队的人却根本就不理他。大家用手电筒光照来射去,虚张声势。吕秀儿大声道:"汪书记来了。"汪阿兴拿着手电筒,跟红旗大队的人说道:"我一个人进去。"他们放行了。大队部灯光通明,看样子高成天作了准备,汪阿兴推开大队部,发现老铁头被绑在椅子上,动弹不得,嘴里还塞着一团毛巾。高成天喝着酒,手里拿着一根棍子,他指着汪阿兴道:"你终于来了。""你放了老铁头,有什么事尽管冲我来。"汪阿兴道。高成天走到他的跟前,用棍子指着他的脑门道:"现在我抓了老铁头,反正是犯罪了,我大不了一死。方医生死了,我活着也没有意思了。我陪她去。"他说着,狂笑一阵。"高成天,你就这么想死吗? 有本事,以后给我死到钱王江围涂工地上去,"汪阿兴怒声道,"那样的死,才叫死,你现在这样子动不动就说死,这是窝囊的死,是丢脸的死。"高成天愣了一会儿,说道:"汪大麻子,你想用激将法激我,我不会上当的。你把老倪给我送来,我就放了老铁头。""老倪现在鲁家湾大队,他过得好好的。"汪阿兴道。高成天走到老铁头身边,拔出嘴里的毛巾,丢在地上。老铁头怒声道:"高成天,除非你今天弄死我,否则,我不会让你好过。""老铁头,你的仇人不是我,是他,"高成天指着汪阿兴道,"他来宁和之后,你的日子就没有一天好过。"老铁头咬着牙,愤怒地瞪

着高成天。"我说得不对吗？老铁头，要不是他要你打报告，老倪
能去鲁家湾大队吗？他把老倪带走了，却把仇恨留给了你。你说，
他是不是你的仇人？"他哈哈大笑。老铁头顿时无语。汪阿兴走到
老铁头身边，欲替他松绑。老铁头道："高成天说得没错。"他痛苦
地闭上了眼睛。高成天用棍子将汪阿兴的手拨开，然后说道："我
疯了，我不能一个人疯了，我得让你们陪着我疯。"汪阿兴猛地一下
子拉住棍子，顺势一拉，高成天跌倒在地。汪阿兴一下子骑在他身
上，举拳欲打，但他死死地忍着。高成天狂笑道："汪大麻子，打啊，
打啊，请尽情地打吧，打死我吧。"他呜呜地哭了。汪阿兴无力地放
下拳头，一把将高成天拉了起来，然后给了他一巴掌。高成天一屁
股坐地，闭上了眼睛，流着泪水。汪阿兴给老铁头松了绑，然后坐
了下来，无语地抽烟。

　　老铁头一句话也没有说就走了。他走得跌跌撞撞。高成天睁
开眼道："他走了，你为什么还不走？你不知道我高成天是个疯子
吗？""高成天，你没有疯，你比谁都清醒，"汪阿兴道，"但是，你太清
醒了，清醒过头了。你当着我跟老铁头的面，挑拨离间，这还是男
人吗？"汪阿兴痛苦地说道："自从方医生死后，我一直觉得内心愧
疚，的确，你更爱她，可是高成天，你要明白，她不爱你。这是没有
办法的。""不，不，她爱我，她爱我，"高成天歇斯底里地叫道，"我爱
她，我爱她。""你如果爱她，那就在心里珍惜她，哪怕她去世了，她
在看着你，你走到哪儿，她都在看着你，"汪阿兴道，"她不想让我们
成为仇人，打得死去活来。她要我们齐心协力，把钱王江围涂这件
大事办好。"高成天哭了，哭得肝肠欲断。汪阿兴流着泪，走了。

　　但是，汪阿兴在第二天看到老铁头的那一刻，心里清楚两人的
裂缝开始拉大了。头上包着纱布的老铁头带着两个基干民兵来到
鲁家湾大队，走进汪阿兴的草舍，径直站在了老倪跟前。老倪正在
画图，他的手一抖，笔滑落了。老铁头仇恨地瞪着老倪，突然从口
袋里掏出一张纸，丢在了桌上。这是一封举报信，信上说人民群众

很不满意倪国全的表现,由于汪阿兴的纵容,现在的倪国全翘起了尾巴,洋洋得意……老铁头面无表情地说道:"根据举报信的内容,请示了县革委会王宝年同志,他作出重要指示,倪国全关禁闭三天,以示惩戒。"汪阿兴拿起了电话机的话筒。"王宝年同志说,这事他也请示了张建设同志,张建设同志也同意。"老铁头补充说道。汪阿兴只得放下手中的话筒。他眼睁睁地看着老倪被押走了。

三天里,汪阿兴像个热锅上的蚂蚁。他食无味,寝不安,好像丢了魂似的。他担心老倪经受不了这样的待遇。他站在路口,张望。直到晚上八点多,张文化才跑来告诉他,老倪在卫生院。两人赶到卫生院,正好听到胡慧丽在跟老铁头吵架。"他是个老人,也是个病人。你这么做,对得起自己的良心吗?"胡慧丽怒声道。"胡医生,他自己撞墙,跟我有什么关系,我是按上级指示办事。"老铁头道。"你把他关在禁闭室,但是你让人看护他了吗? 这一次幸亏有人听到撞墙声,要是没听到,他撞墙死了,怎么办? 不管怎么说,你不应该用这种手段对付一个老人,"胡慧丽怒声道,"我就不相信我姐夫这么铁石心肠。"汪阿兴走了进去,发现老倪头上缠着纱布,躺着。他急步走到床前,俯下身子叫道:"老倪,老倪。"老倪微微地睁开眼,嘴唇轻轻地动了动。汪阿兴将耳朵贴在他嘴边,听到他说道:"汪书记,我不想活了。"汪阿兴附在他耳边道:"无论如何,你必须活下去。丰农围涂,孙子,这些都要求你活下去。"这时,他看到老倪的手腕上有一圈血痕,他抬起老倪的手,看了看,心里明白了。他走到老铁头跟前,怒声道:"你还给他上手铐了?"老铁头不吭声。"我要检查禁闭室。"汪阿兴道。

开了灯,禁闭室里呈现混乱,传来一股臭味,地上有屎,墙上有尿液的痕迹。一张凳子上,一副手铐还挂在那儿,上面血迹斑斑。汪阿兴倒吸了一口冷气,他仿佛看到了老倪的痛苦挣扎。他将门轻轻地关上,然后转身走向站着的老铁头,他扬起手,给了他一巴掌。老铁头和张文化都愣住了。"你打我?"老铁头捂着脸,手里的手电筒掉在了地上。"对,这一巴掌算是让你清醒清醒,你要记住,虽然我被免掉了公社书记,但仍主持公社工作。我以前之所以让你大胆管理,是想让你学会怎么当一名公社书记,现在看来,我无比失望,你他娘的,你变得像一头野兽,"汪阿兴指着公社办公楼道,"从你走进这幢楼,在一个办公室坐下开始,你就是一名公社干部,可是现在呢,你像个公社干部吗?你有了权力,你就开始整人。这样下去,我们以后还怎么带着大家干大事?从这一刻开始,我收回给你的代理权。"汪阿兴走了。张文化不知如何是好。他犹豫了一下,还是追了上去,着急道:"汪书记,什么代理权?""从现在开始,公社的所有事由我负责,"汪阿兴道,"所有的事情都必须向我汇报。"

第二天,宁和公社会议室召开了一个紧急会议。汪阿兴主持会议,全体公社干部都参加。老铁头没有来参加会议,理由是他病了。汪阿兴在会上强调了自己重新主持公社工作,然后宣布了一个重要决定,张文化兼任红旗大队大队长。胡慧丽也参加了这个会议。会议结束后,她说了老倪的病情,基本比较稳定。汪阿兴心里的一块石头落地了。他跟着胡慧丽去了卫生院。老倪的目光呆滞,像是傻了。汪阿兴着急地问胡慧丽:到底怎么样?胡慧丽给老倪喝了一杯水,他慢慢地转动眼珠,喉咙里响了一会儿,终于说出了一句话:"不要怪老铁头。""老倪,你受罪了,对不起,我没能保护好你。"汪阿兴道。"不要怪他,是我自己撞的墙,"老倪边说,边指着自己的头道,"我的思想还没有改造好。我有罪,我有罪。"他说着说着便晕了过去。胡慧丽赶紧给他打了一针,他才镇静下来,然后喃喃自语道:"我要活下去,我要活下去……"胡慧丽出来后,说老倪睡着了。两人说了一会儿话,之后就陷入了沉默。汪阿兴想着胡慧丽之前骂老铁头的那些话,句句在理,但他不得不提醒她,不要卷入公社的这种事务当中,以免身受其害。胡慧丽的心情有些低落,她说她看到老倪垂暮之年,却要遭受这种侮辱,实在令人气愤。汪阿兴离开卫生院的那会,他告诉胡慧丽,他打算围涂。胡慧丽说,这不仅是你的梦想,也是方姐的梦想,更是老倪和大家的梦想。她目送着汪阿兴离去。

倪文明突然来卫生院,令胡慧丽感到意外。倪文明说他是来县医院参加一个会诊时,专门请了假来宁和卫生院的。他看到简陋的卫生院,不停地摇头。走到胡慧丽的房间,东看西看一阵后,说这里跟省医院比起来,一个是天堂,一个是地狱。他说他一分钟都不想待在这儿,这儿没有一处地方是干净的,按照医学上的要求,这个卫生院的里里外外都要消毒。胡慧丽一直不吭声。倪文明走进灶房之后,大声说道:"慧丽,你到底是怎么想的? 我太不理解了,你怎么能在这么简陋的地方动手术?"胡慧丽依旧不吭声,当她盛好饭递给他时,他目光里有一股厌恶的神情。他拿出手帕,将碗的边沿擦了一遍,然后又将筷子用开水冲了冲,然后用手帕将筷子擦了一遍。他坐下去的时候,好像突然惊醒,看了凳子一眼后,宁可站着吃饭。胡慧丽依旧不说一句话,但她的脸色却显得有些难看了。

吃完饭,倪文明约胡慧丽去散步,他们走出院子时,一阵风刮来,吹起了漫天尘土。倪文明慌忙从口袋里拿出口罩,戴了上去。他指着被风卷着的尘土道:"慧丽,这是荒漠之地啊。"他走了一段,就不想走了。回到卫生院,他取下口罩,拍了拍,放进口袋,然后说道:"我找不到任何可以说服我的一样东西、一个理由。你为什么要守在这里? 难道仅仅因为心中的一腔激情吗?"胡慧丽埋头喝着水。"这水有一股味道。我喝不惯,另外,这儿一到了冬天,有取暖设备吗? 你怎么过冬?"倪文明絮絮叨叨地说个不停。"文明,你不要再说了,你可以百般挑剔,但是请不要侮辱,"胡慧丽忍不住说道,"在这块土地上生活的人们,每一个都值得尊重。""慧丽,这是现实,不是我不尊重人,你清醒一下好不好,在这里是没有希望的,尤其像你这样,你能学到什么,能提高医术? 还是会交到最有用的朋友? 你会像那个方医生一样,默默无闻一辈子。"胡慧丽沉默不语。"慧丽,回县医院去,然后我们想办法,再调去省医院。平台越大,未来就越光明,"倪文明想了想,又说道,"我跟我们省医院的高副院长介绍了你的情况,他表示,可以考虑组织调动。"

　　傍晚,倪文明回去了。他走之前,再三劝胡慧丽及早离开宁和卫生院。胡慧丽看着他走了,心里空落落的。的确,倪文明的话都很有道理,而且也很对。她也知道知青返城了。但是,她只要一安静下来,便仿佛听到了方医生的声音。她去看了老倪。老倪说他好像隐约听到有客人来了。胡慧丽告诉他,在省医院工作的一位同学来过了,他也姓倪。老倪点点头。他取出了一张照片,仔细端详。胡慧丽好奇地凑了上去一看,愣住了。这是老倪与他孙子的合影,照片上的孙子虽然只有十多岁,可好像跟倪文明有点像。她犹豫了一下便问道:"老倪同志,你的孙子叫什么?""姓倪,名文明,这名字还是我取的,我希望他将来长大了,做一个文明人。"胡慧丽心里一震,难道倪文明就是老倪的孙子,但后来一想,这世界上同名同姓的人也太多了。像建国、建强等,他们县医院就有一名医生与一名护士是一模一样的姓名,为了区别开来,医生叫正赵娟娟,护士叫副赵娟娟。她拿过照片又仔细地端详了一遍,然后指着照片说道:"老倪同志,你孙子今年几岁?"老倪想了想道:"今年应该24岁了。"胡慧丽心里一震,倪文明今年也是24岁。她不死心,继续问道:"你孙子他脸上有什么特征?"老倪愣住了,他笑道:"胡医生,你问得这么清楚啊,好像见过我孙子似的。"他还是告诉胡慧丽,他孙子的眉心中间有一颗痣。这一下,胡慧丽全然明白了,倪文明就是老倪的孙子。因为倪文明眉心中间也有一颗痣,在学校时,倪文明曾经指着这颗痣开玩笑说,这颗痣就是他的标记,是与生俱来的。她心潮起伏,有些慌乱地跑了。

　　她静静地站在院子里流泪。世界真是太奇妙了,老倪的孙子居然就是自己的恋人,而他们差点就在这儿相遇。当时,她想让倪文明看看老倪的病情,但是倪文明却说他来卫生院,不是来出诊的。他是来看她的,别人跟他没关系。她不知道该不该将这个消息告诉老倪,他的孙子真的活着,而且还是省医院的医生,更是她的恋人。她失眠了。她不停地做梦,梦里倪文明总是居高临下地在指责她。天快亮时,好不容易合上眼睛,却听到了有人在猛烈地敲门。

吕秀儿背着铺盖,拎着装着脸盆的网兜,站在院门口。胡慧丽愣住了:"你,你是……""我是公社妇女主任吕秀儿,遵照汪书记的要求,我来卫生院住一阵子,"吕秀儿说道,"你是胡医生吧,哟,这么年轻漂亮。""吕主任,你的意思是住在这儿?"胡慧丽道。"你不欢迎啊?汪书记说了,你一个姑娘一个人住卫生院,不安全,就让我来陪你了,"吕秀儿说道,"我以前跟方医生也住过,可惜她不在了,唉,真是世事难料啊。"她走了进来,看了一下院子,又道:"胡医生,听说你的医术很高明,等会儿你帮我看看,我这阵子心跳得厉害。"胡慧丽应了一声。

她带吕秀儿去了方医生的房间,说道:"这是方医生以前住的房间,你就住这儿吧。"吕秀儿东看西看一阵后,小声道:"胡医生,你说人死了,灵魂会不会回来?我可是听说了,死的人要是怨气重,灵魂就会回来,然后在夜深人静的时候钻出来。"她脸上有一些紧张。"吕主任,我们都是唯物主义者,我们不相信鬼神,"胡慧丽说道,"你如果不愿意住这个房间,那我跟你换。""不,不用了,"吕秀儿想了想道,"我跟你住一个房间,可以吗?"胡慧丽愣了一下,看到她带着哀求的目光,心一软便点头同意了。吕秀儿显得很高兴,她说话的嗓门都大起来了:"胡医生,我跟你住一个房间,你有什么事尽管吩咐,我是个粗人,没什么文化,可是我手脚勤快,洗衣做饭、打扫卫生这种事我来干。"

吕秀儿安顿下来后,去看了老倪。她听说为了老倪,汪阿兴打

了老铁头一巴掌。老倪不吭声。吕秀儿便也觉得无趣,她好像
浑身的力气没处使似的,干脆将整个卫生院打扫了一遍。尤其
是卫生院的院门,被她擦得跟新的似的。胡慧丽心里还是很感
激汪阿兴的,虽然她独自在卫生院并不害怕,但多一个帮手终归
是好事。她看到吕秀儿坐在房间里,对着一张表格念念有词,便
问道:"这是什么?""这是我们公社的妇女人数分布,我得记在心
里。这样,哪个大队出点什么事,我心里都一清二楚,"吕秀儿指
着这份表格又道,"我还分了类,就说光明大队吧,他们因为有三
条船,平时老去钱王江捕鱼,结果呢,每年总会淹死一两个男人。
男人死了,女人不就守寡了吗? 我啊,就把这些守寡的女人记在
心里,遇上哪个大队有光棍的,就说合说合,说不定就成一对了。"
她咧着嘴笑。胡慧丽心里一动,眼前的这个女人五大三粗,但说的
话却比女人的话还女人。她便问道:"吕主任,这些年,你有过配对
成功的吗?""有,多着呢,几乎每个大队都有,唉,这也怨钱王江,这
潮水啊,就是夺命的阎罗王。有死了男人,也有死了女人的,我啊,
就像个媒婆一样,撮合他们。都是苦命人。"吕秀儿擦了一下眼泪,
又笑了。

　　晚上,吕秀儿躺下后不久就睡着了。她的呼噜声很响。胡慧
丽有些睡不着,她想着心事。如果告诉倪文明,他的爷爷还活在世
上,就在卫生院,他会怎么样? 她心里有一丝隐约的担心,倪文明
好像走得很远了,他跟她不一样了。如果说,以前他与她是平等
的,是可以无话不谈的,那么现在,他与她之间的话越来越少了。
而且老倪的情况又这么复杂,他敢认这个爷爷吗? 她心里可是一
点底都没有。但是,如果不告诉他,她又于心何忍? 更何况老倪是
如此的渴望。她索性下了床,坐在桌前看信。这一封信的字里行
间都透露着一个信息,那就是倪文明的指责。他居然从来就没有
想到鼓励她,安慰她,告诉她,哪怕有再多的困难,只要坚持下去,
都可以克服。但他没有,信里没有一句话让她精神振奋。她莫名

其妙地想到了汪阿兴，他虽然不太说话，但是他的目光永远是坚定的，为了一个目标，他可以不顾一切地去拼搏。这就是人与人之间的区别。她不知道到底哪一种方式才是正确的。她又想到了姐夫，他跟汪阿兴是同一类人。她从小就崇拜姐夫，认为他才是真正的男人。她记得姐夫说过，一个男人必须要有担当，敢于担当。倪文明是一个敢于担当的男人吗？不，他只会考虑到自己的生活、自己的世界，他不关心别人的生死。她悲哀地发现，倪文明再也不是以前的那个倪文明了。他成了一个她陌生的倪文明。她听着吕秀儿的呼噜声，觉得世界上最幸福的或许就是像吕秀儿这样的人，没有心事，想吃就吃，想睡就睡，不用顾忌，也不用考虑得太复杂。或许，生活就是这样的简单。

吕秀儿一早起来就烧饭，搞卫生，她连洗脸水都给胡慧丽端来了。胡慧丽道："吕主任，你以后不用这样子的。"吕秀儿笑着说道："我愿意。"她看着胡慧丽洗了脸，又将这一盆水端走了，然后自己就用这盆水洗了脸。这让胡慧丽觉得很不好意思。吕秀儿并不在乎，她说道："胡医生，我的脸大，也黑，有时候还爱抠鼻孔，你的脸呢，又漂亮，又干净，我用你的洗脸水洗脸，这叫做不浪费。在我们宁和，淡水是很缺乏的。我不怕难为情，以前我半年才洗一个澡。"胡慧丽笑了："我听方姐说过，虽然我们身边就是钱王江，可是有的人难得洗一次澡。""方医生是土生土长的宁和人，所以她知道这些。钱王江全是水，这水可是要命水啊，在江边走有时候都挺危险，潮水一个浪头打来，命就丢了，"吕秀儿说道，"昨晚上我突然想到了一个事，你说汪书记他不也是一个光棍吗？小张告诉我，汪书记的妻子前些年因病去世了，留下一个哑巴孩子在楼山。唉，你说没娘的孩子，那该有多惨啊。"胡慧丽发现，只要自己说上一句话，吕秀儿就能说上几句话，好像她满肚子都是话。她推车欲去巡诊，吕秀儿拦住她道："胡医生，我一个人留在卫生院，要是来病人了，怎么办？""你就跟病人说，等我回来。"吕秀儿点点头，然后又说道：

"我也要去鲁家湾大队一趟。我听说丁二南娘上次生了一个遗腹子,我得去看看。三平大队有个男人去年死了女人,不知道他们是不是般配,要是般配,我牵根线,搭个桥。"她说着就走出了院子。两人在门口分手,各朝各的方向走了。

第二十六章

钱王江管理局会议室内烟雾腾腾。胡仁义笑嘻嘻道:"三位书记大驾光临,蓬荜生辉啊。"张建设看了一眼窗外,然后道:"老胡,你把我们骗来,一定有什么企图啊,说吧,别来这一套了。""还是老张快人快语啊,那我就不客气了,"胡仁义打开笔记本道,"省里前天刚刚开了一个会,专题讨论钱王江的事。这个会你们都参加了,但是后来又开了一个小会,我就是把小会的精神跟三位书记探讨一下。"赵刚听了,笑道:"这么说,这个小会就是针对我们三个开的了。"胡仁义也笑道:"赵书记到底是个聪明人,省领导担心你们要是参加了这个小会,怕是闹翻了天,所以把任务压在我头上了,可是,我心里也直打鼓。"他装着苦着脸的样子,看到吴民民埋头在喝茶,便又说道:"大家先喝茶。"张建设喝了一口茶,轻拍桌子道:"老胡,还是痛快点,说吧。""对,说吧,什么事? 我都同意。"吴民民头也不抬地说道。胡仁义道:"吴书记你别应得这么爽快,等会儿我说了,你可得沉住气啊。"吴民民站了起来道:"看样子,我们钱王江边的三只虎要被你拔牙了。"众人皆笑。胡仁义将笔记本合上,然后道:"我说三件事。一、按照省里的部署,萧金县必须拿出围涂规划,怎么搞,几时搞,都要一清二楚;二、海平县和春江县做好配合工作,不能各管各的,有能力帮,一定要帮,没能力帮,吆喝一声也行;三、如果有矛盾,必须由我们钱王江管理局协调,三个县都要服从协调结果。"一下子,众人都不吭声了。

过了一会儿,吴民民立了起来:"老胡,照你这么说,这围涂跟我们春江县没什么关系，我就是个打酱油的，那我走了。"他收拾了一下笔记本，放进包里。他走到门口时，转过身来，又说道："老胡，凡事都讲个公道，我看到了你这儿，公道这个词就变味了，以后，你们钱王江管理局别老来烦我们。"张建设道："吴书记啊，我可是等着你的吆喝呢。你可别真的光吆喝，不出力啊。"吴民民道："老张，你这不是打我脸吗？我哪有这个本事和实力帮，萧金县干事，几时要别人援手了？而且上一次，你们的那个公社书记三言两语就把我们的一个大队支书给收服了，我打电话去问，那个叫牛老三的支部书记怎么说，他说汪大麻子是条汉子。我说他是条汉子，你就不是条汉子了，牛老三说，他是大汉子，我是小汉子。我一句话也说不出来了。"众人皆笑。"老吴，你等等，走也不着急一时啊，"胡仁义依旧笑着道，"你把怨气撒我身上，没问题，我照单全收。""对，吴书记，你一走，我们三只虎就少了一只，就没气势了。这一回可不比往常啊，"赵刚说道，"要是李贵生同志在，他肯定拉着你，你走不了了。"张建设道："是啊，赵书记说得对，我们萧金县一旦大张旗鼓干起来了，什么都缺，什么都要，你们可不能袖手旁观。"吴民民摇摇头道："你有了一个汪大麻子，又好使又强悍，还有点子，这不文武双全了吗？还有，李贵生同志也在你麾下，他可是以打硬仗出名的，你还不满足啊？我们啊，靠边站呗。""啊呀我的吴书记，你可是对我的家底一清二楚，光有人还不行，还得有实实在在的东西。省里拨给你的物资什么的，可以先借我们啊。我保证打欠条。"吴民民道："借？我可不敢借，借给你们萧金县，那等于是打了水漂啊。"胡仁义摆摆手，连忙道："三位书记，三位书记啊，现在不是斗嘴的时候，我看，协调的这个协议我们还得签下来，否则我没法跟上头交代。"他说着，将三份协议放在桌上，又道："你们签了协议，才能走。"吴民民走过来，一声不吭地签了协议，然后快步走了，他将门砰的一甩。

张建设看了一眼赵刚，好久才说道："赵书记，看来，春江县是指望不上了。"他将钢笔的笔帽旋好,插入上衣口袋,然后点了一根烟。赵刚签了协议,想了想道:"张书记,我们俩隔江相望,有事好商量。"张建设点点头,然后将协议往胡仁义面前一送,又说道:"老胡,我们签了字,你也好交差了。""签了字,我还得盯着你们,"胡仁义叹了一口气道,"难啊。"他将三份协议拿在手上,拍了拍又说道:"老张,你还得留一下,我还有事跟你谈。"赵刚起身道:"你们谈,我走了。"张建设与赵刚紧紧握手。赵刚道:"张书记,大恩不言谢,转告一声汪大麻子,哪一天我请他喝酒。"张建设道:"好啊。患难见真情啊。"赵刚走后,胡仁义丢过来一根烟道:"老张,先抽根烟。"张建设捏着手中的烟道:"老胡,看样子,接下来要谈的事有点儿麻烦?"胡仁义点点头。"再麻烦,也得干。我们萧金县人命苦,没法子啊。说吧。"胡仁义走到墙前,指了指墙上的钱王江地图,道:"老张,你们一旦动手,那可是大工程。我现在心里很矛盾。你们萧金县的情况我是了解的,南部以山地、丘陵为主,但又是水稻种植区,东北部跟钱王江全线接壤,保不准哪个地方就决堤。围了此处,他处决堤,你们究竟从哪里入手呢?"他想了想又说道:"我听说去年那个汪大麻子围了一块地,叫什么螃蟹地?""对,就叫螃蟹地,是在上次决堤的附近围的地,"张建设道,"就是围这块地,也是第二次才成功的。""老张,我可是听说了,这几乎是汪大麻子单枪匹马干成的,"胡仁义想了想道,"他依靠一个大队的力量就干成了这件事,了不起。老张,你得把你心里想的跟我说说,否则,我是睁眼瞎啊。"张建设点点头:"老胡你想得很周到,哪里动手我倒不担心,这是明摆着的,肯定是宁和公社区域动手,我担心的是后续工作,粮食、运输、人员……""粮食问题得你们自己解决,运输,目前也只能靠你们自己解决,至于人员这个问题嘛,你说怎么办?"张建设愣了一下,大声说道:"按你这么说,什么支持都没有?"他着急地踱了几步,又道:"老胡,我不知道你葫芦里卖的是什么药?你明说了吧,有没有支持?"胡仁义道:"当然有支持,但主要是思想上的支持,思想上的支持也很重要,各种物资调配和准备,还有人员和运输等情况,你们必须自力更生。"张建设沉默不语。胡仁义道:"老张,怎么不说话了?"张建设没好气地说道:"你给我一张空头支票,我还有什么话好说的? 今天李贵生同志没来,他要是听到你这一番话,一摔门就走了。我说老胡啊老胡,你手里没东西,怎么协调啊?"胡仁义叹了一口气道:"老张,我实话跟你说了,省里对钱王江大围涂也是有分歧的,有一种声音认为,现在以抓阶级斗争为纲,搞围涂是一件劳民伤财的事。在没有形成统一意见前,我能干什么呢?""老胡,你总算是说了一句真话。怪不得吴民民早早就开溜了,他一定是听到风声了。这样吧,我们积极准备,待到时机成熟,就干了。有什么困难我们自己想办法解决,萧金县人历来都是这样,认准的事,一干到底! 我走了。"胡仁义道:"老张,你等等。"走到门口的张建设转过身来:"还有什么事?"胡仁义道:"我想说声谢谢。"张建设看了他一眼,想了想道:"这用不着谢,大围涂的主战场就是我们萧金县,我们干成了,不但解决了粮食问题,而且从此再也不会受钱王江的欺侮了。要说谢谢,也是我说谢谢。"他走了。胡仁义坐了下来,将手中的烟重重地摁在了烟灰缸里。

张建设刚想上车,却听到赵刚在身后叫道:"张书记。"他一转身,发现赵刚快步过来了。两人紧紧握手。"怎么样? 还习惯吗?"张建设问道,"海平县跟萧金县的风俗不一样,我听说海平县的人爱计较。""基本适应了,"赵刚道,"但是我心里有压力,上次若不是宁和南沙泄洪,我们……""过去的事就不说了,"张建设道,"你担心的恐怕是将来吧。"赵刚点点头道:"萧金县一旦大围涂,钱王江的水道走向就难以预料了,海平县的危险性陡然增大,尤其是丰水期,如果再遇上上次那样的雨天,唉……张书记,我也是钱王江边长大的,知道它的厉害。""你放心,隔江相望是兄弟,有困难大家一起扛,有问题大家一起想办法解决,我们萧金县绝不干损人利己的事,"张建设道,"你回去也跟海平县的同志说说。"赵刚激动道:"有你这句话,我心里就踏实了。"两人再次紧紧握手。

吉普车行驶着,看着窗外掠过的树木。张建设心里也是七上八下,他觉得肩上的担子很重。现在,胡仁义将底露给他了。他宁可不知道这个底,还抱有一点点小希望。他叹了口气,心想一切还得自力更生。他想到了螃蟹地围涂,以及汪阿兴说的丰农围涂。现在看来,分段围涂是最好的方式,如果说这是一场战争,那么接下来的丰农围涂就像是一场攻坚战,而南沙大围涂则是大会战。他不停地揉着太阳穴。司机老王轻声道:"张书记,李贵生同志在你来开会之前托我带句话。他说,你告诉老张,不管他们怎么说,我们最后还得靠自己。"张建设点点头道:"是啊,靠自己。对了,老王,当年丰农围涂你也参加了,你说当时我们为什么会失败?""这个我不好说。""不要紧,你说吧。你以你的感受说说,"张建设道,"这可是我们心头的痛啊,直到现在,我只要一闭上眼睛想起这事,心里就痛。""当年丰农围涂,我觉得主要是指挥部对力量的估计不足,这个力量主要是人的力量。"张建设点点头。往事就像一张网,但那是一段不堪回首的日子,他不想去回忆了,他也不想再被网在里面。

李贵生与张建设开了一个简短的碰头会后,两人心情都显得沉重。王宝年拿着一份材料进来,说道:"这个汪大麻子,越来越不像话了。居然打人了。"李贵生道:"这件事我知道了,一个巴掌能教育一个人,倒也值了。""李主任,你意思是说他这个巴掌打得好?"王宝年一脸不满地说道,"他今天能打老铁头,明天就敢打你我。他还有什么事不敢做的?""老铁头的情况怎么样?"张建设问道,"我听说请病假了。""让他先休息几天吧,反思一下也好。"李贵生道。王宝年气呼呼地走了。"老张,你知道是谁打电话告诉我的吗? 是宁和公社的妇女主任吕秀儿,她在电话里说,这个巴掌打得好,"李贵生道,"我当过公社书记,我知道有时候光讲理是讲不清楚的,有的人你跟他讲理,他跟你耍赖,纠缠着你,让你急得干瞪眼。""说一千,道一万,打人总是不对的,"张建设道,"老李,你给老铁头打个电话,安抚一下。另外,你要注意身体。"李贵生点点头,走了。

夜已深,李贵生伏案批阅材料。张建设悄悄地推开门,站了一会儿才说道:"老李,小马说你晚上没有吃饭? 怎么回事?""还不是给气的,老铁头在电话里说,他请求调动工作,我说一律不动,他说我对他有成见。"张建设道:"看来,他们是两虎相斗,必有一伤。我说老李,你说人与人之间,最终靠什么成为莫逆之交,甚至是生死之交?"李贵生想了想道:"这个问题很复杂,我个人认为,人与人之间除了信任,还需要温暖。对了,说到温暖,我就想到电力局同志的汇报,说我们县里的用电很紧张啊,你说,这可怎么办啊?"张建设踱了几步,道:"这也是老大难问题了,电的问题不解决,很多事干不了。"李贵生拍了一下桌子道:"我没来萧金县之前,以为萧金县比海平县强多了,来了之后才发现,情况差不多,是难兄难弟啊。说来说去,就是粮食、物资、电力,当然,最要紧的还是钱王江。对了,我一直在想一件事。你说汪大麻子在想什么?""他在准备丰农围涂,我听说他把船都借来了,"张建设道,"但是人员还有问题。""还有粮食,"李贵生道,"宁和怎么过冬? 他怎么一点动静都没有? 他越是没有动静,我这心里就越不踏实。"两人又说了一会儿话,分析了丰农围涂的相关准备工作。李贵生说道:"老张,人活一世,不就是为了干一番事业吗?""老李,我知道你心急,我也急,可是,你不知道丰农围涂的复杂性,当年我们在这上面吃过大亏。我犹豫不决,那是因为我们必须保证一次成功。"李贵生沉默不语。"如果让宁和公社干,干成了,那皆大欢喜,要是干砸了,那么,汪大麻子必须问责,他一问责,以后还怎么会有信心搞南沙大围涂呢?"李贵生道:"我明白了,你是害怕汪阿兴失败。我的意见是再听听他怎么说,他如果有八成把握,我们就放手让他干。"张建设点点头。

胡慧丽来鲁家湾更勤了。这让汪阿兴有些不适应,他发现自己每次见到胡慧丽,都有些紧张。尤其是听到她爽朗的笑声时,好像自己的后背上会一阵阵地冒汗。但是他又喜欢听到她的笑声。胡慧丽与老倪关系越来越好了,她除了给他测血压和量体温之外,还时不时地陪他说说话,老倪显得很精神。有一天晚上,临睡前他跟汪阿兴说,胡医生真是一个好人。汪阿兴知道老倪难得表扬一个人,这些年不一样的待遇令他对人失去了信心,尤其是上次老铁头将他关了三天禁闭,无疑留下了新的阴影。但是有一天,胡慧丽来了之后,沉默不语。老倪以为她遇到什么事了,便好言相劝。胡慧丽那天几乎不说一句话。汪阿兴也觉得奇怪。老倪说,姑娘的心思谁也猜不着,就跟六月天似的,一会儿晴,一会儿雨的。

吕秀儿来鲁家湾则是通风报信。她把听到的事一滴不漏地说给汪阿兴听。有一天,老倪出去了。吕秀儿说着说着,就不说话了。她直盯盯地看着汪阿兴。汪阿兴摸了一下脸,发现没有什么,便问道:"吕秀儿,你怎么了?"吕秀儿脸红了,站了起来,有些忸怩地说道:"汪书记,你一个人,有没有想过找个伴?"汪阿兴愣了一下道:"什么伴?"吕秀儿的脸更红了,她低着头,顾自走了。汪阿兴觉得莫名其妙。晚上,老倪一副严肃认真的样子,盘着腿坐在床上,然后道:"汪书记,我要问你一个问题。""老倪,你搞得这么郑重,我猜问题一定是十分重大的。说吧。"汪阿兴故意配合他道。"汪阿兴同志,你现在有对象吗?你想成家吗?你想不想再生一个大胖儿子?""老倪,这是三个问题,归根结底是一个问题,"汪阿兴道,"对了,你怎么会问这个问题。"老倪突然笑了,笑得东倒西歪。原来是吕秀儿托老倪问的问题,她说这个问题很重要。汪阿兴皱着眉道:"她这个妇女主任,有一块很大的工作就是到处做媒人。难道她也想给我做媒?"老倪摇摇头道:"我看啊,她是想给自己做媒。""什么?"汪阿兴急得跳了起来。他瞪着老倪道:"真的啊?"老倪笑道:"你这么紧张干吗,吕秀儿为人直爽,身强力壮,说话办事,风风火火。我看,可以考虑。""老倪,你这是笑话我吧。我哪有这心思?"汪阿兴道,"怪不得吕秀儿那天神神秘秘地问我。"两人说笑了一会儿,便睡觉了。

汪阿兴睡不着,船的问题解决了,抛石的问题也基本解决了,还有钢筋、水泥这两个问题,也马上可以解决了。接下来就是粮食与人这两个问题了。人力问题,老倪一直坚持必须保证三千人,这么说来,必须借助公社的力量了,尽管他心里还是有些不乐意,但看来是没有法子了。他曾经想过日夜不休的方式,这样就能解决人力不足问题,但老倪坚决不同意,他说三千人已经是最少的预算了,如果按他原先的预算,至少五千人。再说粮食,简直就是伤透了脑筋。他之所以一直没有动静,没去县里要,那是因为他还没有想好办法。阿炳倒显得热情,说可以去春江县新登大队借。但是这条路已经被堵死了,听说春江县专门下发了一个文件,事关粮食的各种问题统一报到县里,由县里安排与处理。牛老三就是有天大的胆子,也不敢公然违抗。他想到了一个办法,那就是参加围涂的人员,干粮自带。但也有一个弊端,那就是各个大队的情况都不一样,比如鲁家湾大队,目前纯粹是靠公社救济的;三平大队则是一半救济,一半自己解决;光明大队倒是自己解决的。去年他用粮食抵了工程款,阿炳虽然不满意,但还是接受了。一旦他决定让他们自带干粮,必然会引起光明大队等一些大队的不满,从而引发更大的纠纷。如果按工分结算,倒也是一个办法,但问题在于像一些靠救济粮生活的大队无法持续。他想得头都痛了。快亮时,他昏昏沉沉地睡着了。老倪把他叫醒的时候,发现吕秀儿站在床前。他吓了一跳道:"你怎么来了?""汪书记,我要报告一个重大情况。"吕秀儿大声道。"什么事?"汪阿兴利索地穿衣。"老铁头去县城了。""哦,"汪阿兴道,"刚走的?"吕秀儿点点头。"还有什么事吗?"汪阿兴问道。吕秀儿看看坐着的老倪,欲言又止。老倪故意装傻。吕秀儿便说道:"没有了。"她跑了。不一会儿,她又回来了,大声说道:"我还忘了一件事。胡医生的对象来信了,她哭了。""对象?"汪阿兴愣了一下道,"她有对象?"吕秀儿小声道:"我偷偷看了信封,是省医院的。"汪阿兴怅然若失地点点头。老倪看了他一眼,若有所思。吕秀儿走后,汪阿兴一声不吭地洗脸,洗好脸,坐了下来,发呆。老倪走到他身边,小声道:"汪书记,你说老铁头去县里干吗?"汪阿兴醒过神来,皱眉道:"八成是去搬救兵了。"老倪叹了一口气道:"他难道还想关我禁闭吗?"他心有余悸地摸了一下手腕,然后又道,"那三天里,我昏昏沉沉,做了无数个噩梦。有一只神秘的手,一直要拉我走,我拼命地挣脱,可是那只手太强大了,我后来变得像一片树叶一样轻,飘了起来,飘向无尽的黑暗之中。"汪阿兴握着他的手,好久才说道:"老倪,我相信什么都会过去的。我们活着一天,就要抱有一天的希望。"

汪阿兴去了丰农地块。他坐在地上,看着这一汪水面。他整个人好像没了精神。他的脑间回荡着吕秀儿的话:"胡医生的对象来信了。"他猜测着她的对象肯定是一位风度翩翩的医生,他拿着手术刀,自信又阳光。他们站在一起,就是郎才女貌,天生一对。他闭上了眼睛。当他再次睁开眼,大吃一惊。张建设和李贵生神奇地站在他的眼前。他拼命地摇了摇头道:"我说两位领导,你们难道是从天而降的吗?"李贵生笑道:"你刚才怎么了,好像睡着了似的。"张建设指了指水面,说道:"汪大麻子,你把自己的设想说一说……"

下午,送别张建设和李贵生后,汪阿兴急匆匆跑回鲁家湾,兴奋而又激动地看着老倪。老倪有些不安。汪阿兴从口袋里取出一张纸,念道:"经研究决定,丰农围涂由宁和公社自行组织。"老倪眼前一亮,大声道:"他们同意了?""同意了。我刚才在丰农地块遇到了张建设同志和李贵生同志,这张纸就是李贵生同志给我的。他跟张建设同志都在上面签了字。而且,李贵生同志还答应给我们提供粮食,"汪阿兴无比兴奋道,"我们马上组织人员。""太好了。"老倪眼中含泪道。

　　胡慧丽接到了倪文明的信，在信里，他说他觉得他们开始陌生了，如果她一直待在宁和，那么，会给他们的未来蒙上阴影。她必须马上回到县医院去，而不是待在这个该死的地方……他责备胡慧丽对他的冷淡，不给他回信。胡慧丽一开始像往常一样，沉默不语。但后来她在信的背面看到了一句话：我不明白，你为什么愿意留在那个显得肮脏的地方。这句话像一把匕首，深深地刺进了她的胸膛。她觉得她受到了侮辱。肮脏的地方？在倪文明的眼里，宁和就是一个肮脏的地方？而她就在这个肮脏的地方，她后来感到一种愤怒。这种愤怒使得她的情绪不断起伏，她哭了。吕秀儿进来的时候，愣住了。胡慧丽匆忙将信收了起来，但吕秀儿却拿着信封看了一眼，然后道："胡医生，对象来的信？"胡慧丽将信放进信封内，她并不应声。"男人啊，没有一个有良心的，"吕秀儿劝慰她道，"胡医生，你也别伤心，这日子最后都是自己过的。"

　　晚上，胡慧丽一直在想着信的事。她听着吕秀儿的呼噜声，像长了翅膀似的，在房间里围绕。她独自去了方医生的房间，安静地站着。当她闭上眼睛的那会儿，好像听到了方医生的声音，断断续续。她想家了。这一刻，她想姐姐。她仿佛看到了姐姐的一张泪脸，从小到大，姐姐就像是她的庇护神，她从来不会让她受到一点儿委屈。说是姐姐，她觉得更像一位母亲。姐姐说，她刚出生，母亲就去世了。她记得姐姐说起这件事时，泪流满面。现在，她需要姐姐的怀抱，需要姐姐倾听她的委屈。她流着泪。吕秀儿静静地站在房门口，表情有一些儿紧张，身体有一丝微微的颤抖。她看着胡慧丽轻轻耸动的背影，终于用手指在门上轻轻地弹了一下，胡慧丽猛地转过身来，然后道："吕主任。""胡医生，我醒来后，发现你不在床上，有些担心，所以就……"吕秀儿说着，走上前，握住胡慧丽的手，冰冰冷，好像握着一块冰似的。她着急地脱下身上的棉衣，披在了胡慧丽身上，然后紧紧地抱住道："要是冻坏了，怎么办？"胡慧丽看着她，吕秀儿的目光里满是关切，这好像是姐姐的目光。她叫了声"姐姐"。吕秀儿愣住了,然后高兴地说道:"胡医生,你叫我姐姐? 好啊,我要是有你这么一个妹妹,我吕秀儿以后走到哪儿都神气。"

就这样,她们成了姐妹。这好像是命运的安排。胡慧丽始终觉得她与吕秀儿,是一对相当特殊的组合。吕秀儿特别高兴,她好像一晚上睡不着,早上起来,眼睛红红的。胡慧丽在夜里听到了她轻轻的哭泣声。她不知道吕秀儿为何而哭泣。吕秀儿去了灶房,烧了稀粥,她小心翼翼地捧着碗,然后道:"慧丽,来。"胡慧丽接过碗,刚想说谢谢,吕秀儿从口袋里取出一个鸡蛋,塞到了她的手里:"慧丽,热的。""秀儿姐,哪来的鸡蛋?""前些天,我来报到的时候带来的,我一直没有拿出来,现在你是我妹妹了,我必须拿出来,你吃,快吃,"吕秀儿有些不好意思地说道,"慧丽,我告诉你,除了鸡蛋,我还有几块冰糖。"胡慧丽剥了鸡蛋,将蛋黄递给了吕秀儿:"秀儿姐,给。"吕秀儿道:"你吃,你吃。""不,我们是姐妹,那就一人一半,"胡慧丽说道,"给。"吕秀儿将蛋黄吞了下去,然后笑着说:"嗖一下就滑了下去。"两人都笑了。吕秀儿将自己家里的情况也跟胡慧丽说了,她几乎没有漏下任何细节,包括她的第一个男人是怎么相亲的。当她说到结婚那个晚上,她翻身将男人压在身下,差点将男人压扁这件事,胡慧丽红了脸。吕秀儿笑道:"慧丽,你别看秀儿姐五大三粗,不像个女人,可是,其实我也是很温柔的。"胡慧丽知道,她又要说那些事了,便赶紧指着窗外道:"秀儿姐,好像要下雪了。"

天空灰蒙蒙的。院子里的吕秀儿抬头看了一眼天空,然后使劲地抽了抽鼻子,点点头道:"慧丽,好像是要下雪了。"她说着,将双手笼在棉衣袖子里。"对了,慧丽,我想问你一个事,你是城里人,你说省城到底有多大?""秀儿姐,你为什么问这事?""我心想你的对象在省城,有一天,你要去省城了,我来找你,我迷路了,我怎么回来?"吕秀儿说道,"也不怕你笑话,有一回,我在县城迷了路。

我分不清东南西北,是个路盲。"胡慧丽的脸上闪过一道忧郁,她心里明白,吕秀儿提起省城和她的对象,那是因为关心她。她指着天空道:"秀儿姐,我不会去省城的。""真的? 我就说嘛,省城有什么好,还不如我们宁和呢,"吕秀儿得意地说道,"我一回到宁和,就觉得浑身是劲。还有,我们宁和还有一个汪书记,他……他……""他怎么了?"胡慧丽好奇地问道。吕秀儿红了脸,然后说道:"以后跟你说。"

胡慧丽再次见到老倪,那是因为吕秀儿的原因。她那天说是去鲁家湾,说好下午就回来的,但到了晚上七点多还没有回来。胡慧丽担心她,便骑车去鲁家湾。只有一脸委屈的老倪坐着发呆。原来,汪阿兴和吕秀儿去鲁阿牛家开会了。之前,徐阿福刚刚来过一趟,他好像心情不好,便骂了老倪几句,然后走了。老倪将心里话跟胡慧丽说了,他说,他之所以还能活在个世界上,那是因为他想见到他的孙子。他边说,边流泪。他哭得稀里哗啦,好像整个人都崩溃了。胡慧丽心一软,就把倪文明是他孙子的事说了。老倪瞪大眼,一脸不相信。胡慧丽便详细地介绍了倪文明的情况。听完这一切,老倪老泪纵横,他颤抖着双手,取出了照片。他将照片贴在脸上。他跟胡慧丽说,今天晚上是他最开心的晚上。他说他不知道倪文明愿不愿意见他,他们多年不见,倪文明会认他这个爷爷吗? 胡慧丽劝慰他。

汪阿兴和吕秀儿进来的那会,胡慧丽正在给老倪量血压。老倪开心地说道:"汪书记,我孙子找着了,是胡医生的同学,他现在省医院工作。""慧丽,就是你的那个对象?"吕秀儿脱口而出。胡慧丽红了脸,老倪一脸不解地问道:"胡医生,你跟文明是对象?"汪阿兴一声不吭地坐了下来。"慧丽,真是大水冲了龙王庙,一家人不识得一家人啊。这下好了,老倪,你以后就有亲人,不仅有了孙子,还有慧丽和我,我跟慧丽是姐妹。"吕秀儿显得特别高兴。"吕秀儿,你们回去吧。"汪阿兴皱着眉,有些不高兴地说道。胡慧丽看了他一眼,收拾好绑带,站了起来。

她们走后,老倪依旧沉浸在幸福之中。他没有想到幸福来得这么突然。他喋喋不休地说着倪文明小时候的事,说他如何调皮,如何不听话。他回忆着他们最后一次见面,是在县水利设计院的院子里,他给了倪文明一个苹果。他兴奋而又激动地说着,直到汪阿兴说道:"老倪,我把我们晚上开会的情况跟你通报一下。""汪书记,我没有资格参加你们的会议,你也不用向我通报情况,"老倪说道,"我现在心里只想着一件事,不知道哪一天可以见到我孙子倪文明。我真没有想到,他居然是胡医生的对象,真是太好了。"他脸上红得像喝了酒似的。汪阿兴愣了一会儿,不悦地道:"老倪,这是干什么? 现在还有比丰农围涂更重要的事吗?"他的质问令老倪有些不高兴。他指着汪阿兴道:"我有我的想法,难道你连我的想法都要控制吗?""控制?"汪阿兴吃惊道,他完全没想到老倪竟然会说出这种话来。"你把我带到鲁家湾,就是想控制我,然后你就多了一个跟张建设和李贵生谈判的条件,"老倪说道,"你都是为了自己。丰农围涂要是失败,你就会把所有的责任都推到我身上,我反正是一个罪人,没有人会同情我。"老倪的声音有些怪。他想了想又道:"到时候,你就会把我押到县城去,不管我的死活了。你是在利用我,并不是关心我。你所谓的爱护和照顾,都是有目的的。你一旦达到目的,就会把我甩到一边去。"汪阿兴站着,脑子里乱哄哄的。眼前的老倪像是吃错了药似的,他说的这些话令人震惊。但是,他不想继续跟他辩论了,他也不想过多解释,只是感到一种悲凉。他安静地躺了下来。他只想快快地闭上眼睛,然后睡着。老倪看着他,心里有一丝丝的后悔,他这一丝丝后悔就像一道烟似的,马上飘走了。他觉得自己的话击中了汪阿兴的软肋,所以汪阿兴无话可说了。他有这个自信,如果辩论,汪阿兴不是他的对手。他毕竟是一个土包子,而自己却是知识分子,是水利权威。他甚至渴望来一场淋漓尽致的辩论,哪怕就是吵架也可以,这样,他会觉得自己高大了许多。他就不是一个显得猥琐的老头了。他现在斗志昂扬,好像打了鸡血似的。他也躺了下来。后来,他看到了电话机,心想钥匙一直在汪阿兴身上,这就是对他的不信任。另外,他发现自己每次去江边,都会有人跟踪他,这就是在监视他,生怕他逃跑。更何况,汪阿兴每天要求他把关于丰农围涂的所有细节都考虑到,都记录下来,这是一种变相的榨取。凭什么听他的? 他越来越觉得不公平。他现在是有孙子的人,而且孙子还在省医院工作,是一名医生。他要站直腰,昂着头。他有些混乱而兴奋地想着,这令他感到精神奕奕,好像一下子回到了二十年前,那正是他年富力强的年龄。他是县水利设计院的总设计师,他走到哪儿,哪儿都会跟着一帮年轻的技术员,他们围绕着他,他一说话,他们个个都不敢吱声。

汪阿兴翻了个身,发现戴着眼镜的老倪看着他。他吃惊地坐了起来,然后道:"老倪,还不睡觉?""我想坐一会儿,"老倪说道,"对了,我明天要打电话。""打给谁?"汪阿兴问道。"你管不着。"老倪突然来气了。"这是有规定的,你是不允许主动跟外面的人接触的。也不允许你脱离鲁家湾范围之内,我怕保证不了你的安全,"汪阿兴道,"请你理解。""理解? 哼,你说得比唱得还好听。我要打电话,打给我孙子,"老倪大声道,"你要是不同意,我去公社打。"汪阿兴强自压着火气道:"公社跟我的说法会是一模一样的。""你……"老倪指着汪阿兴道,"那你别想我参加丰农围涂,也别想我提出技术指导,另外,请把我送回红旗大队,我宁可去编草绳,用不了多久,我孙子就会来见我了,他是省医院的医生。""这是不可能的。你现在归我们鲁家湾大队监管,我必须对你负责,"汪阿兴说道,"你孙子的事,我会跟县里汇报。""用不着,"老倪怒声说道,"你这是想告密吗? 想害我孙子吗? 我只要还有一口气在,我绝不允许任何人伤害他。"汪阿兴下了床,一把揪住老倪,想了想,又松了手,然后道:"老倪,我不知道你这是怎么了? 但是,我请你好好想一想,冷静一下。今天晚上,我去鲁阿牛家,跟伟潮一起睡。"他关上门的那会,听到老倪在身后骂道:"小心路上摔死。"汪阿兴有些心酸地走着,他完全不能理解现在的老倪为何变得这般无情,这般尖刻,这般恶毒,好像一点情义也没有了。而且,老倪居然对他有如此之恨,巴不得他立马死去。这太伤人了。他回忆着他跟老倪的所有交往,他一直尊敬老倪,想方设法保护他,不止一次地救过他。他完全没有想到他的所有付出换来的却是仇恨。

他到了鲁阿牛家草舍前,发现灯光亮着。他轻轻地敲门,鲁伟潮开了门:"汪叔。""伟潮,今晚我跟你挤一挤。"汪阿兴摸了一下他的头道。"哦。"鲁阿牛在咳嗽,丁玉洁坐在床前,眼中含泪。鲁阿牛见是汪阿兴,脸上勉强地挤出笑容道:"汪书记,你坐。""玉洁,你爹这是……"汪阿兴有些着急地说道,"明天叫胡医生来。"丁玉洁将晚饭前的事跟汪阿兴说了。徐阿福来了鲁家,莫名其妙地发了一通火,并大骂鲁阿牛,鲁阿牛气得吐血了。丁玉洁说这些时,脸上现出一种愤恨。汪阿兴皱着眉道:"玉洁,我明天找徐阿福谈。"

一早,汪阿兴去了徐阿福家,发现姚婶正在骂徐阿福。徐阿福低着头。他抬头见到汪阿兴时,有些仇恨。汪阿兴道:"我来是……""你什么都不用说了,"徐阿福大声道,"你三天两头把阿英叫去,想干什么?""她是大队长,参加会议是工作职责。"汪阿兴道。"哼,谁知道你安的是什么心呢? 我可是听说了,你想打阿英的主意,"徐阿福道,"你是想给我戴绿帽子。""阿福,你疯了。"姚婶怒声道。汪阿兴心里一痛,竭力保持平静道:"徐阿福,诬陷他人是要付出代价的。""我不管,从今往后,我们家阿英不能再去你那儿开会了。一定要开会,也得由我陪着。"徐阿福道。他顾自走了。"汪书记,对不起,你也知道他的这张嘴啊……""什么都不用说了!"汪阿兴怒声道,走了。他火冒三丈。到底这是怎么了? 老倪翻脸,徐阿福如此这般说他,而且,他觉得不远处的一些人见了他,也是窃窃私语。他恨不得朝天怒吼一声。

　　吕秀儿在草舍前等着汪阿兴,她见汪阿兴来了,便用手指指草舍内。汪阿兴听到老倪在打电话。他推开门进去,老倪慌张地放下话筒。"老倪,你违反规定了。"汪阿兴怒声道,他看到电话机的锁被撬了。"违反规定怎么了?"老倪装出一副不在乎的样子,他当着汪阿兴的面拿起话筒道:"请给我接省医院……"汪阿兴走过去,一把夺过话筒,大声道:"老倪。""给我,给我,"老倪道,"我要给我孙子打电话。"吕秀儿进来道:"老倪,汪书记这是为你好,违反规定要是让一些人抓到了把柄,你就吃不了兜着走。""不关你事。"老倪大声道。"老倪,我看汪书记是待你太好了,要是再关你三天禁闭,你就老实了。"吕秀儿怒声道。老倪哆嗦了一下,不吭声了。吕秀儿走到电话机前,看了一眼被撬坏了的锁,说道:"破坏公物,老倪,就凭这一条,你就得吃苦头。"老倪低头不语。汪阿兴看了老倪一眼,坐了下来:"老倪,我们谈谈。""汪书记,老铁头让我带个口信给你,说他要跟你谈谈,"吕秀儿想了想,又道,"他在卫生院等你。""他怎么了?"汪阿兴霍地立起,一脸着急道,"生病了?"吕秀儿摇摇头。"老倪,我理解你的心情,你的孙子在省医院工作,他活着。但是你有没有想过,这个消息为什么一直封锁着?虽然不知道为什么,但是这肯定是有原因的,"汪阿兴道,"我猜测这是张建设同志的特别安排。他这是在保护你。毕竟你现在的身份特殊,你必须得等。""可是我等了这么多年,我担心我等不下去了,"老倪道,"不知道哪一天我就会死掉的。""老倪,你动不动就说死,这种精神状态可不对啊,人的确是会死的,但我们活着的时候为什么非得去想着死呢? 我们有太多的事要干,我们没有工夫去想着死这件事,"汪阿兴道,"我现在开始明白了,你知道了孙子的下落,太激动了,人都变了……"老倪清醒了很多,尤其是当他听吕秀儿说起的一桩事之后,完全清醒了。吕秀儿说她被借调的益民公社,两年前,一个跟老倪差不多情况的人,平时规规矩矩接受教育。有一天晚上,公社聚餐,监管他的大队长将半瓶酒带了回来,算是赏赐给他。他喝醉了,然后就激动了,说了一些不该说的话,还把大队部的窗玻璃给砸了。结果,公社把他关了起来,审了三天三夜,后来他自杀了。老倪听完这个故事之后,问汪阿兴是否真有这事。汪阿兴点点头,并告诉他,那个人的姓名很特别,叫斯文,原来是县一中的副校长。老倪沉默了一会儿后,说我明白了。他指了指自己的头说,我们都是戴帽子的人。他说这话时,脸上有一种凄惨之色。

第二十七章

卫生院的灶房内，胡慧丽在取暖。她呵着气，跺着脚，然后撩拨着火盆里的木头。这多亏了张文化，是他送来了几根烂木头。那是钱王江边捡来的，偶尔，上游会漂来一些烂木头、枯树枝什么的。张文化告诉胡慧丽，每年冬天，他总会去江边转转，运气好得话，除了烂木头，还会捡到一些特别的东西，比如破木箱子，比如旧船板。他曾经看到别人捡到过破木箱子，是樟木箱子，有一股好闻的香味。旧船板就不用说了，肯定是被潮水打翻的。胡慧丽想到了房间里的写字桌，就是海平县飘过来的。她的心情就变得沉重起来。

老铁头好像没脸进来似的，在院门外打转。他穿了一件旧棉衣，棉衣的肘部位置露出了棉花，黄乎乎的。他搓着手，跺着脚，又不时地捂一下耳朵。胡慧丽是听一个病人说的，他说有个公社干部在外面站着。她出去一看，原来是老铁头。老铁头见了她，有些害羞似的，低着头，一句话也不说。病人走后，两人便在灶房里煨火盆。"胡医生，我想了好久，觉得有些话想跟汪书记说说。"老铁头道。胡慧丽有些吃惊，老铁头说这话的意思，难道是想让自己做个中间人？而她不会掺和公社的事，更何况这是两个男人之间的事。她有一种不知如何回答的尴尬。"因为你是县医院来的，以后也是要回去的，所以，我才想到你，"老铁头叹了口气道，"人家说，抬头不见低头见，在一起工作的两个人，要是对彼此都有成见，干工作那是一点味道都没有了。"胡慧丽道："你们的事，我觉得还是你们自己谈。""不，你在他心目中的地位很重，你要是肯帮我说句话，那就好多了，"老铁头着急道，"我很担心丰农围涂又犯了同样的错误，到时候闹得不可收拾。"胡慧丽愣了一下，不吭声了。他是要她帮他做说客。她想了想便说道："我听说丰农围涂马上就要开始了，你怎么还……""好大喜功，然后匆匆上马，必定会带来灾难，"老铁头道，"而你，背后毕竟站着张建设同志，我希望你到时将真实的情况告诉他。"胡慧丽这时才明白，老铁头的真实意图其实是想利用她，这让她心里感到不是滋味。她很讨厌别人将她与张建设联系起来。老铁头见她脸色有所变化，便又说道："胡医生，我的确是想利用你，但这一次的利用，完全是为了工作，不是为了我个人的利益。""你是为了给自己埋下一个安全索道，丰农围涂一旦出事，你就以你事先有担忧、有不安，甚至有不同意见为理由，让自己顺着这条索道安全逃脱。你这是机会主义。我就不明白了，你为什么认定丰农围涂必定会出事，为何不努力保证不出事呢？"胡慧丽有些情绪激动地说道，"你就不能向他说明白你的所有担忧吗？"老铁头沉默不语。他完全没料到胡慧丽竟然将他的心思全然摸透了。他之所以来卫生院，也是多番思虑之后下的决定，他认定胡慧丽会满口答应，从而为他的下一步计划打下一个安全桩。他心里有些慌张，如果胡慧丽看透了他，那么，她不但不是安全桩，而且还是一颗地雷。他知道解释是多余的，胡慧丽不会那么轻易就改变自己的想法。他突然想到了吕秀儿。也只有吕秀儿可以帮助他了，可以为他说几句好话。他盘算着吕秀儿将消息告诉汪阿兴后，他会怎么想。虽然吕秀儿这人大大咧咧，有时候还爱跟他顶牛，但是，他与她毕竟是多年的同事。她同情弱者。

　　吕秀儿到了卫生院之后，发现老铁头低着头，便说道："老铁头，你抬头啊，一个男人老低着头，不累吗？"她走到胡慧丽身边，又说道，"慧丽，你批评他了？"胡慧丽转过脸去，不吭声。吕秀儿便笑道："老铁头，你搞得跟老倪似的。这老倪也真是怪，他突然跟汪书记顶牛了,要不是我说了几句重话,这老倪的梦还没有醒呢。他是谁? 不就是一个落后分子吗? 我看汪书记待他也真是太好了。做人呢,真心待人,可别人还不领情。"她过来重重地拍了一下老铁头的肩。老铁头抬头,然后说道:"胡医生,我刚才说得不对,对不起。"胡慧丽道:"什么话都别往心里去。秀儿姐,我去查验一下药品。"她走了。吕秀儿背着手,走了几步道:"老铁头,你又搞什么阴谋诡计啊?"老铁头道:"我现在都这样了,你还嘲笑我。"吕秀儿笑了笑,然后道:"等会儿汪书记来了,我会替你说好话的。"

雪是下午三点左右开始下的。飘飘扬扬的雪在空中飞舞,胡慧丽站在院子里,看着天空,双手接着雪花。吕秀儿见了,笑道:"慧丽,你真像个孩子。"她也跑到了院子里,站在胡慧丽身边,双手接着雪花。雪花在手心马上就融化了。吕秀儿用嘴舔了舔雪花,又将胡慧丽头发上的雪花轻轻地摘了摘,然后道:"有一年,也是一个下雪天,我路过卫生院,发现方医生也站在院子里,看着天空。她没有伸出双手去接雪花,而是抬头望着天空。我那时候一直想,雪掉进眼睛里,不就成了泪水了?"胡慧丽听了,心中一酸,泪水就出来了。吕秀儿见了,慌忙说道:"慧丽,我也是随口说说,你可千万别伤心,唉,都是我,又提起了方医生。"她看了一眼坐在屋檐下的老铁头,然后又轻声道:"慧丽,你看他,像是断了脖颈,老低着头。"胡慧丽看了一眼,便说道:"我们去看看方姐吧。"

方医生的墓前,积起了一层薄薄的雪。不远处,棚子里的高成天喝得烂醉,他的一只脚伸了出来。裤子上面落着一层雪花。吕秀儿看着高成天,摇摇头,然后蹲下身子,将他裤子上的雪花掸掉:"慧丽,现在就是把他扔进钱王江,他都醒不过来。"胡慧丽看了一眼地上的酒瓶,以及高成天身下铺着的稻草。她想了想道:"秀儿姐,我们灶房还有稻草,再给他铺点儿。"吕秀儿点点头:"我现在就去拿。"她急匆匆走了。胡慧丽走到墓前,静静地站着。这好像成了一种习惯,当她心里有些不痛快的时候,就会来墓前站上一会儿。她们好像在无声地交谈。抱着一捆稻草的吕秀儿奔跑着来的时候，摔了一跤。她拍了拍膝盖，然后显得一瘸一瘸地到了棚子前。"秀儿姐，怎么了？让我瞧瞧？"胡慧丽关切地说道，"摔了？""没事，我皮厚。"吕秀儿将稻草往地上一放，然后俯下身，在高成天耳边大声道："高成天，醒醒。"高成天睁开眼，含糊不清地说道："酒，酒。""喝死你，被野狗吃了。哼，我最恨男人喝酒。"吕秀儿扯了一下高成天的耳朵，他的脚想踢吕秀儿，可却绵软无力。"慧丽，你瞧他这样子，活着跟死了有什么区别吗？唉，我说高成天，你对方医生的一片心，我知道，我是妇女主任，我向你致敬，但是，你也犯不着这样作践自己啊。打起精神来，昂头挺胸干事业。"高成天翻了翻白眼，呕吐起来。吕秀儿见了，皱着眉道："慧丽，别管他了。"她拉着胡慧丽走了。

在卫生院门口，她们遇见了汪阿兴。他是骑车来的，他正在拍打着身上的雪花。"汪书记，你别动，让我来。"吕秀儿急忙上前，替他拍打起来。汪阿兴极不适应，后退一步道："别，别，我自己来。"胡慧丽见了，暗自发笑。吕秀儿见胡慧丽脸上显出微笑，便高兴地说道："汪书记，你一来，慧丽就开心了。"她本是无心之语，哪知道汪阿兴和胡慧丽都闹了个大红脸。汪阿兴跨进院子时，发现老铁头站着，看着他。他想了想道："这下雪天，适合喝点酒。"他拍了拍口袋，发出了特别的声响。一碟花生米，一瓶酒。老铁头每次去拿花生米的时候，都有些犹豫，好像那是一颗子弹。汪阿兴喝了一口酒，然后道："你的手怎么了？"他将桌上的这碟花生米往老铁头面前推了推。老铁头看着他道："有些事，过去了，有些事，还会发生。""正常，"汪阿兴爽朗一笑道，"事嘛，总是会冒出来，不怕，怕的是事情冒出来了，没有人去处理，这样，事情的性质就变了。"老铁头道："话是这么说，可是不是任何事情都是可以解决的，有些事，永远都是事。""你说得没错，但是，永远都是事这句话不对，人都会死，只是迟早而已，像黄有财，他死都不会想到，他会这么早就死掉。又像那些被钱王江潮水夺走生命的人,他们有的甚至还只是婴儿,生命刚开始就结束了。所以,没有永远都是事这回事。"两人沉默了片刻。

门外偷听的吕秀儿推开了门,进来道:"汪书记,你们俩说什么呀,我一句都没有听明白。"她想了想又说道:"慧丽肯定听得懂,我把她叫来。"她急匆匆跑了。"说点具体的事吧,"汪阿兴道,"比如丰农围涂,你说说你的意见。"老铁头愣了一下,他没想到汪阿兴这么快就将话题转到了围涂上。"这件事,你是指挥者,你要干,没人拦得住你。"老铁头道。"照你这话的意思,我可不可以这样理解,你是有不同意见的,"汪阿兴道,"就好像眼前的这碟花生米,其中难免混着一颗苦的,只是不知道是你吃到,还是我吃到。"老铁头听到脚步声传来,他故意装作喝酒。胡慧丽和吕秀儿进来了。"我听秀儿姐说,你们说话就跟猜谜似的,她非得让我来听听。"胡慧丽解释道。"胡医生,把心亮出来是需要时间的,"汪阿兴看了一眼放下酒杯的老铁头,又道,"就像这酒,它流进我们的胃里,又进入血液,也是需要时间的。老铁头,你说对吗?"老铁头愣了一下,点了点头。

这场谈话一直持续到傍晚。老铁头把他的担忧全部列了出来。汪阿兴一个一个地解答,在这件事上,他必须取得老铁头的支持。但是,他心里也想好了,这次围涂开始,他就让老铁头去建设县粮库在宁和公社的储存点,这样,一旦围涂失败,老铁头不承担任何责任。

胡慧丽听着汪阿兴说着各种准备工作,心里有了一股异样的感觉。她完全没有料到这个看上去粗豪的男人,心思却如此缜密,每一个步骤都有计划。尤其是他说到老倪时,为了保护老倪,他说老倪不会出现在工地上,他让鲁伟潮做通信员,工地到草舍之间两头跑。而且,他也要求胡慧丽在工地建一个临时医疗所,让丁玉洁做她的助手。胡慧丽提出向县医院打报告,派一名护士来协助。

老铁头不停地点头,他发现他所有的担忧,汪阿兴全部考虑到了,哪怕就像人员的交通这样容易疏忽的事,他也考虑到了,说根据工程进度,灵活调整……他无话可说,他不得不佩服汪阿兴的准备工作做得几乎无可挑剔。但是,他一直没有听到关于自己工作的安排,别的公社干部都负责一个作业区块,而自己具体在哪个作业区块,却只字未提。他不明白这是汪阿兴故意疏漏,还是让他独自一人守着公社,或者是为了怕他得了功劳。他心里反复地咀嚼这件事。倒是吕秀儿把这件事给说了。她说道:"汪书记,你给老铁头安排什么工作?"汪阿兴沉默不语。尽管他猜到吕秀儿不问,老铁头也会忍不住问自己的,但是,他还没有就储粮点的事跟老铁头作过说明,怕他不接受。他犹豫了一下道:"他有另外安排。"他说着站了起来,又道:"天都暗了,看来我们都得走了。"吕秀儿便也不再问了。老铁头心想:这个另外安排是什么安排? 他等着再说,反正话都说明白了,他不怕汪阿兴临时变卦。

离开卫生院的那会,雪停了。汪阿兴和老铁头去了墓地。高成天打着哆嗦坐在棚子里,发呆。汪阿兴脱下了身上的棉衣,给高成天披上。高成天并不领情,怒声道:"你来干什么?"老铁头一声不吭地看着高成天,发现他的手一直在裤兜里摸索,他便退了一步。高成天掏出刀子的那一刻,汪阿兴按住了他的手,夺下了刀子。高成天愤怒地骂着,好像全世界最恶毒的话都从他的嘴里跳了出来。汪阿兴想了想,将刀子还给了高成天,然后说道:"回去吧,晚上温度会更低。""我是死是活,不关你事。滚,给我滚!"高成天摇摇晃晃地站了起来,将身上的棉衣扔在地上,然后用双脚踩着踏着。老铁头见状,便道:"高成天,你这么作践自己,老倪要是知道了,会伤心的。"高成天愣了愣,指着汪阿兴道:"还我老倪,还我老倪。"他将手里的刀子胡乱舞动。汪阿兴退后几步,然后大声道:"高成天,你醒醒。"高成天跌倒在雪地里,边哭边爬。"高成天,方医生来了。"老铁头突然说道。高成天愣了一下,马上爬回棚子里,坐好,用手指梳理收拾着乱糟糟的头发,嘴里喃喃自语:"方医生来了,方医生来了。"

汪阿兴心里有说不出的悲伤。他捡起地上的棉衣,甩了甩,然后披在了身上。他沉默无语地走了。

留下老铁头呆呆地站在雪地里,他看着汪阿兴骗腿上车,消失了。他有些不知所措。他望了一眼高成天,发现他依旧念念有词,脸上居然有一丝微笑。他转身慢步走着的时候,风在奔跑,灌进了他的身体里。他变得不安起来:汪阿兴这不打招呼就离去,是不是自己的缘故?他刚才说到了两个跟高成天有关的人——老倪与方医生,他们跟汪阿兴也有关。他发现高成天与汪阿兴之间,这种仇恨很难化解。他想起了方医生,她在世的时候,平静地面对这个世界。而老倪,如果不出他的所料,也就这几年光阴了。他们都将消失,在这块土地上留下一个传说。他突然想到了自己,自己的生命会在多少年之后消失,或许也是很快的,像一阵风,不留痕迹。他空荡荡地走着……

三天后,参加丰农围涂的人员汇总到花名册上。张文化将这份花名册送到鲁家湾时,已是傍晚。汪阿兴拉着他一起吃晚饭。老倪的情绪很高涨,因为汪阿兴给省医院打了电话,摸清了情况,倪文明是外科医生。只是倪文明去外地巡诊了,没有回来。老倪吃了晚饭后,写着日记。自从到了鲁家湾之后,他就恢复了写日记的习惯。张文化也说了红旗大队的一些情况,他现在是公社和大队两头跑,红旗大队的社员依旧挂念高成天。他们说他是个有情人。汪阿兴点点头,他说想想办法让高成天清醒过来。他们在讨论花名册人员的时候,汪阿兴发现光明大队的人员年龄普遍偏大。张文化解释说,阿炳的意思是他们实行两班制,先派一批年纪大些的,之后的一批都是青壮年。汪阿兴陷入沉思,阿炳的说法并不可信。事实上,是因为没有确定每天的报酬,也就是工分,这意味着各个大队出的劳力都没有积极性,累死累活是一天,轻轻松松也是一天。他担心这会传染,别的大队会看样子,都会有这个打算。张文化听了汪阿兴的分析,也不吭声了。两人再次核对之后,汪阿兴提出了新思路,那就是土地的大队共有制。丰农围涂成功后,土地归各个大队所有,按照实际的贡献,分配土地。

老倪听了,愣住了。他对这个办法提出了自己的想法,说要是这样的话,会不会犯错误?汪阿兴仔细考虑后,认为这是调动积极性的最好办法了,只有这样干,才能保证人员力量到位。这些土地是归大队,也就是归集体的。他与老倪作了辩论。张文化建议就这件事开个会,集体讨论之后定下来,这样一旦有任何不妥,至少也是集体决策失误,板子不会打到汪阿兴头上。汪阿兴摇摇头,他觉得如果开会,这将造成影响,极有可能县里马上会叫停。不如悄悄地实施,待围涂成功之后,再公开说明。但为了考虑人员力量,必须悄悄放点风出来,让这些大队长们心里嘀咕,他们嘀咕得越厉害,这工地上的人员保障就越没有问题。张文化听了,暗自佩服汪阿兴的机智。

汪阿兴把张文化送到了路口,然后道:"大后天,丰农围涂正式开始。"张文化点点头,骑车走了。汪阿兴回到草舍时,发现姚婶和徐阿福都一脸着急地坐着。原来是徐定强犯病了,他一坐下,就喊全身痛。可是他身上什么伤痕都没有。他们心里很慌。汪阿兴跟随他们去了徐家。徐定强躺在床上,直喊痛。汪阿兴皱着眉头,心想这是什么怪病。他看了一眼徐大军,然后道:"大军,你马上去叫胡医生。"徐大军奔了出去。汪阿兴再一次检查了徐定强的身体,发现他会突然抽搐,两条腿像是被人拉着似的。徐阿福一脸惶恐地说道:"会不会鬼上身?"姚婶瞪了他一眼道:"世界上哪有鬼?"汪阿兴道:"我们等胡医生吧。"

胡慧丽赶到已是晚上十一点多。她仔细地检查了徐定强的身上,然后说这可能是肌肉痉挛。大家都不懂这是什么病。胡慧丽便问徐定强有没有受过惊吓。这么一问，倒让徐阿福想起来了，他说晚饭前听徐定强在喃喃自语，说要报仇。胡慧丽仔细地问了徐定强，他看了看众人不肯说。胡慧丽便让其他人出去，她一人留下。徐定强说丁二南扮鬼吓了他，他当时只觉得眼前一黑，就摔倒在地上了。醒来后，就全身痛了。他一定要胡慧丽替他保密，这个仇他自己会报的。胡慧丽答应了他，然后告诉他，安静地躺着，什么都不要想。然后又给他开了一点儿安神的药，就离开了。姚婶心里过意不去，她再三表示感谢，并说太晚了，要不就住在鲁家湾，等天亮了再走。胡慧丽执意要回卫生院。于是，汪阿兴送她到了路口。胡慧丽说吕秀儿托她一件事，但她不好意思说出口。汪阿兴吃惊地问是什么事？胡慧丽沉默了半刻，然后说道："秀儿姐，想问问你有没有成家的打算？""这个吕秀儿，整天就想着这事，你告诉她，以后别管我的事。"汪阿兴怒声道。"你也别生气，她也是问问，"胡慧丽想了想道，"方姐走了，可生活还得继续。"汪阿兴不吭声，月光下，雪地显得特别明亮，好像一面镜子。他摸了摸脸，然后说道："我不想再提这事了。"胡慧丽看了看前方的路，说道："就到这儿吧，我回去了。""那，你一路小心。"汪阿兴道。他看了一眼白茫茫的雪地，又道："小心路滑。"

胡慧丽骑车走了。汪阿兴在原地站了好一会儿，他心里总觉得不踏实，好像总有事会发生似的。他转身走了一段，想了想，跑到了草舍前，推车就走。老倪吃惊道："汪书记，你这么晚还去哪？""我有事。"汪阿兴骗腿上车。骑着自行车的胡慧丽心有所思，在路过一个拐弯时，因车速过快，车轮打滑，她连人带车摔倒在地。车轮在地上快速转着，她的膝盖流血了。她支撑着勉强站了起来，痛得不得了。她忍着痛扶起自行车，发现车龙头歪了。月光下，白茫茫，静寂无声。她四处张望，有些不知所措。远远地，汪阿兴骑着自行车来了。他到了胡慧丽跟前，着急道："胡医生，摔了？"他利索地下车，扶起胡慧丽的车，抓住车龙头，双腿一夹，手一使劲，眯着眼瞄了瞄,将车龙头扳正,然后道:"胡医生,你还能骑吗?"胡慧丽一声不吭地夺过自行车,刚想骑,却哎哟一声。"你受伤了,骑不了了。这样,我捎你回卫生院。自行车我牵着走。"胡慧丽不相信地看了他一眼。汪阿兴笑道:"我是骑自行车高手。来吧。"胡慧丽坐在汪阿兴的车后座上,汪阿兴一只手把着车龙头,另一只手把着胡慧丽的车龙头,骑着往前。胡慧丽心里一直惴惴不安,担忧突然摔倒在地。她的手只能扯着汪阿兴的衣服,但遇到拐弯处时,她的身体便会荡了起来,有一种要摔出去的感觉。她只得将双手往前伸,放在汪阿兴的腹部。汪阿兴似乎浑然不觉,边骑车,边跟胡慧丽说着笑话。他说当年他曾经跟赵刚强打过赌,一个人骑三辆车,赵刚强不信,两人定下赌注——两块月饼。结果他骑一辆,双手各把一辆,三辆车都动了起来。赵刚强只得认输。胡慧丽有些脸红耳赤,又有些紧张刺激。她听到车轮在雪地上沙沙地响着,她的身体在转来转去。这让她想起了校园里,倪文明有一次骑车带着她,她的身体好像变得轻盈。倪文明骑车的时候,一声不吭,好像拿着手术刀在对付一个患者。而现在,她仿佛掉进了一个梦境,洁白的雪,明亮的月光,以及快速转动的车轮。恍惚之中,她好像听到一个声音:"到了。"她醒过神来,发现已经到了卫生院门口,而她的双手还抱着汪阿兴。她有些慌张地下来,刚想说声谢谢。"胡医生,你站着别动。"汪阿兴说着,将自己的车往地上一放,然后将胡慧丽的车提了起来。他用另一只扶着胡慧丽。

吕秀儿开了门,发现汪阿兴扶着胡慧丽,便着急道:"慧丽,怎么了?""摔了。"胡慧丽轻声道。吕秀儿赶紧搀扶着胡慧丽进去了。汪阿兴将车提进了院子,放好。他又仔细地检查了一遍,然后喊了一声:"我走了。"他将院门关上,骑车走了。坐在医疗室里的胡慧丽轻轻地卷起裤腿,发现膝盖上肿了一个大包。吕秀儿既着急又心疼地说道:"慧丽,摔得可不轻。"胡慧丽用药棉擦了擦,然后道:"秀儿姐,不要紧。"晚上,躺在床上的胡慧丽难以入眠,吕秀儿以为她是痛,便说道:"慧丽,你要是痛,就叫出声来。""秀儿姐,我在想,这样的雪天,肯定会有人滑倒摔伤的。明天,我们早一点开门。"吕秀儿很快就睡着了。胡慧丽悄悄地坐了起来,看着自己的双手。房间里好像点了灯似的,有一种特别的明亮。这双手曾经抱着他。她不明白,他是怎么赶来的,难道是有心灵感应吗?他与她?肯定不可能。但是,这难道是巧合吗?她迷迷糊糊地睡着了。

早上起来,发现膝盖处肿得更厉害了。她感到有些意外。吕秀儿看着她肿胀的膝盖,拿来了毛巾。吕秀儿搀扶着胡慧丽去了医疗室,看着胡慧丽一声不吭地重新包扎,便说道:"慧丽,要是让你姐姐看到了,她会心疼得不得了。"上午,胡慧丽看了三个摔伤的病人。中午吃饭时,吕秀儿告诉她,刚才汪阿兴来过了,因为她在医疗室工作,简单地问了她几句就走了。吕秀儿自言自语道:"我猜啊,他一早就来了。""哦。""慧丽,他可真关心你,"吕秀儿自言自语道,"要是有一个男人这么关心我就好了。"她神情黯然。"秀儿姐,晚上吃什么?"胡慧丽突然道。"让我想想,"吕秀儿装作思考地说道,"我看,吃干的,怎么样,然后弄点霉干菜,你看怎么样?""行。"吕秀儿走了开去。她说鲁家湾的丁二南娘跟三平大队的那个光棍最终没有对上眼,两人没有缘分,她得再找找。胡慧丽安静地看着窗外。后来她拉开抽屉,再一次读了倪文明的信。一封都没有落下。她发现倪文明的信来得越来越少了。以前是半个月一封,后来变成一个月一封信,现在,好像三个月才来一封信。而且,一开始对她的称呼是"丽",后来变成"慧丽",再后来变成了"胡慧丽同志"。以后,或许是半年或者一年,才会来一封信。她已将倪国全是他爷爷的消息通过回信告诉他了,可他一直没有回信。她原以为,倪文明接到信后,会急匆匆奔来,来看爷爷。可是,快一个多月了,一点动静都没有。她有一些担心,担心他是不是遇到了什么麻烦。如果她的信给他带去了麻烦,那么,她从此以后再也不会在信里提起倪国全了。

丁玉洁进来的时候,有点儿拘谨。她叫了声"胡医生"后,就低头不语了。胡慧丽见了她,高兴地说道:"玉洁,你好像又长高了。来,坐。"丁玉洁在胡慧丽身边坐了下来。胡慧丽看着她有些消瘦的脸,问道:"你爹怎么样? 好点了吗?"丁玉洁点点头。两人说话的时候,丁玉洁每次都显得十分被动,几乎是胡慧丽问一下,她才答一下,这让胡慧丽觉得有些意外。她看着丁玉洁,然后道:"玉洁,抬起头,看着我。"丁玉洁眼中含泪地抬头。"发生什么事了?"胡慧丽道,"有谁欺侮你吗?"丁玉洁哭了。这件事的起因还是徐定强。在徐阿福的再三逼问下,徐定强说出了秘密,是丁二南扮鬼吓他。徐阿福认为丁二南没有这么大的胆子,肯定是鲁伟潮在背后撺掇,便把鲁伟潮叫来痛骂一顿,还差点动手了。丁二南慌忙去找丁玉洁。丁玉洁去了徐家,结果却被徐阿福一顿臭骂。他的话特别难听……丁玉洁边说,边流着泪。胡慧丽道:"玉洁,嘴长在别人身上,我们管不了。只要行得正,不管人家骂什么,都不要去理会。"她知道徐阿福的嘴一旦开闸,就像钱王江水一样滔滔不绝。丁玉洁的情绪渐渐稳定。她后来跟胡慧丽说,她想去看看方医生。

她从墓地回来后,问了胡慧丽这么一个问题:"胡医生,方医生她冷吗?"胡慧丽的泪水流淌下来。她看着丁玉洁,不知如何回答。吕秀儿回来后,跟丁玉洁打了个招呼。她告诉胡慧丽,大家都在讨论接下来的围涂,他们心里都没底,但是她相信汪阿兴,一定会成功的。她对丁玉洁也是大加赞扬,说她每次去鲁家湾,都会听到丁玉洁是个能干的内当家,不仅家里收拾得井井有条,而且有骨气。胡慧丽笑而不语。或许丁玉洁太需要鼓励了。吕秀儿去了灶房,她要丁玉洁留下来吃晚饭,但是丁玉洁还是说她要回去。她走的时候,脸上带着微笑。

吕秀儿晚上突然跟胡慧丽说了一件事,这令胡慧丽大吃一惊。吕秀儿说,据她自己的观察,汪阿兴似乎对鲁家湾的姚婶有意思。胡慧丽心想吕秀儿这完全是胡扯。吕秀儿便说起了徐阿福,说他上次去跟汪阿兴吵架了。胡慧丽心里有些乱。吕秀儿说起了她听来的一些事,有一个公社书记跟妇女主任搞在了一起,还有一个公社书记跟女支部书记有不清不白的关系。她还说到了楼山公社的赵刚强,他跟楼山公社卫生院的小章院长有故事……吕秀儿边说,边指着自己道:"要是汪书记喜欢我,那我就会发疯了。"胡慧丽说这些都是谣言,不可信。但她心里却明白,有一些流言是真的。她到县医院的第一年,就遇到过这种事,一名公社干部把一个姑娘的肚子搞大了。但是,她想汪阿兴绝对不是这种人。她知道姚婶和鲁阿牛年轻时谈过恋爱,后来阴差阳错,嫁给了徐阿福。吕秀儿嘴里一直念叨着汪阿兴,说她要是早几年遇到他,肯定会死命地倒追他。男追女,隔座山,女追男,隔层纸。要是女人下定决心想追一个男人,这个男人基本上逃不了她的手心。她越说越来劲,干脆将自己的故事又添油加醋地说了一遍,尤其是她的第一个男人,晚上还是很来劲的。他喜欢搂着她睡。胡慧丽听得脸红耳赤。但吕秀儿却说城里人跟乡下人不一样,城里人心里都明白,可嘴上不肯说,乡下人哪怕心里不明白,都会说出来。而且在这样的冬夜,说这些事是很过瘾的。她不怕别人说她,男人女人之间的事,只要不当众说,其他想怎么说就怎么说。她后来说到了倪文明。她说倪文明干吗不来宁和呢? 胡慧丽不吭声。吕秀儿便十分热心地替胡慧丽分析情况。她说她虽然没有见过倪文明,但肯定是一个白面书生,样子跟老倪有点儿相像,毕竟他们是爷爷与孙子嘛……她后来发现胡慧丽拉过被子,盖在了脸上。她就不再说了。

倪文明的信来了。这封信写得特别短,只有短短几句话。他恨倪国全,是倪国全让他失去了父母,也是倪国全毁了他的生活。他不想跟倪国全见面,就当他从来没有这个爷爷。胡慧丽没想到倪文明对老倪如此之憎恨,像是恨之入骨了。但是,她知道老倪是热切地期盼和等待着他的到来的。她甚至不敢去见老倪,生怕他问起来,她稍一不慎就替倪文明把心里话给说了。老倪若是知道倪文明是如此之态度,恐怕会痛不欲生。她对倪文明如此绝情有些生气。毕竟,老倪已是古稀之年了,他的日子不多了,在生命的最后几年,爷孙俩能团聚,多好啊。她想,如果现在倪文明站在她面前,她会痛骂他,会拉着他去见老倪。她决定不再回信了。她将信放入抽屉时,突然有一种奇怪的想法,这些信,它们像是来错了地方,它们不应该躺在她的抽屉里。她为自己有这样奇怪的想法而不安,好像她的秘密就要被大白于天下似的。姐姐曾经问过她,知道她在省医院有个同学,她并没有多说一句话。她关上抽屉,上了锁,然后走出了房间。

她的膝盖似乎好多了。她走到灶房时,发现吕秀儿正在偷偷地抹眼泪。她吃惊地问道:"秀儿姐,你……"吕秀儿哭了。她的哭声特别响亮,好像装了喇叭似的。胡慧丽安慰她道:"秀儿姐,别哭,别哭,有什么事就说吧。"吕秀儿抹了眼泪,然后道:"人家根本不喜欢我,我还以为人家怕难为情。""你,你去相亲了?"胡慧丽道,"谁啊?"吕秀儿脸上腾起一朵红云,好一会儿才羞答答地说道:"汪书记。"胡慧丽愣住了。"他不是光棍吗? 就是你们城里人说的单身,我想跟他找对象,我就托了好几个人去问他,结果,他让小张带信给我,说根本不考虑这事,"吕秀儿叹了口气又道,"他肯定是看不上我,我要是长得跟你一样,有你一样的本事,说不定他就喜欢我了。慧丽,可是我真真心心地喜欢他呀。"胡慧丽啼笑皆非,眼前的吕秀儿完全不像平常的吕秀儿。她想了想说道:"秀儿姐,人家汪书记忙得马不停蹄,你这时候跟他说这事,他肯定不答应。""慧丽,那你说等围涂成功之后再跟他说?"吕秀儿摇摇头又道,"不行,不行,他现在这么说了,这事肯定没戏了,我吕秀儿没有这个福气,这是命中注定啊。"胡慧丽又劝了一会儿,好在吕秀儿倒也看得开,她后来笑着说,她是配不上汪阿兴的,她以后再找个实惠一点的男人,生个大胖儿子。她喜欢孩子。她接下来的话都是关于孩子的,从婴儿到成年。胡慧丽听她说得很起劲,又很幸福的样子,不忍心打断她。她说得唾沫横飞,好像她是世界上最好的最有经验的母亲似的。直到深夜,她才睡去。胡慧丽听着她幸福而又满足的呼噜声,心想她将来一定会有自己的孩子。

第二十八章

空碗摞得老高。汪阿兴放下手中的筷子,摸了摸肚皮道:"吃饱了。"他打了一个饱嗝,又道:"怪不得人家说,要坐就坐县机关,要吃就吃县食堂啊。"张建设笑道:"汪大麻子,你就瞎编吧。对了,你这一顿可是把我三天的口粮给吃没了。"坐着的金健康也笑了:"汪大麻子,你可真能吃,像饿死鬼投胎。""张书记,金主任,到了县里,我要是再像个小媳妇似的,死要面子,受罪的还不是我自己啊?吃进肚里,才是真道理,才有力气干革命。"张建设道:"县机关食堂也减量了。全县打响了节粮大战,刚才我跟你说的事,你必须放在心上。""搞好团结,不动歪脑筋,少生事端,要努力工作,"汪阿兴拍了一下脑门道,"全记下了。"

张建设打电话让汪阿兴来县里,是听取丰农围涂前的最后准备工作汇报。他和李贵生商量后,心里还是不踏实。汪阿兴在汇报中,将所有应考虑的问题都考虑到了,这令他感到欣慰。对于老铁头的安排,他们也是同意的。储备粮库的建设也十分重要。张建设看着摸着肚皮的汪阿兴,突然想到了胡慧丽,便问道:"胡医生情况怎么样?""她,她很好。"汪阿兴道。"让她早点回来,她姐姐跟我说了好几次,还哭哭啼啼的,我也是没办法了,"张建设道,"她在你们宁和工作时间也不短了,可以回来了。"汪阿兴点点头,然后说道:"对了,张书记,你说粮食这件事由李主任负责,可是我怎么都找不到他人,现在粮食这件事是大事,我怕到时候生变,影响围涂。"他看了看窗外,又道:"看来不止我一个人找他啊。"金健康也看了一眼窗外,道:"你眼睛贼亮的。李主任现在到处躲,各个公社的书记都在找他要粮。""怪不得呢。那我必须得动作快点,早下手早得益,要是晚了,就麻烦了。张书记,你说对吧?"张建设小声道:"你啊,绕来绕去就是想把我绕进去。这样吧,我给你指条路,去县里的招待所,顶楼的那一间。"汪阿兴道:"谢谢。"他喜笑颜开地走了。

显得静寂的街道,三三两两的人,偶尔一辆公共汽车开过。骑着自行车的汪阿兴按着响铃,在街道与巷弄间穿梭。他到了县招待所前,停好车,然后快步进去了。他在顶楼的一间房间前犹豫了一下,敲了敲门。没人应声。他不死心地又敲了敲门。门开了一条缝,露出李贵生的脸。"李主任。"汪阿兴猛一下子推开门,然后利索地关上门。李贵生拿起热水瓶倒了一杯水,然后道:"汪大麻子,你可真能找,这儿都让你找到了。"他笑了笑又道:"我故意住在顶楼,把二楼的宿舍空了。这些公社书记们,个个扑了空。"汪阿兴笑道:"李主任,你身上有股味,我是闻着这股味找来的。"李贵生好奇道:"哦,什么味?""米香。"李贵生哈哈大笑:"汪大麻子,你他娘的就会瞎编。报告呢?"汪阿兴从随身的黄书包里取出报告,然后道:"我知道县里困难,所以啊,只要了四万斤。""四万斤? 不行,不行,顶多一万斤。"李贵生头摇得像拨浪鼓。汪阿兴苦着脸道:"李主任,一万斤粮食,只够我们全公社吃上一个月,围涂那可是力气活。"李贵生指着报告道:"这个我管不了,你们自己想办法。全县掀起了轰轰烈烈的节粮运动,你们想办法当典型。"汪阿兴想了想道:"李主任,节粮归节粮,当这个典型我也吃不消,李主任,我也不是不讲道理的人,这样吧,你最多能挤给我们宁和多少? 我指的是最大限度。"李贵生踱了几步,想了想道:"我再给你加五千斤,总共一万五千斤。你也不要多说了,要是同意,我马上签了,最快的速度给你们运粮。""那我不回宁和了,我就赖在这里了,"汪阿兴往床上一躺,又道,"这床真是舒服呀,底下加弹簧了吧?"李贵生见他一脸无赖样,便道:"你啊,也别给我来这一套。我手里的粮食都是计划好了的,多给你,就意味少给别人。手心手背都是肉。"汪阿兴闭上眼睛道:"我累坏了,我先睡一觉。"李贵生道:"汪大麻子,你……你……"不一会儿,汪阿兴的鼾声如雷般响起。李贵生愣住了。他站在床前仔细地看了汪阿兴,发现他不是假睡。他叹了口气,坐了下来,仔细看报告。

传来轻轻的敲门声。李贵生开了门,吃惊道:"老张,你怎么来了?"张建设进来,一见床上睡着的汪阿兴,便道:"他睡着了?我担心他要粮的胃口太大,一不小心,你就中了他的计。"李贵生做了个"嘘声"的动作,小声道:"他啊,一眨眼工夫就睡着了。"张建设道:"太累了。"李贵生将要粮的报告递给了张建设:"老张,你看看。"张建设看了看,吃惊道:"四万斤?"李贵生看了一眼鼾声如雷的汪阿兴,又道:"我答应给他一万五千斤。他就用睡觉来对抗我。"他笑了笑又道:"等他一觉醒来,我至少得再加五千斤,否则我这张床就被他给占了。"张建设笑道:"他是真饿真累了。在食堂一连吃了六大碗后,到你这儿来睡大觉。老李,我帮他开个后门,你给他二万五千斤吧。"李贵生苦笑道:"我手里的这点粮啊,要是按他的胃口,三五天就瓜分光了。"张建设无声地笑了。

汪阿兴醒来,愣了愣。窗外一片明亮。李贵生趴在桌上睡着了。汪阿兴轻轻地下床,刚穿好鞋,李贵生就醒了,他揉了揉眼睛道:"汪大麻子,睡得可好啊?"汪阿兴不好意思道:"啊呀,我睡了你的床了,一眨眼就天亮了。"李贵生打了个哈欠道:"我给你二万斤。后来老张来了,他再批给你五千斤,一共二万五千斤。"他将桌上的报告递给了汪阿兴。汪阿兴摇摇头:"李主任,不行。"李贵生不悦道:"你别跟我讨价还价了。好歹就这么多了。""我要四万斤。"李贵生将报告一扔,怒声道:"你要四万斤,我还想要四百万斤呢。你当是天上掉下来的?!"汪阿兴将报告捡了起来,轻轻放在桌上,道:"李主任,你也别生气。我这四万斤你可以分批给我。先给我三万五千斤，余下的五千斤你打个欠条，明年给我，行不？"李贵生瞪大眼："我打欠条？这是哪门子的事啊？我一个县革委会主任给你一个免了职的公社书记打欠条？不行。这样吧，就当我脑子被驴踢了，我给你三万斤，你什么话都不用说了。就三万斤了。"汪阿兴嘻嘻哈哈道："李主任，还差一万斤。"李贵生驱赶他道："走走走，你走吧，我没办法答应你，你胃口太大了。"汪阿兴拍了一下胸脯，大声道："李主任，三万五千斤，也不要你打欠条了。"李贵生摇着头道："走走走，你一开口就涨五千斤。三万斤，一斤都不加了。"汪阿兴道："三万五千斤。你答应了，我马上走，走得远远的，保证让你耳根清净。而且，我保密，不通风报信，让老田他们摸不着门。"李贵生看了他一会儿，说道："好！就这么定了。"汪阿兴欢天喜地走了。李贵生看着这份报告，皱着眉，喃喃自语："唉，这个汪大麻子，精着呢。"他走到桌上的电话机前，拿起话筒道："请给我接粮食局……"

汪阿兴回到宁和公社后，在楼道上被老铁头拦住了。他情绪激动地说道："为什么不让我参加围涂？"他手里拿着一份花名册，又道："你想让我干坐着？""你负责建设储备粮库，"汪阿兴道，"这件事跟围涂一样重要。"老铁头愣了一下，然后道："这是你的决定？""也是县里的决定，"汪阿兴道，"图纸和计划都在我办公室，我给你，你马上组织人员动手。"老铁头仔细地看了图纸和计划之后，说道："你要求我一个月之内完成？时间恐怕来不及。""这是命令，必须保证一个月之内完成，我听说别的公社也还在争取这个项目，我们越快越好，"汪阿兴皱着眉道，"一旦储备粮库建成，我的三万五千斤粮食就得运进来。这批粮食关系到下一步的大行动。""三万五千斤？你上次不是说两万斤吗？""我说老铁头，你还嫌粮食多吗？"老铁头脸上划过一道微笑，不吭声了。

张文化进来时，偷偷地告诉汪阿兴，自从消息放出去之后，各个大队都很快调整了人员。他得意地说道："汪书记，你这一招真是高啊。"汪阿兴笑而不语。"对了，汪书记，还有一件事，同志们反映说,工地得有一个地方煮饭,这天寒地冻的,干粮难以下咽,有一口热汤那就好多了。"汪阿兴点点头道:"我已经跟姚英英同志说过了,由她负责工地的厨房。"张文化走后,刘振涛进来了。他的精神状态跟以前比,好多了。他昂着头,挺着胸,声音洪亮。汪阿兴听了,高兴地说道:"老刘,你现在这个样子才像一个武装部长。""汪书记,我向你保证,除了负责好所在的区块之外,我们还建立了巡逻队,"刘振涛拍着胸脯道,"你尽管放心。"汪阿兴笑道:"好,好。"刘振涛依旧昂着头,挺着胸走了。他的脚步特别响,好像是踢正步一样。他收拾了一下相关材料,刚想走,吕秀儿低着头进来了。"吕秀儿,你来得正好。我有话跟你说。你啊,把精力都给我放到工作上去,别东拉西扯的,搞什么拉郎配。"吕秀儿低头道:"我听你的。""你抬头啊,"汪阿兴说道,"对了,胡医生准备得怎么样了?""她都准备好了,"吕秀儿抬头说道,"就是她的膝盖上次摔了一下,还肿着。"汪阿兴皱着眉,想了想道:"她可以迟几天去工地报到。"

半个月后,穿着棉衣的金健康埋头工作,他案头上的材料堆积如山。自从丰农围涂开始以来,宁和公社每天上报情况,他这儿是信息中心。这时,马加荣匆匆进来道:"金主任,张书记的加急电报。"金健康抬头,吃惊问道:"哪来的?""云南边防部队的电报。""快拿来。"金健康站了起来。马加荣将电报给了金健康,匆匆走了。金健康看着这份电报,有一种不祥的预感。他小心地拆了电报,愣住了。之后,他流泪了。他想了想,拿着电报走了。

李贵生着急踱步。金健康哭着道:"李主任,怎么办? 这份电报是压着,还是给张书记? 他去钱王江管理局开会了,要不要电话通知他?"他一副六神无主的样子。李贵生停止踱步道:"你别急,让我想想。"他按了按太阳穴,道:"给老张。""可是,我担心张书记……"金健康犹豫地说道。李贵生看了一眼桌上的电报,用拳头重重地敲了敲额头道:"等等,让我再想想。老金,老张迟早是要知道的,瞒是瞒不久的。对了,等他回来了,我先跟他谈谈。"金健康点点头。"对了,汪大麻子那儿的情况怎么样?"李贵生道,"我听说困难不少。""汪大麻子说,再大的困难,他们也会想办法解决,"金健康想了想又道,"目前,工程完成了三分之一。""跟他说,进度必须紧紧盯牢,"李贵生道,"虽说现在是枯水期,但钱王江的潮水不可掉以轻心。"金健康点点头走了。李贵生着急地踱步,他没想到张建设的大儿子张保国在投弹训练中,为了救一名新兵,他扑在手榴弹上,牺牲了。这份电报可真是令人心痛啊。他怎么跟张建设说?他抬腕看了看表,然后站在窗前抽烟。他想起了半个月前,汪阿兴在丰农围涂开工前,打了一个电话给他,说张建设给他一句话——只许成功,不许失败。他知道张建设心里的压力。因为丰农围涂牵动了许多人的心,更何况当年曾经失败过。张建设坚持不去工地,那是因为他害怕看到当年的失败。他神经高度紧张,天天在吃药。

　　下午四点多,张建设回来了,他将公文包放下,拿热水瓶倒水。他喝了一口水。李贵生进来了:"老张,回来了?""老李啊,胡仁义弄了个大家伙,钱王江流域全景图。啊呀,把我们都给惊呆了。就是他不管饭,一到饭点,就说散会。"他笑了。李贵生道:"老张,我想跟你谈谈。"张建设看了他一眼,道:"出什么事了?"他的身体在微微地颤抖。李贵生竭力掩饰道:"就是谈谈。"他点了一根烟。

　　张建设将烟点了,抽了一口,然后道:"老李,你瞒不了我的眼睛,肯定出什么事了?说吧。"李贵生坐了下来,犹豫不决。张建设拿着热水瓶,又倒了一杯水,递给了李贵生:"你老李是什么人啊,干脆利落,嗓门洪亮,一般的事你不会这样,肯定是出大事了,快说,我心里着急。"李贵生放下杯子道:"老张,你答应我,不管遇上什么事,你都要挺住。"张建设吃惊道:"是不是汪大麻子出事了?你快告诉我,老李,别磨磨蹭蹭了。"他走了几步,又道:"老李,你说啊。"这时,金健康进来了。他的眼睛红肿着。张建设看了金健康一眼,又看了李贵生一眼,一拍桌子道:"你们快说。"李贵生道:"在说之前,你必须答应我,无论如何,你都要挺住。""好,我答应你!"李贵生道:"金主任,把电报给老李。"张建设颤抖着说道:"电报?"他的脸上有一些疑惑。金健康掏出电报,放在了桌上。张建设一把抓过电报,一看。他一阵头晕,身体摇晃起来,手中的电报掉落在地。李贵生道:"老张。"他赶紧上前去扶。张建设大声道:"我挺得住!"他双手紧紧地按着写字桌,有一会儿后,才缓缓地坐在了椅子上,强忍悲痛道:"告诉胡佳丽同志了吗?"李贵生摇摇头。张建设道:"老李,你们出去吧,我要安静一下,我要安静一下。"李贵生与金健康走了。张建设看着电报,泪水直流……

夜晚,灯光亮着,空荡荡的走廊显得静寂。眉头紧锁的李贵生和擦着泪的金健康一声不吭地站着。张建设的办公室始终关着门,他一直没有走出门一步。终于,门开了。张建设站在门口,他的脸上满是坚毅。李贵生迎了上去:"老张,你……""老李,汪大麻子的情况怎么样?有无最新进展?"金健康忙将一份材料递上道:"张书记,最新进展在这里。"张建设接过材料,然后道:"天太冷了,通知汪大麻子,注意保暖。"他说完走了。李贵生静静地站着,泪水流淌。张建设到了楼下,仰望着窗口的灯光。他快步上楼。在楼道里,他的双腿像棉花一样无力。他开门进去,发现简单的饭菜在桌上摆着。手拿一个鸡蛋的胡佳丽将鸡蛋放在桌上,解下围裙道:"老张,你今天怎么了?脸色不太好。"她走上前,摸了摸张建设的额头:"咦,正常啊。我去拿温度计。对了,今天可是你生日啊。我给你煮了个鸡蛋。"她刚想走,张建设道:"佳丽,我有话要跟你说。"胡佳丽看了他一会儿道:"什么事?是不是工地出事了?""你坐下。"胡佳丽坐下了,说道:"老张,你这么看着我,我心慌慌的,出什么事了?难道是慧丽她……"她摇摇头又道,"我上午刚刚给她打过电话。她说她在工地上,好好的。"张建设沉默良久,说道:"佳丽,保国他,他牺牲了。"他泪如雨下。胡佳丽愣了一下,道:"保国?

老张,你说什么呢? 保国他刚刚还来信呢,我拿给你。"她跌跌撞撞
地走向客厅。张建设拉住她道:"部队的电报来了。"胡佳丽转过身
来,脸色苍白地道:"真的?"张建设沉痛地点点头。胡佳丽的身子
一软,晕倒在地了。张建设抱着她,叫着:"佳丽,佳丽……"

第二天上午,张建设和胡佳丽分别躺在县医院病房。李贵生
进来道:"老张,节哀。"张建设坐了起来,看了一眼仍陷在昏迷中的
胡佳丽:"老李,我挺得住。参军入伍就是为了保家卫国,保国这孩
子啊,他说到做到了。"李贵生流着泪道:"老张。"两人紧紧握手。
"我已让人通知胡慧丽同志了,她马上就到,"李贵生道,"你们身边
有她在,我也放心了。我也跟县医院章院长说了,换人,派医生去
宁和卫生院。"张建设点点头。

胡慧丽接到通知,说是让她以最快速度到县革委会报到。汪
阿兴将通知告诉她时,又说道:"胡医生,你马上去,我估计有什么
大事发生了。"胡慧丽心急火燎赶到县革委会,金健康正在焦急地
等着她。他带着她去了县医院,一走进病房,胡慧丽就愣住了:"姐
夫,怎么了?"她一下子扑到胡佳丽床前,然后搭脉,又道:"我姐昏
迷了,姐夫,出什么事了?"张建设下了床,示意金健康离去。金健
康将门轻轻关上,走了。"慧丽,保国牺牲了。"张建设悲痛地说道。
胡慧丽的身子摇晃了一下,她手按着墙,流着泪道:"姐夫。"她
哭了。

不一会儿,胡佳丽醒来。她神情呆滞,好像做了一个很长的梦
似的。胡慧丽握着她的手,哭着道:"姐,姐……"胡佳丽醒过神来,
抱着胡慧丽大哭。张建设拿起公文包,转身欲走。"老张,你去哪
儿? 你去哪儿?"胡佳丽大声叫道。张建设想了想,放下公文包道:
"佳丽,慧丽来照顾你,我去开会。"他说着,看了胡慧丽一眼道:"慧
丽,照顾好你姐。"他开门走了。

胡佳丽死死地抱着胡慧丽,身体在持续地颤抖。胡慧丽泪流
满面地安慰她。好久,胡佳丽才松了手,沙哑地说道:"慧丽,你不

要离开我,再也不要离开我了。我害怕。""姐,我在,我在。我陪着你。"胡慧丽轻轻地拍着胡佳丽的背。胡佳丽的情绪渐渐稳定下来了,她回忆着张保国的点点滴滴。多年来,保国不像卫国这般爱玩,他懂事,有主见,他给胡佳丽的信里,说到了边境的一些情况。胡慧丽心里在滴血,从小到大,她跟保国就像兄妹一样,保国还比她大一岁。保国时时处处让着她,有什么好吃的总是给她留着。他参军去的那天,她抱着保国哭了。保国却跟她说,小姨,等我回来。她在县医院里,每个月都会跟保国通信,保国还寄来了他的照片。她心里为保国骄傲,他了不起。

胡佳丽后来睡着了。胡慧丽守在她的床前,看着姐姐好像一下子苍老了。她心里的内疚越来越重。姐姐为她操了多少心,她去宁和,姐姐总是牵挂着她,隔一阵子不是来电话,就是来信,有时候还给她寄一些吃的。她知道姐姐不放心她一个人在宁和。她走到窗前,看着窗外,快两年了,这儿的一切好像还是老样子。她看了一眼床上睡着的姐姐,然后走到门前,护士朱小丽刚好进来。"胡医生,你回来了?"朱小丽说道。胡慧丽点点头,然后道:"小丽,你替我看一会儿,我去章院长那儿。"朱小丽点点头。章院长的头发更白了。他问了一些丰农围涂的情况后说,他接到县里的命令,换人,院里准备让冯医生去宁和卫生院,去工地。胡慧丽一听急了,说:"我怎么办?"章院长道:"你当然是回来了。"胡慧丽不吭声。"胡医生,你去宁和公社快两年了,院里的同志们对你很敬佩。我们院党委也讨论了,你必须回来。""章院长,可是……""没有什么可是,"章院长想了想又说道,"你变了。以前的你还是有一点儿娇气,现在的你,可以独当一面了。唉,你是不知道,你姐姐跟我打了多少个电话,你要是再不回来,我都不敢见她了。"章院长叹了口气,又道:"另外有件事,就是你同学的事,你姐姐也问过我,我推说不知道。但是,你的个人问题也必须考虑了,如果你们情投意合,组织上完全同意。"胡慧丽道:"章院长,个人问题我现在还不想考虑。""组织上认为,你必须考虑。你的人事关系还在县医院,我就得关心啊。"章院长说道。胡慧丽闷闷不乐地走了。

五天后,胡慧丽回到了宁和。虽然胡佳丽死拉着她,但是当她接到张文化的电话,说是冯医生有点怪怪的,人们都不相信他,而且工地上很多人冻伤之后,她回去了。她答应姐姐,等丰农围涂结束之后就回来。到了工地,她发现很多人穿着单衣,挑着泥,挖着沟,而风既大又冷,直钻骨髓。她发现丁玉洁的手也冻伤了。

呼呼的北风拍打着窗玻璃。开门进来的张建设赶紧关了窗。他站在窗前看了一眼县城夜色,然后坐了下来。桌上摆着张保国的照片。他静静地看着照片,流着泪。传来敲门声,他擦了泪,将照片放进抽屉,然后道:"来了。"他开了门道:"老李? 这么晚了,你……"

李贵生进来,双手呵了口气道:"老张,冷啊。我心痒痒的。恨不得现在就跑去,大干一番。"张建设道:"你啊,就是闲不住,以后,有我们干的。""老张,我们真的不去工地? 不给汪大麻子一点精神支持?"张建设点点头。李贵生叹了一口气道:"汪大麻子那是孤军奋战啊。"张建设沉默不语。"老张,说句心里话,你有时候真的太狠了,我都吃不消了。"李贵生望着窗外道。"老李,只有像狼一样狠,才能练就一个更狠的汪大麻子。"李贵生点点头,然后又说道:"你小姨子厉害,她又跑去工地了。我说老张,这姑娘了不得啊,人家都是往城里跑,她却往最苦的地方跑。"张建设道:"她啊,我也管不了了。她姐,唉,女大不由娘啊。""我听说,她把那个县医院下派的冯医生给赶回来了,还说,她顶得住。是个狠角色啊,"李贵生想了想又道,"这么冷的天,汪大麻子也没有电话来,我这心里也是七上八下的。""老李,耐心地等。"张建设道。

雨点打在玻璃窗上,发出啪啪的声响。张建设神色凝重。他心里默默地念叨:"汪大麻子,挺住。"门被轻轻地推开了,胡佳丽走了进来。她的神色有些不安。张建设转过身来，一声不吭地看着她。"你为什么不给汪大麻子打电话？"胡佳丽怒声道，"难道你愿意慧丽一直留在宁和？"张建设无言以对。胡佳丽流着泪道："我失去了保国，我不想再失去她了。她是我的命根子。她要是出点事，我们怎么对得起老罗？"

张建设痛苦地闭上了眼睛。他想起了二十多年前，县里搞第一次围涂，在雷山的山脚下，一声炮响之后，他要上前去排哑炮，班长罗光明拦住了他。罗光明上去没多久，哑炮炸了，罗光明被炸得血肉模糊。他抱着罗光明的身体痛哭。一个月后，罗光明的爱人要生了。他和胡佳丽急匆匆将她送到县医院，接生的正是年轻的章医生。章医生出来的时候，无奈地摇摇头。救了婴儿，却保不住大人。从此，这个女婴就成了他们家的一员了。胡佳丽抱着才一岁的张保国，流着泪给女婴取名胡慧丽……胡佳丽嘤嘤地哭着。张建设走了过去，轻轻地抚着她的肩道："佳丽，慧丽不再是个孩子了，她长大了。我们必须放手。""可是，她去了宁和，她为什么就不能留在县医院？老张，我没有别的要求，我只希望她在我身边，我会照顾她，"胡佳丽流着泪道，"我只有这么一个简简单单的要求。""佳丽，你知道她的性格，她那么倔强。你的话不听，我的话她也不会听的。我已经跟汪阿兴说了，让他想办法，可是县医院派去的冯医生都被她赶了回来，我也没有法子啊。""不，我要把她拉回来，我一定要把她拉回来！"胡佳丽斩钉截铁地说道。她快步走了。

张建设听着远去的脚步声，心里有些空荡荡。当他的目光再次落在张保国的照片上时，他心里像是被刀割了似的。他走到桌前，电话响了。李贵生在电话里兴奋而激动地说道："老张，我听说再过三天，他们就要完工了。"张建设放下电话，再次泪流满面。他仿佛看到了一座丁字坝伸向了钱王江，那是打向钱王江的一个铁拳。他站在地图前，久久地凝视。他内心有一种冲动：去工地，去工地。他扶着墙，仿佛听到了费老的声音：张建设同志，丰农围涂要是成功了,我在小院请你跟李贵生同志喝酒。丰农围涂不仅是他张建设心里的一个结,是倪国全的一个心结,也是费老的心结。他走到桌前,拿起笔写道:宁和公社的同志们,你们了不起,你们依靠自身的力量……

放下手中的笔,汪阿兴全身上下都像是麻木了,尤其他的双腿,僵硬,好像膝关节都不会动了。他扶着床坐了下来,然后道:"老倪,好点了吗?"老毛病发作的老倪呼吸有些急促,他一直说他冷。汪阿兴将自己的被子压在了他身上,然后又仔细地掖好被子。老倪一直在哆嗦。他想了想,便大声叫道:"伟潮,伟潮。"鲁伟潮急匆匆跑来,他现在是汪阿兴的通信员。"你跟玉洁说一下,弄碗姜汤来。"汪阿兴道。鲁伟潮跑了。老倪依旧叫道:"冷,我冷。"汪阿兴皱着眉,这草舍里没有其他东西可以御寒了。只有生火了,但生火麻烦的是,人不能离开,一离开,这草舍就危险了。听着老倪的叫声,他还是生了火。他在一个脸盆里放了点枯树枝,点着后,顿时烟雾缭绕。他被呛得连连咳嗽。他开了门,散了一会儿烟后,发现柴火烧起来了。鲁伟潮把姜汤端来的时候,告诉汪阿兴,这是姚婶熬的,只有姚婶家有生姜。汪阿兴扶起老倪,摇了几下道:"老倪,老倪。"老倪微微地睁开眼,张开嘴。"来,喝点儿姜汤。"汪阿兴将姜汤给老倪灌下。老倪有一会儿的安静。

胡慧丽推门进来的时候,愣了,大声道:"你不要命了。"汪阿兴道:"老倪他喊冷。""你就不怕一氧化碳中毒。"胡慧丽说着,她将门支开一条缝,然后走到老倪床前。经过一番检查之后,她将被子掖好,然后沉默不语。汪阿兴看了她一眼,然后道:"丁字坝建成了,他还没有去现场看过,我想让他亲眼看一下。"胡慧丽默默地流泪。汪阿兴无语地坐了下来。老倪依旧喊着:"我冷,我冷。"他的声音显得特别悠长,好像是从很遥远的地方传来的。胡慧丽流了一会儿泪就走了。汪阿兴看着紧闭着双眼的老倪,手轻轻地搭在他的额头上。老倪微微地睁开眼睛,叫道:"文明,是文明吗?"汪阿兴愣了一下,缩回了手。"文明,文明。"老倪像是在梦境之中喊叫。汪阿兴泪流满面,老倪的大限就要来了。

胡慧丽抱着一床被子进来的时候,双眼红红的。她将被子压在了老倪的身上,然后在床边坐了下来。汪阿兴利索地擦了泪水,然后低声说道:"老倪喊他孙子。"胡慧丽脸无表情,好像他说的这句话是一句废话。他以为胡慧丽没听到,想再一次重复的时候,他突然觉得胡慧丽的脸上是一种冷漠。这是他陌生的表情。一直以来,他看到她哭过、笑过、恼过,也看到过她皱着眉、闷闷不乐的样子,唯独没有看到现在这样的冷漠。是不是因为张保国牺牲的事让她变得如此?他听说了这件事。他很想安慰她一下,但却没有合适的话。他好像不太会安慰人。他有些犹豫不决。老倪像是睡着了。胡慧丽站了起来道:"这床被子是我从鲁阿牛家借来的。"她走到门口的那会迟疑了一下,转头道:"你要尽快安排。""安排什么?"汪阿兴故意问道。"让他看一眼丁字坝,"胡慧丽想了想又道,"倪文明在信里说,他不想见老倪。"她走了。

汪阿兴目瞪口呆,天下还有这样的人,居然不肯见爷爷,而且是将要死去的爷爷!他心里的怒气一团一团地翻滚着。老倪的后事必然是要倪文明来安排的,他是老倪在这个世上最后的亲人了。他走到老倪床前,仔细地看着这张熟悉的脸,发现老人斑已经布满了大半张脸。这就是一个将要逝去的生命?他看着电话机,心想明天一早他就打电话给倪文明,告诉他,你爷爷就要死了。汪阿兴不停地跑步,跺脚。他双手护头。这个草舍里没有被子,冷得令人禁不住地哆嗦。他不时地抬头看着天空,期盼太阳早一点儿升起。他来回跑着,气喘吁吁。胡慧丽再次出现的那会,他愣住了。"给。"胡慧丽将一床白色被套的医用被子丢给他。他结巴地说道:"你,你去卫生院了?""就这么一床被子了。"胡慧丽转身欲走。他连忙说道:"谢谢。"胡慧丽头也不回地走了。汪阿兴铺着被子,发现上面印着"宁和公社卫生院"的字样。他将身体蜷缩起来。他好像闻到了一股特别的药水味儿,这是消过毒的。他想象着胡慧丽去了卫生院,拿了被子,急匆匆赶来的情景。俗话说,雪中送炭。她的这份情意比这雪中炭还珍贵。他幸福地睡着了。

　　天亮后,老倪有一会儿的清醒,他喝了水。汪阿兴问他还冷不冷了?他摇摇头。他用手指指墙上的地图。"你想去工地?"汪阿兴问道。老倪点点头。"你先躺下,我去叫人来抬你,"汪阿兴走到门口,大声叫道,"伟潮,伟潮。"鲁伟潮像一阵风似的跑来。"赶紧去工地叫四个人来,弄一副担架,"汪阿兴道,"另外,让人把丁字坝上的杂物都清理干净。"鲁伟潮急匆匆地跑了。汪阿兴走到老倪身边,然后道:"老倪,外面冷。"他说着,就抽出床底下的背包带子,连人带被子捆扎起来。老倪脸上有一丝微笑。汪阿兴捆好之后,发现老倪的眼珠直往上翻,他着急地摇了摇老倪:"醒来,醒来,可别睡着了。"老倪嘴唇动了几下,汪阿兴将耳朵贴在他嘴唇边,听到他微弱地说道:"丁字坝,文明。""老倪,你放心,你的两个愿望我都会满足你。"汪阿兴含着泪说道。

　　汪阿兴与其他三人抬着担架走着,身后的鲁伟潮不时地叫道:"汪叔,我来抬,我来抬。"汪阿兴一声不吭。到了工地,发现众人都望着抬着担架的他们。东方,一轮红日跃出地平线。一条江堤蜿蜒地伸向前方,在江堤的中间位置,一个长约五十米、宽约三十米的水泥浇筑的丁字坝伸向钱王江。工地上的广播里传来了张文化的声音:"同志们,我们丰农围涂的技术总顾问老倪同志,也就是倪国全同志,他来看他亲手设计的丁字坝了。这一个丁字坝起到了阻挡潮水、保护江堤的重大作用……"众人让开了道,丁字坝就在眼前。汪阿兴突然叫道:"放担架。"四人齐力将担架放了下来。老倪睁着眼,天空红彤彤,像血染似的。他仿佛一下子躺在了十多年前的工地上,那天,好像也是这样一个日子,但是到了晚上,却暴雨如注。他的嘴唇动了几下。汪阿兴忙俯下身子,听到老倪说道:"扶我起来。""快,解绳子。"汪阿兴说道。他看了一下四周,又大声说道:"组成人墙,挡风。"一大帮人利索地过来,围成了一圈。汪阿兴连被子带人地将老倪抱了起来。老倪的头歪在了一边,但他睁着眼。"老倪,这就是丁字坝,"汪阿兴大声道,"就是你亲手设计的丁字坝。"老倪的嘴角浮上微笑。他看着这钱王江,这丁字坝,这天空,轻声地说道:"这一天终于来了。"泪水滑落。大家都落了泪。

躺在床上的老倪精神好了许多。汪阿兴心想是丁字坝让他变得如此精神的,他很高兴。但胡慧丽跟老倪交谈后,便不再吭声了。从胡慧丽的脸上,汪阿兴明白老倪这是回光返照。他抓起话筒,大声道:"给我接省医院……"等了好长一会儿,接线员道:"接通了。""我要找倪文明医生,请他接电话。有重要的事告诉他。"汪阿兴大声道。等了大约半小时,电话通了,传来了倪文明的声音:"喂,同志,你是……""我是汪阿兴,萧金县宁和公社书记,你爷爷倪国全生命垂危,请你马上来宁和公社。""对不起,我没有爷爷。"倪文明啪地挂了电话。汪阿兴愤怒地叫道:"喂,喂……"胡慧丽看着这一切,她发现床上的老倪神情黯淡下去了。她走到电话机前,抓起电话道:"请给我接省医院倪文明医生,我是胡慧丽……"电话在十多分钟之后,接通了。"我是胡慧丽,你爷爷现在就在我身边,他,他……你能来吗? 见他最后一面。""对不起,慧丽,我说过我没有爷爷。在这个世界上,我一个亲人都没有了。我不认识倪国全。"他挂了电话。胡慧丽黯然地将话筒搁下。她的身体有些摇晃。"胡医生,你不要急,我有办法,"汪阿兴道,"就是押,也要把他押来。"汪阿兴快步走了。胡慧丽追了出去:"你去哪?""你告诉老倪,我一定会满足他的最后一个愿望。"汪阿兴头也不回地跑了。他一路小跑,到了工地。他一眼就瞅见了张文化,他正在跟鲁阿牛说着什么。他大声道:"小张,从你们红旗大队叫个人,要身强力壮的,还有你,跟我走。"张文化点点头,叫了一个大个子。

他们两人过来,张文化道:"汪书记,有什么任务?""你去叫拖拉机,我们去省城。"汪阿兴道。"去省城? 我,我要不要换一身衣服，就这个样子去，也太丢人了。"张文化苦着脸道。"来不及了，去省城又不是去相亲，是去抓人。""抓人？"张文化和大个子都瞪大眼睛。"抓人。快去叫拖拉机，"汪阿兴说道，"告诉拖拉机手，把油给我加满了。"一个小时后，汪阿兴和张文化、大个子坐上了拖拉机，开往省城。一路上，张文化显得很兴奋，他不停地问关于省城的事。他从来没有去过省城。虽然省城就在钱王江北岸，但是，仿佛相距十万八千里。大个子却睡着了。汪阿兴心里翻江倒海，他盘算着怎么样把倪文明弄到拖拉机上来，每一个步骤都不能出错。毕竟这是在省城。他虽然没有去过省医院，但猜想保卫人员很多，要是一招不慎，失了手，不仅对不起老倪，更是丢了萧金县人的脸。

到达省城已是傍晚。他们一路打听，到达了省医院门外。汪阿兴吩咐张文化跟随自己进去，大个子和拖拉机手留在拖拉机上。张文化有些紧张，他指了指自己脏兮兮的身上道："汪书记，他们会让我们进去吗？门岗要登记的。""试试再说。"两人快步到了门岗前，门岗是个中年人，他看着他们俩道："从哪来的？""萧金县？"汪阿兴道。"来干什么？""看病。同志，不看病我们来医院干吗？"门岗看了他们一眼，又道："谁病了？有介绍信吗？""来得急，没带介绍信，"汪阿兴指了指张文化，又道，"同志，就我弟弟病了。"张文化装作疼痛地叫了一声："哎哟。"门岗道："没介绍信，不能进。"汪阿兴突然一拍脑门道："同志，我有个老乡在你们医院，他叫倪文明。""真的？"汪阿兴道："他是外科医生。"门岗犹豫了一下道："他刚刚下班，你们去宿舍找他吧。""谢谢，谢谢。"汪阿兴说道，他拉了一下还在发愣的张文化，两人奔了进去。

找到宿舍楼，汪阿兴截住了一名急匆匆的医生，说找倪文明。医生告诉倪文明住在302室。两人急匆匆上楼。到了302室前，张文化伸手要敲门，汪阿兴拉住了他的手，然后小声道："你在楼梯口守着。"张文化点点头，去了楼梯口。汪阿兴整了整衣服，又捋了一下头发，然后敲门。门开了，倪文明站在门口道："你是……"汪阿兴猛推一下门,进去后,反手将门关上,然后道:"我是汪阿兴。""你,你是……"倪文明有些慌张。"倪医生,我有话说,请你配合,"汪阿兴道,"我这次来的目的你是知道的,你爷爷倪国全生命垂危,他最后一个愿望就是见你一面。"倪文明有一小会儿的沉默,但是,他马上指着门道:"对不起,汪阿兴同志,请你离开。""为什么?"汪阿兴的心冷到了冰点。"我没有爷爷,"倪文明平静地说道,"这么多年来,我独自生活,是个孤儿,我已经认同了我就是一个孤儿。"倪文明看了他一眼,又道:"请你回去吧。"汪阿兴上前一步,突然抱住了倪文明。"你想干什么?"倪文明着急地说道,"我要喊了。""你尽管喊,要是你们医院的人都来了,那才好,我会把你不认爷爷的事说出来,让他们评评理,让他们认清这是一个铁石心肠、无情无义的人。"汪阿兴边说,边将倪文明的手扭了起来。倪文明道:"除非你把我绑到宁和去,否则,我死也不会离开这儿的。""倪医生,对不起了,"汪阿兴说道,"我这次来,就是来绑你的,请你配合。"他吹了一个口哨。不一会儿,张文化进来了。他见此情景,愣住了。"还愣着干什么? 搭把手,把他给我绑了。"张文化应了一声,上前帮助绑人。"你们……"倪文明刚想开口,汪阿兴拿过毛巾塞在他的嘴里。倪文明愤怒地挣扎着。"汪书记,我们怎么把他带出去?"张文化道,"要是被他们发现,可就麻烦了。""我有办法。"汪阿兴说着,击了倪文明一拳,他昏过去了。他将倪文明背在身上,然后又取过倪文明挂着的一件衣服,让张文化盖在倪文明头上。

背着倪文明的汪阿兴到了门岗前,朝张文化使了个眼色。张文化立马站在了门岗门口,门岗刚想出来。张文化叫道:"哎哟,我痛死了。"他抱住门岗。门岗看着汪阿兴出去了。张文化瞄了一眼,发现汪阿兴出去了,便站直身子道:"好,好多了。"他一溜烟跑了。两人一路狂奔,到了拖拉机前。汪阿兴大声道:"走。"拖拉机开走了。张文化发现后面追来几个人,便说道:"汪书记,好险啊。"

到达鲁家湾已是半夜。倪文明早就醒了,他愤怒地骂着汪阿兴。汪阿兴什么话也不说,将他押了下来。他指着不远处的草舍道:"倪医生,你爷爷就在草舍里,我现在带你去。"倪文明站在原地不动,汪阿兴踢了他一脚道:"走。"倪文明跌跌撞撞地走着。汪阿兴推开门的那一刻,惊呆了。草舍里站满了人。胡慧丽站在床前,愕然地看着进来的倪文明。"老倪,我把你孙子带来了。"汪阿兴朝着床的方向说道,他拉着倪文明到了床前。躺着的老倪似乎微微地动了动。"老倪,你孙子现在就站在床前。"他俯下身子,又在老倪耳边重复了一遍。老倪的嘴唇动了动。"叫爷爷。"汪阿兴大声道。倪文明闭上了眼睛,抿着嘴,一副倔强的样子。胡慧丽走到他身边,指着老倪道:"这是你最后一次叫爷爷了。"倪文明睁开眼道:"慧丽,我说过我没有爷爷。"胡慧丽扬起手,打了倪文明一耳光。众人都愣住了。"你打我?"倪文明捂着脸,一脸惊愕。"我为你感到羞耻,"胡慧丽绝望地说道,"哪怕他不是你爷爷,他也是一个将要离开人间的老人,你叫一声爷爷又何妨?"倪文明依旧昂着头,不吱声。汪阿兴见了,便道:"对不起了,倪医生。"他用力地踢了一下倪文明的膝盖,倪文明腿一软,跪倒在地。汪阿兴按着他的肩道:"老倪,他向你跪下了。"倪文明愤怒地说道:"我是不会叫的。""好,你不叫,我叫。"汪阿兴扑通一声跪下,然后叫道:"老倪,爷爷。"他流着泪,又接连叫了几声,然后起来,指着倪文明道:"你走吧。小张,你让拖拉机手把他送到省城去。"张文化点点头跑了。"爷爷。"倪文明突然流泪叫道。汪阿兴愣了一下,然后道:"你终究还是老倪的孙子。"倪文明一声不吭地朝外走去。在门口,他转过身来,仇恨地瞪着汪阿兴道:"你侮辱了我,我会一直记着。"他走了。汪阿兴看了胡慧丽一眼,发现她闭上了眼睛,却没有挪动步子。汪阿兴长长地叹了一口气,然后道:"老倪应该听到了。"清晨五点左右,老倪离开了人世,而此时的倪文明已经在去省城的路上了。

　　工地完工之日,也是老倪安葬之时。汪阿兴张罗着一切,他特意让张文化去叫来了高成天。高成天呆呆地站着,好像木头人一样。他脸上没有一滴泪水。张文化悄悄地告诉汪阿兴,从他听到老倪去世的消息开始,他就一直是这个样子。下葬的那一刻,高成天突然痛哭起来。他哭得肝肠寸断。汪阿兴让张文化扶着他,哪知道他突然咬了张文化一口,然后扑向汪阿兴。汪阿兴一闪身,高成天摔倒在地。张文化死死地按住他。汪阿兴铁青着脸道:"小张,放开他。"高成天从地上爬起来,指着汪阿兴道:"都是因为你,都是因为你。你害死了老倪,是你害死了老倪。"他哭着,突然跪倒在地,磕着响头。他像发疯一样磕着头。汪阿兴眼中含泪道:"高成天,你终归是一个有情有义的人。"汪阿兴拉着高成天去了丁字坝。站在丁字坝上,汪阿兴大声道:"高成天,你醒醒。"高成天像是断了骨头一样,瘫倒在地。汪阿兴将他拉了起来,指着钱王江道:"高成天,没有老倪,就没有我们脚下的丁字坝,就没有这道长长的江堤。老倪曾经跟我说,他想念你。有一天晚上,我带着他去了墓地,他看着棚子里烂醉如泥的你,他流泪了。他与你情同父子,可是你呢,你早早就变成一个死人了。而他却坚强地活着,一直活着。他永远活着。"高成天爬了起来,朝着钱王江喊道:"老倪……"张文化带着高成天去理了发,又洗了一个澡。他出现在汪阿兴面前时,像换了一个人似的。他要求回到红旗大队。汪阿兴同意了。他走的时候,步子显得特别小心,好像他是在冰面上行走。

县里派了金健康来慰问,在汪阿兴的陪同下,他在丁字坝上走了走,然后又分别代表张建设和李贵生,走了一遍。他感慨地说道:"汪大麻子,这一仗胜利了。"汪阿兴沉默不语,他看着钱王江,仿佛觉得老倪站在江中,正朝着自己微笑。他扬起手,朝江中挥了挥手,血正顺着伤口流淌下来。他知道,他手上的冻疮又裂开了。

第二十九章

储备粮库的建设快要完成了,但是却发生了一件事。老铁头独自坐在工地上,任凭寒风吹着。他心如死灰。之前,因为丰农围涂到了关键时段,不断从他的工地抽调人手,先是一小队一小队的,后来将一半的人员抽走了。老铁头不吭声。他知道哪头分量量。丰农围涂成功了。人们的欢呼声远远地传来。他有点儿失落,但还是流泪了。麻烦的是,那些被抽走的人不再回到他的工地了。他们像是突然消失了一样。他火冒三丈,有一天逮住一人痛骂。那人为了泄愤,在夜深人静之时,将工地上的水泥用一辆独轮车,运了许多趟,全扔在了钱王江里。之后,他逃跑了,无影无踪。没有水泥,这工地就得停工。而且,水泥的供应已经中断了,因为之前大量水泥全提供给丰农围涂工程上了。县水泥厂已经发来了通知,在近期不再向宁和供应水泥。老铁头专门去了一趟县水泥厂,结果不但没有要到水泥,还被周厂长骂了一顿。他悻悻地回来,站在空荡荡的工地上,欲哭无泪。

汪阿兴听说了这件事。他来到工地的那会,发现老铁头独自埋头坐着。他想了想说,只有一个办法了。他拉着老铁头去了海平县老盐公社。之前,刚好有一批钢筋和水泥运送到老盐公社。苗得水听说了此事,沉默不语。他与汪阿兴的上一个项目已经合作完成。汪阿兴知晓他的心事,便提出了新的条件,这批水泥的代价是两年水面捕鱼权。哪知道苗得水并不在乎,他们的船队事实上已经如此了,因为宁和公社没有船队,所以也拿他们没办法。汪阿兴一时想不出还有什么可以交换的,直到苗得水说到了围涂。他们也要围涂。这钱王江从来都是欺侮弱者的,江的两边,哪一边先围涂,哪一边得利,另一边准吃亏,塌江风险骤增。苗得水的最后要求是移交丰农围涂的所有相关技术资料。汪阿兴吃了一惊,这些技术资料目前都封存了,这是秘密。如果他给了苗得水,或许会带来较大的风险。老铁一声不吭。他一直都不说话,好像这件事本来就是汪阿兴负责的,他只是一个跟班罢了。苗得水看着老铁头,后来就有些不高兴了。他指着老铁头说道:"你来是当哑巴的吗?"老铁头抬头看了汪阿兴一眼,又低下了头。汪阿兴如实地说了关于这些技术资料的处理方式,苗得水道,你知,我知,他知。他说只要我们三人不说,世界上没有其他人知道这件事。汪阿兴犹豫不决,但考虑到老铁头的心情,便硬着头皮答应了。苗得水很是高兴,当即说明天就一手交水泥,一手交资料。

回到宁和公社,汪阿兴看着这些图纸。这都是老倪的心血。他突然有些后悔,但想到老盐公社围涂也是造福于民的事,便打包起来了。老铁头没有一句话地接过这包图纸,走了。第二天,苗得水的船运水泥到了江边。他拿着这包图纸走了。工地上又恢复了热闹,半个月后,储备粮库建成了。经过验收和消毒,又几天后,县里的一批储备粮运了进来。汪阿兴看着这些粮食,眉开眼笑。老铁头却一直闷闷不乐,好像还沉浸在上次的事件当中。他站在门外,抽着烟。汪阿兴转了一圈,然后拉着老铁头去了老倪的墓前,他说必须谢谢老倪。老铁头有些勉强。他站在墓前,只是一个鞠躬,然后就走了。汪阿兴有些愕然,他觉得老铁头心里还有事情。在一个晚上,他约老铁头去鲁家湾,说是交流工作。哪知道老铁头来了之后,告诉了他一个令人不安的消息。王宝年明天要来公社。汪阿兴心里一沉。老铁头来通报这个消息,并没有多说一句话,这表示王宝年此次来非常特殊。或许,老铁头已经感觉到了。他试探地问老铁头,王宝年所来何事,但老铁头却闭口不谈此事,显得他要跟王宝年撇得很清似的。他也就不多问了。谈话便也草草收场。老铁头走后,汪阿兴沉默了一会儿,他感到老铁头心里还埋着秘密,但却不肯透露。

王宝年是坐着卡车来了,他脸色并不好看。汪阿兴等人在会议室坐下,王宝年吩咐带来的两个人站在门口。这架势令汪阿兴预感到有什么大事将要发生。王宝年开门见山,直截了当地问汪阿兴关于丰农围涂的技术资料的事,说他要带走。汪阿兴想了想,便如实说,给老盐公社了。王宝年一拍桌子道:"你这是泄密。""王副主任,我觉得老盐公社跟我们是友好公社,我们帮助他们也是应该的,"汪阿兴道,"我不认为这是什么秘密。"王宝年指着汪阿兴道:"这是我们萧金县的技术资料,你给了海平县,那就是泄密。把他带走。"门外的两个人进来。众人都愣住了。汪阿兴看了一眼低头的老铁头,他希望这时候他站起来说一句话,哪怕只有一句解释的话都行。然而,老铁头一直低着头,一言不发。张文化倒是站了起来,大声道:"王副主任,你带汪书记去哪儿?""押到县里,等候处理。"王宝年道,他手一挥,两人押着汪阿兴离开了会议室。

汪阿兴心里满是伤感,不想辩论,也不想多说一句话。上了车后,王宝年道:"汪大麻子,我也是接到举报才来的,你也别怨我。"汪阿兴沉默地看着窗外。这个世界一下子暗了。吕秀儿跑了过来,大声道:"汪书记,他们肯定冤枉你了,我会带人去县里告状的。你放心,你要是少了一根汗毛,我不会放过他们的。"她又叫又跳的,样子有些笨拙与滑稽。车子开走了。老铁头慢慢地抬起头来,目送着远去的卡车。张文化走到他跟前,冷冷地瞪着他道:"你为什么不说一句话?你不要以为我不知道,没有汪书记帮你,你能把储备粮库工程建好?哼,没良心。"老铁头依旧不说话。吕秀儿垂头丧气地走了过来,摇着头道:"说带走就带走了,汪书记要是说一句话,一个号令,他们怎么敢把他带走?"她流着泪水。老铁头一直站着,好像他是长在这儿的一棵树。

　　胡慧丽听了吕秀儿的述说，愣住了。这太意外了。她辗转反侧，觉得这件事有蹊跷。她坐了起来，叫醒了吕秀儿。吕秀儿揉着眼睛，有些埋怨地说道："慧丽，我正做着梦呢，梦见有个男人喜欢我，还生了一个大胖儿子。""秀儿姐，你说会场上只有张文化说话，那么老铁头呢，他一句话都没有说吗？""他啊，好像变成了一个哑巴。我也纳闷了，他怎么不说话呢？谁都知道他跟王宝年关系好，"吕秀儿打了个哈欠又道，"小张骂他，他也不说话。"胡慧丽点点头。"慧丽，我要睡了，要把那个梦做完。"吕秀儿躺下，不一会儿就睡着了。胡慧丽心里默默念着：老铁头，老铁头……

　　吕秀儿醒来的时候，发现对面床上的胡慧丽不见了。她叫了一声，没人应声。她下床后，去了灶房。发现锅里有热腾腾的稀粥，但不见胡慧丽人影。她盛了一碗稀粥吃着。张文化跑了进来，正好与端着碗喝稀粥的吕秀儿碰面。"胡医生在吗？"张文化着急道，"我想了一夜，也只有胡医生能救汪书记了。""救？"吕秀儿愣了一下，说道，"小张，汪书记会被怎么样？""我猜，会关起来。胡医生呢？"张文化道。"她不见了。""不见了？"张文化想了想道，"肯定去公社打电话了，只要她一个电话，汪书记就没事了。""你是说慧丽跟张建设书记打电话？"吕秀儿摇摇头道，"她说过，她姐夫是六亲不认的。""那怎么办？"张文化跺了一脚道，"难道我们眼睁睁看着汪书记被欺侮？"吕秀儿将碗里的稀粥喝净，然后道："我有办法。"

　　老铁头一言不发。无论胡慧丽怎么说，他就是不说话。胡慧丽急了，但也无计可施，只能愤恨地离开了。她到了楼下。回头看着那扇窗户，心想她居然记不起来老铁头的样子，他好像一直低着头，她连脸都没有看到。半道上，她遇到了张文化。两人简单地说了几句，张文化觉得汪阿兴有危险，说不定还得关上几年。胡慧丽心里更是焦急，她决定去一趟县城。

　　吕秀儿发动各个大队的妇女同志写联名信，这就是她的办法。她认为，人多力量大。这是一封联名保汪阿兴的信，信的内容是张文化和吕秀儿一起拟的。她拿着纸，一口气跑了好几个大队，逮到一名妇女就宣传汪阿兴的事迹，然后让她们签名。有许多妇女不识字，她就让她按手印。她干得不亦乐乎。到了鲁家湾大队之后，这件事引起了轰动。人们一窝蜂地跑来了。一些男人也说要签名或者按手印，场面有些控制不了。吕秀儿乐坏了。她坐在一张小方桌前，看着排队的人一个接一个签名或者按手印，她神气十足。姚婶心里很着急，不停地问吕秀儿关于汪阿兴的事，吕秀儿后来手一挥道："有了这个，他肯定没事。这是人民群众的呼声啊。"

老铁头在办公室堵住了吕秀儿，他瞪着吕秀儿，吕秀儿倒也不怕他，将一叠签了名的纸放在桌上，然后双手叉腰地瞪着他。两人瞪了一会儿眼，老铁头撤退了。但是，不一会儿，吕秀儿走进了他的办公室，一屁股坐下后，大声道："老铁头，你做人不地道。"老铁头瞪着她，身体在颤抖。"是不是你告密的？"吕秀儿大声道。老铁头的身体一阵阵颤抖，好一会儿他才蹦出一句："你放屁！""我放屁？你才放屁，你不要以为我不知道，除了你，还有谁会干这种坏事啊？"吕秀儿拍着桌子道，"我跟你同事这么多年，一直以来觉得你是个好人，可是现在你怎么就变得这么坏了？汪书记他什么人你不知道吗？你要是害了他，天打雷劈。"老铁头气得全身发抖，像打摆子似的。吕秀儿站了起来道："我有本事保他，你就等着瞧吧。"她走到门口，又转过身来道："老铁头，你啊，自搬石头砸自己的脚。"

老铁头好一会儿才镇静下来。他不知道这个告密者是谁，但是，所有人都认为他就是告密者。他之所以一直不吭声，是因为他百口莫辩。这件事，按照苗得水的说法，只有他们三个人知道。他怀疑过苗得水，但觉得他根本不可能，他不会傻到这个程度。他百思不得其解，他对吕秀儿的闹哄哄十分不满，认为这无益于事情的解决，反而会添乱。但是他不能说。他心里很痛苦。汪阿兴现在肯定痛恨他，认为是他去向王宝年告密的。他是冤枉的。他将所有发生的事情都在脑子里过了一遍，依旧没有发现任何有价值的线索。也就是说，他注定就是个被人误解的告密者。他去了储备粮库，那儿有人在值班。其中两个是县里派来，老陈也被借调过去了。他面无表情地看着这一排房子，心想这是命。他命中注定要跟汪阿兴有这么多波折，现在他怎么解释别人都不会相信。他走到江边的时候，突然想到了一件事。那就是他那天去跟苗得水交换的时候，好像江上有一条小船。当时他根本没有注意，以为是苗得水带来的，现在看来，或许这条小船的主人见到了他们的交换，听到了他们说的话。他记得苗得水哈哈笑道："老铁头，这件事要是让你们县里知道了，汪大麻子有苦头吃了，也只有他才有这个胆子。"他眼前一亮，心想小船只有光明大队有。他一拍脑门，快步走了。

　　阿炳有些慌张，当他听说汪阿兴被县里来的人押走之后，更是慌得不得了。他没想到一封泄愤的举报信，居然会造成这么严重的后果，这远远超出了他的设计。因为三条小船，在丰农围涂中损坏了一条，汪阿兴没有赔偿，只是说将来想办法补偿，这让阿炳不满。在后来的丰农地块上，光明大队分的土地没有红旗大队多，这也令他不满。他有一股怨气。那天，他发现了老铁头和苗得水在江边，他就缩了身子躲藏在小船里，听到了他们说的话。他当时一喜，心想这下他有把柄了，不怕汪阿兴不听他的，至少再多划点土地给光明大队。他就写了一封举报信，他以为县里会派个调查组下来，然后像上次一样找他们谈个话，他就有机会跟汪阿兴谈条件了。哪知道，这一次却是直接将人押走了。他一直睡不好，梦里老觉得有一群人虎视眈眈，随时准备围上来揍他。他看到吕秀儿四处找人签名和按手印，又听说这件事是老铁头搞的鬼，他心里稍稍安稳了一些。但他依旧睡不好。他知道这件事搞大了，真的搞大了。他躲在家里不出来，有人问起，他女人就说他病了。

现在,他坐在床上,抽着烟,想着心事。他不止一次地猜想汪阿兴到底会怎么样? 会不会坐牢? 他的手颤抖着,手中的香烟掉了三次了。当他第四次捡起香烟的时候,发现老铁头一声不吭地站在门口。"阿炳,听说你病了?"老铁头走了进来,坐下,然后跷起二郎腿。"病,病了,"阿炳将手中的烟摁灭,然后道,"你怎么来了?"老铁头走了过来,然后将脸对着阿炳的脸,瞪了好一会儿后,才退了回去,说道:"你还真病了。"阿炳顺势往床上一躺道:"老毛病了。"老铁头站了起来,走了几步,然后道:"我看我们去一趟县里?""去县里干吗?"阿炳着急道,"我好好的。""你好好的,我可不好好的,"老铁头瞪着眼道,"他娘的,你干的事,让老子背黑锅。""你,你说什么呢?"阿炳有点儿慌张地说道,"我不知道你在说什么?""到了这个时候,你还不肯说,那好,我们去县里说,去对笔迹,"老铁头道,"那封信总在的吧,你的笔迹我们公社有存着的。你领物资的收条,还有你的签名。""我不知道你在说什么?"老铁头心里火起,一脚踢翻了一条凳子,然后指着阿炳道:"你看看你的脸,怕成什么样了? 你的病,还不是心病吗? 汪大麻子要是真被关起来了,你以后恐怕关的时间比他久得多,弄不好啊,一辈子都在牢里。"阿炳也站了起来,指着老铁头道:"这是我家,你这样子想恐吓我吗? 我不怕。老铁头,你也不是什么好鸟,你背地里干的事比我少吗? 谁不知道自从汪大麻子来了以后,你时时处处使绊子,三天两头打小报告,想方设法陷害他。哼,你有资格说我?"老铁头强自镇定下来,然后道:"阿炳,我承认我的确做过一些对不起汪大麻子的事,但是,很多时候我是出于公心,是觉得他的做法不对,但他又不肯听别人的意见,我才向上级汇报的。我与他没有个人恩怨,如果一定要说有,那肯定是我们之间有误会。"他叹了口气,又说道:"但是这一次不一样,阿炳,你闯大祸了。"他无力地坐了下来,有些疲惫地看着阿炳。阿炳的脸白了,他好一会儿才说道:"还有什么补救办法吗?"老铁头摇摇头,想了想道:"我们去县里,也只能是去碰碰运气了。"两人长吁短叹一阵后,老铁头走了。他走得垂头丧气。阿炳双手抱头蹲了下来。他哭了。

李贵生接待了胡慧丽。他听胡慧丽说着汪阿兴的事。他吃惊地发现胡慧丽对汪阿兴太了解了。胡慧丽浑然不知,她只想把汪阿兴的好全部说出来,以此来抵消他的过失。姐夫张建设去省里开会了,要三天后才回来,她才找了李贵生。李贵生告诉她,汪阿兴的这件事的确是泄密。因为县里以前有文件规定,关于钱王江围涂的工程技术资料都是秘密资料。虽然这个文件是十多年前发的,但一直没有废止。他同情汪阿兴,但也没有办法,再加上他是海平县人,身份有些尴尬。胡慧丽有些失望地离开了。

她去了王宝年的办公室。王宝年面上很客气,左一个胡医生,右一个胡医生,好像显得很亲切似的。但他始终在打太极,就是不表态,最后他只说他是按文件规定办事。她无奈地走了。她有一种不知去哪儿的茫然。据李贵生说,汪阿兴暂时被安排在招待所,有人管着。具体怎么处理,县里还没有开会讨论,要等张建设回来。她去了县招待所,在门口发现有人在站岗。她想她进去了,也只有说上几句安慰话,她帮不了他。她转了一圈后,心想还是回家。

她很久没有回家了。站在门前,她的手犹豫不决,仿佛这是别人家的门。门吱呀一声开了,系着围裙的胡佳丽愣住了,以为自己是在梦里。"姐姐。"她叫了一声。"慧丽。"胡佳丽紧紧地抱着她,流泪了。胡佳丽一直拉着她的手,生怕她突然逃走似的。胡佳丽絮絮叨叨地说着。她安静地听着,不停地点头。胡佳丽后来擦了泪水道:"你等着,姐给你加个菜。"说着,急匆匆地下楼去了。她站在窗口,看着姐姐骑着车走了。她打量着这个家,一切好像跟以前一样,并没有多少变化。唯一变化的是墙上张保国的照片没有了,曾经挂过镜框的位置显得特别白,仿佛刚涂了石灰似的。这个家里再也没有张保国的照片了,一张都没有留下。她想起姐夫曾经说起过,姐姐不愿意留一张照片,她怕看到伤心。她坐着,心里却塞满了不安。她站在楼道里眺望,发现她看不到县招待所的房子。视线被一所学校的房子给遮挡了。

姐姐给她做了糖醋鱼块。这是她最喜欢吃的菜。她的碗里堆着散发香味的鱼肉。她低头吃着,好像有一些拘谨。这真是奇怪的感觉,她曾经在这里度过了儿童和少女时代,工作后,她才住在县医院的宿舍里,但每周总有两个晚上住在这儿。她喜欢住在这里。姐姐就像母亲一样无微不至地照顾她。她是那么的单纯。她以为世界就是医院和家,就是这五里路。现在,她好像经历了人生中的许多沟壑,她的手上有了老茧,她的脸晒黑了,呈现一种宁和沙地红。那儿的人都这么说。她的心里有了思考,好像一口井。她哭过,笑过,悲伤过,郁闷过,痛苦过,有过生离死别,有过姐妹情深,也有绝望与悲痛……现在,她就坐在这个家里,吃着姐姐做的糖醋鱼块,仿佛是一个梦。她总有一些恍惚。姐姐看出了她的闷闷不乐,以为她为同学的事烦恼。姐姐听说了老倪的事,因为县里发了一个内部通知,通报了倪国全因病去世、取消监管一事。姐姐也知道了倪文明的事。姐姐的意思很明了,那就是发展下去,两人是同学,知根知底,有共同的爱好,也有共同的职业,而且现在老倪死了,丝毫不会再影响倪文明了,他就是一个"正常人"了。她想辩解,但却发现自己连辩解的动力都没有了。她好像忘掉了世界上还有倪文明这个人。

她终于告诉姐姐关于汪阿兴的事。姐姐立刻变得警惕起来,说道:"慧丽,这跟你有什么关系?""他是,是我们公社的……"她支支吾吾。她跟他的确除了革命同志关系,没有其他关系,一点关系都没有。"慧丽,你啊什么事都别管,政治上的事,说不清,你姐夫为什么跟我规定三大纪律,他就是怕我掺和进去,到时候说也说不清。王宝年同志的爱人黄翠花,她弟弟黄有财贪污受贿,结果被判了死刑,黄翠花到处跑,听说还去市里、省里闹,影响极坏。你就是医生,对了,你马上回来,"姐姐说道,"我一天都等不下去了。"胡慧丽沉默不语。姐姐想了想道:"慧丽,当务之急,是马上谈恋爱,成家。你也不小了,我在你这个时候,保国都两岁了。"姐姐说着,就流泪了。她安慰着姐姐。

晚上,她躺在床上,倾听着风声。这儿的风跟宁和的风完全不一样,宁和的风声势浩大,粗野,一点也没有风度,好像要把你吹趴下,它才满足。这儿的风却显得温柔,它穿过了房子和巷弄,穿过了学校和医院,穿过了街道和人群,然后才到达。它根本就不叫风。她想念宁和的风,她在这儿睡不着了。好像总有一股力量在拉扯着她,要腾空而去。

她下了床,披着棉衣,坐在写字桌前。她拧开钢笔,铺开信纸。她居然一个字也写不出来。以前她一坐下来,就能利利索索地写满一张纸。现在,她对着纸发呆。她想念吕秀儿,平时这个时候吕秀儿便开始打呼噜了,她的呼噜声总是那么响亮。居然一点也没有影响到她,她是听着呼噜声睡着的。她突然想去看看汪阿兴,他在干什么?他睡着了吗?这种念头越来越强烈,使得她好像被一股力量推动着,她走到了门口。姐姐像是听到了响动,走了过来,看着她道:"慧丽,你这是……"她愣了一下,然后道:"姐姐,我走走。"姐姐道:"睡不着,是吧?要不,跟我一块睡。"她点点头。她跟随姐姐进了房间,她躺在了姐姐身边。记忆一下子像是复活了。童年时的她最喜欢躺在这张床上,姐姐搂着她,给她讲故事。姐姐说着张卫国的事,说他在北京,很少有信来……姐姐好像一下子苍老了,声音也开始变得不一样了。她静静地听着,她不敢再提起任何话题,她害怕姐姐又会说起保国。姐姐睡着了。而她还眨着眼睛。她觉得自己肯定是疯了,这么晚了,她刚才居然有想去看汪阿兴的念头,如果不是姐姐及时出现,她或许真的开门,下楼去看汪阿兴了。这是怎么了?她合上眼睛,想让自己快快睡去。

早上醒来,已是上午九点。胡慧丽吃了一惊,发现姐姐在桌上留了字条。她按照字条上写的，吃了早饭，又在抽屉里取了一些粮票，还拿了几包饼干。她急匆匆下楼。她的自行车被擦得锃亮，好像新的一样。她知道是姐姐在早上擦的。她骑着车去了县招待所。岗哨拦住了她，她自报家门说是县医院的医生，她的工作证还带在身上。岗哨放行了。她走上楼梯的那会，心怦怦地跳。她按着胸口，命令心脏慢下来。二楼走廊尽头的那一间就是。因为门口坐着一个人。他目光警惕地看着她。她走了过去。那人站了起来，请她出示工作证。他吃惊地道："你是县医院的医生，跟他有什么关系？""我，我们是一个公社的。"她有点紧张地说道。"哦，老乡，"那人说道，"只有十五分钟的时间。"她点点头。她看到了汪阿兴，他背对着门，站在窗前抽烟。房间里全是烟味。他转过身来，有些愕然地看着她。"我，我来县医院办点事，顺便过来看看你。"她说道。"我没事。"他又看了她一眼。她心跳得飞快。"胡医生，你喝水。"他倒了一杯水，递给她。她接过杯子，发现他的手上流血了。"冻疮破皮了。"他轻描淡写地说道。她坐了下来。房间的窗玻璃上新钉了两根木条，将视线切割了。床上有些凌乱。床头柜上有一包烟。"一下子轻松了，吃了睡，睡了吃，"他说道，"要是再住几天，小张该羡慕我了。"她沉默不语。来时想好的所有话语全逃跑了，一句也没有剩下。她捧着杯子，计算着时间，马上就要到了。她放下杯子，然后突然说道："我会想办法的。"他愣了一下，然后道："胡医生，你还是回县医院吧。"她看着他，发现他的目光有些犹豫，好像这句话不是他说的，是房间里的另一个人说的。她突然生气了，上前一步道："你说让我回，我就得回吗？你是我的什么人？你为什么要这么说？你有什么理由这么说？"他显然是被她的这个样子吓了一下，他后退了一步，欲言又止。"这是我自己的事，"她说道，"没有人可以命令我。"他沉默不语，然后低头坐了下来。他看着窗外。在规定时间的最后一分钟里，她走了。她没想到她把时间算得这么准，好像房间的墙壁是一面钟。

一走出招待所,她像是清醒了。现在,她该去哪儿?县医院?宁和卫生院?还是家里?她发现她必须选择。她辨了辨方向,骗腿上车。她回宁和卫生院了。她记得她把饼干放在了汪阿兴的房间里。她仿佛看到汪阿兴吃饼干,眯着眼睛。他在那个时候就像一只猫。她记得以前说过这样的话,他听了便哈哈大笑。

五分钟后,老铁头和阿炳出现在了招待所前。两人犹犹豫豫,有些儿心神不宁的样子。尤其是阿炳,他手上拎着两个糖水橘子罐头,好像是来探望病人的。老铁头将嘴里的烟丢了,然后道:"就这儿了。"阿炳看了一眼岗哨,扯了扯老铁头的衣服。老铁头走上前去,将工作证交给了岗哨,并说明了来意。岗哨说,一上午只允许一人探望,刚才有人探望过了,下午再来。阿炳大声道:"谁,谁来过了?"岗哨瞪了他一眼,并不吭声。老铁头拉了一下阿炳道:"走,我们下午再来。"

两人沿着街道走着。阿炳手上网兜里的两个橘子罐头一晃一晃的。走过县医院时,老铁头停下了脚步。阿炳道:"你要看病?"老铁头摇摇头,然后道:"我十六岁那年,曾在这儿做过建筑工人,这房子是我们造的。"阿炳愣了一下,说道:"要是我们宁和全跟县城一样,那就好了。草舍都拆了,都变成楼房。那才叫好日子。"老铁头叹了口气道:"汪大麻子说了,以后都会有的。""你现在也信他了?"阿炳摇摇头,"我看不一定,我们宁和要是都跟城里一样,那一个水泥厂和一个钢铁厂哪来得及生产水泥和钢筋啊?至少得有三个水泥厂,两个钢铁厂。"两人又走了一段,到了县革委会楼前。阿炳看了一眼牌子,小声道:"我还没进去过,要不,你带我去看看?"老铁头担心遇到王宝年。他心想王宝年心里跟明镜似的,王宝年知道这封信不是他写的,他会痛恨他不上报情况,会把他列为跟汪阿兴一样的人。王宝年恨汪阿兴,也会恨他老铁头。他低头快步走了。"老铁头,老铁头,等等我,"阿炳有些埋怨地说道,"你不带我进去也就算了,还顾自走了,存心让我难堪。"老铁头刚想开口说话,发现李贵生骑车过来了。他下了车道:"老铁头,我找你有事。"

在李贵生的办公室里,阿炳的眼珠转动迅速,仿佛要把这办公室里的一切都记下来。李贵生问了一些情况,包括相关细节。尤其是在江边老铁头与苗得水交换的时候,都说了些什么。老铁头将来龙去脉都说了。李贵生沉默不语。阿炳忍不住了,坦白说是自己写的信,没想到却带来这么大的麻烦。李贵生打了苗得水的电话,苗得水承认是他与汪阿兴谈判之后定下来的,并说他认为汪阿兴这么做,并不是泄密,而是帮助阶级兄弟。苗得水甚至说,他可以把图纸还给宁和公社,就当什么事也没有发生过。李贵生放下电话后,让老铁头和阿炳写了一份情况说明书。两人签了字。

走出李贵生的办公室,阿炳像是捡了宝贝似的,一脸笑。老铁头步子特别快,仿佛要逃离这幢楼似的。他心里还是担心遇见王宝年。阿炳有些不满地跟着。走出这幢楼时,老铁头的心放了下来。阿炳却嚷嚷道:"我的橘子罐头忘在李主任的办公室了。我得去拿回来,这是给汪大麻子的,这代表我的一片歉意。"老铁头被他弄得哭笑不得。阿炳一跳一跳地跑了。老铁头等了好久,百无聊赖的他等得心都焦了。他抬头的那会,发现阿炳跟王宝年一起出来了。他心里咯噔一下,心想坏事了。

第三十章

吕秀儿将一叠签了名的纸一张接一张地接了起来,她不时地用手指抹一点儿糨糊。旁边的张文化趴在桌子上统计数字,他抬头道:"秀儿姐,有 452 人。"吕秀儿摇头道:"不止,远远不止这个数。你数错了。"张文化埋头又数了起来。吕秀儿看着长长的这一条纸带,自言自语道:"小张,我们下午就去县里。"她摸了一下肚子又道:"我想去县里吃一碗面,真正的肉丝面。"张文化扑哧一声笑了:"秀儿姐,你到底是去送联名信呢,还是去吃面啊。""先送信,后吃面,"吕秀儿道,"对了,上次你去省城了,怎么样?大吗?""秀儿姐,我倒是想好好瞧一瞧的,可是太紧张了,因为要绑倪文明,我这颗心跳得跟飞马似的,没顾得上细看。"吕秀儿听了,捂着嘴笑道:"小张,以后有的是机会。"张文化表示不理解地说道:"秀儿姐,机会?""我听汪书记说,以后我们大围涂结束之后,我们这儿就成好地方了,这钱王江两岸怕是会架好多桥,到时,从桥上骑着车过去,不就快多了?""秀儿姐,听你这么一说,我倒想起来了,我在省城看到了一些汽车,我想以后我们可能会开着汽车过去,那就更快了。"两人越说越来劲,开始了"跑火车"……

砰的一声。隔壁刘振涛办公室里的一声响,打断了他们的兴奋。张文化急匆匆跑了过去,发现热水瓶在地上碎了。刘振涛神情有些发呆。他之前接到金健康的电话,说调动工作的事弄好了,半个月后,去城厢公社报到。他回到办公室后,想倒杯子,却失手摔了热水瓶。张文化小声道:"刘部长你没事吧?"刘振涛看着地上的碎片,好像突然苏醒过来似的:"小张,我突然不想走了。我想留在宁和。"张文化愣了一下,道:"工作调动的事办成了?"刘振涛点点头,走到窗前,指着天空道:"其实这儿不错的。这儿不错的。"他喃喃自语。张文化见了,就溜走了。在门口,他跟吕秀儿扮了个手舞足蹈的动作,两人悄悄地走了。

刘振涛的老毛病又发作了。他像个傻子一样上楼、下楼,不停地走着,嘴里喃喃自语,双手在空中乱舞。可是卫生院的胡慧丽医生又不在。下午,吕秀儿和张文化,还有刘振涛坐着拖拉机去县里。之所以带上刘振涛,就是想带他去县医院看病。吕秀儿心软,她不忍心看刘振涛神经兮兮的样子。她说,像他那样活着,那是很痛苦的。刘振涛在拖拉机上显得老实,他耷拉着头,双手反复地搓着,好像非得搓点儿火花出来。到了县城郊外时,刘振涛突然要求下来,他大声道:"我不要进县城,不要进县城。"吕秀儿和张文化安抚他,但都没用。他站了起来,摇摇晃晃地叫着。张文化怕控制不住他,突然跳车,让拖拉机手停了下来。刘振涛下了车,深深地吸了一口气,指着近在眼前的县城道:"那里味道不一样。""什么味道不一样?"吕秀儿问道。"人的味道不一样。"刘振涛说着,顾自回头走了。张文化急得大叫。但是刘振涛头也不回地走了。

到了县革委会楼前,吕秀儿下了拖拉机,看着这幢楼,好一会儿才说道:"小张,我好像也闻到了一股味道,跟我们那儿的味道不一样。"张文化愣了一下,说道:"秀儿姐,你可别吓我,刘振涛是有老毛病的,你可不要发作。"吕秀儿吸了吸鼻子,然后道:"好像是煤油味道。""是汽油味道吧。"张文化指了指不远处停着的一辆卡车,司机正在发动。吕秀儿道:"怪不得。"他们俩走进会议室的那一刻,愣住了。老铁头和阿炳就在会议室坐着。阿炳叫了起来:"你们怎么来了?"吕秀儿看到老铁头闭着眼睛,像是睡着的样子,便说道:"你们能来,我们就不能来吗?"她有点儿不高兴。她刚刚把联名信交给了金健康,他让他们先到会议室坐一会儿。她以为金健康会狠狠地表扬她,哪怕就是一句口头表扬也行,但是金健康一句话也没说。张文化觉得气氛不对,他问金健康,汪阿兴在哪儿。金健康也充耳不闻,好像他是空气似的。

老铁头睁开了眼睛,看到吕秀儿脸上有点儿委屈的样子,知道她八成是碰了钉子。他想着王宝年说的话,他说这件事的性质严重,现在你们来求情,晚了。阿炳再三表示他这是胡说八道。但是王宝年却说,这事是真的,他已经向老盐公社苗得水证实过了,像这样的事,必须从重处理。王宝年当时狠狠地瞪着老铁头,他甚至都不拿正眼看他,他走的时候,像是想起了什么似的,说老铁头,在我那儿好像有你的很多材料。这句话很毒,简直就像一把匕首。阿炳果然中计了,在王宝年走后,冷嘲热讽,令老铁头无话可说。后来,老铁头临时决定要找王宝年谈一谈,结果却被金健康安排在会议室等待。

阿炳缩了一下身子。因为他发现张文化瞪着他,他猜测张文化已然猜到写信者就是自己。他有点害怕毛毛糙糙的张文化,他跟汪阿兴感情深,说不定走过来会不顾一切地揍他。张文化果然走了过来,在他身边站住了。阿炳着急地说道:"有什么事回宁和再说,在这儿打架丢的是我们宁和的脸。"张文化在他耳边说了一句:"你以后还敢走夜路吗?"阿炳的脸刷地一下就白了。他听懂了张文化的意思,以后晚上他就不要到处走动了,免得吃拳头。张文化看着老铁头,希望他说几句,至少也解释一下。但是老铁头一直在想着金健康的做法,为什么非得让他们在会议室等呢? 他可以明确地告诉他们,留下,还是回去。不一会儿,他们听到了走廊上的怒吼声。张文化大喜:"赵书记来了,这下汪书记有救了。"

走廊上,赵刚强揪着王宝年骂着。他一点不留情面,好像他是从天而降,专门来跟王宝年理论的。王宝年有些挣扎,但赵刚强的手像是铁爪子似的。王宝年怒声道:"你要是再不放手,我就不客气了。"赵刚强道:"你得给我说明白。否则,我豁出去了,大不了不当这个公社书记。"王宝年知道赵刚强有时候就像一个疯子,但是,他不能不训斥。这走廊上有许多耳朵,他们都在倾听着。

张文化他们奔出了会议室。吕秀儿见了,哈哈大笑。这时,金健康出来了,大声道:"赵刚强,让你在会议室等着,你倒生事了。"赵刚强松了手,然后指着王宝年道:"这事要是没有一个说法,我跟你没完。"他顾自走进了会议室。这一下子,会议室热闹了。张文化从老铁头身上掏出了烟,递了一支给赵刚强,然后自己也装模作样地点上一支,却被呛得一阵咳嗽。赵刚强没好气地道:"这事还是出在你们宁和,你们怎么回事? 总是给汪大哥找事。"他瞪了一眼老铁头。老铁头心里明白,赵刚强对自己一直有成见,但是,这也是没有办法的,毕竟他嫌疑太大了。张文化将嘴里的烟递给了老铁头,然后道:"我娘说了,抽烟不好。"老铁头静静地抽着烟。

苗得水进来的时候,手里抱着一堆图纸。老铁头惊喜得跳了起来。苗得水道:"汪大麻子人呢?"老铁头道:"在县招待所。"赵刚强听了,霍地立起。"走,去看汪大麻子,"苗得水道,"我可是开了眼了,你们萧金县城搞得不错嘛,可是,汪大麻子也不应该吃这个苦头啊。""走,我们去招待所,闹他个天翻地覆的。"张文化道。这时,金健康进来了,他大声道:"同志们,通知一件事,你们也不用去招待所了,汪大麻子就在来会议室的路上,你们耐心等待。"他看了一眼苗得水,又道:"苗书记,请你来一趟。"

李贵生和苗得水握手之后,苗得水就说道:"曾经的李书记,现在的李主任,我这次来,是想保汪大麻子的。"李贵生笑笑,然后道:"我听说你们是交换,既然是交换,那就是利益。既然是利益,就得查一查啊。""我也不明白你们萧金县居然把一件好事办成了坏事。我跟汪大麻子的确是交换,但这种交换跟别的交换不一样。你们丰农围涂,我们都知道,而且,我们还派人来学习了。至于图纸嘛,我们也有,我们的地形跟你们的地形不一样。其实,我要了图纸也没有什么用,"他叹了口气道,"汪大麻子重情义,也爱面子,我要是把水泥给他,不收点什么,他心里会过意不去,当然了,我们也要考虑我们自己的利益。我也实在想不出来,就说了图纸。结果他答应了。图纸拿回去以后,我们研究了一下,其实跟我们的图纸差不多,但有一个地方是有区别的,那就是精神。你们的这股子精神我们必须狠狠学习。"李贵生点点头。苗得水又说道:"精神是不会泄密的。汪大麻子的精神才是最大的秘密。""说得好啊,"张建设进来道,"苗得水同志,你这句话说得好啊。"苗得水见了,便上前道:"张书记,你来了,事情就好办了。""这种不要命的精神,才是我们围涂成功的最大财富,"张建设道,"我接到老李的电话,也跟省里的领导作了汇报,他们一致肯定我们的精神可嘉。老李,我们开会。"

在会议室内,王宝年拿着文件,说明了为什么要将汪阿兴扣押起来的原因,并说这是按照文件办事。李贵生说这个文件过时了,必须废止。王宝年说,如果要废止,也是这件事之后才可以废止。他的态度有些强硬。经过几番唇枪舌剑,王宝年和李贵生脸上都有些不好看了。张建设最后总结说道,按照省里领导的批示,在这件事上,汪阿兴不算泄密。王宝年愤而离场。张建设通知金健康,把汪阿兴叫到会议室来。汪阿兴显得有些疲倦,眼睛布满血丝。"汪大麻子,你天天吃了睡,睡了吃,我以为养得白白胖胖了,现在怎么好像干了大活似的。"李贵生道。"李主任,我是干了大活了。"汪阿兴说道,从随身的黄书包里取出了几张纸。张建设接了过去,发现是南沙大围涂的总体设想。他愣了一下,说道:"你在写这个?"汪阿兴点点头,然后指着头道:"它要想,我也控制不住啊。"李贵生道:"你啊,天生就是这个命。"他拿起纸一看,大喜道:"好,下一个目标就是南沙了。"

老铁头等众人在楼前等着。汪阿兴出来的时候,伸了一下腰,扭了扭脖子。赵刚强与他紧紧拥抱。吕秀儿上前,笑道:"汪书记,我想吃一碗肉丝面。"赵刚强一挥手道:"我请客。但是,阿炳的面钱自己付。"在附近的面馆,吕秀儿吃着肉丝面,心花怒放。张文化发现老铁头低头不语,面前的肉丝面只吃了几筷。他走了过去,说道:"老铁头,这么好的面你都不吃?"老铁头将手里的筷子一放道:"你拿去吧。"隔了一张桌子的汪阿兴喝完面汤,看着老铁头,笑而不语。他们俩从刚才到现在还没有说过一句话。终于,汪阿兴站了起来道:"我想说一句话。"他看了看众人,又道:"谢谢。"赵刚强鼓了掌,他跟汪阿兴握了握手就走了。他走得特别开心,那步子轻快而自信。汪阿兴站在面馆门口,看着远去的赵刚强,眼睛湿润了。老铁头走了过来,站在他身边,好久才说道:"他是你的好兄弟,我会是你的好搭档。"汪阿兴看着他,发现他脸上显现微笑。他喜欢看到这样的微笑。他们紧紧地握手。

在拖拉机上,几人都很高兴。尤其是吕秀儿,她说着联名信的事,说这是她当妇女主任以来,干得最有意思的事了。金健康将许多情况都跟汪阿兴说了,包括联名信,包括老铁头和阿炳来访,包括苗得水来还图纸……这些人原本都有一颗善良的心。虽然,平时工作中,他们有过矛盾,有过冲突,也会吵架,甚至打架,但他们心里都有自己的一杆秤。汪阿兴有些想念胡慧丽,不知道她去了哪里,是回卫生院,还是回县医院。他心里可是一点底都没有。吕秀儿好像发现了他的忧郁。她说道:"汪书记,你放心,回到宁和之后,你就是我们的英雄。"张文化道:"秀儿姐,这不叫英雄,而叫洗清了冤屈,回归清白。"吕秀儿连连点头道:"说得好。"只有阿炳有些不太高兴,他一直惦念着那碗面钱,还有两个橘子罐头。他把橘子罐头落在会议室了。

汪阿兴刚在办公室坐下,刘振涛就进来了。他什么话也不说就抱住了汪阿兴,这令汪阿兴有些不安。刘振涛说他不想离开这儿。张文化进来,三言两语说了刘振涛工作调动的事。汪阿兴道:"老刘,你为什么不走呢?"刘振涛道:"你在,我心里踏实。"刘振涛走后,汪阿兴关了门,静静地抽烟。南沙大围涂,规模空前。在招待所的两天里,他让人拿来了资料,详细地研究了南沙的地形,感到压力极大。这是一次前无古人、后无来者的大围涂,预计一次性围涂将超过十万亩。他心跳得厉害。他眼前仿佛出现了一望无际的滩涂。一种要真正干大事的激情涌动起来了,像潮水一样令他无法心平气和了。他站在窗前,大口地呼吸。

传来敲门声。他开了门,胡慧丽站在门前。他一愣,然后道:"胡医生。"胡慧丽进来,直瞪瞪地看着他,然后放下药箱道:"身体怎么样?""没事。"他说道。"你的眼睛怎么了,好像整晚没睡似的,"胡慧丽道,"让我瞧瞧。"汪阿兴老老实实地站着。胡慧丽检查着他的双眼。他从来没有与胡慧丽这么近地接触过,他听到了她的呼吸声,就在他的脸上轻轻地爬动着。他心跳加快,只要他的脸往前一凑,他就贴着她的脸。她的手有一点儿凉。终于,胡慧丽说道:"上点眼药水。""哦。"他应声道。胡慧丽低头取药箱里的眼药水。汪阿兴看到她的一段脖颈,洁白,明亮。他脸红了。胡慧丽抬头看到他吃了一惊,说道:"你脸怎么这么红?""我,我……"他结结巴巴。"上眼药水,坐下。"他老老实实地坐下。他再一次听到了她的呼吸声,甚至他感到她的身体与他的身体好像有了轻微的触碰。他的双手有一种不知往哪儿放的窘迫。好像,他的双手只要往前稍稍伸一伸,就可以圈住她的身体了。他的手微微地颤抖着。

吕秀儿突然进来了,她一愣,然后道:"汪书记,你的信。"她把信往桌上一放,然后又道:"慧丽,你回来了。"胡慧丽将眼药水放入药箱,然后道:"秀儿姐,我给他上眼药水。""我知道,给我也上点。"吕秀儿笑道,"这眼睛里好像进了沙子。"胡慧丽给她上眼药水。吕秀儿突然将胡慧丽抱住了,说道:"慧丽,你的身体好软。"胡慧丽脸红了。吕秀儿看了一眼汪阿兴,又道:"汪书记,你的脸好像也红了。"汪阿兴摸了一下脸道:"哪儿红了?"他将信拆开,一看,便愣住了,然后利索地将信放进了抽屉。他心里有些沉重,信是胡佳丽来的,虽然他不知道信的内容是什么,但他可以猜到中心思想,就是一句话——让胡慧丽回到县医院。他曾经答应过胡佳丽,做胡慧丽的思想工作,但是,很显然他失败了。

吕秀儿跟胡慧丽说了几句话就走了。胡慧丽看着有些异样的汪阿兴,想了想说道:"你怎么了?""没,没什么。"他有些紧张地说道。胡慧丽从药箱里取出一瓶药,放在桌上道:"早中晚,每次八粒。""我身体好着呢。""这不是药,是杞菊地黄丸,明目清心用的,"胡慧丽道,"不是什么药都是治病的。""哦。"他将药放入抽屉,又一次看到了信,他有些犹豫地说道:"你,你……你还是回县医院吧。"胡慧丽愣住了。她的脸色顿时变了。好一会儿,她才说道:"为什么?"他无话可说。事实就是这样,他说什么,现在的胡慧丽都不会听进去。他点燃了她心里的导火索。接下来,他只有沉默。胡慧丽像是洞穿了他的心事。她坚定地说道:"谢谢。"她快步走了。她走得跌跌撞撞。

令汪阿兴没有想到的是,三天后,胡慧丽去了县城,办了人事手续。她将人事关系从县医院转到了宁和公社。这是吕秀儿跟他说的,她说:"我不明白慧丽这是怎么了?人家都往城里迁,她却迁到我们宁和来了。"他心里暗生愧意。他觉得是自己倒推了胡慧丽一把,他有一种罪过的感觉。他去了卫生院。刚到了院门口,就听到了胡慧丽明快的声音:"秀儿姐,把箱子里的书拿出来晒一晒。今天太阳好。"不一会儿,便听到吕秀儿搬动箱子的声音。然后是吕秀儿的叫声:"啊呀,慧丽,箱子可真重。"然后是她翻书的声音。"慧丽,你怎么带一箱子书来呢,我还以为是一箱子衣服。"吕秀儿道。汪阿兴站在院门口,发现胡慧丽正在晒书。凳子上,椅子上都搁着书。吕秀儿站在箱子旁,有些发呆。"汪书记,"吕秀儿发现了他,然后道:"慧丽,汪书记来了。"胡慧丽转过头,看了他一眼,然后道:"秀儿姐,等会儿别忘了替我收一下,我得去巡诊。"她走了进去。吕秀儿应了一声,之后愣住了。她小声道:"汪书记,你们吵架了?"汪阿兴不吭声。他看了一眼书,然后走了过去。这些全是医学书和文学书,他随手取了一本,翻看起来,但余光却在观察出来的胡慧丽。她背上药箱,推着车出了院子。他有些犹豫。吕秀儿走了过来道:"慧丽啊,就这个性子,直来直去。汪书记,你有事就赶紧跟她说,趁现在还赶得上。"汪阿兴点点头。

胡慧丽骑车在前头,汪阿兴骑车在后头跟着。两人骑了一段,他终于超越了胡慧丽,然后说道:"胡医生,我有话说。"胡慧丽不吭声,又骑了一段。他追了上去,大声道:"对不起。"胡慧丽下了车,然后瞪着眼道:"什么对不起?""我上次说话的方式不对,"他说道,"对了,谢谢你的药,我现在每天早中晚都吃,所以心清了,眼睛也亮了。"胡慧丽的脸色缓和下来。"其实我这么说也是有原因的。因为,因为你姐姐跟我说过,而且她也写信给我了,"他一只手抓了抓头皮,又道,"我好面子。我以前认为,你是张书记的小姨子,你在我们宁和,别的公社书记还以为我在傍大腿,他们会瞧不起我,会对我有误解,现在我想明白了,你来宁和,或者说你离开宁和,都是你个人的选择。"胡慧丽沉默不语。"另外,我们必须把你看作是一名医生,而不是一名有特殊背景的医生,你从来就不需要有另一个身份,"他叹了口气道,"我尊重你的选择。"胡慧丽笑了。

胡佳丽站在卫生院门口,一声不吭。吕秀儿不敢吭声,她收着书,放入箱子。胡佳丽一直站着,直到傍晚,胡慧丽骑着车来了。见了姐姐,胡慧丽并不多言。两人站在房间里,都不吭声。姐姐泪流满面:"慧丽,你知道姐多少个晚上睡不着了吗?"胡慧丽不语。"宁和不是洪水猛兽,但是你跟这块土地永远是有距离的。慧丽,听姐姐一句劝,回去吧。""姐,你说的都对,但是我能克服所有的困难。""慧丽,你知道最大的困难是什么吗?不是生活条件,也不是物质利益,而是亲情。在一块没有亲情的土地上工作、生活,那会令你绝望的。"胡慧丽道:"姐,我有朋友。""我知道,你会在这儿结交很多朋友,但是,这些朋友能带给你什么?只有索取,无穷无尽的索取。他们给不了你什么,你会像一支蜡烛一样在这儿燃烧殆尽。"胡慧丽无语。胡佳丽又道："你会说,这些都无所谓。可是,这种生活的苦闷会影响你,让你消沉。慧丽,姐是过来人,知道每个人都有适合自己的位置,你的位置在县医院、省医院,不在这个小小的荒凉的卫生院里。""姐,我说不过你,但是有一点,我必须说。在这儿,我知道了生命的价值所在,我愿意在这儿燃烧生命。"胡佳丽叹了口气,不吭声了。胡慧丽道:"当初是你和姐夫让我当医生的,姐,你就像娘一样,把我养大。姐夫就像我的父亲。我知道你们心里期望我过得比任何人都好。但是,姐,在这里我明白了很多朴素的道理,一个人活着,不仅仅是为自己活着,也不仅仅是为身边人活着,而是要像方姐一样,为更多的人活着。"胡佳丽流泪了。胡慧丽道:"姐,你回去吧。也许有一天,我会回来,陪伴在你的身边。但是现在,我要扎根在这里。"胡佳丽捂着嘴哭了。

汪阿兴是被吕秀儿叫来的。胡佳丽看了一眼风吹着的院门,道:"你能不能帮我劝劝慧丽,让她回去?""胡主任,这个有压力啊。她的调动手续都办好了。"胡佳丽道:"也许你心里会想,我是不是太大动干戈了,是不是搞特殊化了。她在宁和,跟县医院一样发光发热。可是我告诉你,她的情况有点特殊。"汪阿兴愣住了:"什么特殊?"胡佳丽看着他,犹豫了一番道:"算了,我不说了。我请你相信,我之所以让她回去,是有我的理由的,而且这个理由是极为正当的。""胡主任,我相信你,但现在问题的关键是胡医生她既然来了,是不会轻易回去的。我倒有个想法,你换个角度,支持她,理解她,说不定哪一天她吃不了这个苦,就自然地回去了。"胡佳丽想了想道:"你说的有道理。但是,她在宁和的安全我很不放心,毕竟在县医院,我可以照顾得到,现在我却鞭长莫及,所以,也请你帮助照顾她。""这一点请你放心,无论是公社,还是我们大队,都是一条心的,"汪阿兴说道,"我们会保证她的安全。"

三天后,县医院护士朱小丽来宁和卫生院报到了。胡慧丽见了她，欢喜得不得了。两人拥抱了一会儿。"胡医生，章院长找我谈话，说你去宁和卫生院，跟胡医生一起工作，愿意吗？我愣住了，我以前听说宁和公社既远又偏，而且还有危险的潮水。但是，我想你在宁和好好的，我就来了，"朱小丽想了想又说道，"对了，我给你带来了一封信。"她将信递给了胡慧丽。原来是章院长的信。在信里，他说他尊重胡慧丽的选择，他很佩服她，他还说，过几天会送一批药品来。

朱小丽在院子里转了一圈，然后又看了一眼方医生留下的自行车，说道："胡医生，我知道旁边这一辆是你的，这一辆是那个方医生的吗？"胡慧丽点点头，然后道："以后就归你用了。"朱小丽点点头。两人说了一会儿话，正好吕秀儿从公社回来了。她一副愁眉苦脸的样子。"秀儿姐，这是朱小丽同志，县医院护士，现在来我们宁和卫生院工作。""欢迎，欢迎，"吕秀儿说道，"慧丽，我遇上麻烦事了。""秀儿姐，你说，我们帮你想办法。"吕秀儿的麻烦事就是她的婚姻事，三平大队的一个光棍喜欢上她了，三天两头去公社看她。对方人还是老实的，平时也不爱说话，但个子不高。"慧丽，我想找一个跟汪书记一样个子高的男人，"吕秀儿说道，"那样有安全感。"朱小丽听了，扑哧一笑。胡慧丽道："秀儿姐，要是那个人待你好，就好。个子高一点，矮一点，都不要紧。"吕秀儿皱着眉头，好一会儿才说："我想生个大胖儿子。他个子不高，以后儿子个子也不会高啊。""秀儿姐，你个子高就行了呗，我见过不少个子高的夫妻生出来的孩子都是矮个子，有的矮个子生出来的孩子是高个子。你个子高，说不定孩子就遗传你的基因了。"朱小丽说道。"鸡因？什么叫鸡因？"吕秀儿着急地问道，"跟鸡有什么关系吗？"胡慧丽笑着道："这是医学问题，秀儿姐，你不懂，要不你把那人带来，让我们瞧瞧。"吕秀儿脸红了一下，摇摇头道："他胆小，说话还有点儿结巴，可是人好，那天晚上我来卫生院的路上摔了一跤，他心疼得都哭了。""你们……你们牵过手了？"朱小丽道。"还亲嘴了。"吕秀儿脸又红了一下。"秀儿姐,那就是要成了呀。哪天,你把他带来,我们一起在卫生院吃饭。"胡慧丽道。吕秀儿害羞地点点头。

第二天傍晚,吕秀儿带着姜小个来了。姜小个人如其名,是个小个子。两人站在一起,他好像没有吕秀儿的肩膀高。胡慧丽和朱小丽一起坐着吃了一个饭。朱小丽带了一听罐头肉,这很珍贵。这让吕秀儿很感动。姜小个话不多,而且每次说话都看着吕秀儿,只要吕秀儿一开口,他马上就闭嘴了。而且,他还将一块罐头肉放进了吕秀儿的碗里,自己一口也没吃。姜小个走后,胡慧丽觉得人不错,朱小丽也认为姜小个很听话,将来是个好丈夫。这让吕秀儿很满意,她说道:"既然你们都觉得他不错,那月底我就跟他成亲。"朱小丽吃惊地道:"这么快?""小丽,我是过来人了,是第三次成亲了,唉,男人跟女人啊,只要性格合得来,就在一起了,"吕秀儿道,"我最大的愿望就是生个大胖儿子,以后哪怕男人不在了,我就跟孩子过。""秀儿姐,祝你幸福。"胡慧丽知道她的往事,便也不再多说了。吕秀儿终于有了一个归宿。她拥抱着吕秀儿。吕秀儿流着泪道:"慧丽,以后,不管怎么样,你都是我的妹妹,永远都是。"

胡慧丽在早晨带着朱小丽去看了方医生的墓。在墓前,两人静静地站着。朱小丽眼中含泪地说道:"胡医生,你给我讲讲方医生的故事吧。"她们在卫生院门口遇到了高成天。高成天有些害羞的样子,他是来看病的。他说他的胸口有些闷。他看着朱小丽的目光有些怪怪的。

胡慧丽给他配了点药,然后又嘱咐他不要喝酒了。他点头称是。朱小丽进来,接过单子,带着高成天去配药。高成天走后,朱小丽告诉胡慧丽,她觉得这个病人有点奇怪。他的目光里有一种狂野。胡慧丽把高成天的事简要地说了说。朱小丽吃惊道:世界上还有这么痴情的人?她摇摇头,顾自走了。接下来的几天,高成天几乎天天来卫生院。他喜欢跟朱小丽说话,好像一听到她的声音,他整个人的精神就提振起来了。胡慧丽一开始以为他旧病复发了，但发现他说话条理清晰，便也不再多想了。因为吕秀儿搬走了，这样朱小丽就跟胡慧丽住一个房间。晚上，朱小丽再次说起了高成天。胡慧丽并没有往心里去。

直到那个雨天，发生了一件事。那天晚上，下起了雨。高成天照例像往常一样来卫生院，他坐在治疗室里，听着收音机。收音机是胡佳丽托人带来的。高成天听了一会儿收音机后，便变得烦躁起来，他走来走去，像个无头苍蝇似的。恰好此时，鲁伟潮急匆匆跑来，说父亲鲁阿牛又吐血了。胡慧丽跟着鲁伟潮走后，卫生院就剩下朱小丽和高成天。朱小丽有些紧张，因为她看到高成天狂热地看着她。好在半个小时之后，高成天一声不吭地走了。又过了一个多小时，高成天又来敲门了。朱小丽开了门，发现他浑身酒气。他一下子就抱住了她。她吓得大叫。高成天捂住她的嘴，把她挟持到了房间。他把她按在床上，胡乱地亲着她。朱小丽无比恐惧，拼命挣扎。高成天在撕扯她的衣服时，她的衣服口袋里掉出一面小圆镜。高成天愣住了。小圆镜的背面居然是方医生的照片。他突然跪了下来，号啕大哭。朱小丽吓得全身发抖。坐在地上的高成天痛哭着，全身颤动，哭声好像要震塌房子似的。他双手捧着小圆镜，泪珠一颗一颗地掉在上面。

这面小圆镜是胡慧丽送给朱小丽的，因为朱小丽听了方医生的故事，表示她要向方医生学习。胡慧丽有两面一模一样的小圆镜，她就把其中一面送给了朱小丽。至于照片是上次在县照相馆拍的。照片里的方医生微笑着，仿佛看透了世界的一切。不知道过了多久，胡慧丽进来了。朱小丽紧紧地抱着她，哭了。胡慧丽痛骂了高成天。高成天跪在地上磕头，他说朱小丽的声音像极了方医生的声音，他迷恋这个声音，他觉得方医生复活了。他恳请朱小丽原谅他，他从此以后再也不会这样了。胡慧丽有些同情他，在征求朱小丽的意见后，原谅了他，但也警告了他。

高成天像个没了灵魂的人一样走着。胡慧丽想了想，叫住了他，然后送了一张方医生的照片给他。他如获至宝，将照片放进贴身口袋，说了无数个谢谢。高成天走后，朱小丽依旧魂不附体。胡慧丽安慰她。朱小丽看着胡慧丽，好一会儿才道："胡医生，你遇到过这种事吗？"胡慧丽摇摇头，然后道："我也没想到高成天会这样，小丽，说真的，你的声音跟方姐的声音还真是像。"朱小丽躺在床上，翻来覆去。胡慧丽知道，这个晚上朱小丽肯定睡不着了。

　　为了防止再出现这样的事，也是为了对朱小丽的高度负责，胡慧丽犹豫再三，还是将这件事跟汪阿兴说了，她要求保密，因为她答应过高成天。汪阿兴点点头，他找来了张文化，让他去卫生院住一段时间，就当是值班。张文化愣住了，说他不去，怕被人说闲话。汪阿兴恼了，怒声说道："这是命令，你娘，我会通知大队照顾好的。"张文化硬着头皮去卫生院。他是上午去的，走进院子，他愣住了。穿着白色护士服的朱小丽正在晒床单，绳子上的床单在风中飘扬。张文化有些结巴地说道："胡医生在吗？"朱小丽看了他一眼，然后道："胡医生出去了，同志，你有事吗？""我，我是来值班的，"张文化脸红红地说道，"我是公社干部张文化。""你好，我是朱小丽，县医院派到宁和卫生院的护士。"两人握了手。张文化脸红红地将身上背包往地上一搁，然后又道："汪书记让我住在卫生院。"朱小丽心里猜到了，她笑着道："胡医生已经跟我说过了。"

　　张文化躺在床上，发呆。他嘴里念叨着："朱小丽，朱小丽……"朱小丽敲了一下门，然后进来道："你需要什么，可以跟我说。"张文化站得笔直地说道："好。"朱小丽见他如此紧张，便扑哧一声笑了。张文化看得呆了。朱小丽见他傻傻地看着自己，就跟高成天似的，她心生厌恶，一转身就走了。张文化抓抓头皮，有点儿不知所措。胡慧丽见了张文化，也没多说什么。张文化后来小声道："胡医生，我就不明白了，汪书记怎么让我来值班？"胡慧丽不吭声。这时，朱小丽进来了："胡医生，我有点事想跟你说。""朱小丽同志你好。"张文化殷勤地说道。朱小丽并不吭声。胡慧丽见了,便道:"小丽,小张同志问你好呢。"朱小丽瞪了张文化一眼,顾自走了。在房间里,朱小丽把张文化直瞪瞪看着她的事跟胡慧丽说了。胡慧丽笑了:"他第一次见到你,有些意外。"朱小丽吃惊道:"他怎么这么没礼貌? 我说胡医生,他会不会又……"她心有余悸,打了个冷战。"你放心,他不是那种人,"胡慧丽道,"他热心,是个机灵鬼。对了,他还是孝子呢。"两人说了一会儿就睡了。隔壁房间的张文化却是辗转反侧。他满脑子都是朱小丽的样子。他索性坐了起来,然后傻笑。

汪阿兴和老铁头一道来卫生院,跟胡慧丽商量一件事。汪阿兴觉得必须培养一支赤脚医生队伍,为下一步的南沙大围涂做好医疗保障,从丰农围涂的经验总结看,寒冬腊月围涂,最易冻伤。胡慧丽表示赞同。老铁头也说了他的设想,先由每个大队选拔和推荐,最后由胡慧丽统一挑选。张文化边听着,边做着笔记。朱小丽过来,给他们添茶水。汪阿兴见了,便道:"朱小丽同志,我们公社的张文化同志也归你和胡医生指挥,有什么重活累活尽管吩咐。"张文化看着朱小丽就笑了。老铁头踢了他一脚,然后故意说道:"小张,我听说储备粮库缺一个主任,我看,还是你去吧。""我,我,我要在这里值班。你让别人去吧。"张文化着急道。老铁头笑道:"这可是组织上的决定啊,对了,你红旗大队的大队长一职还没有免去,现在红旗大队正在开荒,你……""老铁头,你什么都别说了,我这儿的值班任务也很重。"张文化道。老铁头哈哈大笑。"对了,小张,还真有一项任务要交给你,我跟老铁头商量了一下,决定由你担任丰农地块的生产总指导,"汪阿兴道,"这是一项重要工作。""生产总指导?"张文化道,"汪书记,你让别人去吧,我不懂什么是总指导?"老铁头道:"你啊,就是挑粪队的队长,也就是生产总指导。"张文化站了起来,傻了眼。"是啊,我们跟县农科所的专家联系过了,他们的意见是改良土质,一方面要引入淡水,这个问题通过修水闸来解决,另一方面就要通过积肥的方法来解决,我给你一支 20 人的队伍，"汪阿兴想了想道，"白天，你是生产总指导，晚上，你还是在这儿值班。"张文化无奈地点点头。

朱小丽有些同情张文化，她见他坐着发呆，便小声说道："这活脏是脏了点，可是也很重要。以后这土地就能种粮食了。"张文化摇摇头，然后道："汪书记这是在惩罚我啊。唉，没办法。"他走了。到了丰农地块，发现地上堆着一些粪桶，还有粪勺和扁担。他恼怒地拍着脑门："这不是挑大粪吗？生产总指导？骗人！"他双手抱头蹲了下来。这时，走来了一支队伍，领头的正是鲁家湾的徐阿福。张文化心想，这下完蛋了。"报告张队长，生产指导队前来报到。"徐阿福道。他腰里插着一面小红旗。"徐阿福，怎么是你？"张文化道，"这是挑大粪，不是什么好活。""汪书记跟我说，这是大事，既然是大事，我当然要好好表现了，我听说，事干成了，可以立功。我做梦都想立功，一立功，在我们家我的地位就高了，"徐阿福拔下腰间的小红旗，又道，"这是阿英给我做的，她说要是我立功了，她以后什么事都听我的。"张文化不语。"对了，张队长，我请求当副队长，"徐阿福道，"我们家阿英是大队长，我要是当了这个副队长，就马上可以跟她平起平坐了。""你来生产指导队就为了这？"张文化恼怒道，"徐阿福，你要是想当队长，我就把队长让给你当。"徐阿福欣喜若狂，但是，他马上又摇头道："队长是公社任命的，副队长是队长任命的，张队长，你就任命我吧。"张文化哭笑不得。

第三十一章

　　吕秀儿成亲了。那天傍晚,胡慧丽和朱小丽去了三平大队姜小个的家。草舍是新修的,门口有鞭炮的碎屑,门上贴着一个喜字。吕秀儿只摆了两桌酒,除了胡慧丽他们,还有公社干部。汪阿兴等人坐着,吃着喜糖。姜小个拿着酒瓶,忙忙碌碌,他笑得合不拢嘴。胡慧丽被安排在汪阿兴身边,这是吕秀儿的安排,她说一个是她最敬佩的人,一个是她感情最深的姐妹。胡慧丽落落大方地坐下了,汪阿兴却显得有点儿不自然,他还是头一次参加这样的活动。当吕秀儿和姜小个两人一道来敬酒时,吕秀儿道:"汪书记,我们俩敬你跟胡医生俩。"汪阿兴与胡慧丽也站了起来,一对人对着一对人,突然有人鼓了掌。汪阿兴红了脸。喝了一杯酒后,他偷眼看了胡慧丽,发现她神情十分坦然。众人要求姜小个和吕秀儿亲个嘴,张文化更是兴奋得不得了,又叫又跳的。坐在他身边的朱小丽突然扯了他一下,他马上老实地坐下了。吕秀儿和姜小个亲嘴的时候,众人都鼓了掌。

　　酒席散了。吕秀儿有点儿眼泪汪汪地跟胡慧丽告别。胡慧丽送给她一只上海牌手表。吕秀儿不肯收,她说太贵重了。胡慧丽把手表给她戴上,动情地说道:"秀儿姐,好好过日子。"吕秀儿与胡慧丽紧紧拥抱。吕秀儿道:"慧丽,我就等着喝你的喜酒了。"她说着特意看了一眼不远处的汪阿兴,他正在跟张文化说话。胡慧丽转头看去,发现汪阿兴也正好转过头,两人默默无语地对视了一下,各自转了头。离开三平大队,回到卫生院的胡慧丽有点儿失落。朱小丽像是看出了她的心思，便小声地说道："胡医生，今晚汪书记好像喝多了。""他喝多了？"胡慧丽着急道。"我骗你的，"朱小丽捂着嘴笑道，"张文化倒是真喝多了。他走路就跟跳舞似的，你说他酒量一点也不好，还拼命死喝，唉，真是的，不要命了。"胡慧丽躺了下来，然后看着屋顶，一言不发。朱小丽想了想又道："胡医生，我听说你的同学……""小丽，关灯睡觉。"

　　一片漆黑之中，胡慧丽睁着眼。她记得汪阿兴在离开姜小个家后，好像有点儿闷闷不乐。前几天，鲁阿牛去世了。汪阿兴在追悼会上流泪了。丁玉洁抱着她痛哭，鲁小妹抱着姚婶痛哭……他深有感慨地跟老铁头说，人生就像一场梦。这句话是张文化告诉胡慧丽的，他说他当时听到这句话时，想哭。这些天，他带人去了省城，船运大粪。据他说，丰农围涂的这块土地，土质改良效果明显。他有一阵没有来卫生院了。偶尔，朱小丽会提起他，说少了一个他，就少了一些热闹。朱小丽毕竟不像她，她好像习惯了卫生院的清静。她睡不着。人生就像一场梦。汪阿兴为什么会有这样的感叹呢？在她的眼里，他就像一个永不疲倦的人，始终转啊转的。难道他有心事？她又想起刚才在酒席上，他偷眼看她，目光有些犹豫，好像有话要跟她说。她有点不高兴他的犹犹豫豫，这跟他的性格不相符合。他不应该是一个胆小的人。她一直认为，他在经历了与方医生的情感波折之后，他应该明白，爱是需要紧紧抓住的，是需要有勇气去争取的，而不是等待。等待永远都只是等待。

　　朱小丽突然拉亮了灯，从床上坐了起来。胡慧丽吃惊地看着她，发现她泪流满面。朱小丽做了一个噩梦。她说在梦中，她遇到了高成天，他在追赶她。显然，她还没有完全从阴影里走出来。她说有点儿害怕。胡慧丽突然想到，或许这是因为张文化不在的缘故，朱小丽已经对张文化有了依赖，他们时常会在一起说点什么。她下了床，安慰了朱小丽。两人坐在床上说话。朱小丽擦了一下汗湿的额头："胡医生，你说我们会在这儿孤独一辈子吗？每到晚上,我就觉得像是生活在另一个世界里,这里除了风,除了寂静,什么都没有了。""小丽,你想家了?"朱小丽点点头。"那你回去一趟吧,"胡慧丽微笑地说道,"小丽,在这儿工作和生活,要有强大的内心,没有一颗坚定的心,是待不住的。"

上午九点多,张文化来到了卫生院。他额头上有一个包,说是昨晚上摔了一跤,磕在了石头上。朱小丽替他包扎,埋怨他昨晚上喝得太多了。张文化辩解地说,汪阿兴比他喝得还多,还说县里上午刚刚来了一个通知,由老铁头担任宁和公社书记。朱小丽吃惊道:"汪书记呢? 他去哪?"张文化摇摇头。这时,胡慧丽拿着一本药品账本过来。"胡医生,老铁头当书记了。"朱小丽道。"胡医生,我就不明白了,那汪书记当什么呢?"张文化道,"他还当鲁家湾的支部书记? 他可是立了大功的人。县里这样做,太亏待他了。"胡慧丽也是吃了一惊,将手里的账本放进抽屉,说道:"他是不会走的。""为什么?"朱小丽不解地问道。"南沙大围涂还没有开始,"胡慧丽道,"他现在的心里只有南沙大围涂了。"

这是事实。宁和公社已经开始动员,为南沙大围涂做好各项准备工作,赤脚医生培训班也开始报名了。张文化得知朱小丽想回去,急得脸都白了。朱小丽看到他像热锅上的蚂蚁,便故意说道:"你这是怎么了? 哪儿不舒服吗?"张文化唉声叹气,却苦于说不出口。他爱上朱小丽了,但是他又担心被朱小丽拒绝。毕竟,朱小丽是县医院的护士,是城里人。胡慧丽见他如此着急,便说道:"小丽是回去一趟,过几天会回来的。"张文化听了,直愣愣地说道:"真的?"朱小丽点点头。张文化喜笑颜开道:"我送你。"

老铁头桌上放着一份红头文件。这份文件他好像等了好多年,如今终于还是来了。他眼中含泪地将这份文件放进了抽屉。从今天开始,他就是公社书记了。汪阿兴笑着进来道:"祝贺你,老铁头。""你怎么办?"老铁头不安地说道,"我觉得我没有资格当这个公社书记,我……我过去……"他有些局促不安。"过去的事不要再提了,谁没有过去? 我汪阿兴也不是个完人,同样,你也不是个完人,咱们应该朝前看,目光放得远一些,"汪阿兴笑道,"你当了书记,有什么命令尽管下,我保证不折不扣完成。"老铁头走了过来,什么话也不说地抱着汪阿兴,好久才道:"对不起,汪大麻子。""你头一次叫我汪大麻子,这说明在你心里,我成了你真正的朋友。对了,我得跟你说一件事。"他走到地图前,指着南沙区域道:"南沙大围涂,我想年底动手。你怎么看?""南沙大围涂,其难度和物资、交通、人员等各方面的准备需要通盘考虑,我想这一次恐怕是要举全县之力了。""对,举全县之力,"汪阿兴道,"我们去一趟县里,汇报一下我们的想法。""行,"老铁头想了想又道,"汪大麻子,你说我们拿什么去汇报?"汪阿兴拍了一下脑门道:"全在我脑子里。"

两人正在讨论时,张文化进来了,垂头丧气的样子。"小张,怎么了?"汪阿兴道,"任务完成得怎么样了?""就是徐阿福,三天两头跟我说,他要立功。我说立功这件事不是我说了算。他说让我报上来再说,汪书记,你说他是不是有病啊?"汪阿兴笑了。老铁头皱着眉道:"他要立什么功啊?""他说他每天比别人早起一个小时,每天傍晚比别人多干一个小时,这就是他的资本,"张文化道,"汪书记,都怪你,把他硬塞给我,让我每天头疼得很。"汪阿兴笑道:"你年纪轻,以后也会当公社书记啊,这都是很宝贵的经历。以后,如果再遇上像徐阿福这样的人,你就有办法应对了。"老铁头点点头:"你还得叫师傅? 汪大麻子在教你呢,你要是不叫,我可叫了。""师傅。"张文化利索地叫道。"但是,师傅,有一个事你还得教教我,就是,就是……"他脸红了。"哦,我明白了,可是这件事你不能叫他师傅,他在这方面不行。你得找吕秀儿去,她才是这方面的师傅,我听说她怀上孩子了。"老铁头道。汪阿兴沉默不语。"小张,找对象这种事,得抓住机会,不能犹豫,更不能瞻前顾后,看准目标就得上,越快越好,"老铁头得意地说道,"要是都像汪大麻子一样,那天下的姑娘可都跑光了。"张文化点点头,走了。

老铁头拍了一下汪阿兴的肩,然后说道:"世上没有不透风的墙,你跟胡医生的事,你下手要早,弄不好,她哪天来了脾气,走了,你后悔都来不及。"汪阿兴愣了一下。"也就你自己在摆迷魂阵了,你问问公社干部,他们心里都明白,你们俩是一对冤家。"老铁头道。汪阿兴摆摆手道:"不说这事了。""我知道前路漫漫,困难会很多,压力会很大,但你汪大麻子历来是敢打敢拼,冲锋在前啊,这件事,可不能当逃兵了,勇往直前,方能抱得美人归啊。"老铁头说道。汪阿兴走了。老铁头一声叹息。他看了一眼墙上的地图,拿起了话筒。他要给王宝年打个电话。虽然,他知道这一次他之所以当上公社书记,关键在于汪阿兴的推荐,这一点李贵生在电话里说得很清楚了。王宝年并没有电话来,他原来以为王宝年会来电话的。在电话里,他向王宝年说了一些感谢话。两人都知道这些都是客套话,彼此心照不宣。他放下电话后,心想从这一天开始,他与王宝年的距离拉开了,他真正站在了汪阿兴这一边。

李贵生与胡仁义站在挂着的地图前。胡仁义这次来到萧金县,是应张建设之邀。他心里明白,张建设轻易不请人,让他来必定是有重大事要商量。到了萧金县之后,李贵生先接待了他,张建设则神龙不见首。李贵生指着地图道:"要挖十条河,直通钱王江边的几个公社,然后,修八条路,每一条路连接雷山、岩峰、青龙山等六座山,以便采石与运输。另外,还得建十二个排灌站……"胡仁义点头道:"两头同时进行?""先建设这些基础设施,然后大面积围涂,至于分期围,打阵地战,还是一次性地围,打歼灭战,我们还得讨论决定。我的观点是围一块是一块,保证质量。"胡仁义不语。李贵生道:"我们已经扩建水泥厂、钢铁厂,以保证工程需要。这一切仅凭我们县的实力不行啊,得靠国家、省里市里支援啊。"胡仁义沉默不语一阵后道:"人怎么办?"李贵生道:"如果要动,必然全县发动。"他用力一挥手。胡仁义喝着茶,想着心事。李贵生的情况介绍就像是给他的一份见面礼,这表明萧金县正在紧锣密鼓地准备之中。但是,他仍有一些疑问。尤其是人员,萧金县到底能动员多少人?还有技术人员,哪来这么多技术人员?他心里一点底都没有。毕竟,这可是开天辟地的大事,据他所知,在全世界范围内,也没有一口气完成这样大面积围涂的先例。

金健康带着胡仁义在萧金县城逛了一圈,然后去了县水泥厂和县钢铁厂。水泥厂的周厂长作了介绍,说水泥厂的产能规模一下子扩大到以前的三倍。县钢铁厂的李厂长指着高炉说道,钢铁厂的规模也扩大到了以前的两倍。胡仁义吃了一惊,这些情况张建设从来没有提过,显然他是下了决心了。但是,没有造船厂。钱王江大围涂,没有船那是很要命的一件事,按照萧金县的地形来看,河流纵横,船运是最理想的方式。他提出了这个疑问,金健康笑而不答。

下午,张建设露面了。他神情有些疲惫,说是刚从麻纺厂回来,麻纺厂也在扩大产能规模。两人刚坐下,胡仁义就说道:"老张,你还差一样东西。""船厂。"张建设道,说着将一份材料递给了胡仁义。这是一份萧金县与海平县合作协议,主要内容就是在萧金县宁和公社建江南造船厂。胡仁义吃了一惊道:"你们已经选好址了?""下个月就动手,"张建设道,"这还多亏了汪大麻子,他跟海平县老盐公社苗得水私下谈了一个协议,商定在宁和公社光明大队建一个船厂。因为上次技术图纸的事,苗得水也害怕了,生怕又弄出什么事来,就上报给赵刚同志了。赵刚同志跟我打电话,我们一拍即合啊。"胡仁义笑道:"我说老张,你这个汪大麻子还真是一个人才啊。这个船厂要是建成了,双方得利不说,你们以后就成了钱王江边的老大哥了。""此话怎讲?""你看啊,春江县的吴民民,他脑子盘算的就是春江不出事,至于钱王江的潮水,到了他的地界,力量也小了,势头也弱了。所以,他压根儿就没想过钱王江的大事。海平县的赵刚,是你的老部下,他唯你马首是瞻,另外,他人又忠厚，你们上次南沙泄洪，保住了海平县，这份恩情可是一辈子也还不完啊，"胡仁义喝了一口水，又道，"我说老张啊，万事俱备，只欠东风了。你的东风，恐怕就是省里的一个决定。""说得好！"张建设笑道，"老胡啊，你一来，就把情况给分析透了，但是我请你来，还有一个忙要你帮啊。"胡仁义眼珠转了几下，然后道："我猜是技术人员吧。"两人都笑了。

胡仁义走后，张建设叫了李贵生和金健康，商量下一步的工作。尤其是造船厂的事。这时，王宝年进来了，神色紧张地说道："张书记，化肥厂出了一个事故，说是粉尘爆炸，伤了三个人。""你去处理吧，记住，我给化肥厂的老屠压了担子，增加化肥供应，以后我们围涂的土地需要种粮食，这化肥可不能供应不上啊。"张建设道。"老张，我听说汪大麻子搞了一个生产指导队，专门运送大粪，改良土质，效果还不错，"李贵生道，"我建议全县搞一次大规模的积肥活动。""好啊。这件事老金你负责落实。"王宝年走后，张建设指着地图上的一个红圈道："就在这儿，靠近钱王江，水域面积宽，适合建造船厂。"这时，电话响了。金健康接了电话，走过来道："张书记，老铁头来电话，他跟汪大麻子想来汇报一下工作。现在的他们，终于拧成一股绳了。"张建设道："拧得紧吗？"金健康点头道："恰到好处的紧。有商有量的。"张建设道："那就好。太紧了，易断。拧紧了，抹上油了，那才是牢固。经过风浪的汪大麻子搭上一个彻底醒悟的老铁头，那是完美组合。""就像你跟李主任，"金健康看了一眼李贵生，又道，"张书记，对了，汪大麻子的职务怎么办？""再等等，"张建设道，"看看他沉不沉得住气。"李贵生点了一根烟，然后道："老张，我要是汪大麻子，肯定沉不住气了，他推荐了老铁头，自己却原地不动。"三人都笑了。

汪阿兴走进会议室的那一刻，有些紧张。身边的老铁头比他还紧张，额头上都冒汗了。会议室坐满了人，县里各个厂的负责人也都到了。水泥厂的周厂长站了起来，指着汪阿兴道："汪大麻子，你欠我的水泥什么时候还啊？""以后，以后还。""猴年马月，你是想赖账了吧，"周厂长笑道，"谁都知道，东西到了你手上，就别提钱了。"钢铁厂的李厂长笑道："老周，他欠你水泥，听说才一车，他欠我的钢筋，那多了去了。我啊，也只有自认倒霉了。""李厂长，我得跟你打个招呼，接下来，你得供应我钢板了，"汪阿兴说道，"以后老账新账一块儿算。不过我告诉你，这笔账最后你得跟张书记和李主任他们两个算。"众人哈哈大笑。李贵生指着汪阿兴道："汪大麻子，听说你的挑粪队有个漂亮的名字，生产指导队，是你想出来的吗？""报告李主任，是我想出来的，"汪阿兴道，"我们宁和，人稀地广，这农家肥积得也辛苦。我说各位厂长，你们厂的化粪池就归我们承包了。"

张建设和金健康进来了，他笑道："气氛不错嘛。对了，汪大麻子你来了，我有个事先问你。你们的生产指导队整天在城里转悠，大家有意见，说你们见化粪池就掏，跟抢劫似的。别一担担的粪桶在街上逛，味儿不好闻不说，也丢人。你能不能想个办法，把这个问题给解决了。"汪阿兴道："张书记，只要你肯借给我一辆卡车，我们改造后，保证让县城没有味道。""李贵生同志，你同意借吗？"张建设坐了下来说道，"新的卡车没有，旧卡车提供一辆？""没问题。但是我有要求，借了卡车，你得给我们县招待所提供一卡车的萝卜。你们宁和的萝卜还是不错的。尤其是萝卜干，喝稀粥时，少不了啊。""好啊，"汪阿兴一拍胸脯道，"尤其是我们鲁家湾大队的萝卜，那是出了名的，以后，我要是实在还不了账，就用萝卜抵。"众人大笑。老铁头一直冒汗。他心里有一种胆怯感，他做不到像汪阿兴一样的洒脱，他总觉得有一根绳子一样的东西束缚着他。尤其是他看到王宝年的眼神时，他感觉束缚越来越紧，他心想那个电话里的王宝年跟眼前的王宝年完全是两个人。

王宝年一声不吭。他心里明白，虽然汪阿兴的职务一直没有变化，但是他预感到会有更大的担子压在汪阿兴身上。他不得不佩服汪阿兴的应对能力,汪阿兴见招拆招,把气氛搞得活跃。他觉得眼前的汪阿兴跟以前的汪阿兴好像又不一样了,这真是神奇,经受了这么多次打击的汪阿兴,居然还能如此笑对人生,他身上究竟有一股什么样的力量呢? 他不禁摸了一下自己的心。他觉得自己对汪阿兴是不是有点过分了,或者说过于苛刻了。他对汪阿兴的成见导致了他的判断失误?

汪阿兴侃侃而谈,从螃蟹地围涂说到丰农围涂,然后说到了南沙大围涂。他说得特别有激情,好像他全身上下都充满了力量。众人沉默不语。张建设和李贵生不时地提出各种问题,汪阿兴一一解答。他甚至说到了一些专业技术问题。他后来说道,南沙大围涂,必须举全县之力,而这个全县之力,不仅仅是物资、人员、交通这些要素,更需要一种大无畏革命精神。掌声热烈。张建设眼中含泪地看着汪阿兴红通通的脸,心想他终于可以担当大任了。李贵生讲了县里的一些设想,与汪阿兴的方案不谋而合。众人的情绪都很高涨,多少年来,县里深受钱王江之苦,粮食问题更是压在头顶的大山,一旦这个核心问题解决了,那么萧金县将获得更大的发展空间。在接下来的表态中,县各个厂的厂长都签了责任书,都表示要发动职工抓生产,为萧金县的全局规划作好各种准备工作。

费老也被请来参加这次会议,他进来的时候,泪流满面。一头银发的他拄着拐杖,指着汪阿兴道:"汪大麻子,南沙大围涂要是成功,那么你就是萧金县的大功臣。"张建设扶着费老坐下,然后道:"同志们,千言万语一句话,我们别无选择,只有干,逢山开路,遇河架桥。"众人齐声道:"干!"

老铁头坐在拖拉机上,沉默不语。汪阿兴依旧沉浸在兴奋当中,张建设的表态让他心里吃了一颗定心丸。南沙大围涂一旦完成,那么宁和就将脱胎换骨,萧金县将再无忧患。刚才,会议结束后,费老专门找他谈了话。费老说,南沙大围涂,他也要去工地。

哪怕就是坐着,听着,他也要上工地。汪阿兴无比感动。他知道费老这句话的分量,那就是没有退路,只许成功,不许失败。哪怕就是死,也要死在工地上。他深深地吸了一口气,然后道:"老铁头,话是放出去了,可我心里还是有些不安,南沙大围涂,难度极大。"老铁头不吭声,转头将目光投向远处。

到了宁和公社楼前,老铁头下了拖拉机,然后说道:"汪大麻子,还是你来当这个公社书记,我甘愿做你的副手,全力配合你。这是我的真心话。我今天才明白了,我其实更适合站在你的身边,听着你的指挥办事。你放心,你指东,我绝不往西。"汪阿兴拍了一下他的肩道:"你啊,给我安安心心当好这个公社书记,我觉得接下来,县里会有大的动作,至少钱王江边的六个公社将会联合起来。""你的意思是说,联成一体。"老铁头吃惊道。"必须将力量集中起来,单打独斗不适合南沙大围涂,"汪阿兴道,"南沙大围涂事关我们萧金县的兴衰,关系到我们的未来,任何能使上劲的力量都得使出来。"老铁头点点头。

半个月后。汪阿兴躺着,不停地咳嗽。他前天去了光明大队,下了水,为了测一测水深,为造船厂的桩基选位置,不料却感冒了。丁玉洁跑了进来:"汪叔,告诉你一个好消息。小路来了。"话音刚落,汪小路就跑了进来,跑到床前。汪阿兴坐了起来,紧紧地抱着小路。赵刚强和阿扁快步进来了,两人到了床前,关切道:"汪大哥,好点了吗?""我没什么病,伤风感冒,好了。"他要下床。赵刚强按住他道:"躺着吧。""你们怎么来了?"阿扁道:"明天就是大年三十了。一家人要团聚啊,所以,我们就带小路来了……"两人笑了。

汪小路打着手语:爹,你病了?汪阿兴打着手语道:爹不要紧。两人再次紧紧拥抱。赵刚强见了就道:"汪大哥,我跟阿扁下午就走,小路就放在你这儿了。过几天,我们来接他。"汪阿兴点点头。阿扁道:"汪大哥,吃药了吗?""玉洁管着我呢。"丁玉洁笑了。

傍晚,拎着两个橘子罐头的阿炳进来了:"汪大麻子,听说你病了？你可是我们的顶梁柱，不能倒下啊。"汪阿兴笑道："伤风感冒不算病。"阿炳把橘子罐头往桌上一放，道："明天就是大年三十了，我们大队想请你去我们大队过年。"他看了一眼小路，又道："你要回楼山？""我就在鲁家湾过年。"阿炳道："那去我们光明大队吧，我们条件比鲁家湾好。"他走到汪阿兴耳边，小声道："我搞了点酒，还腌了点鱼，酱了点肉，香着呢。"汪阿兴笑道："你自个儿慢慢尝吧。""汪大麻子，我可是诚心诚意来请你，你好歹给个面子。"汪阿兴看了一眼桌上的两个橘子罐头，道："阿炳，有事说吧，别搞这一套了。"阿炳讪笑道："汪大麻子，其实也就是一点儿小事。我听说现在公社缺个人？""我不清楚。"阿炳道："值班室不是缺个跑腿的吗？""徐大军顶上去了。"阿炳道："我有个侄子，比徐大军机灵得多。"他对着门叫道："小国，进来吧。"一个眉清目秀的年轻小伙子进来了。阿炳道："叫汪书记。"小国叫道："汪书记。"汪阿兴看了他一眼，便道："你侄子的确很机灵。""所以嘛，让小国顶替徐大军，那是最理想的了。"汪阿兴道："这事你跟老铁头说去。他是公社书记。"阿炳道："汪大麻子，谁都知道在宁和公社，你才是实际的当家人。只要你说行，老铁头那儿没问题。"他朝小国使了个眼色。小国从棉袄里掏出一条烟，放桌上道："汪书记，你抽。"汪阿兴勃然大怒："阿炳，你想得美！我告诉你，这事没门。"

阿炳愣住了。汪阿兴怒声道："公社值班室需要什么人你知道吗？就需要像徐大军那样的老实人。你这是干什么？想贿赂我吗？""汪大麻子，别以为我不知道，我听说徐阿福送了你一条烟，你才让徐大军去公社的，你装什么装啊，不就是嫌少吗？行，只要让小国顶上去了，我再送两条香烟。"阿炳也恼了。汪阿兴气得不得了，一把揪住阿炳道："你说什么？谁跟你说的徐阿福送我一条烟？今天你必须把话说清楚。""你心里明白。还有更难听的事我还没说呢。""什么更难听的事，你说。"汪阿兴一阵咳嗽。阿炳想了想道："小国，你走吧。"小国走了。阿炳走到汪阿兴跟前道："是你逼

着我说的。别怪我。还有人说,你跟徐阿福的老婆睡了一觉,才让
徐大军去的公社。"汪阿兴哇的一声,吐出一口血。小路吓得哭了。
阿炳吓了一跳:"汪大麻子,你……"汪阿兴擦了嘴角的血道:"还有
什么更难听的,你全说出来。"他全身都在颤抖。"还有,说你晚上
喜欢跟你们鲁家湾的妇女谈心,还有小姑娘……"汪阿兴哇的一
声,又吐了一口血,惨然笑道:"是啊,往我身上泼脏水,一脸盆不
够,那就再加一脸盆。"阿炳结结巴巴道:"汪……大麻子,我,我也
只是听说。"

　　徐阿福是被鲁伟潮叫来的,他因为跟张文化吵了一架,不再去
生产指导队了。他一进草舍,见了阿炳就知道坏了。他自打巴掌,
一下,又一下"我嘴臭,我嘴臭……我活该,我活该。"阿炳冷笑道:
"这跟演戏似的。用点力。""阿炳你好没良心,我明明是冤枉的,你
说的这些我什么都不知道。"徐阿福道。"徐阿福,用不着这样,你
回去吧。"汪阿兴痛心疾首地说道。徐阿福道:"天地良心,我没有
说过这种话。我也没有送给他一条香烟。我自己都没烟抽呢。"他
瞟了一眼桌上的香烟道:"我就是嘴臭了点。""嘴臭害死人,这是个
深刻教训。"徐阿福突然不说话了,他定定地看着香烟,涎着脸道:
"阿炳,有烟吗?给一根。""没有。"汪阿兴皱眉道:"回去吧。"徐阿
福走了。阿炳道:"汪大麻子,我相信你,但是不代表别人也相信
你。""阿炳我告诉你,别人泼我脏水可以,但是,不要把脏水泼向无
辜的人。你也走吧。"阿炳转身走了。汪阿兴道:"把东西带走。"阿
炳转身看了他一眼,拿起了桌上的橘子罐头和香烟,走到门口道:
"汪大麻子,我说的事你再考虑考虑。"汪阿兴脱下鞋子,用力扔了
过去。阿炳哧溜一下就跑了。

　　鞋子正好落在胡慧丽身前。她捡起鞋子,进来道:"我看阿炳
跑得比谁都快,发生什么事了?"汪阿兴道:"没事。"他单脚跳了过
来,接过胡慧丽手中的鞋子,穿上。"小路来了。"胡慧丽走到小路
跟前,取出一粒糖,递给他。小路眼泪汪汪的。丁玉洁进来,很懂

事地将小路拉走了。胡慧丽看到了地上的血，着急道："这怎么回事？"

汪阿兴赶紧擦了一下嘴道："牙齿咬了舌头。""还说谎？"汪阿兴低了头道："胡医生，真没事。"胡慧丽道："凭我一个医生的经验，这是你吐的血，动了怒气才吐的。躺下。"汪阿兴辩解道："我真没事。"胡慧丽大声道："躺下。"汪阿兴走到床边，老实地躺下。"张嘴。"汪阿兴张了嘴。胡慧丽看了看，递过桌上的茶缸道："漱口。"汪阿兴漱了口。胡慧丽拿出听筒，听了一会儿道："发生什么事了？"汪阿兴不吭声。"什么事能让你这么动怒？我想不出来。我是医生，你必须告诉我，才好对症下药。""胡医生，事情很简单，有人说我啊，跟鲁家湾的妇女同志们走得近。"汪阿兴道。"姚婶吧？她是大队长啊，你们一个书记，一个大队长，走得近也正常啊。"汪阿兴点点头。他心里的火气并未完全散去，他有一种虎落平原遭犬欺的不平。胡慧丽看出了他的心思，便说道："清者自清，浊者自浊。"她想了想又说道："但也有一句话，谣言说上一千遍，就变成真理了。"汪阿兴沉默片刻道："我不想连累无辜的人。""这一回，我帮不了你。"胡慧丽偷笑道。这时，姚婶进来了："汪书记，哦，胡医生也在啊。"汪阿兴道："今天我这儿可是走马灯啊。就差个老铁头了。"话音刚落，传来一阵自行车铃声。老铁头叫道："汪大麻子。"他进来了，一见姚婶及胡慧丽在，便道："看来，我来得正好。"汪阿兴道："坐着说吧。你们谁先说？"老铁头看了一眼姚婶道："我先说吧。我只有一句话，我相信你。""你大老远过来，就为这一句话？"汪阿兴道。老铁头点点头。胡慧丽道："你凭什么相信他？"老铁头道："因为他心中有人。"胡慧丽不解道："心中有人？"然后沉默不语。汪阿兴道："老铁头，你这是胡说八道。"老铁头也沉默不语。

姚婶看了一眼胡慧丽，道："汪书记，我们家阿福的脾气你也知道，就一张臭嘴，就爱胡说八道，现在大军都恨得不得了。""姚英英同志，我来还有一件事，就是想告诉你。考虑到大军的情绪很不稳定,我让他回家休息几天。"老铁头道。姚婶小声道:"那大军以后还去公社上班不?"老铁头道:"这要看情况。你也跟他说说,劝导劝导他。"姚婶点点头,走了。胡慧丽突然道:"我回去了。"她的神情有些落寞。看着离去的胡慧丽,老铁头道:"汪大麻子,有的话还是要说出来啊。"汪阿兴沉默不语。老铁头叹了口气:"好吧。我不说这事了,我说另外的事。阿炳跟我说他侄子的事,纠缠好几次了,我实在没办法,就让他来找你。他来了吗?""被我骂走了。"汪阿兴道。"唉,我担心谣言会越来越走样。到时候,你就是有一百张嘴,也说不清了。我的想法是让徐大军回来,免掉姚英英同志的大队长职务,这样,别人也不会嚼舌头了。当然,更好的办法是……"他嘿嘿地笑了。汪阿兴摇头道:"我们不能被谣言左右。徐大军和姚英英同志在他们的岗位上还是非常适合的。"老铁头着急道:"汪大麻子,你就不怕谣言传到县里去?一生的清白毁于一旦。姚婶跟方医生的情况不一样。方医生毕竟是单身,可是……"提起方医生,这令汪阿兴沉默了,他脸上闪过忧郁,然后道:"对了,老铁头,没什么好怕的。按你说的,让大军回来,姚英英同志免职,这谣言还是不会断。问题到底出在哪儿?为什么会有这些谣言?这是我们要研究的。"老铁头吃惊道:"你觉得问题出在哪儿?"汪阿兴沉思片刻道:"在我身上。"老铁头张大嘴,愕然。汪阿兴道:"丰农围涂成功,我们只给了光明大队 20 亩地,还是以船队运输交换的。他们就把怨气撒到我身上了。"老铁头点点头道:"我也的确听到了一些说法,说丰农地块之所以大部分给红旗大队,是为了弥补高成天,在方医生的事情上,你欠他的。"汪阿兴道:"那是因为红旗大队离丰农地块最近,最方便,到时候南沙大围涂,我们要让每个大队都明白,我们是有计划的,到时候每个大队都会有一块地。当然,全县各个公社的各个大队都会有地。""对了,跟我们相邻的几个公社也有意见,说丰农地块,有的地是属于他们的,你说说,他们都是抱着混一天是一天的想法,成果有了,就想来抢了。"老铁头道。"我在想,有时候单凭我们一个公社的力量,也是不够的,我们把螃蟹地和丰农地块切一块给他们租种,如何?""那,那我们宁和公社以后的地一半没了? 社员们不会同意的。"老铁头摇摇头。汪阿兴笑道:"谁说我们公社少地了,到时候,他们公社的地围成了,我们也得切一块啊,这么来回一抵,等于我们一分地也没有少啊。"老铁头兴奋道:"是啊,我怎么没有想到呢?"他激动地摸出烟,又道:"给,抽,抽一根。"

两人点了烟。老铁头道:"对了,为了制止这些谣言,你绕了这么大一个圈子,依我说啊,倒不如你直接宣布跟胡医生好上了,一切谣言不攻自破。"汪阿兴道:"你啊,只会捣乱。的确,我承认我心里有她,但是她是什么人? 我是什么人? 我不敢去想。"老铁头道:"你是男人,她是女人。就这么简单。"汪阿兴道:"我是死了老婆的男人,她是个姑娘,这中间隔着一座大山。""那就移了这座大山呗。"汪阿兴道:"我们不说这事了。""你啊,一说到这事,就回避。你要到什么时候才表明心迹呢? 我可是听说了,那个倪文明又来过卫生院了。"汪阿兴愣了一下,说道:"什么时候?""就前几天,怎么,胡医生没跟你说?"老铁头道。汪阿兴埋头不语了。

几个简单的菜,有一条红烧鱼。汪阿兴搂着汪小路,坐在桌前。丁玉洁解下围裙道:"汪叔,你说几句话吧。"汪阿兴道:"玉洁、伟潮、小妹,要我说啊,还是一句老话,今天年三十,我们要年年有余。"众人笑了。鲁小妹指着鱼道:"我要吃鱼眼睛。我一只,小路一只。"汪阿兴道:"好啊,吃了鱼眼睛,晚上走路亮亮的。"丁玉洁突然道:"胡医生一个人,小丽姐也回城过年去了,汪叔,我们去看看她吧。"鲁伟潮道:"玉洁,把鱼带上,我们去那儿吃。"鲁小妹着急道:"那我的鱼眼睛呢?"汪阿兴道:"小妹,鱼眼睛就是你的。来。他用筷子挑出一只鱼眼睛,放进了鲁小妹嘴里,另一只放进了小路的嘴里。"鲁小妹嚼着,笑了。丁玉洁道:"汪叔,我们现在就走?"汪阿兴道:"走。"

　　一个菜、一碗饭搁在桌上。桌上的收音机播放着音乐……胡慧丽坐在灶房的桌前,慢条斯理吃着饭。大年三十,她上午送走了朱小丽,下午就看了一会儿书。门突然被重重推开了,胡佳丽出现在门口。胡慧丽惊喜道:"姐,你怎么来了?"胡佳丽道:"你看,我带谁来了?"张卫国进来道:"小姨。"胡慧丽兴奋道:"卫国。"张卫国看了一眼桌子道:"小姨,你就这么过年三十啊?""反正一个人,简单点。"胡慧丽将收音机关了。胡佳丽抱着胡慧丽道:"慧丽,这大年三十的,人人都回家了,你为什么不回家呢?""姐,卫生院不能没有人。对了,你们把姐夫一个人丢在家了?"张卫国道:"是爸爸让我跟妈妈来的。爸爸说,慧丽独自在宁和,所以就让妈妈和我来了。"胡慧丽流泪了。张卫国也擦了一下泪道:"小姨,走,我们现在就回家。"胡慧丽道:"卫国,小姨不能走。""这大年三十的,谁还来看病啊?"这时,外面传来了急促的声音:"胡医生,胡医生,有人被鞭炮炸伤了……"

　　胡慧丽急匆匆去了治疗室,她利索地给伤者的腿包扎好,然后道:"明天再来检查一下。"伤者及家人道:"谢谢胡医生,对了,胡医生你不回城过年?"胡慧丽微笑道:"不回去了。"他们走了。胡慧丽在脸盆里洗了手,转头时,发现胡佳丽在门边看着她。胡佳丽走了过来:"慧丽,公社及各个大队的赤脚医生问题还没有解决?""快了,公社准备搞培训。"张卫国过来道:"小姨,把院门关了吧。"胡慧丽道:"不能关。"胡佳丽想了想道:"卫国,走,去灶房。慧丽,我带了肉和一些菜,现在烧,我们就在这里吃个团圆饭。"她抹了一下泪,走了。张卫国匆匆跟上。胡慧丽流泪了。她知道姐姐是舍不得她吃苦。她也去了灶房,给姐姐打下手。

　　一道手电光射向天空。走着的鲁小妹道:"汪叔,我爹在天上看着我们呢。"背着汪小路的汪阿兴点头道:"是啊,一家人相亲相爱,你爹就开心了。""我昨晚做了个梦,梦见我爹。他说小妹,你想穿新鞋子吗?我说想啊。我爹说,爹去买一双。我就等,一直等,等到天都黑了,爹还没有回来。我就哭了,醒来的时候,我才知道爹永远不在了。"丁玉洁搂了搂鲁小妹道:"小妹,今天是大年三十,要开心,不哭了。"鲁小妹擦了泪,点点头。挑着担子的鲁伟潮指了指前方的一盏亮着的灯,道:"汪叔,快到了。"他们走进了院子,丁玉洁闻了闻道:"有香味。"

灶房内,张卫国生着火,胡佳丽忙碌着。胡慧丽进来道:"姐,我来,你坐着。"胡佳丽道:"今天,你就老老实实给我坐着,什么都不要动。"她对烧火的张卫国道:"卫国,加把火。"这时,鲁小妹跑了进来:"胡医生,汪叔来了。"汪阿兴放下背上的汪小路,鲁伟潮挑着担子进来了:"胡医生,我们给你送饭来了。"胡慧丽欢喜地抱住了丁玉洁和鲁小妹。丁玉洁道:"胡医生,有鱼。汪叔说了,年年有余。"鲁小妹道:"胡医生,汪叔喜欢你。"胡佳丽愣住了,她手里的铲子掉在了地上。她问道:"小妹,你说什么?"鲁小妹看着她震惊的样子,低了头道:"我什么都没说。"胡佳丽转而看着汪阿兴:"汪阿兴同志,她说的是真的?"汪阿兴道:"小孩子开玩笑,胡主任,这位是……"他手指着张卫国。胡慧丽替他解围道:"卫国,我姐的小儿子。"汪阿兴道:"哦。"胡佳丽拾起铲子,沉默无语。她全身都在颤抖,突然,她将铲子一丢道:"慧丽,走,我们现在就走。"众人愣住了。胡佳丽过来,拉着胡慧丽的手,叫道:"走,卫国,我们走。""姐,你怎么了?"胡佳丽道:"今天,你必须跟我走,回头再跟你说。"她看了一眼汪阿兴。胡慧丽道:"姐,好好的,你……你这是?"张卫国也道:"妈,发生什么事了?"胡佳丽流着泪:"我不能再让你待在这里了,一天都不能了。"她拉着胡慧丽,胡慧丽挣扎着。

鲁小妹突然哇的一声哭了。胡佳丽松了手。胡慧丽道:"姐,你把小妹都吓哭了。"胡佳丽板着脸道:"你走不走?""我不走。"

胡佳丽道:"慧丽,姐求你了,行不行? 你就可怜一下姐吧。姐给你跪下了。"她扑通一声跪在地上。胡慧丽赶紧扶住她道："姐，你这是怎么了？"胡佳丽道："姐只要你跟我走。"汪阿兴道："胡医生，你走吧。""你闭嘴！"胡佳丽怒声道。

汪阿兴抱起汪小路，无言地转身走了。丁玉洁拉着鲁小妹，轻声道："哥，我们也回去吧。"胡佳丽突然道："汪阿兴，你留步，我有一句话要跟你说。"汪阿兴转过身来。胡佳丽道："我明白无误地告诉你，从现在起，请你跟慧丽保持距离。"汪阿兴沉默不语。"姐，为什么？"胡慧丽道。胡佳丽道："姐是为你好。""姐，你就是因为听到了小妹的一句话？她还是个孩子。"胡佳丽道："归根结底，你不属于这儿。慧丽，我们走。"胡慧丽道："姐，我不会走的。"

汪阿兴道："胡主任，我可以走了吗？"胡佳丽不语。汪阿兴便抱着汪小路就要走。胡慧丽上前一步道："等等。"汪阿兴愕然地转身，看着她。胡慧丽道："今天，你也给我一句话，你喜欢我吗？"众人愣住了。胡佳丽着急道："慧丽，你……"汪阿兴百感交集。身边的丁玉洁扯了扯他的衣服，轻声道："汪叔，快说你喜欢她，快说啊。"汪阿兴道："我不喜欢你。"胡慧丽泪流满面。

胡佳丽看了汪阿兴一眼："你们走吧。"汪阿兴他们走了。胡慧丽突然平静地说道："好吧，姐，过了这个晚上，我就跟你回去。"她软绵绵地坐了下来。她的心像是一下子空了，什么都没有了。眼前的一切都变得模糊，仿佛她置身于梦境。她仿佛听到张卫国在叫她，她张着嘴，却发不出声音来。张卫国走到她身边，久久地看着她。然后，握住了她的手。

回到鲁家湾草舍的汪阿兴像一只斗败了公鸡似的，长时间埋头坐着。他脚上穿着的这双棉鞋就是胡慧丽做的。他记得她将棉鞋放在桌上时，脸上有一些羞涩。她说，以前我看到方姐给你做过鞋，我也试着做做，你试试。他欢喜地试了试，很合脚。他刚想说谢谢，她就跑了。他喜欢这双鞋子，平时舍不得穿。他总是把这双棉鞋擦得干干净净，不让它沾染一点儿尘灰。他抚摸着鞋子。丁玉洁悄悄地进来了:"汪叔。"汪阿兴抬头道:"玉洁,这么晚了,还不去睡?"丁玉洁看着他,有一会儿后才道:"汪叔,你回来后,一句话也没有说。小路睡着了?"汪阿兴点点头。"汪叔,你为什么不说喜欢胡医生,你明明喜欢她。"汪阿兴沉默不语。丁玉洁着急道:"她要是真的走了,那以后你怎么去喜欢她啊?汪叔,你怎么这么胆小呢?"汪阿兴道:"玉洁,大人的事你不明白。"丁玉洁道:"我明白,喜欢就是喜欢,不喜欢就是不喜欢。汪叔,你一直跟我们说,不能说谎,可是你却说谎了。你喜欢胡医生,我知道。"丁玉洁看了一眼他脚上的棉鞋道:"胡医生给你做新鞋子,姚婶说了,只有最心爱的人,女人才肯一针一线做新鞋子。"她流泪了。汪阿兴拍拍她的肩道:"玉洁,玉洁……"丁玉洁哭着道:"汪叔,胡医生流泪的样子多伤心啊,我从来没有见过她这么伤心的样子。"她哭着走了。汪阿兴重重地叹了一口气。他仿佛看到了伤心欲绝的胡慧丽,就在自己的眼前晃动。夜已深,一切都显得静寂。他辗转反侧,或许,她已经到了城里。从此,他们再也不会见面了。他坐了起来,在黑暗中抽着烟。

胡慧丽听到了姐姐的呼吸声。姐姐终于睡着了。她曾经有过逃跑的念头,好像一只小鸟一样,飞出这个房间。但是临睡前,姐姐的一番话,让她打消了这个念头。姐姐问她,你心里是不是怨恨我。她无言以对。姐姐又说,当我听到鲁小妹的那句话时,我震惊了,要是再不拉走你,你的一生就毁了。她不明白姐姐这话的意思。姐姐又说,慧丽,汪大麻子这个人能力强,威信高,但争议也多,做兄长当领导我不反对,但是,你们不能有任何的私人感情。无论从哪个方面来说,他都配不上你。她依旧还有抵抗,她告诉姐姐,他们的关系简单而纯洁,他们就像两个潜在水里的人,可以看到对方,但中间却隔着一道他们看不见的玻璃墙。姐姐又说,回去后,我跟章院长去说,让他派一个得力的医生来,这样也不辜负你对这片土地的感情。最后,姐姐说,慧丽,姐已经失去了保国,姐不想再失去你。你知道吗，我害怕我有一天会失去你。我都快要疯了。你知道快要发疯是什么滋味吗？那就是整天提心吊胆，失魂落魄，一觉醒来，总是大汗淋漓。她抱住了脆弱的姐姐，然后说，姐，你什么都不用说了，我明天一早就跟你回去。

第三十二章

清晨,偶尔传来鞭炮声。胡慧丽深情地看着这块"宁和人民公社卫生院"的牌子,用手轻轻地抚摸着。张卫国将一张通知贴在了门上,他轻声念道:"从今日起,胡慧丽同志将离开宁和卫生院,需要看病的同志请耐心等待,等待上级的安排,或者去邻近公社的卫生院……"胡佳丽出来道:"慧丽,走吧。""姐,让我再看看。"她看着院墙,看着房子,看着天空。胡佳丽催促道:"慧丽,我们还得赶公共汽车呢。"胡慧丽道:"姐,我还想去看看方姐,跟她告别。"胡佳丽犹豫片刻道:"好吧。"

方医生墓前,胡慧丽静静地站着。之前的冬至日,她与汪阿兴一起,已经在坟上添了土。她记得那天风很大,她将围巾裹在了汪阿兴的脖子上。汪阿兴始终张着手,好像怕她被大风吹走似的。她好像看到了一个草舍的屋顶从她的视线里被风吹得不见踪影了。风停的时候,他告诉她,他听鲁阿牛说过,遇上这样的大风天,总会有草舍屋顶被大风掀翻,然后无影无踪。现在,她就要走了,从此再也不会踏上这块土地了。她有很多话想说,但却被堵住了,堵得严严实实。

胡佳丽走了过来道:"慧丽,我们走吧。"胡慧丽点点头,心中默念道:"方姐,再见。"他们无语地走了一段。胡慧丽走得摇摇晃晃。胡佳丽不安道:"慧丽,你怎么了?"脸色苍白的胡慧丽双腿一软,正好被张卫国接住了:"小姨,小姨。"胡佳丽也着急道:"慧丽,慧丽。"胡慧丽定了定神,咬紧牙关站了起来:"姐,我没事。"胡佳丽抱着她，流着泪道："慧丽，姐来晚了，姐早就该来了，早就该把你带走了。都怨我，都怨我啊。"胡慧丽摇摇头："姐，我不能回去。我回去了，就是一个弱者，一个逃兵，这是耻辱。我仿佛听到了方姐的声音，她说，你令我失望。"胡佳丽吃惊地看着她："慧丽，你疯了？在这儿，你有什么？你什么都没有！""姐，我有了一颗坚定的心。"胡佳丽道："不行！慧丽，你听姐一句话，你在这儿，姐每时每刻都不放心，求你了，姐求你了。""姐，我回去了，我无法面对医院的同事们，我也无法面对我自己。"胡佳丽道："无论遇到什么事，有姐在你身边，你什么事都不用担心。走吧。"她拉着胡慧丽的手，走了。

这时，老铁头骑车来了。他到了跟前，跳下车，着急地划着手。胡佳丽看了他一眼道："你怎么了？"老铁头指指自己的下巴，想了想，从上衣口袋拿出一张纸，递给了胡慧丽。胡慧丽一看："胡慧丽同志，请你三思。"胡慧丽看了他一眼道："你的下巴掉了？"老铁头点点头。胡慧丽双手托住老铁头的下巴，突然，向上一送，只听得吧嗒一声，老铁头的下巴合上了。他喘了一口气道："胡医生，请你三思。"他看了一眼胡佳丽，又说道："胡主任，现在胡医生是我们公社的人，要走，也、也得办个手续。"胡佳丽道："手续以后补办。人先走。""胡医生走了，谁来接班？"老铁头又道。丁玉洁一早就跑到公社，告诉他这件事，他心里也是十分着急，心想胡慧丽要是走了，将给汪阿兴致命一击。"这个事，我会想办法。""对了，胡医生，有个事想跟你商量一下，"老铁头道，"胡主任，只要五分钟。"胡佳丽无奈道："好吧。"

老铁头和胡慧丽走到一个土堆后，他着急道："你要是走了，汪大麻子他，他就消沉了。""关我什么事？""还有，你要是走了，小张怎么办？他还指望你让小丽回来呢？小丽走了，你也走了，小张也消沉了，说不定就变成高成天那样的了。"胡慧丽不悦道："老铁头，你到底想说什么？"老铁头做了个嘘声的动作，小声道："胡医生，你还不明白吗？"这时，传来胡佳丽的叫声："慧丽，你们说好了吗？"胡慧丽应了一声："快了。"她也低声道："老铁头,你这么东拉西扯,只是在浪费时间。""再等等,再等等。"老铁头踮脚张望。远远地传来吕秀儿的大嗓门:"慧丽,慧丽……"老铁头如释重负道:"这个吕秀儿,总算来了。"吕秀儿一阵风似的跑到胡慧丽跟前道:"慧丽,我不让你走!"她紧紧地抱着胡慧丽。胡佳丽走了过来:"同志,哎,同志……"吕秀儿双眼一闭道:"不管是谁,我都不理,我就是不让你走。"胡佳丽怒声道:"你?!""胡主任,这是我们公社的妇女主任吕秀儿同志。"胡佳丽道:"我认出来了。吕秀儿同志,我要带慧丽回城。"吕秀儿道:"我不同意。慧丽不能走。不能走。"她流着泪,又说道:"你不能走,不能走。""秀儿姐,听话,松手。"吕秀儿松了手,蹲了下来,号啕大哭。胡慧丽看着吕秀儿,流泪了。这时,张卫国上前,一把拉开了吕秀儿,然后道:"小姨,我们走吧。"胡慧丽道:"秀儿姐,对不起。"她大步地走了。吕秀儿跺着脚:"慧丽,你太狠心了。"老铁头一声叹息。

公共汽车站的站牌下,众人围着胡慧丽。姚婶大声道:"胡医生,你不能走啊。"众人齐声道:"对。"几个男人扭住了挣扎着的张卫国。胡慧丽看了一眼流着泪的丁玉洁,道:"大家都安静下来。"她走了过去,轻抚丁玉洁的肩道:"玉洁。"丁玉洁哭着道:"胡医生,我不让你走。"胡慧丽也落泪了。鲁小妹道:"我喜欢胡医生。我喜欢胡医生。"她突然大声哭了起来:"胡医生,对不起,都是我不好,都是我不好。"她自己用力掌嘴,胡慧丽抓住了她的手,然后抱着鲁小妹道:"小妹,别哭,不要这样。"鲁小妹哭得更厉害了。

一辆公共汽车开来了。胡佳丽道:"慧丽,我们走吧。"胡慧丽看着胡佳丽,摇摇头。胡佳丽道:"慧丽。"挣脱出来的张卫国扯了扯胡佳丽的衣服道:"妈,妈,还是让小姨留下吧。"胡佳丽硬起心肠道:"不行。"这时,有人高喊:"赞成胡医生留下的举手。"众人齐刷刷地举了手。胡慧丽愣住了。张卫国也举起了手。胡佳丽流泪了。胡慧丽道:"姐,求你了。"公共汽车停下了,车门打开。驾驶员下来道:"哟,原来是胡医生啊,什么事啊?"有人道:"胡医生要走。我们举手,不让她走。"驾驶员举了手道:"我也算一个。胡医生是个好医生,这车里车外的人都知道。"公共汽车内的几个人也举了手。

胡佳丽沉默不语。胡慧丽道:"姐,求你了。你有什么条件我都答应,只要让我留下。"胡佳丽终于说道:"好。答应我两件事。一、不能在这里成家,跟他保持距离。二、要照顾好自己,尽早回来。"胡慧丽道:"我答应你。"丁玉洁和鲁小妹紧紧地抱着胡慧丽,泪如雨下。这时,吕秀儿也跑来了。她张开双臂,将胡慧丽拥入怀里,然后道:"慧丽,你放心,我会陪着你。"上了车的胡佳丽一声不吭地坐着,她知道现在她还无法说服慧丽,只有等。她会等,会等到她彻底醒悟的那一天。

桌上摆着一件东西,裹着红布。胡仁义脸上显得神秘兮兮。张建设看了一阵,道:"老胡,什么好东西啊,被你说得神神秘秘的,开吧。"他伸手去扯红布。胡仁义按住他的手道:"再等等。""还有人?"张建设笑了笑,道,"等谁啊?"胡仁义道:"一位老朋友。"

门开了。一个男人站在门口。张建设惊喜道:"老郑。"他快步上前,两人紧紧握手。胡仁义笑道:"老张,老郑值得等吧?""值得,太值得了。老郑,你不是去国家水利部了吗?"老郑笑道:"我调回来了。老张,多年不见,可好啊?"张建设笑道:"好。"胡仁义笑道:"郑天林同志,现任钱王江管理局总工程师。""老郑,你是为钱王江而来?"郑天林笑道:"省委谭书记去水利部要人了,我听到这个消息,就报了名,组织上同意了。""一晃多年啊,想当年我们在学校可是一个篮球队的,"张建设道,"每次打球,你总是坚持打右路,我呢,死命要打左路,有一回,两人为这还大吵一架。"三人都笑了。

胡仁义指了指桌上的红布道:"老郑来了,这件好东西也该亮相了。"他扯了一下红布,现出一座塔来。张建设不解道:"塔?"胡仁义笑道:"是啊,塔。老郑,你说吧。"郑天林指着塔道:"老张,你知道此塔从何而来吗?"张建设摇摇头。郑天林道:"这塔跟你们萧金县有缘。传说五代十国时,吴越国王钱镠在钱王江边修了一座塔,以镇钱王江大潮。后来,此塔毁于战乱。而塔的位置原在海平县境内,千百年来,因为钱王江不断坍江和变道,现在进入你们萧金县境内了。"张建设道:"你说是塔的旧址?"郑天林笑道:"传说归传说,我们不去理它。这座塔是省文物局专门制作的,之所以让你来看塔,就是告诉你一个信息,钱王江大围涂你们萧金县是主战场。"张建设笑道:"是啊,这个我清楚。"郑天林道:"民间流传一句话——塔现,潮平。""你们两位煞费苦心,原来就为了给我打气啊。"郑天林道:"我听老胡说,你们萧金县压力很大,粮食问题一直困扰着你们,俗话说,三军未动,粮草先行。萧金县的南沙大围涂,是一场实打实的硬仗苦仗。""老郑,你到底是水利专家,一句话胜过我的千言万语啊,老胡,你还得想办法向省里打报告,支援我们一下。"胡仁义道:"我尽力。"张建设道:"老郑,从今天开始,你不仅是钱王江管理局的总工程师,还是我们萧金县的总工程师。""放心吧,老张,你们哪一天动手,我就哪一天来报到。"

　　从钱王江管理局出来,张建设又去了省水利学校。他跟汪校长联系过了,他们那儿的学生,到时派一部分来工地。他现在需要技术人员,虽然钱王江管理局也能派一些人,但从他匡算来看,那是远远不够的。他突然想起了老倪,心想他要是还在,那至少可以顶十个技术员。但是,时间总是这样无情,生命就像时间里的一个音符,不知道什么时候就会突然终止。李贵生由于工作太拼命,突然病倒了。他去医院看他的时候,发现李贵生的头发白了一半。李贵生苦笑着说道,南沙大围涂要是成功了,他就向上级打报告,要求退休回家。李贵生的这句话是真的。千头万绪都需要梳理清楚,哪个环节都不能出问题。

　　回到萧金县已是晚上十点。张建设在办公室里又看了一会儿材料,抬腕看表,发现已经十一点了。这个时候,整幢楼静悄悄的。他站在窗前抽了一根烟,远远地看到钢铁厂的烟囱还在吐着白烟。他关了门,走过王宝年办公室时,发现灯光漏了出来。他推开门,见王宝年正在埋头写材料。"宝年同志,这么晚了,还不回去?""张书记,这阵子事太多,必须加班,"王宝年说道,"临清公社送来报告,要求县里给他们提供水稻种子,我跟省农科院联系了,他们的意见是最好弄一块试验田。"张建设想了想道:"能不能将试验田放到宁和去? 如果成功了,就可以大面积推广。"王宝年道:"我也是这么想的。"

到了家,张建设发现坐在床上的胡佳丽正在发呆。他脱下衣服,然后躺了下来。胡佳丽拿过报纸,指了指报上的一篇小报道:"是他吗?"张建设接过报纸一看,正是倪文明。这是一篇报道省医院的稿子,里面写到了年轻医生倪文明救了一名老工人。"是老倪的孙子,"张建设道,"有出息了。""我想让他来家吃个饭。"胡佳丽道。"好吧,"张建设道,"我也有这个想法。""你到时要抽出时间来,"胡佳丽道,"这是我最后的希望了。"张建设皱着眉道:"慧丽长大了,你不要老想着干涉她。""你……"胡佳丽瞪了他一眼,躺下睡了。

过了三天,是个休息天。胡佳丽在厨房里忙忙碌碌,今天倪文明要来她家。这时,传来了敲门声。胡佳丽叫道:"卫国,快去开门。肯定是小倪来了。"躺在沙发上看书的张卫国应了一声,走过去,开了门。手拎一网兜苹果的倪文明站在门口,道:"同志,这是胡主任家吗?"张卫国点点头:"进来吧。"系着围裙的胡佳丽跑了过来:"小倪来了啊,来来来,家里坐。"她看了一眼他手上的苹果,埋怨道:"下次来,不要买东西,老张不高兴。"倪文明进来,打量了一下室内,然后道:"胡主任,家里真干净。"胡佳丽笑道:"还不是因为家里有医生的缘故,慧丽现在虽然不在家,可是我也不敢马虎啊。卫国,倒水。削苹果。"张卫国应了一声,去倒水了。倪文明道:"我自己来,我自己来。"他接过张卫国手中的水瓶。"卫国,你去窗口看看,你爸来了没有?怎么回事,就等他一个人了。"倪文明道:"张书记工作繁忙,唉,公家人就是这样啊。胡主任,需要我帮忙吗?我也能烧几个菜。"胡佳丽欢喜道:"这样啊,那太好了,来来来,亮个相。"倪文明接过胡佳丽递过来的围裙,系在身上道:"胡主任,你尽管吩咐。"削着苹果的张卫国看了他一眼,皱了眉。

倪文明解下围裙,指了指桌上一碗红烧鱼块,道:"胡主任,红烧鱼块,你尝尝。"胡佳丽拿筷子尝了尝,称赞道:"味道真不错。小倪,这手艺在哪儿学的?""我们省医院食堂有位师傅有一回得了病,是我把他治好的,有时候他就拉我去他家吃饭,后来慢慢就学会了。"胡佳丽欢喜道:"小倪啊,你不仅医术好,这做菜的功夫也好。来,坐。"倪文明刚坐下,张卫国便说道:"我爸回来了。"门开了,张建设出现在门口,笑道:"小倪来了啊。"倪文明道:"张书记,您下班了?"他殷勤地去拿张建设手中的公文包。张建设道:"小倪,我自己来。""老张,小倪还会做菜。味道好着呢。"胡佳丽笑着道。这时,张卫国没好气地道:"做菜算什么呀?"胡佳丽白了他一眼道:"你懂什么?小倪,来,我们坐下来,吃饭。"倪文明有些不好意思地坐了下来。他看了张卫国一眼,然后又道:"听胡主任说,卫国在北京上学?"张卫国埋头不语。"卫国就快回来了,"胡佳丽道,"他爸说了,必须回来,他学的是经济专业,为县里作贡献。"张建设笑道:"以后,我们肯定需要懂经济的人才。""爸,你太霸道了,"张卫国不高兴地说道,"我长大了,我有自己选择的权利。我想去上海。""不行。就回我们县,去工厂,从技术员做起。"张建设瞪了他一眼道。"吃饭,吃饭,饭桌上不讨论问题。"胡佳丽看了一眼倪文明道。

吃完饭,胡佳丽收拾着碗筷。沙发上坐着的张建设给倪文明的杯中添了水,道:"小倪,听说你现在是预备党员?"倪文明点点头。张建设道:"党员可不是普通人啊,那是时时处处要带头的,我也听你们高副院长说,你在业务上很努力,也很拼命。""张书记,我觉得业务很重要,我们当医生的,手术刀就是我们的饭碗,就是我们的所有。"倪文明道。"除了业务,思想上更重要,在个人修养和品德上,要更上一层楼,这样,才无愧于中国共产党党员这个光荣称号,我当年入党是在工地上,那可是拼了命地干。"他听说了倪文明不肯认老倪这件事,他觉得倪文明就像一个精明的生意人,但是他也觉得老倪毕竟情况特殊,他可以原谅倪文明的这种做法。张建设喝了一口茶道:"你跟慧丽既然是同学,有的话我也就直说了。你怎么看慧丽?""张书记,我觉得慧丽的选择是一时冲动,不是理性的选择。"张建设道:"哦,说说。"倪文明道:"我们医生追求的终极目标是精湛的医术,精湛的医术必定要在大医院里历练出来,哪怕不是省医院,县医院也是可以的,但是像宁和卫生院……"他摇摇头,又道,"实在太简陋了。我个人觉得像这样的卫生院不如取消的好。"张建设道:"你是说,宁和卫生院这样的环境提升不了医术?""张书记,当然这话也并非绝对。但是终归是大医院提升得快,水往低处流,人往高处走。慧丽应该在省医院或者县医院这样的平台工作,几年以后,必定会是一名医术精湛的好医生。"张建设点点头。倪文明又道:"张书记,我多次劝她,离开宁和那个鬼地方,但是她很固执,我实在无法劝说她了,"他摇摇头,又道,"所以,也想请您做做她的工作。"张建设沉默不语。倪文明又道:"慧丽在宁和待久了,她就落后了。"

胡佳丽走了过来:"小倪,你说得对,我就担心她以后不仅业务落后,而且人也变老了。那儿的风可真是厉害,吹上一年,脸都吹红吹黑了。我听说你们省医院将来会有房子分配?""胡主任,这个我也不是太清楚,但听说双职工是有的。"倪文明道。"那就好,有了房子,那就是真的安了家了。"胡佳丽笑着道。张建设却无语地站了起来。倪文明也站了起来。"小倪,晚上你就住在家吧。"胡佳丽道。倪文明道:"不了,不了,胡主任,我还是回招待所,我打了介绍信。”

张建设突然转身道:“小倪,如果有一天把你调去宁和卫生院,你愿意吗?”倪文明愣住了。胡佳丽愣了一下道:“老张你说什么呀,人家小倪是省医院的医生。”张建设道:“让你跟慧丽一起在宁和卫生院工作,你愿意吗?”倪文明一脸为难道:“这,这……”“我明白了。我只是一个假设,你放心,你还在省医院工作。”张建设走向卧室。胡佳丽道:“小倪,我们家老张说话就是这样的,你别在意。对了,你现在跟慧丽还通信吗?”倪文明摇摇头道:“有一阵没通信了。她,她……”“我希望你们能继续通信,毕竟,你们彼此知根知底,而且你又好学上进,我心里也放心。”倪文明道:“胡主任,我答应你。”他抬腕看了看表,又道,“胡主任,我走了。”胡佳丽道:“那我送你。”倪文明忙说道:“不用了,不用了。”“不打紧。我送你。”两人一前一后走了。

一直不吭声的张卫国叹了口气。正好,张建设出来了:“你叹什么气啊?”张卫国道:“他配不上小姨。”“哪配不上了?你妈说了,人家可是省医院的医生呢,好学又上进的,前途一片光明。”张卫国摇摇头:“我看他胆小如鼠。”张建设笑了:“那谁配得上你小姨啊?”张卫国道:“到现在为止,我还没有发现。爸,我跟你说,小姨啊,跟以前完全不一样了,这一次我跟妈去宁和……”张建设听着,不停地点头。胡佳丽开门进来了:“老张,你怎么不跟小倪道个别啊?”张建设喝了一口水道:“老倪和小倪完全是两个人。”“人家小倪毕竟是头一次来咱家。”张建设皱着眉道:“我看你,竹篮打水,空忙一场。”胡佳丽听了:“不管怎么样,不能让慧丽一直待在宁和。老张,我下定决心了,好歹再过一年,我就要慧丽回来结婚。”“跟谁结婚啊?哦,跟小倪啊?”他摇摇头,又道,“适合吗?你征求过慧丽的意见吗?”胡佳丽道:“我管不了那么多了。”“你啊,病急乱投医。”张卫国走了过来:“妈,爸说得对,他配不上小姨。”胡佳丽看了他们父子俩一眼,道:“那你们说说,谁配得上她啊?说啊,别横挑鼻子竖挑

眼的,姑娘的年龄拖不起,知道吗? 时间过得多快啊,一眨眼,慧丽
成老姑娘了,到时候怎么办?"张建设沉默不语,张卫国伸伸舌头。
胡佳丽道:"小倪跟慧丽有感情基础,他们一直在通信,我看好他
们。到时候,慧丽调回县医院,老张你想想办法,把小倪也调回
来。"张建设道:"我没这个本事。"他顾自走了。胡佳丽气得不得
了。张卫国小声道:"妈,爸的脾气你还不清楚吗? 他准是看不上
小倪,所以啊,你的如意算盘,成了水中月、镜中花了。"他轻笑着走
了。胡佳丽站着生闷气。

胡慧丽生着闷气,她心里就像搁了一块石头似的。汪阿兴明
明知道她没有走,却一直没有现身。他是没脸来见她,还是由于其
他原因? 她心里摸不透。吕秀儿在卫生院陪胡慧丽。姜小个倒是
天天晚上来看吕秀儿,一会儿摸摸她的肚子,问孩子怎么样了,一
会儿又说要给吕秀儿买红糖吃,十分恩爱。吕秀儿也埋怨汪阿兴,
说他怎么像个缩头乌龟。

天黑了。一阵急促的脚步声传来,胡慧丽心中一喜,以为汪阿
兴来看她了,哪知道却是老铁头背着张文化来了。张文化哎哟、哎
哟地叫着。"怎么了?"胡慧丽道。"他肚子疼。"老铁头背着张文化
进了治疗室,放下,然后急得不得了,走来走去。胡慧丽戴上口罩。
"胡医生,他得了什么病?"胡慧丽道:"我判断是急性阑尾炎。"老铁
头大张着嘴道:"啊? 这,这可怎么办? 这要动手术啊。而且是要
害部位,这……"胡慧丽脸腾地红了。老铁头道:"我去叫拖拉机,
直接送县医院。"胡慧丽看了一眼痛得死去活来的张文化道:"来不
及了。"老铁头道:"可是,可是胡医生,你,你毕竟是个女的,而且还
是个姑娘。""老铁头,动手术吧,来,你帮我一下,先给他脱了裤
子。"她转过身去。老铁头脱着张文化的裤子,张文化拼命挣扎道:
"不要,不要,我宁可死,宁可死……"老铁头狠狠地扯下他的裤子
道:"死? 好死还不如赖活呢。"张文化依旧挣扎着。老铁头给了他

一巴掌:"老实点。"张文化喊道:"我宁可死,丢脸啊,我宁可死。"老铁头想了想,又给了他一拳,把他打晕了,他擦了把汗道:"胡医生,好了。"胡慧丽给张文化打了麻药,然后拿着剃刀……她脸无表情动着手术。站在门口的老铁头全身哆嗦。终于,胡慧丽道:"好了。"她解下口罩,手上的托盘里有一坨血肉,模模糊糊的。老铁头一屁股坐地:"胡医生,我现在才知道医生拿手术刀真不容易,我可是连看都不敢看。"胡慧丽道:"我缝好伤口了。再过半个小时他就醒来了。"她走了。老铁头走了过去,喃喃自语:"小张,你命大,幸亏遇上胡医生。你记住,你这条命是胡医生救的。"他坐在治疗床前,脱下棉衣,里面的衣服全湿了。他抽着烟,喘着气。

张文化睁眼躺着。身边的老铁头喝了一口水道:"小张,胡医生说了,一个星期以后,你就活蹦乱跳了。"张文化道:"可是……"他红了脸。"人家胡医生才不像你那么封建呢,"他抓了抓头皮,小声道,"这件事要保密。"张文化点点头。胡慧丽进来了:"小张,怎么样,不疼了吧?"张文化红着脸道:"不疼了。""伤口愈合需要时间,这几天不能干重活,休息为主。"老铁头道:"胡医生,你放心,我监督他。"胡慧丽点点头,走了。

吕秀儿和姜小个手拉手进来。他们回了一趟家,姜小个的意思是他也睡在卫生院。吕秀儿拒绝了,说卫生院是清静的地方,你睡着不合适。姜小个无奈地走了。吕秀儿开心地告诉胡慧丽,她听到了一个消息,汪阿兴病了一场,现在他不太爱说话了。胡慧丽有些着急地说道,什么病? 吕秀儿道,不就是相思病吗? 我听鲁家湾的姚婶说,汪阿兴整个人都瘦了。胡慧丽不语。吕秀儿后来说道,她明天就去一趟鲁家湾,摸摸情况。胡慧丽制止了她。吕秀儿有些不理解地说道:"慧丽,我就不明白了,你们怎么就这么复杂呢? 找对象,只要你情我愿,就可以接着往下一步走了。可是你们呢,好像谁也不愿意捅破这张纸。看来,还得我来给你们捅破。""秀儿姐,睡觉吧。""慧丽,你说你这么漂亮能干,在我心里,你可是跟仙女一样,世界上没几个人配得上你,你那个同学更配不上了。汪书记是个顶天立地的男人,他吃了这么多苦,受了这么多累,还没有垮掉,也只有他才能配得上你,"吕秀儿叹了一口气道,"我以后也要生一个像他这样的儿子。"

鲁伟潮来卫生院,是丁玉洁和丁二南扶着来的。他的小腿上有一道伤口,丁二南说是徐定强踢的。胡慧丽仔细看了伤口,说什么鞋子有这么厉害。丁二南气愤地说,徐定强的棉鞋前面装了一块钢板,踢起人来,就跟菜刀砍似的。胡慧丽倒抽了一口冷气。幸亏鲁伟潮的胫骨没断,但也有些严重。丁玉洁更是咬着牙,不发一言。胡慧丽后来问了丁玉洁。丁玉洁不肯多说,但目光中的愤恨却是显而易见的。丁二南又说了汪阿兴的事,说他对这件事也很气愤。姚婶现在左右为难,一边是儿子,一边是跟儿子一样的鲁伟潮。后来,姚婶揪着徐定强的耳朵来到了卫生院。徐定强死不认账,昂着头。姚婶将徐定强的鞋子取了下来,递给了胡慧丽。这棉鞋的鞋头上居然有一块钢板,天知道他是怎么将这块钢板嵌进去的。胡慧丽撬下这块钢板,然后道:"定强,这可是很危险啊。"徐定强不吭声。"你跟伟潮有什么深仇大恨?"姚婶又揪着他的耳朵道,"你要是不说,我把你耳朵揪下来。"徐定强痛得哇哇叫。"姚婶,不要这样,"胡慧丽道,"定强可能有心事。""胡医生,你说他有什么心事啊? 我就害怕,这么小的年纪就会害人,以后长大了,指不定变成什么样的人。"她抹着泪。胡慧丽见丁玉洁一直不吭声,便说道:"玉洁,你们回去吧。伟潮养上几天就会好。"丁玉洁点点头,和丁二南一起搀扶着鲁伟潮走了。

胡慧丽把徐定强叫到了院子里,然后小声地问他。徐定强一开始不肯说,但禁不住胡慧丽的再三追问。他说他捡了丁玉洁的日记本,丁二南却说他是偷的,他就生气了。胡慧丽明白了,徐定强是关心丁玉洁,但在丁二南和鲁伟潮看来,却做了坏事。她安慰徐定强,心里想得开一些,世界就大一些。徐定强似懂非懂地点点头。后来,他说他大哥被爹出卖了,娘很生气,他心里也很郁闷。他说着就流泪了。胡慧丽又问了姚婶。姚婶也一五一十跟她说了徐阿福为了几包烟,就把徐大军在公社的工作卖给了阿炳的侄儿。胡慧丽沉默不语。她看着心力交瘁的姚婶,不知道如何安慰才好。姚婶说起了鲁阿牛,他临走之前,跟她说了一句话,说我们是一家人。她哭了。她说鲁阿牛的这句话一直在她心里生着根,可是她却弄得一团糟,现在连伟潮和定强都成了敌人似的。胡慧丽想起了丁玉洁目光里的仇恨,心想丁玉洁与姚婶也好像仇人一样,这两个家,已经越来越远了。

胡慧丽去鲁家湾大队,那是因为另外一件事。徐阿福去县里告状了。这个消息是丁二南跑来告诉她的。她不明白发生了什么事,但猜测肯定跟汪阿兴有关,否则徐阿福也不会去县里告状。汪阿兴不在草舍里,据鲁伟潮说,他去了光明大队,因为那儿的船厂开建了。鲁伟潮还告诉她,徐阿福之所以去县里告状,那是因为汪阿兴骂了他。徐家一片狼藉,好像打过架似的。姚婶蓬头垢面地坐着。原来,徐阿福喝了酒,然后痛骂姚婶和汪阿兴,他心里一直怀疑他们有不正当关系。以前鲁阿牛在时,他怀疑鲁阿牛,现在鲁阿牛去世了,他就怀疑汪阿兴。姚婶火冒三丈,跟他打了一架。徐阿福扬言要去县里告汪阿兴,说他破坏别人的家庭。他一早还真走了。胡慧丽心中一阵隐痛。上次,因为这件事汪阿兴气得吐了血。她心想着他的身体,要是再来这么一次打击,怕不仅仅是吐血了。

回到卫生院,胡慧丽心里烦躁。她拉开抽屉,发现满是没有拆封的信。都是倪文明来的。她将手中的信放了进去,推上了抽屉。她坐了下来,看着桌上的墨水瓶和收音机。她拧了收音机开关,顿时传来了歌声:"一条大河波浪宽……"她听了一会儿,好像心里变得明亮了。她又一次拉开抽屉,想了想,将全部的信取出。在院子里,她点燃了这些信。看着燃烧的纸片在空中舞动,她觉得她跟过去的胡慧丽告别了。朱小丽进来的时候,正好看到信燃烧成了灰烬。"小丽,你……"胡慧丽吃惊道。"我重新来报到。"朱小丽放下背包。两人紧紧拥抱。朱小丽说了她的心事,在这几个月里,她一直在想着一件事,那就是宁和卫生院。她说曾经在县城的街上遇到过张文化,他坐在卡车的副驾驶上,将一车大粪运到宁和来。他也去县医院偷偷看过她,还给她写了信。有一天晚上,他还站在她的宿舍楼下,站了好久。她在窗口看到他像个傻子一样。朱小丽后来说,她也听到了关于胡慧丽的一些事,院里有人说,她之所以不肯回来,那是因为她心里有人了,就是汪大麻子。汪大麻子的故事在院里流传,有人说他一脸大麻子,有人说他身高两米,力大无穷,有人说他就跟一个土匪似的。总之,各种说法都有。院里还专门开了一个会,章院长介绍了宁和公社的情况,也说到了汪大麻子,说他是一个了不起的同志,还说胡慧丽同志更了不起,她是县医院的骄傲。朱小丽显得很兴奋,她还说了邱副院长调去了省医院,一批年轻的医生也分配进来了。

　　一个月后,胡慧丽才见到了汪阿兴,那是在公社召开的会议上。她作为卫生院的负责人参加了会议。老铁头传达了县里的有关精神。最后是汪阿兴讲话。他好像瘦了许多,声音也有些沙哑。胡慧丽坐在后面,看着台上的汪阿兴大声地说着,觉得就像做梦一样。这个会议主要是传达县里关于南沙大围涂的决定,考虑到工程巨大和人心的凝聚力,县里专门作了规定,凡机关干部一律都要下乡,了解民情,有什么情况要及时上报。这也算是一次大摸底。胡慧丽被分到了鲁家湾大队。会议散了之后,胡慧丽被老铁头叫住了,说是留一下,还有点事商量。在老铁头的办公室里,他说马上建立赤脚医生培训班。她表示同意。就在这时,汪阿兴进来了。他把手里的一份材料丢在了桌上,然后道:"胡医生,我想找你谈谈。"胡慧丽不吭声。"胡医生,他啊,跟我说了不下五六次,说要跟你谈谈,可是你也知道,我必须征求你的意见,你愿意跟他谈,那就谈,如果不愿意,我也尊重你的意见。""我不愿意。"胡慧丽说完,就走了。她下楼,骑车。动作一气呵成。她边骑车,边流泪。

又过了一周。汪阿兴终于来到了卫生院,他身边还带着张文化。其实,张文化已经是卫生院的常客,他与朱小丽的恋情进展十分迅速。张文化见了胡慧丽,便说道:"胡医生,我跟小丽说点事。"他溜了。汪阿兴低着头,像是认罪似的。胡慧丽听到他沉重的呼吸声。两人都沉默不语。这时,门外传来朱小丽的声音:"我说小张,要是不开口说话,那就没得话说了。""小丽,我向你保证,见了你,我一定先开口说话。"很显然,他们是在鼓动汪阿兴开口说话。汪阿兴犹豫不决,他担心,又有点害怕,有时候心里想的,变成话说出来就两个意思了。他全身都在冒汗,额头上的汗滴了下来。他似乎都可以听到汗水掉在地上的声音。

一块毛巾丢了过来。汪阿兴接住毛巾,擦了一下脸上的汗,然后笑了。胡慧丽瞪着他。"胡医生,我……"他犹豫地说道,"我很紧张。""紧张什么?"胡慧丽依旧绷着脸道。"我,我怕你生气。"汪阿兴又擦了一下脸上的汗。胡慧丽见他如此,便扑哧一声笑了。这一声笑,真正打破了僵局。汪阿兴便坐了下来,点了一根烟。"你为什么不来找我?"胡慧丽道。"我怕你骂我。我好几次想来找你,但最后都打了退堂鼓,"汪阿兴说道,"我在院门外站着,想听到你的声音,结果什么都没听到。"两人不再说话,他们望着对方,心与心越来越近了。汪阿兴的手伸了过来,看上去像是握手的样子,但他的手碰到胡慧丽的手时,便缩了回去。胡慧丽上前一步,将自己的手放在他的手上,他的手一下子就将她的手裹了起来。久久地,时间好像停止了,一切都停止了。

躲在门外,透过门缝偷看的张文化刚想笑,却被朱小丽捂住了嘴。两人蹑手蹑脚地走了。进了灶房,两人才开心地笑了。"好啊,汪书记这一次总算胆子大了。"张文化道。"你呢,你胆子大吗?"朱小丽说道。张文化抓住她的手,轻轻地抚摸着:"小丽,我一辈子对你好。"朱小丽低了头。张文化将嘴凑了过去,被朱小丽一推,他退了几步。"你啊,给你三分颜色,就想开染坊。哼,早着呢,"朱小丽说道,"你看看汪书记和胡医生,他们认识了这么久,也只是碰了碰手。我们认识才多久,你就想……""我该死,我该死。"张文化作势要打自己耳光。朱小丽笑了。

这个夜晚是美丽的。汪阿兴与张文化开心地走着,他们像得胜归来的战士。"汪书记,按这个进度下去,我看年底就可以……""什么进度?"汪阿兴故意说道。张文化想了想道:"我是说,我跟小丽,我们想在年底把事办了。""真的? 你小子进展神速啊,"汪阿兴道,"等到南沙大围涂结束再说。""那我可不管了,我自己先把事办了,我娘也说了,我命里注定今年有喜事,"张文化道,"我娘还说了,她明年想抱孙子。"汪阿兴在一个路口跟张文化分手了。他慢慢地走着,全身上下都是力气。新的人生就要开始了。他有了胡慧丽,那就拥有了整个世界。他想大声地喊一声:我爱你胡慧丽。他心里有一种冲动,要向所有人宣布这个事。到了鲁家湾村口时,他突然想到了一件重要的事,那就是胡佳丽。她是绝对不会同意的。这是一道难关,比登天还难。他作为过来人,理解胡佳丽的心情和感受。更何况,还有张建设。虽然,婚姻自由,可是张建设在这个问题上也必然会提出意见的。他的快乐渐渐降温了,好像此时的夜风。他必须用行动来证明,他们之间的感情是坚不可摧的。除此之外,他没有任何的捷径可走。感情之路本来就是一条艰辛的路,他这一生,胡慧丽是他遇到的第三个女人,也是最重要的女人。他爱她,就必须用生命去捍卫。

他躺了下来,双手枕头。南沙大围涂的前期准备工作进展得很顺利,但是对他的任命还一直没有下来。他不知道这次组织上怎么安排他的,但有一条,他心里是明白的,那就是他不可能离开这儿。他或许会去南沙大围涂指挥部。其实,他之前带头干的螃蟹地围涂、丰农围涂都是为南沙大围涂练兵。他只要一闭上眼睛,

就仿佛看到了人山人海的景象。他全身抑制不住激动。他下床洗
了把脸,然后抽烟。他要安静下来。他必须安静下来。

　　他将一堆图纸铺了开来,然后一张接一张地看过去。还有各
种方案,包括应急预案等。直到凌晨,他才觉得累了。他刚躺下,
就听到有人在重重地砸门。他开了门,发现是徐阿福。徐阿福脸
色铁青地说道:"我们家大军要相亲,你得借我一块钱。"他愣了一
下。徐阿福上次去县里告状,结果在城里迷路了。后来是张文化
把他捎回来的。他回到家就生病了,他说他在城里走啊走的,晕头
转向。他说他以后再也不去城里了。他变得有些不可理喻。徐大
军曾经向汪阿兴表示他的担忧,说徐阿福可能会变成神经病。汪
阿兴建议徐大军让胡慧丽给徐阿福看病,胡慧丽看了之后,得出了
一个结论,徐阿福根本就没有病,他的病都是他自己折腾出来的。
情绪坏了,这人就变得像有病的样子了。"徐阿福,你这算是借,还
是抢。如果说是借,那就态度好点。"汪阿兴不悦地说道。"你借不
借?"徐阿福依旧大着嗓门道:"我就是这样子,怎么了?"姚婶着急
地跑来,一把拉走了徐阿福。徐阿福嘴里骂骂咧咧的。汪阿兴翻
了一下抽屉,凑了一块钱,放在了桌上。徐大军要相亲的事,他是
知道的。据说对方是红旗大队的一个姑娘,贫穷出身,家里有一个
瞎了一只眼睛的爹,父女俩相依为命多年。徐大军进来的时候,低
着头。"大军,给,"汪阿兴将一块钱塞到他的手里,又道,"少跟你
爹吵架。他就是这个脾气。"徐大军不肯要。"拿着。跟汪叔就不
要客气了,"汪阿兴道,"我听你娘说,家里打算再盖个草舍?"徐大
军点点头。"好啊,先盖草舍,以后盖瓦房,只要我们双手勤劳,我
相信日子总会越来越好的。"

　　这时,丁二南的弟弟丁幸生跌跌撞撞地走了进来。"幸生,你
怎么来了?"汪阿兴将他抱了起来,然后道:"大军,你瞧,两岁多的
人就会串门了。"丁二南急匆匆跑了进来,说道:"吓我一跳,我以为
幸生掉沟里了。汪叔,给我吧。"他将丁幸生接了过去,然后又道:

第三十二章 | 611 ■

"汪叔,我娘说了,幸生比我聪明,他以后肯定比我有出息。你说,我娘是怎么看出来的?"汪阿兴笑道:"你娘是在激励你,俗话说,三岁看到老。你还别说,幸生还真机灵,我刚才抱着他,他用手指在我脸上摸来摸去的,我猜啊,他是想摸我的麻子。"三人都笑了。丁二南抱着丁幸生,跟徐大军一道走了。汪阿兴收拾着地上的图纸,分门别类。

"汪书记,你这儿可真乱啊,"进来的朱小丽说道,"就跟仓库似的。"他看了一眼床,发现上面也铺着图纸。"朱小丽同志,你这是来传达什么指示吗?"汪阿兴开玩笑道。"我啊,奉胡医生之命,将这份公社赤脚医生培训班的方案送给你过目,胡医生说了,你准有新点子。"汪阿兴接过方案,仔细看了一下道:"我认为方案可以,但是有一点,这些赤脚医生不能清一色全是姑娘,以后我们南沙大围涂,你们可要发挥重要作用。"朱小丽点点头。她从随身的挎包里拿了一包饼干,放在桌上,然后道:"这是胡医生给你的奖励。"汪阿兴脸红了。"我走了,我会跟胡医生汇报说,汪书记见到奖励品之后,红着脸说,谢谢亲爱的。"朱小丽道。"哎,小丽,我可没说。"汪阿兴急得叫道。朱小丽哈哈大笑,走了。汪阿兴看着饼干,咽了咽口水。他轻轻地撕开,取了一片,放进嘴里。他闭上了眼,幸福地品尝着。他仿佛看到了胡慧丽微笑的脸庞。他一口吃了几块,然后小心地用一根牛皮筋扎住了袋口,放进了抽屉。他轻轻地哼着小曲,将各种方案摞在一起,然后编号。他一点都不觉得累。

晚上,忙了一天的他终于疲惫地躺了下来。一只小老鼠探头探脑,好像并不怕他。他心想肯定是饼干的香味诱惑了它。他轻轻地拉开抽屉,掰了一小块饼干,咬了一口,然后丢在地上。小老鼠欢快地咬着饼干跑了。他笑道:"今天你有福气了。"

第三十三章

吹着江风,老铁头指着江对岸道:"苗得水来过船厂,很满意,再过三个月,我们第一条合作建造的船就要诞生了。"他想了想又道:"苗得水问我,汪大麻子被晾了这么久,也该上岸了。""我不急,一切等组织上的安排,"汪阿兴道,"苗得水下次来,你跟他说,让他也作好准备,我们南沙大围涂一开始,恐怕还是要借助他们的力量。"老铁头点点头。"他要是提条件,你就说,最好的条件就是没有条件。""什么意思,我不懂。"老铁头道。"你想啊,现在他提的条件,过了几年,回头一看,极有可能变成小儿科,如果他不提条件,我们一直记着这份恩,以后他随便提一个事,我们自然会全力以赴地帮助。""我明白了,你的意思是,一切向前看,"老铁头道,"你预感会发生巨大变化?""是啊,等南沙大围涂完成了,你说我们萧金县那就是脱胎换骨,粮食问题解决了,我们就可以腾出手来,干别的大事了。""汪大麻子,我记得你以前老是算计物资啊什么的,还把县招待所的几只大缸都拖回来了,总之,你就像一只老鼠,使了劲地往洞里拖,现在,你好像不一样了,"老铁头笑道,"这是什么原因?""因为钱王江,你看钱王江一年又一年地奔腾着,永不知疲倦,我们不也正像钱王江一样,一年又一年地奋斗着,为的是改变我们的生活,造福人民吗?虽然围涂会影响这钱王江的自然生态。自然生态我不太懂,这是老倪以前说的,可是,每年都在死人,而且一旦决堤,那人民的生命难以保障,还有粮食,吃不饱,会饿死人的。我们都有过饥饿的经历,你说,现在是人的生命要紧,还是生态要紧？当然是生命要紧，生态那是生命得到保障之后才考虑的，"他指着钱王江又道，"我常常想，我还欠着41条人命。"

两人又走了一段。在丰农地块的丁字坝上，依稀有人站着说话。走近之后，才发现是张文化和朱小丽。老铁头道："小张，江边要注意安全，可别让朱小丽同志掉水里了。"张文化抓抓头皮，拉着朱小丽急匆匆跑了。两人站在丁字坝上。汪阿兴深情地说道："老倪在这儿给我们真正打下了最坚实的桩。据水文站的报告，潮水到了这儿，遇上丁字坝之后，力量随之减弱，保证了江堤的安全。南沙大围涂，像这样的丁字坝还得建，还有大方脚。"汪阿兴突然抽了抽鼻子道："老铁头，什么味？"老铁头抽动鼻子道："还不是江水的味道。""不对。"汪阿兴跑到高处，一看，着急道："着火了。"他拔腿就跑。

火光冲天。众人忙乱地泼水，救火。草舍内传来丁幸生哇哇大哭的声音。有人叫道："幸生在里面。幸生在里面。快救人。快救人啊。"丁二南娘跪倒在地痛哭。这时，卷了一条被子的汪阿兴越过人群，破门而入。有人叫道："汪书记进去了。"草舍内烟雾腾腾，火光四溅。裹着湿淋淋被子的汪阿兴四处张望，发现在写字桌下坐着的丁幸生，哇哇大哭。汪阿兴一个箭步，抱住丁幸生就跑。他冲出了火海，将丁幸生往地上一放，然后再次冲进了火海。老铁头着急喊道："汪大麻子，危险。"轰隆一声，草舍倒塌了。众人悲声喊道："汪书记……"这时，一个着了火的人从火堆里站了起来，他摔倒在地。众人连忙泼水。终于熄灭。地上的人黑乎乎一团。丁二南痛哭："汪叔，汪叔。"老铁头将黑乎乎的汪阿兴背了起来，大声叫道："让开，快让开……"他奔跑起来。他心里像着了火似的，他咬着牙，跑着。有一个声音在他心里响着：汪大麻子不能死，不能死。

到了卫生院时，老铁头整个人瘫在了地上。床上的汪阿兴仍在昏迷之中，好像毫无生命迹象。胡慧丽全身颤抖地急救，她发现汪阿兴的嘴唇紧闭,她俯身上去,嘴对嘴地呼吸,但毫无动静。坐在床前的老铁头擦了一下泪,喃喃自语:"汪大麻子,你不能死,千万不能死。你说过,我们要一起干大事。"张文化进来,带着哭腔道:"老铁头,汪书记能活吗?""胡医生说了,他被烟呛了,要是今天不醒来,那就……"他擦了泪水。张文化道:"汪书记,你快醒来吧,快快醒来啊。""你不要吵他,让他安静地躺着。他一直那么吵吵嚷嚷的,让他安静一会儿。"张文化默立床前,无声地流泪。站在门外的胡慧丽偷偷抹着泪。"胡医生,盐水也挂不进去,汪书记他,他真能醒来吗?"胡慧丽道:"能,一定能。"她捂着嘴,强忍悲伤。她心里却是一点底都没有。本来,想送县医院,可又怕在半路上,他就死了。她无计可施。她有些怨恨自己,为什么无法让他醒来?

第二天一早,鲁家湾众人陆续地来了。丁二南娘抱着丁幸生,流着泪。里里外外站满了人。十分安静。胡慧丽进来了,人们无声地让开一条通道。她站在床前,搭了一下汪阿兴的脉搏,又翻看了汪阿兴的眼睛,坐了下来,沉默不语。老铁头小声道:"他……"胡慧丽闭上了眼睛。丁玉洁进来了,她捂着嘴哭着,到了床前,她全身都在颤抖。胡慧丽将她搂在怀里,替她擦去泪水。

人们站着,不吭声。老铁头焦急地张望。鲁伟潮和丁二南一前一后跑来了。老铁头迎了上去:"找着了吗?"鲁伟潮一亮手中的钥匙。

胡慧丽接过钥匙,小声地道:"有用吗?"老铁头道:"试试吧。我们宁和有这么一个风俗,像他这种情况,把家的钥匙放在他的胸口,就能让他醒来。"胡慧丽将这枚黑乎乎的钥匙放在了汪阿兴的胸口。老铁头道:"汪大麻子,家的钥匙就在你的胸口上。你快点醒来吧。"众人都屏声息气。过了好久,汪阿兴依旧昏迷不醒。老铁头一脸失望。垂下了头。

这时,传来一个人的声音:"怎么样了?"张建设和李贵生、马加荣急匆匆进来。张建设看了一眼昏迷的汪阿兴,道:"慧丽,他能醒来吗?"含泪的胡慧丽咬着嘴唇不说话。李贵生来回走了几步:"还有什么办法? 胡医生,只要能救他,我们不惜一切代价。"胡慧丽道:"就看他自己了。"李贵生点头道:"我明白了。"张建设在床前坐了下来,看着昏迷中的汪阿兴,不禁流下了泪:"汪大麻子,这些年难为你了。"他与李贵生昨天刚去了费老家,向费老通报了他们的设想。他们决定采取分段围涂的方式,步步为营,攻下一个巩固一下,并且拟定了指挥部人员班子。费老说到了汪大麻子,说历练得差不多,那就提上来。集中力量干大事,没人才可不行。李贵生当时就说,费老,你这话说到我心里去了。

夜色沉沉。张建设和老铁头走着,说着话。身后传来吕秀儿的声音:"老铁头,要不要准备后事?"老铁头转过头,瞪着她。"我说错了吗? 胡医生说,过了这个晚上他要是再不醒来,那、那就……"她呜呜地哭了。张建设道:"吕秀儿同志,也许会出现奇迹,汪大麻子命这么硬的人,一定不会就这么走了的。"吕秀儿摇摇头:"张书记,汪书记醒不过来了。"她擦着泪,哽咽道:"他一个人,孤苦伶仃,要是突然走了,连寿衣都没有穿,以后在阎王殿要被小鬼欺侮。"老铁头怒声道:"你胡说八道什么呀? 吕秀儿,你脑子坏了? 共产党的干部不信这一套,封建迷信的事都冒出来了,你……"吕秀儿哇哇大哭。张建设擦了一下眼睛,道:"县里最好的医生马上就到。李贵生同志去接了,我们还有一丝希望。只要有一线希望,我们就不能放弃。"吕秀儿点点头,哭着走了。老铁头蹲了下来:"张书记,我这心里……"他也呜呜地哭了起来。张建设沉默无语地站着。

病房内十分安静。胡慧丽坐在床前,看着昏迷的汪阿兴,她轻轻地替他理一理头发,然后将脸贴在他身上。她无声地流泪。她摸着了他的手,她轻轻地握着他的手……传来敲门声。胡慧丽擦了一下泪,道:"请进。"朱小丽轻轻推开门道:"胡医生,玉洁他们不肯走,都站在院子里。"胡慧丽轻声道:"我去跟他们说。"她站了起来,跟朱小丽一起走了。此时,床上的汪阿兴微微地动了动。

院子里,丁玉洁搂着鲁小妹,无声地流泪。鲁小妹道:"玉洁姐,你说人为什么会死啊?""小妹,我不知道。"鲁小妹流着泪道:"我不要汪叔死,我要他活着,一直活着,活到一百岁,不,一千岁,一万岁。"不远处,蹲着的鲁伟潮低着头。身边也蹲着的丁二南突然站了起来:"都是幸生闯的祸。"他快步朝院门走去。鲁伟潮道:"二南,你去干吗?"他追了出去。院门外不远,姚婶等几个妇女站着,默默掉泪。丁二南跑了过来,瞪着娘怀里的丁幸生,久久无语。丁二南娘不安道:"二南,你眼睛吓人啊,你要干什么?""娘,把幸生给我。我要打烂他的屁股。"他一把扯过丁幸生,用力一掌击在丁幸生屁股上,丁幸生哇哇大哭。鲁伟潮上前一把扯住丁二南的手道:"二南,住手!汪叔要是醒不过来,你就是把幸生打死了,也没用。"姚婶也道:"二南,住手。"丁二南蹲了下来:"幸生把汪叔害死了。"他呜呜地哭着。丁二南娘跪在地上,边磕头,边哭道:"老天啊,求求你救救汪书记,他是个好人,他是个好人啊。"

胡慧丽紧紧地搂着丁玉洁和鲁小妹,一声不吭。鲁小妹道:"胡医生,我听他们说唱歌能叫醒人,我想站在汪叔床前唱歌,你说好不好?"胡慧丽道:"好。"鲁小妹又道:"可是曼丽比我唱得好听。"她突然跑到院门口,叫道:"曼丽,曼丽。"从人群里钻出来的徐曼丽道:"小妹姐,什么事?"鲁小妹道:"唱歌。"

站在床前的徐曼丽贴着汪阿兴的耳朵唱着:"采蘑菇的小姑娘……"她边唱边流着泪。汪阿兴的手突然微微动了动。胡慧丽见了,马上搭他的脉搏,她脸上闪过一道喜色,大声道:"玉洁,快,准备毛巾和脸盆。"丁玉洁也是一喜,利索地跑了。徐曼丽继续唱着。鲁小妹看着汪阿兴的身体微微动了一下,她紧紧地抱住胡慧丽:"我怕。""小妹,怕什么?"鲁小妹道:"我怕,我怕汪叔醒来后,又……我爹就是这样的。"胡慧丽安慰她道:"不怕,不怕。"徐曼丽不安地看着胡慧丽。胡慧丽道:"曼丽,接着唱。"丁玉洁拿着脸盆和毛巾跑了进来,此时,床上的汪阿兴突然睁开了眼睛,他咳了一声。胡慧丽赶紧将脸盆接在他胸前,他咳出一口黑乎乎的浓痰,轻声道:"憋死我了。"丁玉洁欢喜地大叫:"汪叔醒了,汪叔醒了……"

一束晨光透过玻璃窗,落在床前。汪阿兴从床底下钻出来,他手里拿着一支钢笔。进来的胡慧丽着急道:"哎,哎,你干什么?"汪阿兴扬了扬手中的钢笔道:"胡医生,借张纸。"胡慧丽道:"写东西?"汪阿兴点点头:"有一张欠条必须写。我欠你的粮票,上次你说要我自己保管,结果这次烧了,补写。"胡慧丽道:"不用还了。"汪阿兴道:"要还,一定要还。"他利索地写了一张欠条,道:"这一回,这张欠条由你保管。"胡慧丽接过欠条,看了一眼,撕了。汪阿兴一脸吃惊。"用不着打欠条。"她看着他,沉默不语,泪水流淌下来。

老铁头撕了手里的纸,然后道:"阿炳,以后两清了。你也别老惦记公社的这点儿粮食了,汪大麻子说了,欠着的最后还是要还的。"阿炳笑道:"行啊。老铁头,不过你还得写一张。"他诡异地笑了。老铁头吃惊道:"公社没欠你们呀。""就要欠了。我们造出了一条铁壳船。"老铁头惊喜道:"真的? 这么快?""如假包换。"老铁头道:"不对啊,你造出船,我欠你什么?"阿炳走了几步道:"我们要搞个下水仪式,你说,搞仪式不就得花钱吗? 这钱还不得你公社出? 可是你公社没钱啊,我们光明大队先垫上,你啊,打个欠条。"老铁头抓抓头皮道:"我不打。""我就知道你没有汪大麻子爽快,他这一回可是从阎王殿回来的,是死过一次的人了。你不打,我找他去,你信不信,他保准打。"老铁头笑了:"你尽管找他。这一回,他官升好几级,钱王江沿线的六个公社全归他管。"阿炳愣住了:"定了?"老铁头道:"红头文件三天后下发。"阿炳一溜烟跑了。

一阵风吹来,尘灰飞扬。汪阿兴站着,沉默不语。身后不远,姚婶和烂脚等人也都沉默不语。徐阿福摇摇晃晃过来了:"烧了个干干净净。"汪阿兴闭上眼睛,然后道:"把我绑起来。"众人都愣了。

烂脚上前道:"汪书记,你说什么?"汪阿兴转过身来,伸出双手道:"把我绑起来。"鲁家草舍内,被绑着的汪阿兴坐着沉思。鲁伟潮、丁玉洁手里拿着笔和纸,看着他。汪阿兴睁开眼睛道:"我说,你们记。我们先从钱王江南沙段说起。"丁玉洁不解地道:"汪叔,你为什么要把自己绑起来?""把我绑起来了,我才能静下心,努力地回忆,"汪阿兴道,"伟潮,你让二南守着门口,不要让人进来。"鲁伟潮点点头。

众人站在鲁家草舍外,议论纷纷。姚婶走了过来:"大家都散了吧。房子烧了,图纸和笔记本都烧光了,汪书记正在一点一滴地回忆。"她做了个嘘声的动作:"不要吵他。"众人点头,安静下来。这时,老铁头和张文化过来了,两人下了自行车。老铁头道:"发生什么事了?"姚婶做了个嘘声动作,然后走了过来。

夜已深。两名持枪的基干民兵站着哨,目光警惕。草舍内的老铁头坐着打盹,头一顿一顿的。几步之遥的汪阿兴眼睛布满血丝,瞪着挂着的一张图,一动不动。鲁伟潮小声道:"汪叔,哪儿不对?"汪阿兴闭上眼睛,沉默不语。丁玉洁走了过来,拿毛巾擦了一下汪阿兴的脸,汪阿兴睁开眼睛,摇摇头。丁玉洁轻声道:"汪叔,我给你松绑,你好好睡一觉。"汪阿兴摇摇头,突然叫道:"老铁头。"老铁头猛地醒来。"明天一早,通知莫校长,让所有的老师都来。"老铁头不解道:"来干吗?"汪阿兴道:"演算。"老铁头想了想道:"行。"汪阿兴又闭上了眼睛,轻声道:"伟潮,玉洁,你们去睡吧。我再想想。"

胡慧丽辗转反侧。对面床上的朱小丽突然轻声道:"胡医生。"

"你也没睡着?"朱小丽道:"我睡不着。"她坐了起来,又道:"胡医生,我们还是说说话吧。"两人摸黑坐在床上。"我听小张说,汪书记把自己绑了起来,回忆图纸和笔记本的内容。你说,都烧光了,他哪有这个本事啊?"胡慧丽沉默不语。朱小丽又道:"小张说,汪书记的身体刚刚恢复,太累了,说不定又会病倒的。""小丽,你觉得他能回忆多少?"朱小丽道:"小张说,汪书记有十多个笔记本和三十多张图纸,全是他自己记的、画的,全部回忆出来肯定不可能,顶多一半不得了了。"胡慧丽穿衣,下床,穿鞋。"胡医生,你去哪?"胡慧丽道:"我去鲁家湾。"她开门走了。朱小丽喃喃自语:"都半夜了。唉,都怪我多嘴。"

　　胡慧丽骑车夜行。道路变得崎岖,一些河流被改道了。她看过地图,道路与河流都在建设与开挖,它们像血管一样蜿蜒。无数的桥被架了起来。但是,现在这些好像都成了催命符。她心中默默地念叨着,这个男人会发疯的,他会被工作逼疯的,他一旦专注于工作,仿佛就与工作合为一体了。她有些害怕,朱小丽的话不是没有道理。他的身体毕竟还刚刚恢复,他一旦再次倒下,那将是很危险的。她用手摸了摸身上的书包,然后用力蹬着前行。丁玉洁和鲁伟潮趴在桌上睡着了。背对门的汪阿兴定定地看着挂着的图,一眨也不眨。不一会儿,门吱的一声轻轻推开了。胡慧丽悄悄地进来。汪阿兴闭上了眼睛,呼吸沉重,他的脸上满是倦容。胡慧丽走到他面前,轻声道:"我能帮你。"汪阿兴睁开眼,摇摇头,他的神情之中带着苦楚。胡慧丽从随带的书包里取出一些纸,轻声道:"你以前让我画过老倪的本子,这些是废稿,我当时觉得丢了可惜,就夹在了书里,还留着。一些没有的图,我也还记得一些。"汪阿兴咳了一声:"水。水。"胡慧丽赶紧倒了一杯水,吹了吹之后,给他喝下。丁玉洁和鲁伟潮此时也醒了,丁玉洁揉着眼睛,叫了声:"胡医生。"汪阿兴重重地喘了一口气道:"谢谢胡医生。好。胡医生,现在你听我的,把你记得的那些图全画出来,我们没有时间了。"胡慧丽点点头,她坐了下来,从包中取出纸和笔,便画了起来。她从小就有画画的天赋,若不是因为家庭的缘故,或许她会是个画家。她记得姐夫曾经说过,现在我们更需要医生,以后,我们或许会需要画家。就这么一句话,她现在成了医生。老倪的那些图简洁,如同人体构造图似的。她几乎过目不忘。

丁玉洁道："汪叔，你饿吗？我去烧点粥。"汪阿兴摇摇头，他的神情像是游离在另一个世界里。丁玉洁一脸忧伤道："胡医生，汪叔一天一夜不吃东西了。"鲁伟潮也是一脸着急。胡慧丽抬头看着汪阿兴好一会儿，轻声道："玉洁，放心吧，我管着他呢。"

天快亮的时候，汪阿兴告诉胡慧丽，他好像做了一个梦。在梦里，他见到了方医生和老倪，他们跟他说了许多话，但是他醒来后，一句话也没有记住。胡慧丽看着他消瘦的脸、无助的眼神，心疼得不得了。但是不一会，汪阿兴又变成了一个报着数字的人，好像思路特别清晰。他仿佛就是两个人，一个是理性的，每一个细节都会考虑，每一个步骤都会算计，每一个计划都会实施；另一个却是冲动的，总是凭着自己的性子做一些事，为达到目的，他可以不计后果，但他有时候又是懦弱的……它们在他身上交织着。

老铁头按照汪阿兴的命令，一早就将场地布置好了。就在鲁家草舍前，一块大黑板架了起来，几个老师拿着纸和笔端坐在黑板前，桌上还摆着算盘。一脸焦急的莫校长来回地走着。终于，鲁伟潮从草舍内跑了出来，递给他一张纸条。莫校长一看道："大家准备，计算一组数字：迎水外坡每米抛宕渣 5—10 立方米，在厚度为 0.5—1 米的反滤防护垫层的基础上，抛块石 25—30 立方米，厚度 2—3 米……"众人噼里啪啦打着算盘，做着记录。两个基干民兵在外围巡逻，他们的脚步很轻。莫校长在黑板上写下数字，然后轻轻地走到门前，透过门缝看去。绑着的汪阿兴头歪向一边睡着了，呼噜声一阵接一阵地响着。莫校长转过身来，对着大家轻声道："大家现在不要发出声音，让汪书记睡一会儿。"胡慧丽放下手中的笔，理了理桌上的一堆图纸，轻轻地给汪阿兴盖上一件衣服。鲁伟潮小声道："胡医生，还算吗？"胡慧丽道："让他睡一会儿。"汪阿兴的呼噜声又响了几声，然后马上惊醒过来："伟潮，接着来……"他瞪着眼，报着一串数字。鲁伟潮匆匆记下，然后跑到门外。

下午，远远地传来吵闹声。老铁头被几个人围着，他双手捂着耳朵,大声道:"书记们,书记们,静一静,静一静。有话好好说。一个一个来。"一名公社书记道:"老铁头,我问你,文件还没有下,你们公社就开始吃定我们了。这算什么呀?老子好歹也是干了多年的公社书记。"老铁头道:"黄书记,你误会了。我们是来了解一下你们公社的劳动力情况,不是吃你们,你就是借我豹子胆,我也不敢吃你们呀。"另一名公社书记道:"你不敢,可是汪大麻子敢。"众人道:"对,找汪大麻子去,看他怎么说?"老铁头赶紧拦住他们:"书记们,书记们,消消气。"一名公社书记一把拉开他道:"别挡道。我们走!前面就是鲁家湾大队,跑得了和尚,跑不了庙。"他们吵吵嚷嚷地向鲁家湾走来。老铁头唉声叹气一阵,突然一拍脑门:"不好!"他撒腿就跑。几名书记追着他。

他们到了鲁家草舍前,全愣住了。黑板上写得满满当当的,老师们还在埋头计算,算盘打得啪啪响。他们窃窃私语。鲁伟潮跑了出来,将手中的小纸条递给莫校长,莫校长看了一眼道:"接下来,大家算口粮分配,包括六个公社的。"一名公社书记道:"看来我们找他,找对了,走!"其他几个齐声道:"走,找他算账去。"老铁头和鲁伟潮拦住他们道:"不能进!""为什么不能进?让开。"有人将老铁头拉了开去,鲁伟潮则拼命挡着。

这时,从草舍内传来汪阿兴的声音:"让他们进来。"绑在椅子上的汪阿兴满脸疲惫,眼睛布满血丝,他沙哑地道:"各位书记,请坐。"一名公社书记看了看挂着的图,又看了看显得凌乱的几张桌子及图纸,他的目光落在了汪阿兴脸上:"汪大麻子,你这是干什么呀?搞苦肉计吗?"其他几个人也是一脸吃惊的样子。汪阿兴沙哑地说道:"回忆。"他们目瞪口呆。老铁头跌跌撞撞进来:"各位书记,大家静静,大家静静。""看这样子,汪大麻子像个疯子,我们也帮不上忙,我们走吧,"一名公社书记说道,"我真是服了。"他们沉默无语地走了。鲁伟潮随着他们走出草舍外,然后道:"莫校长,汪叔说了,老师们忙一天了,明天再来。"一位老师站了起来:"我们不累。同志们,对不对?"另几位老师齐声道:"对。我们接着干。"莫校长感动地说道:"感谢同志们。伟潮,你跟汪书记说,我们接着干。"鲁伟潮点点头,进去了。

地上铺满了图纸。老铁头站着,他不敢随便挪动,仿佛有一种无从下脚的感觉,他不安地道:"汪大麻子,这……"绑着的汪阿兴道:"伟潮,把图纸收掉一些。"鲁伟潮收了图纸。老铁头拖过一张椅子,坐了下来。汪阿兴闭上了眼睛,有一会儿后,睁开眼道:"从明天开始,你让几个公社的书记到宁和公社报到。"老铁头低了头道:"我没有这个号召力。"他闷闷不乐的样子。汪阿兴道:"你是副总指挥。"老铁头道:"他们也是副总指挥。""你是第一副总指挥。而且,指挥部设在我们宁和,就得听我们的。"老铁头站了起来:"汪大麻子,你是不知道,刚才他们几个闹得凶。根本就不听我的,平时软塌塌的,一到这个时候,个个如狼似虎。"汪阿兴沉默不语。老铁头道:"你这个总指挥到时候也不一定让他们服服帖帖。"他不高兴地走了。

鲁伟潮看了一眼汪阿兴。汪阿兴道:"胡医生和玉洁还没有回来?"鲁伟潮道:"我去看看。"他走了。汪阿兴闭上眼睛,喃喃自语:"老铁头啊老铁头,你不知道我的苦啊。我现在需要的正是如狼似虎,而不是一群绵羊。"他咂了咂嘴。他现在很想抽一根烟,可是,身边没人,自己又被绑着,而且他感到手指变得麻木了。他的右手在口袋里摸索着,好几次,就差那么一点点。他有些烦躁地喊道:"莫校长。"莫校长进来,看他的样子,马上替他掏出了烟,给他点上一根。汪阿兴抽了一口,他一阵头晕,身体颤抖起来。莫校长着急地道:"汪书记,你怎么了?"汪阿兴额头冒出一阵汗,然后道:"莫校长,把烟掐了。"

老铁头走了一段,停下脚步。他坐在路边,生闷气。胡慧丽骑着自行车来了,到了老铁头跟前,丁玉洁从后座上跳了下来。老铁头叫道："胡医生。"胡慧丽好奇道："你这儿坐着干吗？""心里闷，透透气。"老铁头看了一眼丁玉洁手中的一只大袋子，好奇道："鼓鼓囊囊的，装着什么？"丁玉洁看了一眼胡慧丽，笑了。胡慧丽道："卫生院拿来的废品。盐水瓶、破针管、胶水，什么都有。"老铁头瞪大眼道："拿这些干什么？"胡慧丽道："做模型。"老铁头的嘴张得很大，好像可以塞进一个鸡蛋。"走吧，他会跟你详详细细说的。"胡慧丽道。

老铁头匆匆扒了饭，放下碗，道："汪大麻子，现在可以跟我说了吧？我可是憋得快受不了了。"汪阿兴看了看眼前的一碗饭，摇摇头。老铁头道："等你把模型做好？"汪阿兴道："我想睡一会儿。"说完，他歪了一下头，便打起了呼噜。老铁头气愤道："你……你还真有本事，说睡就睡。"胡慧丽看了一眼打着呼噜的汪阿兴，小声道："他真的累。每次都是睡上十来分钟，醒来后，又……"老铁头手一指门道："那，那门外的老师们怎么办？难道一直到天亮。"胡慧丽无语。这时，徐定强怯生生地进来了："汪叔。"丁玉洁赶紧做了个嘘声的动作。鲁伟潮看了他一眼，沉下了脸。胡慧丽道："定强，有事吗？"徐定强指了指地上的图纸，道："胡医生，我可以参加吗？""这地方太小了。"徐定强失望地看了一眼打着呼噜的汪阿兴，低头就走。到了门口，他转过身来，又道："我不要工分。"胡慧丽吃惊道："谁说有工分了？"徐定强道："我爹说的。"老铁头怒声道："回去告诉你爹，这时候还谈什么工分啊？乱弹琴。"丁玉洁看着徐定强失落的样子，便小声道："胡医生，要不，让他参加吧？"鲁伟潮道："我不同意。"胡慧丽想了想道："定强，这不是玩，是工作。"徐定强走了过来："我愿意。"胡慧丽看了一眼不高兴的鲁伟潮，道："伟潮，要不让他一起干？"鲁伟潮沉思一下道："好吧。你，你现在去江边洗盐水瓶。"他指了一堆空瓶子，又道："顺便背一些石块、沙土回来。""不是画图纸吗？"鲁伟潮不耐烦地道："不想干啊？那回去吧。"丁玉洁见了，便说道："哥……"鲁伟潮道："难道我说错了？"

"哥,晚上他一个人去江边,要是掉下去怎么办?"鲁伟潮更来气了:"工作很紧张。"他指了一下睡着的汪阿兴道,"看看汪叔。"丁玉洁道:"这些瓶子明天洗吧。"鲁伟潮嗓门大了:"不行。必须今天洗。徐定强,你去不去?"徐定强犹豫不决。丁玉洁生气道:"定强,我跟你去。"徐定强欢喜地走到一堆空瓶子前,把空瓶子往一只蛇皮袋里装。鲁伟潮走了过去,打了他的手道:"放下。"砰的一声,一个空瓶子碎在地上。众人都愣了。

这时,汪阿兴突然醒来了,他大声道:"9 工段。"老铁头一头雾水道:"汪大麻子,什么 9 工段?"汪阿兴道:"伟潮,南沙围涂必须分9 个工段,分段同时进行。""为什么?"老铁头一脸吃惊。汪阿兴道:"给我图纸。"老铁头拿图纸的这会儿,汪阿兴看到了地上的碎瓶子,他看了一眼胡慧丽道:"胡医生,赤脚医生培训几时开始?"胡慧丽道:"后天。"汪阿兴又道:"老师们走了没有?"胡慧丽摇摇头。"让他们回去吧。"鲁伟潮道:"我去说。"徐定强却抢在他之前,利索地跑了,不一会儿,便传来他的声音:"莫校长,汪叔说了,你们都回去吧。"鲁伟潮不悦地看了丁玉洁一眼。丁玉洁看着那堆瓶子,有些出神。

徐定强拎着一袋瓶子走了。他将袋子背在了身上,一步一步地去了江边。他凝视着钱王江,然后倾听,心里似乎有些紧张。他刚下了堤,身后便传来了脚步声。他欢喜地转身叫道:"玉……"却发现来的是鲁伟潮,他愣住了。"汪叔说了,这些瓶子不用洗了。"鲁伟潮道。徐定强不吭声,顾自拿着瓶子洗着。鲁伟潮道:"你没听见啊?我再大声地通知你一声。"他吼道:"瓶子不用洗了。"徐定强依旧埋头洗着。鲁伟潮走上前去,一把扯起他道:"你装聋作哑啊。"徐定强拿着瓶子,看着他。鲁伟潮松了手,道:"行。那你洗吧。我在这儿等着,给你验收。"说完,他走上江堤,坐了下来。徐定强蹲下身,洗着瓶子。

月亮钻出云层。鲁伟潮看了一眼瓶子道:"验收不合格,重新洗。"徐定强道："全洗干净了。""我说不合格，就是不合格。"鲁伟潮道。徐定强道："鲁伟潮，你这不是故意刁难我吗？"他拿着一袋瓶子欲走，鲁伟潮拦住了他："没洗干净，想走？没门。"徐定强将手中的一袋瓶子放地上，然后指着鲁伟潮道："你想干什么？"鲁伟潮上前一步道："你想干什么？我们家的事跟你没关系，你死皮赖脸掺和进来，想干什么？你一会儿塞给玉洁小纸条，一会儿约玉洁来江边，你以为我不知道啊。你说，你到底想干什么？""关你屁事。"鲁伟潮道："我是玉洁的哥，我当然要管。"徐定强冷笑一声："哥？你姓鲁，她姓丁，什么哥啊？你能管她一辈子吗？哼，也不瞧瞧自己有什么本事？再说了，我跟玉洁的事，是我们俩的事，跟你没半点关系。让开。"鲁伟潮怒声道："你把话说清楚？"徐定强道："我明明白白地告诉你，我就是喜欢玉洁，怎么，你嫉妒了？"鲁伟潮一拳打在了徐定强的鼻子上，顿时，徐定强鼻血直流，他疯狂地大叫一声，扑了过来。两人在江堤上厮打，他们滚下了江堤。徐定强的半个身子浸在了水里。鲁伟潮压着他道："我让你嘴硬！"他按着徐定强的头入水。徐定强奋力挣扎。鲁伟潮一把拉起他："还嘴硬不？"徐定强吐了他一脸的水。鲁伟潮再次将徐定强的头按入水中。徐定强在水中挣扎，突然，他乱抓的手抓住了鲁伟潮的脚，两人同时掉进了浅水里。两人在浅水里搏斗。

　　一道手电筒光射来，随之而来的是丁玉洁撕心裂肺的喊声："别打了，别打了。"水中的两人愣住了。他们呆呆地看着江堤上的丁玉洁。与此同时，胡慧丽也站在了丁玉洁身边，她道："都上来！"拉扯着的两人松了手，慢慢地走了上来。"怎么回事？"胡慧丽问道，"洗瓶子洗到江水中去了。"鲁伟潮一声不吭地走。丁玉洁叫道："哥。"鲁伟潮头也不回地走了。胡慧丽看了一眼快步离去的鲁伟潮，转头道："定强，你说吧。"徐定强摸了摸流着血的鼻子道："他故意刁难我……"

　　全身湿淋淋的鲁伟潮站在门口，手在门前犹豫。老铁头开了门："伟潮，咦，掉水里了？进来。"鲁伟潮硬着头皮进去了。汪阿兴一见他全身湿淋淋的，又看了他一眼道："打架了？"鲁伟潮低头不语。汪阿兴道："伟潮，你快去换了衣服，我有话跟你说。"鲁伟潮低头去卧室换衣服了。鲁小妹进来，看了看："汪叔，我哥跟玉洁姐呢？""鲁小妹，你怎么回来了？"老铁头道。鲁小妹手在空中画了个圈道："我喜欢在自己家睡。自己家睡得香。"这时，鲁伟潮出来了，他的头发还是湿淋淋的。鲁小妹欢喜道："哥，玉洁姐呢？"鲁伟潮不吭声。鲁小妹看着他，着急道："你们吵架了？为什么呀？我们是一家人啊。玉洁姐呢？她人呢？"汪阿兴想了想道："小妹，别着急。伟潮，来，坐下。"鲁伟潮坐下了。汪阿兴道："老铁头，你说吧。"老铁头想了想道："伟潮，公社想送你去水利学校读书，你愿意去吗？"鲁伟潮一脸愕然。汪阿兴道："这事也不急，你想明白了，再跟我说。"鲁伟潮摇摇头道："汪叔，我不去。"汪阿兴着急道："为什么？伟潮，这个名额可是很宝贵的，我们公社就一个名额。""家里离不开我。"汪阿兴道："水利学校是公费的，吃住都由学校承担，而且每个月还有一点点津贴。你不会给家里增加负担的。我跟老铁头也商量了，公社也适当补你一点，按成年人的工分算。"鲁伟潮依旧摇摇头。老铁头看了汪阿兴一眼道："汪大麻子，强扭的瓜不甜。"

汪阿兴沉默了一会儿，突然道："老铁头，给我松绑。"老铁头利索地给他松了绑，然后说道："你小心点，手脚都僵了。"汪阿兴保持绑着的姿势不变地坐了一会儿，才道："伟潮，你心里被什么东西给绑住了。"鲁伟潮低头想了一会儿，抬头道："汪叔，玉洁她一个人撑这个家太累了，我，我不想她太累了。"汪阿兴道："伟潮，虽然现在大家都说八大员最好了，像售票员、驾驶员、邮递员、保育员、理发员、服务员、售货员、炊事员在社会上最吃香的了，但是在我们宁和公社，水利技术员最好。你读了水利学校，以后就是技术员了。听汪叔的，你去水利学校。"鲁伟潮不语。老铁头道："汪大麻子，你啊把他们一个个的前途都设计好了,可是他们也有自己的想法。伟潮对吧?反正机会就摆在你面前,你如果想去,公社送你去,如果不想去,那这个机会就得给别人了。我们要来一个名额不容易,可不能白白浪费了。"鲁伟潮坚定地道:"汪叔,我不去了。让给别人去吧。"一直不吭声的鲁小妹道:"哥,你去吧。我跟玉洁姐,我们,我们能……"她流泪了。鲁伟潮看了她一眼道:"小妹,哥舍不得离开你们。"鲁小妹呜呜地哭了。汪阿兴叹了口气道:"那好吧。"胡慧丽和丁玉洁进来了。胡慧丽道:"我跟玉洁都听见了,伟潮,去吧,这是一个机会。"丁玉洁也含泪道:"哥,去吧。"鲁伟潮看着丁玉洁,有一会儿才道:"我不去。"这时,全身湿淋淋的徐定强拎着袋子进来了,他一声不吭地将袋子放下,转身走了。老铁头看了一眼鲁伟潮,又看了一眼丁玉洁,无声地笑了,他道:"汪大麻子,我知道为什么了。"汪阿兴沉默不语。

徐定强坐着生闷气。姚婶边洗着衣服,边道:"下次记住,掉水里后,不要慌。唉,鲁家湾的孩子,也就你不会水性了。江边长大的孩子,哪个不会游泳啊?让你爹明天就教你,必须学会。"不远处,坐着的徐阿福打着盹,头一顿一顿的。姚婶叫道:"阿福,你去床上睡。"徐阿福醒了,站了起来,摇摇晃晃进去了。姚婶又道:"定强,你说你长大了,干点什么好呢?你大哥他一身力气,我不担心。曼丽呢,从小嘴巴甜,又是个姑娘,我也不担心。你从小身体就不好,还一天到晚不吭声,你说你怎么办?"徐定强沉默不语。姚婶又道:"定强,去睡吧。"徐定强站了起来,走了。姚婶搓衣服的手停了下来。洗衣服的水变红了。她闻了闻,看着这红色的血水,久久无语。

静悄悄的夜,明月高悬。胡慧丽搀扶着汪阿兴,慢慢地走着。汪阿兴道:"胡医生,我自己来。""你是怕被人看到吧?放心,现在大家都睡了。而且,你绑了三天了,快变成机器人了。"汪阿兴沉默不语。胡慧丽道:"对了,伟潮不去,定强可以去啊?你为什么不让定强去水利学校。"汪阿兴摇摇头:"不是我偏袒伟潮,定强的确不适合当水利技术员,他的体质差。水利技术员是在野外工作的,需要知识,更需要强健的体魄。"胡慧丽点点头,松了手道:"你自己甩甩臂。"汪阿兴缓慢地甩臂。他转过身甩臂的那会,听到张文化的叫声:"汪书记,来贵客了。"

郑天林用毛巾擦着湿淋淋的头发,笑道:"小张同志啊,叫了声——啊呀不好,我们俩就连人带车掉进小河里了。"一旁的张文化一副不好意思的样子。汪阿兴道:"郑工,你一来,我们如虎添翼。张书记跟我提起过你,说你可是出了名的水利专家。"郑天林笑道:"老张那是抬举我了。对了,我听小张说,你把自己绑起来了。汪大麻子,我就这么叫你了。你回忆了几成?"汪阿兴道:"顶多五成。"郑天林走到挂着的图纸边,看了好一会儿才点头道:"汪大麻子,了不起。"汪阿兴道:"郑工,见笑了。"他听了张文化的简要介绍,说郑天林傍晚刚来公社报到,他就想干活,是个说干就干的爽快人。他喜欢上了郑天林。郑天林道:"这张图虽然画得有些乱,但是我一眼就看出来了,你啊,实地调查工作做得很细。是张宝图啊。"说着,他从随身的包里取出一个卷轴道:"这张图,我涂了蜡,不怕水。"他将卷轴打开,又道:"我这张图跟你这张图一融合,你们萧金县段江堤的真实情况就全在了。"汪阿兴激动道:"太好了。"

胡慧丽端着一碗粥过来:"郑工,小张说你晚饭都没吃,现在半夜了,吃点。"郑天林道:"你就是胡医生吧?我听小张说,你是县医院来的,还是张建设同志的小姨子,我跟张建设同志以前是同学。胡医生,好样的。"他接过碗,狼吞虎咽起来。胡慧丽笑道:"小张啊,郑工一来就把我们的底全摸透了。"张文化辩解道:"胡医生,郑工比我还心急,什么事都问,我就什么都说了。"郑天林放下碗道:"好了,汪大麻子,反正半夜了,我也不想睡了,我们聊聊。""行啊,我们这就摆个龙门阵。"汪阿兴哈哈笑道。胡慧丽将郑天林带来的图挂了起来,面对图,两人并排坐着。他们的身后,胡慧丽也坐了下来,她打开笔记本,开始记录。"汪大麻子,我看就从你们南沙的历史说起吧。钱王江啊,沿江人都叫它坍江,意思是说它曲里拐弯,涨潮多,水量又大。唉,大概是在清朝乾隆年间,钱王江改道北移,你们对岸的海平县大面积坍江,南涨北坍,这些被水带着的泥沙,又被潮水推拥,年复一年,后来就有了南沙。"汪阿兴点点头道:"我听老倪说过。""这南沙大堤不是没有修过,清朝光绪年间修过,可惜没能保住,"郑天林叹了口气又道,"其实你们萧金县的治水,最早应该从两千多年前的越国修建北海塘开始,后来历朝历代,从东汉至唐、明、清都在修塘挡江,但都挡不住钱王江的潮水啊。""郑工,我们这代人要干的事,一定能干成,"汪阿兴道,"人民的力量是无穷无尽的。"郑天林重重地点头。

胡慧丽是在清晨五点走的。汪阿兴和郑天林说了一夜,天亮时才趴在桌上睡着了。为了不吵醒他们,胡慧丽在他们身上各披了一件衣服,然后悄悄地走了。清晨,空气里透着一股子新鲜。胡慧丽骑着车,到了卫生院门口。她猜想朱小丽此时还在熟睡之中,便把车子往墙边一搁,轻轻开了门。

朱小丽刚刚醒来,她发现胡慧丽的床上空无一人。她愣了一下,然后坐起,双手托腮想了想,笑了。这时,胡慧丽进来了:"小丽,你醒了?"朱小丽道:"胡医生。"她看了一眼床,不吭声了。"小丽,我跟你说个事。"胡慧丽并没有觉察出朱小丽的异样。朱小丽道:"让我保密,是吧?"胡慧丽一头雾水:"保密?什么保密?"朱小丽故意变了腔调道:"昨天……晚上……有……有人……没有……回来。"胡慧丽想了想:"小丽,你想哪去了?昨晚上,我跟小张他……"朱小丽一脸紧张道:"小张?哪个小张?""公社的小张,张文化啊。"朱小丽的脸都白了:"你们在一起?"胡慧丽见她这样子,突然明白了,便说道:"朱小丽同志,我正式警告你,你的思想可不健康啊,我昨晚跟小张在一起,那是在鲁家湾,是工作。"朱小丽愣了一下："可是你一晚上没回来。""朱小丽同志,你啊,唉,我昨晚跟郑天林同志在鲁家草舍,听他跟汪阿兴谈工作。"朱小丽脸红了,好一会儿道："我还以为你……"胡慧丽脸也红了,说道："你啊,肯定是掉进小张的甜言蜜语里了,昏了头了。"朱小丽脸红红地道："胡医生,我听小张说,你们现在是心心相印。他还说,夜长梦多,早点把事办了。"胡慧丽笑了："是他猴急了吧。"朱小丽羞红了脸。

第三十四章

汪阿兴与郑天林站在江堤上，无语地眺望。"汪大麻子，我听说你个人的事一直没有解决？我看啊，还是抓住机会啊，胡医生人不错，你们……""不说了，郑工，你让我带你来江边，可不是讨论这个问题吧？"两人笑了。

不远处，徐阿福带着徐定强练习游泳。汪阿兴和郑天林走了过去。

徐阿福骂道："没用的东西，一见水就哆嗦。"他扬起手，欲打。徐定强慌张的样子。汪阿兴道："徐阿福，别打人。"他看了一眼哆嗦的徐定强，又道："定强，走，大胆地下水。"徐定强小心翼翼地下水。水到膝盖处时，他就不敢下了，他东张西望。汪阿兴道："定强，再下去。"徐定强胆怯，不敢下。徐阿福怒声道："下去。"徐定强站着不敢下。汪阿兴道："徐阿福，你也别急。"他脱下鞋子和长裤，只穿一条短裤，下水。他走到徐定强身边，然后道："定强，站好。"徐定强站直身体。汪阿兴突然用力推了他一下，他一下子掉进了水里，扑腾着。郑天林和徐阿福都惊叫。汪阿兴不慌不忙，看着水里扑腾的徐定强，大声道："双手划起来。"徐定强慌张地划着水，他马上沉了下去。汪阿兴上前，一把拎起他，道："双脚也动起来。"然后把他重新放入水里。徐定强又是一阵慌乱，但是，他的身体浮了起来。

江堤上的郑天林见了，哈哈大笑道："汪大麻子，狠下心，有成果。"汪阿兴对徐阿福道："你下来，接着教。"徐阿福下来。汪阿兴上去了，他穿好衣服，看了一眼浮在水上的徐定强，大声道："定强，害怕的时候要害怕，不用害怕的时候千万不能害怕。"水里的徐阿福拉住了惊魂未定的徐定强，徐定强吐出一口水，喘了口气道："汪叔，有人在水里拉我。""没有人拉你，是你自己的恐惧在拉你。继续练，给你三天时间，必须学会。"汪阿兴挥挥手道，他与郑天林走了。

宁和公社会议室里坐满了人，门外也站满了人。老铁头将文件放下，然后道："现在请总指挥汪阿兴同志讲话，大家欢迎。"掌声一片。汪阿兴看了一眼坐在身边的郑天林，道："同志们，我先介绍一下郑天林同志……"会议散了之后，汪阿兴站在办公室里，感慨万千。老铁头进来，一脸喜色地说道："汪大麻子，他们都服气了。走的时候，一句话都不说。""李贵生同志刚才来电话，征求我的意见，说如果我觉得这几个公社书记不够强，可以换人。我的意见是不换，"汪阿兴道，"人还是这些人，可却不是以前的人了。""按理说，换人是比较有效的办法，新提拔一批干部来，他们肯干，也能干，"老铁头道，"王宝年同志也来电话，问我这些公社书记的状况，我如实说了。我说，比以前是好多了。"汪阿兴道："老铁头，人都是有尊严的。我一直记得你以前说过的一句话，觉得很有道理。我们要打大仗了，可是却把他们给换了，他们心里会一辈子都不开心。你打个电话给王宝年同志，把我的意思告诉他。"老铁头点点头。"我还是搬回来。唉，我在鲁家湾生活了这么长一段时间，真要走了，心里还……"汪阿兴想了想道，"我还是两头住吧。我舍不得伟潮、玉洁他们。"

鲁家草舍里，收拾着东西的丁玉洁默默无语地掉泪。身边的鲁伟潮道："玉洁，汪叔说他在这儿住半个月，在公社住半个月。""可以后总是要走的，"丁玉洁道，"我舍不得他走。""玉洁，这也是没有办法的。"丁玉洁擦了一把泪，又道："哥，你为什么要放弃这么好的机会？""玉洁，我答应过爹，一定要担起家里的担子。"丁玉洁道:"哥,可是去水利学校读书只要两年,两年时间一眨眼就到了。我跟小妹会等着你的。"鲁伟潮摇摇头道:"玉洁,你就要考县一中了,你肯定考得上。玉洁,你不要说了。"鲁小妹进来了:"哥,玉洁姐,姚婶家来客人了。"丁玉洁吃惊道:"什么客人?"鲁小妹笑道:"来了一个姑娘。"他们跟随鲁小妹走了。到了徐家草舍前,发现丁二南和徐曼丽把耳朵贴在草舍上,正在偷听。丁二南小声道:"曼丽,大军哥怎么不说话呢?""我大哥怕难为情。"丁二南笑了:"相亲多好的事啊。大军哥有老婆了,你以后就有大嫂了。"丁玉洁过来,小声道:"大军哥相亲?"徐曼丽道:"我娘说了,我大哥年纪不小了,该成家了。"从门缝里看去,胡慧丽也在,估计是姚婶叫她来的。她看了一眼垂头不语的姑娘,又看了一眼满脸通红的徐大军,笑道:"大军,怎么不说话啊?"徐大军满头大汗。这时,媒婆和姚婶从里间出来了。媒婆看了一眼姑娘道:"小美姑娘,你也看到了,他们家呢就这么个条件,虽然苦了点,可是大军人好。大军下面有一个弟弟和妹妹,你以后要是嫁过来,就得一家人一起住。"小美姑娘不吭声。姚婶着急道:"小美姑娘,你们要是真成了,我们想办法再建一个草舍。"

小美姑娘抬头看了一眼徐大军,又低了头。媒婆道:"小美姑娘的娘前些年过世了,现在跟爹相依为命,都说宁可死个做官爹,不可死个讨饭娘。唉,她也是个苦命人。"姚婶怜惜地看着小美姑娘。胡慧丽见了便道:"小美姑娘,大军为人忠厚老实,工作踏实,让人放心。姚婶呢,现在是鲁家湾大队的大队长,她风风火火,刀子嘴豆腐心,你要是进了这个家,她一定会好好待你的。"姚婶道:"胡医生说得好。小美姑娘,你要是同意呢,就点个头。"小美姑娘点了头。姚婶欢喜道:"好啊。"她转身对媒婆道:"三姑,这件事就这么定了。择个日子,吃个定亲酒,再择个日子就结婚。"媒婆道:"好。我回去也跟小美姑娘的爹商量一下。"

门外偷听的丁二南一拍手道:"成了。"徐曼丽却嘟起了嘴道:

"以后我大哥就喜欢她了,不喜欢我了。""曼丽,以后你就有嫂子了,"丁玉洁道,"有了嫂子,你就做姑姑了。""姑姑?"徐曼丽道,"会有人叫我姑姑?"丁二南一脸坏笑道:"等大军哥把小美姑娘的肚子睡大了,你就叫姑姑了。"丁玉洁在丁二南头上用手指敲了一下,然后道:"二南,你哪学来的这些脏话?"丁二南一溜烟地跑了。

不一会儿,丁玉洁看到媒婆和小美姑娘走了。胡慧丽站在门前在跟徐大军说话。徐大军脸上红通通的,他不时地眺望小美姑娘的背影。胡慧丽走后。姚婶又跟徐大军说了一会儿话。徐大军不停地点头,然后也走了。丁玉洁突然想到了徐定强,他去哪了?虽然,她听鲁小妹说,徐定强在学游泳,但是,她一天没见他人了。她有一种不祥的预感。

打着水漂的徐定强看着钱王江,突然,纵身一跃,跳入水中。他心里一直不服气。他必须学会游泳。他游着,渐渐向深处游去。远处的江面,隐约起了波澜。远处的江堤上,张文化陪着郑天林走着。郑天林脖子上挂着一只照相机,他停下脚步,拍摄钱王江的潮水。张文化羡慕地说道:"郑工,这照相机真好看。"郑天林将照相机递给他道:"试试。"红着脸的张文化忙摆手道:"不用,不用,要是弄坏了,我可赔不起。"郑天林笑道:"很简单,来,我教你。他教张文化对焦距。""咦,真神奇。"张文化拿着照相机像望远镜那样在眼前移来移去,突然,他不动了。郑天林道:"小张,怎么了?"张文化道:"江中有人。"郑天林一看越来越近的潮水,着急道:"不好,潮水快到了。"两人拔腿就跑。

水中的徐定强浑然不知潮水奔腾而来,他在水里游着。张文化边跑边叫:"潮水来了,潮水来了……"徐定强看到江堤上跑来的两个人,他愣了愣,往浅处一游,站住了。张文化大声道:"潮水来了,快,快上来。"徐定强回头一看,潮水奔腾而来,他慌忙地往江堤上跑。哗啦啦一阵喧响,潮水过去了。徐定强被潮水冲倒了,张文化跳进水里,抓住了他的一只手,用力将他拉上了江堤。张文化怒声道:"徐定强,你不想活了?!"惊魂未定的徐定强喘着气,脸色苍白。郑天林看了他一眼道:"咦,你不就是那天学游泳的徐定强吗?小张,不要批评他了,他的精神十分可嘉。对了,游泳学会了?"徐定强点点头。郑天林笑道:"嗯,不错。汪大麻子知道吗?"徐定强摇摇头。郑天林道:我跟他说,你的任务完成得不错。他拍了徐定强的肩,然后又道:"回家去吧。"徐定强看着郑天林脖子上挂着的照相机,好奇的样子。郑天林笑了,取下了照相机道:"这是照相机。来,让你挂一下。"他把照相机挂在了徐定强的脖子上,又道:"见过照相机吗?"徐定强摇摇头。郑天林道:"以后我教你。"徐定强道了声"谢谢",转身就走。张文化道:"哎哎哎,照相机。"徐定强取下脖子上的照相机,依依不舍地还给郑天林,走了。郑天林看着徐定强的背影,笑道:"这孩子的魂啊,全被照相机勾走了。小张,我们回去吧。"张文化点点头。

门被推开了。湿淋淋的徐定强提着两只鞋子进来了。姚婶看了他一眼道:"定强,去哪了?"徐定强低头进去了。徐大军看了一眼徐定强,笑道:"娘,定强也长这么高了,用不了几年,就得为他说媒了。"姚婶道:"他啊,让娘不省心。"徐定强出来了。"定强,你去哪?"徐定强一溜烟地跑了。他跑到丁玉洁跟前道:"玉洁,我看到了照相机。"丁玉洁吃惊道:"照相机?"徐定强兴奋地边比划,边说道:"就这么大,可以挂在脖子上,我以后也要买照相机,给你拍照片。"这时,丁二南跑来了:"玉洁姐,伟潮哥叫你。""哥有什么事?"丁二南神秘道:"玉洁姐,你去了就知道了。"丁玉洁与丁二南走了。徐定强尾随着他俩,他觉得丁二南笑得有点不同寻常。

在新建成的汪阿兴草舍内,桌子上摆着郑天林的照相机。鲁伟潮又激动又紧张地整理着衣服,人也站得笔直。丁玉洁和丁二南进来。"玉洁,郑工要给我们拍照片。"鲁伟潮一脸兴奋道。丁玉洁看着桌上的照相机,不解地问道:"郑工他人呢?"鲁伟潮道:"他去叫汪叔了。"丁玉洁惊喜道："汪叔？他回来了？"鲁伟潮点点头。丁玉洁小心地摸了一下照相机，道："哥，照片以后挂哪儿？"鲁伟潮手一指桌子的上方："这儿吧。玉洁，你整整衣服，二南，你也整一下。"丁二南兴奋地像鲁伟潮一样整起衣服来。丁玉洁看了一眼打着补丁的衣服，道："哥，小妹呢？"这时，郑天林进来了，看了他们三人，笑道："玉洁站中间，你们两个站两边。"他拿起照相机。躲在外面偷听的徐定强跑了进来："我也要拍。"丁二南不悦道："不要脸。""郑工，我也想跟玉洁一起拍。"徐定强道，他拼命地往丁玉洁身边挤。郑天林刚想开口，鲁伟潮怒声道："你别来捣乱。"丁玉洁一脸为难。郑天林想了想道："这样吧，你们三个先来一张，等会儿，再拍四个人的。"他拿起照相机，对了对焦道："来，看我这儿，对，笑一笑。"

三人笑了。只听见咔嚓一声，郑天林道："好了。"他回头看了一眼徐定强，道："来，徐定强，你过来，你们四个人。"徐定强走了过来，他挤在丁玉洁的身边，丁二南道："你站边上。"徐定强并不理会他，死命要站在丁玉洁的身边。丁二南一把拉开他，但是他一个踉跄，走了过来，又站在了丁玉洁身边。郑天林道："行。看我，笑一笑，咦，你们怎么不笑啊。笑一笑。"徐定强笑着。丁玉洁勉强地笑了笑，鲁伟潮和丁二南则是一脸愤怒。又是咔嚓一声，郑天林道："好。"丁二南忿忿不平地瞪了徐定强一眼："哼，又让你占便宜了。"徐定强看着将照相机挂在脖子上的郑天林，突然道："我想跟玉洁两人拍一张。"郑天林愣住了。鲁伟潮一把揪住徐定强的衣领："你说什么？""我想跟玉洁两人拍一张照片，就我们两人。"郑天林看着他俩，皱了皱眉道："怎么回事？伟潮，你松手。"鲁伟潮无奈地松了手。徐定强道："郑工，我想跟玉洁两人拍一张照片。"郑天林看了一眼满脸通红的丁玉洁，对着徐定强道："那你也得问问玉洁，她同不同意？"徐定强看着丁玉洁。丁玉洁瞪了他一眼，跑了。丁二南道："徐定强，你真不要脸。一男一女拍照，那就是结婚照了。"

徐定强转身想追,不料却被鲁伟潮扯住了。"你想干什么?"鲁伟潮什么话也不说打了他一拳,正好打在胸口上。徐定强回踢了他一脚。丁二南一下子抱住他,令他动弹不得,并叫道:"伟潮哥,狠狠地揍他。揍他。"郑天林大声道:"你们都给我住手!"三人不听他的,依旧扯着不放。郑天林瞪着他们,扬了扬手中的照相机,道:"你们信不信,我让你们刚才拍的照片分分秒秒之间,全没了。"三人松了手。

恰好汪阿兴进来了:"郑工……"他一见鲁伟潮三人的表情,便又道:"怎么了? 又动手了?""这三个孩子,好像有深仇大恨似的。"郑天林摇摇头道。汪阿兴看了徐定强一眼,走了过去,将他拉了过来:"定强,你站着,没有我的话,你不要动。"他转而对鲁伟潮和丁二南二人道:"你们两个,跟我出来!"汪阿兴快步出去了。丁二南看了鲁伟潮一眼,跟了出去。鲁伟潮低头走了。

雨突然下了。草舍外,汪阿兴脸色严肃地站着。丁二南和鲁伟潮低头站在汪阿兴跟前。"二南,你说,怎么回事?"丁二南低着头道:"徐定强说要跟……"汪阿兴大声道:"抬起头来!"他瞪着他们俩。丁二南和鲁伟潮都抬了头。"接着说。"丁二南轻声道:"他,他非得跟……"汪阿兴大声道:"响亮点。"丁二南看了汪阿兴一眼,大声道:"他非要跟玉洁姐两个人拍照。"汪阿兴看了一眼鲁伟潮,大声道:"伟潮,是这么回事吗?"鲁伟潮不吭声。"两个人拍照怎么了? 二南你说,为什么就不能拍呢? 是谁先动的手?"鲁伟潮道:"是我。""二南,你走吧。"汪阿兴道。丁二南看了鲁伟潮一眼,走了。他走了几步,又走了回来:"汪叔,伟潮哥他……""走!"丁二南无奈地走了。汪阿兴瞪着鲁伟潮有一会儿,才道:"伟潮,为什么动手?"鲁伟潮不吭声。"说!"鲁伟潮依旧不吭声。"你要是不说,那就站着吧。"雨开始下大了。郑天林走了过来:"汪大麻子,算了,孩子们打架也是常事。""郑工,他们打架不是第一回了,要是不把心里的矛盾化解了,他们还会接着打,打架不怕,就怕打不完的架。"

郑天林道："这一回,事情的起因在我。"他摸了一下挂着的照相机,又看了一眼昂着头的鲁伟潮道："汪大麻子,这孩子脾气也倔,里面的那个也一样。我替他们求个情,算了。""伟潮,郑工给你们求情了,我给他一个面子。你回去反思一下,晚上跟我汇报。"鲁伟潮一步未动。郑天林上前硬拉着他,走了。

汪阿兴走到草舍前,大声道："定强,出来!"徐定强缓慢地出来了。"我问你,你为什么非得跟玉洁拍照?"徐定强不吭声。汪阿兴看着他,沉默不语一会儿后,道："定强,你不肯说是吧?好,我有办法让你说。"他快步走了。徐定强看着汪阿兴的背影,欲言又止。郑天林叹了口气,道："汪大麻子,没想到这两个孩子啊,都这么倔。"汪阿兴喝了一口水道："还有更倔的呢。""谁?"郑天林吃惊地问道。这时,丁玉洁进来了:"汪叔。"汪阿兴朝郑天林使了个眼色,然后道："玉洁,来,坐。汪叔问你一个事。兄弟姐妹之间,最重要的是什么?""团结。""说得好,你知道什么叫团结吗?"丁玉洁抿着嘴不说话。汪阿兴突然道："玉洁,跟我走!"

雨中站着的徐定强全身淋湿了。走着的汪阿兴停下脚步道:"玉洁,你看。"丁玉洁看着淋着雨的徐定强。汪阿兴手又指了另一个方向道:"那儿还有一个。"丁玉洁看去,发现鲁伟潮也淋着雨站着。"玉洁,你说怎么办?让他们一直淋着雨?"紧抿嘴的丁玉洁一声不吭。"你去告诉他们,什么是团结。"他顾自走了。丁玉洁呆呆地站着。三个人淋着雨,站着。鲁伟潮和徐定强都看着丁玉洁,他们各自跑了过来,纷纷叫道:"玉洁,玉洁……"丁玉洁一声不吭。鲁伟潮脱下衣服举在头顶给丁玉洁挡雨,徐定强脱下衣服,张开,道:"玉洁,我给你挡风。"丁玉洁流着泪,一声不吭。她终于擦了一下泪,道:"哥,定强,你们握个手。"鲁伟潮和徐定强对视一下,不吭声。"汪叔说了,团结,我们要团结。"她伸出双手。鲁伟潮犹豫着握住了丁玉洁的左手,徐定强握住了她的右手。丁玉洁道:"你们握手。"两人看了看,犹豫地握了手。丁玉洁看着他们俩,笑了。不远处,躲着的汪阿兴无声地笑了。一旁的郑天林道:"汪大麻子,你还真有一套。"汪阿兴道:"解铃还须系铃人。"

院子里,阳光下,姑娘们嘻嘻哈哈。有个矮个子男人站在队列中一声不吭,显得有些不好意思。头戴护士帽的朱小丽出来了,大声道:"现在整队。"姑娘们马上排成队列。"立正……向右看齐……向前看……稍息……"她看了一眼队列中的矮个子男人道:"老钱同志,你的手放哪了?"老钱慌张地将双手放在裤缝处,然后站得笔直。姑娘们都笑了。"现在报数。"朱小丽道。"一,二,三,四,我……"老钱大声叫道。"老钱,你是五,不是我。"朱小丽皱眉道。"是,五。"朱小丽又道:"报数。""一,二,三,四,我……"朱小丽气得大声道:"老钱,出列。"老钱朝前一步,出列。他的身体缩了起来。姑娘们再次哄笑。"老钱,你非得参加赤脚医生培训,胡医生同意了。但是,一切行动要听指挥啊。"老钱满头大汗地说道:"是,是。"胡慧丽出来了,她到了队列前,道:"老钱,你入列吧。"老钱入列后,众姑娘又笑了。"同志们,今天是赤脚医生正式培训的第一课,当一名赤脚医生,固然需要有一定的医学技术,但更重要的是品德。老钱同志,他积极要求参加赤脚医生培训,我们应该为他的积极上进鼓掌。"众人鼓掌。"都坐下吧,"胡慧丽道,"我们开始上课。"

院前围墙外,张文化脚下垫了块石头,偷偷看着。这时,传来了汪阿兴的声音:"小张,鬼鬼祟祟看什么呢?"张文化脚下一滑,扑通一声摔倒在地:"汪书记,没、没看什么?"汪阿兴道:"走。"两人推门进去。正在说着的胡慧丽看了汪阿兴一眼,停了下来。"胡医生,有点事要跟你商量一下。"胡慧丽点头道:"小丽,你接着说,就按我们自己编的教材来。""是。"张文化看了朱小丽一眼,跟着汪阿兴进去了。朱小丽脸上闪过一道红晕。汪阿兴从口袋里掏出一张纸道:"胡医生,你看看。"胡慧丽接过纸,一看,吃惊道:"三万人?"

汪阿兴点点头道:"赭山地块围涂,是我自己跟县里要求的,此地块位于农益公社,我们沿江的六个公社合起来搞,在南沙大围涂之前,我们先把赭山地块围掉。三万人的劳动力,进行高强度的集中劳动,需备用多少药品? 是不是要把县医院给我搬来啊?"胡慧丽略一沉思道:"按上次围涂丰农地块的人员受伤情况看,比例还是可以控制的。我就按上次的比例向县医院申请药品数量。""药品还是其次,关键是人员。这些姑娘到时候真的顶得上去?"他想了想又道,"对了,那个老钱是怎么回事? 我听老铁头说,他再三申请要求参加赤脚医生培训班。""他当年被潮水冲走了,后来被一名赤脚医生救了,他心里就一直想当赤脚医生。以前苦于没有机会,这次他听到大队广播,所以就来报名了。""哪个大队的?""和平大队。对了,你不相信我? 这些姑娘们将来可都是我们宁和的赤脚医生。"汪阿兴走了几步道:"我当然相信你了,只是,赭山地块要围涂二万五千亩,我心里还是有点担心,一旦发生事故,到时候工地临时医疗所能不能以最快的速度抢救伤员? 你们必须演练,"他想了想又道,"我一直记着 41 条人命,唉,如果赭山地块围涂失败,那我们下一步南沙大围涂的整个计划都会被打乱。"胡慧丽点点头:"我知道。"汪阿兴看着胡慧丽,又道:"胡医生,你肩上的担子不轻啊。"

站在门口的张文化进来了:"汪书记,胡医生,老铁头来了。"说话间,老铁头的声音传了过来:"汪大麻子,大喜事,大喜事!"他欢天喜地进来了:"汪大麻子,大喜事。""什么大喜事?"老铁头笑道:"两件喜事合在一起,不就是大喜事吗? 第一件,县里挖了一年的解放河通了,这条河从县里一直通到我们宁和。第二件,县水泥厂和县炼钢厂都打来电话,我们要多少水泥和钢材,他们保证供应。"汪阿兴想了想道:"还有船的事呢? 阿炳他们的船才造了一只,不够使。没有船,解放河通了有什么用? 水泥、钢材还有抛石等物资怎么运进来啊?"老铁头吐吐舌头道:"那就不是喜事了。""老铁头,一方面你督促光明大队加快造船进度,什么船都可以,只要能在河上走。在此基础上，想办法在全县征集船只，争取征集上百条船，我听说别的公社多多少少都有船。另一方面，向老盐公社借船。"老铁头摇摇头，苦着脸道："这活我干不来。""我们指挥部分工，你就是管后勤的，船的事就是你的事。"老铁头蹲了下来，双手抱着道："你饶了我吧。"胡慧丽无声地笑了。

这时，传来了朱小丽紧张的叫声："胡医生，胡医生……"胡佳丽一脸严肃地进来了。胡慧丽吃惊道："姐？"汪阿兴和老铁头也是惊叫："胡主任？"胡佳丽并不理会他们，而是顾自坐了下来。汪阿兴心里一沉，刚想走，却听到胡佳丽叫道："汪总指挥，不要急着走，我有话说。"老铁头见了，便赔着笑脸说道："胡主任，我跟汪大麻子还要去开个会，你们谈，我们先走一步了。"他手拉汪阿兴，汪阿兴却纹丝不动。胡佳丽站了起来，又道："你们工作忙，我就不打扰你们了，我现在要跟我的妹妹说话。"汪阿兴这才跟着老铁头走了。

宿舍里一张桌子前，对坐两人。老铁头一把抓过桌上的酒瓶，道："汪大麻子，今晚不能让你多喝，一口都不行。"汪阿兴手一伸道："给我。你放心，我绝对不喝多。"老铁头看着他，摇摇头："占了酒瓶，男人说话的可信度最多只有七分。""你死皮赖脸地不肯回家，还拉着我喝酒，真以为我扛不住？我心里知道胡主任想说什么话，可是她不管说什么话，都打不垮我，"汪阿兴伸了伸双臂道，"就要干大事了，没有什么事能影响我了。老铁头，把酒瓶给我。"老铁头道："不给。"他站起来，退了几步道："我得提防点。""不给酒瓶，那就回家吧。""不给酒瓶也不回家。"汪阿兴道："那你到底想干什么？"老铁头看着他有一会儿，才道："汪大麻子，你就别强憋着了。该哭就哭，该骂就骂，我生来命苦，就是来当你的出气筒的。"汪阿兴看着他，好一会儿后道："老铁头，我还扛得住。"老铁头走了过来，将酒瓶递给他。汪阿兴咕噜、咕噜喝光了瓶中的酒，道："陪我走走。"

汪阿兴摇摇晃晃地走着，身边的老铁头道："汪大麻子，醉了？"

汪阿兴不吭声地走了几步，突然停下脚步道："走，去卫生院。"老铁头愣了一下，鼓起掌来："好，总算像个男人了。""不，是另外的事。"老铁头鼓掌的手停下："另外的事？什么事？""到了卫生院再说。走。"汪阿兴使劲地拉了一把老铁头，老铁头一个踉跄，差点摔倒。

胡佳丽一脸平静地看着进来的汪阿兴和老铁头，她喝了一口水。"胡医生，胡主任，我有件事要说。"汪阿兴道。胡佳丽看了他一眼道："如果谈公事，我回避。"汪阿兴道："既是公事，也是私事。"他抹了一下脸。胡佳丽道："哦，那我倒要听一听了。什么事既是公事，又是私事？"胡慧丽无语地坐下。汪阿兴道："胡医生，我想把六个公社的卫生院临时合并，这样，我们的力量加强了，但是管理却更难了。所以我想，想请你当这个总负责人。于公来说，你是我们宁和卫生院的医生，指挥部又设在我们宁和，这是最理想的。于私来说，我更信任你。"胡慧丽不吭声。老铁头道："有道理。要是别的公社卫生院的医生担任总负责人，我也不放心。胡医生，你是县医院来的，你当这个总负责人，她们也没有意见。你就答应了吧。""她明天就要回城了，"胡佳丽道，"恐怕当不了这个负责人了，汪总指挥，你还是另找他人吧。"汪阿兴一拍桌子道："胡主任，我不同意她回城。"胡慧丽吃惊地看着他。"胡主任，她这时候回城，违反了我们指挥部的工作规定。"胡佳丽冷笑道："你这话说得奇怪啊。她究竟违反了哪一条？你说。"汪阿兴道："我们指挥部前不久刚开过会，定下了工作规定，共有十二条，她这时候回去，就违反了第七条——未经指挥部批准，擅离工作岗位的，予以严肃处理。"胡佳丽怒了："她不是你指挥部的人。"老铁头道："胡主任，胡医生是我们指挥部的人，你若是不信，可问朱小丽同志。"一边站着的朱小丽点点头道："我跟胡医生都是指挥部的人。""但是现在你们指挥部还没有正式开展工作，她明天走，那就不是擅离工作岗位。"胡佳丽道。汪阿兴道："从参加会议的那一天起，胡医生就是指挥部的人了。"

胡佳丽瞪着他，好一会儿才道："你安的什么心？我不管你们什么工作规定，她明天必须走。"她快步离去。胡慧丽叫道："姐，你等等。"胡佳丽停下脚步道："你还要说什么?！你不明白吗？他们这是在拖着你。""姐，我明天可以跟你走，但等到赭山围涂开始的那一天，我一定会出现在工地上。"胡佳丽失望地看着她。老铁头上前道："胡主任，我想说句话。他们两个都是一样的心思。汪大麻子一心想干大事，从钱王江决堤的那一天起，他的心里只有钱王江。胡医生对工作十分执着，她扎根在我们宁和，心里只有病人。胡主任，赭山围涂就要开始了，我们缺人手，缺物资，更缺信心。二万五千亩啊……"胡佳丽不语。老铁头又道："胡医生在我们宁和，不仅仅是一名医生，更是一种信心。"汪阿兴鼓掌道："说得好。"胡佳丽走了过来，看着胡慧丽，终于将她紧紧搂在怀里，流着泪道："慧丽，你不知道姐心里是什么滋味，你不知道啊。"胡慧丽也紧紧地搂着胡佳丽。汪阿兴道："胡主任，请你理解。"他走了。老铁头跟着他走了。胡佳丽沉默不语。

姑娘们正在紧张地训练着包扎。朱小丽在一旁指导。胡慧丽出来了，她站在院门口看着。看了一会儿后，她道："小丽，除了学习包扎、止血等基本技能外，还得教她们医学基本理论和医生的职业道德。"朱小丽点点头。

张文化骑着自行车来了，车把上挂着一块肉。他下了车，支好车，取下肉，笑着道："胡医生，给。""哪来的？"张文化道："郑工昨晚上跟汪书记打赌，输了，就买了一块肉，汪书记让我割一块给你送来。"胡慧丽好奇道："打什么赌？"张文化笑道："郑工说你一定会走的，汪书记说你不会走的，两人打了赌。"胡慧丽的脸色沉了下来。张文化见势不对，着急道："胡医生，胡医生。"胡慧丽将手里的肉扔还给他道："你回去跟他说，就说我一定会走的。"她顾自走了。张文化站在原地,目瞪口呆。朱小丽走了过来,埋怨道:"谁让你多嘴了?"张文化着急道:"小丽,你快帮帮我,怎么办?"小丽想了想道:"让汪书记上门负荆请罪。"张文化道:"好,好。"他将肉递给小丽,骑着车,飞快走了。朱小丽捂着嘴偷笑了一下,然后对姑娘们道:"休息十分钟。"她走了进去。

　　胡慧丽坐着发呆。朱小丽进来,将肉挂在门把上,道:"胡医生。"她看了胡慧丽一眼,轻笑道:"不高兴啊?""没有啊。"胡慧丽随手拿起桌上的登记簿,道:"我在查看登记的病人。"朱小丽笑道:"胡医生,你就别骗我了,你把本子都拿反了。"胡慧丽低头一看,果真倒着拿了。她脸一红道:"去去去,凑什么热闹呢。""胡医生,你说句心里话,你真要走?"胡慧丽不吭声。朱小丽道:"是气话吧?你可把小张吓得够呛,胡医生,到时候汪书记上门来负荆请罪。"胡慧丽着急道:"你……谁让你出歪点子。"朱小丽笑着,提了肉,走了。胡慧丽心里的不悦像是烟消云散了。姐姐走之前,什么话也没有说。这一个回合,姐姐是败下阵来了。姐姐是败在汪阿兴手里的。但是,她心想姐姐不会这么容易认输的。接下来,姐姐肯定还会有新的招数,到时候谁赢谁输就说不准了。更何况,姐姐身后还站着姐夫。姐夫一直没有表明他的态度。如果有一天,逼着他表态,他十有八九会站在姐姐身边。毕竟,他们是她在这个世界上最亲的人。她心里时常会有一些愧疚,自从张保国牺牲之后,姐姐一下子就苍老了。她从来没有见过父母,家里也没有父母的照片。她的事,就是姐姐的事。姐姐真的为她操碎了心。她将收音机开着了。

　　令人出乎意料的是,居然是郑天林上门来了。他笑道:"胡医生,我替汪大麻子上门来道歉。"胡慧丽有些不解地问了声好,然后泡茶。"小张回来一说,汪大麻子他啊,脸都白了,一下子跟蔫了的青菜似的。"胡慧丽扑哧一声笑了。郑天林笑道:"这个汪大麻子,心好狠,我三个月的肉票没了。后来,老铁头跟我说,千万不要跟他打赌，准输。我啊，是新来乍到，这也是头一回，下次可不跟他打赌了。"刚好进来的朱小丽听了，也笑了。郑天林看了朱小丽一眼道："对了，朱小丽同志，小张同志求我一件事，我想啊，这件事有点麻烦。""什么事？"郑天林道："好事。革命同志除了要干革命工作之外，也要谈恋爱啊。朱小丽同志，对吧？"朱小丽的脸一下子红了。郑天林笑了。他看了一眼胡慧丽，发现她的脸红红的。胡慧丽心里明白，郑天林这是在指东打西，他跟朱小丽说的话，其实是说给自己听的。

郑天林骑着自行车一会儿后，停了下来，看着一个土包道："出来吧。"汪阿兴从土包后出来，讪笑道："郑工，怎么样？"郑天林故意严肃道："她很不高兴，说明天一定要走，还说你凭什么断言她一定不会走，唉，反正说了一堆生气的话。"他故意装着苦脸。汪阿兴皱着眉道："啊呀，坏事了，看来还得我自己去说。"郑天林点点头道："是啊，这种事必须自己去说。"他转过身去，憋不住笑出声来。汪阿兴笑道："好啊，郑工你骗我。我差点上当了。"郑天林道："走吧，这件事我帮了你，接下来，你得给我详细地说说赭山地块的围涂，你的方案一直秘而不宣。这一回，必须一五一十跟我说，不许保留。"汪阿兴道："郑工，从打赌到现在，最后还是你赚了。"郑天林哈哈大笑："不是我赚了，是你自己输给了自己。"汪阿兴不解地看着他。郑天林道："你喜欢她，却一直采取犹豫策略，在得失之间犹豫，我就是抓住了你的这个心理，打了一个反击战。"两人说着，慢慢远去了。

到了赭山地块，眼前一片滩涂，一眼望不到边。农益公社书记黄阿平将手里的烟丢了，然后道："汪大麻子，你的手终于还是伸了进来。""老黄，都是自家人，不叫伸手，是叫帮手，"汪阿兴笑道，"老黄，我跟郑工来，一是来听听你们的工作汇报，别的不用说，就说这一片滩涂。另外，我们还想给指挥部选个地方。"黄阿平道："汪大麻子，你就别调戏我了，你情况比我更熟悉，我们钱王江的六个公社,现在都在你手心里了。你说,我们干就是了。保证不丢你的脸。""老黄,有你这句话,我就不客气了。"汪阿兴带着郑天林到了江边一处高地,指着远处的钱王江道:"这儿距离钱王江的直线距离是十公里左右。"郑天林道:"你测量过?"汪阿兴指了地上的一个木桩道:"我拉过绳子。多亏了老倪留下的一大堆草绳啊。"郑天林点点头:"我听说过老倪的情况,唉,老倪就是活地图啊。汪大麻子,我听说老倪的孙子跟胡医生是同学? 他们……"汪阿兴点点头道:"每个人都有自己的活法。老倪在我心里,永远活着。"

两人沉默片刻。郑天林指着无边无际的滩涂道:"就在这儿安营扎寨?"汪阿兴道:"就在这儿。"远处,潮水的声响越来越大,水漫了过来。郑天林想了想道:"汪大麻子,据我所知,你们县里并没有赭山围涂计划,是你主动要求的。我理解你,一是为了练兵,二是实实在在落实县里的'围一块,巩固一块'的方针。但是有一件事我一直没有想明白,你就不怕失败吗? 要是失败了,你就一无所有了,总指挥这顶帽子肯定被摘了,说不定还得挨处分。围涂,我们有过太多的失败,你就那么有把握?"汪阿兴笑笑道:"郑工,我不说空话假话大话,因为说这些都没用,围涂就是实实在在的,来不得半点虚的。别的工作可以掺点儿水分,可是围涂那是拿命去搏的。我之所以要围涂赭山,你说得没错,一是练兵,二是落实县里的方针,其实我还有一个目的,为了保住现有的围涂成果。"郑天林点了点头道:"从技术上分析,一旦南沙大围涂,必然会使钱王江的江面变窄,江面变窄带来的结果是水流加速,容易给别的区块造成危险。但是,这只是一个概率问题,只是理论上的一种推断。""不怕一万,只怕万一,"汪阿兴道,"我越来越明白,保住成果有时候比围涂更重要。""这是一场硬仗啊。"郑天林叹息道。

第三十五章

　　四个月后的一个清晨,赭山地块雾蒙蒙一片。这是少见的大雾。传来打桩的声音,先是一两声,接着是一阵阵的打桩声,此起彼伏。之后,从雾中传来徐大军的声音:"爹,给我铁丝。"徐大军手里拿着一把大榔头,对着一根木桩打着。一旁的徐阿福道:"大军,够深了。"徐大军道:"汪叔说了,桩没打好,这后面的活就没法干。"他又用力地打了几下。徐阿福有些不满道:"这工地上有一千多人在打桩,哪会个个都像你这样卖力。"徐大军道:"爹,这每一根木桩,阿炳都会检查的。"徐阿福着急道:"啊呀,他把我的活抢走了,我找他去。不对,我找汪大麻子去。"这时,传来汪阿兴的声音:"徐阿福同志,我来了。"他走了过来,道:"大军,怎么样? 还顺利吗?"徐大军道:"汪叔,打了八根桩了。"汪阿兴看了一眼他粗壮的臂膀道:"好力气。"徐阿福道:"汪……现在得叫你总指挥了,总指挥,检查木桩合不合格的活我最合适,阿炳他,他不行。"汪阿兴笑道:"你还别说,这活还真是他行,你不行。你的病怎么样?"徐阿福道:"早好了。"他用力地拍了一下胸,却是一阵咳嗽。"我另外有任务给你。你负责编草绳。"汪阿兴说道。徐阿福跺了一下脚,大声叫道:"我不干,跟一堆娘们在一起,我,我没面子。""编草绳也是重要活。明天你就去妇女组报到。"汪阿兴转身走了。徐阿福气得蹲了下来。徐大军道:"爹,汪叔说得没错。这工地,哪一样活都很重要。"徐阿福没好气地道:"大军,你是谁的儿子? 你是我徐阿福的儿子,你,你们都向着他。哼。到时候我去指挥部找老铁头去,他是二把手,这些杂事都是他管的。""爹,你去了也是白去,指挥部里忙得一塌糊涂,"徐大军往手心里吐了一口唾沫,又道,"伟潮和定强跑得腿都快断了。"

指挥部搭在一块高地上,是一间简易的工棚。棚子顶上架着一只大喇叭。老铁头使劲地摇着电话机,然后对着话筒喊:"喂,喂,喂……"他放下话筒,又重新摇了一下,拿起话筒道:"喂,喂……"他啪的一声压下话筒,对着门喊:"小张,小张。""什么事?"张文化跑了进来。老铁头一脸怒气道:"这电话怎么回事? 一会儿通,一会儿不通,发了神经似的。""一定是线没接好,"张文化走过来,检查了一下,又道,"老铁头你别急,我去问问架线班的何班长。"他跑了。老铁头坐着呼呼喘气。

一脸不悦的郑天林进来了:"老铁头,技术组的人呢?""他们没来报到? 我等了一个小时,连个人影都没有。"老铁头道:"郑工,你等等。"他走到门口,大声叫道:"伟潮,伟潮。"鲁伟潮跑了过来。"你去问一下汪大麻子,技术组的人员怎么还没到? 这不是要急死人吗?"这时,传来汪阿兴的声音:"我来了。"郑天林迎了上去:"汪大麻子,你许诺给我的人呢?""郑工,情况有变化。临清公社一条路昨日被雨水冲垮了,三个水利技术员全跑去支援临清公社了。"郑天林叹了口气道:"看样子,我还得从钱王江管理局借人。"汪阿兴道:"那太好了。"老铁头皱了一下眉道:"我昨晚上还跟临清公社……"汪阿兴打断他道:"老铁头,气象组的情况怎么样?""没有大潮,也没有雨天。"汪阿兴道:"好嘛。"老铁头走了过来,拉着汪阿兴道:"边上说去。"距指挥部不远的地方,老铁头小声道:"三个技术员果真去临清公社了?"汪阿兴轻声道:"你真是猪脑子。""那他们在哪啊?"他东张西望。汪阿兴道:"我让他们在鲁家湾等着。"老铁头道:"等着?"他一脸不解。汪阿兴道:"三个技术员哪够啊,我要是不这么来一下,郑工会去叫人吗?"老铁头摸摸头,笑了。"县里给我们的三个技术员都是毛头小伙子,他们懂什么呀? 这一回,还不逮机会好好学啊。"老铁头连连点头。郑天林过来了："汪大麻子,我打过电话,钱王江管理局来三个技术员,全是经验丰富的老同志。"汪阿兴道："太好了,太好了。"他用肘部捅了一下老铁头,老铁头也道："对对对,好事,好事。"汪阿兴又道："郑工,你们来的人,可得交伙食费啊。"郑天林笑道："你放心,他们的伙食费由钱王江管理局出,你啊,就想占便宜。"三人都笑了。

郑天林走后,汪阿兴皱着眉道："现在就等胡医生他们了。对了,我听朱小丽同志说,有个别公社的卫生院医生不服管理?""不是不服管理,可能是不服气吧。你放心,我管后勤,我肯定把这事办好。"老铁头道。汪阿兴走后,老铁头皱眉想了一会儿。他从口袋里掏出小本子,记了下来。他决定去一趟宁和卫生院,集训点就在那儿。

院子里,几名医生站着,有男有女。朱小丽坐着,登记情况。她脸上有一些不悦。之前,一名医生说宁和卫生院是一个不吉祥的地方,死了一个方医生。现在,又有一名医生质疑起胡慧丽来,他说道:"朱小丽同志,胡医生真的是县医院的骨干?""那当然了。"另一名女医生道:"我看不一定。"朱小丽吃惊地抬头道:"为什么?"女医生道:"她年纪轻轻,凭什么指挥我们呀?我当卫生院医生这么多年,可是救了不少人。"朱小丽看了一下登记表,发现她是农益公社卫生院的缪医生,便说道:"你是缪医生吧,胡医生也救了不少人。"缪医生不屑一顾道:"我都四十多了,我吃的盐比胡慧丽吃的饭还多,哼。"吕秀儿进来了,大声道:"你说谁呢?"缪医生看了她一眼道:"你谁啊?""宁和公社妇女主任吕秀儿,你是在说慧丽吧?别看你四十多了,要是比医术,你比她差得远了。"缪医生道:"你又不是医生,你懂什么?"吕秀儿走上前,瞪着她道:"我不许你背后这么说她。不许。"缪医生也不甘示弱:"谁怕谁啊。"吕秀儿听了,火冒三丈,一把揪住她。两人打了起来。朱小丽急得大叫:"胡医生,胡医生。"

胡慧丽和姑娘们跑了进来,她大声道:"秀儿姐,住手,住手!"吕秀儿扯着缪医生的头发,缪医生哎哟哎哟地叫着。吕秀儿道:"跟我打架,那你真是找错人了。你必须向慧丽道歉。""秀儿姐,松手,"胡慧丽道,"你要是再不松手,我以后不理你了。"吕秀儿松了手,然后对缪医生道:"以后管住自己的嘴。"缪医生愤恨地看了她一眼,又看了胡慧丽一眼,转身就走。胡慧丽道:"去哪?""你管不着。""我是医疗组的总负责人,我必须管。站住。"缪医生依旧走着。吕秀儿怒声道:"你要是敢走出这个门,我就向总指挥报告,开除你。"缪医生停下了脚步。胡慧丽想了想,问道:"小丽,发生什么事了?"朱小丽看了缪医生一眼道:"她不服气,说你医术不如她,说她吃的盐比你吃的饭还多。""缪医生,你比我年长,我尊重你,但是也请你尊重我。"她看了一下另外几名医生道:"大家都是同志,也即将在一起工作,希望大家团结一致,齐心协力。"缪医生道:"胡医生,话是这么说,但是我还是不服气。"胡慧丽微笑道:"缪医生,我们集合在一起,不是比武,而是同舟共济。"其他几名医生和姑娘们鼓了掌。缪医生不吭声了。

在院门外听了一会儿的老铁头满意地走了。他骑着车,心想别看胡慧丽平时显得温柔,可一旦遇上事,却是雷厉风行。他们需要的就是这种执行力。汪阿兴说过,在工地上,要让每个人变成狼一样。铁的纪律,才能有铁的成绩。

晚上,吕秀儿摸了摸肚子道:"慧丽,吃了你介绍的省医院章医生开的几副药,好多了。"胡慧丽点点头。吕秀儿坐了下来,看了看药柜道:"慧丽,我这次来,是来讨药的。""秀儿姐,药品我们现在是严格控制,以备不时之需。""我们家姜小个啊,这阵子老说腰酸背疼,走路没力气。当然,我晚上是狠了点,可他以前不这样的。"胡慧丽脸红了。吕秀儿道:"慧丽,也不怕你笑话,我们家姜小个现在都怕我了,天天晚上躲来躲去,不跟我睡一张床。我不也是为了给他留个后嘛。上次那个流产了。唉,你给点药吧,让他长点力气。"胡慧丽脸红红道:"秀儿姐,这个药没有。""你骗我?你是医生,几个药随便一配,不就成了?""秀儿姐,真没有这个药。另外,姜小个他,他这是肾亏,你、你还是让他休息休息。他的状况就会好了。"吕秀儿叹了口气:"好吧,反正要上工地,索性让他休息几个月。我算是白来了。"她无精打采地走。朱小丽进来道:"吕主任,走了?"吕秀儿道:"走了。"她走了。朱小丽小声道:"胡医生,缪医生说要跟你谈谈。我担心她来者不善,你说,要不要报告指挥部?""不用,让她进来吧。"缪医生进来了:"胡医生,我要求休病假,请你开个病假条,我自己拿去指挥部。"胡慧丽道:"缪医生,你听我说……""你不用说了。我的确有病。"说着,她将起裤腿,指着膝盖道:"这儿有个肿块,两年了,晚上会痛,我担心到时候在工地上,误了事。"胡慧丽摸了摸,又仔细地看了看道:"缪医生,这是积液,抽掉就好了。"缪医生一脸不信:"不可能。"胡慧丽道:"冬天肿得厉害,对吧?"缪医生点点头。胡慧丽想了想,叫道:"小丽,小丽。"朱小丽匆匆进来。"缪医生,把腿放平。小丽,拿个盆子来,"说着,她拿了针管,想了想又道,"缪医生,你闭上眼睛,放松心情。"缪医生半信半疑地躺了下来。胡慧丽用手摸了一会儿,然后将针管插了进去,接连抽出了几管积液,然后道:"缪医生,你可以起来了。"缪医生看着自己的膝盖,好一会儿才含着泪道:"胡医生,我服了。"她随手拿过桌上的请假条,当场撕了。

　　一个临时搭起的棚子前,几十名妇女麻利地编着草绳。徐阿福背着手,走来走去。他心里有一股气,可是没地方撒。这些妇女也不理他,他们叽叽喳喳,顾自说着。姚婶带着徐定强过来了。徐阿福看了徐定强一眼,不吭声。姚婶道:"定强,你跟你爹在一起,我去炊事组了。"她走了。徐定强站着不吭声。"站着干吗?编草绳去。"徐阿福道。徐定强不动,好像一个木头人。徐阿福感到失了脸,他走过来,一把扯着徐定强到了一圈草绳前:"你当检查员,哪一根草绳不合格,让她们重新编。"他顾自走了。徐定强呆呆地站着,他是姚婶硬拉着来工地。本来,他躺在家里,生着闷气。有妇女看了他一眼道:"小伙子长得不错嘛,今年几岁了,要不要给你介绍媳妇啊?"妇女们都笑了。徐定强坐了下来,从口袋里掏出一本书,看了起来。有妇女笑道:"啊呀,原来是个书呆子,怪不得一句话不说,唉,你来工地挣工分,可不是来读书的。"另一名妇女道:"看样子,是受了委屈的。"她们笑着。徐定强背对着他们,双手捂着耳朵。

鲁伟潮匆匆走过,他见了徐定强,愣了愣,回头走了过来:"定强,你也来工地了?"徐定强看了他一眼,不吭声。鲁伟潮笑着道:"我们鲁家湾的男女老少,全上工地了。对了,玉洁来信了,"他从口袋里掏出信道,"她在信里说到了你。"徐定强接过信,看了起来:哥,我在学校一切都好,我被同学们选上了班长,你们好吗?我想你们,我想汪叔,想你,想小妹,想大军哥,想二南,想曼丽,等学校放寒假了,我就回来,告诉定强,虽然不能来县一中读书,但也不要忘掉课本,要自学……徐定强流泪了。鲁伟潮笑道:"定强,玉洁当上班长了。"徐定强擦了把泪道:"把信给我吧。"鲁伟潮想了想道:"好吧。你替我写封回信,告诉玉洁,我们开始赭山地块围涂了。"徐定强点点头,将信放入上衣口袋。"你还是来指挥部吧,汪叔说了,你上次来了,又走了,现在还需要一个通讯员。走,我带你去见汪叔。"徐定强跟着鲁伟潮走了。

电话响着。老铁头一边接电话,一边道:"老王,这个事你必须抓紧,到时候要是拖了整个工程的进度,汪大麻子可不会留情面的。"他放下电话,叫道:"伟潮,伟潮。"鲁伟潮和徐定强刚好进来。"伟潮,你去一趟炊事组,跟你姚婶说,定好口粮,要想办法节约,不能浪费。"鲁伟潮点点头。老铁头道:"徐定强,你、你这是……""汪叔说还缺个通讯员,定强他愿意当通讯员。""人事我不管,等汪大麻子来了,你自己跟他说。"老铁头皱了一下眉道。鲁伟潮点点头道："定强，我委托你将口信带给姚婶。记住了吗？定好口粮，要想办法节约，不能浪费。"徐定强走了。老铁头皱了一下眉道："他不是生病了吗？""他是心病。阿福叔不让他去县一中读书，他就一直闹病，躺床上好些天了。"老铁头恍然大悟，点点头。这时，张文化跌跌撞撞进来："老铁头，出事了！"

江边，众人围着。一个男人趴在江边，放声大哭。水里有两个男人腰系着绳子，在水里摸索着。他们摇摇头。铁青着脸的汪阿兴望着滔滔江水，一言不发。老铁头跑了过来，一见此景，也不吭声了。水里摸索的两人慢慢上来。汪阿兴道："大家都散了。"他转头四望，然后怒声道："孔大山，你别往后躲。"坎平公社书记孔大山从人群后面走了出来，低着头。"汪大麻子，孔大山也没想到会这样，这件事，我看……"老铁头道。"就这么算了，是吧？那落水的那条生命呢？谁还给他？"汪阿兴道。孔大山道："汪大麻子，你想怎么处理？""落水者是你公社的人，你没有管好，你必须承担责任。""是我公社的人不错，但他是被编在农益公社的组里，这件事要负责，也得由农益公社负责。"汪阿兴大声道："这个人跟花名册对不上号。花名册是你们坎平公社提供的。"孔大山支吾道："这……""你们坎平公社用七十岁的老汉冒名顶替，你敢说你没责任？"说话间，农益公社书记黄阿平进来了，他大声道："汪大麻子，他这是自寻死路，谁让他自己下水去摸鱼的？""老黄，照你这么说，我们工地上的人都是自寻死路，谁让我们来围涂的？"黄阿平愣住了："这……"

几个人到了指挥部。汪阿兴想了想道："落水者所在组的组长撤职，农益公社书记黄阿平监管不力，处分；坎平公社造假花名册，书记孔大山处分。"孔大山和黄阿平跳了起来。黄阿平道："汪大麻子，你胆子也太大了。我们俩都是县里任命的，要处分也是由县里处分，轮不到你来处分。"孔大山拍了一下桌子，也道："汪大麻子，你算哪根葱啊？""我是总指挥。"孔大山道："你这个总指挥难道比县革委会还大？汪大麻子，你真是吃了豹子胆了。"黄阿平也道：

"你这是拿鸡毛当令箭。"他笑了笑,又道:"汪大麻子,你还真以为我们都怕你啊?惹毛了老子,老子不干了。"老铁头见势不对,便打圆场道:"两位书记消消气,消消气,有话好好说。"他朝汪阿兴使眼色。汪阿兴坚定道:"这个事,就这么定了。我现在就去县里。"黄阿平道:"汪大麻子,别以为就你能,你吓唬谁呢?有本事,你把我们都免职了。"汪阿兴大声道:"小张。"张文化跑了进来。汪阿兴道:"走,跟我一块儿去县里。"孔大山听了,拍了一下胸脯道:"老黄,我们也去。我就不信了,县革委会不主持公道?"他们两人气呼呼地走了。老铁头皱着眉,苦着脸道:"汪大麻子,把那个组长撤了就行了。你去惹他们两个干吗?他们两个是出了名的难缠。你不是说要团结嘛,算了,算了,我去跟他们说个好话,这件事就算过去了。"说罢他走向门外。"站住!"汪阿兴厉声道。老铁头吃惊地看着他:"汪大麻子,多一事不如少一事啊。"汪阿兴摇摇头道:"这件事必须有个结果。你在这儿等我消息,我跟小张去县革委会汇报情况。小张,我们走。"两人快步走了。老铁头急得团团转:"刚开工,就乱了,这可怎么办啊?"他唉声叹气。

老铁头守着电话,一脸紧张的样子。他犹豫了好几次,但都不敢打电话告诉王宝年,生怕又惹出什么事端来。他听说孔大山和黄阿平离开工地,坐拖拉机去县城了。他觉得汪阿兴此去,并无把握。如果有把握,他只要打个电话就可以了,用不着专门跑一趟。他不敢离开,生怕有什么重要消息传来。

县招待所 202 房间内,汪阿兴来回走着,心神不定的样子。窗外,路灯亮着。躺在床上的张文化坐了起来:"这床真舒服。要是天天有这样的床睡,做人那就真的享福了。"他下了床,又道:"汪书记,李贵生主任让你等消息,你就舒舒服服躺着等呗。"汪阿兴走到窗前,打开窗,吸了一口气。张文化看着他,小声道:"难道这事不好办?""这事是有点难办。让县革委会把权力下放到我们工地指挥部,这是从来没有过的事,张书记和李主任要承受很大的压力。

我是给他们出了一道难题，"汪阿兴道，"可是工地必须要有规矩。"张文化道："汪书记，要不算了，我们回去吧，反正只要到时候围涂完成了，就什么事都没有了。"汪阿兴道："我必须要等到一个满意的答复，才能回去。"他看了一眼窗外，又道："走，陪我走走。"张文化欢喜道："太好了。我就等着你这句话呢。"

两人走出了房间，下楼，然后漫无目的地走着。看着汪阿兴眉头紧锁，张文化也不敢多问。不知不觉，他们竟然走到了县革委会楼前。"怪了，怎么又到这儿了？"张文化道。汪阿兴什么话也不说地走了进去。张文化只得匆匆跟上。

会议室内的众人沉默不语。张建设喝了一口水，打破沉默道："这件事，我们讨论了这么久，目前意见还是无法统一。我们举手表决吧。赞成给工地指挥部这个权力的，请举手。"他举了手。李贵生也举了手。金健康也举了手。另外几名同志有举手的，也有不举手的。张建设道："五票赞成，五票反对。"众人都看着一直埋头的王宝年。"王宝年同志，请你发表意见。"张建设道。王宝年抬头道："县革委会和工地指挥部是上下级关系，如果我们把处分公社书记的权力下放给工地指挥部，带来的后果难以预料。同志们，上级就是上级，下级就是下级，这必须分清，不能搅在一起。"李贵生道："我倒是认为，特殊情况特殊对待。""我们不能搞特殊化。"王宝年道。"这不是你说的特殊化，而是我们县革委会授权给工地指挥部，工地指挥部代替我们执行，这跟上下级关系没有矛盾。"李贵生道。他抽了一口烟，又道："俗话说，将在外，君命有所不受。汪大麻子肩上扛着这么一副重担，那就是在外打仗啊。他应该有这个临时处置权。"王宝年摇摇头道："他今天能处分公社书记，明天就能免了公社书记，到时候，这些公社书记找上门来，我们怎么回答他们？我们无言以对。我的意见是反对。"张建设站了起来道："表决的最后结果是反对六票，赞成五票。但是我们的决策是民主集中制，最后还是要集中的。我提醒一下同志们，我们坐在这里讨论这个问题,而六个公社三万余人已经奔赴赭山地块,真正打响了大围涂第一枪。这第一枪意义重大,我相信在座的各位心里都明白,汪大麻子要来这个权力,不是为了整人,而是为了工作。"他大声对着门叫道:"小马,让他们进来。"门开了。黄阿平和孔大山进来了。张建设道:"你们两位来县里讨个说法,我理解。我先问你们一句话,你们实事求是地说,如果是我处分你们,你们服气吗?"两人齐声道:"服气。""就因为汪大麻子处分你们,所以你们就不服气?由此看来,结果是一样的,就是因为作出决定的人不一样,所以你们就有想法。那么,我现在告诉你们,指挥部代表县革委会,指挥部作出的决定,也就是县革委会作出的决定。"众人都愣了。李贵生突然鼓掌道:"老张,说得好!成大事者不拘小节!"王宝年脸色一沉道:"张书记,我保留个人意见。"他起身走了。张建设道:"王宝年同志,等等,听我把话说完。"走到门口的王宝年转过身来。"我们多少年的等待和期盼,就是为了大围涂。我希望你理解。"王宝年犹豫了一下,走了。

汪阿兴走到了楼下,突然停下脚步,然后道:"小张,我们不上去了。走。"张文化被他弄糊涂了,小声道:"为什么?""这件事,还是让他们去作决定吧,我一旦上去,必定会让人觉得我想为自己辩解,我想,明白人应该知道,我之所以这么做的目的,在于集体,绝对不是个人因素。我相信他们一定会明白的。"他脸上呈现微笑。

街上的各种店铺亮着灯。张文化欢天喜地的样子,东看看,西瞧瞧。突然,张文化指着一家店铺前的灯笼道:"汪书记,你看。楼山公社的灯笼。"汪阿兴走了过去。灯笼上镶着一排字:"楼山公社。"他看了看,走了进去。灯笼店里,大大小小的红灯笼挂着。一个老头埋头正在给一个灯笼加流苏。汪阿兴手一指挂着的灯笼道:"同志,这灯笼真是楼山公社做的?"老头抬头看了他一眼道:"是啊。""同志,我们汪书记就是楼山公社人。他怎么不知道?"老头看了汪阿兴一眼,道:"你真是楼山人?"汪阿兴点点头。"这是楼山公社里弄大队社员做的,半年前刚开始做的。"汪阿兴点点头,然后道:"公社知道吗?""知道。公社赵书记刚刚来过。"汪阿兴愣了一下,道:"赵书记? 赵刚强吗?"老头点点头。汪阿兴奔出灯笼店,东张西望。张文化跟了出来:"汪书记,汪书记,赵书记会不会骑自行车?""不会。小张,我们分头走,我往东,你往西。"他快步走了。

赵刚强行色匆匆,突然,一只手搭在他的肩上。他一转头,愣住了。"小六子,是我。"汪阿兴道。赵刚强并不吭声,而是顾自迈步。汪阿兴愣了一下,追了上去。赵刚强顾自走进了一家面馆,然后拍着桌子,大声道:"同志,来一碗面。"汪阿兴跟了进来,坐下道:"小六子,发生什么事了?"赵刚强埋头不语。营业员端着面过来,放在桌上。赵刚强顾自吃着面,好像很饿的样子,没动几下筷子就将面吃完了,他将面汤喝下,起身就走。汪阿兴一把拉住他道:"小六子,坐下。"他瞪着赵刚强。赵刚强坐下后,呼呼喘气。汪阿兴道:"说。"赵刚强也瞪着他,不吭声。"说。"赵刚强看着他,胸脯起伏了一会儿,才道:"小路住院了。"这时,张文化气喘吁吁跑了进来:"原来在这里,我找得好辛苦啊。"他看了一眼面色凝重的两人,小声道:"怎么了?"汪阿兴站了起来道:"走。"

一路上,汪阿兴沉默不语,他的步子越来越快,后来,他小跑起来。他恨不能长了翅膀,一眨眼就飞到了小路身边。他心里的愧疚像是要溢出来了。他忘了有多久没见过小路了。他急匆匆地跑上了三楼,一下子推开了 308 病房。这是一个单人病房。坐在床前的阿扁站了起来,吃惊道:"汪大哥,你怎么来了?"汪阿兴一听,泪水刷地下来了。好像阿扁才是小路的父亲,他就像小路的一个远房亲戚。"小路什么病?"阿扁苦着脸道:"汪大哥,好像是急性肺炎,已经第五天了。医生说,还得挂三天盐水。唉,小路受苦了。"汪阿兴道:"为什么不告诉我?"进来的赵刚强怒声道:"告诉你有用吗? 你还是他的爹吗? 你管过他吗?"他指着床上的汪小路,又道:"他每次醒来都眼泪汪汪地看着我,我,我……"他蹲了下来,强自压抑着哭声。汪阿兴道:"小六子,对不起。"阿扁道:"汪大哥,我们都知道你忙,对了,听说又要围涂了?"汪阿兴点点头:"已经开始了。"他轻轻地抚摸了一下床上的汪小路的脸。"你要是他的爹,今晚就陪他。哪儿都不许去。"赵刚强道,他的身体移向门口,像是要堵住汪阿兴。"我今晚必须赶回去,"他看了一眼站在门口的张文化,又道,"小张,带钱了吗?"张文化点点头,掏了口袋,递过来几张纸币和几个硬币。汪阿兴将钱放在阿扁手里,道:"小路就交给你们了。小张,我们走。""你既然要走,为何还要来看他呢? 他若是知道,岂不是更伤心?"赵刚强伤心地说道。张文化辩解道:"赵书记,汪书记这次来县城是有重要的事。""还有比儿子更重要的事吗?"赵刚强怒吼道。张文化低头不语。赵刚强一把抓过阿扁手中的钱,狠狠地扔地上:"走,走得远远的! 永远不要见了!"硬币在地上滚动。阿扁长叹一声,泪流满面。汪阿兴咬着牙,深情地看了一眼床上的小路,走了。

走出县医院,汪阿兴整个身体靠在墙上,像是一点力气都没有了。张文化小声道:"我扶你。"汪阿兴摆摆手,咬着牙走了几步,然后重重地给了自己胸脯一拳,快步走了。身后的张文化追了上来:"汪书记,要不你留下吧,我去招待所等消息。"这时,张文化突然道:"汪书记,你看,是王副主任。"汪阿兴定睛看去,王宝年骑着自行车过来了。他到了汪阿兴跟前,下了车,道:"不在招待所等,你们来这儿干吗?"汪阿兴不语。张文化解释道:"汪书记的儿子住院了。"王宝年看了汪阿兴一眼,想了想道:"严重吗?""还好。"汪阿兴道。王宝年看着汪阿兴有一会儿,才道:"汪大麻子,你跟我说一句实话,你处理两名公社书记时,你有没有想过怎么跟县革委会交代?""王副主任,处理事情必须快,不能拖。"王宝年道:"这么说,你根本就没有想过。"汪阿兴道:"当时的确没想过。""我欣赏你的坦诚。但是,你必须明白,你这个工地总指挥是一个临时职务,既然是临时职务,待围涂工程结束以后,就可以免掉。你得罪了人,以后就是要提你,他们会投你一票吗?""王副主任,你只需告诉我,县里的最终决定。"王宝年道:"按照组织原则,我不能告诉你。"他骗腿上车,走了。张文化着急道:"汪书记,现在怎么办?""回工地。"

老铁头趴在指挥部的桌子上睡着了。胡慧丽将门轻轻掩上,坐着。一阵脚步声传来。胡慧丽欣喜地开了门。郑天林进来道:"咦,胡医生,你怎么……哦,他还没回来?"胡慧丽点点头。这时,老铁头醒来了:"郑工,这么晚了,你还不睡?""睡不着,我想来跟汪大麻子聊聊。他怎么还没回来?"他抬腕看了一下手表道,"凌晨四点,天就要亮了。"老铁头打了个哈欠道:"大家都去睡吧。别等了。"郑天林道:"也好,打个盹,天就亮了。"他走了。老铁头看着胡慧丽,道:"胡医生,你……""反正天就要亮了,我索性天亮了再走。"胡慧丽道。"胡医生,他今晚是不会回来了,说不定,睡在舒舒服服的县招待所,做着美梦呢,"他又打了一个哈欠道,"回去吧。"胡慧丽道:"我再坐一会儿。"

过了一会儿,传来急匆匆的脚步声。胡慧丽欢喜道:"他回来了。"

说话间,汪阿兴和张文化进来了。张文化道:"冷死我了,老铁头,让我烘烘手,手都冻僵了。"说着,他走了过去,将手伸进了老铁头的肋下。老铁头惊叫:"还没到冬天,你的手就成这样了,要是到了冬天,就是两块冰啊。"汪阿兴往手心呵了一口气,道:"胡医生,你……你……""人家胡医生等了你一晚上了。"老铁头将张文化的两只手拨开道。汪阿兴看着胡慧丽道:"有事吗?"胡慧丽开心道:"没事,我走了。"汪阿兴丈二和尚摸不着头脑。老铁头使了个眼色道:"你送送胡医生。"

天空呈鱼肚白。走着的汪阿兴道:"胡医生,外面冷。你,你回去加件棉衣。"胡慧丽点点头。"你,你有事吗?"汪阿兴有点儿结巴地说道。"没事。你也别送了,回去喝一碗热水,暖暖身子。"胡慧丽边走,边低着头。"我再送你一段。"胡慧丽抬头道:"情况怎么样?""成了。"胡慧丽听了,脸上无声地笑了。她看着汪阿兴,小声道:"快回去打个盹吧。"汪阿兴点点头。汪阿兴目送胡慧丽离去,心里暖暖的。胡慧丽等了他一个晚上,那比说多少话都强。

红旗招展。众人背着农用工具,从四面八方而来。工地上的大喇叭响起了激昂的革命歌曲。指挥部的里里外外挤满了人。老铁头读着处分决定:"经工地指挥部研究决定,给予工地副总指挥、农益公社书记黄阿平同志,副总指挥、坎平公社书记孔大山同志警告处分,给予……"众人表情严肃地站着。黄阿平和孔大山低着头。老铁头读完处分决定,然后道:"现在请工地总指挥汪阿兴同志讲话。"汪阿兴捋了捋袖子,看了一眼黄阿平和孔大山,道:"两位书记,抬起头来,处分不丢人,丢人的是完不成任务。我希望每个党员干部带好头,做好榜样。别的我也不多说了,赭山地块围涂意义重大,我们只许胜,不许败,没有任何退路。大家按划定的工段,分头开展工作,指挥部昼夜不休。大家有没有信心?"众人吼道:"有!"汪阿兴道:"我建议,我们齐声唱《国际歌》。郑工,来,你是大知识分子,你开个头。"郑天林唱:"起来,饥寒交迫的奴隶……预备,唱……"众人唱了起来……

秋风起,汪阿兴和老铁头站在江边,看着忙碌的工地,来来往往的人。挖沟、挑泥……老铁头感慨道:"汪大麻子,等了又等,盼了又盼,这一天终于来了。"汪阿兴沉默不语。"我听小张说,小路住院了?你去陪他两天吧,工地我替你盯着,"说着,他看了汪阿兴一眼,又道,"怎么,不相信我啊?"汪阿兴道:"不是不相信你,而是我心里还是不踏实。三万人在工地,哪个环节都不能出问题。对了,船的事怎么样了?""县里给我们征集了八条船,光明大队有六条船,老盐公社目前还没有答复。"汪阿兴着急道:"这哪够啊?对了,光明大队的第三条铁壳船造好了吗?""造好了,但还没有下水。"汪阿兴道:"赶紧下水,别做摆设啊。阿炳人呢,我催他去。"老铁头手一指东方道:"他在那。"两人急匆匆地走着。"我上次要求组织各个大队造一批双轮车、独轮车。到时候运输队可以用。具体数字还没有报上来？""主要还是靠船运吧,县里不是挖了河吗？"老铁头道,"解放河早就通了。""船运当然没错,可是每条河都能修到山脚下吗？从山到河边这段路就得靠这些双轮车、独轮车啊。尽量考虑得详细些,别遗漏了。"老铁头想了想道:"有了河,还得架桥。""是啊,县里架桥,我们也得架桥。逢山开路,遇河架桥,我们不仅仅只为赭山地块围涂准备,还要为后面更大的围涂准备。还有,工地上电的问题必须尽早解决。"老铁头苦着脸道:"这个问题有点难,我问过了,由于水泥厂和炼钢厂加大生产量,县里的电力供应跟不上了。现阶段,工地上只能用煤油灯了。"汪阿兴皱了眉,想了想道:"向县里报告,要求全力保障我们工地的电力供应。"老铁头道:"我回去马上打报告。""打电话,送报告太慢了,"汪阿兴说道,"我们所有的工作都要抢时间。我听张书记说,县里也要开专题会议,我想,这个会议不仅仅是赭山围涂,而是南沙大围涂的最终决定。"老铁头停下脚步,吃惊地道:"你的意思是赭山围涂完成后,我们就马上奔赴南沙？"汪阿兴重重地点头。

张建设把笔记本摊开,然后道:"今天我们在这里开这个专题会议,汪大麻子他们已经开工了。但是,有同志有一些想法,今天我们梳理一下。老金,你先说一下 66 年以来我们围涂的基本情况。"金健康翻开一叠材料,说道:"我们县从 50 年代就开始围涂,但那都是小动作,66 年正式开始围涂,围得毛地 2 300 亩;67 年,历经一个半月,围得 7 000 亩;68 年,围得 36 000 亩;69 年,历时半年围得 21 000 亩;70 年,围得 52 000 亩……共计约 10 万亩左右。"他看了一眼众人,又道:"但是,目前有将近一半的土地没了,剩下的成果也就 5 万亩左右。失去的土地主要是台风、潮水、坍江等多种原因,另外,目前尚存的土地的垦种进展不快,主要是水的问题,没有钱王江上游水的引进,就无法种植。""我补充一下,这失去的

5万亩中的大部分主要集中在宁和公社。"张建设道。王宝年道："第一次丰农围涂出了大事故,基本荡然无存。上次宁和公社围涂丰农地块,也只是抢了一部分回来。"张建设点点头:"多年围涂,我们有得有失,但我看还是失大于得啊,为什么这么说啊,我们既然千辛万苦围了,那就得千方百计守住。这好比打仗啊,攻下了城,但却守不住城,这代价太大。另外,现在尚在的那些地,还无法改造成为良田,我们县粮食短缺的情况还没有得到改善,所以啊,我们还得向钱王江要粮,要生存。"众人议论纷纷。张建设又道:"有同志说,千辛万苦围了,最后居然就这么丢了,这是劳民伤财。有同志说,宁和是块硬骨头,啃下来要花大代价,不值得。我觉得啊,这些同志说的都有道理。但是,如果我们不咬着牙干下去,决堤、坍江还会接二连三地出现,到时候,我们将退无可退。为了长治久安,我们必须跟自己过不去。"李贵生站了起来,激动道:"我同意老张的说法,无论怎么样,我们必须干,这一次赭山地块围涂就是检验我们各项准备工作的一次实战,接下来,我们还要搞南沙大围涂。我们的确没有退路了,再退,退到哪去?"王宝年道:"我不是反对围涂,而是觉得我们围涂应该像以前一样,在相对安全的地方围,这样,就容易保住胜利成果。赭山地块围涂我是投赞成票的,但是南沙大围涂,我觉得以后再考虑。""时间不等人啊,这次我们要围,就得大围,只有大围,才能彻底解决问题。"张建设激动地说道。王宝年道:"大围? 我们有这个实力吗?"李贵生道:"王宝年同志,准备工作一步都不能落下。要打大仗,得有打大仗的资本。人民群众就是我们最大的资本,相信他们,依靠他们,我们就能干成。我还是一个字——干!"张建设道:"我也是一个字——干!"众人都站了起来:"干!"王宝年皱着眉。

会议结束后,李贵生依旧激情澎湃,他双手叉腰,走动着:"老张,意见是统一了,但一旦干起来,可就刹不住车了啊。我不担心赭山围涂,我担心南沙大围涂,那是真正的大围涂,将近十万亩

啊。"张建设点头道:"是啊,大军出征,粮草先动。""赭山地块围涂
一结束,让汪大麻子喘口气,我们就开始南沙大围涂。""我看,这口
气就不让他喘了。"张建设道。

　　这时,马加荣进来道:"老铁头打来电话,要求县里保障工地的
电力供应。"李贵生道:"告诉电力局,想方设法保障他们。"他想了
想又道:"县城隔一天停电,直至赭山地块围涂结束。"马加荣点点
头:"好。"他急匆匆走了。李贵生走到地图前,指着钱王江道:"老
张,我的心早飞到工地去了。"电话响了。张建设拿起话筒,听了一
会儿后,说道:"我马上来。"他拿起公文包,又道:"老李,这个赵刚
强真不让我省心,唉,在医院跟人打起来了。我去一趟。"李贵生笑
道:"八成是跟汪大麻子有关。我倒很是欣赏赵刚强,有情有义,有
胆有识。"

第三十六章

　　县医院的两个保卫扭着赵刚强，赵刚强一副暴跳如雷的样子。汪小路蜷缩在床上，流泪。护士蹲在门口哭。张建设和章院长匆匆赶至，章院长道："松开他。"赵刚强吃惊道："张书记?""你这是大闹县医院，"张建设瞪了他一眼，然后又道，"怎么回事?"赵刚强大声道："章院长，你们的这个护士同志太不像话了，她把小路的手弄成什么样了?"章院长走过去看了汪小路的臂，上面有一些针孔，手臂流着血。他转身道："小叶，你说，怎么回事?"他利索地按住了汪小路的伤口。"他的静脉太细，我……"护士小叶低头道。"你扎了这么多针，把手臂都快扎成马蜂窝了，有你这样子的吗?"赵刚强怒声道，"他不是你孩子你不心疼，我心疼死了。"章院长道："赵书记，对不起，我代表医院向你道个歉。小叶，还不赶快把孩子手上的血止住。"护士小叶过来，用棉团按住了汪小路的手。

　　张建设走到汪小路床前，摸了摸汪小路的头，然后道："赵刚强，小路住院几天了?""六天。"赵刚强没好气地道。张建设想了想道："你一个公社书记天天在医院守着，也不是个事，公社的事怎么办啊? 这样吧，你回去吧，小路交给我了。"阿扁提着一网兜橘子进来了。他吃惊地看着这一切。赵刚强看了一眼汪小路，道："张书记，我不能走，我要留下来照顾小路。"章院长插话道："赵书记，张书记有特别的安排。"赵刚强和阿扁吃惊地看着张建设。"是这样的，小路的病由县医院专门护理，另外，也想治治小路的耳朵，他的耳朵还是有百分之一的希望的。"阿扁欢喜道："小六子，这下可好了。"他流了泪。赵刚强也流了泪。章院长对护士小叶道："小叶，从今天开始，你就是小路的专职护士，必须全身心地投入工作，不能出一点差错。"小叶走到赵刚强跟前道："对不起，赵书记。"赵刚强道："算了，都是同志。张书记，我跟阿扁想再待一会儿。"张建设点点头。

红扑扑的霞光在玻璃窗上渲染。赵刚强紧紧地搂着汪小路，流泪。阿扁进来："小六子，不早了，我们该回去了。""让我跟小路再待一会儿。"阿扁无语地坐了下来，他小声道："小六子，汪大哥知道这件事吗？"赵刚强板着脸道："别跟我提他。""他、他毕竟是小路的亲爹啊。"赵刚强道："小路没有他这样的爹。"汪小路突然打了个手语：你们要走吗？赵刚强点点头，然后打了个手语：赵叔永远不会离开你。你要好好治病，赵叔会来看你的。汪小路的泪水淌了下来。赵刚强和阿扁慌忙给他擦泪水。三人紧紧地抱在一起。护士小叶刚好进来，站在门口看着抱在一起的大大小小三个人，她愣住了。她也流泪了。她走了过来，擦了一下泪，小声道："赵书记，你放心，我一定会好好照顾小路的。"赵刚强擦了泪，道："小叶同志，有几件事你记一下。小路晚上会蹬被子，你要注意给他掖好被子；小路不开心的时候，就会望着门，你就陪着他看看照片；小路如果低头扯着衣角，那就是想家了，你打个电话给我。小路……"护士小叶看了一眼床前的照片和小灯笼，不停点着头。

天边，最后一抹霞光隐去。公共汽车上，坐在靠窗的赵刚强望着窗外，一声不吭。旁边坐着的阿扁肘部轻轻地捅了他。满脸泪水的赵刚强转过脸来："我想小路啊……"他呜呜地哭了起来。车上的众人都看着他们俩。有人小声嘀咕。赵刚强放声哭着。一车人惊愕。阿扁也是泪流满面。几年了，他们还从来没有把小路单独地放在一个陌生的地方。他理解赵刚强，他平时为人正直，性格刚烈，可在小路这儿，他这颗心比女人还柔软。

一盏煤油灯亮着,灯光映照在简易卫生院的棚子顶上。朱小丽将各类药品归类放好,然后将被子拉开,铺好,说道:"胡医生,你先睡一会儿,我值班。"胡慧丽道:"你睡吧。"这时,外面传来口哨声。胡慧丽听了听,笑道:"小张的口哨声是越吹越好了。小丽,你去吧。"朱小丽红着脸出去了。口哨声从一个土堆后传来。朱小丽走了过去,小声道:"别吹了。"张文化起身,从口袋里掏出一只银手镯:"给。"朱小丽吃惊道:"这,哪来的?"张文化不好意思道:"我娘给的。我娘说了,这是传家宝。"朱小丽不安道:"那、那给我干吗?""我放在口袋里有一阵了,叮叮当当响,我、我一直想找个机会给你,怕、怕你……""怕我什么?"张文化低着头道:"怕你不要。"两人沉默了一阵。朱小丽突然道:"你是真心给我的?"张文化点点头。"这么贵重的东西我不能要。"张文化急了:"小丽,你不要,我就把它扔了。"他扬起手,作势要扔。"别、别、别……"朱小丽收下了银手镯,低头不语。张文化喜笑颜开。朱小丽抬头轻声道:"你为什么要给我?"张文化只是嘻嘻笑,不说话。"说啊。你要是不说,我就还给你。""我、我喜欢你。"张文化结结巴巴地说道。朱小丽故意道:"风太大,我没听见。"张文化想了想,双手拢在嘴前,成喇叭状,对着朱小丽道:"我喜欢你。"朱小丽笑了,低了头。这时,一个人急匆匆走来。张文化着急道:"小丽,趴下。"他们趴在了土堆后,相视一笑,一脸甜蜜。

胡慧丽就着煤油灯,翻阅着登记簿。汪阿兴急匆匆进来,他从口袋里掏出一个本子,递给了胡慧丽,说道:"这是一个名单。我让伟潮和定强对着花名册整理了一下,并且询问了相关公社和大队负责人,理出了一个曾经有病史的人的名单,对你可能有用。"胡慧丽欢喜道:"太好了。""另外,你们的另一个点,听说缪医生的膝盖刚抽了积液? 如果你们人手不足,我向县医院要人。"胡慧丽道:"我们能自力更生。"汪阿兴道:"这就好。"他看了一眼这个临时医疗点,发现地上铺一层稻草,然后是一张草席,再是被子。他想了想道:"晚上冷吗?""工地上都这样,小丽说她不怕冷,就怕这地上会不会渗水。我让她撒了石灰,一来防水,二来消毒。"汪阿兴蹲了下来,用手摸了摸地面,然后又道:"我让伟潮再抱点儿稻草来。""不用了,"胡慧丽道,"我们来工地,就要跟大家一个样,不搞特殊待遇。"两人沉默不语。"朱小丽同志呢?"汪阿兴突然道。"跟小张出去了。对了,还有别的事吗?"汪阿兴道:"没,没别的。"他转身走到门口时,胡慧丽道:"你等等。"她走到药品柜前,取了几包板蓝根道:"给。晚上喝一杯。""这,这不行,这是公家的药品,我不能拿。""身体是革命工作的本钱。你天天晚上熬夜,病倒了,那就是对革命工作的不负责任。拿着吧。"汪阿兴接过板蓝根,道:"谢谢胡医生。"两人对视了几秒后,汪阿兴走了。

胡慧丽坐了下来,看着小本子,然后做着记录。朱小丽进来后,看了看道:"胡医生。咦,哪来的小本子?""总指挥来过了。"胡慧丽头也不抬地说道。"小张说,汪书记有心事。胡医生,你说他有什么心事啊?""三万人的大工地,什么事都要操心,能没有心事吗?"朱小丽摇摇头道:"这个不叫心事。小张说,工作上的事,汪书记都安排好了,几位副总指挥也是各司其职,个个都是拼命三郎。对了,好像有人给汪书记介绍对象了。"胡慧丽猛抬头,脸色霎时苍白。朱小丽道:"听小张说,好像是农益公社的一个女同志,也是个公社干部,28岁左右,丈夫原来是县里的干部,后来从拖拉机上摔下来,死了。"胡慧丽不吭声。朱小丽看着胡慧丽道:"胡医生,你怎么了?"胡慧丽道:"没、没什么。你睡吧。我值班。我顺便出去走走。"她一个箭步走了出去。在离指挥部不远处,胡慧丽静静地站着,心潮起伏。指挥部里传来了笑声,胡慧丽流泪了。

老铁头闻了闻茶缸里的板蓝根味道,笑道:"香,真是香啊。汪大麻子,给我一包。"汪阿兴道:"想得美。"老铁头笑道:"我知道这来得珍贵,我就只有眼馋的份。我说汪大麻子,你把一包板蓝根分成三杯泡,这味儿就淡了。对了,那个事怎么说?人家女同志等着回信呢。""老铁头,你啊就是捣乱,现在哪有心思考虑个人问题?"老铁头道:"你这个想法不对,郑工都说了,干革命工作和找对象两不误。要不,明天抽个时间你们见个面?"汪阿兴连连摆手道:"你别给我添乱了。"老铁头走到门口,张望了一会儿,他依稀看到不远处的临时医疗点前站着一个人,好像胡慧丽。他想了想又大声道:"汪大麻子,这对象的事必须及早考虑。""我说老铁头,你干吗?"汪阿兴一脸不悦地说道,"要想喝的话,过来,给你一口。"老铁头走了过去,满足地喝了一口道:"真香啊。"郑天林进来了,他抽了抽鼻子道:"咦,什么味儿?""人家胡医生对总指挥可是特别照顾,给了好几包板蓝根,"老铁头道,"我们这个级别就没有了。"郑天林道:"板蓝根是好东西。汪大麻子,这份情意不轻啊。"他看了一下桌上的半包板蓝根,又道:"我也沾沾光。"老铁头笑道:"郑工,你怕是沾不上光了。对吧?汪大麻子。"汪阿兴道:"郑工不一样。他要是吃了这包,到时候得还我一大包呢。""我就知道,吃了半包,你也算一包,总之,吃了你的,我就得大出血啊。"郑天林泡了半杯板蓝根,然后道:"老铁头,来,我倒一半给你。"老铁头道:"还是郑工好啊。"汪阿兴喝了一口,然后道:"郑工,你们的技术组情况怎么样?""困难不少,你既要求围涂,又要求筑堤,技术组的同志们啊,谁也不敢马虎,不过你放心,我们的技术人员那可是个个顶呱呱的。"三人笑了。郑天林想了想道:"对了,刚才我看到外面有个人站着,好像是胡医生。""谁?"汪阿兴道。他奔了出去,却发现外面空无一人。他呆呆地站了一会儿。

　　胡慧丽一夜未眠,但她却装得若无其事。眼见为实,耳听为虚。毕竟,这件事还只是听说,她相信汪阿兴也不是那种人。她这么想着,心里也轻松了一些。吕秀儿的大嗓门传来的时候,她正在给一名患者上药。患者走后,吕秀儿大声道:"胡医生,听说有人给汪书记介绍对象?这、这太不像话了,我一听到这个消息,就心急火燎地赶来了。""秀儿姐,坐下。"吕秀儿拍了一下身上的泥,又道:

"要是让我知道是谁干的好事,我一定饶不了他。慧丽,走,我们去问个明白。""阿秀姐,不要说了。"朱小丽忿忿不平道:"胡医生,我觉得吕主任说得对。汪书记心里究竟怎么想的?他这不是吃着碗里的,看着锅里的?"胡慧丽的情绪被她们俩的话拆解得七零八落,她低头沉思的当口,吕秀儿顾自跑了。她追出门外,发现吕秀儿朝指挥部跑去了。她心想要坏事。吕秀儿的脾气一上来,那就像是机关枪一样,哒哒哒地一顿扫射。但是,她不能过去,她一旦过去,这件事就更加难办了,怕是退路也没有了。

约莫过了半个钟头,吕秀儿像是吃了败仗似的,一进来就骂道:"男人都不是好东西,没有一个有良心的。"她一屁股坐下,然后呆呆地看着胡慧丽。胡慧丽装作并不在意的样子,说道:"秀儿姐,坐吧。""慧丽,你放心,我不会让他成功的。哼,太没良心了。"吕秀儿咬牙切齿。"秀儿姐,你什么也不要说了。""慧丽,你就是我的亲妹妹,我必须说,"她紧紧地抱着胡慧丽,又道,"慧丽,你放心,只要有我在,没人敢欺侮你。汪书记也不行!"她大步地走了。中午吃饭时,胡慧丽拨拉了筷子几下,然后道:"小丽,我去巡诊了。"朱小丽看着她的饭碗,想了想道:"胡医生,我想不明白,这是怎么了?难道汪书记他,他心里没有你?"她摇摇头,又道,"难道吕主任说的没错,男人没有一个好东西?"她从口袋里掏出了银手镯,看了看,又放进了口袋。"手镯哪来的?"朱小丽道:"他、他给的。胡医生,汪书记要是真的找对象了,我、我也不跟他好了。""小丽,别乱说话。""胡医生,小张天天跟着汪书记,汪书记变心了,小张以后也会变心的。"朱小丽道。胡慧丽沉默不语。"胡医生,我的心突然凉了。"胡慧丽道:"小丽,别多想,埋头工作吧,我走了。"她背起药箱走了。

朱小丽放下手里的碗,想了想,将桌上的胡慧丽的一碗饭用空碗盖了起来,她刚走到门口,张文化便悄悄溜了进来:"小丽。"朱小丽见了他,一脸不高兴道:"吕主任说得好,你们男人啊……"张文化做了个噤声动作,小声道:"小声点,小心隔墙有耳。"他关上门,拉着她的手,将脸附了过去。朱小丽紧张道:"大白天,你、你要干吗?"张文化附在她耳边嘀咕几句,朱小丽无声地笑了。"千万要保密。"张文化道。他突然在她脸上亲了一口,然后开门,跑了。朱小丽捂着红通通的脸呆呆地站着。

张文化刚走了几步,便被汪阿兴叫住了。"小张,你鬼鬼祟祟干吗?"张文化嬉皮笑脸道:"汪书记,又被你逮住了。咦,你背后长眼睛了?""眼睛是没长,可是你小子的任何一点小动作都瞒不过我。对了,听老铁头说,你成功地把你娘的手镯送出去了?"张文化佯装不悦道:"老铁头真是一张臭嘴。""喜欢人家,就得从心里爱她。"张文化道:"汪书记,八字还没一撇呢。对了,胡医生那儿,我觉得对她太不公平了。"汪阿兴沉默不语。张文化想了想道:"算了,我就不管这事了,我也没有本事管这事。我去指挥部拿点东西。"两人快步进了指挥部,汪阿兴发现新的进度表挂起来了,他看了看,然后皱着眉道:"小张,你把利一公社的赵书记叫来。"张文化道:"是。"他跑了。汪阿兴走来走去,烦躁不安。他扯了一下脖子,好像喘不过气来似的。他想起老铁头的话:"汪大麻子,吕秀儿把你当负心郎,把我叫做缺德鬼,这个娄子捅大了。"老铁头进来,往双手手心呵气:"汪大麻子,天冷了,还让大家赤脚上阵,这……"他看了一眼汪阿兴,又道:"皱着个眉,有事?""赤脚上阵那是没办法,挖沟、挑泥,你穿不了鞋子啊。""这倒是实情,穿着鞋子动不了,干不了活。只是,这天也实在太冷了。"老铁头道。汪阿兴想了想道:"下个通知,所有干部全部跟社员们一样,赤脚,不允许搞特殊化。"老铁头点点头。

汪阿兴脱下鞋子,然后道:"老铁头,县里的棉衣什么时候到?"老铁头边脱鞋,边道:"我打电话给王副主任,他的意思是还得等等。对了,指挥部就不脱鞋了吧?"汪阿兴道:"脱。"他皱了眉:"等等?等几天?一天,还是两天?"老铁头摇摇头。"再打电话,三天之内必须送到。"老铁头走到电话机前,摇起了电话。一身泥的利一公社书记赵高兴进来了:"汪大麻子,什么事?"汪阿兴指着工程进度表道:"老赵,你自己看吧。"赵高兴看了一下进度表,然后道:"我们现在是最后一名,但我们会追上去。""问题是连续十天了,你们一直是最后一名,这其中肯定有原因。"赵高兴不吭声。"老赵,说吧,我们都是一家人,用不着遮遮掩掩的。"汪阿兴道。赵高兴沉默片刻道:"汪大麻子,有个情况我一直没说。前阵子,我们一个工段塌方了,我们返工了。""老赵,你既然说了,我也不批评你了。以后,类似情况必须第一时间报告。让郑工去你们工地专门指导一下,技术上有什么问题,尽管问他。"赵高兴走了。老铁头捂着话筒道:"汪大麻子,王副主任让你接电话。"汪阿兴快步过去,接过话筒道:"王副主任你好,对,我们要棉衣,主要是分配给另外五个公社的,没有?那不行。必须要有。三天之内必须送到我们工地。"他啪的一声压了电话。老铁头一脸忧虑道:"汪大麻子,你太霸道了,县里也困难。""如果赭山地块围涂,我们的保障跟不上,那么接下来的南沙大围涂,到时候怎么办?我这是倒逼啊。我并不在乎这些棉衣。"老铁头恍然大悟:"我明白了,你是逼着县里提高保障能力。三天之内,棉衣要是没送到怎么办?"汪阿兴道:"如果棉衣没送到,那就说明我们县还不具备大围涂的条件,我们县的动员能力和保障能力还是不够的。棉衣就是检验的指标。你放心,张书记就是砸锅卖铁也会送来棉衣。"老铁头想了想,又道:"对了,我想不明白,你为什么着急催棉衣?工地上干活,穿棉衣也不方便啊。""我问你,要被子容易,还是要棉衣容易?"汪阿兴道。"当然是棉衣了,县里哪有这么多被子?""因为接下来,为了赶工程进度,所有人要睡在工地上。冬天就快来了,没有棉衣不行。"老铁头吃惊道:"睡工地?"他走了几步,又道:"让每个同志把家里的被子带来,不就行了?"汪阿兴叹了一口气道:"你啊,犯了官僚主义了,我前期走访了一些社员家,有的家里就这么一条被子,一家人挤着睡,你把被子拿来了，家里的老人、小孩怎么办？"老铁头不语。"到时候就穿着棉衣睡，好歹也顶半床被子。"老铁头道："好吧。"他想了想又道："对了，那个事怎么办？还演不演下去了？我被吕秀儿骂得一句话也说不出来。"汪阿兴道："成败在此一举了。""我看是一招险棋。要是胡医生突然走了，你到时候悔之晚矣。我说汪大麻子，我现在想，这个点子太差了，差到了极点。你这是拿着胡医生的感情做赌注啊，要是让她知道了，那真的是太伤心了。"

汪阿兴沉默不语。老铁头的话不假，这个点子真的是太差了，他有些后悔。老铁头突然道："汪大麻子，你为什么突然变了策略？依我看，你们发展得还是蛮顺利的嘛，你突然来这么一个惊天动地的消息，胡医生会不会伤透了心？"汪阿兴从口袋里掏出一封信。老铁头接过信一看，道："是胡佳丽同志的信。"他看了一会儿，然后道："看来，胡佳丽同志是你的绊脚石。"汪阿兴想了想，又从口袋里掏出一封信。老铁头接过一看，笑道："啊呀，情敌也出现了。"他摇摇头道："小倪同志不足惧，胡佳丽同志却是块硬骨头。"汪阿兴苦笑道："最大的一块硬骨头至今还没有动静呢。"老铁头想了想，拍了拍脑门道："汪大麻子，你要是有一天真的娶了胡医生，我老铁头这辈子就只佩服你一人。难啊，难啊。张书记那儿，那是难上加难。"

在缪医生负责的另一个医疗点，一些男人女人将医疗点围了个水泄不通。他们议论纷纷。一个男人躺在床上。床前，跪着一个女人，哭着："我们夫妻俩一起儿来工地，你怎么就走了？老天不公啊，我命好苦啊。"胡慧丽搭了搭躺着的男人的脉搏。缪医生摇摇头："没脉搏了。"胡慧丽又看了一下男人的脸，将头俯在男人胸上倾听。另外几名医生都不吭声，垂着头。胡慧丽看了一眼痛哭着的女人，道："同志，你爱人以前得过什么病？"女人哭着道："我不知道。"胡慧丽想了想，从口袋里掏出小本子："他是哪个公社的，叫什么名字？""利二公社，叫蒋阿生。"

　　胡慧丽快速地翻着小本子,看到上面写着:"蒋阿生,常会拉肚子。"她大声道:"缪医生,他是因腹泻引起的休克。快,垫高枕头,解开衣扣。"缪医生和几名医生手忙脚乱。胡慧丽看了一眼竖着的氧气瓶道:"马上给他供氧。"女人愣住了,呆呆地看着胡慧丽,全身都颤抖。缪医生将吸氧罩戴在了男人脸上。过了一会儿,男人动了动。女人扑通一声跪下道:"胡医生,你真是救苦救难的观世音菩萨呀。"她使劲地磕头。胡慧丽拉起她道:"同志,同志,不要这样。"她转而对缪医生道:"缪医生,醒来后,让他休息一阵,尽量让他穿暖些。"缪医生擦了擦额头的汗道:"胡医生,幸亏你来。县医院的医生就是不一样。"其他几名医生纷纷点头。床上的蒋阿生睁开了眼睛。众人纷纷鼓掌。

　　背着药箱的胡慧丽走着。人们都朝她示意,有人跟她打招呼:"胡医生。"一路走来,人们不停地打招呼。胡慧丽有些不好意思地低了头。突然,一阵掌声响起,之后到处响起了掌声。胡慧丽愣住了。有人大声道:"胡医生,好样的。"众人齐声道:"胡医生,好样的……"

　　赤着脚的汪阿兴和老铁头站着。老铁头侧着耳朵道:"咦,胡医生?"这时,鲁伟潮和徐定强跑来了,气喘吁吁到了跟前,徐定强抢先道:"汪叔,胡医生救、救活了一个人。"鲁伟潮补充道:"一传十,十传百,百传千,工地的人都知道这件事了。"老铁头欢喜道:"好啊。"张文化气喘吁吁跑来了:"汪书记,你们听到了吗? 大家都在喊——胡医生,好样的。胡医生,出名了,出大名了。"老铁头道:"快,赶快去广播一下。"汪阿兴一声不吭,快步走了。老铁头愣了愣,叫道:"汪大麻子,你去哪?"汪阿兴头也不回地说道:"我去江边。"老铁头喃喃自语:"江边? 哪个江边,我们不就在江边吗?"他看了一眼不远处的钱王江,抓抓头皮。

　　3工段是鲁家湾大队的任务区。鲁家湾的社员们赤着脚挖沟、挑泥,忙碌着。汪阿兴走了过去,拿起一把铁锹,加入了挖沟的队伍。身旁的烂脚道："汪书记，你听到了吗？胡医生成活菩萨了。"汪阿兴不吭声。这时，姚婶挑着一担泥过来了，她看到了挖沟的汪阿兴，便道："汪书记，你怎么来了？""怎么样？还吃得消吧？""吃得消。"汪阿兴想了想道："从后天开始，大家就得住在工地了，晚上也不休息了。"姚婶点点头。这时，广播里传来了张文化的声音："同志们，同志们，我们宁和卫生院的胡慧丽同志今天救活了一名同志，我们要学习胡慧丽同志伟大的无产阶级革命精神……"工地上的人们都停下了手里的活，仔细地听着。姚婶开心地说道："汪书记，胡医生真是好样的。"汪阿兴点点头。姚婶见他情绪低落，便也不再多说了。

约一个小时之后，广播再次响起了，张文化激动地道："同志们，胡慧丽同志来到了我的身边，现在请她跟同志们讲话。"汪阿兴直起了腰，倾听。胡慧丽道："同志们，我是胡慧丽，我只是一名普通的医生，救死扶伤是我的本职工作，你们才是英雄，在这里，我向你们致敬。"众人鼓掌。姚婶道："胡医生说得多好啊。"汪阿兴想了想，便走了。这时，广播里再次传来张文化的声音："同志们，让我们用更加高昂的斗志向胡慧丽同志表示感谢！"

一盏煤油灯亮着。汪阿兴坐在灯下，写着方案。鲁伟潮进来，刚想叫，老铁头做了个手势，示意他不要说话。鲁伟潮点点头。汪阿兴放下笔，转过身来："伟潮，棉衣来了？"鲁伟潮笑道："汪叔，你神了。棉衣刚到。""明天一早就发，明天晚上大家住工地。"老铁头道。鲁伟潮点点头，走了。汪阿兴站了起来，伸了伸腰道："老铁头，年老体弱者集中到工棚，能挤一个算一个。"张文化进来了："汪书记，我想跟你谈谈。"汪阿兴看了他一眼，道："谈什么？"张文化小声道："你的事。"老铁头一击掌道："汪大麻子，我也有此意。""这么说，你们是一条心了？"朱小丽跑了进来，看了张文化一眼，道："汪书记，还有我。"汪阿兴沉默不语。老铁头将煤油灯提了起来，照了照汪阿兴的脸，道："汪大麻子，你现在心里怎么想的？胡医生要是一生气走了,恐怕全工地的人都不同意,会引起大骚乱。""我跟她谈一谈。"老铁头举手道:"我要求参加。"张文化和小丽着急举手道:"我们也要求参加。""你们就会添乱,"他犹豫了一下,又道,"我请郑工参加。"

张文化和鲁伟潮各站一边,像两尊门神一样守着门。朱小丽就坐在门口。不远处,背着手的老铁头走来走去,随时准备拦截。一个人急匆匆而来。老铁头拦住他道:"看病吗? 请去另一个医疗点。""胡医生不在? 我就相信胡医生。"老铁头道:"同志,胡医生有很重要的事在办。"那人点点头,走了。张文化朝老铁头竖了个大拇指。朱小丽捂着嘴笑了。她看了一眼室内,一盏煤油灯亮着,映射出胡慧丽的脸。

坐着的郑天林道:"胡医生,我这个说客啊,是临时的。你也不要有任何顾虑,有什么话说什么话。"胡慧丽看了一眼低头的汪阿兴,道:"我没有什么话。"郑天林捅了一下汪阿兴道:"汪大麻子,你进来后,一声不吭,这算什么呀? 怯场了? 说啊。"涨红着脸的汪阿兴抬头看了胡慧丽一眼,又低下了头。"胡医生,两个人的事,两个人心里清楚。看来,我是个局外人。"他起身要走。汪阿兴拉了他一下。他重新坐下:"那你说啊。"汪阿兴沉默不语。三人陷入沉默。郑天林突然又站了起来道:"我其实是多余的。汪大麻子,你的任务我完不成了。我走了。"他快步走到门口,又道:"汪大麻子,你今天晚上要是还不说,我怕以后就没机会说了。"他走了。汪阿兴依旧低着头。胡慧丽道:"抬头吧。其实你也不用搞得这么隆重。我们就是同志,同志之间谈话开诚布公,想说什么就说什么呗。"汪阿兴着急道:"就是那件事,我……""我都知道了。我没有任何意见。我祝福你们。"

汪阿兴刚想辩解,门咣当一声,一下子被推开了。张文化和鲁伟潮及朱小丽着急道:"汪书记,我们拦不住她。"一名女同志站在门口,她看着汪阿兴道:"总指挥,我有事要跟你谈。"汪阿兴道:"李素琴同志,这……"胡慧丽快步走了。张文化和鲁伟潮、朱小丽都目瞪口呆。汪阿兴重重地叹了一口气。李素琴看着门被关上了,便坐下道:"总指挥,我喜欢你。"她的目光炽热。汪阿兴转身就走,追到门口,发现胡慧丽消失在夜色之中。李素琴也跟了出来,她说道:"总指挥,我真的喜欢你。"汪阿兴拔腿就跑。汪阿兴跑进了指挥部,大声道:"伟潮,把着门。"之后,他埋头不语。一旁的老铁头走来走去,他拍着桌子道:"乱了,全乱了。我走开了一会儿,就出了这种事。""李素琴同志的思想工作还得你去做,她、她现在是一根筋。"老铁头道:"行行行,我去说,我去说。唉,李素琴同志怎么回事,明明说好是假的,她当初也答应的好好的,一起帮着演出戏。哪知道现在她,她居然当真了,还真的入戏了。"他边摇头,边走了。

汪阿兴闭上了眼睛,揉着太阳穴。这真是一场闹剧。他有些恨自己,用这么一种方式,伤害了胡慧丽。他一拳砸在桌上。胡慧丽心里的这道伤痕恐怕很难愈合了,这真是自搬石头砸自己的脚。他怎么会这么蠢呢,简直蠢到家了。胡慧丽的心明明白白地呈现在他的眼前,他却视而不见,仅仅因为两封信的干扰,就马上失去了自信,然后又在老铁头的撺掇之下,做了这等傻事。他将两封信都撕了。进来的吕秀儿见地上都是信的碎片,她愣了一下道:"我听小张说了,这是演戏,可是这场戏演砸了。"汪阿兴不语。吕秀儿将信的碎片扫在了一起,然后道:"汪书记,不是我说你,你在这方面像个傻子,一点本事都没有。你既然对自己没有信心,那就不要再追慧丽了。你想追她,想跟她处对象,可是却搞出这种事来。我说句不好听的话,要天打雷劈的。""吕秀儿,你骂得好,"汪阿兴道,"我是太不像话了。我没有这个本事,还偏要表现自己有本事。"此时,老铁头唉声叹气进来,吕秀儿突然拧住了他的一只耳朵,怒声道:"老铁头,你现在知道闯祸了吧?女人跟男人不一样,女人要是喜欢上了男人,那就是不顾一切。我教训教训你,谁让你当狗头军师的。""别闹了。吕秀儿,给你个任务,你去做李素琴同志的思想工作。"汪阿兴道。吕秀儿松了手道:"行! 我先臭骂她一顿,真不要脸,居然跟慧丽抢。""不许这么说人家,你去谈,不能出口伤人,并且要谈出积极的成果来。算是我求你了。"汪阿兴道。

第二天一早,双手叉腰的吕秀儿站在医疗点内,唾沫横飞地说道:"我啊,三言两语就把她说得不吭声了。哼,我跟她说,你知不知道胡医生现在是什么人? 她是我们全工地的英雄。她说,一开始说好是配合演戏,可是她后来越来越觉得汪阿兴这个人了不起,她就动了歪心思。我走的时候,她低着头说,对不起。我说,说对不起的应该是老铁头,不是你。"她握了握拳头,又道:"慧丽,我想好了,她要是再这么纠缠下去,我的拳头可不饶她。当然,我也跟她说了,我保证替她找一个对象。其实人选都有的,就是利一公社的一个干部。我下午就让他们俩见个面。"朱小丽鼓掌。胡慧丽一脸平静地说道:"秀儿姐,这件事不要再提了。"吕秀儿捋了一下袖子道:"现在好了,障碍扫清了,下一步怎么行动,一切由我安排。"胡慧丽不解道:"行动?"吕秀儿手一挥道:"是啊,我们也要反攻啊。"朱小丽捂着嘴笑了。吕秀儿大声道:"慧丽,平时,男同志女同志的,可是在这个工地,哪还分男同志女同志啊,全是一样的劳动力。再说了,妇女同志顶半边天呢。"她说着,喝了一口水又道:"我可是听说了,这三万人里,有八千人是妇女。"朱小丽鼓掌道:"说得好。我们要反攻。"

这时,一副抬架急匆匆进来了,前头的一个男人将吕秀儿撞了个转身。担架上,躺着的徐阿福嘴里呻吟着,腿上流着血。据抬担架的人说,徐阿福在拉石头的时候,独轮车失控,结果被石头砸了脚。胡慧丽看了伤势,发现比较严重。徐阿福因流血过多,陷入昏迷。当务之急是马上输血。姚婶闻讯赶来,急得不得了,她说不清徐阿福是什么血型,她根本就不知道血型是什么东西。胡慧丽告诉她,血型要是不配对,输血就会有生命危险。朱小丽通知老铁头,马上组织人员,准备献血,然后她去叫缪医生,由她负责给徐阿福验血。

后来,鲁伟潮为徐阿福输了血。徐阿福醒来后,睁开眼见姚婶坐在床前,便说他在梦里见到大军结婚了,喜气洋洋,敲锣打鼓的。他看到旁边躺着的鲁伟潮,便不吭声了。姚婶说,是伟潮救了他一命。徐阿福闭上眼,泪水流淌。徐定强看着躺着的鲁伟潮,他心里有一种复杂的情绪。他不知道是说声谢谢,还是把这句谢谢埋在心里。姚婶见鲁伟潮后来睡着了,便守在他的床前,深情地凝视。她看见了徐阿福的泪水,那是悔恨的泪水。这么多年来,徐阿福心里一直在跟鲁阿牛杠着,鲁阿牛去世后,他并没有因此而化解这个心结,跟丁玉洁接着斗,两家人曾经一度见了面都不吭声。丁玉洁去县一中读书之后,两家人的关系似乎好了一些,但鲁伟潮与徐定强却成了冤家对头,如果不是上次汪阿兴的教育,恐怕会是水火不相容……

夜深了。在这片滩涂上,人们你挨我、我挨你地躺着,身体蜷缩。

月光下,一些工棚零零落落,偶有话语声。巡逻的汪阿兴走着,跟着的老铁头和张文化都不吭声。汪阿兴看到一对父子就地躺着,紧紧地搂着。他蹲了下来,双手抱头。老铁头轻声道:"汪大麻子,怎么了?"起来的汪阿兴泪流满面:"我对不起同志们,这么冷的天,露天睡着。"他抹了一把泪,快步走了。

指挥部开了一个紧急会议。汪阿兴在会上提出,必须发动大家想办法,不能眼睁睁看着同志们累死累活干了一天,晚上还睡在露天,挨冻。孔大山将嘴里的烟丢地上,道:"汪大麻子,搭工棚。有多少搭多少。"赵高兴道:"老孔,你说得容易,哪有这么多材料?一个工棚能睡几个人?"众人议论纷纷。胡慧丽进来了,她擦了一把汗,大声道:"这么冷的天,晚上不能露天睡了,不仅药品马上用完了,而且生病的人越来越多,用不了几天,这工地上就全是病号了。"汪阿兴点点头,想了想道:"停工一天。"众人都愣住了。老铁头小声道:"汪大麻子,我们必须赶工期呀。停工一天,必须上报县革委会批准。""我作主一回,停工一天。我们指挥部要想出一个办法来。另外,发动群众的智慧,让大家想想办法。"

汪阿兴随后去了医疗点,发现挤满了人,咳嗽声此起彼伏。胡慧丽和朱小丽忙得团团转,她们的额头上全是汗水。他便做起了帮手,帮助递送药品。胡慧丽看了他一眼,并不吭声。待稍稍有空闲的时候,汪阿兴道:"我看这样子不行,你们两人吃不消。""汪书记,我们的队伍就要来了,"朱小丽道,"胡医生说了,我们的赤脚医生队伍集中起来,全力打赢这一仗。"汪阿兴点点头,然后挨到了胡慧丽身边,他想说句话,但胡慧丽却视而不见,顾自忙着。汪阿兴感到无趣,便悻悻地走了。

停工之后,工地上一下子变得空空荡荡了。老铁头建议,将工地的作息时间改一下,按照正常的办法:白天干活,晚上回家。汪阿兴经过了解,说这个办法不可行。因为最远的利一公社,距工地有三十里路,同志们都是天不亮就起来了,走了两个小时才到工地的,如果改成正常作息,这路上一来一回,四个小时就没有了。从各个组报上来的情况来看,五花八门的办法不少,但归纳一下,就是两个:要么住在工地,建工棚;要么回去,天天来回赶。但麻烦在于,没有这么多材料建工棚,而且从进度来看,现在建也晚了。汪阿兴叹了口气道:"我倒是想能不能在空中建一个大屋顶,将大家罩起来。这样,至少不用睡露天了。"老铁头摇摇头:"没听说过。"汪阿兴想了想道:"我听说玉洁回来了,她是县一中的高材生,听听她有什么办法。还有,把郑工、伟潮、定强、莫校长等人都叫来,请文化人想想办法。"老铁头点点头:"胡医生叫不叫?""叫。"

众人围着丁玉洁。丁玉洁也是一脸兴奋。汪阿兴进来后仔细地看了她道:"哟,成大姑娘了。怎么样,县一中好吗?"丁玉洁脸红红地点点头。鲁伟潮和徐定强进来了,两人开心地叫道:"玉洁,玉洁。"丁玉洁道:"我放寒假了。哥,定强,你们好吗?"两人开心地笑了。胡慧丽进来的时候，丁玉洁扑了上去，紧紧拥抱。胡慧丽道："玉洁，瘦了。""胡医生，你也瘦了。胡医生，谢谢你每个月给我寄粮票。"胡慧丽笑道："你还得谢另一个人。"她看着汪阿兴。丁玉洁不解地看着她跟汪阿兴。胡慧丽道："一半是他的。"丁玉洁眼中含泪道："汪叔，你……""你是我们鲁家湾大队第一个上县一中的，我们就得想办法优待啊。"他笑了。丁玉洁含着泪道："汪叔，胡医生，谢谢你们。""玉洁，不说这事了。来，大家都想想办法，怎么样简便又省力，但又让同志们晚上不挨冻。俗话说，三个臭皮匠，顶个诸葛亮。大家开动脑筋，只要办法好，我们就采纳。"汪阿兴道。众人议论着。丁玉洁突然道："汪叔，我有个办法。建大棚。一个透明的大棚。"她比划着。汪阿兴道："你是说建尼龙大棚?"丁玉洁点点头。汪阿兴和老铁头对视一下，笑了。老铁头道："玉洁把你要的大屋顶想出来了。我这就打电话，跟县里要尼龙和薄膜。"汪阿兴开心道："玉洁，好样的。"丁玉洁脸红了。胡慧丽见了便道："玉洁，走，跟我好好说说我母校的事。"

第三十七章

　　江边系着几条船。它们伴随着江水的流动,微微地晃动。打着手电的徐大军上了船,东摸摸,西看看,笑道:"伟潮,我以后也想有一条船。"拿着网兜的鲁伟潮道:"大军哥,你带我们上船干吗?船上能抢潮头鱼吗?"徐大军道:"我们每人一条船,捞鱼。"徐定强上了另一条船,他坐在了船边上,双脚荡着,看着钱王江道:"哥,这是老盐公社的船。"鲁伟潮也上了另一条船,他一网兜下去,捞了个空。徐大军道:"伟潮,要等。等潮水。"徐定强吃惊道:"哥,难道真要在船上抢潮头鱼?"徐大军道:"我们在船上等,潮水来的时候,一网兜下去,嘿嘿,就捞住了。我上次试过。"

　　三人无声地坐着,等着潮水。远处,传来潮水的声响,船开始摇动起来,越来越剧烈。徐大军道:"做好准备。"三人各拿着网兜,全神贯注。潮水越来越近,船摇动得越来越厉害。三人摇摇晃晃。突然,潮水过来了,船摇晃得无比厉害,徐大军大声道:"别掉下去。"只听见扑通一声,徐定强掉下了船。徐大军将网兜伸了过去:"定强,抓住。"话音刚落,不远处的另一条船突然翻了,传来两声尖叫。徐定强拉着网兜上了船,冻得直哆嗦。鲁伟潮网住了一条鱼。张文化拉着朱小丽逃到了岸边。徐大军道:"小张同志。"他们俩却头也不回跑了。徐大军看了一眼鲁伟潮网兜里的鱼道:"伟潮,我们走。"徐定强道:"哥,小张同志他们干吗?"徐大军看着他们的背影道:"你以后就知道了。今晚上,玉洁有鲜鱼汤喝了。"

　　全身湿淋淋的朱小丽慌忙地换着衣服。站在门外的张文化小声道:"小丽,好了吗?""快了。"她换好衣服,全身发抖,开了门道:"进来吧。"全身湿淋淋的张文化进来:"小丽,冷吗?"朱小丽道:"你快去换衣服呀。""你在,我就不冷。""都是你出的歪点子,说是工地停工一天,去船上看潮水。"张文化道:"我哪知道枯水期的潮水也这么大。小丽,对不起,吓坏你了。"朱小丽赌气地坐了下来。"小丽,你千万不要生气,你一生气,我就心疼。"朱小丽道:"就你油嘴滑舌。快,快回去换衣服。"张文化啪的一个敬礼:"首长同志,是!"他走了。朱小丽扑哧一声笑了,然后是一阵咳嗽。朱小丽病倒了。第二天一早醒来,鼻子塞住了,还发高烧。胡慧丽给她吃了药,让她休息。可是工地复工了,朱小丽硬撑着坐了起来,继续工作。她有点儿头晕眼花,但死命地撑着。张文化来看过她一次,他好像也感冒了,但症状较轻。

傍晚时分,胡慧丽去了缪医生那儿,因为赤脚医生老钱病倒了。他的任务是在工地的各组巡诊,跑来跑去,累坏了。缪医生觉得老钱的病不像是一般的感冒,心里拿捏不定,便让人带话来,让胡慧丽去一趟,最终确诊。胡慧丽仔细检查和询问老钱之后,发现他的确不是感冒,而是胃出了问题。工地上吃得简单,除了稀饭、霉干菜和萝卜干,也没有其他吃的。老钱以前就有严重的胃病,这一次发作得相当厉害。胡慧丽让他回家休养几天,他死活不同意。缪医生也是拿他没办法,最后商定还是挂盐水。缪医生送她出来,她拿出一副毛线手套道:"胡医生,给。""不用,不用。"缪医生道:"这不仅仅是我的一点心意,也是大家的心意,毛线是大家凑的。"胡慧丽不好意思地说道:"不用,真不用。""胡医生,拿着。你毕竟是城里来的,不像我们,从小都在江边长大,你的这双手不能冻伤,这双手要救好多人的生命呢。"缪医生道。胡慧丽收下了这副毛线手套,她心里暖暖的。

胡慧丽挂念着生病的朱小丽,跟缪医生告别后,便急匆匆回来。在半道上,她听到一个盖好尼龙的工棚里传来吵架声。进去

一了解,原来是利一公社和利二公社的两个男人因为睡觉的地方
而争吵。一个说,工棚没有盖尼龙之前,他睡在角落里,现在盖了
尼龙了,工棚也变得暖和多了,他的这个位置被另一个给抢了。别
人都不好说话。他们见到胡慧丽,便请她做个中间人。他们相信
她。胡慧丽听了他们各自的陈述之后,说现在工地上盖尼龙的大
棚还不多,还有很多人睡在露天,同志之间要宽容大度,她的意见
是按照原来的位置睡。两人听了,便也不再争吵了。她走出工棚
的那一刻,突然听到有人在叫喊:"着火了……"她心中一沉,朝着
火光奔去。她跌跌撞撞跑着,心里越来越害怕,因为她发现着火点
好像是医疗点。许多人跑往着火点。胡慧丽腿一软,摔倒在地,着
火的正是医疗点。"小丽,小丽……"她惊叫一声,爬了起来,一路
狂奔。但是人流将她阻隔了。

临时医疗点成了熊熊火海。从暗处蹿出的高成天冲进了火
海。不一会儿,高成天背着一个人出来了。高成天再次冲了进去。
不一会儿,只听见哗啦一声响,整个临时医疗点倒塌了。汪阿兴和
老铁头匆忙赶到,汪阿兴要往火海里冲,老铁头死命拉着他道:"太
危险了。"汪阿兴大声道:"胡医生在里面。她在里面,别拦我。"老
铁头大叫:"伟潮,快,抱住他。"鲁伟潮冲过来,紧紧地抱着汪阿兴。
老铁头拉着汪阿兴的手。汪阿兴大声道:"放开我,放开我,胡医
生,我要救胡医生。"众人手忙脚乱地往火里扑水。汪阿兴双腿一
软,哭着道:"救胡医生,救胡医生啊。"

火终于熄灭了。张文化抱着昏迷的朱小丽,着急叫道:"小丽,
小丽。"朱小丽微微地睁开眼,又晕了过去。鲁伟潮和老铁头松了
手,汪阿兴一屁股坐地,喃喃自语:"胡医生,胡医生。"他连滚带爬
地往废墟奔去。老铁头擦了一把泪道:"这是命啊。"汪阿兴发了疯
一样在废墟里扒拉着。几个男人拉住了他。"放开我,我要找胡医
生,放开我。"他像一个疯子似的。老铁头大声道:"把总指挥架
走。"汪阿兴突然在拉着他的男人臂上咬了一口,男人疼得叫了一

声,松了手。汪阿兴再次扑到了废墟前,扒拉。众人开始扒拉。有人突然道:"在这儿。"汪阿兴奔了过去,跪在了焦尸前,死者的一只手紧紧地攥着。众人都无语。痛哭流涕的汪阿兴扳开死者的手,发现一面小圆镜,残存的半面依稀可见是方医生。他瞪大了眼睛。这时,传来了胡慧丽的声音:"小丽。"汪阿兴惊愕地转身,他站了起来,摇晃了一下,摔倒在地。

第二天,一座新坟前,立着一块石碑,上书:高成天同志之墓。旁边不远处是方医生的坟。一排人站着。老铁头道:"一鞠躬……二鞠躬……三鞠躬……"众人鞠躬。这时,队列中的朱小丽哭了。张文化搀扶着她走到坟前。朱小丽跪了下去,重重地磕了三个响头。有人轻声道:"总指挥来了。"汪阿兴和胡慧丽一道过来了。老铁头惊喜道:"你醒了?"汪阿兴点点头,朝着高成天的坟三鞠躬,然后道:"老高,你这个副大队长的副字今天去掉了。从今天开始,你就是红旗大队永远的大队长。老高,以前有对不住你的地方,请你原谅。"他的身体摇晃着。老铁头扶住他。汪阿兴道:"老铁头,向县里申报烈士。"胡慧丽三鞠躬后,流下了泪。汪阿兴看了一眼旁边的方医生的坟道:"从此,高成天同志将一直守护着方茹儿同志。老铁头,将方医生的墓碑换一下,把我的名字去掉,跟高成天同志比,我没有资格,他至死还想着保护方医生。他了不起。他是真正的男人,是英雄。"他想起了高成天手里紧紧攥着的小圆镜。他记得在赭山围涂前,高成天专门找到他,要求参加。他一开始没有答应他,他怕他旧病发作,引发事端。高成天向他作了保证,说围涂也是方医生希望看到的。她等着这一天。高成天来工地之后,一声不吭地干活,像个哑巴一样,但他们大队的进度很快。

离开墓地,汪阿兴的情绪低落。胡慧丽明白他的心思,他内疚,他觉得愧对高成天,他没有像高成天那样的勇气。"我问你,当你不知道牺牲者是高成天时,你为什么会大哭?"胡慧丽道。"我没哭。""你哭了。很多人都看到了。我只是想问你,如果牺牲的人是我,你会怎么办?"汪阿兴不吭声,好一会儿才说道:"我害怕,我恐惧,我眼前是大片的黑暗。我将一辈子痛不欲生。"他看了一眼胡慧丽,又道:"高成天让我明白什么叫做忠贞不渝。"胡慧丽低头走着,到了一个土堆前,她突然停下脚步道:"以后,你收到信,写好的回信必须经过我的审查,才可以寄出去。"汪阿兴点点头。这仿佛是另一种表白方式。汪阿兴心想上次的两封信早被他撕了,如果再来信,他直接将信交给胡慧丽便可。他心里一下子轻松了。

七天后,吉普车停在指挥部前。汪阿兴和老铁头上了车,老铁头看了一眼身边的汪阿兴,笑道:"汪大麻子,这一回我们进城可风光了。"司机老王笑道:"汪书记,你们赭山围涂这一仗打得漂亮,不仅提前完成围涂二万五千亩,而且还筑牢了江堤。听说省里的谭书记高兴得很啊,还给县里发来了电报。"汪阿兴道:"老王,你来接我们,我心里就害怕,恐怕,要马不停蹄了。"老王叹了口气道:"汪书记,明天我就要退休了,以后开这辆车的就是我儿子小王了。""老王,好啊,儿子接着干,我们萧金县的围涂不也是这样,爷爷干了,父亲干了,儿子孙子还得接着干,"汪阿兴道,"以后,我们南沙大围涂完成以后,还有许多地方要围涂啊,一代接着一代干,直至有一天,把标准海塘建起来了,那才算是真正的铜墙铁壁了。"

到了县医院门口,汪阿兴就跑了起来。老铁头笑了笑,也跟着跑了起来。病房内,护士小叶跟汪小路两人用手语交流着。突然,汪小路停了手语。护士小叶顺着他的目光看去,发现门口站着汪阿兴,她问道:"同志,你是……"汪小路突然赤脚跳下了床,奔了过去。父子俩紧紧拥抱。"你就是汪阿兴同志? 是小路的父亲?"汪阿兴道:"是啊,我是汪阿兴,你是小叶同志吧?""小路住院这么久,我一次也没有见过你,倒是赵书记,他隔三差五来看小路。"汪阿兴紧紧地搂着汪小路,不说话。赵刚强进来了,他愣住了。汪阿兴松开了汪小路,道:"小六子。"赵刚强板着脸,不吭声。护士小叶见了,便道:"你们谈。"她看了赵刚强一眼,走了。

赵刚强坐了下来。汪小路将汪阿兴的一只手放在了赵刚强的手上。赵刚强却将手缩了回去。汪小路愣住了。他去捉赵刚强缩回去的手。这时,传来老铁头的声音:"汪大麻子,你……"他手里提着一网兜苹果,愣了愣,又道:"赵书记也在啊。"赵刚强不吭声。老铁头进来,看了赵刚强一眼,道:"赵书记,汪大麻子到了医院门口,像发了疯似的,跑了,把我给丢下了。唉,到底是父子情深。"他将一网兜苹果放下又道:"小路情况怎么样?""你们回去吧,这儿跟你们没关系。小路跟你们也没有关系。"汪阿兴道:"小六子,你……"他站了起来。赵刚强瞪了他一眼,然后大声道:"你没有资格做小路的父亲。你知道这两个多月来,小路干什么了吗?你知道小路每天晚上睡觉前都要问一声,爹为什么不来看我?你知道,护士小叶一次次问我,为什么小路的父亲不来看他?在别人的眼里,小路就是一个孤儿,一个弃儿。"他流泪了。汪阿兴动情道:"小六子,对不起。""别跟我说对不起。你心里只有你自己,根本就没有小路。"他起身走了。老铁头看了一眼流着泪的汪小路,叹了口气道:"汪大麻子,你陪小路几天吧,赵书记说得对,你的确不是个合格的父亲。现在赭山围涂结束了,总要休整一段时间。"

汪阿兴发现赵刚强就蹲在县医院门口,一声不吭。赵刚强曾经给他打过电话,让他抽空去医院看看小路。但他的确没有时间,尤其是赭山围涂到了后面,那就是玩命式的冲刺,七天之内必须全部完工。三万多人,咬着牙,一鼓作气才攻下的。当他听到老铁头跑来告诉他工程顺利完成时,他一下子瘫在了地上。好一会儿,才从地上爬了起来。汪阿兴走了过去,在赵刚强身边也蹲了下来。两人无语地蹲着。进进出出的人都会好奇地看他们一眼,好像他们是一对难兄难弟。终于,赵刚强站了起来。汪阿兴也跟着站了起来。两人相视一笑。赵刚强道:"我听说你干得很漂亮。""全是靠同志们的支持,没有他们,我一个人赤手空拳,再大的本事也干不成。小六子,我跟老铁头刚去县里开了会,马上就要南沙大围涂,你们也必须提前准备,这次是举全县之力,势必一战成功。""小路怎么办?"赵刚强着急道。"没办法,只能交给县医院了。等南沙大围涂完成,我天天陪着小路。我答应你。"

桌上放着一只救灾物资包,开学通知就在包的边上放着。鲁小妹抹着泪水。丁玉洁看了一眼包,道:"哥,小妹,我要回县一中了。""玉洁姐。"鲁小妹叫道。两人紧紧拥抱。"玉洁,你放心走吧,家里的事也不要记挂,我一定会照顾好小妹的。玉洁,我们送你吧。"丁玉洁点点头。鲁伟潮提起桌上的包,拉着鲁小妹的手,送丁玉洁。丁玉洁回头又看了一眼室内,道:"哥,我的枕头下有一些粮票,是我节省下来的,你收好了。""玉洁,这,这不行。"鲁伟潮放下包,要去取粮票。"你把粮票收着,要是汪叔接不上粮了,你就拿给他,我放着,是备不时之需。"鲁伟潮道:"我明白了。"

丁玉洁拉着鲁小妹的手走着。不时有鲁家湾的社员跟丁玉洁打招呼,丁玉洁一一应答。姚婶走了过来,什么话也不说,从口袋里掏出几个煮熟的鸡蛋,往丁玉洁的口袋里塞。丁玉洁着急道:"姚婶,我不要,我不要。""玉洁,几个鸡蛋在路上吃。玉洁,你就别跟姚婶客气了。我听说了,你在学校里啊,省吃俭用,还生病了,"姚婶抹了一下泪道,"苦了你了。"丁玉洁将鸡蛋从口袋里掏出,递了过去:"姚婶,我真不要。"姚婶不悦:"玉洁,你看不起姚婶吗?"鲁伟潮道:"玉洁,收下吧。""好吧。姚婶,谢谢你。"姚婶缓下脸道:"跟姚婶还道什么谢啊?对了,刚才定强说也要送你,可一眨眼就不见他人了。"她东张西望后,道:"这孩子去哪了?"跑来了一个人,却是丁二南,他背上的丁幸生活泼可爱。丁二南道:"玉洁姐,我送你。""二南,你背着幸生,就别送了。""幸生说了,要送玉洁姐姐。"他背上的丁幸生说道:"我要玉洁姐姐抱。"丁玉洁抱了丁幸生,亲了他一口。丁幸生快乐地笑了。姚婶看着他们,感慨道:"一眨眼,你们都长大了。"她站着,看着他们离去。

鲁伟潮等人朝着远去的公共汽车挥手。徐定强气喘吁吁跑来了:"玉洁呢?"丁二南手一指远去的公共汽车道:"走了。"徐定强听了,拔腿就跑。鲁伟潮叫道:"定强,定强。"徐定强发了疯一般追着公共汽车。

坐在车内的丁玉洁低头不语,窗外,一些草舍掠过。有人道:"快看,有人追上来了。"丁玉洁转头看去,发现在腾起的尘土中,徐定强奔跑着。她探出身子,朝徐定强挥挥手:"定强,别追了,回去。"徐定强边跑边叫:"玉洁,玉洁。"他瘦弱的身体在尘土中,时隐时现。他越来越远了,好像就要消失了。一辆拖拉机哒哒哒地驶来。徐定强双手一张,拦住了拖拉机。拖拉机手不悦道:"你干什么呀?""同志,让我搭个车。"拖拉机手道:"去哪啊?"徐定强指了指公共汽车远去的方向:"那。""上来吧。"徐定强跳上了拖拉机,大声道:"同志,追上那辆公共汽车。我妹妹把东西落下了。"说着,他摸出一个卷着的用细红绳缚着的小纸轴:"我必须带给她。"拖拉机手道:"好吧,坐稳了。"他加大马力,追了上去。丁玉洁若有所思地看着前方。突然,吱的一声,司机刹了车,下车去了。丁玉洁转头一看,愣住了。越来越近的拖拉机上的徐定强兴奋地叫喊着,挥舞着。司机走到停着的拖拉机前,刚想开口。徐定强便跳下了拖拉机,跑到了公共汽车的窗外,对着车内的丁玉洁道:"玉洁,给。"他将小卷轴递给了丁玉洁。丁玉洁道:"是什么?"徐定强笑道:"你拿着。我回去了。"他朝丁玉洁挥挥手,往回走了。他不停地回头张望。

公共汽车再次发动了。丁玉洁发现众人都看着自己,脸红了。公共汽车开了一段路,她抽开了缚着小卷轴的细红绳,将小卷轴摊平了,原来是徐定强在赭山围涂中被评为先进的奖状。她若有所思地卷着奖状,突然发现了背面的一行小字:"玉洁,这是我人生中的第一张奖状,送给你。我一定会加倍努力的。"她的眼睛湿润了。

她想起徐定强的信。在信里，他说着身边的人和事，他说他想念以前的日子。总有一天，他会像她一样去县城的。

一堆信全是没有拆封过的。朱小丽看了一眼，道："倪医生这是怎么了？你都不回信了，他还一个劲地写，他也太固执了。"她拿起了一封信，又道："胡医生，我让小张去一趟省医院，把信全部还给他，当面跟他说清楚。这样，他就不会写信了。""还是我当面还给他吧。"朱小丽吃惊道："你要去省医院？我陪你去。你不好说的话，我替你说。"胡慧丽道："不用了。我还有另外的事要办。"她想到了姐姐的信，信里说家里有重大的事，必须回去一趟。她有种预感，这一回姐姐说的，好像真的有重大的事，她猜测过，但一直不敢多想。她最怕姐夫的身体，姐姐信里说，姐夫没日没夜地开会。她必须回去一趟，有的事必须作个了断。

汪阿兴在宿舍听了胡慧丽心里的担忧，他也产生了一些担忧，便说道："你赶紧去吧。"胡慧丽走后，他静下心来，仔细地想了想。然后又去公社打了金健康的电话，旁敲侧击地问了张建设的身体。金健康说张建设的身体还好，只是这阵子一直在开会，各条线都在准备南沙大围涂，大家忙得不可开交。汪阿兴放下心来，他也担心张建设的身体。李贵生已经住了两次院了。他心里相当踏实，比以往任何一次都踏实。他知道胡慧丽会回来的。

晚上，汪阿兴拖着张文化去了南沙。张文化十分不解："干吗晚上去南沙？黑灯瞎火的。"汪阿兴说："白天的南沙我心里跟明镜似的，晚上的南沙我现在还是模模糊糊。"两人打着手电，骑着车。快到南沙时，张文化吱的一声刹车："汪书记，你晚上想看南沙，那你叫上我干吗呀？"汪阿兴笑道："要是我掉进钱王江了，总得有个报信的人啊。""原来这样啊。"到了南沙之后，两人打着手电，四处转。令张文化没想到的是，他们居然转了一夜。天亮之后，他打着一个又一个哈欠，可看着汪阿兴还是一脸精神的样子，他忍不住说道："汪书记，你可真有本事，怎么一个哈欠都不打。""我有办法。"

汪阿兴道。"什么办法?"张文化吃惊道,"快教教我。"汪阿兴将裤腿捋起,大腿上,有好多被指甲掐的红印。张文化傻眼了,好一会儿道:"你这不是掐大腿吗? 这不是变相体罚自己吗?""要是困了,就掐一下。上次赭山围涂,最后的那七天,我就是靠这个办法才熬过来的。"汪阿兴道。张文化吐吐舌头,然后又打了一个哈欠,方才说道:"我没这个本事。"

一上午,汪阿兴就坐在曾经的泄洪口,一动不动地看着钱王江。张文化捂着肚子,小声道:"肚子闹革命了。""你说我们南沙大围涂完成之后,这里种什么最好?""棉花、络麻,对了,最好是种水稻,还有小麦。还有油菜,油菜花开的时候,金黄金黄的,好看。反正,一年到头,这地不能让它闲着,"张文化想了想又道,"我娘说了,地有了,粮食就有了,粮食有了,这人就有福气了,人有福气了,这世界就太平了。""你娘说得对。老铁头跟我说,南沙大围涂完成了,他就向组织上申请,跟我一块儿在这儿建农场,种庄稼,还办工厂。我寻思着,到时候这儿就是我们县的大粮仓。"张文化听了,乐呵呵地笑了。他站了起来,双手叉腰地走了几步:"汪阿兴同志,你的这个设想很好嘛,我完全赞成,你需要什么,请尽管开口,我们一定满足你的愿望。"汪阿兴哈哈大笑:"小张,你学张书记学得不错嘛,他要是知道你这么说了,马上把你调到县里去了。""我不稀罕,我就想留在你身边,"张文化坐了下来,又道,"汪书记,你说将来人们会记住我们吗? 很多年以后,人们会想起我们曾经那么拼命,流血流汗,把钱王江给制服了。"汪阿兴沉默不语。"我听郑工说,我们围涂其实就是治水,以前有个大禹治水,三过家门而不入。我们也不比大禹逊色啊,我们吃的苦,受的累,还有一不怕死、二不怕苦的革命精神,我们就是新时代的大禹。"汪阿兴站了起来,叹了一口气道:"小张,将来的人们是否会记得这段历史并不重要,重要的是我们解决了吃饭问题,吃饭问题是最根本的问题,只有这个问题解决了,才有未来。"

中午的时候,老铁头带着六个公社的干部们来了。张文化愣住了。老铁头将馒头递给了汪阿兴。他指着众人道:"一个不少,全到齐了。""那就开会吧,"汪阿兴看了一眼众人道,"同志们,我也不多说了,南沙大围涂,困难一定比想象中的多得多,县里既然下了这个决心,我们必须奋不顾身,哪怕就是死,也要死在这儿。"他指了指眼前的水面,又道:"南沙大围涂,不仅仅是我们六个公社的力量,而是举全县之力。你们有的同志可能不知道,为了做好前期的准备工作,县里那是咬着牙啊,我听说李贵生同志累得又吐血了。我让老铁头带你们来,一是最后听听大家的意见,二是要求大家全面开展工作,搞好实地调查,有什么情况随时汇报。"众人议论纷纷。"按照赭山围涂的分组,大家散开,各自作调查。三天之后,把调查报告交上来,"汪阿兴看了一眼郑天林,又道,"可别糊弄我,要有真知灼见,你们都是郑工眼里的土专家,厉害着呢。"

江风猎猎。郑天林和几个技术组的同志,围着一张地图查看。咬着馒头的汪阿兴走了过来:"郑工,地图与现场比对的结果如何?"郑天林皱着眉道:"汪大麻子,有麻烦事。"汪阿兴吞下嘴里的馒头,赶紧凑了过来。郑天林指着地图上标注的泄洪口道:"这儿水下虽然平缓,但由于泄洪的原因,靠近钱王江的这一侧,很陡峭,需要潜水员下水,摸清情况。"汪阿兴愣了一下道:"潜水员? 哪来的潜水员? 派水鬼下去吧。""哪有这么好水性的?"郑天林摇摇头道,"不行,不行,太危险了。"汪阿兴想了想道:"有。"他手一指江对岸道:"那!"郑天林吃惊道:"老盐公社?"汪阿兴点点头:"我得去要一个人。我现在就走。"他大声叫道:"阿炳,阿炳。"从芦苇丛里划出一只小船,阿炳撑着船过来了。"走,我们去老盐公社。"阿炳吃惊道:"现在?""对。把水鬼老胡子要来。"

郑天林看着汪阿兴上了小船,与阿炳渐渐远去了。他抓抓头皮道:"水鬼老胡子?"老铁头恰好走了过来。"老铁头,老盐公社有个水鬼老胡子?"郑天林指了指钱王江道,"汪大麻子去要人了。"

"郑工,这里面有个故事,"老铁头笑道,"这个水鬼老胡子,去年因为来我们这儿偷粮食,被汪大麻子抓了。据说他一个猛子能超半条江,厉害着呢。汪大麻子听说他有这个本事,就把他放走了。老胡子说了,以后汪大麻子遇上什么麻烦事,用得上他,尽管吩咐。"他皱了一下眉,又道:"不过,后来我听说他被苗得水给抓了,关了起来。"

郑天林点点头道:"要人,麻烦呢。"

苗得水见到汪阿兴时,愣了一下。汪阿兴说明来意,苗得水有些得意洋洋,说你们萧金县人口号称近百万,我们海平县不过三十万人口,却上门来我们这儿要人。汪阿兴知道苗得水又开始打小九九了,便也开门见山,说我们还是交换吧。苗得水听了,便开心了,走过来拍着汪阿兴的肩膀道:"汪大麻子,我听说你这个总指挥指挥了三万人,了不起啊。他娘的,我哪天也像你这样,就算没白活。"一直不吭声的阿炳插了一句道:"南沙大围涂,汪大麻子还要指挥十万人呢。"苗得水听了,愣住了,好一会儿才说道:"看来我这辈子是没有希望了。汪大麻子,我服了你。这样吧,我们也不用交换了,你把人带走吧。"汪阿兴笑道:"老苗,我老是跟你借船借人的,也不好意思,南沙大围涂,我可能还得向你借东西,这样吧,我送你一批麻袋吧,你知道我们县麻纺厂的麻袋那可是出口的,外国人也用。"苗得水听了,笑了:"好啊,好啊,我们以后围涂,也种络麻,也生产麻袋。"

老胡子进来的时候,见了汪阿兴,欢喜地叫道:"汪大哥。"汪阿兴见他有些瘦,便道:"听老苗说,你刚放出来不久,还处于管制之中。从现在起,你就归我管了。"苗得水道:"汪大麻子,有一条,任务完成之后,还得把他还给我。"众人笑了。

回到南沙,已是傍晚。汪阿兴将手里的酒递给老胡子:"喝一口。"赤裸上身,腰中系着绳子的老胡子一气灌了半瓶,抹了抹嘴,纵身一跃,跳入水中。郑天林道:"大家注意记录绳子的深度。"风平浪静的水面上不起一丝涟漪。好一会儿,郑天林着急道:"汪大麻子,他怎么还没上来? 会不会发生什么意外?"汪阿兴道:"郑工你别急,再等等。"郑天林有些着急道:"大家拉一下绳子。"话音刚落,一串水泡冒上水面。哗啦一声,老胡子现出水面。郑天林道:"快拉绳子。"

老胡子到了水边,喘了几口气道:"汪大哥,这底下深得很,我只能靠手摸了。"汪阿兴道:"上来,先休息一下。"老胡子上来后,汪阿兴赶紧将衣服给他披上,道:"老胡子,你将水下的情况跟郑工详细地说一说。"老胡子又将半瓶酒灌了下去,道:"我建议,你们成立一个水鬼队,应对管涌等突发情况。""好。这个主意好。到时候,老胡子你担任教练,就住在我们宁和。"汪阿兴道。老胡子笑道:"那我成宁和人了。""老铁头,你马上摸个底,就在沿江六个公社的年轻人当中,挑选二十名水鬼队员,"汪阿兴想了想又道,"要身强体壮的,而且,最好是结了婚的。"老铁头抓抓头皮道:"为什么要结了婚的?""这水冷,我是担心没结婚的下去,以后,以后就生不出孩子了,那我就成罪人了。"众人笑了。汪阿兴道:"老胡子就是教练,他的吃住由我们宁和公社负责,他的工分照算。"老铁头点点头。

胡慧丽拖地,打扫卫生。晚霞在窗户上闪烁。胡佳丽下班回来了,姐妹相见,紧紧拥抱。之后,胡佳丽夺下胡慧丽手里的拖把道:"坐着,坐着,这活我来。""姐,就让我干一回吧。"胡佳丽将手里的拖把一放,瞄了一眼地上的包,又道:"几时到的?""下午。""午饭吃了吗?""在车站吃了一碗面。"胡佳丽仔仔细细地打量着胡慧丽一阵后道:"又黑又瘦,我都快认不出你来了。"她摸了一下胡慧丽的手后,泪水滴落。胡慧丽轻声道:"姐。""慧丽,姐心疼。"

一个小时之后,张建设回来了。胡佳丽此时已做好了晚饭,三人在餐桌边坐了下来,吃饭。胡慧丽觉得气氛有些凝重,她想问到底发生了什么事,但见张建设埋头吃饭,便心想饭后再说。胡佳丽边吃饭,边流泪。张建设看了她一眼,便将筷子一放,站了起来。他也吃不下饭。胡慧丽站了起来,想要收拾。张建设道:"慧丽,我来。"他利索地收拾着碗筷。在胡慧丽的印象中,姐夫还是第一次收拾碗筷,以前,他吃好饭,总是坐在沙发上看报纸。

三人坐着,各怀心事,沉默不语。终于,张建设喝了一口水,然后道:"慧丽,今天要告诉你一件事。这件事在我们心里埋藏了二十多年了。"他看了一眼胡佳丽,又道:"还是你说吧。"胡佳丽犹豫不决。"姐夫,姐,什么事,说吧。"胡佳丽擦了一下泪水道:"慧丽,在说这个事之前,你必须答应我,无论发生什么事,我们,我们永远都是……"她哽咽道,"都是一家人。"胡慧丽愣住了:"一家人?""你不是我的亲妹妹。"胡佳丽硬着心肠说道。胡慧丽霍地立了起来:"姐,你胡说什么呀?"张建设道:"慧丽,你也不姓胡,你姓罗……"接着,张建设和胡佳丽两人将二十多年前的事全部说了出来。胡慧丽只觉得晕乎乎,好像无数个人影在她眼前晃动。她紧紧地抓着沙发的边缘,仿佛她正在坠向深渊。

夜已深。窗外,县城的路灯明亮。胡慧丽站在窗前,凝视着这些路灯,心想她似乎已经不习惯夜晚的明亮。房间里一切都没有变化,虽然房间不大,但是这间房间一直是她的。张保国和张卫国两兄弟以前就睡在她的隔壁,他们挤在一张床上。现在,写字桌上的小闹钟滴答、滴答响着。这是姐姐给她买的,一直以来,它就待在这个位置,几乎没有移动过。她躺了下来,大睁着眼睛,呆呆地看着墙上的《红色娘子军》海报。枕头边,是一张照片——胡佳丽抱着童年的她。照片里的她开心地笑着,她依稀记得那时候她好像才六岁。传来轻轻的敲门声。胡慧丽下床,在门口犹豫了一会儿,终于开了门。胡佳丽进来,在床上坐了下来,道:"慧丽,你能原谅姐吗?"胡慧丽点点头。胡佳丽捂着嘴哭了。胡慧丽紧紧地抱着她,无声地流泪。姐姐走后,她无法入睡。姐姐和姐夫为何要在这个时候告诉她事情的真相?她仿佛看透了姐姐的心思,姐姐要紧紧地拉住她。但是，她不再是以前的那个胡慧丽了。她回不去了。她想起了那些单纯而简单的日子，在每一个日子里，姐姐永远站在她的身后。

第二天一早，姐姐带着她，去了东郊公墓。山风呜咽，一排排的公墓立着。在第二十排 35 号、36 号位置，胡佳丽停下了脚步。墓碑上写着：罗光明同志之墓、蔡娟娟同志之墓。胡慧丽静静地站着。她努力地想象着父亲和母亲的样子。胡佳丽道："老罗，今天，我终于带你们的慧丽来了，也算是了了我的一个心愿。从今往后，慧丽每年都会来看你们。"胡慧丽静静地流泪。她跪了下去，磕头。

章院长把一份材料递给胡慧丽，说院党委初步研究，把你调回来，担任院医务科科长。胡慧丽看了一眼，将材料放在桌上道："章院长，我现在不想调回来。"章院长着急道："胡医生，现在知青都纷纷回城了。我知道南沙大围涂要开始了，你别担心，到时我们县医院派一支精干的队伍去，成立专门的医疗援助组。"胡慧丽打断他道："我情况最熟悉。我就当这个组长吧，对了，药品什么的，县医院要保证供应。"章院长道："你……唉，胡医生我实话跟你说了，你不能再待在宁和了，你要是再待在宁和，就误了终身大事了。""章院长，你也这么认为？"章院长沉默片刻道："你姐跟你说了吧？你父亲……"胡慧丽点点头。"我与你父亲当年也是朋友，你还是我接生的，我跟你姐的心情是一样的，我们都希望你有一个好的归宿，"章院长又道，"慧丽，希望你慎重考虑。"说着，他从抽屉里拿出一封信，道："给。"胡慧丽接过信，发现是倪文明写给章院长的。她想了想道："我不看了。"章院长着急道："倪文明同志写得情真意切。从信里可以看出他对你是真心实意的，慧丽，听我一句劝，好好考虑一下，毕竟，两个人过一辈子不能一时冲动。况且，汪阿兴同志还有一个儿子，你以后怎么跟他相处？"胡慧丽沉默无语。"慧丽，我是过来人，过来人知道婚姻是什么，就是柴米油盐醋。你好好想想吧。"胡慧丽走了。望着空荡荡的门,章院长叹了口气。

在走进汪小路的病房之前,胡慧丽犹豫了好一会儿。她担心自己的突然造访,会让汪小路产生不适,情绪波动。据护士小叶说,汪小路的脾气有些古怪,跟别的孩子不一样,有点儿自闭症的倾向。她分析可能是因为汪阿兴不常在身边的缘故。她轻轻地推开门,发现汪小路坐在床上,一声不吭,脸上还挂着泪珠。坐在床边的护士小叶朝她使了个眼色。她知道汪小路刚刚生气了,因为他想去外面玩,被小叶拒绝了。胡慧丽绞了毛巾,轻轻地给他擦脸。汪小路瞪大眼看着她。他的目光渐渐柔和下来。

胡慧丽牵着汪小路的手,走在街上。在一家灯笼店门前,胡慧丽的手被汪小路扯了扯,她停下了脚步。汪小路手指着挂着的灯笼。两人手拉手进去了。老头埋头理着灯笼。胡慧丽和汪小路看着红彤彤的大小灯笼,两人都显得兴奋。汪小路指着一盏小灯笼,欢喜得跳了起来。胡慧丽道:"同志,买一盏小灯笼。"老头抬头看了他们一眼,笑了。

捧着茶杯的胡佳丽沉浸在回忆之中。她无法不去回忆,那些逝去的岁月令她感慨,也令她伤感。那个当年的小女孩现在长大了,仿佛离她越来越远。她觉得自己变得脆弱了。当年,她就像一名红色娘子军战士一样,也是风风火火,利利落落,只要分配任务,她哪怕是咬紧牙关,也是拼了命地完成。但是,现在她会变得多愁善感,患得患失。根源就在于胡慧丽。她害怕失去她。传来轻轻的敲门声。胡佳丽回过神来,利索地擦了泪,一看,门被轻轻地推开了。胡慧丽和手拿小灯笼的汪小路站在门口。"姐,我们来看看你。"胡佳丽指着汪小路道:"你怎么带他来了?"她想了想,板着脸,又道,"慧丽,这样不好,你一个姑娘家带着他。""姐,你太封建了。"汪小路走了过来,将手里的小灯笼送给了胡佳丽,比划了一下。胡慧丽道:"小路说,这是他最喜欢的小灯笼,送你。""你告诉他,谢谢他。"胡佳丽的脸色缓和了一些。胡慧丽打了个手语:谢谢你,小路。汪小路开心地笑了。

胡佳丽看了一眼汪小路,想了想,拉开抽屉,取出几粒糖,塞在了汪小路的手里。汪小路摇摇头,只取了一粒糖,将其他的糖放在桌上,打了个手语。胡慧丽道:小路说,谢谢你,他只要一粒就够了。胡佳丽道:"多懂事的孩子啊。"她一脸怜惜道:"对了,他的耳朵怎么样了?""后天就去省医院。"胡佳丽一听,高兴地道:"好啊,你陪他去吗?对了,你正好跟小倪同志谈谈,要不,我也请假去?"胡慧丽道:"姐,你不要再提他了。"胡佳丽沉默片刻道:"慧丽,听姐的话,好好地谈,有什么矛盾都可以化解嘛。"

这时,窗外下起了雨。胡慧丽快步走到窗前,将手探出窗外,接了接雨点,然后道:"姐,麻烦你问一下气象局,接下来几天的天气。"她一脸担忧的样子。胡佳丽看了她一眼,抓起了电话:"喂,同志,你好,请接气象局。同志你好,不是下雨了吗?请问未来几天如何?哦,好的,好的。"她放下话筒道:"未来几天不下雨。"胡佳丽看着窗外,轻声道:"慧丽,你变了。变得我都不认识了。或许,那不叫变,叫成熟。"她捂着嘴哽咽着。胡慧丽走了过来,轻轻地搭着她的肩。汪小路也走了过来,拉住了胡佳丽的手。

第三十八章

通往省城的公交车上，满腹心事的胡慧丽坐在窗边，中间坐着一脸好奇的汪小路，另一边坐着护士小叶，她显得有些紧张。汪小路突然拉了拉胡慧丽的手，然后打了个手语。胡慧丽脸红耳赤，不知如何是好。护士小叶道："胡医生，小路要撒尿？"胡慧丽点点头。护士小叶站了起来，走到司机身边道："同志，能不能停个车？孩子想撒尿。"司机打了一下方向盘。车子靠边停下了。护士小叶领着汪小路下车了。汪小路在路边撒尿。车窗边的胡慧丽看了汪小路一眼。

到了省医院，护士小叶好奇地打量着单人病房，道："胡医生，我还是头一次来省医院。这环境不错。"她往窗外眺望了一下，又道："还有银杏树。"胡慧丽笑道："你啊，比小路还可爱。你瞧他。"

汪小路躺在床上，一条腿搁在另一条腿上，一副老病号的样子。护士小叶笑了。"小叶，省医院的专家明天会诊。我去办点事。"她提起了包。胡慧丽走到门口时，汪小路突然跳下床，奔了过来。他拉着胡慧丽的手，眼巴巴地看着她。胡慧丽放下包，打了个手语：小路，我去办点事，等会儿就回来。汪小路也打了个手语：你一定要回来。胡慧丽点点头走了。汪小路站在病房门口，望着胡慧丽。走在长长走廊的胡慧丽一回头，发现汪小路还站在门口望着他。她朝他挥挥手，走了。

院子里，三三两两的病人和护士走动。胡慧丽和倪文明边走，边说。在一个亭子里，两人停下了脚步。"文明，别的话我也不说了。从今往后,你也不要给我写信了,也请你别给我姐和公社写信了。""慧丽,你爱上别人了? 你必须给我一个明确的回答。"胡慧丽想了想道:"是。我爱上别人了。"倪文明表情痛苦道:"是谁? 难道真的是那个汪大麻子? 一个粗鲁的公社干部? 慧丽,你一定是受了他的威胁? 我知道他就是这样的人,我们不怕,我们可以向组织控告他。""文明你错了。我爱他光明磊落,敢于担当;我爱他心底无私,一心一意干事业。文明,我走了。"她转身欲走。倪文明一把拉住她道:"慧丽,你不能走。他有的,我也能做到。他没有的,我会做得更好。慧丽,给我一次机会。"胡慧丽摇摇头。倪文明一脸痛苦道:"慧丽,我求你了。"他扑通跪倒在地:"给我一个机会。""文明,男人的膝盖不是随便跪的。""你都要离开我了,还有比这个更伤心吗? 对了,我爷爷的事就要平反了,我以后再也不用夹着尾巴做人了。慧丽,给我一个机会。"胡慧丽百感交集,往事纷沓而至。她跑了。

护士小叶和汪小路在病房内吃着饭。脸色苍白的胡慧丽进来了。"胡医生,你的饭在那。"小叶指了指桌上的饭盒。胡慧丽无语地坐了下来。小叶感觉到胡慧丽的情绪低落,便小声道:"胡医生,身体不舒服?"胡慧丽摇摇头,取了饭盒,埋头吃了起来。汪小路走了过来,将自己饭盒里的一块肉夹到了胡慧丽的饭盒里。胡慧丽愣住了。她的泪水掉了下来。汪小路微笑地看着她。小叶道:"小路也懂得关心人了。"倪文明进来了:"慧丽,我有话跟你说。"胡慧丽抬头看了他一眼,低下了头。"你要是不答应,我就站在这儿不走。"小叶看了他们俩一眼,然后牵着汪小路的手,走向门口。汪小路回头,不安地看了胡慧丽一眼。小叶将门轻轻地掩上了。胡慧丽放下饭盒道:"文明,我们之间的话都说完了。""慧丽,不,没有说完,"他走了过来,抓着胡慧丽的手又道,"慧丽,我还有很多话要跟你说。""放手。""慧丽,我不会放手的。"胡慧丽瞪着倪文明,他感到一种寒意,他松了手,退了一步。两人对视着。胡慧丽的目光终于软和下来："请你离开这儿。"倪文明摇摇头。"那我走。"胡慧丽大声道。倪文明突然大声道："难道那些美好的日子你都忘了吗?!"胡慧丽全身一震。倪文明流着泪道："我忘不了。我忘不了。慧丽,我的心在泣血。"端着饭盒吃饭的护士小叶和汪小路站在走廊尽头,不时地看一下空荡荡的走廊。隐约传来争吵声。汪小路将筷子捏得紧紧的。护士小叶轻轻地拍了拍他的肩。汪小路看了她一眼,重新吃饭。终于,一个人出现在走廊上,他快步走了。走廊重归平静。

天暗了,一场雨哗啦啦地开始下了。四处没有地方可躲雨。几个技术员利索地收着绳子。双手护头的老铁头看了一眼站着的汪阿兴和郑天林,大声道："你们俩还站着干吗? 快走啊。"郑天林道："我们再观察一阵。"汪阿兴指着水面道："郑工,第一步是引水,将堤内的水全部引走。第二步就是挑土筑堤了,我们采取步步为营的策略,由内到外地延伸。第三步就是抛石护堤……"郑天林摸了摸脸上的雨水道："挖河,修闸,建坝,哪一样都不能少。"汪阿兴嘿嘿一笑："郑工,我还有个想法,以后就在南沙建农场。""好啊,到时就天天吃白米饭了。"两人哈哈大笑。

回到宁和公社,几个人都被雨淋透了。汪阿兴脱下上衣,拧着雨水。郑天林笑道："汪大麻子,我听说你是个铁人,现在看来,果真不假。"他用力地拍打了一下汪阿兴结实的上臂,又道："这肌肉硬得跟石头似的。"老铁头开玩笑道："郑工,要说肌肉,你的也不错。我听说你以前是篮球队的中锋。""那都是过去的事了,现在,我啊整天被这些数字纠缠着,满脑子想的是哪个数据不要出错,这肌肉就不好意思亮相了。"汪阿兴扭了扭脖子,然后说道："我好像听见汽车喇叭声了。"老铁头竖起耳朵倾听,突然道："汪大麻子,还真是汽车喇叭声。"几个人奔了出去,一辆吉普车朝他们驶来,越来越近。汪阿兴将衣服重新穿上,然后道："老铁头,把会议室的灯打亮,准备开会。"

宁和公社会议室灯火通明。汪阿兴摊开本子道:"张书记,李主任,现在我们碰到一个新的问题,那就是抛石的问题。由于丰农地块和赭山地块围涂,目前抛石奇缺。南沙一旦围涂,我们需要大量的抛石,具体数字目前我们还没有估算出来,但是这个量一定是惊人的。"张建设和李贵生点点头。汪阿兴又道:"至于劳动力方面,我们估算需要十万人。""这个问题可以解决,我们发动全县人民,所有的机关干部全部上工地。"张建设道。汪阿兴又道:"还有运输船、双轮车、独轮车等各种运输工具及各种物资。"李贵生道:"还有粮食。"一直不吭声的郑天林道:"还有许多不可测的危险,在丰水期围涂,那就是跟潮水赛跑,潮水来,我们退,潮水退,我们上。还要考虑台风、暴雨、龙卷风以及其他不可确定的复杂天气。"张建设突然道:"地图呢?"老铁头利索地铺开地图。众人围着地图。"第一个大问题的解决办法在这里,"张建设手指着地图上的雷山道,"挖掉这座山,变成抛石,填入钱王江。"汪阿兴点点头。

郑天林拿出尺子测量了一下雷山跟南沙的距离,算了算道:"距南沙最近的山就是雷山了。这解决了抛石的来源问题,但还要考虑运输问题。""第二个问题,粮食问题,由老李来解答。"张建设道。"按十万人的口粮,工程将近八个月的时间计算,这是不得了的数字。按我们目前的实力,缺口太大了。全部靠县里供应肯定是没办法供应的,我们采取供应部分、自带部分两部分结合的办法,化解这个难题。从明日开始,全县所有的粮食储备都只为南沙大围涂准备,而且,继续减少各机关部门人员的口粮。"张建设补充道:"还得向上级要粮。"李贵生点点头。郑天林道:"工地上干活,全是力气活,吃不饱,那就没力气,老张,粮食问题比技术问题还重要。"汪阿兴点点头,想了想道:"我汇报一个新情况。丰农地块和赭山地块经过省农科院专家的多次试验,有了进展。初步估计,明年夏季可以种粮。"李贵生大喜道:"汪大麻子,真有你的,把消息封锁得不错嘛。要是这两块新围涂的土地能种粮,那太好了。""李主任,先别高兴得太早,这毕竟是破天荒的头一次,谁也无法预测最后会不会有收成。"张建设笑道:"一年没收成,我们就等第二年、第三年,这地要是种熟了,收成就来了。"众人笑了。张建设道:"老李,粮食问题我就交给你。第三个问题,水利技术问题。老郑,这个问题也十分突出,我们围涂南沙,目的不仅仅是围涂,而是与治江相结合,并且要考虑到未来南沙的土地利用。"郑天林笑道:"汪大麻子说要建农场。""对。南沙以后要成为我们县的大粮仓,彻底解决我们县的吃饭问题。"郑天林想了想道:"老张,倪国全同志给我们留下了宝贵遗产,他的三句话很有用。宕渣、块石保护沉井,沉井保护丁坝、盘头的坝头,盘头、丁坝保护堤塘和出江排涝闸啊。这是个连环工程。"张建设点点头。这时,张文化端着一脸盆面条,推门进来:"汪书记,天都快亮了。"

几个人吃着面条,吱溜、吱溜响着。李贵生突然捂着胃部,皱起了眉。一旁的张建设见了,便着急道:"老李,怎么了?"李贵生苦笑道:"这肚子一到了宁和,就水土不服了。"众人笑了。张建设放下碗,道:"我们接着说。第四个问题,劳动力问题,十万人我们肯定能发动起来,但是这十万人怎么挑,怎么选,我们要高度重视,还有十万人在工地上的管理,是个麻烦事。一旦出了事故,那绝不会是小事故。我们要高度警惕。汪大麻子,我可以把底牌亮给你,就四个字——万无一失。""张书记,我答应不下来。"汪阿兴道。李贵生道:"汪大麻子,老张的意思是,确保万无一失,给你留了一条小缝。十万人的大工地,谁也不知道会突然出个什么事,但是,我们共产党人要干大事,更要保证人民群众的安全,要做到尽最大的努力,不出事故。"汪阿兴沉默不语。郑天林道:"老张,这个压力也确实太大了。钱王江就是不围涂,每年也会被潮水夺走几条生命,一旦围涂,那就跟潮水搏斗啊,更何况这是南沙大围涂,这……""老郑,上次钱王江决堤,41 条人命啊,我们围涂就是保护人民的生命

财产安全,所以,安全第一这根弦必须始终紧绷着。"汪阿兴坐着不
吭声。老铁头突然道:"张书记,我想说句话。""说。""丰水期围涂,
那是拿命跟潮水斗,很多突发情况无法预料,我们尽我们最大的能
力做好安全工作,但是话说在前头,如果出现不可抗力的事故,发
生重大人员伤亡,恳请县里实事求是地调查,定性。"张建设道:"当
然。"他盯着汪阿兴。"张书记,我答应你,"汪阿兴突然站了起来
道,"南沙大围涂,是我们萧金县人几代人的梦想,只要能围涂成
功,我个人的事不算什么事,有责任我承担。"张建设与李贵生相视
一笑,道:"有责任,由县里承担,你们只管放手去干。"几双手紧紧
地握在一起。

　　宁和公社前的空地上,一队年轻人列着队。老铁头报着花名
册:"李大强。"一个年轻人喊了一声"到"。他上前一步。"裘爱
国。"一个年轻人喊了一声"到"。他上前一步……一旁站着的汪阿
兴打量着他们,点点头。老胡子快步过来了。汪阿兴朝他招招手,
示意他站在身边。老胡子站在了汪阿兴身边,他脱掉了上衣,露出
了黑黝黝的身体。

　　老铁头将花名册合上,道:"汪大麻子,一共 22 人。"汪阿兴走
了过来,大声道:"同志们,你们都是六个公社选出来的年轻人,个
个身强体壮,都有老婆孩子了。你们很光荣。你们将是南沙围涂
的水鬼队成员,你们怕不怕?"众人齐声道:"不怕。""好。现在听我
命令,脱下上衣。"众人利索地脱下了上衣,个个肌肉发达。汪阿兴
一个一个地检查过去,很是满意地点点头。他回到众人的正前方,
大声道:"我给你们请了一个师傅。老胡子,来。"老胡子过来了。
"他就是你们的师傅,也是教练,你们必须听他的,他怎么教,你们
就怎么学。听明白了吗?"众人齐声道:"明白了。""好,老胡子,我
把这支队伍交给你了。你必须得给我带好。"他走到了边上。老胡
子看了众人一眼道:"现在听我命令,闭嘴,屏气。"众人闭嘴,屏气。

这时,张文化端着一脸盆水过来了。他放在凳子上,然后跟着众人一样闭嘴屏气,不一会儿,他就憋得受不了了。老胡子突然道:"停。"脸憋得通红的众人如释重负,大口地喘气。老胡子道:"接下来,看我示范。"他一下子将头埋进了装满水的脸盆里。众人围了上来,盯着脸盆看。有人嘴里喊着数。好一会儿,老胡子将头露出水面,他大声道:"一个个来……"

不远处,汪阿兴和老铁头边走边说。老铁头道:"汪大麻子,老胡子的屏气功夫那是天生的,那是万里挑一,他们练不出来的。""你这话不对,"汪阿兴摇摇头道,"老铁头,每个人只要有老胡子的六七成本领,我就很满足了。走,我们去雷山一趟。""雷山?"汪阿兴点点头:"对。雷山。"老铁头脸上划过一道忧伤。

两人骑车到了雷山脚下。汪阿兴仰望雷山,发现杂草丛生。小半个山体被挖了。这是第三次来雷山,前两次来时,雷山好像还像一座山,有山的精气神,可是现在,它显得残败。他们沿着崎岖的山道上山。汪阿兴步子很快,不一会儿就将老铁头丢下了。他叫道:"老铁头,快点儿。"老铁头显得心事重重地上来了。站在山顶眺望,不远处的钱王江一览无遗。汪阿兴指着钱王江道:"再过几个月,我们现在站的地方将消失,这整座雷山将成为平地。"老铁头不语。汪阿兴看了一眼老铁头,发现他面带忧伤,便问道:"怎么了?"老铁头默默无语地流泪,他跪了下来,磕了三个头,起来后,好一会儿他才道:"我哥就死在这儿。"他指了指被挖了的山体,又道:"十五年前,我哥就在这里做石匠,炸药爆炸时,他被一块飞石击中,当场就……那一年,我刚刚十八岁。"汪阿兴沉默不语。"汪大麻子,你不知道,每一次围涂,就会有人死在石宕场。我哥只是其中一个罢了。我记得有一年围涂,因为哑炮突然爆炸,一下子死了四个人。还有人是摔死的,他们腰间系着绳子,从山顶上悬挂下来,在空中荡来荡去,绳子松了,就摔死了。""是啊,我以前问过老倪,他也是这么说。这雷山,俗称要命山啊。这一次南沙大围涂,我们要把这座山挖平，从此，再也没有要命山了。"

两人下山。走了一段，老铁头突然道："汪大麻子，你有没有想过围涂结束后的生活？""我的理想是搞农场，"汪阿兴道，"埋头种粮食，管好大粮仓。"老铁头道："我现在只想做一名喊潮人，每天在牢固的江堤上溜达，手持喇叭，潮水来了，就喊一喊。""喊潮人？就像丁老三那样的？"汪阿兴道，"我看这行当一辈子都不会没饭吃，郑工说了，我们把江堤修好了，但是碰到五十年一遇，还是百年一遇的大潮日，这江堤上还是危险的。唉，这潮水啊，它不讲道理。"

办公室的墙上挂满了地图。汪阿兴站在靠窗边的地图前，手拿着笔，在地图上画着，用尺子测量着。他回到桌边，喝了一口水。在本子上记下了一些数字。他重新回到地图前，测量。张文化急匆匆进来道："汪书记，出事了。"坐在拖拉机上，汪阿兴心潮起伏。县里的电话通知就一句话，说李贵生同志病重，速来县医院。他心里无比担忧。李贵生同志要是病倒了，张建设的担子就更重了，而且南沙大围涂就要开始了，各项工作紧张而忙碌，简直喘不过气来。张文化小声道："汪书记，上次李主任来我们宁和，我听马加荣同志说，他有胃病。会不会是胃病发作？""同志，快点。"汪阿兴拍了一下拖拉机手的肩膀道。

县医院急救室门口，张建设着急地踱步，时不时看一眼急救室的门。金健康急匆匆赶到："张书记，李主任的家属在路上了。""通知汪大麻子了吗？"金健康点点头。"老李晕倒前跟我说，让汪大麻子来。我不明白他这是什么意思？"王宝年也匆匆赶来："张书记，怎么样？"张建设看了一眼急救室的门，道："还在抢救。唉，都怪我，他有严重的胃病，我还一直让他四处奔波，筹粮。他是累坏了。"他一脸自责。过了一会儿，张建设抬腕看了一下表，对身边的金健康道："省医院的专家来了吗？""估计在路上了。"张建设不悦道："太慢了，他们是爬着来的？"这时，汪阿兴跑了过来："张书记，老金,怎么样?"金健康道:"还在抢救。""汪大麻子,你来干什么?"王宝年一脸不解道。张建设道:"老李特别嘱咐我,让他来的。"张文化气喘吁吁跑了过来,道:"汪书记,给。"他从军用挎包里掏出一瓶酒。张建设怒声道:"还有心情喝酒?汪大麻子,你搞什么鬼?""李主任跟我说过,哪一天他不能喝酒了,就让他用鼻子闻一闻酒香。"汪阿兴低了头。

急救室的门开了。出来的章院长解下口罩:"好险。"张建设欢喜地叫道:"老李,老李。""李主任还在昏迷当中。张书记,总算救回来了。"章院长擦了一下额头的汗道。汪阿兴长长地吁了一口气,他将手里的酒瓶攥得紧紧的。手握一瓶酒的汪阿兴坐在床前,看着躺着的李贵生。终于,李贵生动了动,他睁开了眼睛,微弱地说道:"汪大麻子,我以为见不着你了。老张呢?"汪阿兴转头叫道:"张书记,张书记。"张建设进来:"老李。"他身后,李贵生的爱人进来了,流着泪道:"老李。你吓死我了。""老张,你真以为我撑不过去了?汪大麻子,你把酒瓶打开,让我闻闻。章院长说了,以后我就不能喝酒了,只能闻了。"汪阿兴用嘴咬下了瓶盖,然后倒了一点儿酒在瓶盖,递在了李贵生鼻子前。李贵生陶醉般地闭上了眼睛……他睁开眼道:"好酒。哪来的?"汪阿兴笑道:"我上次去老盐公社,从苗得水那儿捞来的。"李贵生笑了:"这是我家乡的酒啊。"张建设道:"老李,你好好休息,安心养病,没有我的命令,不许离开医院。汪大麻子,我们走。"李贵生微微地闭上了眼睛。汪阿兴将酒瓶放在床头柜上,然后轻声道:"李主任,你放心,这酒我还有一瓶。"

张建设到了楼下,指着拖拉机道:"汪大麻子,县里的动员会就定在下个星期一。到时候,你作个表态发言。"汪阿兴摇摇道:"张书记,我请求不参加这个会。"张建设有些意外道:"为什么?""待南沙大围涂成功后,我再发言。"张建设看了他一会儿道:"好。你回去吧,告诉同志们,南沙大围涂,开弓没有回头箭。"他转身走了。

汪阿兴爬上了拖拉机,张文化小声道:"不去看小路了?""没时间
了。"张文化道:"张书记还看着你。"汪阿兴一回头,发现张建设一
直站在医院门口,注视着他。他朝张建设用力地挥挥手,然后道:
"走。"一路上,汪阿兴沉默不语。天已黑了,灯光越来越稀少。到
了半路上,他下了拖拉机,然后站着发呆。张文化不解地道:"汪书
记,你这是……""小张,你站在这儿,看看南面的县城,再看看北面
的宁和,你有什么感受?"张文化看了看道:"区别的是,南面明亮,
北面没有灯光。""是啊,这是城乡差别。以后,北面也将是灯光明
亮。""那当然好,"张文化摸了一下脸道,"我想着以后我们宁和也
造一幢像县招待所一样的房子,那床软软的。""没出息。"汪阿兴
笑了。

萧金县城中央的大操场上,主席台前挂着巨幅标语:南沙大
围涂动员大会。人们分队列坐着,议论纷纷。喇叭里传来斗志昂
扬的革命歌曲。这时,张建设、王宝年、胡仁义等人坐上了主席台。
不一会儿,传来了张建设的声音:"同志们,我们今天在这里召开南
沙大围涂动员大会……"这声音像长了翅膀似的,传播开去。

在宁和公社的会议室,坐满了人。众人屏声息气。一台收音
机放在桌上,传来张建设的声音:"……南沙围涂,决定着我们萧金
县未来的发展,我们要向海涂要粮……"坐着的汪阿兴抬头,久久
地望着天花板,一副呆呆的样子。身边的张文化用肘部捅了捅汪
阿兴,汪阿兴不为所动。终于,收音机里传来雷鸣般的掌声。之
后,便是沙沙沙的声音。汪阿兴站了起来:"同志们,县里的动员大
会结束了,具体精神等老铁头回来再传达。现在,大家都回家去睡
一觉。"众人愣住了。张文化小声道:"回家睡觉?汪书记,这……"
"对,睡觉。都要睡足了。从明天开始,我不能保证大家还能不能
睡一个完整的觉了。所以,今天我们把这个觉完整地睡了。"张文
化道:"汪书记,真回去睡觉?""除了睡觉,也跟家里人交代一下,接
下来的日子就交给南沙了。"

众人散了。张文化小声道:"汪书记,你为什么不去参加县里的动员大会?"汪阿兴轻声道:"南沙大围涂,压力重重,我不敢轻易表态。对了,你听到钱王江的潮水声了吗?"张文化一愣,侧耳倾听一会儿,摇摇头。汪阿兴感慨道:"我听到了。今天,一定会载入史册。我们萧金县人终于要真正挑战钱王江了。"他热泪盈眶。张文化吃惊地看着他,他从来没有见过汪阿兴这个样子。眼前的这个人长久地流泪。他也流泪了。汪阿兴道:"小张,到了南沙之后,就是流汗流血了,你趁早把泪水给我流完了。"张文化听了,重重地点头。"准备锣鼓队,"汪阿兴道,"欢迎老铁头他们,他带全县所有的公社书记来南沙观察地形。"

一望无际的水面,芦苇丛生。再往远处看去,则是宽阔的钱王江。众人站在水边。两人抬着一副担架匆匆来了。众人都愣了。担架落地。躺在担架上的李贵生沙哑着嗓子道:"同志们,这儿,就是南沙,我不能缺席。"汪阿兴上前道:"李主任,你是病人。"李贵生笑道:"我是病人不假,但嘴巴还能说话。汪大麻子,你的锣鼓队不错啊,就是人少了点。以后围涂成功了,我们县里搞一个大锣鼓队,你就做总教头。"众人笑了。金健康急匆匆而至。李贵生道:"现在由金健康同志宣布县革委会的决定。"金健康拿着文件读道:"经县革委会研究决定,由张建设同志担任南沙大围涂总指挥,李贵生同志、王宝年同志、汪阿兴同志担任副总指挥,现场总指挥由汪阿兴同志兼任。"汪阿兴低着头。身边的老铁头扯了他一下,小声道:"你又升官了。"一脸凝重的汪阿兴抬头。李贵生道:"刚才金健康同志宣读了县革委会的决定,南沙大围涂是我们县开天辟地的大事,国家水利部、省革委会等领导高度重视,这一仗决定着我们萧金县未来的发展,使命光荣,责任重大……"

人群中的赵刚强挤到了汪阿兴身边,重重地握了一下汪阿兴的手。这时,传来了张建设的声音:"老李,费老来了。"人群让开一条道。张建设搀扶着费老走了过来。费老见了李贵生躺在担架上的样子,笑道:"我好像回到了当年战火纷飞的岁月。"李贵生道:"同志们,现在请费老讲话。"众人鼓掌。费老指着钱王江道:"同志们,我老了,八十多岁了,不知道哪一天,马克思就把我叫走了。我想跟同志们说,南沙大围涂,是功在当代、利在千秋的大事,是我们共产党人为老百姓做的大好事。"他喘了一口气道:"我以为我这辈子是见不到南沙大围涂,是踏不上南沙大堤了。我们萧金县一直以来吃着钱王江的苦头,缺粮啊,吃不饱饭,你们脚下的土地是盐碱地,有人说,种什么都活不了。这一切都是钱王江造成的,坍江、决堤,我们吃尽了苦头。"他擦了一把泪,又道:"今天,我们终于要向它宣战了,我、我这个老头子一定要活到你们成功的那一天,我还要亲眼看到胜利的红旗高高飘扬。我还要在南沙大堤上走上一圈。"众人热烈鼓掌。张建设道:"我要说的话,李贵生同志和费老都说了。同志们,我们要发扬革命的大无畏精神,哪怕就是一口口地咬,也要把这块硬骨头啃下来。"又是一阵掌声。这时,费老转头四望:"汪大麻子是哪个? 在吗?"汪阿兴走上前来:"费老。"费老仔仔细细地打量了他一番,道:"汪大麻子,我问你一句话,你有信心吗? 10万人交给你,你准备好了吗? 你打算多久完成南沙大围涂?"汪阿兴不吭声。众人都看着汪阿兴。他闭上了眼睛。李贵生着急地从担架上坐了起来:"汪大麻子,关键时候你怎么哑巴了,快说啊。"费老摆摆手道:"李贵生同志,让他想想。"闭着眼睛的汪阿兴,终于睁开眼睛道:"费老,我只有一句话——南沙一定会成为我们县的大粮仓。"费老高兴道:"好! 没有豪言壮语,用心埋头干事的男人才是真男人。建设同志,你找对人了。汪大麻子,我们脚下的这块土地,是给拼搏者的。"张建设走到汪阿兴跟道,大声道:"汪大麻子,接下来就交给你这个现场总指挥了。我给你八个字——有勇有谋,直捣黄龙。"

　　下午,天空显得阴沉。赵刚强无语地看着水面,一动不动。汪阿兴走了过来,轻轻地拍了一下他的肩。两人并排站着,看着不远处的钱王江。一群野鸭从芦苇丛里飞了起来。之后,又有白鹭腾空而起。"南沙是鸟的天堂。我以前听鲁阿牛同志说,南沙生活着上百种鸟类,"汪阿兴道,"比我们楼山还多。""汪大哥,我也只有一句话——全力支持你,"赵刚强道,"以前我一直不理解你,刚才听了费老的话,我明白了,生活在钱王江边,只有拼搏,别无他法。"瓜乡公社书记老田走了过来:"汪大麻子,这一回,全身骨头都要抽紧了。""老田。我知道你是老水利了,到时候得多跟我说说,省得我犯错误。"老田笑道:"你不也成了老水利了? 赭山围涂干得很漂亮。"他跷了跷大拇指,又道:"放心吧,咱们都是一根藤上的瓜,南沙大围涂那是人心所向,多少年了……唉……"他擦擦眼睛道:"人生一辈子,不就是为了干一回大事吗? 汪大麻子,你不容易,起起落落的,怕是创下了我们萧金县干部的纪录了。我回去以后,马上开始动员、布置。我走了。"他快步走了。赵刚强道:"汪大哥,我也走了。我得抓紧去安排、布置、落实。"汪阿兴道:"小六子,谢谢。"赵刚强走了几步,回头道:"小路去过省医院了,有希望。"他快步走了。

汪阿兴目送他离去。老铁头走了过来:"现在就只剩下我们俩了。我问你一个事,胡医生几时回来?""我不清楚。"老铁头着急道:"你不清楚,那谁清楚啊? 汪大麻子,你想个法子,让她回来。吕秀儿天天缠着我,我头都大了。""胡医生她是个有主见的人。要相信她。走,我们去看指挥部的场地,我的意见是变换场地,继续靠前。"老铁头吃惊道:"已经很靠前了。再靠前就快到江边了。到时候,潮水一个浪头打来,我们就去见马克思了。""指挥部是整个工地的定海神针,也是瞭望口,钱王江的动静要第一时间掌握。一定要放在最前沿。走。我看中了一个地方。"两人边说边走了。

晚上,老铁头、郑天林、老胡子等人都聚在汪阿兴的宿舍内。汪阿兴把脸浸在水里。郑天林数着:"二十五,二十六……"老胡子笑道:"没想到汪大哥还真能屏气。比你老铁头强多了。""老胡子,你是不知道,他好多年都没……"老铁头轻声道,"没那个了,他当然比我强了。"三人都笑了。汪阿兴猛一下从脸盆里晃起头,喘着气道:"多少秒?"郑天林道:"超过半分钟了。"张文化欢天喜地跑了进来:"汪书记,胡医生回来了。"老铁头欢喜道:"好啊。汪大麻子,今晚上你得请客。胡医生回来了,你明天就精神抖擞了。"郑天林看了一眼室内,苦着脸道:"老铁头,单身汉的宿舍,除了几只臭袜子,别的什么都没有。""老胡子,你那儿有东西吗?我饿了,"老铁头道,"汪大麻子拉着我去看指挥部的地,我以为很近,哪知道走了很远。"老胡子道:"下午带他们去训练,运气好,捞了一些江鳗。我这就去拿来。"众人一听,都流口水。"我想吃红烧肉。好多天没吃肉了。"张文化道。汪阿兴道:"你们都别说了,越说肚子就叫得越厉害。这样吧,小张你去一趟食堂,找点吃的来。老胡子的江鳗,明天送到卫生院去。"张文化利索地跑了。"去贿赂胡医生啊?"老铁头道。汪阿兴道:"让胡医生晒鳗干,以后给我们指挥部当下酒菜。"郑天林欢喜道:"好你个汪大麻子,考虑得这么远。老胡子,那你明天还得下水去捞一些江鳗,我们的下酒菜就全靠你了。"众人笑了。

汪阿兴走到脸盆前,道:"郑工,刚才在水里屏气的时候,我突然想到一件事。你说,南沙的滩涂面积太大了,说不定底下还有沼泽和暗流,我担心到时候人一多、一乱,就陷进去了。"郑天林赞许地点点头:"有一个办法可以解决,竹排。人走在竹排上,这个问题就解决了。看来,山区的几个公社还得运一批毛竹来。"汪阿兴掏出小本子,记下了。老铁头道:"还有竹席。救人用的,人陷进沼泽地了,千万不能乱动,救援人员就靠着一张竹席,一点点接近,然后将人拉出来。"门外传来阿炳的声音:"汪大麻子,半夜三更了,你们还在开会啊?"他手里拎着一瓶酒进来了:"哟,你们都在啊?原本我打算半夜来敲汪大麻子的门,哪知道一群人。""阿炳,什么事?"阿炳将酒瓶往桌上一放道:"你现在是南沙大围涂指挥部的现场总指挥,相当于副县级了,我趁早来拍拍马屁,省得以后你找我的麻烦。"他说着,又从口袋里掏出一包花生米。老铁头利索地抢了过去:"阿炳,你难得这么大方,我问你,有多少颗花生米?""108颗。"老铁头笑道:"你真数了?""那当然,"阿炳道,"108颗花生米,那就是代表梁山泊一百零八将嘛。"汪阿兴道:"你拿一瓶酒和108颗花生米来,不会是想从我这儿赚走10瓶酒,一麻袋花生米吧?我猜啊,你的事不小,否则也不会半夜三更来了。"

阿炳往嘴里丢了一颗花生米,嚼了几下,笑道:"汪大麻子,你越来越神了。各位都在,我就不客气,直说了。上次围涂的地,你只给了我们光明大队一只角。这一次南沙围涂,你至少给我摆张八仙桌。"汪阿兴摇摇头:"一旦围涂成功,每个参加围涂的公社都有土地分,这是县里定下的规则。""我知道是你的主意。"阿炳道。汪阿兴看了一下众人道:"为了公平,到时抽签决定。我们宁和公社也只是其中一分子,你要摆张八仙桌,那是不可能的。"阿炳沉默片刻道:"汪大麻子,没有什么不可能的。我们光明大队可是既出人,又出船的,跟别人不一样。你是现场总指挥,大家都听你的,你只要说句话,我的这张八仙桌就摆下了,不就几百亩地吗?南沙可有十万亩啊。""54个公社,上千个大队。你摆下了,别人怎么办?"汪阿兴道,"阿炳,要有大局观念。""别人?别人有我们宁和这么吃苦吗?别人会天天提心吊胆吗?别人会年年遇灾吗?汪大麻子,我不仅仅是为光明大队说话,更是代表宁和人说话。"汪阿兴沉默不语。阿炳又道:"你说过你也是宁和人,你就得为宁和人争取利益。"他坐了下来,拧开酒瓶,顾自灌了一口,又道:"老铁头,我说得对吗?"老铁头沉默不语。阿炳的话是说到他心里去了,他本来也想跟汪阿兴探讨这个问题的,现在借阿炳之口,说出来了。他看着汪阿兴,心想这的确是件难办的事,要是答应了,以后做不到,阿炳也不会善罢甘休的。要是不答应,阿炳这张嘴是封不住的,回去一宣传,搞得各个大队的意见都很大。郑天林突然道:"阿炳说得有道理。我在钱王江管理局的资料室里查阅过你们宁和这些年的情况，阿炳说得八九不离十。汪大麻子，适当考虑一下也是正常的。"老胡子也点点头。"事情还没有干成，就开始早早地讨论论功行赏，这不是我汪大麻子的风格。阿炳，你说的话我都记在心里了，以后的事以后再说。你的酒和花生米呢，就别带回去了。"众人笑了。"你既然这么说了，那就以后再说。反正各位都是见证人，到时候你要是耍赖，大家帮我说个话。"这时，嘴里叼着土豆的张文化端着半盆土豆进来了，含糊不清道："汪书记，只有土豆了。""只要能填肚子的就行，来来来……"汪阿兴道。众人瓜分土豆。老铁头却像是在想着心事，动作迟缓。"老铁头，给。"张文化拿了一个土豆递给老铁头。"汪大麻子，我想到了一件事，三万人，我们依靠胡医生，在一支赤脚医生队伍的帮助下，好不容易撑了过来。现在是十万人了，我担心胡医生他们人手不够。""这个问题我想过了，办法还是按照老办法，各个公社的卫生院医生合并成一个临时总卫生院，县医院还得再抽一部分力量，"汪阿兴想了想道，"反正，这一次是凭全县之力，既然是全县之力，我们也有权力调动县医院。"老铁头点点头。

第三十九章

一家人都睡着了,鼾声阵阵。躺着的徐定强轻轻地翻了一个身,发现大哥徐大军睡得很香。他用手在大哥面前比划了几下,发现徐大军依旧鼾声如雷。他悄悄地坐了起来,下了床。他盯着一个柜子,看了一会儿。他蹑手蹑脚过去,蹲了下来,轻轻拉开了抽屉。这时,徐曼丽说了梦话:"二哥,给我。"徐定强吓得立马趴在地上,一动不动。过了一会儿,徐定强再次起来,在抽屉里轻轻翻了翻,发现了一个铁盒子。他打开铁盒子,是一些钱。他取了几张,想了想,塞成一团,放进了鞋子里。他重新躺了下来。

晨雾浓郁。四周像是进入了雾的世界。一个人气喘吁吁地奔跑着。这时,一辆公共汽车开来了。突然,吱的一声,停了下来,车门打开。一个人利索地上了车。车门关上,与此同时传来售票员的声音:"五分。"微暗的灯光下,喘着气的徐定强掏出五分钱,交给了售票员。他用手背擦了一下额头上的汗,坐了下来,发现车厢里只有几个人。公共汽车开走了。他要去县城,去见丁玉洁。他有一阵子没收到她的信了。他很担心她。

到达县城公共汽车站已是上午十点,满满一车厢的人挤在一起。徐定强用一本书遮着脸,他生怕被别人认出来。人们纷纷下车,不时传来售票员的声音:"小心下车,小心下车。"他下了车,辨了辨方向,然后朝南走去。他记得丁玉洁上次来的时候说过县一中的位置,在公共汽车站的南面。他走了一段路,心里却不踏实了。他发现他走进了一条小弄,好像是一条断头路。他犹豫不决。

他很想开口问一下迎面走来的一位大娘,但他心里害羞,张不开嘴。他在原地徘徊了一阵,咬咬牙,转身走了。在一家糖果店,他买了一些糖,然后顺便问了县一中的方向。

他走到县一中校门口时,心里激动无比。他寻思着等会儿见了丁玉洁,说点什么。他有好多话想跟她说。他全身开始发烫了,好像头顶上的太阳一下子变成几个太阳似的。他擦着汗,然后跟门口的老头说,我要找我妹妹。老头看了他一眼,说你妹妹叫啥,哪里人?他利索地说了。老头带着他走进了县一中的校园。在一幢楼下,老头叫他站着等。他看着老头上楼去了,不一会儿,丁玉洁的脸在走廊上闪了一下。丁玉洁跑了下来,吃惊地道:"定强,你怎么来了?"他笑了。眼前的丁玉洁好像跟以前没有什么变化,唯一变化的是她将辫子剪了,这样使得她的脸变得好像圆了一些。

他们在操场上走着。这个操场有些大,中间有一块是草地。他看到操场的一个角落有学生在上体育课。立定跳远。他们挨个地跳着。

他们俩在操场边的一棵树下停下脚步。两人都没有话说,静静地看着远处。丁玉洁心里很是震惊,她以为家里发生了什么事。但是徐定强却说家里都很好。丁玉洁想起来,他曾经是通信员,便说道:"那你是来县城办事吗?""我,我就是想来看看你,"他说着,从口袋里掏出一把糖道,"玉洁,给。""哪来的?"徐定强支支吾吾道:"买,买的。"丁玉洁皱了眉道:"买这么多糖干吗?多浪费钱啊。大军哥不是快要结婚了吗?要省吃俭用,省下来的钱给大军哥办喜事。"徐定强不吭声了。他不敢告诉丁玉洁,这钱是他偷的。他担心回去之后,愤怒的爹会狠狠地揍他一顿。但是,他不后悔。从见到丁玉洁的那一眼开始,他就什么都不怕了。

丁玉洁说了一些学校的事,她说老师说了,县里的南沙大围涂开过动员大会了,接下来,就要真刀实枪大干一番了。到时候学校也准备组织学生去工地上挑泥,她报名了。她想了想又道:"定强,我会带着我们班的同学去工地上劳动。""真的?"丁玉洁点点头。徐定强欢喜道:"那太好了。玉洁,你来了,我们就可以天天见面了。"他心里一下子变得明亮起来了。他觉得时间一下子跳跃到了将来的日子里,他与丁玉洁一起在工地劳动。丁玉洁见他有些失神,便道:"定强,你来县里,姚婶知道吗?"徐定强一下子醒悟过来,慌张地道:"我娘不知道。""你是偷着跑来的?"徐定强点点头。丁玉洁像是明白了什么似的,她的脸上闪过一道红晕,然后道:"定强,待南沙大围涂结束了,你就来考县一中。""我爹不同意,"徐定强道,"他说南沙大围涂结束之后,想办法买一辆自行车,载客。""载客?"丁玉洁不解道。"我爹说了,南沙太大了,一望无际,有人要去江边,就需要有自行车,我们就载客带人,每次收点儿钱,我爹算过了,一天下来,比挣工分那是强多了。"丁玉洁心想徐阿福总是会算计,便也不吭声了。"玉洁,可是我还是想读书。我想跟我娘一样当大队长,接着当公社干部,然后再调到县城来,这样,我就可以天天看见你了。"丁玉洁道:"我、我会回到宁和去。""你不会的,我娘说了,你考上县一中,就攀上高枝了,就变成金凤凰飞走了,"徐定强想了想又道,"玉洁,你以后肯定会在县里工作。我也一定会在县里工作。"

徐定强离开县一中的时候,丁玉洁送他到了校门口。徐定强看着丁玉洁转身离去,心想不久他就可以见到丁玉洁了,脚步就变得利落了。没想到的是,他走到公共汽车站时,遇到了朱小丽。朱小丽看见徐定强也是很吃惊,她问他来干什么。徐定强支支吾吾。上了车后,朱小丽坐下,然后将手里的一包药品往膝盖上一放,说:"你有什么秘密吗?"徐定强脸涨得通红,不敢说话。朱小丽便也就不再多问了,她知道徐定强向来有点儿怪。

下车后,徐定强飞也似的跑了。朱小丽笑笑,便也走了。她刚踏进卫生院,便听到了汪阿兴的声音:"我有病。是受伤了。"胡慧丽一脸着急道:"哪儿。"朱小丽蹑手蹑脚到了门口,看到汪阿兴一指胸口:"这儿。"胡慧丽愣了一下:"胸口?""心,"汪阿兴一笑,又道,"胡医生,我有心病,而且据我的判断,是因为心受伤而导致的心病。你给我开个方子吧。"胡慧丽故意道:"好啊,要开方子是吧。坐着别动。"她取了听筒,走了过来,然后道:"按在胸口。"汪阿兴将听筒按在胸口,胡慧丽听了听,说道:"问题很严重啊。"她取下听筒,又道:"我开个方子,你这样的心病,只需砒霜半两。"汪阿兴跳了起来:"胡医生,这可是人命关天啊。你想毒死我啊?""你肚子里有坏水,所以是以毒攻毒啊……"门外的朱小丽哈哈大笑。她推开门道:"我都听到了。""小丽,你回来了。"胡慧丽脸一红道。"是啊,我回来的正是时间,听到了精彩的一段。我就不打扰你们了。"她捂着嘴,一溜烟跑了。

汪阿兴擦了一脸的汗,小声道:"朱小丽同志也真是坏。对了,胡医生,你回来怎么也不打个电话? 大家都很着急,以为你、你不回来了。""你呢,你着急吗?"汪阿兴抓抓头皮,嘿嘿笑。"我问你呢?"汪阿兴老老实实道:"心里着急。很着急。"胡慧丽轻声地笑了。"说点正事,我这次来,主要还是担心你,怕你到时候吃不消,十万人的工地可了不得啊。""我跟章院长说过了,他会全力支持,"胡慧丽道,"这次小丽去县医院,就是送我们的工作方案去的。"汪阿兴站了起来,走了几步又道:"你现在不仅仅是我们宁和的好医生,也是钱王江沿江一带人人传诵的好医生。你也准备一下,明天,由我们钱王江边六个公社组成的一支先头部队先进入工地,开展抽水、定位、打桩、建工棚等基础工作。"胡慧丽点点头。"那我走了。"胡慧丽想了想道:"对了,我忘了跟你说一件事。小路他……""章院长在电话里跟我说了。"朱小丽快步进来了:"汪书记,你还忘了一件重要的事。"汪阿兴吃惊道:"什么事?""给胡医生的信呢? 现在可是一个好机会,交给她呀。"汪阿兴面红耳赤。"小张告诉我,你晚上抽空就给胡医生写信,"说着,她从口袋里掏出一张纸道,"要不要我现在念?"汪阿兴满脸通红道:"小张这小子居然偷了我的信？我，我找他算账去。"朱小丽道："没有偷，他只是抄了一封信。"她念道："慧丽，你好，你走了这些天，我心里空落落的。""小丽，给我，给我。"小丽边躲闪，边念信："我一直在想，如果你不回来，我怎么办？我一直没有鼓起勇气向你表白，但是我的心却是……"胡慧丽也满脸通红。汪阿兴道："小丽，你要是不还给我信，我回去就好好治治小张，你就见不着他了。""见不着才好呢，我都烦死他了。"

说话间，张文化跑了进来："汪书记。""你来得正好。我问你，你怎么……"汪阿兴指了指朱小丽手中的信。张文化明白了，笑着道："胡医生，这只是其中一封信，还有好几封信汪书记都随身带着。是吧，汪书记。""谁说的？""汪书记，你敢让我掏一下口袋吗？"汪阿兴道："去去去。随便掏人家口袋，这算什么呀？公社干部没有这点素质，以后还怎么放心让你干大事？"张文化一愣："大事？"汪阿兴笑了："一听干大事，就来劲了是吧。你负责船队调度，我跟你说，将近几百条船，你可得给我管好了。"他急匆匆地走了，一只手紧紧地护着口袋。胡慧丽无声地笑了。张文化摸了摸头："几百条船？"他着急地追了出去。

傍晚，姚婶拉着徐定强来卫生院。他脸上青一块紫一块的。朱小丽见了，吃惊道："发生什么事了？"徐定强低头不语。姚婶痛心疾首道："他偷了钱，被他爹给揍了。问他钱花在哪了，他死活不肯说。""我在县城见到他，他好像去办什么事了？"朱小丽看了一眼徐定强，又道，"定强，去见丁玉洁了吧？""玉洁？"姚婶愣了一下，然后道，"定强，小丽说得对吗？你去见玉洁，你跟娘说一声啊，娘会给你路费的。唉，这孩子，像个闷葫芦。"朱小丽给徐定强脸上涂了一些药水，然后又道："定强，要诚实。去见玉洁不难为情。你们是兄弟姐妹。"她见姚婶走了开去，又轻声道："我支持你。"徐定强抬头，笑了。

"小丽，我们去江边。"胡慧丽过来道。她见了徐定强，又道：

"定强,你娘都跟我说了,你以后要是想去见玉洁,路费你到我这儿来拿。"徐定强脸红了。姚婶也走了过来,拉着徐定强道:"胡医生,我们走了。"看着他们娘俩离去,朱小丽道:"我猜徐定强是喜欢丁玉洁,可是,鲁伟潮也喜欢丁玉洁。胡医生,你说以后他们三人,那可是麻烦了。""小丽,他们将来真正长大了,就会自己选择。每个人的人生之路,我们看得见开头,却总是猜不着结局。""就像你是吧?谁会想到县医院的胡医生居然会在宁和卫生院扎下根来?这恐怕就是爱情的力量吧。"朱小丽捂着嘴笑。"小丽,不说了,我们去江边看一下场地。"两人走了。老铁头却跑了进来,正好在院门口将她俩拦下了。他说道:"胡医生,有你的电话。"

胡佳丽躺在病床上,额头上搭着一块毛巾。她看着床头柜摆着的胡慧丽的照片,静静地流泪。门咣当一声开了。满头大汗、脖子上挂着毛巾的胡慧丽进来,万分焦急地道:"姐。""慧丽。"坐起的胡佳丽汹涌流泪。胡慧丽到了床前,用自己的脸贴了贴胡佳丽的脸后,道:"姐,医疗本呢?""是扁桃体发炎后引起的高烧。"胡慧丽取下脖子上的毛巾,擦了擦脸,道:"姐,姐夫打电话来的时候,我吓死了,我……"胡佳丽慈爱地看着胡慧丽:"慧丽,你来了,我的病就好一半了。"她拿过床头柜上的胡慧丽照片,轻轻地抚摸着:"你不在,我就看着这个你。"胡慧丽静静地流泪。"我也想明白了,你长大了,再也不是以前的孩子了,我必须得放手了。但是,慧丽,婚姻是女人一辈子的事,你要慎重考虑。"胡慧丽不吭声。

张建设出现在门口:"慧丽来了啊。""姐夫。"张建设进来,坐了下来,看了胡慧丽一眼,道:"你姐病了,我没有时间照顾她。宝年同志提出让医院专人照顾,我不能破这个例。你来了,我放心了。"

"姐夫,我……""慧丽,我一直没有时间关心你的事,也没有跟你好好谈。今天,我们就坐下来谈谈。慧丽,你姐都说了。这些年,我们把你当作女儿一样抚养,虽说你姐把你当成妹妹,可是她其实就是你的娘啊。"胡佳丽捂着嘴,竭力抑制着哭声。"你父亲的事,是我对不起他。如果当年是我上去排查哑炮,那么现在活着的人是他。你可以怨恨我,但你不能怨恨你姐,她,从一开始就把你当成了她自己的骨肉。"胡佳丽终于忍不住地哭泣道:"慧丽,我从护士手里抱过你的时候,我就想从此以后我就是你的娘,这些年来,你姐夫一直把你当女儿看待。"胡慧丽哭着叫道:"姐,姐夫。"从床上坐起的胡佳丽紧紧地抱住她,两人成了泪人。张建设也擦了一把泪。"慧丽,你就是我的心头肉啊。我怎么舍得你啊。"张建设皱起了眉。"姐夫,你也知道了,我心里的那个人就是汪大麻子,我曾经讨厌他,憎恨他,也骂过他,但我现在喜欢他,没有人可以把他从我的心里抹去。姐,姐夫,请你们原谅我。""慧丽,汪大麻子这个人我欣赏他,保护他也重用他,但是,这不意味着我会同意你们的事。""姐夫,只要我喜欢他就行了。"张建设想了想道:"慧丽,你还年轻,有的事你还不明白。你对他的感情只是妹妹对兄长的敬佩之情,不是真正的爱情。"胡佳丽道:"慧丽,你姐夫说得对,汪大麻子他不适合你,你们的情况完全不同,以后,以后你会后悔的。"胡慧丽摇摇头:"我自己决定的事,从不后悔。你们也不用劝我了。""慧丽,你就听姐夫一句话,这件事你先放在心里,不要说出来。等我在适当的时候跟汪大麻子谈一谈,看看他是不是跟你想的一样。"胡慧丽道:"不,姐夫,这件事你不能插手,工作上的事我不管,可是感情上的事你一旦插手,他必然会步步后退。你,你会伤了两个人的心。"胡佳丽痛心疾首道:"可是我们不能眼睁睁看你就这么滑下去啊。""姐夫,我从来没有见我的生身父亲,可是我心里一直把你当成父亲,我这个女儿今天恳求你一次,请你不要插手这件事。"

张建设沉默片刻道:"好,我答应,我不插手你们的事。"胡佳丽大声道:"老张,你疯了吗?""慧丽,你长大了,你应该有自己的选择。但是我希望你在选择的时候要慎重考虑,不能感情用事,也不能一时冲动。"胡慧丽重重地点点头。胡佳丽喃喃自语:"我不会同意的,我绝不会同意的。"她神情有些呆滞。张建设起身走了。"姐,请你理解我。"胡慧丽上前握住胡佳丽的手。"我不会同意的,慧丽,你任何的请求我都不会答应。我不能眼睁睁看着汪大麻子把你从我的身边拉走,"胡佳丽坚定地说道,"除非我死了。"

第四十章

　　胡仁义来来回回踱着步,好像热锅上的蚂蚁似的。身边的老铁头看着他,道:"胡局长,汪大麻子就快来了。"胡仁义看了他一眼,道:"从你刚才说的情况来看,我十分担心。而且你们指挥部所处的位置太危险了。"老铁头不吭声。汪阿兴大步进来:"胡局长,你能来,我们的问题就能解决了。""汪大麻子,你别给我戴高帽。我问你,电力供应一旦中断怎么办? 运输通道一旦截断怎么办? 还有,一旦发生决堤,怎么办? 你们的预案都做了吗?"汪阿兴走到桌前道:"胡局长,等我喝口水,再回答你。"他喝了一杯水,抹了抹嘴道:"针对各方面的情况,我们做了 18 个预案,你刚才说的全部列在其中。"老铁头吃惊地看着他。"你撒谎,我刚刚问过老铁头,他说没有。"汪阿兴笑道:"这件事啊,我瞒着他。我让老田做的预案,我担心过早公布这些预案,对大家心里有压力,所以还没有公布。"胡仁义不相信地道:"真的?""叫老田来就知道了。"

　　老田抱着一堆纸,急匆匆走着。他走得有些跌跌撞撞。到了指挥部门口,还差点摔倒了。他将抱着的一堆纸往桌上一放,然后道:"汪大麻子,你可害苦我了。你骗我说,老铁头的胃病犯了,这项特殊任务交给我。唉,我两个晚上没睡觉了,走路就像飘来飘去似的。"汪阿兴笑道:"老田,你这个老水利要是不派点用场,还真对不起你,你告诉你的那些人,我欠他们一顿饭。"坐着的胡仁义翻着各种预案,脸上露出了笑,他抬头道:"好。""胡局长,汪大麻子不光做了这些预案,而且把海平县、春江县的一些情况也综合考虑进去了，"老田道，"他嘴上说是让我做方案，可他一直盯着呢。很多意见都是他的。"胡仁义点头道："是啊，未雨绸缪啊。汪大麻子，我放心了。你刚才提的一些要求，我尽我的力量满足你。"汪阿兴道："感谢。"两人握手。胡仁义突然道："郑工呢，我去看看他。""他病了，我带你去，"老田道，"他也是方案组的一员大将。"他们走了。

老铁头瞪着汪阿兴，好一会儿道："你可真有本事的，居然把我都瞒过去了。"他上前，作势要打他。汪阿兴笑道："算我对不住你。我求饶还不行啊。"他双手举过头，作投降状。他看了一眼老铁头又道："你的胃病怎么样了？要不是小张跟我说，我还真不知道。""老毛病了。""我说老铁头，上次李贵生的胃病发作可不得了啊，你千万要注意。胡医生还没有回来，她要是回来了，我让她好好给你检查一下。""汪大麻子，这一次可是张建设同志专门打电话来，叫她回城的。我觉得有点不一样啊，你说啊，张建设同志可是从来没管过这事啊，现在他都打电话了，"老铁头皱着眉道，"这里面有文章。""什么文章？"老铁头走了几步道："我猜啊，胡医生这一次恐怕是真的压力大了。"汪阿兴沉默不语，他心里很明白，张建设打电话来，这显然就是一种信号，只是他不愿想也不愿去分析。"要不，去探探口风？"老铁头道，"我让小张去朱小丽同志那儿摸一下情况。""算了，老铁头，我相信她会回来的，"汪阿兴道，"我们不要杞人忧天。"

清晨，一片静寂。汪阿兴早早就到了江边，他一方面观察潮水，一方面也静静地想一想。这阵子太忙，脑子高速运转，好像没有一刻休息的时间。他似有感觉地转过身来，发现不远处，胡慧丽望着他。他激动道："你，你回来了？"胡慧丽点点头。两人深情地凝视着。"就这么一句话？"胡慧丽道。汪阿兴大步过来，站在胡慧丽面前道："我，我想叫你一声慧丽。"胡慧丽的脸红了。此时，东方一轮朝阳跃出地平线，将天空染红了。

几张桌子一字排开。老铁头站在一张凳子上，挂着字：向潮水夺地,向海涂要粮。他挂好最后一个"粮"字,下来了。他久久地看着这几个字,静静流泪。郑天林进来了,轻声道:"老铁头,老铁头,你怎么了?"老铁头擦了一下眼睛道:"郑工,你病好了?""胡医生真厉害,手到病除,你看我,昨天还哼哼哈哈,现在生龙活虎了。汪大麻子人呢?""他刚从江边回来,又带着公社书记察看现场去了。这次县里给了我们七个月时间,可是你说至少得一年。唉,光排水啊,就排了将近一个月。这还剩下六个月了,到时要是完不成,那可怎么办啊。汪大麻子可是在军令状上签了字的。"郑天林点点头:"汪大麻子说得对,拼了。明天,十万人全上工地了,咦,伟潮和定强人呢? 他们到时候得跑断腿,说破嘴啊。""去挖泥组了,"他想了想,叫道,"鲁小妹。"徐曼丽跑了进来,脆生生道:"小妹姐去挑泥组了,她说她不要做通信员,她要挑泥。"老铁头苦着脸道:"看来,跑腿这活还得我兼了。"他说着,从口袋里掏出药瓶,往嘴里丢了两颗药。

几个白色的卫生桶一排放着。胡慧丽趴在桌子上,计算着药品数量……她拖出一个纸箱,打开,看了看码放整齐的药品,笑了。朱小丽进来了:"胡医生,我统计过了,54 个公社共有 60 名赤脚医生。"

"我跟总指挥商量过了,她们由各个公社自己管理。"朱小丽点点头。"这一次我们宁和公社是外 6 工段,听说这个工段是最艰难的。小丽,我想我们的主要精力还是对付外 6 工段。"朱小丽点头道:"我听说分配工段前,本来说好是抽签的,可是老铁头发火了,一定要最艰难的外 6 工段。楼山公社的赵书记也发火了,非得要外 6 工段。汪书记,不,该叫总指挥了,他最后想了一个法子,让老铁头跟赵书记两个人比屏气,结果老铁头赢了。""比屏气? 一个山里人,一个江边长大的,你说说,能比吗?"朱小丽恍然大悟道:"哦,原来总指挥是帮着老铁头啊。"门外传来汪阿兴的声音:"对,伸出去。钱王江不是想要吞掉我们吗? 现在我们要反过来狠狠地捅它一下,让它知道疼,让它知道萧金县的人民群众可不是那么好惹的。"众人笑了。朱小丽跑到门口一看,发现汪阿兴带着公社干部们边走边说着。他们渐渐远去了。朱小丽转过身来道:"总指挥说话真幽默。"她发现胡慧丽埋头写着什么。走了过去,发现她正在统计工地人员的病史。

老铁头在指挥部门口拉住了汪阿兴:"我去外6工段看了看,发现不对劲。"汪阿兴皱着眉道:"什么不对劲?""才没几天,这泥沙啊就淤积起来了。你说要是再过几天,那又得淤积多少泥啊? 一旦淤积速度太快,那意味着水位快速抬高,一旦遇上大潮,就有可能出现决堤。"汪阿兴点点头:"这可是个新情况。郑工呢,马上跟他商量。"老铁头道:"我跟他说过了,他也一时束手无策。"汪阿兴焦急地走了几步,大声道:"马上召集宁和公社各个大队的负责人开会,一起想办法。"

众人站着。老铁头道:"同志们,情况我介绍过了,汪大麻子的意思呢,听听大家的意见,有什么办法。"众人议论纷纷。"这个事头疼啊。昨天刚领了任务,就碰到这事,"阿炳道,"这泥沙淤积是潮水带来的,我们拿潮水能有什么办法吗? 没有办法。"汪阿兴大步进来了:"怎么样? 办法想出来了吗?"老铁头摇摇头。"我刚才跟郑工又去了现场,他说只有一个办法。外6工段得分两期,先围内堤,再围外堤。也就是二道堤。"阿炳大声道:"这得增加多少人力啊?"

"南沙大围涂能否成功就看你们外6工段了。不管怎么样,必须干好干成,"汪阿兴道,"老铁头,有问题吗?""没问题!"汪阿兴急匆匆走了。

第二天一早,劳动大军从各地涌向南沙工地。从内地通向大南沙的众多河道上,成百上千的船只载着围涂所需的草苫、毛竹等物资,首尾相连;公路上,数以千计的手扶拖拉机、汽车连成长龙;一队队的人扛着劳动工具,扛着红旗走向南沙。郑天林看着这壮观的场景,激动道:"汪大麻子,这人山人海的场面我可是第一次见到啊,太壮观了。""郑工,人多力量大。你们技术组更牛,一个顶十个、百个呢。对了,国家水利部的专家们来了吗?"郑天林笑道:"全到了,还有全省各地抽调的一些水利专家都来了,我们按照预案,一一分配下去了,54 个工段,每个工段都有。"汪阿兴高兴道:"好。太好了。"郑天林想了想道:"外 6 工段压力最大,我就在外 6 工段。现在是六月份,上游来水又多,所以我想啊,外 6 工段要以最快的速度完成,这样可确保南沙围涂成功啊。我得走了。"

工地上的广播里,传来了徐曼丽的声音:"同志们,工地广播现在广播指挥部的第一号令——在劳动中,大家要时刻注意安全……"

人们挑泥的挑泥,挖沟的挖沟,一副忙碌景象。红旗在风中猎猎作响。鲁伟潮与徐大军一前一后挑着泥。老铁头过来了:"伟潮,大军,来来来,我跟你们说个事。"两人放下担子,走了过来。"是这么个情况,建设兵团和知青农场的 100 多个知青啊,要求加入我们外 6 工段,我想啊,我们就专门成立一支青年突击队,这个队长就由伟潮你担任,你参加过丰农地块和赭山围涂,又在技术组和指挥部待过,大军就当副队长,你们可得带好这支队伍啊。"鲁伟潮点点头。徐大军道:"伟潮,小美也来工地了。""大军哥,那你们的婚礼就在工地上办吗?""我还得问问我娘。"徐大军一脸幸福地笑了。"公社的小张和卫生院的小丽同志也要在工地办婚礼,"鲁伟潮道,"二南说的,他现在是通信员,他每天要跑几十里地,一个工地都不得落下,收集进度情况。"徐大军道:"二南人机灵,肯定能圆满完成任务。"他摸了一下肚子,又道:"我饿了,我娘他们就要送饭来了。"

两口大锅都生着火。姚婶与丁二南娘等几个妇女一道切着大白菜,当当当的声音不绝于耳。汪阿兴走了进来。"总指挥,你来得正好,我想说个事。大军跟小美的日子就定在两个月后,大军说工地上太忙,要推迟婚期,可这日子都是两家定了的,你说这事可不知怎么办才好?""小美姑娘也来工地了?"姚婶点点头道:"来了。可他们一天到晚见不着面。"汪阿兴想了想道:"这样吧,就在工地上把喜事办了,对,就在我们指挥部,办一个简单的工地婚礼。"姚婶笑道:"太好了,就这么定了。"

晚上,汪阿兴正在指挥部埋头看进度表。胡慧丽快步进来:"我来汇报一个情况。我查看了一些工棚,发现地上没有铺草,南沙这地比赭山的地更潮湿,你说这晚上怎么睡啊?"汪阿兴道:"这个没办法的。"胡慧丽着急道:"人一躺下去,第二天就得病了。""这个问题不是你考虑的。人哪有这么娇贵啊? 干活一天了,累了,倒下就睡。"胡慧丽火了:"怎么不是我考虑的? 这样睡,会得病的。我是医生,我要求指挥部必须想办法解决这个实际问题。"汪阿兴也火了:"工地上的吃住都是由各个公社自行安排的。指挥部只负责工程进度,进度是最重要的,我们一切都为了进度。我现在恨不得把一天变成两天。""各个公社自行安排的确没错,可是指挥部可以要求各个公社解决问题。"汪阿兴生气道:"哪有这么多草啊? 你以为这干草、稻草就跟这沙土一样,随地都是? 这草在沙地就是个宝。要是长草了,那就说明能种粮食了,我高兴都来不及呢。""没有草,可以想办法,可以去外县采购,可以去……"汪阿兴打断她道:"你别说了,别说了! 这事我知道了。""你别拦我,我还没说完呢。如果没有干草、稻草的,那可以想其他的办法吗? 不能眼睁睁看着就地睡。"汪阿兴无奈道:"好好好。我说不过你。我让人通知,行了吧?""你这是什么态度啊? 这人要是生病了,哪还有战斗力啊? 这叫做非战斗减员。"胡慧丽瞪着眼道。汪阿兴一摆手:"你什么都别说了,好吗? 进度,只有进度是我们最重要的事! 这些事你跟老田去说,他这个指挥部办公室主任负责生活上的事。""我偏偏就跟你说,你嫌烦了是不是?"两人针尖对麦芒,各不相让。终于,汪阿兴软了下来:"好好好,我的姑奶奶,你的建议很好,我这就向县里报告,要求他们提供干草,这样行了吧?"胡慧丽不吭声。汪阿兴拿起电话道:"请给我接县革委会王宝年同志……哦,王副主任啊,工地上的工棚现在缺铺地的干草啊,县里能不能支援啊?"传来王宝年的声音:"这个啊,目前没办法解决,现在这个季节哪有什么干草啊,等以后再说吧。你们先自己想办法解决。"汪阿兴放下电话,道:"你都听到了,这样行了吧。""你这是什么话? 好像我为难你似的。我跟你说,我只是做我医生该做的,说我医生该说的。"汪阿兴道:"行! 你说你医生该说的话,做你医生该做的事,那我也得说我这个总指挥该说的话,做我这个总指挥该做的事,现在啊,我要考虑一下各个工段的进度安排,行了吧?"胡慧丽皱着眉道:"好吧。"她转身欲走。"对了,大军跟小美姑娘就要成亲了,就在工地办婚礼,"汪阿兴道,"你说,我送点什么,参谋参谋。""你就不要送了,你什么都没有。我送吧,"胡慧丽道,"不过,小丽要是跟小张成亲了,到时送什么,你自己考虑。"她说完顾自走了。汪阿兴望着她的背影,笑了。

徐大军全身上下全是泥。胡慧丽看了他一眼,然后将收音机塞在徐大军手里:"大军,这是我送给你的结婚礼物。"徐大军脸涨得通红:"胡医生,我不能要,不能要你的东西。""拿着。"一旁的朱小丽也道:"大军,拿着吧,这是胡医生的一点心意。""大军,我也没有什么好东西,这只收音机陪伴了我好多年。大军,你为人厚道,是个好小伙子,以后跟小美结婚了,要好好待她。"徐大军重重地点头。徐大军走后,胡慧丽笑道:"小丽,到时候我送点什么给你和小张?"朱小丽脸红道:"还早着呢。"她跑了。

赵刚强走了过来,他抹了一下脸,然后道:"胡医生,看见汪大哥了吗?"胡慧丽摇摇头。"胡医生,你什么时候跟汪大哥把事办了,我跟阿扁馋酒。我们想喝个痛快。"胡慧丽脸红红地跑了。赵刚强看着她的背影,自言自语道:"汪大哥,你要是娶了她,一辈子有福了。"他朝指挥部走去。

夜晚，在灯光下，青年突击队的红旗在风中作响。一身是泥的鲁伟潮大声道："同志们，加把劲，啃下这一块，今天就算完工了。"他说着把一担泥倒在了泥堤上。一个土包后，老铁头微笑着一边拍打着身上的泥，一边跟身边的郑天林道："郑工，你看怎么样？"郑天林收拢图纸，笑道："有这干劲，看来不成问题。""这支队伍的战斗力可真强。他们早上天还没亮就起来了，每天又是干到最晚的。生龙活虎啊。"郑天林点点头。老铁头笑道："汪大麻子跟我说，年轻人要是拼了命，那可不得了。这全是体力活，一担泥一百四五十斤，听上去不重，可是这沙土像弹簧一样，陷下去，弹上来，这一百四五十斤啊就硬生生地变成二百来斤。""老铁头，劲可不能一下子使光啊，"郑天林望了一眼青年突击队道，"这可是持久战。""有道理，"老铁头大声叫道，"伟潮，早点歇了，明天接着干！"鲁伟潮应道："知道了！"

无数个工棚静悄悄的，人们沉浸在梦乡。胡慧丽慢步走着。这时，传来了一个声音："谁?!""我。"走过来几个人，领头的居然是吕秀儿，她见了胡慧丽道："慧丽，这么晚了，还不睡啊?""秀儿姐，你巡逻?""我担任了夜巡二队的队长。""哦。那你白天不是在挑泥吗？我看到你了。"胡慧丽道。"我身体好着呢。这个夜巡二队队长是我向总指挥要来的，我啊，就负责这一带的夜巡任务。"说着，吕秀儿朝几个队员挥了挥手道："你们去巡逻一下，我陪慧丽说说话。"几个队员走了。"慧丽，有心事啊?""没什么事，我一时睡不着就出来走走。"吕秀儿想了想道："刚才我巡逻到指挥部的时候，发现总指挥也在外面走着，一副心事重重的样子。你说，这是不是很巧啊？你们两人都这样。对了，你们的事迟早是要办的，要不我跟总指挥说说，定个时间把事办了。"胡慧丽打断她道："秀儿姐，你还是去巡逻吧。""你是嫌我烦了吧？好好好，我去巡逻，我去巡逻，"她走了几步，又回头道，"慧丽，要是你想好了，跟我说，这次啊我一定说服他。我现在有十成的把握了。"胡慧丽笑了。吕秀儿高声道:"你不信啊? 我跟你说,现在你们两个人的事大家都知道了,问题在总指挥身上。""秀儿姐,你不要说了。大家都睡了。"吕秀儿掩了掩口道,低声道:"我忘了现在是深夜了,慧丽,我去巡逻了。"她大步走了。

胡慧丽走了一会儿,想回去,却发现汪阿兴迎面走来。"你这么晚了还不睡?""你呢?"汪阿兴笑了笑:"我啊,睡不着。这心里啊,总好像有个人在赶我似的,我这脑子停不下来。对了,你说的那个事,我去看了几个工棚,的确是个问题。后来有群众建议,铺毛竹片也可以起到防潮的作用。他们决定铺毛竹片。"胡慧丽笑了,然后道:"小路去聋哑学校有一阵了。""我知道。"两人并肩走了一会儿,汪阿兴道:"我走了。你早点睡。"胡慧丽无语地走了。汪阿兴转过身来,望着月光下胡慧丽的背影,没料到胡慧丽也转过身来,望着他。两人望了一阵,然后朝着各自的方向走了。

一副忙碌的劳动景象,赵刚强巡逻了一圈,然后道:"同志们,加油干。"一队人过来了,领头的正是阿扁,他大声叫道:"小六子!"赵刚强一转身,笑了。阿扁过来道:"我等不及了,先带了 300 人过来,还有 700 人过几天过来,小六子,你说说,一辈子要是不能参加这样的大围涂,那太遗憾了。""走着来的?""哪里还有拖拉机啊? 全调去运物资了。我们昨天半夜就动身了,走了一天。""那你也别休息,马上带人散开工作吧,这任务啊,一刻也耽搁不起。"阿扁朝队伍一挥手:"大家散开,都找自己的大队去吧。"他笑着又道:"这一回啊,我们三兄弟又在一起了,就差小路了。"赵刚强叹息道:"是啊,不知道小路怎么样了? 阿扁,你刚才说错了,这工地大着呢,在这儿见一次汪大哥,比在宁和还难。""行。那我们晚上找他去。晚上他总有时间吧。"阿扁道。两人都笑了。

不远处,红旗招展。徐大军一边挑泥,一边跟鲁伟潮说话:"伟潮,进度是不是慢了点? 我看了看别的公社,好像都很快。""大军哥,好像是慢了点,"他转而大声道,"同志们,加快进度。"老铁头过来了："伟潮,大军,跟你们说个事。"他指着前方的一块滩涂道:"郑工说了,那一块滩涂旁边有一条流化沟,这流化沟不知深浅,得趁早摸清情况。这个任务就交给你们了。"鲁伟潮点头:"好。大军哥,我们俩先去看看。"老铁头望着他们的背影道:"注意安全,郑工说了,这流化沟很复杂的。"鲁伟潮头也不回地道:"知道了。"

雨突然下了。"伟潮,这雨要是一下,就更麻烦了。要不,我们还是抓紧时间解决这个问题。"徐大军转身道,"事不宜迟啊。"鲁伟潮与徐大军用竹竿试探着流化沟的深度。徐大军将竹竿拿了上来:"超过一米五了。伟潮,刚到你脖子下。""大军哥,郑工说,我们这沟里的水得先想办法抽掉,然后再开挖。现在下雨了,我们不是白抽水了?""这雨啊,我看马上会停的。我们一边挖一边抽水吧,进度要紧。""没水泵呀。""人工舀呗。"鲁伟潮道:"好吧。那我们就这么干。"他朝身后喊了一声:"突击队分两组,一组舀水,一组挖沟。"有人大声道:"没舀水的工具。"鲁伟潮想了想道:"去工棚拿脸盆。大军哥,你去拿一些草绳来,每个人拴住腰,不要掉下去了。"

天一下子就黑了。徐曼丽坐在麦克风前,低头看一篇稿子。背着背包的马加荣进来了,他在木门上敲了敲,然后道:"我来报到。"

"同志,你是……""我叫马加荣,县革委会秘书,我来指挥部报到,"他解下背包又道,"汪大麻子呢?""汪叔去各个工段了解情况了,马秘书,你请坐吧。"汪阿兴与老铁头笑着进来了。"哟,马秘书也来了?"汪阿兴看了一眼背包又道,"这回不是来送通知的?""我来报到,参加劳动。"汪阿兴想了想道:"张书记舍得你啊?""张书记说,过阵子,县机关工作人员除留守人员外,全部来工地参加劳动。""那我这儿可住不下这么多人,全上工地去,挑泥挖沟自己选。你来了正好,就负责写广播稿。"马加荣道:"我想去挑泥。""工作岗位不同,作用也不同,你广播稿写得好,赛过千军万马。"老铁头点头道:"汪大麻子说得对。""那好吧。我现在就去工地上采访。"他拿了笔记本,跑了。汪阿兴笑道:"老铁头,你瞧马秘书这个着急劲儿,对了,曼丽,劳动的时候广播里放着歌,那劲头更足。老铁头,你刚才说青年突击队的知青们对伟潮很服气,这说明伟潮是个可造之材,以后就是当大队干部的料。"汪阿兴走了几步又道:"老铁头,大军的婚期快到了,这事我看具体得交给你办,把指挥部张罗一下,我们搞个简单的仪式,然后曼丽广播一下,让全工地的人分享他们的幸福啊。""好啊。那你跟胡医生的事呢?要不也一块儿办了?""别瞎扯,八字还没一撇呢。"

这时,胡慧丽快步进来了。老铁头眼珠一转道:"说曹操,曹操到。曼丽,走,我跟你谈个事。"徐曼丽心领神会,快步出去。老铁头走到门口道:"汪大麻子,别怨老天不给你机会!"胡慧丽一脸疑惑道:"怎么回事?我一来,他们都走了。""别管他们了。什么事,说吧,简明扼要。""我来就只能谈公事啊?不能谈点私事?你、你是不是太霸道了?"汪阿兴不好意思道:"你来了,我哪敢霸道?"胡慧丽一笑道:"我跟我姐夫打了个电话,他同意我,说让我自己选择。""我也想跟你说个事。我、我、我接到了你姐的电话。你姐说,你姓罗,不姓胡。"胡慧丽沉默片刻道:"这有区别吗?""有。你姐说得很对,我、我不能这么自私,我……""如果你认同了,那好啊。我也无话可说了,走了。""不是,我……"汪阿兴结结巴巴道。"你就是个懦夫!"她转身就走。汪阿兴一脸沮丧。

老铁头跟徐曼丽进来了。老铁头道:"汪大麻子,胡医生说得不错,你就是一个懦夫!退退退,你要退到几时啊?算了,算了,我现在都懒得跟你说了,这也太不像个男人了。"他顾自走了。汪阿兴无语地坐着。徐曼丽同情地看着他。"曼丽,汪叔是个懦夫吗?"徐曼丽点点头,又摇摇头。张文化进来了:"汪书记,我在路上遇见了胡医生,她哭了。怎么回事?"汪阿兴垂头不语。"我抽个空来看看你。对了,老田让我带话给你,工地上人多,工棚间距有些小,得注意防火。要各个公社注意控制每天的粮食,干活的确累,吃得也多,可要是放开肚子吃,那到时候粮食肯定接不上,那事就大了。我走了。"汪阿兴坐着发呆,他第一次觉得六神无主。

郑天林与阿炳边走边说进来了。"郑工,我们光明大队的这一段,难就难在这土上。这土吧,看上去很松软,可却是粉沙土,不黏,这泥堤得两边引水,才能使这土结实。你说,这不费时费力吗?""我知道,这钱王江边的土跟一般的土不一样,基本上全是粉沙土。"他们看到汪阿兴的样子,齐声道:"出什么事了?"汪阿兴站了起来,抹了一脸道:"有点累了。对了,郑工,外 6 工段的情况如何?""有点复杂,"郑天林皱着眉道,"他们的压力很大。另外,17工段的情况也很复杂。""17 工段? 赵刚强的工段,"汪阿兴道,"走,我们去看看。"

雨下着,众人淋着雨。赵刚强手持喇叭道:"同志们,收工了。"阿扁将一根扁担和两只畚箕收拾一下,走了过来:"小六子,晚上去看汪大哥。""好。阿扁,这雨越下越大了,这泥堤吃得消吗?""我刚才问过技术员了,他说只要不连续下雨是没问题的。"赵刚强皱着眉道:"那要是连续下雨呢?""技术员说只有提前抛石了,抛石护堤。""提前抛石?"赵刚强想了想道,"晚上不去看汪大哥了,我们开会研究抛石的事,我看这雨可能要连着下几天呢。""好吧,"阿扁突然高兴道,"小六子,汪大哥来了,他来了。"赵刚强望去,汪阿兴与郑天林一前一后过来了。"小六子,怎么样?""进度我们全力保证,就是这雨,我担心这泥堤挡不挡得住?"汪阿兴点头道:"要趁早准备,千万不能麻痹大意。"郑天林道:"要是一决堤,全白干了。""是啊,以防万一,我看还是先抛石护堤再说。""郑工,你的意见?"汪阿兴道,"凡事不能拖。""我赞成抛石护堤。""小六子,就按郑工说的办。"汪阿兴与郑天林快步走了。阿扁叹了口气:"唉,连说句话的机会都没有,小六子啊,我原来以为到了工地,我们天天晚上可以说说话,哪知道来这么多天了,说句话都那么难。""好了,好了,也别唉声叹气了,马上准备开会,"赵刚强道,"汪大哥说得好,凡事不能拖。""还是先吃饭吧?我的肚子咕噜吐噜叫好几回了。"赵刚强瞪眼道:"你是饿死鬼投胎啊?会开好了再吃。"

汪阿兴和郑天林到了外6工段,发现老铁头拿着手电筒,指挥着众人加固泥堤。汪阿兴叫了声:"老铁头。"老铁头猛转身道:"你来得正好。我担心这雨要是下几天,那就麻烦了。我们外6工段困难不少。光那条多出来的流化沟就添了很多手脚,伟潮他们还在干呢。另外……"汪阿兴打断他道:"别跟我说困难。""我这是汇报,不是提要求。目前来看,我们外6工段的工程量是大大增加了,但是最大的困难我们也能想办法解决。""这句话我爱听。我也没有多余的人调来帮你。你们只有靠自己了。""知道了。我晚上就住在这儿了。另外,青年突击队随时待命。"汪阿兴想了想道:"这批知青你可得给我照顾好。我听说有几个是推迟了回城,都是好同志啊。还有,你们要做好紧急预案,光一支青年突击队怕是力量不够,再搞个预备队。"郑天林笑了:"老铁头,工地上都在说,你们宁和公社可是老少齐出动,男人不够女人补。""郑工,我知道,一个大队就几个看家的留下,全来了,"他想了想又道,"老铁头,晚上有一部分同志可以回去,早上再来。""都住着吧。来回一趟得花上两个小时呢。这两个小时能干好多活。"汪阿兴笑了:"好。我回指挥部,一有情况,马上报告。郑工,我寻思着让老田在每个公社都给我抽调几个人,指挥部也组成一支预备队。对了,要身强力壮的。我兼任这个队的队长。"郑天林道:"让老田兼吧。你管大事。""我回头跟老田说,让他兼这个队长。水鬼队他们还在训练,到时候也由他统一指挥。就这么定了。"

米袋都一只只吊在空中。地铺一排排的,约有二十来个人或站或躺着。有人站在工棚里绞着湿淋淋的衣服。坐在门口的徐阿福皱眉望着外面的雨。有人道:"阿福,后天就是大军的好日子了,你啊,总算可以做公公了。"徐阿福笑了笑,又不安道:"大军他们怎么还没回来? 这雨天,总让人不踏实。"他看了一眼身边的两个空铺位,一个是徐大军的,一个是徐定强的。平时,他们父子三人躺着,总会说上几句话。自从流化沟的问题出来之后,兄弟俩每晚都是半夜回来。当他醒来的时候,才能听到他们的鼾声。他曾经在凌晨看着兄弟俩,觉得心里很幸福。一眨眼,他都快老了。他越来越明白,这未来的日子是靠他们兄弟俩了。他想好了,待大围涂一结束,他就给大军盖一个新草舍,让他跟小美过他们的生活。他这么想着,心里甜蜜蜜的。他躺了下来,仰望着这些吊在空中的米袋。他的目光找到了自己的米袋,好像鼓鼓的样子。手中有粮,心中不慌。虽然他听说,接下来的粮食供应将发生变化,主要由劳动者自己准备。好在,家里还有米。这得益于阿英的精明能干。她总是有办法将家里收拾得井井有条。只要她在,他心里就踏实。这么多年来,一直是她在张罗和安排。他很满足。他闭上了眼睛。

而在女工棚内,姚婶一脸笑着挑着花边。旁边的徐曼丽道:"娘,大哥要成亲了,我们家以后就多了一个人了。""不止一人。"徐曼丽瞪大眼道:"不就多了一个嫂子吗?"姚婶笑道:"你大哥以后也有自己的孩子。"徐曼丽恍然大悟:"娘,大哥也会生两个儿子,一个女儿吗?"这时,鲁小妹进来了:"姚婶。""来来来,小妹,坐在姚婶身边。你不是要跟我学挑花边吗? 来,我教你。""姚婶,我哥他们还没回来。我担心他。""你哥现在有出息了,是队长了。""娘,嫂子来了。"徐曼丽突然道。小美走了过来,羞红着脸。"小美,来,快坐下。"姚婶起身,马上挪出了位置。"婶,我就站着吧。""小美,你还叫我婶啊,"姚婶道,"该改口了。""娘。"小美羞红了脸。"哎,"姚婶开心地道,"曼丽,叫嫂子。""嫂子。"小美轻轻地应了一声,然后道:"娘,我爹说了,都听你的安排。""好,好。"姚婶喜笑颜开。

张文化将一个剪好的"囍"字贴在那排字下方。徐曼丽拍手笑道:"好啊,好啊。"胡慧丽带着朱小丽进来了。"哟,这个'囍'字谁剪的?"

"小张哥哥剪的。"徐曼丽道。"小张,看不出你还多才多艺啊。这婚礼布置就归你跟小丽了。"朱小丽红着脸走了过去。张文化也红了脸道:"胡医生,我来指挥部汇报情况,老铁头把剪'囍'字的任务交给了我。"他看了一眼朱小丽。马加荣匆匆进来了:"好样的,外6工段青年突击队,他们连续两天不分日夜奋战了。这种一不怕苦、二不怕累的精神值得我们好好学习。""外6工段的青年突击队不就是徐大军那个队吗?"张文化道。"是啊,怎么了?"张文化手一指"囍"字:"徐大军跟小美姑娘晚上要举行婚礼。"马加荣吃惊道:"啊,怎么提前了? 不是一个月以后吗?""小美姑娘的爹来工地了,表扬了徐大军,然后说婚期提前。总指挥答应了。"马加荣一拍脑门道:"那我马上写,我写好了,当天晚上播,也算是一份礼物。"他坐了下来,拿出采访本,看了看,嘴里念道:"青年突击队了不起。"

雨依旧下着。穿着雨衣的徐定强过来了:"哥,哥。"一个满脸是泥的人从沟里探了出来:"定强。"徐定强吃了一惊道:"哥,你成泥人了。上来吧。""你先回去,傍晚我就回来了。"同样一个泥人似的鲁伟潮也从沟里探了出来,叫道:"定强,你病好了?"徐定强不冷不热地哼了一声,他转身走了几步,又转过身来:"哥,你快点啊,娘说了,嫂子都准备好了。""知道了,知道了。"这时,突然哗啦一声巨响,整条流化沟被淹了。鲁伟潮大叫:"小心!"他便被淹没了。霎时,汪洋一片。徐定强猛转身,发疯一般跑过来:"哥,哥……"附近的人们也跑了过来,大叫:"决堤了,决堤了。"

眼前一片汪洋。老铁头喊叫道:"伟潮,大军……"有几个人浮了上来。老铁头大叫:"救人! 抛绳子。"说话间,大胡子带着水鬼队赶到。他们扑通扑通地跳入水里,潜了下去。搜救了一夜,一无所获。清晨,雨停了。泪流满面的鲁伟潮面朝钱五江跪着。徐曼丽与小美扶着姚婶过来了,身后还有徐阿福、鲁小妹等人。一夜白头的姚婶对着钱王江哭喊着："大军，大军啊，娘来看你了。"徐定强咬着牙来了，上前一脚就把鲁伟潮踹倒了。他发了疯似的打着鲁伟潮。一只有力的手抓住了徐定强的手，眼中含泪的汪阿兴摇摇头："定强，冷静。""是他害死了我大哥，是他，是他。"一脸泥的鲁伟潮起来了："汪叔，让他打。""定强，大军牺牲了，要说责任，我的责任最大，你要打，就打我，"他松了手，又道，"定强，你哥是好样的，他不仅是我们鲁家湾人的骄傲，更是我们宁和的骄傲，是我们萧金县的骄傲，也是我们所有在钱王江边生活着的人的骄傲。"

指挥部内，那个红色的"囍"字换成一个白色的"奠"字。众人站着。汪阿兴指着这个"奠"字道："同志们，徐大军同志的牺牲，指挥部负有不可推卸的责任，我内心很沉痛、很内疚。但是，我们不能停，一刻也不能停。工程进度我们必须保证。各个公社必须加快进度。"老铁头沉重道："我请求指挥部给我一个处分。我对不起徐大军，也对不起鲁家湾人。"他哽咽道："我是外6工段负责人，我没有保护好同志们。""老铁头，我们没有时间悲伤。外6工段当务之急，是保护我们来之不易的成果，我把水鬼队交给你，你们尽最快的速度把损失夺回来！这是对徐大军同志最好的安慰！"

青年突击队的红旗飘扬着。老铁头站在红旗前，大声道："同志们，你们是最有战斗力的，也是最勇敢的，你们是我们外6工段的拳头，我们要狠狠地打向钱王江，它怎么欺负我们，我们就怎么对付它。损失我们一定要夺回来！"众人齐声道："把损失夺回来！夺回来！"老铁头热泪盈眶，突然，他捂住了肚子。他痛得蹲下了身子。他随手拿过一把铁锹，顶在了胃部。

广播响了。传来了徐曼丽哽咽的声音："同志们，我的大哥徐大军牺牲了，可在我心中，他永远活着，我为我的大哥感到无比自豪，县革委会追认我大哥为优秀中国共产党党员，省革委会授予我大哥'为拦海造田而英雄献身的共产主义战士'光荣称号……"

　　工地上的人们凝神静听。赵刚强大吼一声:"同志们,向徐大军同志学习,加油干!"众人齐声吼:"加油干!"广播一遍一遍地播放着。这声音传开去,伴随着广播里徐曼丽的声音,传遍了整个南沙工地。

第四十一章

　　胡佳丽坐着，一声不吭。桌上放着几个苹果。汪阿兴规规矩矩地双手放在膝上坐着，额头全是汗。"慧丽，给他一块毛巾。"胡佳丽道。站在一旁的胡慧丽取了毛巾递了过来，汪阿兴摇摇头道："不用。""这天气不热啊？对了，慧丽你出去。""姐……""不听我的话？那我走了。"胡佳丽作势起身。胡慧丽道："我走，我走。"她望了一眼紧张的汪阿兴，走了。汪阿兴更加紧张了，他小心地用手臂擦了一下额头道："胡……胡主任，你有话就说吧。""我们也不兜圈子了。你比慧丽大10岁，按年龄你们不般配；还有你们的文化修养和生活习惯完全不相同；另外，你有一个儿子，是天生聋哑的。综合这几个方面，我认为你们之间没有共同生活的基础。""我不觉得。""哦。那你说说。"汪阿兴想了想道："我主要想说三点：一、我跟她的感情是真诚的；二、我会尽我所能照顾她；三、我爱她。"胡佳丽沉默片刻之后道："感情是真诚的？日久生情这也是常理，可是有一天你们不在一起工作了，这所谓的感情也就淡了；你会照顾她？请问你都无法照顾自己的儿子，又怎么照顾她？你爱她？你拿什么去爱？你们的感情只是因为一起工作的缘故而产生的，是同志之情，是同事之情，不是真正的爱情。况且你们年龄相差这么大，而且还有你的儿子隔在中间，你让慧丽怎么会有幸福？""我坦诚地说，我的情况的确特殊，我甚至有些不近人情，我没办法照顾自己的儿子，但是我心里有儿子，我心中有她。以前，我一直在后退，后退，现在我明白了，我不能再退了，因为我需要她，我爱她。

我必须大胆地向前迈。""我不管你是怎么想的。但是我告诉你，你目前的情况无法让我相信你会照顾她一生一世。你的爱是发自内心的吗？你或许只是想找个人，陪伴自己罢了，你孤独、寂寞，而慧丽就是排解你寂寞和孤独的人。"汪阿兴激动地道："不！""你别不承认！我说的都是实情。你跟慧丽之间差距太大，这是无法逾越的。所以我不同意你们的事，"她站了起来，又道，"我不能不为她的幸福考虑，请你理解。""慢，胡主任。她让我明白了，我有爱情，属于自己的爱情。我爱她，我愿意为她献出我的生命。""你别忘了，你还有儿子。你的儿子会同意你跟慧丽的事？他会承认她？你这么做伤害了你儿子。""我承认对不起小路。但是，这不妨碍我寻找自己的幸福。我相信，小路有一天也会理解我的。"胡佳丽道："你还是说服不了我。""我最后只有一句话。除了胡慧丽，我心里这辈子再也不可能放下另外一个人了。"

胡佳丽盯着他。汪阿兴并不躲闪，而是坚定地回应她的目光。两人沉默一阵后，胡佳丽道："我可以相信你的真心，但是，现实跟你的真心距离太大了，所以，我感谢你对慧丽的真心，但我不可能答应你们。""胡主任，现实是存在的，会不断变化。但真爱之心是不会变的，是永恒的。"胡佳丽无语。这时，胡慧丽进来了："姐，你们……""慧丽，让我回去考虑考虑。"胡慧丽沉默片刻道："好吧。姐，我爱他。这是我的心里话，上次是这么说，现在是这么说，将来也是这么说。""这需要时间的检验。"胡佳丽说完便走了。汪阿兴望着胡慧丽："慧丽，我爱你。"胡慧丽脸红了。她快乐地跑了出去，叫着："姐，等等我……"汪阿兴的身上全汗湿了。他使劲地用衣袖擦了擦额头，全是汗。他坐了下来，静静地望着医疗室里的一切。这时，朱小丽跑了进来，她笑了。她模仿他的语气道："我有几句话想说。她让我明白了，我有爱情，属于自己的爱情。我爱她，我愿意为她献出我的生命。"她说完道："总指挥，好样的。"她竖起了大拇指。

胡慧丽进来了，脸上带着微笑。朱小丽道："胡医生，祝贺你们。"汪阿兴突然笑道："小丽，你把站在外面的人都叫来。我要向你们宣布，我汪阿兴喜欢胡慧丽，从今天开始，胡慧丽就是我汪大麻子的爱人，她就是我的姑奶奶。"进来的众人鼓掌。"别高兴得太早。我姐这一关还没有完全过呢。"郑天林道："自由恋爱，婚姻自由，别人不好干涉的。"他看了汪阿兴一眼，又道："汪大麻子，是吧？"胡慧丽道："不，我答应过我姐，只有她最终同意了，我们才算是真正的……"众人又笑了。"考官走了，我这个学生也得上工地去了。郑工，走，去外6工段。"汪阿兴说道，他们两人走了。

几面裂开的红旗迎风飘扬。老田望着装满石头的双轮车队，大声道："加快，加快步伐！"赵刚强快步过来："老田，怎么样？""你们比我们快啊。这不，我得亲自督阵，要是拉了后腿，没面子。"赵刚强笑了："你要是拉了后腿，那我提议，立马撤了你。""老赵，你这可太没良心啊。怎么说，上次我们还帮了你们一回。""你放心，你们绝不会落后的，我们完成了，第一个帮你们。"老田摆摆手道："算了，算了，这话我听着怎么觉得刺耳啊。老赵，我跟你说，我们瓜乡公社绝不请外援。"赵刚强笑了："我知道，我知道。我来啊，是问你一件事。""问件事要费这么多话啊。""这天热了，这儿的蚊子既大又多，叮得我……"他将起臂道，"你看，全是小包。晚上我要是不包住脸啊，就见不得人了。"老田哈哈大笑："你们山里人啊不吹江风，皮肤嫩。这蚊子啊就专叮嫩的。你瞧我臂上，没你这么多小包吧。"赵刚强恼火道："这蚊子也欺生啊。""你啊，赶紧去找你大哥未来的媳妇吧。"赵刚强一拍大腿："好主意！"他匆匆走了。

晚上，各个工段的负责人都来到了指挥部诉苦。有人脸上都是蚊子叮咬的包，他们边说着话，边拍打着。汪阿兴笑道："同志们，蚊子现在成了大问题，它不分男女老少，一到了晚上，就嗡嗡嗡乱叫，到处叮人。白天劳动个个累得很，晚上睡不好，个个无精打采。各个公社第一件事就是把自己公社卫生院的医生都给我叫来。"赵刚强苦着脸道："这南沙也真他娘的，怎么养了这么多蚊子啊？这不成了蚊子之国吗？"众人笑了。老田道："汪大麻子，这蚊子只叮老赵这样的山里人，还有啊像马秘书这样的城里人。"老铁头笑道："老田，你就别糊弄人了。你刚进来的时候，我发现你手老在腿上抓，这腿上肯定也是五花八门了。""老田，让我瞧瞧你的大腿。"赵刚强道。老田躲闪着。"大家别闹了。这蚊子问题不解决啊，这进度的事就没法保证，"汪阿兴望了一眼胡慧丽又道，"胡医生，你说说，有什么办法可治蚊子？"老田笑道："汪大麻子，还叫胡医生，不叫慧丽了？"汪阿兴脸一红道："大家严肃点。"胡慧丽也脸红红地说道："这茫茫滩涂，到处都是蚊子的家。又是夏天，这没法治，但我觉得可以防：一方面清理茅厕速度要快；二是各个工棚要开展灭蚊行动；三是我们卫生院有一些清凉油和风油精，但量不多，各个公社要定额使用。"老铁头点点头道："我赞成胡医生说的。主要是晚上，我们各个工棚要开展灭蚊行动，一是打，二是赶，三嘛，我寻思着能不能找些青蛙来。"众人笑了。"我说老铁头啊，你也真是异想天开，天天吃霉干菜，吃得人都只剩皮包骨头了，青蛙来了，还没开始吃蚊子，早进入我们肚子了。"赵刚强道。汪阿兴也笑了："老铁头说的一打二赶还是对的。指挥部决定，收工以后，大家发动群众，开展灭蚊行动。各个卫生院配合各个公社，还有那些赤脚医生，都给我行动起来，打赢灭蚊战。散会！"众人嘻嘻哈哈地走了。

汪阿兴道："慧丽，你怎么样？""你呢？""就臂上有一些包。唉，这蚊子啊，真成大问题了，刚才会上我没敢说。这非战斗减员已经出现了。据二南去各个公社统计，很多同志因为晚上睡不好，白天干活的劲头就掉下来了。这会打乱我们整个部署和进度的。"汪阿兴走了几步，又道："你马上跟章院长联系，越快越好，另外，我还是丢一回脸吧，跟县里作个专题汇报。"

李贵生捏着一只死蚊子，一脸沉重道："同志们，这只蚊子是汪大麻子专门带来的，谁也没想到蚊子现在居然成大麻烦了。"他将死蚊子放桌上又道："你们瞧，个头还挺大的。""我紧张的是，南沙大围涂工期要是拖延，正好与八九月的台风、大潮相遇，那时候，不是蚊子成了历史罪人，而是我们啊。"张建设心急如焚。"老张，不仅南沙大围涂工期会拖延，而且之后的江海围涂也将遇上大麻烦，我们的时间可是算好的。"李贵生道。章院长起身道："张书记，李主任，这还真没办法。钱王江边的蚊子是出了名的既多又大，而且狠，群众说啊，三个蚊子一盘菜。我们能做的也就是喷洒驱蚊水，可这效果也是短期的。关键是，不要让蚊子有滋生的环境，水塘、臭水沟，可这不现实，十万人在工地，无法保证。""章院长，你们要全力支持工地的灭蚊行动，开展轰轰烈烈的灭蚊运动。"张建设道。

汪阿兴边拍打着蚊子，边报着数字："筑堤 143 328 米，堤顶高 12 米，堤顶宽 6 米，外坡 1：2，内坡 1：3……"马加荣在一张表格上记着。"总指挥，这些数字太惊人了。"马加荣道。话音刚落。老田搀扶着老铁头进来了："汪大麻子，你瞧瞧，他啊，摔倒在路上了。我硬拉着他来的。"汪阿兴放下手中的纸道："怎么了？"有些鼻青脸肿的老铁头道："我这几天睡不好，腿软。""不仅仅是睡不好吧？"他走过来，盯着老铁头道，"慧丽跟我说了，你身体不能硬撑下去了。你们外 6 工段再过三天就要完工了。你放心，我盯着呢。我现在就让马秘书送你去县医院。""汪大麻子，你少来！这个时候让我走，比杀了我还难受。我没事，就是睡不好腿软了。老田他，他夸大事实。"老田道："你嘴硬得跟铁板似的。可你这身体不是铁板。听汪大麻子的，去医院全面检查。""你们俩，一个总指挥，一个指挥部办公室主任，摆明了穿一条裤子啊，我啊，比谁都清楚我自己。我答应你们，等我们外 6 工段完成了，我上医院去，好好睡他几天，养得白白胖胖回来。"汪阿兴犹豫一下道："好吧。我知道现在说什么你都不会走，就是走了，也心不安。那就再坚持三天。对了，你晚上睡不好，我有个办法，哎，给。"他将一台收音机递给他道："慧丽给大军的结婚礼物，姚英英同志送回来了，我给你了，晚上轻轻地听，很快睡着了。"老铁头摸着收音机道："你舍得啊？""给你我当然舍得了，要是给老田嘛，我还得犹豫。"众人笑了。

第二天，胡佳丽带着小路来到了工地。胡慧丽喜悦地打着手语：小路，我太高兴了。汪小路也笑着打着手语：我也是。一旁的胡佳丽笑道："一路上，小路一句话也不说，可一到了工地他就开心了。唉，孩子总离不开亲人啊。"她擦了一下泪又道："当年，你跟小路一般大的时候，有一回我去外地出差，回来发现你眼泪汪汪地看着我，我那时候心里啊就跟刀割似的。"胡慧丽抬头道："姐，你太伟大了。把小路带来我可是一点也没有想到。""我让他们父子俩也见见面。为人父母啊，心里总挂念着孩子。"这时，朱小丽带着汪阿兴冲冲进来了。汪阿兴一个大步到了汪小路跟前，紧紧搂住他。汪小路哭了。胡慧丽擦了一下泪水道："姐，让他们多待一会儿。"胡佳丽心领神会，姐妹俩跟朱小丽都走了。朱小丽将门轻轻掩上了。

胡佳丽边走边道："眼看着南沙大围涂就要完成了。你姐夫这几天也兴奋得睡不着，常常半夜醒来，发呆。""姐夫怕是在想江海滩涂的事了。南沙大围涂之后，马上组织江海围涂，这也是一场硬仗。"胡佳丽点点头："是啊，我听你姐夫说，这江海滩涂难度不小，到时候，工地再增加五万人。整个工地就是十五万人了。我很喜欢小路这个孩子。他就跟你当年一样，只不过你那时候有我带着，可他呢，唉……"胡慧丽眼睛湿润了。

赵刚强和阿扁跑了过来，他们跟胡慧丽打了个招呼，跑向医疗所。汪阿兴正拼命地亲着汪小路，汪小路笑着躲闪。他再次将汪小路紧紧搂在怀里，静静流泪。汪小路轻轻地擦着他的泪水。父子俩笑着，对视。这时，门咣当一声开了。赵刚强与阿扁疯了一样冲进来："小路!"赵刚强不由分说从汪阿兴怀中抢过汪小路,一下子把他举了起来,兴奋得不得了。阿扁笑道："我听说小路来了,这颗心就跳得跟奔马似的。"赵刚强眼中含泪将小路搂在怀里,大声道："汪大哥,今晚上喝酒。""哪有酒啊?""小六子还藏着一瓶酒呢,本来打算工程完工拿出来的,可小路来了,比工程完成还重要。喝。"阿扁道。赵刚强擦了一下泪道："晚上一静下来我就想着小路,恨不得生出一双翅膀来,飞到小路身边去。今天太高兴了。汪大哥,我们兄弟三个和小路团聚了。"阿扁想了想:"不对吧? 还有一个呢。"赵刚强醒悟过来:"对对对,还有胡医生,不,可以叫嫂子了吧?""没领结婚证,还不算。对吧,汪大哥?"汪阿兴脸红道:"你们一来啊,我只有干站着的份了,说不上话了。"

　　一顶蚊帐挂了起来,汪小路睡着了。汪阿兴望着熟睡中的小路,一脸柔情。马加荣躺下,笑道:"你现在这个样子,比什么时候都温柔。"汪阿兴笑了。张文化进来,撩开蚊帐,用手轻轻在小路脸上摸了一下道:"总指挥,小路睡着的样子很可爱。对了,你跟胡医生成亲以后,再生一个小宝宝,到时候,就是兄弟俩了。"汪阿兴道:"小张,你又多嘴了。"张文化捂着嘴道:"睡觉,睡觉还不行吗?"他躺了下来,又道:"总指挥,你就整晚上守着小路啊?"马加荣叹了口气道:"小路明天就得走了,这当爹的有一百个舍不得,可也没办法啊。对吧?""小张,马秘书到底是县里来的,跟公社的水平就是不同。以后,记得学着点。""好好好,马秘书,以后请多多指导啊。"马加荣笑了:"小张,你现在独当一面了,白天带着一百多号人,晚上又跟着总指挥一起睡,一边是实践,一边是理论,还用得着跟我学?"张文化想了想:"对啊。马秘书这话有道理。"汪阿兴笑了:"你们俩呀,早串通一气了吧,存心挤对我是不是? 你们一个马加荣,一个张文化,光这名字听上去就比我汪阿兴有文化得多,毛主席说世界是你们的,也是我们的,但是归根结底是你们的。"马加荣与张文化都笑了。"我补一句啊,这钱王江啊,是你们的,也是我们的,但是归根结底是你们的。以后,这钱王江的事就得由你们办了,可得办好了,别让人民群众骂娘啊。"汪阿兴道。"这不是一代传一代吗? 不过,总指挥你也不老,马秘书,对吧?"张文化道。马加荣笑着:"对对对。"汪阿兴回过神来:"好你个小张,说话居然也会绕着圈子了。看我不收拾你?"张文化作势求饶道:"我闭嘴,我坚决闭嘴!"汪阿兴笑了:"以后小丽会治你的。你们俩睡吧,我再坐一会儿。"夜深了,汪阿兴静静地看着熟睡中的小路,无比幸福。这一次胡佳丽特地将小路带来,那是一种证明,她基本同意了他跟胡慧丽的事。

众人站在新筑成的江堤上,望着钱王江不语。人群中的赵刚强感慨道:"阿扁,你说后人会怎么说这一段历史?""后人?"阿扁想了想道,"他们要记得,这十万人啊,个个都是英雄好汉,个个都是……都是……"汪阿兴过来了,他接上话道:"个个都是指战员,个个都是诸葛亮。"赵刚强笑了:"汪大哥说得好啊! 鼓掌。"众人纷纷鼓掌! 汪阿兴满怀深情道:"同志们,你们不远百里从楼山来,你们在钱王江边留下了足迹,这个足迹就是你们的劳动成果。每一担泥,每一块石,每一寸堤,都浸透着你们的鲜血与汗水。"远处,江面上一条白线奔腾而来。

一望无际的滩涂……汪阿兴与老田站着,一声不吭。丁二南深一脚浅一脚地过来了,大声道:"汪叔,县里李主任来电话,让你们俩明天一早参加会议。"老田道:"知道了。""老田,南沙大围涂刚完,号角又要吹响了,心里怎么想啊?""还能有什么想啊? 你常说的一个字——干!""怎么干?"老田笑道:"汪大麻子,你呀也别套我的话了,我早知道你一个月前就有方案了,怎么干你心里比我明白。走了,还是回去养足精神。"他走了几步,又道:"看来老铁头这一次是不能参加了。这县医院的病床可是软得很啊。""老田,你太不了解他了,我跟你说,明天他肯定出现在工地上。"

漆黑的夜，静悄悄。远处，传来潮水拍打堤岸的声响。一大片工棚在夜色中若隐若现。突然，一个工棚火红了，然后是一片工棚火红了，大火冲天。奔跑的人，喊叫的人，整个工地一片混乱。晨光里，余烟袅绕。站在一堆废墟中的汪阿兴脸上都是左一道、右一道的黑灰，他一言不发。身旁的老田抹了一下黑乎乎的脸道："汪大麻子，数字出来了，一共烧掉了655间工棚。失火情况也查明了，是上河公社的一个同志晚上烤鱼吃，鱼没烤熟，人睡着了，大风一吹，这火就散开了，引燃了工棚的茅草。这位同志目前找不着了。有人说，可能投江自尽了。""哪来的鱼？""钱王江这些天潮水大，这鱼被浪头带上来的。还有，吕秀儿同志救火，英勇牺牲了，"他擦了一把泪道，"生活上的事是我分工管的，我没有管好。"汪阿兴流泪了。

吕秀儿的遗体烧得不成形了。姜小个跪在地上呜呜痛哭。越来越多的人聚拢过来。汪阿兴大声道："同志们，你们怕不怕？"众人吼道："不怕！""对，我们不怕！我们万众一心，艰苦奋斗，什么困难都吓不倒我们！吕秀儿同志是好样的。各个公社要吸取工棚搭建相距太近的弊端，组织力量搭建新的工棚，现在是潮汛期，大潮频繁，工程进度丝毫不能慢。"不远处，胡慧丽站着，流着泪，她全身都没有了力气。汪阿兴走了过来："慧丽。""秀儿姐跟我说，等大围涂结束了，她要生一个孩子。她要做妈妈。"她哭了起来。汪阿兴抱住她："慧丽，我知道。"他眼中含泪。"老铁头的病情刚刚查明了，是胃癌晚期。"胡慧丽捂着嘴，哽咽道。汪阿兴后退一步道："会不会查错啊？你打电话，让他们重新查一下。他、他不可能得这种病？""省医院的专家也分析过了，确诊了。"汪阿兴腿一软，坐地，喃喃自语道："我不相信，我不相信。""我也不相信，可这是事实。"胡慧丽流着泪道。汪阿兴咬着牙，撑地起来道："还有多少日子？"胡慧丽摇摇头："这个无法估计，但一般胃癌晚期患者，生命不会超过一年。"

工棚内,众人睡的睡,坐的坐,说话的说话。最靠门的铺位上,坐着的老铁头皱着眉,将手中的药吞了下去,喝了一口水。蹲着的张文化道:"再喝一口。""知道了,"老铁头又喝了一口水道,"小张,你现在好像是我的管家婆。""老铁头,以后我就天天晚上跟你睡了。管着你。"老铁头笑道:"好了,好了。我得去开会了,汪大麻子肯定等急了,说不定正吹胡子瞪眼睛呢。""总指挥让二南带信给我了,晚上你就安心睡。还让我守着你。会议内容我明天一早会向你传达的。"老铁头站了起来:"传达?你要是漏掉一句重要的话,那可怎么办?"他大步走了。

指挥部内,会议进行着。老田指着地图道:"现在,54个公社都撒开了,但是,我们漏算了一个重要工段——鱼口。""鱼口这个位置极其险要,郑工跟我说,潮水在这儿产生第一波冲击波,也就说,这儿的力量最大。我们也查看了清朝时期绘的钱王江图,鱼口在那时候呈尖刀状外伸,如今却成了内半圆形,可见这潮水的威力啊,把它吃得干干净净了。"汪阿兴皱眉道。郑天林点头道:"我们技术组针对鱼口的情况作了分析,觉得情况相当复杂,如果沿着边缘筑堤,这堤筑不牢。我们建议修一个大方脚,但要在冬天修,现在潮汛太大,太危险。""我不同意。这会严重影响进度。我的意见是跟潮水比赛,潮来我们撤,潮退我们修。现在的困难主要是人员,县里给我们增加了五万人。我们不可能再向县里要人了,县里为物资供应又增加了人手,这次围涂,不仅仅是我们工地上的十万人,我们背后还有六十多万人在为我们服务,"汪阿兴想了想又道,"我本来打算抽调各个公社的一部分同志,组成一个混合工段,专门对付鱼口,但老田说临时队伍怕效率不高,所以我还是想听听大家的意见,谁来承担鱼口。"老铁头与张文化匆匆来了:"汪大麻子,鱼口归我们宁和。"汪阿兴皱着眉道:"小张你怎么搞的?""他死活要来,我、我没办法拦住他。"张文化低下头了。"汪大麻子,你别骂小张,我不参加会议,这心里空落落的,就跟没了魂灵似的。鱼口由我们宁和承担。"他抱了抱拳道:"你们各位书记,也别跟我抢了。"
老田道:"你们宁和还有什么人吗? 全上了啊。""老田,你这话说得
不地道啊。我们有没有人那是我们的事。"汪阿兴想了想道:"我不
同意。"老铁头急了,大声道:"你不同意也得同意。""老铁头,你听
我说,鱼口的情况相当复杂。"老铁头打断他道:"我不听,鱼口必须
归我们宁和,谁跟我抢,我跟谁急!"赵刚强上前一步道:"老铁头,
上次你抢了外6工段,这一回也得让让我们吧。""不行! 没有任何
商量的余地。""怎么不行啊? 南沙大围涂进度我们楼山拿了第二,
你们第一,我抬不起头,这一回我们必须拿下鱼口。"汪阿兴道:"我
赞成把鱼口给楼山公社。"老田想了想道:"我也赞成。"众人也点
头。赵刚强笑道:"老铁头,就你不同意,唉,看在我们有缘的分上,
同意了吧,到时候我请你喝酒。""汪大麻子,鱼口我们要定了。""老
铁头,少数服从多数,就这么定了。"老铁头怒声道:"不行! 鱼口必
须归我们宁和! 汪大麻子,你忘了在南沙围涂前我们说的话了?"
汪阿兴愣了,他的眼睛湿润了。他想起了两人之间的对话。老铁
头道:汪大麻子,你有没有想过,如果有一天,我们俩都葬身在这
里,你会后悔吗? 汪阿兴道:到时候我们想后悔也来不及了。两
人大笑。汪阿兴笑道:如果有一天,我们都成白发苍苍的老头了,
站在这里,你会说一句什么话。老铁头想了想道:我会说这一辈
子没白活。咦,你会说什么? 我会说如果再给我几十年,我还
干……老铁头流着泪道:求你了,把鱼口给我,给我。他扑通一声
跪下了。眼中含泪的汪阿兴赶紧扶起他道:"老铁头,起来,起来。"老
铁头吼道:"我求你了!"汪阿兴紧紧地抱着他道:"好,我答应你!"

　　鱼口工地上,众人望着这个巨大的内半圆,下面潮水奔涌。郑
天林双手一张,大声道:"大家退后,退后,我们脚下的土随时都有
可能坍塌。""郑工,你说修大方脚,但关键是石头怎么运过来? 这
滩涂没法用车装载啊,船运也危险,潮水太大,容易出事。"老铁头
皱着眉道。郑天林长叹一声:"没有其他的办法了。双轮车一来就

陷下去,动弹不得;船运肯定翻船;只有靠人力,扛、背、抬。"鲁伟潮道:"运石的任务交给我们青年突击队吧。我们坚决保证完成任务!"老铁头想了想道:"汪大麻子把两支队伍都给我了,老胡子,你们的任务很艰巨,得下水摸情况。"老胡子笑道:"行! 放心吧。我们水鬼队早做好准备了。"老铁头看了一直不吭声的老田道:"老田,你的这支 200 人的预备队,我想并入青年突击队,一同运石。""队伍归你了,就由你指挥了。"老田道

汪阿兴深一脚浅一脚地过来了,大声道:"老铁头,我给你带来了援兵。"老铁头踮起脚望了望:"咦,没人啊? 什么援兵啊?"汪阿兴笑道:"给。"他递给老铁头一张纸,又道:"安排得怎么样了?"老铁头点点头后马上看了这纸,开心地笑了:"好啊,这支援兵来得好啊。"老田赶紧将纸抢了过去一看:海平县老盐公社组织 1 000 人的运石队,从钱王江北岸过来,抛石。他笑了:"来得可真及时啊。汪大麻子,是你打的电话?""苗得水还是很讲情义的。赵刚书记说,我们萧金县的情义他们必须还,由老盐公社组织力量,助我们一臂之力。这一臂之力可了不得啊,老盐公社的船队可是出了名的。"丁二南边跑边叫地来了:"汪叔,好消息,好消息……"他扑通一声摔倒在泥地里,整个人全是泥,他张嘴道:"汪叔,春江县组织船队,给我们运石。"汪阿兴高兴道:"好啊!"众人都欢喜不已。汪阿兴想了想道:"老铁头,鱼口的抛石量一定会大大超出我们的预判,我记得老倪曾经说过,一旦大潮袭来,几十吨的石头也不堪一击啊,会被冲走。现在虽然有了援兵,但丝毫不得马虎。"老铁头点点头。"二南,你赶紧回去叫人,把指挥部搬到鱼口来。这鱼口之战,缺了我这个指挥官可不行啊! 老铁头,开始吧!"老铁头手一挥:"同志们,我们干!"

长长的运石队,艰难地走着。他们穿过了工棚,穿过了一丛丛的芦苇,遇河架竹桥,越过高低不一的土堆,遇流化沟则架独木桥。徐定强背着一块石头艰难地走着。身后背着石头的鲁伟潮道:"定

强,要是累了,就歇一歇。"徐定强咬着牙不吭声。队伍后面,鲁小妹咬牙背着一块石头,她走得跟跟跄跄……突然,她一脚踩在泥坑里,陷了下去,背上的石头砸在身前,溅起的沙土糊了她一脸,她呜呜地哭了。与人抬着石头的老铁头上前几步道:"鲁小妹,起来。"他用力地拉起了鲁小妹道:"伤着了没有?"鲁小妹停止哭泣,拼命地搬地上的石头。老铁头帮了她一把,将石头挖起道:"小妹,背得动吗?"鲁小妹点点头。老铁头用力将满是泥的石头放在鲁小妹背上,鲁小妹咬着牙一步一步地前进。老铁头望了望身后的队伍,大声道:"同志们,加油啊。"这时,拿着照相机的马加荣跑了过来,按下了快门。之后,他静静地流泪。

在指挥部前,郑天林焦急地踱步。全身是泥的汪阿兴过来了:"郑工,什么事这么急?""汪大麻子,据水文站的判断,再过三四天,大潮要来,钱王江的潮水可能会创历史新高。"汪阿兴吃惊道:"会带来什么后果?"郑天林一脸愁容:"大潮来了,可能会让我们前期在鱼口的抛石成果化为乌有,石头全被冲走。"汪阿兴皱眉道:"你有什么办法?"郑天林跺脚道:"我就是没有办法才着急啊。这大潮一来,我六神无主了。""你也别急! 我们赶紧想办法。办法总比困难多。"郑天林绝望道:"我们技术组想了好久,也没想出一个对策来。我无比心疼啊,这运石队多难啊,每一块石头都、都……"他双手抱头蹲了下来。汪阿兴走了几步,大声道:"郑工,我有一个大胆的想法。"郑天林忙起身道:"快说,快说。""沉船。"郑天林愣了一下,喜悦道:"有道理!"他想了想又道:"可是哪里有这么大的铁壳船呢?"汪阿兴风一般跑进了指挥部,拿起电话道:"请马上给我接张建设同志。"话务员道:"同志,接不通。"汪阿兴一脸焦急:"那给我接李贵生同志。"话务员道:"接不通。""那请接王宝年同志。"

电话通了。汪阿兴大声道:"王副主任,我是汪大麻子,有个紧急情况要汇报,我们工地急需一艘铁壳船,载重量要大。"他转身对进来的郑天林道:"郑工,要载重多少吨?""200 吨差不多了。"王宝年道："200吨的铁壳船？县里没有啊。你们宁和光明大队的那条铁壳船最大的载重量只有30吨。""想办法调。""汪大麻子，你说得轻松，你让我去哪儿调？"汪阿兴大声道："我不管，县里必须帮我们解决这个问题，再过三四天，这大潮就要来了。明天，明天必须解决这个问题！"他猛的一下搁了电话，然后道："郑工，我不放心，我现在就得去一趟县里，把这件事办好。我们就照沉船方案做，你通知老铁头，不要再抛石了，储备大量石头。"他急匆匆走了。

站在一堆储备石头上的张建设与李贵生望着钱王江。江水拍打鱼口，泥沙坍塌。"老张，汪大麻子的设想是疯狂了点，可是我觉得有道理。郑工，你有几成把握？"郑天林摇摇头道："要说把握，我可是一成都没有。这钱王江的潮水历来惊人，谁也无法预料，回头潮更是惊险，力量吓人。"张建设道："鱼口之战，我们与潮水正面为敌！汪大麻子现在肯定把我们俩办公室的门都敲破了，正骂娘呢。可是这么大的铁壳船哪里去调啊？老李，走，我们回去，争分夺秒想办法去。"李贵生点头道："省里，市里，全问一遍，什么价钱都别管了，我们买了。"

焦头烂额的汪阿兴听金健康说，张建设和李贵生都去鱼口工地了，他着急地跑进王宝年的办公室，大声道："王副主任，情况怎么样？""你一个电话害得我六神无主，求爷爷告奶奶地问了很多地方，都说没有。你说怎么办？"他放下电话。电话又响了。他拿起电话就道："有大船吗？没有！那还打来个屁啊！"他重重放下电话。汪阿兴皱着眉，想了一会儿道："如果没有大船，那就自己想办法，把几条船焊接在一起，并成一条大船。"王宝年喜悦道："这是个办法！"他拿起电话道："请给我接江北造船厂，嗯，唐厂长啊，我王宝年啊，对，你们40吨位的四条铁壳船啊，全归我们，明天就运到江海滩涂鱼口……啊，不行？我跟你说，没有不行！你要是不给，你们以后休想从我们萧金县的江段过！"他啪的一声挂了电话，气得不得了。汪阿兴感动道："王副主任，感谢你。""感谢我什么？我早就说过,工作上有矛盾是正常的!我对你以前的工作方式的确有一些看法,但我想也是正常的。""是啊。我这人啊……"王宝年道:"别说了。人无完人嘛。对了,光明造船厂也还有几条船,一块拼起来。"两人紧紧握手。

江边,几条铁壳船被并在一起。赤着上身的水鬼队腿上都绑着一根绳子,倒挂,下水固定船位。他们好像空中飞人一样,极其惊险。郑天林一边指挥,一边道:"随时注意安全。"终于,水鬼队都上来了。老胡子喘着气道:"我们的任务完成了。""列队。"老铁头大声道。众人紧张地列队。"抛石队。准备。听我命令,前进。"众人抱着、背着、扛着、抬着石头向前抛石。石头像雨点一样落在了船上,船一点一点地下沉……郑天林喜悦道:"汪大麻子,总算解决了一个大问题。""这一次得感谢王宝年同志,没有他的帮助,这船一时半会来不了啊。"老铁头长叹一声道:"在紧要关头,每个人都热血沸腾。"突然,大潮汹涌而来。一个浪头拍打上来,泥沙哗啦啦掉下去。汪阿兴抹了一脸水花道:"郑工,好险!一句话,动手要快,下手要狠。"郑天林全身都被浪头打湿了,他笑道:"动手要快,下手要狠,我记下了。"两人都笑了。一脸痛苦的老铁头却捂着肚子蹲了下来。

两个月后,北风呼啸。冬天来了。站在工棚顶上的马加荣按着快门……他惊叹道:"全是人,蚂蚁一样的人,延绵几十里啊,我这辈子从来没有见过这么多人。"工棚下的汪阿兴笑道:"下来,下来。"马加荣小心翼翼下来,然后道:"汪大麻子,转眼间就要过冬了,候鸟都飞走了,就剩我们工地上的人了。老铁头前几天跟我说,他有个梦想,梦想有一天自己变成钱王江里的一头江猪。江猪是什么?"汪阿兴笑道:"宁和人把江豚叫江猪。"马加荣一拍脑门:"哦,原来是这么回事啊。我想了一晚上也想不出江猪是什么东西?对了,钱王江里真有江豚。""老铁头见过,他说江猪浑身黑黝黝的,只在夜深人静时出现,"他抬头望了望遍地的工棚又道,"马秘书,你给老铁头写一篇稿子,好好采访他,他的心里话就是工地上所有人的心里话。""好啊,我早想写他了,可是他不让。对了,他还不要工分和补贴,"他想了想又道,"汪大麻子,每个劳动力每天工分加补贴还不到一块钱,是不是太低了? 我听说,回一趟楼山公社,车票都要一块多。""要是没有国家、省里市里的支援,县里哪有这个实力? 县里穷得叮当响,可要是工程完成了,那我们这儿就成了一个大大的聚宝盆了。丰农、赭山那儿不是已经开始引水垦种了吗?"他喜悦地道。"对了,我听说老铁头的病很严重?""他是我最好的搭档,马秘书,我以前听他们说三国故事啊,有一句话记在心里啊——出师未捷身先死,长使英雄泪满襟。唉,我也不瞒你了,老铁头胃癌晚期,他的日子屈指可数了。"汪阿兴眼中含泪道。马加荣吃惊道:"这、这……他、他自己知道吗?"汪阿兴点点头。马加荣也流泪了。汪阿兴擦了一把泪,笑道:"马秘书,我们两个男人在这里抹眼泪,让人见了多不好,我跟你说,身体累,心里苦,都得忍住,我们要苦中作乐。"

鱼口工地,一个巨大的大方脚在浇铸混凝土。老铁头手拿小红旗,边指挥,边说道:"快快快,同志们,早一天完成,我们就早一天了了这心愿。"汪阿兴静静地望着他,一声不吭。老铁头转过身来,发现了他,愣了一下,走了过来:"汪大麻子,你'含情脉脉'看着我干吗?"

"我跟你说说话。"两人就地坐下。"你休养几天,"汪阿兴道,"瘦得不成样了。""不用了。我这每一天都想当成两天用。休养,等到下辈子吧。"汪阿兴无语。老铁头道:"对了,我想喝你的喜酒了。你跟胡医生不容易,一路走来,磕磕碰碰,多少曲折。"他看了一眼天空,又道:"如果我喝不到这杯喜酒了,那你得给我补上。这江海滩涂完成了,我们宁和就实实在在安全了,我们萧金县的前沿阵地就稳固了,郑工说了,可保一百年平安无事。以后啊,这里遍地都是庄稼,就跟阿炳说的一样,鱼满舱,粮满仓。"他一脸憧憬。

汪阿兴道："这一天一定会来到的。"老铁头叹了口气："可是钱王江这么长，以后还得接着围涂啊，一年，十年，甚至三十年啊……以后，以后我不能再陪你干了。"他泪流满面。"今天晚上你就睡到我的工棚来，"汪阿兴道，"我想跟你下棋。"

一副象棋摆着，汪阿兴看着棋局道："老铁头，你比我厉害！""认输了吧，你真以为我下不过你？上次我可是留了一手！我跟你说，下象棋，我可是打遍宁和无对手。"汪阿兴道："哟，口气越来越大了。""你这局输在下手不够狠，心软了，这棋也就软了。白白让我吃掉了一只当头炮。我问你，为什么心软？这可不是你汪大麻子的作风啊。"汪阿兴笑道："我哪里心软了，我这是水平不够。""你啊，这几年变化很大，如果是以前，依你的脾气，你说不定早把棋盘都掀翻了。"两人哈哈大笑。老铁头收拾着棋子道："汪大麻子，睡了吧。按照进度，明天那个大方脚傍晚前必须得完成。大方脚完成，这鱼口的危险也就解除了。""现在睡觉，不谈工作。""好好好，睡觉。"张文化悄悄地进来了，一句话不说地坐下了。他突然抱着老铁头，泪如雨下。老铁头轻轻地拍拍张文化的头道："以后，你就跟着汪大麻子，记住，心直口快是你的优点，可是平时说话呢还得多想想，你爹给你取了个名叫文化，你呀得加强学习，不要辜负了'文化'两个字。"泪流满面的张文化不停地点头。汪阿兴眼中含泪道："老铁头，睡吧。"老铁头叹息一声："我现在恨不得每天都睁着眼，说着话，干着事。我听说，大青山采石场出了事故，牺牲了三名同志，他们都很年轻。汪大麻子，他们都很年轻啊。""用石量太大了，没日没夜采石都来不及，春江县和海平县把坟头石、墓碑都挖来了，这份情义深啊。老铁头，钱王江两岸终归都是兄弟，"汪阿兴道，"老铁头，睡吧。"

大雪纷纷扬扬。汪阿兴早上起来的时候，发现大雪在工棚顶上积了厚厚一层。人们赤脚在雪花飞舞中挑泥。他看了不远处的医疗室，发现朱小丽正在拍打着棚顶的雪。自从指挥部搬到鱼口工地之后,胡慧丽带着医疗室也跟了过来。他召开会议,却发现老铁头没来。他以为老铁头没有接到通知。下午,丁二南跑进来后,流着泪道:"汪叔,老铁头他快不行了,被送到医疗室了。"

治疗床上的老铁头躺着,气息微弱。张文化跪在治疗床前哭着。朱小丽无语地流泪。汪阿兴跌跌撞撞地跑进来:"老铁头,老铁头……"他扑到床前,紧紧地握住了老铁头的手,然后道:"我来了,我来了。"脸色苍白的老铁头微笑着道:"汪大麻子,你的喜酒我是喝不上了。我累了,我真的累了。你,你必须答应我一件事。"汪阿兴泪流满面地说道:"你说什么我都答应你。""把我埋葬在这里,面朝钱王江。你要是不答应我,我走得都不安心。汪大麻子,记得每年清明来看看我,跟我说说话,我喜欢跟你说话。"泪如雨下的汪阿兴道:"我答应你。""汪大麻子,再过半个月,这里就会回归平静了,"老铁头喘了一阵,又道,"好大的雪啊,好多的人啊,我好像看到了无数红旗在飘扬,我好像听到了胜利的欢呼声……我们,我们下辈子,下辈子还做搭档。"他头一垂,闭上了眼睛。汪阿兴悲痛万分:"老铁头……"声音响彻整个工地。

大雪飘飘洒洒。汪阿兴用铁锹拼命地挖着泥,他整个人如疯了一般。"汪大麻子,停一下,停一下。"老田走过去拉他,被汪阿兴用力一甩,甩开了。胡慧丽流着泪望着汪阿兴。泥土飞扬。一个坑成形了,他依旧疯狂地挖着。啪的一声,铁锹的木柄断了。汪阿兴愣了,蹲了下来,抱头痛哭。胡慧丽扑了过去,紧紧地抱住他。

雪停了。伴奏声无比响亮。县剧团的演员在台上演出,是绍剧《龙虎斗》,演员们翻滚跳跃。台下阵阵叫好声。戏台边,一辆客车挂着一条横幅——向参加大围涂的同志们学习致敬!徐定强站在客车旁,望着戏台。丁二南、鲁小妹也过来了。鲁小妹叫道:"定强哥。"徐定强不吭声。丁二南不悦道:"叫你呢?"徐定强走了开去。丁二南一把扯住了他:"小妹姐叫你呢。你耳朵聋了?""放手!""我偏不放,你还没有应她呢。你听见没有,我叫你应她。"丁二南道。鲁小妹道:"二南,算了。"丁二南什么话不说,就给了徐定强一拳。两人扭打了起来。鲁小妹惊叫道:"别打了,别打了!"鲁伟潮跑来了:"怎么回事?"他拉扯着两人,将他们分开:"都给我住手!"话音刚落,徐定强便一拳打在鲁伟潮鼻子上,顿时鲜血直流。鲁小妹惊叫道:"哥……"鲁伟潮一手捂鼻道:"我没事。定强,二南,好了,好了,我们都是兄弟。"徐定强怒声道:"谁跟你是兄弟?!谁跟你是兄弟?!你是害死我大哥的凶手!"他顾自走了。

江堤边,抛石队忙碌地作业。鲁伟潮与另一名队员,合力将一块巨大的石头推了下去,水花四溅。"伟潮,你们进度怎么样?""汪叔,我们保证进度,拿第一。"汪阿兴点点头,然后望着挑着一担碎石头的鲁小妹,叫了声:"小妹,你过来。"鲁小妹走了过来。"给我看你的手。"鲁小妹躲闪着。"这是命令。"鲁小妹无奈地伸出双手,血肉模糊。汪阿兴凝视着这双血手,然后大声道:"听我的命令,你去医疗室报到! 当赤脚医生!"鲁伟潮想了想道:"小妹,去吧。""汪叔,哥,那我走了。"她边走边回头,泪水涟涟。徐定强走了过来,一声不吭地望着汪阿兴。"定强,伟潮,来,你们拥抱一下。""在你眼里,他永远比我强。"徐定强说完,顾自走了。汪阿兴皱了眉头。

江水滔滔。一条船在江中闪着渔火。一切显得特别宁静。姚婶停下脚步,望着鲁伟潮、徐定强、丁二南三人,好久不说话。她指着钱王江道:"你们现在对着钱王江发誓,以后再也不打架了。"徐定强道:"娘……"姚婶痛心疾首道:"都给我跪下!"三人跪下了。"你们虽然不是亲生兄弟,但从小一块儿长大,跟亲兄弟一样。以后,你们还要互帮互助。可是你们都干了些什么? 你们今天要是不发誓,就一直跪到天亮。"跪着的鲁伟潮、徐定强、丁二南望着钱王江,不吭声。姚婶怒声道:"好吧。你们接着跪吧。"她走了。

一缕阳光在天边显现。跪着的三人冻得头发眼睛眉毛全是霜白。姚婶与徐阿福、鲁小妹、徐曼丽、丁二南娘等人过来了。徐阿福见了,赶紧上前去拉他们。姚婶大声道:"阿福,让他们继续跪着。""你把他们冻坏了,他们是人。起来,起来再说。"鲁伟潮结结巴巴地说道:"姚……婶……阿……福叔,我们……是兄弟。"徐定强同样结结巴巴:"我……们是……兄弟。"丁二南道:"我、我们……是兄弟,是三兄弟。""都起来吧。"姚婶道。跪着的三人毫无动静。徐阿福上前一拉,鲁伟潮倒下了,徐定强与丁二南同样也倒下了。姚婶心疼地道:"阿福,小妹,曼丽,快,把他们扶回去,冻坏了,冻坏了,给他们生火去,把身子烤热了。你们三个呀,真是的,干吗不早点说呢? 非得冻一夜才明白啊?"她蹲了下来,哭了。这时,一个人边喊边叫地奔跑过来。鲁小妹欢喜地叫道:"玉洁姐……玉洁姐回来了。"

不远处,锣鼓喧天。汪阿兴紧紧地握着一名解放军指战员的手道:"欢迎你们,军民团结如一人啊。"指战员大声道:"向萧金县人民学习致敬!"战士们吼道:"向萧金县人民学习致敬! 向萧金县人民学习致敬!"他们排着整齐的队列去了工地。

几天后的清晨,郑天林站在江堤上,一言不发。"郑工,"汪阿兴走了过来道,"我听说你一早就站在这里了。""汪大麻子,明天就要完工了。我心里堵得慌,我想放声大笑,或者大哭。无论走到哪儿,这一段岁月将永远留在我的记忆里。""郑工。在这里,哭一场,笑一场都是对的。"他与郑天林紧紧握手。"工程完工,我也要回去了。可是,我不想离开这儿,这儿成了我的家。请问,我可以留下来吗?""欢迎你。"两人紧紧拥抱。

萧金县人民大会堂外的马路边,插满红旗。高音喇叭响亮,正在播音——党的十一届三中全会胜利召开的消息。街道上挂满横幅,走来走去的人都喜气洋洋。

会堂内,满满当当的人。主席台上坐着省革委会谭书记、柳副书记,市革委会陈书记,钱王江管理局胡仁义,县革委会张建设、李贵生等人。张建设读着:"……同志们,这一刻,我们仿佛看到了那些苦难岁月……父子兵、娘子军、娃娃队,你们不畏严寒,肩担手提……"他的眼中含着热泪。掌声不绝于耳。张建设道:"同志们,从此以后,我们萧金县再也不用吃钱王江的苦头了,我们……我们创造了历史,我们创造了人类造地史上的奇迹!"掌声雷动。老田四处张望,却没有发现汪阿兴的身影。

汪阿兴与胡慧丽并肩站在老铁头的坟前。"老铁头,我跟慧丽今天领了结婚证,我还让郑工给我们当了一回证婚人。我们俩现在来看你了。喜酒呢,我也带来了。"说着,他拉开放着的一只包,取出一瓶酒,拧开。他在坟前边洒酒边道:"老铁头,你下象棋比我好,可喝酒一定不如我,你喝了这瓶酒,一定会醉了。不要紧,我会站在这儿,会背你回家的。"他流泪了。胡慧丽也流泪了。两人紧紧拥抱。不远处,江水平静。突然,远远地,传来了钱王江的潮水声。一条白线正疾驰而来。

大　围　涂

（上）

俞梁波　著

中国出版集团

东方出版中心

图书在版编目(CIP)数据

大围涂：全 2 册 / 俞梁波著.—上海：东方出版
中心，2017.7(2019.5 重印)
ISBN 978 - 7 - 5473 - 1138 - 7

Ⅰ.①大…　Ⅱ.①俞…　Ⅲ.①长篇小说-中国-当代
Ⅳ.①I247.5

中国版本图书馆 CIP 数据核字(2017)第 141123 号

大围涂(上下)

出版发行：东方出版中心
地　　址：上海市仙霞路 345 号
电　　话：(021)62417400
邮政编码：200336
经　　销：全国新华书店
印　　刷：上海盛通时代印刷有限公司
开　　本：890×1240 毫米　1/32
字　　数：600 千字
印　　张：24.25
版　　次：2017 年 7 月第 1 版　2019 年 5 月第 5 次印刷
ISBN 978 - 7 - 5473 - 1138 - 7
定　　价：68.00 元

目　录

上

第 一 章 ……………………………………………… 3

第 二 章 ……………………………………………… 27

第 三 章 ……………………………………………… 46

第 四 章 ……………………………………………… 67

第 五 章 ……………………………………………… 82

第 六 章 ……………………………………………… 97

第 七 章 ……………………………………………… 116

第 八 章 ……………………………………………… 144

第 九 章 ……………………………………………… 158

第 十 章 ……………………………………………… 174

第十一章 ……………………………………………… 200

第十二章 ……………………………………………… 226

第十三章 ……………………………………………… 244

第十四章 ……………………………………………………………… 266

第十五章 ……………………………………………………………… 291

第十六章 ……………………………………………………………… 313

第十七章 ……………………………………………………………… 333

第十八章 ……………………………………………………………… 353

第十九章 ……………………………………………………………… 369

下

第 二 十 章 …………………………………………………………… 389

第二十一章 …………………………………………………………… 406

第二十二章 …………………………………………………………… 422

第二十三章 …………………………………………………………… 441

第二十四章 …………………………………………………………… 459

第二十五章 …………………………………………………………… 474

第二十六章 …………………………………………………………… 494

第二十七章 …………………………………………………………… 511

第二十八章 …………………………………………………………… 526

第二十九章 …………………………………………………………… 545

第 三 十 章 …………………………………………………………… 558

第三十一章 …………………………………………………………… 574

第三十二章 …………………………………………………………… 594

第三十三章 ·· 612

第三十四章 ·· 631

第三十五章 ·· 647

第三十六章 ·· 664

第三十七章 ·· 681

第三十八章 ·· 698

第三十九章 ·· 714

第 四 十 章 ·· 722

第四十一章 ·· 739

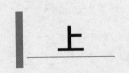

上

第一章

夜色沉沉，一道刺眼的闪电将天幕撕开了一个口子。随之而来便是一声惊雷。这雷声实在骇人，仿佛是在空中炸响的。八月，正是闷热得令人想找个地洞钻下去的月份。台风裹挟着暴雨，疯狂地朝钱王江边的鲁家湾大队扑来。仿佛一切都是在瞬间发生的。现在的钱王江波涛汹涌了。天黑之前，它还温顺得像个小媳妇，这会儿，却像是发了疯似的，巨浪层层叠叠，伴随着潮水冲向堤岸。堤岸上，水花四溅。

一道微不足道的手电光在堤岸上闪烁。手电光随着奔跑在不停地晃动，依稀可以听到奔跑着的喊潮人丁老三的喘息声，喘息声被风送来，又一股脑儿地收走了。他边跑边喘息，身子好像要飞了起来似的。他几乎是连滚带爬跑向那口大钟。大钟悬挂着，两根支撑的木柱在摇晃，吊着大钟的绳子则发出金属一样的声音。狂风再起，还没等丁老三跑到大钟前，剧烈摇晃的吊大钟的绳子断了，大钟滚落。丁老三在地上打了个滚儿，顷刻，传来他声嘶力竭的呼救声："潮来了，潮来了……"他摔了一跤，手中的手电滚落，熄灭。随之便是一声决堤的巨响，巨浪滔天。丁老三像一片树叶一样，消失在大水之中。

奔涌的江水像巨兽一样扑向鲁家湾大队。天空显得异常干净，好像被洗过了似的。走着的云开始奔跑，一眨眼便消失了。茅草舍一间接一间地被汹涌江水席卷而去。电闪雷鸣。瞬间照亮了人间灾难。一切都在消失。一双双在水里沉浮、挣扎、隐现的大手小手,到处都是稍纵即逝的哭喊声……

一缕阳光显现。水慢慢退去了。钱王江边的鲁家湾大队消失了。之前的茅草舍不见踪影。一些倒塌的茅草舍掩于泥沙之中。水上漂浮着茅草、衣服、木桶、断木头等。一个被水包围的土堆上,有个人动了一下,她坐了起来。13岁的鲁小妹,披头散发,撕心裂肺地哭喊:"爹,哥……"她的声音传了开去,像水面上微微荡着的涟漪似的。她恐慌地看着土堆上的土在一点点掉落水中。她摇摇晃晃地站了起来,突然,身子一歪,掉进了水里。她拼命地爬上了土堆,全身湿淋淋。她再次哭喊:"爹,哥……"嗓子嘶哑了。

距此土堆约百米处,一只满是泥的手紧紧抓着一根笔直竖着的木头。这只泥手拿掉了盖在头顶的铁锅,不安且嘶哑地喊:"伟潮,小妹。"不远处,剃着光头却顶着一片菜叶的鲁伟潮从附近散架的草舍屋顶里钻了出来:"爹。我在这里。""小妹呢?她人呢?"鲁阿牛一脸焦急。鲁伟潮停下抹脸的动作,将双手握成喇叭状:"小妹……小妹……你在哪里?"他哭了:"爹,小妹一定是被大水冲走了。呜呜。小妹死了,她一定死了。"鲁阿牛怒声道:"现在还不是哭的时候。找,我们赶紧找。"他走到鲁伟潮身边,父子两人齐心协力扯拉着这堆又湿又重的茅草。一只绣着一朵荷花的鞋子出现在他们眼前。鲁伟潮一个箭步上前,抱着鞋子,号啕大哭:"小妹的鞋,姚婶给小妹绣的鞋。"鲁阿牛一屁股坐地上,说不出话来。

这时,从不远处的土堆后面传来一个悲痛欲绝的声音:"没了,什么都没有了。"鲁伟潮愣了一下,说道:"是姚婶,姚婶她还活着。"抱着鞋子的他跌跌撞撞地跑过去。此时,姚婶摇摇晃晃站了起来,头发上、脸上全是泥沙。她用手捋了一下脸,眉宇间全是悲伤。鲁阿牛冲了过去,低声道:"阿英,阿福他们呢?难道……"他不敢说下去了。姚婶悲痛欲绝地摇晃着:"尸骨无存呀,我的大军、定强、曼丽呀,你们留下我一个人,我可怎么活呀?"她的身体持续地摇晃,随时都将倒下。鲁阿牛快步上前,扶住她,轻声道:"阿英,你要坚强。"姚婶闭上眼睛,泪流满面。

"人……人……"鲁伟潮突然道,他的手机械般地抬起。在姚婶的身后方向,几个高矮不一的泥人正陆续地站起来。他们一律是泥脸。姚婶回过头,发疯一样奔跑过去。她接连跌了几跤。她从地上爬起,连滚带爬过去。她搂住一个人就使劲抹他脸上的泥,嘴里"定强,曼丽"地叫着。鲁阿牛看着姚婶有些疯疯癫癫的样子,双手抱头蹲了下来。鲁伟潮呆呆地站着,紧紧地抱着手里的绣花鞋,泪水啪嗒、啪嗒地掉了下来。晚饭时,一家三口坐在小桌子边吃饭。鲁小妹开心地说道:"哥,姚婶说了,以后啊,每年都给我做一双鞋子。"15岁的鲁伟潮笑着说道:"小妹,姚婶家好几口人呢,为啥给你做?"鲁小妹不高兴了。鲁阿牛见状,笑道:"小妹,你将来长大了,给姚婶做。做人要知恩。"鲁小妹重重地点点头。

在那个土堆上的鲁小妹惊恐地看着身下的泥土随着流水在不停地塌落,她像个病人一样站了起来,摇晃一下之后,扑通一声落进了水里。她顺着水流漂走了。另一只绣花鞋在水面上漂浮。依稀传来姚婶撕心裂肺的哭喊声……

而在钱王江的决口处,可见许多沙包和支撑的木柱,高高地垒起,像一堵铜墙铁壁。此墙长约一里。

一面红旗在随风飘扬。红旗下,一堆泥人横七竖八躺在高高的沙包下。几架梯子摆放凌乱,其中有散架的;一些绳子散落在地。躺着的人有的睡着了,发出了沉重的呼噜声。有人半醒半睡,一副起不来的样子。突然,一声尖厉的哨音响起。人堆里,一个全身是泥、疲惫不堪的男人猛地坐起:"起来!起来!都给我起来!"他再次吹响了嘴里的哨子。躺着的人群不情愿、慢腾腾地坐了起来。昨晚上,他们拼尽了全力,个个累得够呛。男人打量了一番歪歪斜斜站起来的众人,大声叫道:"老铁头!老铁头!"一个按着流血膝盖的人应声:"汪书记,他去公社了。"男人愣了一下,大声:"都给我起来，整队。"他整了整凌乱的衣服，扭了扭脖子，然后大吼："听我口令，立正！向右看齐，喂，排头兵，对，就你，抬头挺胸。都有，稍息。"

列队的众人脸上呈痛苦之色，有人哎哟、哎哟地叫。有人道："汪书记，我站不住了，两条腿在打摆子。"话音刚落，扑通一声摔倒在地。众人哄笑。又一人道："汪阿兴同志，我的力气使光了，一点都不剩了。"说完，一屁股坐地。众人再次发出哄笑声。汪阿兴神情严肃，一声不吭。他缓慢地将吊在脖子上的哨子摘了下来，放在嘴里，又吹响了，这一回吹的哨音是紧急集合。众人利索地列队，瘫软在地的两人也站了起来，被人搀扶着站在了队列里。这时，有人说："汪书记，你流血了。"血顺着汪阿兴的肩膀流下来，将左臂染得血红。他并不理会，大声道："昨夜抢险，大家都累得够呛，有同志还吐血了。可这是非常时期，我顾不了这么多了。现在，我下命令，按昨夜抢险时的分组，赶快搜救群众。老铁头不在，他的那个组由……"

"老铁头来了。"汪阿兴转头望去，矮个子的老铁头跌跌撞撞地跑来："汪书记，汪书记，县里来人了。"话音刚落，他一脚踩空，掉进了一个水坑里，他在水坑里扑腾着。有人笑道："落汤鸡。"汪阿兴跑了过去，一把拉起了他："县里的人呢？"一身泥水的老铁头一脸苦笑，吐掉了嘴里的泥沙："在公社，唉，杀威棒就要打下来啰。"汪阿兴愣了一下，他知道这句话的分量。老铁头叹了一口气："听天由命了。"汪阿兴一脸不悦地道："少说丧气话。"他手一挥道："同志们，按我刚才的分组，马上搜救群众。"老铁头将头一昂，大声道："怎么搜救？大水汪洋少说也有方圆几十里，就这点人撒开去，无异于大海捞针。再说都去搜救，大堤还守不守了？"

汪阿兴望了一眼沙包墙，大声道："留一两个人看守大堤。一有情况马上报告。"老铁头冷笑一声："怎么报告？要电话没电话，那口大钟又不见了，难道靠嗓子吼啊？"汪阿兴脸色一变："那你说怎么办?"老铁头脸色缓和下来,指了指沙包墙道:"依我看,搭高梯子插上红旗,红旗飘着就没事,红旗没了一定出事了。"汪阿兴想了想:"好,就依你说的办。我给你留个人当助手。"他指了指膝盖流血的那人:"就你。"老铁头愣住了:"这……这……那县里的来人怎么办?""不管了,让他等着吧。走!"汪阿兴大步地走了。

众人按小队分散地走了。老铁头愣愣地站着,不时地摸一下头,一副手足无措的样子。地上坐着的人说道:"老铁头,你这不是害我吗? 要是来潮水,把江堤冲垮了,怎么办?""你不是有腿吗?"老铁头手一指他的腿道,"跑呗。""腿? 我腿都快断了。来潮水了,你得背我,"地上坐着的人手撑地站了起来,嘴里哎哟地叫了一声,然后又道,"这个汪阿兴,我看啊,是个草包。"老铁头愣了一下道:"为什么?"那人摇摇头道:"不是草包会来我们宁和公社吗?"老铁头若有所思地点点头。他坐了下来,看着高高的沙包墙,突然流泪了。那人也流泪了。他们知道,这次钱王江决堤,肯定又死了不少人。

百里之外的萧金县城,街道上一片凌乱。路面的积水渐渐退去,一些被台风刮断的行道树东倒西歪。一些人正在清理。偶尔,有人推着自行车慢腾腾地走了过去。街道旁的萧金县革委会办公楼前面的灰色墙壁上,刷着一排白色的标语:千万不要忘记阶级斗争! 门口,则像医院一样,人进人出。偶尔有人捂着脸无声地哭着,走了。

一楼的值班室电话铃声不断。几名工作人员十分忙碌,分别接听或摇着电话机。县革委会办公室主任金健康急匆匆走进值班室:"小章,宁和公社的电话通了吗?"工作人员擦了一下额头的汗:"金主任,还没通。"金健康皱眉道:"十万火急啊。继续接,通了马上报告。"他急匆匆地走了。话务员使劲地摇着电话机,大声叫道:"喂,喂……"

皱着眉的金健康急匆匆地走上楼梯,想了想,转身朝二楼的会议室走去。门口,两名值勤的民兵肩枪,一副警惕的样子。金健康走到他们跟前说:"撤了吧。""没有上级指示,我们不能撤。"一名民兵道。金健康生气道:"上级?我不就是你们上级吗?撤了!"两名民兵不吭声,但依旧不走。金健康气得说不出话来,一推门进去了。

会议室内烟雾腾腾,神情严肃的众人坐着。大家都不吭声。墙上挂着马克思、列宁、毛主席像。气氛显得凝重。黑脸的县革委会书记张建设突然一拍桌子道:"同志们,人命关天,不能再拖下去了,我们开会研究,从晚上到现在,浪费了多少时间啊?"他看了一眼走过来的金健康道:"老金,水退了吗?电话接通了吗?能去宁和公社了吗?!给我想办法调船!"金健康摇摇头,一脸无奈道:"电话还没有接通。船全部调去采石场了。"坐在张建设旁边的县革委会副主任王宝年道:"张书记,钱王江决堤这件事关系到我们在座全体干部的命运,这是大事啊,要慎重考虑。"

众人点头。张建设火了:"现在最要紧的是去宁和公社,可是你,你倒好,一直扯着我开会。从晚上开到现在,白白浪费这么多时间。"王宝年有些不悦道:"张书记,话不能这么说。不是我扯着你,是这起事件扯着我们。我们先要对这起事件有个定性,口径必须一致。是强台风遇上厉害的天文大潮,钱王江才决堤,这是百年一遇的天灾。至于你说的人祸呢,这个还是再研究研究嘛,慎重一点好。"他又点着了一支烟。有人附和道:"是呀,是呀,百年一遇的强台风导致钱王江决堤,这是谁也没法子预料的天灾。"赞同此观点的人纷纷点头。张建设大声道:"不管是天灾,还是人祸,现在没有时间再坐在这儿继续研究下去了。一方面我们要赶紧向上级汇报钱王江决堤事件,这事由我负责。另一方面王副主任你负责牵一下头,马上安排好灾民的生活。他们已经无家可归了,我们不能寒了他们的心。"

此时,一名同志跑了进来:"张书记,省革委会柳副书记的电话。"气氛瞬间凝重。张建设马上离开座位去外面接电话。会议室里顿时交头接耳,议论纷纷,嗡嗡嗡的声音响成一片。王宝年站了起来,摆摆手,一下子安静了。他有些满意地看了众人道:"同志们,我再向大家解释一下,不是我王宝年不讲理,现在遇上这等大事了,我们不得不慎重啊。"众人点头。金健康皱了一下眉道:"王副主任,门口那两人可以撤了吧?"王宝年道:"不急。"金健康瞪了他一眼,气呼呼地走了。在门口,他瞪了一眼两个民兵,摇摇头,走向书记办公室。他看到拿着电话筒的张建设在说道:"是……是……是……"放下电话,一脸凝重的张建设对身边站着的金健康说:"老金,天要塌下来了。"金健康一脸不解。张建设长叹一声道:"萧金县就是这个命,多灾多难啊!"说着,他的泪水涌了出来。金健康着急道:"张书记,你……"张建设转过身去,抹了一下泪水,长叹一声道:"上刀山,下火海,我都不怕,可是我就怕这条钱王江啊。老金,走。"

两人急匆匆步入会议室。众人仿佛得到了指令,嗡嗡嗡的议论声马上消失了。王宝年起身,关切地问道:"柳副书记什么指示?"张建设痛心疾首地坐了下来:"柳副书记指示,当务之急是马上安排好灾民的生活,还有,千万不能让敌对分子散布谣言,这谣言要是满天飞,那城里就乱了,唉。"王宝年坐下,着急道:"责任呢?柳副书记有没有说这是天灾啊?这是天灾?"张建设一摆手打断他:"别说了!什么都别说了!"他的神情有些愤怒。王宝年点头道:"我们一切按照柳副书记的指示办。""当然按柳副书记的指示办。只是,同志们,大家别忘了,此次决堤事件我们尚不知死了多少人。直到现在,宁和公社的电话还没通,具体的伤亡数字还没有报上来。我们不能就这样轻描淡写地按照指示办,我们要深刻地自我检讨。我是书记,到时候我第一个检讨。"张建设道。

大家纷纷垂下了头。王宝年看了一下众人,又道:"张书记,县城里受灾情况也不容乐观,行道树刮断,自来水供应不上,一些旧房屋倒塌。"张建设皱着眉道："物质和人员什么的优先保证宁和公社，宁和是重灾区。"说着，他喝了一口茶，把白色搪瓷茶缸往桌上重重一顿："今天的会就开到这里。你们都给我打起精神来，别他娘的都像被阉了的公鸡似的。"

会议散了。两位落在后面的干部走向楼梯，边走边说。身材瘦削的干部对另一位显得略胖的干部说："这一回，汪阿兴是阴沟里翻船了。"略胖的干部摇摇头："汪大麻子放着好好的楼山不待，喜欢去滩涂荒凉之地宁和，他以为离开了楼山，这辈子就清白了，我看啊，他这个算盘打得太精了，结果搬起石头砸自己的脚。"瘦削的干部叹了口气道："唉，这是命呀，汪阿兴就是这个命。"

阳光热烈，好像光芒万丈。鲁家湾大队的灾民们渐渐多了起来。他们边呼喊，边慢慢地朝各个高地集中。他们疲惫地搀扶着向前。不时传来哭声。有一个女人躺在地上号啕大哭，两个女人使劲拉她。鲁伟潮搀扶着伤心欲绝的姚婶，缓慢走着。姚婶神情木然，好像傻子一样。昨晚的一切就像个梦。夜晚，煤油灯下，缝补着的姚婶望着熟睡中的孩子们，站起了身。靠着墙角睡着的徐曼丽突然动了一下，嘴里叽里咕噜地说着梦话。姚婶轻叹一口气，走过去轻轻地拍了她几下。她翻了个身，不再说梦话了。这时，在外纳凉的徐阿福进来了："阿英，睡了吧，外面风特别大。"姚婶轻声道："你轻点声。"徐阿福躺了下来，他看着草舍的顶，小声道："我寻思着，明年再修个草舍，要是哪天刮大风，吹掉一个草舍，老天爷总会给我留一个。"姚婶苦笑道："哪来的钱？"徐阿福自言自语："总有办法的，总有办法的。"突然暴雨如注。姚婶紧张地看着草舍顶道："阿福，你听。"徐阿福翻了个身："不就是大雨吗？一年到头终归有几场大雨的。睡了。"心有不安的姚婶走到门口，望了一眼漆黑的天空，雨水在门前汇成水流。突然电闪雷鸣，一声炸雷。床上躺着的徐曼丽被雷声惊醒了，她坐了起来，揉着双眼道："娘，我害怕。"姚婶赶紧过去,抱着她道:"不怕,不怕,娘在呢。"躺着的徐大军和徐定强也醒来了。徐定强紧紧抱着徐大军,一脸恐惧。徐阿福坐了起来,不悦道:"都给我躺下,这煤油灯的煤油不要钱吗?"他一下子吹灭了煤油灯。黑暗里,传来姚婶的声音:"阿福,你……"突然,草舍的屋顶被风给掀了。姚婶大叫:"快跑!"话音刚落,滔滔大水摧枯拉朽,将眼前的一切都抹去了。

走着的姚婶突然矮下了身子,双手掩面,无声地哭着。鲁伟潮小声劝慰道:"姚婶,我爹说了,只要活着,总还有盼头的。"姚婶抹了一会儿泪脸,站了起来,点点头。两人在经过一道土坎时,眼尖的鲁伟潮发现了一个熟悉的身影,他瞪大眼仔细一瞧,惊喜道:"姚婶,那,那不就是大军哥吗?"姚婶一个激灵,像突然苏醒过来似的:"在哪儿? 我的大军在哪儿?"鲁伟潮手一指土坎下的那个人:"那。"姚婶像复活一般,狂奔过去:"大军,我的大军。"19 岁的徐大军转过身来,也是一脸惊喜:"娘,娘……"母子俩紧紧地抱在一起痛哭。鲁伟潮边擦眼泪,边走了过去:"大军哥。"徐大军说道:"伟潮,你见着定强和曼丽了吗?"鲁伟潮摇摇头:"大军哥,你见着小妹了吗?"徐大军也摇摇头。

这时,鲁阿牛背着昏迷的鲁小妹,走了过来。湿淋淋的鲁小妹的身体在他的背上晃动着。鲁伟潮欢喜地迎了上去。当他的手触碰到鲁小妹的头发时,鲁小妹睁开了眼睛:"哥。爹,放我下来。我渴。"不远处,传来吵闹声。原来在相邻的一块高地上,一些灾民围着 14 岁的丁玉洁七嘴八舌责问:"丁老三人呢? 我们活要见人,死要见尸。"瘦弱的丁玉洁身上脸上全是泥,她一个劲地哭。一个瘦瘦的妇女尖着嗓子骂道:"是丁老三害了我们。他为什么不敲响大钟? 赔我一家人的命来。赔命来! 父债女还。"她一把扯住丁玉洁,推来搡去。另外几名妇女也都咒骂丁玉洁。她们的神情无比愤恨,恨不得要将丁玉洁撕了似的。丁玉洁害怕极了。

牵着鲁小妹的鲁阿牛看不下去了,走了过去,大声道:"你们别这样逼她了，她还是个孩子。"一个男人跳了出来，眼睛血红："阿牛，我们就是要让她去死，让她赔命。""阿宝，你让她赔什么命?!你们这是干什么?!"鲁阿牛厉声道。徐阿宝指着丁玉洁，愤怒地道："丁老三害人，让她赔命。让她殉葬。"旁边几个人齐声道："对，让她殉葬。"鲁阿牛把丁玉洁扯到了自己身边："我不许你们动她。"徐阿宝扑了上来，与鲁阿牛扭打在一起，他们在地上翻滚。鲁阿牛将他压在身下，喘着气道："阿宝，玉洁也是鲁家湾的女儿。"徐阿宝把整张脸埋在泥地里，一副不想活的样子。鲁阿牛扯起他，说道："乡亲们，我说句公道话。这么大的台风，大暴雨，还打雷，哪还听得到钟声？丁老三他，他也……"他望了一眼丁玉洁："唉，这是命啊。"丁玉洁依旧惊恐地大睁着眼，令人心生怜悯。鲁小妹拉住丁玉洁的手道："玉洁姐，我爹在，你别怕。"丁玉洁紧紧地咬着嘴唇，忍着不掉泪的样子，身体持续地颤抖着。鲁阿牛望了一眼远处，说道："乡亲们，我们赶紧找人吧。"

远处，隐约可见一支搜救队。搜救队员别着红袖章，手持锣和脸盆，一路走，一路敲，一路喊："有人吗？还有人吗?"后来，随着呈现的场景越来越凄惨，队员的声音也越来越悲伤，带着哭音："有人吗？还有人吗?"一名搜救队员蹲了下来，呜呜地哭着。另外几名搜救队员看了一眼四周的汪洋一片，也都哭了。哭声仿佛遥远的钟声，荡了开去。

窗外的水依旧还在荡漾着，就像一面巨大的镜子。砰的一声，桌子震动了一下，好像天空炸了雷似的。在这间简陋的办公室里，一张旧桌子上搁着一架手摇电话，一把木椅子的油漆掉得差不多了。墙上挂着一幅萧金县地图，紧挨钱王江的宁和公社被红色圈着。汪阿兴将拳头松开了，背着手在萧金县地图前踱来踱去。他突然又重重一拳砸在墙壁上，转身猛地拿起桌上的电话机，喂喂两声后："他娘的，都是吃干饭的。"他重重地把话筒扔了，大喊："老铁头，老铁头。"

没人应声。他趴在窗口,仿佛听到远处飘来的哭声。他眼前好像闪现出一幅凄惨的画面,他全身软绵绵地一屁股坐地,抹了一把泪。他的臂很是疼痛。他咬着牙,大步走向门口,全身湿淋淋的马加荣冲了进来,两人差点迎面相撞。马加荣道:"总算让我逮着你了。"汪阿兴一惊:"是马秘书呀,老铁头说的县里来人就是你啊,咦,张书记也来了?"他踮起脚紧张地往马加荣身后张望。马加荣摇摇头道:"张书记来不了,王宝年副主任一直拖着张书记开会,张书记脱不了身,我是传令兵。张书记指示,要想尽一切办法安顿好灾民的生活。"汪阿兴点点头:"请组织上放心。"马加荣道:"电话也不通,水淹了路,宁和公社真成孤岛了,伤亡情况怎么样? 我听说你带搜救队去搜救了。"汪阿兴的眼睛红了,他强忍泪水,哽咽道:"我……我……"马加荣善解人意地望着他。

汪阿兴又一拳砸在桌上:"马秘书,没想我刚来宁和公社就遇上这种事。目前,伤亡的数字还没统计,但从搜救的情况来看,还算不错,具体的数字要到明天才出来。"马加荣着急道:"你要抓紧,你知道张书记的脾气。"他发现了汪阿兴的左臂还在流血,关切地道:"你受伤了?"汪阿兴不在乎地道:"擦破点皮。""让卫生院给你打一针吧,要是得了破伤风,就是神仙转世也救不了。"汪阿兴道:"死不了。"

马加荣看了看四周道:"光顾着说话,嗓子快冒烟了。给口水喝。我可是游过来的,水漫漫一片,根本就没路了。""实话告诉你马秘书,一滴水都没有。"马加荣吃惊道:"你的那几只大缸呢? 我刚才来时就听说公社办公楼因为地势高,没被淹呀。"汪阿兴道:"大缸里的天落水我都让搜救队用军用水壶灌走了,天气这么热,灾民们需要水。"马加荣看了他一眼,无可奈何地道:"你们宁和公社也真够穷的,我知道,就那几只大缸还是你从县里偷来的。""那不叫偷,叫借,是向县委招待所黄所长借的,我打了借条。"汪阿兴一脸苦笑。马加荣一拍脑袋:"在你眼里,借跟偷没什么区别。""马秘书,你这话可不对,偷就是偷,借就是借,这是两码事。"汪阿兴大声道。马加荣一拍脑门道:"啊呀,差点忘了大事。张书记最后叮嘱说,告诉汪大麻子,要是办砸了,我找他算账。"汪阿兴叹了口气道:"现在就是把我脑袋割了我也无话可说。你回去告诉张书记,我不会让一个灾民没水喝,没饭吃的。""那我先回去了。张书记还等我的汇报呢。"他使劲地咽了一下喉咙:"真渴。"他转身欲走。"马秘书,你不许跟张书记说几只大缸的事,"汪阿兴着急地道,"我怕他让我送回去。""放心吧。我保密。"马加荣快步走了。

汪阿兴走到门口,想了想,又转身走到地图前,皱着眉。他看了一眼肩膀上的伤口,还在流血。他继续摇电话机。他心急如焚,电话不通,宁和公社就跟外界断了联系。而他之前派出去的公社文书张文化还没有回来。

公社楼下,模样清秀,身材高挑,约二十七八岁的卫生院方医生背着药箱急匆匆走着,她与马加荣打了个照面后,走进楼里去了。马加荣若有所思地停了一下脚步,然后快步走了。

汪阿兴咬着牙,小心地撕着黏在皮肤上的一些衣服碎布条……他的左臂血淋淋的。进来的方医生见了,忙说:"别动。"汪阿兴吃惊地看了她一眼:"方医生,你……你怎么来了?"方医生一步上前,说道:"汪书记,你别动,别动。"她利索地取下药箱,打开,取出纱布。"方医生,没事,我自己来。"方医生皱着眉道:"皮肤都磨烂了,还说没事。你别动,我先给你消毒,然后包扎。"她说着走了过来,又道:"来,我帮你脱衣服。"汪阿兴有些不好意思:"方医生,这,这……"方医生也不多说,上前就利索地替汪阿兴脱了上衣,然后打开药箱,用红药水在伤口处涂抹,轻声道:"疼吗?"汪阿兴脸红红地道:"方医生,还是我自己来吧。""汪书记,我是卫生院的医生,现在你必须听我的。"她边说边干,利索地缠上了纱布,刚想绑上,这时电话响了。

汪阿兴欢喜道:"谢天谢地,电话总算接通了。"他一手抓起电话,大声道:"喂,我是汪阿兴,嗯,张书记……是……是……是……"他搁下电话:"方医生,我现在得去安置点。"方医生吃惊道:"还没绑上呢。"汪阿兴道:"算了,这点小伤算不了什么。"他大步走了。方医生愣愣地站着,醒悟过来似的:"汪书记……我有事要跟你说。"她匆忙收拾药箱,然后追了出去。可是,汪阿兴骑着自行车一溜烟就走了。方医生呆呆地站着。她发现眼前的水退得很快。

汪阿兴在乡间小路上骑着自行车,路上仍有积水,且显得坑洼不平。他娴熟地骑着车,在路上扭着S形。远远地,便看到了宁和学校的校门。他突然跳下车,用手探了探路边的积水,发现水没过手掌。他看着远处依旧汪洋的水面,皱眉想了一会儿,骑上车,走了。宁和学校的校门呈现在他的眼前,墙上刷着"好好学习 天天向上"。汪阿兴又跳下了车,推着走着。他听到了吵闹声。他加快脚步走去。

学校的小操场上,一群人吵吵闹闹,有躺地上的,也有哭喊的。操场的一角,丁玉洁蹲在地上,惊恐地望着,她的身体在微微地颤抖。突然,人们安静下来了。两个男人抬着那口大钟进来了。众人围了上去。丁玉洁也站了起来,踮着脚望。"当……"接连敲了几声后,有人大喊:"丁老三呢,他躲哪去了?把他找出来,剥了他的皮,抽了他的筋。"丁玉洁马上蹲下,身子缩了起来。她在发抖。"我的儿你死得好惨啊……"有妇女又开始哭喊起来。有人马上朝丁玉洁走来。丁玉洁脸色惨白,剧烈地抖动起来。几个妇女围着丁玉洁,又哭又叫。姚婶大步过来了,着急道:"大家别难为她了。"鲁小妹也跑了过来道:"我爹说了,玉洁姐从今往后成了孤儿了。"她站在丁玉洁前,伸开双臂。丁玉洁突然放声大哭,肝肠寸断。

姚婶落了泪。她搀扶起丁玉洁,道:"苦命人啊。我们都是苦命人啊。你们就放过她吧。"徐阿福走了过来,瞪了丁玉洁一眼,怒声道:"长得就像个狐狸精,克父。"姚婶训斥道:"阿福,你少说几句。""丁老三要是不死,天理都难容。那天晚上他喝了酒,醉成烂泥,哪还会想着敲钟报警呢?顾自逃命都来不及了。我猜想啊,他早逃到县城去了。"徐阿福道。丁玉洁沙哑着嗓子,大声辩解:"我爹没有喝酒。我爹也没有顾自逃命。"她声泪俱下。徐阿福一脸不屑道:"要是哪一天让我遇见他,扇他 100 个巴掌都不解气,非得打倒在地,再踏上一脚,永世不得翻身。"姚婶恼火地道:"徐阿福你给我闭嘴! 你越说越离谱了。现在定强还没找着,不知生死,你,你……"她流泪了。徐阿福走了。姚婶擦了一把泪,道:"玉洁,你别听你阿福叔,他就是一张烂嘴。"鲁小妹安慰丁玉洁道:"玉洁姐,走,找我爹去,我爹会保护你的。"她牵着丁玉洁的手走了。身后的姚婶叹了口气。

众人围着钟。哭声若有若无。时间仿佛静止了。鲁阿牛搂着丁玉洁:"乡亲们,都别哭了,公社搜救队找着了定强,也找着了好几个人。只要我们活着,就有希望。"旁边,姚婶紧紧地抱着惊魂未定的徐定强,泪流满面。他们慢慢散了开去。这时,"当……"钟响的声音传来。"别敲了,别敲了!"有人哭喊,"这是丧命钟。"

到了校门口,汪阿兴匆匆跳下车,随手将自行车一丢便跑了进去。此时,在校外的另一条小路上,戴着眼镜的莫校长也匆匆跑来,叫道:"汪书记,汪书记……"大步走来的汪阿兴:"乡亲们,我是公社党委书记汪阿兴,鲁阿牛同志说得好,只要我们活着,就有希望。小姑娘别哭。"他搂紧了身边的鲁小妹,又道:"乡亲们,公社把你们安排在学校,暂时住下,有什么问题呢,你们跟莫校长说,跟我说。"莫校长点点头。鲁阿牛道:"汪书记,有你这句话,我们大伙儿心里就踏实了,只是,只是……""有什么话尽管说。对了,刚才你们……"鲁阿牛望了一眼丁玉洁道:"没什么,汪书记,家没有了,我们可以重建,反正这些年我们也习惯了,钱王江想哪一天坍江就哪一天坍江,只是,只是我们鲁家湾大队的老支书也不见了,我们,我们……"汪阿兴点点头,一脸沉重地道:"缺个带头人吧? 鲁阿牛同志你就担起这个责任来。我们会尽一切努力寻找幸存者的。县革委会张建设书记指示，要安排好你们的生活。你们放心，我坚决落实张书记的指示。乡亲们，毛主席教导我们说，下定决心、不怕牺牲、排除万难去争取胜利!"众人齐声高喊："下定决心、不怕牺牲、排除万难去争取胜利!"莫校长摘下眼镜，擦了擦泪水。

众人鱼贯而入。汪阿兴摸了摸墙壁，又拍了拍。莫校长推了推眼镜道："汪书记，宁和公社最结实的房子就是学校了。这房子是宁和公社二十多个大队共同修建的。可不比那些茅草舍，风一刮就倒，火一点就着。这墙是石头砌的，这石头是从十公里外的雷山拖来的。""那我放心多了。这可比我们公社革委会办公楼结实多了，我们那是泥垒的，一到下雨天，地上就湿答答，我刚来报到的那天就摔了一跤。对了，一共少了几个孩子?"莫校长有些痛心地道："目前还不清楚。"汪阿兴叹了口气，转身道："乡亲们，你们暂时住在这儿，渡一下难关。要相信党，相信公社。"鲁阿牛点点头。"汪书记，我们几时能回鲁家湾?"姚婶问道。汪阿兴犹豫了一下道："快则一个月，迟则三个月。对了，莫校长，麻烦你带人马上去一趟公社，搬一只大缸来。顺便去公社食堂里把米、面、红薯什么的，反正能吃的都给我统统拿来。"莫校长道："到时我打个借条。"汪阿兴从裤兜里拿出一枚个人私章，递给莫校长："你打借条的时候就盖我的章，就说这些是我借的。"莫校长为难地说道："这……"汪阿兴道："当务之急是要保证每个灾民不饿肚子!"他想了想又说道："莫校长你放心，苦日子总会过去的。我先走了。"他急匆匆走了。在校门口，他回头看了一眼众灾民，心里一酸，跑了。

他走到自行车前，刚推上车，老铁头便匆匆地走来了，一脸不悦地叫道："汪书记。""老铁头，你来得正好。红旗插上了吧? 对了，搜救队的情况报上来了吗? 还有，你赶紧给县里打报告，要求……"他此时才发现老铁头一脸不悦，便问道："出什么事了?"老铁头不吭声。汪阿兴不悦地道："老铁头，我问你话呢? 你装什么聋子啊?!""红旗插上了。搜救队的情况暂时还不清楚。"汪阿兴点点头,刚想开口,老铁头突然脸一沉:"是谁决定把鲁家湾大队的灾民安置在学校的?公社开会讨论了吗?出了事谁负责?"汪阿兴愣了一下道:"你这话什么意思?目前学校是全公社最安全、最方便的地方了,做灾民安置点最理想。你倒是说说,怎么安排他们?让他们去县城找张书记?还是睡路上去?现在,我们宁和还有什么地方最合适?"老铁头嗓门响了:"你是书记,是公社一把手,可这是大事,必须开会集体研究决定。到时上头追究责任,谁来负责?"汪阿兴火了:"我负责。""你怎么负责?"汪阿兴道:"我怎么负责是我的事。你管不着。"

老铁头听了,转身就走。汪阿兴也骗腿上车,骑了一小段路。走着的老铁头突然转过身来:"汪阿兴同志,你负不了这个责!"汪阿兴下了车,瞪着老铁头。两人大眼瞪小眼,僵持了一小会儿。汪阿兴道:"老铁头,今天你把话给我说清楚了,我为什么负不了这个责?"老铁头呼呼出气:"你不是宁和人!你只是个宁和的过客!用不了多久,你就跟以前的书记一样,拍拍屁股走了。"他转身大步走了。汪阿兴站着,若有所思。远处,老铁头的背影消失了。他推着自行车又走了一段,想了想,骗腿上车。

吉普车在路上飞奔着。坐在后排的张建设一脸自责地说道:"我有责任啊。一个月前,我送汪大麻子去宁和公社上任的那一天,我们站在泥堤上感慨钱王江的无比雄壮,感慨萧金县居然倚靠着这么一条气势磅礴的大江,却没有想到我们脚下是一个巨大的危险啊,我们脚下的危险,说来就来。""张书记,这是天灾。"坐在前排的马加荣道。张建设摇摇头:"这不是天灾。半个月前,汪大麻子打来电话说鲁家湾大队的喊潮人丁老三反映,江堤好像有些异常,似乎有管涌现象。我对汪大麻子发脾气说:这种事情你都来问我怎么办,你是第一天当公社书记呀?你这么多年的公社书记算是白当了。我估计呀，汪大麻子被我这么一骂，也就马虎了事了。我犯了官僚主义呀。"马加荣道："可是哪知道会来强台风大暴雨大潮呢？而且还是从来没有过的超强台风。再说了，钱王江坍江也是常有的事，我看过县志，自从有了这条江，就一直坍江，而且每次都会死人……"张建设摆摆手道："我们萧金县从 1966 年正式开始搞围涂，搞一阵，歇一阵，后来老倪还被处理了。唉，虽然也围了几块地，但成效不大啊。这一回啊，把我们的老本都吃了个精光。""对了，张书记，楼山是汪大麻子的家，他土生土长在楼山，他在那儿干得好好的，偏偏要来这荒凉的宁和？"张建设揉了揉太阳穴："我们的一些干部呀，把精力都用在结交朋友上，讲哥们义气，讲山头主义，讲派别。有几名干部向我反映，说汪大麻子在楼山都快成山寨王了。"马加荣摇摇头："我觉得他不是那样的人。""人言可畏啊……"

司机老王突然道："快到了。张书记你是去宁和公社，还是去鲁家湾？""先去鲁家湾。"车大灯突然灭了。马加荣吃惊道："啊呀，车灯坏了，一片漆黑，这可怎么办？老王，这破车……"老王道："张书记，我马上修。"张建设道："不管了，你只顾开，到了鲁家湾再修。"一路上，吉普车开始颠簸。马加荣一脸紧张地道："老王，你可得小心了。"车窗外，夜色浓郁。

夜已深。小操场上显得静寂。站着的汪阿兴递给鲁阿牛一支烟："少了多少人？"鲁阿牛叹了口气："我早算过了，少了 35 人。"汪阿兴倒吸了一口冷气，他拿香烟的手颤抖了一下，香烟掉在地上了。他捡起烟，小声道："你会不会算错？""不会。我太了解钱王江了，我爹我娘就是被它收走的，它要是来收命，最硬的命也被收走了。"汪阿兴颤抖道："你估计还会不会有幸存者？我们的搜救队还没有全部归队，说不定还有幸存者。"鲁阿牛摇摇头。汪阿兴不死心地道："喊潮人丁老三呢？我听说他逃跑了？"鲁阿牛叹了口气："他是被钱王江收走了。"

汪阿兴狠狠地吸了口烟,垂头无语。"钱王江是一条凶江。我听老辈人说,清朝的一次坍江,一下子卷走上万人;1948年,坍江卷走八千人。最近的一次坍江,二十年前的那场大水,一共冲走366人。人一旦被钱王江的大水给冲走了,一点活命的机会都没有。"鲁阿牛道。汪阿兴哽咽道:"35条人命呀……这钱王江也真够狠的,比阎王爷还狠,不制伏它不行。"他将手里的烟丢地上,用脚狠狠地碾。鲁阿牛继续说道:"钱王江的潮水想来就来,想走就走,谁也治不了它。从我小时候起,就知道晚上睡觉要竖起耳朵,一有动静,就赶紧往高处跑,跑得快就能活下来。我记得那一年晚上,我娘白天干活太累了,晚上就睡得沉,结果当晚突然坍江,我娘跑得慢,我眼睁睁看着她被潮水冲走了,我找了整整一个月,也没有找着。"汪阿兴陷入沉思,好久,他才猛地醒来似的自言自语:"难道就没有办法了?我听说以前有过几次围涂啊。""县里、公社还有各个大队,都搞过几次,但治标不治本,围了几块地,都没有围在要害上,现在一决堤,以前围的地就全完了,全没了。"汪阿兴不解地道:"要害?什么要害?""我们鲁家湾大队是我们宁和公社段钱王江的咽喉,是喇叭口,江道最窄,潮水最凶猛,我们这里没有筑起一道铜墙铁壁,这沿江一带就永无宁日啊。""就跟蛇的七寸一样?我们山里人捉蛇,捏住了它的七寸之处,它就瘫软了。"汪阿兴道。鲁阿牛点头道:"就是这个意思。对了,汪书记,我听说红旗大队有个叫倪工程师的,他可是水利专家,对钱王江的情况了若指掌,只是,只是他是个犯了错误的人。"汪阿兴立了起来:"什么错误?""这个我不知道,只知道他犯了错误,下放在红旗大队。"他说完,低头走了。

汪阿兴站着,看着天空。过了一会儿,他一屁股坐地,整个人像瘫了一样。他耳边反复回荡着鲁阿牛的声音,这钱王江就是一条要命江。

教室内,课桌与板凳在墙角堆着。窗台上搁着一排肮脏的鞋子。众人分男女靠墙躺着。鲁伟潮与徐定强并排躺着,他们都张大眼睛看着教室简陋的屋顶。徐定强用肘部支起脸,小声地说道:"伟潮,你说我们真的还能回去吗?""我爹说了,一定要回去的。鲁家湾是我们的家。"徐定强重新躺下,不吭声了。

在墙角的另一排里,缩着身子的丁玉洁与鲁小妹并排躺着,鲁小妹拉着她的手。丁玉洁的脸上依旧有泪花,她的腿一颤一颤的。鲁小妹身边的徐曼丽突然坐了起来:"娘,娘……"鲁小妹坐了起来:"曼丽,你娘等会儿会回来的。""我现在就要我娘,我现在就要我娘。"丁玉洁也坐了起来,有些不安地望着徐曼丽,一副欲言又止的样子。鲁小妹道:"曼丽你别哭了,我去叫你娘。"她起身走了。"娘,娘……"徐曼丽继续哭着。丁玉洁小声道:"曼丽,别哭了。"徐曼丽头一扭道:"我才不要你管,你是扫把星,我不要跟你一起睡,你走开,走开。"丁玉洁愣了一下,垂下了头,泪水掉落。徐曼丽不依不饶地说道:"你走开,你走开。"丁玉洁站了起来,全身颤抖,终于,她捂着嘴哭着跑了出去。

操场上,丁玉洁孤独地走着,她的身体被月光沐浴着。她无声地哭泣着,心里却在呼唤:"爹,你在哪里?"姚婶与鲁小妹迎面走来,姚婶问道:"玉洁,玉洁,你怎么了?"丁玉洁停下脚步,利索地擦干泪水,一声不吭地垂着头。"玉洁姐,别哭了。"鲁小妹也蹲了下来,用手拉着丁玉洁。徐曼丽哭着跑来了:"娘,娘……"姚婶把徐曼丽搂在怀里,轻声道:"曼丽,怎么还不睡啊?不听娘的话了?"徐曼丽撒娇道:"娘,我要搂着你睡。""好好好,搂着睡。玉洁,小妹,我们走吧。"姚婶笑着道。徐曼丽手一指丁玉洁道:"娘,我不要跟她睡在一起,她是扫把星。"姚婶怒声道:"不许这么说。""她就是扫把星,扫把星。"徐曼丽边说边用脚去踢丁玉洁。姚婶见状,扬手打了徐曼丽一耳光。徐曼丽捂着脸大哭起来。鲁小妹站起来愕然地看看姚婶,又看看哭着的徐曼丽。丁玉洁站起身来,去替徐曼丽擦眼泪。哭着的徐曼丽用力打了她的手:"别碰我,扫把星。"丁玉洁低了头。姚婶怒气未消道:"玉洁、小妹,我们走,让她一个人哭去。"徐曼丽哭得更厉害了。丁玉洁沙哑地道:"姚婶,都是我不好。"鲁小妹拉起徐曼丽的手:"曼丽,别哭了。你看,月亮都躲进乌云里了。"徐曼丽止住哭声。她抬头望去,天空中的月亮钻进了云层。"那一朵云真漂亮,曼丽,你说像什么?"鲁小妹指着天空道。"像一把伞?"徐曼丽摇摇头又道,"像一只野蘑菇?""说得真对,真像一只大蘑菇啊。"徐曼丽得意地笑了。姚婶轻笑一声:"好了,都回去睡觉。"她一手拉着徐曼丽,一手拉着鲁小妹。丁玉洁走在后面,月光照在她忧伤的脸上……

张建设与马加荣摸着黑走着。"对了,小马,上次我答应批给汪大麻子的五百斤化肥给公社了吗?"张建设突然停下脚步问道。马加荣小声道:"张书记,汪大麻子是个什么人啊,他早就要走了,还顺走了一批化肥袋子。"张建设轻笑道:"王宝年同志跟我说,自从汪大麻子到了宁和当公社书记,隔一天就打电话向他要物资,这也要,那也要。王宝年同志有一天还发火了,说汪大麻子没完没了,天生就是个讨饭的。汪大麻子在楼山时没这个毛病。到了一穷二白的宁和,靠山没山,靠地吧,这地是盐碱地,至今都不能种水稻,再说想靠水吧,这水还是要命的水。""那靠什么呢?""还是得靠这要命的水啊。"张建设道。"水?"马加荣不解地道。张建设不语,走了几步,说道:"围涂治水。"马加荣醒悟一般:"哦,我明白了,张书记你煞费苦心把他调到宁和,原来……"张建设轻声道:"此事暂不要声张,以后再说。"马加荣重重点头:"嗯。"

此时,几道手电光突然打在他们脸上:"哪个?!"话音刚落,上来几个人,利索地将他们扭住。马加荣刚想开口,张建设说道:"你们是夜巡队?"有人道:"你们从哪来的?""同志,你先松个手。"张建设道。那人道:"松手?休想。快说,哪来的?来干什么?看你们鬼鬼祟祟的样子,肯定是想来搞破坏的?""你胡说八道。"马加荣忍不住说道。那人厉声道："还嘴硬。走,扭送到公社去。"马加荣怒声道："我们是县革委会的。这是张书记。""你以为我是三岁小孩啊,县革委会张书记会深更半夜来我们宁和公社?"

这时,远远地走来了一个人,手电筒光一闪。来人说："什么事?"有人应道："汪书记,抓住了两个可疑分子。"汪阿兴大步走来,手电筒光一对张建设的脸,愣住了:"张书记?"他马上醒悟过来:"放人,放人,这是县革委会张书记。"几人松了手。马加荣怒目瞪着汪阿兴。汪阿兴赔着笑脸道:"张书记,马秘书,对不起,对不起。"然后,他手一挥,大声道:"还不快走。"那几人利索地跑了。"汪大麻子,你这夜巡队不错啊。"张建设甩了甩臂道。汪阿兴抓抓头皮:"张书记,你这是笑话我吧?"张建设脸一沉道:"我有点饿了。你带路,给我们找吃的。"

三人无声地走着。汪阿兴眼前闪过了之前莫校长跟他说的事。在校门口,莫校长告诉他,钱王江的潮水那可是吃人不吐骨头的。说话间,汪阿兴好像听到了汽车马达声,但莫校长仔细倾听之后,说这么晚了哪来的汽车马达声,是汪阿兴神经高度紧张的缘故。两人后来无话可说了,汪阿兴表示,今晚是灾民们在安置点过的第一个晚上,想再待一会儿。反正,自己回去也睡不着。莫校长便说道,因为现在是暑假,不用备课。汪阿兴后来想到了一件重要的事,便对莫校长说,你想办法向县里的文教局争取点凳子椅子,我看学校的凳子椅子都是缺胳膊断腿的,这可不行,孩子们上课坐这样的凳子不安全。我认识文教局的老刘,他要是不给,我上门找他去。莫校长这才离去,去写报告了。

一间草舍孤独地立于一个高地,煤油灯隐约亮着。室内简陋,莫校长看着学生花名册,眼中泪花隐现。桌上放着一份刚写好的报告:关于要求添置桌椅的报告。他听到有人在敲门。他马上合上花名册,站了起来,说道:"来了,来了。""莫校长,县革委会张书记来了。"站在门口的汪阿兴道。门口的张建设对莫校长小声道:

"轻点，莫校长，不要吵醒睡着的孩子。""张书记，我一个人住，不要紧的。"莫校长道。张建设愣了一下："家属呢？"莫校长苦涩地一笑，说道："他们在老家，我每半个月回去一趟。"汪阿兴赶紧解释道："张书记，莫校长是上河公社人，他在我们宁和公社扎根十五年了。"莫校长招呼道："别光顾着说话了。张书记，快进来。"

一行人进了屋。马加荣张望了一下，说道："莫校长，有吃的吗？我们肚子饿得咕咕叫了。"莫校长连忙说道："有，有。你们先坐一会儿。我去找。"汪阿兴拖过一张凳子，让张建设坐。张建设却走到小水缸边，随手舀起一勺水，仰脖喝了个痛快："有点咸味，省得放盐了。"他自嘲地笑笑。汪阿兴也舀了一勺水，一抹嘴："张书记，我到宁和最不习惯的就是喝这咸水，楼山的水多好呀，清澈甘洌的山泉水呀。""咸水也是水。"莫校长拿着一盆红薯走了过来，显得不好意思："张书记，只有这些了。还是上次回老家时带来的。""红薯好呀。"张建设随便抓过一个，三下五除二解决了。他用手背擦了一下嘴："都吃饱了？汪大麻子，8月是台风频繁期，也是钱王江一年之中最危险的潮汛期，县里也三令五申要时刻关注钱王江的动静，你倒好，一天到晚只想着向县里要这要那，把心思都用歪了。"汪阿兴一副无比惭愧的样子："我无话可说，我承担责任，你怎么处理我都不过分。"张建设气不打一处来："你以为说一句主动承担责任就可以了，就可以挽回那些活生生的生命吗？"

"张书记，汪大麻子到宁和才半个月，可能还不了解钱王江的脾气。"马加荣轻声道。张建设厉声道："半个月还不够呀？汪大麻子你在楼山公社当了这么多年书记，你不明白这个理吗？"汪阿兴垂头不语。张建设叹了口气："伤亡数字报上来了吗？""据鲁家湾大队的鲁阿牛同志说，他们大队就……就有35人。"汪阿兴道。张建设倒吸一口冷气："35人？数字确凿？"汪阿兴用手背擦了一下额头的汗水："基本确定。"张建设的脸变得无比凝重，他站了起来，来回踱步。莫校长插话道："张书记，汪书记抢险时受伤了。"张建设看了一眼汪阿兴带血的左臂,不吭声。"擦破点皮。不碍事。"汪阿兴想了想,顺手拿过桌上的那份报告:"张书记,我们宁和小学缺桌椅。"张建设接过报告,扫了几眼,说道:"莫校长,情况属实吗?"莫校长一脸激动道:"属实,完全属实。我们学校小学初中都在一起,差好多凳子。"张建设拔下钢笔,利索地签了"同意 张建设"。他将钢笔帽旋上:"汪大麻子,你可真会找时机啊。"汪阿兴苦笑:"到了宁和之后,我就成了全县的讨饭书记了。""讨饭也有门道,要大讨不要小讨。走,回公社,召集搜救队。"

汪阿兴回头看了一眼站在门口的莫校长,走了。三人无语地走了一段。马加荣故意落下步子。张建设并不吭声地走着。汪阿兴扯了扯马加荣,轻声道:"你们的汽车呢?"马加荣小声道:"坏了,老王在修。"他用手示意一下走在前面的张建设,突然高声道:"张书记,晚上住哪儿?"张建设依旧沉默地走着。马加荣见了,伸了伸舌头,快步跟上。张建设心潮涌动,他竭力保持平静,但步子有些乱了。他好几次想扭过头去,痛骂汪阿兴一顿。他加快了步子。汪阿兴也加快了步子,他心里沉得像压着一块巨石。

宁和公社楼前的空地上,搜救队员们横七竖八躺着。汪阿兴抢先跑过去,大声道:"别睡了,别睡了,起来,都起来,县革委会张书记来了。"队员们一个个动了起来,有些不情愿的样子。一只军用水壶掉了下来,当的一声。汪阿兴摸出了口袋里的哨子猛地吹了一下:"集合!"散乱的队员们利索地排好队。汪阿兴板着脸道:"你们都给我打起精神来。立正,向右看齐,稍息。"张建设走上前来:"同志们辛苦了。汪大麻子,等会儿让他们回家睡去。睡地上伤身体。"

"是。"张建设看了一眼搜救队员们,说道:"同志们,具体数字统计出来了吗?"

没人应声。"老铁头,老铁头……"汪阿兴叫道。队尾的张文化站出来道:"老铁头不在。"汪阿兴一愣:"去哪了?"张文化摇摇头。"数字出来了吗?"张建设问道。张文化小声道:"出来了。"张建设急切地问道:"伤多少? 亡多少?"张文化看了一眼汪阿兴,欲言又止,好像征询一下他的意见似的。他低了头。汪阿兴手一挥道:"都这时候了,是死是活横竖都逃不过,说吧。"张文化伸了下脖子,大声道:"伤86人,亡41人。""鲁家湾大队的伤亡人数包括进去了吗?"张建设问道。"报告张书记,这是宁和公社目前为止在这次决堤事件中的全部伤亡人数。"

张建设沉默不语一会儿后,望了一眼队员们:"同志们,累了一天了,快去睡吧。"张文化用力一拍胸脯:"报告张书记,我们刚才睡过了,现在精神十足,我们时刻准备着,一有情况,马上出动。""小同志,你叫什么名字?"张文化大声道:"报告张书记,我叫张文化。""就你嘴硬。"汪阿兴狠狠地瞪了他一眼道:"听张书记的,大家都去睡了。但不能回家,就,就在办公室睡,时刻准备着。"队员们散开了。张文化走到汪阿兴身边,小声道:"江堤上的红旗飘着。"

张建设望着离去的队员的背影,好久才说道:"41条人命,你说怎么处理你?""怎么处理我,我都接受,要是能换回这41条生命,就是让我现在去死,我也不眨一下眼睛。"张建设怒声道:"41条人命够你死41次了。对了,江堤上的红旗是怎么回事?""报警用的,白天靠红旗,晚上靠敲钟。"张建设皱着眉说道:"想办法给你们拉一架电话,搁江堤上,专人负责。那口大钟以后不要挂江堤上了,那是我们的耻辱。""是。"

马加荣跑了过来:"张书记,老王说随时可以出发去省城。"张建设道:"走。"他走了几步,又回头说道:"汪大麻子,我警告你,检查必须自己写,不许别人代笔。"汽车发动,走了。汪阿兴一屁股坐地上。一会儿后,他猛地坐了起来,自言自语道:"老铁头人呢?"

第二章

夜色沉沉。大地显得静寂。钱王江的江水奔涌着,在夜风的撩拨下,颇有一些声势。宁和学校的小操场上,鲁伟潮低头来回走着,像是在思考重大事情。随着门吱哑一声轻响,鲁阿牛走了出来,他看了一眼站着的鲁伟潮。鲁伟潮走到父亲身边,小声说道:"爹,我,我……我想……我想让玉洁到我们家来。玉洁太可怜了。"鲁阿牛叹息一声:"不知道她自己愿不愿意。""爹,玉洁她肯定愿意。""为什么?""她……反正我觉得玉洁到我们家是好事,她可以跟小妹做伴,她成绩好,还可以帮小妹辅导功课。"鲁阿牛点点头。鲁伟潮惊喜道:"爹,你答应我了?这下好了,玉洁也有亲人了。""明天我问问玉洁。去睡吧。"鲁阿牛道。鲁伟潮欢快地应了一声,利索地跑了。鲁阿牛看着天空,皱起了眉头。

与此同时,在通往县城的路上。老铁头唏哧、唏哧地骑着车,一副心急火燎的样子。他全身都汗湿了,像是水里捞出来似的。之前,他接到了王宝年同志的电话。他必须奔赴县城,但是因为大水的冲刷,路变得艰难了。他得小心提防一路上的各种陷阱。他一想到陷阱,心里就填满了怒火。他对汪阿兴有一种天然的防御。他就是一个草包!他知道八月是台风月,他曾经想跟汪阿兴汇报这个情况,但是,最终他选择了沉默。毕竟汪阿兴才是宁和公社书记。他更像一个局外人。对,一点都没错,他就是一个局外人。现在,他可以猜想到汪阿兴一定忙得焦头烂额了。他甚至可以猜想到,伤病员们现在肯定挤在卫生院里。按照汪阿兴的性格,他不会轻易向县里提出要求，宁可打肿脸充胖子，他好面子。虽然，他们共事了个把月时间，但他固执地认为汪阿兴就是那种人。

他内心复杂而又纠葛。这令他想起了当年他走进公社办公楼的那一刻。十五年前，他成了一名公社干部。饥饿像一张网一样将宁和大地紧紧网住，他瘦得皮包骨头。但是，他丝毫没有害怕。他积极上进，三年之后，他就当上了副乡长。又三年后，他突然被免掉了副乡长一职，职务没了，待遇还在，而且，一眨眼就快八年了。这八年里，一任又一任公社书记来了，走了，仿佛走马灯似的，但是他一直原地踏步……隐隐约约，他仿佛看到了县城。

天色呈现鱼肚白，江风吹来，站在宁和卫生院门口的方医生打了个哈欠，刚想转身进去，传来了汪阿兴的声音："方医生。"方医生转身，吃惊道："汪书记，是你……"汪阿兴扬了扬臂道："谢谢你。"他的臂上重新包扎过了，白色的纱布显得特别醒目。方医生疲惫的脸上呈现一丝微笑："这是我的本职工作。"她想起了昨夜的忙碌景象。当时，一些伤员坐着，或躺着，吵吵嚷嚷。她一会儿招呼这个伤员，一会儿处理那个伤员。突然，她一阵头晕。她扶住墙，定了定神。恰好汪阿兴进来了，看到她疲惫的样子，便道："方医生，卫生院就你一个人？"她点点头。汪阿兴便说道："你一个人忙不过来啊，来，我来搭把手。"她一脸苦笑："你，你也帮不上我什么忙。"汪阿兴站了一会儿就走了，约摸一小时后，来了许多人。他们虽然笨手笨脚的，但个个热情高涨。有人跟她说，是汪阿兴让他们来的，是来帮忙的。她哭笑不得，但也不忍心拂了汪阿兴的好意，便指派他们干一些搀扶伤员、绑纱布这样的活儿。伤员们的情绪好像也好多了。他们一起嘻嘻哈哈地说着，仿佛伤口一下子愈合了。伤员们都来自宁和公社的各个大队，他们一开始还显得陌生，但后来，都熟悉起来了，便说起了各自大队的趣事儿。有人高声说："我才不想这么早就当革命烈士呢，我还想讨个老婆。"此言一出，哄堂大笑。

她累得不得了。好几次,她想坐下来歇一歇,哪怕就是歇上几分钟都可以,让自己喘口气,可是,当她看到伤员们的伤口时,她马上就变得像换了一个人似的。这是战场。她对自己说,这就是战场。这么多年来,她一直觉得自己就置身于一个战场,而她就是一个天生的战士,时刻等待着召唤。凌晨四点,他们走了。一些轻伤员也走了。卫生院一下子变得静寂了。她洗了把脸,然后站在门口看着天色。天亮了。她也不想睡了,汪阿兴却进来了。

方医生将思绪收了回来,然后道:"汪书记,你有什么事吗?""几个重伤员怎么样?"方医生皱了一下眉道:"我的意见是送县医院,可是,可是……"她犹豫了一下道:"他们不肯离开。"汪阿兴愣了一下:"为什么?"方医生看了一眼天空,朝霞开始在东方显现。她说道:"因为他们是宁和人。"汪阿兴极为不解地看着她。方医生指了指天空道:"一方水土养一方人,宁和人的日子虽然苦,可是他们对这块土地的感情深厚。"她突然落了泪。她擦干泪水又道:"汪书记,宁和人生来就是这个脾气。他们一旦生病,都想死在这块土地上。他们的祖先就是移民,到了这儿之后,这儿就是他们的根。"汪阿兴沉默不语,好一会儿才说道:"我听有同志说,你是宁和的女菩萨。"方医生笑了:"我只是一名赤脚医生。你是来看伤员的吧?"

两人查看了几名伤员之后,汪阿兴走了。方医生看着他的背影,心里仿佛微微地触动了一下。她下意识地摸了一下脸,发现有些烫。这是一件奇怪的事。虽说东方欲晓,可是江风还是凉的。她转身走进卫生院,那一刻,突然觉得整个人像是轻了许多。她转了一圈之后,想到了什么似的,拿起了药箱。这儿就是她的家。她深情地看了一眼这几间普通的房子,然后走向了治疗室。

早晨的萧金县城在火车滑行在铁轨上的声响里醒来了。一缕阳光透过云层,射到了窗户上。桌子上摆着简单的饭菜,墙上有张建设一家人的合影。门突然开了,梳着两条辫子的胡慧丽进来了:

"姐,姐。"她望了一眼桌上的饭菜,说道:"姐,姐夫昨晚上没回来?"坐在沙发上的胡佳丽站了起来道:"你姐夫八成是去宁和了。"胡慧丽吃惊道:"宁和? 宁和这一次遭大灾了。大家都说大半个萧金县被淹了,院里还专门开了会,章院长要求我们不要乱传谣。姐,我明天去宁和。""什么? 去宁和?"胡佳丽一脸吃惊。"我跟院里打了报告,要求参加去宁和的医疗援助队,明天下午出发。"胡佳丽一脸生气道:"不行! 我不同意。""姐,章院长都同意了。""我给章院长打电话。你给我好好待着。哪都别去。"胡慧丽着急道:"姐,你……""你不听姐的话了?"胡佳丽抹了眼泪说道,"你翅膀长硬了,是不是?"胡慧丽无奈地道:"好吧,姐,我不去了。"她转身欲走。胡佳丽想了想道:"等等。今天你不用回单位了,就待在家。我太了解你了,冷不防来个先斩后奏。我必须管着你。"胡慧丽着急道:"姐,我不是孩子了。""在姐眼里你就是孩子。"她拉着胡慧丽进房间去了。胡慧丽在写字桌前坐下,一声不吭。胡佳丽道:"你啊,给我老老实实待着。"说完,她走了。

胡慧丽站了起来,走到窗前眺望。今天姐姐是不会离开这个家了,她会像盯特务一样盯着她。她跟姐姐年龄相差二十一岁,姐姐就像母亲一样。她在床上躺了下来,顺手拿起床边的书,看了起来。看了一会儿,她突然大声叫道:"姐,姐……"胡佳丽急匆匆进来:"怎么了?""姐夫就是去了宁和,这时候也该回来了。"胡慧丽说道:"要不,我去县革委会看看姐夫?"胡佳丽也有些着急了,自言自语道:"是啊,也该回来了。我去单位打个电话。你待着,听话。"

胡佳丽出了房门,不一会儿,听到了门关上的声音。胡慧丽走出房间,趴在窗口看着胡佳丽骑着自行车急匆匆地走了。她想了想,利索地出了门。在楼道里,她犹豫了一下,然后骑上自行车,走了。她骑过一个十字路口,朝萧金县医院的方向骑去。在医院门口,她心里突然沉重起来。她看到姐姐推着自行车跟章院长说着话……她利索地躲在了一棵树后。终于,姐姐骑车走了。她想了想，马上调转车头，拼命地骑着自行车。

约摸十来分钟，她急匆匆地下车，将车子往墙边一搁，就利索地跑了上去。她开了门，马上进了房间，躺下，装作看书。这时，传来了胡佳丽的声音："慧丽，慧丽。"胡慧丽大声地应了一声。胡佳丽走了过来，推开房门道："你姐夫去省城了。"胡慧丽愣了一下："省城？"她走了过来，又道："姐，宁和怎么样了？""听说很惨烈。"胡佳丽皱着眉说道，之后像是发现了什么，走过来摸了一下胡慧丽的头发说："你怎么了？满头大汗的样子。""没，没什么？"胡慧丽有些慌张地说。她伸了伸舌头，马上转过身去。"不要再跟我提宁和了。"胡佳丽说道，"我问了章院长，他根本就没有同意你去宁和。你啊，安心给我待着。对了，你们章院长要跟你说个事，你去吧。"胡慧丽走了。胡佳丽坐了下来，叹了口气，好久才自言自语道："这孩子是怎么了？"她也走了。

胡慧丽骑着自行车，发现街道上人多了起来。她一直在想着去宁和这件事。她必须说服章院长，同意她去宁和。她从别人嘴里知道宁和公社遭灾之后，院里的医生们纷纷报名，她心里就像刀割一样，她想知道现在的宁和到底是怎么样了。她是医生，她必须奔赴一线，但是她的申请却被院党委否决了。她骑着车，思忖着怎么跟章院长说，争取说服他，让他同意自己跟随医疗援助队去宁和公社。但是，她也想到了姐夫，心想姐夫为何要去省城。从小，姐夫就像父亲一样。当年，也是姐夫决定让她去省城的医学院学医。姐夫跟她谈了一次，说学医毕业必须回到萧金县来，萧金县医院缺好医生。

穿着白大褂的章院长手捧着茶杯，听着胡慧丽激动地说着。终于，他放下茶杯，小声道："慧丽，喝口水吧。"胡慧丽愣了一下，着急道："章院长，你说一句话，同意不同意？"章院长笑了笑，说道："你啊，性子急，说话跟机关枪似的，我年纪大了，耳朵不好使了。"他坐了下来，喝了一口茶，然后指了指墙上挂着的一顶旧军帽，又道："当年，一发炮弹从我耳边炸过，我这耳朵啊，成摆设了。""章院长，这故事你说好多遍了，"胡慧丽着急道，"要不，我的事，我再说一遍。""算了，算了。你想说什么我都明白，但是医院党委会定了的事，我怎么变过来啊？慧丽，安心工作，去吧，去吧。"章院长挥挥手。"你……"胡慧丽一脸恼怒。

章院长拿起话筒，摇了几下道："给我接县物资局。"胡慧丽一个箭步上前，夺下了章院长手里的话筒道："你不许跟我姐打电话。"章院长笑道："我跟胡主任汇报一下工作总可以吧？让物资局多考虑一下我们县医院的物资供应。"胡慧丽按下话筒，然后道："算我没说，算我没说。"她转身走了。在门口，她重重地甩了门。章院长苦笑着摇摇头，然后戴上老花眼镜，开始看文件。

门外的胡慧丽将耳朵贴在门口，一会儿后怏怏不乐地走了。过道上，医生、护士来往不绝。她走到了自己的医生办公室门口，叹了口气，走了进去。她在椅子上坐下，然后发呆。章院长在她面前装聋作哑，其实表达了他的态度，不同意她参加援助宁和医疗队……她想了一会儿，突然眼前一亮，喃喃自语道："邱副院长，对，找他去。"她站了起来，刚想走，护士朱小丽进来了："胡医生，你快去看看吧，37床的大娘她，她又发病了。""我马上去。"胡慧丽跟随着朱小丽急匆匆地走了。

病房内，37床的大娘痛哭流涕，一只杯子摔在地上。另外两张病床上的病人都安慰着她，可她一副痛不欲生的样子。朱小丽急匆匆进来："胡医生来了。"胡慧丽走到大娘身边，小声道："大娘，怎么了？"大娘见了她，抱着她道："胡医生，生不如死，生不如死啊。我命苦啊，这辈子苦啊。我娘家的亲人全死光了，一个不剩啊。"胡慧丽紧紧地拥抱着大娘，不禁热泪盈眶。昨天，大娘住院时，就是哭着来的，她的儿子说她一直在家里哭，后来就晕了过去。她知道大娘的娘家在宁和公社，老母亲和大哥一家相依为命，可是，钱王江决堤，这一家人全没了。也就是那时，她心里萌发了去宁和的念头。

胡慧丽劝了一阵,大娘终于安静下来了。她擦着泪道:"胡医生,你不知道,我大哥当年可是杀鬼子出了名的,离休后就回到老家,前几年又被批斗,今年初刚刚放出来,现在却没了。"离开病床的那会,胡慧丽满脑子都是宁和,她想象那是一幅怎么样的惨状。她在办公室坐了下来,刚取下听诊器,朱小丽进来了。两人相对无语。这时,邱副院长进来了:"胡医生,有点事谈一谈。"

胡慧丽跟随邱副院长去了副院长办公室。邱副院长指了指椅子道:"请坐。""邱副院长,我正好想跟你说个事。""让我先说。"邱副院长将桌上的一份材料递了过来:"你先看看。"这是一份关于送医生去省医院进修的材料。胡慧丽看了几眼,放下材料,一脸茫然。"你去吧。代表我们县医院去学习,将新医术带回来!"邱副院长看了她一眼,又道,"院里的青年医生,院党委排了个队,你是头一名,所以初步决定你去,当然,到时还要民主测评,听听大家的意见。我先征求一下你的意见,说吧。""邱副院长,我想,想跟你去……去宁和。"胡慧丽小声说道,"跟你去。"邱副院长愣了一下道:"你不在这个名单里面呀。"他眨了眨眼,笑道:"我明白了,你是想让我当说客,是吧?"胡慧丽着急道:"为什么不让我去宁和?""为什么? 这事啊,你得去问章院长,"邱副院长笑着说道,"胡医生,在我这儿可是开不了后门啊。"胡慧丽站了起来,转身就走。身后的邱副院长着急道:"哎哎哎,进修的事怎么说?""我不去了!"胡慧丽忿忿不平地扔了一句,顾自走了。

她去几个病房走了走,回到办公室时,愣住了。"小姨,没想到吧?"张卫国咧嘴一笑道,"给。"他从口袋里掏出一个苹果,递了过来。"卫国,你怎么来了?"胡慧丽将苹果咬了一口:"好甜。""这是我同学的亲戚从山东捎来的。小姨,我来看看你,闷得慌,我妈又管得紧,我啊,出来透口气。"胡慧丽笑了。"小姨,我妈说,我爸把家当旅馆了,不对,连旅馆都比不上,旅馆还回来睡个觉呢。我说我爸是县革委会书记,当然忙了。我妈呢,瞅着我就不高兴,老嫌我在家游手好闲的,可过不了多久,我就要去北京读大学了。"胡慧丽掩嘴一笑:"保国给你来信了吧?""我哥也真是的,跟我爸一个腔调,"张卫国有些埋怨地说道,"我爸说让我去读省里的工业大学,以后毕业了回到萧金县来。这是不是太霸道了?我也只有小姨你了,你支持我。"胡慧丽灵机一动,小声道:"目前小姨有个困难,需要你帮帮忙。""小姨你说,只要我张卫国办得到,一定办到。"他拍拍胸脯。胡慧丽附在他耳边嘀咕几句。张卫国一脸难色,想了想道:"我爸那儿,我是说不通了,我妈那儿嘛,让我想想……"他摸了摸脑袋,说道,"我有办法了。"两人嘀嘀咕咕一阵后,张卫国走了。胡慧丽想了想,开始收拾抽屉。此时,朱小丽进来了,见她收拾抽屉,好奇地问道:"胡医生,你这是要去哪啊?"胡慧丽用手指做了个嘘声的动作,然后小声道:"保密。"朱小丽似懂非懂地点点头。

省革委会楼前的大门上挂着牌子,有两位战士站岗。显得静悄悄的。风尘仆仆赶到的张建设看了一眼院门,示意老王将车在路边停下。马加荣跟随着张建设下车,他望着省革委会大院门口的两位威武的武警战士,想起了什么似的:"张书记,听说保国提干了?"张建设脸上划过一道欣慰之色:"是呀,保国这孩子天生就是一名军人,从小就向往军营。那一年,他一定要去当兵,他母亲怎么拦都拦不住。我说,好男儿志在四方,去吧。"马加荣想了想道:"张书记,时间还早,对面那条街上好像有卖早点的,我上次跟你来省城时去吃过,我去一下。""全国粮票带了吗?"马加荣拍了一下口袋道:"带了。放心吧。"他走了。

张建设又抬腕看了一下表。时刻指向七点半。一辆黑色的红旗轿车稳稳地朝省革委会大院门口方向开来,越来越近。张建设仔细地看了一下车牌后,立马跑了过去。轿车停下了。车窗滑落,露出柳副书记的脸:"萧金县的张建设同志吧,上来吧。"张建设赶紧上车。拿着包子走来的马加荣愣愣地望着两名武警战士朝轿车敬礼。轿车缓缓地进去了。坐在车内的老王朝他招招手，说道："马秘书，坐车上等吧。"马加荣上了车，将手中的包子递给了老王。老王咬了一口包子道："到底是省城的包子，比县城的包子好吃多了。"马加荣咬了一口包子道："老王，你说张书记会挨批评吗？"老王不吭声。马加荣瞪了他一眼，又道："老王你别光顾着吃，说啊。"老王将嘴里的包子咽下，说道："马秘书，我猜测啊，张书记现在就跟我吃包子一样，说不出话。"两人的脸色变得沉重起来。车窗外，省城变得热闹起来了。马加荣边看边说道："老王，我要是来省城工作，那一定是祖坟冒青烟了。"他叹了一口气，又道："萧金县就是一个苦命县。""苦命不苦命，还得靠人干。"两人有一搭没一搭地说着……

　　也不知过了多久，突然传来了敲车窗的声音。马加荣回头一看，愣住了，原来是在省城党校学习的县革委会主任赵刚。他推着自行车站在车窗外。"赵主任。""张书记人呢？"马加荣下车，指了指省革委会的院门。"小马，你跟我说说宁和的情况，我在党校听说了，这一回，我们，我们萧金县遭大难了，可党校又不让我回去，"赵刚擦了一下眼睛，又道，"我想去省革委会讨点物资，见县里的车子在，就走了过来。"马加荣低了头。"我听说汪大麻子去了宁和当公社书记？"赵刚摇摇头道，"不知道张书记这葫芦里卖的什么药，唉，汪大麻子他，去宁和不合适。"马加荣想了想道："赵主任，可是张书记说……"他想了想，马上闭嘴了。"老张说什么了？"马加荣搪塞道："没，没什么。赵主任，汪大麻子兴许能像在楼山公社一样，干出一番大事来呢。""此一时，彼一时啊，汪大麻子他啊，不合适。这件事，我得跟张书记交流交流。我去了。"赵刚转身骑着自行车走了。

　　马加荣看着他在自己视线内消失，然后小声道："老王，你怎么看？""我只是一名司机。"老王说道，"党有纪律。"马加荣看了老王一眼,不吭声了。

与此同时,走出柳副书记办公室的张建设心里翻江倒海般的难受。钱王江萧金县段江堤决堤,这不仅省里高度重视,而且还惊动了外国媒体。天知道他们是从哪儿得来的消息。柳副书记说,外国敌对媒体将此事件说成了惊天大惨剧,说死了上万人……柳副书记严厉地批评了他,并说省革委会谭书记在北京开会,专门打来电话,要求萧金县的同志们要牢记这血的教训。他知道,自己来省革委会,就是来请罪的。他心里明白,他是第一责任人,但是,如果省革委会把萧金县的工作一棍子打死,那么,将产生极大的负面效应。现在同志们心里都滴着血啊,要是再插一刀,那就真的绝望了。柳副书记后来还是客观地分析决堤这件事,这令他心里多少有了一丝安慰。柳副书记说,钱王江南岸沿江有萧金县、春江县,北岸有海平县、嘉乐县、省会城市杭为市,萧金县这段是最长的也是最危险的一段,地形复杂,直接与出海口相连。省里的意见是,每个市县都把自己这一段管好了,以后就不会发生这种悲剧了。自家的孩子自己管,而萧金县这一段是最难管的,牵一发而动全身啊,唉……他从柳副书记的话语里也听出省革委会的无奈。萧金县是个地地道道的农业县,但随着人口增加,吃饭问题已经成了大问题。这主要跟萧金县的地形有关,南部是山区,少有良田,东北面又紧临钱王江,滩涂面积巨大,却无法利用,前些年虽然也围了点地,可经不起钱王江的潮水轮番冲击啊……

他走出省革委会大院之后,停下了脚步,转身看了一眼,心想,他上一次来这里找谭书记是在两年前,当时因为与春江县的地界矛盾,他们来省里协调。记得在那次协调会上,谭书记还专门就钱王江的事跟他作了交代,让他管好萧金县段江堤,为此,他也动过脑筋,但县里人事复杂,最后他还是决定调汪阿兴去宁和公社任书记,哪知道,这一回却……他对自己的判断有了些怀疑,汪阿兴这个干部是不是用错了?他心情复杂地走向停着的吉普车。

老王按了一下汽车喇叭。马加荣跳下车,迎了上去:"张书记。"张建设手一挥:"走,回县里。"马加荣犹豫了一下,道:"张书记,你碰见赵刚主任了吗?""老赵?"张建设愣了一下。"赵主任去了省革委会,"马加荣道,"一个小时前。"张建设皱了一下眉头,想了想道:"我们先回县里,走。"

一路上,张建设一声不吭。赵刚去省革委会,跟他的想法无疑是一致的,就是向省革委会说明萧金县的困难,但是,他在党校脱产学习。按照省革委会的要求,脱产学习的干部不分管具体工作。吉普车到达萧金县地界的那一刻,闭着眼睛的张建设像是突然醒来似的,他说道:"老王,停车。"老王踩了一下刹车。张建设下车后,一声不吭地看着萧金县的地界碑。他俯下身子,抚摸了一下地界碑,说道:"走。"

在萧金县革委会院前,一群人吵吵嚷嚷。王宝年一副气得不得了的样子,他双手叉腰,指着一个小个子大声道:"你这是干吗?你想干什么? 要是再闹事,逮起来。"小个子往外跳了开去。王宝年狠狠地瞪着他道:"这件事你跟张建设去说,别跟我说。"这时,吉普车来了。众人哗啦一下围了上去。老王猛地刹车,然后大叫:"大家让让,大家让让。"张建设下了车,走了过来:"什么事?"王宝年见了,忙笑着迎了上来:"张书记,县粮库遭了贼。我让人去调查,抓了个人。可是他们倒好,来县革委会闹事了。"这时,小个子挤到张建设跟前道:"张书记,你们冤枉人了。"众人一下子热闹起来了,纷纷说:"对,对,抓错人了。""同志们,有什么事,走,去会议室说。"

马加荣利索地引路。张建设看了一眼一脸不悦的王宝年道:"宝年同志,到底怎么回事?""抓了一个仓库保管员。就是他监守自盗,有人证。张书记,他们就是来闹事的。我看啊,一个不落全抓了。"王宝年道。张建设道:"了解一下情况再说吧。"两人齐朝办公楼走去,王宝年脸上似有不悦。他心里也有些愤怒,这些人来县革委会闹事，本来抓了就了事，而张建设的这个表态，仿佛显得他错了似的。但是他不着急，毕竟有人证，没有什么好担心的。这么想着，他的情绪平静下来了。

张建设心里还是想着柳副书记的话，只有站在这里，他心里的焦虑才会叠加起来。这是一个有七十多万人口的大县。他刚进了会议室，却听到了吵闹声。显然，这群人的情绪并没有平息下来。他走到众人前，笑着道："同志们，听我说句话。大家也都别急，事情呢，总会弄明白，我张建设答应你们，把事情彻底调查清楚。"众人点头，然后起身走了。王宝年愣了一会儿，着急道："张书记，就这么让他们走了？""宝年同志，这件事就让老金去调查吧。"王宝年点点头。张建设皱了一下眉道："开会，小马，通知县革委会领导班子成员开会。"马加荣利索地跑了。王宝年小声道："柳副书记怎么说？"张建设闭上了眼睛，揉了揉太阳穴，好久才道："一言难尽啊，走，开会去。"

"开会了……"宁和公社的广播响着。会议室内，墙上的石灰部分剥落，屋顶瓦片稀疏。会议桌是课桌拼凑的，椅子缺胳膊少腿。阳光透过窗玻璃，射了进来。双手叉腰的汪阿兴脸色铁青，怒声道："开个会，磨磨蹭蹭的，小张，还差谁？！"张文化目光扫了一下众人，道："还差三个大队长，还有老铁头。"汪阿兴一拍桌子道："太阳都晒屁股了。他娘的。老铁头去哪了？你把那三张椅子给我搬走。"张文化边搬椅子边说道："汪书记，有人看到老铁头昨晚上骑自行车走了，好像是往县城去的。"汪阿兴点点头道："不等了，同志们，我们开会。今天的会只有一个内容，我们怎么办？钱王江决堤了，社员成了灾民，尤其是鲁家湾大队，损失惨重……"

这时，一个中年男人气喘吁吁跑了进来，但是却找不到座位，愣了。汪阿兴大声道："给我站着！"中年男人愣了。"从今天起新立了规矩，不管是谁，迟到的一律站着开会。"汪阿兴道。中年男人道:"汪书记,我迟到是有特殊情况的,我……"汪阿兴打断他道:"今天就是你娘死了也不算特殊情况,今天是什么日子? 你们心里都清楚。"中年男人气愤道:"你……你简直是军阀,是……是土匪,是……""现在是非常时期,我就是当一回军阀、当一回土匪又怎么了?!"脸涨得通红的中年男人气得说不出话来。

此时,另外两名来开会的人有说有笑地进来了。张文化站起来大声说:"高队长、方队长,从今天起有了新规定,会议迟到者一律站着开会。"高成天与方队长都愣了:"站着开会?"他们的表情相当复杂。"站着开会也是开会。同志们,我们继续开会,县革委会张书记指示我们,要保证每一名灾民有水喝,有饭吃,有地方住,我看还要加一条,不能让灾民们生病,大水过后,要卫生防疫,要消毒。在县里还没下派援助组的现实情况下,我们必须依靠我们自己的力量,自力更生。对了,卫生院的方医生怎么没来?"张文化小声道:"她一早就去光明大队巡诊了。""小张,会上的内容你到时给她传达一下,还有……"

人高马大的高成天突然大声道:"慢!"汪阿兴瞪着眼看着他。"这个会我不开了。"他转身就走。"你敢?!"汪阿兴怒声道。高成天犹豫了一下,依旧顾自走。"你要是敢跨出这会议室一步,我马上下令抓你,你信不信?! 现在是什么时候? 是他娘的危急时刻,我就是拿枪崩了你,都有一百个理由。"站在门口的高成天下意识地停了一下,还是坚定地走了。汪阿兴大声吼道:"老刘,把他给我押来!"人武部长刘振涛立即冲了出去,大声道:"老高,听我一句劝,站住! 回来!"其他与会人员都站了起来。汪阿兴怒吼道:"都给我坐下!"众人坐下。

刘振涛拉扯着高成天进来了,一直把他拉到了自己的位置旁,把他按了下去说:"坐下,坐下。"高成天一副怒气难消的样子,大口喘气。张文化和事佬地说道:"开会,开会。"他朝汪阿兴使劲地使眼色。汪阿兴却站了起来道:"高队长,你63年入党,现在我问你,在那个大饥饿时期,你凭什么入党?""凭我对党的忠诚,听党的话,服从党的指挥。"汪阿兴道:"说得好。现在我以公社党委书记的名义命令你,站起来。"高成天愣了一下,站了起来。"靠墙站着。"高成天气愤道:"你……""老刘,小张,你们坐下。他迟到,就得接受迟到的处罚。高队长,你服气吗?! 要是不服气,尽管说出来,这个会我们可以一直开下去。"汪阿兴道。

高成天站着,脸色铁青。众人都瞪着汪阿兴,有人窃窃私语。汪阿兴站在窗前,指着窗外说道:"高队长,你是老党员了,党龄比我还早一年,你先说吧。""你准备拿我怎么办? 枪毙我吗? 我看你没那个胆!"高成天大声道。汪阿兴拍着桌子道:"哪里不服? 今天你要是说不出一二三四来,你看我怎么收拾你?!"高成天也拍了一下桌子:"汪大麻子,你以为我高成天是吓大的,我告诉你,当年钱王江西线决堤,是老子带着突击队第一个冲上去的。"说着,他猛一下拉开衣服,拍着胸口道:"你瞧瞧,伤口还在呢。你算什么东西? 还轮不到你来宁和撒野!"

这时,老铁头进来了:"老高,怎么了?"气氛一下子凝固了。汪阿兴瞪着老铁头一会儿,厉声道:"老铁头,你去哪了?!"老铁头支支吾吾道:"我,我……我去看病了。"他作势摸了一下胸口,又道:"对了,你们吵什么呀? 好了,好了,走了,走了。"他拉着高成天的臂膀。高成天猛一甩,挣脱后拍着胸脯:"汪大麻子,你有种就朝这儿打。"刘振涛站了起来道:"老高,你干吗?! 吼得屋顶都要震下来了。走走走,走了。"他硬是扯着高成天,可高成天却是一副死倔的脾气。汪阿兴强自压下心头的怒火,平静地道:"高队长,我汪大麻子虽然是个粗人,但也知道人离乡贱这四个字,我是楼山人,但我可以明白地告诉你,自从我踏上宁和的那一天起,我就成了宁和人。既然来了,谁也赶不走我。"高成天不吭声了。

老铁头不相信地瞪了汪阿兴一眼,想了想道:"汪书记,男人说话可不像娘们,转个身就变了。你这话是真的? 你会留下来? 你真的会留下来,不是来过渡的?"汪阿兴反问道:"老铁头,你也是多年的干部了,当干部的一切听从组织的安排,县里安排我来宁和,我就在宁和打桩了,死死活活都在宁和了。"老铁头一脸不信地道:"话是没假,可说归说,做归做,不都这样吗?""老铁头,你这话什么意思?把话说清楚,别绕来绕去。"汪阿兴道。老铁头道:"好!我直说了吧。宁和这地方太特殊了,这些年来的人不少,可是来了,走了,来了,走了,一些人屁股还没坐热,就想调走。宁和不是个留人之地啊。""这我知道。但是我还是把话说明了,既来之,则安之,我死死活活都在宁和了。"

高成天挪动了一步,道:"汪大麻子,我记着你刚才的几句话。你要是说到做到,我服你,要是你跟别人一样,到了宁和,唉声叹气一阵,找关系,开后门,想办法调走,我会去县革委会告你。"他摸了一下胸前戴着的毛主席像章,大声道。"到那时候啊,用不着你去告,我自己跳钱王江得了。"汪阿兴道。高成天哼了一声后,径直走到墙前,面对墙壁站得笔直。

老铁头转身想走,没料想汪阿兴大声道:"老铁头,慢。我有几句话问你。"老铁头转身道:"什么话?""你昨晚去哪了?真的是看病吗?还有,你说我负不了这个责,什么意思?今天大家都在,说说清楚。""我没有必要回答你吧。"老铁头道。"我是公社书记,我有权力要求你必须回答。"老铁头瞪着他,一声不吭。"你必须回答!"汪阿兴也瞪着他。张文化见了,走到老铁头身边,扯了扯他。老铁头并不屈服,而是大声道:"汪书记,下班以后的事你管不着,难道我跟老婆睡觉的事也要跟你汇报?"众人笑了。老铁头看了一眼众人,又道:"汪书记,在座的各位都是宁和的干部和大队长,个个都是好样的,这次决堤,他们个个奋不顾身,差点把命都搭上了。尽管你是公社书记,但是,民主集中制,你先民主了,然后再集中,你的民主在哪里?"汪阿兴道:"开会就是民主,每个人都可以发表意见。"老铁头冷笑道:"这句话我认同,但是,你让他们说话了吗?

我好像只听到你一个人在咋咋呼呼,在吼,在大叫,在歇斯底里!所以你没有这个权力要求我回答。"众人再次窃窃私语。汪阿兴沉默了一会儿,然后道:"军令如山! 你必须回答我。"老铁头愣了一下,走了过来道:"汪书记,按你这么说,今天我是必须回答你了? 好吧,我告诉你,我去了县城,看了病。"他说着,从口袋里掏出病历,使劲往桌上一拍道:"你仔细瞧瞧吧!"

众人看着病历,都不吭声。张文化走到汪阿兴身边,小声道:"汪书记,这个会还开不开了?"汪阿兴全身血往上涌。他心里明白,与老铁头的这一次较量,他败了,败得一塌糊涂。尽管他明白老铁头绝对不是去看病这么简单,但是,他没有办法证明老铁头不是去看病的。他喘着气,像斗败的野兽一样,只有将这口气咽下去。他坐了下来,一声不吭。老铁头有些幸灾乐祸道:"汪书记,我看这个会还是解散吧。""对啊,对啊,大队有一大摊子事呢……"众人齐声说道,他们纷纷走了。高成天抓抓头皮也走了。

张文化看着他们的背影,转过身来,发现汪阿兴脸色铁青。他小声道:"汪书记,你的伤口流血了。"汪阿兴无语地站了起来,转身走了。张文化看了一眼一声不吭的老铁头,埋怨道:"老铁头,你,你不该这样。""那我该怎么样?"老铁头怒声道,"他的样子好像要吃人,难道我们都是绵羊吗? 在宁和,还轮不到他来大吼大叫。""唉!"张文化摇摇头,走了。

老铁头静静地看着会议室内的一切,奇怪的是,他心里居然没有一丝胜利者的感觉。他想起王宝年在办公室跟他说的,他说你的事呢,我会记在心上的,这样吧,等张书记回来,我跟他说说。他隐约知道王宝年跟汪阿兴是有矛盾的,而且在王宝年的眼里,他老铁头的分量比汪阿兴重得多。王宝年在他离开的时候,叮嘱他道,汪大麻子这个人啊,你给我盯紧了,宁和现在情况特殊,别瞎搞一通,乱上加乱。他明白这话里的意思,那就是站队。他显然站在了王宝年的队列里。他不是没有考虑过:为什么张建设要将汪阿兴调到宁和公社来,究竟有何用意? 但是,眼下王宝年追得紧,他必须服从。

站在窗前的汪阿兴看着天空。张文化进来了,沉默无语。汪阿兴转过身来,一脸平静地道:"小张,有什么事说吧?"张文化犹豫了片刻,道:"你真的要留在宁和? 真的不走?""我为什么要走?"汪阿兴道,"难道你以为我说的话都是假大空的话,你以为我汪阿兴就是那种人?"张文化低头道:"我相信你,可是……""大家不相信我,是吧?"汪阿兴微微一笑道,"不急,总有一天大家会相信的。小张,当务之急是救灾,县医院医疗队就要来我们宁和了,他们来一趟不容易,我们尽量做好配合工作。""对了,汪书记,其实高队长人不坏,是条汉子,就是脾气急了点。""我对事不对人。"张文化点点头。"还有,老铁头他也……"张文化轻声道。"我知道。你请老铁头过来一趟,我想跟他谈谈,"汪阿兴叹了口气道,"他说的也不是没有一点道理。"张文化欢喜道:"我这就去叫。"他急匆匆跑了。

汪阿兴坐了下来,点了一根烟,静静地思索。他现在明白了一件事,那就是尽管他来宁和一个多月了,但是大家心里并没有接受他。他们把他跟之前的几任公社书记画入了同一个圈。这个圈就是"寻找一切机会逃离宁和"。

老铁头出现在门口。汪阿兴将窗户打开,然后道:"老铁头,坐吧。"老铁头坐下,昂着头,一副不高兴的样子。他不清楚汪阿兴为何还是要找他谈话,有何目的。之前,张文化来叫他说是去谈话,他拒绝了。他们没有什么好谈的。但是,张文化后来一直待在他的办公室不走,用恳求的语气请求他去谈话。后来刘振涛也进来了,说谈一谈也好,大家把心里的疙瘩解了。汪阿兴看了一眼老铁头,然后道:"老铁头,俗话说家和万事兴,家里要是和睦了,干什么事都有劲头。""汪书记,你是公社书记,有事就请吩咐吧。"老铁头依旧昂着头。汪阿兴微笑了一下道:"开会的事,我不怪你,我的脾气确实也不好,山里人,说话硬,请你谅解……""你太客气了!"老铁头打断他的话道,"过去的事就不要提了。汪书记,你是山里人,我是江边人,说话也硬。""咱们这是硬碰硬?"汪阿兴笑道,"硬碰硬好啊,能碰出火花来啊。""我觉得不是火花,而是火灾。""哦,为什么?""没有为什么?"老铁头站了起来道,"如果没有别的事,我工作去了,大大小小一摊子事呢。"他顾自走了。

汪阿兴看着开着的门,拿起了手里的茶缸,作势欲砸,想了想后,又轻轻地放了下来。他长长地吁出一口气。老铁头有抵触情绪,他是知道的,但是没想到老铁头一点都不把他放在眼里,这让他以后的工作怎么开展呢? 这些年来,他一直在楼山公社当书记,哪里遇到过现在这样的局面? 张文化进来,沉默无语地看了汪阿兴一眼。"怎么了?"汪阿兴道,"看你不高兴的样子,有什么事?""还有什么事?"张文化带着情绪道,"反正我不想干这个工作了,汪书记,你给我换个工作吧。""你这个文书不是当得好好的吗?""不好!"张文化大声道,"公社里的同志都在议论,说你是个吹牛的货。我实在听不下去了。"汪阿兴沉默了片刻,然后道:"小张,你也认为我是吹牛的货吗?"张文化摇摇头道:"汪书记,抢险那晚,你那么拼命,我就知道,你肯定不是吹牛的货,是个实干家。""实干家谈不上,我只想把事情办好。走,跟我去一趟安置点,"汪阿兴拿起桌上的笔记本道,"顺便带上我的粮票。""粮票? 这……汪书记,这是你的粮票,"张文化着急道,"给家里的。""别废话,拿上!"

两人刚走出公社办公楼,就听到有人在叫:"电话,汪书记你的电话。"汪阿兴回头一看,一人趴在窗口叫着。他大声道:"哪来的?""县革委会。""小张,你先去,我马上来。"汪阿兴将自行车立好,又说道,"记住,在我到之前,不要说话。"张文化点点头,骑车走了。汪阿兴走进值班室,接过话筒道:"喂,哦,老金啊……好的,好的,好的。"他搁了电话,想了想道:"小李,把公社的仓库整理一下,县里要给我们送物资来。"他走出值班室时,发现老铁头就站在走廊上,看着他。他并不吭声,转身欲走,没料想老铁头却走了过来:

"汪书记,我想跟你谈谈。""谈什么?""谈物资,"老铁头道,"这是大事。""等我从安置点回来再说。"汪阿兴顾自走了。老铁头有些发愣地看着他离去。他摸了摸头,自言自语:"居然不想跟我谈?"他走进了值班室,拿起了电话道:"请给我接县革委会王宝年同志……"

汪阿兴骑着车,心里颇不平静。县革委会调拨物资给宁和公社,他是预料到的。宁和什么都缺,物资就是宁和的宝。他想起他来宁和公社报到前,楼山公社书记赵刚强跟他说:"汪大哥,听说宁和公社那里是不毛之地,你要是遇上什么困难,只须一句话,你要什么,我们就给什么。"在楼山的日子那才叫逍遥啊,田里有粮,山里有竹笋。他望了一眼天空,用力地蹬车,越走越远。

第三章

　　阳光透过云层落在了小操场上。这是一个安静的早晨。梳着两条辫子的丁玉洁垂头慢慢地走着,她心里翻江倒海似的。她醒来不久,鲁伟潮就来叫她,说有件事要跟她说。他们走到了校门外。鲁伟潮开心地告诉她,说是让她到他们家,以后就跟他们一起过日子。她茫然。她什么都没有想过。她心里无比感激鲁阿牛,是他在关键的时候帮助了她,可是……她心里像是扭成了一团毛线。她还担心一件事。那就是别人的目光里总是透露出不一样的味道。她想着徐曼丽哭着喊着骂她是扫把星。鲁伟潮见她一直不吭声,有点失望地走了。她知道肯定是伤了他的心了。后来,徐定强却走到了她的身边,样子很神秘地问她,愿不愿意去他家。她依旧不吭声。徐定强吃惊地说,难道你不愿意吗? 你爹死了。她一下子像是苏醒了过来,大声地说道,我爹没死,他没死。徐定强愣了一下后说,被钱王江收走的人,没一个能活过来的。这句话像刀子一样刺中了她的心脏。她有些歇斯底里地叫喊着:我爹没死,他没死,他没死……徐定强吓得逃跑了。她捂脸哭了一阵,茫然地走了。

　　现在,丁玉洁走到了江边。远处,值班的基干民兵们走来走去。

　　她坐在江堤上,望着流淌的江水,流着泪水。她擦了一把泪道:"爹,你狠心抛下我,我孤苦伶仃的,我怎么办? 爹,你说我怎么办?"她哭了起来……她哭得过于伤心,脸色苍白,虚脱地昏迷在江堤上。远远地，一个人走来了。他突然加快了步子，跑了过来。原来是一个背枪的基干民兵。他抱起昏迷的丁玉洁，快步走了。走下江堤没多远，丁玉洁醒来了，见陌生人抱着自己，羞红了脸。基干民兵说："回去吧，这儿太危险了。"丁玉洁低头走了。这一幕被来江边寻找老铁头的莫校长发现了，他着急地说道："玉洁，下次可不许你一个人去江边了，江边太危险。这次幸好巡逻的民兵发现你。你要照顾好自己。你快回去吧。我还要去一趟县里送报告，我先走了。"莫校长急匆匆地走了。

丁玉洁抬了一下头，目送快步离去的莫校长。她擦了一把泪。当她走到宁和学校门口时，发现徐阿宝走了过来，一声不吭地瞪着她。丁玉洁有点慌张地道："阿……阿宝叔……"徐阿宝厉声道："你一辈子都欠鲁家湾人！"丁玉洁垂头。徐阿宝恨恨地说道："你爹丁老三是死了，一了百了，可是你活着，你活着就得还债，还一辈子债。"他走了。丁玉洁流着泪望着他的背影，她再一次蹲了下来，脸上显现绝望。她隐约听到了操场上传来的声音。她转过身来，看着一群人三三两两蹲着，坐着，或站着。他们在听鲁阿牛说话。徐阿宝也加入了这个队列当中，他一屁股坐地，转头恶狠狠地看着她。她不敢抬头了。她转身走了。这儿不属于她。他说得没错，她一辈子都欠着鲁家湾人，她是凶手的女儿，罪魁祸首是她爹丁老三。爹肯定是逃跑了，他的水性这么好，怎么会被潮水冲走呢？他一定活着。可是他在哪儿呢？他怎么忍心丢下他的女儿呢？她的泪水再次涌了出来。她摇摇晃晃地走着，仿佛被人掏走了心。

而在小操场上，众人的情绪有些激动。鲁阿牛说道："我们迟早是要回鲁家湾的，公社汪书记也说了，早则一月，迟则三个月，我们就可以回鲁家湾了。""我们一无所有了，怎么回去？他这是在骗人。别信他！"徐阿福大声道。鲁伟潮大声道："我们有一双手在，我们不怕。"鲁阿牛手一挥道："去去去，大人开会，小孩子一边待着去。"鲁伟潮一脸委屈地走了开去。鲁阿牛望了一下众人，又道：

"伟潮说得没错,我们要靠自己的双手,重新开始,钱王江吓不倒我们的。"徐阿福轻蔑地道:"你说得倒轻巧。我们都是拖儿带女的,哪有这么容易?!"旁边人也附和。"汪书记把公社食堂里的米、面啊都给我们搬来了,我担心,他们自己都没得吃了。我还听说昨晚上县革委会张书记也来过了,张书记不会不管我们的。"鲁阿牛道。大家议论纷纷。

在操场边,鲁伟潮与徐定强说着话。徐定强的脸上显得苍白,他边摇头边说道:"我爹说得对。不要相信别人。"鲁伟潮道:"这不是相信别人,我爹说了,是相信公社汪书记。""他又不是孙悟空,难道会变出草舍来吗?我爹说了,这一次,就是神仙来了,也没有办法了。"徐定强摇头道。"世界上根本就没有神仙。""神仙是没有,可是牛鬼蛇神还是有的。要不,为什么墙上刷着横扫一切牛鬼蛇神呢?你根本就不懂。哼。"徐定强摇摇头,顾自走了。鲁伟潮抓抓头皮。这时,鲁小妹急匆匆地跑过来了:"哥,哥。玉洁姐不见了。"

钱王江显得平静,江水缓缓地流淌着。水浸没了丁玉洁的双膝。神情木然的她继续一步一步地走着……她的身体不时地摇晃。泪水早就干了。她闭上了眼睛。气喘吁吁的鲁伟潮跑上江堤,发现了水中的丁玉洁,便大声喊:"玉洁,玉洁。快上来,危险。"丁玉洁茫然地回头看了他一眼,水已漫到了她的颈部,她一脚踩空,江水淹没了她。鲁伟潮奔跑着跳入江中,紧紧地扯住了丁玉洁。丁玉洁并不挣扎,无声大哭,眼泪不停淌下来。刚跑上江堤的徐定强愣住了,他大声地喊:"救人,救人。"他也冲下了江堤,跳进了江水中。鲁伟潮紧紧地扯着丁玉洁上了岸,不会游泳的徐定强在江水里边扑腾,边喊道:"伟潮,救我,救我……"鲁伟潮再次跳入水中,拉扯着徐定强。徐定强死死地抱着鲁伟潮,令鲁伟潮施展不开手脚,两人在水中危险地沉浮。远处,潮水哗啦啦地过来了……水边的丁玉洁见了,顿时清醒过来了,跑上江堤大喊:"救命,救命。"鲁伟潮与徐定强依旧在水里扑腾着。丁玉洁撕心裂肺地喊叫着,眼看着水里的两人再次沉了下去,她心一急便晕了过去。

潮水哗啦啦地过来了,越来越近。突然,水里的鲁伟潮一下子露出头来,他一只手拖着徐定强,朝岸边游来。徐定强显然昏迷了。鲁伟潮吃力地拖着他到了岸边,又将他背上了江堤,他累得瘫倒在地。此时,潮水哗啦啦过去,激起的水花重重地泼在他们的脸上。徐定强吐出了几口水之后,睁开了眼睛。他看到不远处的丁玉洁躺着一动不动,着急地爬了过去:"玉洁,玉洁。"鲁伟潮见了,也跌跌撞撞地跑了过去。丁玉洁依旧昏迷着。徐定强着急地摇着她的身体,嘴里不停地叫着:"玉洁,玉洁。"丁玉洁终于醒来了,她见了两人湿淋淋的样子,哭了。鲁伟潮着急道:"玉洁,玉洁。"丁玉洁坐了起来。徐定强将她拉起,然后道:"玉洁,走吧。这儿风大。"丁玉洁有些犹豫地看着钱王江。鲁伟潮道:"玉洁,快走吧。"丁玉洁突然跪了下来,朝着钱王江磕了三个响头,一声不吭地走了。鲁伟潮和徐定强一脸不解地跟着她。

走着的丁玉洁仿佛像踩在棉花里一样,瘦弱的身体有些摇晃。徐定强急急上前去扶,丁玉洁却甩开了他的手。徐定强黯然地低头,脚步缓慢,好像绑了铅块一样。天空呈现蔚蓝。徐定强抬头看着天上的太阳,像傻了一样,突然,身体摇晃了一下,摔倒在地。鲁伟潮奔跑过来,拉扯他道:"定强,定强。"丁玉洁也跑了过来。徐定强睁开眼说:"我头晕。"他的身体摇摇晃晃。鲁伟潮想了想说道:"定强,我背你。"他将徐定强背上,然后走了。

宁和学校门口,围着一群人。地上躺着的徐定强,脸色苍白地昏迷着。鲁伟潮按着他的人中,可有些犹犹豫豫,一旁的丁玉洁低头无语。快步赶来的徐阿福大声道:"这,这怎么回事?"坐在地上的鲁伟潮打量了丁玉洁一眼,犹豫地说道:"阿福叔,定强他,他掉江里了。""好好的怎么会掉江里呢? 伟潮,你撒谎,是不是你把他推到江里去的?"跑过来的姚婶分开人群,抱起徐定强说道:"阿福,还说什么呀,赶紧倒水啊。"鲁阿牛弯下腰道:"阿英,把定强放我背上,快。"姚婶犹豫了一下,把徐定强放鲁阿牛背上,然后与徐阿福各拉着徐定强的一只脚,倒水。不一会儿,水从徐定强嘴里流了出来,一阵阵的。徐定强大声地咳嗽着,然后醒了。

丁玉洁眼中含泪地站着,一动不动。徐阿福望了她一眼,然后问道:"伟潮,你说实话,定强是怎么掉下水的?"鲁伟潮支支吾吾。姚婶像是明白了,大声道:"人救回来就万幸了,走了,走了。"鲁阿牛道:"对对对,听阿英的,走,走。"徐阿福依旧气呼呼地瞪了丁玉洁一眼,然后背起了徐定强,走了。故意落在后面的鲁伟潮轻轻拉了一下丁玉洁,小声道:"玉洁,走了。"丁玉洁垂头走着。她走得犹犹豫豫。

在安置的教室内,徐定强躺着,眼珠不停地转。一旁的鲁伟潮蹲着,附在徐定强耳边小声道:"定强,这件事不要告诉你爹。"徐定强小声道:"我知道。"鲁小妹与徐曼丽手拉手走了过来,各自叫道:"哥,哥。""玉洁呢?"鲁伟潮吃惊地问道。鲁小妹道:"姚婶跟她说话呢。"鲁伟潮紧张地站了起来:"说什么?"鲁小妹摇摇头。

徐曼丽坐了下来:"二哥,爹说了,以后让大哥管着你,别到处乱跑了。""我没乱跑。"徐曼丽不高兴地道:"爹说了,以后少跟玉洁姐待在一起,她……她是个扫把星。""曼丽,别这么说玉洁姐。"徐曼丽不高兴地摸了一下脸道:"大家都这么说的嘛。好了,好了,我以后不说了,反正我要离她远点。"

门口出现姚婶和垂着头的丁玉洁。她抬头望了一眼鲁伟潮,又望了一眼众人,一声不吭地走到了自己的铺位前,埋头坐了下来。"娘,我大哥呢?"徐曼丽问道。"他跟你爹抬大钟去公社了,顺便去卫生院给你二哥拿点药。"徐曼丽不高兴道:"大哥早上答应我,带我去莫校长家的。"丁玉洁轻声道:"莫校长去县城了。"徐曼丽哼了一声后道:"谁要你说话?"徐定强突然坐了起来,望着丁玉洁道："娘，我饿了。"姚婶听了，一脸欢喜道："知道饿了就好了，我去拿点吃的。"她起身走了。徐定强重新躺了一来，睁大双眼瞪着屋顶。鲁伟潮也躺了下来。好久，徐定强才说道："我好像记得我晕倒了，到底发生了什么事？我现在空空荡荡的，什么都不记得了。"鲁伟潮用手探了探他的脑门，着急道："你不会傻了吧？""我听见有人在水里喊救命。"徐定强闭上了眼睛，又道，"伟潮，你说我会不会死啊？"

"你别吓人了。姚婶说你知道肚子饿了，病就好了。起来，起来，别躺着了，你跑一圈，就什么都好了。"鲁伟潮拉扯着徐定强。徐定强却一动不动。鲁伟潮叹了口气道："你就是不爱动。大军哥说了，你力气小，又瘦，像只螳螂。"他作了一个螳螂的姿势。徐定强笑了，他坐了起来，说道："我真的饿了。"姚婶捧着一碗稀饭进来了，身后跟着徐曼丽和鲁小妹。徐曼丽吮吸着手指，说道："二哥，稀饭里加了点糖，真甜。"徐定强吃了几口稀饭，然后小声道："娘，白糖还有吗？""就一点点白糖了，留着给大伙儿尝尝的。"她摸了一下徐定强的头，又道，"吃吧。"她起身走了。

徐曼丽眼馋地看着稀饭，小声道："二哥，让我尝尝。"徐定强却拿着稀饭站了起来，走向丁玉洁，到了她身边道："玉洁，你尝尝。"丁玉洁摇摇头。徐定强着急地道："里面有白糖。很甜的。"徐曼丽却急了，大声道："二哥，你……我要告诉爹，娘，你欺侮我。"她呜呜地哭了。丁玉洁见了，有些着急道："定强，你快给曼丽吧。"徐定强心有不甘地转身，走到徐曼丽身边，气呼呼地道："给。"徐曼丽依旧哭着。一旁的鲁小妹见了，便道："曼丽，你要是不吃，我要吃了。"徐曼丽听了，马上擦泪，接过碗，吃了起来。徐定强怏怏不乐地躺了下来。

这时，徐阿福他们回来了。他一脸不高兴的样子，身后的徐大军耷拉着脑袋。"这件事没完！"徐阿福大声道，"别以为我们好欺侮。"徐大军道："爹，你消消气吧。"徐阿福就地坐了下来，依旧一脸忿忿不平。他的目光转来转去,突然落在了丁玉洁身上。他指着丁玉洁道:"都是你这个扫把星,害得我们又少了工分。""爹,不怪玉洁。怪,怪老铁头。"徐大军道。徐阿福指着徐大军道:"你别帮她说话。要不是丁老三,我们怎会落得这个下场?"鲁阿牛和徐阿宝进来了。徐阿福没好脸色地瞪了他们一眼。鲁阿牛想了想道:"阿福,别生气了,老铁头说的也有道理。我们把钟抬到公社去,是不该算工分的。"徐阿宝也一脸不悦道:"工分不算,也就算了,只要不让我们饿肚子。""公社不会让我们饿肚子的。汪书记说了,保证我们灾民的生活。"徐阿福没好气道:"就听他吹牛吧。"鲁阿牛皱了一下眉,一声不吭地转身走了。他心里也的确不踏实。之前,他与徐阿福、徐阿宝、徐大军等人抬着钟去公社,却遭遇了不愉快的一幕。

　　四人将大钟放在了公社前,东张西望之时,老铁头走了过来,大声道:"你们这是干什么?"鲁阿牛道:"是汪书记说的,把大钟抬到公社来。""抬来干吗? 放这里像什么呀? 快抬回去。抬回去。"徐阿福急了:"先把我们的工分记上。"老铁头怒道:"记什么工分? 抬回去!"鲁阿牛道:"这事还是跟汪书记说说吧。我找他去。"老铁头道:"站住。我说了抬回去。"徐阿宝也怒了:"你们公社到底是让我们抬过来还是抬回去? 你们一个说抬过来,一个说抬回去,我们到底听谁的?""我说了抬回去!"老铁头也是怒了。徐阿福道:"你得给我们记双倍工分。""记个屁!"徐阿宝一把揪住了老铁头,拳头高扬。"阿宝,住手,有事好商量。"鲁阿牛拉住他道。"徐阿宝,你打我一下试试看,你这叫殴打公社干部,罪名大着呢。"徐阿宝道:"你别逼我! 我现在反正家破人亡了,老婆孩子全被大水冲走了,大不了,我就当被大水冲走。"鲁阿牛用力扯开徐阿宝,然后道:"老铁头,你让我们抬回去,也可以,但是你得给我们一个说法。"老铁头道:"你们既然这样,我也不管了,你们爱放在这儿就放在这儿。"徐阿宝听了,拿木棍狠命地敲了大钟:"我砸了它。"他接连砸了几下,又道,"这害人的钟,砸了干净。"

汪阿兴大步过来了:"住手!"鲁阿牛见了,上前道:"汪书记,这钟怎么办?你说。"汪阿兴看了一眼老铁头道:"老铁头,这件事我没来得及跟你商量,张书记说给我们江堤上拉一架电话,大钟以后就退休了。我想呢,把它放在公社楼前……""为什么放在公社楼前?"老铁头气呼呼地道。"这口大钟放在楼前,是警示,时刻提醒我们不要忘了这次决堤事件,41条人命。我们欠宁和人民的。"徐阿宝听了,蹲下身子哭了。"鲁阿牛同志,你们辛苦了,回去吧。"徐阿福大声道:"别忘了给我们记工分。"汪阿兴点点头道:"我记着。"走了几步,鲁阿牛转了一下头,发现汪阿兴与老铁头面对面站着,像两棵树。

汪阿兴边骑着车,边想着心事。老铁头居然主动要跟他谈物资的事。物资对宁和来说,是最重要的东西,但是在电话里金健康并没有说物资的数量。他本来想问的,但他心里还有另外的打算,所以暂时不问。

到了宁和学校门口,就听到了大吵大闹,他心里一紧,利索下车,奔了进去。徐阿福和徐阿宝两人扯着张文化,嘴里骂骂咧咧,徐阿福还扬拳欲打。张文化躲闪着,显得狼狈。"住手!"汪阿兴大叫一声。徐阿福扬起的拳头放了下来,他们松开了手,张文化跌跌撞撞跑过来:"汪书记,他,他们……他们骂人,还打人。"徐阿宝大步过来:"汪书记,工分的事就算了,可是你倒好,派个人来损我们,我们现在都这样了,离死不远了。你安的什么心啊?""小张,你说什么了?"汪阿兴厉声道,"说。""我,我说你们不要着急,公社会管你们的,"张文化道,"我也没有说错啊,汪书记,我们公社肯定会管他们的,管吃,管住。""可是我们管不了他们的命!"汪阿兴道,"决堤死了那么多人,我们管住了吗?"张文化愣住了。徐阿宝听了,大声道:"管不了我们的命,管吃、管住算什么?什么都不是!""说得对!汪书记,什么时候我们回鲁家湾?你倒是说个准确的时间啊,别一天到晚吹牛,我们不信。哼,要是比赛吹牛啊,我比你更能,我一口气能吹到北京去呢。"徐阿福也道。"我汪阿兴答应过你们的事,肯定办到。我今天在这儿表个态,如果我做不到,那么我将辞去这个公社书记。"

鲁阿牛急匆匆跑来了:"汪书记,阿福,阿宝,你们……唉,别闹了。""鲁阿牛同志,还有徐阿福、徐阿宝同志,你们都在,我这次来,主要是来跟大伙儿说个事,鲁家湾重建的事,我想听听你们的意见。"徐阿福瞪了他一眼道:"你说得倒简单,我们现在什么都没有,怎么重建?"汪阿兴微微一笑道:"会有的。"鲁阿牛道:"咱们议议?"说着,就地坐了下来。汪阿兴也坐了下来。徐阿福本想离去,可是徐阿宝拉住了他道:"听听吧。"两人坐了下来。张文化看着他们,摸了摸头,小声道:"汪书记,我去给你搬张凳子。""不用了,来,小张你也发表发表意见。"张文化也坐了下来。

"在商量鲁家湾重建之前,先说刚才打人的事,徐阿福同志,有话好好说,为什么打人啊?"汪阿兴一脸严肃。"胡说八道就该打。"徐阿福一脸不悦道,"怎么,你现在开始算账了?""道歉。向小张道歉。"汪阿兴道。"休想!"徐阿福梗着脖子。汪阿兴瞪着他好一会儿,这让徐阿福心里发毛。这么多年来,还没有人这么瞪着他,他一开始还想硬撑的,闭上了眼睛,心想索性就横下一条心了。四周一下子变得安静了。他听到众人的喘气声,睁开了双眼,看了坐着的张文化一眼,低下了头。"阿福,错了就该道歉。"鲁阿牛小声道。徐阿福有些仇恨地瞪了鲁阿牛一眼,然后道:"你怎么帮外人?你的立场在哪儿?""你……"鲁阿牛一时语塞。"徐阿福同志,大家都是同志,道个歉就一切都过去了。"汪阿兴道,"就等你了。""对不起!"徐阿福咬着牙说道,"我不该打人。这下你该满意了吧?汪书记。""现在我们讨论……"汪阿兴并不理会他,拿了一根小树枝在地上画了起来。几个脑袋凑在一起。只有徐阿福昂着头,看着天空,好像他是个木偶。

办公室的门开着。老铁头一脸沉重地坐着。他将手里的笔放下，合拢本子，放进抽屉。他走到窗前望着那口大钟。他长长地叹了口气，自言自语道："汪大麻子，你这葫芦里到底卖的是什么药啊？"他重新回到桌前，拉开抽屉，取出本子。想了想，又走到门边，将门掩上，然后回到桌前，坐下，利索地写下了一行字：他让人把大钟抬到公社，不知出于什么目的？他沉思着。

咣当一声，门被推开了，汪阿兴笑嘻嘻地进来了："老铁头，我来说个事。"老铁头慌乱地合上本子，放进抽屉，然后站了起来："你……你进来也不敲门。""你是大姑娘，还是小媳妇啊？一个大男人，关着门干吗？老铁头，有件事……"老铁头道："汪书记，有事请吩咐一声，用不着亲自过来。"汪阿兴并不介意他的冷嘲热讽，说道："老铁头，听说你有路子搞到药品，给公社搞点来。我去过卫生院了，伤员们很是缺药啊，什么药都缺。"老铁头愣了一下道："汪书记，这不是我的工作，我现在是一个待岗的副主任，代表不了宁和，你是公社书记，又是县革委会张书记的得力干将，你出面那肯定比我强多了。"汪阿兴走到桌前，笑脸道："老铁头，你别这样一本正经公事公办的样子。"老铁头缓和下脸道："我说的也都是实话啊。"

"我跟你交个底吧，这次我们宁和遭了大灾，你说哪样东西不缺呢，什么东西都得向县里要。你知道王宝年可是卡得很紧的呀，你跟他提要什么物资，就像跟割他肉似的。我思来想去，觉得我们要有策略，我们四路出击。"他故作神秘地伸出四个手指。老铁头不解道："四路出击？"

汪阿兴看着老铁头一脸不解的样子，心想，第一步看样子是奏效了。他在跟鲁阿牛他们讨论鲁家湾重建时，方医生来了，跟他说了卫生院的事，说药品奇缺……当时，嘴快的张文化就说老铁头有办法。他心想这就是两人谈话的突破口。他点点头道："公社打正式报告要，是一路，我要是一路，你要也是一路，另外让鲁家湾大队的灾民们写一份材料，按上手印送上去要，也是一路。有了这四路,你说我们还会缺什么吗?"老铁头愣住了,犹豫着道:"不都是我们宁和要的吗? 怎么算也就一路啊?"汪阿兴摇摇头道:"老铁头,你怎么就那么死脑筋呢? 这分明是四路,哪是一路啊? 你说说,我们正式打报告去要,按照惯例,能要多少啊? 哦,就算是张书记照顾我们,可他也不能由着我们来,我们要多少他就给多少啊。"老铁头支吾道:"我们宁和向县里要,一般是打个八折。别的公社嘛,好像是七折。"汪阿兴一拍桌子:"对嘛。县里照顾我们,才给我们打八折,我们说不够,还要,你说王宝年同志会批准吗?"老铁头老老实实道:"不会。"汪阿兴大声道:"就是嘛,他肯定不批。那我们怎么办?"老铁头不吭声了。

汪阿兴走到窗前道:"所以啊,我们就得四路出击。我想过了,公社打报告这一路要的是粮食,我这一路呢,去要物资,你要的这一路呢,主要是药品,灾民们要的这一路就是建材了。"他得意地抹了一下嘴,又道:"有烟吗? 给一根。"老铁头不情愿地掏出一盒烟,刚想抽出一根,没料想汪阿兴一下子抢了过去,抽出一根,点上,然后将一盒烟放入口袋。"你,你……"老铁头瞪着他。"别急,别急。下次还你两包。"汪阿兴抽了一口烟,道:"药品是个好东西,不光我们宁和缺,县里也缺。你要来了,我给你记大功。"老铁头瞪着他,好久才说道:"我不稀罕。""你这就不对了,"汪阿兴挨着老铁头坐了下来,道:"对我有意见? 有意见就说嘛,别憋在肚子里,到时候憋坏了还不是自己受罪。说吧,我虚心接受。"老铁头站了起来,往边上走了一步道:"我对你没意见。"汪阿兴大声道:"没意见,那好,刚才说的事就这么办了啊,我已经让小张去通知方医生了,说老铁头去想办法了,用不了三天,这药品啊就送来了。"老铁头气愤道:"你……""对了,还有一项重要任务需要你去完成。"老铁头一脸不安道:"什么任务?"汪阿兴神秘一笑道:"这项任务十分艰巨,我思来想去,也只有你能胜任,你比我熟悉情况。你大笔一挥,替我写一份检查。"老铁头马上摇头道:"我写不来。""老铁头,不就区区一份检查吗,哪里难得倒你这个大秀才呀?要不我请你喝酒?对了,听说你写的检查啊,那是好得呱呱叫啊。"老铁头气得脸发白。

汪阿兴正色道:"老铁头,不是我故意揭你的旧伤疤,不给你面子。过去的事就过去了,别老记在心里。谁能保证我们每个人一辈子不犯错?"老铁头昂头不理他。汪阿兴继续道:"我听说了你的事,不就是在干部大会上为那名叫老倪的工程师说了几句公道话吗?然后吃了一个处分,降了一级嘛。这做人呐,要有良心,我虽然没见过这位倪工程师,可我敬佩有本事的人。对了,我琢磨着啊,说不定到时候还得请这位倪工程师出山呢。"他看着老铁头。老铁头不吭声。"听我一句劝。男人,要拿得起,放得下。当干部也是这个理儿。"老铁头冷冷道:"汪书记,谢谢你的这番话。我明确地告诉你,药品我去想办法,我是宁和的干部,我有这份责任。至于检讨,另请高明吧。"汪阿兴故意骂骂咧咧地说道:"他娘的老铁头,你真不够意思。唉,毛主席说过,自己动手,丰衣足食。他娘的,我自己写……但有一件事别忘了,你欠我一顿酒啊。"说完,他大步走了。

老铁头望着开着的门,一脸苦笑。他拉开抽屉,拿出笔记本,想了想,又重重地放进了抽屉。他不清楚汪阿兴怎么一下子变了个人似的,突然跟他嬉皮笑脸了。这到底是怎么了?他抓着头皮,恨不得天上掉下一个答案来。他第一次感到了不安。他来回踱步。

此时,张文化急匆匆从他办公室门前走过。他想了想,跟了出去。张文化走进了汪阿兴办公室。汪阿兴手按着桌面上的汇报材料道:"我问你,你在这个材料里,是不是按我说的,只谈过失,不谈成绩?"张文化点点头。"我再问你,是不是把所有的过失都推在我一个人身上?"张文化犹豫了一下:"这个……"汪阿兴发火了:"你怎么回事?!"张文化低头道:"我觉得不公平。凭什么所有的过失都由你一个人来承担?你来宁和才一个月。"汪阿兴重重地跺了一脚："小张呀小张，你太糊涂了。你觉得不公平？轮得到你来说公平不公平吗？所有的过失不由我来承担，难道要张书记来承担吗？"张文化愣了一下："这……这反正对你就是不公平，这是天灾。"汪阿兴怒声道："你脑子进水了?! 对萧金县来说，失去一个我，无足轻重，全县东南西北几十个公社书记呢，哪个来换我都行；可是要是失去一个张书记，萧金县就会地动山摇。""我娘说，做人要凭良心。""当干部首先要顾全大局，敢于担当。在这个关键时刻，必须要有人承担责任，钱王江是在我们宁和决堤的，难道我这个宁和的头能置身事外？……你马上改了，改了，就按我说的办。"汪阿兴又拍了一下桌子道。他想了想又道："还有，材料中任何地方不要提到老铁头。"张文化吃惊道："为什么？""老铁头心里压着一座大山呀，这不是只报喜不报忧的先进材料，要是县里再给他来一个处分什么的，他这一辈子休想翻身了。"张文化点点头。

门外偷听的老铁头愣了一下，快步走了。他回到办公室，将门关上，然后发呆。他心里有那么一点小感动，好像冬天里微弱的一颗火炭。他没想到汪阿兴居然会为他考虑。但是他不相信汪阿兴真的会替他着想，说不定又是阴谋诡计。他且冷眼旁观。如果他玩什么花样，就伤不到自己了。他深深地吸了一口气，然后看着电话机。不管怎么说，县革委会的王副主任还是会关照他的。但是不到万不得已的时候，他是不会跟王副主任联系的。

电话响了。他愣了一下，马上接电话。"是，是，是……"他不停地应着。放下话筒，他脸上闪过一股莫名的喜色。他走到门口，但又马上退了回来。王副主任的这个电话来得太突然，说的事情也太突然了。但是凭他多年的经验，他知道这件事一旦处理不好，将带给汪阿兴极大的麻烦。王副主任之所以打这个电话给他，其实是在告诉他，必须跟汪阿兴保持距离。他站在窗口，深吸一口气，然后走了。

走廊上，张文化迎面走来："老铁头，你去哪?""灾民安置点。"

"汪书记刚去过。"老铁头不悦道:"我就不能去了?"他顾自走了。下楼梯的时候,他心里的不悦还没有散去。才短短一个多月,张文化好像就成了汪阿兴的人了。他推上自行车的那会儿,有些愤恨地看了这幢楼。在这儿,他遭受了屈辱。但是,他感觉这种屈辱就要过去了,随着汪阿兴的被调离,他将被恢复使用。

他骑了一段路,停了下来。他突然发现自己好像有些可怕。按理说,他有这个义务通知汪阿兴,告诉他,楼山的干部去县革委会闹事了。但是,他却选择了隐瞒。其实这个消息过了半天,就会弄得满城风雨了。如果他现在告诉汪阿兴,那么他还有时间想对策,至少可以让事件的严重程度降下来。他犹豫了好一会儿,最后骑车走了。

县总工会的会议室里,一群人坐着,议论纷纷。他们都是楼山公社的干部。剃着平头的赵刚强摆摆手:"大家都安静一下,听我说几句。我们来县城,不为别的,就为了汪大哥。他是我们楼山人,在楼山干得好好的,有口皆碑呀。县里突然把他调到宁和来,没想到一个月不到,钱王江就决堤了。同志们,你们说他冤不冤?"大家齐声道:"冤。"赵刚强一拍大腿:"是冤就得审清楚。不能让汪大哥承担这件事的责任。他太冤了。他是我们楼山人,我们不帮他说话,谁帮他说话呢? 可是我们到这儿一个多小时了,张书记还是不见我们,这是为什么?"另外几人都起哄:"对,为什么不见我们? 为什么不见我们?"众人群情激昂。

一旁的总工会主席老傅着急地说:"同志们静静,同志们静静。"可是大家根本不理他,嗡嗡声一片。赵刚强更来劲了,他拍了一下胸脯道:"我们来县里,王副主任让我们这儿待着,这是什么意思?"他走到老傅跟前道:"老傅,你说说,这是什么意思?"老傅一脸苦笑道:"你问我,我问谁去? 赵书记,有话好好说,有话好好说。""说个屁啊!"赵刚强大声道,"阿扁,你说说,你是小诸葛,跟他说说。"瘦小的阿扁挤出人群,清了清嗓子道:"老傅,你必须带我们去见张书记,否则,我们楼山公社的同志们可不是好惹的。"老傅跺脚道:"现在你们就是把我给阄了,我也没办法。"

这时,金健康推门进来了。赵刚强手一摆,大家安静了。"同志们,张书记昨晚去了省城,现在正在处理重要事情,请大家再耐心等待一下。我向你们保证,只要张书记一处理完重要事情,我就向他汇报。""不就是县粮仓的事吗?"赵刚强大声道,"那是小事,我们这儿才是大事。""粮食的事是小事?"金健康瞪着赵刚强道,"赵书记,你说这句话可得负责任。"阿扁扯了一下赵刚强,赵刚强想了想道:"金主任,我们相信你一回。好,我们再等等。"众人点头称是。金健康道:"谢谢,谢谢。"他急匆匆地走了。在门外,他擦了一把额头的汗,小声对跟出来的老傅道:"稳住他们。"老傅点点头,转身开门进去,笑着道:"同志们,喝茶,喝茶。"

书记办公室内,烟雾腾腾。张建设道:"既然事情调查清楚了,那就赶紧放人。"王宝年摇摇头道:"张书记,放了人,更麻烦。""怎么麻烦?"张建设不解道,"同志们不是要求放人吗?""他们是要求放人,可是,那丢失的粮食呢? 怎么补。我的意见是让他们把粮食补上之后,放人。"张建设沉默无语。金健康推门进来了:"张书记,他们还等着你。""胡闹!"张建设愤怒道,"我看赵刚强是昏了头了。""是啊,张书记,这个赵刚强啊,是得治治了,"王宝年附和道,"他眼里只有汪大麻子。"张建设想了想道:"先放人,补粮食的事以后再讨论。老金,我们走。"王宝年看着张建设与金健康急匆匆的背影,若有所思地走进了办公室。他拿起电话机,想了想,又搁下了。他快步走了。

一脸怒气的张建设走到了总工会的会议室前,突然停下脚步道:"老金,他们来了多少人?""40 多人。""一个不落全来了?"张建设道,"楼山公社没有这么多人呀。""一些大队干部也来了。我听老傅说,他们公社留下值班的人,其他人全来了。"张建设点点头,重重地推开了门。拍着大腿说得唾沫横飞的赵刚强一下子愣住了。

张建设进来,走了几步道:"这里好像是菜场呀,热热闹闹的,赵刚强,你是卖菜的?"赵刚强抓抓头皮。张建设背着手,又走了几步,扫视众人后道:"现在怎么都哑了? 刚才还不是个个喉咙响得要放炮吗?!"他手一指,又道:"赵刚强你是领头的是不是? 你不是点名要找我张建设吗? 现在我来了,你说吧。"赵刚强鼓起勇气:"张书记,我们觉得汪大哥他冤,他,他比窦娥还冤。""冤? 你倒是说说,汪大麻子他冤在哪?"赵刚强的脖子粗了起来:"就是冤。他去宁和才一个月,就……"张建设厉声道:"你给我闭嘴! 你们就为这事来的? 就为这事闹哄哄的? 你们以为这是在帮汪大麻子的忙吗? 萧金县就你们有哥们义气?""张书记……这……这……"赵刚强支支吾吾。张建设依旧厉声道:"共产党的干部就是这个样子的? 不讲原则,只讲哥们义气? 我倒是小看汪大麻子了,他居然还会搞这一套。"赵刚强着急地道:"张书记,这不关汪大哥的事。"张建设大喝一声:"现在都给我滚回去! 要是再闹出这样的事,我饶不了你们。"

赵刚强哑口无言。楼山公社的干部们一个个垂头丧气地走了。一副笑脸的王宝年道:"张书记,我的一颗心终于放下来了。楼山这帮人啊,平时就是横。"张建设沉默无语。一旁的金健康看了一眼全身是汗的老傅,说道:"老傅,这个会议室还得借用一下。"老傅一脸吃惊。"赵刚强的脾气你还不知道,我估计,再过半来个小时,他就会回来的。"金健康笑着道:"张书记,我们还是等他吧。"张建设坐了下来。王宝年显得有些不自在,他犹豫了一下道:"张书记,那我先走了。"走到门口时,他转身看了一眼张建设,发现他脸上居然有笑意。

看着门被掩上了。张建设笑着道:"老金,还是你了解我啊。"

"张书记,不是我了解你,而是你了解汪大麻子,这件事,跟他肯定没关系。他现在焦头烂额的,哪会有这心思啊?"张建设点点头:"但我们还得敲打敲打他。"两人聊了一会儿,门咣当一声开了。满头大汗的赵刚强气呼呼地站在门口道:"张书记,我不服。""过来,坐下,"张建设道,"你是跑着来的?""嗯。"赵刚强坐了下来,擦了一把汗。"说吧。"张建设丢了一根烟给他。赵刚强点着了烟,抽了一口道:"这件事,我还是想不通。调汪大哥去宁和公社当书记,这太突然了,而且,这钱王江的江堤又不是新建的,以前就听说老出事。""按你这么说,他一点责任都没有?""有。但不是主要责任。他顶多负一点儿监管不力的小责任,顶多挨个批评。""胡说八道。那 41 条人命就白死了?!"张建设一拍桌子道,"你啊,昏了头了。你信不信,现在汪大麻子要是知道你们来县里闹事,他肯定急得不得了。"赵刚强愣住了。"你啊,回去给我好好反思一下!"张建设站了起来道,"老金,我们走,让他自己去想吧。"

两人走了。赵刚强看着关上的门,将自己的小平头摸了个遍,然后道:"老傅,你说句公道话。""我哪敢啊。"老傅摇摇头,顾自走了。赵刚强长叹一口气,垂头走了。他走了一段,发现阿扁一脸焦急地等着他。"张书记说什么了?"阿扁迎上来问道。"他说汪大哥要是知道我们来县城,来……他会急死的,"赵刚强道,"阿扁,回去再说。走走走,别在这儿丢人现眼了。"他扯了一下阿扁,两人急匆匆走了。躲在暗处的老傅见了,叹了口气道:"还是老金聪明啊。"

汪阿兴接着电话,脸色变得铁青。好一会儿,他无语地搁下电话,坐着发呆。张文化进来,一见他这般样子,便吃惊道:"怎么了,病了?"他走上前来按汪阿兴的脑门。汪阿兴手一挡道:"小六子真是昏了头了!""小六子?"张文化退了一步,吃惊地看着他。"唉,真是哪壶不开提哪壶啊。小六子就是赵刚强。对了,小张,老铁头人呢? 我找他有事。""他去灾民安置点了,"张文化道,"估计快回来了。"说话间,老铁头从办公室门前走过。汪阿兴大叫:"老铁头。"他站了起来。老铁头擦了一把脸上的汗道:"汪书记有什么吩咐?"

"我得去一趟县里,公社的事呢,你……""别,别,别,"老铁头打断他道,"你来去自由,不用跟我请假。"汪阿兴愣了一下道:"我们公社,你是二把手,我不跟你请假,跟谁请假啊?""我反正担不起这个责。"老铁头说完,顾自走了。汪阿兴皱了眉,无语地坐了下来。一旁的张文化见了,有些不悦道:"老铁头他,他也太……""算了。我去一趟县里。走之前,还得把检讨写好。小张,你去忙吧。"他拿出纸和笔。张文化走出办公室,想了想,朝走廊尽头的老铁头的办公室走去,到了门口,发现门关着,便放下了准备敲门的手,转身走了。

老铁头一肚子闷气。这一趟去灾民安置点,听徐阿福说汪阿兴说了鲁家湾重建的事。他越听,心里越觉得闷。后来,他一摆手说道:不要说了。他转身就走。汪阿兴居然撇开他,独自去跟鲁家湾的灾民们商量重建的事,根本就没把他放在眼里。为什么不事先跟他商量呢?关于重建家园这种事,从来都是公社讨论决定的,跟灾民们商量个啥?难道他还不如一个灾民吗?他越想,心里的闷气就越大,以致他后来推着自行车走了一段,方才平息内心。他不过是汪阿兴的一枚棋子。他心里感到了一种悲愤。而且,他深知汪阿兴是张建设点将来宁和公社的,他虽然不是太清楚他们之间的关系,但是肯定不简单。他心里就像被一块石头磨着似的。

汪阿兴放下手中的笔,摸出了烟。他抽出一根,才发现这是老铁头的那盒烟。他将烟放下了,然后看着电话机发呆。检讨书难不倒他,这些年当公社书记,他写检讨有几次了。他不知道现在县里到底怎么样了。以前在楼山公社时,他的消息很灵通,县里发生点什么事,用不了一上午时间就传到楼山公社了,可是这儿呢,好像被人遗忘了,这一个多月里,他深有感触,他桌上的电话机很少会响起。他心里很矛盾,一团乱。宁和公社不仅一穷二白,而且人际关系复杂,仅一个老铁头就够他受的了。如果在楼山公社,没人敢这样顶他,也没有人会给他使绊子。但是在宁和,他倒成了弱者,更加麻烦的是,老铁头并不跟他硬碰硬,而是用他特有的方式在跟他"斗争"。是啊,这是一场斗争啊。他记得来宁和公社之前,张建设跟他谈了一次话,要求他搞好团结。他当初并不以为然,公社书记搞不好团结,还怎么当这个书记啊?现在看来,张建设的这句话并不是套话,而是有所指。他用拳头轻轻地打了几下脑袋,刚坐下,拿起笔,有人推门进来了。他一抬头,愣住了。

"报告!"来人大声道,"县医院医生胡慧丽前来报到!"眼前是一个梳着两条辫子的年轻姑娘,丹凤眼,模样俊俏。她流着汗,俊俏的脸有些红通通的。汪阿兴站了起来道:"你是县医院来的?""对,同志你好,我叫胡慧丽,是……"胡慧丽看了眼前的男人一眼,五大三粗,脸有些黑,态度显得并不友好,她心里便有了些不悦,说道:"同志,请问……""你是县医院医疗援助队的?就你一个人?这不是开玩笑吗?你一个姑娘家……"他哈哈哈地笑了起来。胡慧丽一脸不悦。"县医院真是太抠门了。对了,你的介绍信呢?"汪阿兴伸出了手。"你信不过我?我是来打前站的,"胡慧丽支吾道,"介……介绍信忘带了。"汪阿兴看了她一眼,想了想道:"你回去吧。"

胡慧丽愣住了。她瞪着汪阿兴一眼,然后大声道:"请问汪阿兴同志是哪个办公室,我找他去。""我就是汪阿兴!"汪阿兴站了起来。胡慧丽吃惊地看着他。

张文化拿着文件急匆匆进来,一见胡慧丽,他也愣住了:"同志,你……"胡慧丽再次重复道:"我是县医院的胡慧丽医生,前来宁和公社报到。"张文化恍然大悟道:"胡医生,你是打前站的吧?你们医疗队什么时候来呀?"胡慧丽犹豫道:"这……过几天吧。""我说胡慧丽同志,你回去吧。你能干什么?我们宁和呀,吃的是苦咸水,吹的是江风,晚上睡觉还得提心吊胆,生怕钱王江决堤。你回去跟你们领导说,派几个壮实的小伙子来,能搬能扛的,这样,要是钱王江再次发生险情呀,当抢险队员也派得上用场。"汪阿兴道。胡慧丽生气地道："你别小瞧人。"汪阿兴又哈哈哈地笑了："小瞧人?"他背着手走了几步,又说："怎么小瞧人了?"

　　张文化道："胡慧丽同志,请问你真的是来打前站的吗?"胡慧丽略一犹豫后点点头。"就你一个人?"胡慧丽又犹豫了一下道:"大部队在后面。""我知道了,你不就是个传令兵吗? 好了,现在你的任务完成了,你可以回去了。"胡慧丽气愤得脸涨得通红。张文化赶紧打圆场:"胡慧丽同志,你既然来了,那就先住下吧,要是吃不了苦呢,随时可以走。""我吃得了苦的。"汪阿兴一脸不屑道:"你吹牛的本事比我汪大麻子还厉害。不是我看不起女同志,而是我们宁和这个地方,跟别的地方不一样。你随便拉住这儿的一位女同志,她们的脸都黑黑红红,都是咸水喝的,江风吹的。"他看了一眼胡慧丽,又道,"看你呢,一副娇生惯养的样子,哪里吃得这个苦啊? 回去吧,回去吧。"胡慧丽气得不得了:"你,你侮辱人。""不敢,不敢。我说同志,听我的没错,马上回去,就当是来我们宁和逛了一圈,这不丢人。"胡慧丽眼泪都快下来了。张文化笑道:"汪书记,来的总是客嘛。胡慧丽同志,我带你去卫生院吧。"胡慧丽强忍泪水道:"谢谢。"

　　汪阿兴突然道:"等等。"胡慧丽和张文化一脸愕然地转身。汪阿兴指着胡慧丽箱子上挂着的地图道:"哪来的?"他上前,抽下地图,看了看,然后道:"这个留下。"胡慧丽着急道:"是我的。""你看得懂地图吗? 这肯定是公家的东西,没收了。"说着他把地图放在办公桌上,仔细看了起来。胡慧丽气得直瞪眼。张文化小声道:"胡慧丽同志,走吧。"胡慧丽忿忿不平地走了。汪阿兴低头看着地图,拿笔在图上指指点点。他轻拍着桌子道:"好东西,好东西啊。"

　　张文化与胡慧丽一前一后地走着。推着自行车的胡慧丽小声道:"请问同志,怎么称呼你?""我是公社的文书张文化,大家都叫我小张。对了,胡慧丽同志,你们的医疗队到底哪一天来,有多少人呢? 我们也得准备准备,搞一个欢迎仪式。""我……我不清楚。"

"你不清楚？那你……"他望了一眼胡慧丽自行车后的皮箱，一脸狐疑。胡慧丽自知失言，便灵机一动道："我……他们大概是这几天吧。这个汪阿兴，他，他还书记呢？他怎么这么看不起人呀？说话这么呛，好像吃了火药似的。""胡慧丽同志，你是不知道他的性格，你要是跟他熟悉呀，你就知道他了，其实……"两人边走边说，越走越远。

汪阿兴将地图卷起，然后，拉开抽屉。他看着儿子汪小路的黑白照片。6岁的儿子长得很清秀，甜甜地笑着。他自言自语道："小路，爹呀一个多月没见到你了，过几天爹回一趟楼山。"他把照片亲了亲，放进了抽屉。他走到窗前，看着夕阳。往事浮现在眼前。一个多月前，他离开楼山公社的那天，小路一直哭着……他擦了擦眼睛，转过身来。他肩挎黄书包，走出了办公室。在下楼梯的时候，满头大汗的老铁头迎面走上来。他叫了一声老铁头，但老铁头却像聋子一样顾自上楼去了。他略微犹豫了一下，走了。

骑着车的汪阿兴顾虑重重。他知道这一趟县城之行，不像以往的任何一次。这一回，他是以一个罪人的身份去县城的。他一定要忍住，不发脾气。他没有资格发脾气。到了宁和公社之后，他好像变了个人似的。他拼命地压制着自己时不时涌上来的愤怒情绪，这是多么痛苦啊。

老铁头站在窗前，看着汪阿兴骑着自行车走了。他叹了一口气，然后坐了下来。他如坐针毡。这一次汪阿兴去县城，肯定会向张建设汇报他们现在的关系，这对于他来说，不是一件好事。毕竟自己与张建设的关系一直没有对接上。他曾经想过通过王宝年的关系，与张建设真正对接上，但是他害怕弄巧成拙。张建设不是王宝年，王宝年也不是张建设。他的手按在了电话机上。他犹豫了好久，最终将手放了下来。

第四章

宁和公社卫生院沉浸在这浓郁的夜色中，四周空旷，灯亮着。远处看去，显得隐隐约约。风吹来了，各种声音像是突然跳了出来，之后，马上又随风而去。

方医生端着一盆水过来，放在院子里的一块石头上，叫道："胡医生，洗把脸。""来了。"胡慧丽急匆匆出来，道："方医生，谢谢。"她边绞着毛巾，边借着门口的一盏灯打量着院子。院子里显得简单，空空荡荡，院墙残缺。她指了指院墙角道："方医生，为什么不种棵树呢？这么大一个院子，不种棵树，空荡荡的。""以前种过，死了，"方医生平静地道，"对了，胡医生，我们这儿条件差，夏天还好办，要是到了冬天，既潮湿又阴冷。""我不怕，"胡慧丽笑道，"方医生，既来之，则安之。"胡慧丽用毛巾擦脸："方医生，卫生院就你一个人呀？"方医生点点头。

胡慧丽擦好脸，刚想把洗脸水就地倒掉，方医生阻止了她："别倒，别倒。"她接过脸盆，然后不好意思地说道："胡医生，淡水很珍贵，这盆洗脸水呀，是淡水，晚上留着洗衣服用。"胡慧丽吃惊道："那，这淡水哪来的？"方医生望了一下天空："是雨水积起来的。"胡慧丽吃惊地哦了一声，看着方医生把这盆水端走了。

她呆呆地站着，下意识地摸了一下脸。一会儿，方医生走了过来。她脸上有点郁郁不欢，此时，站在院门口张望的胡慧丽正好转过身来："方医生，这儿可真安静。""是啊，要是没有风，就更安静了。"方医生脸上闪过一道笑意，想了想，指了指房间道："你就住在我隔壁的那一间。我们卫生院一共有五间半平房,一间治疗室,两间病房,说是病房,其实就是两张病床,还有两间就是住房了。""方医生,那还有半间呢?"方医生笑了:"那是灶房,也是食堂。""这样啊。方医生,那我们的医疗队要是来了,他们住哪儿呀?不够住啊?"方医生为难道:"这得问公社汪书记,他们自会安排的。"胡慧丽下意识地点头道:"哦,就是说话很凶的那个吧。"她又吐了吐舌头。方医生吃惊道:"怎么?你们见过面了?小张没有跟我说啊,哦,你是去向他报到的吧?"胡慧丽点点头道:"我们见过面了,可他明显歧视我们女同志,说宁和怎么苦、怎么困难的,目的就是想把我吓跑。越是吓唬我,我偏不跑。对了,那三个重伤员还是赶紧送县医院吧。""他们不愿意去。""什么?不愿意?这可是关系到性命啊,怎么……"胡慧丽愣了一下,又道,"在这儿待着那是相当危险的。方医生,我们走,跟他们说去。"方医生摇摇头。"为什么呀?"胡慧丽瞪大眼,吃惊地道,"这,这到底是怎么了?"方医生捂着嘴哭了。"方医生,你……"胡慧丽不安地说道。现在,她一句话都说不出来了,这太奇怪了,重伤员理应去县医院治疗的,而留在这儿,只有死路一条。

方医生擦了泪,然后无语地看着天空。好一会儿,她才说道:"宁和人,他们没有故乡,这儿就是他们的家。""故乡?""他们很多人都是移民,听说一百多年前,他们的祖先移民到了这儿,这儿是一块不毛之地。然后开垦,生儿育女,然后扎根。他们跟钱王江的潮水斗了一代又一代人。"胡慧丽恍然大悟道:"原来是这样?但是,这跟他们……"她小心翼翼地说道,好像这个话题是一个地雷。"就是这样。我劝过他们几次了,没有一个愿意的。"胡慧丽想了想道:"不走也行,我去看看。"她跑了。方医生呆呆地看着胡慧丽的背影,突然跟了进去。

在灯光下,胡慧丽仔细地检查一个重伤员的身体。他的伤是在腰部,被尖利的石头捣出了一个洞,虽然裹了纱布,但仍可见到血渗了出来。他处于半昏迷状态。胡慧丽小心翼翼地揭开纱布，伤口化脓了。她愣了一下，马上站了起来。此时方医生进来了。"方医生，你包裹的纱布，经过消毒了吗？""我擦了碘酒。""你当时没有清理伤口，现在化脓了。你要知道，像这样的伤口，第一步就是清理，将一些脏东西清理干净，然后再消毒，你，你……"胡慧丽一脸不悦道，"现在，你是好心办坏事。"

站着的方医生脸涨得通红，一句话也说不出来。"现在，只有切除烂掉的部分，然后重新清理伤口，"胡慧丽道，"马上准备手术。""手术？""对，一天也不能耽搁了，"胡慧丽跺了一脚，"你还愣着干什么？拿器械啊，手术刀，医用剪刀，对了，还有麻药。"方医生摇摇头："我们卫生院没有手术刀，也没有麻药。""没有手术刀？那你平时……"胡慧丽愣住了。她拍了一下脑门，然后又道："医用剪刀也可以。"她转身对睁开眼睛的重伤员道："同志，到时候你得忍一忍。"

方医生急匆匆跑了。胡慧丽开始准备手术。她戴上了医用手套，然后又仔细地查看了伤口。方医生急匆匆拿着托盘进来，上面放着一把医用剪刀，还有棉球。"消过毒了吗？"胡慧丽拿过剪刀说道，"帮我戴上口罩。"

当胡慧丽用医用剪刀小心地剪着伤口边缘腐烂的皮肉时，重伤员咬紧牙关。胡慧丽想了想道："方医生，将毛巾塞在他嘴里，以防他咬断舌头。"手术结束后，胡慧丽的全身都汗湿了。她看着方医生娴熟地裹着纱布，小声道："方医生，要每天给他换纱布。"方医生点点头。她心里翻江倒海似的，没想到一把小小的医用剪刀在胡慧丽手里居然变成了手术刀，整个手术过程，干净利落，几乎没有一个多余的动作。她佩服眼前的这位姑娘，县医院的医生就是不一样啊，而自己呢，这么多年了，却一直没有这样动过手术。

胡慧丽走到靠窗的病床前，看着另一位伤员的腹部。她皱着眉说道："方医生，准备下一个手术。"看着全身汗湿的胡慧丽，又看了一眼床上躺着的重伤员,方医生犹豫了一下,重重地点头。她跑了出去。胡慧丽小心地揭着纱布,一股恶臭扑鼻而来,她紧紧抿着嘴。当解开最后一道纱布时,她惊呆了,伤口处爬满了蛆。她忍不住一阵恶心,呕吐起来,慌忙将纱布盖上,然后站在门口大口大口地喘气。方医生过来时,吃惊道:"胡医生,你这是……""天气热,他的伤口长蛆了。"胡慧丽脸色苍白地说道,仍不时感到一阵阵恶心。

方医生走到伤员面前,揭开纱布,然后道:"胡医生,第一步是清理伤口对吗?"胡慧丽点点头。方医生用医用镊子捡着蛆,一条一条地放在罐儿里。好一会儿后,她说道:"胡医生,第一步完成了。"她盖上罐子,然后站了起来。胡慧丽走到了床前,仔细地看了伤口,然后摇摇头。"怎么了?""方医生,恐怕来不及了。"方医生黯然地看了一眼昏迷着的重伤员。"让我再想想,"胡慧丽说道,她焦急地走来走去。好一会儿后,她对进来的方医生说道:"方医生,我没有把握,一点都没有。"她流泪了。方医生轻声道:"胡医生,你累了,先去休息吧。"

早晨的阳光投射在大地上,空气里弥漫着一股燥热。鲁家湾的灾民们或坐或站在吃早饭。饭菜显得简单,榨菜丝、霉干菜、稀粥。众人沉默无语,偶尔有孩子跑来跑去,显得快乐。

鲁阿牛坐在丁玉洁旁边,放下了碗,小声道:"玉洁,你愿意跟小妹做个伴吗?"丁玉洁的泪水流下来了:"阿牛伯,我……我……""玉洁,这也是我们全家人的意思。"丁玉洁望着鲁阿牛好一会儿,才重重地点头。鲁阿牛笑了:"那就好。玉洁,从今天开始,我们就是一家人了。"丁玉洁犹豫了一下,然后叫道:"爹。"喜笑颜开的鲁阿牛重重地应了一声:"哎。"然后叫道:"伟潮,小妹,你们过来。"鲁伟潮与鲁小妹刚刚放下碗,他们有些吃惊地看着流泪的丁玉洁与喜悦的父亲。他们一前一后过来了。丁玉洁站了起来,用手擦掉了泪水。鲁阿牛把他们三人的手叠在一起,然后把自己粗糙的大手也叠了上去:"从今天开始,我们就是一家人了。"鲁伟潮笑了。鲁小妹脆生生地叫:"以后我有姐姐了,有姐姐了。"她跳了起来。

在另一张桌子旁坐着埋头吃饭的徐定强抬起头看到这一幕后,愣住了。他手里的一根筷子掉了下来,他俯下身子捡筷子,眼睛却始终盯着丁玉洁。此时,系着围裙在食堂里张罗的姚婶走了过来,感慨道:"从此,玉洁又有了亲人,不再孤苦伶仃了。"她擦了擦开始湿润的眼睛。喝着粥的徐阿福却皱起了眉。他重重地将碗往桌上一顿,顾自走了。

饭后,丁玉洁与鲁小妹去厨房帮姚婶洗菜。正在跟人说话的徐阿福转过身来,叫住了丁玉洁:"玉洁,来,叔问你个事。"丁玉洁小声道:"叔,什么事?"徐阿福双手后背,问道:"我问你,定强怎么掉到江里去的?"丁玉洁的脸色霎时惨白,不知如何作答。徐阿福逼问道:"说呀,怎么掉江里的?"丁玉洁支支吾吾:"他,他……"她的身体开始颤抖起来。身边的鲁小妹吃惊地看着她。"你以后离定强远点。扫把星!"徐阿福厉声道,"就是个祸水。"丁玉洁的泪水夺眶而出,扭头跑了。鲁小妹一边叫着,一边追。

终于,奔跑着的丁玉洁停下了脚步,痴痴地站着,好像一个稻草人。气喘吁吁的鲁小妹跑了上来:"玉,玉洁姐……"丁玉洁一动不动地站着,两行清泪直挂。"玉洁姐,你别听阿福叔,他,他……他就是个大嘴巴。"流着泪水的丁玉洁喃喃自语:"他们都恨我,他们不会原谅我。他们不会原谅我的。"说着,她蹲了下来,捂着脸哭了起来。"玉洁姐,玉洁姐别哭了,别哭了。"劝着劝着,鲁小妹自己也哭了。

在操场边上,鲁阿牛一脸不高兴,拉住徐阿福质问道:"阿福,怎么回事?"徐阿福望了一眼鲁阿牛身边的鲁小妹,装聋作哑道:"你说怎么回事?""玉洁现在是我的女儿了,我这个当爹的,当然要关心她的事了。""你的女儿? 她差点害死了定强,你知道吗? 阿宝说得没错,她就是个扫把星。"徐阿福一脸不屑。鲁阿牛瞪着他,大声道:"从今天开始,谁也不许说她是扫把星。谁说,我跟谁急。"徐阿福不相信地打量了他一眼,说道:"阿牛,你还真以为自己是丁老三转世啊? 我跟你说,你收了她,就会落得跟丁老三一样的命。没有好结果。"鲁阿牛怒声道:"你少放屁,今后管住自己的嘴。"徐阿福也火了:"鲁阿牛,我的嘴怎么了? 关你屁事。怎么,想打架啊? 来啊,来啊,这么多年来,我早寻思着跟你打一架了,我心里都记着呢,你跟阿英的事,你们……"他挺胸上前,一副挑衅的样子。鲁阿牛听了,大喘一口气,强忍怒火,扭身要走,没提防徐阿福一把拉住了他:"把话说清楚再走。""放手!""你说放手就放手啊,你当我徐阿福是什么人?""放手!"鲁阿牛厉声道。"放你他娘的手。"徐阿福用力给了鲁阿牛一拳。两人扭打在一起了。一旁的鲁小妹吓得大声哭了起来……有人大叫:"姚英英,姚英英……"

安置灾民的教室内,鲁阿牛与徐阿福站着,怒目相视。鲁阿牛的衣服破了,徐阿福嘴角有血丝。姚婶双手叉腰瞪着他俩,不说话。门外,聚集着人。姚婶转身把门砰地关上,然后骂道:"你们吃饱了撑的? 两个男人打架,丢脸!"鲁阿牛与徐阿福垂着头,依旧不吭声。姚婶一脸怒气地瞪着他们:"说话啊?"徐阿福突然抬头恨恨地瞪了鲁阿牛一眼,开门,然后重重甩门,走了。鲁阿牛一脸惭愧地说道:"阿英,我也是一时冲动,唉,这算什么事啊?!""阿牛,阿福的脾气你又不是不知道,他呀就这么小心眼,嘴又闲。你放心,玉洁那儿我去说。不管怎么说,她总是我们鲁家湾人啊。"

丁玉洁低头进来了:"爹,姚婶,都是因为我……我……"她的泪水流了下来。鲁阿牛道:"玉洁,过去就算了。"姚婶望了一眼丁玉洁道:"玉洁,别人说什么,是别人的事,你别往心里去。"丁玉洁点点头。鲁阿牛走到门口,望着众人,大声道:"从今天开始,丁玉洁就是我鲁阿牛的女儿,我绝不允许别人伤害她,谁伤害她,谁就是跟我鲁阿牛过不去。"丁玉洁的泪水夺眶而出,号啕大哭。众人都落下了泪。

"玉洁,姚婶想跟你说说话。"学校旁,一条水渠里流着水。灾后的景象依旧醒目,姚婶坐了下来,轻声道:"玉洁,你阿福叔他这个人啊,心思不坏,就是嘴快。"丁玉洁不语。姚婶又道:"玉洁,从今往后,你心里要是有什么事,就跟姚婶说,姚婶呀知道你是个好姑娘。"丁玉洁的泪水夺眶而出。

远远地,传来徐曼丽焦急不安的声音:"娘,娘……"姚婶站了起来,张望一番说道:"玉洁,我们走吧。"两人走着,满怀心事的丁玉洁步子缓慢。看着姚婶越来越远的背影,她停下了脚步,呆呆地站着。太阳很烈,仿佛火炉似的。她下意识地擦了一下眼睛,然后朝着另一个方向走了。

姚婶若有所思地回了一下头,发现身后的丁玉洁不见了。她皱了眉头。哭着跑来的徐曼丽道:"娘,二哥不见了。""这孩子又去哪了?"姚婶皱着眉。"我二哥,他,他逃跑了。"徐曼丽哭着。"逃跑了?"姚婶的心一下子揪了起来。在三个孩子里面,最操心的就是老二徐定强,他平时不太吭声,有些古怪。她放眼四望了一会儿,又道:"逃哪去了?""娘,二哥疯了,"徐曼丽边哭边道,"他把自己的手指都咬烂了。""到底怎么回事?"姚婶着急道。徐曼丽摇摇头,然后惊恐地道:"二哥肯定疯了。"

扬尘的路上,肩挎黄书包的汪阿兴一个劲儿地骑着自行车。汗水湿透了他的后背。他不时地摸一下晃动着的黄书包,似乎担心里面的东西会丢了似的。

通往县城的路只有这么一条。这也是他第一次从宁和骑车去县城,从萧金县地图上看,这近百里的路程需要绕好几个弯。每一个弯就是一个公社,而宁和公社就是最远的那个弯了。他原来计划在瓜乡公社歇个脚,他跟公社书记老田关系不错,但后来心想自己这次去县城,是去挨批的,老田是个聪明人,三言两语就能看出他的心情来。他没必要把老田的心情也搞坏了。

就这样,他边骑车,边想着心事,到达县城的时候,天黑了。他不太爱来县城,以前在楼山公社当书记时,每次来县城,都是犹豫了好久。县城里的热闹多多少少会勾起他的伤心往事。妻子小娟就是死在去县城的路上,他记得很清楚,刚刚到达县城,小娟就咽了气。他抱着小娟痛哭。通往县城的路是一条伤心路。

路灯亮着。一身是汗的汪阿兴把自行车停好。他检查了一下黄书包后,走向办公楼。此时,手拿文件的马加荣从里面出来了。汪阿兴叫了一声:"马秘书。"马加荣却装作没听见似的匆匆跑开了。汪阿兴愣了一下,望着马加荣的背影,脸色变得沉重起来。他在楼梯口犹豫了一会儿,迈开了步子。当他走到会议室前时,下意识地停下脚步。会议室里传来了王宝年的声音,还有吊扇快速转着的声音。显然,他们在开会。

"……刚才张书记说的,我觉得很对,钱王江决堤事件是大事件,责任是必须追究的。"王宝年的声音很响亮,跟他平时说话的声音有些不一样。"同志们,省里定下了一个原则——自家的孩子自家管。钱王江萧金县段就是我们的孩子,我们必须要管好这个孩子,我们没有任何选择。"张建设的声音依旧跟以前一样洪亮。汪阿兴走到门边,刚想敲门,却听到王宝年道:"楼山公社的干部来县城闹事,这是一起性质恶劣的事件,也必须追究责任。"他愣住了。楼山公社?小六子?他放下了敲门的手,犹豫不决。他知道小六子,也就是赵刚强的性格,就跟花岗岩似的。以前在楼山时,他是公社书记兼革委会主任,赵刚强是公社革委会副主任,他们一起搭班,他不时会提醒赵刚强。全萧金县也就他一人的话赵刚强会听,别人说什么,他的脖子梗得很。

会议室内的张建设皱了皱眉道:"对于汪阿兴同志,也有同志多次向我反映,说他身上毛病不少。但客观地说,他的工作是不错的。当然了,这一次楼山干部闹事,目前我们还不清楚他是否知情。我们要肯定一个干部，但也不能褊袒一个干部。""张书记，楼山的干部只听汪阿兴一个人的，这不是好现象，我们要防备他把这种作风带到宁和，现在宁和果然出事了，我看啊，十有八九是他的老毛病犯了？"一名干部大声道。王宝年点头道："有道理。自从汪阿兴去了宁和，我们县里成了他自家的仓库了。他是想方设法编理由，撒谎找借口向我要东西啊，什么都要。"张建设道："宝年同志，宁和也有宁和的困难。"王宝年站了起来："哪个公社没有困难啊？如果都像他这样，我们县里就成百货商店了，要什么给什么，可怎么办？有困难自己想办法解决，别三天两头找组织。"有干部点头道："对。我们老这样顺着他，败坏了风气。"

这时，门咣当一声被推开了。汪阿兴进来了，脸色苍白。好一会儿，他才道："张书记，我请求免去我的职务。"会场一下子安静了。张建设站了起来："汪大麻子，免不免你，轮不到你说话。你来了正好，给我坐下，我有事要问你。""张书记，我站着就行。"张建设道："好，像条汉子。"汪阿兴从黄书包里拿出几张纸："张书记，这是汇报材料。"他把这几张纸搁在了桌子上。紧接着，他又从口袋里掏出一张叠得很整齐的被汗水浸湿的纸："张书记，这是我的检查。"他也搁在了桌子上。张建设拿起有些潮湿的检讨书："你自己写的？"汪阿兴点点头，脸上闪过一道红晕。

张建设展开这张纸，看了一会儿，把检讨书夹在了本子里，说道："我问你，楼山干部闹事你事先知情吗？""我不知情。"张建设紧盯着他的双眼："说实话。"汪阿兴并不躲避张建设的目光，坚定地道："就是实话。""赵刚强跟你是什么关系？""革命同志，哦，不……我们就是兄弟。""来的这几个干部都是你提拔的？"汪阿兴一脸茫然："我不知道来的是哪几个？"王宝年忍不住了，大声道："汪大麻子，你就别揣着明白装糊涂了。""王副主任，我不明白你说什么？""不明白？你汪大麻子是出了名的猴精，你为了推脱自己的责任，故意让赵刚强他们来闹事，好让我们县革委会手下留情。哼，你这点小计谋可逃不过我们的眼睛。"王宝年望了望众人,又道:"别把我们当傻子。"

汪阿兴沉默无语一会儿,转身就走。"站住!"张建设厉声道,"不为自己辩解一下?""我不想辩解。""为什么?! 你心里有怨恨,还是有火气? 我倒是希望你现在发个火,骂个娘,那才是你汪大麻子的性格。"汪阿兴咬着牙,紧握拳头。好一会儿后,他大大地喘了一口气,松了拳头道:"张书记,你把我免职了吧。我回楼山去,过与世无争的生活去。""有干部跟我说,汪大麻子在楼山当山寨王,同志们,看来此话不假啊,"张建设冷笑一声道,"楼山是萧金县的公社,难道你宁和就不是萧金县的公社了? 一块土地上还有不一样的公社吗? 我告诉你汪大麻子,你彻底给我断了回楼山的念头!"汪阿兴垂下了头。"是啊,宁和的事还没了,你就想逃? 我说汪大麻子,你这还像个公社书记吗?"王宝年插话道,"张书记,责任追究的事……"张建设手一挥道:"等会儿大家表决。"他走到汪阿兴跟前,大声道:"抬起头来。"

汪阿兴抬头看着张建设,脸上的汗直刷刷地流淌下来。张建设脸无表情地说道:"你的汇报材料交了,检查也交了,现在没你的事了,你现在给我回去。"汪阿兴欲言又止。"还有什么话? 说!""张书记,我还有一件事想口头汇报。鲁家湾的灾民们请求祭奠一下亲人,我不敢私自作主,特向县革委会汇报。""汪大麻子,你这不是给县里添乱吗? 要是灾民们情绪激动,闹起事来怎么办,谁来负这个责任?"王宝年怒声道,"汪大麻子,你尽出些馊主意。我跟你说,这件事不能答应他们,要是答应他们了。下一步,他们该提出另外的要求了,这么下去,不仅仅是你们宁和公社,县革委会也会陷入被动。"张建设想了想,说道:"我倒认为,祭奠亲人是人之常情,我们不能因为怕出事而不让他们祭奠。这样吧,我们表决一下,同意祭奠的举手。"与会的同志有的举手,有的没举手。张建设望了一眼后:"好,少数服从多数,通过。汪大麻子,你回去吧。"

这时,金健康急匆匆进来,见了汪阿兴,愣了一下道:"汪大麻子,你怎么还有工夫来县里,宁和出事了。""什么事?"汪阿兴一脸着急。"老铁头打来电话,说鲁家湾的灾民少了一个人。现在公社干部和灾民们分头在找。"汪阿兴想了想,大声道:"张书记,我走了。"他走到门口,突然转身道:"张书记,我为楼山公社的干部向你,向大家道歉。"他深深地一鞠躬,跑了。"他这一路骑回去,到达宁和怕是天亮了,"金健康叹息一声道,"张书记,你要我办的事,办好了。关于县粮仓被盗的情况……"

夜已深。坐在办公桌前看文件的张建设放下文件,刚起身,王宝年一脸不悦地进来了。他说道:"张建设同志,我保留个人意见。""宝年同志,常委会的决定是最终决定,不是我张建设一个人决定的。党的纪律规定,允许保留个人意见,但常委会的决定必须执行。"王宝年着急道:"张书记,老铁头虽然犯过错误,可当时情况特殊啊,他毕竟是宁和人,熟悉情况,对重建也有利,而且……"他想了想又道,"而且,他对组织上的各种命令能不折不扣地执行。宁和需要这么一个执行力强的公社书记。"张建设一脸平静道:"现在不是讨论这件事的时候。"王宝年无奈地道:"好吧。就当我没说。"他转身走了。

张建设重新坐下,陷入沉思……在之前结束的会议上,最终表决的结果多多少少有些出乎他的意料。他没想到,在表决的那会,除了王宝年和另外三名同志提议免去汪阿兴的职务,承担相应责任之外,别的同志居然赞成此事下次会议再议。他不得不重新审视汪阿兴。他知道在这个会议上,会有极大的分歧,尽管他是书记,但他也会感到势单力薄。金健康开始时的缺席会议,到后来又突然来会场就是他安排的一步棋,通过粮仓事件转移压力。他抽了一根烟,来回走着。金健康接到的老铁头的这个电话,来得过于突然。少了一个灾民这样的事,在尚未有定论的情况下,按理不会上报县里。而老铁头打破常规,急匆匆上报,其目的何在? 他其实是来了解情况的。这个情况就是汪阿兴的去留问题。他揉着太阳穴。

这时，门被轻轻推开了。胡佳丽提着饭盒进来了。"你怎么来了？""现在都几点了？你还回不回家了？"胡佳丽没好脸色地说道。"你们都要气死我吗？"她利索地打开饭盒说道，"快吃，吃完了，我再跟你说事情。"张建设边吃饭，边说道："什么事？"坐着的胡佳丽不吭声，突然，泪水涌了出来。"到底怎么了？"张建设放下筷子道，"你这样子，我还怎么吃得下呀？""慧丽，她，她去宁和了？这丫头太任性了，气死我了。"胡佳丽边擦泪，边说道。"去宁和？"张建设皱着眉道，"干什么去？""章院长说，她积极要求参加医疗援助队，院里没同意，她就偷偷跑去了。""过几天就回来了呗。你哭什么？""我，我不放心，这么多年，她一直在我身边，我……"胡佳丽把泪水擦了擦道，"你打个电话给汪大麻子，让他把慧丽送回来。""乱弹琴！""你……你朝我凶什么？是我一把屎一把尿把她养大的，我，我就是她的亲娘啊。"胡佳丽捂嘴哭着。

"好了，好了，"张建设匆匆合上饭盒，起身道，"回家。""吃完了再走。""吃不下了，"张建设板着脸道，"回家！"胡佳丽看着他生气的样子，便也不吭声了。夫妻俩刚要走，突然传来一声惊雷。张建设一个箭步走到窗前，抬头看着天空。一道闪电耀眼。雨点啪啪地打在地上。他的神色变得紧张起来。"怎么了？"胡佳丽凑了过来，"下雨了。"张建设快步走到办公桌前，拿起电话机就摇，神色严峻的他拿起话筒道："给我接宁和公社……"他转身对胡佳丽道："你先回去吧。"胡佳丽看了他一眼，走了。窗外，又一道闪电耀眼。

雨点打在汪阿兴身上。他拼命地骑着车，但全身乏力。他还没吃过晚饭。本来他计划在县革委会的食堂里蹭一顿的，但因为老铁头电话里说灾民少了一人，便急匆匆往回赶。真是屋漏偏逢连夜雨。胃在拼命地收缩着。一顿不吃饿得慌，这肚子也真是不争气,简直是纸做的,薄得很。

　　他在路边停了下来,喘气。闪电和雷声交替出现。看来,这场雨一时半刻不会停。他脑中突然闪过江堤,心顿时揪了起来。他心急火燎地骑上车,拼命地蹬着……他耳边闪过鲁阿牛的声音:这是命啊……突然,车子陷进了一个土坑里,他连人带车摔在地上,跌了个嘴啃泥。起来后,他吐掉了嘴里的泥,然后将歪掉的车龙头扭正,骑上车,继续蹬。

　　也不知过了多久,他看到远处隐约有火光。他不知道发生了什么事,更加拼命地蹬车。就在距他数里远的地方,几个火把在大雨中游行,随之而来的是呼喊声:"徐定强……徐定强……"

　　胡慧丽站在病床前,久久无语。方医生进来,看着床上的重伤员,轻轻地将床单盖过死者的脸。她轻声道:"胡医生,你尽力了。"泪水流淌着。胡慧丽垂下了头。一天来,她几乎想尽了办法想要挽留他的生命,但最终还是无能为力。虽然,在县医院工作两年多,遇到这样的情况有好几例,但是,在这个陌生的宁和卫生院,却是头一回。

　　"胡医生,我已通知公社了。死者的家人都被大水冲走了,公社也同意我们的意见,入土为安,"方医生一脸平静地道,"天一亮就拉走。""我陪陪他。"胡慧丽轻声道。她在病床前坐了下来。一声惊雷。方医生皱着眉道:"胡医生,你会游泳吗?"胡慧丽点点头。"你有过逃生训练吗?"方医生继续问道,"对了,你的箱子我帮你提过来。""方医生,你这是……"胡慧丽一脸不解。"一切都准备好,如果发生大事,你就……""你是说钱王江决堤吗?"胡慧丽吃惊道,"难道……难道一场大雨就要这样?""胡医生你冰雪聪明。宁和人晚上睡觉时都提心吊胆,要是遇上大雨天,有的人家就整晚不睡觉,一家人挨在一起,随时准备着,"方医生叹了口气,"这教训是用生命换来的。"胡慧丽沉默无语。

　　方医生走了,不一会儿,她拿来了胡慧丽的皮箱,放在了胡慧丽的身边。"伤员怎么办?"方医生从床底下拉出一根绳子:"靠它。到时候我与伤员绑在一起,只要我能活下去,他也一定能活下去。"胡慧丽瞪大眼看着方医生。这时,传来敲门声。方医生急匆匆走了。

　　胡慧丽看了一眼床上的死者。她俯下身子查看床底下。果然,她发现了一根绳子。她将绳子提在手上,然后坐了下来。窗外,闪电耀眼。她的身体在微微地颤抖。风声、雨声、雷声交织在一起,房子仿佛在微微震动。她闭上眼睛,双手紧紧地抓着绳子,突然又睁开双眼。她走到墙边,轻轻地抚摸了墙壁,感觉好像很坚硬。

　　方医生进来了,皱着眉道:"鲁家湾的徐定强失踪了。""对了,方医生,这墙是石头垒的?""墙角是石头,墙体是沙浆,"方医生想了想,像是明白了,便说道,"胡医生,你要是害怕,我还有一件救生衣,到时候你穿上。""不,不,方医生,我不害怕。"方医生看着胡慧丽的身体在微微地颤抖,便走了过去,将双手按在她的肩上,轻声道:"胡医生,在整个宁和公社,只有宁和学校和宁和卫生院的墙基是用石头筑的,这么多年来,它们没有倒塌过。"胡慧丽站了起来,有些不服气地道:"方医生,我真的不害怕。""我知道。"方医生微微一笑。此时,突然一声炸雷。闪电耀眼如同白昼。房间里的电灯突然灭了。胡慧丽大叫一声:"方医生,停电了。""可能是变压器被雷击了。"方医生平静地说道,"我去拿蜡烛。"她摸着黑出去了。

　　胡慧丽全身颤抖着,恐惧就像幽灵一样在她身边徘徊。她情不自禁地捂上了耳朵,闭上了眼睛。也不知过了多久,当她睁开眼睛时,一支蜡烛亮着,方医生埋头在给另一名伤员喂水。她不安地张望四周,然后走到方医生身边,颤抖着说:"方医生,我,我……"她话不成句,思维有些混乱。方医生站了起来,什么话也不说,突然紧紧地拥抱了她。两人拥抱着,静静地站着。胡慧丽的心平静下来了,她轻声说道:"方医生,我陪着你。"方医生点点头。

两人静静地坐着,等待天明。

第五章

　　雨已经下到第三天了。在这三天里,宁和公社一直处于高度紧张状态。张建设来过一趟,专门召开了公社干部会议,他要求保证钱王江不再决堤。汪阿兴当场表态,不惜一切代价保住大堤。钱王江江堤上,不时可见巡逻队在雨中巡逻。他们五人为一小队,几乎间隔半小时就来回一趟。夜间,手电筒光在江堤上晃动。钱王江一直在涨水,这令所有人都很担心。尤其是守护原决堤口的高成天,他带着红旗大队的社员们守在这儿,这是最重的任务,是他向汪阿兴要求来的。离他们不远的便是鲁家湾灾民组成的护堤队,在队长鲁阿牛的带领下,时刻关注着江堤的动静。

　　在宁和学校的安置房内,一群妇女与儿童坐着,神情不安。暗淡的蜡烛火焰摇晃。急匆匆进来的徐阿宝全身湿淋淋的,他利索地卷了一个包袱,慌张地说道:"大家准备逃吧。"几名妇女与孩子都恐惧地看着他。他跟徐阿福都是护堤队的副队长,他们曾经在操场上大声宣誓,誓死保卫大堤。徐阿宝走到门口,转身又道:"这么大的雨,一连下三天了,又是闪电,又是响雷的,钱王江一定会决堤的,大家赶紧逃命去吧。"大着肚子的丁二南娘颤抖地说:"往哪儿逃?大水要是来了,我们没地方可逃的。""往县城逃,要是迟了,大水来了,想逃也来不及了。"丁二南娘着急道:"可是二南、伟潮、定强他们都去江堤上巡逻了,他们⋯⋯"徐阿宝把包袱紧了紧道:"管不了那么多了,这房子虽然是石头砌的,上一回没有被冲垮是运气,这次要是大水来了,照样跟烂棉花一样软,大家逃命要紧。"

说着,他就冲了出去。丁二南娘愣了一下,大叫一声:"快跑。"众人跑了。蜡烛灭了。

刚从巡逻队换下来的鲁伟潮拉着丁二南,走到了江堤下。丁二南忿忿不平道:"伟潮哥,徐定强太不要脸了,一会儿说肚子疼,一会儿说头晕,他就是不想上江堤。""他病了。""病个屁!我看他就是胆小鬼,天生的胆小鬼,"丁二南依旧忿忿不平道,"一眨眼工夫,他就溜了,肯定跑到房子里去了。""二南,算了。""伟潮哥,不能就这样便宜他,他凭什么呀,想来就来,想走就走。"他硬拉着鲁伟潮,两人朝宁和学校方向走去。

在通往宁和学校的路上,徐定强深一脚浅一脚地走着。参加巡逻队是母亲姚婶说的,他本来不愿意参加,他更愿意参加后勤队,因为丁玉洁在后勤队。他想见到丁玉洁。也不知道为什么,一上江堤,他就头晕,仿佛这钱王江的江水会一下子将他扑倒在地一样。上次差点淹死在江中的经历时不时地浮现在眼前。那天,他突然神智糊涂,走了出去,结果却迷路了,幸亏鲁阿牛带人找到他。他刚才看到丁玉洁他们走了,他就尾随其后,哪知道漆黑一片之中,他居然又迷路了。他转来转去,转了几圈,发现又回到了原地。他感到有些害怕。雨一直下着,雨水在地上流淌着,赤着脚的他感到水流现在变得湍急起来。伸手不见五指。他只好蹲下身体,用手摸索,结果他居然摸到了一个圆圆的坚硬的东西,他的一根手指插进了圆东西的一个孔中,他将整个圆东西带了上来,凑在眼前,但看不出是什么。正在他疑惑之时,一道闪电耀眼,他吓得大叫一声,扔掉了手里的骷髅头。这居然是一个骷髅头。他浑身发抖,双腿发软。这时候,他才意识到离开巡逻队是一个错误的选择。他恨不得飞到鲁伟潮身边,鲁伟潮胆子大,天不怕地不怕的。

这时,传来了丁二南的声音:"伟潮哥,你说他会不会躺着睡觉?""二南,定强不是这样的人。""哼,他就是这种人,是个娘娘腔。"徐定强本来想叫他们的,但是当他听到丁二南在背后如此说他之后,他一声不吭地跟着他们的脚步声的方向走着。一路上,丁二南一直在骂他,好像他们天生就是仇人。他咬着牙,紧紧地跟着。雨声掩盖了他的脚步声。但是鲁伟潮好像还是听到了什么,他突然停下脚步。"伟潮哥,怎么了?"丁二南话音刚落,徐定强就撞在了他的身上。"谁?!"丁二南厉声道。"是定强吗?"鲁伟潮一把拉住欲倒的徐定强。"是我,"徐定强沙哑着嗓子道,"你们去哪?""去找你,"鲁伟潮说道,"你在了,就好了,我们先去学校歇一会儿,然后回江堤。""徐定强,你这是要去哪呀?"丁二南道,"看来又是迷路了吧?你要是再迷路,就没有上回的好运气了,阿牛叔救了你,你连说声谢谢都没有。没良心。""关你屁事!""有本事,别跟着我们,伟潮哥,我们走。"鲁伟潮拉住了丁二南:"二南,一起走吧。"三人各怀心思地走着。徐定强紧紧地拉着鲁伟潮的手,眼前总会不时地显现那个骷髅头。身后的丁二南一直不吭声。远处,偶尔可见一道手电筒光,闪了闪,就灭了。

　　三人到达宁和学校时,目瞪口呆。"我娘呢?"丁二南着急地寻找着,他一连看了三个教室,叫了三声,都无人,便带着哭腔道,"伟潮哥,我娘她们都不见了。""二南,别急。"鲁伟潮仔细地查看了教室,摸到了窗台上的火柴,之后点亮了蜡烛。他们看到显得有些凌乱的教室。鲁伟潮抓抓头皮,也愣了。"他们跑了。"徐定强从地上捡起一块婴儿的尿布,扬了扬。"你以为你是神仙吗?我娘她们为什么要跑呢?哼,自作聪明。"丁二南一脸恼怒地说道。"二南,定强说得对。"鲁伟潮皱了一下眉道,"定强,他们为什么要跑?""我怎么知道?怕死呗。"徐定强将手中的尿布扔在地上。鲁伟潮将尿布捡了起来,放在窗台上,然后道:"走,向我爹汇报去。"徐定强站着不动。"定强,你……"鲁伟潮吃惊地看着他。徐定强并不理会他,顾自坐了下来。他看着烛光,一声不吭。鲁伟潮见了,便拉着丁二南跑了。徐定强定定地看着烛光,好久,才站了起来。他在角落里找到了三支没有点过的蜡烛,全部点亮之后,教室里显得十分明亮。他坐在蜡烛中间，闭上了眼睛。

当众人跑进教室的那会，蜡烛都燃烧得只剩一半了。姚婶赶紧吹灭了两支蜡烛，心疼地道："定强，你怎么了？"徐定强仿佛从梦中醒来似的，睁开了眼睛，说道，"他们跑了。""大家分成三个小队，赶紧找人去，"鲁阿牛大声道，"二南娘还怀着孩子呢。""真是作孽啊。"姚婶一声叹息。

众人分成三个小队跑了。丁玉洁和鲁小妹、徐曼丽陪伴着徐定强。徐定强看着丁玉洁，笑了。"二哥，你刚才怎么了？"徐曼丽说道，"睡着了吗？"徐定强依旧看着丁玉洁，一副眼中无他人的样子。丁玉洁有些不好意思，整了整湿淋淋的衣服，小声道："小妹，曼丽，我们去门口等他们吧。""玉洁姐，我有点饿了，"鲁小妹按了一下肚子道，"肚子咕咕叫。""我也饿了。"徐曼丽也按了一下肚子。丁玉洁牵着她俩的手，走到门口时，转头说道："定强，你饿吗？"徐定强重重地点头，跟着她们走了。

江堤上，穿着雨衣的汪阿兴与老铁头在泥泞中走着，两道手电筒光闪动。走到一个临时的草棚前，汪阿兴停下脚步，走了进去。在手电光下，看到电话机上搭了一个小架子，上面盖着一块尼龙布。一名守着电话机的队员把尼龙布揭起，道："汪书记，这可是我们大堤上的一宝呀。""你们得感谢张书记，是他下令给你们装的。"汪阿兴拿起了话筒，摇了几下："给我接县革委会张建设同志办公室。"话务员道："占线，接不上。"

坐在椅子里的张建设揉着眼睛，他已经两天没睡了。本来，他想守在宁和的，但因为接连下雨，县城里的状况也不稳定。有谣言说，这一次钱王江要是决堤了，整个县城都将会淹掉。他必须坐镇县城指挥。由于会上的意见并不统一，王宝年认为，在没有台风的情况下，钱王江江堤是不可能决堤的，没有必要全县兴师动众，搞得紧紧张张。

电话机突然响了。他快速地拿起电话："我张建设……小马啊，嗯，上来吧。"他放下电话。不一会儿，马加荣推门进来，小声道："张书记，这么晚了，您怎么还……"他顺手把门关上了。"我在等汪大麻子的电话。一朝被蛇咬，十年怕井绳呀。"张建设叹息一声。马加荣犹豫了一下道："张书记，我有事要，要……要向您汇报。"张建设皱了眉："别吞吞吐吐的，说吧。""张书记，今天我听到几个干部在议论您，他们说……他们说汪大麻子是你的爱将，您，您舍不得处理他。而且，有人还说，为了一个宁和搞得全县这么紧张，不值得。""小马，还有其他事吗？"马加荣低头道："没了。""你继续去值班吧。"张建设道，"任何关于宁和的情况，及时上报。"马加荣应了一声，走了。

张建设回想着马加荣的话，百感交集。马加荣汇报的情况，他心里清楚，议论肯定是有的，但没想到一些议论把他与汪阿兴捆绑在了一起，这令他有些不高兴。经历了几年的混乱之后，县城的局面好像刚刚有些稳定，这来之不易。如果因为一个人，而丧失这种局面，那会不会是得不偿失？他把手放在电话机上，犹豫不决。

汪阿兴沉重地放下了电话，他听到外面有人在喊："雨停了，雨停了。"突然进来的老铁头欢喜道："雨停了。"汪阿兴只是点点头。老铁头看了他一眼，也沉默无语了。他又看了一眼电话机，十有八九，电话是张建设来的，但是不知道他们说了什么。其实在汪阿兴与张建设通电话的那会，他有一种强烈的冲动想要偷听，但最终他还是放弃了。他与汪阿兴之间，仅仅还只是开始。王宝年在昨天打了一个电话过来，意思是说，就汪阿兴这个人，县里的分歧还是比较大的，张建设心里还是保着他的。言下之意就是说，他老铁头一时半会还无法接班，还得继续等待。他并不着急，他都等了几年了，也不在乎一时半会了。

两人在回办公室的路上。汪阿兴沉默无语。走了一会儿，汪阿兴突然道："老铁头，我心里有一种预感。""什么预感？""天机不可泄露。"汪阿兴道,"这雨停了,算是救了我一命。"他停下脚步,望了望漆黑的天空,长叹一声:"难啊!"老铁头顾自走着。"走,老铁头,陪我喝上一壶。"汪阿兴突然道。"有个屁酒。这年头,在我们宁和呀,有饭吃、有衣穿就是万福了,有酒喝,那就是共产主义了。""我宿舍还有一瓶酒,楼山带来的。走。加快脚步。"汪阿兴看了一眼天空,发现天空渐渐明亮起来了。"你不怕出事?"老铁头道,"钱王江的水位不退下去,危险就始终存在。""雨停了,水位就退了。""要是这场雨只是歇了一下呢?"汪阿兴沉默不语,好久他才说道:"老铁头,你说得对,我们要是喝了酒,真出了事,那就罪无可赦了。"老铁头看了一眼天空,然后将手中的手电筒摁灭了。

这时,一队人跑来了。随着手电筒光的照射,鲁阿牛叫道:"汪书记。""汪书记。"徐阿福也带着几个人跑了过来,他走到汪阿兴跟前道:"出大事了。他们跑了。""谁跑了?"汪阿兴一脸不解。"是阿宝他们。"鲁阿牛小声道,"估计逃难去了。""据我的分析吧,徐阿宝他们一定是去逃难了,顺便把妇女们拐跑了。只是可怜了二南娘,她大着个肚子,唉……"徐阿福瞪了鲁阿牛一眼,对他插话有些不满。汪阿兴沉默不语一小会儿后,道:"老铁头,你怎么看?""我觉得徐阿福同志说得有道理,他们肯定逃难去了,我就是担心,他们……他们……担心他们逃到县城后,会引发更多的问题,说不定,会引起骚乱。"汪阿兴摇摇头道:"这倒不会的。我倒是希望他们能跑到城里,好歹还有口饭吃,要是跑错了方向,前不着村,后不着店,那可真是叫天天不应,叫地地不灵啊。"他皱着眉走了几步道:"这样吧,鲁阿牛、徐阿福同志,你们几个人一路,我跟老铁头一路,我们追。"说完,他感到腰间痛得不得了,嘴里咝地吸了一口气。老铁头望了他一眼道:"怎么了?"汪阿兴一脸无奈道:"老毛病了,不碍事。这种的天气,这样的泥泞路,估计他们也走不远。大家赶紧追吧。"

看着众人散了。汪阿兴心里波涛汹涌,刚才他表现出来的所有镇静,现在一下子消失了。灾民逃跑这件事,就像一根隐藏着的导火索,要是找到了,导火索就熄灭了。要是这中间再出点岔子,可不仅仅是吃不了兜着走,而是爆炸,更是极大的失责。他无比懊悔自己没有想到这一步。他总想着大家齐心协力保大堤。唉。而且,他的腰疼病早不犯,迟不犯,偏偏这时候发作了,挪一步都疼。他咬着牙,挪了一步,然后道:"老铁头,我们走。""你……"老铁头看了他一眼,然后道:"你的腰……""不碍事。"汪阿兴咬着牙道,他迈了一步,脚下一滑,一屁股坐地。他手捂着腰,挣扎着起来。"你留下。"老铁头跑了。汪阿兴一步一步地挪着走了。

一路狂奔的徐阿宝停下脚步,一屁股坐地,大口喘气。后面传来几个女人的惶急的声音:"阿宝,阿宝,你要把我们带到哪儿去?"徐阿宝回头一望,自言自语道:"只管逃,只管逃,逃得远远的。"话音刚落,传来了一个低沉的声音:"什么人?!"紧接着,几道手电筒光照在了他的脸上。徐阿宝大声道:"我是……"没等他说完,有人按住了他,然后利索地将他反绑了。一团湿湿的、带泥的、揉成一团的帽子塞住了徐阿宝的嘴。徐阿宝呜呜地挣扎着。有人用力地踢了他一脚:"老实点。""后面还有。站住! 站住!"

雨停了。在夜色里,几个人押着一队人走着。在瓜乡公社的值班室内,灯光明亮。徐阿宝、大肚子的二南娘等几名妇女、孩子站着。他们的表情恐惧而不安。一名巡防队员走了过来,拔下塞在徐阿宝嘴里的破帽子,厉声道:"你们是什么人?! 深更半夜想干什么? 是不是想搞破坏?"徐阿宝喘了口气道:"我们……我们是宁和公社鲁家湾大队的,我们……""鲁家湾大队的社员?"巡防队员不相信地打量了徐阿宝,厉声道:"你包袱里是什么? 打开!"徐阿宝苦笑道:"我被你们绑着呢。"一名巡防队员望了他一眼,走到他身后,解开了绳子,依旧厉声道:"警告你,老实点。"徐阿宝抖抖索索地打开包袱,就一件旧衣服,一个茶缸。巡防队员拿起旧衣服抖了抖,咣当一声响,掉下一把生锈的菜刀来。他握住菜刀,厉声道:

"这是什么?"巡防队员一个箭步扭住他,然后大声地对几名妇女道:"把你们的包袱都打开,我们要一个一个检查。"

包袱一个接一个地解开。"同志,我们真是鲁家湾大队的社员。"徐阿宝陪着笑脸道,"你们要是不信,可以去问,我叫徐阿宝。""你们半夜三更这是要去哪啊?老实交代。""我们走错路了,我们……""闭嘴!说不定你们是贼,这阵子我们瓜乡公社的社员家里,老是少东西。"

渐渐地,东方天空呈现鱼肚白。关在屋子里的徐阿宝等人,都睁着眼,惶恐不安。门外,有人守着。丁二南娘托着肚子,小声道:"徐阿宝,你害了大家,现在全成了犯人了。"坐在地上的徐阿宝瞪了她一眼:"你怎么不说我救了你们呢?说不定,钱王江昨晚上决堤了。""你是乌鸦嘴。老天要惩罚你的。""惩罚我?难道惩罚得还不够?老婆孩子全让大水冲走了,我活着还有什么意思?"徐阿宝愤怒道。"你既然不怕死,那为什么要逃?"丁二南娘针锋相对。"我不是逃,是带你们逃!"徐阿宝辩解道,"我不能眼睁睁看着你们再落得跟我一样的下场。"众人沉默了。

这时,有人来开门了,叫道:"徐阿宝!""到。""都出来吧。""昨晚钱王江有没有决堤?"徐阿宝问道。"我又不是宁和公社的人,我怎么知道?"来人说道,"你们公社来电话了,哼,算你们运气好。"

汪阿兴一只手扶腰接了电话:"喂,我汪大麻子……哦,是老田呀……嗯……啊……"瓜乡公社党委书记老田道:"汪大麻子,你死哪里去了?我打了快一夜电话了。""老田呀,我是真惨呀,找了一夜的人啊。好不容易打个盹,你倒好,一个电话把我美梦都惊醒了。对了,他们都安全吗?""汪大麻子,你也真是的,看来你的工作不到家呀。逃难的人中居然有一个孕妇,看样子快生了。你得赶紧派人来,要是出了事,我可不管啊。"汪阿兴笑道:"老田呀,人在你瓜乡公社了,就归你管了。我焦头烂额的,现在哪有人呀?"老田着急地道："汪大麻子，你别给我耍无赖……好好好，我把人给你送过来。"

汪阿兴放下电话，艰难地坐了下来。喝了口水，他拿抹布将桌上擦了擦。然后趴在了桌子上。他觉得眼皮一直在打架，现在，他要打个盹。但是，迷迷糊糊的他还是想到了什么，拿笔在纸上写下了"方医生"三个字，之后，便鼾声如雷。老铁头大步进来了："汪……"他见汪阿兴睡着了，便赶紧用手捂住嘴。他犹豫了一番，想叫醒汪阿兴，但又于心不忍的样子。他歪着头打量着汪阿兴熟睡的样子。汪阿兴嘴角流着口水。

老铁头思绪万千。昨晚寻找一夜无获，一早，张文化跟疲惫的他争论，分析徐阿宝他们到底跑哪去了，依旧没有结果。张文化的判断是徐阿宝肯定是在哪个地方躲了起来。汪阿兴也认同了张文化的判断。那时候的汪阿兴走路就开始摇晃了，好像喝醉了酒。张文化问他怎么了？他说他就想睡个觉。老铁头听到这句话时，心想连续三天三夜了，就是个铁人也扛不住。他本来想劝汪阿兴去躺一会儿，可又担心此举被汪阿兴错误地认为自己是在向他屈服，所以他不吭声。他犹豫着，要不要叫醒汪阿兴。之前，他接到了县里的电话，来询问相关物资上报情况，这个数字最后必须要汪阿兴定，县里等着回音。他轻声叫唤："汪书记，汪书记。"

汪阿兴用呼噜声回应他。他转身欲走了。这时，电话响了。熟睡中的汪阿兴一把抓过电话便说："我，汪大麻子……哦，是老田呀，辛苦你了，我汪大麻子欠你一个人情，下次请你喝酒。"搁了电话后，他揉揉眼睛："老铁头，你几时进来的？怎么悄无声息的？跟个鬼似的。""我，我呀，早来了。"汪阿兴不好意思地抹了一下嘴边的口水道："老铁头，来了怎么也不叫醒我？唉，你呀，太老实了。那个，那个瓜乡公社的老田把那几个逃难的人送回来了，老田说估计快到了，你再辛苦一趟，通知一下鲁阿牛、徐阿福他们，让他们来把人领走。"他看了一眼笔记本上写着的"方医生"三个字，又道：

"顺便叫一下方医生,替他们检查一下身体。"

"这么快就解决问题了呀。唉,我还正想跟你汇报呢,昨晚上没找着他们,现在我的两条腿呀,还酸酸麻麻的。"老铁头想了想,把物资的事压了下来。汪阿兴扭了一下脖子,伸了伸腰道:"这件事呀,说一千,道一万,是徐阿宝他们运气好。老田也是个老实人,把人给我们送来了。老铁头,谢天谢地呀。对了,老铁头,二南娘是个大肚婆,跑了一夜呀,肚子里的孩子也被折腾了一夜。你去叫方医生给她检查检查。"老铁头的脸拉了下来。"老铁头,你辛苦了。本来让小张跑腿的,可我给了他一个特别任务了。"汪阿兴道。老铁头吃惊道:"特别任务?"汪阿兴像是说漏嘴一样,赶紧将手掩嘴,作势打哈欠。之后,他就不说话了。

老铁头转身走着,心里的火被点燃了。他被汪阿兴支使当作小张一样跑腿,他并不在意。公社干部少,有事都这样,而且他知道汪阿兴若不是腰疼病发作,他也不会差使自己干这些,他自己会干。他愤怒的是那个特别任务,汪阿兴口风极紧,居然一丝都不肯透露,这是什么意思? 他明明说漏了嘴,为何偏偏不告诉他? 但是,瞒是瞒不住的,只要张文化一回来,事情就水落石出了。

站在窗前的汪阿兴看着老铁头走了,心里百味杂陈。刚才他是故意说漏嘴的,他有他的考虑。老铁头的情绪变化之大是出乎他的意料的,他本以为老铁头会当场追问他说的特殊任务,但是他没有,这说明老铁头这些天的转变,并不像他想的那样。他点了一根烟,沉思。他知道自己的这一次试探,又一次得罪了老铁头了。按照他以前的性格,他刚才会一点不漏地将那个特别任务说出来,但是,当他初步了解老倪的情况后,觉得还是保守一些为好。他做好了迎接老铁头暴风骤雨式的诘问的准备。

张文化进来的时候,耷拉着脑袋。他刚张嘴想说,汪阿兴摆摆手道:"不说了。八成是黄了,对吧?"张文化点点头,忍不住说道:"汪书记,你让我以公社谈话的名义去叫老倪,让他来汇报思想,可他说,他向高成天队长汇报了。公社要是听汇报,高成天队长会来汇报的。""他还说什么了?""他说他老了,活不长了。"汪阿兴皱了一下眉,又道:"我知道了。对了,老铁头要是问你,你不许透露一个字。"张文化点点头,走了。

汪阿兴拍了一下脑门,苦着脸看着墙上的地图。老倪是个人物。也正是这场雨提醒了他。现在宁和公社跟钱王江的关系啊,那是敌我关系,而且力量悬殊。它一发威,宁和就遭殃,众人提心吊胆。这需要高人指点。他寻思着听听那位倪工程师的高见,所以才让小张去红旗大队请他。又因为老倪的特殊身份,所以这个任务才叫特殊任务。老倪不肯来,是在他的意料之中,高成天的脾气他也领教过了,他甚至觉得将老倪安排在红旗大队,由高成天管理是十分英明的一个决定。他知道这是县里安排的,公社的登记簿上注明了这个结论:倪国全,男,66岁,萧金县城厢公社人,毕业于河海大学水利工程系,高级水利工程师,曾任萧金县水利局技术员、水利工程师、高级工程师,1966年,因在围涂丰农地块时,错误估计形势,导致围涂失败,死伤六人……

窗外,传来了拖拉机的声音。汪阿兴知道,瓜乡公社将人送来了。拖拉机边,拎着包袱的徐阿宝垂头丧气,他望了一眼挂着的大钟,蹲了下来。二南娘的脸上有一丝痛苦的表情,不安地站着。其他的妇女孩子都有些慌张的样子。他们心里都明白,这件事给公社丢了脸,不知道接下来吃什么苦头。当汪阿兴迎面走来时,他们都往后退了几步。汪阿兴愣了愣,然后道:"师傅,辛苦了。"

拖拉机手道:"汪书记,我们田书记说了,人一个不少送回来了,这柴油钱还得你们来付。""柴油钱?什么柴油钱?"汪阿兴装糊涂,然后拍拍脑门:"师傅,实话告诉你,我口袋里可一分钱也没有呀。"拖拉机手笑道:"我们田书记早料到你会这么说。他说了,叫你打个欠条。""打欠条?老田还给我来这一手呀,嘿嘿……"他作势掏口袋,掏了一会儿道:"只带了笔,没带笔记本。我说师傅,你回去跟老田说，我记着这笔账，我保证不赖账。""这可不行，田书记说了，没拿到欠条，就不许我回去。"这时，站着的二南娘突然叫了起来："哎哟，哎哟，疼，疼……"她抱着肚子，表情痛苦。旁边的一个妇女着急地说："要生了，她要生了。"汪阿兴听了，大叫："快，快把她抬进公社去，快……"他扯了一把拖拉机手，然后跟徐阿宝大声吼道："你们还愣着干吗？快把她抬进去。"

汪阿兴抬着二南娘的头，徐阿宝与拖拉机手各抬着二南娘的一条腿跑。汪阿兴嘴里喊着："快，快，快……"徐阿宝不时地回头："我的包袱，我的包袱。"汪阿兴骂道："这会儿还惦记着你那个破包袱，没出息，快，快。"众人跟着跑了起来。汪阿兴一脚踢开虚掩的门，然后把反弹回来的门用肘部按住："快，地上，地上……"地上的二南娘额头上满是汗，不停呻吟。汪阿兴对随后跑来的，站在门口的妇女道："女人进来，男人出去。"他站在门口，对进去的妇女们道："你们，你们会接生吗？"一个妇女回头道："她不是生头胎，不用接生的。""那好，那好，你们帮她生出来。"说完，汪阿兴把门关上了。然后又对着门大声叫道："要是地上不行，就在我办公桌上生。"

他在门外着急地走来走去。他抬头见拖拉机手站着看着他，就说："咦，你怎么还不回去？""汪书记，你还没给我欠条。"汪阿兴摇摇头，指着自己的办公室门道："你听听，听听，她叫得这么难受。你回去跟老田说，他可害苦我了，在我的办公室里生孩子这种事要是传出去了，我以后去县里开会，还不被人笑话死？"拖拉机手茫然地看着他。汪阿兴跺了一脚："你回去跟老田说，他要是跟我算油钱，我就跟他算孕妇生产钱。"拖拉机手抓抓头皮，无奈地转身走了。汪阿兴望着拖拉机手的背影，觉得于心不忍，便又大声道："师傅，等等。"拖拉机手猛转身，望着他。汪阿兴叹了口气："算了，跟我来。"他走进隔壁的办公室，拿了纸笔，利索地写了一张欠条，递给拖拉机手道："拿着，回去吧。"拖拉机手看了一眼欠条道："我要盖你们公社公章的欠条。""就当我私人欠的。多少钱,到时我自己跟老田算,"汪阿兴苦着脸道,"你跟老田说,要是我忘了,他也别催我。"拖拉机手笑了,走了。

鲁阿牛、徐阿福、姚婶他们三人边走边说,到了楼前。"我最担心的是二南娘了,唉……"姚婶道。徐阿福没好气道:"活该。"姚婶怒声道:"你怎么这么说呢?像人话吗?她怀着孩子呢。要是有个三长两短,唉,可怎么办啊?""谁叫他们逃啊?活该!这一回啊,徐阿宝这个混蛋要吃大苦头了。"鲁阿牛也忍不住了,大声道:"阿福,别说了,阿宝他也是一时糊涂。""我偏要说,怎么了?嘴长在我身上,你管得了吗?"徐阿福梗着脖子道,"我要是公社书记,一定关他几天。"姚婶厉声道:"阿福,你老毛病又犯了。"徐阿福冷哼一声,停下脚步道:"你到底帮谁啊?我不去了!""不去拉倒,阿牛,我们走。"两人快步上楼梯。

徐阿福徘徊了一阵,跟了上去。他看到汪阿兴搓着手,一脸着急的样子。他刚想开口,鲁阿牛便道:"汪书记,人在哪儿?""在里面生呢,方医生怎么还没来?唉,急死人,急死人呀。"办公室内不时传来二南娘的叫声,还有几名妇女的鼓励声:"用力,用力……"这时,楼梯口传来了急促的脚步声。汪阿兴大声道:"是方医生吗?快,快。"背着药箱的方医生上楼来,什么话也不说,直奔办公室。她敲门道:"我是卫生院的方医生。"门开了,她进去了。汪阿兴擦了一下额头的汗,然后走到徐阿宝跟前:"你这次怎么不跑了?"徐阿宝坐在地上,把头埋在裤裆里,啪嗒啪嗒掉着眼泪。"后悔了吧?"

徐阿宝哭着道:"汪书记,我害人呢,害人呢……"他哭得稀里哗啦的。徐阿福走到了徐阿宝跟前:"你还有脸回来?"徐阿宝哭得更伤心了。"阿福,别说了。"鲁阿牛小声道。"鲁阿牛,你给我闭嘴。徐阿宝,你跟丁老三一样,都是害人精。你以为逃得了啊?哼,真是做梦,这下完蛋了吧,公社要拿你开刀了。"他看了一眼汪阿兴,又道:"汪书记,像这种人,我建议公社先关他几天,然后开群众批斗会。"姚婶拉了徐阿福一把道:"你给我闭嘴!"

汪阿兴看了徐阿福一眼,然后道:"徐阿宝,你站起来。"徐阿宝抱着包袱站了起来。"徐阿宝,我只是想不明白,你那破包袱里是什么宝贝?一直抱着不放。打开看看。"徐阿宝蹲下,默默地解开了包袱。汪阿兴也蹲了下来,望着几件旧衣服,好久都不说话。"汪书记,我全部的家当都在这儿了。那把菜刀被他们没收了,可惜了。"汪阿兴的眼睛湿润了,轻声道:"你起来吧。这事不怪你。不怪你。"徐阿宝起来后惴惴不安地望着汪阿兴。一旁的徐阿福更是吃惊地看着汪阿兴,姚婶拉他,他也不动。鲁阿牛则垂着头。

传来了一声婴儿清脆的啼哭声。与此同时,门开了。方医生脸带微笑地走了出来:"是个小子。"早就等得心焦的姚婶像阵风一样跑了进去。不一会儿,便传来她的笑声。方医生走到汪阿兴跟前:"汪书记,把你办公室的地弄脏了。"汪阿兴笑道:"只要母子平安就好。"方医生笑着道:"产妇是生二胎,比较顺利。对了汪书记,老铁头说县里的药品明天送来。"汪阿兴点点头道:"方医生,去世的重伤员安葬了?"方医生擦了擦泪眼。汪阿兴望了一眼抱着孩子出来的姚婶,感慨道:"在宁和这块土地上活着不容易。"

老铁头上楼了,他慢腾腾地走了过来,脸上显得特别平静,好像眼前的一切都跟他无关似的。他开门,走进了办公室,然后关门。汪阿兴愣了一下道:"你们先回去吧。"徐阿宝一脸不相信地看着汪阿兴,鲁阿牛拉了他一把,然后走了。汪阿兴看着众人离去,他走进办公室,发现地上已弄干净了,水渍还在。他站在窗前眺望。刚才就在这儿,诞生了一个新生命。

他转身的那会,发现老铁头站在门口,一声不吭地看着他。"汪书记,我想跟你谈谈,"老铁头走了进来,掩上门道,"如果你有时间的话。""请坐。"汪阿兴指了指办公桌前的一把旧椅子。两人隔着一张办公桌坐下。老铁头将双手搭在办公桌上,好像很用力的样子。汪阿兴微笑着,看着老铁头。"你让小张找了老倪?"汪阿兴点点头。"汪书记,你这又玩的是哪一出啊?他现在是被下放的,正在劳动改造,是出了名的落后分子。我们没有权力找他。这事要是让县里知道了,我们可是吃不了兜着走。""他人在宁和公社,我们有这个权力找他谈话。"老铁头霍地站起身子,径直往门外走去。在门口,他转身道:"你不要怪小张,他一个字都没透露。"他走了。

第六章

窗外阳光明媚,这是令人愉悦的天气。张建设最喜欢晴天了,任何一个雨天,他都会有一种不安感,仿佛总有一根针一样的东西刺着神经。他倒了一杯开水,然后吃了一片药。他把药瓶放进抽屉,拿过桌上的人造革公文包,准备离开。金健康急匆匆进来了:"张书记,钱王江沿江的六个公社,有五个公社的书记送来了报告。""报告?什么报告?"金健康支吾道:"是……是……请求调动工作……除了汪大麻子没写。"张建设拿起手中的杯子,狠狠砸地上:"不像话!一有困难就想躲,想逃,想避,这还是共产党的干部吗?!"他的目光里透着怒火。金健康不吭声。

张建设背着双手走了几步,然后手指点着桌面:"老金,通知王宝年同志和其他同志,明天上午开会。地点就放在钱王江江堤上,决堤处。""决堤处?""把那五个公社书记也叫来!一个都不允许请假!"张建设拍着桌子道:"哪个请假,哪个就地免职!""好的。"金健康走到门边,转身又问道:"张书记,要不要通知汪大麻子,让他准备一下会场。"张建设余怒未消地道:"不用。对了,让汪大麻子也列席会议。"金健康走了。张建设坐在椅子上呼呼出气。他望着地上的搪瓷杯,走过去捡了起来,在身上轻轻擦了几下。之后,他走到墙上挂着的地图前,凝视。他用手指重重地点了宁和公社。他转身走到电话机前,拿起话筒道:"给我接宁和公社汪阿兴。"

电话响的那会,汪阿兴正在编制物资供应图。他将笔放下,接电话:"哦,张书记,嗯……"张建设的这个电话来得有些意外。汪阿兴皱着眉想了一会儿,继续埋头编制物资图。张文化进来了。他脸涨得通红,好一会儿,才说道:"汪书记,我不想干了。""什么不想干了?""我这份工作不想干了。"张文化有些激动地道,"现在,大家都在背后说我,说我是你的跟班,是个马屁精。还说你,你是个大草包。""我知道了。"汪阿兴抬头看了他一眼。张文化走到汪阿兴跟前,着急道:"汪书记,这不是侮辱人吗?你怎么一点都不生气?""为什么要生气?"汪阿兴突然拍了一下脑门道,"忘了一件事,走,我们去宁和学校。"他将桌上的表格一圈,放进抽屉,想了想又道:"小张,县医院的医疗队就要来了,得安排一个地方让他们住。""住哪?""我看还是住卫生院吧。"汪阿兴犹豫了一下道,"那儿方便,但要搭建简易的房子。""搭建房子?汪书记,恐怕不行,"张文化摇摇头道,"我们公社什么都没有。""什么都会有的,"汪阿兴道,"走。对了,你叫一声老铁头,一块儿去。""叫他?"张文化犹豫了一下道,"你们不会吵架吧?""吵架也正常。"

张文化急急地走了。汪阿兴收拾了一下办公桌,然后摘下墙上的草帽。他刚走到走廊上,就发现高成天上楼来了。他瞪了汪阿兴一眼,顾自走进了老铁头的办公室。汪阿兴心里明白了。他下了楼,站在楼前看着那口大钟。张文化急匆匆下楼来,叫道:"汪书记,老铁头说他有事。"汪阿兴看了一眼老铁头办公室的窗口,发现老铁头就躲在窗边。他装作没看到,然后手一挥道:"我们走。"

老铁头看到汪阿兴走了,有些不悦地对高成天道:"你干什么?""哼,你们公社不怀好意,我来讨说法,"高成天瞪了老铁头一眼道,"汪大麻子想干吗?他到底想干吗?""他是书记,我怎么知道?""强龙难压地头蛇。老铁头,别以为我不知道你心里怎么想的,哼,老倪在我那儿活得好好的,过着平静生活,你们要是敢打扰他,我跟你们没完,"高成天拍了一下桌子道,"老子什么都不怕。""得了,得了,有本事你跟他说。跟我较什么劲啊?"老铁头一脸不悦。"我是不想跟汪大麻子说话,就把话放在这儿了。"高成天说完,开门走了。

老铁头来回走着。这真是一件棘手的事,高成天不是好惹的,红旗大队是公社的一面旗帜,但也是公社的一方霸主。老倪就像是公社的一根高压线,碰不得。他突然发现,自己居然陷入了困境。从他在汪阿兴面前主动提起此事开始,自己就毫无征兆地掉进了这个漩涡。他本来可以置身事外的,可以做个逍遥派。他用力地拍打了自己的脑门,骂道:"蠢,你他娘的真蠢啊。"现在,最要紧的事是如何将这个皮球想办法踢给汪阿兴。他苦思冥想着。突然,他想到了一个人。他急匆匆地出了门。

推着自行车的汪阿兴心里明白,鲁家湾重建迫在眉睫。关键是物资,建草舍需要的物资从何而来?虽然他心里已经有了方向,但是,他必须考虑到更多的细节问题。灾民们的想法是建在原址。他们说,那儿才是鲁家湾,他们不愿意换地方。他不清楚原址是否安全。必须保证万无一失,他让小张去请老倪,也有这层意思在里头。老倪是水利专家,知道哪儿是安全的。但是,他的计划落空了。

张文化看了汪阿兴一眼,道:"汪书记,我觉得鲁家湾的乡亲们不讲道理,为什么非得在原址呢?那地方危险,要是再……""他们说得也有道理,"汪阿兴叹了口气道,"我也不愿意离开生活了那么多年的地方啊。""对了,汪书记,听说楼山公社有山,有泉水,靠山吃山,山上有野兽吗?""有啊。""有狼吗?""有过,但前些年的大饥荒,人人上山去找吃的,什么树叶、野菜、树皮,只要能吃,都往嘴里塞。就是有狼怕也早被人吃了。"张文化点点头道:"我娘说,大饥荒那几年,我们这儿的人吃土,死了好多人,我那时候还小,只知道每天喝水,肚子胀得跟皮球似的。"他叹了口气,又道:"汪书记,你说我们宁和要是天天吃白米饭,那该有多好。"汪阿兴有些怜惜地看着张文化,他瘦得跟竹竿似的,头发黄黄的。这显然是长期营养不良的结果。他微笑道:"小张,家里还有什么人?""我娘、我爹在我很小的时候就被潮水冲走了。"张文化腼腆一笑，道："对了，汪书记，嫂子，还有孩子什么时候来我们宁和转转？"汪阿兴脸色一沉，不吭声了。张文化愣了一下，便也不说话了。

走了一段路，遇到了高成天，他骑着自行车迎面而来。"高队长。"张文化叫了一声。吱的一声，高成天刹车后，双腿踩在地上，看着汪阿兴一会儿后，说道："汪书记，明人不做暗事，你为什么偷偷摸摸让小张去见老倪？你安的什么心？""小张是我派去的，是光明正大代表公社去的，哪里偷偷摸摸了？"汪阿兴道，"高队长，可不能乱扣帽子。""我身为红旗大队的大队长，怎么不知道这个情况？""公社有公社的安排。""你……"高成天一脸怒气道，"公社想以大欺小吗？汪大麻子，你要对你说的话负责。""我当然负责。我现在告诉你，我还会来的。小张，我们走。"他骗腿上车，顾自走了。张文化利索地跟上。高成天气得破口大骂："汪大麻子，你有种……"

远远地，张文化回了一下头，笑道："汪书记，这一回高队长可被你气疯了。他平时在公社是横冲直撞，没人敢管他，号称高霸王。他遇上你，那是遇上克星了。""同志之间，没有克星这么一说的。"汪阿兴道，"走吧。"

到了宁和学校前，汪阿兴发现有人背对他们站着，一动不动。汪阿兴骑车到了这人跟前，发现是徐阿宝，便道："咦，徐阿宝你怎么在这儿？"徐阿宝看了他一眼，不吭声。汪阿兴将自行车立好，走了过来道："怎么了？"徐阿宝突然跪下，磕头道："汪书记，求你放过我吧，我错了，我甘愿接受公社的处分，关我、打我都可以。""快起来，快起来。到底怎么回事？"他一把将徐阿宝拉了起来，替他拍了拍膝盖道，"男儿膝下有黄金，不能轻易下跪的。""汪书记，我是个罪人。罪人啊……"

考虑到学校说话不方便，他们回到了公社。在汪阿兴的办公室，徐阿宝将老铁头找他谈话的事全说了。汪阿兴沉默不语。他没想到老铁头居然会主动找徐阿宝谈话，当然，公社干部找社员谈话是完全可以的,但是,汪阿兴总觉得这次谈话有不同寻常之处。徐阿宝走后,他陷入沉思之中。

胡慧丽进来的时候,他浑然不知。"汪书记。方医生让我来问个事,"胡慧丽道,"医疗队确定住在卫生院吗?""对。"汪阿兴醒悟过来。他看了一眼胡慧丽,想了想道:"听方医生说,你救了一个重伤员。""只是动了一个简易手术。"胡慧丽看了他一眼,道:"汪书记,那我走了。""等等。你回去跟方医生说,院子里想办法腾出地方,临时搭棚子。""住棚子?""这是在我们宁和,难道还想住县招待所啊?"汪阿兴瞪了她一眼。胡慧丽头也不回地走了。汪阿兴愣了一下,抓抓头皮,自言自语道:"脾气不小嘛。"

胡慧丽边骑着自行车,边想着之前的遭遇,不禁感到委屈。这几天,她像是活在另一个世界里,一个完全陌生的世界里。那天早上,她看着方医生背着死去的重伤员,去附近的一个土堆里安葬,她的心一下子掉进了冰窖一样。方医生挖坑,然后覆土。她忍不住想痛哭一场。方医生熟练地做着这一切,她一句话也没有说。最后,当她给坟包立一块木头牌子时,才说了一句话:"同志,安息吧。"夜晚,她无法入眠。不是因为害怕,而是孤独。江风掠过卫生院,声响怪异。空荡荡的院子里,好像躺着无数个尸体一样。虽然在晚上,方医生总会在她躺下之后才睡。但是,她始终合不上眼睛。这儿不像个卫生院,更像个太平间。后天,医疗队的同事们就要来了。她不想再待在这儿了,到时候跟他们一块儿回去。

她在卫生院下了车,推着自行车进了院子。支好车子,才发现方医生背着那名重伤员出来了。她把他放在了椅子上,然后道:"晒晒太阳。""方医生。"她叫了一声。"汪书记怎么说?"方医生擦了一下额头的汗,指了指重伤员道,"胡医生,他的伤好多了。""他说了,在院子里搭棚子。""哦,知道了。"方医生打量了一下院子,然后道:"医疗队来多少人?""十来个吧。具体我不清楚。"胡慧丽脱口而出。"你不是打前站的吗?"方医生愣了一下道,"胡医生,知道人数,我才好定地方,搭几间棚子。""这……大概……"胡慧丽支支吾吾。方医生像是突然明白了。她走了过来,小声道:"你是……"胡慧丽点点头。"为什么?"方医生一脸不解道,"我们宁和可不是县城啊,你,你……我不明白。""我……我……"胡慧丽突然急中生智道,"到时候再告诉你。"方医生点点头,然后道:"我看就按照12人为基数搭棚子。到时候要是人来多了,就另想办法。"

晚上,两人在小灶房吃饭时,方医生还是忍不住问道:"你为什么要来宁和?"胡慧丽不吭声。"这里不是你待的地方,"方医生叹息一声道,"县医院的青年骨干医生到我们宁和卫生院,不管怎么说,我还是佩服你。""方医生,我也不知道。好像有一股力量推着我,我就来了,"胡慧丽轻声道,"可是……""失望了吧?"方医生站了起来,环视四周之后道:"你终归是要回去的。"胡慧丽不吭声。显然,方医生看出了她的心思。

躺在床上,胡慧丽辗转反侧。她没想到自己这么容易就被现实打倒了。来这儿之前,她信心高涨,一副什么都不怕的样子,可才过了几天,她就打退堂鼓了。她这不是自打巴掌吗?她内心矛盾极了。终于,她坐了起来。

方医生静静地睡着了。月光透过窗玻璃射了进来,依稀像是沐浴着方医生的身体。这么一个女人,在这儿待了十五年。她那瘦弱的身体里是一种怎么样的能量?仅仅几天时间,她们就情同姐妹,她能感觉到这是一个善良的女人,虽然她独身一人,仿佛风中落叶一样飘零,但胜似男儿。她悄悄地开了门。

她站在院子里,天空无比清澈,微风拂来……她沉浸在美好的夜色之中。方医生轻轻地咳嗽一声,像是在提醒她似的。"方医生,你……"方医生微笑道:"胡医生,这夜色真美。"

老铁头晚上来敲门,这出乎汪阿兴的意外。当时,他正在洗衣服,他将手在身上擦了擦道:"你怎么来了?"老铁头看了一下简陋的宿舍,道:"晚上我值班,就过来看看。"他说着,从口袋里掏出一个小酒瓶。"有酒啊,太好了。"汪阿兴一脸欢喜:"来宁和这么多天,还没有喝过一口酒呢。要是在楼山,唉,不说了。"老铁头拉了一把旧椅子,坐了下来,然后将酒瓶放在写字桌上。汪阿兴一下子就将酒瓶捞了过去,笑道:"酒不错,哪来的?""别人给的。"汪阿兴不相信地看了老铁头一眼道:"骗我啊? 别人给,你是不会要的。别以为我不了解你。"他说着,拧开了盖子,往嘴里灌了一口:"好酒。""喂喂喂,这酒是我的,不是你的。"老铁头眼疾手快地抢了过来,也灌了一口。两人你一口,我一口,一会儿工夫,就只剩下一个空瓶了。

"酒也喝了,该说话了。"汪阿兴道,"说吧。""三句话。第一句,我今天说的是酒话;第二句,酒话不作数;第三句,主要是听你说话。""你这不都是废话吗?"汪阿兴瞪了他一眼道,"酒话也是真话,清醒的酒话更是真话,要听我说话,言下之意,你是来教导我的?""你怎么想是你的事。""行! 你既然来了,又喝了你的酒,我也不能让你空手而归。老铁头,我也说三句话。第一句,真心换真心;第二句,兄弟齐心,其利断金;第三句,坦坦荡荡地活。"汪阿兴看着老铁头,眼神里满是期待。

老铁头沉默不语。他心里却掀起了巨浪。汪阿兴的这三句话,每一句都说中了要害,这是在向他交心啊。他不是没有感情的人,但是这会不会又是一个陷阱? 当年他就是吃了说真话的苦头。他想了想道:"三句话对三句话,看样子,打了个平手。"他站了起来,拍拍屁股道:"值班去了。"

汪阿兴看着老铁头在月光下越来越远的背影,久久无语。他重新坐下来洗衣服。老铁头拿酒来,难道是一种试探? 可是,有什么好试探的呢? 人与人之间的事没有如此复杂。他想起了在楼山的那些岁月,直爽干脆,就像冬天咬冰凌一样,咯吱咯吱会响。他宁可咬冰凌,也不愿意反复嚼一块肉。

　　洗好衣服,他坐在写字桌前写关于鲁家湾重建的相关要点。轻轻的敲声门传来,声音富有节奏。他愣了一下,大声道:"谁啊?""汪书记,是我。"他愣了一下,方医生怎么来了。他起身开了门。站在门口的方医生拿着一个手电筒,道:"汪书记,有个事要向你汇报。""这……"汪阿兴看了方医生一眼。四周静悄悄的,天上的月亮圆圆的,此时约是晚上十点多了。他想了想道:"进来吧。"他故意等方医生进去后,才跟了进去。"汪书记,你是怕被人说闲话吧。"方医生边察看简陋的宿舍,边说道,"就一件事。工棚哪天搭建? 我怕时间来不及。""明天吧。""你给个准日子。""好,明天。""那好,我走了。"方医生转身就走,没料想撞到了汪阿兴身上,两人都脸红耳赤。

　　走到门口时,方医生突然转身道:"汪书记,对了,还有个事。胡医生,她,她是自己来的。""为什么呀?"汪阿兴一脸吃惊道,"她一个城里的姑娘,干吗来我们宁和? 她本事不小,连我都被骗了。"方医生抿嘴一笑。"到时候让她跟医疗队一块儿回去吧。"方医生点点头,走了。看着方医生远去了,汪阿兴心里有一种淡淡的失落感。他点了一根烟,坐着发呆。烟雾缭绕之中,他想到了从前的日子。一家三口幸福地生活着,他抱着小路走在乡间小路上,身边的小娟脸上洋溢着笑。他轻轻地擦了一下眼睛,站了起来,愣住了。

　　方医生居然站在门口。"方医生,你……""汪书记,我还想起了一件事,忘了跟你说。所以就又赶回来了,"她轻轻地拂了一下刘海道,"老铁头跟我说,药品暂时放在公社,我觉得应该马上给我们卫生院。""他的理由是什么?""他说等各种物资全部到齐之后,再发放给我们,"方医生皱了一下眉道,"我觉得药品越早发放越好。"汪阿兴点点头:"我们明天就发放。""谢谢。"方医生转身走了。

　　汪阿兴来回走着,他不明白老铁头此举是什么意思? 他越来越觉得老铁头的心思之复杂超出了他的想象。难道他要摆功? 还是因为别的原因? 他无奈地长叹一声,真是应了赵刚强的一句话,他说汪大哥,你去了宁和公社,就是被绑了手脚了。他当时并不以为然。现在他觉得这句话没错,他干什么事都不顺利。他必须要换一种策略,这样才能真正打开局面。他关上门,躺了下来。这一个月来的经历从眼前掠过……

汪阿兴是被一阵剧烈的擂门声惊醒的,他的第一反应以为是钱王江又决堤了,跳下床就跑。到了门边,他看到了透过门缝的阳光,方才宽下心来。开了门,发现是张文化,他着急地道:"汪书记,打起来了。他们打起来了。""小张,你慢慢说,谁打起来了?""老铁头跟高成天,他们俩啊在公社里打起来了……"

汪阿兴心急火燎地到达公社时,发现很多人围观着。老铁头被高成天死死压着,骂声不绝。高成天嘴里喊道:"你服不服? 服不服?""他娘的,老子要弄死你!"昂着头的老铁头骂道。高成天扬起手,欲打老铁头耳光。"住手!"汪阿兴一个箭步上前,紧紧地扼住了高成天的手腕,之后,用力一拉,将高成天拉了下来。老铁头趁机起身,扑在了高成天的身上,他的手臂扼住了高成天的脖子。"都给我松手!"高成天与老铁头都不听他的,依旧较着劲。汪阿兴见了,另一只手抓住了老铁头的臂,用力一扭,彻底将两人分开。两人还在用脚对踢。张文化见了,冲上去抱住了高成天。汪阿兴顺势也抱住了老铁头。"都给我散了。"汪阿兴厉声朝围观的众人道。"高队长,这是哪? 这是公社,你与公社干部打架,后果你清楚,"汪阿兴大声道,"小张,叫武装部老刘将他押了。"

武装部长刘振涛带着两个基干民兵过来了,利索地押住了高成天。高成天并不挣扎,而是怒气冲冲地瞪着老铁头。"带走,"汪阿兴对老刘说道,"先关着。"老铁头吐掉了嘴里的血丝,之后擦了一下嘴,头也不回地走了。"你去哪?""关你屁事!"老铁头小跑着走了。

汪阿兴愣了一会儿,走进了办公楼。上楼的那会,他听到有人在窃窃私语,好像是老铁头的不对,是他先动的手。他皱着眉上楼,在办公室坐下后,电话机一直响着。他拿起话筒道:"喂,我汪阿兴……"

高成天被带进来的时候,昂着头,一副天生硬骨头的样子。汪阿兴看了他一眼,突然猛拍一下桌子:"坐下!"两名基干民兵将高成天一压,他坐了下来。他有些吃惊地看着汪阿兴。"高队长,你知道我是个粗人,所以如果有什么得罪了你,也请你理解。"他走到高成天身边,瞪着他。"你难道能把我吃了?"高成天一脸不屑。"把他铐在椅子上,"汪阿兴平静地说道,"一个大队长就可以这么猖狂,那我一个公社书记更可以猖狂了。""算你有种,"高成天冷笑一声道,"汪大麻子,你到时候别自搬石头砸自己脚。""我不怕。我都来到宁和了,还有什么好怕的? 高队长,你说呢?""你……""你放心,我不会批斗你。现在县里也要求不要再搞群众性批斗了,但是小范围的教育还是可以搞的嘛。小张,你去一趟红旗大队,隔一个小时让一批社员来公社,看看他们的大队长是一副什么德行。""汪书记,这……"张文化一脸犹豫道,"要是他们闹事怎么办?""谁敢闹事! 这里是公社,不是针插不进、水泼不进的红旗大队。我就不信了,一个大队长敢跟公社书记斗? 这事要是报给县里,直接送县里关起来,"汪阿兴想了想道,"对了,我听说高队长的母亲年纪大了,你必须对她保密,而且要对来的社员说明这个事,必须保密,这是纪律。"他朝张文化使了个眼色。张文化愣了愣,明白了。他快步走了。

高成天愣住了,好一会儿才说道:"汪大麻子,你这是要干什么? 想让我出丑?""这是教育。榜样的教育,"汪阿兴坐了下来,喝了一口水道,"高队长,用不了半天时间,你的光荣事迹就传遍了整个红旗大队。"高成天使劲地咽着唾沫,他垂下了头。当他再次抬头时,说道:"我要喝水。"一个基干民兵拿水瓶倒水。高成天喝了一口,骂道:"想烫死老子啊?""性急吃不了热粥,一个理儿,性急也喝不得热水啊。"汪阿兴点了一根烟,慢悠悠地说道。"给我根烟。"

"烟？你说给就给？那我这个公社书记也太没面子了吧？"汪阿兴将一盒烟丢在桌上，然后一根一根地排列在桌子上。他显得特别认真仔细地排列这些香烟，好像忘了眼前的高成天似的。他一会儿像老木匠一样，眯一只，趴下身子目测排列着的香烟是否在一条直线上，一会儿又将它们一根接一根地竖了起来。高成天瞪大着眼，眼珠子一动不动。当汪阿兴慢条斯理将这一根根香烟重新装入烟盒，手上拿着最后一根香烟的时候，高成天终于忍不住了："汪大麻子，我服了。"

汪阿兴拿着香烟，看着满头大汗的高成天。"我服了。"高成天用下巴示意给他把烟点上。汪阿兴走了过来，将烟放在他的嘴里，然后道："解手铐。"高成天含糊不清地道："点上。"汪阿兴并不理会他，而是顾自走了。高成天利索地脱身，冲到办公桌前，拿了桌上的火柴，点上香烟，美美地吸了一口。他闭上了眼睛。"给。"进来的汪阿兴丢给他一块毛巾。高成天利索地擦了一把脸，看了一眼黑乎乎的毛巾道："这不是抹布吗？""我的毛巾。"汪阿兴笑道："我忘隔壁办公室了。""臭。"高成天将毛巾丢还给了汪阿兴。汪阿兴放下毛巾，然后道："把事情的来龙去脉说清楚。"

这时，张文化进来了。他手上拿着一个本子，一副准备做记录的架势。"你不是去我们红旗大队了？"高成天一脸疑惑。汪阿兴和张文化两人都笑了。

老铁头进来的时候，高成天已将汪阿兴的大半包香烟抽完了。他看了老铁头一眼，起身道："我走了。"汪阿兴并不拦他。一旁记录的张文化合上笔记本，也跟着走了。皱着眉的老铁头坐了下来。他长长地叹了一口气道："你说吧，怎么办？"汪阿兴心里一震，他宁可老铁头进来跟他发脾气，跟他吵架，也不愿意他以这种方式来表演。他深深地看了老铁头一眼道："高成天都跟我说了。"老铁头愣了一下，然后用不相信的眼光看着汪阿兴。汪阿兴心里一痛，眼前的老铁头变化多端，不仅令人捉摸不透，而且显得过于狡猾了。他已经用"高成天都跟我说了"这句话暗示老铁头,没有必要再演下去了,而应该实事求是地说一些心里话。老铁头不可能不明白他的暗示,但却依然抱着怀疑的态度。

"你去见老倪,并且以公社的名义警告他,不许乱说话。老倪因此而痛哭。高成天得知后,认为你是在恐吓老倪,他为老倪打抱不平,而你,因为心虚……"汪阿兴故意停顿。他点着了一根烟。"你既然都知道,那我也没有必要再说了。"老铁头起身就走。"等等,这件事我还想听听你的意见,要不要上报?"汪阿兴盯着他。"你这是威胁我吗?"一脸愤怒的老铁头猛一下子转过身来。"我知道你心里的想法了,"汪阿兴平静地道,"还有一件事,马上组织人员去卫生院搭棚子,为县医院的医疗队做准备。"老铁头强自压住火气道:"请问,搭什么样的棚子? 地桩要打多深? 一共搭几间?还有,什么时候搭完? 也请一并告知。"汪阿兴愣住了。"你这不是官僚主义作风吗? 在宁和搭一个棚子,跟楼山搭一个棚子,完全是两码事,这你知道吗?"老铁头冷冷地说,"你真的了解宁和吗? 你恐怕已经在考虑半年之后调哪里去了?"他连珠炮式地说了一通,然后走了。

汪阿兴将桌上的笔记本打开,上面写着关于搭建棚子的注意事项,以及人数、间数。这是他上次向鲁阿牛了解的,鲁阿牛告诉他,因为江边风大,所以无论是棚子,还是草舍,搭建时一定要注意桩基要深,而且尽量选背风处。他合上笔记本,一言不发地走了。他走进了老铁头的办公室,发现老铁头人不在。他看着办公室里的一切,眼前仿佛出现了他第一天来宁和报到的情景。那天,他跟老铁头握了手后,离开时却在这个办公室的门口滑了一跤。他当时就意识到,这可能是一种警示,是宁和给他的一个下马威,现在看来,一个多月前的这一跤摔得还是有因果的。他知道老铁头没有走远,因为他的办公室抽屉拉开着。他静静地站着。

老铁头进来时愣了一下,马上拉上抽屉,利索地收拾了一下办公桌,将一个小本子放进了抽屉,并且上了锁。当这一切全部完成后,他才说道:"汪书记,有什么指示?""我来要人。"他说着,掏出笔记本,将关于搭建棚子的那一页纸撕下,放在桌上道:"明天下午之前必须全部搭好,我傍晚去卫生院检查。"他说完就走了。老铁头看着这张纸,脸色变了。

汪阿兴骑车朝红旗大队进发。一个多月里,他跑遍了全公社的所有大队。他当时去的第一个大队就是红旗大队。在大队部,高成天一声不吭,别的几个社员说个不停。他当时觉得奇怪,按理说大队长是要汇报工作的,有时候工作好坏全靠一张嘴,他善意地以为,因为大家都是头一次见面,所以高成天不太好意思。现在他明白了,高成天就根本没把他放在眼里。在高成天的眼里,他这个公社书记还不够格。他听小张说起过,每年县里都会派干部来红旗大队了解老倪的相关情况,有时候几乎是每个月来一次。高成天见县干部多了,就不把公社书记当回事了。

快到红旗大队时,他停了下来。就在他眼前的红旗大队的入口处,有两名社员在巡逻。这有些不对劲。他推着自行车走了过去。"站住!哪来的?""公社,"汪阿兴平静地道,"谁允许你们设卡的?""这你管不着,"一名社员打量了他一番后说道,"你是汪大麻子?"汪阿兴点点头。"我们高队长不在,你请回吧。"一名社员一挥手。看来,高成天回到红旗大队之后,做了一番手脚。汪阿兴略一思忖道:"我是高成天的领导,我是公社书记。"两名社员愣住了。他们交头接耳地讨论着,一会儿后,一人跑了,估计是去通风报信了。汪阿兴将自行车支好,然后蹲着吸烟。站着的那名社员走了过来道:"汪书记,我们高队长真的不在,你改天再来吧。""不急,我等他。"汪阿兴微笑着吸烟。社员急得团团转,东张西望。

终于,之前跑了的那名社员回来了,他喘着气道:"汪书记,我找了,高队长真的不在。你还是改天再来吧。"汪阿兴站了起来,伸了伸臂道:"我去大队部等他。""不,不行。"两名社员着急地拦住他。汪阿兴瞪了他们一眼："这里不归宁和公社管吗？"两名社员犹豫了一下，就放行了。汪阿兴心里窝着一团火，他边走边想着。突然，跟在后面的一名社员从口袋里掏出一个拇指大的炮仗，点燃了……汪阿兴看了一眼天空爆炸的炮仗，并不理会，顾自走了。到了大队部前，他张望了一下四周，发现围聚了几个人。

他走了进去。他慢腾腾地喝茶。过了约摸半个小时，高成天来了："汪大麻子，你怎么来了？"汪阿兴并不吭声。高成天心虚地看了他一眼："喝茶，喝茶。""老倪在哪儿？""老倪？你找老倪？"高成天着急道，"你找他干吗？""谈事。""不行。"汪阿兴站了起来，瞪着高成天。高成天擦了一下额头的汗道："他是改造对象，公社干部找他谈话，要县里批准。""县里谁批准？""这……"汪阿兴掏出笔记本，翻开读道："经县革委会研究，任命汪阿兴同志为宁和公社党委书记，兼任县革委会候补委员。"他将笔记本合上："我这个候补委员，也算是县领导其中之一吧。"高成天无话可说，他擦着汗，左顾右盼。汪阿兴顺着他的目光看去，发现一块布帘遮着一道门。布帘在微微地抖动。站在布帘旁的一名社员一直没有离开过。很显然，老倪就在这道布帘之后。他站了起来，然后道："今天我不走了，就住在这了。""你……"高成天急得团团转。

僵持了一会儿后，布帘一动，老倪走了出来。他戴着眼镜，满头白发，显得瘦弱。他使劲站直身体，但还是比汪阿兴矮了一头，他说道："汪书记，我就是老倪。"他的身体摇晃着。汪阿兴扶住他道："坐下吧，老倪同志。""老倪你干吗出来？"高成天埋怨道，"让你躺着休息，你……""高队长，汪书记来了，我总得见一面吧。"老倪看了一眼汪阿兴，然后垂头不语。"老倪，你是水利专家，是权威。""汪书记，你找我有什么事，直说吧。"老倪咳嗽了一声。高成天赶紧倒了一杯水，递给他。老倪喝了一口道："我是个罪人，我老了，经不起折腾了。"汪阿兴想了想便道："那我就直说了。我要你跟我走一趟。""走一趟？去哪？"高成天着急道，"汪大麻子，你是不是疯了?"他狠狠地瞪着汪阿兴。"鲁家湾大队的重建,原址妥当不?"他说着从挎包里掏出地图,铺展开来,"老倪同志,我需要你去现场看一下。"

老倪闭上了眼睛。好久,他才说道:"汪书记,我是个罪人,自从当年出了事之后,我就再也不关心水利了,我只想好好改造。你如果有什么新的文件精神传达,我洗耳恭听,如果没有要传达的,那我就去躺着了。"他站了起来,摇晃着走向布帘。汪阿兴无语地看着老倪消失在布帘之后。"你知足吧,汪大麻子,我得送客了。"高成天手一指门道。汪阿兴将地图卷了起来,然后微笑着道:"俗话说,一回生,两回熟。我还会再来的。"他阔步走了。高成天看着他的背影,自言自语道:"请神容易送神难。我得想个法子。"

回到办公室已是傍晚。一脸着急的张文化急匆匆进来,擦了一下汗水道:"汪阿兴同志,我要跟你谈谈。"汪阿兴吃惊地看着他,发现他一脸认真的样子,想了想便道:"好啊,谈什么?"张文化抓抓头皮道:"谈,谈同志之间的关系。""我跟你?""不,你跟老铁头。"汪阿兴愣了一下,整理了一下衣服,正襟危坐道:"好啊,现在谈。""老铁头他,他是个好同志。就是有时候,他,他的性格……"

"我对他没有意见。""真的?""当然了。在我心里,宁和公社的每个同志都是好同志,我们都是同一战线的,有什么困难,大家一起想办法。""可是,可是你,你好像对他有意见。""张文化同志,有话就说,别吞吞吐吐的。"张文化一昂头道:"好吧,你为什么不让他参加鲁家湾重建会议?""正式会议还没有开啊。"汪阿兴一脸吃惊道,"就因为这个事?"他沉下了脸,瞪着张文化。

张文化沉默了一会儿,转身就走。"谈话还没有结束,你去哪?"汪阿兴道,"坐下!"张文化无奈地坐了下来,垂头无语。"张文化同志,既然是谈话,必须要有记录。"他将桌上的笔记本递了过来道,"你把刚才我们谈话的内容一字不漏地记录下来。"张文化老老实实趴在桌上写谈话记录。汪阿兴看了他一眼,捂着嘴乐了。他走到门口,清了清嗓子,故意大声道:"张文化同志,字迹要端正。"他走了。

张文化见汪阿兴走了,放下笔发愣。后来,他重重地拍了一下脑门,站了起来,走到门口一看,走廊上空荡荡的。他道:"汪书记,汪书记……"无人应声。他无奈地走进办公室,合上笔记本。他刚想离开,老铁头在办公室门口出现了。他吃惊地看着张文化道:"你怎么在他办公室?"张文化看了一眼桌上的笔记本道:"记录谈话内容。"老铁头进来,手伸向笔记本,突然又将手缩了回去。他甩了甩手道:"好像扭了。"张文化看在眼里,想了想道:"你是不是想知道我跟他谈了什么? 我告诉你吧,谈的就是你跟他之间的事。我觉得,你误会他了。"老铁头瞪了他一眼,转身就走。张文化追了出来,大声道:"老铁头,你的笔记本呢? 敢让我看吗?"老铁头停下脚步,转过身来,久久地看着张文化,好一会儿才说:"你现在是他的人了。""不,我不是谁的人,我是公家的人。"老铁头一跺脚,走了。

张文化呆呆地站着。他心里明白,老铁头说了这句话,等于跟他划清了界线。但是他说的没有错啊。他知道老铁头有个笔记本,锁在抽屉里。刚才,他简单翻看了汪阿兴的笔记本,发现记录的全是工作上的事。他相信汪阿兴是个干事业的人。他又感到有些委屈,为什么说实话却招来了这样的结果? 老铁头以前在工作和生活上都很照顾他,而他却……他怀疑自己真的好像成了汪阿兴的跟班了。他走进办公室,站在笔记本前发呆。突然,有人拍了一下他的肩。两眼是泪的他猛抬头,见汪阿兴手里拿着两个馒头。

张文化沉默无语地吃着馒头。汪阿兴抽着烟,一声不吭地看着窗外。好一会儿,汪阿兴才将笔记本打开,看了看,然后道:"接着谈吗?"张文化摇摇头。"那好。有任务,"汪阿兴站了起来,"跟我去宁和学校。"

夜色中,两人骑着自行车。而在他们身后约百米左右,一人骑着自行车跟着他们。在一个拐弯时，汪阿兴突然捏了一下刹车。他回头看了一眼，然后朝红旗大队的方向骑去。张文化急得大叫："汪书记，方向错了。""没错，跟上。"两人骑车到了红旗大队村口，下车。汪阿兴道："小张，你说高成天这时候在干吗？""睡觉呗。"张文化没好气地道："汪书记，你说去宁和学校，怎么来红旗大队了？"汪阿兴笑了一声，然后道："这叫兜圈子。""兜圈子？"汪阿兴看了一眼身后道："我估计这时候老铁头在宁和学校打转呢。""你是说，说，他跟着我们？""眼观六路，耳听八方。走，我们去把高成天叫醒。"

到了大队部，发现灯光亮着。张文化刚想敲门，汪阿兴拉住了他，然后附在他耳边低语几句。张文化快步走了。汪阿兴站在门前抽完一根烟，然后敲门叫道："高队长，高队长。"高成天正跟老倪说着话。之前汪阿兴的"突然袭击"令他猝不及防，吃完晚饭，他就来大队部，既是来跟老倪商量对策，更是来教育老倪的。但是没想到老倪却并不想跟他说话，他一直说他胸口痛。正在烦躁的当口，他听到了汪阿兴的声音。他想了想道："老倪，今晚你睡我家去，我睡你这儿。"老倪看了他一眼，低头就走。"往后门走。"高成天道。

看着老倪往后门走，高成天开了门。他挡在门口道："汪大麻子，都快半夜三更了，你来干吗？""来谈事。怎么，不让我进去？""你是公社书记，我哪敢啊，到时随便给我扣个帽子，就抓我去批斗了。"他侧了侧身子。汪阿兴走了进去，然后坐下道："老倪睡了吗？""他不在。有什么事你说吧，说完就走。"高成天假装打了个哈欠道："我要睡了。"汪阿兴微笑着看了高成天一眼，然后自己倒了一杯水，坐着喝水。高成天双手叉腰地瞪着他，好一会儿后，才说道："汪大麻子，你倒是说句话啊。""老倪来了再说。"汪阿兴微笑道。"跟你说了老倪不在。我去睡了，你坐着吧。"这时，传来了富有节奏的敲门声。汪阿兴站了起来道："进来吧。"

张文化与老倪走了进来。高成天愣住了，好一会儿才说道：

"汪大麻子,你玩我?"他一脸怒气。"这不叫玩你,而是叫准备工作做得充分。"汪阿兴上前扶住老倪道:"请坐。"老倪无奈地看了高成天一眼,坐了下来,垂头不语。高成天走来走去,一副急得要冒火的样子。"高队长,坐下吧,"汪阿兴微笑道,"大家一起谈话。"老倪的身体在颤抖,他指着自己的胸口,突然身体一歪。张文化赶紧扶住他:"怎么了?"高成天一个箭步上前,扶住老倪。他用力将他抱了起来道:"汪大麻子,你干的好事?!""老倪同志身体不舒服,那赶紧休息,"汪阿兴着急道,"小张,明天让方医生来看看老倪,配点药。"张文化点点头。看着高成天抱着老倪走了进去,他皱了皱眉道:"我们走吧。"

老铁头却推门进来了。他什么话也不说,顾自撩起布帘,走了进去。不一会儿,便传来了高成天的怒吼声:"你来干吗?!"汪阿兴冲了进去,发现高成天扭住了老铁头。两人都是怒目相视的样子。他看了一眼躺在床上的老倪,然后道:"有什么事,到外面说。"高成天松了手。老铁头瞪了汪阿兴一眼,然后道:"这是我俩之间的私事,我们自己解决。""这儿是大队部,不是你家里。"汪阿兴低沉地说道。老铁头想了想,走了。他站在大队部前的空地上,双手叉腰。高成天欲奔过去,没料想被汪阿兴拉住了。他愤怒地说道:"汪大麻子,人家都找上门来了,我要是做缩头乌龟,被人笑话一辈子。你放开我!今晚上我要狠狠揍他。""你就算赢了也不光彩,"汪阿兴说道,"这儿是红旗大队。"高成天明白过来了:"今晚我给你个面子。你放手。"汪阿兴松了手,高成天转身就进去了。他把门关得特别重,砰的一声,在静夜显得特别响亮。

汪阿兴走到老铁头跟前,好一会儿才说道:"我知道你心里有火气,而且这火还是因我而生,你要发火,咱俩回公社去,关上门,你使了劲地发火吧。"他说完就走了。老铁头冷哼一声。张文化扯了一下老铁头,没料想老铁头道:"你现在跟他同穿一条裤子了。也知道害我了。"他用力推了一把张文化,也走了。张文化呆呆地站着。

　　月光下，眼前的大队部显得特别安静。高成天出来的时候，见张文化站着一动不动，便道："你怎么还不走？"他走到张文化身边，刚想伸手，没料想张文化突然扑了过来。高成天一把将他推开道："你疯了？就你这小身板，我一拳就把你打穿了。""都是因为你，都是因为你。"张文化边哭边扯着高成天。"你……"高成天用力将张文化扭住道："你们公社的人都疯了，汪大麻子疯了，老铁头疯了，你也疯了。"张文化哭闹了一会儿，就安静了。高成天松了手，然后道："小张，我跟你说句实话，跟着汪大麻子，总比跟着老铁头好。"他扬长而去。张文化双手抱头蹲了下来。

第七章

　　吱哑一声,胡慧丽推开了门。她伸了一下腰,然后走向院子。方医生蹲着洗衣服。"方医生,早。""早。"两人打了招呼。胡慧丽道:"方医生,你说海平县的写字桌怎么会在我房间里呢? 我一晚上想不明白。"方医生微微一笑:"这有什么奇怪的? 海平县就在我们江对岸,要是遇上台风大雨天,他们跟我们一样紧张,有时候也会决堤的,但听说十次决堤,九次发生在我们萧金县。""为什么?"胡慧丽一脸吃惊。"这个嘛,我也是听一些老人说的,他们说我们萧金段是钱王江最危险的一段,而我们宁和则是萧金段最危险的一段,每次江潮涌动的时候呀,我们宁和就如临大敌。""这一次决堤,听说死了很多人。"方医生沉重地点点头:"这一回大台风一来,就大决堤了。"她索性站了起来。"那江堤难道是纸糊的吗?"胡慧丽一脸着急。"光靠这泥堤、滩涂是挡不住滔天大潮的。大潮涌动的时候,千军万马般奔腾,那力量真的是势不可挡。"方医生甩了甩手里的泡沫,又道:"胡医生,你新来,不了解我们宁和公社。唉,多灾多难啊。对了,有什么事呢,你尽管问。我负责释疑解惑。""明天,我们医疗队就要来了,"胡慧丽怅然若失地道,"对了,方医生,我想打个电话。""去公社打,"方医生道,"要不我陪你去。""不用了,不用了,我自己去。"胡慧丽走向院子东边停放着的自行车。她利索地开了锁,然后推车走了。方医生走到院门口,看着胡慧丽消失在晨雾之中。她自言自语道:"来了,就要走了。"

　　胡慧丽边骑着车,边想着等会儿电话里怎么跟姐姐说。她知道因为自己的任性,惹怒了姐姐。就这几天,好像过了一年似的。她心里也挂念着姐姐。不料,突然前面出现一辆自行车,还没等她反应过来,就砰的一声相撞了。她倒在地上。那人压在了她身上。原来是汪阿兴。两人都愣了,利索起来后,胡慧丽脸红耳赤。"对不起啊,胡、胡医生。""你,你骑得太快了。"胡慧丽有些埋怨地道。其实,她知道刚才自己因为想心事,所以才躲避不及的。"我的刹车坏了。"汪阿兴道,他扶起胡慧丽的自行车,发现车龙头歪了,便双腿一夹将其扭正。之后,他扶起自己的车子,当着胡慧丽的面,捏了捏刹车,原来一块刹车垫片掉了。

"胡医生,真的对不起啊,对了,你这么早干吗去?"汪阿兴说道。"我,我打电话。""哦,想回家了。你要是想回家,现在就回去吧,我批准了,"汪阿兴道,"你本来就不该来。"胡慧丽的火气一下子上来了:"难道这宁和公社是你的菜园子? 有你这么说话的吗?""哟,你火气不小嘛。胡医生,你是城里姑娘,娇生惯养,吃不了这个苦的。趁早回去吧。""你说让我回去,我就回去?"胡慧丽不悦道。她推着车就走。"胡医生,路上小心啊。"汪阿兴摇摇头,也顾自走了。

胡慧丽心里堵着一股气。刚才汪阿兴的话简直就是嘲笑她。她受不了这种面对面的嘲笑。这好像是她性格里的一种病,不知道为什么,她总是那么好强。从小,她的骨子里就带着这股好强。这股堵着的气马上变化成了愤怒。她感到汪阿兴的话语里除了嘲笑,还有深深的鄙视,这就像一把刀子刺了她一下。她是操刀子的人,虽然每次动手术时,她都感觉不到刀子划破肌体时的疼痛,但是她知道刀子是冰冷的。

到了公社前的空地前,此时晨雾已然散去。胡慧丽皱了一下眉,走了进去。她心里的愤怒慢慢平息了,现在潜伏在心里的某个地方。如果此时见到汪阿兴,说不定这股怒火就会钻出来。在学医的这几年,她学过心理控制课程,她必须控制自己的情绪。当她走上二楼时,她心里开始变得混乱起来。值班室的电话被锁上了。一位同志告诉她,除了值班室的电话,现在这幢楼只有两架电话,一架是公社书记办公室,一架是公社副主任办公室。她走过副主任办公室时,轻轻地敲了门,没人应声。也就是说老铁头不在办公室。她只得去敲汪阿兴的门。

她刚扬起手想敲门,走廊上便传来一阵急促的脚步声。原来汪阿兴跑着过来了。两人愣了一下,汪阿兴醒悟过来道:"打电话啊?"胡慧丽无语地点点头。汪阿兴开了门,然后道:"进来吧。"胡慧丽径直往电话机走去,她的手刚按在电话机上,却被汪阿兴按住了:"先登记。"他说着,就从抽屉里拿出一个小本子:"这是公家的电话。"胡慧丽愣了一下,便开始登记。当她写下"胡慧丽"这三个字时,一直看着她的汪阿兴道:"又聪明又漂亮,这名字跟你很般配。"胡慧丽脸一红,然后拿起电话机,想了想,又搁下了。"不打了?""你想偷听吗?"胡慧丽直截了当地说道。汪阿兴恍然大悟,马上走向门。在门口,他道:"长话短说啊。"他将门轻轻地掩上了。

胡慧丽走了过去,侧耳倾听。汪阿兴的脚步声越来越远了。她放心地回到电话机前,拿起了电话机,摇了几下道:"总机吗?麻烦你转接萧金县物资局胡佳丽同志……"总机传来一个声音:"稍等。"电话一直没有接通,胡慧丽有些心焦。后来,她放下电话,站在了窗前。当她再次拿起电话说"请转接萧金县物资局时……"时,汪阿兴进来了,他愣了一下:"物资局?"胡慧丽并不理会他。电话通了。她看了汪阿兴一眼道:"电话通了。"

"我走,我马上走。"汪阿兴说着,利索地拿了桌上的刮胡子刀,在脸上刮了几下,然后拿了门背后的毛巾,擦了一下脸。他想了想,又站到玻璃窗前,对着玻璃照照自己,用手指梳理一下头发。"你怎么还不走?"胡慧丽跺了一脚道。这时,电话里传来胡佳丽的声音:"是慧丽吗?我是你姐。喂,喂……""姐,我……"胡慧丽愤怒地看着汪阿兴。汪阿兴扮了个鬼脸,利索地走了。他将门掩上了。胡慧丽对着话筒跟姐姐说着……当她放下电话的时候,吓了一跳。身后居然站着汪阿兴。她愤怒地道:"你偷听!你……""胡慧丽同志,你这个电话打了快十分钟了。"他指了指手腕上的表道:"我可是刚进来的。""哼,你骗人吧。""我可不敢骗人? 对了,你姐在物资局调拨办工作?"汪阿兴陪着笑脸道,"胡慧丽同志啊,以前我对你态度不好,还得请你原谅。"

眼前的汪阿兴像变了个人似的。胡慧丽退后一步,不安地道:"你……你是不是有什么话要说?""小胡同志,请你支持我们宁和公社的工作。""支持?"张文化急匆匆进来:"汪书记,县革委会张书记他们在路上了。""啊呀,看我这记性,"汪阿兴一拍脑门,"快,快去江堤。"张文化看了一眼胡慧丽道:"胡医生也在啊。""对了,小张,通知每一名公社干部,全部到江堤去。"汪阿兴看了胡慧丽一眼,又道:"小胡同志,你,你跟方医生做好迎接医疗队的准备。"他们急匆匆地跑了。

胡慧丽转身欲走,却发现门背后挂着的这块黑乎乎的毛巾。她想了想,捏着鼻子,取下毛巾丢进了脸盆里,然后拿着脸盆走了。她在洗漱间洗着毛巾,心里却在想着姐夫就要来了。她不知道姐夫这时候为什么要来? 是不是因为她的事? 刚才在电话里,姐姐并没有说姐夫要来。姐夫虽然平时严厉,可对她却像女儿一样。她不想被人知道她的另一个身份,是县革委会书记的小姨子。

骑着车的汪阿兴一路狂奔。他的确是忘了今天这个日子是召开特别会议的日子,这是绝对不应该的。昨晚上他跟张文化谈心,小伙子把心里话都跟他说了。后来他也跟老铁头谈了心。虽然,从谈话的效果来看还不错,可是人心隔肚皮,他不知道老铁头是否对他依旧耿耿于怀。他必须让老铁头明白他的一片心,这片心就是扎根在宁和这块土地上。他不是那种来过渡的干部,也不是那种不肯吃苦的干部。但是,话说得再好听,终归不如干实事。当务之急就是鲁家湾重建工作。昨晚上,他想了整整一夜,从材料、人员、方案等诸多方面思考,但最后发现还是缺了最重要的一个因素,那就是老倪。老倪如果确定原址是安全的,那他们就可以甩开膀子干了。只需要老倪的一句话。前两次的失败并没有击倒汪阿兴。

一辆奔驰着的吉普车内,坐在后座的张建设闭目养神,一声不吭。这一次,他是下了狠心了。公社书记集体打报告要求调动工作,这简直就是奇耻大辱啊。坐在副驾驶座上的金健康转过头来,似乎想说什么,但终究没有开口。张建设感觉到了:"老金,有什么想法吗?"金健康回头笑着说道:"张书记,凡事逃不过你的眼睛。这一次,县里在钱王江江堤上召开会议,恐怕也是头一次。""你想咬紧牙关,别人却想溜之大吉。"张建设一声叹息。金健康点点头,脸色变得凝重。

司机老王突然道:"张书记,后面的车终于跟上来了。""宝年同志对这辆借来的旧客车很不满意,发脾气说我们萧金县还不如春江县,他们有三辆吉普车,我们只有一辆。老金,以后要是有条件了,得买一辆。"金健康将头探出车窗外,发现尘土飞扬。一辆旧客车摇摇晃晃地跟着,隐约可见一些人坐着。他将头缩了回来,笑道:"行,就是县里没什么钱,我这个办公室主任难当啊。张书记,我寻思着去省里讨讨,讨一辆吉普车来。""那你就成了第二个汪大麻子了。"金健康哈哈大笑。"老金,你觉得这个会应该怎么开?"金健康止住笑,怔住了:"这个……我说不上来。这五名公社书记要求调动工作的事,有点难办,其中有两名同志的情况也比较特殊,一名同志的家属住院了,是慢性病,另一名同志在那儿待了八年了,一直没挪窝。"张建设点点头:"要是调了两人,剩下三人的心思就更活络了。""张书记,你恐怕是项庄舞剑,意在沛公吧。"

张建设听了,哈哈大笑:"老金啊老金,还是瞒不过你啊。"金健康笑道:"这五名书记一调动啊,汪大麻子这心里说不定也开始痒痒了,他心里一痒痒,这事情就麻烦了。古人说得好,千军易得,一将难求。"张建设长叹一声:"也只有你老金心里跟明镜似的。宁和的这个公社书记谁去当,谁能把大事担起来,谁能坚持得下去,你说找这么一个人还真难,我可是把脑袋都想痛了。我一直想跟王宝年同志交换一下意见,但我担心啊……"金健康点头道:"心急喝不了热粥,还是一步步走为好。"张建设突然道:"不说这事了。对了,我们听听老王的意见,老王,你说对这些一遇上事就想逃的人,该怎么办?"司机老王笑道:"张书记,我是驾驶员,这事不归我管,所以我啥也不能说。对了,上次保密知识考试,我可是全机关第二名呢。第一名是张书记。"三人都笑了。

张建设再次闭目养神。其实他刚才还有一些话没说,那就是王宝年同志对汪大麻子的意见。这已经超越了工作上的一般意见了,倒好像成了个人情绪上的一种不满。他心里明白,王宝年是要提议老铁头担任公社书记。但是据他的了解,老铁头跟汪大麻子比,差了做一名公社书记最重要的一点,那就是担当。要有担当啊。他睁开眼睛,看着路边呈现的荒凉,心想多灾多难的宁和公社就是萧金县的一面镜子。只有宁和好了,萧金县才会好。他狠狠地掐了一下自己的虎口,他必须狠下心来,否则办不成事。突然,他叫道:"老王,停车。"

刚上了坡的老王踩了一下刹车,将车缓缓地停了下来。金健康吃惊地回头,发现张建设脸色铁青。两人下了车,张建设手指江堤方向。金健康一看,愣住了。江堤上一大排稻草人在风中舞动。"不像话!稻草人能挡滔天潮水吗?汪大麻子在搞什么鬼?"张建设一脸怒气:"他真是昏了头了。"金健康回头望了望,然后对越来越近的旧客车做了一个停车的手势。

旧客车停了下来。不一会儿,车上下来一群人。王宝年跑了过来:"老金,什么事?还没到指定位置呢。"金健康望了一眼张建设,手一指远处的那些稻草人。王宝年踮脚一看,勃然大怒:"这些稻草人干吗？汪大麻子居然还搞封建迷信这一套，太不像话了。"他观察了一下张建设的神情，又说道："张书记，你说怎么办？我听你的。要不现在就把他抓来？"张建设冷静下来，想了想说道："不急，等会儿听汪大麻子怎么解释。""还有什么好解释的，这不明摆着吗？张书记，我的意见是立即处理，这件事要是传到市里、省里，我们又要挨批评了。"王宝年一脸着急道，"事不宜迟啊。"张建设摆摆手："既然事情发生了，也不急这一时了。走。"王宝年心有不甘地转身对围过来的其他干部道："听张书记的，上车，出发。"坐在车内，王宝年的脸色阴晴不定。车内的议论声像一群蜜蜂一样嗡嗡嗡围绕。

不一会儿，两辆车到了离江堤不远的一块空地上。众人下车。张建设一声不吭地走向之前的决堤处。在石堆和泥堤的外围，依旧可见一些沙袋垒着。江风猎猎，江水平缓流动……张建设站着，一动不动。金健康走到张建设身边："张书记，风有些大。"张建设手指了指江对岸道："一个萧金县，一个海平县，一对难兄难弟。"金健康点头道："上次决堤后，海平县革委会书记李贵生同志打来了电话，表示慰问，他还表示，如果我们有什么需要，他们可以支援。""他的日子比我好不了多少。"张建设回头望了一下走过来的一群人，然后问道："汪大麻子呢？"金健康望了望道："他，他快来了吧。"话音刚落，远处便出现一个骑车的人，一扭一扭地，姿势十分夸张。金健康兴奋道："张书记，他来了。"

一边挥手，一边骑车的汪阿兴的声音远远地传了过来："张书记，张书记……""汪大麻子这嗓门跟广播似的，你听听，居然把江风的声音都压下去了，"张建设道，"看样子，没饿肚子。""那汪大麻子以后就多了一个绰号，叫汪大喇叭了。"金健康笑道。大家笑了。张建设收起笑，然后问道："老金，你怎么看那些稻草人？"王宝年走了过来："依我看，他不是疯了，就是傻了。"金健康犹豫了一下道："汪大麻子干的事总让人捉摸不定。不过我觉得，这事不会是他干的,他这么好面子,今天来的人又多,他就不怕被人取笑?""别人干的,他也脱不了干系。"张建设道。"这……"金健康一脸不解。张建设一字一句地道:"他是宁和公社党委书记。他是第一责任人。""我赞成。"王宝年道。他脸上有一种特别的兴奋。

汪阿兴骑着车到了江堤下,他将车随便往地上一搁,任凭两个车轮转动,跑了过来道:"张书记,王副主任。"王宝年走到汪阿兴身边,皮笑肉不笑地说道:"汪大麻子,你们宁和稀奇事、古怪事可真多啊。"汪阿兴愣了一下:"王副主任,你这话里好像长着骨头。""不是我话里长着骨头,而是你干的事实在太令人吃惊了。""什么事?"金健康走了过来:"王副主任说的事,就是……"张文化气喘吁吁地跑来:"汪书记,汪书记。"他附在汪阿兴耳边嘀咕了几句。汪阿兴的脸色变了,他突然跑到自行车旁,将车立起,爬上后座,摇摇晃晃地眺望了一下后,跳下车,拉着张文化就跑。一直不动声色的张建设叫道:"汪大麻子。"汪阿兴强颜作笑道:"张书记,我肚子痛,拉个屎,拉个屎。"他跟着张文化一溜烟跑了。看着汪阿兴的背影,金健康捂着嘴偷笑。"欲盖弥彰,来不及了。"王宝年冷嘲热讽。张建设看了一下众人,然后道:"除了一个去拉屎的汪大麻子,都到齐了?大家都上来,看看令你们害怕的钱王江。"

一大排竖着的稻草人在风中摇晃。江堤下,几个白发苍苍的老年妇女跪在地上,磕头膜拜。她们显得无比虔诚。张文化满头大汗,跑来跑去,苦口婆心地劝着几位老大娘,可是她们根本就不听他的。她们一个个闭着眼,喃喃自语。其中一名大娘道:"我们红旗大队社员们自愿的,公社不能干涉。"张文化急得抓头皮,跺脚。跑了过来的汪阿兴一只手叉腰,气呼呼道:"小张,老铁头人呢?"张文化苦着脸小声道:"我没见着他。她们是红旗大队的。"汪阿兴着急道:"你快去,你跟高成天说,这事丢的不仅仅是我汪阿兴的脸,丢的是全体宁和人的脸。""好的。"张文化心急火燎地跑了。

神情黯然的汪阿兴低头想了一小会儿,说道:"大娘们好。"几个老大娘磕头膜拜,嘴里还念念有词:"潮神老爷,潮神老爷啊,求你开开恩,放过我们吧。"她们并不理会他,继续膜拜。汪阿兴望了一眼香案,故意问道:"大娘,这些稻草人摆着干吗呢?"一位白发苍苍的大娘看了他一眼:"这可是天兵天将,他们守着江堤,保我们一方太平。"汪阿兴搓了搓手,望了一眼江堤上摇晃的稻草人,说道:"大娘,这些稻草人扎得可真好,身强体壮,威风凛凛的,要是手里再拿个红缨枪,那就更好了。"大娘们纷纷点头。汪阿兴道:"大娘们,要不先把它们带回去,再扎个红缨枪?"大娘们一副犹豫不决的样子。一位白发苍苍的大娘站了起来,警惕地打量了他一眼:"这位同志,你是哪里的? 怎么没见过你啊?"她走到他身边,仔细看了看,又道:"你不是我们宁和人,你身上没有味道。""味道?"汪阿兴愣住了。"钱王江水的味道,"大娘嗅了嗅又道,"你是哪里人? 来我们宁和干什么?"汪阿兴笑着道:"我是公社的汪……"白发苍苍的大娘打断他:"哦,我知道了,你就是新来的那个汪书记吧。咦,你来这儿干什么?"

汪阿兴依旧笑脸相迎:"我来看这些天兵天将。大娘,这些天兵天将也得休息,他们白天站岗放哨,晚上睡觉。依我看,白天还好,我们不是有喊潮人吗? 晚上,对,晚上让他们站一会儿岗,放一会儿哨。"大娘们都聚拢过来,她们小声议论着。突然,白发苍苍的大娘大声道:"不对。天兵天将是不会睡觉的。"其他大娘也齐齐应声。金健康急匆匆跑了过来,望了众人一眼后道:"汪大麻子,张书记叫你。"汪阿兴点点头:"金主任,再等我一小会儿。""那你快点。"金健康快步走了。汪阿兴走了几步道:"大娘们,你们把这些天兵天将收了吧。"大娘吃惊道:"收了? 收了我们就遭殃了。谁来说都不管用,我们绝不会收的。"众大娘都点头。汪阿兴一脸无奈,转身走了几步,又回头道:"大娘,县里的张书记来我们宁和了,我再一次请求大娘们先收了这些天兵天将,至于怎么保卫江堤,我们会想办法的。"大娘斩钉截铁道:"不行。"

远远地传来金健康的叫声:"汪大麻子……"汪阿兴无奈转身跑了。大娘们继续念念有词:"潮神大爷啊……"她们齐齐跪下,虔诚地磕头。那些稻草人间隔二三米一个地立着,在江风中摇晃。汪阿兴仔细察看了一个稻草人,发现中间竖着一根小竹竿,且吊着一块石头,所以江风怎么吹,也吹不倒它们。他不禁哑然失笑,心想红旗大队的大娘们还真有本事的。他一阵小跑,追上了金健康。金健康问道:"汪大麻子,怎么回事啊?还没有解决?"汪阿兴叹了一口气:"老金,在大娘们的眼里,稻草人是天兵天将,碰不得。"金健康小声道:"汪大麻子,大家议论纷纷,什么难听的话都有。你得小心点。""老金,这事是我们没处理好,我也没想到这些老太太这么固执。"金健康想了想,又说道:"多听,少说。以免惹祸上身。"

两人快步到了会议地点。众人议论纷纷,嗡嗡声不绝。王宝年大声招呼:"同志们,安静下来,都安静下来,开会了,开会了。"张建设望了一眼悄无声息坐下的汪阿兴,然后说道:"先开会,其他的事会后再讨论,这是纪律。"众人都坐在了地上,但都看着汪阿兴,好像他脸上长了什么似的。有人窃窃私语。汪阿兴昂着头一声不吭地坐着。张建设清了清嗓子道:"汪大麻子,刚才同志们对你们宁和的稻草人议论纷纷,你说说,怎么回事?"汪阿兴站了起来:"张书记,这件事等会议结束后,我单独向你汇报。"王宝年不悦道:"汪大麻子,有什么见不得人吗?张书记让你说,你就说。"站起来的汪阿兴沉默无语。张建设脸黑了下来:"怎么,不敢说?那好,要我替你说吗?"他望了一眼远处的稻草人:"汪大麻子,你的工作很有创新嘛,看来我是小看你了,这些稻草人……""张书记,我说。"汪阿兴突然打断他道。张建设怒声道:"我以为你成哑巴了呢。原来你会说啊。"他脸色一变,厉声道:"说!""大娘们把稻草人当成天兵天将,这完全是大娘们的想法,不代表我们宁和公社的想法。我觉得这件事没有必要扩大化,更没有必要扣帽子。"他看到远处的张文化在朝他挥手,他也依稀看到了高成天的身影。他想了想又道:"我们公社完全有能力妥善解决。""说完了?"张建设道。汪阿兴点头道:"说完了。要不是这些稻草人,我可以一直闭嘴不说。这次会议我是列席的,所以我只带了两只耳朵,没准备带嘴巴来。"张建设望了一眼远处的张文化等人:"你既然这么说,那好,这件事我暂且放你一马,到时老账新账一块儿算。"王宝年点点头。

张建设大声道:"同志们,你们都看到了,这些稻草人在风中摇摆。这是对我们的一种讽刺。我们共产党的干部在社员们的心里,还不如几个稻草人有用。刚才汪大麻子说,稻草人是大娘们心中的天兵天将,那我们这些干部在大娘们的心中是什么,是虾兵蟹将。"他又指了指五名公社书记道:"你们五个人的联名请调报告我看过了,就是两个字——害怕。怕死,还是怕承担责任?你们比虾兵蟹将还不如。"五名公社书记垂着头。"都把头给我抬起来,敢做就敢当。"老铁头突然躬着身过来了,到了汪阿兴身边。汪阿兴小声问道:"你去哪了?闯大祸了。""我拉肚子了。"老铁头捂着肚子道。汪阿兴小声道:"快想法子把稻草人处理了,别摆在那儿丢人现眼了,对了,你跟高成天说,对大娘们只能批评教育,千万不能动粗的。"

老铁头点点头,依旧躬着身走了。他心里五味杂陈。之前他一直躲在一个芦苇丛里,观察着眼前发生的一切。他最初看到稻草人的时候,也是大吃一惊。但是他认得这群大娘是红旗大队的,他不想惹怒高成天。他有一些小兴奋,按照张建设的脾气,此事不会轻易了结。有一小会儿,他闭上了眼睛,仿佛看到了另一个自己,一个真正扬眉吐气的自己。但是,后来事态朝着另一个方向发展了,当他看到张文化带着高成天等人来到稻草人前时,他知道他必须离开那个芦苇丛了,否则令汪阿兴生疑,会将责任全部推在他身上。更何况县里这么多干部在江堤上,他们很多人都认识他,也都知道他的性格。到时候,一旦追究稻草人事件的责任,他老铁头也讨不到一点儿好。因为他是宁和人,情况比汪阿兴熟悉,这是他的最后一点优势了。干部们会同情汪阿兴,然后觉得他没有配合好汪阿兴。尽管如此,他依旧不愿与高成天共同处理此事,如果高成天处理不了,他再上场……他这么想着,步子就渐渐慢了下来。后来,他索性在江堤的背风处坐了下来,一边捶着腿,一边东张西望。

汪阿兴看着老铁头在他的视线内消失了,心里踏实多了。他心里明白,稻草人这件事,关键还是人。只要那些大娘们走了,余下的事就好办了。他最担心的就是这些大娘走过来,搅了这个会议。他当公社书记多年,知道老人们一旦撒泼,那是一点办法都没有的,事情就变得复杂了。他相信高成天与老铁头能处理好此事,而且他们也是最适合解决此事的人选。

"今天,你们就坐在曾经的决堤口上,如果你们怕死,那社员们怎么办?有同志说,干脆搬迁得了,这地方不仅不养人,还害人。请问,迁到哪里去?这么多年来,钱王江步步紧逼,每坍一次江,就逼我们一步,我们一直在退,我们没有退路了……"张建设说道。汪阿兴突然发现王宝年定定地看着他。他摸了一下脸,之后,他发现王宝年将头转了过去。"没有退路怎么办?同志们,大家想想,没有退路就是死路一条了。"张建设的声音透着悲怆。汪阿兴突然站起来:"张书记,我想发个言。"张建设愣了一下,然后说道:"你不是只带了两只耳朵,没带嘴巴来吗?"汪阿兴支吾道:"这个,这个……我,我嘴巴也带来了。"金健康着急道:"汪大麻子,就你多事。坐下!""老金,恐怕他有一肚子怨气吧。"王宝年说道,"这些稻草人就是最好的说明了。他不是说那些大娘们说稻草人是天兵天将吗?我看,不如请大娘们过来,好好说说。""宝年同志,刚才说了暂时不说这事。"张建设一脸不悦。"是他想说话啊,我们总不能堵着他的嘴吧。"张建设看了汪阿兴一眼道:"对了,汪大麻子,你怎么不写请调报告?是不是他们五个人没来跟你商量,没让你签字?

他们要是来了,你是不是头一个签字呀?"他逼视着汪阿兴。一旁的王宝年点点头道:"这件事是要问问清楚,我心里也觉得奇怪呢。"

汪阿兴看了一眼低头的五名公社书记。事实上,自他来到宁和公社开始,他们之间还没有交流,他甚至都记不住他们的姓名。公社也有公社的特点,日子好过一些,影响力就大一些,若是穷得叮当响的公社,就是放屁也不响。钱王江边的几个公社,日子都过得惨兮兮的,大家也不愿攀亲戚。他指着五名公社书记说:"我觉得要给他们一个说话的机会。"张建设道:"他们现在还敢说话?你瞧瞧他们那个样,窝囊。我倒是希望现在他们慷慨激昂地说,只要说得在理,我张建设愿意向他们一个一个道歉。"五名公社书记,一个都不敢抬头。汪阿兴脸上红一阵白一阵的,一副怒其不争的样子,他没料到居然没有一个人站起来。"汪大麻子,看来,你不仅仅是想简单发个言,你还想替他们打抱不平?你先把自己的事管好再说,那,那些稻草人到底怎么回事?你别轻描淡写回避这个问题,这可是明摆着的政治事件,要是……"王宝年再一次提到了稻草人。张建设摆摆手止住他。汪阿兴大声道:"张书记,王副主任,宁和公社是沿钱王江六个公社之一,一句话,我们是一个集体。他们五个都不吭声了,我要是再不吭声,我们这六个公社还不让全县人民笑话死啊。王副主任,你别什么事都扯上政治,稻草人就是几个老大娘扎的,放的,现在我们已经处理好了。"王宝年气得说不出话:"你……你……"汪阿兴并不理会他:"说句真话,住在钱王江边,哪个人不害怕?台风、大潮、暴雨,无论摊上哪一样,都会引发溃堤,都会夺人性命。今天,我要为他们说句公道话,他们害怕是对的,没有错。"

大家都愕然地看着汪阿兴。"汪大麻子,这么说你也害怕,也怕死?"张建设逼问道。"说我汪大麻子不怕死,那是假话空话大话,可是既然来了,就要拼到底,要跟钱王江比,谁比谁强。要是哪个晚上突然决堤,一个大浪把我卷走了,那样的死叫做死不瞑目。"
金健康插话道:"汪大麻子,你昨晚上喝多了吧。"他使劲地朝汪阿
兴使眼色。汪阿兴脖子一梗:"我清醒得很。""汪大麻子,看你满腹
经纶的样子,换脑了? 你说说,怎么样才不用怕死呢?"张建设说
道。汪阿兴手一指脚下的江堤,又跺了一脚道:"我脚下的江堤结
实了,牢固了,那一天,才不用怕死。"众人无语。

　　大堤上安静无比。张建设若有所思地看着江面,而王宝年却
东张西望,仿佛在寻找什么人似的。五名公社书记比之前稍稍胆
大了一些,他们偶尔抬头,偶尔窃窃私语。天空中飞过一只苍鹰。
它在钱王江上空盘旋,之后,越飞越远⋯⋯张建设打破沉默道:"大
家知道,就在这儿,我们的脚下,41 条人命从此消失了。我建议,
向死难者默哀。"众人纷纷站立,默哀。汪阿兴擦了一下眼睛道:
"我还想发言。"张建设眉头一皱:"说。"汪阿兴朝众人一鞠躬道:
"我想说声谢谢。今天县里把这么重要的会放到我们宁和公社来
开,到钱王江江堤上来开,我心里是万分惶恐,又是万分感动⋯⋯"
王宝年打断他道:"汪大麻子,你就别绕圈子了。老铁头人呢? 让
他也来汇报一下。"他叫着:"老铁头,老铁头。""老铁头去做另外的
事了。你叫破嗓子也没用。"汪阿兴看了一眼一脸不悦的王宝年,
又道:"王副主任,我哪敢绕圈子。我就是个话痨,这些天没地方也
没有人可以说话,所以趁今天这个机会多说说。我们宁和的重建,
需要县里的大力支持。"王宝年急得跳了起来:"我正想说这事呢,
你们宁和怎么回事? 打了四张报告,还⋯⋯还按红手印,你搞什么
名堂?""王副主任,其实四张报告跟一张报告是一回事,但又不是
一回事。"金健康插话道:"你这还不算绕啊?"王宝年不悦地转过脸
去了。"那好,我就一竿子到底了。我们宁和的情况大家一路过
来,都看见了,要人没人,要财没财,要什么没什么,宁和现在什么
都缺,县里要多支持我们。"张建设道:"你不就是想多要点吗? 犯
得着打四张报告吗?"汪阿兴嘿嘿一笑道:"我们这叫各司其职。四

张报告,有要粮食的,要救灾物资的,要药品的,也有要建材的。"张建设道:"说到底,还是一个'要'字。""对啊,你这个要,那个要,县里也不是你的仓库啊。"王宝年用手一指五名公社书记又道,"他们也穷,可他们不像你这样死皮赖脸。"

"都穷成这样了,还要脸做什么?"汪阿兴道。"汪大麻子,宝年同志说得没错,哪一天你不向县里要了,你这个书记啊才算当好了。"张建设道。汪阿兴不吭声了。张建设想了想又说道:"宁和的情况等会儿再听汇报,现在,我代表县革委会作出一个决定。"他望了一眼五名书记道:"你们的请调报告一律不批,而且以后不许再打报告。但是关于这件事,必须全县通报批评。"金健康小声道:"张书记,全县通报这……不如改成写检讨吧。"张建设转头道:"宝年同志,你觉得呢?"王宝年想了想道:"我也赞成写检讨。要把自己的问题写透写明白,从思想根源上查找问题。另外,我建议对宁和公社打四张报告要物资的事也查一查,这种风气不能蔓延开来。"汪阿兴急了:"王副主任,你这一棍子打过来,谁都没有落下啊。我们宁和的事,我们等会儿专门向张书记和你汇报,我在这里表个态,如果我们的汇报有任何水分,我们甘愿受罚。"王宝年冷哼一声,不吭声了。张建设想了想道:"这个汇报是必须听的。宝年同志,我们就给他一个机会吧。"王宝年脸有不悦道:"好吧。"

离开江堤的那会,张建设发现稻草人都不见了。一旁的金健康小声道:"汪大麻子这一仗算是打赢了。""还没赢。"张建设道。金健康不解地看着他,发现张建设脸色沉重。此时,张文化悄悄地跑了过来,附在汪阿兴耳边说了几句。汪阿兴高兴地拍了他的肩。张建设走了过来:"汪大麻子,处理应急问题速度还算比较快,但是,这件事你得反思。""我反思,我反思。"汪阿兴连连点头。"怎么反思?""这……我们公社开会讨论。"汪阿兴道。

张建设沉默无语地看着汪阿兴,这令他心中发毛。难道他回答错了? 其实就稻草人这件事,他强自压着心头的一股火,但在张建设面前,他不想显现这种情绪。"怎么个讨论法?"张建设逼问道。张建设的确不满意汪阿兴的答复,任何一个公社书记遇到这种事,都会用"公社开会讨论"这种方式处理问题,但他却希望汪阿兴能跳出这个圈,用另外的处理方式。汪阿兴握紧了拳头。张建设的逼问激发了他心中的怒火,他大声道:"他娘的,这事没完!"张建设转身走了。金健康快步跟上。

走了一小段路后,金健康小心翼翼地问道:"汪大麻子被激怒了。""我要的就是他的怒火。"张建设道。金健康愣了愣,之后拍了一下额头道:"我明白了。""来宁和公社当书记,不是来当太平官的,也不是来混日子的。我就是要让他明白,当宁和公社的书记,就是卖了性命。"张建设叹了口气道:"也只有这样,才有可能创造一个全新的宁和公社。"金健康点点头。汪阿兴见张建设他们走了,便对张文化道:"高成天怎么把他娘弄走的?""说来话长。"张文化喜悦地抹了一下脸道:"这一回,高队长可真使出了本事。"

原来,当高成天一脸恼火赶到江堤,发现自己的娘也在。他是个孝子,生平就听娘的话。这下可犯难了。他扑通一声跪倒在娘跟前道:"娘,走了。""你这是干什么?"娘愣住了。"娘,你要是不走,我们红旗大队以后就没法在公社说上话了。"娘垂下了头。与此同时,张文化也趁热打铁道:"高大娘,走了,走。这些天兵天将,公社会替你们管着的,走了,走了。"娘坚定道:"我不走。"火起的高成天一脚踢翻香案,什么话也不说就抱起娘,大步走了。娘骂道:"你这个不孝子,不孝子……"众人也跟着走了。

"那些稻草人呢?"汪阿兴问道。"高队长让人全部带走了,一个都不剩,他说在宁和连一根草都是宝。冬天垫在床铺上,全身舒服。"汪阿兴点点头,然后道:"走,去公社食堂。"两人急匆匆走了。

通往宁和学校的路上,背着药箱的方医生与胡慧丽并肩走着。她们是去巡诊的。"方医生,现在灾民们喝的水是哪里的?"胡慧丽问道。"天落水,也就是积的雨水。从公社里搬过去两只大缸,专接雨水用。"胡慧丽吃惊道:"雨水? 露天的?"方医生一脸吃惊:"怎么了?"胡慧丽问道:"不消毒吗?"方医生笑了:"胡医生,消什么毒呀? 在宁和,天落水是最干净的水了。"胡慧丽着急地道:"这可不行! 水缸里的水不消毒容易产生细菌,会引起腹泻的。"方医生有些不高兴:"胡医生,这些年来,我们宁和这儿的人都是这样的,要么吃钱王江的水,可是因为我们靠近出海口,水有些咸,要么就吃小河里的水,都是咸水,天落水已经是很不错了,还消什么毒呀?""这……"胡慧丽想了想,一脸无奈道:"方医生,喝的水必须消毒。"方医生赌气地道:"好吧,好吧,都听你的,你是县医院来的医生,是医科大学毕业的,比我这个土八路那是强多了。"她想了想又道:"你是城里人,比我们金贵。"她说完,快步走了。胡慧丽愣住了,她醒悟过来,叫道:"方医生,方医生……"她追了上去。

到了宁和学校,胡慧丽见操场上三三两两的人围着。他们正在讨论怎么建草舍。她看到方医生快步进入一个教室,她也跟了过去。众人都跟方医生打招呼。方医生笑着一一应答。胡慧丽站在方医生身边,笑着脸道:"大家好,我是县医院的胡慧丽医生,我来宁和……"这时,二南娘怀里的丁幸生哭了起来。胡慧丽便走到二南娘身前道:"这位同志,让我瞧瞧孩子好吗?"二南娘望了她一眼,将孩子递给了她。胡慧丽小心翼翼地抱着丁幸生,打量了一番道:"嗯,挺好的,真可爱。"她用手指在丁幸生的鼻子上点了点。丁幸生两只小手使劲地往她胸部抓来,头也往她胸部靠。他是想吃奶了。胡慧丽面红耳赤地叫道:"方医生,方医生。"方医生接过丁幸生,笑道:"你真是个小坏蛋。小坏蛋。"她将丁幸生递给了二南娘。二南娘一把掀起衣服,喂奶。丁幸生顿时不哭了,用劲吃奶。胡慧丽不好意思地看了一眼喂奶的二南娘,她的一只大奶被丁幸生使劲吸着。方医生看了胡慧丽一眼,然后大声道:"各位乡亲,胡医生是县医院的医生,你们有什么病痛的,赶紧让胡医生瞧瞧。"

众人低声议论:"县医院的医生,那医术一定很好……"走进教室的姚婶道:"哦。对了,胡医生,我们家曼丽的一只脚有些肿痛,你帮着看看。""对,给姚婶家的曼丽看看。"胡慧丽:"好。"她朝姚婶走去。

在教室门口,徐曼丽坐在一张小马扎上,抬起了一只脚,脚底生了个疮。胡慧丽轻轻地摸了一下,徐曼丽就哎哟、哎哟地叫着。胡慧丽道:"等等,用针挑破,消毒之后,擦点药膏就好了。对了,千万别碰水。"她说着,从随身的药箱里取出银针,用酒精擦拭了一下,然后刺破了疮,一股脓水流了出来。她用酒精棉吸了吸,然后涂上药膏。"胡医生,听说县革委会书记要来我们这儿。""这儿?""公社派人来通知了。"姚婶道。"什么时候?"胡慧丽吃惊道。"就快来了吧。"姚婶道。胡慧丽听了,赶紧站了起来,收拾好药箱道:"姚婶,要是他们来找我,就说我不在这儿。"姚婶一脸吃惊道:"他们找你? 你犯什么错误了?""姚婶,你可千万得给我保守秘密呀。"姚婶打量了不远处正在跟人说话的方医生,低声道:"方医生不会说出去吧?"胡慧丽道:"不会。"姚婶重重地点头。徐曼丽道:"胡医生,我也不会说的。"胡慧丽摸摸她的头,笑着说道:"真乖。"

这时,丁玉洁轻轻地走了过来,轻轻地叫了一声:"姚婶。"胡慧丽打量了她一眼。姚婶道:"玉洁,叫胡医生。""胡医生。"胡慧丽道:"你叫……"坐着的徐曼丽抢先答道:"她叫丁玉洁。她现在是阿牛叔的女儿,阿牛叔说了,不用改姓了,还叫丁玉洁。"胡慧丽点点头道:"玉洁,来,你伸出舌头让我瞧瞧。"丁玉洁有点儿不知所措,脸红了。姚婶道:"胡医生是给你检查呢。"丁玉洁伸出舌头。胡慧丽仔细地看了看,又道:"伸手。"丁玉洁伸手。胡慧丽看了她的手,沉思片刻道:"玉洁,你是不是有心事啊?"丁玉洁不吭声。胡慧丽摸了摸丁玉洁的头道:"心里明亮,小毛小病才不会上身。"

方医生走了过来:"胡医生,你留在这儿,我去一趟卫生院,再拿点药。""还是我去吧。"方医生想了想道:"也好。"胡慧丽背着药箱急匆匆走了。姚婶望着胡慧丽的背影，感慨道："方医生，以后曼丽长大了，要是像你们一样当医生，那就太好了。""他们有机会。"方医生看了一眼徐曼丽，问道："曼丽，你喜欢当医生吗?"徐曼丽重重地点头。

姚婶突然想到了什么似的，跑了出去。她追上快步走着的胡慧丽："胡医生，你真的没有犯错误?"胡慧丽愣了一下，小声道："姚婶，我犯了一点小错误。"姚婶停下脚步，紧张地盯着她看，后来笑了："胡医生，看你的样子也不是坏人，刚才你给曼丽涂药水的时候，轻声细语的。对了，你犯了什么小错误?""姚婶，我犯了一个不请假、私自外出的小错误。""那算什么错误呀? 谁都有遇上急事的时候，那也是人之常情。胡医生，我虽然只读了三年书，可这道理我懂。那我放心了。"她笑着转身走了。

胡慧丽依旧快步走着。她担心在半道上遇见张建设。虽然她清楚张建设这次来宁和，不是因她而来，但要是让他撞见了，他就会逮她回去的。另外，她也不想让方医生知道她是张建设的小姨子。人要脸，树要皮。她就是胡慧丽，就是一名普通医生。她心里这么想着，不禁东张西望起来。

前面走来一群人，吵吵闹闹的。胡慧丽急中生智，往旁边的一个土堆那儿躲了躲。原来是汪阿兴，还有鲁阿牛、徐阿福他们。"为什么不让我们见张书记?"徐阿福的声音特别响亮。"你有什么事先跟公社说。""公社? 哼，我就相信县里，"徐阿福跺了一脚道，"跟公社说有用吗? 我想吃肉。""阿福，你就别难为汪书记了。"鲁阿牛劝道。"关你屁事啊。"汪阿兴沉默不语。"汪书记，你倒是说话呀，我们想吃肉，你有办法吗?""吃肉是吧。好，我答应你。"汪阿兴突然就跑了。"你看看，一说吃肉，他就跑了，"徐阿福一脸不高兴地道，"全是骗人的。"鲁阿牛长叹一声。

张文化跑来了，东瞧西看一番后，转身就走。"喂喂喂，县革委会张书记去哪了?"徐阿福问道。"去宁和学校了。"张文化急匆匆跑了。徐阿福眼珠一转,也跟着跑了。鲁阿牛边追边喊:"阿福,阿福……"到了宁和学校前,徐阿福边喘气,边看着门口的两个基干民兵。他们站得笔直,好像两棵树。他走了过去,一个民兵拦住了他。他着急道:"这是干什么?我就住这里面的。""同志,等会儿再进去。""为什么?""县革委会在里面开会。"徐阿福一脸无奈。此时,鲁阿牛也跑来了。徐阿福瞪了他一眼道:"都是你,早知道张书记要来这儿,我们就不去江堤了。""是你要去的江堤。"鲁阿牛有些不悦道。"是我要去的不假,可是你为什么跟我说这么多话呢?""你……"鲁阿牛一脸恼怒。"现在好了,他们在开会,我们就进不去了。"徐阿福一脸不悦。鲁阿牛走上前去,跟两名基干民兵道:"同志,我们是鲁家湾的灾民,可以让我们进去吗?"两名民兵摇摇头。"那么,能叫一下公社汪书记出来吗?""好吧,你等着。"一名民兵进去了。不一会儿,汪阿兴出来了:"你们来了,进来吧。""我不进去了,"徐阿福使性子道,"一会不让人进,一会儿让人进,这算什么呀?""你们进不进?"汪阿兴问道。鲁阿牛跟着汪阿兴进去了,徐阿福抓抓头皮,一脸愤怒。他走来走去,就像被关进了笼子一样。他心里无比后悔,就因为自己逞一时口舌之快,却被拦在了门外。他不时地踮脚张望,好像指望里面突然有人叫自己。

"徐阿福。"他真的听到了有人叫他,他不相信地摸了一下脸。"徐阿福。""哎!"他重重地应了一声,然后急匆匆地跑了进去。他看到众人席地而坐,围成一个圈。他不知如何是好,摇来晃去。

"同志们,伟大领袖毛主席指示我们:一、学习无产阶级专政理论,反修防修。二、希望社会安定。三、把国民经济搞上去……邓副主席指示我们要以'三项指示为纲',开展大整顿……"读着文件的王宝年看了一眼徐阿福,皱了皱眉道:"这位同志,你有事吗?我们在开会!"他转而叫道,"汪大麻子,汪大麻子。""他去小解了。"有人说道。王宝年脸色铁青道:"就他尿多。像这样的干部,不整顿一下,迟早要出问题。"张建设站了起来:"你是徐阿福同志?我是张建设。""张书记。"徐阿福大叫一声。他跑到了张建设身边，两人握手。徐阿福一个劲地傻笑着。"坐吧，徐阿福同志，同志们，我们接着开会。"徐阿福坐着，依旧傻笑。他不知道他要说什么，也不知道他听了什么。当鲁阿牛站起来时，他才醒悟过来道："张……张书记，我有话要说。"张建设看了他一眼，笑道："说吧。""我们要吃肉。"众人哄堂大笑。"别说在宁和了，就是在县城，想吃肉也难。"王宝年一脸不悦道，"徐阿福同志，你说点实际的事。""我就是想吃肉。""是你想吃肉，还是你们想吃肉？"王宝年瞪了他一眼道。"是……是我，我们想吃肉。"徐阿福将目光对准鲁阿牛。众人都看着鲁阿牛，这让他有些难为情。他搓了搓手，不知道如何回答。

"吃肉的事，我答应你们了，"小解回来的汪阿兴道，"徐阿福同志，还有别的事吗？""吃……吃……"徐阿福结结巴巴道："我……我是头一次参加这种会议啊，毛主席、邓副主席的指示……我……"张建设感慨道："现在啊，大家心底里都希望社会安定、经济发展。""对，"徐阿福背着手踱了几步，道，"张书记，我们鲁家湾大队，这个、这个重建工作至今没有开始，一些社员同志心里都有抱怨。"张建设点点头："你们公社重建鲁家湾大队已经有了方案，我相信，接下来，动作会很快的，你回去也跟乡亲们说说，再坚持一段时间。"他想了想又叫道："汪大麻子，鲁家湾大队重建的事要抓紧。"汪阿兴点头道："快了。"徐阿福不悦道："快了？一点动静都没有。"汪阿兴解释道："我答应过鲁家湾的同志们，一定在时间表内完成。"张建设指着汪阿兴，对徐阿福道："徐阿福同志，以后你有什么要汇报的，就跟汪大麻子汇报。他要是哪里做得不对，那你就来找我张建设，看我不狠狠批他。"徐阿福不停地点头："好好好。"汪阿兴一脸苦笑。

"还有，张书记，吃肉的事……"这时，姚婶从教室里出来了："阿福，你乱说什么呀。"她走到徐阿福身边，拧住了他的耳朵，将他拉走了。众人哈哈大笑。"吃肉的事，你有办法？"张建设看着汪阿兴道。"我想办法。"张建设点点头道:"好,会议就开到这里,鲁家湾重建的事,县里支持,公社要全力以赴,有的困难要自己想办法解决。"他摸了一下肚子,又道:"刚才徐阿福说吃肉,我的肚子也咕咕叫了,汪大麻子,去你们公社食堂吧。"众人纷纷起身。"汪大麻子,你哪来的肉?"王宝年皱着眉道,"难道你是孙悟空?""王副主任,我会想办法的。""吹牛不打草稿。"王宝年摇摇头,走了。

看着人都走了。姚婶才将门打开了,徐阿福站在门口,一脸不悦道:"阿英,你丢了我大脸了。""丢什么脸啊? 你那才叫丢脸,吃肉,吃肉,说出去多丢人啊。""吃肉怎么了? 谁不想吃肉?"徐阿福抹了一下嘴道:"要是天天有肉吃,那就是神仙一样的生活了。"姚婶不吭声了。"最可恨的是鲁阿牛,他居然不肯帮我说话。你说说,都是鲁家湾的人,我要求大家有肉吃,这错吗?"徐阿福瞪了一眼不远处的鲁阿牛,又道:"阿英,你要是不信,去问问徐阿宝,是他说要吃肉的。""好了,好了。"姚婶皱了一下眉道:"什么都别说了。你刚才没听到吗? 县城吃肉都难,我们宁就更难了。""可是汪阿兴说了,他会想办法的。哼,他要是敢骗我,下次我就去县革委会告他的状。""你别给我惹事了。"姚婶警告他道:"得罪了干部,以后没好日子过。"徐阿福埋头不语了。前些年,他目睹了许多离奇之事,说错一句话,批斗;吵个架,批斗;在某堵墙下拉了一泡屎,批斗……那几年,他的嘴被姚婶管得紧紧的,生怕他多嘴说错话,给家里带来灭顶之灾。也就这一二年,社会才慢慢平静下来。他的话也就多了。他摸了摸自己的嘴,然后走了。

鲁阿牛心里明白,迎面走来的徐阿福对他有意见了。因为他一直瞪着他,好像仇人似的。他太了解徐阿福了,从小一起长大。只要徐阿福一撅屁股,他就知道拉的是什么屎。徐阿福走到他跟前,停下了脚步。他突然指着脚下的地道:"鲁阿牛,人要有良心,要对得起脚下这块地。"鲁阿牛并不理会他,转身欲走。"站住!"徐阿福大声道,"你没听到我说话吗?""怎么了?""我问你,你的良心去哪了?"徐阿福瞪着双眼。"阿福,有话就说。""那好,你为什么不帮我说句话。搞得我成了小丑。他们都笑话我。""吃肉这个事,大家没有商量过。""这还用得着商量吗? 你大着嗓子叫一声吃肉了,保证全部围上来了。""阿福,你这是给公社出难题呀。""我不管,这么多天了,一点油水都没有。""阿福,公社没有肉啊。""哼,肉都去哪了?"徐阿福双手叉腰道:"我看你啊,不跟大伙儿一条心。"鲁阿牛沉默不语。他知道眼前的徐阿福被吃肉这件事给搅得兴奋了,他满脑子就是吃肉。他想了想道:"阿福,要不我们也开个会?""开会?"徐阿福仔细地打量了他一番,然后道:"你别以为你是公社指定的临时负责人,想开会就开会了。哼,开什么会啊。我喊一嗓子就可以了。"他突然转身,大声道:"吃肉了。"顿时,大人小孩跑出来不少,都吃惊地看着徐阿福。"想吃肉吗?"徐阿福大声道。众人点头。徐阿福一脸得意地看了鲁阿牛一眼,背着双手走了。徐阿宝走了过来:"阿牛,真有肉吃啊?"鲁阿牛叹了一口气道:"哪有这么容易。""那徐阿福叫得这么欢?"徐阿宝吐了一口口水道:"搞得我流口水了。"鲁阿牛转身离开的那会儿,看到姚婶正看着他。两人的目光碰了一下,便散开了。

胡慧丽回卫生院的路上,遇到了鲁伟潮和徐定强。他们两人叽里呱啦的。"你跟着我爹他们干吗?"徐定强突然停下脚步问道。鲁伟潮道:"我想摸一摸汽车。"徐定强一脸不屑:"不就是一辆不用手摇的拖拉机吗? 没出息。我要去看县革委会书记,对了,你说他长什么样的? 是不是三头六臂呀,跟哪吒似的?"鲁伟潮笑了:"长得跟公社的汪书记差不多吧。"徐定强吃惊道:"也叫大麻子?"他用手在自己脸上摸索着,摸索着。"你摸什么?"徐定强认真地道:"我摸摸脸上有没有麻子。我爹说了,以后我长大了,当公社干部。"

鲁伟潮笑得弯下了腰。

"你们笑什么呢?"胡慧丽迎上前道。两人看了一眼胡慧丽,都显得有些不好意思。这时,远远地,姚婶来了。"娘。"徐定强叫了一声,跑了过去。"胡医生,我来告诉你,张书记他们走了。"姚婶看了一下四周,又小声道:"现在没事了吧?""姚婶,谢谢你。""谢什么呀,小事一桩。咦,你们俩在这儿干吗呀?"姚婶看了鲁伟潮一眼,又道:"伟潮,你说。"鲁伟潮抓抓头皮,嘿嘿地笑了。"对了,伟潮和定强,你们过来,叫胡医生。"两人叫了一声胡医生。胡慧丽笑道:"伟潮,定强,你们刚才在说什么事啊,能跟我说说吗?"两人都低头不吭声了。姚婶看了一眼胡慧丽,发现她的膝盖上有泥,便道:"胡医生,你刚才趴芦苇丛了?"胡慧丽点点头。"胡医生,你就这样趴在这儿看一会儿?"胡慧丽点点头。姚婶不解地摇摇头:"你们城里人真奇怪。"胡慧丽扑哧一声笑了:"姚婶,怎么奇怪了?"姚婶涨红着脸道:"趴在这儿,什么事也不做,还不如在家里纳个鞋底呢。"胡慧丽笑道:"说得好,说得好。对了,姚婶,你带我去江堤上站一站吧。"姚婶吃惊道:"就站一站啊?"胡慧丽认真道:"对啊。"姚婶恍然大悟的样子:"看看潮水是吧? 行,我们走。你到了宁和,不来钱王江,那等于没来宁和。"

几人上得江堤去。胡慧丽望着钱王江,一声不吭。潮水拍打堤岸,激起的水花溅在她身上。她用手摸着,放在鼻间一闻:"姚婶,有海的腥味。"不远处的姚婶应道:"是啊,连着海呢。"鲁伟潮大声道:"胡医生,我听我爹说,钱王江跟海连在一起,所以呀,会见到江猪。"胡慧丽吃惊道:"江猪?"徐定强笑着说道:"我也问过我爹,他说的江猪呀,就是江豚。我们这儿都叫江猪。"胡慧丽恍然大悟。

他们站着,看着江潮从远处缓缓而至。"胡医生,我想问你个事?"姚婶道。"姚婶,尽管说。""你为什么一个人来我们宁和呢?你这么年轻,又这么漂亮,而且医术又高明。""这个问题啊,明天你就全明白了。"姚婶有点儿失望地看了胡慧丽一眼道:"好吧,你不肯说就算了。"她们默默无语地站了一会儿。胡慧丽心里有些说不出来的味道。她到底怎么办? 她突然有点饿了。

宁和公社的食堂就在公社办公楼后面,是一排平房中的一间,左边是仓库,右边是宿舍。几张桌子边挤坐着一些人,一下子令食堂变得满满当当。"张书记,我们宁和穷,没什么东西。一碗米饭,一个菜,一个汤。"汪阿兴端着一大盆汤过来道。"你就别当着大家的面叫穷了。"张建设笑了笑,然后转头叫道:"老王,把车上的东西拿过来。"汪阿兴听了,高兴地道:"张书记,我去,我去。"他像风一样不见了。坐在张建设身边的金健康低声说道:"张书记,还真给你说对了,幸亏我们自带东西来了,要不,汪大麻子会心疼得不得了。""他整天盘算着怎样从县里搞点东西来宁和,这脾气一时半刻改不了。"

传来汪阿兴喜气洋洋的声音:"来了,来了,同志们,好东西,好东西呀……"他手捧着几个肉罐头,眉开眼笑。众人都高兴起来了。汪阿兴把肉罐头放下,双手护着道:"每个桌一个肉罐头。""汪大麻子,这肉罐头怎么成你的了?"有人说道。"老张,你别眼红,这肉罐头进了宁和的食堂,就归我了。"汪阿兴笑道:"谁叫我们宁和穷呢。"他发现端着饭碗的老铁头走来走去,有些焦急的样子。他刚想叫他,却意外地发现王宝年站了起来,转头四望,目光与老铁头碰在了一起。老铁头走到了王宝年的身边,坐了下来。两人交头接耳。汪阿兴犹豫了一下,然后转过身去。

窗外,张文化踮着脚,不时透过玻璃窗,望着罐头肉,直流口水。司机老王在他脑袋上敲了一下:"小伙子,看什么呢?"张文化摸了摸脑袋道:"要是吃上那罐头肉一口啊,我就是死了也值了。"司机老王笑了。张文化也不好意思地笑了:"师傅,我是好久好久没吃肉了。"他咽了一下口水。"今年多大了?""19岁了。"司机老王道:"跟我儿子一般大,走,我带你去吃一口。"张文化摇摇头:"汪书记吩咐过,让我管着车。"他望了一眼吉普车和旧客车。两个孩子正在车边嬉戏。"你管车干嘛,它自己又不会开走。走,跟我走。"张文化挣脱后,咽下一口口水道:"我必须管着车,这是汪书记下的命令。"司机老王眼睛红了,他一声不吭地进去了。

食堂内,大家热火朝天地吃着饭。举着筷子的张建设道:"汪大麻子,你刚才没说的事现在说吧。"汪阿兴打量了一下金健康。金健康端起碗准备走。"坐吧。明人不做暗事,别搞得神秘兮兮的,说。"张建设道。汪阿兴放下饭碗:"有个事,就是老倪的事,我上门去找他了,但是……"张建设的脸色变了:"别提这件事。"汪阿兴不解道:"为什么?"金健康插话道:"汪大麻子你别问太多,张书记说不提就一定有不提的道理。""可是老倪是个人才,是水利专家,他在我们宁和,就理应为我们宁和工作,他……"张建设火了,一掌拍桌上:"你给我闭嘴!"汤洒了。众人皆惊。

另一张桌边坐着的王宝年站了起来:"怎么了?"金健康赶紧站起来道:"没什么,没什么。"汪阿兴端着饭碗一声不吭地走了开去。一脸情绪的他蹲在食堂门口,扒着饭。张文化将车旁的两个孩子驱赶了,走了过来:"汪书记。"他直盯盯地望着汪阿兴碗里的那一小块肉,使劲咽着口水。端着饭碗的汪阿兴站了起来:"呀,小张啊,还没吃饭吧,我都忘了,走,吃饭去。"司机老王刚好端着一碗饭出来了,走到张文化身边道:"给。"张文化犹豫地望了一眼汪阿兴,不敢接碗。"老王师傅给你端来的饭,拿着啊。"张文化接过饭碗:"谢谢师傅。"司机老王一脸关切地道:"吃吧。别饿着了。"他转身走了。张文化狼吞虎咽。汪阿兴见了,将碗里的那块肉挟到了张文化碗里,说道:"把车给我管好了。"张文化猛点头,一口吞咽了肉。汪阿兴端着饭碗走了。张文化突然停止了吞咽,一大块肉埋在碗底。他的泪水无声地掉了下来。他走到窗前,发现坐在桌边的司机老王正朝他微笑着。这时,有人拉拉他的衣袖。两个孩子眼巴巴地看着他。他蹲了下来,将一块罐头肉分成两半,然后说道:"张开嘴。"两孩子张嘴,他将肉分别送了进去。

傍晚,天边显得绚烂。汪阿兴、老铁头与五名公社书记站着,目送着车子离去。他们的神情各异。汪阿兴一边剔牙,一边说道:

"老铁头，罐头肉的味道怎么样？""好吃。"汪阿兴摇摇头道："我觉得不好吃。"老铁头吃惊地打量他。汪阿兴叹了口气道："我听老金说，罐头肉是张书记去市里开会带来的，准备招待重要客人用的，这一下全被我们消灭了。"这时，一直在小声议论的五名公社书记围了过来，齐声道："汪大麻子，我们五个人凑个份子请你喝个酒，表示感谢。"汪阿兴后退一步："哎呀，我可不敢当呀，你们五个请我一个，我承受不起。各位书记，上午在会上我胡言乱语，还请各位多多谅解。"一名书记带着讥讽的语调道："汪大麻子，你来宁和不久，可目前俨然是沿江六个公社书记的头了，张书记对你可真是关照。"汪阿兴苦笑道："你们误会了，误会了。"另一名书记道："误会？恐怕是你有意为之吧，借着这次机会，唱个戏，走个场。"老铁头想了想道："这个会是县里临时决定来我们宁和开的，事先我们不知情。""老铁头，你就别替他说话了。谁不知道你们俩，那是强龙与地头蛇的关系，到底谁压谁？你们心里都清楚。""可是开这个会，你们宁和公社得益最多，张书记一听你们的汇报，就拍板同意加大物资供应，搞得王副主任吹胡子瞪眼睛。"汪阿兴眨了眨眼道："各位书记，天地良心啊，你们都别这么挤对我了，我汪大麻子没什么大能耐，就是实话实说。""听说你在楼山当书记时，可是春风得意啊，到了宁和这地方，那就是拔了毛的凤凰不如鸡，以后的苦日子长着呢……"众人大笑。

一名书记突然道："不过，你们宁和的稻草人还真威风。"另一名书记笑道："天兵天将来也！"五人再次齐声。汪阿兴苦笑："书记们，书记们，下次我一定请你们喝酒。"五人对视了一下，一人笑中含着悲凉道："调动不成，唉，还是结伴去守江堤吧，看着这口大钟，就想着以后的日子啊，唉，我们走了，我们走了。"汪阿兴陪着笑："走好，走好。"五人骑着自行车走了。好久，老铁头叹了口气："到底是谁帮谁呀？"汪阿兴也叹了口气："老铁头，搞好团结最重要。他们五个书记，对钱王江那是知根知底，是老前辈。"老铁头不吭声。汪阿兴抚摸了一下大钟道："张书记走之前表扬我们，说大钟挂在这儿最合适。我倒是想，将来有一天要是把这口大钟送进博物馆了，那才好。"他转身的时候发现，老铁头已经悄无声息地走了。

第八章

　　大队部前全是稻草人。几名大娘坐在稻草人中间，口中念念有词，扎着稻草人。坐在中间的高大娘边扎着稻草人，边骂道："不孝子，我们不扎稻草人，不请来天兵天将，谁来保我们一方太平？"高成天急匆匆走过来了，一见此景，急得直跺脚："娘，你就是把全世界的稻草人都运来，也挡不住钱王江的大潮。"高大娘停下手中活，哭着道："那你说怎么办？"几名大娘都哭了起来。高成天扑通一声跪了下来："娘，求你了。"高大娘看了他一眼，流着泪道："我命苦呀，守寡三十多年，一把屎一把尿把你拉扯大，你这个不孝子，自秀珍去世后，死活一直不娶，都快四十了，也不给我们高家留个后，我怎么这么命苦啊？"她号啕起来。高成天耷拉着脑袋。

　　老倪突然走了出来，说道："老嫂子，你就别数落高队长了。他啊，也是没法子。"高大娘一把鼻涕一把泪道："这日子每天都过得提心吊胆的，哪一天才能睡个安稳觉啊。"老倪擦了一下眼睛，叹了一口气。高成天上前扶住他道："老倪，你快进去。"老倪感慨道："我都一把老骨头了，还怕什么呀，大不了一个'死'。高队长，我也想明白了，要是再遇上什么事，你也不用押着我去批斗了，我直接就跳钱王江了。"他流着泪。"老倪你……"高成天一脸着急道，"你是被监管的人。我命令你进去！"他拉着老倪，老倪却固执地不肯进去。高大娘再次哭了起来。

　　传来汪阿兴的声音："大娘，我来请罪了。""坏了，汪大麻子来了。"高成天忙拉老倪欲走，汪阿兴已出现在他们眼前了。他小跑过来道："高队长,我有话说。"他大步走到老倪跟前道："老倪、大娘们,你们扎稻草人没有错,错的是我,我这个当公社书记的没有办法保你们太平无事,是我失职。"高大娘望了一眼汪阿兴道："宁和人没有活路了,只有乞求老天爷了。"她又开始哭,呼天抢地的样子。她身边的大娘们都哭了起来。"大娘,我向你请罪。"汪阿兴扑通一声跪下了。高大娘愣住了,吃惊道："这可怎么使得,汪书记起来,起来。""大娘,对不起。"汪阿兴泪流满面。他心里满是悲伤,眼前的这群白发苍苍的老人令他想起了自己去世多年的母亲。母亲一辈子住在那个小山村里,从未走出村子一步。汪阿兴起来后,无语地坐了下来。高成天一脸吃惊。他没想到汪阿兴居然会流泪,这显然不是他认识的汪阿兴。汪阿兴抓着头皮,却发现一滴泪水掉在了自己抓着老倪的手的背上。老倪流泪了。"汪书记,宁和人活得不容易。"老倪老泪纵横道："天天生活在悬崖边,这些年来,这钱王江的潮水要是遇上台风、暴雨,就更令人害怕。""老倪同志说得对,要怪只能怪钱王江,它就是一个阎罗王啊,唉,它要是不高兴了,就来拿人命了。"高大娘再次哭了起来。高成天着急道："娘,你别哭了,你身子骨不好。"他搀扶着娘进去了。

汪阿兴紧紧地握着老倪的手道："老倪,张建设同志也不赞同我来找你,但是你是水利专家,你最了解钱王江的脾气,我不能不请教你,我不能胡乱指挥啊。"汪阿兴想了想,又道："老倪,我就不客套了,开门见山吧。你也看到了,现在社员们把希望寄托在稻草人身上,怎么办? 这钱王江迟早是要治理的,我们宁和处在钱王江最危险、最核心的位置,我们无论如何是回避不了的。这次决堤,死了41人,不知道下次决堤,又将死多少人。"老倪一脸悲伤:"汪书记,你不要说了。我,我这心里……"他捂着嘴哽咽。"老倪,我知道你心里有想法,可是人活着,总得前半夜想想自己,后半夜想想别人。你是水利专家,治理钱王江你责无旁贷,我是公社书记,只要县里下令,我头一个冲上去。"老倪点点头:"汪书记,我的处境你也看到了,高队长一直把我安置在大队部,就是为了保护我,他生怕一些社员把我押走去批斗。前些年,我活得心惊胆战,连门都不敢迈,像个老鼠一样躲着。现在算是好多了。"他擦了擦眼睛又道:"你也别说了,你说的每一句话都像刀子一样扎在我心里。我……我无能为力。"他转身蹒跚走了。

汪阿兴长时间站立,凝视老倪渐渐消失在视线内。他知道,老倪心里还有顾虑。他点了一根烟,沉思着。他必须要去除老倪的心病,这样才能真正说服老倪。然而,他想起自己在张建设面前提起老倪时,却被训斥了。他不知道这中间到底发生了什么事。他不能抓瞎,必须要弄明白这是为什么。他主意已定,然后大声地叫道:"高队长。"高成天默默无语地走了过来,他的手在汪阿兴肩上拍了一下,然后道:"汪大麻子,稻草人的事是我的责任,是我没有管好我娘,但是我保证,我们红旗大队再也不会有人上江堤放稻草人了。""老倪还有亲人吗?"汪阿兴问道。高成天愣了一下,马上摇摇头。"老倪当年因为决堤而受处分,当年的具体情况你清楚吗?"汪阿兴继续问道。"别问我,我什么都不知道,你问老铁头去。"高成天转身就走。

在回公社的半道上,汪阿兴遇见了骑着车的老铁头。老铁头打了个招呼,说他去卫生院,就急匆匆地走了。汪阿兴这才想起来,明天县医院的医疗援助队就要来了。他骑车到了公社,进了办公室。他打了一个电话给金健康。在电话里,金健康对他再次提起老倪一事表示不满,他告诉汪阿兴,这件事不要插手。汪阿兴只得搁了电话。他不明白的是,组织上既然安排自己来宁和公社当书记,为什么不让他跟老倪接近呢?他百思不得其解。他皱着眉,来回踱步。张文化推门进来了:"汪书记,县里来电话,说要我们安排好医疗援助队的生活。"汪阿兴点点头,然后道:"小张,你去我们公社档案室找一找老倪的档案。""我们公社没有老倪的档案,"张文化道,"他的档案在县里。""这样啊……"汪阿兴皱了一下眉道:

"老铁头的档案呢?""汪书记,你这是……"张文化一脸不解道。"我就是想知道当年到底发生了什么事,导致老倪现在这样。你说,既然他犯了错误,也不一定非得来我们宁和公社啊,可以去瓜乡公社,为什么偏偏来我们宁和公社?"汪阿兴拍了拍桌子道:"我想不明白。""我听说当年是在我们宁和公社段江堤出的事,所以老倪他才关押在我们宁和公社的。""这说不通。"汪阿兴道。"老铁头的档案也不在我们公社,也在县里,"张文化想了想道,"我们公社干部的档案都在县里。以前,听说是放在我们公社的,但后来县里通知说,我们宁和公社的一些重要档案全部移交了。""全县就我们宁和公社移交?"汪阿兴问道。张文化点点头。"行,你去忙吧。"汪阿兴挥挥手道:"老铁头去卫生院了,肯定是去准备明天的事了,你现在也去一趟卫生院,告诉方医生,医疗援助队的粮食由我们公社承担,另外需要什么,我们公社有什么,就给什么。"

张文化走后,汪阿兴再次陷入沉思之中。他越来越觉得老倪的情况很复杂。他敲了敲脑壳,关于鲁家湾大队是否在原址重建这件事必须征求老倪的意见。他想了想,再次拿起了话筒,接通了金健康。"老金,关键问题是鲁家湾重建选址,如果县里不允许我接触老倪,那么,你得给我派一个水利工程师来,"汪阿兴说道,"而且越快越好,明天就要。""汪大麻子,你这不是难为我吗?"金健康道,"这件事,我帮不了你。"汪阿兴放下电话,心里有一种冲动,很想直接给张建设打电话,问这是为什么,但他心里又明白,这个电话不能打。他苦思冥想之际,鲁阿牛进来了。

"鲁阿牛同志,请坐。"汪阿兴给他倒水时,发现鲁阿牛皱着眉,仿佛有些不太高兴。"汪书记,我来,是,是……是关于吃肉的事。"汪阿兴点点头:"你们还得再等几天。三天,三天以后,我保证实现诺言。""三天?""对,三天。"鲁阿牛站了起来,想了想道:"汪书记,你能不能给我写个字据,这样,我也好跟大家解释,我……"汪阿兴愣了一下,索性地写了一条字据,然后又按了自己的手印道:"给。"

鲁阿牛拿着字据走了。

汪阿兴心里却是翻江倒海。显然,他说的话大家并不相信。吃肉这件事他必须办好,否则他以后无脸面对鲁家湾的灾民了。他拉开抽屉,找到了一张肉票。他又想了想,计算着日子,后天就是全县干部发肉票的日子了。他计算着鲁家湾灾民人数,然后扳着手指计算需要多少肉。胡慧丽进来了,见汪阿兴扳着手指,嘴里念念有词,好奇地道:"汪书记,你在干什么?""算肉。""算肉?"胡慧丽一头雾水。"胡医生,你的肉票还在吗? 借给我。"汪阿兴苦着脸道:"还差一点。"胡慧丽明白了,从口袋里掏出肉票和粮票,往桌上一放道:"给。""粮票你拿回去,肉票借我了。"汪阿兴将肉票小心地夹在笔记本里,然后道:"对了,胡医生,你的粮票怎么都没用呢?""方医生说,她胃口小,一个人的口粮就够我们两人吃了,所以我也想着把粮票交给公社。"胡慧丽解释道。"方医生病了?"汪阿兴关切地问道。"没有。她每天吃得少。""吃得少,身体就差,那还怎么干革命工作? 你回去告诉她,要吃得多一点。""你很关心方医生,我代表方医生表示感谢。"汪阿兴的脸红了一下道:"身体是革命的本钱嘛。对了,你有什么事吗?""我来啊,是想请你帮个忙。"胡慧丽想了想,脸红红地道:"明天我们县医院的医疗队来了,我……""我明白了。你放心,公社不会拉你后腿的。""不,不是。"胡慧丽着急道:"我想再待一阵子。""留下来?"汪阿兴愣住了,好一会儿才道:"为什么? 说说你为什么要留下来?""请你帮我在邱副院长跟前说说我的意思。""那当然了。你这个觉悟很高嘛,我们欢迎像你这样有本事的人留在我们宁和,更何况,你有更重要的任务,你姐姐不是在县物资局工作嘛,这个物资调拨与供应还得你帮我们说说。"汪阿兴眉开眼笑地说道。

胡慧丽愣了一下,然后道:"汪书记,这是交换吗?""这怎么叫交换呢? 这是……是扶贫,对,就是扶贫。你也知道我们宁和的情况,一穷二白,县里多给我们一点物资,那也是理所当然。""那你们公社打报告给县里呗。""打报告那是当然的了,我们早递上去了。但是多一条路,就多一分希望。你跟你姐说一声,调拨物资的时候重点关注我们宁和,她的手指松一松,我们这儿就满了。"汪阿兴笑了。

"这不会犯错误吧?""哪会犯错误? 这么说吧,这些物资是县里的对不对,也是集体的,我们宁和遭了灾,跟别的公社情况不一样……""别的公社不也遭灾了吗?"胡慧丽打断他道。"你是不知道,我们宁和是重灾区,别的公社都是遭了一点小灾,那是不一样的。所以说,物资调拨的力度也不一样的。""我明白了,宁和公社多一点,别的公社少一点。""小胡同志,对对对,就是这个意思。""汪书记,你怎么改口叫我小胡同志了?""这……"汪阿兴愣住了,脸一下子红了起来。"我明白了,因为我现在是宁和卫生院的一员了,所以你才叫我小胡同志,对吧?""对对对,小胡同志,你说得太对了。"胡慧丽扑哧一声笑了,然后走了。汪阿兴愣了一会,后来自言自语道:"这小胡同志可真狡猾,我被她绕进去了。"他再次拿出了胡慧丽给的那张肉票,仔细端详一番后,重新夹在了笔记本里。他想了想,坐了下来,写了一张借条。

老铁头进来的时候,汪阿兴正在打电话。他马上放下电话道:"老铁头,你来了。跟你商量个事。"老铁头坐了下来:"卫生院那儿准备工作都做好了。"他看了一下电话机又道:"谁来的电话?""一个朋友,"汪阿兴道,"我想啊,后天就要发肉票了,公社干部的肉票这一次就统一不下发了,支援鲁家湾的灾民。"老铁头站了起来:"大家都同意吗?""我们俩带个头。""我不同意。一月才二两肉票,家里老婆孩子可都是眼巴巴盼着呢。吃肉这件事是你答应他们的,你自己想办法解决。""我筹措了一些,还差那一点。"汪阿兴丢了一根烟过去。老铁头将烟放在桌子上,然后道:"汪书记,不是我觉悟低,实在是因为这每个月二两肉票的重要。这二两肉,那是要省着吃的,做一锅肉汤,要喝好几天呢。""这天热,不会坏?"汪阿兴吃惊道。"不会。这肉汤里加了许多盐,其实就是一锅盐汤了。"汪阿兴道:"一切以自愿为原则。""汪书记,你这么说分明是将矛头指向了我,"老铁头一脸愤怒道,"说真话,难道就是这种结局?"

"老铁头,你多想了。我没有别的意思。""那你什么意思?"汪阿兴看了老铁头一会儿,平静地道:"老铁头,有什么话都说出来吧。"老铁头却转身走了。

汪阿兴坐了下来,老铁头如此强烈的反应令他吃惊。吃肉这件事,他答应了鲁家湾的灾民,但这不仅仅是他个人的一种承诺,也是公社对灾民们的承诺。吃一顿肉,可以凝聚人心,也可以为鲁家湾的重建工作打下坚实的信心之桩,这有什么不好呢?

老铁头将办公室的门关上,他心里的火气一点都没有散去,因为卫生院方医生的话刺痛了他。方医生对汪阿兴赞不绝口,说他是个很拼命的书记。他一边听着,怒火便一点点地积攒起来了。现在看来,汪阿兴的口碑已经开始立起来了。当汪阿兴说到肉票的事时,他忍无可忍了,这件事从一开始就不妥当,凭什么他个人的事要让大家来分担? 其实他可以忍。他摸了一下自己的额头,有些不相信自己怎么会这么容易爆发,这是怎么了?

传来轻轻的敲门声。他走过去开了门。"跟你道个歉,"汪阿兴道,"是我考虑不周,这件事办得有点儿冒失。"老铁头并不吭声。汪阿兴进来后,又道:"老铁头,但是话已出口,必须做到。有困难我自己想办法。""你这是什么意思? 一会儿这样,一会儿那样,把我当猴耍?""老铁头,你这话说得过分了。"汪阿兴的怒气也上来了,转身就走,砰的一声将门关了。老铁头微微一笑。这一回,他彻底激怒汪阿兴了。或许,这一招才是最有效的。他走到窗前,看着天空。万里无云。他的心情也跟这天空一样,他无声地笑了。

大地显得静寂。偶尔传来狗吠声,然后是河道上隐约的摇橹声。一阵清风吹来,令伏案工作的汪阿兴精神一振。他站了起来,伸了伸双臂,扭了扭头,走到窗前,看着夜色,不禁思念起儿子小路来。虽然傍晚他打了电话给赵刚强,问了小路的情况,一切都好,可他心里却恨不得自己飞回楼山去。他回到办公桌前,继续写着关于鲁家湾重建的计划。

轻轻的敲门声。汪阿兴愣了一下,便道:"进来。"方医生推门进来了:"汪书记。""方医生,这么晚了,你……"他站了起来,一脸疑惑。"汪书记,明天医疗队就要来了,我心里总觉得不踏实。他们来多少人? 住的问题基本能解决,吃的问题我们也能想办法解决,但是他们去各个大队的交通工具我实在没有办法。"汪阿兴点点头:"你考虑得很细致。这样吧,拖拉机,公社叫拖拉机送他们去各个大队吧。另外,我们公社也通知各个大队,让伤病号都来卫生院。""我听说拖拉机的柴油供应很紧张。"方医生不安地道。"这个你不用担心。公社的柴油供应,优先保障医疗队。对了,方医生,他们对我们宁和的情况不熟,你要带好路,千万注意安全。""好的。"方医生看了一眼桌上摊开的鲁家湾重建计划书,小声道:"汪书记,早点休息,我走了。""等等。"汪阿兴看着她,有些犹豫不决。方医生的脸红了。她不说话地看着汪阿兴。"方医生,有件事,我……我……"汪阿兴支支吾吾。方医生的脸一下子红透了,在灯光下显得特别妩媚,她轻声道:"汪书记,你有话就请说吧。""好吧,就是红旗大队的老倪,他的身体不太好,你若有时间就去看看他。注意,要悄悄地去。"方医生脸上闪过一道失望,她小声道:"老倪同志可是……""我知道。但他也是一个老人。唉,而且是无价之宝啊。方医生,这件事必须保密。"方医生点点头,想了想,小声道:"汪书记,还有没有事了?""方医生,你回去吧,路上小心。"方医生转身走了。她走得特别轻巧,好像脚底下踩着棉花似的。汪阿兴站在窗前,看着方医生推着自行车走了。他心里觉得有些异样。不知道为什么,每次看到方医生,他心里就有些紧张,仿佛说话都不利落了。他深深地吸了一口气,然后继续伏案工作。

也不知过了多久,当他抬头时,他愣住了。对面居然坐着老铁头,悄无声息地看着他。"你什么时候进来的?"汪阿兴站了起来。"有一会儿了。"之后,两人都不说话了。他们安静地对视着,倾听着各自的呼吸声。"想喝酒吗?"汪阿兴突然说道。"哪来的酒?""今晚要是不喝酒,我们不得干坐一晚上?"汪阿兴笑了笑,拉开抽屉,拿出一瓶酒。他抚摸着酒瓶道:"跟着我八年了。一直舍不得喝。""那还喝什么?"老铁头站了起来,"回家了。""来了就不要走了。把门关上,"汪阿兴道,"我汪大麻子也不是小气的人,好酒也不独享。"他说着,用力拧开瓶盖。他闭上眼睛闻酒香,然后道:"得弄点小菜,别辜负这好酒。""深更半夜,哪来的小菜?"老铁头伸了伸腰道:"算了,你这酒啊,我闻一闻就知足了。"汪阿兴将酒倒在茶缸里,晃了晃手中的半瓶酒:"你选,要茶缸还是酒瓶?"老铁头道:"酒瓶。你的茶缸黑乎乎的,看着都吓人。"汪阿兴将半瓶酒递给老铁头:"要是在楼山,就有法子弄小菜,山上捉只野兔,再不济啊,捉只黄鼠狼也行。""黄鼠狼也能吃?"老铁头一脸吃惊。汪阿兴笑道:"山里人野,什么都敢吃。喝酒吧。"老铁头眠了一口:"好酒。"

汪阿兴拿起茶缸就一大口:"八年前,我们楼山公社的一名干部因为在县里的一次会议上说,领袖也得吃饭拉屎。结果,他被打成现行反革命,最后被枪决了。有一天县里来人,说是去抄他的家,我跟着去的,他家里老母亲还在,可她的眼睛都哭瞎了,家徒四壁,我当时都不敢落泪,怕被人说我同情反革命。抄家的最后成果就是这瓶酒。"老铁头一脸不信:"他们没拿走?"汪阿兴叹了口气道:"他们不是不想拿走,而是当场就想喝掉的。我说这酒必须公社充公,就这么拿来了。"老铁头点点头:"你跟我说这些话,不怕我去县里告密?"汪阿兴笑道:"告密?你老铁头不是那样的人,虽然我来宁和才一个多月,可是我看得出来,你不是那种人。再说了,告密我也不怕,都落在宁和这地方了,还有什么好怕的?大不了免了我,回楼山老家去。"老铁头喝了一口酒:"那我是哪种人?"汪阿兴也喝了一口酒,道:"这个不好说啊。老铁头,你心里明白你是哪种人。"老铁头瞪着汪阿兴,好一会儿,才哈哈大笑:"你的酒不好喝呀,我怎么觉得你话里有话。"汪阿兴也哈哈大笑:"老铁头到底是老铁头啊。好吧,既然这么说,我也不客气了。有几件事我想问问明白。第一件事,县里来我们这儿开会,你却突然拉肚子,消失了,后来为什么又突然出现了? 第二件事,稻草人这件事凭你老铁头的能力完全可以办好,你老铁头不是那种无用之辈,你怎么就置身事外? 还有,王宝年在食堂里跟你聊什么,你频频点头?"老铁头霍地立起:"你这是想审问我?"汪阿兴也霍地立起:"我只是想告诉你别躲在阴影里,男人要坦坦荡荡。"老铁头针锋相对:"我躲在阴影里,还是站在阳光下,跟你没有一毛钱的关系!"汪阿兴痛心疾首:"我不想你这样沉沦下去。你对我有什么意见你尽管说,我有错就改,宁和就这么点地方,有什么话有什么事不可以摆在桌面上说吗?"

老铁头不语。汪阿兴又道:"我们公社总共就 11 名干部,必须团结一心,同甘共苦,才能全心全意为人民服务。你是宁和人不假,可我也是宁和人啊。我告诉你,我不会走的,我想过了,他娘的豁出去了,大不了把命留在这儿。"老铁头坐下,厉声道:"怎么豁? 往哪豁?""钱王江!"老铁头一拍桌子:"你? 凭什么?! 就凭你的豪言壮语,还是凭你的政治觉悟? 你有什么啊,你能干什么啊? 我土生土长在这里,心里跟明镜似的,钱王江治理这一仗那绝对是一场惊天动地的大战役。兵马未动,粮草先行,我们县里是缺粮大县,现在每年都得从外地调粮来,凭我们宁和这几千人就能把这件大事干好? 痴人说梦!"汪阿兴突然笑了:"老铁头,我小瞧你了,你肚里有真货啊。你今天总算说点真心话了。"老铁头醒悟过来:"好啊,原来你使了激将法啊。"他对着酒瓶咕噜咕噜地喝了一阵,将空酒瓶往桌上一顿:"你别小瞧人,你别以为我老铁头只打自己的小算盘,不算大账。现在我们空有一腔热情,可什么都缺,而且上头没指示，我们就是想干也不行。"汪阿兴点点头："我要的就是你这句话。"说完，也将茶缸中的酒一饮而尽。老铁头抹了抹嘴："酒也喝完了，我也该走了。再不走，天就亮了。老婆孩子热炕头，他们还等着我呢。"汪阿兴拉住他道："别急着走。"老铁头哑然失笑："你拉拉扯扯的想干吗？你尽管想，天南海北，古往今来，尽管想，想了一年又一年，想得白了头佝了腰掉了牙，这钱王江还是阎罗王。""你这话也太泄气了，"汪阿兴摇摇头道，"你给我坐下！我不管你怎么想，怎么认命，我必须拉着你，推着你，扯着你。"

老铁头突然把头趴在桌子上，一声不吭地流泪。汪阿兴愣住了，小声道："老铁头，老铁头，你怎么了？你可别吓我。"老铁头哽咽道："活着一天是一天，我计算过了，我这岁数，半截身子已埋入土里了。"汪阿兴怒声道："起来！"老铁头软绵绵地站了起来。他摇摇晃晃地走向门口，扶了一下门框道："人最痛苦的是，明知道没有未来，可还得活下去。"他走了。汪阿兴无语地望着门。他慢腾腾地坐了下来，桌上，老铁头刚才流的泪水清晰可见。他用粗糙的手擦拭着桌面，一遍又一遍。这个老铁头，才是一个有血性的老铁头。他突然快步走了。

他走到大钟前，凝视。他仿佛听到了一种声音。遥远的钟声越来越近了，伴随着他沉重的呼吸，一下一下地回荡着。他仿佛看到了那个风雨交加的夜晚，敲钟人丁老三跌跌撞撞奔跑的样子，声嘶力竭，一脸绝望，突然，大潮涌至，哗啦一声，一切都消失了……他闭上眼睛，双手张开，像只苍鹰一般。突然，他按住了肩，哎哟一声，矮下了身子。远处，躲着的老铁头望着汪阿兴，神情复杂。他轻叹一声，走了。汪阿兴慢慢地起身，他的肩伤发作了，钻心地疼。月光下，他仿佛看到了自己有些狰狞的脸。

胡慧丽一直睡不着，翻来覆去。她索性坐了起来，打亮灯，发呆。她有些后悔去找汪阿兴。明天邱副院长来了，她可以自己跟他说的，或许他也会同意的。她心里有些儿烦躁。她很想跟方医生谈谈,哪怕说点什么都可以。夜深人静,恐怕她早已入睡了。下了床的她站在窗前,倾听着隐约的风声。她知道自己为什么烦躁了,那是因为没有朋友们。她好像走进了一个完全封闭的世界。在这儿,只有一个忙忙碌碌的方医生,谈不上孤独,只有寂寞。尤其是晚上,好像自己被抛在了一个孤岛上似的。她想念姐姐了。

"胡医生,睡了吗?"胡慧丽利索地开了门:"方医生,请进来。"两人拉着手在床前坐下。"明天你们医疗队要来了,我睡不着,很兴奋。我天天盼,总算是盼来了。"胡慧丽点点头。"胡医生,你好像有心事?"方医生轻轻地抚摸了一下胡慧丽的肩道:"是不是想家了?""有一点。"胡慧丽道。"那你就回去吧。"方医生叹息一声:"你一个城里的姑娘,在我们宁和这个西伯利亚待着,那真是太委屈你了。你如果想走,我明天就跟汪书记汇报,你走吧。"她的神情突然也变得黯然了。"方医生,你舍不得我走?"方医生什么话也不说,紧紧地搂住了胡慧丽。其实,她也有一肚子心事想找人诉说,然而唯一可以诉说的这个人却将离开这里。"方医生,你好像也有心事?"胡慧丽轻声道。"你啊,冰雪聪明,"方医生笑了,"走,我们去院外走走。""深更半夜,两个胆大的女鬼院外散步,"胡慧丽笑着说道,"天都快亮了。"

静悄悄的夜,仿佛一个沉睡的世界。两人轻轻地走着,轻声诉说着。这时,前方出现了一个人。胡慧丽顿时紧张起来,紧紧地拉住了方医生,手指前方。"别害怕,是汪书记。"方医生说道。"汪书记? 你是千里眼?""他走路的姿势跟别人不一样,步子大,身体前倾得厉害。咦,他好像受伤了。"方医生说着跑了上去。汪阿兴停下脚步,也是愣住了。"汪书记,你这是……"胡慧丽看了一眼他紧紧按着的肩膀,什么都明白了:"伤口出问题了。走,快让我瞧瞧。方医生,你准备一下纱布和酒精。"方医生搀扶着汪阿兴,一脸着急地跟在胡慧丽身后。胡慧丽跑得飞快,一眨眼就不见了。

"方医生,喝了酒,突然就疼得不得了,实在忍不住了,所以……"他一脸痛苦地说道。"胡医生在,总有办法的。"两人进了治疗室,发现胡慧丽已经换上了白大褂,戴上了口罩,一脸严肃。"胡医生,有必要这么严肃吗?"汪阿兴笑了一声,紧接着又哎哟一声。当方医生利索地解开纱布时,愣住了。肉开始腐烂了。胡慧丽一看,厉声道:"准备手术。""胡医生,涂点药,消个炎就可以了。不碍事。"汪阿兴道。"你是医生吗? 到这时候了,还逞强? 你知不知道,要是再过上几天,你整条手臂都得废了? 汪阿兴同志,这可不是什么小毛小病,而是大病。从现在开始,你闭嘴。方医生,先消毒,然后给他打麻醉针,然后准备手术。""用不着麻醉!"汪阿兴道,"我扛得住。方医生,给我一块毛巾。"方医生犹豫了一下,递了一块毛巾给他。他胡乱地塞进自己嘴里,紧紧咬着,然后用目光示意胡慧丽可以动手了。胡慧丽冷静地动着刀子,将腐烂的肉一块块刮了下来。汪阿兴死死地咬着毛巾,汗珠一颗颗地落下来。方医生见了于心不忍,便用毛巾替他擦汗。看到胡慧丽额头上也满是汗珠,她又替胡慧丽擦汗。

"方医生,准备包扎,"胡慧丽道,"汪书记,从明天起,你得休息半个月。"方医生利索地将伤口包扎好后,取下了汪阿兴嘴里的毛巾。汪阿兴的全身都湿透了。他站了起来,一阵头晕。方医生赶紧扶住他道:"汪书记,你躺一会儿。""给我一颗止痛片。"汪阿兴说道。吃了止痛片后,汪阿兴看着擦着一脸汗水的胡慧丽,强颜作笑道:"胡医生,我可以回去躺着吗?""不行!"汪阿兴伸了伸舌头,然后在方医生的搀扶下,躺了下来。胡慧丽走到床前道:"我还得观察一阵。方医生,你去睡吧。""还是我守着吧。"方医生说道。"一旦出现突发情况,你解决不了。你去睡吧。"胡慧丽道。方医生愣了一下,走了。胡慧丽坐了下来,皱着眉道:"汪书记,你必须听医生的嘱咐,从现在开始,注意休养。另外,半个月之内不能骑车,不能提重物,不能……""行了,行了,按你这么说,我就什么事都干不了了。"汪阿兴利索地起来,下床。"你……躺下。"胡慧丽着急道。

"死不了!"汪阿兴道,"我走了。"他大步流星地走了。胡慧丽急得直跺脚。方医生急匆匆赶来,一脸着急地道:"胡医生,你为什么不拦住他呢?""我……我……我拦得住他吗?"胡慧丽也发脾气了。

"你发什么脾气啊?你不是说你是医生吗,我以为你能镇得住他,结果呢,还是让他跑了。"方医生也一脸不悦道。"你是说我没本事?!""你刚才太霸道了。我一句话都插不上。""我说的都没错!""你是没错,可我错了吗?"胡慧丽流泪了,她心里感到十分委屈。她捂着嘴哭着跑了。

方医生呆呆地站着,后悔像潮水一样涌了上来。她走到胡慧丽的房门前,犹豫着要不要敲门。房间里一点动静都没有。这让她十分不安。她对着门说道:"胡医生,对不起,刚才我的情绪有些冲动,我主要是担心汪书记的伤,你知道他是公社书记,是大忙人。我心里十分担心,因为你不知道,他是宁和公社的好书记,这些年来,我是第一次看到一个令我崇拜的书记……"门轻轻地开了。胡慧丽扑入方医生怀里。方医生抚摸着胡慧丽的头发道:"唉,这叫什么事啊?慧丽,对不起。""你叫我慧丽?"方医生点点头。"方姐。""哎。"此时,天色已放亮。两人拉着手,站在院门前。"慧丽,我们就在这儿等吧?""行。"

一缕金色的阳光穿过云层,令天空变得十分绚烂。一切都在慢慢醒来。远处的一条内河里,传来摇橹船的声音。空旷的野地上,有风吹过便腾起一阵尘土,它们在空中翻卷成团,或者又迅速散去,如一缕轻烟。"真美。"胡慧丽喃喃自语。身旁的方医生脸上却呈现出一些不安,她下意识地看着胡慧丽的肩膀。

第九章

锣鼓队列阵。人头攒动。神情兴奋的张文化站在一张凳子上眺望。远处,隐约传来汽车的喇叭声。张文化激动地双手指挥道:"同志们,医疗队来了,一二三,敲。"锣鼓喧天。老铁头挤了过来,仰着头大声道:"小张,小张,车子往卫生院方向去了,叫人去那儿卸设备。"张文化侧着耳朵:"什么? 听不清楚。"老铁头站上凳子,在他耳边大声道:"车子往卫生院去了。"张文化失望地说道:"啊呀。"他立马做了个停止的动作。顿时安静。他大声道:"同志们,医疗队的车子不往公社来了,直接往卫生院去了,我们边走边敲着去。"他跳下了凳子。

一路锣鼓喧天。老铁头看着远去的队伍,若有所思地看着汪阿兴的窗户。窗户一直关着。这时,人武部长刘振涛带着两名基干民兵过来:"老铁头,卫生院现场要不要派人保护?""干吗保护?"老铁头一脸不解。"我听说这一次医疗队带来了一些重要的医疗设备,这东西金贵,丢一件可赔不起啊,必须得派人守着。"刘振涛指了指汪阿兴办公室的窗户,又道:"汪书记不在,我只好问你了。""老刘,你自己看着办吧。""老铁头,汪书记去哪了?""我不清楚。""他不在,我心里就没底。"刘振涛叹了口气,带着两个基干民兵急匆匆走了。

老铁头皱着眉,汪阿兴去了哪儿? 早上到现在一直没有露面,有点不正常。以前,他总是第一个出现在公社办公室,嗓门一响,一天就开始了。他突然一拍脑袋,说不定他昨晚上醉倒了。他急匆匆去汪阿兴的宿舍。宿舍的门关着。他敲了敲，叫道："汪书记，汪书记。"没人应声。他正疑惑不解时，却传来了汪阿兴的声音："来了。"汪阿兴吊着胳膊走了过来，一夜之间，好像瘦了一圈似的。他一脸苦笑道："我刚去了食堂，煮了一点稀粥。这嗓子干得不行了。""臂伤发作了？"老铁头轻声问道，"几时绑的纱布？""昨晚上。不碍事。老铁头，你去一趟卫生院，代表我们公社欢迎医疗队的同志们。我现在不敢去，一去准被胡医生拖住，回不来了。"汪阿兴的嘴角抽了一下。"我驮着你去吧，"老铁头道，"县医院的医疗队来了，这是一件大事。"汪阿兴犹豫了一下道："好吧。我料想胡医生也不敢硬拉我。"

一路无话。到了卫生院前，汪阿兴下了车，强忍疼痛，挤进了人群，走了进去。眼尖的张文化发现汪阿兴，大叫："汪书记来了。"汪阿兴转头四望："他们人呢？""报告汪书记，医疗队一共来了 12 位同志，由县医院邱副院长带队，其中 6 名同志已经由几个大队的大队长带着走了，余下的 6 名同志……"这时，方医生从里面出来了，无比关切地走了过来："汪书记，你怎么不躺着休息呢？""还能说话、走路，还能吃，那就证明没事，对了，方医生，邱副院长在哪？"汪阿兴道，"我急着想见他。"说着，两人急匆匆进去了。张文化抓抓头皮。老铁头道："老刘人呢？""在里面看护着医疗设备。对了，汪书记从哪里冒出来的？我一早上去找他，他不在宿舍，也不在办公室，老铁头，你说昨晚上他去哪了？""卫生院。""卫生院？"张文化大声道，"他睡在卫生院？"老铁头并不吭声。"怪不得不见他人影呢，唉，他太累了，嫂子怎么也不来看看他。"张文化自言自语。老铁头心里突然狂跳起来，他小声道："其实我是猜的，我也不知道他昨晚上住哪儿？""肯定是卫生院，他不是吊着膀子吗？"张文化想了想，又眉开眼笑道，"老铁头，我听说这些医疗设备好像送给我们公社了。""走，去看看。"两人走了进去。胡慧丽的房门开着，里面传来了汪阿兴的声音："邱副院长，感谢你们，人来了不说，还送来这些仪器设备。真是雪中送炭啊。"邱副院长笑着说:"汪书记,这件事呀,说一千,道一万,你要感谢胡医生。"

老铁头与张文化进去了。"来,我介绍一下,这是邱副院长,这是我们公社革委会副主任……""叫我老铁头吧,大家都这么叫我,"老铁头打断汪阿兴道,"感谢邱副院长对我们公社的支持。""我叫张文化,大家都叫我小张,邱副院长,这一次你们来,准备在我们宁和住多少天?""我一个个回答。第一不要感谢我,要感谢胡慧丽医生。"站着一直不吭声的胡慧丽脸红了。邱副院长看了她一眼,解释道:"她对我们章院长搞了个突然袭击,离院出走。我们章院长就说,这个胡慧丽同志,她给我一个突然袭击,那我也得回敬她一下子。这一下子,就是这些仪器设备,旧是旧了点,但都管用。"汪阿兴恍然大悟:"原来是这样的呀。好,那我真的是要感谢胡医生和章院长了。邱副院长,我们宁和卫生院以后就算是跟县医院结上亲家了,我们背靠大树好乘凉。"邱副院长笑道:"好啊,好啊。胡医生来了,这个亲家就算结定了。至于刚才小张同志的问题,我这么回答,我们根据实际情况来决定留在你们宁和公社的时间。""好,好,好。"汪阿兴突然哎哟一声。"你的臂……"邱副院长一脸关切。"胡医生动过手术了,不碍事了。""邱副院长,汪书记什么都好,就一点不好,"胡慧丽看了汪阿兴一眼道,"他就是不听医生的话,不肯好好休息。""汪书记,干革命工作,身体很要紧。"邱副院长又道,"胡医生的话要听,必须得听。"众人都笑了。"邱副院长,你先休息休息。对了,方医生人呢,我还有事跟她说。"胡慧丽转头四望:"方姐刚才还在呢。""方姐?"汪阿兴愣了一下,然后点点头走了。老铁头和张文化也跟着走了。

邱副院长指了指桌上的水果罐头说道:"这是胡佳丽同志让我捎来的。"说着,从口袋里掏出一个信封,递了过来:"还有这信。"胡慧丽接过信封,发现没封口,便伸进去一摸,是几张全国粮票和肉票,她埋怨道:"我姐真是的,还以为我是孩子呢。"她把票据放入信内,又说道:"对了,邱副院长,你们没怪我吧?"邱副院长笑了:"你人都来了,章院长就是吹胡子瞪眼睛,也没有办法了。不过,你的信写得真好,章院长表扬你了,说你虽然没请假,可是你这种精神值得表扬。胡医生,这儿的情况怎么样?""报告邱副院长,这儿的情况很好。""很好?你就别给我打马虎眼了,还是老实说吧。我来之前,听说了宁和的各种传说,心里不踏实,专门去县志办借了县志。宁和这地方可是全县的灾难深重之地。"他长叹一口气。胡慧丽沉重地点点头。

外面传来方医生的声音:"来来来,同志们,喝杯水,喝杯水。""我知道方茹儿同志,她一个人守着一个卫生院不容易,"邱副院长道,"全县54个公社,大大小小有45个卫生院,就宁和公社卫生院是一个人的。"邱副院长叹了口气,又道:"我们这一次来,协助公社的卫生防疫,同时争取多看几个病人,也算是对方茹儿同志的一种支持吧。"胡慧丽点点头,走了。

院子里,一名护士喝了一口,马上吐掉了:"咸的?"方医生一拍腿道:"啊呀,我舀错水了,把咸水缸里的水舀来了,不好意思,不好意思。""方医生,什么咸水缸、淡水缸的?"一名医生好奇地问道。"我们卫生院有两只大缸,一只盛咸水,一只积雨水,雨水是淡水。我心一急呀,舀错水了,我去换,我去换。"医生护士们对视了一下,纷纷说道:"咸水也是水嘛。"他们都喝了。方医生显得不好意思。"方姐,邱副院长说了,我们马上开始工作。"胡慧丽过来道。方医生重重地点头。他想起刚才汪阿兴跟她说的话,意思也是如此,医疗队来一趟不容易,珍惜机会,争取多看几个病人。

在回公社的路上,骑着车的张文化不时回头看一眼跟着的老铁头,似有话说。"小张,你怎么了?骑车老回头。"坐在后座的汪阿兴道。"有件事想问问老铁头,可他骑得这么慢,老跟不上来。""什么事?""没,没什么事?"张文化有些支吾。他又回了一下头,然后马上吱的一声刹车。汪阿兴差点掉了下来:"小张,怎么回事?"

他们身后的老铁头不见了。汪阿兴深深地看了张文化一眼,然后道:"我走着回去。""你是病人。方医生说了,要我管着你。"张文化着急道。"你刚才差点把我摔下来,"汪阿兴一脸认真地道,"说吧,又有什么事了?""你,你昨晚上睡在哪? 是不是睡在卫生院?"汪阿兴愣住了。"我,我就是问问。"张文化低了头。

汪阿兴顾自走了。显然,从张文化的只言片语里,他仿佛看到了一种危险。别的事都不要紧,自己可以应对,哪怕就是被误解与委屈,也是自己的事,但这件事不一样,牵涉到方医生了。他心里的怒火也再次燃烧起来。他知道老铁头必定会在这件事上做文章。

进了办公室,刚坐下。老铁头与人武部刘振涛就进来了,两人的样子显得特别严肃。"汪阿兴同志,我们想跟你谈谈,"老铁头看了刘振涛一眼,想了想又说道,"主要是想了解一下你生活上的事。"汪阿兴一声不吭。"有同志反映,说你晚上睡在卫生院。卫生院是女同志待的地方,而我们宁和公社卫生院人手少,所以……"老铁头故意停顿了一下,然后又道,"所以我们了解一下情况。""老铁头,你就直说了吧,别遮遮掩掩了。有同志反映? 请问是谁反映? 睡在卫生院? 请问是谁看到了?"汪阿兴平静地道。"汪书记,这只是了解情况,没有其他意思。"刘振涛说道。"老刘,如果我告诉你,这根本就是无中生有的事,你们还需要了解吗? 另外,既然是了解情况,应该把相关当事人都叫来。包括那位反映情况的同志。""这……"刘振涛看了老铁头一眼,皱了眉。"汪阿兴同志,我们来了解情况,是经过县里授权的,"老铁头说着,从笔记本里取出一张纸,扬了扬道,"这是王宝年同志指示的电话记录。"砰的一声,汪阿兴重重地拍了桌子,站了起来道:"是谁向县里汇报的? 是谁给的权力?""是我,"刘振涛站了起来,看了老铁头一眼道,"据有同志反映,汪阿兴同志晚上夜不归宿,考虑你的安全问题,我向王宝年同志作了汇报。"

汪阿兴强自按住怒火，坐了下来。"请你配合，"老铁头站了起来，走了几步，突然转身道，"王宝年同志指示，必须将了解的情况上报。"汪阿兴突然笑了起来，他笑得很疯狂，也很辛酸。他心里已经没有怒火了，他觉得奇怪，怒火去哪了？显然，眼前的老铁头将这件事已然上升到了另一个高度，想利用这个机会给他狠狠一击。刘振涛着急地道："汪书记，你怎么了？"汪阿兴止住笑声，长叹一声道："人要是发了疯，会怎么样？老铁头，你想要什么结果？""真实情况。""那好，我告诉你，昨晚我睡在宁和学校。"老铁头愣了一下道："有人证吗？""鲁阿牛同志可以作证。""那就没事了，"刘振涛笑着说道，"老铁头，我就说了嘛，汪书记不是那样的人，我走了。"他一溜烟跑了。

两人沉默无语。"你为什么会睡在宁和学校？"老铁头突然道。"老铁头，你如果想了解详细情况，我建议请鲁阿牛同志来一趟，另外，为了打消你的疑虑，也请方医生来一趟，"汪阿兴的怒火终于爆发了，"你想要的结果泡汤了。""这是对你负责，也是对公社负责。"老铁头不甘示弱。"这句话现在还轮不到你说。我是公社书记。现在，请你出去！"汪阿兴怒声道。老铁头走了。额头上的汗黄豆般大，一颗一颗掉下来。汪阿兴咬着牙，臂伤像是再次发作了。此时，电话响了。

张文化满头大汗进来的时候，趴在桌上的汪阿兴牙关紧咬，脸色发青。"汪书记，你怎么了？"他上前一步道，"我马上叫方医生。"他急匆匆地跑了。"不用了。"汪阿兴用尽力气说道。他眼前一阵眩晕，好像置身一个梦境，依稀有个声音在呼唤。他摔倒在地。当他醒来的时候已是晚上，宿舍里坐着方医生和张文化。方医生一见他醒来，欢喜道："醒了，醒了。"靠墙坐着的张文化听了，连跌带爬过来："汪书记，你吓死我了。"汪阿兴挣扎着起来，全身疼得厉害。方医生按住他道："别动，慧丽说了，不许你再乱动了。""我……"汪阿兴有些茫然。他一时间想不起来之前发生了什么。

他看着亮着的灯,眨了一下眼睛道:"我怎么在这里?""你啊,把大家吓坏了,"方医生叹了口气道,"慧丽给你检查后说,你的身体太虚弱了,必须休息。"她说着,取了床头柜上的药道:"吃药。""我没事。""吃药!"方医生皱着眉道,"慧丽跟我说了,要是你不肯吃药,小张按着你,我灌药。""汪书记,你必须听胡医生的话。她刚才走的时候跟我说,要是你发脾气,就把你绑起来。"他说着从床下拖出一截绳子,笑嘻嘻道:"犟驴得用绳子教训。"躺着的汪阿兴吹胡子瞪眼睛。"这是胡医生说的,我只是传达她的话。汪书记,还是张嘴吧。"张文化捂着嘴笑。汪阿兴将头扭向一边,紧闭嘴。"俗话说,药到病除。虽说这药不是医治百病,但至少可以让你早一天工作,我知道你心里只有工作,"方医生道,"还是吃了吧。"

汪阿兴扭过头来,发现方医生笑盈盈地看着自己,他情不自禁地张开了嘴……方医生小心又细致地喂药。张文化就在旁边站着,一会儿看看汪阿兴,一会儿看看方医生,他乐了:"我哪一天也生病了,方医生你也这样喂我药。""你说什么呢?哪有人诅咒自己生病的?"方医生瞪了张文化一眼道。张文化嘻嘻一笑,抓抓头皮道:"方医生你真好。"方医生脸一红。这时,胡慧丽进来了。她一声不吭地走到床前,看了汪阿兴一会儿,然后道:"汪书记,这一回你得老老实实。我建议你住到卫生院去,这样方便观察病情。"方医生点点头:"慧丽说得对。""你们还真把我当病人了?"汪阿兴想了想,又道,"我躺上一天就好了。""汪书记,现在你住在卫生院,不要紧了,没人会说了。因为邱副院长,还有别的同志都在……"张文化突然意识到自己说溜了嘴,捂着嘴转身就走。"小张,站住,你刚才说的话是什么意思?"胡慧丽问道。"没,没什么。"张文化一脸慌张。方医生也听出了话里的意思,她皱着眉想了想道:"是不是有什么闲话?"

张文化不吭声。床上躺着的汪阿兴叹了口气道:"小胡同志,方医生,这事跟你们没关系。""那就是真有闲话了?"胡慧丽道,她柳眉倒竖。方医生低着头转身走了。胡慧丽看了一眼她的背影，然后又看了一眼汪阿兴，突然笑了："我明白了。"有些心虚的汪阿兴道："你明白什么了？"胡慧丽脸上浮过一阵红云，走到床前，俯下身子，在汪阿兴耳边轻轻地说了一句。汪阿兴着急道："胡说八道。"胡慧丽点点头："是啊，我是胡说八道。"张文化狐疑地看着他俩，一副摸不着头脑的样子。他结结巴巴地道："汪书记，这，这可是重要的事，这……嫂子要是知道了，她……""小张，你胡说八道什么呀。"汪阿兴道。胡慧丽捂着嘴笑了一会儿，走了。张文化凑到床前，轻声道："汪书记，胡医生跟你说什么了？搞得我一头雾水。""你想知道？""想。""她说，革命同志要相亲相爱。"张文化愣住了，好一会儿才道："她说得对啊。"

汪阿兴不吭声了。他心里翻江倒海似的，虽然胡慧丽说的这句话很有道理，是无心的。但她如果知道他是死了妻子的人，肯定不会说这句话了。他眼前浮现了方医生转身离去的神情，那是一种伤感。他闭上了眼睛。"胡医生到底是县医院来的，说话有水平。对了，汪书记，你说这城里的生活到底是怎么样的？"他一脸憧憬地道，"我听人说，城里的生活是世界上最美好的生活，不用担惊受怕，不用晚上提心吊胆睡不着。而且睡的床还是软软的，就跟装了弹簧似的。还有那肉包子，一口咬下去啊……"他咂咂嘴，捂着肚子。"饿了？"汪阿兴问道。张文化点点头："我就想天天吃城里的肉包子。我娘说了，要是天天有包子吃，这辈子就跟神仙一样了。"他低下了头。"会有这么一天的。"汪阿兴道，他挣扎着坐了起来。张文化眼中含泪地看着他。"小张，记住一句话，只要我们想干事，肯干事，拼了命地干事，一定能把事干成。"张文化哭了。

手拎一网兜橘子罐头的老铁头悄悄进来了，无语地走到床前，将橘子罐头放下，轻声道："好点了吗？""我根本就没病。"汪阿兴道。张文化擦了擦眼睛，有些愤怒地望着老铁头。"你受伤的事，我上报县里了。王副主任说，你好好休息，工作上的事暂时别考虑了。"老铁头平静地说道。"老铁头,你是不是又想……"张文化愤怒道。"我只是严格按照规定上报。"老铁头说完,就转身走了。"汪书记,他这是干吗?"张文化一脸着急。"他没错,县里规定,公社主要负责人身体不适,无法工作时,要及时上报,不许隐瞒,"汪阿兴苦笑道,"我现在这样子,真的成了一个病号了。""可是你要是无法工作,那谁来主持公社工作呢?""小张你过来。"汪阿兴在张文化耳边轻轻地说了一会儿话,张文化着急道:"这不行。"他拼命摇头。"这是命令!"汪阿兴假装生气地瞪眼道。张文化不吭声了。

操场上,丁玉洁与鲁小妹围着鲁伟潮,正在听他讲钱王江的故事。"话说江猪出现的那天傍晚,天边的晚霞如血,红彤彤的,钱王江的潮水好像唱着歌一样,从远处缓缓而至,有一条船顺流而下,船上有三个渔民,是父亲跟两个儿子。父亲跟大儿子说,你长大了想干什么? 大儿子说,打鱼。父亲又问小儿子,你长大了想干什么? 小儿子说,撑船。父亲说,一个打鱼,一个撑船,干的还是我的工作,你们再想想,还有比打鱼和撑船更好的工作吗? 大儿子和小儿子异口同声说,吃鱼。就在这时候,江猪突然跃出水面,它全身光滑闪亮……"

"你们在说什么?"徐定强过来,打断他们道。"我哥在讲江猪的故事。"鲁小妹道。徐定强看了一眼丁玉洁,然后道:"这有什么好听的,我会讲孙悟空的故事。"丁玉洁站了起来,拉着鲁小妹的手道:"哥,下次再讲吧。""玉洁,我还会讲如来佛的故事。他法力无边,想干什么就干什么。"徐定强讨好地说道。"真的啊? 定强你讲给我听。"鲁伟潮欢喜道。"定强哥,我也想听。"鲁小妹道。丁玉洁却并不应声,这让徐定强感到失望。他犹豫着走到丁玉洁身边,小声道:"玉洁,你想不想听?"丁玉洁并不理会他,顾自走了。徐定强垂头不语一会儿后,抬头瞪着鲁伟潮道:"都是因为你!"鲁伟潮一头雾水,吃惊地看着他。鲁小妹也生气了,指着徐定强道:"你跟曼丽一样，不讲理。"

徐定强怏怏地走了。上午的操场上，有风吹过，显得有些凉爽。他望着丁玉洁的背影，心里有一种说不出的忧郁。记得以前，丁玉洁跟他也是有说有笑的，自从决堤之后，她完全变了一个人。他好像也变了一个人似的。这是怎么了？他百思不得其解。难道从此以后丁玉洁再也不跟他说话了？

丁玉洁回头望了一眼，发现低头走着的徐定强。她有些于心不忍，刚才不应该拒绝他。但是她害怕跟徐定强说话，在徐家人的眼里，她是个灾星，是个不祥之人。她转头的那会儿，愣住了。眼前的徐阿福仇恨地瞪着她。"阿福叔。"她怯生生地叫道。徐阿福没头没脑地蹦出一句："我跟他没完。"走了。丁玉洁望着他的背影，茫然不知所措。这会儿，徐定强加快脚步走了过来，一脸关切地问道："玉洁，我爹说什么了？"丁玉洁摇摇头。徐定强抓抓头皮道："我爹怪怪的，咦，我娘呢？一早就没有见到她，玉洁你知道她去哪了？"丁玉洁摇摇头。

徐大军背着徐曼丽慢慢走来。背上的徐曼丽说道："大哥，我要骑马。"徐大军俯下身子道："上来吧。"徐曼丽骑了上去，手一挥，叫道："驾，驾……"她看丁玉洁的眼神带着一股傲气，时而用手指着她，好像是在瞄准射击。丁玉洁跑了。"曼丽，你吵吵嚷嚷干吗？"徐定强一脸不悦道。"二哥，我骑马呀。""大哥，你把曼丽宠坏了。"徐定强将矛头指向趴在地上的徐大军。"定强，曼丽还小呢。"一脸憨厚的徐大军笑道。"驾，驾……""烦死人了！"徐定强怒声道，大步走了。徐曼丽下来，看着徐定强的背影，突然呜呜地哭了："二哥欺侮我。"徐大军将她搂在怀里道："大哥帮你，别哭了，别哭了。"他看着远去的徐定强，皱了眉。

在学校附近的一条水渠旁，鲁阿牛坐着生闷气。没想到徐阿福对他的误会有这么深，简直成仇人了。昨晚上，在学校的简易厨房里，他与姚英英两人坐着说话，结果一粒沙子进入了她的眼睛。

他帮她吹沙子时,被徐阿福撞见了。徐阿福像疯了一样,痛骂他们,并要与他拼命。"阿牛,这件事啊我会跟阿福说清楚的。"姚婶道。鲁阿牛瓮声瓮气道:"他就那个死脾气,你说得清楚吗?还说要搬家,从此老死不相往来,你说说,唉。"姚婶叹了口气道:"他这也是气话。"鲁阿牛想了想道:"我是不跟他计较,可是他非得跟我计较啊。那些难听的话你都听见了,要不是你拉着我,我就……""你们俩啊,也是一对冤家。你也别生闷气了,阿福我太了解了,在气头上,你说什么都听不进去,冷静下来了,就好多了。"

说话间,徐阿福大步过来了,骂道:"你们又在干什么?!""阿福,你消消气,你误会了。"徐阿福怒声道:"误会个屁。你们不知羞耻。你们,你们……"他突然蹲在地上呜呜呜地哭了起来。姚婶上前拉他道:"起来,起来,你还是个男人吗?""你们……你们瞒着我,私底下做见不得人的事,我跟你们没完。"姚婶怒声道:"起来!""鲁阿牛,我一辈子记着你,你总有一天会栽在我的手里。"徐阿福道。鲁阿牛道:"阿福,你真的误会了。要怎么说你才明白呢?"姚婶大声道:"阿牛,你走吧。"鲁阿牛摇摇头刚想走,蹲着的徐阿福一把扯住他道:"休想走!世界上没有那么便宜的事。"鲁阿牛也怒了:"阿福,我最后一次跟你说,你误会了,你要是不信,我也没办法。快把手松开,扯破我衣服了。"徐阿福霍地站了起来,咬牙切齿地瞪着鲁阿牛。"阿福,松手!"姚婶道。"今天除非我死了,才会松手!"徐阿福咬牙切齿。鲁阿牛忍无可忍,一拳打来。徐阿福并不躲避,拳头击中胸口,他的身体抖了抖,道:"我让你打。我让你打。"鲁阿牛急得直跺脚:"你是不是疯了?跟你说多少回了,这是误会。"徐阿福闭上眼睛道:"你打吧。往死里打。"姚婶见状,甩了徐阿福一巴掌,怒声道:"阿福,你醒醒。"徐阿福松了手,捂着脸,吃惊地看着姚婶,跌跌撞撞地跑了。

鲁阿牛担心道:"阿英,怎么办?"姚婶怒气未消道:"别管他。""我担心他会不会一时想不通去投江。"姚婶听了,紧张起来,用力地甩了打徐阿福耳光的那只手道："我这是怎么了？唉，这可怎么办呢。""追！"鲁阿牛道。

徐阿福一路狂奔，有一种不知要去哪儿的悲怆感。他亲眼目睹鲁阿牛与姚英英抱在一起，吹沙子？鬼才信。多年前，他们俩就是一对，后来鲁阿牛的爹得病了，家里一贫如洗，姚英英被她爹逼着嫁给自己的。后来鲁阿牛也成亲了，过了一段平静生活。鲁阿牛的女人死后，平时，他们两人偶有来往，他也不计较了，但他心里始终绷着一根弦。这一回，他们终于动坏心思了，这是要把他往死里逼啊。

在另一条往钱王江江堤的小路上，鲁阿牛和姚婶心急如焚地跑着。到了江堤上，姚婶四处张望，只见远远的，一排稻草人在风中摇晃，钱王江潮水轻轻涌动。她一脸绝望地坐在地上。一旁的鲁阿牛跺了几脚道："都怪我，都怪我啊！"姚婶身心俱碎地道："他一定是投江了。""阿英，我们别处再找找，我不相信阿福会这么想不开，他，他一定还活着。"姚婶站了起来，摇摇晃晃。鲁阿牛扶着她道："阿英，他一定还活着。"姚婶定了定神，突然拔腿就跑。鲁阿牛愣住了，大声道："阿英你去哪？"姚婶头也不回道："鲁家湾，我们的家。"

约莫在原来的家所在的位置，徐阿福像雕像一样坐着，一声不吭。风吹起尘沙。他的头发上满是尘沙。他抬起头，望了一眼眼前的废墟，又垂下了头。在这儿，他们曾经生儿育女，曾经有过那么多的欢乐。虽然日子过得清贫，孩子们吵吵闹闹，但日子就是这么过的。一场大水将这一切化为乌有，幸好家人都在。现在，连这个家都要散了。他突然放声大哭。

姚婶跌跌撞撞地奔跑着，到了徐阿福跟前，哭着抱住了他。两人痛哭。鲁阿牛看着他们，愣住了。好久，姚婶才止住哭声，拉着徐阿福站了起来："阿福，我们回去吧。"徐阿福点点头。他跨步的时候，身体摇晃了一下。鲁阿牛赶紧上前去扶他，徐阿福却推开了他的手。姚婶看了鲁阿牛一眼,然后道:"阿牛,我来扶阿福。"他们搀扶着,慢腾腾地走了。鲁阿牛无语地跟在身后。他不时回望这块荒芜的土地,泪眼模糊。终于,他停下了脚步,然后跪在地上,朝着钱王江的方向磕了三个响头。姚婶和徐阿福吃惊地看着磕头的鲁阿牛,姚婶道:"我们会回来的。"

夜深人静。月光下的这块土地显得特别冷清。突然,一道手电筒光若隐若现,一个人影出现在了这块土地上。他戴着一顶草帽,步子缓慢,佝着腰。他不时俯下身子,倾听,然后察看地形。他蹲了下来,拿着笔在本子上记录。后来,他朝着钱王江的方向走去,渐渐消失了。

半夜,一条火龙在钱王江江堤上蜿蜒……火光下,高成天喃喃自语:"这一回,一了百了,你们可以死了心了。"他跑了。

马加荣手拿一个文件夹急匆匆进来,走到金健康身边道:"金主任,刚才张书记让我问一下宁和公社稻草人的事。""这个事你不用问了,他们的稻草人啊全让一把火给烧了。"金健康头也不抬地说道,继续埋头写着。马加荣吃惊地张大嘴:"烧了?"金健康放下笔,抬头道:"烧了。"张建设进来了:"老金,你给汪大麻子打个电话,县里完全同意他们鲁家湾大队重建的方案,马上动手。""好的。对了张书记,有个事我想……"他看了马加荣一眼。"好吧。去我办公室。"张建设道,他快步走了。"马秘书,稻草人的事就算了结了。"金健康道。马加荣点点头,然后犹豫道:"金主任,我只是有点儿担心。""担心什么?""我也不知道,"马加荣小声道,"王副主任一直盯着这件事。"金健康皱着眉头想了一会儿道:"这件事由宁和公社自己处理,如果王副主任问你,你就说这件事跟张书记汇报过了。"马加荣点点头,走了。金健康收拾了一下办公桌,也走了。

张建设站在窗前眺望,好久才说道:"老金,你刚才说得有道理。这件事过去几年了,是必须做个了断,但是目前压力依旧很大。"金健康点点头。"那次丰农地块围涂失败,老倪有监管过失,但绝不是什么现行反革命,当时的情况下,只能这样做,以平息大家的愤怒。唉,委屈他了。""这也是一种保护,"金健康道,"我只是担心汪大麻子他不知道事情的真相,跟老倪接触太多,导致我们很被动。王副主任可一直很关心这事。""再等等吧,"张建设走了几步,又道:"当年为老倪的事,我跟老方还翻了脸,老方的独子死于那次事故。现在尽管老方退休了,可王宝年同志是老方一手提拔起来的,我不想弄得班子不团结。""要不要我提醒一下汪大麻子?""老倪现在归他管,他要接触,由他去吧,别人也不好插手。我只是担心老倪的身体,你方便的时候跟汪大麻子打个招呼,注意一下老倪的身体。对了,老倪的孙子怎么样了?""在省医院工作了。""老倪这辈子的亲人也就这么个孙子了,他有什么困难,我们县里想办法帮他解决。但要做好保密工作。""好的,"金健康点头道,"张书记,还有一件事,王副主任跟我说,老铁头这个同志工作踏实、肯干,是不是考虑调任别的公社当一把手?"张建设想了想道:"现在是汪大麻子正缺人手的时候,老铁头情况熟悉,底子清,不宜调动。宁和的干部一律都不动。""汪大麻子的压力不小,"金健康道,"我听说他与老铁头的关系一直没有磨合好,我担心……""不用担心,汪大麻子要是没有这个本事,算我张建设瞎了眼了。"

金健康走后,张建设脸色凝重。他知道此时的汪阿兴压力重重,但他不能施以援手。他一旦插手,王宝年也必然插手,带来的结果便是派别之争,没完没了……他坐了下来,点了一根烟,沉思。电话响了。张建设拿起电话的那会,王宝年进来了,他说道:"张建设同志,我想跟你谈谈。"张建设点头示意,然后接电话:"喂,我是张建设,哦,赵刚同志,嗯,嗯……"王宝年坐了下来,仔细地倾听。他的目光不再像之前进来时那么坚定,显得有些犹豫。"宝年同志,有事你就说,"张建设放下话筒道,"赵刚同志来电话,说省里也会下拨一些物资给我们县里。""赵主任好久不见了,"王宝年轻声道,"我听说汪大麻子出了点事,这件事非同小可,是男女作风问题。"张建设霍地站了起来:"有真凭实据?""还,还没有,我让老铁头在调查。如果调查的情况跟我的担心一样,那么,我们必须及早决断,以免消息扩散,带来更大的负面影响。""你说怎么办?""我建议先停职反省,然后再考虑处分。""女的叫什么?干什么的?""据初步判断,女的是卫生院的医生,叫方茹儿。"张建设皱着眉,背着手走了几步,然后道:"宝年同志,我们不要草木皆兵。这件事关系到两个人的名声问题,也关系着他们的政治命运,我们不能轻易就下结论。""我也不相信汪大麻子会在这个问题上栽跟头,但是,无风不起浪,我看这件事也不是空穴来风。""这样吧,你告诉老铁头,调查结果一出来,马上急件报上来。必须保密。""好。"王宝年走了。

张建设站在窗前,眼前闪过方医生的样子。男女作风问题,绝不是小问题,对当事人来说,就是一颗原子弹,一旦爆炸,将掀起大浪。他重重地拍了一下窗台。他急匆匆回到办公桌前,拉开抽屉,取出一个密封的档案袋,犹豫了一会儿,才拆开了。这是一份关于对汪阿兴个人能力、水平的总结考察材料。当时,为了宁和公社书记这个人选,他花费心思,从全县的干部里抽了三个人,并让金健康暗中了解这三人的情况,最后经过综合分析,最终认定汪阿兴可以担当大任。在后来的会议上,针对汪阿兴这个人选,意见并不一致。因为大家明白,宁和公社虽然苦,虽然危险和偏远,但过渡一两年后,一般都能进城,安排较好的位置,前几任的宁和公社书记都是这样安排的。王宝年当时也提出了别的人选。他力排众议,拍板定下汪阿兴。

他仔细地看了一遍材料,重新将档案袋封好,然后叹了一口气。这时,金健康急匆匆进来了。他看了一眼张建设手里的档案袋,像是明白了。他小声道:"张书记,王副主任刚才突然问我要宁和卫生院方茹儿同志的资料,我告诉他,方茹儿同志的相关资料在县医院。我担心……""一切等老铁头的调查结果了。"张建设道。"我不相信。"金健康摇头道。"为什么?""我的直觉告诉我,这肯定是一起乌龙事件。""老金,你马上跟老铁头联系,告诉他,这件事不得声张。另外,做好预案。""预案?""我现在不敢担保汪大麻子到底有没有越位。"金健康点点头,想了一会儿道:"如果汪大麻子真的出事,书记人选考虑老铁头? 方茹儿同志调离原岗位?""书记人选待定。至于方茹儿的去处,由县医院考虑。"张建设道。"我明白了。"张建设看着金健康走了,他有一种不安之感,仿佛钱王江又将面临一次"决堤"。他将办公室的门关上了,独自坐着发呆。

中午在食堂吃饭时,金健康带着微笑在张建设身边坐下了,他指了指碗里的一块豆腐道:"张书记你放心,豆腐还是白色的。"张建设笑了。王宝年一头雾水道:"老金,豆腐当然是白色的。""张书记,王副主任,我与老铁头通了电话,调查已经结束了,汪大麻子是清白的。"王宝年霍地立起:"我怎么不知道。"他想了想,觉得此言不妥,便又坐下了道:"老金,清白就好。""这件事就到此为止。"张建设将一块豆腐放入嘴里。

三人沉默无语地吃着饭。王宝年觉得心口堵着一股气:老铁头为什么不立即向自己汇报? 而张建设为什么又让金健康去暗中了解情况,却不跟自己通气? 这都是因为汪阿兴。汪阿兴在张建设心里的分量太重了。"对了,老铁头说汪大麻子的伤不轻,建议县里让他休息一阵。"金健康道。"人可以休息,但工作不能停,尤其是鲁家湾的重建,"张建设放下筷子道,"宝年同志,援助宁和的物资尽量保障。"王宝年点点头,他端起碗走了。金健康看着他的背影,若有所思地看着眼前的空碗道:"王副主任好像胃口不好,是不是嫌食堂的豆腐太白了?""老金,有惊无险,总比一抓一个准好啊。"张建设道。

第十章

　　靠着墙的高成天摇摇晃晃地站着。坐着的汪阿兴道:"高队长,站了一夜,两条腿不是你的了吧?"高成天哼了一声道:"你不也坐了一夜? 那两条腿就归你了?"他眼前闪过昨晚上的情景,他跑着的时候被两个基干民兵给扭住了。汪阿兴站了起来道:"我去夜巡钱王江,结果你却给我放了一把火。"高成天冷哼一声。"你以为烧了就解决问题了? 矛盾要是这么容易解决,还要我们这些干部做什么思想工作?"汪阿兴瞪着他道。"那你说拿这些稻草人怎么办? 还真给它们扎个红缨枪啊?! 继续站岗放哨啊?! 烧了干净。"汪阿兴一拍桌子道:"你还有理了?!"高成天头一昂:"我觉得做得很对。搞封建迷信那一套,是行不通的。一把火烧了,我娘她们就死心了。""你也不想想,宁和公社就你一个红旗大队啊? 别的大队都这么干,怎么办? 你天天去烧啊? 你敢烧吗? 还有,你烧得完吗?"汪阿兴想了想又道,"还有,你知道我们宁和穷,什么都是宝贝,这稻草也是宝贝,是县里考虑到我们宁和的情况特殊,专门从各个公社征集来的,也是物资,烧了多可惜啊。啊呀,我心里这个疼啊。""那你说怎么办? 拦又拦不住,烧又烧不得,怎么办?"高成天瞪着眼道。汪阿兴叹了口气道:"高队长,让你站一晚是让你清醒,凡事都有代价,不能冲动。你现在回去,把你娘的工作给我做好,让她明白稻草人保不了我们宁和太平这个道理,以后不要扎稻草人了。你要是说服不了她,我让老铁头跟你去。""我的娘,我自己能做好工作。用不着别人帮。""那好。你除了做好你娘的工作,还要做好你们大队别的大娘的工作,要是办不好这事,我撤了你。"

高成天走过来,拉过汪阿兴的椅子,一屁股坐下,用力地拍了几下腿道:"我的腿现在跟木棍似的。我可以保证我们红旗大队的稻草人再也不会出现在江堤上,可是别的大队呢,你是公社书记,你能保证吗?"汪阿兴推了他一下道:"起来,起来。"高成天不情愿地起来道:"你还没回答我。"汪阿兴笑道:"我公社书记向你生产队大队长保证? 你做梦去吧。你只须管好红旗大队,别的大队用不着你操心,我会操心。"高成天道:"好。汪大麻子,这句话我记着了。""你别以为让你走就没事了,这笔账我也记着,你们红旗大队的稻草人如果再出现在江堤上,你就自动辞了这个大队长。"高成天把门一摔,气呼呼地走了。

老铁头抱着茶缸进来了:"老高火气不小啊。"他打量了一下办公室,走到窗边,望了一眼挂着的大钟,又道:"有人说这口大钟挂在公社门口,不吉利,诸事不顺。""只要我汪阿兴在宁和一天,这口大钟就挂一天,别人怎么说我不管,"他坐了下来,翻开笔记本道,"老铁头,听说你的笔记本是锁在抽屉里的?""我爱锁上就锁上,这跟别人有什么关系?"老铁头有些不悦。"是啊,别人怎么说是别人的事。给,你看看,我写了些鲁家湾重建的计划。"老铁头上前一步,刚想伸手,想了想,又退了一步道:"我不看了,你说吧。"汪阿兴注意到老铁头瞬间的变化,故意低声道:"当干部,笔记本可是随身带的,叫做工作一宝。"老铁头哼了一声,不吭声了。汪阿兴笑道:"你不看,那我就先说说。"老铁头一摆手道:"慢慢慢,开会讨论,一定要集体开会讨论。"汪阿兴合上笔记本,站了起来道:"好吧,听你的,集体开会讨论。现在,我们得去一趟卫生院了。"

汪阿兴骑车在前,老铁头骑在后。汪阿兴突然一个刹车,停下道:"你说稻草人这件事结束了吗?"老铁头不吭声。汪阿兴推着车,边走边道:"我估计王副主任还惦记着我。"老铁头脸色一变道:"你这话什么意思?""你啊,就是一只刺猬,一有风吹草动,就缩成团,露出刺。""那你是什么?"汪阿兴想了想道:"我想成为一头狼,可现在看来,还不够像一头狼。"老铁头讥讽道:"在山里,狼横行无忌,在水里,狼就只能胡乱扑腾了。"汪阿兴哈哈笑道:"说得好。但你忘了,狼一旦被逼入绝境,就会拼死一搏。"老铁头不吭声了。汪阿兴大声道:"不管是张书记,还是王副主任,正应了一句老话,兵来将挡,水来土掩。走。"

两人骑车走了。汪阿兴心里明白,老铁头还是那个老铁头,他根本就没有变。这次调查,他最后还是实事求是,好像是保全了自己。就凭这一点,他应该对老铁头有信心。这么想着,他脸上就浮上了一层笑意。他转头对老铁头说道:"对了,老铁头,我做主把你的自行车借给邱副院长,你没意见吧?""应该的。""我就是想跟邱副院长拉拉关系。他说你头上的那个莫名突起要动手术切除,我看明天就动手术,宜早不宜迟。"老铁头摇头道:"算了,这个玩意伴我好多年了,也不妨碍我,我不想切除它。"汪阿兴吱一声刹车,停下,大声道:"老铁头,你脑袋进水了?! 这可是个天赐的机会,邱副院长是著名的骨科医生,人家动的手术一箩筐呢,你别担心会耽误工作,我会让其他同志顶一阵,尽早动手术。"老铁头下了车:"这是我脑袋上的事情,由我自己做主。再说我女人不嫌我就行了呗,你真是咸吃萝卜淡操心。""你以为我想操心呀。我担心这只角以后会病变什么的,我仔细地问过邱副院长了,他也表示了这种担忧。""活一年是一年,管这么多干吗?"老铁头道。"你这种态度很消极呀,什么活一年是一年的? 你现在正当壮年,有大好的光阴干革命工作。"

老铁头不耐烦道:"走了,走了。""看你一副死猪不怕开水烫的样子,说不动你。随你吧。对了,你通知一下各个大队,就说县医疗队来了,大家有病什么的,都来卫生院看病,这样的大好机会可不能白白浪费。""方医生说医疗队会下去的。"汪阿兴双眉一竖:"下去? 当然要下去呀,可是他们刚来,人生地不熟的,下去跟瞎子摸象有什么区别？又能有什么效果啊？这样吧，让医疗队一分为二，一队人下去，一队人守着卫生院。这样两头都不落空。""行。就按你说的办。还有，方医生说她会管好这批医疗设备的，所以我想就放在卫生院吧。""老铁头，听说方医生的情况有点……有点特殊，"汪阿兴想了想又说道，"公社这么多干部，也就方医生我不太了解。""方医生是个苦命人。她的未婚夫当年是我们公社的一名干部，后来在武斗中被人用刀捅了，她就一直未嫁，守在卫生院……对了，几时你也带家属来宁和，看看钱王江呀，这钱王江吓人是吓人，可那奔腾的大潮却是天下奇观。"汪阿兴神色黯然地岔开话题："关于鲁家湾重建的事，还得找老倪。"老铁头不吭声，他的脸色似乎变了。

快到卫生院时，汪阿兴突然下了车，站着不动了。老铁头吃惊地看着他，发现他眉头紧锁，便小声道："怎么了？"汪阿兴调转车头，骗腿上车，顾自走了。老铁头极为不悦地看着汪阿兴的背影，心里犯了嘀咕。他看着"宁和人民公社卫生院"的牌子，想了想，也转身骑车走了。远远地，他看到汪阿兴往宁和学校的方向骑去了，他想了想，跟了上去。到了宁和学校前，他停好车，刚想进去，就听见了汪阿兴的声音："这件事，去公社调解。"话音刚落，汪阿兴推着车出来，正好与老铁头打了个照面。"你怎么也来了？"汪阿兴道。"你怎么一句话不说就突然来这里了？"老铁头道。"我忘了我现在还不能去卫生院。"汪阿兴看了一眼身后徐阿福、鲁阿牛和姚婶三人。

一路上，汪阿兴一直推着车。身后的三个人都一声不吭。到了公社，进了办公室。汪阿兴给三人倒水，站着的姚婶道："谢谢汪书记。""徐阿福同志，鲁阿牛同志已经把事情都说清楚了，你还有什么想法？"汪阿兴坐了下来道。"我信他一回。"徐阿福没好气地说道。"你说这话不情不愿的，说明你还有情绪。""我亲眼看到的，难道这还有假？他们……他们以前就……就……"徐阿福站了起来,指着鲁阿牛道。"当时,鲁阿牛同志替姚英英同志吹眼里的沙子,这是很普通的一件事,不要小题大做。"汪阿兴一脸严肃。"阿福,我跟阿牛的确青梅竹马,但我嫁给你之后,我从来没有做过对不起你的事,我现在当着汪书记的面发誓,我要是骗你,天打五雷轰。"姚婶道。徐阿福望了她一眼,垂下了头。鲁阿牛站了起来道:"阿福,我们找你不着的时候,阿英后来想到了鲁家湾,她说那儿是你们的家。"姚婶听了,捂着嘴哭了。汪阿兴趁热打铁道:"徐阿福同志,现在你向鲁阿牛和姚英英同志正式道个歉。"徐阿福抬头望了一下鲁阿牛,不吭声。"错了就改嘛,徐阿福同志,你既然错了,就得改,你必须道歉,求得他们的原谅。""我道歉。"徐阿福道。鲁阿牛道:"阿福,你明白了就好。"汪阿兴笑道:"好了,这件事就算了结了。你们回去,一定要搞好团结。另外,关于奠祭的事,你们定个时间,到时,公社全体干部都参加。"姚婶泪光闪烁:"谢谢你,汪书记。""这也是我分内之事。"汪阿兴笑道。

三人走后,汪阿兴轻轻地抚了一下纱布包着的臂。老铁头进来了。他瞪着汪阿兴,一言不发。汪阿兴看了他一眼道:"我忘了一件事。我……""你什么都不用说了。"老铁头转身就走。他走到门口时,又转身道:"你是不是认为,我仅仅只是一个影子,一个可有可无的影子。那么我现在告诉你,我绝不是一个影子!"他说完,快步走了。汪阿兴平静地坐了下来。他心里明白,刚才到了卫生院门口,又快速离去,因为自己没有跟他打招呼,他心里窝着一团火。其实,他不是不想说,而是认为这样的事没有必要说。他也突然想到去卫生院不妥。他喜欢老铁头这样的性格,至少跟之前的老铁头比,现在的老铁头变得耿直了。他这么想着,脸上便浮上笑意。他走出了办公室,去了宿舍。

宿舍门关着,门上贴着一张纸:多有不便,请勿打扰。全身是汗的张文化坐着发呆,他想起之前汪阿兴吩咐他,待在宿舍内,不能出去,如果有人来敲门,就模仿他的声音应答,但不能开门。他走来走去,心情烦躁。传来了敲门声,然后是方医生的声音:"汪书记,汪书记。"张文化赶紧在床上躺了下来。"汪书记,你怎么了?"门外的方医生着急地敲门。"我躺着,方医生,我很好。"张文化捏着鼻子,模仿汪阿兴的声音道。"汪书记,你的嗓子怎么了?是不是发烧了?你快开门,让我检查一下。""不用了,我很好,睡一会儿就好了。"张文化继续模仿汪阿兴的声音说道。"那就好,那就好,"方医生犹豫了一下,又道,"我可以进来吗?""不,不用了。"张文化一急,大声道。"咦,你的声音不对啊。你到底怎么了?汪书记,你必须让我检查一下。"张文化急得满头大汗,他再次模仿汪阿兴的声音道:"方医生,我,我现在全身流汗,身上没穿衣服。"他侧耳倾听,听到一阵脚步声远去了。他长长地呼出一口气。他下了床,走到门边将耳朵贴在门上,仔细倾听一会儿后,抹了抹额头的汗水,自言自语道:"汪书记啊汪书记,你可害苦我了。"话音刚落,便听到了一阵脚步声由远及近。他赶紧跑到床边,利索地躺了下来。

传来轻轻的一重一轻两声敲门声。张文化下了床,一脸欢喜地跑到门边,开了门。汪阿兴闪身进来。张文化利索地关上门,小声道:"汪书记,你总算来了,我可以解放了。""继续坚守岗位,"汪阿兴指着床道,"去躺着,我担心傍晚方医生和胡医生会来,你只要撑到天黑就算完成任务了。""方医生来过了,吓死我了。""你怎么全身是汗?"汪阿兴道,"跟水里捞出来似的。""汪书记,可苦了我了,我听你的吩咐,不敢出声不敢喝水,心里又紧张,没地方透气。"张文化又抱怨了几句,然后欲去开门,汪阿兴拉住他道:"干什么?"张文化笑着道:"我们换换。""刚才不是说了嘛,继续坚守岗位!""那我就不能回家了。"张文化一脸着急。"值班。""这……好吧,我等天黑。"

汪阿兴走到门口,想了想又道:"我问你个事,你上次说老铁头有时候挺犟的,这是真的?""他有时候就是一头犟牛。有一回,我们去光明大队开会,因为老铁头说错了一句话,社员们就围着他,不让他走,非得让他改口重新说一遍,但他就是不肯改口,一直僵持到了傍晚,我们才回来。""哦?什么话?""他说光明大队不能只顾自己,要考虑公社的大局。光明大队的支书阿炳就恼了,说老铁头胡说八道,就扯住他了。"汪阿兴若有所悟地点点头。"对了,汪书记,你问这个事干吗?你们是不是又……"他犹豫地说道。"遇上了一点小麻烦,"汪阿兴笑道,"责任在我。我现在就跟他解释去,免得他又生闷气。"他说完,开门,左顾右盼一下,走了。

老铁头来敲门的时候,张文化刚好在写字。他实在无聊,就趴在写字桌前写字。他支起耳朵听了一会儿,刚想开口说话,便传来老铁头的声音:"我知道你在里头。开门。"张文化开了门,老铁头皱着眉头进来道:"怎么回事?"张文化将门关上,小声道:"这是汪书记的安排。"老铁头坐了下来,情绪显得低落。好一会儿他才说道:"他到底想干什么?"张文化用毛巾擦了一下脸,看着垂头的老铁头,一声不吭。老铁头站了起来,低头欲走。身后的张文化忍不住说道:"老铁头,你误会他了。""误会?"老铁头猛转身道,"我看他就是故意的。"说完,开门走了。张文化摇摇头,一脸无奈。

天黑的时候,胡慧丽果然来了,幸好此时张文化已走了。他走之前跟汪阿兴说老铁头来过了,汪阿兴点点头,却什么话也不说。张文化怅然若失地走了。胡慧丽检查了汪阿兴的伤口之后,皱着眉,一言不发。有些心虚的汪阿兴小声道:"胡医生,你……"胡慧丽盯着他道:"是不是没有听我的话?""我哪敢?"汪阿兴将目光躲了开去,然后岔开话题道:"医疗队的情况怎么样?""大家挺忙的,"胡慧丽想了想道,"方姐跟我说,你的嗓子好像有些不对。汪书记,你不会是搞调包吧?"汪阿兴着急道:"什么调包?我躺了一天了,全身骨头都痛了。"胡慧丽便不再说话了,她打量了一番宿舍,然后道:"那我走了。"

汪阿兴躺在床上发呆。后来,他站在门前看着月亮。圆月当空,勾起了他的思念。公社就他一个人住在宿舍,晚上连个说话的人都没有。他坐在办公桌前，发现张文化写了几个字：宁和、粮食、活下去。这恐怕不仅仅是张文化一个人的想法，也是宁和公社全体社员的想法。他叹了一口气，突然想到了徐阿福说的吃肉一事。他差点忘了。他明天就必须去县城买肉。他这么想着，拉开抽屉，将笔记本里夹着的所有肉票都一张一张地排在桌子上，重新计算了一遍，可以买上二十斤肉。只是臂伤隐隐作痛。如果叫个拖拉机去县城，费柴油。他皱眉想了一会儿，最后决定还是让张文化骑车进城去买肉。他重新躺了下来，迷迷糊糊之间，像是睡着了。他仿佛听到有人在叫他，但双眼却像被胶水黏住了似的，睁不开。直到有人在他耳边大声说道："出事了。"他立马惊醒坐起，大声叫道："怎么了？"

到达宁和学校已是半夜，因为路上徐大军摔了一跤，掉进了一个坑里。汪阿兴咬着牙将他拉了起来，两人坐在地上喘了一会儿气，然后赶路。胡慧丽一边诊断，一边指挥方医生给几名病人挂盐水。几名病人在傍晚突然呕吐，然后晕了过去。姚婶抱着徐曼丽，一脸着急。丁玉洁则紧紧地抱着昏迷的鲁小妹，泪如雨下。鲁阿牛把情况跟汪阿兴说了，大家的意见是食物中毒。徐阿福表示这件事跟厨房没有关系，说是死去的冤魂找上门来了。汪阿兴又问了其他人，初步判断是食物中毒。他走到姚婶跟前道："姚英英同志，晚上大家吃了什么？""稀饭。"姚婶道。"还有什么？""还，还有……"姚婶支支吾吾。"姚英英同志，人命关大，你要实事求是地说。"汪阿兴一脸严肃道。"肉。"姚婶低头道。"哪来的肉？""是，是定强捡来的，是，是……"姚婶泪流满面，泣不成声。胡慧丽走了过来，小声道："汪书记，是食物中毒。我问过定强了，肉是江边捡的，有些腐烂，但徐阿福说，把腐烂的部分肉扔掉，其余的肉多加点盐煮一下，是可以吃的，结果……"汪阿兴皱着眉道："没有生命危险吧？"胡慧丽点点头。"徐阿福同志，你跟我来。"汪阿兴道。徐阿福有些慌张地走了过来，他左顾右盼一会儿，小声道："汪书记，你要带我去哪？把我关起来吗？我也不知道这肉吃了会这样，这么好的肉，不知道是谁丢的，我们家定强捡了，我……"他絮絮叨叨，神情恍惚。

此时，鲁阿牛也过来了。汪阿兴一声不吭地走到操场边上，然后看着徐阿福，好久不说话。徐阿福的身体在颤抖，像打摆子似的。他结结巴巴道："汪书记，我，我不是坏人，我不想谋害社员同志们的性命，我，我是一片好心，我……"鲁阿牛扶住他道："阿福，慢慢说。"徐阿福像个稻草人一样，将整个身体倚靠在鲁阿牛身上。"汪书记，阿福的确是好心办坏事。"

汪阿兴心里着急的是这件事一旦上报县里，又会引发诸多麻烦。他想了想道："这件事暂时保密，就当作是一个教训吧，吃肉的事，我明天就让人去办，"他看了一眼徐阿福，又道，"徐阿福同志，你不要有心理负担，公社不会因为这件事，而将责任压在你身上。"徐阿福听了，腿一软，一屁股坐地。他突然磕头道："谢谢汪书记，谢谢汪书记。"汪阿兴一把拉起他道："去休息吧。"他看着鲁阿牛搀扶着徐阿福走了。他抽了一根烟，沉思。方医生过来了："汪书记，这么晚了，你……""方医生，我想静一静。"方医生听了，转身走了。汪阿兴看着她的背影，突然觉得似曾相识。

他离开宁和学校已是半夜了，一路上，他走得特别缓慢，仿佛双腿绑了铅块一样。四周静寂，听不到狗吠。一切都在沉睡。前方，仿佛出现了一个人影，又仿佛一闪而过。他擦了擦眼睛，难道是错觉？半夜三更，还有人在游荡？这么一想，他的警惕性顿时上来了。他闪身躲在一个土包后，静静地观察着前方。过不多久，果然出现了一个人影。那人弯着腰像是在拾捡什么东西似的。他刚站起来，那人就像是受了惊吓一样，跑了。他走了过去，低头寻找了一会儿，发现地上画着一个圆。他百思不得其解。望了一会儿，走了。

他在床上躺了下来，大睁着双眼。当他醒来的时候，张文化站在床前微笑着看着他。他利索起床道："现在几点了?""七点,"张文化笑道,"汪书记,你做什么梦了? 叽里呱啦说着梦话。"他将毛巾递了过来,又道:"胡医生说了,你得先刷牙,后洗脸。""别听她的,她是城里人,讲究这些,"汪阿兴匆匆抹了一下脸,然后道,"给你一个任务,去城里买肉。""真的?"张文化一脸兴奋。汪阿兴走到写字桌前,打开笔记本,将一叠肉票递给他道:"千万别丢了。""可是,可是我没去过县城,我,我有些……"张文化结结巴巴道,"怕误了事。还有,县城那么大,我去哪儿买肉?"汪阿兴想了想道:"我知道在哪儿买肉,就在南门,我给你画一张草图。"他撕下一页,利索地画了一张图,然后道:"记住,快去快回。骑我的自行车去。""好嘞。"张文化拿着肉票与草图喜滋滋地跑了。

去食堂吃了稀饭,一天就开始了。汪阿兴抹了抹嘴,发现老铁头皱着眉,一副苦大仇深的样子。他便走了过去。老铁头看了他一眼,站起来道:"县里的物资今天下午到。""到了之后,立即分发下去。"汪阿兴道。"我建议暂时不发,等理清情况之后再发,"老铁头抽出裤兜里的一本名册道,"这份灾民名册我还得核对一下。"汪阿兴稍一思忖道:"不,到了就发,能快则快,不要拖。"老铁头听了,一声不吭地走了。汪阿兴有些愣住了,难道就因为不听取他的建议,又导致他不高兴了? 按照他的经验,物资的下发以快为第一原则,如果屯着不发,容易发生别的事情。更何况现在鲁家湾的灾民等这批物资很久了。他想着,快步跟了上去。

老铁头埋头核对名单,他认为物资下发这件事太敏感,公社必须把好关,不能出错。他心里有一种隐忧,好像总会发生些什么事似的。汪阿兴进来的时候,他刚刚发现了一个问题,光明大队明显有虚报的情况。据他的了解,此次钱王江决堤,光明大队损失最小,红旗大队其次,这主要是因为光明大队的地势较高,而红旗大队外围有一条水渠,泄水快。

"老铁头,我解释一下,我之所以要求物资尽快下发,那是因为我担心如果我们屯着,会出事。物资这个东西是个宝啊,早一天下发,灾民们早一天用上。"汪阿兴道。"光明大队好像有虚报现象,"老铁头皱着眉道,"他们报了305人受灾,毁坏草舍有180幢,我看没有这么多,一半都不到。""有这等事?"汪阿兴走了过来,他仔细地看了名册道,"按实际情况下发。"老铁头点点头。"你再核查一下,别的大队有无虚报的。这件事必须保证公平,"汪阿兴皱眉想了一会儿,又道,"物资到了之后,先保证鲁家湾大队的灾民。他们受灾最重。"他说完,急匆匆走了。老铁头继续核对名册。突然,电话响了。他抓起电话道:"喂,哦,王副主任,对,对……"放下电话,老铁头沉默无语。王副主任在电话里说得很清楚了,物资下午三点前到,这是第一批物资,之后还会有第二批、第三批,但数量不可能达到宁和公社上报的数量,县里只给了六成,其余四成自己想办法解决。末了,王副主任说了一句:"汪大麻子不是自夸本事大嘛,就让他想办法去。"他反复掂量着这句话,然后看了一眼桌上的名册。

　　汪阿兴翻看着名册,之前,老铁头拿着花名册过来,说还是请他把把关。老铁头匆匆而去。汪阿兴不知道他说的把把关是什么意思,按照分工,这工作是由老铁头负责的。他将名册放下,然后站在地图前,看着钱王江。从县里提供的消息来看,这次决堤,108公里的钱王江堤坝,共有15处决堤,只不过宁和公社损失最惨重,别的公社没有死人。这次物资供应,各个公社都打了报告,多多少少也会分到一些。这批物资尚属救灾物资,关键是未来的物资保障要连续不断,但县里家底薄。他来回地踱步。

　　下午,随着几声汽车的喇叭声,三辆解放牌卡车停在了公社门口。三辆车都包着油布,显得特别威武。老铁头办公室的门关着,汪阿兴敲了几下,没人应声。他便叫了人武部长刘振涛,让他带人清点和搬运物资。天色有些变化,他担心下雨,便大声道:"老刘,动作要快。"他走到一辆卡车前,司机正在解油布。汪阿兴道:"同志,辛苦了。"司机看了他一眼,不吭声。汪阿兴愣了一下。这时,刘振涛拉过他,小声道:"我们这里有个规定,县里来的司机,都得准备一点东西。"他说着,对一个公社干部道:"去代销店拿几包烟来,记在公社账上。"那人刚欲走,汪阿兴便叫住了他:"站住。"他瞪了一眼刘振涛,然后道:"老刘,这是哪门子规矩啊?"刘振涛愣住了,说道:"汪书记,大家都知道的呀。""不行!"汪阿兴道,"谁不知道我们宁和公社穷得叮当响?哪有什么东西啊?"他走到司机跟前道:"同志,对不起,今天没东西了,你们卸完物资,就在食堂吃饭,然后就走。"司机依旧不吭声。汪阿兴急了:"我说同志,我跟你说话呢,你总得吱个声啊。"司机轻蔑地看了他一眼,一甩手里的绳子道:"你谁啊?我们从县里来,你们宁和的路又不好走,坑坑洼洼的。"他就地坐了下来。刘振涛见了,陪着笑脸递上一根烟道:"同志,你歇息一下。"司机接过烟,点上,然后道:"说实在的,知道你们宁和遭了灾,我们心里也挺同情的。这一回就算了,下一回来,可得按老规矩办。"刘振涛陪着笑道:"就听你的。"司机慢条斯理地抽着烟,一副懒得动的样子。其他两辆车的司机也走了过来,都坐了下来。刘振涛发现烟盒里只剩一根烟,便着急地掏汪阿兴的口袋,一无所获,便有些尴尬地说道:"没烟了,不好意思,不好意思。"他将这根烟递了过去,没料想一名司机一甩手,将烟打落在地,然后掏出自己的烟盒,点了一根。

"捡起来!"汪阿兴怒声道。三名司机看了他一眼,一言不发地抽烟。"都给我起来!"汪阿兴吼道。三人不情愿地站了起来。刘振涛小声道:"汪书记,算了,算了。""怎么算了?你看看这天,就要下雨了,他们倒好,个个跟大爷似的,谁把你们惯坏了?老刘,你把他们每个人的姓名都给我记下来,我打电话给县里,我就不信治不了你们。""汪书记,你这是干什么?"一名司机道,"你一个公社书记跟我们过不去干吗?我们卸好物资就走。走,我们干活去。"三人散了开去。汪阿兴站在原地,火气未消。刘振涛想了想,便道:"汪书记,你去办公室吧,这儿交给我。"汪阿兴转身走了。刘振涛看着他,唉声叹气。

汪阿兴站在窗前,看着刘振涛指挥着公社干部和几名基干民兵搬运物资,他心里的火气渐渐平息。他刚坐下没多久,便听到有人大声叫道:"汪书记,汪书记。"他走到窗前一看,一辆拖拉机上坐满了人,光明大队支书阿炳挥着手。他奔了出去。

阿炳嘴里叼着烟,冷冷地看着汪阿兴。他的身后站满了人,个个摩拳擦掌,一副天不怕地不怕的样子。他慢条斯理地道:"汪大麻子,我带人来领物资。""谁通知你的?"汪阿兴道。"汽车喇叭一响,我就知道县里的物资来了,"阿炳指了指三车物资道,"我带人来了,我们自己装卸。"他手一挥,身后的一群人便利索地爬上了卡车。"阿炳,公社没有通知你,那就说明现在还轮不到你来领物资,回去等通知吧。"汪阿兴一脸平静道。他走到卡车旁,然后招呼避开的刘振涛:"老刘,管好这些物资,没有我的同意,谁都不许拿。"刘振涛一脸为难地点点头。"汪大麻子,你这话什么意思?"阿炳将嘴里的烟吐掉,双手叉腰道,"我们光明大队好欺侮吗? 我们没有受灾吗? 我们不是宁和公社的大队吗?"他逼近汪阿兴,瞪着他。"物资下发,公社有公社的计划。阿炳,不会少了你们光明大队,你回去吧。"汪阿兴依旧平静地说道。他发现三名司机双手抱臂,存心想看热闹,而刘振涛则显得有些唯唯诺诺的样子,缩着脖子,往边上躲。

"我们宁和公社有规矩,县里来的物资,谁的拳头硬,谁就多得,"阿炳扬了扬手里拳头,又道,"汪大麻子,你要是不信,问老刘。"汪阿兴看了刘振涛一眼,一脸苦笑的他点了点头。汪阿兴道:"规矩改了。""你说改就改? 汪大麻子,你以为你是谁啊? 不就是一个被贬到我们宁和的草包吗?"阿炳大笑,他带来的人齐声哄笑。阿炳背着手走了几步,然后又道:"在我们宁和,有一个信与一个不信,我们信自己,不信公社。汪大麻子,我也不跟你多嘴了,物资嘛,我也不多要,这一车就归我们光明大队了。""阿炳,按你这么说,我这个公社书记就是一个傀儡? 就是一个稻草人?""我劝你睁一只眼,闭一只眼得了,"阿炳笑道,"你去打听打听,我们光明大队几时吃过亏? 我们要的东西,公社不敢不给。"他一挥手,大声道:"看样子天要下雨了。大家麻利点。"

"都给我下来!"汪阿兴怒吼。阿炳愣了一下,走到汪阿兴跟前,仔细地看了他一会儿,然后道:"难道你让我们空手而归?"他掏出烟,抽出一根,点上,冷冷地看着汪阿兴。刘振涛见状,走了过来,小声道:"阿炳,你先回去,等我们公社安排好了,会通知你们的。""老刘,你当我是傻子啊? 这三车物资,到了天黑前就发光了,连根毛都不剩。"阿炳吐出一口烟道。刘振涛一会儿看看汪阿兴,一会儿看看阿炳,不知如何是好。而三名司机,则窃窃私语,一副幸灾乐祸的样子。"集合!"汪阿兴喊道,"公社干部集合!"一眨眼工夫,几名公社干部和两名基干民兵排成一列。汪阿兴站在队首道:"阿炳,如果你敢拿一件物资,哪怕就是一根稻草,我就不客气了。""汪大麻子,你这是想干吗?"阿炳拍了一下胸脯道,"你以为这样吓得了我吗? 老子不怕!""你可以不怕我汪阿兴,但你不能不怕宁和公社,"汪阿兴看了他一眼道,"在公社,还轮不到你来撒野。"

卡车上的众人下得车来,他们站在阿炳身后,一声不吭。阿炳瞪着汪阿兴好一会儿,突然笑了:"汪大麻子,你给我来真的? 算了,我们听公社的,明天再来。"他手一挥,转身欲走。"慢着,"汪阿兴指着三辆卡车道,"明天你不用来了,要等下一批了。""受灾还分三六九等? 汪大麻子,你别欺人太甚,我今天给你面子,明天我必须拿到物资,"阿炳握紧拳头,又道,"就是我答应你,他们也不答应你。""我还没说完,还有,你们光明大队虚报人数,这件事我现在也一并给你说清楚了,公社决定给予你们上报人数的一半下发物资。"汪阿兴平静地说道。"你疯了?"阿炳气得跳了起来。他像一阵风似的跑到汪阿兴跟前,手指着他道:"你凭什么说我们虚报?

你凭什么给我们打五折？你有证据吗？汪大麻子，你也不掂量一下自己，你以为你说的话就是圣旨啊？屁，你他娘的就是放屁。"阿炳又跳又叫，像疯了一样。汪阿兴始终站着，一动不动。阿炳平静下来了，他抹了一下嘴边的唾沫，然后说道："好，你狠，算你狠。汪大麻子，这笔账我先记着，总有一天我会让你加倍还，"他转身怒吼一声："走！"众人攀上了拖拉机，走了。一名司机走了过来："汪书记，我们服了。""同志，这不是服不服的问题，而是正不正的问题。"汪阿兴手指指脑壳。

鲁家湾大队的灾民在鲁阿牛的带领下，领走了物资。汪阿兴给了他们双份。余下的物资，陆陆续续也被一些大队领走了。

汪阿兴站在办公室的窗前，看着三辆卡车开走了。他突然想到了老铁头。他去哪儿了？整整一下午，他一直没有露面。刘振涛推门进来的时候，一脸如释重负的神情："汪书记，同志们建议，公社干部每人发一块肥皂、一只脸盆。""不行！"汪阿兴斩钉截铁道。"汪书记，这也是老规矩啊，每次县里给我们宁和公社的物资，我们公社干部也都是拿一点的，这也是刚才卸物资的工钱。""老刘，我不管什么老规矩，但从我汪阿兴当这个公社书记开始，所有的老规矩都得破。"刘振涛一脸无奈地叹了口气："我都答应他们了。"汪阿兴拉开抽屉，取出一点儿钱道："按市场价买下来，发给他们。""这是你自己的钱，要不，挂在公社账上？"刘振涛道，"哪个公社不发点儿福利呢？汪书记，你是不知道，我们宁和公社干部的福利是全县最少的，全年就是一根毛巾、一块肥皂，别的公社干部月月都有福利。""老刘，那是因为别的公社有厂，有社办企业。这钱拿去，你去办吧。"刘振涛掏了掏裤兜，摸出了一点钱，点了点，取出一半，然后道："我们俩，一人一半。"他拿着钱转身欲走。"对了，老刘，没看到老铁头？"汪阿兴道，"一下午不见他人。"刘振涛带着讥讽的语调道："人家是诸葛亮，能掐会算。"说完他就走了。

一脸兴奋的张文化回来的时候，手里拎着一大块肉。他流着口水道:"汪书记,县城的肉就是好,你瞧,又肥又白。""赶紧拿到宁和学校去。"汪阿兴道。"是。"张文化一个立正姿势,然后嬉笑道:"汪书记,你说这整块肉全给鲁家湾的灾民?"汪阿兴瞪了他一眼,发现他的另一只手紧紧地贴着裤兜,便走了过去道:"拿出来。"张文化一脸不情愿地从裤兜里拿出了一小块肥肉。他解释道:"这是掉下来的肉,是我在肉摊前捡的,我是留给你吃的。""我不管肉是哪来的,在你身上,那就是公家的肉,"汪阿兴手指着门道,"快快送去。"张文化一脸无奈地走了。

刘振涛将一只脸盆和一块肥皂放了下来。他的神情有些闷闷不乐,以致放脸盆时弄出了很大的声响。汪阿兴看了他一眼,然后道:"我不用了,有旧脸盆。""汪书记,我要告一状,"刘振涛突然大声道,"这件事我憋很久了,再不说出来,我都快闷死了。"汪阿兴将手里的笔放下:"老刘,你一个公社人武部长,还需要告状?我跟你说啊,我发现一个问题,你这个人武部长太文弱了,腰杆不够挺啊。"刘振涛坐了下来,低头不语,好一会儿才抬头道:"人家抓了我的把柄。"

刘振涛走后,汪阿兴心潮起伏,他没想到小小一个宁和公社,人事关系十分复杂。三年前,刘振涛因为喝醉了酒,在大年三十晚上,拿着枪朝天开了一枪,流弹伤了一名社员。这件事被老铁头知道后,一直瞒着不报。他因此也被老铁头抓了把柄,从此唯他马首是瞻。这一次,老铁头为何突然消失了,他是知道情况的。老铁头就在办公室里坐着,坐了整整一下午。汪阿兴走到门口,突然停下了脚步。如果他现在一脚踹开老铁头的门,势必将两人的矛盾公开化,对公社的各项工作来说,这是最大的损失。但是他也咽不下这口气。老铁头设了一个圈套让他钻,这太恶劣了。他强自压下心里的火气,关上门,静静地抽烟。他一时间感到无比悲怆。难道自己离开了楼山之后,就真的成了落水狗了?他一直不想跟老铁头撕下脸来,毕竟他们是搭档,是同事,是合作伙伴,但是他绝不允许老铁头再玩这些小阴谋了。他深深地吸了一口气。

门被轻轻地推开了。老铁头站在门口,一脸疲倦,仿佛刚从很远的地方走着来似的。他将门关上,无语地坐了下来,然后道:"我就在你的隔壁。一直坐着,听着,想着。一开始,我很开心,我喜欢看到你狼狈的样子,我喜欢听到你暴跳如雷的吼声,我也喜欢想象你一筹莫展的苦脸。后来不知道为什么,我突然觉得没有意思,一点都不快乐。"他叹了口气,又道:"我累了,我趴在办公桌上,闭上了眼睛,我睡着了。我做了一个梦,梦见我在爬楼梯,爬了一半就滚落下来了,周而复始。当我梦醒的时候,我全身都汗淋淋的,像是从水里捞出来似的。"他垂着头,像一个断了脖颈的人似的。"这是为什么?"汪阿兴皱着眉道。"我现在还不能给你一个答案。"老铁头摇摇晃晃地站了起来,一步一步走向门。门开了。他站了好一会儿,长长地吐出一口气道:"现在好像轻松多了。"他走了。汪阿兴发现自己的手心里全是汗。他没想到老铁头居然会自己承认,他心里有些七上八下。老铁头这一次不按常理出牌,难道是因为他察觉到了?汪阿兴走了几步,心里沉重得像压了一块石头。他本以为自己可以占上风的,但却出乎意料,老铁头再一次成了赢家。他有些心灰意冷,他分明感到刚才老铁头就是一场表演。但是,就是明知道是表演,他还得陪着演下去。

晚上,公社召开关于鲁家湾重建的会议。11 名干部除了妇女主任吕秀儿被借调一直没来之外,其他全部到齐了,他们坐着,都不吭声。张文化是最后一个到达会议室的,他一脸不高兴的样子,一坐下,就埋怨道:"汪书记,他们吃肉还嫌肉少。"老铁头闭目养神,一副气定神闲的样子。他进了会议室之后,就一直这样子。汪阿兴并不吭声,他发现刘振涛趴在桌上,无精打采的样子。

"散会!"汪阿兴突然站了起来道。众人都愣住了。张文化吃惊地张大嘴。老铁头睁开眼睛,若有所思。"既然大家都没精打采的,这个会就不开了。明天晚上接着开,要是明天晚上还是这个状态,那就后天晚上开。"汪阿兴说着,端起茶缸就走了。众人一下子围住了张文化:"小张,你怎么也不给我们留点? 太不够意思了?"张文化不安道:"我可是一块肉都没吃,连肉汤都没喝一口。你们要是不信,去问鲁家湾的灾民们。我心里烦着呢。"他挤出包围圈。"我不信,"刘振涛笑着道,"就你那馋嘴样,不喝一口肉汤?""我哪敢。汪书记作了指示,我是坚决执行,"张文化道,"鲁家湾人有福了,今天晚上,他们人人有肉吃。"他抹了一下口水,又道:"刘部长,我本来想留在宁和学校的,这样他们总得给我一口肉汤吧,后来公社临时通知说开会,我咽咽口水狠狠心就来了。""汪书记这一招好啊,他担心我们傍晚突然都去了宁和学校,都去吃肉了,他就临时通知开会,把每个人管住了,"老铁头突然说道,"你们要想吃肉,哼,休想。"众人点头。张文化走到老铁头身边道:"老铁头,你说得有道理。不过,我觉得他不是这个意思。""那是什么意思?"有人问道。"我觉得,他没有老铁头说的那样复杂,他就是一个简简单单干事的人。"张文化大声道。老铁头脸上闪过一丝不悦。他拍了一下张文化的肩道:"小张,回家吧,梦里吃肉去吧。"众人哄笑着散了。

汪阿兴坐在办公室,抽着烟。他的直觉告诉他,这个晚上不会太安宁。他取下了臂上的绷带。伤口结痂了。他轻轻地挥了一下臂,有一种解脱的感觉。现在,这条臂终于又归自己了。明后天,楼山公社支援鲁家湾重建的木材就要来了。万事俱备,只欠东风。东风就是老倪了。

高成天进来的时候,手上拿着一个稻草人。他将稻草人举了起来,然后道:"汪大麻子,你食言了。"汪阿兴并不说话,将桌上的一张纸递给他,上面写着:"三平大队在江堤上放了50个稻草人。"高成天冷哼一声,将稻草人丢在地上。"带一句话给老倪,我们就要在鲁家湾原址上重建了,需要他的一个意见。这个事,不仅仅是公社的事，也是县里的事。"汪阿兴道。高成天坐了下来，拍拍腿道："话我会替你带到。但是，物资必须给我们双倍。""一码归一码。物资的事，按照实际情况下发。""我听说光明大队的阿炳来闹事了？我们红旗大队可不能像光明大队，居然空手而归。阿炳这一回还真是吃素了，"他瞟了汪阿兴一眼，右臂一屈，拍了一下鼓起的肌肉，又道，"在我们宁和，说一千，道一万，就是靠拳头硬。"他洋洋得意地走了。汪阿兴陷入沉思。他不想发脾气，只想静静地思考一会儿。晚上的会议，众人各怀心思。与其各打各的算盘，倒不如暂时中止这个会议。他站了起来，关了灯，关了门，走了。

安静的夜晚，月色迷人。他慢腾腾地走着。突然，他停下脚步，然后道："老刘，出来吧。"刘振涛从房子的拐角处走了出来。他走到汪阿兴跟前，掏出一个本子，递了过来。"这是什么？"汪阿兴道。"全公社各个大队负责人的情况。""花名册？办公室里有。"汪阿兴吃惊道。"这本名册记录着各个大队负责人的各种情况，汪书记，我整整收集了三年。包括性格、脾气，做过什么事，犯过什么错……全有。老铁头曾经向我要，我没给。现在，我送给你，"刘振涛道，"有了这个笔记本，你手上就有了一把刀。"汪阿兴沉默片刻道："老刘，我不要。"刘振涛急了："汪书记，老铁头说这是宝贝。你……""我不是老铁头。我也不搞整人这一套，老刘，这些年来，你整我，我整你，最后谁也没落得个好。"刘振涛无语地站着，好久，他才说道："汪书记，对不起。"他转身走了。汪阿兴望着他的背影，眼眶湿了。刘振涛能将这个至关重要的笔记本给他；这是一种姿态，相信他也想帮助他，但信任与尊重是有区别的。他宁可处处碰钉子，也不想捏着别人的软肋。

天亮的时候，张文化急匆匆地敲门。汪阿兴开了门。"出事了。"张文化着急道。一路上，张文化絮絮叨叨，像个老太婆似的。昨晚上，鲁家湾的徐阿福吃肉，后来突然晕倒，被送到了卫生院，正在抢救之中。因为上次经历了毒肉事件，鲁家湾人担心这次吃的肉又是毒肉,人心惶惶。张文化发誓说,这肉绝对是正宗的,新鲜的,是县城的肉。汪阿兴一言不发。到了卫生院,发现院门口挤着好多人,议论纷纷。张文化走在前,有人扯住他道:"汪书记,肉是他送来的,别让他跑了。"张文化挣扎着。汪阿兴大声道:"大家都安静一下。公社先了解一下情况。小张,跟我走。"张文化趁机挣脱,跑了进去。

徐阿福躺着输液。方医生和姚婶一脸焦急地守候着,突然,床上躺着的徐阿福睁开眼,呕吐起来。姚婶手忙脚乱地拿脸盆去接。徐阿福吐了一阵,躺下了。又过了一会儿,他再次呕吐。如此反复。汪阿兴小声道:"胡医生呢?"话音刚落,胡慧丽进来了,问道:"方姐,怎么样了?""吐了三次。"方医生道。"吐了就好,"胡慧丽脸上呈现喜色,又道,"让他吐,吐干净了,人就没事了。"徐阿福又一次呕吐。端着脸盆的姚婶道:"真是遭罪啊,贪多吃肉,就成这样子了。"张文化着急道:"胡医生,你得给我证明一下,这事跟我没有关系。要不,我有一百张嘴也说不清了。"胡慧丽点点头。

汪阿兴看了方医生一眼,发现她低着头,一声不吭。他转身想走,背后传来胡慧丽的声音:"汪书记,我得跟你谈谈。"汪阿兴愣了一下。"鲁家湾人的吃水问题你得想想办法,这次,徐阿福同志的病主要是因为吃了太多的肉,然后喝不了不干净的水引发的。"胡慧丽皱着眉道。汪阿兴点点头。

卫生院门口再次变得清静。张文化坐在门槛上,唉声叹气。方医生走了过来。"方医生,我觉得很失败。我说了那么多的话,口干舌燥,最后都不及胡医生一句话。她一句话,大家就散了。"方医生轻笑一声。张文化站了起来,擦擦嘴道:"你说徐阿福干吗吃那么多肉呢?我现在还流着口水呢,多好的肉啊,肥肥的,嫩嫩的。""这是意外。"方医生道,"他的肠胃功能不太好。对了,汪书记他、他的伤好些了吗?""方医生,你是医生,你自己问他去,"张文化道,"反正,他从来就不把自己当病人。"方医生脸上浮过一朵红云,转身走了。

胡慧丽从治疗室出来了。"胡医生,汪书记人呢?"张文化问道。"走了。""啊呀,他怎么不等我。"张文化心急火燎地跑。突然,他又停下脚步,一脸疑惑道:"胡医生,他从哪儿出去的? 我可是一直坐在门槛上啊。""刚才公社的刘部长来找他,两人匆匆走了,你那时在跟徐阿福说话,"胡慧丽招呼他道,"小张同志,汪书记给了你一个任务,跟我去一趟宁和学校。""干什么?""消毒。"

汪阿兴走着,刘振涛推着自行车紧紧跟着,后轮胎没气了。两人神情严肃。这件事说大可大,说小可小。汪阿兴不敢马虎,不禁加快了脚步。到达公社已是中午十二点。远远地,便看到一辆拖拉机停在公社办公楼前的空地上。汪阿兴心里一紧,马上跑了过去。拖拉机上放着一具棺材。随后赶到的刘振涛着急道:"坏了,坏了。"两人急匆匆跑了进去。走廊上,躺着一个女人,她披头散发,哭喊着。汪阿兴朝刘振涛使了个眼色。刘振涛上前赶紧将女人拉了起来,厉声道:"赵三姐,这儿是公社,不许撒泼。"赵三姐甩脱他的手,朝汪阿兴扑了过来,抱住汪阿兴道:"冤枉,青天大老爷,冤枉啊。""有话慢慢说。"刘振涛拉开她。汪阿兴快步走向会议室。

会议室内一片狼藉,桌子翻了,椅子断了。几名公社干部扭住一名魁梧的男人。他大声吼叫着:"赔我儿的命,赔我儿的命。""怎么回事?"汪阿兴厉声道。"汪书记,胡老四发疯了,"一名公社干部道,"他进了会议室,就砸桌子椅子。"汪阿兴看了一眼丢在墙角的拖拉机摇手,道:"放开他。"几名公社干部松了手,胡老四利索地爬起来,瞪着汪阿兴道:"你就是公社书记?"汪阿兴点点头。"赔我儿的命来!"他顺手捞起半截木头,就冲了过来。"胡老四! 冷静,"汪阿兴并不畏惧地上前一步道,"先把事情说清楚。""这件事说不清楚了。"红着眼睛的胡老四吼叫着。"你是公社的拖拉机手,虽然不是公社的正式干部,但也算是公社的人,这儿就是你的娘家,在娘家,有什么说不清楚的?"胡老四听了,双腿一软,跪在地上。他流着泪道:"半年前,我身体不好,公社让我回家休息,后来我儿子胡小贵顶替我,上了几天班,前阵子钱王江决堤了,我儿子胡小贵失踪了。我们找了好几天,一直找不着。我来公社,老铁头跟我说,失踪超过七天,公社就认定是死亡了。我不死心,一直等,等了半个月,我知道我儿肯定是死了。"他擦了一把泪,又道:"我也知道这次钱王江决堤,死了不少人,我儿子命不好,怨不得谁。可是我儿子是在值班期间失踪的,怎么说也算因公殉职。可是老铁头说,如果死的是我,那就算因公殉职,我儿子不算。哪有这样的道理?"

刘振涛与赵三姐也进来了。赵三姐扑通一声跪倒在地:"汪书记,我儿死得冤啊。"汪阿兴湿了眼眶。他扶起胡老四:"坐吧。这件事请你放心,公社一定会想办法的。"胡老四摇摇头:"老铁头回绝我了。没有办法了。"他抱着赵三姐,两人号啕大哭。"胡老四,这是公社的汪书记,"刘振涛上前道,"你们回去吧,汪书记会给你们一个公道的。"在众人的多次劝说之下,胡老四和赵三姐走了。众人收拾着凌乱的会议室。汪阿兴心里像塞着一团草似的。这件事他必须跟老铁头谈谈。刘振涛像是知晓他的心思,轻声道:"他骑车出去了。""老刘,我们开个会。大家也不用收拾了,找个木匠,重新加固一下,"汪阿兴道,"老刘,你去找找老铁头。"

老铁头走进会议室的那会,脸上有些诧异:"像个战场。"汪阿兴背对门,独自坐着。他走到汪阿兴身边,坐了下来:"找我?""是啊,找你,"汪阿兴站了起来,按住他的双肩道,"坐下吧。"老铁头坐下,有些不解地看着他。汪阿兴踱了几步,然后道:"一个公社的拖拉机手,因为生病,儿子临时顶替他工作,结果,儿子被钱王江的潮水冲走了……""你说的是胡老四的事?"老铁头霍地立起,想了想又道,"原来他来过了。这件事,我已经给他答复了。""我知道,你的答复应该说是合情合理的,因为他儿子不是公社的人,所以他死跟公社没有一点关系,但你要知道,钱王江决堤也是我们公社的责任。""这是两码事,"老铁头道,"他儿子不能算因公殉职。"汪阿兴点点头,走到老铁头身边道:"我想请你开个口子。"老铁头愣住了,站了起来,瞪着汪阿兴,好一会儿,他的目光才变得柔和起来:"你是公社书记,你说怎么办就怎么办。"他转身就走,走到门口时,又转身道:"做好人是要付出代价的,其实我也愿意做个好人。"

汪阿兴久久地回味着这句话,显然,老铁头并不是那种铁石心肠的人。他起身欲走,刘振涛进来了。他丢了一包烟过来。汪阿兴接住,一脸喜色道:"你发财了?"刘振涛笑而不语。两人站着吸了一会儿烟。不一会儿,一个手拿着工具的木匠进来了,他看着一地狼藉,愣了一会儿才说道:"刘部长,这可怎么弄啊?"

汪阿兴走进了老铁头的办公室,发现他坐着,一动不动,好像雕像似的。他将之前刘振涛给的烟丢到了桌子上。这显然是个友好的举动,但没料到老铁头的脸色突然变了。他看着香烟好一会儿,站了起来道:"我明白了。"汪阿兴一头雾水,吃惊道:"什么明白了?"老铁头冷冷地看了他一眼,将桌上的香烟丢还给他,然后手指着门道:"汪书记,一包香烟就把你收买了?""什么意思?"汪阿兴瞪大眼道,"你在胡说什么呀?"老铁头冷哼一声,顾自走了。汪阿兴目瞪口呆,老铁头这瞬间的情绪变化完全超出了他的想象。他在走廊上呆呆地站了一会。当他推开办公室的门时,愣住了。他的办公桌上放着一条香烟。

在下班时,刘振涛进来了。他微笑着丢了一根烟给汪阿兴。汪阿兴愣了愣,然后指着桌子上的烟道:"你给的?"刘振涛笑着道:"你尽管抽吧。""老刘,这是怎么回事?你今天必须跟我说清楚。俗话说,无功不受禄。"刘振涛笑笑,转身欲走。汪阿兴一个箭步上前拉住他,厉声道:"老刘,不把事情说清楚,别怪我翻脸。"刘振涛愣住了,他咬了咬牙,然后道:"汪书记,你别听老铁头的。"汪阿兴松了手,刘振涛趁机走了。

第二天,这件事才水落石出。原来胡老四和赵三姐根本就没有儿子。死去的那人是他的侄儿。因为胡老四一直以来磨洋工,有一回还偷了拖拉机里的柴油去卖。老铁头曾当面警告过他，但他不以为然。两人矛盾不小。他的侄儿跟他一个德行，那天晚上，喝醉了酒开着拖拉机去了江边……刘振涛则收了胡老四的三条香烟，然后就撺掇他去老铁头那儿闹……这些情况有一半是张文化告诉汪阿兴的。汪阿兴派他连夜去了解情况。还有一半是老铁头跟他说的。汪阿兴跟刘振涛谈了一次话。刘振涛并没有抵赖，他承认了。他告诉汪阿兴，他当了这么多年的公社干部，这是头一回拿了别人的东西。汪阿兴心里矛盾，这件事一旦处理不好，自己会变得很被动。明枪易躲，暗箭难防。若是在楼山，这件事他痛骂刘振涛一番，就大事化小，小事化了了。当年赵刚强也犯过错，他也是批评教育一番后，就平息了。可这是在宁和，是一个火药桶，一颗火星就可能炸得他粉身碎骨。他皱着眉，踱着步，焦虑不已。

方医生进来的时候，汪阿兴正苦思冥想。"汪书记，你不舒服？"方医生问道。"是方医生啊，请坐，"汪阿兴脸红了一下，又道，"想事。"方医生点点头，从药箱里取出几包药，放在桌上，然后又取出了一个信封，轻声道："里面是参须，每天晚上泡水喝。"她说完，就利索地跑了。汪阿兴打开信封，是一小扎整齐的参须。他将信封放入抽屉，想了想，又拿出信封，在上面写下了日期：75 年 8 月 28 日。他回忆着刚才方医生的神情，但是这片刻的温暖并没有得到延续。

赵三姐进来了。她一改之前哭哭啼啼弱女子的形象，而是精神抖擞，像是要上山打老虎。她一屁股坐下，然后道："汪书记，这件事你想怎么办？"汪阿兴不吭声。"你也听说我赵三姐的名声了，我还是讲义气的，也是讲交情的。"她拍了一下胸脯，然后站了起来，将胸挺得老高。汪阿兴皱了一下眉道："这一次，也是刘振涛派你来的？""他，哼，他哪有这个胆？躲在家里不肯见人了。汪书记，我看这么着，公社赔我们一年口粮就算了，"赵三姐看了汪阿兴一眼，又道，"我们一家五口人，我计算过了……""闭嘴！"汪阿兴忍无可忍,怒声道,"赵三姐,你以为公社是我汪阿兴的,或者说是你家的?"赵三姐愣住了,她嬉皮笑脸道:"哟,发火了。我说汪书记,你不要发火嘛。我是来跟你商量的。""你走吧,这件事公社会处理的,"汪阿兴指着门道,"回去告诉胡老四,这件事性质极其严重,居然胆敢贿赂公社干部,昏了头了。"赵三姐急得跳了起来,手指着汪阿兴道:"你要敢对我们家胡老四动手,我就跟你拼了。"她说着,突然扯了一下衣服,露出了半个胸部,然后哭喊道:"我没脸活了,我没脸活了。"汪阿兴愣住了,他没提防她居然会来这一出。赵三姐边哭叫,边往汪阿兴身上扑。汪阿兴连连后退,被逼到了墙角,眼看着退无可退,赵三姐整个人就要扑在他身上了,他怒吼一声:"站住!"赵三姐哆嗦了一下,被他吓着了。汪阿兴趁机走到窗前,指着窗外道:"赵三姐,你这是想让我跳窗吗?"赵三姐装模作样地抹了一下脸,退后了几步,坐了下来,垂头不语。汪阿兴发现她的双肩在抖动,泪珠儿啪啪地掉下来。他动了恻隐之心,便道:"你回去吧。"赵三姐突然号啕大哭起来。这让汪阿兴慌了手脚。此时,张文化急匆匆跑了进来:"怎么了?"他见是赵三姐,便道:"赵三姐,你别演戏了。"赵三姐哭得更凶了。张文化有些不知所措地看着汪阿兴。汪阿兴皱着眉道:"赵三姐,你这么一哭,我还怎么办公?"赵三姐站了起来,哭着走了。

好久,张文化叹了一口气。他擦了擦湿润的眼睛道:"汪书记,赵三姐是我们宁和的名人了,她嫁了三个老公,胡老四是第四个了,嫁一个,死一个。唉,前三个老公,一个病死的,一个淹死在钱王江,一个被拖拉机撞死的。胡老四曾经死也不答应娶赵三姐,他怕死。但赵三姐就是缠着他,他最后没法子了,还是娶了赵三姐。"张文化走后,汪阿兴陷入矛盾之中。窗外,显得宁静。他几乎听不到鸟叫声。没有树。举目望去,除了一些草舍,几乎没有多少生机。他突然有些恨张建设,他把自己安排在这里,举目无亲,穷得要命,是非又多。他走来走去,恨不得把这间小小的办公室走穿了才好。

令汪阿兴没想到的是,老铁头给他出了一个点子,解决了这件事。老铁头的点子很简单,那就是什么也没有发生过。起初,汪阿兴心里不踏实,他担心被人抓住把柄,后来仔细一想,也只有这样了。处理刘振涛,务必要把这件事向县里汇报;处理赵三姐和胡老四,结果就只能抓人。老铁头并没有多说什么,但他能说出这个点子,显然是经过了深思熟虑。张文化对老铁头出的点子抱着怀疑态度,但是目前一时也没有更好的办法了。汪阿兴找胡老四谈了一次。起初,胡老四还想纠缠,他说他可能活不过今年了,他病了,而且还很厉害。他有些演戏的成分,这一点他不如赵三姐来得爽朗。汪阿兴告诉他,如果一直纠缠,最后的结局就是进牢房。胡老四沉默了一阵后,写下了保证书。

麻烦的是刘振涛,他一直不来上班,装病窝在家里。汪阿兴带着张文化去了他家。那是一间简陋的草舍。躲在床上的刘振涛一直不吭声,后来他流泪了。汪阿兴看着他擦泪水的动作,知道他是真心悔过了。他向刘振涛保证,不再追究此事。刘振涛说自己没脸再在公社干了,他要求调离公社。这给汪阿兴出了一个大难题。调一个干部,必须要有理由,更何况前不久刚刚发生了钱王江边的五名公社书记请求调动,被张建设痛骂一顿的事。他无法答应刘振涛。刘振涛说到后来,整个人像是垮了似的。他居然下不了床。张文化搀扶着摇摇晃晃的刘振涛。

离开刘振涛家,汪阿兴沉默不语。推着车的张文化也垂头不语。远远地,还可以看到扶着门的刘振涛站着,脸上依稀有着绝望的神情。张文化道:"汪书记,刘部长把香烟还给胡老四了。"汪阿兴点点头。张文化欲言又止,终于还是没张嘴。

第十一章

刘振涛自杀了。汪阿兴得到这个消息的时候,已是第二天的上午。他急匆匆赶到卫生院。胡慧丽神情紧张地看着躺着的刘振涛,他一直没有醒,呼吸若有若无。昨晚上,她给刘振涛洗了胃。汪阿兴沉默无语地坐着,生命仿佛就像是一道闪电,瞬间便可以消失。胡慧丽轻声地告诉他,刘振涛喝了农药,幸好发现及时,还有挽救的希望。刘振涛的女人哭哭啼啼,方医生在安慰她。方医生看了汪阿兴一眼,脸就红了。汪阿兴走了过去,他不知道怎么安慰眼前这个哭哭啼啼的女人。况且,女人的目光里有一丝仇恨。是啊,是他昨天的探望与谈话,才引发了刘振涛的自杀。他无话可说。方医生轻声道:"汪书记,你坐一会儿。"汪阿兴摇摇头。他回望了一下床上的刘振涛,希望他快点儿醒来。

老铁头来到卫生院,一声不吭。汪阿兴丝毫没有怪罪他的意思,但老铁头显得心事重重。两人在院子里停留了片刻。老铁头终于开腔说话了:"你不怪我?"汪阿兴摇摇头。老铁头想了想,低着头道:"这是我的主意,你可以把责任推在我的身上。"汪阿兴走了过去,在他的肩上轻轻地拍了一下。老铁头抬头看着他,好一会儿后,他才说道:"让刘振涛调走吧。"汪阿兴皱了眉。他知道老铁头说这话的本意是为他好,刘振涛调走了,这件事也彻底平息了。但是,如果有矛盾,以调走这种方式来处理,未免也太简单化了。更何况,刘振涛即使调走了,但这世界上没有不透风的墙,消息还是会传到别处的,到时候刘振涛恐怕依旧得面对这个问题。他心里的想法是直面问题,就地解决。老铁头见自己的话没有得到回应,像是明白似的点点头,然后小声道:"他醒来后,我先跟他谈。然后你再谈。"汪阿兴点点头。老铁头说完就走了。站在院门口的汪阿兴看着骑车离去的老铁头,心里有了一丝莫名的感动。

刘振涛醒来后,流着泪不说话。胡慧丽给汪阿兴的建议是,再等等,等刘振涛情绪稳定了再说。站在门外的汪阿兴悄悄地走了,他不忍心听到刘振涛女人的哭声。她好像一直没有停止过。他在院门口跟方医生打了个照面。方医生叫了他一声,他仓促地应了一声,走了。他面红耳赤。他几乎不敢回头,直觉告诉他,方医生一定站在院门口望着他。他心里就像爬着一条虫,令他痒得难受。终于,他鼓起勇气回了一下头,却发现院门口空空荡荡。他有一些失落,好像一个孩子突然失去了一样喜欢的东西一样。他自嘲地笑了一声,走了。然而,他根本不知道,方医生就在院门口站着,因为胡慧丽叫了她一声,她转身跟胡慧丽说了一句话,待她转过身来时,发现汪阿兴不见了。

方医生怅然若失的神情被胡慧丽看在眼里。她走到方医生身边,轻声道:"你们没说话?"方医生的脸腾地红了。"方姐,他的情况你都知道了。他不主动,你主动一点。"方医生着急地作势要打她,胡慧丽嘻嘻一笑,闪了开去。方医生故意绷着脸道:"慧丽,不许取笑我。"胡慧丽伸伸舌头,扮了个鬼脸。此时,刘振涛的女人哭哭啼啼地出来了:"胡医生,他说饿了。"胡慧丽脸上划过一道喜色。方医生道:"我去弄吃的。"

晚上,汪阿兴坐在刘振涛床前,两人谈着。门外,老铁头徘徊着,地上落着几个烟头。方医生远远地站着,看着老铁头。胡慧丽见了,便拉了她一把,两人进了房间。老铁头干脆坐了下来。这时候,邱副院长带着医疗队回来了。老铁头赶紧上前,跟他打招呼。邱副院长点点头,说道:"大家轻点声。"

深更半夜,隐约传来鼾声。坐着的老铁头打着盹,头一垂一垂的。终于,传来吱哑一声响,汪阿兴站在了门口。老铁头猛地醒来,站了起来,轻声道:"好了?"汪阿兴点点头。两人结伴而去。走出卫生院,汪阿兴轻轻将门掩上,然后小声道:"他答应写个检查。"老铁头笑了。"怎么谈了这么久? 现在都半夜了。"汪阿兴打了个哈欠道:"老铁头,要扭转一个人的思想,难啊。"老铁头看了他一眼,不吭声。自行车上有露水,摸上去滑腻腻的。汪阿兴刚骗腿上车,老铁头便道:"高成天带口信来了,老倪说可以在原址重建。""好啊,"汪阿兴有些激动地说道,"事不宜迟,马上动手。"

两人骑了一阵,在一个岔道口,分开了。汪阿兴回头看了一眼老铁头的背影。他停了下来,推着车走了一阵。没料想,老铁头突然又骑了回来。"你不回家了?"汪阿兴吃惊道。"快天亮了,去办公室打个盹算了。"两人又并肩骑着车。"老铁头,我想起了一个事,小张跟我说,刘振涛的女人身体有病,一直未育,你关心一下。""跟我有什么关系?"老铁头道。"让医疗队的医生看看,要是明年刘振涛生了个大胖儿子,他这一辈子也算是无憾了。刚才谈话时,他跟我说的。"汪阿兴一声绵软的长叹,好像胸腔开了一个口子。

两天后,刘振涛在会上作了检讨。他声泪俱下,边检讨边流泪。他的嗓子有些哑了。据张文化说,他哭了一夜。汪阿兴将检讨书夹进笔记本的那会儿,他发现老铁头的脸色有些异样。张文化搀扶着全身软绵绵的刘振涛离开了会场。汪阿兴抽出检讨书,想了想,撕了。老铁头有些惊讶地看着他,好像他是个陌生人。虽然,会前有过要求,与会人员不得泄露会议内容,但是,汪阿兴还是有些担心,他说道:"如有责任,我一人承担。"老铁头走了过来,轻声道:"这件事结束了。但是另一件事还得处理。"他说的是稻草人事件。江堤上,依旧出现了稻草人。

当天傍晚,公社开了会。对这些稻草人的处理,大家意见不一。高成天显然是来看热闹的,他眯着眼,摇头晃脑,好像在听绍剧。有时候,他突然站了起来,说一句:"对啊!"坐下后,又眯着眼睛。过一会儿,又站起来说一句:"有道理!"汪阿兴看着他的样子,心想会议并没有通知他,他存心是来捣蛋的。他强自按住怒火,听着老铁头说话。然而,直到傍晚,会议依旧没有一个结果。汪阿兴走出了会议室。待他再次走进会议室的时候,大家都愣住了。他手里拿着一个稻草人。

这时,张文化突然跑了进来,气喘吁吁道:"来了一群奶奶。"汪阿兴将手上的稻草人一放,奔了出去。门外,叽叽喳喳站着一群老人,她们议论纷纷。一见汪阿兴出来,顿时将他围了起来。随后跟来的高成天笑着道:"汪大麻子,你陷入人民的汪洋大海了。"一位老人突然被挤倒在地上,汪阿兴赶紧单腿跪地将她抱了起来。他大叫:"送卫生院。"张文化背着老人跑了。人群顿时像炸了锅。汪阿兴吼道:"听我说一句话。"他挥舞着双手。人群渐渐安静下来。"大娘们,你们的心情我都理解,你们扎的稻草人要是让别人一把火给烧了,那怎么办? 那不是白白损失了?"众人议论纷纷。汪阿兴继续大声道:"这件事,公社一定会妥善处理。对了,大队长在哪里啊?"有人说道:"刚刚还在,现在不知道去了哪了?"汪阿兴道:"不会老婆孩子热炕头去了吧?"众人哈哈大笑。汪阿兴也笑道:"同志们,天上的星星都要睡觉了,大家都回去吧。"

人群嘻嘻哈哈,渐渐散了。几个老大娘依旧不走。汪阿兴走到她们跟前道:"大娘们,听说你们扎了红缨枪?""站岗放哨。"一名大娘道。汪阿兴双手鼓掌道:"说得好。你们明天再扎一批稻草人。"所有人都愣住了。高成天更是张大嘴,一副无比吃惊的样子。他朝前走了几步,直愣愣地瞪着汪阿兴。汪阿兴看了他一眼,又看了众人一眼道:"我们钱王江上百公里的江堤,需要成千上万个稻草人站岗放哨,你们每天都扎,越多越好。"一名大娘着急道:"这……我们没有这么多稻草。"汪阿兴故意绷着脸道:"这个我可不管。我要是孙悟空啊,一变就变出来了。大娘,那你们每个人扎100 个? 还是 200 个?"他看了一眼众人又道:"哪个大队要是敢偷懒，公社就追究哪个大队的责任。"大娘们都不吭声了。"我听说，冬天在我们宁和，这稻草可是一宝，寒风呼呼吹，往灶肚里塞一把稻草，暖烘烘的。"他瞪着欲言又止的高成天。高成天垂下了头。不一会儿，大娘们你看看我，我看看你，转身走了。汪阿兴道："大娘们，那还扎不扎稻草人了?"一名大娘头也不回道："我儿子都骂我了，说我把家里的那点稻草给用光了，这稻草都是买来的，说我败家。不扎了，不扎了，扎了被人烧，被人偷，我晚上都睡不好。"汪阿兴喘了一口气，苦笑着蹲了下来。高成天终于开口说话了："汪大麻子，你可真狡猾。"他转身欲走。"站住。谁通知你来开会的?""我，我……"高成天撒腿跑了。众人哈哈大笑。在接下来的会议里，沉闷的气氛被打破了。

会议结束的时候，已是晚上九点。走出会议室，汪阿兴看着满天繁星，陷入沉思。在会上，大队长们纷纷表了态，江堤上只要出现一个稻草人，甘愿受罚。老铁头后来一直不吭声，这与张文化的喜气洋洋反差极大。张文化像个孩子一样，欢天喜地。他走之前跟汪阿兴说："这一仗打得漂亮。"老铁头走的时候，有些孤独，他的背影令汪阿兴想起了在楼山的阿扁，他们的身材几乎同样瘦小。他不能不想楼山公社曾经的兄弟们，还有小路。他摸了一把脸，走了。

开了宿舍的门，他似乎听到了有人在呼唤。他下意识地转身。一片静寂。他轻轻地掩上门，静静地坐着。儿子小路的身影在他的眼前晃动。两行清泪流淌下来。他抽了一下鼻子，抹去泪水，然后走到写字桌前，看着镜框里的小路。

夜色苍茫。吱哑、吱哑的声响惊醒了这夜色。汪阿兴拼命地骑着车，他像个疯子一样朝着楼山的方向骑去。他记得他来宁和报到时，也是骑着车来的。广袤的大地静寂无声，风声在耳边掠过。他要回家。

清晨的薄雾之中，一队人无声地走着。隐隐约约，传来哭泣声。走在队伍前的鲁阿牛与徐阿福,神情严肃。今天这个日子,是鲁家湾的灾民们祭奠死去的亲人们的日子。他们离钱王江越来越近,几乎听到了江水拍岸的声音。走着,走着,突然一名妇女倒下了。鲁伟潮和徐大军赶紧扶起她。她伤心欲绝。

走在队尾的丁玉洁机械地迈着步子,她脑子里一片空白。早上醒来,她就像变了一个人似的,她好像听到了父亲的召唤声。相依为命多年,她父亲丁老三至今下落不明,但她知道,父亲肯定死了,被钱王江带走了。那又是一个怎么样的地方呢?是不是有着温暖的阳光,有着一大片鲜花与草地。她时常会做梦。梦醒之后,她的眼睛里满是泪水。她走得摇摇晃晃。

到了鲁家湾旧址,众人的哭声越来越响亮了。这儿一片荒芜,沙土之中,不时可见断木头和半掩埋于沙中的茅草。仿佛一切都还在昨日。有人跪了下来,痛哭,立马又被人搀扶起。

徐定强站在徐大军身边,有些瑟瑟发抖。那个晚上,他像一片树叶一样被江水裹挟着,晕头转向。他听到了台风的吼叫声,像是要将自己撕得粉碎。徐大军看了他一眼,将手搭在了他的肩上。徐定强镇静下来,他偷眼看着站在鲁伟潮身边的丁玉洁。她的脸上有着明显的泪痕,鲁小妹紧紧地拉着她的手。他挪动脚步,朝丁玉洁移过去。这时,丁二南突然挡在了他的身前。他往左挪,丁二南的身体就往左移,他往右挪,丁二南的身体就往右移。他有些愤怒地瞪着丁二南,但是丁二南并不在乎,而是带着挑衅的目光看着他。说来也怪,虽然丁二南比他小一岁,但每次打架,他都不是丁二南的对手。这时,徐曼丽走了过来:"二哥,娘说你们别闹了。"

在鲁阿牛的指挥下,众人列成了长长的一排,面向钱王江。鲁阿牛看着奔腾的江水,一脸焦急。他在等汪阿兴,因为他说过,他会带着全体公社干部来的。徐阿福眺望了一阵后,忿忿不平道:"他不会来了。""我们再等等,时辰还没到。"鲁阿牛道。众人站着。

远远地传来了敲钟的声音:"当、当、当……"紧接着出现了几个人。他们奔跑过来了,正是老铁头他们。鲁阿牛迎了上去:"汪书记呢?""不知道去哪了? 找不着。"老铁头道。他看了一眼众人,皱了皱眉,又道:"再等等吧。""钟是谁敲响的?"徐阿福问道。"张文化,"老铁头看了他一眼道,"你们的人全来了?""一个不少,"鲁阿牛道,"汪书记去哪了?""他说不定早忘了这事了。哼,这个人啊,终归不是我们宁和人,他不懂得我们宁和的规矩。"徐阿福埋怨道。他就地坐了下来,生闷气。

不一会儿,远远地出现了一个骑车的人。"来了,来了。"鲁阿牛欢喜道。老铁头看了一眼道:"是张文化。""哟,老铁头,你以为你是千里眼啊?"徐阿福瞪着他道。果然,张文化骑车到了跟前,打量众人后,一脸着急道:"我急死了,汪书记去哪了?""逃回老家去了吧,"徐阿福冷嘲热讽道,"他要是真心来,早早地来了,还要我们这么等吗? 我想,他可能是摆官架子吧,公社书记,好大的官啊,得我们去请。""阿福,别说了。"鲁阿牛道。"嘴是我的,我愿意说就说,你管得了我吗?"徐阿福腾地起来,手指着鲁阿牛又道,"都是你,非得等他。要不是他,他们也不会死。""徐阿福,你这话什么意思?"张文化怒声道。"什么意思?! 他是公社书记,我们鲁家湾死了这么多人,不就是他的责任吗? 你们说说,他没有责任,那谁有责任啊?"徐阿福梗着脖子道。"你……"张文化怒目瞪他。"阿福,你又多嘴了。"姚姊走了过来,一把将他拉走了。"老铁头,你怎么一声不吭啊,明知道我说不过他,你也不帮帮我。"张文化埋怨道。"让我说什么好呢?"老铁头道,"再等等吧。"

时间一分一秒地过去了,太阳跃出了地平线,使得天空蒙上了一层红晕。徐曼丽抬头看着天空:"小妹姐,你看,多好看啊。"她们两人仰着头看着天空。鲁阿牛走来走去,脸上出现了汗珠。他后来搓着双手。坐在地上闭目养神的老铁头道:"鲁阿牛,时辰到了吗?""还没有,"鲁阿牛道,"可是……"这时,徐阿宝忍无可忍了,大声道:"时辰就要到了,人还没来,他这分明是不想来,我们不等他了。"徐阿福也附和道:"阿宝说得对,我们开始吧。"鲁阿牛有些为难地对老铁头说:"老铁头,我们……"老铁头一脸生硬地道:"你们自己决定。这个事,我们公社只是参与,不是主导。"徐阿宝上前几步,一脸不悦道:"老铁头,你这话什么意思?"老铁头慢腾腾地站了起来,拍了拍屁股道:"我这是实事求是,我是不赞成你们搞大型祭奠活动的,人死不能复生,我们宁和人早习惯死亡了。可是汪书记同意了,我也不好说什么。"徐阿宝怒声道:"照你这么说,你们是来看热闹的?滚,我们不需要你们来看热闹。"他的情绪特别激动。老铁头也怒声道:"徐阿宝,你说话注意点,有你这样对公社干部说话吗?你们鲁家湾大队还归不归宁和公社管了?"徐阿宝双手叉腰道:"你一个公社干部怎么了?你有本事把这些死去的人管活啊。哼,我怕你不成?大不了把我押走,枪毙我。"他摩拳擦掌。鲁阿牛拉住他道:"阿宝,好了,好了。"老铁头冷冷道:"如果你们不愿意我们站在这儿,那我们就走。"徐阿宝大声道:"走!谁稀罕呢?"

张文化见此情景,便着急上前道:"鲁家湾的同志们,消消气,消消气……"他又拉住转身欲走的老铁头。不远处,徐阿福站着看热闹。姚婶却是一脸着急,她看着鲁阿牛在劝着徐阿宝,自己又不好走过去,便推了徐阿福一把道:"把阿宝拉回来。""关我屁事。"徐阿福转过身去。这时,丁玉洁大声道:"汪书记来了。"众人皆惊。远远地,一个人奔跑着,越来越近……张文化无比欣喜道:"这下好了,汪书记来了,汪书记来了。"他奔跑着迎了上去。汪阿兴的声音远远地传来:"同志们……"他跑了过来,全身上下全汗湿了,膝盖上流着血。他用手擦了一下额头上的汗:"同志们,不好意思,迟到了,迟到了,我向大家道歉。"他深深地一鞠躬。"汪书记,你去哪了?对了,你怎么来的?你膝盖怎么了?"张文化着急道。"说来话长,到时跟你说。鲁阿牛同志,时辰到了吗?"鲁阿牛欢喜地点点头。老铁头走了过来,看了汪阿兴一眼道:"他们说让我们走,我们是多余的。"汪阿兴愣了一下道:"走?为什么走?这次祭奠,我们是经过县里批准的。"他望了一下怒气冲冲的徐阿宝,又道:"同志们,你们的亲人遇难,我们心中无比悲痛,你们的亲人也是我们的亲人,今天我们一同站在这里,悼念遇难的亲人们。我汪阿兴作为公社书记,是有责任的。"他说着,又是深深一鞠躬。徐阿宝低下了头。

汪阿兴望了一眼钱王江道:"鲁阿牛同志,我们开始吧。"鲁阿牛走到队伍中间,大声道:"跪!"灾民们都跪下了。汪阿兴也大声道:"默哀。"站成一排的公社的工作人员都垂头。徐阿福手里撒着黄纸,大声道:"哭。"众人都哭了。丁玉洁哭得肝肠寸断。一旁擦着泪水的鲁伟潮拉着她说:"玉洁,玉洁。"突然,他惊叫起来:"姚婶,姚婶,玉洁晕过去了。"姚婶赶紧将丁玉洁抱在怀里,然后一只手掐住丁玉洁的人中。丁玉洁哎的一声醒来了,她撕心裂肺地哭喊:"爹……"

哭声震天……汪阿兴的泪水悄然流淌。他脚下的泥堤,今年在,明年不知是否还在,而这钱王江的潮水,今年奔腾,明年依旧奔腾。江水在阳光里隐约透着红色。他对身边的张文化道:"总有一天,我们要制伏它。"老铁头走了过来,轻声道:"汪书记,我怕时间长了,人们的情绪会越来越……会有麻烦。"汪阿兴想了想道:"好吧。"他走到鲁阿牛身边:"鲁阿牛同志,走吧。"鲁阿牛点点头,然后拉了一下徐阿宝:"我们走吧。"这时,徐阿福却突然放声大哭。姚婶劝着说:"阿福,别哭了,别哭了。"她的泪水流淌着。徐阿福边哭边说道:"这样的日子何时才是个头呀?"汪阿兴走了过去,用力地拍了一下他的肩膀:"徐阿福同志,总有一天,我们会过上好日子的。"徐阿福紧紧地抱着他,哭着。

到了公社之后,老铁头像换了个人似的,脸无表情地坐着。站着的张文化有些焦急地望着窗外。汪阿兴道:"老铁头,你向县里汇报这个事,你没有错,我的确没有请假,私自回了楼山。"这时,电话响了,传来王宝年的声音:"汪大麻子,你去哪了?你这个公社书记不想当了？……"汪阿兴一声不吭地听着，然后搁了电话。"县里怎么说？"张文化着急地问道。"张书记在来宁和的路上，"汪阿兴道，"对了，老铁头，楼山支援我们宁和的物资明天就到，你马上组织施工队，重建鲁家湾。"老铁头并不吭声。"怎么了？"汪阿兴问道。"图纸在哪？方案在哪？材料在哪？人员在哪？你以为只要你一句话，都会从天而降？"老铁头道，"汪阿兴同志，你手里有什么？"汪阿兴拉开抽屉，取出一叠图纸和方案，拍着它们道："图纸和方案在这里，物资明天来，人员你去叫。老铁头，鲁家湾重建的事不能再拖了。"

老铁头走了。张文化吃惊地翻看着图纸和方案，一脸吃惊道："汪书记，你几时弄的？""暂时保密，"汪阿兴突然沉下脸道，"小张，现在可以说实话了吧。"张文化愣住了，好一会儿才说道："汪书记，你什么都知道。"在张文化的叙述里，老铁头打给王宝年的这个电话，并非简要报告关于汪阿兴同志突然失踪一事这么简单，也就是说，他夹带了一定的私货，什么内容，也只有老铁头和王宝年知道。汪阿兴从王宝年的电话里感觉到了，他心里明白，老铁头必定是受到了王宝年的鼓动，着力点就在鲁家湾的重建上。

他想起了昨晚上到达楼山时的情景。赵刚强紧紧地拥抱着他，好像他是突然从地底下冒出来似的。当时已是半夜三点钟。小路睡着了。他睡得很香，发出了轻微的鼾声。他坐在床前，轻轻地抚摸着他的脸。赵刚强的意思让他住上三天才走，他会打电话向县里请假的。他计算了一下时间，必须在凌晨四点半骑车回宁和，否则，就赶不上鲁家湾灾民们的祭奠了。赵刚强有些不高兴。两人走出院子时，天黑乎乎的。赵刚强说他去叫拖拉机送他，他拒绝了。他骑着车走了。当他骑了一段路时，他流泪了。这个过程就像是梦境。天快亮的时候，他计算了一下路程，离宁和还有五分之四的路程，这让他极为着急。快到宁和时，他摔了一跤。他从地上爬了起来，发现自行车的链条断了。他只有奔跑着去江边。

他摸了一把脸,感觉像是摸了生硬的骨头似的。一晚上的奔波,令他现在感到十分疲惫。但是,刚才老铁头的态度却是这般冷漠,这多少有些警醒了他。更何况张建设突然来宁和,必定是有特别之事。他强打起精神站了起来,扭头伸腰。

张建设进来的时候,汪阿兴正趴在窗台上绘图纸。他嘴里叼着铅笔,手上拿着一把尺子比划着。他没有注意到身后的张建设。张建设轻咳一声,汪阿兴转过身来:"张书记。"张建设打量了一下办公室,然后道:"你去哪了?""楼山。""请假了吗?"张建设问道。"没。"汪阿兴将铅笔夹在耳朵上。"乱弹琴,"张建设怒声道,"你是第一天当公社书记?"他缓和了脸色,又道:"听赵刚强说,你在楼山待了不到一个小时就走了。"汪阿兴点点头。"早饭吃了吗?"张建设从随身的军用挎包里取出两个馒头道,"要是没吃,给你一个。"汪阿兴咽了一下口水,又按了一下肚子,讪笑道:"肚子在咕咕叫了。"两人吃着馒头。张建设咽下了最后一口馒头,喝了口水,又道:"汪大麻子,汇报鲁家湾重建的事。"

中午,张建设在宁和公社食堂吃了饭。这一顿饭,张建设特意吩咐汪阿兴将公社所有的干部叫齐。汪阿兴心里明白,张建设这么做,无非是想告诉公社的每个干部,他是支持汪阿兴的。老铁头显得有些郁郁寡欢,但当张建设问他鲁家湾重建的相关情况时,他回答得干脆利落,没有一点儿拖泥带水。张建设满意地点点头。汪阿兴心里也挺佩服老铁头的。原以为,张建设吃了中饭就回去了,哪知道他突然说要去宁和学校看看灾民们。这让汪阿兴犯了难。因为祭奠形式完成之后,鲁家湾人精神不振,好几个人生病了,都被送到了卫生院。据邱副院长和胡慧丽的初步判断,可能是感染了什么细菌。他们正在了解相关情况,并采取隔离措施。汪阿兴担心的是如果张建设去了,感染上了细菌,那自己真的成了罪人。他犹豫不决。张建设见他如此神情,皱起了眉。老铁头这时候突然告诉张建设,说鲁家湾人正在旧址上寻找东西。这令张建设感到好奇,便问是什么东西。老铁头说他们在寻找曾经的家。张建设陷入了短暂的沉默之中,之后告诉汪阿兴,鲁家湾的重建必须抓紧。他回县城了。

汪阿兴感谢老铁头为他解了围。老铁头显得平静,他并没有多余的话,而是告诉汪阿兴,如果鲁家湾人的传染病无法控制,必须上报县里。汪阿兴陷入沉思。

傍晚,在宁和卫生院,汪阿兴与邱副院长、胡慧丽、方医生等人开了一个短会。在会上,胡慧丽觉得这不是传染病,而是病菌感染,但一时无法确诊。邱副院长的想法是将几个病人送县医院治疗,这样更加保险。老铁头竭力反对,说这样做,会把事情闹大。汪阿兴犹豫不决。众人都将目光投向他。他最后决定再观察一晚上再说。晚上,几名病人的情况有所好转,大家都欣喜不已。尤其是胡慧丽,抱着方医生,喜笑颜开。方医生有些难为情地看着汪阿兴。他们在院门口聊了几句,但都是无关痛痒的话,比如卫生院的伙食、邱副院长的幽默,等等。在微弱的灯光下,方医生的脸一直红通通的,她不时偷眼看不远处院子里的胡慧丽。胡慧丽作势在洗衣服,其实却一直用眼光鼓励方医生。院子里的灯泡前几天刚换了,这是邱副院长提出来的,说是考虑到夜诊的需要。这样,整个院子明亮若白昼。方医生进来的时候,情绪有些低落。她蹲了下来,跟胡慧丽一起洗衣服。胡慧丽用肘部轻轻地触碰她,小声道:"说什么了?"方医生不吭声。胡慧丽自言自语道:"心里话儿一句也没有说吧,我说方姐,我不是教过你了吗?"方医生抬头,望着院门口,仿佛在等待什么人出现。

进来的是张文化,他一脸着急地跑到胡慧丽跟前道:"胡医生,汪书记人呢?""走了。"胡慧丽道。"啊呀,坏了。"张文化拔腿就跑。"小张,发生什么事了?"方医生问道。张文化头也不回道:"楼山来人了。"方医生想了想,跟了出去。"方姐,你去哪?"胡慧丽急问。

可是方医生人不见了。胡慧丽抬腕看了手表,已是晚上十点。

汪阿兴在鲁家湾旧址上来回地走着。他心里有点儿不踏实,明天就要动工了。按照进度分析,个把月时间,就可以建成九十多间草舍。赵刚强答应他,草舍屋顶的茅草由楼山公社援助,部分木材也由楼山公社援助,但水泥一直还没有着落。水泥是紧俏物资,是需要按计划调拨的,县水泥厂是全县最牛的厂了,他们生产的水泥一直供不应求,听说要早一年去挂号。虽然,前些日子他让老铁头打报告给县里了,但县里也一直没有态度。他一直在想怎么弄水泥。后来,他干脆坐在江边,看着夜色里的滔滔江水,总觉得有些憋屈。他抽着烟,想着心事,却不知道在他的宿舍前,已经乱成一团了。

赵刚强也是临时起意,心血来潮来宁和的。但是,由于拖拉机手不认识路,兜了好几个圈,误了时间。结果不但没有赶上晚饭,到了晚上九点左右方才到宁和公社前。他一跳下拖拉机就痛骂拖拉机手太无能了,阿扁在一旁劝他消消气。公社办公楼一片漆黑,连个鬼影子都没有。幸好遇上了张文化。他了解情况后,便心急火燎去了卫生院,结果扑了个空。他刚才领教了赵刚强的火爆脾气,心想要是找不到汪阿兴,定被他骂个狗血喷头。果真,当他到了宿舍前,发现赵刚强双手叉着腰,瞪着眼,一副要吃人的样子。阿扁问道:"找着了吗?"张文化摇摇头,心里发怵,并下意识地退了一步。赵刚强扬了扬手吼道:"去哪了?汪大哥这么晚了还工作,不会被累死啊?"他一屁股坐了下来。

方医生赶到的时候,赵刚强已接连抽了三根烟。他的情绪坏到了极点,右脚使劲地碾着地上的一个烟头。张文化迎了上去:"方医生,你怎么来了?""这两位是楼山来的同志?"方医生轻声问道。赵刚强看了她一眼,不吭声。一旁的阿扁见状,马上笑脸道:"请问这位同志是……""我们卫生院的方医生,"张文化介绍道,"对了,方医生,你有事吗?"方医生看了看紧闭的宿舍门,然后道:

"汪书记还没回来？他人去哪了？""不知道啊。"张文化苦着脸道。"这样吧，去我们卫生院休息一下再说吧。"赵刚强又看了她一眼，阿扁拉了拉赵刚强，他便说道："好吧。"

一路上，赵刚强一直不吭声，好像有一肚子火气憋在心里似的。张文化不时地左顾右盼，指望汪阿兴突然冒出来。走了一段，赵刚强突然停下脚步，转头望去。夜色苍茫。"赵书记，走吧，"张文化硬着头皮说道，"你们饿坏了吧？"赵刚强站了一会儿，突然说道："阿扁，我们回楼山。"阿扁着急道："不见汪大哥了？""不见了。"赵刚强道。阿扁便大声喊拖拉机手，不一会儿，拖拉机哒哒哒地开来了。两人跳上拖拉机，走了。方医生一直没有说话。张文化吁出一口气道："这个阎王爷总算走了。""小张，不能这么说话，他们远道而来，是客。"方医生埋怨道。"方医生，我知道，可是赵书记的脾气实在大，也只有汪书记能治他了。对了，方医生，你说汪书记去哪了？"两人说着，走着。

半道上，张文化发现路边坐着一个人。他刚想开口，汪阿兴便站了起来，月光下，他显得有些憔悴。他朝张文化招招手，然后道："饿坏了。"方医生奔了过去，着急道："汪书记，走，去卫生院，我给你弄吃的。"汪阿兴点点头，他走得有些趔趄。眼尖的方医生赶紧蹲下身子，发现血顺着裤管流着。"摔了一跤，硌伤了腿。"汪阿兴解释道。"我背你。"张文化道。"你就那身板，背不动我，搀扶我一把。"汪阿兴笑着道。方医生犹豫了一下，与张文化一起搀扶着汪阿兴朝卫生院走去。

到了卫生院，已是半夜。三人静悄悄地移动着步子。方医生简单给汪阿兴包扎了一下，便去灶房烧火。汪阿兴坐在灶房的小方凳上，看着烧火的方医生，红红的火映着她的脸，整个人变得透明了似的。方医生无意之中发现汪阿兴直盯盯地看着她，脸腾地一下子红了。这时，张文化进来，小声道："方医生，这算是晚饭还是早饭，天都快亮了。"方医生捂着嘴偷笑。"晚饭早饭一块儿吃了。"汪阿兴说道。张文化点点头。

汪阿兴捧着碗喝着粥的那会儿，胡慧丽走了进来。她披着衣服，小声道："这是怎么了？""胡医生，吃早饭。"汪阿兴道。胡慧丽看了他一眼，然后道："汪书记，看你胡子拉碴满脸尘土的样子，准是又去江边看地形了吧。"汪阿兴愣住了，张着嘴，好久才说道："真是神了，你怎么知道？""我啊，凭直觉。你晚上四处乱跑，不是去生产队，就是去江边，你的鞋子是湿的，那肯定是去江边了，还有，你怎么会在卫生院，那肯定是方姐把你叫来的，方姐她心疼你，所以半夜给你烧吃的。对吧，方姐？"方医生脸红通通的。张文化抓抓头皮，好一会儿才说："我总算明白了。""你明白什么了？"汪阿兴问道。"这个……这个……"张文化偷眼看着方医生。"汪书记，楼山的客人走了？"胡慧丽问道，"怎么也不住一晚？""都怪我，"汪阿兴站了起来，伸了伸腰道，"小张，走，上班去。""汪书记，天还黑着呢？"张文化打了个哈欠又道，"我得睡上一个钟头。"汪阿兴拉着他道："眨眼就天亮了。走了。"两人走了。胡慧丽看了方医生一眼，小声道："方姐，我以为你晚上失踪了呢？"她挤眉弄眼地笑。"慧丽你……"方医生作势要打她，胡慧丽闪身躲过，然后道："方姐，我看啊，天就要亮了，我就陪你说说话吧。"

老铁头站在办公室前，掏出钥匙刚想开口，却听到了鼾声。他愣了一下，用耳朵辨别声音的方向，发现来自汪阿兴办公室之后，他开了门，进去了。不一会儿，刘振涛进来了。他的神情有些低落，仿佛还没有从那件事里站起来。他小声道："我想跟你谈谈。"老铁头警觉地看了他一眼，然后道："你还是找汪书记谈吧，他是当家人。""可你是地头蛇。"刘振涛突然大声道。他像变了一个人似的。老铁头吃了一惊："什么地头蛇？有话说吧。"刘振涛从口袋里掏出一张纸，往桌上一拍道："这是什么？"原来是公社关于处理刘振涛的决定。"这是处理决定，怎么了？哪里不对吗？"老铁头有些恼怒地看了他一眼，觉得他一早就是来生事的。"说好不下发给各

个大队的,为什么又下发了? 这不是骗我吗?"刘振涛拍着桌子道,
"是不是你干的?"老铁头不吭声。"这不是存心拆我牌子吗? 我刘
振涛现在已经落魄了,你还要痛打落水狗。"刘振涛情绪激动地拍
着桌子,桌子上的茶缸一震一震的。"这件事等我们调查了再说,"
老铁头一脸冷静道,"公社没有将此决定下发各个大队。""老铁头,
你以为我是傻子啊,这黑字白纸的,清清楚楚,你还想抵赖?"刘振
涛整个人像是疯了一样,双手挥舞。突然,他停止了挥舞。门口站
着汪阿兴,他瞪着刘振涛。"汪,汪书记,"刘振涛有些结巴地说道,
"你,你怎么这么早?""打了个盹。"汪阿兴看了老铁头一眼,然后走
到桌前拿起了那纸处理决定,看了一眼道:"怎么回事?"

经过简要的调查,关于处理决定为何下放至各大队一事,纯属
误会。刘振涛手里的这份处理决定来自光明村的支书阿炳,是他
拿着这份处理决定来找刘振涛的。阿炳是个精明人,他不至于拿
着这个去要挟刘振涛。那又是因为什么呢? 汪阿兴让人叫来了阿
炳,结果阿炳却说出了另外一番话来。他说他之所以这么做,就是
想让刘振涛明白,别以为自己是公社干部就可以无法天天了。汪
阿兴心里明白,他这是指桑骂槐,矛头是对着自己来的。因为物资
分配的事,阿炳心里一直记着这个仇。他忍住心里的怒火,问阿炳
又是哪里要来的这份处理决定。阿炳却闭口不言了。汪阿兴知
道,阿炳是不愿意供出背后的那个人。阿炳走后,他陷入了愤怒之
中。一共有 6 份处理决定,他、老铁头、刘振涛 3 人各一份,还有 3
份存档。如果存档的 3 份还在,那么,毫无疑问就是老铁头的那一
份。老铁头会干这种事? 他走来走去,心里填满了问号。他不想
继续追查下去了。没想到老铁头却走了进来,无语地看着汪阿兴。
两人有一会儿不说话,仿佛时间停止了一样。终于,汪阿兴开了
腔:"我看这事就到此为止了。""你分明是话里有话,有话请说,"老
铁头提高嗓门道,"我们都是明白人。"这句话激怒了汪阿兴。显
然,在老铁头的心里,他自认为将汪阿兴看得清清楚楚了,就像两

个对手，一个心里看穿了对方。汪阿兴强自压下心头的这把火，他竭力平静地说道："明白人不说糊涂话。"老铁头愣了一下，他原以为眼前的汪阿兴又会暴跳如雷，但是现在却错了。他从口袋里掏出那纸处理决定，往桌子上一搁，然后说道："这是我的那份。"说完，他转身走了。

这纸处理决定在桌子上静静地躺着。这是一种示威。汪阿兴站在窗前，心想老铁头此举，其目的就是让自己追查下去，而不是突然中断。他明白这追查的后果，必然会牵出更多的事来。如果他接着追查，无疑将得罪更多的人。无论是刘振涛，还是另有他人。他们都会因为此事而怨恨于他。他并不害怕别人的怨恨，而是担心对自己的承诺的背叛。他这么想着，不禁佩服起老铁头来，他是将了他一军啊。他将桌上的这份处理决定放进抽屉，然后起身走了。

刘振涛在办公室里垂头不语，从阿炳将这份处理决定交给他的时候，他就知道这件事终究要传开去，恐怕用不了多久，就会传到县里，到时候自己将遭受更为严重的处理。他不怨阿炳，也不怨老铁头，现在他只怨汪阿兴，是他当时明确表态说这是要内部处理的。其实倒不如当时就上报县里，说不定县里下了指示，让公社自行处理，其结果可能也是如此。当他抬头看着走进来的汪阿兴时，心里的怨恨就全部写在脸上了。汪阿兴坐了下来，隔着一张桌子，两人一言不发。进来的张文化愣住了，他后退了一步，刚想离开。"小张，我有话问你，"汪阿兴说道，"关于对刘振涛同志的处理决定，一共印了几份？""6份。"张文化回答得干脆利落。汪阿兴看了他一眼，皱起了眉头。之后，他站了起来说道："老刘，你有什么想法？"刘振涛转过头去，看着窗外，一声不吭。"老刘，遇到事我们不要回避。"刘振涛转过头，眼中含泪地看着汪阿兴，他突然垂下头说道："我没有资格再开口说话了。"汪阿兴看了一眼门口站着的张文化，转过头来说道："治病救人，惩前毖后，只要肯承认错误，依旧还是好同志。"刘振涛抬头道:"汪书记,我听你的,这件事过去了。我现在想一个人独自安静一下。"

门被轻轻地掩上了,但是汪阿兴还是听到了刘振涛将门锁的保险按下了。站在走廊上的汪阿兴看着走进办公室的张文化,犹豫了一下,走了。中午,在食堂吃饭时,汪阿兴没有看到刘振涛,他心里有一种不祥的预感。吃好饭,他敲了敲刘振涛办公室的门,说道:"老刘,饭我让小张给你留着。"

下午,除了偶尔听到从刘振涛办公室里传来的轻微哭泣声外,显得特别安静。窗外的天空也显得清淡。但是谁也没有想到,刘振涛突然跳楼了。

三天后,鲁家湾大队的重建工作正式启动,工程队是老铁头找的,由光明大队的阿炳带人干。其实,汪阿兴一开始是不同意让阿炳干这个工程的,毕竟,刘振涛的事还没有完全了结,而且他担心阿炳会搞出什么事来。但是,在宁和公社也只有光明大队有这个实力组建工程队,老铁头说,除了阿炳,没人吃得消。这支由光明大队的社员组成的工程队一看就有阿炳的精明风格。他们在与公社谈条件时,显得胸有成竹。至于阿炳,则顾自坐着吸烟,哼着《红灯记》,一副轻松的样子。汪阿兴每次看到阿炳那张脸,就会想起躺在卫生院里的刘振涛,他的腿摔断了,他的脸上笼罩着一股悲怆之色。他总是说,楼太低了,太低了,要是再高一层,他跳下楼肯定死了。方医生对此忧心忡忡,她告诉汪阿兴,刘振涛醒来后,拒绝进食,且想自残。邱副院长和胡慧丽的意思是注射葡萄糖。汪阿兴觉得刘振涛之所以会跳楼,那是心结未解,更何况这件事要是传开去,刘振涛将生不如死。以反革命罪,自绝于人民之类的,随便戴顶帽子,就让刘振涛一辈子不得安宁。他想起了前些年的批斗场面,就不寒而栗。他硬着头皮与老铁头商量,暂时封锁消息,待专门请示县里后再作打算。老铁头一声不吭,既不表示同意,也不表示不同意,就像一个木头人。看来,这件事远没有自己想的这么简单,他犹豫再三,决定还是向张建设作个专题汇报,但要等刘振涛的情绪稳定之后。

鲁家湾大队的灾民们也加入了重建队伍,这得益于鲁阿牛的工作。尽管徐阿福以身体不好为理由想袖手旁观,但最后还是在姚婶的骂声里,硬着头皮去了工地。汪阿兴深知徐阿福这人容易搞出事情来,便给了他一个职务:监督员。但是,没想到徐阿福"上任"头一天就跟工程队吵了一架。后来徐阿福躺在地上,破口大骂。鲁阿牛只得劝,口水说干,才将徐阿福从地上拉了起来。那天,阿炳在汇报工程进度时,顺便把这件事也说了,他说徐阿福这人就是欠揍。汪阿兴找了徐阿福谈话,提醒他一切要以大局为重,少生事,多实干。徐阿福一边点头,一边东张西望。倒是徐定强,听得很仔细。汪阿兴走的时候,摸了一下徐定强的头,说:"你跟着你爹。"徐定强重重地点头。

工地上堆满了楼山公社支援的茅草,但是水泥问题一直没办法解决。县水泥厂的周厂长很强势,说不排入计划的,没办法供应,否则他这个厂长没法子干。汪阿兴气得摔了电话。本来,按照分工,鲁家湾重建工作是由老铁头具体负责的,他却三天两头不见人影,他问张文化,张文化也是支支吾吾,一副不愿多说一句话的样子。汪阿兴内心十分焦虑,公社干部都被他派到工地上去了,各有各的工作。但是,他们的积极性并不高,有人甚至说,重建或许是个错误,不知道哪天钱王江潮水一来,说不定又全没了。这么多年来,宁和公社吃尽了潮水的苦头,家破人亡的事每年都在上演,大家都有些麻木了。汪阿兴这时候站在江边,望着这条奔腾的大江,心想自己是一点退路也没有了。他很是苦恼,但也没有人可以说,除了胡慧丽。胡慧丽天生就是个乐天派,她偶尔会跟方医生来工地转转。只要她到了工地,孩子们就立刻围住了她。因为她的自行车。孩子们学骑自行车的那会,胡慧丽会跟汪阿兴聊上几句,

没有主题，纯粹随便地聊。汪阿兴心里挺佩服她的，一个城里姑娘
居然还想在宁和多待一阵，再过几天，医疗援助队就要回城了，她
已经又一次跟自己说了，要留下来。她的语速很快，特别是说到钱
王江时，她就说大江大河归于大海，就说未来一定是美好的。他喜
欢她的这种乐观，人，是需要有梦想的。他虽然不知道自己最后的
归宿会在哪儿，但他知道，从他踏上这块土地开始，他就与这块土
地融成了一体。他时常看着徐大军、鲁伟潮、丁玉洁他们欢天喜
地、歪歪斜斜地骑着自行车，就想起了儿子汪小路，他仿佛听不到
这个世界的一点儿声音，但他的眼神却清澈透明。他的情绪会突
然地低落下来，胡慧丽冰雪聪明，她就会问："想家了？"她的眼神在
那会儿也是无比清澈，就像山泉水一样。他低下了头。胡慧丽并
没有因为看透他的心事而沾沾自喜，而是很快就将话题引到了方
医生身上。她有时候会指着忙碌着的方医生说道："汪书记，方姐
干工作也真是太拼命了。"汪阿兴看着远处的方医生，她偶尔也会
将头转向这里，仿佛深情凝视。胡慧丽将他们的神情都看在了眼
里，她会捂着嘴偷笑。她看着学骑车的几个孩子，他们吵吵闹闹，
这时候就需要她上前去做调停人。她一到了车前，孩子们就安静
了。他们用无比崇拜的目光看着她，仿佛她是这个工地上最伟大
的最有本事的人了。胡慧丽知道，这是因为徐曼丽。徐曼丽每次
见了她，一点也不认生，而是缠着她听她讲城里的故事。所有在城
里的一切都令徐曼丽无比陶醉，仿佛那是另一个神秘的国度。胡
慧丽看着徐曼丽，心生怜意。徐曼丽将这些故事讲给了鲁小妹听，
鲁小妹又将故事讲给丁玉洁、鲁伟潮听，关于县城的那些故事就像
生了根一样，在孩子们的目光里——偶尔，他们会将目光投向南
方，在风中一直没有扭头，那儿正是县城的方向。胡慧丽并不知
道，她的这些故事在孩子们的心里播下了向往的种子。毕竟，他们
一个都没有去过县城。离开工地的时候，胡慧丽照例会跟汪阿兴
打个招呼。她打招呼的方式有些特别，她走到汪阿兴跟前，一声不

吭地看着他。汪阿兴被她看得心里发毛了，便开口说："走了？"胡慧丽看了一眼身边的方医生道："方姐说走了就走了。"方医生红着脸说道："汪书记，我们先走了。"汪阿兴点点头。她们俩走了。只是胡慧丽总会转一下头，她的微笑灿烂如花。

老铁头那天傍晚来了一趟工地，他一瘸一瘸的像个伤兵。他一声不吭地走了个遍，坐下来喝水的那会，被徐阿福盯上了。他走到老铁头跟前，双手叉腰打量着他。老铁头站了起来，欲走。徐阿福拉住他道："老铁头，你是工地的负责人，怎么不见人影啊？我这个监督员跟谁汇报啊？"老铁头道："你要汇报什么？""要汇报的事情多着呢，对了，给根烟抽，"徐阿福手指指老铁头的口袋道，"我知道你口袋里有烟。"老铁头掏出烟，丢了一根给徐阿福。徐阿福急不可耐地点上，美美地吸了一口，然后道："老铁头，你知道你为什么当不了公社书记吗？"老铁头愣住了。"你就是太小气，"徐阿福指了指手里的烟道，"要是汪大麻子，说不定就将整包烟都给我了，那叫气派。你啊，抽你一根烟，跟割你的肉似的。""徐阿福，你别胡说八道，有什么事要汇报？"老铁头不高兴地说道，"现在我们在谈工作。"徐阿福站了起来，看了看工地上忙碌的人们，大声叫道："定强，定强。"不一会儿，徐定强跑过来了："爹。""你把三件事跟老铁头说说，"徐阿福得意地看了一眼老铁头，又道，"三件事，件件重要。"徐定强有些紧张地咽着口水，好一会儿才说道："第一件，鲁家湾人的工分怎么算？第二件，工地上晚上没有人值班。第三件，阿炳他们干活不卖力。"他说完后，紧张地看着徐阿福。老铁头转身就走。"喂，老铁头，你怎么走了？"徐阿福着急道。"跟你没关系。"老铁头一瘸一瘸走了。徐定强小声道："爹，我说错了？"徐阿福抓抓头皮道："这三件事，他一件也办不了。"

晚上，张文化来汪阿兴的宿舍，说是有事情要报告。汪阿兴发现他的神情有些异样，便笑着开张文化的玩笑。张文化犹豫不决地说了一件事，就是刘振涛的事。刘振涛离开卫生院了，他在家里躺着,他说是有人陷害他……汪阿兴一声不吭。张文化表示,他这不是告密,也不是打小报告。汪阿兴看着他,好久才说:"你为什么这么关心刘振涛?"张文化愣了一下,马上说道:"我,我担心他出事。""小张,你肯定是有事瞒着我,"汪阿兴一脸平静地说道,"说吧。"张文化的身体开始颤抖,好一会儿才流着泪道:"汪书记,我骗了你,我……"原来,阿炳给刘振涛的那张处理决定,是张文化给阿炳的。那天上午,阿炳来公社找老铁头,没找着,便在张文化的办公室坐了会,吹了一会儿牛。他向来如此,来公社除了吹牛,就是来占便宜。张文化起初并没有在意,他听着阿炳吹牛,讲他的那些英雄事迹,他说得唾沫横飞。张文化在擦脸的时候,突然发现阿炳从口袋里掏出了一叠粮票。阿炳将粮票放在桌上,然后小声道:"小张,帮个忙。"张文化认为给阿炳一张纸没什么大不了的,更何况刘振涛的事,公社干部都知道,于是就收了粮票。他根本没想到阿炳居然会拿着这纸处理决定来公社……汪阿兴心里明白,阿炳之所以干这件事必定是因为对上次分发物资不满。如果这是个人之间的恩怨,他完全可以理解,但是,阿炳目的不仅仅于此,那他的背后又是什么呢? 张文化将一叠粮票放在桌上就走了。汪阿兴一直沉浸在思考之中,这仿佛一个谜,令他有些莫名的兴奋。他看着桌上的这一叠粮票,仿佛想到了什么。他打开笔记本,查看了一下工作记录,发现了一个特别的事,那就是工地上的人员数量。按照阿炳当初上报的工程方案,工程队一共有 65 人,但实际上到工地的人员不到 40 人。

　　阿炳看到汪阿兴的那会儿,是上午九点多。汪阿兴当时就坐在一个土堆上,看着远处。而离这个土堆不远处,就是临时工棚。阿炳是从工棚里出来的,他刚刚开了一个小组会,分配了今日的工程量。他嘴里叼着烟。他愣了一下,然后将嘴里的烟夹在手里:"汪书记,有何吩咐?"汪阿兴站了起来,拍拍屁股。他微笑着道:"有个事要问你。"他指了指工棚,又道:"进工棚说。"令汪阿兴没想到的是,他刚一开口,阿炳就很痛快地承认了人员造假一事,他的理由是因为公社在分配物资时,没有做到一碗水端平,他们光明大队必须要抢回这个"损失"。他说完这一切之后,并没有垂头丧气,反而有些得意地看着汪阿兴。他后来顾自走了。汪阿兴离开工地之前,徐阿福缠住了他。徐阿福一脸忿忿不平,几次三番说到阿炳为人霸道,不服他的监督。这一回,连鲁阿牛也站在了徐阿福一边,这让汪阿兴意识到工地上的矛盾在积累。他站在工棚前,远远地看到阿炳坐在一个土包上,挥舞着双手。那好像是示威。他揉了揉眼睛,走了。

老铁头始终心存疑惑,他不明白汪阿兴为何要将与阿炳的谈话结果告诉他,因为这本来是他们之间的私人谈话。尤其是当汪阿兴说到阿炳有恃无恐时,触动了他的一根神经。那就是汪阿兴是来试探自己的。他冷冷地看着汪阿兴,心里燃起的火焰慢慢熄灭了。他对汪阿兴无比失望,觉得他不过如此。在这之前,他对他的感觉有了很大的变化,至少在他心里认为,汪阿兴的确是一个干实事的人,他绞尽脑汁都在为改变宁和出力。汪阿兴也感觉到了老铁头的变化。每一次与老铁头谈话或者交流时,他都需要小心翼翼,生怕言语上刺激他,这简直就像是在走钢丝。他从骨子里讨厌这样的情景,但是为了团结,为了争取这个最大的对立面,他必须如此。更何况,牵一发而动全身。他不想因为与老铁头的关系搞僵,导致带来更多的麻烦。他深深地吸了一口气,然后说道:"你怎么看这件事?"他话一出口,就觉得后悔,这句话容易让老铁头误以为他将难题踢给了他。果不其然,老铁头冷冷地说道:"你是公社书记,你决定。"这样,两人就没有必要再谈下去了。汪阿兴叹了一口气,转身走到窗前。他听到了背后的脚步声,那是老铁头离去的脚步声。当脚步声再次响起的时候,他头也不回地道:"老铁头,你误会我了。"身后的人却说道:"什么误会?"他猛一下回头,发现张建设站在门口。他吃惊道:"张书记,你怎么来了?"

省革委会谭书记和市革委会陈书记要来宁和,张建设是来打前站的。他心里十分着急,尤其是鲁家湾大队的重建。虽然电话里不止一次听了汪阿兴的汇报,可他心里还是不放心。他喝了一口水便说道:"走,去鲁家湾工地。"两人坐上了吉普车,汪阿兴刚坐下,就看到了站在二楼窗前的老铁头。他犹豫了一下,摇上车窗。在车上,张建设问起了公社的相关情况,汪阿兴作了简要汇报,他丝毫没有提到自己与老铁头的矛盾。在半道上,吉普车抛锚了,司机老王气得拍打方向盘。张建设与汪阿兴走着去工地。

到了工地,汪阿兴愣住了。工地人员站成了两排,夹道欢迎他们的到来。张建设皱起眉头,问汪阿兴这是怎么回事。汪阿兴说真不知道。阿炳迎上前来,笑着脸道:"张书记,请你检阅。"张建设道:"检阅什么?"阿炳愣了一下,退后一步,不说话了。汪阿兴着急道:"阿炳,谁要你这么干的,干活,干活。"他这时发现鲁阿牛皱着眉头站着,便上前道:"鲁阿牛,徐阿福人呢?"鲁阿牛道:"他请假了。""他是工地的监督员,"汪阿兴大声道,"大家干活。"众人散了。张建设走了一圈,在工棚前停了下来。他的脸色一直不太好看。汪阿兴一声不吭。一进了工棚,张建设就说道:"汪大麻子,这支施工队是你叫的?""我们公社只有这么一支施工队,"汪阿兴想了想又说道,"张书记,哪儿不对你尽管批评,我们改。"张建设缓和了一下表情,从口袋里掏出一个小本子,看了看,合上本子说道:"工地现场的进度跟你之前汇报的进度不符合啊,你这不是谎报吗?""张书记,因为我们遇上了一个大困难,我一直没有跟你汇报,我在想法子。"汪阿兴皱着眉道。张建设瞪着他好一会儿,才说道:"为什么不汇报?说。""水泥,"汪阿兴苦着脸道,"县水泥厂的周厂长死活不给我们调拨水泥,我都磨破嘴皮子了。"张建设点点头:"水泥厂的产量不高,我听说计划都排到后年了,这样吧,我给你批个条子。"他说着便取下上衣口袋里的钢笔,旋开,利索地写了一张条子。汪阿兴无比高兴地接过条子:"这下好了,这下好了。"张建设看着他高兴的那个样儿,好久不说话。他心里明白县水泥厂的周厂长可是个厉害角色,要是发起狠来,谁的话都不听,汪阿兴尽管有了条子,可他心里依旧还是为他捏了一把汗。"张书记,我等会儿就去县水泥厂,"汪阿兴拍了一下胸脯道,"我们扬眉吐气了。"

张建设急匆匆地走了。汪阿兴看着不远处的阿炳,阿炳翘着二郎腿,一副气定神闲的样子。工程队的同志们都坐在地上说笑。汪阿兴心急火燎地跑了过去。阿炳站了起来,不急不缓地说道:"汪书记,现在是休息时间。""阿炳,刚才的列队欢迎是怎么回事?谁让你搞这花样的?"汪阿兴瞪了他一眼,又道,"又浪费了半天时间。""我也是奉命的。"阿炳拍拍屁股,顾自走了。

汪阿兴站在原地,发现不远处出现了老铁头的身影,他戴着一顶草帽,像个局外人。他恍然大悟,心想原来都是老铁头安排的。他朝老铁头走去。老铁头摘下草帽,一脸平静地看着他。两人面对面站了一会儿,汪阿兴哑然失笑。"以前,县革委会王副主任来我们公社,我们都是这么干的,我以为张书记也喜欢这样。"老铁头解释道。"算了,张书记没有追究此事,"汪阿兴指了指工地,又道,"加快进度。"他转身就走了。他心里是高兴的,老铁头能来工地就是对他的支持。他喜欢现在的老铁头,这让他的虚荣心得到小小的满足。

走了一阵,他又清醒过来了。老铁头为何不在张建设跟前露面呢?这个问题就像一根绳子一样缠住了心。他后来释然了,心想凡事都不能往坏处想,老铁头这个人也没有那么坏啊,自己是不是太小人了?到了公社前,张文化拦住了他,说是接到了县里的电话,明天有大领导要来宁和公社。汪阿兴笑笑说我知道了。张文化着急地道:"汪书记,还有一件事,是县里王副主任来的电话,他说要求我们组织千人的队伍,夹道欢迎。你说,一天时间我通知不过来啊。""别理他,该干嘛干嘛,"汪阿兴说道,"不搞这些花样。""可是,这是上头的命令,要是得罪了王副主任,以后我们的物资就难了。"张文化一脸着急。汪阿兴犹豫了一下,然后说道:"这样吧,把我们的锣鼓队召集起来。"张文化匆匆地跑了。汪阿兴走进了办公室,电话响了。赵刚强在电话里说,后天送一批木材来。汪阿兴知道,他现在必须去县水泥厂了。

第十二章

县水泥厂在县城的郊外,距宁和公社约有 30 公里。汪阿兴骑着车大汗淋漓,到了之后才发现自己犯了一个错误。他忘了带工作证了。县水泥厂的岗哨十分厉害,他截住汪阿兴,表示没有工作证,不能进去。汪阿兴耐着性子跟他解释,他充耳不闻,一副高高在上的样子。汪阿兴发了火,哪知道岗哨并不生气,估计也是见多识广了,他说道:"公社书记怎么了? 就是县里的领导来了,没有工作证,照样进不了。"汪阿兴将袖子一挥,厉声道:"你究竟要怎的?"岗哨看了他一眼,不吭声了。汪阿兴摸了摸口袋,掏出烟,丢给他一支,然后道:"麻烦你通知一下周厂长出来一下,这可以吧?"岗哨捏着烟,笑嘻嘻地道:"同志,我们周厂长去县里开会了。"汪阿兴一时无计可施,他走到岗哨的小屋内,发现桌上放着一叠单子,全是出门单,他刚想拿起来察看,岗哨利索地取了过去,然后道:"不该看的东西不能看。"汪阿兴坐了下来,拍拍双腿道:"我等,等周厂长回来。"

这时,一辆装载着水泥的大卡车开了出来。岗哨跑了上去。那司机将一包东西丢给了岗哨,岗哨心照不宣地进来,开了出门单,放行。汪阿兴打量着地上的那包东西,猜测里面是什么。岗哨将东西放入柜内,上了锁,然后一声不吭地坐着。汪阿兴一眨不眨地看着他,这令岗哨心里发毛,他低下了头。汪阿兴自言自语道:"我听说就在上个月,一名公社干部因为收了人家的一盒烟,被抓了起来。我还听说,县里粮食局的一个干部,因为一袋米被撤了职……"岗哨坐立不安。汪阿兴故意叹息道:"贪小便宜丢了铁饭碗,不值当啊。"岗哨站了起来,然后道:"你真是宁和公社的书记?""如假包换,"汪阿兴也站了起来,"同志,我听说周厂长可是厉害的人啊。"岗哨想了想道:"他的办公室在三楼。"

令汪阿兴没想到的是,他好不容易进了县水泥厂,却又跟周厂长吵了一架。两人针尖对麦芒,嗓门奇大,一时间整条走廊上站满了人。周厂长不买账,他看了张建设的条子后,只说了一句话:排不出计划。汪阿兴知道,这一回真的遇上麻烦了。周厂长觉得影响不好,便关了办公室的门。他的电话机一直响着,从汪阿兴进来的那一刻开始,他就不停地接电话,不停地骂人。汪阿兴也冷静下来了。周厂长将话筒搁在一边,然后说道:"汪书记,吵也吵了,我看这样吧,你先回去,等我们计划排出来了,我打电话给你。""周厂长,你这句话等于一句废话,你们的计划要是排到明年,我怎么办?算是我求你了,你明后天就给我们送水泥来。"汪阿兴站了起来,深深地一鞠躬。"不是我不给你面子,再说了,张书记的条子嘛,我们厂里研究一下,到时再给你答复。"汪阿兴站着,一时无语。窗外,水泥厂高耸的烟囱冒着浓烟。他低声说道:"我想打个电话。"周厂长有些轻蔑地看了他一眼,说道:"打给张书记,想搬救兵吧,我给你接。"他拿起话筒刚想开口,汪阿兴道:"不。"他走了过来,抓起话筒道:"给我接宁和公社值班室。"周厂长有些愕然地看着他。汪阿兴对着话筒道:"是小张吗? 我是汪阿兴,我现在命令你,马上通知鲁家湾工地上的所有同志,放下手里的工作,等我回来。"他放下话筒,沉重地迈着步子,走向门口。"等等,汪书记,你这是想干吗?想煽动社员同志们包围我们水泥厂? 汪阿兴同志,我告诉你,我不怕,"周厂长一拍桌子道,"这吓不倒我。""周厂长,你放心,我们不会包围水泥厂。"汪阿兴想了想,又说道:"我们去春江县水泥厂求助,我就不信了,天下就只有你一家水泥厂。"他开门,重重地摔门走了。周厂长皱着眉,好一会儿后,他醒悟过来,喃喃自语道:"好一个汪大麻子,围魏救赵啊。"他赶紧摇着电话机,对着话筒说道:"生产车间吗? 马上给宁和公社发两车水泥,越快越好。"

汪阿兴骑着车,心情沉重。他打了一张险牌。周厂长这人脾气火爆,但粗中有细,他领教过了,既然硬碰硬行不通,那只有走另外一条道了。之前,他了解了萧金县周边几个县的水泥厂情况,海平县的水泥厂前几年被捣毁之后,至今没有恢复,春江县水泥厂的情况跟萧金县差不多,但没有萧金县水泥厂这般繁忙,而且据阿炳提供的信息说,春江县水泥厂的厂长是他们大队的一个社员的姐夫……他之所以召集人员去春江县水泥厂,不过是一个幌子,用的是隔山打牛。因为如果萧金县的人去了春江县水泥厂要水泥,这件事必定会在第一时间由春江县革委会通知萧金县革委会,然后上报省革委会,这会令周厂长无法招架。

半道上,后面急匆匆开来一辆拖拉机。司机脖子上搭着印有"萧金县水泥厂"字样的毛巾,他叫道:"汪书记,宁和公社的汪书记吗?"汪阿兴下了车,点点头。司机取下毛巾擦了一下脸:"汪书记,我们周厂长说了,今天就给你们送水泥,你们不用去春江县水泥厂了。"汪阿兴心中一喜,脸上却平静地说道:"好啊。"他目送着拖拉机远去,掏出烟,坐在路边狠狠地抽了起来。他全身上下有说不出的舒坦。

傍晚,两卡车水泥送到了工地上。众人欢腾起来。阿炳走到汪阿兴身边,仔仔细细地打量了他一番,然后说道:"汪书记,你能耐挺大的。"鲁阿牛只是呵呵地笑。汪阿兴看了不远处的徐阿福一眼,他正在数码好的水泥袋,身后的徐定强手里拿着一个小本子记着。汪阿兴走了过去,拍了一下徐定强的肩道:"定强,小本子哪来的?"徐定强不好意思地看了他一眼,轻声道:"胡医生给的。"汪阿兴点点头:"好记性不如烂笔头。"徐阿福得意地摸了摸嘴道:"汪书记,以后定强也去公社工作,当公社干部。"汪阿兴笑了笑道:"只要有本事,哪儿都一样。"

老铁头是在晚上来工地的,由于水泥到了,汪阿兴要求工地上有人值班。老铁头站在水泥袋垛前,久久无语。他心潮起伏,没料到汪阿兴居然真的把水泥要来了,这件事也只有汪阿兴办得成。他听说汪阿兴去县水泥厂了,他比谁都清楚县水泥厂的情况,他以为汪阿兴这一回肯定会碰个头破血流,心里还是有些怜悯汪阿兴的,自从来到宁和之后,他就像一条丧家犬。他抽着烟,静静地思索着。没料到汪阿兴神不知鬼不觉地站在了他的身后:"老铁头,我算了算,水泥还不够,还得想法子。""嗯。"老铁头应了一声。"你有什么法子?贡献一下,"汪阿兴说着,坐了下来,指了指远处的一些草舍又道,"我每次看到这些草舍,心里就一直在想:为什么我们现在还要盖草舍呢?为啥不造平房?后来鲁阿牛跟我说,造草舍成本低,要是哪一天钱王江决堤了,什么平房啊楼房的,全都不堪一击,住草舍是鲁家湾人的命。"老铁头也坐了下来,点点头说道:"鲁阿牛说得对,自从这块土地上有了人之后,一直住的是草舍。有箍桶舍、直头舍、横舍三种,这一次,我们造的都是石墙舍,已经比以前的草舍好得多了。"汪阿兴道:"以后我们会造楼房的。""治服了钱王江,筑起了坚不可摧的大坝之后,就可以像县城里一样造楼房了,"老铁头叹了口气,又道,"难啊,难于上青天啊。""最难的事也总是人干的,老铁头,打起精神来,我们能干成这件大事的,"汪阿兴指着远处的钱王江道,"有一天,它会低头的。"老铁头突然站了起来,走了开去。汪阿兴吃惊道:"我又说错话了?"老铁头头也不回道:"要是光凭嘴皮子就能办成这件大事,我愿意把自己的嘴割下来送给钱王江。"汪阿兴愣住了。

半夜,汪阿兴辗转反侧。他仿佛听到了钱王江的潮声,从耳边一次次掠过。他下了床,来回走着。明天省革委会谭书记要来宁和公社,不知道他来干什么?如果他是来调研的,那么他要不要开口说话?他犹豫不决。他不是害怕说话,而是担心自己说错了话,影响了张建设的布局。他索性开了门,走了出去。他像个幽灵一样行走在这块土地上，一切都显得安宁。这给了他一种错觉，仿佛他还在楼山。他深深地吸了口气，仰望星空。

一早，汪阿兴便接到县里的电话，让他去红旗大队。电话是王宝年打来的，他没有多余的话。汪阿兴觉得这个电话不同寻常，便急匆匆去了红旗大队。他心里明白，王宝年是让他去"照顾"老倪的。老倪的身体状况稍好了些，他说前不久方医生来过一趟，给他留了点药。高成天依旧以为汪阿兴深怀敌意，若不是老倪劝解，他恐怕会吹胡子瞪眼睛，不给汪阿兴好脸色看。汪阿兴心里也有些郁闷，王宝年这个电话有两层意思，说是"照顾"老倪，其实也是支走他。他与老倪坐着喝茶，全是茶末，杯子里糊涂涂的一片。老倪依旧不爱说话，他时不时地闭上眼睛，仿佛显得没精打采一样。汪阿兴有许多话想跟他说，但看到站在老倪身边的高成天板着脸的样子，也没有了说话的心情。

一上午的时间悄然流走了。趁着高成天去茅厕的机会，汪阿兴问了老倪几个问题，都涉及钱王江。老倪也是就事论事，没有多说一句。这一问一答的气氛令汪阿兴感到不舒服，他站了起来，边踱步边观察草舍外的动静。他发现几个红旗大队的社员戴着红袖章把着各个路口，他们神情警惕。他重新坐了下来，他看着微闭着眼睛的老倪，心里突然就明白了王宝年的电话的真正意思。那就是不仅仅是老倪，包括自己都是被"照顾"的对象。他感到了一阵悲凉。怪不得老倪不肯多说一句话，原来老倪早就明白了汪阿兴此次来的意思。

高成天进来的时候，好像中气足了。他一屁股坐了下来，瞪着汪阿兴。汪阿兴故意站了起来，高成天也跟着站了起来，一副随时要拉住他的样子。汪阿兴重新坐下，然后道："高队长，看样子我跟老倪一样，今天就老老实实坐在这里，哪儿都去不了了。"高成天愣了愣，然后说道："汪大麻子，你太聪明了，你就安安静静地坐着吧，我们管饭,天黑了再回去。"汪阿兴闭上了眼睛。他安静地坐着,心里却是翻江倒海。这是一个信号。王宝年的这个电话是代表县里打来的,也就是说张建设是知情的,这么说来,县里形成了一致意见,让他暂时"消失"。作为宁和公社的党委书记却遭受这样的待遇,还有比这更能让他伤心的吗?尤其是张建设,他是最了解自己的,难道他也不信任自己了?既然这样,不如回楼山去,他还留在这里干吗?思绪像潮水一样一波一波地冲击着他。

老倪突然开口说话了:"汪书记,树欲静而风不止。"汪阿兴点点头。高成天听了莫名其妙,问道:"老倪,什么意思?我们宁和哪有什么树?你别文绉绉的,我听不懂。"老倪微微一笑道:"高队长,你说得对,没有树,没有树。"高成天看了汪阿兴一眼,又道:"汪大麻子,你也别怪我,我也是接到了上级的特别指令,你到我们红旗大队之后,安安静静地待着。"汪阿兴点点头。老倪突然用手蘸了杯子里的水,在桌上画了起来。高成天道:"老倪,你跟他打什么暗语?""我这是画钱王江呢,"老倪喝了一口水道,"高队长,我听说省里的领导来我们宁和,就是来视察钱王江的,我们跟上级保持一致。"高成天不吭声了,他端着茶缸走了。老倪朝汪阿兴使了一个眼色,两人就在桌上蘸着水比划起来。老倪边画着,边说着钱王江的历史……

张建设是带着一肚子怒气来到宁和的。在县里的会议上,王宝年突然提出了安全问题,他说省里领导来我们萧金县,那是极其重要的大事,不允许出现一点儿闪失,他提议对重点人物实行高级别的管控,他先是提了老倪,后来提了汪阿兴,说他是个大嘴巴,一开口说话就容易出事,不如让他避一避。张建设当场就怒了,说汪阿兴是公社书记,上级领导来调研,却让所在地的公社书记回避一下,这不是笑话吗?王宝年好像胸有成竹,从口袋里掏出一封信,扬了扬说道:"同志们,这是举报汪阿兴的信,信里说他在宁和公社胡作非为,搞得民不聊生,像这样的人,我们不管控,那管控谁呢?"

张建设接过信一看，果真说的都是汪阿兴的事，署名是"宁和公社有良心的社员"，为了避免王宝年就此信大做文章，他违心同意让汪阿兴回避。在来宁和的路上，他的怒气一直没有消解，他由此知道了汪阿兴开展工作的困难和压力。

谭书记和陈书记轻车简从，他们直接去了钱王江边的鲁家湾工地。老铁头代表宁和公社地方负责人向他们介绍情况。待在宁和公社前的锣鼓队无精打采，张文化焦急地等待着汪阿兴，他东张西望，却不见来人。后来县里的司机老王跑了过来，跟他说解散锣鼓队。张文化急匆匆跑着去了鲁家湾工地，他看到老铁头满面春风地说着。他大声道："老铁头，汪书记人呢？"老铁头的表情霎时冷了一下，然后继续介绍。谭书记看了一眼张建设，说道："我听说宁和公社的书记是新来的，怎么不见他人啊？"张建设支吾了一下，说道："他，他办其他的事去了。"谭书记看了他一眼，又道："我听说这个公社书记不简单啊，有人将告状信都寄到我这儿了。"张文化听了，愣住了。他站在原地，不知如何是好。张建设见了，便拉了他一下，低声道："他在红旗大队。"

老倪说得尽兴，汪阿兴听得入迷。高成天看着他们在桌子上画来画去的，也明白了他们是在交流，便过来收走了他们的杯子。老倪一脸苦笑。汪阿兴见了，便说道："高队长，收了杯子，我们还有手，还有嘴，你要不一块儿收走？"高成天瞪了他一眼，然后道："张文化来了。"汪阿兴站了起来，发现门外的张文化急匆匆地跑来了。他见了汪阿兴，又看了老倪一眼，然后故意大声地咳了一下道："高队长，我有事要向汪书记汇报。""汇报？他都成这样了，你还汇报？"高成天摇摇头，"我看，也就你还忠心耿耿的。小张，我提醒你啊，不要跟错了人。""不关你事，"张文化说道，"我有要事汇报。"高成天见了，脸都气得绿了，好一会儿后，才说道："好，给你们一支烟的工夫。老倪，走，跟我走。"他与老倪走后，张文化着急道："汪书记，省里的谭书记他们到了鲁家湾工地，对了，还有好多人，县里的张书记也来了,还有……""别急,小张你慢慢说。""是张书记告诉我你在这儿的,对了,现在老铁头在汇报工作,你这是怎么了? 我以为你失踪了呢?"张文化喘了口气,又说道,"还有,我听到一件奇怪的事。""什么奇怪的事?"汪阿兴问道。张文化小声说道:"有揭发你的举报信,写到省里的谭书记那儿了。汪书记,你说这是谁啊? 为什么举报? 你好好的,我就不明白了,我们宁和这是怎么了?"他使劲地跺了一脚,又道:"还有高队长,他这算什么呀,一副趾高气扬的样子。我看着就恶心。""小张,高队长这也是公事公办,别怪他,你回去吧。"汪阿兴一脸平静地说道。"可是,我回去干什么,啥事也干不了,在那儿生闷气,不如留在这儿清闲。"张文化赌气说道。"公社还有其他事,回去吧。待谭书记他们走了,我也就回去了,"汪阿兴笑道,"放心吧,我不是什么敌对分子。"张文化走后,汪阿兴心里都要炸了。很显然,举报信是出自宁和的,这个人是谁? 他脑子里翻滚着各个人物,但始终无法清晰。他闭着眼睛坐着,好像老僧入定似的。

午饭后,高成天忠实地坐在门口,老倪进去睡觉了。汪阿兴听着老倪轻微的鼾声,心想人生境遇如老倪这样的,也居然能睡得着,真是了不起。他睁开眼睛的那会,看到高成天垂头打盹。他站了起来,高成天立马就醒了:"你要干什么?""撒尿。"高成天一脸不满站了起来:"汪大麻子,要撒尿你早点说,他娘的,刚做了个美梦,大口吃肉,"他摸了摸嘴,叹息道,"要知道一年之中做这种美梦也不容易。"他带着汪阿兴去了门外的茅厕,他边撒尿,边说道:"汪大麻子,我看你还是趁早滚回楼山吧,在宁和,你水土不服。"两人走进草舍的那会,汪阿兴发现老倪端坐,便说道:"醒了?"老倪点点头,然后指指桌子。汪阿兴坐了下来,转头道:"高队长,你中午的饭干得很,来杯水。""这算是优待了,老子天天喝稀饭。"高成天忿忿不平地提着一个水瓶进来了。

傍晚时分,张文化再次来到了红旗大队。他一脸开心,好像捡了宝贝似的。高成天一脸倦容,他说道:"早知道管人这么累,我还不如去地里干活。"汪阿兴无语地站了起来,跟老倪告别。老倪眼中含泪道:"汪书记,这一天的相处让我很开心,不管前路多么险峻,你都要走下去。"汪阿兴点点头。汪阿兴推着自行车走到红旗大队的村口时,他转身回望,发现老倪站在高成天的身边。他朝他们挥了一下手,骑上车走了。张文化边骑车边告诉汪阿兴,谭书记听了老铁头和张建设的工作汇报,很高兴,说宁和公社这个书记选得好,就是要选这样的同志来宁和。汪阿兴愣了一下,吱的一声刹车道:"真的?""我亲耳听到的,哪能有假?"张文化笑着说道,"张建设书记听了谭书记的话,也笑了。他们走后,老铁头有些闷闷不乐,他跟我说,他在汇报时太紧张了,好像病了。""病了?"张文化重重地点头道:"我看他脸色发红,是好像病了的样子。"汪阿兴道:"走,我们去卫生院。""去卫生院?"张文化以为自己听错了,着急道,"汪书记,我们不搞个庆功会?省里的大领导表扬我们了,这么大的事,我们……""小张,老铁头可能真的病了。走。"他用力一蹬车,张文化随后跟上。

夜幕降临。方医生和胡慧丽去了老铁头的办公室,他趴在桌上,整个人发烫,说话声音沙哑。胡慧丽看了看他的舌苔,然后道:"方姐,他八成是得了猩红热病。这病会传染。马上隔离。"方医生也慌了起来,一不小心将白醋瓶打翻在地。"方姐,你这是怎么了?"胡慧丽不满道,"对了,汪书记,你们请离开办公室。"

在办公室外,张文化还是一头雾水,他小声道:"汪书记,刚才胡医生说老铁头得了什么病?我怎么从来没有听说过世界上还有这病呢?""你不懂的东西还多着呢,世界那么大。反正是细菌感染吧,对了,你去一趟老铁头家,告诉他家属,这两天老铁头就住在公社了。"张文化急匆匆而去。不一会儿,方医生脸红红地出来了。汪阿兴迎上前去:"方医生,他情况怎么样?""慧丽说,有办法。"方医生低头走了。汪阿兴正要上前敲门,胡慧丽开门出来了,她皱着眉道："汪书记,赶紧叫个拖拉机,把他送到卫生院去。"汪阿兴点点头,转身欲走。"对了,汪书记,你也要去卫生院检查有无感染。""我好好的,"汪阿兴拍了一下胸脯道,"你放心,老铁头的那点儿细菌还打不倒我。"胡慧丽瞪了他一眼。汪阿兴伸伸舌头,一溜烟跑了。

第二天上班前,汪阿兴去了一趟卫生院。老铁头的热度退了,整个人也清醒了好多。方医生偷偷地告诉汪阿兴,昨晚上老铁头说了一夜的梦话。汪阿兴坐在床前,看着输液的老铁头,轻声道:"身体是革命的本钱。"老铁头并没有说话,而是安静地看着屋顶。方医生进来,看了一下输液瓶,然后用手背贴了一下老铁头的额头,挨着汪阿兴坐了下来。汪阿兴的脸腾地一下子红了,他往边上挪了挪。

老铁头看在眼里,他突然扑哧一声笑了。方医生的脸也红了。老铁头有些沙哑地说道:"汪书记,胡医生说了,我明天就可以出院了。你回去工作吧。"汪阿兴知道,老铁头这是给他一个抽身离去的机会,便说道:"那好吧,你好好休息,方医生,我走了。"方医生有些失望地看了他一眼道:"好吧。"汪阿兴大步地走了,到了卫生院门口,他发现自己都流汗了。他心里骂着自己,方医生不过是个女同志,怕什么?他正在擦汗的当口,胡慧丽突然跑了出来:"汪书记,我有个事要跟你说。"她看了一下四周,低声道:"我听邱副院长说,他们后天就要走了,你别忘了跟他说,我要留下来。"汪阿兴连连点头。胡慧丽看了他一眼,又道:"你怎么了,满头大汗的样子,是不是感染了?""没,没,我,我走了。"汪阿兴跨上车,飞快地骑着走了。胡慧丽看着他显得狼狈的样子,捂着嘴偷笑。这时,方医生出来了。"方姐,晚了,他逃也似的跑了。"方医生脸涨得通红。

张建设在电话里把昨天谭书记说的话作了传达,他没有说举报信一事,但是汪阿兴还是从他的语调里听出了问题的严重性。他静静地思考了一阵,觉得举报信既然到了县里,调查权就自动上交了。他没有必要再去想这件事了。张建设还隐约提到了另外一件事，那就是县革委会的人事变动，他只是说我们县可能要增加力量。汪阿兴没有细想，他只是一个公社书记，但是张建设之所以会透出一丝风来，估计也不是空穴来风。这表示他在张建设心目中的地位是高的，是为他所倚重的。这也从另一个方面解释了为何要让他去红旗大队回避这事。汪阿兴并没有在乎什么，他眼下只有一件事，那就是鲁家湾大队的重建必须加班加点，早日完成。宁和学校开学已经拖延了，灾民们要在开学前搬到新草舍去。从目前工程的进度来看，还是相当理想的。尽管阿炳看上去一副吊儿郎当的样子，但关键的时候还是抢得了工期的。他这么想着，没料想刘振涛走了进来。他低着头，一副受了委屈的样子。

"老刘，你……"汪阿兴愣住了。抬头的刘振涛满脸是泪。"汪书记，我没脸在公社干了，你帮帮我，调个单位吧，哪儿都行。"刘振涛突然扑通一声跪了下来。"老刘，你起来，这像什么话?!"汪阿兴打心眼里瞧不起刘振涛的这个怂样，男人膝下有黄金，哪能说跪就跪的？他一把拉起了刘振涛，皱眉问道："老刘，又出什么事了?"刘振涛一把眼泪一把鼻涕地说了起来，无非是他觉得公社里的每个同志看他的眼光都不一样，好像他头上长着角似的。他说得絮絮叨叨，边说边把眼泪鼻涕甩到地上。汪阿兴突然拍了一下桌子，大声道："老刘，好了，好了，现在听我说。"刘振涛眼巴巴地看着他。"老刘，县里对我们公社有要求，干部一律不动，你就不要再有这个想法了，另外我跟你说，犯错误不可怕，可怕的是犯了错误之后，从此活在阴影里。你抬头挺胸，堂堂正正做人吧。"刘振涛努力地抬头，站直了身子，但一眨眼工夫，他就软了下去。汪阿兴走了过来，用力一拍他的肩。刘振涛的身子又直了起来。"老刘，说来说去一句话，男人就是一根笔直的木头。明白吗？老刘，挺起胸膛做人。"刘振涛咬着牙，重重地点头。那一刻，汪阿兴百感交集，眼前的这个男人仿佛就像一个得到表扬的孩子似的。刘振涛信心满满地走了。

汪阿兴看着电话机发呆,有那么一会儿,他的脑子一下子空了,好像被抽走了什么似的。直到张文化急匆匆跑进来,报告说老铁头来了,汪阿兴才醒悟过来,忙跟着张文化跑了出去。走廊上,老铁头站着,他的身后站着着急的方医生,她说道:"汪书记,我拦不住他。""我要去工地,那是我负责的。"老铁头沙哑地说道。汪阿兴什么话也不说,走过去紧紧地拥抱了老铁头。张文化笑了。

在返回省城的路上,谭书记透过车窗,望着平静的江面,好久不说话。陈书记小声道:"谭书记,您……""老陈,我们对不起萧金县人民呀。多年来,对钱王江治理的呼声时有耳闻,可这是一个惊天大工程,仅萧金段的江堤就长达一百多公里呀,而且江堤全是危堤呀,一旦遇上台风、暴雨、大潮倒灌,那后果真的是不堪设想呀。"陈书记点点头道:"这一次决堤就是最深刻的教训啊。七分天灾,三分人祸啊。"谭书记摇摇头道:"我说句大胆的话,是三分天灾,七分人祸。江堤不固,以后这样的事还会发生啊。你说,这不是七分人祸,三分天灾吗?""要动,就得动大手术呀,从根子入手。""老陈,我们共产党人打天下,坐江山,治天下,才能真正得民心呀。钱王江治理关键就是一个字——围。只有一段段地围,建设标准海塘大堤,这样,方能保得百年太平呀。"陈书记点头道:"谭书记,萧金县位处要地,牵一发而动全身啊。前些年,他们也小规模地围了几块地,有失有得,但一直不敢在宁和动手,而宁和恰恰是要害之地,仓促动手,难度极高,风险极大,此次决堤也是在宁和。张建设同志专门向我汇报过他的一些想法,总觉得时机还不成熟。""老陈,我们要相信人民群众。人民的力量是无穷无尽的,我们党要依靠人民群众的力量,把我省的这个老大难问题给解决了。"陈书记点点头。谭书记闭上眼睛,揉了揉太阳穴道:"老陈,干部是决定因素啊。我看是时候动一动人了。"

车到了省革委会大楼前,谭书记道:"宁和公社的一把手很重要,这个汪大麻子啊,举报信里说他一个人独揽大权,是针插不进、水泼不进啊。我倒认为,宁和公社需要这么一个人。"陈书记笑道:"张建设同志跟我说,把汪大麻子调到宁和,他一直心里很矛盾,没有很大的把握,一方面他欣赏汪大麻子的那股子不要命的干劲,另一方面他又担心汪大麻子太自负,处理不好各种关系……我跟他说啊,人无完人啊。"下了车,谭书记说道:"宁和公社这个书记不好当啊。张建设同志这个县革委会书记也不好当啊。对了,你怎么看海平县的李贵生同志和嘉乐县的胡仁义同志?""嘉乐县不归我管,看来这盘大棋真的需要省里统一指挥、协调。""李贵生同志呢,在大局观念上胜过春江县的吴民民同志,但在谋略上又逊于萧金县的张建设同志。李贵生同志有一个优点,承受力特别好。我有个初步想法,让张建设与李贵生搭班,两人以前是对手关系,针尖对麦芒,以后就是同一条战壕里的战友了。"陈书记轻声道:"谭书记,您的意思是让李贵生同志去萧金县当革委会主任。那海平县的书记一职……""让萧金县的赵刚同志担任,他不是在党校脱产学习嘛,也快结束了。赵刚同志为人厚道,富有钻研精神,他与张建设同志隔江相望,互为呼应,也有利于萧金县干大事呀。"陈书记点点头道:"我觉得这样的安排很好。"

与此同时,张建设也正前往省革委会的路上。他接到电话说是去省里开会,他心里猜测或许与人事变动有关。他心情有些沉重。他想到谭书记来宁和时说的一番话:"这是我省的一个老大难问题,钱王江的问题不解决,我们就一天睡不着啊……我们就是要一手资料,光听汇报,不到实地查看,心里总不踏实。"显然,省里对钱王江决堤事件至今没有一个明确的结论,那是因为他们都知道钱王江的威力,这是一条出了名的凶江啊。但是,按照属地管理,他是第一责任人。他心里有个愿望,一定要打好这个大仗。他想着,突然泪流满面。司机老王轻声道:"张书记,要不要停车休息一下?""不用,"张建设用手擦了一下脸道,"老王,一眨眼,这么多年过去了。""是啊,张书记,再过两年我就要退休了,我的愿望是在退休前能开上新车,哪怕一天也行。"张建设笑了:"老王,你的这个愿望怕是实现不了了。"两人哈哈大笑。"张书记,我倒是想起了一件事,不知该不该说?"老王有些犹豫地说道。"说吧。"老王道:"昨天,王宝年同志去市革委会开会,回来后,他显得很不高兴,说萧金县太穷了,穷得叮当响,别的县里领导去开会,坐的车不是新的,也是八成新的,而我们县却是一辆老爷车。""关于车的事,他跟我说了好几遍,我寻思着,我们县还没有条件换新车,等以后日子好过了,再换车。"张建设摸了一下车窗玻璃道:"老王,这辆车以后会成为历史的。"

　　一进入省革委会的第三会议室,张建设就发现气氛有些凝重,钱王江沿江的几个县的书记都来了。春江县的吴民民、海平县的李贵生、嘉乐县的胡仁义都瞪着他。张建设笑道:"怎么? 不认识我张建设啊。"胡仁义站了起来,摸了一下头顶道:"老张,你一来,这好戏就要开锣了。""老胡,你来凑什么热闹?"李贵生道,"我们三个县都是杭为市管辖的,你是嘉州市管辖的,跟我们凑什么热闹?""老李,你瞪大眼睛看看,我们现在可是在省里,不是在市里呀,"胡仁义笑道,"还有老吴,你来了之后,一声不吭,不会是在打小九九吧。"吴民民站了起来,皱着眉道:"八成是钱王江的事,我们是上游,管一条春江就够头大了,老张跟老李你们俩是隔江相望,老胡,你那儿是下游,有什么危险,我们都替你挡了。""老吴,你这话说得不公道,钱王江它可不管上游,还是下游,哗啦啦潮水一来,六亲不认,哪个县都遭殃。"张建设坐了下来,拍拍桌子道:"你们啊,都别吵了,老胡,你号称半个诸葛亮,你说说,省里让我们来干吗?"胡仁义踱了几步,说道:"依我看,这是要搓麻将啊。"

　　一个小时后,脸色沉重的张建设坐上了吉普车,一言不发。司机老王发动汽车,想了想说道:"张书记,回?"张建设点点头,这时,他看到李贵生上了车,便说道:"老王,等等。"他急匆匆地下了车,走了过去,然后轻敲车玻璃。李贵生下了车:"什么事?"张建设一脸严肃道:"跟你说几句话。""我也正有此意,你想说什么?""老李,以前我们是冤家对头,今后成了搭档,别的话我就不多说了,希望忘掉过去,重新开始,"张建设想了想又道,"我怕你水土不服。""老张,你这是欢迎呢?还是拒绝?你以为我想来萧金县?我告诉你,我李贵生曾经发过誓,这辈子不踏进萧金县一步。"李贵生瞪大眼道,他拉开车门,对司机道:"开车。"

张建设气呼呼地回到车上,没好气地道:"老王,开车。"一路上,张建设闭上了眼睛。他没想到省里居然是这样的安排,将李贵生调到萧金县任革委会主任,与他搭班子。他回忆着刚才会上发生的一切……

谭书记说道:"张建设、李贵生同志,我听说你们俩还有点私人恩怨。不过,这些都是过去的事了。共产党人要心胸宽广,要团结奋斗。现在你们将站在同一条战壕里了,并肩作战。尤其是李贵生同志,从海平县革委会书记变为萧金县革委会主任,这不是降职,是正常调整。"李贵生听了,站了起来道:"我不想去萧金县。"柳副书记生气道:"李贵生同志,你这是什么态度?坐下。"李贵生坐下,黑着脸一声不吭。胡仁义打圆场道:"我说老李,你就从了吧。萧金县那可是大县呢,光人口就是你们海平县的三倍呀。""老胡你这是什么话?人口多顶个屁用,多一张嘴,那就多一份口粮。现在粮食这么紧张,我到时候找你要啊?"李贵生瞪着他道。胡仁义道:"粮食紧张不假,但人多力量大,还有……""老胡你就别来劝我了,我知道什么是火坑?"谭书记站了起来,踱了几步,然后说道:"李贵生同志,干部人事调整,组织上的意图必须落实。想不通的,回去好好想。散会!"

傍晚,张建设进了办公室,刚喝了一口水,王宝年就急匆匆进来了。他说道:"张书记,听说人事有变动?"张建设点点头。王宝年小声道:"我们县……""宝年同志,我有点累了,有什么事明天再说吧。"王宝年走后,张建设皱着眉抽烟,他知道王宝年的心思。但是,当前萧金县的压力大,李贵生这人虽然脾气急,跟他是冤家对头,但却是干工作的一把好手,相比王宝年而言,一个像霹雳,一个却像温吞水。他走出了办公室,发现走廊上静悄悄的。他犹豫了一下,然后走了。

办公室的门虚掩着,王宝年有一种度日如年的感觉。这次人事调整对自己来说,是一次机会,但是,从刚才张建设的表情来看,恐怕不是好消息。他透过门缝看到张建设走了。他站了起来,站在窗前抽烟。他有一肚子委屈的情绪。

此时,门被轻轻地推开了。城厢公社书记黄有财一脸堆笑地进来了:"姐夫,我来看看你。"他说着,丢过来一条烟,又道:"姐夫,我听说你可能要转正了,那我姐就是主任太太了。""有财,你别胡说八道。"王宝年板着脸道。黄有财坐下,点了一根烟道:"姐夫,你当副主任都五年了,赵刚去党校学习了,迟早是要提拔的,他一走,你正好顶上。"王宝年不吭声。黄有财的话说到他的心里去了。按照论资排辈,也该轮到他了。黄有财亮了一下手腕上的手表,然后解了下来,丢在桌上道:"姐夫,上海牌手表,新的,给你。"王宝年皱着眉道:"我不要。"黄有财笑了一声:"姐夫,你不要,给我姐。"他站了起来,想了想又低声道:"姐夫,我想去物资局,你方便的时候跟张书记说说。""你新任城厢公社书记才一年多,心思又活了,有财,我劝你啊,手别伸得太长。"王宝年有些生气地说道。"姐夫,亲不亲一家人嘛。我当了物资局长,就直接归你分管了,你指东,我不敢往西啊。再说了,物资局比公社那是好多了,我也用不着天天下田间地头了。""你……"王宝年刚想发火,黄有财一溜烟地走了。看着敞开的门,王宝年赶紧将手表和香烟放入抽屉。他重新将门虚掩,然后发呆。他自言自语道:"人算不如天算啊。"

电话响的那会儿,已是傍晚。王宝年拿起话筒,刚想说话,便传来一个声音:"鲁家湾工地打架了。"他愣了愣,刚想问你是谁?对方挂了电话。他双手叉腰,来回走了几步。他站在窗前,看着机关干部们推着自行车陆续下班了。他看到了张建设跟一名机关干部正在说话。他想了想,关上门走了。在走廊上,他遇到了张建设。"宝年同志,有个事我跟你说说。""张书记,你说。"王宝年道。"宁和的物资运送还得抓紧,可不能耽误了。"王宝年点头道:"好的,我尽快安排。"他犹豫了一下,看着张建设上楼去了。

晚上,王宝年来到办公室。他抽着烟,把玩着上海牌手表。之前,他打过电话了,但宁和公社值班室没人接。他竭力回忆那个打电话来的人的声音。如果他一定要查,可以通过总机查,肯定查得到。但是他不想这么干。他喜欢猜测。肯定不是老铁头的声音,更不是汪阿兴的声音,值班室的小张也不是,那又是谁呢?他将宁和公社的几名干部全部从脑子里过了一遍,突然,他一拍桌子,是人武部长刘振涛。他很佩服自己的记忆,虽然他与刘振涛接触不多,但他曾经听他介绍工作,他的声音有点儿"娘"。刘振涛原来是宁和公社的文书,因为有一次在钱王江边救了一个老太太,这件事在县里作为典型作了表彰,他后来因此当上了武装部长。他第一次见到刘振涛是在考察干部的谈话过程中,刘振涛把那次救人事件说得特别神勇,好像他是孙悟空一样。只是,他不明白刘振涛为什么会打电话来。这太突然了。他看着电话机,犹豫不决。因为县值班室也一直没有将此信息报上来,这说明刘振涛没有给值班室打电话。他为什么要打电话给自己呢?他百思不得其解。他闭上了眼睛,此时的宁和公社肯定乱成一锅粥了,汪大麻子焦头烂额了。他心里隐约有一种快感。然而,这种快感马上被一种恐惧包围了,如果出大事,那么他也脱不了干系。他的身子颤抖了一下。他走到门口时,停下了脚步。汪大麻子会有办法解决问题的。他退了回来，然后重新坐了下来。他上有张建设，下有汪大麻子，他用不着如此这般着急。他长长地吁了一口气。他将脚搁在了桌子上，然后收听中央人民广播电台的节目。他知道，夜晚很快就会过去的。

第十三章

　　说起来,这起打架事件显得十分蹊跷。谁都没想到,但确实发生了。汪阿兴双手捧着头,想理出一个头绪来。因为县医院医疗队要回城,汪阿兴有些忙碌。他去了卫生院,跟邱副院长作了交谈,一方面是表示感谢,决定举办一个简短的送别仪式,另一方面还得惦记着胡慧丽所托之事。他先是探了探邱副院长的口风,他根本就没有提到胡慧丽的事,也就是说,胡慧丽没有跟他谈过。这样就显得很难办。他如果突然提出这个问题,邱副院长一口回绝,就没有了退路。他为怎么说这个事颇动了点心思。他先重重表扬了县医疗队的作用,让邱副院长感到很高兴,同时也很高兴地接受了他的建议,开一个简短的送别仪式。县里来的车已经停在了卫生院外,一些医疗器材也装上了车。胡慧丽混在队伍里,紧张地看着汪阿兴。汪阿兴知道她的心思,怕事到临头,他退缩了。他想了想,便对走过来的张文化耳语了几句。张文化急匆匆地跑了。不远处,邱副院长正在跟方医生交谈。方医生不时地点头,手里还拿着一个小本子。汪阿兴听胡慧丽说起过,方医生学习认真,时时刻刻不忘向县医院的医生护士请教。他不忍心打断他们的交谈,于是就走向了装车的其他医生护士。他们跟他打招呼,他笑着一一跟他们握手,间或聊上几句。他不时地远眺,远远地,一些人出现了。这时,他看到张文化骑车来了,越过了这群人,到了他跟前,跳下车道:"汪书记,安排妥当了。"汪阿兴点点头,迎了上去道:"同志们,你们去哪?""我们来卫生院,送别医生们,"一名老者说道,"我

们都是附近的社员，听说县医院的医生要走了，就来送送。"汪阿兴
点点头，握住老者的手道："来得好啊。"

说话间，邱副院长走出了院子，快步迎上前道："同志们，感谢
你们。"众人正说着，老铁头带着宁和公社机关的同志们也到了。
大家列成一队。汪阿兴清了清嗓子道："邱副院长，今天你们就要
走了，本来，我寻思着送点什么东西，表示我们的心意，可是我们宁
和实在穷，找来找去，后来总算找到了一样东西，我觉得这样东西
最能代表我们的感谢之情。"说完，他站在队列里，大声道："向县医
院的同志们致敬。"他们齐齐地三鞠躬。邱副院长紧紧地握着汪阿
兴的手道："这是我们收到的最好的礼物。"两人相拥而笑。之后，
汪阿兴拉着邱副院长说了胡慧丽的事。邱副院长皱着眉，一声不
吭。"邱副院长，我们公社也觉得胡慧丽同志暂时留在我们宁和卫
生院，对我们极为有利，"汪阿兴说道，"你知道卫生院就方医生一
名女同志，胡慧丽同志留下来做个伴也好。还可以提升方医生的
医术，可谓一举两得。"邱副院长打断他道："这个事我做不了主，你
必须跟章院长打招呼。"他看了不远处的胡慧丽，便叫道："胡医
生。"胡慧丽走了过来："邱副院长，我想留下来，请组织上同意我的
请求。""你上次不辞而别，这一次你又想临阵脱逃？"邱副院长皱着
眉道，"汪书记说把你留下来，我很为难。我的意见是你先跟我回
去，向章院长作个汇报，如果他同意，你过几天再回来。"胡慧丽心
里明白，如果自己回去，那是不可能再来宁和了，姐姐会将她管得
死死的。她求助地看着汪阿兴。汪阿兴想了想，说道："邱副院长，
我们以公社的名义打个报告给你们县医院，请求暂时留下胡医生，
你看这样行吗？""这……"邱副院长犹豫不决。这时，汪阿兴从口
袋里掏出一份报告，递给邱副院长道："给，这是我们公社的报告，
你回去可以交差了。"邱副院长拿着报告看了一眼，然后道："我说
汪书记，原来你都设计好了？"他又看了一眼胡慧丽道，"你们串通
好了，把我蒙在鼓里。行，我拿着报告向章院长汇报。"

　　胡慧丽站在卫生院的门前,看着汽车开走了。她眼中含泪。"你要是后悔,现在还来得及,"汪阿兴道,"我让拖拉机送你去,还追得上他们。""你……"胡慧丽瞪了他一眼道。这时,方医生走过来,与胡慧丽紧紧拥抱。汪阿兴悄悄地走了。

　　下午,汪阿兴召集公社干部开了一个会,关于恢复生产经营的会。会上,老铁头提前走了,说是去鲁家湾工地谈个事。会议结束后,刘振涛跟汪阿兴请病假,说是要休息三天。汪阿兴让他提供卫生院的病历证明,他说他没有去卫生院看病,自己觉得身体不舒服。汪阿兴没有同意他的请假。刘振涛有些不高兴地走了。汪阿兴本来也要去鲁家湾工地的,但却被高成天给缠住了。他神秘兮兮地说有重要的事跟他商量。

　　两人进了汪阿兴的办公室,高成天将门关上,然后说道:"汪大麻子,你现在弄明白了吗? 上次为什么让你来我们红旗大事的事。"汪阿兴摇摇头,然后问道:"你知道。"高成天得意地点点头,然后背着手装模作样地走了几步,突然道:"我可以把真相告诉你,但有一个条件,你以后不要再骚扰老倪了。""老倪是个人,不是一样东西,不是你高成天私人的。"汪阿兴怒声道。"汪大麻子,要是比嗓门,你响不过我。你答不答应我的条件?""我不想知道真相,"汪阿兴道,"只要我还在宁和一天,还是宁和的公社书记,我就是我。"高成天愣住了,好一会儿才说道:"汪大麻子,那好,你别后悔。"他甩门走了。站在窗前,看着离去的高成天,汪阿兴心里生着一股闷气。但是,他没有精力去想这些事,他得去工地。下楼梯时,刘振涛拦住了他,说他坚持不住了,胸口疼得厉害。汪阿兴瞪了他一眼,然后道:"老刘,你想干吗?!"他气呼呼地走了。

　　没骑多远,自行车链条断了。他只好推着车去附近的修车铺。他知道,宁和公社就一家修车铺,隔壁是一家剃头店。他将车放在修车铺,索性剃个头。剃头师傅是个老头,据宁和公社的同志们说他是个倔老头,平时剃头紧闭着嘴,一副爱理不理的样子。汪阿兴坐了下来,看着地上这儿一撮、那儿一撮头发,说道:"同志,生意不错呀。"老头并不吭声,放倒椅子,让汪阿兴躺了下来。汪阿兴闭上了眼睛。他好像睡着了。他是被张文化的叫声惊醒的。他坐了起来,发现剃头师傅低头扫地,镜子里的自己却像换了一个人似的。鼻青脸肿的张文化气喘吁吁地手扶门框:"汪书记,阿炳疯了。"扫地的剃头师傅看了一眼汪阿兴,继续低头扫地。"怎么回事?"汪阿兴急得差点被门槛绊倒。"他见人就打,"张文化摸了一下脸道,"怎么劝都不听,疯了,肯定是疯了。"汪阿兴与张文化急匆匆地走了。幸运的是,自行车的链条被接上了。张文化道:"我看到了你的车。"骑了一段,汪阿兴一拍脑门:"啊呀,忘了给剃头师傅钱了。"

汪阿兴到了工地,发现阿炳骑在老铁头身上。他一把扯下阿炳。阿炳像是打红了眼似的,后退一步吼道:"汪大麻子,这事跟你没关系。"老铁头也是眼睛血红。汪阿兴拦在两人中间,大声道:"你们睁大眼看看。"工地上乱成一团,工程队与鲁家湾的灾民都在打架,有孩子在哭泣。老铁头垂下了头。阿炳一屁股坐地,垂头不语。汪阿兴急中生智,看到地上有一只手持喇叭,便拿了起来:"都给我住手!"这一声喊好像晴天霹雳。众人都停了下来。"鲁阿牛同志,请把你们的人带到北侧空地,整队。"汪阿兴看了阿炳一眼,又道:"工程队的同志,请到南侧空地集合。"人们开始动了起来。汪阿兴放下手持喇叭,低声道:"阿炳,现在带你的人离开工地,暂时停工。"阿炳一声不吭地转身走了。"小张,你看着老铁头。"汪阿兴走向鲁家湾的灾民们。工地上就像一场大战刚刚结束。徐阿福擦着鼻血,吐出了一颗血牙。鲁阿牛垂头不语。"鲁阿牛同志,怎么回事?"汪阿兴低声道,"这是工地,不是战场。"鲁阿牛一声不吭。汪阿兴知道,他或许有难言之隐。他了解鲁阿牛的性格,他就像一块实实在在的石头,平日里沉默寡言,但做事公道,为人正派。相比徐阿福,他更让人信任。

当天晚上,当事人双方都到达了公社会议室进行调解。阿炳和鲁阿牛、徐阿福分别坐在两边,汪阿兴坐在中间。为了避免冲突,老铁头没有参加会议。张文化坐在一旁记录。按照阿炳说的,这件事的起因在于晚上被人拔了木桩,沿江边的 80 多个木桩一夜之间全被拔了。除了鲁家湾的人,没有人会拔掉这些木桩。他分析这是因为双方之前的小矛盾引发的。他尤其痛恨徐阿福,说他这个工地监督员简直就是一个鸡蛋里挑骨头的货色,天天给他们使绊子,想着法子刁难他们,良心让狗吃了。前一日,工程队打桩,他几次三番说他们的桩打得不够深,没达到要求。工程队的同志跟他理论,结果却被他臭骂一顿,他还拔了几个桩,扔在地上,踏上一脚,吐了口水。工程队忍无可忍,差点要动手揍他,若不是鲁阿牛将徐阿福拉走,这场架早就开打了。昨天晚上,他们居然将木桩全部拔掉了,工程队无法再忍,所以就动手了。阿炳说得无比气愤,他甚至说这是报应,鲁家湾人太过分了,所以钱王江才会来收命之类的话。鲁阿牛一掌拍在桌上,将茶缸震得跳了起来。他痛骂阿炳说的不是人话。他们鲁家湾人没有拔桩,却将这桩罪名安在他们头上,简直忍无可忍。徐阿福却一声不吭,显得有些异样。汪阿兴询问阿炳道:"他们拔桩,你们看到了吗? 有人证吗?""这还要什么人证? 明摆着是他们干的,"阿炳怒气未消道,"我们光明大队工程队干了几年工程,还从来没有遇到过这么倒霉的事。他娘的,真他娘的气死人。"汪阿兴道:"你没有人证,就不能一口咬定是他们干的。""汪大麻子,按你这么说,难道是我们自己干的? 我们疯了不成?!"阿炳霍地立起道,"你明显偏向他们一方,这不公平。上次分发物资是这样,这一次也是这样。""阿炳,你不要急,这件事既然出了,我们必须调查清楚,否则,你们双方都不会服气,"汪阿兴看了鲁阿牛一眼,又道,"鲁阿牛同志,你能保证这事不是你们干的?"鲁阿牛稍一犹豫,刚想开口,徐阿福站了起来道:"我们没干!""难道这是鬼干的?! 我诅咒干这事的人不得好死,永世不得超生,"阿炳拍着桌子道,"我操他祖宗十八代。"徐阿福咬着牙,好一会儿不说话。汪阿兴心里基本明白了。他站了起来道:"阿炳,你先回去。明天上午休息,下午继续上工。另外,不允许再出现打架的情况。小张,你送一下阿炳。"阿炳气呼呼地走了。

张文化进来的时候,给汪阿兴使了个眼色。汪阿兴心领神会,坐了下来,一声不吭地抽烟。"汪书记,这件事……"鲁阿牛有些支吾道,"公社怎么处理?""反正不是我们干的,管他什么处理?"徐阿福厉声道。"这件事,虽然工程队没有证据,但从实际情况来看,拔桩的人肯定是你们鲁家湾人。我希望你们说实话,我们公社也会按照实际情况予以处理。这样吧,你们也回去吧,明天一早,我们再开会。"鲁阿牛和徐阿福走了。"汪书记,十有八九是徐阿福干的。"张文化道。"为什么?""他跟工程队有仇,他又是一个有仇必报的人,这事肯定是他干的。"汪阿兴踱了几步道:"不一定。有时候,真相往往是出人意料的。"

鲁阿牛低头走着,他心里明白,如果把徐定强交代出来,公社按个罪名,那他的一辈子就毁了。他毕竟还是个孩子。徐阿福边走,边踢着土块。他心里猜测是不是鲁阿牛干的,然后嫁祸于他。他突然大声道:"鲁阿牛,你站住。"鲁阿牛转过身去,发现徐阿福一脸狰狞。"是不是你干的?"徐阿福道,"我看你说话支支吾吾的,八成是你干的。"鲁阿牛并不吭声。"要是你干的,就别连累我们,"徐阿福瞪着他说道,"都说老实人要么不干事,一干就干惊天动地的大事。我越来越觉得就是你干的。"鲁阿牛痛苦地闭上了眼睛。他想起昨晚上,月光下,徐定强急匆匆从工地跑了。徐阿福有些得意洋洋,他第一次发现鲁阿牛的把柄被自己给捏住了,他想了想说道:"要我帮你瞒着也行,一个条件,以后不要跟阿英说话。""阿福,走吧,回去再说。"鲁阿牛睁开眼睛,大步走了。

在宁和学校门口,姚婶紧张地眺望着。她心里翻江倒海,既恐惧又不安,她没想到平时不太吭声的徐定强竟然干了这种事。昨晚,她发现徐定强人不在,便四处寻找,徐定强是很晚才回来的,他全身上下湿淋淋的,像是掉进了江里似的。他筋疲力尽,走路都有些歪歪扭扭。她问他话,他也是有气无力,支支吾吾。他一躺下就睡着了。她猜测他去了哪儿。她后来从他的手臂上看到了伤痕,像是被什么钉子擦破似的。一早起来,她把他叫到外面,问他昨晚上干吗去了,他一声不吭,但目光显得有些令人害怕。他的双手紧紧地绞着衣角,好像要把衣角绞成碎片似的。她预感昨晚上一定是发生了什么事。她不想追问下去了。她看到丁玉洁和鲁小妹走了过来,便迎了上去。她回头时,看到徐定强的眼睛亮了一下,便又低下了头。鲁伟潮出来后,走向徐定强。姚婶怕他问他昨晚去哪儿了,便马上叫住鲁伟潮,走了。后来,到了工地之后,她就明白了。昨晚上徐定强将所有的木桩全部拔掉了,闯了大祸。她不清楚徐定强这是怎么了。这得花多少力气啊。在阿炳大声痛骂鲁家湾人的时候,她差一点就要站出来说是徐定强干的,可是他毕竟是她的儿子,他平时是那么懦弱,一副病殃殃的样子。他哪来这么大的力气?她又有些心疼他。结果,两队人打了起来。她想想都后怕。

现在,远远地,鲁阿牛和徐阿福的身影出现了,他们一前一后,间隔着十来米,显得他们并不友好。鲁阿牛到了她跟前,看了她一眼,就低头走了。她怅然若失。徐阿福停下脚步:"阿英,你等我?""阿福,我有话跟你说。"姚婶皱着眉道。"我知道是谁干的。就是他。"徐阿福用嘴指了指鲁阿牛的背影。"阿福,走。"姚婶拉着徐阿福走了。"哎哎哎……"徐阿福道,"我想撒尿。"

这个晚上,月亮好像特别圆。徐阿福像个疯子一样,在操场上走来走去。姚婶则唉声叹气,一副天塌下来的样子。鲁阿牛看着他们俩,一言不发。第二天一早,他与徐阿福出发去公社。他们就像陌生人一样,一路上一句话都不说。到了公社会议室,发现汪阿兴已经在等他们了。鲁阿牛坐了下来,喝了一口水道:"汪书记,是我干的。"正在喝水的徐阿福愣了一下,手中的茶缸掉在地上,他跳了起来。汪阿兴平静地看了徐阿福一眼道："鲁阿牛,为什么? 就是为了泄愤?"鲁阿牛点点头。徐阿福坐了下来。三人长时间地沉默。这时,姚婶急匆匆地跑了进来,满脸是泪。"你来干什么?"徐阿福急得站了起来。"汪书记,对不起,是我,是我,"姚婶哭着说道,"对不起,对不起。""阿英,你……"徐阿福大声道,"你这是干什么?"汪阿兴摆摆手,示意姚婶坐下来。姚婶坐了下来,她的心情稍稍得到平复。"刚才鲁阿牛同志说是他干的,现在你又说是你干的,到底是怎么回事?"汪阿兴皱着眉道,"我们必须要有真相。"姚婶吃惊地看着徐阿福,好一会儿后,她摇摇头,站了起来道:"汪书记,就是我干的。""是我,我干的。"鲁阿牛大声道。汪阿兴用力一拍桌子,厉声道:"你们把公社当什么了? 说实话。"姚婶哭了。

　　当徐大军押着徐定强来到公社会议室的那会儿,汪阿兴什么都明白了。徐大军擦了一下脸上的汗道:"娘,我把定强押来了。"姚婶擦着泪水道:"汪书记,是定强干的。"徐定强抬头看了汪阿兴一眼,然后垂下了头。"汪书记,你处理吧。"姚婶道。"阿英,你,你疯了,"徐阿福道,"把自己儿子押来,你是铁石心肠吗?""阿福,做人必须老老实实,不能害人。"徐阿福不吭声了。汪阿兴看着徐定强,左右为难。他毕竟还是一个孩子,如果给他扣个帽子……他有些不寒而栗。他对一直埋头记着的张文化道:"小张,不用记了。你跟大军都出去吧。守着门口,不要让人进来。"张文化点点头走了。汪阿兴将门关上,轻声道:"定强,你为什么这么做?"徐定强抬头看了他一眼,目光里满是仇恨。"你知不知道,这是破坏社会主义公共财产罪,是要关起来的,"汪阿兴说道,"你必须老老实实跟我说。"徐定强抿嘴不语。姚婶急了,一巴掌拍在他脸上:"说呀。"徐定强的身体摇晃了一下,依旧抿着嘴。姚婶扬起手,欲再打,鲁阿牛一把抓住她道:"阿英,别打了。他还是个孩子。"汪阿兴踱了几步,然后道:"定强,我给你五分钟的思考。"徐定强闭上了眼睛。那天,他看到阿炳痛骂父亲徐阿福,他的心里像被刀子捅了一下似的。他知道父亲徐阿福在工程队的眼里，就是一个笑话，就是一个小丑。虽然有时候他也跟父亲说，别跟他们吵，但父亲不听他的，还骂他胳膊肘往外拐。临收工时，阿炳与徐阿福再一次发生了争吵，他听到阿炳骂徐阿福狗拿耗子，多管闲事，还说就你那样的，嘴贱，他都懒得动手。徐定强感到了一种侮辱。他仇恨地盯着阿炳的背影。他知道都是因为木桩的缘故。他吃了晚饭之后，就一个人跑去了工地。恰好值班的人没有来工地。他想真是天助我也。他看着这些木桩，仿佛听到了许多嘲笑声，它们从四面八方而来，踞守在木桩之上。他用力拔起了一根木桩，将它扔得远远的。四周静悄悄的，月光下，依稀可以听到钱王江柔和的潮水声。他坐了下来，流了一会儿泪。当他起来的时候，绊了一脚，整个身体扑在了一根木桩上，胸口被硌得生痛。他火了。他又拔起了一根木桩。他要消灭它们。他一根接一根地拔，仿佛要使尽全身力气。他拔完最后一根木桩时，人像一堆烂泥似的躺在了地上。他以为自己要死了。他全身湿淋淋的。他摇摇晃晃地走了。徐定强再次抿上嘴的那会，汪阿兴的眼眶湿润了，他走过来，轻轻地拍了一下他的肩道："定强，每个人都有迷糊的时候，越是这个时候，越要清醒。做任何事都是有后果的。"姚婶捂着嘴哭着。徐阿福垂下头，像一只斗败的公鸡。"汪书记，看在他还是个孩子的分上，请公社宽大处理。"姚婶带着哭腔道。汪阿兴点点头。这时，张文化推门进来，小声道："阿炳来了。"汪阿兴想了想道："姚英英同志，你带着定强先走。"姚婶拉着徐定强的手走了。

阿炳一声不吭地进来，坐下。他掏出烟盒，点上一根，顾自吐着烟圈。张文化有些看不惯他的做派，便道："阿炳书记，这儿是公社，不是你的光明大队。""我能来就不错了，你们去我们大队听听他们怎么说，他们说，吃大亏了，"阿炳瞪了张文化一眼道，"我是顾全大局。汪大麻子，事情调查清楚了？""我们先算第一笔账，你为什么先动手打鲁阿牛？"汪阿兴道，"这是有人证的。""你……"阿炳站了起来,指着鲁阿牛道,"谁拔了木桩?是他吧?不用抵赖了吧?"鲁阿牛站了起来道:"是我。我负责把这些木桩全部打好,保证每一个桩都是合格的。"徐阿福愣了一下,刚想开口说话,鲁阿牛又道:"我一人做事,一人担当。"汪阿兴犹豫了一下,道:"阿炳,这件事也是有因有果的,你骂人就是因,拔桩就是果,这样吧,我不追究你先动手打人这事,木桩由鲁阿牛负责打好。这工程量还算你们的,怎么样?"阿炳眼珠子转了几下道:"汪大麻子,还有一笔什么账,你一道说了。""你的算盘打得很精嘛,好,我也一并说了,那就是你打老铁头的事,怎么算?"阿炳愣了一下道:"这是两码事,我跟他打架,不是我先动手的。""我可是有人证,"汪阿兴一沉脸道,"有人看到你先动手打的老铁头,要不要把老铁头叫来,跟你对质呀?"阿炳咬着牙,忿忿不平地坐了下来。"你去跟老铁头道个歉,就算了了这事,如何?"汪阿兴道,"还有你打小张这事,如果要算,就是第三笔账了。"张文化大声道:"对,我跟你说别打了,你倒好,一拳打在我脸上,"他摸了一下脸又道,"我倒还好,老铁头的鼻子都被你打歪了。"阿炳垂下了头,喘了一会儿气道:"好吧。我答应你。不过,我也有个要求,以后不能算这笔老账。""我答应你。"汪阿兴道。

老铁头办公室门关着。他坐在椅子上,按着鼻子。他没料到鼻子居然会歪掉,虽然扭了过来,可呼吸有点儿不顺畅。他按住一个鼻孔,用力地吸气,呼气。这时,汪阿兴带着阿炳进来了。阿炳走上前,支吾道:"老铁头,我来道个歉。"老铁头并不理会他,顾自呼气、吸气。阿炳一脸为难地看了汪阿兴一眼。这时,老铁头突然张嘴,一块沾着血的鼻涕射在了阿炳的脸上。阿炳急退一步道:"你……"老铁头摸了摸鼻子道:"总算通气了。"汪阿兴捂着嘴笑。阿炳用手擦脸,十分不悦。他转身欲走。"阿炳,你刚才说什么我没听到。"老铁头突然说道。"我来跟你道歉。"阿炳说完,便跑了。汪阿兴站在门口,看着阿炳的背影,摇摇头。他转过身来,愣住了。

老铁头瞪着他,一副要打架的样子。他转身就走。"慢着,我有话说,"老铁头道,"我跟阿炳打架是我们俩的私事,你怎么可以自作主张,替我包揽呢?这是何道理?"汪阿兴无言以对。"请你跟我道歉。"老铁头不依不饶道。这时,张文化走了过来:"老铁头,汪书记是为了解决问题,他没有别的意思。""小张,不关你事。"汪阿兴将张文化扯开了,然后道:"对不起。"他深深地一鞠躬,然后走了。

老铁头看着窗外。他有些后悔,但是这一丝后悔马上便烟消云散了,随之而来的是一种不安。他没想到汪阿兴能屈能伸,能真的向他道歉。这要有多大的勇气啊?他惴惴不安,发现看似自己赢了,实则却是输了。他闭上眼睛,回忆着这一个多月来两人的多次交锋,每一次都像是一次长途奔袭,最先倒下的就是他。他长叹一声,心想这或许就是命。

刘振涛出现在门口,他轻轻地咳了一声。他的神情有些古怪。"老刘,什么事?"老铁头问道。刘振涛指了指桌上的电话道:"你没有接到王副主任的电话?"老铁头心里一紧,故作平静道:"什么电话?"刘振涛坐了下来,慢条斯理地说道:"我想,他的电话也该来了。"话音刚落,电话就响了。老铁头心头一惊,拿起了话筒,他听到了王宝年的声音:"我是王宝年……"在老铁头接电话的那会,刘振涛一直摇头晃脑地,嘴里还哼着曲儿,好像陶醉其中。老铁头放下电话,然后道:"老刘,是你打的电话?"刘振涛站了起来道:"王副主任说是我打的电话吗?老铁头,我走了。"老铁头呆呆地坐着,王宝年在电话里训斥了他,说他为什么不上报鲁家湾工地打架事件,这是欺骗组织。他没想到刘振涛突然变脸了,这完全出乎他的意料之外。他心底里是看不起刘振涛的,觉得这个人过于娘娘腔,而且一遇上事,就往后躲。以前,刘振涛也戏弄过他,就差没有落井下石了。刘振涛想要干什么?按理说,是汪阿兴帮了刘振涛,让他重新挺起胸膛做人,他怎么可能在背后捅汪阿兴一刀呢?莫非,他是汪阿兴派来对付自己的?他抱着头,全乱了。当电话再次响起的时候,他下意识地跳了起来,好像那电话带着电似的,一触碰就会倒下。电话是张建设打来的,他问汪阿兴去了哪儿。老铁头放下话筒,跑到汪阿兴办公室前,门关着。他敲了敲门,没人应声。于是,他跟张建设如实回复了。张建设什么话也没有说就搁了电话。他猜测张建设是不是发怒了,王宝年是不是将打架事件向他作了汇报。

工地上显得冷清。不远处,鲁阿牛赤着上身,一下一下地打着桩,鲁伟潮扶着桩。丁玉洁与鲁小妹则在捡那些木桩,归置成一堆。汪阿兴走了过去,看着汗流浃背的鲁阿牛,说道:"来,让我也试试。"鲁阿牛默默无语地将手中的铁锤交给他。汪阿兴抡起铁锤,然后对鲁伟潮说道:"伟潮,你让开,我手生,怕砸到你的手。""汪书记,你尽管打,我会甩开的。"鲁阿牛点点头。汪阿兴再次抡起铁锤,用力地砸了下去,一刹那间,鲁伟潮快速地将手拿开。汪阿兴一连打了5个桩,他全身都冒汗了。鲁阿牛道:"汪书记,我来。""我再打几个桩。"汪阿兴脱掉衣服,抡起了铁锤。丁玉洁和鲁小妹小声议论着。徐大军跑来了:"阿牛叔,我娘让我来帮你。"汪阿兴放下铁锤道:"大军,来,交给你。"徐大军接过铁锤。汪阿兴擦了脸上的汗,然后指着钱王江道:"这一排木桩起到防护作用,但毕竟还只是一道木桩墙,我听老倪说,要治江,唯有围涂,到时候要修石头水泥坝。"鲁阿牛点点头道:"是啊,先抛石,再围涂。"

徐阿福姗姗来迟,他走得无精打采,好像一个病人。鲁阿牛上前打招呼,他也置之不理,板着脸。丁玉洁拿着一块毛巾给鲁阿牛擦脸上的汗水,她瞪了徐阿福一眼。徐阿福看着打桩的徐大军,说道:"大军,你打了几根桩了?""15根。"徐大军憨厚一笑。"歇歇吧,"徐阿福道,"你娘真是多事,非得让你来打桩。"他说着就地坐了下来。丁玉洁走上前道:"阿福叔,要不你换换大军哥?""老子身体不舒服。"徐阿福说道,看了一眼正在笔记本上绘图的汪阿兴。汪阿兴合上笔记本道:"徐阿福同志,我正想跟你谈谈。"

　　这是一场不欢而散的谈话。徐阿福觉得鲁阿牛主动承担责任，跟自己没有关系。他是在姚婶的逼迫之下才来工地的，他一肚子火气没处发。汪阿兴知道徐阿福有点小肚鸡肠，但没想到他居然如此不讲理。他狠狠地批评了他。徐阿福后来干脆就不说话，闭上眼睛，好像睡着了一样。汪阿兴看着他的这样子，恨不得给他一拳，但他忍了。眼看着鲁家湾重建工作就要完成了，他不想再节外生枝。徐阿福走的时候，将徐大军拉走了。鲁伟潮看着父亲，久久地不说话。丁玉洁气愤地道："爹，阿福叔明显欺侮人。"鲁阿牛摇摇头道："玉洁，人啊，性格都不一样，你阿福叔就是这个性格。"丁玉洁咬着牙不吭声。汪阿兴又打了几根桩，也走了。

　　工程队的人陆续来上工了。他们一副残兵败将的样子，有脸上裹着纱布的，也有胳膊、腿上涂着红药水的。有一个走路一瘸一瘸的。鲁阿牛看着他们，心里泛起了浪。鲁家湾人也有一些打架中受伤的，都在卫生院治疗。他感到后怕，要是闹出人命，那就不得了了。他回忆工程队之前的工作，觉得他们还是拼命的。他心里没有怪罪徐阿福，因为他是阿英的男人。他曾经答应过阿英，无论如何都不会怪徐阿福。一眨眼，他们的孩子都将成年了。他看到鲁伟潮和丁玉洁小声地说着话，心里便充满了甜蜜，将来，伟潮与玉洁或许会组成一个家庭。他相信汪阿兴，认为他是一个干大事的人。只是，他的身体好像出现了问题。他咯血。或许，他将无法看到未来的生活。他心里感到一丝悲凉。但是，他的思绪马上被鲁小妹的叫声打断了。"爹，你看，快看。"原来是胡慧丽骑着车来了。她身上的药箱一摇一晃，十分显眼。鲁小妹奔了过去："胡医生，胡医生。"胡慧丽下了车，笑道："鲁小妹，欢迎吗？""欢迎。"鲁小妹欢喜地扶住自行车。"鲁小妹，车交给你了。""哎。"鲁小妹开心地推着车走向附近的一块平地。她小小的身体刚好够到车把手，使得她推车显得有些力不从心。丁玉洁急急忙忙上前，帮她扶住了车。"玉洁，给。"胡慧丽从口袋里拿出一根彩色牛皮筋。丁玉洁摇摇头。"拿着，"胡慧丽笑道，"小妹也有。"

汪阿兴从方医生那儿知道，这次打架事件中，无人重伤。他心里的一块石头方才落了地。他犹豫着要不要将此事上报县里。没想到刘振涛在卫生院门口堵住了他。刘振涛的表情有些奇怪，似笑非笑，他的右手一直在空中抓着。"老刘，有事?"刘振涛将右手放了下来，指了指自己的胸口："我想住院。""哪儿不舒服?""心。"汪阿兴沉默不语。此时，方医生出来了，见了刘振涛便道："刘部长，怎么了? 配药吗?""我要住院。"方医生想了想道："等慧丽回来了，让她给你看看，她是专家。"刘振涛转身就走，他走得特别快，好像脚下生风似的。汪阿兴道："看他走路的样子，没有什么病啊?""汪书记，我听慧丽说，有的人身体是没有病，可心里有病。""什么，心里有病?"汪阿兴吃了一惊。方医生点点头。"哦，我明白了，就是有事想不通?"方医生道："好像是这样的。"她的脸突然变得红通通了。她心里何尝不是如此? 汪阿兴推着车欲走，方医生轻声道："汪书记，你，你不坐一会儿?""我得回去办个事，"汪阿兴道，"老刘这个心病，我看胡医生也是治不了的，还得我来治。"他急匆匆走了。方医生怅然若失，她本想跟他说上几句话。不仅仅是工作上的事，而是一种小心翼翼的试探，但汪阿兴总是那么马不停蹄，好像上紧了发条的钟。

工地收工后，阿炳心急火燎来找汪阿兴，说是水泥不够用了。汪阿兴抓起电话给周厂长打电话，周厂长一听是汪阿兴的声音就搁了电话。汪阿兴十分着急，心想周厂长是不会给水泥了。他叫了老铁头和张文化一起商量怎么办。老铁头一言不发，像个哑巴。张文化出了一个点子，说去借，去附近的公社借。汪阿兴给瓜乡公社书记老田打了电话，老田在电话里说，一包水泥也没有，他们的计划供应是半年以后。别的公社基本上都是这个情况，因为县水泥厂复工也只有半年时间。汪阿兴苦思冥想一阵后，让张文化晚上不用回家，跟他去办点事。张文化一头雾水，但没敢多问。在食堂吃饭时,汪阿兴用手指蘸着汤在桌上画着。张文化凑上前来,小声道:"汪书记,你在画什么?"汪阿兴嘴里念念叨叨一阵后,用手将桌上画的不规则图用手一抹,然后说道:"阿炳只说水泥不够了,可他没说到底缺多少,我算了算,还差一车。"张文化伸了伸舌头,不吭声了。汪阿兴利索地喝了碗中的稀饭,一拍张文化的肩道:"走。去水泥厂。"

两人骑着车,直奔水泥厂而去。一路上,汪阿兴眉头紧锁,好像心事重重。张文化心里直犯嘀咕,心想:去水泥厂干吗?明知道此路不通,还去碰壁?骑了半个小时之后,他实在忍不住了,越过汪阿兴,停下车道:"汪书记,我们真的去水泥厂吗?""嗯。"汪阿兴低沉地应了一声。"去水泥厂干吗?汪书记,去了也是白去。"汪阿兴笑了笑道:"去了再说。"张文化摇摇头,只得上车。天色已晚,远远地可以看到水泥厂的烟囱喷着浓烟。过了一个路口,路上显得繁忙起来,拖拉机、卡车奔跑着,尘土飞扬。汪阿兴下了车,左右观察了一下地形,然后指着来路道:"小张,你记得我们来时的路吧。""汪书记,你也太小看我了。"汪阿兴点点头。到了水泥厂门口,发现岗哨在走动。一盏路灯明亮。汪阿兴下了车,站在路边一声不吭。"汪书记,就这么看着?"张文化打了个哈欠道,"我困了。"汪阿兴扯了他一下,然后指着水泥厂大门道:"给我盯着,只要发现是解放牌卡车出来,马上叫我。"张文化抓抓头皮,看着汪阿兴急匆匆地跑了。水泥厂的围墙高约三米,上面还竖着铁丝网。汪阿兴助跑,起跳,终于攀上了围墙。他张望着。发现一辆卡车和几辆拖拉机排着队,一些装卸工正在忙碌着。他一直这么观察,直到有一辆卡车的司机发动了汽车,他想跳下来,结果脚蹬空了,人被挂了起来。他晃荡了一下,跳了下来。右脚扭了一下,生痛。他一拐一拐地走着,突然发现卡车开出了大门,他着急地大喊:"小张,小张。"张文化坐在路边,低头打着盹。他太困了。昨晚上母亲摔了一跤,他一直到半夜才睡。他依稀听到有汽车从身边开过去了。

直到汪阿兴重重地拍了他的肩,才将他惊醒,他一骨碌起来:"汪书记,怎么了?""追!"

两人骑着车拼命地追赶着前方的卡车。卡车开得不徐不疾,不时颠簸一下,可以听到咚的一声,好像这条路都会震动一下。汪阿兴大汗淋漓,像个水鬼。他眼睛里只有卡车,他要超过卡车。在一个拐弯处,卡车慢了下来。又过了一段路,卡车停了下来。司机下来,在路边撒尿。汪阿兴终于将自行车停在了卡车前,他下了车,对随后赶来的张文化道:"快,快把车挂在车上。"张文化愣了愣,将车挂在卡车上。司机大声道:"你们这是干什么?""同志,我们要搭你的车。"汪阿兴陪着笑脸道,他递上了一根烟。司机接过烟,点上,他看了汪阿兴和张文化一眼道:"你们去哪?"张文化刚想开口,汪阿兴用肘部撞了他一下,说道:"同志,你去哪?""我去哪?你们搭我的车,该是我问你们去哪呀?"司机大声道。"他就在前面三岔路口下车。我呢,再远一些。"司机点点头。两人上了车,挤在了副驾驶座上。

到了三岔路口前,卡车停了下来,司机说道:"喂,年轻的同志,你到了。"汪阿兴朝张文化使了个眼色,张文化硬着头皮下了车,又取下了挂着的自行车。他看着卡车开走了。他百思不得其解地骑着车。坐在副驾驶座上的汪阿兴将头伸出窗外,看到张文化慢腾腾地骑着。这时,司机说道:"同志,你到底在哪儿下车?""同志,麻烦你将车在路边停一下。"汪阿兴说道。司机将车靠边停好,熄火。汪阿兴一把抢下车钥匙,然后道:"同志,我得跟你说实话了。我是宁和公社书记,这一车水泥请拉到我们宁和去。"司机瞪大眼道:"你这不是抢劫吗? 同志,这可是大罪。"汪阿兴苦笑道:"我也顾不了这么多了,我们鲁家湾工地需要水泥,早一天完成重建,灾民们就可以早一天搬进新草舍。""你们宁和遭灾我是知道的,我也同情你们,可是我怎么办? 我会被开除的。"司机道。"我想了个办法。"汪阿兴从口袋里掏出了一张纸,然后念道:"9 月 15 日晚,在县水泥厂附近的路上,拦得一卡车水泥,主要用于鲁家湾工地重建之急需,司机事先毫不知情,没有任何责任。所有责任由宁和公社汪阿兴负责。这一车水泥待以后归还。"他将纸递给司机,又道:"我把名字签上了,也按了手指印了。"司机看着这张纸道:"可是我不识字。"汪阿兴着急地拍了一下脑袋,自言自语道:"我怎么没想到这一点呢?"司机将纸还给他,说道:"同志,你还是下车吧。"汪阿兴苦着脸想了一小会儿,然后道:"同志,你不是不识字吗?我有办法,等你水泥到了我们工地,你随便找个人,让他给你读一下,若是有一点儿虚假,我保证让你把这车水泥拖回去,油钱由我们公社出。"司机下了车,蹲在地上,一声不吭。汪阿兴随后也下了车,再次劝说。司机站了起来,默默无语地上了车。汪阿兴也着急地上了车,说道:"同志,你知道我们宁和死了多少人吗?41条人命啊。因为台风、暴雨、大潮,钱王江决堤了,死的有老人、孩子,还有青壮年……""同志,你不要再说了,"司机流着泪道,"我也是宁和人。"

装卸完水泥已是半夜了。鲁阿牛带着一批人帮着卸水泥,当着司机的面,丁玉洁把汪阿兴给司机的那张纸读了一遍。司机开着卡车走了。满头大汗的张文化躺倒在地上,好久才说道:"汪书记,我觉得做了一个梦似的。当我看到卡车在我身后开来的时候,我惊呆了。你让我去通知鲁阿牛带人来时,我一直在想,你为什么让我在三岔路口下车呢?"汪阿兴微笑地说道:"你以后会明白的。走吧,好好洗个澡,睡上一觉。"他一把将张文化拉了起来。

自从木桩事件之后,工地上就必须安排人员值班了,而且不许脱岗。按值班表,本来今天是徐阿福值班,可是,他一直不见人影。鲁阿牛安静地坐在水泥垛前。天快亮时,丁玉洁提着饭篮走来了。她看到鲁阿牛睡着了,便在他身边坐了下来。远远地,传来了歌声。原来是工程队来了。鲁阿牛猛地醒来。"爹,吃早饭了。"丁玉洁将一碗稀饭和一双筷子递给了鲁阿牛。"玉洁,你什么时候来的?""爹,我刚来。"丁玉洁甜甜一笑。她看到工程队排着队列,越来越近了。走在队列前的阿炳一摇一摆的,显得有些滑稽。丁玉洁扑哧一声笑了。鲁阿牛迎上前去,把水泥的事跟阿炳说了。阿炳愣住了,好一会儿才道:"汪大麻子还真是有本事。"

　　汪阿兴趴在桌子上睡着了。他做着梦,梦中看到一个面目模糊的人走向悬崖,他着急地叫着,结果那人还是掉下了悬崖。梦醒后,他惊出了一身冷汗。他擦着汗,发现全身都湿淋淋的,像是刚从水里捞出来似的。他有一种不祥的预感。他依稀记得几年前做过类似的梦,不久,妻子便因病去世了。他呆呆地看着窗外,小路怎么样了?这阵子,赵刚强一直没有电话来,好像消失了一样。他抓起电话,对着话筒说道:"请给我接楼山公社赵刚强同志。"总机回复说无人接听。他只得悻悻地放下电话。他的右脚还在痛,好像伤了筋骨。他脱掉鞋子,轻揉了几下,刚穿上鞋,发现刘振涛像个幽灵一样站在门口。汪阿兴皱起眉头道:"老刘,又有什么事?"刘振涛像是飘进来似的,轻轻地坐了下来。"老刘,你倒是说话啊,"汪阿兴站了起来,"你是革命同志,别一天到晚神神叨叨的。"刘振涛的右手又开始在空中乱抓,好像这只手不属于他似的。汪阿兴走到他跟前,抓住他的手腕,将它放归原处,然后说道:"刘振涛同志,你心里有什么想法,全部说出来,就跟竹筒倒豆子似的,全说出来。"刘振涛无声地笑了,好一会儿才说道:"你要大祸临头了。"汪阿兴愣了一下,拖过椅子也坐了下来道:"你说说,我怎么个大祸临头?"刘振涛闭上眼睛,喃喃自语道:"天机不可泄露。""放屁!"汪阿兴怒吼一声,一把将刘振涛拉了起来,大声道,"你给我站着,面壁!"他来回走了几步,又道:"刘振涛,我看你啊,胡思乱想加无所事事,才搞成这个样子,我罚你站上一天,你就没有精力再神神叨叨了。"这时,一名公社干部闻讯而来。"小来,你给我盯着,不许他坐。"汪阿兴说完,就走了。在楼梯上,他遇到了老铁头。他手里拎着一条鱼,一副兴冲冲的样子,这很难得。汪阿兴刚想开口,老铁头一溜烟地上楼了。汪阿兴摇摇头，顾自走了。他要去一趟卫生院，让胡慧丽给刘振涛诊断一下。但是在诊断之前，必须让他流点汗。

胡慧丽正在院子里洗衣服。汪阿兴走进院子时，愣住了。他看到了绳子上挂着女人的胸罩，在风中飘扬。他脸一红，刚想退出院子，胡慧丽抬头道："汪书记。有事？"红着脸的汪阿兴支吾道："没，没……"他偷眼又看了一眼挂着的胸罩。胡慧丽回头一看，也红了脸，但马上恢复平静道："汪书记，你不会也这么封建吧？"汪阿兴挺了挺身子道："不会。"他背对胡慧丽道："胡医生，我们能否在院子外谈个事。"胡慧丽甩了甩手里的水，然后道："行。"出了院子，两人间隔五米地站着。"刘振涛好像得了怪病，整天神神叨叨的。我想请你去诊断一下。""我主要看外科，是外科医生，不是心理医生。他的情况，我建议去省医院诊断一下，我那儿有同学，"胡慧丽想了想，又道，"我可以陪着他去。""这么麻烦？"汪阿兴抓抓头皮道，"从明天起，我让他去工地干活，乏了，累了，倒头就睡，哪还有什么心理毛病。"胡慧丽捂着嘴笑了："你的话也有道理，往往是心事重的人，更容易有心理问题。"她像是想起了什么似的，朝着院内喊："方姐，方姐。"不一会儿，方医生出来了，见是汪阿兴，红了一下脸，轻声道："汪书记来了。""哎。"汪阿兴应了一声，然后也红了脸。"汪书记，这些天方姐的医术进步很大，要不，让她陪着你去？"汪阿兴抓抓头皮，着急道："胡医生，你不是说去省医院吗？容我考虑考虑。我先走了。"他急匆匆跳上车，逃了。胡慧丽哈哈大笑，她笑得肚子都痛了。方医生却有些不悦。

刘振涛站了两个小时后，就晕倒了。汪阿兴推开刘振涛办公室的门，发现他躺在一张草席上，脸色苍白。汪阿兴走上前，蹲下身子道："现在好点了吗？"刘振涛坐了起来，点点头。"那接着站。"汪阿兴转身就走。这时，老铁头刚好进来，两人差点撞了个满怀。"汪书记，你这是搞变相体罚。"老铁头道。汪阿兴不吭声。刘振涛道:"我现在清醒多了。汪书记,我愿意站着,出一身汗,人就清醒一点。"他爬了起来,贴着墙根站着。老铁头见了,骂了句"犯贱",顾自走了。汪阿兴走到刘振涛跟前,冷静地说道:"我记得我们村里有个老人以前说过一句话,心里的病,在阳光下晒一晒,就消失了。刘振涛同志,希望你做一个内心充满阳光的人。"他转身就走。"汪书记,我……"刘振涛流泪了。"我们都是活着的人,可那么多人被钱王江夺走了生命,跟他们比,我们都算是幸福的人。要知足。"他快步走了,身后传来了刘振涛的呜咽声。

傍晚,汪阿兴接到了赵刚强的电话,说木材运输队中午就出发了,是否到达宁和。汪阿兴说还没有。赵刚强说这一次是小狗子带队,一共四辆拖拉机。汪阿兴一直在等小狗子他们,直到晚上九点多,他们才到达。小狗子说半道上,一辆拖拉机出了问题,修了老半天才修好。汪阿兴紧紧地拥抱着小狗子。他是看着小狗子长大的,后来进了公社的运输队,现在是运输队长了。晚上十一点多,全部木材才卸完。汪阿兴要留他们吃点东西,然后住下来。小狗子说他们带了干粮,连夜回去,他后来不好意思地说道:"汪书记,孩子刚出生,媳妇在家等着我。"汪阿兴笑道:"那好,我也不强留你们了。一路小心,慢点开。"小狗子他们发动拖拉机,走了。汪阿兴若有所失地听着远去的哒哒声。

他在宿舍躺了下来,用手轻轻地抚摸着一瓶酒。赵刚强让小狗子捎来的。他眼前仿佛出现了赵刚强的人影。他睡不着。他瞪大眼,想着心事。他想到刘振涛,也想到了老铁头,更想到了老铁头拎着鱼时的笑脸。他好像第一次看到老铁头的笑脸,率真,没有一丝杂质。他喜欢这样的笑脸。他猜测这条鱼是意外收获,以致老铁头如此开心。说来也怪,宁和地处钱王江边,却很少吃到鱼。或许是钱王江的潮水太吓人,没人敢去江中捕鱼。他还想到了小狗子,半年不见,好像成熟多了,他终于也当上了父亲。以前,拖着鼻涕的他整天跟在他和赵刚强身后,好像甩不掉的尾巴似的。他心里有一种小小的甜蜜。他想到了方医生,她红着脸的样子。但是,他总觉得自己配不上她,她是那么纯洁,那么素雅,是一个好女人。虽然,胡慧丽跟他说,她们都知道他有个孩子,可这不是问题。他依旧胆怯,更何况现在这个当口上,他哪有精力谈婚论嫁?他现在的恋人就是又恨又爱的钱王江,他在心里向张建设立过军令状。他想到了老倪。老倪跟他说了自己的秘密,有时候半夜三更他会去江边查看地形,然后记录下来。他就像一个幽灵似的。如果有一天,他可以光明正大地工作,那该多好啊……他辗转反侧。他知道这个晚上注定是无法入眠了。他索性开了门,走了一圈。张文化曾经问过他,晚上一个人住在公社,会不会害怕?他笑着告诉张文化,如果你觉得害怕,那就害怕,如果你觉得不害怕,那就不害怕。事实上,他只是感到孤独。他抬头看着天空,云层十分清晰,就像遥远记忆里的一块豆糕。他心里默默计算着时间,猜测小狗子他们是否已经到达楼山。工地上今晚值班的是工程队的一名同志,楼山运来的这些木材就堆放在水泥垛边。再过三天,工程就要竣工了。接下来,他得甩开膀子,真正对付钱王江了。

噩耗是在第二天的中午传来的。那时候,汪阿兴正在工地上作最后的动员。他要求工程队加班加点,以最快的速度、最好的质量完成。阿炳作了简要的表态,拍着胸脯说保证完成。胜利在望,大家的劲头很足。这时候,老铁头带来了一个悲伤的消息:小狗子掉沟里了。

汪阿兴像疯了一样奔跑着。当他赶到出事地点的时候,赵刚强已经坐拖拉机提前到达了。那是一条深沟,目测似乎深不见底,小狗子连人带拖拉机掉了下去,拖拉机卡在了沟中央。四周围着人。赵刚强正指挥人员组成救援队,准备下沟。"小六子。"汪阿兴大叫一声,跑了过去,紧紧地抱住了赵刚强,泪如雨下。赵刚强大哭。汪阿兴坚决要求自己下沟。他系着绳子慢慢下沟,他看到了沟底的小狗子,睁着眼安静地躺着,鲜血染红了他的半个身子,脚上的一只鞋子没了。他抱着小狗子痛哭。赵刚强趴在沟边,边哭边喊:"汪大哥,汪大哥。"汪阿兴抱着小狗子,系好绳子,众人齐力将他们俩拉了上来。赵刚强抱着小狗子又是一场痛哭。眼看着围观的人越来越多,汪阿兴道:"小六子,小狗子是为我们宁和殉职的,拉到我们宁和去。"赵刚强摇摇头:"小狗子要回家。"两人最后商量决定,先拉到宁和,给小狗子简单化一下妆,然后送回楼山,安葬。

胡慧丽和方医生细心地替小狗子清理身上的泥土与血块。这个过程仿佛很长很长。汪阿兴与赵刚强垂头站着,一声不吭。直到满眼是泪的方医生轻声道:"好了。"两人才走到床头,看着面目清秀的小狗子。胡慧丽失声痛哭。老铁头和张文化站在门外,也都默默无语地流着泪。汪阿兴将脸贴在了小狗子胸前。他想起了小狗子跟他说的话:"汪书记,孩子刚出生,媳妇在家等着我。"他想了想对赵刚强道:"小狗子走了,留下孤儿寡母,她们娘俩的生活,以后还得你照顾。"赵刚强点点头:"汪大哥,你放心,我不会让她们娘俩饿肚子。"汪阿兴朝着门外叫道:"小张,你进来一下。"张文化进来。"以后,每个月从我的工资里抽三块钱寄给小狗子的家属,"汪阿兴看了小狗子一眼又道,"这件事归你负责。"张文化重重地点头。老铁头进来道:"汪书记,小狗子因公殉职,家属可以申请抚恤金。""我知道,这件事下一步考虑,"汪阿兴看了他一眼,又道,"老铁头,我们就在卫生院作一个告别仪式,为小狗子送行。"

赵刚强带着小狗子走了。汪阿兴一直站着,仿佛看到了天的尽头,泪水无声无息地流淌下来。

第十四章

办公室的门开着,桌子上摆着一只烟灰缸。墙上却是空空荡荡。李贵生皱着眉,看着墙。马加荣进来:"李主任,金主任让我问您,还缺什么? 您说,我去办。"李贵生指着办公桌对面的空墙道:"缺一张萧金县的地图。""我马上去办。"马加荣急匆匆走了。李贵生抽着烟,凝眉沉思。一早,他就来报到了。从他走进这个楼开始,就觉得有一种不甚友好的氛围,机关里的人都不吭声,好像还绷着脸。张建设去公社调研工作了,副主任王宝年还没有来上班。金健康让马加荣给他开了门,这间办公室以后就是他的办公室了。他知道这是为什么,因为自己是海平县书记,海平县曾是萧金县的死对头,两县隔江相望。钱王江的航道总是在发生着变化,积起的滩涂是会移动的,一会儿移到海平县,一会儿移到萧金县。当年,曾经为了争夺一块滩涂,两县发生了一场械斗,各有死伤。而当时的两县负责人就是他跟张建设,他们是仇人。

马加荣再次进来的时候,手里捧着一张萧金县地图。"小马,放着吧。"李贵生将地图在桌上摊开,看着钱王江,长久不语。马加荣见了,悄悄地走了。走廊上,遇到了王宝年,对他说道:"小马,你来一趟。"马加荣跟随王宝年进了办公室。王宝年的脸拉了下来:"小马,李贵生同志一来,你就往他那儿跑,我这儿的工作就不重要了?""不是,王副主任,李主任让我拿地图给他。""地图? 他要地图干什么?"王宝年余怒未消。马加荣低头不语。王宝年坐了下来,想了想又道:"他是海平县人,心里只记得海平县,我们是萧金县人，跟他是仇人。你去吧。"马加荣走后，王宝年坐着生闷气，他没想到李贵生这么快就上任了，从此以后，他再无机会转正了。

张建设与李贵生谈话是在下午。张建设走进李贵生办公室的那会儿，眼前一亮，萧金县地图挂在墙上，萧金县段钱王江被红笔标了出来。"老李，刚上任就开始工作了？"李贵生笑道："吃哪家饭，干哪家事。"两人坐了下来，谈了一些工作上的事。尤其对于钱王江，两人的意见是一致的，那就是尽快治理，想法子搞大围涂，只有这样才能解决问题。张建设后来说道："老李，我们萧金县的家底你可能不了解，粮食缺口极大，每年要靠省里调拨粮食给我们。大军未动，粮草先行，我第一件担忧的事是粮食。""那么第二件呢？"李贵生指了指地图道，"我看恐怕是交通吧？""老李不愧是老李啊，你说得太对了，我担忧的第二件事是交通，我们前期的准备工作还没有做好，运输需要有路、有桥、有河。至于第三件，那就是人了，人的问题我们有办法。归根结底，就是人、财、物，三样一样都不能少。"李贵生踱了几步道："还有一样。"张建设一拍脑门道："哦，对了，上级的支持。"两人哈哈大笑。

王宝年进来的时候，两人正说得兴奋。张建设指着王宝年道："老李，王宝年同志是大总管，我们的家底有多少，他最清楚。"王宝年道："张书记，李主任，我以后得为你们俩服务好。""王宝年同志，以后工作中还需要你的支持，"李贵生道，"我初来乍到，平时脾气又急，若有得罪之处，尚请多担待。"这时，马加荣进来了，小声道："各位领导，宁和公社来电话，问我们的物资为什么还没有送到？"张建设皱了眉道："宝年同志，这是怎么回事？"王宝年瞪了马加荣一眼道："钱王江边有六个公社，另外五个公社都打来报告，说物资全归宁和公社，这样不公平。他们有意见。""扯淡！"张建设怒声道，"是宁和决堤！不是他们决堤。你把话带给他们。物资只供宁和。"李贵生听了，便道："老张，我插个嘴，我听说宁和公社遭大灾了，但在物资的分配上，的确要考虑到公平，否则，以后我们的工作很难开展。"张建设愣了一下，然后道："特殊情况特殊对待，这也是我们的原则之一。"李贵生变了一下脸色。王宝年捕捉到了李贵生脸色的变化，便说道："张书记，李主任的话，也有道理，另外，宁和也出现了一些别的情况，我建议开个会集中研究一下？""好吧，那就开会。"张建设怒气冲冲地走了。李贵生坐了下来，沉默地抽烟。"李主任，你是不知道，宁和公社是张书记的心头之宝，所以才有特殊情况特殊对待这个原则。""王宝年同志，我们不能因为个人喜好，而不一视同仁，这样会让人觉得我们做事不公道。"王宝年听了，点点头。

张建设刚坐下，金健康快步进来道："张书记，关于络麻的事有点麻烦。""说吧。"张建设竭力平息怒火。金健康一脸担忧道："宁和公社是我们县络麻的主产地，发大水后，估计络麻大大减产，县麻纺厂完成不了年度任务，赵厂长很着急，问我是不是向外县购买络麻。"张建设道："可是县里的资金有限。"金健康点点头道："是啊，现在哪儿都需要用钱，捉襟见肘啊。前年海平县江堤决口，我们库存的麻袋全部支援给他们了；去年，钱王江的支流阳浦江闹水灾，我们的仓库都搬空了；今年宁和决堤，幸亏他们自己还存着一些，否则这缺口怎么堵？"张建设一脸着急道："区区一只麻袋，事关重大啊。这样吧，还是挤出点资金来，外购一部分。"金健康点点头。

张建设想了想又道："外购的麻袋一半留在县里，一半给宁和。免得有的同志又认为我搞特殊政策。"金健康走后，张建设站在窗前，沉思：李贵生来者不善啊……

令张建设没有想到的是，李贵生突然在下午去宁和公社调研了。金健康急匆匆来报告此事，然后问他要不要跟汪阿兴打个电话，通知一下。张建设道："下基层调研，用不着通知。"金健康小声道："张书记，我是担心汪大麻子的脾气，他跟李贵生同志不熟，会不会弄出事来？""怕什么？我相信李贵生同志有他自己的判断，"

张建设道，"让他遭遇一下汪大麻子也好，他会知道宁和为什么这么重要。"金健康点点头。张建设下午去了县水泥厂。周厂长汇报了工作，说到了汪阿兴来要水泥的事。他一脸忿恨道："张书记，他有你的条子不假，可是你也知道我们厂的情况，生产能力还没有全部恢复，可需求水泥的单位太多了。要是没有一个规矩，全乱了。汪大麻子简直耍无赖，我实在没法子，给了他两车。"张建设心里暗笑，汪大麻子啊汪大麻子，真有你的。他跟周厂长说下一步要考虑水泥厂扩建。周厂长一听来劲了，说我早就想着这件事，以后生产规模上去，我也不用这样焦头烂额了。张建设在水泥厂食堂吃了晚饭，他心里很有一种冲动，去一趟宁和。但是，他最终还是忍了。

汪阿兴是在鲁家湾重建工地上遇到李贵生的。他一开始以为是工程队的，但后来一想不对。李贵生穿着四个兜的干部服装，而且走路沉稳，嘴抿得很紧，透着一股子威严。他小声问身边的张文化："县里有无来电话，说有人要来？"张文化摇摇头。汪阿兴皱着眉看着不远处正跟徐阿福聊天的李贵生，便大步走了过去："同志，你是哪来的？"李贵生看了一眼汪阿兴，并不理会他，而是继续问徐阿福："伤了多少人？""多着呢。"徐阿福看了汪阿兴一眼，不吭声了。"同志，我问你是从哪儿来？"汪阿兴再次问道。李贵生道："你是……""我是公社书记汪阿兴。"李贵生仔细地打量了他一番，然后道："我是县里来的，来看看。""哦，县里来的同志，有什么事吗？"汪阿兴道，"这儿是我们鲁家湾重建工地，有事请去公社谈。""好吧，"李贵生拍了拍手，"你带路？"张文化上前道："我带路。"汪阿兴想了想道："县里来的同志，你先去，我把这儿的事再布置一下，马上过来。"他看着李贵生被张文化带着走了，便问徐阿福道："他问你什么了？""还不是打架的事？"徐阿福没好气地道，"他什么都问，搞得跟特务似的。"汪阿兴若有所思地点点头。

张文化发现李贵生有些奇怪，他东张西望，不时俯下身子捏捏土。有时候还会捡上一土块把玩一下，好像是来玩似的。他忍不住好奇地问:"这位同志,你来我们公社干什么?""看看。""看看?我们宁和有什么好看的?县城里才好看呢。"张文化道。"小同志,听说你们宁和公社书记汪阿兴名气很大,大家都叫他汪大麻子?我刚才见了,没发现什么特别啊。"李贵生平静地说道。"你是不了解我们汪书记,他本事大着呢,远的不说,就说工地上的水泥吧,是他抢来的,还有,那些木材全是楼山公社支援我们的,"他突然意识到自己说漏了嘴,便又道,"同志,你可不许跟别人说。""行啊,水泥是怎么抢来的?""说来话长,那天晚上……"张文化滔滔不绝地说着,一脸兴奋,手舞足蹈。可是他没发现李贵生的脸色越来越沉。

到了公社门口,张文化愣住了,他认得马加荣。马加荣走上前来道:"李主任,下一站去哪?""不走了,下一站就在宁和公社会议室。""李主任?这位同志你是……"张文化吃惊地问道。马加荣笑着说道:"这是我们县革委会新来的李主任。""我叫李贵生,"李贵生伸出手道,"张文化同志,你的口才很好。""你怎么知道我名字?""我来之前,看了你们公社的花名册,知道有一名同志叫张文化,年龄最小,就是你吧?"张文化讪讪一笑,红着脸道:"李,李主任,我,我刚才都是胡说八道。"他打了一下自己的嘴,又说道:"你,你可得替我保密。"他都快要哭了。他知道自己闯祸了。"张文化同志,说真话无罪。走,带我们去会议室吧。"

汪阿兴推开会议室的门时,愣住了。李贵生身边坐着马加荣,老铁头、刘振涛等人都抿着嘴,表情严肃。张文化看到他进来,低下了头。汪阿兴坐了下来。"汪阿兴同志,我先介绍一下自己,李贵生,县革委会主任,新上岗,"李贵生看了他一眼,又道,"别的同志刚才都自我介绍了,我们开个会。""哦,原来是李贵生同志,你好,"汪阿兴竭力保持平静地说道,"请问会议是什么议题?""我看还是按照老规矩,先汇报一下近期工作,然后谈谈不足,"李贵生道,"我听说你的本事很大,水平很高,百闻不如一见,汇报工作一定很精彩。"汪阿兴狠狠地瞪了张文化一眼,然后说道:"李贵生同志,我没有准备,就长话短说了。我们宁和公社地处萧金县东北部,挨在钱王江边上,人口3万多,社员们主要种植络麻、棉花等作物……""停,"李贵生摆摆手道,"这些基本情况不用说了,你就从钱王江决堤开始说。"汪阿兴愣了一下:"好吧。由于台风、暴雨以及大潮三重压力之下,钱王江鲁家湾大队段突然决堤,造成41人死亡,宁和成了汪洋大海,经过我们的努力,最终堵住了决口。我们在县革委会的领导下,目前抓了三件事:一是灾民安置,二是恢复生产,三是重建鲁家湾……""停,"李贵生喝了一口水道,"工地上的水泥是哪来的? 据我所知,县水泥厂的生产压力很大,要水泥都要排计划,听说排到明年。""是张建设同志打的条子。""我问你的是后一车水泥是哪来的?"汪阿兴愣住了,他看到张文化都快哭了,便知道李贵生什么都知道了,心一横道:"抢来的。""怎么抢的?"李贵生说道,"我倒是想知道,一名公社书记怎么就变成了拦路抢劫的强盗了?""李贵生同志,你既然知道了,何必多此一举? 这不是浪费大家的时间吗?"汪阿兴忍无可忍地说道。"你这么说,就是认为你抢水泥这件事没有错? 汪阿兴同志,我告诉你,你错了,大错特错,"李贵生重重地拍了一下桌子,又道,"你跟组织上汇报过了吗? 你今天可以抢水泥,明天你是不是可以抢钢筋,再后天你是不是可以抢粮库了? 乱弹琴!"汪阿兴也重重拍了一下桌子,站了起来道:"李贵生同志,你今天来,是来兴师问罪,还是听取工作汇报? 水泥厂供应不足,难道是我们宁和公社的责任? 县革委会就没有责任?""县革委会有没有责任,轮不到你来指责。"李贵生也怒火中烧地站了起来。两人瞪着眼。马加荣一见此情况,便小声道:"汪书记,坐下,坐下。"汪阿兴并不理会他。一时间,会场气氛凝重。突然,张文化哎哟一声,咣当一声倒在地上。他双目紧闭,嘴角溢着血,全身抽搐。一时间,会场乱了。众人手忙脚乱地抬着张文化。老铁头大叫:"送卫生院,送卫生院。"

汪阿兴与老铁头抬着张文化就跑,跑了一段,直到不见了公社办公大楼,张文化方才睁开眼道:"放我下来。""你……血是怎么回事?"汪阿兴怒声道。"汪书记,对不起,我咬破了自己的舌尖。"老铁头道:"你这是救场啊。""都怨我,怨我多嘴。"张文化蹲了下来,呜呜地哭了。汪阿兴站着,沉默无语,好久才说道:"不怪你。小张,抢水泥这件事,肯定是要追究责任的,你以前问我,为什么让你在三岔路口下车,那是为了保护你,你不是共谋。走吧,李贵生同志说得也没错,的确不能这么干。""你明知不能干,为什么还要干?"老铁头突然说道。"因为我是宁和人。"汪阿兴说完,走了。老铁头呆呆地看着他的背影,突然跑上前去,一把扯住汪阿兴道:"你现在去,小张的戏不就白演了吗?"张文化也上前拉住汪阿兴道:"老铁头说得对。我寻思李主任马上就会走的。""躲得了一时,可躲不过一世啊,"汪阿兴道,"要来的,终归是会来的。""不行。这件事向张建设同志汇报之后,再作定论。"老铁头紧紧地拉着他。"放手,老铁头。我不能做缩头乌龟。"老铁头与张文化死死地拉着汪阿兴,令他动弹不得。

李贵生最后是被刘振涛气走的,这令人出乎意料。刘振涛突然也发病了,他神神叨叨地走到李贵生身边,说了一句话:"你要大祸临头了。"李贵生骂了他几句,结果刘振涛就在会场里跳来跳去,其状疯狂,嘴里反复念叨着"你要大祸临头了",就像跳大神似的。李贵生说道:"什么乱七八糟的?小马,我们走。"他们走后,刘振涛贴着墙根站着,像一个木头人。汪阿兴看着刘振涛,发现他全身都汗淋淋的。刘振涛轻声说道:"我又出汗了。"汪阿兴拍了一下他的肩,无语地走了。老铁头和张文化收拾着会议室,最后,两人相视一笑。

在鲁家湾重建工程完工的那天,张建设来到了宁和。他带来了两个消息,一个消息是县水泥厂扩建工程正式启动了,另一个消息是让汪阿兴三天后去县里开会。张文化说这肯定是一个批斗会。他忧心忡忡。老铁头的看法却是截然不同,他认为这个会议未必是批斗会,说不定还是一个表彰会。理由有两个,一个是抢水泥事件引发的却是县水泥厂的扩建,事件起到了导火索的作用;另一个理由是既然是开会,一般情况下都有会议通知,但这次却是破了例,由张建设亲自通知汪阿兴,这说明这次会议是一次意味深长的交锋式的会议。汪阿兴听着他俩的分析,什么话都不说。他担心的是另一件事,小狗子的死亡事件,至今这件事还隐瞒着,一直没有上报。他心里认同老铁头的分析。他看着老铁头,这倒让老铁头不好意思了,他说这只是自己的猜测,不算数。张文化却把话题转到了刘振涛身上,他说真的看不明白了,他到底有没有病? 老铁头不吭声了。他好像霎时变了一个人似的。汪阿兴觉察到了这种微妙的变化,他并没有往深里想,而是让张文化去卫生院叫方医生来。张文化刚走,阿炳就现身了,他是来计算工程款的。汪阿兴告诉他,这件事过阵子再研究。阿炳深为不悦,他说工程完工了,就要拿钱,这是天经地义的。老铁头一声不吭,像个局外人。汪阿兴说工程是完工了,可还得决算。阿炳忿忿不平地走了。老铁头也跟着走了。汪阿兴看着他们一前一后离去,心里突然亮了。他走到门口,发现阿炳走进了老铁头的办公室,老铁头进去后,直接将门关上了。不一会儿,便听到了吵架声。汪阿兴皱着眉头,也关上了门。这显然是老铁头的秘密,只不过阿炳忍不住了,于是秘密也将随之呈现。汪阿兴回忆着曾经发生的那么多的事,发现其实就是绕着圈,他被绕在了里面。老铁头和阿炳,包括刘振涛,他们手里的线总是会不停地释放出来,无穷无尽似的。他静静地坐着,好像老僧入定一样。李贵生的到来是完全出乎意料的,他不明白的是:为何张建设不让人打个电话来通知一下自己? 他隐约感到了张建设与李贵生的磨合将是困难的,这也意味着他的工作开展的难度正在加大。他没有把自己归类为是谁的人,这太庸俗。或许,在一些人看来,他就是张建设的人,他是张建设的得力干将。他只是觉得张建设心里下着一盘棋,而自己是棋局中重要的一枚

棋子。特别当夜深人静时,他想到了那死去的 41 条生命时,心里
就像刀子捅着般痛。更何况还有小狗子的死,虽说是意外,但毕竟
他也负有责任。他看着墙上的萧金县地图,心想这些矛盾都不算
什么,将来还要与钱王江面对面地战斗,这才是一场硬仗。他重重
地吐出一口气,感觉好像轻松了好多。他必须跟老铁头彻彻底底
谈一次,不能再放任他这么滑下去了。

阿炳抽着烟,之前的愤怒好像已经消失了。因为他发现老铁
头好像变了一个人似的。他不明白这是因为什么。老铁头心静如
水,从他听到汪阿兴说"我是一个宁和人"的那一刻起,他好像明白
了。汪阿兴是宁和公社最合格的书记。汪阿兴轻轻推门进来了,
他脸上带着微笑。阿炳有些吃惊地看着他,身体有微微的颤抖。
汪阿兴拍了一下阿炳的肩,然后又将他的身体扶正,又取下了他嘴
里的烟,丢进烟缸里。他走到老铁头身边,也拍了一下他的肩,然
后将他的身体扶正,之后,掏出烟,点着了一根,然后递给老铁头。
老铁头有些不知所措。汪阿兴自己也点上了一根烟,抽了一口,缓
缓说道:"老铁头,我与你是公社干部,阿炳是大队干部,像抽烟这
种事,也得我们先点上了,抽上了,再考虑阿炳。阿炳,你说对吗?"
阿炳一头雾水地说道:"汪大麻子,你说什么我不明白。"汪阿兴突
然猛一拍桌子,厉声道:"你不明白? 我看你比谁都明白!"阿炳霍
地立起,转身欲走。"老铁头,他如果走了,话就更说不清了,我的
意见,趁着他在把话说清楚了。"老铁头手里的烟抖了一下。"首
先,我跟你们俩说清楚,我不是来寻事,也不是来吵架的,而是来解
决问题的,换句话说,我是来治心病的,"汪阿兴走到窗前道,"宁和
就这么一点地方,人就那么几个,你们想想,干什么事不也就几个
人吗? 阿炳,你写举报信,我不怪你,那是你的权利,但是你不应该
诬陷我,无中生有地中伤我。老铁头,你背地里向王宝年汇报,我
也不怪你,我能理解你的心情。你们两个,联合起来对付我,我也
没有意见,只要我有不对的地方,你们当面不说,就在背后放上一

枪,"他狠狠地抽了一口烟,又说道,"别的我也不多说了,工作中总有矛盾,但我相信一件事:只要肯干事,要干事,我们一定能干成事。"老铁头脸色铁青,阿炳则将目光投向门,好像随时准备逃跑似的。汪阿兴道:"我的话说完了。我希望从今往后,做事光明磊落,有问题有矛盾当面提,我汪阿兴也不是个不讲理的人。我们终归是一条船上的人,我们还将共事多年。"他开门走了。阿炳站了起来,摇晃了一下身体,然后说道:"老铁头,我们都低估他了。""不是低估,是我们错看他了。他跟以前的公社书记不一样,他是一个会干事、能干事的人,这是我们宁和的福分,"老铁头喃喃自语道,"人这一辈子,不过眨眨眼的工夫,我现在开始明白了,内讧是最愚蠢的事。阿炳,你回去吧,好好想一想他说的话,我也要静一静。"阿炳垂头丧气地走了。老铁头闭上眼睛,他流泪了。

傍晚,下起了小雨。汪阿兴骑车去宁和学校,他答应鲁阿牛,跟大家一起吃个饭。晚上还要主持抽签分配草舍。本来,草舍是按人口分的,可是徐阿福非要抽签,说这才公平。他还鼓动几个人来公社说,汪阿兴想了想便也同意了。到了校门口,汪阿兴发现徐曼丽在雨中站着,抹着泪。他下车后,问道:"曼丽,怎么了?"徐曼丽并不理会他,顾自哭着。丁玉洁跑了过来,将一顶草帽挡在了徐曼丽头上,然后说道:"曼丽,快进去。"徐曼丽摇摇头。汪阿兴见了,一把将她抱了起来。原来徐阿福跟姚婶吵架了。徐阿福说他不愿意跟鲁阿牛做邻居,姚婶生气了。徐曼丽因为徐定强不给她讲故事,就使性子,姚婶骂了她。姚婶见汪阿兴来了,便说道:"汪书记,走,吃饭去。"徐阿福蹲着,还有些磨磨蹭蹭。姚婶回头道:"这是我们在学校的最后一顿饭,明天就要搬入新家了,去不去,你自己看着办。"徐阿福方才站了起来,低头跟在身后。众人都有些心情激动。鲁阿牛道:"汪书记,你能来,我们很高兴,明天我们就将住进新草舍,感谢公社,感谢汪书记。"汪阿兴笑道:"不用感谢我,这是我们公社的义务,必须让大家有地方住,这也是县革委会张建设书记的指示,虽然我们现在住的是草舍,但是将来我们一定会住上楼房的。另外,告诉大家一个好消息,明天,县里将给大家送物资来。"众人开心地笑了。吃饭的时候,汪阿兴将一瓶酒从黄书包里拿了出来,让大家每人尝一口。鲁阿牛悄悄地跟汪阿兴说,大家有一个心愿,想在鲁家湾竖一块碑,纪念死去的亲人们。汪阿兴犹豫了一下,说这件事必须跟县里汇报。

酒瓶传到徐阿福手上时,剩下的酒已不多,他一股脑儿全喝光了。坐在旁边的徐阿宝不乐意了,他从徐阿福手里抢过酒瓶,仰脖,发现一滴酒都没有了,他生气地说道:"阿福,哪有你这样的?上次吃肉,你吃得住院,这次喝酒,你又喝得一点不剩,说不定你还得住院。"徐阿福揪住徐阿宝的衣领道:"你这是咒我死啊。"两人打了起来。鲁阿牛将他俩拉开,说道:"你们当着汪书记的面打架,这不是丢我们鲁家湾人的脸吗?""你别假惺惺做好人,哼,我死也不跟你做邻居。"徐阿福骂道。"阿牛,狗咬吕洞宾,不识好人心。以后别再帮他了,"徐阿宝吐了一口痰,又说道,"徐阿福,你不就是怕阿牛跟阿英说话吗?世界上哪有你这种人?说个话怎么了?阿牛不跟阿英说话,以后我跟阿英说话去,活活气死你。"汪阿兴皱着眉,将地上的酒瓶捡了起来道:"看来,还是我的责任,大家高兴喝点儿酒,还喝出事情来了。我保证,以后不给大家喝酒了。"众人哄笑。徐阿宝摸摸头皮道:"我后悔死了,早知道汪书记这么说,我死活也不跟徐阿福吵了。"

晚上七点,公社的几个干部也都来了,作为抽签的见证。张文化摊开本子,使劲地摇着碗里的纸团,然后每户人家抽一个纸团。张文化大声道:"同志们,事先说明,抽了不许反悔。我们都是见证人。"徐阿福排在队列里,他心里有些紧张。草舍有大有小,要是抽中小的,那怎么办?他有些后悔自己多事,本来按人口分,他们家有五口人,分配的草舍不会小。他心里憋着一股气。他深深地吐了一口气,看到了坐着的徐定强正在跟丁玉洁说话。他瞪着徐定强,直至徐定强看到他,低下了头。丁玉洁也转头看了一眼徐阿福,然后走了开去。"徐阿宝抽中 8 号草舍……"张文化报着号。徐阿福的腿开始发软,就快轮到他抽签了。他突然叫道:"定强,你来抽。"徐定强愣了一下,摇摇头。"你手气好,你来抽。"徐阿福说道。徐定强有些紧张地走了过来,徐阿福将他的右手抓在手里,吹了一口气,然后对张文化道:"轮到我们家了。"徐定强有些犹豫地抓了一个纸团。徐阿福利索地展开,愣住了:17 号。他马上察看旁边架着的一幅图纸,发现 17 号是个小草舍,便破口大骂道:"你的手昨晚上干什么了?"他转而对张文化道:"小孩子不算数,我来抽。"旁边的人不干了,大声道:"徐阿福,你想要赖?"姚婶一声不吭地拉走了徐阿福。徐阿福的骂声断断续续地传来。徐定强低着头走着,走进了黑夜里。

搬家的时候,整个鲁家湾显得无比热闹。早晨的阳光透过云层,撒在这些草舍上。天一亮,就有人开始搬家了。徐阿福一直躺着不动,他整整一晚上没有睡,尤其是知道丁玉洁代表鲁阿牛家抽签,抽中了 1 号大草舍时,他就像断了骨头一样。姚婶拉起了他,说草舍小一点不要紧,一家人挤挤就行。徐定强躲得远远的,生怕徐阿福会揍他似的。待到教室里人都空了,只剩下他们一家人了,徐阿福才没精打采地说道:"定强,你过来。"徐定强畏畏缩缩地走了过来。徐阿福扬起手就给了他一巴掌。姚婶骂道:"阿福,你为什么打孩子?""早知道他的运气这么差,不如我自己抽,我真是后悔死了,"徐阿福道,"我要去一趟公社,给我们家再造一个草舍。不能这样欺侮人。"徐大军忍不住说道:"爹,这不怪别人。我们走吧。"姚婶拉着徐阿福走着,身后跟着徐家三兄妹。徐定强一直捂着脸,走得犹犹豫豫。

丁玉洁心花怒放,她好像很久没有笑了。鲁小妹在新草舍内跑来跑去,她抱着丁玉洁道:"玉洁姐,我们要住新草舍了。"鲁阿牛蹲在门口,闷闷不乐的样子。直到徐阿福一家出现在他的视线内,他才站了起来,然后叫道:"玉洁,爹跟你商量个事。"丁玉洁应了一声,走了出来。她发现不远处姚婶拉着徐阿福走着,便说道:"爹,什么事?""我想跟你姚婶家换一下草舍。""为什么?"丁玉洁吃惊地张大嘴。"他们人口多,小草舍挤不下,"鲁阿牛道,"都是鲁家湾人,所以……""爹,我不同意!"丁玉洁道,"草舍是我抽来的。"鲁小妹也跑了出来,说道:"玉洁姐说得对,这是我们的。"刚与丁二南边说边笑走来的鲁伟潮听了,也是愣住了。"阿牛叔,抽签是公平的,定强手气差,那是他的事。"丁二南说道。鲁阿牛看着徐阿福一家越来越远了,叹了口气道:"亲不亲家乡人,孩子们,听我说,你们阿福叔一家啊,以前住的草舍就是我们鲁家湾最大的,你们姚婶晚上要缝补衣服,你们的衣服不都是姚婶缝补的,还有,大军个子高,定强晚上老睡不好,还有曼丽……"丁玉洁眼中含泪跑了。

交换草舍时,姚婶眼中含泪。徐阿福走进草舍就躺在地上,一动不动了。徐定强感激地看着丁玉洁,丁玉洁却冷漠以对。晚上,徐阿宝来找鲁阿牛,说他反正一个人,是个光棍,住不了这么大的草舍。鲁阿牛还想推辞。徐阿宝不高兴地说道:"玉洁是我的干女儿。"就此一句话,令丁玉洁泪如雨下。这样,鲁阿牛与徐阿福一家又成了邻居。只不过,鲁阿牛说徐阿宝的草舍过几天再换。但是,鲁伟潮感觉两家人的关系有了不一样的味道。尤其是丁玉洁,她变得不太爱说话了,有时候总是沉默无语地看着远方。鲁阿牛看在眼里。那天晚上,繁星点点,天空特别干净,好像洗过似的。鲁阿牛跟丁玉洁说话,他说了一件以前的事情,说丁玉洁小时候曾经跌进水沟,是姚婶将她拉了上来,捡回一条命。还有伟潮,有一回跟着大人们去盐田里制盐,结果中暑了,是徐阿福背着他去的卫生院。鲁小妹有一次迷路了,是徐大军把她找回来的。鲁阿牛说,身边的人虽然有时候令你生气,可是他们的心都不坏,都是善良的。丁玉洁边听边流着泪,她想起了死去的父亲丁老三,在玉洁母亲死后就像变了一个人似的,他总想着法子喝酒。有一回,他酒醒后号嗬大哭,他说这是命,这是命啊。姚婶出现的时候,鲁阿牛也愣住了。她流着泪说道:"没想到这些你都还记得。"鲁阿牛长叹一声道:"阿英,你也别怪阿福。"姚婶点点头,她擦着泪走了。鲁阿牛咳了几声,吐了一口血痰,他利索地用鞋底擦了血痰。丁玉洁赶紧给他敲背。鲁阿牛道:"玉洁,如果有一天爹走了,你就是一家之主了,伟潮是个男孩,粗心大意,小妹还小。"丁玉洁着急道:"爹,你不会死的,你会长命百岁。""玉洁,人都会死的,只是早一点、晚一点。爹答应你,活到长命百岁。"

夜已深,四周静悄悄的。偶尔江风掠过,发出一种独特的声响。鲁阿牛静静地站着。孩子们都睡了,尤其是鲁小妹,搂着丁玉洁睡得很香。他睡不着,因为他的身体出现了问题。他一直在吐血痰,他仿佛感到生命之火在慢慢地熄灭。这是命啊。他要坚持下去,等到三个孩子长大成人,那他就可以撒手归西了。但是他害怕自己等不到那一天了。或许用不了多久,他就会合上眼睛,再也听不到任何声音。他一夜未眠。

徐阿福一早来向鲁阿牛道谢,但是他说话的腔调依旧跟以前一样。鲁阿牛知道,肯定是阿英让他来的,他毕竟是一家之主。丁玉洁一直绷着脸,她讨厌徐阿福说话的时候那副盛气凌人的样子。而且,他总是不忘冷嘲热讽。他指着草舍的屋顶道:"太低了,要是我来验收,肯定不合格。"他指着床,又说道:"这床太小了,换张大的。"丁玉洁忍无可忍地说道:"阿福叔,你忘了,这个草舍本来是你家的。"徐阿福愣了一下,瞪了丁玉洁一眼道:"大人说话,哪轮得到你插嘴?你爹丁老三是死了,要是活着,你们俩就住最小的草舍。"丁玉洁也不甘示弱,指着门说道:"这儿是我们家,你来干什么?"徐阿福气呼呼地走了。鲁阿牛叹了口气,咳嗽了一声。丁玉洁低下了头,轻声道:"爹,对不起。"

刘振涛一晚未睡,天一亮,就站在了汪阿兴的宿舍前。汪阿兴开门时吓了一跳:"老刘,有事?"刘振涛笑了,指了指自己的心道:"我想明白了。我什么都想明白了。"汪阿兴将脸盆里的水泼在地上,不吭声。刘振涛道:"我要求下生产队劳动。""去哪个生产队?"汪阿兴吃惊道,"你身体好了?""我好了。我要求去红旗大队。"汪阿兴想到了老倪,便说道:"去三平大队吧。""好。"刘振涛欢天喜地跑了。看着他跑动的样子,很有力量,也很有信心,这让汪阿兴感到欣慰。他走进办公室时,老铁头跟了进来。很显然,老铁头也是一夜未睡,他的眼睛里布满血丝,而且脸的一侧肿了。他捂着脸道:"上火了。"汪阿兴将一叠图纸放在桌上,一声不吭地坐了下来。"你昨天的话很对,我表示佩服,但有一点,你伤害了我的尊严。""尊严?我说老铁头,党的工作重要还是个人的尊严重要?"汪阿兴指着墙上的萧金县地图道,"我们的尊严不是我们个人的,而是钱王江给不给的问题。""你这是转移话题,"老铁头道,"我知道尊严有多重要,你没有吃过苦头,你不知道。"汪阿兴沉默不语。老铁头的这句话就是他的心声,他一直被阴影笼罩着,虽然,现在社会显得平静了些,但前些年的疯狂着实令人害怕。汪阿兴闭上了眼睛,他想起楼山公社的一名教师在批斗大会上咬舌自尽、鲜血喷射的场面。那时候,他只是公社的一名普通干部,每天都紧紧张张,他始终记得母亲临死前的一句话:不要去害人。后来,他当上了公社书记,也组织了不少批斗会,但形式多于内容。往往是上午开批斗会,下午就照常工作。曾经有楼山的社员们腰间别着柴刀,组成一队去了县城,他们走过街头,引得众人围观。他后来狠狠地批评了组织者,还差点因此被对方揪住批斗,是赵刚强带人保护了他。他走到老铁头跟前,伸出了手,但他有一种茫然,不知道该是拍一下他的肩,还是握手。拍肩是一种鼓励,握手是一种友好。他的手停在空中,仿佛在等待老铁头的回应。然而,老铁头转身走了。他悻悻地收回了手,心里有些沮丧。他收拾了一下,骑车去县里开会。一路上,他的心情有些低落。但是,他想到会遇到赵刚强时,情绪重新变得轻快起来。

　　这是一个不同寻常的会议。汪阿兴到了会议室后，发现除了县革委会班子，就他一个公社书记参加。他有些不安地坐了下来。李贵生抬腕看了一下表，皱着眉说道："汪阿兴同志，你迟到了两分钟，这是重要会议，要有组织纪律性。现在我们开会。"在这个会上，前半部分传达了上级文件，后半部分是对宁和公社的专题工作研究。按照张建设的说法，这是李贵生调研之后要求召开这个会议的。王宝年一声不吭，埋头记笔记。李贵生作了发言，他认为当前的宁和公社问题众多，需要花力气整治，尤其是干部的作风问题和阶级感情问题。他列举了几起事件：抢水泥，工地打架，以及私自向楼山公社要木材等。轮到王宝年发言时，他加了一条，说供应宁和公社的物资太多，引起了其他公社的不满。另外的同志基本都不吭声。金健康表达了不同意见，他说宁和公社的情况是老大难问题，各方面都压力很大，要本着客观公正的观点来看宁和公社。张建设一直不说话，当众人的目光投向他时，他喝了一口水道："汪大麻子，你怎么不辩解啊？现在是你说话的机会。"汪阿兴站了起来道："感谢大家的批评。李贵生同志说的这些事都存在，王宝年同志说的我不认同。我们宁和公社的情况，在座的各位领导都清楚，当然，除了李贵生同志。我想说的是，我愿意承担责任。"张建设站了起来，一脸沉重地看着汪阿兴，好久才说道："这岂是一句愿意承担责任可以包揽的吗？你的意思是想逃回楼山，过平静生活？我告诉你，休想。你去了宁和，那你就与宁和生死与共了。我问你，你为什么抢水泥？你为什么向楼山要木材？工地为什么会打架？你必须跟大家说清楚。"李贵生听了，皱着眉道："老张，无需问为什么，他都做了。"张建设道："我们既然想处理，必须要让他心服口服。"金健康大声道："汪阿兴同志，说啊。"汪阿兴从黄书包里取出一张手绘的宁和公社地形图，然后说道："因为我们宁和公社太穷，也因为我们宁和公社的社员们天天枕着危险睡觉。"金健康走过来,将这张手绘的地图递给了张建设,张建设看了一眼,愣住了,地图上标注着各个大队的位置、道路、河流以及人口数量,包括多少间草舍,还标注了宁和公社与钱王江接壤的边界长度。李贵生也凑了过来,一见此图,拍了一下桌子道:"好啊。这地图绘得太好了,是你绘的?"汪阿兴点点头。张建设道:"大家都来看一看,宁和公社就在汪大麻子绘的这张地图上。"众人围了上来,啧啧称奇。李贵生走到汪阿兴身边,指着黄书包道:"还有什么宝贝?"汪阿兴摸出一圈皮尺,一支铅笔,还有一叠绘图的草稿。李贵生拿过草稿,翻看起来,好一会儿才道:"我小看你了。老张,我小看他了。"王宝年看了一眼草稿道:"这图上胡乱画的什么呀?""王宝年同志,你不懂,到了萧金县之后,我一直觉得宁和公社就是桥头堡,可是我们居然没有一份详细的地图。这些草稿啊,全是局部地形,不仅标注了高度与面积,而且还有一些小建议,哪儿修路为好,哪儿挖河流为好。好东西,好东西啊。"汪阿兴脸红了一下道:"李贵生同志,因为钱王江的航道时常会移动,所以很难绘图。"李贵生点点头,开心地笑了。张建设喝了一口水道:"汪大麻子,你哪有时间绘图?""晚上。"汪阿兴低声道。李贵生坐了下来,突然道:"老张,我看暂时休会,你看怎么样?"张建设点点头。

休会期间,张建设与李贵生在办公室谈话。李贵生对地图赞不绝口。"我们好像偏离议题了,"张建设道,"会接下去怎么开?""老张,我发现我犯了经验主义的错误。抢水泥,那是因为鲁家湾重建,寻求支援,那也是阶级兄弟之间的感情,至于工地打架,那不过是偶然事件,毕竟没有死人。我看,算了,会要是再开下去,我忍不住要表扬他了。为了我的面子,干脆会不开了,"李贵生摸了一下头皮道,"看来,你把他放在宁和,是相当正确的。""听你的,这会不开了,"张建设道,"走,通知一下大家。"

这时,王宝年急匆匆进来了,他将门关上,然后道:"汪书记,李主任,我刚接到一个电话,事情很复杂……"传来敲门声,张建设道:"进来。"汪阿兴推开门道:"张书记,有一件事我要向你单独汇报。"张建设看了闭上嘴的王宝年,然后道:"宝年同志,你跟李贵生同志先商量。"李贵生和王宝年走后,汪阿兴垂头不语。"什么事?"张建设道,"你现在这个样子可不像你的性格啊。说吧。"汪阿兴抬头,眼中含泪道:"楼山公社运输队的队长小狗子在夜间回楼山的路上出了车祸,去世了。"张建设大吃一惊,之后将门关上,然后道:"说具体情况。"汪阿兴将那晚上发生的事说了一遍,他心里无比自责。张建设眼中含泪道:"多好的年轻人啊。"他抓起了电话道:"马上给我接楼山公社赵刚强。"但电话没人接。张建设放下电话,踱了几步,然后道:"小狗子的家属怎么安排的?""赵刚强会打报告来。"张建设使劲地揉着太阳穴,大声道:"可是他的报告在哪啊?"

这时,李贵生推门进来了,他板着脸,瞪着汪阿兴。"老李,有件事……""老张,楼山公社的运输队长前几天晚上死了。王宝年同志刚刚跟我说的,"李贵生指着汪阿兴又道,"你为什么不上报?"汪阿兴不吭声。"他刚刚跟我汇报了这件事,"张建设叹了一口气道,"我刚刚打了电话给楼山公社,联系不上赵刚强。""王宝年同志认为,这件事的性质极其严重,必须从重处理,"李贵生道,"一条命啊。"张建设道:"我们还是接着开会。"

几名干部围着王宝年在说着什么。张建设皱着眉走进了会议室,之后李贵生和汪阿兴跟了进来。围着的干部们立刻散开了。张建设道:"同志们,我们接着开会。现在由李贵生同志通报一起事件……"会议结束前十分钟,赵刚强突然踏进了会场。汪阿兴愣住了。赵刚强一直站着,直到王宝年说完。王宝年的意见是从重处理,毕竟死了人,汪阿兴负主要责任。"王宝年同志,我有话说,"赵刚强终于开腔道,"如果要承担责任,也应该我承担。"李贵生问道:"为什么?""因为是我派小狗子去的宁和,"他走了过来,将一份报告放在张建设面前道,"张书记,这是事件的详细报告。"汪阿兴走了过来,两人紧紧拥抱,泪花闪烁。"赵刚强,你私自动用集体的木材,经过组织批准了吗?"王宝年突然大声道,"不是你私人的东西,你怎么可以送人?""王宝年同志,集体财产并没有私人使用,它们成了鲁家湾重建工地的建材,"赵刚强道,"县里为什么不提供木材? 是不是需要这么做,我们先将木材送到县里,然后县里再送到宁和? 请问,这是不是要浪费很多油钱?"王宝年哑口无言。"现在我们讨论的是死人的事,"李贵生看了张建设递过来的报告,然后说道,"赵刚强,死者家属的善后工作,你是怎么处理的?""这个事,请组织上给予考虑,我们代表家属申请因公殉职,"赵刚强想了想又道,"小狗子已经入土为安了。"汪阿兴的泪水再也忍不住了,他大声吼道:"都别说了,所有责任由我承担。"会场出现沉寂。好一会儿后,金健康站了起来道:"我想发个言。这件事纯属意外,死者家属应该享有抚恤金的权利。李贵生同志,你可能不知道,我们萧金县东北部的基础设施相当落后,路少、路险,几乎每年都有这种事故。我觉得我们县革委会也有责任。"

会议结束后,李贵生把汪阿兴叫到了办公室。他看着汪阿兴,久久地不说话。"李贵生同志,有话请说。"李贵生拿起电话道:"请给我接民政科。"电话通后,他说道:"我这儿有一份楼山公社打上来的,申请享受抚恤金待遇的报告,请你们派人来取一下,马上办理。"他放下电话,指着墙上的地图道:"我知道你想干事,但是,我必须提醒你,想干事绝不是蛮干,要团结同志,更要有思路,有办法,要争取各方面的支持。"他说着,拉开抽屉,取出一个笔记本道:"这上面有我们海平县一位已经去世的水利老专家对钱王江潮汛的记录,我送给你。"汪阿兴接过笔记本,点点头。"另外,我还要告诉你一件事,今天的会议虽然最后没有形成处理决定,但是,这不意味着你没有责任。""我明白,"汪阿兴将笔记本放入黄书包内,然后道,"李贵生同志,上次你来我们宁和调研,我的态度不好,也请你原谅。""你用不着道歉,我的态度也不好。"两人握手,此时,王宝年出现在门口。他走了过来道:"汪大麻子,你运气不错。""不是我运气不错,是组织上的公正和支持,我们这些基层干部才敢放手干,"汪阿兴道,"王副主任,我一直想问你,是谁打电话给你,向你报告的。我声明,不论是谁,我绝对不搞打击报复。"王宝年一时语塞,借口有事,走了。

赵刚强在县革委会院前空地前等着汪阿兴,终于,汪阿兴出来了。他跑了上去:"汪大哥,又见面了。""小六子,小路怎么样?"汪阿兴急切地问道。"你尽管放心。"两人说了一阵话,汪阿兴看看天色,似乎要下雨,便说道:"小六子,我得回去了。"赵刚强满脸失望道:"才说几句话你就要走,我说汪大哥,在你心里宁和比什么都重要。"他的脸色沉了下来。汪阿兴上前,拥抱着他道:"小六子,你也知道,宁和现在的情况十分复杂,我必须下力气将这些枝蔓修剪干净,然后才能看清主干啊。""汪大哥,可是小路怎么办? 你长期不在他身边,这毕竟……唉,好了,我先走了。"汪阿兴看着赵刚强坐着拖拉机走了。他有一种错觉,仿佛是小狗子复活了,是他开着拖拉机。他揉了揉眼睛,拖拉机慢慢消失了。

他推着自行车走在县城街道上。他觉得陌生,走着的、站着的、坐着的每一个人都好像是宁和见过的人,他们换了衣服,也换了表情。走了一阵,他感到一阵头晕。这时候他才想起来,从他骑车来县城到现在,一直没有吃过东西。饥饿一旦涌了上来,便像潮水一样将他吞没了。他扶着车,定了定神,然后朝附近的一家面馆走去。当他走进面馆,却发现没带粮票。他咽了一下口水,心想着还要骑车回宁和,肚子空空如也那可不行。他取出工作证,对营业员道:"同志,我没带粮票,能否打个欠条。"营业员看了一下工作证,又仔细看了一下他的脸,说道:"我们没有这种规定。"马上将工作证还给了他。他有些着急地道:"我回去后,马上将粮票寄来。同志,我可是真饿了。"营业员瞪了他一眼道:"都像你这样,我们面馆早就关门了。"汪阿兴在面馆门口徘徊了一阵,不料却碰到了瓜乡公社书记老田,他手里拎着一块肉,快步走着。老田道:"哟,汪大麻子,你在这儿干吗?"汪阿兴二话不说,上前就掏他的口袋,取出皱巴巴的旧信封,拿了粮票,往桌上一拍:"同志,来两碗青菜面。"老田笑了,他坐了下来道:"汪大麻子,旧账不清,又添新债。上次的柴油钱还欠着呢。""饿坏了。下次一起还,"汪阿兴按了一下肚子道,"老田,肉哪来的?""攒了肉票,儿子要结婚了,总得弄点肉。"老田点上一根烟。这时,营业员拿来两碗面,汪阿兴取过筷子就埋头大吃。老田刚想拿另一碗面,汪阿兴用筷子打了一下他的手道:"要吃面,自己买去。""我说汪大麻子,你也太、太厉害了吧,这可是用我的粮票买的面,"老田笑道,"遇见你,算我倒霉。"汪阿兴一口气吃了两碗面,他将汤水都喝了个干净:"好吃,好吃。"他站了起来,抹了抹嘴道:"老田,我得赶路回宁和去。"老田道:"我说汪大麻子,好不容易来一趟县城,不逛逛?""逛个屁。你老田手中有粮,高枕无忧,跟土财主似的。我走了。"他一溜烟跑了。老田摇摇头。

半夜,汪阿兴到达宿舍前。他将自行车一搁,然后急匆匆跑去附近的茅厕。他拉肚子,几乎是一路拉着回来的。他全身都拉得没力气了。他躺在床上,像是脱了水了。早上起来,全身酸痛,浑身无力。传来一阵剧烈的敲门声,然后是张文化急促的声音:"汪书记,汪书记。"汪阿兴挣扎着下床,开了门。张文化猛地冲了进来,差点将汪阿兴撞倒在地:"汪书记,老倪病了,高成天不同意将老倪送到卫生院,说要卫生院的方医生去红旗大队治病。""去了吗?"汪阿兴虚弱地说道。"去了。可是老铁头拦住了方医生,说不能去。""为什么?"汪阿兴瞪大眼。"汪书记你怎么了,病了? 老铁头说,老倪是重点管理对象,没有县里的指示,不能让方医生去治病。现在,高成天跟老铁头吵了起来。""扶我去。"汪阿兴将手搭在张文化肩上。

公社楼前,高成天双手叉腰,破口大骂。老铁头也不甘示弱,对骂。两人唾沫横飞。汪阿兴心里一紧,他担心他们打架。他刚想喊"住手",可是浑身绵软无力,那声音像是堵在嗓子眼上。而此时,高成天的拳头已经挥了过去。汪阿兴急得扑通一声摔倒在地,张文化大叫:"住手。"老铁头甩一下身子,躲过了高成天的拳头。他们惊诧地看着躺在地上的汪阿兴,然后都跑了过来。张文化将汪阿兴扶了起来。"汪大麻子,我的拳头打中你了?"高成天道,"你跟一团棉花似的。"老铁头并不吭声,但他的拳头握得紧紧的,好像随时准备出拳一样。"都别吵了,老倪的身体最要紧,老铁头,让方医生去吧。责任我负,"汪阿兴沙哑着嗓子道,"让胡医生也跟着去,她医术高明。""昨天,刚刚接到县革委会王副主任电话,他特别强调要严格管理老倪,出了事,脱不了干系,"老铁头道,"而且在红旗大队治病,也不方便,一旦有什么突发情况,延误了治疗,后果也很严重。"高成天冷哼一声道:"你的心思我知道,如果出了事,可以把责任推给卫生院。我不怕,如果出事,我高成天也愿意承担。""你……"老铁头气得脖子都粗了。"小张,跟高队长一起马上把两位医生都送到红旗大队去,你留在那儿,看好病后,把两位医生送回来。"汪阿兴道。

　　好久,老铁头就这么直直地看着汪阿兴,他知道公社的一些干部都站在窗口看着他们。虚弱的汪阿兴也坚持站着。阳光在他的眼前晃来晃去,好像在戏弄他似的。他的身体摇晃起来,仿佛是远处吹来的风扑倒了他。他眼前一黑,就什么都不知道了。醒来的时候,他发现自己躺在卫生院的病床上。四周很安静,好像此时是深夜。他胳膊上挂着盐水,那吊瓶显得特别醒目。他冷不丁地出了一身汗,仰头看到了坐在门口的方医生。她蹲着身子洗着他的衣服。他全身上下的衣裤里里外外全被换过了,他的脸腾地红了。像是受到了某种诱惑,他再次仰头看着方医生的侧影,很好看。这时,方医生突然转了下头,两人双目相对,都闹了个大红脸。"汪书记,你醒了?"方医生甩了甩手,走了过来。"我,我刚醒来。"汪阿兴道。方医生在他脖子下加了个枕头,使得汪阿兴半倚半躺。"我怎么到了这儿?"汪阿兴道。"你都睡了一天一夜了,"方医生道,"幸亏慧丽诊断说你是因急性腹泻引起脱水,很危险。"方医生看了一眼吊瓶,又道:"这是第六瓶了。"两人说话间,胡慧丽进来了:"汪书记,感觉好点了吗?""好,好多了。"汪阿兴挣扎着要下床。胡慧丽按住他道:"你想干什么?"汪阿兴急得拔下臂上的针头,然后道:"我好了。""你就这么跑出去? 你的衣服还在脸盆里呢!"胡慧丽笑道,"是方姐给你换的衣服。"汪阿兴只好重新躺下。方医生端起脸盆道:"我马上去晾衣服。"她急匆匆走了。胡慧丽重新将针头给他插上,指着吊瓶道:"你给我老老实实躺着。张嘴。"汪阿兴张嘴,胡慧丽检查了他的舌苔,又翻看了他的眼皮,然后道:"今天不许走,我还要观察。"汪阿兴点点头。"你吃什么了? 吃坏了肚子,"胡慧丽说道,"我听小张说,你去县城开会了? 在县城吃的?""两碗面。看来我是无福消受县里的面条了。""路上喝凉水了吗?""喝了。"胡慧丽问道:"哪儿的水?""路边水沟里的。"胡慧丽听了,瞪大眼:"以后不要像野人一样喝路边水沟里的水了,有细菌。""我们乡下人,哪能跟你们城里人比啊,你们喝的是有股怪味的自来水,我们渴了,就随便喝。"胡慧丽一听来气了:"我说汪书记,你是不是觉得这是光荣的事情? 这是不讲卫生的行为。"汪阿兴听了,抓抓头皮道:"我说胡医生,饭都吃不饱,还讲什么卫生啊? 你是没吃过苦头,前些年,只要能填肚子,什么都吃。"胡慧丽不吭声了。"钱王江决了堤,水淹了络麻地,我担心今年下半年,我们的粮食供应会出大问题,"汪阿兴道,"不当家,不知柴米油盐贵。对了,你姐不是在物资局吗? 你得帮我们想想办法,让你姐给我们多调拨点粮食。就算是我求你了。""粮食归粮食局管,跟物资局有什么关系?"胡慧丽不解地说道。"唉,你是不知道,在我们县,粮食局只管收粮、存粮,调拨粮食这事归物资局管,粮食也是物资啊。"汪阿兴大声道。"哦。"胡慧丽恍然大悟。汪阿兴看了她一眼,小声道:"你姐一出马,调拨粮食这事准成。胡医生,算是我求你了。""凭什么?"胡慧丽故意说道,"我只是一名医生。""你现在是我们卫生院的医生,就受公社的领导,"汪阿兴笑着说道,"胡医生,你就是我们宁和一宝。"两人说着,老铁头进来了,他手里拎着一条鱼。

老铁头告诉汪阿兴,老倪经过胡慧丽诊断,服了药,病情已有好转,但他的情绪比较低落。另外,阿炳要求结算工程款,可是公社账上没钱。汪阿兴道:"工程款再拖一拖,到时我想办法。老倪的身体要管好,他以后还得出大力。"老铁头走的时候,将鱼留在了卫生院。他说是给胡慧丽吃的。但汪阿兴知道,这鱼是给自己吃的。

张文化是在傍晚的时候来卫生院,正好赶上吃鱼。他喝了一碗鱼汤,汇报了一件事。县里麻纺厂要求预先上报公社今年的络麻收成情况,但是,四月种下的络麻,本来十月是可以收的,结果被大水淹了,现在的产量估计不到往年的三分之一。他征求老铁头的意见,是报实数还是虚数,老铁头的意思是报实数。报实数有一个问题,麻纺厂他们抵给公社的麻袋、绳索等麻纺制品也都会按实数来,那可就惨了,都不够几个大队分的。老铁头也是犹豫不决。张文化想了想说道:"汪书记,我觉得还是报虚数好。至于络麻,我们就先欠他们一年。""报了?"汪阿兴道。"报了,他们催得急,今天必须报,我就报了,"张文化得意地说道,"汪书记,这样我们就没有损失了。"汪阿兴略一沉思,说道:"闯祸了。""啊?"张文化不解道,"什么闯祸?"汪阿兴想了想道:"小张,有的情况我不能跟你说,但是,你明天一早,马上把数字改过来。"张文化点点头。

夜深人静,汪阿兴却毫无睡意。他的衣服被方医生叠得整整齐齐,就放在床头,有一股淡淡的香味。他将衣服穿上,然后穿上鞋,悄悄地走了。他走在路上,想着张文化汇报的事。这不能怪他,他毕竟年轻,有些事还不是太明白。这是一个显而易见的错误。麻纺厂的数字最后会归总到王宝年那儿的,他知道络麻的产量将大大下降,到时候扣一顶帽子那算是小的。像欺骗组织、欺骗工人阶级等,随便哪一顶帽子都将是麻烦事。事实也是如此,虚报数字,就是欺骗组织。为了接下来多争取到物资和粮食,他现在不能得罪王宝年。他不怕王宝年脾气大,就怕王宝年背后使阴招,到时候苦的是宁和人。他不应该再像在楼山那样考虑问题了,这是在宁和,在既穷又苦,而且还被人盯着的宁和,他必须改变策略。他想着,步子慢了下来。他得用好胡慧丽这个人。之前因为各种事纷纷扰扰,令他应付不过来,甚至有些头痛,现在鲁家湾重建完成,接下来考虑的事就是围涂了。组织上安排他到宁和,真正目的也是为了围涂。他想起李贵生看到那份手绘地图的惊喜。他明白李贵生绝不是第二个王宝年,而是一个充满激情的人,是一个干事的人。他为此感到欣慰,心想张建设与李贵生以后肯定会站在同一战线,支持自己的工作。胡慧丽的资源就是她背后的姐姐。虽然这样好像有些卑鄙,若是按他以前的性格,绝对不会这么想。但是,这儿是宁和。他必须团结一切能团结的人,利用一切能利用的人。他在这个晚上睡得特别香。尽管半夜里他好像听到了敲门声,但他却沉沉地睡去了。他要养好精神,开始另一场"战争"。

第十五章

上午八九点的时候,一群人挤在萧金县粮食局的门前,吵吵嚷嚷。人越来越多,场面混乱。有人哭,有人喊。粮食局的负责人出来,大声说道:"同志们,同志们……"他的声音被众人的叫嚷声淹没了。王宝年带人匆匆赶到,朝天鸣了枪,方才驱散了人群。县里为此开了一个紧急会议,在会上,张建设与李贵生吵了起来。张建设的意思是各个粮站贴出公告,告诉大家,县里有粮食,不用紧张。李贵生认为这个方法不可行,他说海平县当年也遇到过这种事,出了安民告示,可不管用,结果被人砸了粮站。他的办法是马上动用储备粮。张建设认为储备粮是防不时之需用的,一般情况下不动用。王宝年的意见模棱两可,他不想得罪他们中间的任何一个人。会议不欢而散。恰好这时,宁和公社要求调拨粮食的报告送了上来,呈放在了李贵生的案头,他一拍桌子道:"只知道要粮,老子又不是孙悟空。"他让马加荣通知汪阿兴,现在县里粮食紧张,宁和公社自己想办法解决当前困难。

汪阿兴接到电话后,心急如焚。眼看着秋天快完了,接下来就是冬天了。而宁和公社又不产粮,络麻又减少,棉花的收成看来也不理想。他召集公社干部开会。在会上,意见并不一致。老铁头认为一直以来,宁和的粮食依赖县里的调拨,这个规矩不能破。汪阿兴则认为县里肯定遇上麻烦了,为了长远考虑,公社自己想办法征集一部分粮食。别的同志也提不出什么建议。汪阿兴后来说道:"我们想办法借,渡过即将而来的难关再说。""去哪借?说得容易，"老铁头道，"到了那时候，人人都六亲不认了。"他神情黯然，想起了一桩往事。有一年，省里调拨给县里的粮食减了量，县里调拨给宁和的粮也减了量，那个冬天，公社干部四处去借粮，但一无所获。老铁头几乎是跪在了一个公社书记面前，但人家却说了一句话：宁和借粮，有去无回。汪阿兴心想，至少楼山公社到时会借粮给他，便说道："大家尽量控制每天的口粮，今天省一口，为了将来有一口。"

会议结束后，阿炳又找上门来讨工程款。他坐在汪阿兴的办公室里不肯走。"阿炳，到时少不了你的，你也别赖着不走。"汪阿兴合上笔记本道。"汪大麻子，用粮食抵也可以。"阿炳眨了眨眼，小声道："我听说为了粮食，县里有人闹事。""你哪儿来的消息？"阿炳得意地抽了一口烟道："这你管不着。到了年底，工程款不结清，那我们也要来闹事。""闹事？怎么个闹法？"汪阿兴道，"阿炳我警告你，头脑要清醒，公社欠工程队的款子，我答应过你，你放一百个心。"阿炳站了起来，双手拍拍屁股，扬长而去。过了一会儿，他又回来了，坐了下来，光抽烟不吭声。汪阿兴瞪着他，发现他的腿微微有点儿颤抖。他走了过去，一把将阿炳提了起来："你是不是有事瞒着我。"阿炳不吭声。汪阿兴松了手道："阿炳，你的腿出卖了你，你现在心里十分紧张不安，说吧，出什么事了？"阿炳道："我的腿有点儿病。哼。"他快步走了。

阿炳走得没精打采。汪阿兴站在窗口，看到他边走，边发呆。他皱起了眉头。阿炳肯定有事，而且还不是小事。他太了解阿炳了，他精打细算，总是把所有的事考虑周全之后，再来探探口风。这一次，他就是来探他的口风的，只不过让他发现了。阿炳这么精明，却有事情搞不掂，这说明这件事跟公社有很大关系。他想到这儿，便叫来了张文化，让他悄悄去光明大队走一趟，摸摸情况。张文化一脸兴奋地说道："汪书记，你这是让我当侦察员啊，我最喜欢当侦察员了。""小张，不能露出马脚来。"张文化啪地立正道："书记同志,保证完成任务。"

张文化走后不久,鲁阿牛来了,他现在是鲁家湾的大队长。他是来说螃蟹地的情况。上次,他跟汪阿兴说起了这块地的情况,就在鲁家湾边上,面积不大,约三百亩,想先围起来。汪阿兴与鲁阿牛商量了一阵之后,决定围涂螃蟹地。高成天进来的时候,汪阿兴与鲁阿牛正在计算人员数量。"怎么,汪大麻子,你要搞围涂?"高成天凑了过来,听了一会儿,又说道,"八成是败仗。"汪阿兴笑了笑道:"高队长,你有什么妙招?""就凭他们鲁家湾这点人,能派什么用场? 我没有妙招。我这次来,有事找你。"高成天转了转脖子,坐了下来,指着窗外道:"我来讨麻袋,上次抢险,我们大队的麻袋全用光了。""还得等一阵。""等? 我听说有物资来了,就在公社仓库里,汪大麻子,你瞒得了别人,可瞒不过我高成天,"高成天看了鲁阿牛一眼,又道,"鲁阿牛,上次分物资,你们占了大便宜,这一次,你就别跟我抢了。"鲁阿牛微微一笑道:"听公社安排。"汪阿兴道:"高队长,你的情报有误。仓库里没有物资。"高成天一脸不信地说道:"我去过仓库了,管仓库的老陈说,有物资,全在里面。汪大麻子,你可真有本事,说谎话居然脸都不红一下。"汪阿兴微笑道:"要不我们打个赌,鲁阿牛同志作证,要是仓库里有物资,你就赢了,物资全归你们红旗大队。要是输了,你说怎么办?"高成天愣住了,好一会儿才说道:"打赌就打赌。我输了,以后在物资的分配问题上一律听公社安排。"

三人去了公社仓库,也就是一间平房,窗户都用木条钉着,严严实实。老陈开了锁,推开门。高成天愣住了,除了一些课桌、凳子,别的什么都没有。他气急败坏地道:"老陈,你骗我。"老陈吃惊道:"高队长,你又没问我是什么物资,这些课桌、凳子也是物资啊,全是县里送来的,给宁和学校的。"高成天气得吹胡子瞪眼睛。他看到几只老鼠跑来跑去,显得特别大胆。汪阿兴指着课桌道:"这些课桌是张书记特批给我们宁和学校的,前几天刚送到,明天就送到学校去。高队长，你输了。"高成天悻悻地走了。鲁阿牛笑道："汪书记，从此以后他就老实了。"汪阿兴摇摇头道："他好面子，这件事暂时保密。"他把老陈叫到了跟前，又道："老陈，课桌搬走之后，把仓库消消毒，把老鼠给我捉光。另外，门上再加一把锁。"老陈点头。汪阿兴围着仓库又里里外外地检查了一遍，方才离去。

傍晚在食堂吃饭时，张文化一声不吭地坐在汪阿兴身边。汪阿兴刚想问，发现隔壁桌子上的老铁头看着他们。他的神色有些慌张，就像之前阿炳的神色，很显然，他也知道了这件事。汪阿兴无语地喝着稀粥。公社的口粮开始缩减，他每天傍晚喝一碗稀粥，睡觉前，他会喝上一碗水，否则会饿得睡不着。现在必须这样做，为的是将来有主动权。张文化喝完稀粥后，就跟着汪阿兴走了。老铁头重重地一拳砸在桌上，他恨阿炳太无能。但是他还在犹豫，该不该告诉汪阿兴。汪阿兴听了张文化的汇报之后，陷入沉思。这件事的确棘手，毕竟涉及两个县的关系。他怎么办？他只有去一趟了。他走到萧金县地图前，看着光明大队与春江县新登大队之间的小河，久久不语。张文化着急道："汪书记，你说因为一个草垛打架，却引发这么大的事。唉，现在光明大队的社员都着急得很，奇怪的是阿炳倒不着急了，他放出话来，这件事县里会处理的。可是被新登大队抓走的四个人怎么办？要是他们被打死了，那两个县是不是要火拼啊？阿炳是不是疯了？""他没疯？他想把这件事丢给县里，县里到时肯定会让公社出面去处理。"汪阿兴沉思片刻道。"也就是说，他想把这事丢给我们公社，可是他为什么不报告？"张文化着急道。"他算计过了，这件事如果是他报告，那就是他的责任，他知道公社迟早会知道这件事。这样吧，小张，我走一趟。"汪阿兴将身上的口袋摸了一个遍，然后说道："跟阿炳打交道，要找准他的软肋，跟他耍嘴皮子恐怕解决不了问题，但是又不能不跟他耍，要耍得他心服口服，无话可说。"张文化点点头，他好奇地看着汪阿兴摸口袋的手道："汪书记，你找什么？""哨子。""要哨子干吗?""到时候,要是耍不过他,我可以吹哨子。"两人都笑了。

光明大队是宁和公社人口最多的大队。他们的草舍也是公社最好的草舍,草舍前后都有空地。这主要得益于阿炳。汪阿兴问过老铁头,阿炳是个有头脑的大队书记,他一人兼了书记和大队长,一年之中,他们的工程队总能接点儿工程,而且他们还捕鱼。他们与钱王江最宽处的水域相连,有自己的船。汪阿兴骑着车,百感交集。自从来到宁和公社之后,生活变得鸡零狗碎,全是一些乱哄哄的事,一些麻烦事,一些令人头痛的事,这多少令他怀念在楼山时的幸福时光。到了光明大队的村口,发现有人在巡逻。天已经黑了。巡逻队员就是工程队的人,他们认识汪阿兴。他们嘴都很严,没有说那件事,但汪阿兴还是听到了抱怨声。一名巡逻队员将汪阿兴带到了阿炳家。这是一间宽大的草舍,旁边一个水塘。院子里还养着一条狗,被铁链拴着,但奇怪的是,它见了汪阿兴便缩成一团,好像很是怕人。他听到了说话声,原来胡慧丽也在。

一张小桌子上,搁着一碟花生米,一碗黄酒。阿炳很有滋味地喝了一口酒,拿了一颗花生米,仰头,抛起,然后准确无误地落进了嘴里。他得意地嚼着。胡慧丽把饭碗放下,然后起身说:"阿炳书记,我得走了。感谢你留饭招待。""胡医生,你不要急着走,有件事我想请教一下你。你是县城来的,见多识广。"胡慧丽听了,便坐下说:"请说,谈不上请教。""胡医生,你说一只船重要呢,还是人重要?"

"当然是人重要了。人的生命是最珍贵的。"阿炳摇摇头道:"我觉得船重要。人都是爹娘生的,死了,也就是一抔土。唉。还有,人啊,千变万化,言而无信,有时候就是墙头草,风往哪边吹,人就往哪边倒。"胡慧丽想了想道:"阿炳书记,你是想说什么呢?"阿炳道:"公社欠我一条船,我现在因为人的事要去求公社,我担心汪大麻子两件事相抵,我的船就没有了。"胡慧丽笑道:"汪书记不会这么做的。"阿炳摇摇头道:"胡医生,你是不了解他,我现在可是了解他了。哼,我也不急,这件事啊,涉及两个县,县里比我们急,我就等着他来找我。船我要,人我也要。"胡慧丽笑了:"那他知道人这件事吗?"阿炳道:"我估计明天他就知道了。"话音刚落,便传来汪阿兴的声音:"好你个阿炳,背后向胡医生告我的状呢……"

汪阿兴大步进来。阿炳迎上前去:"我哪里敢告你的状啊,我这是在向胡医生诉苦呢。"汪阿兴坐下后道:"怎么,还喝上酒了?"

"我早就有预感你要来,特地准备着呢。来来来,坐下,来点,"阿炳将桌上的小碗推到汪阿兴面前,"倒满。"汪阿兴一饮而尽道:"酒不错啊。"阿炳笑道:"你消息还真快。人,他们替我们养着呢,"他眨了眨眼睛,又道,"你这次来就为了这事?"汪阿兴笑着说道:"你心里的那点小算盘我一清二楚。跟你说啊,这事还真有点麻烦。""哦。我不急,不急。"阿炳往嘴里丢进一粒花生米,吧唧吧唧地嚼着。汪阿兴站了起来道:"你现在不急,过了今晚你就急了,急得不得了。""为什么?"阿炳停止难听的吧唧声:"吓唬我?"汪阿兴慢条斯理道:"你心里想出了事有公社顶着,公社顶不住了,有县里顶着。你不动,公社总会动,公社不动,县里一定动。可是,阿炳你想错了。"阿炳立起身道:"县里来指示了?"汪阿兴想了想道:"通知有,指示没有。我是不是可以这么理解啊,县里把这件事通报给我们公社了,但没有要求我们公社怎么解决,我们公社可以慢慢等指示呗,过几天再说吧。可是过了今晚,那些妇女准会来哭闹,你到时肯定急得要跳墙。"阿炳着急道:"你见死不救?""人是你光明大队的人,你都不急,我急什么?"汪阿兴看了胡慧丽一眼,又说道,"胡医生,我说得对吧?"他朝胡慧丽使了个眼色。

胡慧丽捂着嘴偷笑。阿炳苦着脸道:"我能不急啊? 一天了,她们又哭又闹一天了,刚走没多久。唉,你想想法子吧。""我有要求。"汪阿兴将一粒花生米捏在手里,然后道:"不急,我得好好想想。""汪大麻子,你就别戏弄我了,你一来,我就知道你心里肯定有办法了。但是船的事跟这个事没有关系。"汪阿兴心里暗笑,前些天,公社向光明大队借了一条小船,打算在钱王江沿线走一走的,不料半夜被潮水冲走了。阿炳为这事跟老铁头吵了架,一直念念叨叨的。"我没有办法,"汪阿兴站了起来道,"酒喝了,花生米尝了,我也该走了。"阿炳上前一把扯住他:"你肯定有办法,要不你也不会来了。"胡慧丽见了,便也说道:"汪书记,你就想想办法吧。"汪阿兴笑道:"办法倒也有一个,只是……"阿炳着急道:"快说,急死人。""等。"阿炳一下子泄气了:"我以为什么好办法,等? 等什么呀,等牛老三发善心,把他们送回来? 做梦!"他摇摇头,叹息道,"你是不了解春江县新登大队啊,他们人人习武,民风彪悍,牛老三更是人高马大、力大无穷,号称牛霸王,周边哪个大队没有吃过他的亏啊?"汪阿兴道:"我说的等不是你说的等。"胡慧丽听了,也糊涂了:"汪书记,那是什么等呢?"汪阿兴道:"我们不是瞎等,而是明着等。明天一早,我们就去新登大队等。""这不是上门要人吗?"阿炳道。汪阿兴摇摇头道:"不,我们不要人,我们只是等。我们不说要人,我们只说等指示。"阿炳双手抱头道:"你绕来绕去,我头晕了,我还是不明白。"胡慧丽笑道:"我明白了,汪书记的意思是我们去新登大队,绝口不提要人,而是叙友情拉家常。等他们主动提出放人。"阿炳摇摇头道:"汪大麻子,你真是痴心妄想,牛老三是个粗人,见面就是拳头说话,他肯主动放人?"汪阿兴笑而不语。阿炳后来就不说话了,只是闷头喝酒,喝了一阵,呜呜地哭了。汪阿兴看了他一眼,见他脸红但吃花生米的动作却一点也不含糊,知道他是佯装酒醉,便也不点破他,而是站了起来道:"阿炳你醉了,我走了。"推开门,他看了一眼那条狗,发现它瞪着他。胡慧丽跟了出来,说道:"汪书记,这狗真乖。""咬人的狗不叫,叫的狗不咬人。"话音刚落,狗就猛地扑了过来,好像是偷袭。胡慧丽忙后退几步道:"好凶的狗。"

月光皎洁,大地好像撒了银子一样。秋风有些凉了。汪阿兴与胡慧丽骑着自行车,汪阿兴在前,胡慧丽在后。骑了一段路,胡慧丽道:"汪书记,你有空多来来我们卫生院。"汪阿兴不吭声。"方姐时常提起你,说你一个人太拼命,上次急性腹泻的事,她,她很着急。干革命工作,也不能完全不顾身体啊。""胡医生,谢谢你们的关心。"之后,他就不吭声了。无论胡慧丽说什么,他都不吭声。胡慧丽有点儿生气,但一想明天他还要去新登大队办事,便也不再说什么了。在一个岔路口,他们朝着两个方向走了。

汪阿兴到了宿舍,洗了一个澡。他躺在床上,心事重重。他突然发现这条钱王江牵扯到的事情太多了,不仅仅春江县,据说海平县跟萧金县的矛盾也总是不断。这阵子,钱王江边的另外五个公社书记也不来电话了,他们好像觉得吃了亏,便宜都让宁和公社占了。当然,在物资的供应上,县里对宁和公社的确是重点倾斜的。但这不是无原则的倾斜。平心而论,宁和公社地势险要,是钱王江的咽喉之处,宁和公社安,则萧金县安,则省会杭为市安。他辗转反侧,仿佛身子长了痱子。如果宁和成为别人眼里的眼中钉,那是一件麻烦的事。哭穷,叫穷,这是宁和的过去式,以后的宁和要自力更生,哪怕最大的困难也要自己想办法。这样,不仅能减轻张建设的压力,也能令别人尊重。这是一个公社的尊严。他突然想到了老铁头曾经说过,他有他的尊严。老铁头的话说得不错,人应该有自己的尊严。他全身热血沸腾。他喝了一杯水,然后又洗了一个冷水脸,仿佛这样才能让自己清醒一些。他重新躺了下来,明天将是一场硬仗,他必须赢,这不仅关系到光明大队,关系到宁和公社,更关系到萧金县的尊严。半夜,他迷迷糊糊地睡着了。他隐约听到了哭声,从遥远的地方传来。

汪阿兴、老铁头、张文化三人骑着自行车,朝光明大队而去。半路上,老铁头突然下了车。骑在前头的汪阿兴回头一看,然后问道:"掉链子了?"老铁头一声不吭。汪阿兴与张文化骑了回来,两人下了车。老铁头突然道:"我们不能去。"张文化吃惊道:"为什么?""我们这叫自投罗网。"老铁头道。张文化想了想道:"你是说,他们正等着我们主动送上门去?"老铁头道:"县里也没有指示下来,我们去了,要是让他们扣押了,怎么办?连个通风报信的人都没有。到时候闹笑话了。"汪阿兴笑道:"我料想牛老三也没有这个胆。"老铁头摇摇头道:"你高估自己了。牛老三还真有这个胆,有人说牛老三是豹子胆。"张文化听了,犹豫地说道:"汪书记,你是公社书记,你留下,我跟老铁头去,要是他们扣押了我们,你就带人来救我们。""老铁头,我虽然没有跟牛老三见过面,但是我相信一条——牛老三是人,不是神。"汪阿兴坚定地说道。老铁头沉默片刻道:"你既然这么说,那好吧。我们三个就当一回试验品,去验证一下。"张文化道:"不是三个,是四个。还有阿炳。"汪阿兴想了想道:"我倒有个新的想法。老铁头,你留下。"老铁头愣住了。"我听说新登大队他们有船,我听阿炳说过,他们时常越过两个公社之间的界线,来我们宁和水域捕鱼。我们一直拿他们没办法。这一回啊,我们要让他们来了,就走不了。"老铁头不安道:"那不是把事情搞得更大了,以后怎么收场?""这叫做围魏救赵。"汪阿兴看了一下远处,然后又说道,"这件事,你把任务下给徐阿福。螃蟹地水下的情况,鲁家湾人最熟悉了。有一条一定要记住,你要把情况控制住,不能制造新的矛盾。"老铁头想了想道:"那好吧。我试试。"他骑车走了。张文化一脸怀疑地说道:"汪书记,老铁头有把握吗?"汪阿兴道:"用人不疑,疑人不用。我相信老铁头一定能把这件事办好。我们走。"

在新登大队一名社员的指引下,汪阿兴三人到了新登大队的大队部,发现大队部门关着。阿炳有些着急地说道:"怎么办?我昨晚上已经让人带信给牛老三了。"汪阿兴看了一眼门,然后又看着窗,他心里跟明镜似的。他什么话也不说地在大队部门前坐了下来,然后抽烟,望着天空。他神情轻松,好像一个长途跋涉的人在这儿歇脚似的。

　　此时,大队部内却像是炸了窝。身强力壮的牛老三来回走动着,好一会儿,才停下脚步轻声道:"他们愿意等,就让他们等呗。我们不急。"一个趴在门缝里偷窥外面的人道:"可他们要是一直等下去呢? 我们都回不了家了。"牛老三将脸从窗边转了过来,然后气呼呼道:"那人是什么来头? 看阿炳一副服服帖帖的样子。"众人摇摇头。牛老三背着手又走了几步,坐了下来,抽烟。

　　时间一点点地过去。阿炳有些忍不住了,说道:"我们就一直坐着? 他们也太不像话了,人不见倒也罢了,连口水都不给。我都被晒得头晕了。汪大麻子,看来你这一招不灵啊。"汪阿兴一脸平静地说道:"别急。坐着。你要是嫌坐着累,那就走几步,扭扭腰,做做广播操。"阿炳还真的扭起腰来,他说道:"汪大麻子,我扭秧歌舞在我们公社也是出了名的,有一年搞社教,我就上台扭了秧歌舞。"张文化用一根木棍在地上画圆。汪阿兴看到太阳快从西方落下去了,他心里也有一种焦急,可是他明白大队部内的人比他更焦急。他看到了玻璃窗飘过的一缕烟。现在比的就是耐心。

　　牛老三着急起来了,他硬是憋着尿,现在整个膀胱都涨得难受。他发现其他几个都是这般,表情痛苦。有的甚至就着墙开始撒尿了。他走过去一拍那人的肩道:"你不要命了。"那人看了一下墙上挂着的像,吓得脸都白了。一名社员道:"他们坐一天了,还没走?"牛老三想了想道:"开门。"门吱的一声开了,几人奔跑而出,齐齐地撒尿。坐着的张文化刚想站起来,汪阿兴按了一下他的肩。这时,一名社员大声道:"我们牛书记说了,请三位客人进去。"汪阿兴用眼神示意阿炳,阿炳心领神会,他大声道:"牛老三人呢? 我们公社汪记来了,他一个大队书记摆什么谱啊?"那人进去了。不一会儿,牛老三出来了,大声道:"汪书记,请进。"汪阿兴站了起来,拍了拍屁股道:"这地不错啊,软啊,我坐着,倒像坐在沙发上似的。"

　　牛老三愣了一下,然后道:"汪书记,请。"他看着汪阿兴背着手,一晃一晃地走了进去。牛老三急匆匆去附近的茅厕撒了尿,重重地呼出一口气,然后皱眉朝大队部走去。一进大队部,他就愣住了。汪阿兴将双腿搁在桌子上,张文化与阿炳一边一条腿地轻轻敲打着。好大的架势,牛老三心想,来者不善。

坐着的牛老三黑着脸,顾自吸着烟。他瞟了汪阿兴一眼,道:"阿炳,你这是干什么? 这是我们两个大队的事,怎么把你们公社也给牵涉进来了?"他又瞟了一眼汪阿兴,然后又明知故问道:"这位就是你们公社的汪书记?"汪阿兴双手抱拳道:"本人汪阿兴,宁和公社书记。""原来是新来的啊,怪不得不认识啊。汪书记怕又是来你们宁和混日子的吧,混上几个月,就想办法调走。你们宁和的书记不都是走马灯的吗?"牛老三道。张文化着急道:"你胡说八道。"汪阿兴摆摆手,示意张文化不要说话。他将双腿从桌子上拿了下来,然后扭了扭头。牛老三仔细打量了汪阿兴一番,又道:"哟,这位汪……汪书记……你比阿炳沉得住气,不过,到了我们新登大队,你就是再沉得住气,你来了也是白来啊。"他身边的新登大队的社员们都嘲弄般地笑了。汪阿兴道:"听说新登大队好习武,又好客,可是我发现名不副实。客人来了,饭不吃就算了,居然连杯茶都没有,这也……"牛老三道:"几杯茶我们还是供得起的。"马上有人上来泡茶。牛老三将第一杯茶递了过来:"汪书记,请。"汪阿兴见他膀大腰圆,赞道:"牛书记牛一样壮呢,果然名不虚传。"牛老三道:"汪书记也不赖啊。"

汪阿兴道:"扳个手腕?"牛老三哈哈大笑:"哦,汪书记有这个力气。来。"他嗖地捋袖。汪阿兴也捋袖道:"来,试试。"

两人拉开架势,旁人纷纷围上来。张文化着急道:"汪书记,你……"他担心臂伤复发。汪阿兴手掌一竖示意他别说了,然后对牛老三道:"听说牛书记一人摔倒一头牛?""都是年轻时候的事了,不值一提。来,我来领教一下汪书记的腕力。"两人各自深吸一口气,手掌相交。各自用力。牛老三腮帮子鼓起,一副大力神的样子。汪阿兴神情看似淡定,却牙关紧咬。先是旗鼓相当,僵持不下。场面紧张。围观的人都屏住呼吸……

几个来回之后,牛老三胜了,他笑着抱拳道:"汪书记,承让,承让。"汪阿兴甩了甩手腕:"牛书记厉害,我当年在楼山可是扳手腕第一好手啊,今日败了,心悦诚服。""你跟我扳手腕,那真是找对人了。"牛老三哈哈大笑。这时,张文化不服地说道:"牛书记,我们汪书记要是手臂不受伤,肯定不会输。"牛老三吃惊道:"受伤?""是啊,他上次抢险,臂上的伤还没全好呢。"张文化大声道。汪阿兴打断他道:"小张,又多嘴了。"然后,他笑着说道:"牛书记,这第一个回合,我输了。下面我们开始第二个回合?谈事。"牛老三:"好!我也是个爽快人。我有三个条件。一是写一封道歉信,在你们、我们两个公社广播里连续播一年,每天早中晚各一次;二是加倍赔偿我们的一切损失,每年送我们六坛老酒;三是从今往后,我们新登大队社员出现的地方,你们的社员必须得避让,让出道来。三个条件,缺一不可。"阿炳听了,一脸恼怒道:"牛老三,你这不是刁难人吗?哪有广播播上一年的,还有,六坛老酒,我们大队一年的酒票也就两坛老酒,你想得美。更离谱的是第三条,你们出现,我们避让?什么意思,我们这不明显低人一等吗?"牛老三道:"阿炳,你埋怨也没用,现在人在我手上,由不得你,"他转向汪阿兴,又道,"这第一个回合扳手腕你输了,第二个回合看样子你还得输啊。"汪阿兴站起来,走了几步道:"你的这三个条件,我一个也不能答应你。"牛老三脸一变道:"那还谈个鸟啊。汪书记,请你们趁早走人。"汪阿兴微笑着说道:"我却有一个想法,不知牛书记想不想听?"牛老三有些狐疑道:"想法?什么想法?说来听听。"汪阿兴坐了下来,缓缓说道:"这件事的起因是因为一个草垛,这个草垛呢,恰好就在新登大队与光明大队的边界线上,也就是萧金县与春江县的边界上。"他望了一眼阿炳,又道:"草垛是新登大队的没错,但是却越过了边界线,半个草垛堆在了光明大队的地界上,光明大队把半个在自己地界上的草垛取了去,你说,算不算偷? 如果这算偷,那么越过边界又算什么?"说到这里,他顿了顿又说道:"牛书记,我的想法是,大家各退一步,息事宁人。"牛老三站起来道:"什么边界不边界的,拳头谁硬谁就是老大。我也不怕你笑话,我直说了吧,你跟我讲理,怕是对牛弹琴。不答应我的三个条件,这事就免谈。送客!"

阿炳一脸着急。汪阿兴眼珠一转,大声道:"且慢。我听说你们新登大队时常越过钱王江的江堤边界来我们宁和水域捕鱼? 以前这事呀,我是睁一只眼,闭一只眼,看来以后我们得时刻保持警惕呀,来一个,逮一个,来一双,捉一双。"牛老三一拍胸脯:"你们敢?"汪阿兴微笑地继续说道:"我还听说我们鲁家湾大队的社员们呀,水性好,还会做长竿子网兜,那都是抢潮头鱼练出来的。小张,明天就让鲁家湾大队做一批长竿子网兜出来,不光捞鱼,还兼带着捞人。"张文化心领神会道:"好的呀,肯定一捞一个准。他们一天做三十个长竿子网兜没问题。"牛老三听了,哈哈一笑道:"汪书记,阿炳没有告诉你,我们新登大队可是吃软不吃硬的。"汪阿兴道:"吃软也好,吃硬也好,我相信,最后赢的一定是讲道理的。不是有一句话吗,有理走遍天下,无理寸步难行。"

这时,从外面跑进来了一人,在牛老三耳边嘀咕几句。牛老三脸色一变,他来回走了一阵,然后道:"没想到你还有这一手。"阿炳愣住了。汪阿兴心中跟明镜似的,他说道:"这叫你来我往,你抓了我们的人,我们也可以抓了你们的人。"新登大队的社员们激动起来,纷纷叫道:"把他们也扣了。"牛老三一摆手道:"不要吵!"他走到汪阿兴面前,语气明显软了下来:"汪书记,事情呢,一件归一件。这样吧,我退一步,三个条件里面随你选两个。你是公社书记,这是我给你最大的面子了。"汪阿兴摇摇头:"我还是那句话,三个条件我一个也不能答应你。"牛老三的脸色转黑,大声道:"那好,什么都不用谈了!"他手臂一扫,砰的一声,桌上的茶杯碎地上了。新登大队的社员们也吼道:"对,谈个屁。"他们如狼似虎,纷纷拇起袖子。

阿炳急得团团转。汪阿兴想了想道,厉声道:"我既然来了,就必定要把这四个人带走!"牛老三逼问道:"你凭什么?!"汪阿兴脱下上衣道:"来,你们不是有一肚子气没地方撒吗?来,撒我身上来!四个人,打我四拳。"张文化大叫道:"汪书记你……"阿炳目瞪口呆。牛老三愣愣地瞪着汪阿兴,好久才说道:"汪书记,你这唱的是哪一出啊,苦肉计?""我们的社员犯了错,我这个当公社书记的总得做一回娘舅吧,现在我这个娘舅没做好,我没有其他办法了,只得这样了。牛老三,来吧,你打第一拳。"牛老三无语。张文化把上衣一脱,也大声道:"我也算一个。打,打我……"阿炳走到牛老三跟前:"牛老三,我阿炳以前一直怕你,从现在开始,我不怕你了,来吧,打我吧,大不了断几根肋骨。"牛老三咬着牙道:"你们这是想干什么?想代人受过啊?别以为我不敢打,惹得我兴起,一拳就把你给打飞了。"他扬起了大拳头……

这时,传来方医生的声音:"牛老三,住手!"众人都愣住了。背着药箱的方医生快步进来道:"牛老三,有话好好说。"牛老三道:"方医生你怎么来了?快请坐。"方医生望了一眼汪阿兴道:"我,我刚好来你们新登大队走亲戚,来……"她想了想又道:"有事好商量,动什么拳头啊?"汪阿兴道:"方医生,这儿不是宁和公社的地界,你回去吧。"牛老三道:"方医生是我们的客人。"他表情恭敬地递上一杯茶。方医生接过茶碗道:"汪书记,我有时也来新登大队巡诊。""方医生,要不是你,我女儿的病也好不了,"牛老三道,"你是我们家的恩人呢。"方医生道:"牛老三,这件事看在我的面子上,就算了。两个大队只隔一条河,你来我往常走动,像一家人,你不能搞得老死不相往来。"牛老三踱了几步,说道:"汪书记,我卖方医生一个面子,放人可以,但你必须现在下跪道歉。"张文化气愤道:"你……"汪阿兴看了方医生一眼,说道:"牛书记,你的这个要求我做不到。堂堂七尺男儿,岂能说跪就跪?"牛老三双手一摊道:"方医生,那我也没办法了。你请回吧。"方医生一脸着急,不知如何是好。阿炳大声道:"我替汪书记跪吧。"牛老三笑道:"你不行。"他紧盯着汪阿兴道:"汪书记,就看你的了。"一时间,众人都望着汪阿兴。汪阿兴咬着牙,他绝对不能下跪,他一下跪,从此以后新登大队将凌驾于宁和公社之上,这将是奇耻大辱,但是,被他们扣住的四个人到底怎么样了,他很是担心。他想了想道:"牛老三,你想拾起这个脸,那我告诉你,这不是旧社会,也不是黑社会旧帮派,共产党的干部不兴这一套。这四个人你养着吧,喜欢养多久就养多久。你们的人我也替你养着,保证饿不着。走!"三人欲走。

"慢!"牛老三紧紧盯着汪阿兴道,"你们走得了吗?"汪阿兴望了一眼门口的几个大汉,笑道:"你是强盗头子,还是山寨王啊,就这样能吓住我? 我把话说在前头,你今天要敢动我们一根手指,什么样的下场你心里明白。让开!"牛老三走了过来,站在汪阿兴跟前,逼视着他。汪阿兴听到他粗重的喘息声,他的双手握成大拳头,好像随时准备一击。汪阿兴站着一动也不动。他慢条斯理地点了一根烟。牛老三突然哈哈大笑道:"汪书记,我服你了。我牛老三虽然霸道,但也是个明白人。你汪书记有胆有识,为人爽快,这是宁和之幸。"他突然一下子抱住了汪阿兴。汪阿兴一惊,却听见他说道:"阿炳,你他娘的运气好,摊上这么一个公社书记,你以后腰杆就直了。"阿炳道:"你把我弄糊涂了。"牛老三松开汪阿兴,然后大声道:"摆酒。"

夜色沉沉。汪阿兴等一行人走着。方医生轻声道:"汪书记,我听小张说,你跟牛老三扳手腕了? 你的臂伤怎么样了?""方医生,我不碍事。""不行,回到公社马上让慧丽检查一下。"方医生斩钉截铁般说道。张文化推着车上来道:"我头晕乎乎的。"话音刚落,手一松,自行车摔地上了。他狼狈地扶起自行车。汪阿兴笑道:"没酒量,就别贪杯。"张文化打了个嗝,笑道:"一年到头难得喝一回酒,就是醉一回也好啊。阿炳不也醉倒了?"汪阿兴回头望了一眼身后的光明大队的几个社员："牛老三还忘了算一笔账,漏算了这四个人的饭钱啊!"方医生忍不住笑了。

张文化喃喃自语道:"不知道老铁头那儿怎么样了?"汪阿兴笑笑道:"我猜啊,他现在正发愁呢。""发什么愁啊?都抓了人了,多神气啊。汪书记,我们宁和公社跟新登大队以前也有过矛盾,但听说每次都是我们败了,这次我们终于胜了。我现在好想吼上几声,"张文化看着天空道,"把月亮吼出来。""吼呗。没人拦你,"汪阿兴道,"牛老三你见识了,你说他的人会这么老实听话吗?"张文化点点头道:"对啊对啊,他们新登大队的人啊,个个如狼似虎。说不定我们公社禁闭室的门都让他们给踢坏了。"汪阿兴道:"走,我们赶紧给老铁头解围去。"张文化突然吼了起来,声音有些怪异,惹得众人哈哈大笑。

远远地,便听到了铁门嘭嘭作响。张文化道:"果真如此。"而在门前,一群人叽叽喳喳说着话。拿着手电筒的徐阿福对着门内喊:"你们老实点!"蹲着的老铁头站了起来道:"公社的基干民兵留下。鲁家湾的同志你们回去吧。""我们守着,好不容易抓了他们,要是让他们踢破门,逃走了,我们不是白辛苦一场了?"徐阿福道。老铁头不悦道:"这是命令。"徐阿福不情愿道:"那好吧,我们走。"他走了几步,转身又道:"公社要给我们记上一功。"老铁头道:"知道了。"他看着徐阿福他们离去后,便朝着门内大喊:"新登大队的同志们,你们踢门是解决不了问题的,等我们公社汪书记回来,会给你们一个交代的。"

踢门声不绝。里面有人喊道:"你们吃了豹子胆了,敢关我们新登大队的人。"老铁头喃喃自语:"怎么还没有回来?"他着急地来回踱步。这时,一名基干民兵道:"汪书记回来了。"老铁头抬头望去,汪阿兴和张文化快步过来了。"怎么样?"汪阿兴问道。"抓了三个。可是一个比一个横,"老铁头道,"跟狼似的。"又是嘭的一声。汪阿兴道:"要是踢上一晚,这铁门八成得报废了。放了。""现在?"老铁头吃惊道。汪阿兴道:"阿炳把人领回来了。我们也放人。"老铁头道:"那好吧。放人。"一名基干民兵开了锁。三个大汉出来了,他们瞪着眼。汪阿兴道:"你们回去吧。"三人中的一人怒声道:"我们不走了。"另两人也道:"对,我们不走了。"汪阿兴指着铁门道:"你们不走也行。铁门要是踢坏了,照赔不误,还有,我跟你们说清楚,要要横也请你们去新登大队去要,这儿是宁和公社。"一人道:"你谁啊?口气不小。"张文化上前一步道:"我们公社汪书记,刚跟你们牛老三较量过了,哼,我们胜了。他心服口服,还请我们喝了酒。你们不信,闻闻?"三人愣住了,一副不相信的样子。汪阿兴道:"老铁头,把手电筒给我。"他接过老铁头的手电筒,然后道:"每个人的脸我都得记一下,下次碰到牛老三,我得跟他说,这三个人光有你的横劲,没有你的头脑。"他拿着手电筒照了三人的脸,他们马上用手臂挡住了光。汪阿兴道:"怕什么呀?"

一人道:"算了,我们走。"汪阿兴道:"慢。小张,领他们去洗把脸,吃个饭。"张文化道:"汪书记,食堂没人了。"他嘟着嘴,好像有些不高兴。汪阿兴道:"走,我去做饭。不管怎么说,你们也算是我们宁和的客人。"三人愣住了。张文化道:"汪书记,你不去卫生院了?方医生等着你呢。她发起火来,吓人。"汪阿兴道:"我手臂没问题。"他挥了一下,疼得忍不住哎哟一声。老铁头道:"你去卫生院吧,我给他们做饭。"他说着,领着三人走了。

张文化扶着汪阿兴道:"汪书记,骨头没断吧?""不碍事。睡一觉就好了。"汪阿兴将铁门里里外外看了一遍,有些心疼地说道:"小张,明天让人来修一修。""是。"月亮钻出了云层,明亮亮的。张文化指着月亮道:"汪书记,你说牛老三哪来这么多酒?""阿炳不是说了,他们公社有个酒厂。""酒真是个好东西,要是我们公社也有一个酒厂,那就好了,"张文化深深地吸了一口气道,"汪书记,酒厂、糖厂,以后我们公社会有吗?""有,什么都会有的,"汪阿兴道,"不过,要靠我们自己的双手干出来的。"张文化看着自己的双手,喃喃自语道："一双手只有十个手指，我看啊，一个手指抵一双手，十个手指就是十双手，这样我们宁和人才能干出酒厂、糖厂来。""说得好！小张，马上回去睡觉，"汪阿兴道，"明天开始，把一个手指变成一双手。"张文化走了。汪阿兴站在公社楼前，久久地沉思。他看着自己的一双手，粗糙而有力。他将手抚摸了一下脸，仿佛像磨着沙子一样。他的臂伤的确是发作了，一阵阵地痛。

半夜，他痛得死去活来。他实在忍不住地呻吟了。他嘴里咬着毛巾，额头汗珠一颗颗地掉下来，砸在地上好像发出了声响。他一夜无眠，天亮的时候，整个人像是虚脱了，全身汗淋淋的。他走着去卫生院。一路上，他咬着牙忍着痛，走得有些歪歪扭扭。到了卫生院门外，听到方医生正在院子里跟胡慧丽说话。"他怎么还不来？"方医生道，"我担心，他的臂要出大问题。""方姐，要不你去一趟吧。你昨晚上一夜没睡好，一早起来就魂不守舍的，还犹豫什么呀，这是治病，"胡慧丽道，"去吧。""可是……"方医生有些支吾道，"他工作那么忙，我担心他不高兴我去打扰他。""怕什么？你是医生，他是病人。"这时，汪阿兴在门口轻轻地咳嗽了一声。方医生愣了一下，脸臊得通红。胡慧丽看了一眼汪阿兴，快步过来道："你脸色这么差，走，方姐，你给他看一下。"

方医生按照胡慧丽的要求，给汪阿兴手臂打封闭针。她忧心忡忡地说道："汪书记，你可要珍惜身体啊。"她给汪阿兴配了几颗止痛药，又道："汪书记，你的臂伤要是没有休息好，就变成陈旧伤了，以后阴雨天都会发作，痛起来很要命的。"她絮絮叨叨地说了好多话，无外乎是保重身体之类的。汪阿兴一声不吭地听着，眼前的这个女人说的每一句话都像是一剂安慰药，令他的痛渐渐地消失了。他不停地点头，就像学生在老师面前似的。方医生突然觉得自己就像一位母亲似的，而眼前的这个五大三粗的男人像是她的儿子。她这么想着，脸就变得红通通了。胡慧丽进来的时候，看到他俩站着不说话，就开玩笑道："汪书记，这手臂是你自己的，自己的手臂就必须你自己关心，可别让方姐天天操心着。""慧丽，你……"方医生不好意思地垂下了头。汪阿兴手抓了一下头皮。"方姐，要不你再跟汪书记聊聊，我去一趟红旗大队看看老倪同志。"汪阿兴说道："胡医生，老倪的身体你可得替我管好了。""你放心，我把你的老倪同志管好，方姐，你管好汪书记。"她吃吃笑地走了。

方医生看着汪阿兴，小声道："要喝水吗?"汪阿兴点点头。两人坐了下来。一时间汪阿兴觉得无话可说。"汪书记，我知道你的情况，爱人病故，家里有一个孩子，我……"方医生鼓起勇气道，"我是独自一人。"汪阿兴点点头。"慧丽说，我，我们……"方医生红着脸支支吾吾。她心里有一点儿怨恨汪阿兴，为什么不开口把心里话说出来呢，非得让她说。汪阿兴的汗水出来了，他全身紧张，心跳得特别快。"又痛了?"方医生问道。"不，不痛，"汪阿兴擦了一下额头的汗水，着急地说道，"方医生，还有其他的事吗?""你要走了?"方医生有些怨艾地说道，"现在卫生院除了你跟我，没有其他人，汪书记，你没有话想跟我说吗?"汪阿兴站了起来，有些结巴地说道："方，方医生，我，我去工作了。"他逃也似的走了。一路上，他有些后悔，自己的胆量还不如一个女人。但是，他怎么能开这个口呢? 他觉得自己配不上方医生。他走了一阵，长叹一声，心想这件事还得从长计议。

然而，突然出现的一个情况却令汪阿兴措手不及。那天，高成天来找他，说是帮个忙。高成天显得特别慎重，像是要去相亲。他在说话之前，接连喝了三杯水。汪阿兴有些奇怪地看着他，问他到底什么事这么紧张。他是担心老倪，生怕老倪三长两短，出个意外。高成天后来终于说了，他要汪阿兴去当说客，他喜欢方医生。汪阿兴听了，愣住了，好一会儿才醒过神来。"汪大麻子，我想来想去，这事只有你去说了，你是公社书记，你说了这事十有八九会成。"高成天边说，边把自己对方医生的爱慕之情说了个透。原来，他早就喜欢上方医生了。但是，他每次去卫生院，方医生都不太愿意理他,他心里很痛苦,也很矛盾。他每次见了方医生之后,晚上就睡不好,天天想着她。他们都是革命干部,组织上必须批准他们。汪阿兴一言不发。高成天后来红着脸道:"汪大麻子,我问了老倪,老倪说这件事只有靠你了。你可得帮我。"汪阿兴骑虎难下,他不能跟高成天说其实自己也喜欢方医生。他抽着烟,看着窗外,心里却波涛起伏。高成天见汪阿兴没有答应自己,便有些不高兴了,大声说道:"汪大麻子,我相信方医生也是喜欢我的,我是红旗大队的大队长,作风正派,工作努力,贫农出身,成分好。"他拍着胸脯又道:"我发誓会待方医生好,一辈子待她好。"汪阿兴想了想道:"你要征求一下方医生的意见。""你放心,我会感动她的,人心都是肉长的,我就不信我高成天感动不了方医生,而且我们都是宁和人,一辈子扎根在宁和,不像你,总有一天会离开宁和的。"高成天走后,汪阿兴心里沉甸甸的,好像心被一根绳子绑住了似的。他有些痛恨自己的胆怯。但是他毕竟来宁和才几个月,心思根本就不在个人的感情问题上,他的心挂在钱王江上。

高成天傍晚去卫生院,不知道为何,他在卫生院门外徘徊了好久。他将一罐麦乳精放在了院门口,然后躲在边上。胡慧丽出门倒水时发现了这罐麦乳精,她四处打量一番,走了进去,关了院门。高成天用力地拍了一下自己的脑门,心想要是方医生出来就好了。但是,他马上听到了胡慧丽大声叫方医生的声音:"方姐,有好东西。""慧丽,什么好东西?咦,麦乳精?哪来的?""不知道。""慧丽,先搁着吧。"方医生说道。高成天站在门前,轻轻地敲了敲门。胡慧丽开了门道:"咦,高队长,你看病?""我,我不看病,路过,就来看看。"他踮着脚往里张望。胡慧丽见了,便问道:"找人?""不,不找人。"高成天悻悻而归了。胡慧丽关上院门,想了想,笑了。

晚上,躺在床上的方医生看着笔记本,上面记录着一些病例。"方姐,我猜啊,这罐麦乳精是红旗大队的高成天队长送来的。""他送来的?"方医生放下笔记本道,"为什么?"胡慧丽道:"我也想不明白,估计是送给你的吧。"方医生愣了一下,从床上坐了起来:"慧丽,为什么送给我?""这个嘛,你得问他自己了,"胡慧丽躺着说道,"他八成是看上你了。我听说高队长是单身。"方医生心里明白了,怪不得这阵子高成天借口给老倪配药,时不时地来卫生院转,每次见了她,都不太说话,只是直勾勾地看着她。她问他,他也是魂不守舍的样子,前言不搭后语。但是她不喜欢他,一点都不喜欢他。她也说不清这是为什么?尽管他为人不错,男子汉气概足,而且还孝顺。

她都知道。但她心里对他只有阶级同志之情,没有爱人之情。胡慧丽见她陷入沉思,便说道:"方姐,事不宜迟,高队长这人性子莽撞,易冲动,我担心以后生出事来。"心事重重的方医生重新躺了下来。她完全没有料到居然会横生枝节,她决定找高成天谈一谈,让他死了这条心。

方医生一早就出门,骑车到了红旗大队之后,发现高成天不在。她在回来的路上遇到了高成天。他背着一捆绳子,汗流浃背。高成天放下绳子,欢喜地叫了一声"方医生"。方医生的态度有点儿冷漠,但看到他满头大汗的样了,便也缓下脸道:"高队长,我想找你谈谈。"高成天道:"你说。"他坐在绳子上,边抽烟,边看着方医生的自行车。方医生站着说道:"高队长,我……"她突然觉得不好意思说出口。"方医生,你说,我听着呢。"高成天一直盯着她的自行车。"我们,我们是同志,所以你不要,不要……"高成天突然站了起来,朝方医生走过,方医生紧张地退后一步。高成天用手擦了擦自行车的踏脚板,然后又用衣角擦了车把手,说道:"方医生,我愿意天天把它擦得亮亮的,跟新的一样。"方医生的脸腾地红了。"方医生,我们都是革命同志,我也有话要跟你说。"这时,老铁头骑车来了。他跟他们俩打了个招呼,然后走了。方医生觉得在这样的场合谈这种事不合适,便说道:"高队长,明天请你来一趟卫生院。"她骑车走了。高成天痴痴地看着她远去的背影,自言自语道:

"明天，明天。"他有些手舞足蹈。他深深地吸了一口气，用力地背上绳子走了。方医生骑着车，她之所以把谈话放在卫生院，放在明天，那是她想晚上跟慧丽好好商量一下，慧丽点子多，而且敢说敢做，有她在，自己心里踏实。这好像成了一种依赖。她边想边骑着车。在一个路口，他差点与张文化相撞。张文化急匆匆地跟方医生打了个招呼，就走了。她心里直犯嘀咕，心想老铁头和张文化都这么急匆匆，难道公社发生了什么事？她一想到公社就想到了汪阿兴，这个男人将她的心全部占满了，好像一点缝隙都没有了，她几乎无法呼吸了。她调转车头，往公社奔去。

第十六章

　　王宝年这一趟来宁和公社，有着他自己的打算，那就是揪住汪阿兴的小辫子。他是与物资供应车一块儿来的。他要亲眼看看汪阿兴是怎么分配物资的。他固执地认为，宁和公社就是一个无底洞，而汪阿兴却是那个无底洞的制造者，他变着法子地向县里要物资。上面又有张建设保着他，现在连李贵生都开始倾向支持他了，这让他心里十分郁闷。一些公社书记在背后偷偷地议论他，说他现在就是一个"传令兵"的角色，一点儿自己的权力也没有了。这是他无法忍受的。这么多年来，他一直当着这个副主任，他是靠造反与批斗起家的。他哪能这么轻易认输呢？当然，他心里也有些怨恨老铁头，怨他不争气，怨他没本事，怨他总是摇摆不定。老铁头算是自己的人了，可这阵子他居然不向他汇报了，搞得他对宁和的情况两眼瞎，上次抢水泥的事还是刘振涛打来电话的，老铁头却佯作不知。他现在还不想失去老铁头，因为在宁和公社，除了老铁头，没有其他人可以与汪阿兴抗衡。他走之前跟张建设打了个招呼，说是送物资去宁和。他担心张建设对他去宁和有一些警惕。张建设并没有多想，以为他就是去送物资的，叮嘱他到了宁和之后，就粮食情况作个初步调研。他满口答应，心里却在想从哪里入手找到汪阿兴的漏洞。他有一些兴奋，在车上接连吸了几根烟，使得开卡车的司机也扛不住了，连声咳嗽。为了让这次名义上的送物资显得更加正式一些，他故意打电话通知了汪阿兴。

　　卡车在宁和公社前空地上停了下来。这是一车粮食。汪阿兴早早地站在公社前等王宝年。他看到王宝年从驾驶室和司机一道下来了，便迎了上去道："王副主任，感谢你亲自给我们送粮食来。""这路不好走啊，"王宝年将手中的茶杯拧开，喝了一口水道，"加点水。"他将杯子递了过来。汪阿兴犹豫了一下，并不接杯子，而是指着公社办公楼道："王副主任，走，你去歇息一下。"王宝年有些不悦，但马上一闪而过了，他说道："到了你的地盘，只有听你的了。""哪里，王副主任，你是县领导，我们都听县领导的。"汪阿兴道。两人走了几步，王宝年道："老铁头人呢？""去办事了，马上就回来，"汪阿兴道，"王副主任什么时候走？中饭后，还是晚上？我们好安排。""这个嘛，到时再说。我这次来，一是来送粮食，二是来了解一下你们公社有啥具体的困难，"王宝年道，"我专门跟张书记作了汇报。"汪阿兴不吭声，他明白王宝年此次来，必有目的。从他昨天接到王宝年的电话通知时，他心里就跟明镜似的。送物资这种事，按照王宝年的性格，他是不屑为之的。他将王宝年引进了自己的办公室，将椅子搬到了窗前，然后道："王副主任，请坐。"王宝年坐了下来。汪阿兴替他的茶杯添了水，然后递给他一根烟道："王副主任，我去一下食堂，安排中饭。"他匆匆走了。

王宝年打量着这间办公室，看着墙上挂着的萧金县地图，又看着桌子上的几本书和一个笔记本。他走了过去，翻了翻笔记本，发现上面记的都是每天的琐事，有些乱，但内容却也丰富，包括光明大队一名妇女生了三胞胎这样的事也记上了，看来，真的是事无巨细，样样都能找到。他不得不佩服汪阿兴这个公社书记是合格的，是无可挑剔的。他又翻了一会儿笔记，发现刘振涛下乡去三平大队了。他愣了一下，心想怪不得这阵子没有他的电话，虽然，刘振涛跟他并无什么关系，但这个人有时候会发神经地来个电话，告知一些事。他听到了急匆匆的脚步声，便马上合上笔记本，重新坐好，抽烟喝茶。汪阿兴进来道："王副主任，我刚才通知人员卸粮，然后去了食堂，通知他们三菜一汤。"王宝年点点头，说道："你召集一下公社干部,我们开个短会。我来宁和了,总不能不跟大家见面吧?"汪阿兴点头道:"好,我马上通知。"他又急匆匆地走了。王宝年心里便有了一种小小的满足,到了宁和,他是县里的领导,还是能使唤汪阿兴的。他突然对抽屉产生了兴趣。他刚才在桌上翻笔记本,发现一只抽屉似乎拉开了。他走到办公桌前,犹豫了一下,便拉开了抽屉。他看到了一份材料——关于当前几项重要工作的设想。第一项就是螃蟹地的围涂。他心跳了起来。他马上抽出材料看了几页。他看得心头火起。怪不得宁和公社要向县里要物资,那是因为他们自己要搞围涂了,是在囤积物资。

公社干部都在会议室坐着。老铁头的情绪有些低落。他垂头不语,好像准备接受批评。汪阿兴陪着王宝年走进了会议室。两人坐下后,汪阿兴道:"同志们,王副主任专程送物资来我们宁和,我们表示热烈欢迎。"众人鼓掌。之后,汪阿兴道:"现在请王副主任给我们讲话。"王宝年将桌上的茶杯往旁边挪了挪,清了清嗓子,然后说道:"同志们,我这次来宁和,主要是来送物资的。俗话说,爹亲娘亲,不如物资亲啊。但是同志们,这些物资可都是来之不易的,是全县人民,乃至全省人民省吃俭用支援我们的。按照县里的分工,我管物资,有的同志背后叫我王总管,我们革命同志,不能搞庸俗的这一套啊。"他喝了一口水,看到老铁头继续低着头,便说道:"同志们,开会也是需要有革命的意识和觉悟,上面领导讲话,你们可不能低头想自己的心事。"老铁头猛地抬头。汪阿兴皱了一下眉,他看到此时的王宝年从口袋里掏出一个小笔记本,摊开后说道:"同志们,我这次来,也想了解同志们的思想情况,尤其是对公社主要领导的意见建议。"他转头看了一眼汪阿兴,然后说道:"汪阿兴同志,请你回避一下。""好。"汪阿兴起身走了。

随着会议室的门被关上后,王宝年的脸沉了下来:"同志们,大家畅所欲言,有什么说什么,不要害怕,也不要担心。"他的目光紧紧地盯着老铁头。老铁头硬着头皮站了起来:"我有话要说。"王宝年显得开心地说道:"说。""王副主任,我没有思想准备,以为你就是来送物资的。希望县里更多地考虑到我们宁和公社的实际情况,多给我们一些支持……""老铁头,你跑题了,"王宝年皱着眉道,"我要听的是对公社主要领导的意见建议。"老铁头拍了拍脑门道:"我倒忘了,有一件重要的事情要向王副主任你汇报。前不久,春江县新登大队抓了我们光明大队的四名社员,汪阿兴同志没有向县里汇报,而是带人去跟新登大队的牛老三谈判,两人扳了手腕,结果,他的臂伤发作了……"王宝年有些生气地拍了桌子道:"这个事,张建设还表扬了他,说他办得好。老铁头,我发现你的状态不对啊,最近是不是发生什么事了? 要忠于组织,就要时时刻刻跟组织汇报,这样,组织上才能真正信任你。"坐在老铁头身边的张文化站了起来道:"王副主任,我有一件事要汇报。""哦,小张同志吧,说。"王宝年拿起笔,一副认真倾听的样子。"汪阿兴同志的脾气大,有时候态度不好,而且爱骂人。我觉得他这人啊,这个毛病必须改。王副主任,我建议你狠狠地批评他。"张文化大声道。众人都愣住了。老铁头瞪了张文化一眼,坐了下来。"很好,小张同志说得很好啊。同志们,你们要向小张同志学习,敢于说话,敢于表达意见。"他看了一眼坐着发呆的刘振涛道:"刘振涛同志,听说你主动要求去三平大队了,你有什么意见和建议?"刘振涛站了起来道:"有。我有很大的意见。汪阿兴同志有时候干工作,只顾进度,不管质量。"王宝年站了起来,兴奋地道:"你说,具体哪个事?"刘振涛抓抓头皮道:"具体什么事,我忘了。""你再回忆回忆。""王副主任,好像是鲁家湾重建那会儿。"王宝年一脸失望道:"这件事过去了,县里也下过结论了。"他点着了一根烟,无语地抽了几口,然后道:"散会吧。老铁头,你留一下。"

汪阿兴在办公室里写着什么。张文化进来了,扮了一个鬼脸,小声道:"顺利完成任务。"汪阿兴点点头,然后道:"你去仓库清点一下粮食。""对了,他留下了老铁头。"张文化说完就走了。汪阿兴陷入沉思。他太了解王宝年了,他来宁和,必定是来挑刺的,甚至是来找茬的,依他的性格,要是不找点儿东西出来,他是心有不甘的。为了求得安宁,也为了让他有点儿收获,必须让他听到一些对自己不利的话,这样他的内心才会平衡一些。昨天晚上,他专门找了张文化,教他说自己的坏话。张文化一开始不愿意,说:"这不是明摆着损人吗? 我娘说了,做人要厚道。"汪阿兴告诉他:"这是任务,必须完成。"张文化才勉为其难地答应了。他站了起来,思忖此时王宝年跟老铁头的谈话也该结束了。方医生快步进来,然后道:"汪书记,我听说县里的王副主任来了。"汪阿兴点点头。"他来干什么? 我听小张说,他一直对你有意见。""方医生,有意见很正常,小张又多嘴了,"汪阿兴道,"你有什么事吗?""我,我就是来看看。"

　　此时,王宝年走了进来,他看了方医生一眼,然后道:"这位是?""我们卫生院的方医生。这是县里来的王副主任。"汪阿兴分别介绍道。"哦,方茹儿同志,我知道你。你们在谈事?"王宝年的目光闪烁不定。"哦,我来问个事,王副主任,汪书记,我走了。"方医生走了。王宝年看着她的背影有一小会儿,然后转过身来道:"汪阿兴同志,我实话跟你说,我接到举报信,说你老往卫生院跑,主要是因为卫生院的一位女同志。我想你是因为工作需要,但是影响还是要注意的。"汪阿兴一声不吭。"另外,我刚才找老铁头谈了谈,我发现宁和公社问题不少啊。你作为主要领导,不能放松自己。尤其是工作方式方法上,不能随便骂人。这是旧社会的军阀作风,是土匪作风,不可取。"汪阿兴强忍住心头的不悦道:"我虚心听取批评。"王宝年走到窗前,长长地叹了一口气,然后道:"听说你要搞围涂?"汪阿兴愣了一下。"我劝你要考虑到宁和的实际情况,搞围涂是需要有物资支撑的,目前时机还不成熟,你搞围涂只会浪费我们宝贵的物资。汪阿兴同志,你不能因为个人的英雄主义,而损害了集体的整体利益。我特别痛恨一些同志,为了给自己扬名,给自己树碑立传,搞一些乱七八糟的东西,劳民伤财不说,最后还落得个没有好下场。"汪阿兴心里的火苗被他的话给点燃了:"王副主任,按你这么说,我们不用考虑围涂这件事了?""要考虑也不是你考虑的,我们县里会考虑,"王宝年道,"公社书记只要管好公社就可以了。你以前在楼山不也是如此吗?宁和虽然跟楼山不一样,但宁和也不过是一个公社。况且,有的同志也不赞成轻易动手搞围涂。"王宝年按了一下肚子道:"该去吃饭了吧?"

在食堂,老铁头刻意躲避汪阿兴。王宝年对三菜一汤赞不绝口,说味道不错。汪阿兴喝了一碗稀粥,嚼了几根萝卜干。王宝年吃好饭后就走了。他走之前,显得很高兴的样子。汪阿兴在走廊上叫住了老铁头,他心里有些恼怒。王宝年知道他要搞围涂,肯定是老铁头说的。两人在办公室谈了谈。老铁头表示螃蟹地围涂,他不赞成,因为没有胜算。兵法云:绝不打无准备之仗。围涂就是打仗。汪阿兴苦口婆心地解释,螃蟹地的围涂方案他与鲁阿牛再三讨论过,有七成的把握,更何况鲁家湾人需要土地,他们未来的生计需要螃蟹地。老铁头依旧摇头,最后表态说,如果汪阿兴执意要搞,他不参与。他的态度相当决绝。汪阿兴心里像堵着一块石头,他们俩之间好不容易才建立起来的信任一下子又崩塌了。此时,下雨了。雨点打在玻璃上,发出清脆的响声。

半个月后,螃蟹地围涂失败。汪阿兴坐在钱王江边,呆呆地看着流淌的江水。事后,总结了失败的原因,主要原因在于对潮水威力的估计不足,筑好了泥堤,还没来得及抛石护堤,潮水就哗啦啦地来了,将一切都掠夺走了。幸好没有人员伤亡。鲁家湾人都白忙活了一个星期。这是徐阿福说的原话。他骂骂咧咧的,见了鲁阿牛就提起这事。鲁阿牛心里痛苦,大家都在怀疑他的能力,因为螃蟹地围涂是他提出来的,结果却失败了。不仅损失了劳力,而且损失了一些物资。那天晚上,鲁阿牛来公社宿舍找汪阿兴,两人都无话可说。鲁阿牛走的时候,留下了一句话:"汪书记,围涂不是每一次都会成功的,失败是常有的事。"他知道汪阿兴心里比他还难受。螃蟹地围涂的失败,将汪阿兴推向了又一个悬崖。公社干部也有私下议论,更别说那些大队干部了,他们说起来更是夸张与嘲讽。俗话说,好事不出门,坏事传千里。县里也知道了这件事,王宝年在会上极为兴奋地说,当初自己去宁和时就跟汪阿兴交代过,凡事不能乱搞,现在果真出乱子了。张建设一直不吭声。李贵生倒是为汪阿兴说了几句公道话,说围涂哪有百战百胜,以前我在海平县搞围涂,也不敢打包票。

赵刚强是最后得到消息的,他打来了电话。汪阿兴知道,也只有他的电话是最真诚的,毕竟兄弟情深。赵刚强的意思是汪阿兴回家休息几天,不要理会各种流言蜚语,那都是别人的嘴,随他们说去,无所谓。他这是安慰汪阿兴,其实他们都知道,失败对一名干部来说,压力重重。你不干事还好,别人顶多背后说一声做事稳,轻易不动手,倘若要是干事了,那就必须保证成功,否则命运将随之改变。汪阿兴反过来安慰赵刚强,说你放心,我还没这么容易倒下。他将办公室的门关上了,他必须静一静,梳理一下螃蟹地围涂失败的方方面面,尽管这是一次由鲁家湾大队发起的围涂,但毕竟他是指挥者。他负有不可推卸的责任。

他一边写着检查材料,一边回忆着围涂中的各个细节。他突然发现那天晚上的值班出了问题。他查阅了原始记录,发现值班的人是徐阿福。他打电话问了设在钱王江边的潮水观察站,潮水是在晚上十一点来的,经过鲁家湾段应是十二点左右,而徐阿福汇报来潮水的时间却是早上五点。他气得一掌拍在桌子上。

徐阿福来公社的时候心是悬着的。他心里最清楚,那天晚上自己睡着了,直到潮水浸湿了他的身体,浮了起来,他才意识到出大事了。如果他履行值班职责,第一时间发现潮水来了,然后通知大家抢险,这泥堤就能保住,因为石头就在附近堆着。他的额头全是汗,不知道汪阿兴抓住他的什么把柄了。他特意拉了鲁阿牛,一是为了壮胆,二是一旦有什么不对,可以往鲁阿牛身上泼污水。不管怎么样,鲁阿牛不会跟他翻脸的,他只会默默地承受。他们进了会议室时,发现老铁头、张文化两人坐着。张文化摊开笔记本,一副作记录的样子。"徐阿福同志,我们长话短说,那天你报告说潮水是早上五点钟来的,对吗?"老铁头问道。"对。""那么,早上五点,太阳也快出来了,那时候你在干什么?"老铁头接着问道。"值班,"徐阿福道,"那个晚上是我值班。我眼睛瞪得大大的,一直盯着钱王江,早上五点钟,潮水来了,我就吹起了哨子,可是晚了,待大家赶到时,潮水将泥堤冲垮了。"

这时,汪阿兴走了进来。徐阿福低下头,心跳得厉害。"徐阿福同志,抬头,"汪阿兴道,"那天晚上,潮水到达鲁家湾段的时间是晚上十二点左右,你报告的却是早上五点钟,时间对不上。徐阿福同志,请你认真回忆一下,那天晚上你到底有无在值班?""我当然在值班了,我醒来的……"徐阿福脱口而出,他知道自己说漏嘴了。"你睡着了,是吧?"汪阿兴道,"你人在值班,实际上却是睡着了。""我,我,汪书记,都怪鲁阿牛,那天晚上他,他说他会替我值班,让我睡一会儿。我以为他说的是真的,我就睡了,可是我醒来的时候,他不见人影。他走的时候应该叫醒我呀。你说,这责任是不是该由他来负?"汪阿兴看了鲁阿牛一眼道:"鲁阿牛同志,这是事实吗?"鲁阿牛表情痛苦,当着这么多人的面,徐阿福却将一盆污水泼向他。他心里一阵阵地隐痛,好像被针扎似的。他看到徐阿福用哀求的目光看着他,他的心又软了。他站了起来,低声道:"是我的责任。"张文化急了,大声道:"鲁阿牛,你这是做假证,要犯错误的。"鲁阿牛依旧说道:"是我的责任。"汪阿兴无语地看着徐阿福,发现他全身都在哆嗦。他叹了一口气道:"这件事,暂且到此为止。"他再调查下去,伤害的恐怕不仅仅是鲁阿牛和徐阿福,还有两个家庭。老铁头走到徐阿福身边,将他拉了起来,然后说道:"徐阿福,你要是个男人,就敢做敢当,别拉着他人做垫背。"徐阿福支吾道:"鲁,鲁阿牛刚才自己都承认了。"鲁阿牛突然喷出了一口血,然后软绵绵地倒下了。

在通往卫生院的路上,汪阿兴心急如焚。鲁阿牛的这一口鲜血,说明他的身体一直有病。他与张文化轮流背着昏迷的鲁阿牛,一路接力,到了卫生院后,胡慧丽刚好背着药箱回来。她利索地替鲁阿牛作了检查,初步诊断是肺里的毛病。鲁阿牛一直处于昏迷之中,胡慧丽和汪阿兴站在床前陪伴着他。看着床上的鲁阿牛,汪阿兴有些自责,螃蟹地围涂,他一马当先,尽心尽职,累得不想说话,是一头真正的老黄牛啊。有一天晚上是鲁阿牛值班,汪阿兴去工地转转,发现他一个人在月光下挖泥。他静静地看着汗流浃背的鲁阿牛,心想他必须当好这个公社书记,要带着他们战胜钱王江。两人挖了一阵泥后,都累得瘫软在地。好久,鲁阿牛才说道:"汪书记,我没有文化,是个粗人,但是我知道,人活在这个世上,要干事。"汪阿兴点点头。汪阿兴后来离开时,鲁阿牛独自一人挖泥。

鲁阿牛终于醒来了,他又咳出了一口血。胡慧丽将他的嘴角擦拭干净,然后说道:"鲁阿牛同志,你安心休息。""谢谢胡医生。"鲁阿牛看着汪阿兴,流泪了。汪阿兴上前握住他的手道:"我知道你心里有委屈。"两人谈了一会儿话,鲁阿牛的意思是不要再追究徐阿福的责任了,他是家里的顶梁柱,要是犯了错误,一家人怎么办?汪阿兴答应他,不再追究此事。鲁阿牛后来说道:"汪书记,螃蟹地围涂失败,还有一个原因。"他有些犹豫,欲言又止。"你尽管说。""汪书记,我当时建议围涂时间再往后拖一个月,那就是钱王江的枯水期了,潮水少,也小……"鲁阿牛道,"当然也不能怪你,这也是天意,要是阿福那天及时发现潮水来了,那也是能弥补的。"汪阿兴无言以对,鲁阿牛说的没错,其实他才是螃蟹地围涂失败的核心因素。他内心无比自责,自己好大喜功带来的结果却是前功尽弃。他必须要向县革委会检讨自己。

月光清冷,一切都显得平静。汪阿兴去了螃蟹地,看到水汪汪一片。这是他的失败之地。他跪了下来。背后传来了方医生的声音:"汪书记,你……"她站在月光里,看着他。她流泪了。汪阿兴道:"方医生,对不起,我让大家失望了。""汪书记,世界上没有常胜将军,"方医生轻声道,"我跟慧丽都听说了,这件事不怪你。""不,怪我,"汪阿兴指着钱王江道,"战略上藐视敌人,战术上重视敌人,围涂就是战争,我作为指挥员,却没有意识到这一点。"方医生走到他身边,看了他一眼,然后说道:"钱王江,历来是凶险之江,潮水势不可挡,我们都属于沙地区,钱王江给我们带来土地,也给我们带来灾难。但是,我相信你,总有一天我们会战胜它。"两人说着,一边沿着江边走着,滩涂在月光下呈现别样的风姿,芦苇在风中摇动,仿佛无数曼妙的姑娘在风中舞蹈。这个晚上,汪阿兴睡得特别踏实。

天还没亮,汪阿兴就骑车去县城。他觉得自己身轻如燕,尽管这是去检讨。张建设正在会议室主持一个会议,李贵生去公社调研了。他在走廊上打转,正好遇上了金健康。他跟随金健康进了办公室。"汪大麻子,谁叫你来的?""我自己来的,"汪阿兴喝了一口水道,"我是来作检讨的。"金健康摇摇头道:"没人让你检讨啊?螃蟹地围涂,张书记和李主任都没有怪罪你,你来作什么检讨?""老金,我一是来检讨,二是来讨粮的。"金健康皱眉道:"我看难。"说话间,王宝年拿着报纸进来了,他见汪阿兴,愣了一下道:"你怎么来了? 走,我有事要说。"

王宝年的办公室收拾得清爽,水泥地面像是水洗过似的。汪阿兴坐了下来。"关于螃蟹地围涂失败的事,我早就提醒过你,可是你不听,现在闯祸了吧,这件事影响很坏,"王宝年抽了一口烟,又说道,"好在没有人员伤亡,否则,你的公社书记一职,我看是保不住了。""王副主任,你还有其他事吗?"汪阿兴站了起来。"你这是什么意思,你是属猴的? 你眼里还有我这个领导吗?"王宝年怒声道,"你的问题必须好好检讨,别以为傍着大树好乘凉。"汪阿兴也来气了:"王副主任,你这话什么意思?我傍着哪棵大树了?你倒是给我说说。""你心里明白。"王宝年转过脸去道。"我心里不明白。王副主任,我汪阿兴傍上哪棵大树了?""你……"王宝年站了起来。两人怒目相视,金健康快步进来道:"汪大麻子你又犯浑了,走了,走了。"他将汪阿兴拉了出去。砰的一声,他知道身后的门关上了。

张建设并不说话,只是看着报纸和文件,这令汪阿兴如坐针毡。他手里紧紧攥着的检讨书有些扭曲了。好一会儿,张建设才放下文件道:"你来检讨?""对。"汪阿兴站了起来,把检讨书放在桌上。张建设接过检讨书,看了看,然后道:"自己写的?"汪阿兴点点头道:"张书记,我真心检讨。"张建设将检讨书还给了汪阿兴,然后说道:"自己保存。我只有一句话,螃蟹地围涂的失败不可怕,可怕的是我们自己吓破了胆子,从此干事缩手缩脚,好像缠足的老太太走路。你回去吧,该干什么,干什么。"汪阿兴离开县革委会大楼时,心里变得明亮。螃蟹地围涂失败没有引发系列事件,这说明县里已经开始围涂的相关准备了。这是一种信号,而他的失败恰恰给大家提了个醒,要高度重视围涂,绝不能一哄而上,最后闹得不可收场。

金健康骑着自行车追上汪阿兴是在城郊外。金健康传达了张建设的另一句话:"围涂,不要轻举妄动,要有百分百的把握。"汪阿兴知道金健康除了带话,还有其他事,否则也没有必要如此追来,便说道:"老金,你还有什么事?"金健康犹豫了一下道:"你们公社的刘振涛是我的一个远房亲戚,他的情况,我多多少少听说了一些,我想把他调到县城来。""要我干什么?"汪阿兴道。"因为张书记说过,宁和公社的干部一律不动,所以这件事也很难办,你帮我出出点子。"汪阿兴摇摇头道:"老金,这个忙我还真帮不上,刘振涛现在去三平大队了,一年后回来,他现在的表现不错。""我也是没办法,亲戚一趟一趟来家里,汪大麻子,你点子多,这事就拜托你了。"他转身欲走。汪阿兴一把拉住他道:"老金,我真没办法,我把话提前说了,免得以后你怪罪我。"金健康愣了一下,然后道:"汪大麻子,我的面子你也不给?""不是我不给,而是我给不了。""那好,当我没说。"金健康一脸不悦地骑车走了。汪阿兴叹了口气,朝着宁和方向骑去。

晚上,一车粮食送到了宁和公社。此时,已是晚上十点多,汪阿兴和张文化扛着粮食,偷偷放进了仓库。这件事,他没有跟老铁头说,也没有跟别的公社干部说。司机走之前,告诉汪阿兴,这是县物资局胡主任特别关照的,悄悄来,悄悄走,所以他一路上连车灯都没开,摸着黑来的。累得精疲力竭的汪阿兴躺在地上,喘着大气。张文化则欢喜地蹲着道:"汪书记,这下可好了,白白多了一车粮食。""这件事,一个字都不许说。"汪阿兴叮嘱他道。"我知道,这是胡医生的功劳。"张文化走了。

汪阿兴专门去卫生院,却发现院门前有一个人正扒着门缝往里瞧。他刚想喊,那人却转过了脸,原来是高成天。高成天一脸失落。不一会儿,院门开了,胡慧丽端着一盆水出来,随手一泼正好泼在蹲着的高成天头上,他跳了起来。"高队长,这么晚了,你在这儿干吗?"胡慧丽吃惊地问道。"我,我巡逻。"高成天抹了一把脸,走了。这时,传来了方医生的声音:"慧丽,什么事啊?"胡慧丽笑道:"高队长喝了我的洗脚水。""啊? 他人呢?"方医生奔了出来。"走了。说是巡逻。""巡逻? 这一段也不归他们红旗大队巡逻啊?"方医生道,"现在都快半夜了。""方姐,他为何而来,你心里最清楚了。"两人说说笑笑就关了院门。汪阿兴摸了一下头,心想还是回去算了,这么晚来卫生院,容易让人说闲话。他转身欲走,不料却碰到了返身回来的高成天:"汪大麻子,你在这儿干什么?""我,我四处走走。""走走?"高成天看了一眼卫生院的大门,然后道:"我明白了,你来也是……""别多想,我来是跟胡医生说个事。""大半夜的,鬼才信。"这时,一道手电筒光照了过去,胡慧丽道:"你们俩都进来吧。"

灯光下的高成天全身湿淋淋的。胡慧丽递给他一块毛巾,然后说道:"高队长,不好意思。"高成天擦着脸,只是讪笑。方医生一声不吭地站在门边,好像随时准备出门而去。汪阿兴站在院子里,一声不响地抽着烟。胡慧丽出来时,给他使了一个眼色,小声道:"你怎么不进去?""我找你有事。"两人走进了另一间房内。汪阿兴小声道:"谢谢你胡医生,粮食来了一车。""真的?"胡慧丽高兴地说道,"太好了。""也请你谢谢你姐姐,我代表宁和人民感谢她。"胡慧丽捂着嘴笑。这时,传来了方医生响亮而又慌张的声音:"高队长,请你出去!"胡慧丽听了,一个箭步跨出了门。

高成天跪在地上。方医生满脸通红。"方姐,发生什么事了?"方医生强忍着泪水。"对不起,方医生。求你了,我喜欢你,"高成天说道,"我夜夜梦见你。""高队长,你回去吧。这么晚了。"胡慧丽一脸严肃道。高成天从地上起来,低着头走出了门。不一会儿,他回头道:"汪大麻子,你为什么还不走?"汪阿兴道:"我陪你回去。"看着两人消失在夜幕里,胡慧丽关上了院门,然后小声问道:"方姐,到底发生什么事了?""他,他突然跪下抱住我的腿,他耍流氓。"方医生道。胡慧丽笑了:"方姐,我听说西方一些国家,这是求爱的方式,你别看高成天五大三粗,居然还阴差阳错来了个新式的求爱动作,"胡慧丽说道,"西方的求爱方式,有的手里还捧着一束花,然后单腿下跪,亲吻一下姑娘的手背。可是高队长却是双膝下跪。"她哈哈大笑。"慧丽,他就是耍流氓,"方医生道,"这么晚了,孤男寡女在同一个房间,你说别人看到了会怎么想?""你是怕被汪书记看到吧。你一声叫,他的脸色一下子就变了。""真的?""我什么时候说过谎了?走了,睡觉。"这时,方医生像是想起了什么似的,一拍脑门道:"哎呀,我忘了一件事,有你的信,是省医院来的。"她从口袋里掏出一封信递给了胡慧丽,然后小声道:"是你对象?""哪里,是同学。我一个同学分配在省医院。"胡慧丽脸红地道。"男同学吧,慧丽,我看八成是对象。"

躺在床上的胡慧丽打着手电看信。信是倪文明写来的,他在信里说,早点回县医院为上策,宁和这地方太苦了,没有必要在这种穷乡僻壤浪费时间,而且医术也提高不快。他想跟她见一面。还说为什么不给他写信? 胡慧丽将信放在枕头底下,闭上了眼睛。在校园里,两人的浪漫时光浮现在眼前……她迷迷糊糊地睡着了。早上醒来,发现方医生奇怪地看着她。"方姐,怎么了?""老实交代,昨天那信里写了什么?"方医生道,"我听你晚上在梦里叫唤一个人。我猜想啊,这个人就是写信的人,对吧?"胡慧丽赶紧摸了摸枕头,发现信在,便安下心来道:"就是同学。""你就别瞒我了,对了,慧丽,你的同学长什么样? 是哪里人? 干什么的?"方医生笑道,"你要是不说,以后来信我可私自拆了。""好好好,我说,我说,他叫倪文明,是我大学的同学,萧金县人,现在省医院当医生,"胡慧丽道,"好了,我全说了。""你们是怎么谈恋爱的?"方医生突然问道,"你可别怪我,我就是好奇。""方姐,那你们宁和人又是怎么谈恋爱的?"两人都笑了。

高成天在汪阿兴办公室坐了一上午,说的都是方医生的事。他居然连方医生的饭量都知道了,说她晚上只吃半小碗,那半小碗饭还不够他一口吞了。他说得有些琐碎,但却很兴奋。他说方医生的自行车已经骑了八年了,他以后会给她买一辆新的。他还说,以后他会在卫生院边上造一个草舍,两人就住在新草舍里。汪阿兴实在有些厌烦了。他借口上茅厕,走了。他去了仓库。看着这些麻袋垒着,他心里像吃了蜜似的。他用力地拍拍麻袋,鼓壮壮的。这时,老陈手里拎着一串老鼠尾巴进来了:"汪书记,全部消灭了。""好。老陈,要管好。"老陈点头。汪阿兴又仔细检查了一遍,然后才放心地走了。他判断此时高成天肯定还在办公室,他便四处转转。走到一个土坎时,发现地上有几粒米。白色的米在地上显得特别醒目。他拾起米,愣住了。这儿距离公社前空地约有百米远,卸粮时,米不可能掉在这儿。而且又不是卡车开过的路,更何况这米还很新鲜,像是刚掉在地上的。他将几粒米放进了口袋,心事重重地走了。

高成天已经走了,桌子上放着一包烟,下面压着一张纸,写着一句话:替我去说媒。汪阿兴将纸揉成一团。这时候,老铁头进来了,手拿一份材料,然后道:"阿炳递上来一份报告。"汪阿兴接过报告,见是要求尽快结清工程款的报告。他将报告往桌上一搁道:"阿炳怎么回事,跟他说了年底结账,又送报告来了。""他啊,就是这个样子,不相信口头承诺,只信东西到手,"老铁头道,"另外,鲁家湾大队也打来报告说要择机重新围涂螃蟹地。我把报告退回去了。""为什么退回去?"汪阿兴瞪大眼道。"上次围涂失败的阴影还在,我认为现在没有必要讨论这件事了,所以退回去了,"老铁头看了一眼窗外,又道,"我知道你心还不死,可是螃蟹地围涂,如果再次失败,那恐怕将影响我们整个公社了。""你说说,怎么个影响法?"汪阿兴说道。"第一,物资;第二,就是干部,我们宁和的干部,更准确地说,就是你。其实,最重要的影响是张建设同志,他会陷入两难境地,"老铁头想了想又说道,"也许是我多嘴,螃蟹地围涂,我个人认为还是放弃为好,因为,一个人只能在同一个地方摔倒一次。"他走了。其实,他的话完全有道理,细细思索一下,他甚至有一种帮助自己的意思,只是他没有明说,给他留了一点面子。汪阿兴心里乱了。他心里一直有一股郁闷之气,需要寻找地方发泄,但是现在老铁头的这番话却将他的一个希望的出气孔给堵住了。他呆呆地看着墙上的地图。墙壁有些发黄,地图也有些旧了,包括桌子、椅子,还有这地面,都是陈旧的,都是破烂的。这一切都好像预示着这儿就是一个没有希望的地方,时间一年又一年地消逝,而这儿的一切都没有改变。他感到自己仿佛在这儿度过了一生。他闭上了眼睛,倾听着自己沉重的呼吸声。这个男人是他吗? 曾经的他在楼山那可是呼风唤雨,好像一个大人物,然而在这里,他就像一条可怜虫似的。他的声音在这儿显得微弱,有时还伴随着一些杂音、一些嘲讽。他的力量在这儿像陷进了棉花堆里。他的世界在这儿就是小小的一个窗口。他的夜晚仿佛永远都是那么寂静。

他在电话里向张建设请假,他说道:"张书记,我有点累了。我想休息几天。"张建设什么话也没有说就搁了电话。汪阿兴握着空荡荡的话筒,整个人像是掉进了水井里。他漫无目的地走着。沿着宁和公社办公楼的北面,一条小河蜿蜒向前。他记得他第一次来报到的时候,看着这条通往钱王江边的小河,心想这就像楼山的小溪。它们的模样有些像,只是这儿没有声音,没有生命的迹象。这河里的水是咸的,也没有鱼类。他听小张说,到了收获络麻的季节,宁和所有的河里都浸满了络麻,散发着一股臭味。络麻是宁和的主要农作物。这些土地都无法种植水稻。他想着楼山那大片的田野上全是水稻。水田里,一年四季都充满活跃的生命,有时候,甚至可以听到水稻生长的声音。每一个夜晚,虽然也是安静的,但却有着浓浓的乡情。这是两个完全不同的地方,也是两种完全不一样的生活。他走得远了,不知不觉就到了钱王江边。他坐在了一个土包上,看着宽阔的钱王江。现在,它是如此平静,好像一位温柔的女子。但是,它所有的平静都是虚假的,都是伪装的。它就像一位冷酷的杀手,总是发起突然袭击,然后摧毁一切。他茫然地坐着,仿佛一位全无斗志的战士,只剩下叹息了。

潮水来了,哗啦啦地响着,好像一首歌。他站了起来,发现有一个人在潮水中拼命地奔跑着,他吓了一跳。那人赤身裸体,手里拿着一只网兜。他手中的网兜使劲地往潮水里一抄,然后他顺着潮水跑了一阵,之后跑上江堤来。网兜里有一条鲜蹦乱跳的鱼。他穿上衣裤,转过身来。"徐阿宝?"汪阿兴奔了过去。"汪书记,是你啊,"徐阿宝看了一眼网兜里的鱼道,"走,喝鱼汤去。""刚才太危险了,徐阿宝同志,你这是拿生命开玩笑。"汪阿兴着急道。"汪书记,抢潮头鱼是我们鲁家湾人的拿手好戏。"徐阿宝拎着鱼走了,滩涂上留下一串脚印。"抢潮头鱼？弄潮儿？"汪阿兴自言自语,他听鲁阿牛说过抢潮头鱼的事,但鲁阿牛告诉他,如果不是生活所迫,是万万不敢去的。因为钱王江的潮水总是来得突然,而且也变化多端,有时候一个回头潮就可以把一只船打得支离破碎。他看着那一行脚印,心想去鲁家湾转转。一来看看鲁阿牛的身体怎么样了,二来了解一下他们对螃蟹地围涂的最新意见。

鲁阿牛独自在家躺着,床头边放着一只空碗和一双筷子。姚姓走了进来,将碗和筷子收了,然后道:"阿牛,刚才阿宝跟我说,去钱王江碰碰运气,我猜想他去……"鲁阿牛急得坐了起来,说道:"太危险了,他可不是当年的小伙子了。"徐阿宝拎着鱼,欢天喜地进来了:"阿牛,你的运气不错。阿英,剖鱼。"姚姓接过鱼,然后道:"阿宝,下次不要去了。""我反正光棍一个,无牵无挂,这命不值钱,"徐阿宝说着,"对了,我刚才看到公社汪书记坐在江边发呆。你们说他这是干吗?"鲁阿牛叹了一口气道:"螃蟹地围涂失败,对他打击最大。他一门心思要围涂,想首战成功,结果却败了。""都怪阿福,要不是他……"徐阿宝看了姚姓一眼,不说了。姚姓拎着鱼无语地走了。不一会儿,便传来了姚姓的声音:"汪书记来了。"

汪阿兴在鲁阿牛家谈了好久。徐阿宝后来又叫来了一些人,大家都围在一起分析螃蟹地的情况。鲁阿牛从床上坐了起来。他从枕头底下拿出一张纸,然后道:"汪书记,我想了想,关键有几个方面的问题。一是要掌握潮水的规律;二是要有双轮车拉石头,拖拉机肯定不行,我们的路不够宽;三是人手还缺一些,尤其是抛石护堤的时候,那是争分夺秒,一刻也不能耽搁。""阿牛,你几时认得这么多字了?"有人笑着说道。"是我说,玉洁记下的,"鲁阿牛道,"我还让伟潮每天早晚各一次测量螃蟹地的水深。他都记在这张纸的反面。"众人点点头。徐阿宝指着众人道:"汪书记,我们都是钱王江边长大,我们虽然没有文化,大都不识字,但是我们都知道钱王江的性格。它虽然脾气暴躁，但一年之中，枯水期却是比较温顺的。所以围涂一般都选在枯水期，那时候也是一年之中最冷的时候，天寒地冻的。"汪阿兴道："三个臭皮匠顶个诸葛亮。同志们，你们继续说说螃蟹地。""汪书记，在枯水期围涂螃蟹地，我们有九成的把握，"鲁阿牛想了想道，"如果我们的人手再增加一些，那么，我个人认为，我们一定能打个翻身仗。"众人都齐齐点头。汪阿兴激动地站了起来，走了好几步，他的双手叉在腰上，然后道："同志们，我有一个想法。我们继续干！""干！"众人齐声道。鲁阿牛挣扎着下了床，紧紧地握住汪阿兴的手，眼中含泪道："汪书记，螃蟹地是我们鲁家湾人未来生存的保障之地，我代表鲁家湾人，感谢你。"他突然跪了下来。"快起来，快起来。"汪阿兴将鲁阿牛拉了起来，深情地道："失败是成功之母。今天，我在这里表态，我们团结一心，拿下螃蟹地。"

徐阿福进来的时候，已近傍晚。他一副精神不振、有气无力的样子。他听到汪阿兴说到螃蟹地围涂，便坐了下来，双手拍打着双膝，然后说道："说的比唱的还好听。到时候天寒地冻的，没有棉衣怎么办？不要围涂没成功，人却冻个半死。""阿福，你就会说风凉话，"徐阿宝一脸不满地说道，"你不是说病了吗？我看你啊，是心病。""我什么病关你屁事。"徐阿福骂道。徐阿宝走了过来，一把揪住徐阿福道："你再说一遍，我揍你。"姚婶闻讯进来了："阿宝，你干什么？"汪阿兴将他们两人拉开，然后说道："徐阿福同志说的也有道理。但是办法总比困难多，我们要发扬大无畏的革命精神，一不怕苦，二不怕死，全力以赴。"徐阿福便也不吭声了，他将头缩在胳膊里。

不知不觉已是傍晚，丁玉洁、鲁伟潮、鲁小妹放学回来了。汪阿兴还在跟鲁阿牛讨论围涂的人员组成。"汪书记，今天就在我们家吃晚饭吧。"丁玉洁说道。汪阿兴摸了摸肚子道："好。"丁玉洁欢喜地去做饭了。她手脚麻利，一边切着萝卜，一边生火做饭。鲁小妹烧火。鲁伟潮却拿着一根小竹竿走了。吃饭的时候,鲁伟潮回来了,他一句话也不说将小竹竿放在门边。众人默默无语地喝着稀粥。"汪书记,再喝一碗吧。""饱了,"汪阿兴嚼着萝卜干道,"家里还有米吗?"一家人都不吭声。鲁小妹忍不住了:"我们家快没米了。""小妹,就你多嘴。"丁玉洁埋怨道。汪阿兴听了,走了过去,掀开米缸一看,就剩缸底薄薄一层的米,就快断粮了。他心情沉重地坐了下来。"汪书记,都是这个情况,吃了上顿,就担心下顿,我们大队也商量过,老是给公社添麻烦也不是个事,我们自己想办法,听说瓜乡公社有米糠,价格便宜,我们打算去买一些来,"鲁阿牛道,"还有,我们也打算换一些番薯。"汪阿兴看着鲁小妹使劲地舔着碗沿,一阵心酸。他将鲁小妹抱了起来,然后道:"小妹,你告诉我,你最想吃什么?""我想吃姚婶烙的米饼。真香。可是没有米,就没有了米粉,就吃不了米饼了。"汪阿兴点点头。鲁小妹看着他道:"我听玉洁姐说,你是个大能人。你带着我们鲁家湾人围涂螃蟹地,要是成功了,以后这地里就能种萝卜,种络麻,种棉花,萝卜、络麻、棉花就可以换米吃。"汪阿兴的泪水再也忍不住了。他轻轻地放下鲁小妹,擦了擦泪水道:"对不起,对不起,我这个公社书记没当好。"

汪阿兴回到宿舍已是晚上九点多,他有些悲伤。虽然他知道鲁家湾人现在的粮食供应很紧张,但没有想到已经要断粮了。他寻思着明天一早就送粮去。睡了一会儿,他突然想到一整天没有看到张文化了,他去哪了? 他再一次将口袋里的工作笔记本取了出来,上面记着鲁家湾人的缺粮情况。最严重的是徐阿福家,他们三天前就断粮了。姚婶一直没有告诉别人,而是天天煮萝卜。听说徐定强天天拉肚子,人瘦得不成人形了。情况稍好的是丁二南家,丁二南娘是个精明人,虽然丁幸生还是个婴儿,可是上次分配粮食是按成年人分的,但也只能吃上五六天了。汪阿兴睡不着。公社仓库里的粮食,如果全部给鲁家湾人送去,必定会引起轩然大波。阿炳会来闹事,高成天也不会善罢甘休,别的大队也会一哄而上。还得想个万全之策。虽然胡慧丽要来的那一车粮食可以给鲁家湾人,但难保不走漏风声。他左思右想,想得脑壳都痛了。

天快亮时,他才迷迷糊糊睡去了。在短暂而又混乱的梦里,他发现遍地都是粮食,仿佛从天而降似的。他醒来后,肚子饿得厉害。喝了一杯水,然后重新躺下,可这时候却听到了敲门声。他开了门,发现是张文化。"汪书记,赵书记来了。""小六子?"汪阿兴张望道,"咦,他人呢?""还在路上。昨天傍晚我接到电话,他们要来,可我没找到你,"张文化抹了抹嘴道,"赵书记跟我说,今天你不要外出了,老老实实待在办公室。""小六子搞什么名堂?"汪阿兴道,"对了,你去给鲁家湾人送粮食,他们断粮了。""断粮了?"张文化想了想道,"要是半道上给人拦截了怎么办? 我怕风声泄露,到时候有人来抢粮。""分两批送,上午送一批,晚上送一批。我等会儿开一个会,公社干部全部集中在会议室,没人知道你送粮的事。"张文化急匆匆地跑了。

第十七章

会议室里，大家议论纷纷。世界上没有不透风的墙。城厢公社书记黄有财被抓起来了，据说是因为贪污物资。众人讨论着黄有财的下场，有人说黄有财是王宝年的亲戚，应该马上会放了。有人说，黄有财会被枪毙。汪阿兴进来后，老铁头跟他说了这事。说昨天县里专门来电话，不论是谁，但凡有贪污物资的，一律严办。汪阿兴的心颤了一下。老铁头举了黄有财的例子，说金健康在电话里说，黄有财这一次被抓，也是罪有应得，他贪污了四车物资，并且倒卖。汪阿兴认识黄有财，在县里一次公社书记会议时，黄有财就坐在他的身边。他戴着表，抽着烟，脚上的皮鞋擦得锃亮，走起路来摇摇晃晃，典型的鸭子步。他没有跟他说话，虽然黄有财靠上来想跟他说话，但他对黄有财没有好感。他记得那天会议结束时，黄有财拍着胸脯道："汪大麻子，以后来县城，找我，想吃什么想喝什么，我一句话。"他当时腆着胖乎乎的肚皮。

安静下来后，汪阿兴提了螃蟹地围涂的事。老铁头十分不悦。别的同志也都不吭声。汪阿兴站了起来道："一朝被蛇咬，十年怕井绳。我知道大家心里都担心再次失败，但是没有失败，何来成功?"老铁头忍不住了，也站了起来道："汪书记，你说的成功指的是你个人的成功，还是我们集体的成功?""当然是我们集体的成功。""那现在除了你一个人想继续围涂之外，大家都不赞成，这算是集体吗?"老铁头道，"我们宁和公社本来就底子薄，经不起这样的折腾。如果上级有指示，那我们硬着头皮也得干。请问，县里来指示了吗？""如果我们事事都要上级指示，那就是教条主义，那还要我们这些干部干吗？"汪阿兴道，"我们必须自力更生，依靠自己的力量干事。""我们现在有什么力量？我们还没有条件围涂，"老铁头针锋相对，"你这么干，会害了我们宁和。"

门砰的一声被踢开了。赵刚强怒目道："老铁头，你说的这是人话吗？"他走了过来，大声道："请问，谁是公社书记，是汪阿兴同志，不是你！你知道服从命令、听从指挥这句话吗？"他一拳砸在桌上，又道："这儿要是在我们楼山，老铁头，你信不信，我一拳把你打趴下。""小六子，你出去，"汪阿兴皱着眉道，"我们在开会，开会就要听大家的意见。""汪大哥，听大家意见没错，但也不能被别人牵着鼻子走，我们当公社书记，不狠一点，不厉害一点，别人还以为我们好欺侮，"他瞪了老铁头一眼，又道，"我早就听说你时时处处给汪大哥使绊子，哼，别以为你上头有个王宝年，就趾高气扬了。哼，我不怕。""赵书记，你这话什么意思？我老铁头就没有说话的权利了？就眼睁睁地看着他把我们宁和搞得一团糟？"老铁头也瞪着赵刚强。"我们宁和？你总以我们宁和来当借口，来攻击汪大哥，我告诉你，现在的汪大哥，比你更像一个宁和人。有些话是放在心里的，而不是说在嘴上的。""得了，得了。"汪阿兴上前拉着赵刚强就走。别的公社干部窃窃私语。老铁头脸色发黑，气得不得了。

进了办公室，汪阿兴劈头就骂："小六子，你这是干什么？我跟老铁头之间的争论也是正常的，没有严重到那种程度。""我说汪大哥，你啊完全变了，他眼里根本就没有你，你还跟他客气什么？"赵刚强抽了一根烟，然后将门关上，神秘兮兮地说道："汪大哥，你先消消气，有好事。""好事？"汪阿兴愣住了，看着赵刚强挤眉弄眼的样子，忍不住想问，不料阿扁推门进来了："汪大哥。"赵刚强道："都弄好了？""我阿扁办事，你尽管放心。""我说你们俩打什么暗语啊？发生什么事了？"汪阿兴瞪着阿扁道。阿扁朝赵刚强使了个眼色，赵刚强突然捂着胸口道："汪大哥，我有点累了，想歇息一下。"汪阿兴摸出钥匙道："你去我宿舍躺一会儿。"赵刚强接过钥匙,走了。阿扁东拉西扯说了一阵,好像一直在跟他绕圈。汪阿兴后来一把拉住他道："阿扁,你老实跟我说,你们这一趟来宁和干什么?小六子神秘兮兮,你说话也是绕着圈子,跟以前不一样。说。"阿扁苦着脸道："汪大哥,总而言之一句话,好事。"

老铁头推门进来了。"你们谈,你们谈。"阿扁趁机溜走了。老铁头一脸沉重。"对不起老铁头,赵刚强他的脾气急,改不了这个性格。"汪阿兴叹了口气道。老铁头一声不吭地从口袋里掏出一张纸,放在桌上。原来是一封联名信,一些公社干部和大队干部签了名,要求县革委会调离汪阿兴。汪阿兴心中一震,然后道："这是秘密,你为何拿给我看?""我不想让你离开,"老铁头道,"人心里都有一杆秤。"他将信收了回去,放入口袋,又说道："螃蟹地围涂是根高压线,不能碰了。"老铁头走后,汪阿兴陷入矛盾之中。很显然,老铁头不惜违反规定,好心提醒他,其实是为了保住他。调离?其实就是免职。但是,螃蟹地围涂势在必行,否则他对不起鲁家湾人。他是保自己的帽子,还是保鲁家湾人的未来?他眼前闪过那些饥饿的脸,他仿佛听到了饥饿的声音。那是生命。他闭上了眼睛,痛苦而又悲伤。他觉得自己像牛一样拼命地干,面对的却是这个结局。他久久地坐着,好像忘了时间。

张文化心急火燎地跑了进来,刚想叫,却发现汪阿兴神情落寞地坐着。他轻声道："汪书记,你病了?"汪阿兴站了起来道："事情办好了?""办好了,"张文化抹了一下额头的汗珠道,"我跟鲁阿牛同志说了,这件事保密。对了,我看到了楼山来的赵书记在你宿舍门前等你。""啊呀,我都忘了。"汪阿兴一拍脑门,急匆匆走了。赵刚强背着双手,踱着步,不时地张望。终于,看到汪阿兴来了,便迎了上去道："汪大哥,我等得心都焦了。"他一下子拉住汪阿兴就往宿舍跑。推开门。汪阿兴愣住了,阿扁与一位姑娘坐着。阿扁忙起身道："汪大哥,你总算来了。""这,这位姑娘是……"汪阿兴问道。"吴小红姑娘是我们楼山人,这一次,我们是来……来相亲的。""相亲?好姑娘,我们宁和穷是穷了点,可小伙子都肯干。"汪阿兴道。"汪大哥,吴小红姑娘相亲的是你。"赵刚强笑着道。"我?啊?"汪阿兴吓了一跳,着急地说道,"乱弹琴。""汪大哥,你的情况我们都跟小红姑娘说了,小红姑娘家里也没有其他人了,你们成了亲,她就在宁和陪着你,陪着小路,"阿扁道,"我们把喜酒喜糖都拿来了。"他手指墙角的两瓶酒和一大包糖。"你们胡搞什么呀?我说小六子、阿扁,你们犯什么浑啊?"汪阿兴怒声道。赵刚强和阿扁都愣住了。汪阿兴看了一眼不安的吴小红姑娘,走了过去:"小红姑娘,对不起,我让他们把你送回去。"小红姑娘站了起来,羞红着脸道:"我愿意。"汪阿兴后退一步道:"小红姑娘,我们宁和这儿啊,日子过得艰难,而且钱王江的潮水啊,又凶险,每年都会死人。""我不怕。"小红姑娘看了一眼汪阿兴,又低下了头。赵刚强趁机说道:"汪大哥,小红姑娘出身贫穷,为人善良,我跟阿扁可是专门经过调查的,你们成了亲,你就可以安心工作,生活上的事她会照顾你和小路。""对对对,汪大哥,小红姑娘都表态了,你就答应了吧。我们就在食堂搞一个成亲仪式,都是革命干部,一切从简。"他们拉着汪阿兴欲走,汪阿兴用力挣脱。没料想,赵刚强和阿扁闪身出了门外。他们将门反锁了。阿扁道:"汪大哥,幸亏我多了一个心眼,提前加了一把锁。我工具都是自带的。"赵刚强哈哈大笑:"你们就入洞房吧。"

吴小红姑娘脖子都红了。她安静地坐着,偶尔会抬头看一眼发呆的汪阿兴。汪阿兴心乱如麻。这门他是走不出去了。而且宿舍也没有窗,除非他爬上屋顶,把它掀翻。他来回走着,像热锅上的蚂蚁。他对着门喊:"小六子,你们这么做,会坏了小红姑娘名声的。""汪大哥,小红姑娘都答应跟你成亲了,你就从了吧,"赵刚强说道,"今天是个黄道吉日,是阿扁专门挑的。"汪阿兴转来转去,有些累了。他坐了下来。小红姑娘倒了一杯水,递给他。他有些犹豫地接过水杯,然后道:"小红姑娘,我们俩不合适。而且我跟你说,我这人脾气大,毛病不少,比你又大得多,你这么年轻,而且又漂亮,可以找一个跟你年龄相仿的小伙子,好好过生活。"小红姑娘轻声道:"年纪大不要紧,我听我婶说,年纪大更疼人。"汪阿兴急了:"我说小红姑娘,我说你怎么不明白,我不喜欢你。"小红姑娘流泪了,双肩抖动,一副楚楚动人的样子。汪阿兴急得直冒汗。

在拖拉机上,赵刚强抽着烟,一副得意的样子。阿扁笑着说道:"汪大哥要是跟小红姑娘成了亲,保不准明年就生一大胖小子。""那是,"赵刚强得意地扬了扬手道,"汪大哥他这人啊,也只有我们兄弟能帮他操办这事了。"两人说着,张文化过来道:"赵书记,你们怎么在这儿?""汪大哥的宿舍成了洞房,我们也没有地方去,就在拖拉机上坐一会,"赵刚强道,"对了,小张,以后你们汪书记也是有老婆的人了。""老婆?"张文化瞪大眼。"那是,现在正在洞房呢。"阿扁笑道。"天都没黑就洞房。"张文化的眼珠都快掉下来了。"白天就不能洞房了? 天下有这个规定吗?"阿扁不悦道。张文化抓抓头皮,做了个鬼脸就走了。

张文化敲门,轻声叫道:"汪书记,汪书记。""小张,快开门,"汪阿兴心中一喜,叫道,"开门。""一把大铁锁挂着呢,我没有钥匙,汪书记,新娘子在里面吗? 长得好看吗?""小张,你把锁给我砸了。""我不敢,你知道赵书记可是要打人的,"张文化道,"汪书记,你就好好洞房吧。""小张,你敢不听我的话? 把锁砸了。这是命令。"张文化一溜烟地跑了。汪阿兴气得直跺脚。

张文化在楼道上遇到了老铁头,便将他拉到一边,耳语一番。老铁头愣了愣,然后道:"胡闹。""真要砸锁?"张文化道,"赵书记可不是好惹的。"老铁头一声不吭地进办公室,不一会儿就拿了一把榔头出来,一声不吭地走了。老铁头砸锁才砸了一半,赵刚强和阿扁就急忙跑过来。赵刚强一把抓住老铁头的手腕道:"你敢砸我的锁?""赵书记,你这是胡闹。""你管不着。"两人扭打起来。汪阿兴一脚踢开了门。他站在门口道:"住手!"

赵刚强他们悻悻离去是在傍晚。下午,汪阿兴跟赵刚强谈了一次话。在谈话当中,胡慧丽跑了进来。她是听张文化说的,她为方医生打抱不平。她指着汪阿兴道:"赵书记,汪书记心里有人了。"赵刚强愣住了,仔细地打量胡慧丽一番道:"是你吗?"胡慧丽又气又急道:"赵书记,你……""要是你,那就太好了,"赵刚强笑道,"年轻漂亮,我看着都喜欢。"汪阿兴生气道:"小六子,你就别乱说话了。""汪书记,你怎么可以跟别人洞房呢?"胡慧丽瞪了他一眼道,"方姐知道了这个事,哭了。""方姐?"赵刚强摸了一下头皮道,"是哪位啊?"胡慧丽没好气地道:"他心里明白。"说完就跑了。赵刚强好奇地问道:"汪大哥,方姐是谁啊?"汪阿兴吼道:"给我闭嘴!"赵刚强神情黯然了一下,他走到门口,转过身来,幽幽地说道:"汪大哥,你从来没有这样吼过我。对不起,都是我的错。"他快步走了。汪阿兴垂头不语。全搞砸了。他有些愤怒地在桌上擂了一拳。不一会儿,他听到了拖拉机的声音。

汪阿兴一直坐着发呆。他有一种无处可去的茫然。张文化进来,小声说道:"汪书记,锁重新装过了。"然后走了。电话响了。张建设在电话里道:"听说你要娶亲了?""张书记,是一出闹剧。赵刚强把姑娘带走了。""个人问题,适当的时候也需要考虑一下了。"张建设搁了电话。没想到,才一下午时间,这个消息就传到县里去了。汪阿兴越发觉得郁闷。天黑了。走廊上显得安静,窗外的风声却变得清晰起来。他走到窗口,让风吹着他的脸,仿佛这样才会清醒一些。

老铁头缓步进来,坐了下来。好一会儿,他突然笑了。"你……"汪阿兴指着他道,"还笑个不停啦。"老铁头笑得泪水都出来了,他站了起来道:"赵刚强太有意思了。"汪阿兴禁不住也笑了。两人笑了一会儿。"汪书记,我去砸锁的时候,曾经犹豫过,你的确也该成家了。""江患不除,何言成家?"汪阿兴道。"汪书记,其实砸了锁后,我后悔了,我不应该管这事。这也算是你们兄弟之间的事,是家事。""要不是你砸了锁,唉,我就被赵刚强给害死了,"汪阿兴深深地叹了一口气道,"他是为我好,可是他不明白我。""方医生明白你吧。"老铁头说道。汪阿兴愣住了,好久无语。老铁头走了几步,又坐了下来,然后轻轻地敲打了一下膝盖,说道:"我知道,我一说这事,你就会像我现在敲膝盖一样,条件反射。其实我没有别的意思,我认为你跟方医生是般配的,也是合适的。但是你会遇上一个大麻烦,那就是高成天。""你什么都知道。""我嘛,毕竟在这儿待了这么多年了,"老铁头想了想又道,"我建议你,兵贵神速,早日拿下方医生。"他说完就走了。

汪阿兴沉浸在猜想之中。他仿佛看到方医生的脸,忧郁且不安。既然老铁头知道了这个他心中的秘密,那就不是秘密了。然而,他依旧无法接受这样的事实。个人问题毕竟是个人问题,他处于如此复杂的情况之下,谈个人感情,那就是不负责任。他必须跟方医生谈谈。他走了一段,停下了脚步。这个时候去合不合适?他犹豫不决,来来回回地走着。他有点儿痛恨自己的优柔寡断。这么多年来,他好像从来没有这样拿不定主意。最终,他决定还是去一趟,当面把话说清楚。

到了卫生院前,他又遇到了高成天。他像个幽灵一样打着转。两人都愣住了。高成天喘着粗气道:"你来干什么?"说着,他逼近一步,好像随时准备动手似的。"我找方医生谈事。"汪阿兴平静地说道。"晚上谈什么事?"高成天又上前了一步,他呼出的酒气都喷到汪阿兴脸上了。高成天喝了酒。汪阿兴退后一步道:"高队长,你来干什么?""你管不着,"高成天朝空中挥舞一下拳头道,"我想来就来,想走就走。"他又挥舞了一下拳头,然后双手握拳。"高队长,你醉了,要不要我带你去醒醒酒。""你他娘的少来这一套,汪大麻子,你以为我不知道,你也想着方医生是吧,你少跟我装蒜。哼,我告诉你,方医生是我的,永远是我的。"他的嗓门突然大了起来。

院门吱哑一声开了。方医生站在院门口,一声不吭地看着他们俩。"方医生,你来了。"高成天陪着笑脸迎了上去。方医生退后一步。"方医生,你别躲着我啊。"高成天上前一步,去拉方医生。方医生怒声道:"你想干什么?""我想跟你说说话。"高成天道。"高队长,你喝醉了,"方医生说道,"回去吧。"她看了一眼汪阿兴,冷冷地说道:"汪书记,你又来干什么?""我想跟你谈谈。""这么晚了,有事明天再谈。"方医生转身离去,关了院门。高成天哈哈大笑,他指着汪阿兴道:"汪大麻子,你别以为你是公社书记就比我强,在方医生的眼里,你跟我是一样的。"他有些手舞足蹈。汪阿兴转身走了。风越来越大。他的身体仿佛在摇晃。他跑了起来,好像要追风而去。

方医生突然病了。这个消息是胡慧丽告诉汪阿兴的。她那天来公社打个电话,走的时候,神情有些不悦地说她病了。汪阿兴知道"她"就是方医生,但是他桌子摆满了图纸,实在没有时间去卫生院,因为明天螃蟹地围涂又将开始了。他抽了一根烟。他看着一堆图纸,心想等螃蟹地围涂完成之后,他去一趟卫生院探望。他一直没有跟方医生谈话,主要原因在于前阵子高成天几乎天天来他办公室静坐。不知道这是一种示威,还是一种挑衅。他更愿意理解成这是赤裸裸的挑衅。但他的确没有精力去想围涂之外的事,因为此次围涂他是跟老铁头有约定的。如果失败,他主动离职,绝不连累公社。鲁家湾人摩拳擦掌,早早就开始了准备工作,鲁阿牛家成了临时指挥部。他明天就要搬到那儿去了。他收拾着图纸,一抬头发现张文化站在门口,眼中含泪,一声不吭。"怎么了? 小张。"张文化什么话也不说地走了过来,紧紧地抱着他。"哎,你这是干什么?"汪阿兴道,"让人看见了,还以为我们要生离死别呢。"汪阿兴故意笑道。"汪书记,我这几天晚上老是做梦,梦见你走了,永远都不回来了。""我就在鲁家湾。对了,有什么重要的事你得来通知我,尤其是关于物资方面的。"张文化点点头。汪阿兴看了一眼办公室,将黄书包挎上,然后道:"螃蟹地围涂,大约需要七天。在这七天里,你必须守在值班岗位上,知道吗?""知道了。"

汪阿兴推着自行车走的时候,回头发现老铁头就站在办公室的窗口看着他。他朝老铁头挥挥手,便走了。而老铁头却是百感交集,他始终没有想到最终汪阿兴还是选择了风险重重的围涂之路。这其实是一道很简单的选择题,而他却是"明知山有虎,偏向虎山行"。这是因为什么?他百思不得其解。或许,他根本就不了解汪阿兴。他看到的汪阿兴是一个虚幻的景象。他不能原谅自己的失误。他一直以来认为自己识人是很准的。在汪阿兴来找他,跟他谈要围涂的时候,他当时怀疑他是不是脑子发烧了,或者说,一时糊涂。但汪阿兴却清清楚楚地告诉他,他必须完成螃蟹地围涂,因为这是他对鲁家湾人的承诺。他记得汪阿兴走的时候,脚步迈得特别坚定,没有丝毫的软弱。这是令人害怕的。这样一个汪阿兴就像长了翅膀一样,正在脱离他的固定经验轨道。他现在一点把握都没有了。将来,汪阿兴到底会怎么样?他曾经几个晚上无法入睡。螃蟹地的形状就在他的脑子里千变万化,那儿或许就是一个深渊,任何理想与信心都将在那儿坠落。不知道为什么,他居然开始为他担心了。他担心汪阿兴再一次失败,然后黯然地离开这块土地。他甚至有一种冲动,想跟着他一块儿去冲锋,哪怕摔跟斗,哪怕头破血流,他都愿意。但这些都是一闪而过的念头。他与汪阿兴好像是天敌,至少在这块土地上,他们就是对手。他想起张建设当初送汪阿兴来上任时,在会议上说的一句话:不要前面装台,后面拆台。他觉得张建设的这句话是针对他说的。他一整天都闷闷不乐。现在他也是闷闷不乐的。他回忆着汪阿兴离开时跟他挥手的样子,那好像是一种友好的告别。

电话响了。老铁头走到桌前,拿起话筒。王宝年在电话里问了汪阿兴的动向。他显得十分开心,好像打了胜仗一样。最后他说汪阿兴必然会再次失败,这不是他故意诅咒,也不是他的个人判断,这也是县里的基本判断。老铁头放下电话,心里像堵着一块石头。按照王宝年的说法,如果真是县里的判断,那是不是可以理解成这也是张建设和李贵生的判断。他们为何不拦着汪阿兴呢?明知道他会失败,为何不打个电话预警一下?每次接到王宝年的电话,他就是被动地听对方说,他好像一个被遥控的木偶似的。他取了放大镜,对着地图上的螃蟹地仔细地研究。在萧金县地图上,螃蟹地只是一个小小的突起,没有名字,也没有特别的标记。王宝年在电话里说道,汪阿兴将在此断送他的仕途。或许,汪阿兴根本就没有想过这个问题。他根本就不在乎。他只想着鲁家湾人。

高成天边喝着酒,边走了进来。他浑身上下都散发着浓郁的酒气,这令老铁头有些不悦。高成天坐了下来,将酒瓶往桌上一顿,然后道:"老铁头,我就等着这一天。汪大麻子这一次死定了。到时候他就要滚蛋了。"话音刚落,高成天哗的一声吐在了地上。老铁头皱着眉头道:"高队长,你哪来这么多酒?""方医生不理我,我除了喝酒,还能干什么?"高成天又拿起瓶子喝了一口酒道,"这是我上次去县城买的,这酒好。你要不要来一口,我们共同庆祝一下。""庆祝什么?"高成天站了起来,摇晃着身体道:"老铁头,你就别装了,谁都知道你巴不得汪大麻子滚蛋。他要是滚蛋了,你就是公社书记了。""胡说八道。"老铁头怒声道。"我胡说八道?你去问问。哼,那封信上也有你的签名。老铁头,你其实人不差的,就是想法太多。人啊,想法一多,心就乱了。"高成天将酒瓶里的酒一股脑儿灌了下去,然后摇摇晃晃地走了。不一会儿,便听到他再次呕吐的声音。老铁头站着,像个木头人。世界上哪有秘密。每个人心里想的事,别人都清楚。他也不例外。高成天虽然是个粗人,可他的眼睛也是雪亮的。他摸了一下自己的脸,这是自己吗?

螃蟹地上,集聚了鲁家湾人,挖泥,挑泥,拉石头。劳动的景象令汪阿兴精神振奋。他正拉着绳子,跟徐大军一起对线。天冷了。

汪阿兴搓了搓手道:"大军,冷吗?"徐大军摇摇头。不远处,鲁阿牛正在挖沟,他的动作熟练而快捷,仿佛他天生就是干这活的。姚婶挑着泥,她身后的妇女们都挑着一担担泥,走向有了雏形的泥堤。只有徐阿福,绷着一张脸,好像闷闷不乐的样子。他的任务是拉石头,从十多里外的雷山去拉来石头。在分配工作之前,他跟鲁阿牛有过争论,他要求跟鲁阿牛换岗。汪阿兴问他为什么要换岗,他的理由是挖沟这活没有危险,而拉石头却是一件危险的事。汪阿兴考虑到鲁阿牛的身体状况,还是命令徐阿福去拉石头。这令徐阿福极为不悦。按照整个方案设想,所有在工地上的人,都住在工地上,夜间继续劳动。天黑时,姚婶组织妇女在工地的简易食堂里烧了晚饭。休息一个小时后,继续开工。由于电线无法接到工地上,所以只能借着手电筒光照亮。幸好月光皎洁。汪阿兴与鲁阿牛一道挖沟,他之所以选择跟鲁阿牛在一起,是怕鲁阿牛不知哪天突然倒下,他得时刻关注他。鲁阿牛喘了一口气道:"汪书记,我们第一天的进度就超出了计划,我判断,要是没有出现意外,我们可以提前一天完工。"这时,徐阿宝跑了过来:"汪书记,徐阿福不见了。""去哪了?"汪阿兴厉声道。"不清楚,有人说他回家了。"汪阿兴的怒火腾地升了起来,他四处寻找徐阿福。姚婶见了,便问道:"汪书记,你找谁啊?""徐阿福。"姚婶愣了一下,将手中的手电筒向四周照了照,然后放下担子就跑。

徐阿福是被姚婶揪着耳朵拉回来的。汪阿兴瞪着他,气得说不出话来。"我回家拿东西。"徐阿福辩解道。"拿什么东西?"徐阿宝瞪着他道,"你说啊。""我,我……"徐阿福支支吾吾。"徐阿福,我警告你,在这个工地上的所有人都必须遵守我们定下的规矩。"汪阿兴说完就走了。姚婶痛心疾首地骂道:"你真是昏了头。快去拉石头。"徐阿福垂头无语地拉着双轮车走了。晚上收工时,徐阿福还没有回来。姚婶有些不安地张望着。汪阿兴看着渐渐散去的人们,心里盘算着明天的工作。这时,鲁阿牛走了过来:"汪书记,阿福还没回来。""我们再等等。"两人讨论着明天的工作安排。终于,徐阿福来了,但是双轮车上却是空空如也。"徐阿福,怎么回事?石头呢?"汪阿兴着急地问道。"我迷路了,绕来绕去,又绕回来了。"徐阿福道。"你……"汪阿兴上前推开徐阿福,拉着车就走了。"汪书记,你去哪?"鲁阿牛着急地问道。"拉石头。"汪阿兴头也不回地说道。

　　一路上,鲁阿牛一声不吭。他心里明白,徐阿福心里有股怨气,这股怨气一直没有发泄。那就是两家的关系慢慢地变冷了。在前阵子准备围涂的过程中,徐阿福与自己发生了争执。徐阿福要求担任工地的监督员。但是,由于人手不够,鲁阿牛没有答应。徐阿福因此有几天没有理他,姚婶为此骂了他。他打着手电筒,看着拉车的汪阿兴,心想还是为徐阿福说说情。"汪书记,阿福他心里有气,那是针对我的,所以……"鲁阿牛说道。"工地上绝对不允许再出现这种情况,如果徐阿福不适合这个任务,那就换人,但有一条,每天的任务量必须超额完成,"汪阿兴道,"鲁阿牛同志,这一次围涂,我们已经没有任何退路了。""我知道。"鲁阿牛不说话了。他们拉着一车石头到工地时,惊呆了。徐阿福面对钱王江跪着,姚婶站着一动不动,风吹动她的头发,时不时遮住她的脸。她将头发捋了捋,然后道:"汪书记,我们徐家不想成为罪人。"汪阿兴赶紧上前,拉起徐阿福道:"知错就改,还是好同志嘛。"徐阿福看着一车石头,低头走了。

　　第二天晚上,孩子们都来工地帮忙了。工地一下子热闹起来了。看着这些挖沟、挑泥的孩子们,汪阿兴笑着对鲁阿牛说道:"以后,就是他们的世界了。他们是早晨八九点钟的太阳啊。"他看到丁玉洁咬着牙挑着泥,便叫道:"玉洁,走得慢点儿。"徐定强和鲁伟潮在搬石头,徐定强明显体力不支的样子,走得踉踉跄跄。徐阿福一直没有说话,像个哑巴一样。汪阿兴叫了他一声,他也充耳不闻。晚上收工时,他找徐阿福谈话。两人佝偻着身子躲在石堆后,风既大又冷。穿着单衣的汪阿兴觉得身上的骨头都痛了。徐阿福依旧一声不吭。这令汪阿兴感到不悦。在这个工地上,他既是指挥者,又是劳动者。而眼前的徐阿福好像根本就不理会他。他大声道:"徐阿福,你要是再不说话,明天就不要来工地了。""好,你自己说的。"徐阿福转身就走。汪阿兴恨恨地看着他的背影,有一股怒火在快速滋生。这时,丁玉洁刚好走了过来,不小心撞了徐阿福一下,他骂道:"你瞎了眼了。"丁玉洁委屈地哭了。汪阿兴快步上前,一把拉住徐阿福道:"我还有话说。"

这个晚上,在鲁阿牛家开了一个小会。在会上,汪阿兴批评徐阿福消极怠工的态度。徐阿福并不作争辩。鲁阿牛开口说话的时候,徐阿福突然大声道:"我明天不上工地了。"他转身欲走。徐阿宝拉住他:"你凭什么不上工地?""我病了。""哪病了? 我看你是懒病发作了吧。"徐阿宝不留情面地说道。汪阿兴摆摆手,示意安静下来,他说道:"徐阿福,我明天让人通知卫生院,给你检查一下。你回去睡吧。"徐阿福走后,众人像是炸了窝,个个义愤填膺。鲁阿牛站了起来道:"这件事听汪书记的,大家都去睡觉吧。"

汪阿兴跟鲁伟潮躺在一块儿。他听着鲁伟潮轻微的呼噜声,想起了儿子小路。他睡不着,虽然眼皮在打架,可是他的心里却一直没有宁静下来。一直没有消息,张文化一直没有出现在工地上,这说明县里没有动静。他在下决定要围涂的时候给张建设打过一个电话,张建设只说了一句话:世界上没有后悔药。他反复揣摩这句话的意思。他希望听到消息,哪怕就是一丁点的消息。他仿佛看到了张建设凝重的脸。他甚至可以猜想此时的王宝年也是一副屏声息气的样子。总是这样,有的人总想看别人的笑话,有的人却在等待别人的成功。他几乎一夜未睡,早上起来的时候,眼睛红红的。鲁小妹看着他道:"汪书记,你晚上哭了吗?"汪阿兴摇摇头道:"男人不应该哭鼻子。""可是,我听见我爹在晚上哭过。"鲁小妹说道。汪阿兴心中一震,他想到了鲁阿牛的病。上次咯血过后,他的身体一直很虚弱。在去工地的路上,他看着消瘦的鲁阿牛,心想咬咬牙再坚持几天就完工了。完工之后,再带鲁阿牛去卫生院检查一遍。

张文化是在下午来工地的。他带来的消息是关于胡慧丽的,他说胡慧丽带着方医生去县医院看病了,她走之前特别交代他,如果汪阿兴有时间,去看一下方医生。汪阿兴感到一种不安。方医生究竟得了什么病,要去县医院检查?张文化想参加劳动,被汪阿兴制止了:"小张,我跟老铁头说好的,除了我,就是鲁家湾人,不要外援。""汪书记,我闲着也是闲着,让我动动筋骨呗。""你回去吧,坚守岗位。"汪阿兴道。

整整一天,汪阿兴显得有些神情恍惚。晚上收工后,他顶着寒风,一直在工地上徘徊。丁玉洁静静地站在不远处,看着他。终于,她走了过来,轻声道:"汪书记,回家了。""玉洁,以后不要叫我汪书记了,就叫我汪叔吧,"汪阿兴道,"你先回去,我想留下来值班。"丁玉洁看了一眼那个白天刚搭的简易工棚,低头走了。汪阿兴躺在简易工棚里,风声特别刺耳。他感到冷,虽然鲁阿牛想方设法弄来了一些稻草铺在地上,但他还是感到冷。晚上,鲁伟潮拿来了一壶热水,说是爹要他拿来的。汪阿兴喝着热水,然后道:"伟潮,长大了想干什么?""我想当工程师,管着这条钱王江。""好样的,有志气。"汪阿兴跟鲁伟潮讲了一些家乡楼山公社的故事。鲁伟潮则说起了在学校里的事,莫校长时常惦念他,说他们的课桌和椅子都是他想办法从县里要来的。汪阿兴道:"我们宁和太穷了,但是现在穷,将来一定不会穷。"鲁伟潮懂事地点点头。半夜,睡梦中的汪阿兴好像听到了潮水奔涌之声。他一骨碌地起来,奔向即将完工的江堤,发现潮水哗啦啦地走了。拍打堤岸溅起的水花扑了他一脸。他仔细地检查着江堤,为防夜长梦多,决定明天就抛石。

　　张建设心里一直关注着螃蟹地围涂。李贵生也是如此，两人时不时坐在一起讨论与分析情况。李贵生说道："一点消息都没有，我说老张，我这心里也是空荡荡的。""老李，不是没有消息，是我们希望听到好消息。关于螃蟹地围涂，我们上次定的原则是，不干扰，不发指令，不探听消息。""可我们在这儿坐着，汪大麻子在那儿干得热火朝天。我这全身上下骨头都痒了，"李贵生捋了捋袖子道，"要不是王宝年同志坚持说，给汪大麻子打电话，就是违反了规定，我早打电话了。"在围涂到第五天的时候，张建设终于有些忍不住了，他犹豫再三，打了一个电话给宁和公社值班室。接电话的是张文化："张书记，您有什么指示？"张建设依旧只说了一句话："公社食堂照常开伙吗？"

　　张文化急匆匆跑到工地，发现汪阿兴整个人陷在水中央，正在测试水深。他大声地叫道："汪书记，来消息了。"汪阿兴朝他挥挥手，刚想喊，脚下一滑，整个人掉进了水里。一下子，他消失了。众人都愣住了。张文化飞奔而来，跳下水去，鲁阿牛也是一个猛子扎了下去。不一会儿，汪阿兴突然从水里露出了头。虽然有惊无险，可是汪阿兴的脚还是被石头给硌伤了，流着鲜血。他撕了一块布条绑住，然后兴奋地说道："小张，来什么消息了？""张书记只说了一句话，"张文化道，"我不明白是什么意思。""什么话？快说。"汪阿兴接过鲁阿牛递过来的旧棉衣，裹在身上。"他说，你们公社食堂照常开伙吗？"汪阿兴愣了一下。"我说照常开伙的，"张文化看了一眼冷得发抖的汪阿兴道，"汪书记，你是指挥者，干吗还下到水里去，刚才多危险啊，要是……"

　　汪阿兴突然站了起来，脱下棉衣，他边跑边说："小张，只有动起来，才不会冷。"张文化也随着他跑了起来。"汪书记，张书记的这句话什么意思啊？""我分析啊，这句话的意思就是问公社是否正常开展工作，你想想，如果你们都来工地了，那公社食堂还怎么开伙啊？""原来是这样啊，那他为什么不直接问工地情况怎么样了呢?"张文化依旧不解地问道。"这个嘛,我就不知道了。"汪阿兴边跑边说。他心里有一种愉悦。张建设既然来电话,那就说明他们一直在关注着螃蟹地围涂。他看着工地上忙碌着的鲁家湾人,心想明天晚上就可以完工了。但是不到最后一刻,他不能麻痹大意。他想到这儿,便说道:"小张,你快回去吧。如果明天张书记再打电话来,你只须说一句话——嘴边的肉吃掉了。""什么?什么嘴边的肉吃掉了?哪儿有肉啊?"张文化大声道。"螃蟹地就是鲁家湾人嘴边的一块肉,"汪阿兴笑着道,"记住了。"

傍晚时分,鲁阿牛突然一头栽倒在工地上。徐阿宝抱着他大声呼叫。汪阿兴掐了鲁阿牛的人中,好一会儿,他才醒来,接连吐了几口血。这让众人都感到无比沉重。姚婶更是泪流满面。汪阿兴心急如焚,他发现工地上急需一名赤脚医生,但他不知道方医生和胡慧丽是不是回来了。鲁阿牛休息了一会,就起来了。他跟汪阿兴说这是老毛病了,不碍事。汪阿兴担忧他的身体,临时决定设一个监督员,由他担任,主要工作就是巡查,一旦发现漏洞,马上报告和处理。鲁阿牛推辞不掉,便迈开步子去巡查了。

徐阿福刚拉了一车石头回来,他见鲁阿牛双手空空地走着,便将双轮车一放,来找汪阿兴。"鲁阿牛现在干的工作就是我想干的。"汪阿兴看了他一眼,皱眉道,"他身体不好。""我也病了。头晕目眩,全身无力,"徐阿福说道,"你偏心。"汪阿兴不想跟他理论,但他却缠着不放,这惹怒了汪阿兴,他一把揪住徐阿福道:"你还有完没完?""你想打我吗?打啊,尽管打,"徐阿福大声道,"你打了我,等于前功尽弃。我会去县里告你。"汪阿兴心中的怒火一团团地腾起,但是他还是松了手。"哼。我就知道你不敢动手,"徐阿福走了几步,回头道,"别人怕你,我可不怕你。"汪阿兴咬着牙,铁青着脸。小不忍则乱大谋。在这个关键时刻,容不得一点儿纠葛,必须快刀斩乱麻。

抛石队正在抛石,看着石头在水里消失了。汪阿兴发现有些不对劲。他跑了过去，让人测量了水深之后，倒吸了一口气。他们遇上麻烦了。鲁阿牛看了昨天的水深的测量数字后，两个一对比，发现这个地方的水深远远超出了昨天的判断。这意味着要大量增加抛石。徐阿宝沮丧地道："他娘的，这钱王江也太不够意思了。""什么话都不用说了，只有一个办法，抢运抛石，加大抛石量。俗话说，根基不牢，地动山摇。"鲁阿牛点点头道："汪书记说得对，集中队伍，抢运石头。"姚婶着急道："可是没车怎么办？""那就抬，就扛，就搬。"鲁阿牛咬着牙道。

抢运石头到了半夜，所有人都筋疲力尽。汪阿兴躺在地上呼呼地喘气。这时候，他太需要支援了，如果叫上一二百的精壮男子，那就解了围了。他可以去公社下命令，征集人员。可是他自己说过的话，不能因为眼前的困难而马上更改，那是耻辱。鲁阿牛佝偻着身过来道："汪书记，看样子，我们必须通宵干了。孩子们也来了，除了丁幸生还是个婴儿，躺在临时工棚里，别的哪怕只是五岁的孩子，都上工地了。"汪阿兴从地上起来，看着工地上的男女老幼，他流泪了。这支奇异的队伍在手电筒光的照射下，艰难而又缓慢地移动，好像没有人说一句话。他看到了拉着双轮车的徐阿福也是一声不吭。天亮之后，工地上垒起了一个大石堆，远远看去，就像一座塔。众人马不停蹄，继续抛石。

张文化在傍晚时分，急匆匆跑来了。他看着众人无声地抛石，惊呆了。好一会儿，他才走到全身淋湿的汪阿兴身边："汪书记，我把你的那句话跟张书记说了，"他想了想又道，"老铁头一早去县城了。他走的时候让我给你捎一句话——你是宁和人。"汪阿兴看着钱王江，久久不语。张文化顺着他的目光看去，然后又道："方医生回来了。"晚上十点左右，抛石全部完成。这标志着螃蟹地围涂顺利完成。汪阿兴站在江堤上，吹着风。他现在全身好像刚从火里烫过似的。

张建设和李贵生是在半夜到达宁和公社的，他们坐在会议室，等着天亮。汪阿兴推开会议室的门时,发现他们抽着烟,静静地看着他。"汪大麻子,好样的,"李贵生站了起来道,"给你记上一功。"汪阿兴流泪了。张建设也站了起来道:"看样子,眼睛里进沙子了。"汪阿兴详细地汇报了螃蟹地围涂的情况。当他说完的那会,他发现张建设也流泪了。李贵生道:"老张,你眼睛里也进沙子了。"老铁头急匆匆地进来,手里拿着一张纸,递给了汪阿兴。这是王宝年的贺信。在贺信里,王宝年极力赞扬了汪阿兴的大无畏革命精神。汪阿兴欲撕掉此信,却被张建设制止了:"留着。"他与李贵生相视一笑。

三天后,黄有财被枪决了。罪名是贪污物资。公审大会上,台下人山人海……这些情况是赵刚强在电话里告诉汪阿兴的,他那天去了县城,亲眼所见。汪阿兴问他去县城干吗,赵刚强支支吾吾不肯说。胡慧丽从县医院打来电话,告诉他,方医生的病有点麻烦,她明天就回宁和。

汪阿兴去卫生院。卫生院前显得冷清,好像这是无人的卫生院。汪阿兴轻轻地推开院门,发现高成天坐在院子里,抽着烟。他看了一眼汪阿兴,又低头不语地抽烟。汪阿兴走向房间,这时,高成天却拦住了他:"你不许进去。"这时,传来方医生的声音:"高队长,谁来了?""汪大麻子。"之后是短暂的沉默,然后方医生出来了。她神情憔悴,一下子消瘦了好多。她平静地说道:"汪书记,你有事吗?"汪阿兴沉默不语。"汪大麻子,你耳聋了?"高成天没好气地说道,"方医生问你呢。""我想跟你谈谈。""对不起,汪书记,我身体不舒服,你请回吧。"方医生转身进去了。汪阿兴愣住了。高成天幸灾乐祸地说道:"汪大麻子,请回吧。"汪阿兴走出卫生院,心情沉重。方医生像变了一个人似的。他不知道在这些日子里发生了什么事。他有些沮丧地走着。高成天为何会在卫生院里,像个忠心耿耿的守卫一样。

汪阿兴闷闷不乐的样子引起了张文化的注意,他放下手里的

文件,凑了上来道:"汪书记,你是不是病了?"汪阿兴摇摇头。"我
听说红旗大队的高队长天天待在卫生院里,你说这算什么呀,乘人
之危吗?"汪阿兴道:"老铁头人呢?我想问问他。""他啊,去鲁家湾
了。你还别说,你们围涂成功后,第一个去工地的就是老铁头。对
了,又来了一车粮食,是胡医生的功劳。"张文化欣喜地说道。"是
谁跟胡医生说的,你吗?"张文化急急地摇头:"我也不知道,就来
了。"两人正说着话,老铁头一脸不悦地进来了:"徐阿福这个人,必
须治一治。""他又怎么了?"汪阿兴道。"他缠着我,说要搞庆功大
会,他要戴大红花。"张文化捂着嘴笑了:"汪书记,你说不开庆功
会,这让徐阿福心里不高兴。""戴个大红花这件事还不算事,关键
是他说要当大队长。""这叫得寸进尺。"张文化道。"鲁阿牛的身体
确实令人担忧,我想让他好好检查一下。至于大队长这件事,不能
听徐阿福的,他私心太重,他要是当了大队长,这鲁家湾那就成了
吵架湾了。"老铁头点点头,他从口袋里掏出一把米道:"这米有
问题。"

关于米的事,汪阿兴如实地跟老铁头说了。老铁头说米有问
题,指的是这些米与上一批米不一样,王宝年送来的那一车米好像
是陈米。汪阿兴想到了黄有财,便说这件事十有八九跟黄有财有
关,但都过去了。张文化在他们讨论这事时,找了个借口走了。汪
阿兴想到了以前他在路边捡的几粒米,便拉开抽屉,取出一个小信
封,作了对比,发现他捡到的米跟老铁头从鲁家湾拿来的米是一样
的。他马上说道:"我们去仓库。"

经过仔细检查,汪阿兴发现了问题。其中有五袋米好像量不
足。老铁头认为,这可能是当时装米时产生的。汪阿兴心里明白,
绝不是因为这个原因,他曾经去过县粮库,发现他们灌装大米时都
是上过磅秤的。还有一种可能,就是运输的路上被人动了手脚。
两人分析后,认为也不可能。因为米装来时,都是盖着油布的,绑
得严严实实。老铁头也询问了老陈。老陈是个老实人,有口皆碑。

汪阿兴断定他没有这个胆子。他心里想到了另一个人。他一脸疲倦地说道："这件事以后再说。老铁头，明天胡医生就要回来了，你安排鲁阿牛去检查身体。"老铁头走后，他静静地站着，像是在思考着一件复杂的事情。

第十八章

汪阿兴将门关上,然后给张文化倒了一杯水,笑着道:"小张,这些天你坚守岗位,要表扬。""汪书记,这算什么呀,做好本职工作是应该的。"他的目光闪烁不定。"对了,小张,仓库的钥匙在你那儿吧?"汪阿兴盯着他说道。张文化一阵心慌,脸上却镇定自如地说道:"在我这儿,汪书记,我去拿来。""不用了,还是你继续保管吧。""汪书记,你找我有什么事吗?"张文化硬着头皮说道,"你还是直说了吧。"他从进来的那一刻开始,就觉得气氛有点不一样。汪阿兴的脸上有着一种特别的表情,这种表情既有一点儿愤怒,又有一点儿伤心,它们交织在一起。"好。我问你,你是不是拿了仓库里的米?"汪阿兴道。张文化霍地立起道:"谁说的? 这是诬陷。"他情绪激动。"小张,你还是实话实说吧。我特意在下班后找你谈话,就是为了挽救你。""我……"张文化看着汪阿兴,突然哭了。他知道事情败露了。

事情很简单。张文化家里快没有米了,而母亲的眼睛又不好,身体状况也差,因为有一次去借米,摔了一跤。张文化是个孝子,他不忍心母亲遭罪,便利用自己管仓库之便,动了歪脑筋。但他知道这些米是统计在册的,少了一袋就是大问题,他不敢扛一整袋回家。他煞费苦心,每次借检查之名,取一部分,灌在小袋子里,系在腰上带出来。老陈很信任他。每次检查都让他一个人进去,所以一直没有发现异常。就这样,他偷偷地取了一部分米。汪阿兴静静地听着,看着眼前流泪的张文化。他有些痛心,但又有些无奈。

他痛恨这种事,但眼前之人是他的得力干将。张文化回去后,他在办公室来回走着。他决定去一趟张文化家。

这是一个清贫的家,家徒四壁。张母的眼睛早些时候瞎了,她坐在床上吃饭。床边就是一只小米缸。张文化说,母亲每天下床就能摸到米缸。然后,她摸索到旁边的灶房,生火做饭。汪阿兴一句话也没说,扶着张母下了床。她说道:"汪书记,文化说你来了,唉,我眼睛看不见,你请坐。""大娘,你坐。"两人坐了下来。张母说道:"汪书记,文化他老是提起你,说你是我们宁和的大救星。汪书记,你能让我摸一下脸吗?"汪阿兴将张母的手放在脸上。张母摸了一会儿,说道:"汪书记,你是个好人。"她突然流泪了,然后说道:"汪书记,我替文化向你请罪了。文化你跪下。"张文化愣住了。"快跪下!"张母说道。她扬手打了张文化一耳光。张文化捂着脸道:"娘,你为什么打我?""为什么打你,你心里明白。"张母道。"大娘,你这是……发生什么事了?""汪书记,我虽然眼睛瞎了,可心里跟明镜似的。我们家的米缸总是有米,我就纳闷了,我问文化,他总是说公社发的。我想啊想,按这个发法,公社就是有一座粮山也发完了。我想啊,他肯定是干了坏事。"汪阿兴沉默不语。张文化哭了。"汪书记,我知道他是孝子,但是公社的事是大事,家里的事是小事,"张母说道,"你要打要罚,都不要紧。但是他毕竟还年轻,还没有娶媳妇,名声不能坏了。坏了名声,人这一辈子就抬不起头了。"汪阿兴握着张母的手道:"大娘,小张他工作很好,同志们对他的评价都很高,你放心,我会替你管好他的。"他在深明大义的张母面前,感到压力重重。

张文化含着泪站在门口,看着汪阿兴骑车而去。他想着在来时的路上,汪阿兴反复跟他说道:"小张,做人一定要自己站得正。"他羞愧难当。他喃喃自语:"汪书记,我对不起你。"三天以后,宁和公社宣布了关于对张文化处分的决定,说是因工作失误给予处分,没有点明因为偷米一事。老铁头闷闷不乐,这是他与汪阿兴争执了一番之后的最终结局。他知道汪阿兴心里跟他一样,有过一番挣扎。他看到汪阿兴看着这份处分决定,长久地不说话。张文化黯然无语地工作。处分决定下来之前,汪阿兴找他谈话,告诉他,犯了错就必须惩罚。傍晚,汪阿兴走了进来,看着张文化,缓缓说道:"小张,在你成长的道路上,这是一块警示碑,要牢牢地记住。"张文化流泪了。天黑了,张文化一直静静地坐在办公室。汪阿兴站在窗外,看着灯光亮着。他心里也是一阵疼痛。直到半夜,灯还一直亮着。汪阿兴也是一夜未眠。张文化坐了整整一夜。他离开办公室的时候,正好遇上了汪阿兴。他低着头走了。

老铁头在跟张文化的谈话过程中,张文化没有说一句话。老铁头无奈地将结果跟汪阿兴说了。"他心里还有个结,"汪阿兴道,"挨处分不可怕,可怕的是心里有个结。"他找张文化谈话,告诉张文化,他至少挨过三个处分,将来或许还会挨处分的,因为很多事是不由自主的。但是每挨上一个处分都要掂量,要有价值,至少对得起良心。张文化低声道:"我想回家。"

胡慧丽这时候进来了,她的神情十分不悦,好像汪阿兴哪里得罪了她。张文化低头就走,胡慧丽见他神色不对,便道:"小张,等等。"她从口袋里掏出一支笔道,"这是英雄钢笔,送给你。"张文化接过钢笔,说了声"谢谢"就走了。胡慧丽道:"他怎么了?""挨了一个处分。""啊?"胡慧丽吃惊地张大嘴,然后道,"汪书记,你为什么不去看方姐?"汪阿兴沉默不语。"现在高成天守着我们卫生院,你为什么不去守着她呢?"胡慧丽瞪了他一眼道,"你就这么撒手了?你就这么无情无义?"汪阿兴依旧沉默。"你说话啊,为什么不说话?"胡慧丽跺了一脚,急匆匆跑了。

借着去看鲁阿牛的机会,汪阿兴与方医生见了面。方医生有些冷淡,好像汪阿兴是个陌生人。汪阿兴告诉她,因为围涂,他的确无法探望她,他曾经想来看她,可走到半路上又回去了。方医生脸上的冰霜慢慢地化了,她说她理解。汪阿兴犹豫了好久,说道:

"方医生,你可能误解了,我,我们是革命同志关系。""当然是革命同志关系了。难道还有什么关系吗?"方医生强忍悲伤地说道。"方医生,我,我走了。"汪阿兴低头走了。方医生泪如雨下。胡慧丽追了出来,望着汪阿兴的背影:"懦夫。"她有些怜惜地看着方医生,紧紧拥抱着她。方医生流着泪,她的心都要碎了。她以为汪阿兴这次来会表达心中的爱意,结果却以"革命同志关系"收局。

高成天进来的时候,愣住了,大声道:"方医生,是谁欺侮你了,你跟我说,我跟他拼命去。"他咬牙切齿。"高队长,没有人,是我自己想一些事。"她强颜欢笑地说道:"你今天为什么这么迟才来?""方医生,你愿意跟我说话了? 太好了,"高成天笑着说道,"老倪的身体也不太好,他说他头晕,结果摔了一跤,我把他安顿好,就来了。""你以后就不用来了。慧丽回来了,她会照顾我。"方医生平静地说道。"不行。""高队长,谢谢你。"方医生进去了。"哎,方医生……"高成天叫道,一脸懊恼地拍了大腿,"老倪,你可把我害苦了。"他在院子打转。胡慧丽见了,便道:"高队长,你怎么还不走?""我,我马上就走。"高成天一脸恼火的样子。"你这个样子,可把病人给吓坏了,"胡慧丽故意板着脸道,"那可是人命关大的大事。"高成天悻悻地走了。胡慧丽皱眉看着天空,心想鲁阿牛的病情很危险,必须马上住院,但卫生院的医疗条件显然是达不到的,只有去县医院或者省医院。她得跟鲁阿牛的家人谈谈。

丁玉洁每个晚上都来卫生院,她总是坐在床前,静静地守护着鲁阿牛。鲁阿牛每次醒来,都会劝她回家。丁玉洁总是说,再坐一会儿。胡慧丽见丁玉洁还是个孩子,便让她把姚婶叫来。姚婶来了,她看着床上的鲁阿牛,默默地流泪了。胡慧丽告诉姚婶,鲁阿牛的病不能再拖了,要赶紧送县医院。两人在院子里谈话,却被丁玉洁偷听到了。她跑到鲁阿牛床前,伤心地哭了起来。鲁阿牛安慰她道:"玉洁,别哭了。每个人都会有那一天的。"胡慧丽和姚婶进来,姚婶将丁玉洁搂在怀里,两人默默流泪。胡慧丽心里很焦虑,不仅仅是鲁阿牛,方姐的病也很麻烦。上次带她去县医院作了一番检查,最终结果还没有出来,但职业敏感告诉她,极有可能是令人心碎的绝症。生命如此短暂,就像流星一样。她又接到了倪文明的信,在信里,他指责她为什么还留在宁和?为什么放弃去省医院培训的机会?他难以理解……她依旧没有回信,她觉得她没有话说,她不想任何解释。她越来越觉得自己来宁和是正确的选择,在这里,她看到了许多真实的情况,也听到了许多最感人的故事。而这些,在县医院是见不到的。在县医院,她像是一个冷冰冰的人,拿着手术刀,简单而又干脆,每一天都过得平淡无奇。这儿就像有一股神奇的魔力吸引着她。虽然姐姐多次让人捎信来,让她回去,但姐姐也知道她的性格就是这样,一旦决定,很难一下子将她拉回去。她从小就是这样的。她有些惆怅地走来走去。她心里怜惜丁玉洁,她瘦瘦的、弱弱的,好像风中的风筝一样。但是胡慧丽却无能为力。鲁阿牛的生命之火会慢慢熄灭,像风中的蜡烛一样。

姚婶与丁玉洁在回家的路上遇到了徐阿福。他见了姚婶就道:"去哪了?""卫生院看阿牛。""你……你就不怕别人说闲话?"徐阿福道,"我是你男人,我要脸。""阿福你胡说什么?"姚婶怒了。"我心里恨。"丁玉洁见他俩你一句我一句地吵了起来,便想离开。哪知道徐阿福的矛头马上就指向她道:"她是个扫把星,谁跟她在一起,谁都没有好下场。""阿福,你不说话,没人当你是哑巴。"姚婶怒声道。丁玉洁愣住了。她以为人们早就忘了"扫把星"这个称呼,现在它又从徐阿福嘴里蹦了出来。她站着,全身发抖。"克死了丁老三,现在又来克鲁阿牛了,下次不知道会轮到谁?"徐阿福依旧恶毒地说道。啪的一声,耳光响亮。姚婶指着徐阿福道:"我死了都不会甘心,我怎么就嫁给你了呢?"徐阿福捂着脸,像是梦醒一样,说道:"阿英你打我?"他跑了。丁玉洁依旧在发抖,那些恶毒的话像一支支箭一样射在她身上。姚婶来拉她的手,她大声道:"别碰我!"她哭着跑了。姚婶黯然地看着通往家里的路,仿佛那是一条漫长而曲折的走不到尽头的路。

丁玉洁到了家门前,擦干泪水,开门进去了。鲁小妹正趴在桌上写作业,抬头道:"玉洁姐回来了。""我回来了。"丁玉洁走到鲁小妹身边,摸了一下她的头道:"小妹,字写得好端正。""姚婶说了,字写得好,将来才有出息。"丁玉洁皱了眉道:"小妹,以后不要老说姚婶了,我们是两家人。""玉洁姐,可是姚婶说了,我们是一家人。""我们是两家人。"丁玉洁有些怒声道。"玉洁姐,我知道了。"鲁小妹趴在桌上继续写字,泪珠却一颗一颗地掉了下来。鲁伟潮去了丁二南家,丁二南前天晚上捉弄了徐定强,差点把徐定强吓个半死。他推门进来,发现丁玉洁坐着发呆。"哥,你回来了。""玉洁,我爹怎么样?""有胡医生看着,你放心吧。"丁玉洁忍着伤心说道。"胡医生本事真大,玉洁,要是你以后也像她一样当医生,那就好了。""哥,我想跟你说个事。我们以后与姚婶家少来往。""为什么?"丁玉洁忍着泪水道:"反正少来往吧。""可是爹说了,我们是一家人。""不,不是一家人。"鲁伟潮愣住了。

去上学的路上,徐曼丽手中拿着一块米饼。鲁小妹馋得直流口水。"小妹姐,给,你咬一口。"鲁小妹咬了一口道:"真好吃。"这时,丁玉洁看到了,走上前来一把拉开鲁小妹道:"小妹,你怎么向别人讨东西吃呢?""是曼丽给我吃的。""不许吃。"丁玉洁拉着鲁小妹快步走了。站在门口的姚婶看到了这一切,她默默无语转身走进了草舍。

徐阿福真的病了。他那天是在凌晨才回的家。躺在床上,他哼哼哈哈地叫着,好像全身的骨头都断了似的。姚婶搭了一下他的额头,发烫。她搭好湿毛巾,然后轻声问道:"阿福,喝水。"徐阿福将脸扭了过去。"还在生我的气啊?"姚婶道,"你昨晚去哪了?"徐阿福不吭声。"我不问了。"姚婶起身欲走。"阿英,我在门外蜷缩了一夜。""为什么不进来?""我怕你再打我。"徐阿福道。姚婶扑哧一声笑了。

姚婶跟随鲁家湾人去螃蟹地撒萝卜籽。之前,鲁阿牛召集大家开会,每户人家都分了一块围涂而成的地。这地目前也只能种萝卜和络麻。徐阿福来地里巡查是在傍晚,他们家的地与鲁阿牛家的地紧挨着。他看到姚婶在鲁阿牛的地上撒萝卜籽,便不高兴地说道:"阿英,这不是我们家的地。""阿牛病了,我一并撒了吧。"姚婶继续撒着萝卜籽,却发现徐阿福顾自走了。等她回到家,发现徐阿福坐着发呆。"怎么了?""两家人的事你非得搞在一起,我就不明白了,你心里到底是怎么想的?"徐阿福道。"你还在为萝卜籽的事生气啊?"姚婶道,"阿牛还介绍大军去公社的晒盐厂上班,你说你的心胸也太小了。""你心里还有他,"徐阿福说道,"这么多年了,还念念不忘他。"姚婶无语地坐了下来,然后将手搭在徐阿福的手上道:"我跟你做夫妻都这么多年了,你怎么还跟以前一样?阿福,做人心胸要宽。"徐阿福不相信地看着她,终于,他的目光柔和下来了。

夜色苍茫。方医生安静地坐着,倾听着北风呼啸。或许,这根本就是一个错误,一个她一厢情愿、固执的错误。这好像成了一个笑话,一个茶余饭后的笑话。革命同志关系?是啊,每一个人都是革命同志关系。汪阿兴说出这句话的时候,说明他心里就是这么想的。哪怕他随便说点儿别的,都比这句话好。她所有的泪都流到心里去了。

胡慧丽悄悄地进来,递上药和一杯水:"方姐,吃药。"方医生接过药,就着水吃了。两人就坐在床边说话。"方姐,天冷了,宁和就更安静了,好像只剩下风声了。"方医生点点头道:"到时候要是下了雪,那就是白茫茫一片了。""方姐,我不明白,那些天你为什么让高成天来卫生院?你明知道高成天的心思就是……"胡慧丽想了想,又道,"你会给他一个错误信号的。而且那时候,汪书记人在鲁家湾围涂，他根本就没有时间，我听小张说起过，他们的劳动强度很大。""慧丽，不要再说了，都随风而去了。""不，方姐我要说，他在感情问题上无疑是个懦夫，那也是因为他的位置、他的经历和他的抱负不一般，我觉得他是个实实在在干事业的人，他心里只有钱王江。我不知道什么时候他才能完成这个使命，或许是三年以后，或许是五年以后，或许是十年以后。他根本就没有意识到，人的生命是很短暂的。他需要开导和引路。"方医生沉默不语。"方姐，如果你同意，我想跟他好好谈一谈，把你心里想要说的话都说出来，让他明白你的心里只有他。""不，慧丽，不应该是这样的。如果他心里有我，他会让人来说，哪怕就是小张也可以，但他没有，他回避了，他后退了。"方医生的泪水流淌下来。胡慧丽不吭声了。她完全理解方姐的心思，她是那么传统的人，她始终认为，对方应是主动的，而她就是被动的。这个顺序是不能颠倒的。

胡慧丽一直无法入睡。她眼前总浮现方医生的影子。她坐了起来，拉开抽屉，再一次看到了倪文明来的信。她何尝不是如此？这一段感情仿佛开始蒙上阴影。不是倪文明变了，而是自己变了。她来宁和的这段日子，目睹了这么多的事。每一件事都像一颗种子，在她的心上开花了。她去病房看鲁阿牛，发现他安静地睡了。床前依旧有带血的纸团。她转身欲走时，身后传来鲁阿牛的声音："胡医生，我想跟你说说话。"他其实并没有睡着。这注定是一个伤心的话题。鲁阿牛询问自己还有多少时间，一年或者半年，胡慧丽心如刀绞。她曾许多次看到生离死别，而很少遇到像鲁阿牛这样冷静地追问生命的终点。他是如此冷静。胡慧丽心里明白，她必须将真实情况告诉他。她无需再隐瞒下去了。"按照我的判断，长则一年到一年半，短则半年，"胡慧丽说道，"但是，我相信我们县医院还是有办法的。"鲁阿牛微笑道："用不着了。我不会离开宁和的。"鲁阿牛闭上眼睛，然后又轻声说道："胡医生，我明天就想出院。""那不行。""我想陪陪孩子们，我跟他们在一起的时间越来越少了,尤其是玉洁,她是孤儿。"胡慧丽流泪了。她走了过去,将鲁阿牛的被子掖好,然后轻声道:"你可以一直住在卫生院。""我想回家。"鲁阿牛轻声道,泪水涌了出来。

胡慧丽轻轻地掩上了房门,躺了下来。不一会儿,方医生推门进来了:"慧丽,我睡不着。"她坐了下来,看着窗发呆。她的额头是细密的汗珠。胡慧丽用毛巾替她擦汗,然后道:"方姐,你的身体很虚弱,需要调养。这阵子你就老老实实待在院里,什么事都不要操心。"方医生握着胡慧丽拿毛巾的手道:"我做了个梦。梦里,我听到了一个奇怪的声音,一直在呼唤我。我走向他,声音消失了。当我转过身去,声音又出现了。""日有所思,夜有所梦。方姐,你什么都不要想,放空自己,那就轻松了,"胡慧丽安慰她道,"要不我给你配点安眠药,你吃上半片。"方医生点点头。她吃了药后,马上就睡着了。胡慧丽静静地看着她,悲从心生。她们之间,萍水相逢,终将分别。而这一天仿佛越来越近了。她甚至听得到死神的脚步了。她捂着嘴,无穷无尽地流着泪。

鲁阿牛出院的那天,丁玉洁和鲁伟潮都来了。鲁小妹手里拿着一个米饼:"爹,玉洁姐做的米饼,比姚婶做得还好吃,你吃一口。"鲁阿牛吃了一口道:"好吃。"徐阿宝带人抬了担架过来,鲁阿牛躺在担架上,走了。

胡慧丽一直目送着他们,直至消失。站在身边的方医生道:"有儿有女,一辈子也算是圆满了。"她轻轻地闭上了眼睛。胡慧丽搀扶着她走进了院子。天空正在变化,乌云开始密布。胡慧丽道:"方姐,看样子要下大雨了。"方医生看着天空,好一会儿才道:"慧丽,这云层这么厚,有点怪。"胡慧丽也抬头看了一眼天空,发现乌云压顶之势已然形成。她从来没有看到过这样的云层。方医生突然一个激灵道:"慧丽,你马上开始准备。""准备什么?""准备抢险,"方医生道,"看这天气,这场雨不会小。"胡慧丽吃惊地看着她,发现她突然精神抖擞,好像变成了一名战士。

在方医生的催促下,胡慧丽收拾着药箱。她觉得方姐过于敏感了,这只是一场雨。一年之中,雨在江南是很常见的,尽管天空的云层的确有点儿怪,但这不足以说明这场雨马上会引发钱王江决堤。最害怕的应该是台风,台风会掀起大潮。现在不是台风季节,她们也没有接到公社的任何通知,无需过分紧张。更何况方姐是个病人,她需要休息。她要努力说服方姐,然而方姐却一句话也不说地整理着药品。方姐的脸上有一种不安,类似于恐惧。这是一种陌生的表情。她来宁和卫生院有一阵了,还是头一次看到她的这种表情。

江面上水气弥漫,如同大雾。雨变小了。江堤上巡逻的人也少了些。不远处,鲁阿牛拖着一条腿,一步一步地移动着。公社作了大动员,各个大队都要组织人员上江堤,时刻保卫江堤的安全。据气象预报,这场雨似乎要下一阵子。姚婶看到艰难移动的鲁阿牛,奔了上去,扶住他。鲁阿牛仔细地看了一眼灰蒙蒙的天:"阿英,不妙啊。更大的雨恐怕还在后头。"姚婶点点头。长年在钱王江边生活,他们知道连续大雨意味着家园的不安全。

高成天大步过来,他脚上蹬着雨鞋,腰上插着一面小红旗和一只手电筒,大声道:"鲁阿牛,汪大麻子人呢?""汪书记一早去巡逻了。"鲁阿牛指了指远处道:"在那。"高成天骂骂咧咧道:"老子巡逻了一夜,现在饿得要死。人是铁,饭是钢,总不能让我们饿着肚子守江堤吧。"姚婶道:"高队长,公社统一安排了,送饭队马上就到了。"

汪阿兴手里拿着一根棍子,这儿插插,那儿探探,一副认真的样子。这也是鲁阿牛告诉他的。因为宁和的土地属沙土,没有黏性,不易凝结成一团。不远处,鲁伟潮和丁二南也跟他一样用木棒探着地。徐阿福和徐定强过来了:"汪书记。雨小了,说不定就要停了。"徐阿福打了个哈欠，又道："我得睡一会儿。"他又打了一个哈欠，望了一下开始活跃起来的江堤，道："这么多人，也不差我一个。定强，你留着。"打着哈欠的他顾自走了。

徐定强看了一眼鲁伟潮，左顾右盼。丁二南道："玉洁姐在那。"徐定强便朝丁二南指的方向走了。"二南，你怎么瞎指方向呢？玉洁明明不在那。"鲁伟潮道。"伟潮哥，我就看不惯徐定强，让他多走点冤枉路也好。对了，他就是个娘娘腔。""不许这么说定强。"丁二南伸了伸舌头。汪阿兴走了过来，道："你们俩继续观察。一有情况马上汇报。"丁二南大声道："是！"

汪阿兴朝江堤上的临时指挥所走去，张建设正在等他。昨天晚上，张建设就到了宁和。汪阿兴走到门口，听到张建设道："老金，雨小了。""一眨眼天就亮了，"金健康道，"张书记，你赶紧打个盹。""还打什么盹啊？汪大麻子，怎么还没来？""来了。"汪阿兴走进临时指挥所。这时，电话响了。张建设拿起话筒道："喂，哦，老李，说，嗯，嗯……"他放下话筒，沉默不语。"张书记，金主任，准备吃早饭，"汪阿兴想了想又道，"张书记，我觉得干粮还需要县里……"金健康道："张书记让我打过电话了，上午送到。"汪阿兴咧开嘴笑了。金健康也笑道："汪大麻子，一听说有东西来，你就乐了。""我报告一下。雨小了些，我刚才也问了鲁阿牛，以他的经验，他觉得更大的雨在后头，"汪阿兴道，"县里的气象预报准不准？"张建设道："不见太阳，谁都不许放松警惕。老李来电，阳浦江的水位到达警戒线了。"三人都不吭声了。阳浦江是萧金县境内一条大江，江水最后汇入钱王江。遇上雨季，也总是令人提心吊胆。

"海平县怎么没有动静？"汪阿兴突然道，"他们是我们的下游，照理说，他们应该比我们还着急才对。"张建设看了一眼电话机道："没有动静恰恰证明，他们在努力坚守。汪大麻子，告诉各个护堤队，脑子里的弦要绷紧，一刻都不能放松。"汪阿兴道："是。"他走到门口，转身又道："张书记，你等会儿在电话里跟李贵生同志说一声谢。""谢谢？什么意思？"金健康不解地道，"这个嘛，不说了。"汪阿兴顾自走了。张建设走出临时指挥所，看着汪阿兴拿着棍子，边走边检查。"他是怕管涌啊，"金健康道，"一旦管涌，那麻烦就大了。张书记，我们要及早作好准备，万一……""就我们萧金县来说，目前有两个选择，一是阳浦江泄洪，二是宁和泄洪。"金健康着急道："阳浦江沿江一线是大片的麦田啊，一旦泄洪，我们县的粮食问题会更加严峻，至于宁和嘛，这不是往伤口上撒盐吗？""还有最后一个选择，就是海平县老盐公社。汪大麻子刚才说谢谢李贵生同志，他的意思就在这里头啊。"金健康一拍脑门："怪不得呢，他说谢谢呢。他以为李贵生同志在这儿督阵，那一定是帮着海平县了。"张建设叹了一口气道："哪儿都难，但最后关头一旦来临，最难也得干。"他心里无比焦虑。他不停地看着天空。

他与李贵生在讨论两人哪个去宁和时，他内心是希望李贵生去宁和的。如果保堤成功，那么至少会让一些人消除对李贵生的误解，从而打破李贵生是海平人这个狭隘观念。李贵生提出自己去阳浦江，他或许正是想回避这种矛盾。毕竟，当最后的选择来临时，手心手背都是肉，那是无比艰难的。他们都经历过这种事，心里也都清楚。金健康看着张建设的神色，心里也是无比复杂。因为刘振涛调动的事汪阿兴不肯帮忙，他心里多多少少有些不高兴，毕竟，调个干部并不是一件多么复杂的事，更何况刘振涛的情况也显得特殊。他本意是想跟随李贵生去阳浦江边督阵的，但一想到张建设的身体情况，便跟随张建设来了宁和，督阵钱王江。好在汪阿兴好像早就忘了那件事了，遇见他跟以前一样，并没有多说一句话，这让他心里的结也随之化开了。

汪阿兴在人群中发现了方医生，丁玉洁成了她的助手。她们走得很急，方医生风风火火，根本就不像一个病人。在讨论方医生上不上江堤这个问题时，出现了分歧。汪阿兴和老铁头坚决不同意，但出人意料的是胡慧丽却支持方医生上江堤。方医生本人更不用说了,她说如果不让她上江堤,那她就去跳江。话说到这个份上了,汪阿兴也只好同意,但他提出给方医生配一个助手。胡慧丽推荐了丁玉洁。学校已经停课。当他再回头时,发现方医生她们不见了。他有些担心方医生的身体,虽然每次他们在江堤上遇到,也都只是点个头。他心里依旧还是挂念她的,她毕竟是个病人。雨点啪啪地打在他的身上,脸上有些生疼。他心里一惊,这么大的雨点预示着随之而来的将是一场暴雨。他赶紧跑了起来。江堤上的人都在跑着。按照县里的预案,钱王江边的六个公社组建抢险队上堤,负责自己辖区内江堤的安全。毫无疑问,焦点还是集中在宁和段。宁和公社的预案跟县里的有所不同,除了老弱病残及年幼孩子转移至安全地带之后,其他人不管男女一律上堤。老铁头曾经对这个预案有过不满,他认为这样做,就没有预备队了。汪阿兴告诉他,要是决堤,再多的预备队都派不上用场了,只有孤注一掷了。现在,其实他最担心的是上游,也就是阳浦江和春江的水位。春江是省内的一条大江,处于萧金县段钱王江的上游。经他的再三要求,张建设与春江县书记吴民民通了电话,确定两县随时保持联系。但据金健康偷偷跟汪阿兴说,春江县吴民民的性格不像张建设,他不可能为了保萧金县而在春江县泄洪。上游阳浦江和春江的来水过急,如果再遭遇大潮倒灌上来,那么,必定将在宁和段形成一个高水位,结果不是扑向宁和公社,就是扑向江对岸的海平县老盐公社。保江堤,说透了就是为了保住自己的安全。

　　胡慧丽出现在汪阿兴视线内,这令他大吃一惊。按照分工,胡慧丽是在卫生院留守,应对突发情况的。这主要基于她是县医院来的,他们必须重点保护,一旦出了事,他们无法向县医院交代,更何况胡慧丽还有另一个重要作用,她是宁和的"物资供应商"。"物资供应商"这个外号是老铁头偷偷给她取的。除了两车粮食,胡慧丽还给他们拉来了一些其他物资和药品。这条线千万不能断,胡慧丽不能有任何闪失。他与老铁头在这件事上意见高度一致。当然,汪阿兴知道胡慧丽肯定不会听他的,所以就派了张文化死死盯着。张文化去哪了?汪阿兴的怒火上来了。他之前要求上江堤,说看守胡慧丽的工作随便换个别人就行。汪阿兴没有同意。他东张西望一番后,终于发现张文化就跟随在胡慧丽身后,而且不停地跟她说着。胡慧丽不听他的,顾自走着,张文化像一条蚂蟥一样紧紧盯着她。两人的情绪都有些激动。

汪阿兴快步过去,一把拉住胡慧丽道:"胡医生,你必须按照我们当初说定的办,你的工作范围在卫生院。""你让我傻乎乎地坐着?"胡慧丽怒声道,"我不是一个花瓶,让人看,让人评的。汪书记,我必须在第一现场,一旦发生突发情况,我必须第一时间抢救伤员。"汪阿兴指着潮水涌动的钱王江,怒声道:"你以为这是玩游戏吗?你经历过这种场面吗?你知道要是失足掉下去,就死了,连个尸首都找不着。"张文化道:"胡医生,走,你要是出事了,我也脱不了干系。""我不怕。死有什么好害怕的?"胡慧丽大声道,"我必须在现场。""小张,把她给我拉回去,要是再让我在江堤上看到她,你就等着挨处分吧。"汪阿兴怒声道。张文化什么话也不说,拉着胡慧丽就走。胡慧丽"我不走,我不走"地叫着,拼命挣扎。啪的一声,情急之下,汪阿兴失手给了她一个耳光。她愣住了:"你打我?"张文化也是目瞪口呆。胡慧丽哭着跑了,张文化跟了上去。汪阿兴十分后悔,他黯然地看了一眼自己的手,走了。

大雨哗啦啦地响着……整个世界变得模糊。张建设在临时指挥所里走来走去。金健康坐在电话机旁,好像随时准备接听。汪阿兴浑身湿淋淋地走了进来。"水位情况怎么样?"张建设着急地问道。"不容乐观,"汪阿兴皱着眉道,"张书记,你能不能打电话给春江县吴书记,让春江泄洪。""他刚来过电话,说他们会誓死保堤,这说明,他们根本就没有考虑过泄洪。"金健康皱着眉道:"汪大麻子,他是上游,他扛得住。"汪阿兴骂道:"他娘的,他打如意算盘,就不管别人生死了。张书记,阳浦江的情况如何?""我们也在等信息。"金健康道:"我刚打过电话,没人接,张书记说,他们肯定也在硬扛。""他们都硬扛,那我们宁和就危险了,他们要是泄个洪,我们的压力就减轻了。我建议阳浦江先泄洪。"张建设一声不吭。"那我们誓死保堤。"汪阿兴跑了出去。

金健康叹了口气,然后指着悬挂着的地图道:"张书记,汪大麻子说得也有道理,上游死活不肯泄洪,宁和就危险了。"张建设站在地图前,他仿佛看到了阳浦江边的一幕,水位快速上涨,渐渐漫过堤岸,然后淹没了江边大片的麦田。他闭上了眼睛。此时,电话突然响了。金健康利索地拿起话筒道:"喂,哦,李主任,好,张书记,李贵生同志的电话。"在电话里,清晰地听到李贵生急促的声音:"老张,水位上涨极快,阳浦江多处出现决口,但都堵上了。"张建设放下电话,走出了临时指挥所。

钱王江的水位也在快速上涨。江面上白茫茫一片,雨雾笼罩着一切。他的手在口袋里摸索,终于摸到了一个小药瓶,他吞下了一片药片。金健康将雨衣的帽子放了下来:"张书记,就在刚才,李贵生同志又来了一个电话,他说情况紧急。""把汪大麻子找来。"张建设道。这时,金健康突然指着不远处道:"那儿。"一群老人和孩子排着队,走向江堤,他们有的披着尼龙布,有的戴着草帽。张建设发现汪阿兴跑向人群,他挥舞着双手。他与金健康走了过去,听到汪阿兴道:"莫校长,让他们回去。全部都回去。这儿危险。"几名老人上前道:"汪书记,我们要护堤。""同志们,你们的心情我理解,但是,我不能让你们上江堤。你们快回去,这是命令。"鲁小妹走上前道:"汪叔,我们也能干。让我们上江堤吧。"汪阿兴走了过来,抱起了鲁小妹:"小妹,你太小了。走,听话,回去。"鲁小妹摇摇头,手指着江堤上忙碌的人们道:"我爹,我哥,玉洁姐他们都在江堤上,我也要去。"她大声叫道:"爹,哥,玉洁姐……"一时间,堤上堤下,喊爹叫娘声不绝。

"我是县革委会书记张建设,同志们,大家都回去吧。"张建设走了过来。几名老人小声议论了一下。一名老人道："张书记，我们也是宁和人，我们不走，我们必须跟大家一起保卫江堤。"几名老人举着拳头，齐声道："对，保卫江堤。我们当年都参加这样的保堤，我们的身子骨还硬朗。"张建设摆摆双手道："同志们，安静一下，听我说，我们一定尽我们最大的能力，保卫江堤。你们和孩子们必须回到安全的集中点。""对，同志们，听张书记的，回去吧。"汪阿兴大声道。老人们倔强地站着不动。

这时，江堤上的人陆续下来了。鲁阿牛快步过来："回去吧，这里交给我们。"他的身体摇晃了。汪阿兴赶紧扶住他道："还吃得消吗？"鲁阿牛点点头。鲁小妹上前抱住了鲁阿牛："爹，我想你们。"鲁阿牛抚摸着鲁小妹的头道："小妹，听爹的话，回去。"鲁小妹摇摇头。鲁阿牛突然打了鲁小妹屁股："不听话的孩子！"鲁小妹哇哇大哭。"怎么打孩子呢？"汪阿兴埋怨道。他抱起鲁小妹，又大声道："同志们，回去吧。你们都是七十岁以上的老人和十四岁以下的孩子，你们要是不走，江堤上的同志们心不安啊。这样吧，现在雨太大了，我答应你们，等雨小了，让你们上江堤。"老人们你看看我，我看看你。一名老人道："那好吧。我们不给他们添乱了。我们走。"他们列着队，走了。汪阿兴俯下身子道："小妹，听话。走。"

鲁阿牛眼中含泪地目送着他们离去。张建设望着这支特别的队伍，泪水流了下来，他转过身去，擦了一下眼睛，然后道："汪大麻子，我们要永远记住，在大灾大难前，宁和的人民他们……"他哽咽道："他们是英雄。"这时，张文化突然跑了过来，附在汪阿兴耳边说了几句。汪阿兴愣了一下道："张书记，请你再联系一下春江县的吴书记和阳浦江边的李贵生同志，让他们泄洪吧，如果他们不肯泄洪，那就联系海平县老盐公社泄洪。"张建设看着张文化匆匆离去，一把拉住汪阿兴道："什么情况？说。"汪阿兴紧抿嘴。"老倪。"张建设愣住了："他在哪？""卫生院。他前几天就住院了。"金健康想了想道："张书记，天就快黑了，等天黑了……"

第十九章

老倪是在天黑之后被张文化背到临时指挥部的。他全身裹得严严实实,只露出两只眼睛。张建设让金健康守在门口,不许任何人进来。"老倪,除了海平县老盐公社,还有哪个地方最合适?"张建设问道。"南沙。""南沙?"老倪咳嗽了一声,说道:"南沙地广人稀,滩涂连片,那儿泄洪损失最小。但是,一旦在南沙泄洪,宁和的粮食问题将无法解决。"张建设道:"粮食问题我们县里想办法解决。"老倪无语,好一会儿才说道:"66年的那次围涂要是没有失败,或许还可以解个围,现在没有别的办法了。仅是大雨,还有希望,但是钱王江的潮水更厉害,一旦大潮来袭,那就是陷入绝境了。""我明白了,"张建设平静地说道,"老金,怎么来,就怎么回去。"不一会儿,张文化进来,背着老倪走了。"要不要告诉汪阿兴?"金健康道。张建设摇摇头。

汪阿兴滑了一跤,一屁股坐地。他爬了起来。他要当面问老倪,最坏的结果会是怎么样?到了卫生院门口,他看到张文化出来了,便说道:"胡医生呢?""在里面,跟老倪说话。"张文化道。汪阿兴抓抓头皮,小声道:"你把胡医生支开,我想跟老倪说说话。"张文化便跑了进去,叫道:"胡医生,胡医生。"汪阿兴溜进老倪的病房,发现他躺在床上,喘着气,情绪显得激动。"老倪,你跟我说说最坏的结果。"老倪咳嗽一声道:"我已经跟张建设同志说过了。""什么时候?"汪阿兴吃惊道。"就在刚才。"老倪挣扎着下了床,然后指着窗外的天空道:"雨不止,危险系数六分,但大潮至,危险系数就是九分了。汪书记,我实在无能为力了。""我们会誓死保堤,"汪阿兴道,"老倪,必须要让海平县老盐公社泄洪。"老倪摇摇头:"老盐公社是海平县最大的公社,人口众多,实力最强,且地势低洼,一旦泄洪,损失重大。"汪阿兴着急地跺脚道:"还有什么办法?"老倪摇摇头,然后流泪了。汪阿兴失望地看着他,喃喃自语:"我明白了。"走到门口时,他转过身来道:"老倪,哪怕是死,也要死在这江水里。"

老倪呆呆地望着敞开的门。雨哗哗地下着,仿佛正在演奏。他咬着牙,慢慢地下了床,佝着身子,挪到了门边,望着茫茫大雨,泪水长流。他突然跪了下来,咚、咚、咚,朝着天接连磕了三个响头。他喃喃自语:"老天保佑,老天保佑。"他的额头流血了。他歪着身子坐在门边。

在半路上,汪阿兴遇见了徐阿福,他捂着肚子,一脸痛苦的样子。手电筒光在徐阿福脸上又晃了几下,汪阿兴说了句保重,就快步走了。徐阿福在原地站了一会儿,将身子直了起来。他焦急地张望着。终于,姚婶过来了,边走边叫:"阿福,阿福。"徐阿福跑了上去,一把拉住她道:"阿英你总算来了。走,快回家。""你肚子好一点了吗,阿牛跟我说你肚子疼。""走,回家。"姚婶道:"去卫生院吧,我听说胡医生在那儿坐镇。""不,家里有膏……膏药,我拿膏药贴肚脐眼上,就好,"徐阿福道,"快走。"姚婶甩了手道:"你自己去吧。现在什么时候了,你去吧,快去快回。"徐阿福央求道:"阿英,你陪我去好不好?"他又哎哟叫了一声。姚婶看到他痛苦的样子,便同意了。两人快步走着。姚婶突然道:"咦,阿福,你走得这么快,肚子不疼了?""哎哟,疼了。"徐阿福道。姚婶手里的手电筒光照射着回家的路。

他们快到家门口时,听到了一阵脚步声,徐大军带着徐定强到了。徐阿福欢喜道:"一家人就差曼丽了。""爹,定强说你得了大病了,赶紧回家,要是迟了,就见不着了。可是你……"徐大军说道,"好像没病啊。""你懂什么?"徐阿福瞪了他一眼。姚婶盯着他的肚子看了一会儿道："现在还疼吗？让我摸摸。"徐阿福后退一步道："大军，把门关了。"徐大军一脸不解地关了门。徐阿福笑了一下道："我肚子根本就不疼。大军，定强，你们俩赶紧收拾东西，能带走的全带走，床拆了，一件也不要剩下，对了，把铁锅也背上。"他想了想又道："还有，这桌子也扛上，定强等会儿去学校叫上曼丽，我们全家人……"他突然卡住了。姚婶愤怒地瞪着他。徐阿福结巴道："阿英，我……江堤守不住了，我们全家……""逃跑？"徐阿福连连点头，又摇头道："不是逃跑，是走，趁早走。""去哪？"姚婶悲伤地道。徐阿福愣了一下道："这……反正，不要留在宁和，越远越好。"他想了想又道："我们去县城。"徐大军急得直跺脚："爹，我们要是逃走了，会被人指着脊梁骨骂一辈子的。我不走。"他走向门。徐阿福骂道："站住！不走，等死啊？你这猪脑子，这江堤肯定保不住，到时大水一来，什么都没有了。"

姚婶无力地坐了下来，一声不吭。徐阿福着急道："阿英，你倒是说句话啊。你看看他们，他们都不听我的，时间很宝贵的，我估计用不了多久，这江堤就彻底完了。上次决堤，我们逃过了一劫，这一次要是再不逃走，那就真的没命了。"姚婶心力交瘁道："阿福，我姚英英错看你了。我这辈子，算是瞎了眼了。"她一脸悲伤，无声落泪。"阿英，我也是为了全家人啊。我们全家人一个都不能少啊。"徐大军道："那阿牛叔他们呢？我们逃走了，他们怎么办？"徐阿福怒声道："你尽说废话！他们是他们，我们是我们，他们那个家算是个家吗？姓鲁的，姓丁的，家里也没个操持的女人，像个家吗？我们家……""一无所有不可怕，可怕的是你居然这样子，我，我……"姚婶双手掩面哭泣起来。徐定强走了过来，说道："娘，你别哭了。爹说的也有道理。守肯定是守不住的，而且，爹为的是我们全家人的性命。"他想了想又道："爹，我想叫上玉洁一起逃走。"啪的一声，姚婶给了徐定强一耳光。徐定强捂着脸，后退一步道："娘，你为什么打我？"姚婶怒声道："娘打你，是让你知道，在大灾大难面前，男子汉要前进，不能后退。后退一步就是一辈子的耻辱。"徐阿福道："阿英，难道你就眼睁睁地看着我们全家人被大水冲走？就这么家破人亡？"他蹲了下来，流着泪道："我害怕，我害怕失去你，害怕家破人亡，我……"徐大军大声道："我们不怕！大不了把命还给钱王江。阿牛叔说了，我们跟钱王江拼了。"姚婶道："大军说得对。阿福，你起来，挺直腰，昂起头，不要害怕，我会一直陪着你，就是死了，我也跟你一块儿死。"徐阿福站了起来，两人紧紧拥抱。

这时，门外传来一阵急促的脚步声。徐大军马上开门，什么人都没有。大雨下着。不远处，一个人跌跌撞撞地走着。她边哭边走，伤心得不得了。她刚才听到了徐阿福和姚婶说的，她很伤心，他们要逃跑了，以后就再也见不到他们。黑漆漆一片。她迷了路，走来走去，好像走不出这个雨世界。她坐在地上大哭："爹，哥，玉洁姐，你们在哪儿？"仿佛有什么声音在耳边回荡，鲁小妹害怕地站了起来，又跑了起来。她扑通一声掉进了一个水塘里，她在水塘里挣扎。她记得哥曾经跟她说过，掉进水里时不要紧张，要屏声息气，想办法让身体浮上水面。她努力地尝试着将身体浮在水面，可是劈头盖脸的大雨打得她心慌神乱，她的身体在下沉，她就要坚持不住了。

一阵急促的脚步声传来，两个人抬着担架快步跑着，喘气声很响。担架上躺着的一个伤员哎哟、哎哟地叫着，他的腿上流着血。"伟潮哥，歇一下，我跑不动了。"丁二南说道。"停。"鲁伟潮将腰间的手电筒照了照丁二南，他喘着大气。"咦，什么声音？"丁二南道。随着两人手中的手筒电光的晃动，他们看到了水塘里挣扎的鲁小妹，她的手在空中挥舞，好像就要跟这苦难的人间告别。鲁伟潮跳进了水塘里，救起了鲁小妹。鲁小妹睁开眼："哥，我还活着吗？"流泪的鲁伟潮将她紧紧地抱着。"小妹，你干吗跑出来？"丁二南着急道，"外面太危险了。""我想爹，想哥，想玉洁姐，想姚婶，不，我不想姚婶，他们要逃跑了。""逃跑？"丁二南怒瞪着眼道，"怪不得我看到徐定强不见了。原来他逃跑了。""哥，二南哥，我听阿福叔说，江堤守不住了。"鲁伟潮也是怒火中烧："他这是胡说八道。小妹，走，我们去卫生院。"

胡慧丽跌跌撞撞地走着。一直没有伤员送到卫生院来，这让她很担忧，她可以想象方姐的那个拼命劲儿。她害怕方姐突然倒在江堤上，若是失去抢救时间，那她就可能永远地离开自己了。她无比焦虑。她现在很后悔当初支持两人的工作预案。方医生跟她谈过一次，说无论如何她都上江堤，可能这是她生命中最后一次上江堤了，没有人可以阻拦她。她说她比胡慧丽更了解情况，而且，她闭着眼都可以找到回卫生院的路，至于一些伤员，她会让人送来的……她说得很诚恳也很详细。胡慧丽同意了。她现在才明白，那些伤员可能都被方姐半道上截了，就在现场包扎了。

仿佛人山人海，都在奔跑着，都在呐喊着。突然，一个人拉住了她，怒声道："你怎么又来了？走，快走。"她瞪了一眼汪阿兴，之前的那个耳光使得她对他无比痛恨。从小到大，她是第一次被打耳光。他有什么权力打她？他真是无法无天了。她心里记着这个耳光。

"你回去。这儿不是你待的地方。"汪阿兴的嗓门响亮。"方姐太危险，一旦劳累过度，会死在江堤上的。"胡慧丽吼道。"你必须离开，这是命令！"汪阿兴瞪着眼道。"你命令不了我！我的编制在县医院，我是县医院的医生。"胡慧丽也瞪着眼。汪阿兴上前一步，两人几乎脸对脸了，可以听到彼此的呼吸声。这时，全身是泥的张文化瘸着一条腿过来了："汪书记。我，我……"胡慧丽指了指张文化的右脚道："别动，让我瞧瞧。"张文化一动不动。胡慧丽俯下身子，轻按着张文化的右脚："是这儿吗？"她重重地压了一下。张文化哎哟一声道："对，就这儿。疼得我全身骨头都要裂了。"胡慧丽站了起来，大声道："帮个忙，扶住他。"汪阿兴一声不吭地扶住了张文化。"小张,抬腿。我数到三的时候,你用力甩腿。"张文化不解道:"甩腿?"胡慧丽点点头道:"现在开始,准备,我数数了,一、二、三。"张文化用力地甩了腿。胡慧丽道:"放下。"张文化小心翼翼将右腿放下,惊喜道:"咦,怎么不疼了?胡医生,你真神。"汪阿兴道:"她就是神仙也得让她走。"胡慧丽道:"你这也太不讲理了。""小张,把她送走。"胡慧丽也不甘示弱道:"小张,你现在听谁的?"张文化左右为难。

这时,张建设过来了:"慧丽,别闹了。""张书记,我不是闹。我也不是一个什么特殊的人,我只是一名医生。我的岗位就在这儿。"她毫不示弱地盯着张建设。张建设有一小会儿的沉默,然后道:"行!"他转而对汪阿兴道:"她说得没错。""可是张书记……"汪阿兴大声道,"我不同意!"胡慧丽气急了:"你管不了我。"她顾自跑了。汪阿兴急得直跺脚,快步去追。张建设一把拉住他道:"跟我来。"

金健康握着电话,一声不吭地流泪。张建设和汪阿兴快步进来。

"张书记,阳浦江守不住了。"金健康道。张建设快步走到电话机前,接过话筒,吼道:"老李,我是老张,必须给我守住。"传来李贵生声嘶力竭的声音:"老张,我们被逼到绝境了。""老李,阳浦江要是失守,我们县的主粮区将陷入汪洋,我们就什么都没有了。""老张,我明白了,我们坚决死守。"李贵生挂断了电话。"张书记,现在怎么办?"金健康擦了一下泪道:"钱王江也快陷入绝境了。"张建设将话筒放下,咬着牙道:"准备第二套方案。"汪阿兴听了,着急道:"什么是第二套方案,我怎么不知道?老金,你快说。"金健康犹豫了一下道:"第二套方案就是……就是宁和泄洪。""什么?宁和泄洪?不行!"汪阿兴走了几步,怒吼道,"绝对不行!"张建设平静道:"那么请你告诉我,你现在有几分把握守得住?"汪阿兴摇着头道:"不行,不能在我们宁和泄洪。张书记,海平县老盐公社是最佳的泄洪点。"张建设不吭声。汪阿兴扑通一声跪下道:"张书记,我求你了。我们守得住,一定守得住。""像什么样子啊? 给我起来。我再给你半天。"张建设道。汪阿兴利索地起来,一声不吭往外跑。张建设喝问道:"干什么?!"汪阿兴头也不回地说道:"死守江堤!"

张建设无力地坐了下来。"张书记,宁和刚刚决过堤,现在又泄洪,岂不是雪上加霜? 汪大麻子,他太惨了。我不,我不忍心,"金健康道,"可以考虑海平县,赵刚书记是我们萧金县人。""我们要识大体,顾大局。"张建设道。金健康指着悬挂的地图道:"这么多年来,每次遇到这种情况,都是我们萧金县承担的,张书记,我觉得别人也应该承担一些。春江县为什么不泄洪? 海平县也不是不能泄洪!"张建设道:"老金啊,我什么都知道,但是,作一个决定,必须要考虑到怎么样损失最小,危害最小。"金健康叹了一口气:"汪大麻子最伤心啊。"两人都沉默了。

过了一会儿,电话响了。"张书记,送物资的车已经在路上了,是,是胡佳丽同志带队的。"金健康道。正趴在桌上细看地图的张建设抬头道:"她? 她怎么来了?""物资局的陈局长说,胡佳丽同志主动要求的。"张建设道:"她是为慧丽而来啊。"他想了想,又说道:"老金,你马上接通钱王江管理局老胡的电话。另外,告诉县医院章院长,让他们支援。"金健康点点头,拿起话筒道:"喂,请给我接钱王江管理局。"他听了听,马上道:"张书记,通了。"张建设接过话筒道:"老胡,我是老张,嗯,情况很严峻,嗯,我知道必须作出选择了……"

"大海航行靠舵手,万物生长靠太阳……"在楼山通往宁和的路上,几辆拖拉机上坐满了人,他们齐声唱着歌。他们穿着雨衣,神色严峻,但又有一种兴奋感。头一辆拖拉机上,坐在拖拉机手边上的赵刚强取掉了雨衣的帽子,任凭大雨淋着。他心里焦急万分。这次他带着180名青年,分坐6辆拖拉机,去支援宁和抢险。而在最后一辆拖拉机上,穿着宽大雨衣的阿扁紧紧抱着、护着汪小路,不让一个雨点打在汪小路脸上。

上午,看着大雨滂沱,赵刚强坐立不安。王宝年来电话,询问楼山公社山体滑坡的情况,他说没有人员伤亡,有什么事公社会处理。这令王宝年极不高兴,骂他说话没有一个好态度。他让王宝年通报一下钱王江的情况,王宝年没有理他,顾自搁了电话。这让他更加着急。阿扁也是如此。两人在办公室里像热锅上的蚂蚁似的,商量来,商量去,最后决定带人去支援,这个办法最有效。在带不带汪小路一块儿去的问题上,赵刚强很是伤脑筋。小路在晚上睡觉前表示他想父亲了,这孩子虽然不能说话,可冰雪聪明,他能从别人的眼神里读懂心思。阿扁道:"不行。不能让他去。他一去,汪大哥就分心了,到时候我们会被汪大哥骂个半死。而且,宁和太危险了。"赵刚强踱了几步,说道:"我想带他去,他们父子俩好久没见了,危险不怕,你想想,如果我们跟汪大哥真的都死在宁和了,这世界上就留着小路一个人了,他不是更加孤单吗? 要死,我们也死在一起。另外,我还想带我们卫生院的小章院长去,多多少少也是一份力量啊。""这件事我们没有向县革委会汇报,我怕生出事来,到时候,他们又把帽子扣到汪大哥头上,"阿扁道,"你刚才又惹恼了王宝年。"赵刚强踱了几步道:"管不了那么多了,现在全县的焦点就是宁和了,这一次要是再决堤了,汪大哥那可是彻底完了。我们能眼睁睁地看着汪大哥掉下去,不拉他一把吗?"阿扁点点头,想了想又道:"我看我们还得留一手,以防万一。我看啊,我们人员支援宁和这件事跟李贵生同志打个招呼。""李贵生同志现在阳浦江边焦头烂额,我们一报告,正好送上门去,阳浦江也需要人啊。瞧你出的馊主意。"阿扁想了想又道:"还有一个办法,我们不上一线,只在后方支援。这样啊,一没有危险,二也完成支援的任务。"赵刚强一拍桌子道:"不上一线,我要这些小伙子们干吗,他们的力气往哪儿使啊? 他们还不骂死我啊,带他们去,原来是去看热闹的？阿扁，你什么都不用说了，事不宜迟，你去通知小伙子们，编成 6 个队，出发。"

赵刚强心里明白，这件事的性质轻则批评，重则处分。但是，他不能眼睁睁看着汪阿兴陷入绝境，自己却袖手旁观。汪阿兴的性格他了解，遇上这种事，他会不顾一切豁出去的。他不会有一丝犹豫，哪怕就是刀山火海，他都会扑进去的。他流泪了。自从去了宁和，汪阿兴吃了多少苦头？他这么想着，便示意拖拉机手靠边停下。6 辆拖拉机都停了下来。赵刚强站在拖拉机上，大声道："同志们，这一次去宁和，我们不能丢了楼山人的脸，一定要发扬我们楼山人的风格，展现我们楼山人的性格，那就是山一样的坚定与果敢。出发！"因为阳浦江涨水，一座桥塌了。他们临时改道通往宁和，耽搁了许多时间。到达宁和已是晚上十一点多。列队完毕，立马奔赴钱王江边。一路上，显得空荡，几乎看不到一点儿灯火。一些草舍在雨中寂寞地蹲伏着，宛若沉默的巨人。阿扁道："人都去江堤了，看样子情况十分危急啊。""同志们，加快脚步。"赵刚强说道。扛着铁锹的众人开始了奔跑。

而在距他们五里之外的江堤上，一队人裸着上身，在雨中站立。

汪阿兴也裸着上身，大声道："同志们，你们怕不怕？"一队人齐声吼道："不怕。"这时，姚婶拉着徐阿福过来了："汪书记，阿福也参加敢死队。""敢死队队员规定每家出一个人，大军参加了，徐阿福就不用参加了。"汪阿兴道。姚婶看了一眼队伍中的徐大军，又道："汪书记，我们家人口多，让阿福参加吧。"徐阿福望了一眼奔涌的钱王江，打了个寒噤。站在队伍中的鲁阿牛道："阿英，听汪书记的。"张文化匆匆跑来："汪书记，还有我呢。"他利索地脱掉了上衣，站在了队伍中。汪阿兴见他一身排骨，瘦不拉几的，上前一步道："小张，你出列。"张文化不情愿上前一步，道："我为什么不能参加？""你有体弱多病的老娘。你娘就你一个儿子。"张文化道："那你呢？你也只有一个哑巴儿子了。你要是出事了,你儿子怎么办?"众人都愣了。汪阿兴厉声道:"小张,这是命令。"张文化后退一步,进入队列道:"汪书记,这一回,我要违抗命令了。"他站得笔直,好像一棵树。汪阿兴一把拉出了张文化,然后道:"我命令你,马上通知抛石队,随时作好准备。""我不去,我要参加敢死队。"汪阿兴怒吼道:"快去!"张文化低了头,一声不吭。

站在后排队列中的老铁头走上前来,道:"小张,一切行动听指挥。走。"张文化看了他一眼,依旧不走。"小张,你这是公然违抗命令。"老铁头也是厉声说道。队列中的高成天大声道:"小张,好样的。""高队长,你瞎起哄个啥?"老铁头不满道,"都什么时候了。""老铁头,我看你是想趁机溜号吧。汪大麻子教训人,关你什么事啊?"高成天大声道。老铁头怒声道:"你胡说八道些什么呀,就我们这点人,七零八落的,到时堵个窟窿都不够。"高成天得意地笑了:"这么说,你还真打退堂鼓了?""大家心里都清楚,只是我一个人说出来罢了。哼,潮水一来,就什么都没有了。"老铁头说道,他心里堵着一股气,成立敢死队,他是反对的,因为他认为力量根本就不够,与潮水比,力量那是太悬殊了。汪阿兴道:"我们绝不是白白去送死。小张,走。"张文化不动。汪阿兴气得不得了:"你……"他扬起手。此时,张建设快步过来:"住手!"他瞪了汪阿兴一眼,然后对张文化道:"小张,你跟我来。我有比敢死队还重要十倍的任务给你。"张文化道:"真的?"他跟着张建设走了。

临时指挥部桌上的地图标注了几个醒目的红点。张建设指着其中一个红点道:"小张,你把这儿的情况跟我说说,你是宁和人。""张书记,你为什么不问汪书记?"张建设想了想道:"我有我的考虑,你说吧,就这儿。"张文化仔细看了看道:"我们宁和的所有地方,我闭着眼都能背出来。这儿是南沙,地图上没有标注地名,是因为南沙这个地方变来变去,一会儿淹了,一会又露出来了,是一大片的滩涂。""那儿有人家吗?""听说很早以前有过,后来就没有了。"张文化道。张建设踱了几步，又道："汪大麻子知道这个地方吗？""知道。他说将来要在这里围涂，但是他又说力量还不够。反正，汪书记他去过南沙好几趟了。"他想了想道："对了，那儿的一部分地，汪书记有安排的。""什么安排？"张文化抓抓头皮道："种粮食。他说土地可以改良的。汪书记说那些地由各个大队自行管理，但一定要种粮食，他说我们有了粮食，我们宁和就不用再厚着脸皮四处求人了，县里的压力就轻了。"

一直不吭声的金健康道："张书记，看来他的考虑是长远的。但是南沙那儿的土质可以种粮食吗？""汪书记说了，人不能被尿憋死。总有办法的。"张建设走到地图旁："小张，谢谢你。我现在给你一个任务，你马上带解放军王班长他们去南沙。王班长，进来。"几名解放军进来了。张建设指着张文化道："这是小张，他熟悉地形，他带你们去南沙。"张文化沉默片刻道："张书记，你是想在南沙泄洪吗？"他快要哭了。张建设不吭声。张文化颤抖着嗓音道："张书记，我们守不住了吗？"他的泪水流了下来。他突然大声叫道："我们守得住的，他娘的，我们守得住，张书记你看不起我们，看不起我们宁和人！"

此时，汪阿兴进来了，他瞪着张建设，一声不吭地逼向张建设。金健康见了，便说道："汪大麻子，你……"他拦住汪阿兴，汪阿兴一下把他扯开了，然后站在张建设跟前，瞪着张建设。张建设一声不吭地站着。张文化抹着眼泪。电话机响了。金健康利索地接电话："喂，李主任，嗯，嗯，张书记，李主任电话。""你跟老李说，阳浦江必须保住！"金健康点点头，对着话筒道："张书记说了，阳浦江必须保住。"李贵生声嘶力竭的声音传来："必须泄洪！必须泄洪！"金健康茫然地握着话筒。"必须泄洪！必须泄洪！"的声音持续响着。

众人无声。张建设终于说道："汪大麻子，你说怎么办？你还有其他办法吗？""海平县老盐公社泄洪。"张建设想了想道："老金，接海平县赵刚同志。"金健康快速地摇着电话机……他对着话筒道:"是赵刚书记吗?嗯,嗯……"他握着话筒道:"张书记,赵刚书记上江堤了。""等。"金健康对着话筒道:"我们等着赵刚书记的电话。""王班长,你们走吧。"张建设道。张文化看了一眼汪阿兴道:"汪书记,我走不走?"他再次流泪了。汪阿兴无尽悲伤地道:"走吧。"他的身体摇晃了一下,一只手按在了桌子上。

电话响了。张建设接了电话道:"喂,哦,谭书记,嗯,我知道,是,是……再给我们一个机会,我们生死一搏!"他放下话筒,什么话也不说地看着汪阿兴。汪阿兴吼道:"生死一搏!"他跑了出去。站着的金健康流泪了。张建设走到他的身边,轻轻地拍了一下他的肩,低声道:"老金,这一定是我们最后一次向钱王江屈服了。我发誓!"他闭上了眼睛,泪水流淌下来。

楼山支援队列队站在江堤上。背着汪小路的赵刚强站着,大着嗓门叫道:"汪大哥,汪大哥。"有人道:"汪书记带着敢死队去鲁家湾段江堤了。"他手一指道:"在那!"赵刚强大声道:"我们走。"众人列着队走了。

一里路之外,在最危险的钱王江鲁家湾段江堤上,敢死队员们站在江堤前,神情凝重。潮水拍打着江堤,声势浩大。江堤边的一些泥土陆续掉入江中。汪阿兴指着江堤道:"就是这儿,这儿是最危险的地方。"他大声道:"换上矿灯。"众人利索地将矿灯置在额头。"编成队,手拉手下水。"这时,徐阿福跑来道:"汪书记,支援队来了。支援队来了。"队列中的老铁头快步迎上去:"什么支援队?哪来的?"徐阿福激动道:"来了,他们来了。"这时,远远地传来了赵刚强的声音:"汪大哥,汪大哥……我们来了!"然后是一阵急促的脚步声传来,越来越近。高成天一拍大腿道:"他娘的,够义气!"徐阿福边跑边喊:"支援队来了!"一时间,喊声连成片,江堤上都在喊:"支援队来了,支援队来了。"

无数手电筒光和矿灯下,汪阿兴与赵刚强紧紧拥抱。高成天摘下额头的矿灯,笑着道:"你们来得可真及时啊。多少人啊?"赵刚强道:"180人。加上我跟阿扁,一共182人。"老铁头一脸犹豫,走上前来道:"这些人都识水性吗?"赵刚强愣了一下道:"识水性的举手。"一大半人都举了手。老铁头道:"不识水性,不能下江堤。"赵刚强道:"老铁头,现学现教呗。怕什么?"他转向汪阿兴,又道:"汪大哥,一切听你指挥。他们个个都是壮小伙。""那我就不客气了。"汪阿兴大声道:"列队。楼山公社的同志们来了,对我们是最大的鼓舞,他们支援我们,我们记着这份情,但是,宁和的事是我们宁和人的责任,现在我下命令,楼山公社来的同志们全部编入抛石队。"

众人都愣了。赵刚强大声道:"汪大哥,我们是来参加敢死队的。""你听我说,我们的敢死队全是水性好,熟悉钱王江潮水规律的同志们组成,我们不能让楼山公社的同志们作白白的牺牲。"赵刚强瞪大眼:"汪大哥,你看不起我们?"楼山来的小伙子们也齐声道:"我们要参加敢死队。"一时间,闹哄哄的。汪阿兴大声道:"同志们静一静,我理解你们的心情,但是我必须对你们负责。这是命令!"赵刚强不悦道:"汪大哥,我们既然来了,就没打算走,就是死在这里,也是无怨无悔。我跟你说吧,我们来的每一个人都签了生死状。"说着,他从口袋里掏出一张纸,拍了拍道:"每个人都签了名的。"众人突然静默了。赵刚强道:"我们必须参加敢死队!"汪阿兴沉默片刻道:"不行!""汪大哥,你放心,我知道钱王江潮水的厉害,但是我们每个人也都不是软绵绵的小白脸。"汪阿兴道:"还是不行!"赵刚强气急道:"你……"

阿扁牵着汪小路来了:"汪大哥,小六子。"赵刚强将一腔怒火发泄在他身上:"你昏头了,还是吃迷药了?你带小路来这儿干吗?危险。""公社一个人都没有,我,我也是不放心,"阿扁解释道,"小路他想见汪大哥了。"汪阿兴上前将汪小路抱了起来,父子俩脸贴脸一下后,他放下汪小路道:"阿扁,回去吧。小六子,听我的,你们编入抛石队。"赵刚强不悦道:"汪大哥,你问问他们答不答应?"

　　小伙子们齐声道："不答应。"老铁头走了过来道："识水性的编入敢死队，不识水性的编入抛石队。"汪阿兴摇摇头。赵刚强道："就按老铁头说的，来，加入敢死队的站在我这一边。"小伙子们齐齐站在他这一边。老铁头也愣了："这……这……"鲁阿牛出列道："汪书记，我看这样行不行？我们把敢死队编成两队，我们是前队，你们是后队，我们扛不住了，你们接替再上。""是预备队吧？不行！"赵刚强道。高成天大声道："我看这办法行。我们扛不住的时候，兄弟们，你们可得使劲啊。"汪阿兴犹豫了一下道："好吧，就这么定了。"赵刚强还想说什么，阿扁扯住他道："到了宁和，就听汪大哥的。服从命令，听从指挥。""那你快带着小路回去，"赵刚强望了一下堤下的江水，"快走。"阿扁道："我刚才看见那个胡医生了，她正朝这儿走来，我，我把小路托给她，我也编入敢死队。"赵刚强不悦道："托给她？她是你什么人啊，你放心我也不放心啊。对了，她，她哪有工夫啊？"汪阿兴深情地看了汪小路一眼，想了想道："阿扁，你带小路去宁和学校的集中点。"

　　阿扁牵着汪小路的手欲走，汪小路却挣脱了他的手，奔向汪阿兴。他紧紧地抱着汪阿兴的大腿，泪流不止。汪阿兴摸了摸汪小路的头，大声道："阿扁，带走。"阿扁上前来拉汪小路，可是汪小路死命地抱着汪阿兴的大腿。赵刚强别过头，擦了一下泪，回过头道："汪大哥，就让小路再抱一会儿吧，见你一面不容易。"众人都沉默不语。潮水哗啦啦地拍打着江堤。汪阿兴面无表情道："阿扁，带走。"阿扁用力拉开了汪小路，将他抱了起来。汪小路拼命挣扎着，鞋子都掉地上了。赵刚强将阿扁、汪小路一块儿拥抱住了。汪小路安静下来了。赵刚强捡起鞋子，给汪小路穿上，然后对阿扁道："走！"阿扁抱着汪小路走了。

　　"敢死队，准备下堤！"汪阿兴大声道。他带头下堤，众人手拉手纷纷跟上。他们腰间绑着绳子。水中的鲁阿牛大声道："这儿，这儿。"手拉手的敢死队员朝他站着的方向移过去。潮水过来了，将众人打散了。几个人沉浮在水中。江堤上拉绳子的人也东倒西歪。江堤上的赵刚强大声道："拉住绳子，拉住绳子。"他将绳子的一头圈在了腰间，声嘶力竭道："喊号子，一二，一二，一二……"江堤上的人也喊着："一二，一二，一二……"

喊号子的声音越来越近。胡慧丽边走边回头叫道："伟潮，二南，快跟上。"胡慧丽赶到，愣了一下，大声道："赵书记，你们……"赵刚强看了她一眼道："胡医生，这儿不是女人待的地方。快走吧。""伟潮，你们随时待命。"她看了一眼水中的敢死队员们，道："这不是下饺子吗？太危险了。"赵刚强道："我们就是要到最危险的地方去。"他大声吼道："抛石队，准备抛石。"胡慧丽道："不行。砸到人怎么办？"她奔到江堤边，大声喊："上来，都上来！""胡医生，你别碍手碍脚的，这儿是男人的世界，走走走，"他手一挥，吼道，"抛石，抛石。"石头一块接一块地抛了下去。胡慧丽焦急无比，跑过来，怒声道："停下，停下。""时间紧迫，抛石，汪大哥吩咐了，要大量抛石，绝对不能发生管涌。"又是一阵抛石……胡慧丽一把拉住赵刚强的手道："赵书记，不能抛。""胡医生，我们脚下的江堤可是说坍塌就坍塌的。"话音刚落，不远处哗啦一声，一段江堤的外半截消失在江水里，像被刀子切了一样。赵刚强大声道："快抛石。"众人手忙脚乱一阵抛石。胡慧丽一脸茫然地站着。鲁伟潮着急道："胡医生，还找不找方医生了？"胡慧丽道："走！"他们快步离去，身后传来赵刚强的吼声："抛石，抛石……"

凌晨一点，外面的雨声依旧哗啦啦响着，而且起风了。临时指挥部内的张建设把话筒放下，脸色凝重，突然一阵心绞痛。他捂着胸口。一旁的胡佳丽慌忙道："老张，你……快坐下。"张建设坐下。胡佳丽提了提热水瓶，空的。她着急道："我去叫慧丽。"张建设摆摆手道："不用了。你怎么还不走？""你这样子，我怎么走？就是要走，你也得吃了药，我才放心走，还有，我得把慧丽拉回去。现在这丫头啊,越来越……唉,你说我就是回去了,也是心不安啊。"张建设道:"她到时候跟县医院的援助队一块儿走,你回去吧。"金健康快步进来,他表情兴奋道:"张书记,我弄清楚了。不出你所料,支援队果真是楼山公社来的,听说来了一百多号人,全是小伙子。"他搓了搓手道:"到了宁和,就像到了战场,我都想跟着他们去拼一下。""都去江堤了?"张建设问道。"赵刚强带着他们去鲁家湾段江堤了,"他想了想,又道,"张书记,我们或许守得住啊,人多力量大,毛主席教导我们说,人定胜天。"张建设摇摇头:"你太乐观了。老李刚刚来过电话,阳浦江到了最后一刻了,如果我们再不泄洪,阳浦江保不住了。"金健康呆呆地立着。张建设吃惊道:"老金,老金。"金健康一脸沉痛地坐了下来,埋头不语。突然他抬头道:"张书记,一旦泄洪,汪大麻子所有的努力都将付之东流,江堤上每一个人都将痛哭流涕。"他离开椅子,双手抱头蹲了下来,呜呜地哭着。胡佳丽擦了把泪道:"金主任,老张他也是没有办法啊。"张建设走到电话机旁,看着桌上的信号枪,泪水模糊了眼睛。好一会儿,他对胡佳丽吼道:"你怎么还不走?!"胡佳丽无语地走了。

全身湿淋淋的汪阿兴冲了进来,大声叫道:"张书记。"张建设愕然地看着他。"我们守得住! 支援队来了。"他看了一眼流泪的金健康,愣了愣道:"怎么了?""阳浦江守不住了。"他拿起桌上的信号枪就要走,汪阿兴冲了上去,夺过信号枪,吼道:"我不同意!""你疯了?"张建设怒声道。"我就是疯了!"这时,鲁阿牛和另外两人进来了。汪阿兴指着张建设,大声道:"鲁阿牛同志,快,把他绑起来! 这儿现在由我指挥!"众人愣住了。金健康一个箭步护在张建设身前,大声道:"汪大麻子,你……你真的疯了。"汪阿兴眼睛血红道:"老金,我管不了这么多了。绑起来。"鲁阿牛和另外两人犹豫不决。张建设冷静道:"汪大麻子,你冷静一下。""我怎么冷静,我怎么冷静? 我们在生死一搏的时候,你,你却要泄洪。你,你摸一摸自己的良心,一旦泄洪,我们宁和又将成一片汪洋,我们怎么办?"

张建设沉重地说道:"是你的宁和,也是我的宁和。"鲁阿牛插话道:"汪书记,泄、泄洪吧。我们从头再来。"说完,他蹲了下来,哭了起来。汪阿兴厉声道:"你们还站着干什么?把他绑起来。我们死守江堤,我们守得住。"老铁头也跑了进来,他扑通一声跪在地上道:"张书记,请你再让我们坚守一阵,我们有信心守住江堤。""你们都别说了,阳浦江岌岌可危了。"张建设从腰上取下手枪道:"谁要是敢乱来,我就一枪毙了他。"汪阿兴愣了愣,大步上前,双手抓住张建设的手,把手枪往头上一顶,疯狂道:"开枪吧,你开枪吧。"金健康用力拉开汪阿兴:"汪大麻子,你还有没有一点党性了?!你是共产党员,不是疯子!"汪阿兴无力地坐在了地上,世界好像一下子变成了空白。他目光空洞地看着地面。张建设一把拉起地上的汪阿兴道:"走,我跟你再看一眼钱王江。"

潮水不停地拍打着堤岸,泥土正在下落。不时可听到有人喊:"抛石,抛石。"张建设与汪阿兴就这样站着,淋着雨。他们像一对面临人生重大选择的难兄难弟。张建设指着江对岸道:"对岸就是海平县老盐公社,老盐公社是海平县最大的公社,也是海平县的农业基地,如果他们那儿决堤,不仅仅是老盐公社将遭受灭顶之灾,整个海平县也将陷入一片汪洋。"汪阿兴不吭声。"你向来会打算盘,你给我打一打算盘,我们是保二十万的人口,还是保两万多人口?"汪阿兴痛苦地闭上了眼睛:"你说的道理我都懂,以大局为重。但是我是宁和的书记,海平县老盐公社跟我没有关系,我只管我的宁和公社。张书记,你说服不了我。""你说的当然没错。但是我们跟海平县唇齿相依,亲如兄弟。汪大麻子,你只算小账,不算大账。"汪阿兴愣了一下道:"大账?什么大账?"张建设道:"俗话说,你敬我一尺,我还你一丈。我们将来一旦全线治理钱王江,我们需要各方的援助,哪怕不是什么物资的援助,就是道义上的援助也好啊。有的时候,对方帮你说上一句话,能抵十车物资。"他沉默不语。汪阿兴想了想道:"我明白了,但是我还是无法接受。这江堤上的每一个人都无法接受。我对不起他们。"他扑通一声跪下,哭着道:"我对不起他们啊……"张建设沉默片刻道:"汪大麻子,这消失的每一分钟都是危险,你知道吗?李贵生同志为了保住阳浦江不决堤,带着同志们背沙包,嗓子哑了,还累得吐血了。走吧。你记住。宁和是你汪大麻子的,也是我张建设的。"他一把拉起了汪阿兴。汪阿兴嘶哑嗓子道:"我有一个要求。既然你定了在我们宁和泄洪,那损失必须补偿我们。""我心里有数。"张建设接住金健康递过来的信号枪,看着黑乎乎的天空,他的手在颤抖。只要枪膛里的信号弹升空,王班长他们就会启动爆破,南沙就会泄洪。他将要扣动扳机的食指好像僵住了,仿佛不再是他的手指。他一扣动扳机,宁和的南沙将成为一片汪洋。他闭上了眼睛,抬高信号枪,终于扣动了扳机。耀眼的信号弹在夜空里闪亮,好像流星。